U0677699

饌
工

鲁迅杂文全集

上

鲁迅 著

中国友谊出版公司

图书在版编目（ＣＩＰ）数据

鲁迅杂文全集 / 鲁迅著. — 北京：中国友谊出版
公司，2018.1（2021.12重印）
ISBN 978-7-5057-4275-8

Ⅰ．①鲁… Ⅱ．①鲁… Ⅲ．①鲁迅杂文－杂文集
Ⅳ．①I210.4

中国版本图书馆CIP数据核字(2017)第320054号

书名	**鲁迅杂文全集**
作者	鲁迅
出版	中国友谊出版公司
发行	中国友谊出版公司
经销	新华书店
印刷	唐山富达印务有限公司
规格	880×1230毫米　32开
	42.5印张　1025千字
版次	2018年4月第1版
印次	2021年12月第8次印刷
书号	ISBN 978-7-5057-4275-8
定价	168.00元（全2册）
地址	北京市朝阳区西坝河南里17号楼
邮编	100028
电话	（010）64678009

版权所有，翻版必究
如发现印装质量问题，可联系调换

电话　（010）59799930－601

下 册

南腔北调集

伪自由书

坟

题　记

　　将这些体式上截然不同的东西，集合了做成一本书样子的缘由，说起来是很没有什么冠冕堂皇的。首先就因为偶尔看见了几篇将近二十年前所做的所谓文章。这是我做的么？我想。看下去，似乎也确是我做的。那是寄给《河南》的稿子；因为那编辑先生有一种怪脾气，文章要长，愈长，稿费便愈多。所以如《摩罗诗力说》那样，简直是生凑。倘在这几年，大概不至于那么做了。又喜欢做怪句子和写古字，这是受了当时的《民报》的影响；现在为排印的方便起见，改了一点，其余的便都由他。这样生涩的东西，倘是别人的，我恐怕不免要劝他"割爱"，但自己却总还想将这存留下来，而且也并不"行年五十而知四十九年非"，愈老就愈进步。其中所说的几个诗人，至今没有人再提起，也是使我不忍抛弃旧稿的一个小原因。他们的名，先前是怎样地使我激昂呵，民国告成以后，我便将他们忘却了，而不料现在他们竟又时时在我的眼前出现。

　　其次，自然因为还有人要看，但尤其是因为又有人憎恶着我的文章。说话说到有人厌恶，比起毫无动静来，还是一种幸福。天下不舒服的人们多着，而有些人们却一心一意在造专给自己舒服的世界。这是不能如此便宜的，也给他们放一点可恶的东西在眼前，使他有时小不舒服，知道原来自己的世界也不容易十分美满。苍蝇的飞鸣，是不知道人们在憎恶他的；我却明知道，然而只要能飞鸣就偏要飞鸣。我的可恶有时自己也觉得，即如我的戒酒，吃鱼肝油，以望延长我的生命，倒不尽是为了我的爱人，大大半乃是为了我的敌人，——给他们说得体面一点，就是敌人罢——要在他的好世界上多留一些缺陷。君子之徒曰：你何以不骂杀人不眨眼的军阀呢？斯亦卑怯也已！但我是不想上这些诱杀手段的当的。木皮道人说得好，"几年家软刀子割头不觉死"，我就要专指斥那些自称"无枪阶级"而其实是拿着软刀子的妖魔。即如上面所引的君子之徒的话，也就是一把软刀子。假如遭了笔祸了，你以为他就尊你为烈士了么？不，那时另有一番风凉话。倘不信，可看他们怎样评论那死于三一八惨杀的青年。

此外，在我自己，还有一点小意义，就是这总算是生活的一部分的痕迹。所以虽然明知道过去已经过去，神魂是无法追蹑的，但总不能那么决绝，还想将糟粕收敛起来，造成一座小小的新坟，一面是埋藏，一面也是留恋。至于不远的踏成平地，那是不想管，也无从管了。

我十分感谢我的几个朋友，替我搜集，抄写，校印，各费去许多追不回来的光阴。我的报答，却只能希望当这书印钉成工时，或者可以博得各人的真心愉快的一笑。别的奢望，并没有什么；至多，但愿这本书能够暂时躺在书摊上的书堆里，正如博厚的大地，不至于容不下一点小土块。再进一步，可就有些不安分了，那就是中国人的思想，趣味，目下幸而还未被所谓正人君子所统一，譬如有的专爱瞻仰皇陵，有的却喜欢凭吊荒冢，无论怎样，一时大概总还有不惜一顾的人罢。只要这样，我就非常满足了；那满足，盖不下于取得富家的千金云。

一九二六年十月三十大风之夜，鲁迅记于厦门

我之节烈观

"世道浇漓，人心日下，国将不国"这一类话，本是中国历来的叹声。不过时代不同，则所谓"日下"的事情，也有迁变：从前指的是甲事，现在叹的或是乙事。除了"进呈御览"的东西不敢妄说外，其余的文章议论里，一向就带这口吻。因为如此叹息，不但针砭世人，还可以从"日下"之中，除去自己。所以君子固然相对慨叹，连杀人放火嫖妓骗钱以及一切鬼混的人，也都乘作恶余暇，摇着头说道，"他们人心日下了。"

世风人心这件事，不但鼓吹坏事，可以"日下"；即使未曾鼓吹，只是旁观，只是赏玩，只是叹息，也可以叫他"日下"。所以近一年来，居然也有几个不肯徒托空言的人，叹息一番之后，还要想法子来挽救。第一个是康有为，指手画脚的说"虚君共和"才好，陈独秀便斥他不兴；其次是一班灵学派的人，不知何以起了极古奥的思想，要请"孟圣矣乎"的鬼来画策；陈百年钱玄同刘半农又道他胡说。

这几篇驳论，都是《新青年》里最可寒心的文章。时候已是二十世纪了；人类眼前，早已闪出曙光。假如《新青年》里，有一篇和别人辩地球方圆的文字，读者见了，怕一定要发怔。然而现今所辩，正和说地体不方相差无几。将时代和事实，对照起来，怎能不教人寒心而且害怕？

近来虚君共和是不提了，灵学似乎还在那里捣鬼，此时却又有一群人，不能满足；仍然摇头说道，"人心日下"了。于是又想出一种挽救的方法；他们叫作"表彰节烈"！

这类妙法，自从君政复古时代以来，上上下下，已经提倡多年；此刻不过是竖起旗帜的时候。文章议论里，也照例时常出现，都嚷道"表彰节烈"！要不说这件事，也不能将自己提拔，出于"人心日下"之中。

节烈这两个字，从前也算是男子的美德，所以有过"节士"，"烈士"的名称。然而现在的"表彰节烈"，却是专指女子，并无男子在内。据时下道德家的意见，来定界说，大约节是丈夫死了，决不再嫁，也不私奔，丈夫死得愈早，家里愈穷，他便节得愈好。烈可是有两种：一种是无论已嫁未嫁，只要丈夫死了，他也跟着自尽；一种是有强暴来污辱他的时候，设法自戕，或者抗拒被杀，都无不可。这也是死得愈惨愈苦，他便烈得愈好，倘若不及抵御，竟受了污辱，然后自戕，便免不了议论。万一幸而遇着宽厚的道德家，有时也可以略迹原情，许他一个烈字。可是文人学士，已经不甚愿意替他作传；就令勉强动笔，临了也不免加上几个"惜夫惜夫"了。

总而言之：女子死了丈夫，便守着，或者死掉；遇了强暴，便死掉；将这类人物，称赞一通，世道人心便好，中国便得救了。大意只是如此。

康有为借重皇帝的虚名，灵学家全靠着鬼话。这表彰节烈，却是全权都在人民，大有渐进自力之意了。然而我仍有几个疑问，须得提出。还要据我的意见，给他解答。我又认定这节烈救世说，是多数国民的意思；主张的人，只是喉舌。虽然是他发声，却和四支五官神经内脏，都有关系。所以我这疑问和解答，便是提出于这群多数国民之前。

首先的疑问是：不节烈（中国称不守节作"失节"，不烈却并无成语，所以只能合称他"不节烈"）的女子如何害了国家？照现在的情形，"国将不国"，自不消说：丧尽良心的事故，层出不穷；刀兵盗贼水旱饥荒，又接连而起。但此等现象，只是不讲新道德新学问的缘故，行为思想，全钞旧帐；所以种种黑暗，竟和古代的乱世仿佛，况且政界军界学界商界等等里面，全是男人，并无不节烈的女子夹杂在内。也未必是有权力的男子，因为受了他们蛊惑，这才丧了良心，放手作恶。至于水旱饥荒，便是专拜龙神，迎大王，滥伐森林，不修水利的祸祟，没有新知识的结果；更与女子无关。只有刀兵盗贼，往往造出许多不节烈的妇女。但也是兵盗在先，不节烈在后，并非因为他们不节烈了，才将刀兵盗贼招来。

其次的疑问是：何以救世的责任，全在女子？照着旧派说起来，女子是"阴类"，是主内的，是男子的附属品。然则治世救国，正须责成阳类，全仗外子，偏劳主体。决不能将一个绝大题目，都阁在阴类肩上。倘依新说，则男女平等，义务略同。纵令该担责任，也只得分担。其余的一半男子，都该各尽义务。不特须除去强暴，还应发挥他自己的美德。不能专靠惩劝女子，便算尽了天职。

其次的疑问是：表彰之后，有何效果？据节烈为本，将所有活着的女子，分类起来，大约不外三种：一种是已经守节，应该表彰的人（烈者非死不可，所以除出）；一种是不节烈的人；一种是尚未出嫁，或丈夫还在，又未遇见强暴，节烈与否未可知的人。第一种已经很好，正蒙表彰，不必说了。第二种已经不好，中国从来不许忏悔，女子做事一错，补过无及，只好任其羞杀，也不值得说了。最要紧的，只在第三种，现在一经感化，他们便都打定主意道："倘若将来丈夫死了，决不再嫁；遇着强暴，赶紧自裁！"试问如此立意，与中国男子做主的世道人心，有何关系？这个缘故，已在上文说明。更有附带的疑问是：节烈的人，既经表彰，自是品格最高。但圣贤虽人人可学，此事却有所不能。假如第三种的人，虽然立志极高，万一丈夫长寿，天下太平，他便只好饮恨吞声，做一世次等的人物。

以上是单依旧日的常识，略加研究，便已发见了许多矛盾。若略带二十世纪气息，便又有两层：

一问节烈是否道德？道德这事，必须普遍，人人应做，人人能行，又于自他两利，才有存在的价值。现在所谓节烈，不特除开男子，绝不相干；就是女子，也不能全体都遇着这名誉的机会。所以决不能认为道德，当作法式。上回《新青年》登出的《贞操论》里，已经说过理由。不过贞是丈夫还在，节是男子已死的区别，道理却可类推。只有烈的一件事，尤为奇怪，还须略加研究。

照上文的节烈分类法看来，烈的第一种，其实也只是守节，不过生死不同。因为道德家分类，根据全在死活，所以归入烈类。性质全异的，便是第二种。这类人不过一个弱者（现在的情形，女子还是弱者），突然遇着男性的暴徒，父兄丈夫力不能救，左邻右舍也不帮忙，于是他就死了；或者竟受了辱，仍然死了；或者终于没有死。久而久之，父兄丈夫邻舍，夹着文人学士以及道德家，便渐渐聚集，既不羞自己怯弱无能，也不提暴徒如何惩办，只是七口八嘴，议论他死了没有？受污没有？死了如何好，活着如何不好。于是造出了许多光荣的烈女，和许多被人口诛笔伐的不烈女。只要平心一想，便觉不像人间应有的事情，何况说是道德。

二问多妻主义的男子，有无表彰节烈的资格？替以前的道德家说话，一定是理应表彰。因为凡是男子，便有点与众不同，社会上只配有他的意思。一面又靠着阴阳内外的古典，在女子面前逞能。

然而一到现在，人类的眼里，不免见到光明，晓得阴阳内外之说，荒谬绝伦；就令如此，也证不出阳比阴尊贵，外比内崇高的道理。况且社会国家，又非单是男子造成。所以只好相信真理，说是一律平等。既然平等，男女便都有一律应守的契约。男子决不能将自己不守的事，向女子特别要求。若是买卖欺骗贡献的婚姻，则要求生时的贞操，尚且毫无理由。何况多妻主义的男子，来表彰女子的节烈。

以上，疑问和解答都完了。理由如此支离，何以直到现今，居然还能存在？要对付这问题，须先看节烈这事，何以发生，何以通行，何以不生改革的缘故。

古代的社会，女子多当作男人的物品。或杀或吃，都无不可；男人死后，和他喜欢的宝贝，日用的兵器，一同殉葬，更无不可。后来殉葬的风气，渐渐改了，守节便也渐渐发生。但大抵因为寡妇是鬼妻，亡魂跟着，所以无人敢娶，并非要他不事二夫。这样风俗，现在的蛮人社会里还有。中国太古的情形，现在已无从详考。但看周末虽有殉葬，并非专用女人，嫁否也任便，并无什么裁制，便可知道脱离了这宗习俗，为日已久。由汉至唐也并没有鼓吹节烈。直到宋朝，那一班"业儒"的才说出"饿死事小失节事大"的话，看见历史上"重适"两个字，便大惊小怪起来。出于真心，还是故意，现在却无从推测。其时也正是"人心日下，国将不国"的时候，全国士民，多不像样。或者"业儒"的人，想借女人守节的话，来鞭策男子，也不一定。但旁敲侧击，方法本嫌鬼祟，其意也太难分明，后来因此多了几个节妇，虽未可知，然而吏民将卒，却仍然无所感动。于是"开化最早，道德第一"的中国终于归了"长生天气力里大福荫护助里"的什么"薛禅皇帝，完泽笃皇帝，曲律皇帝"了。此后皇帝换过了几家，守节思想倒反发达。皇帝要臣子尽忠，男人便愈要女人守节。到了清朝，儒者真是愈加利害。看见唐人文章里有公主改嫁的话，也不免勃然大怒道，"这是什么事！你竟不为尊者讳，这还了得！"假使这唐人还活着，一定要斥革功名，"以正人心而端风俗"了。

国民将到被征服的地位，守节盛了；烈女也从此着重。因为女子既是男子所有，自己死了，不该嫁人，自己活着，自然更不许被夺。然而自己是被征服的国民，没有力量保护，没有勇气反抗了，只好别出心裁，鼓吹女人自杀。或者妻女极多的阔人，婢妾成行的富翁，乱离时候，照顾不到，一遇"逆兵"（或是"天兵"），就无法可想。只得救了自己，请别人都做烈女；变成烈女，"逆兵"便不要了。他便待事定以后，慢慢回来，称赞几句。好在男子再娶，又是天经地义，别讨女人，便都完事。因此世上遂有了"双烈合传"，"七姬墓志"，甚而至于钱谦益的集中，也布满了"赵节妇""钱烈女"的传记和歌颂。

只有自己不顾别人的民情，又是女应守节男子却可多妻的社会，造出如此畸形道德，而且日见精密苛酷，本也毫不足怪。但主张的是男子，上当的是女子。女子本身，何以毫无异言呢？原来"妇者服也"，理应服事于人。教育固可不必，连开口也都犯法。他的精神，也同他体质一样，成了畸形。所以对于这畸形道德，实在无甚意见。就令有了异议，也没有发表的机会。做几首"闺中望月""园里看花"的诗，尚且怕男子骂他怀春，何况竟敢破坏这"天地间的正气"？只有说部书上，记载过几个女人，因为境遇上不愿守节，据做书的人说：可是他再嫁以后，便被前夫的鬼捉去，落了地狱；或者世人个个唾骂，做了乞丐，也竟求乞无门，终于惨苦不堪而死了！

如此情形，女子便非"服也"不可。然而男子一面，何以也不主张真理，只是一味敷衍呢？汉朝以后，言论的机关，都被"业儒"的垄断了。宋元以来，尤其利害。我们几乎看不见一部非业儒的书，听不到一句非士人的话。除了和尚道士，奉旨可以说话的以外，其余"异端"的声音，决不能出他卧房一步。况且世人大抵受了"儒者柔也"的影响；不述而作，最为犯忌。即使有人见到，也不肯用性命来换真理。即如失节一事，岂不知道必须男女两性，才能实现。他却专责女性；至于破人节操的男子，以及造成不烈的暴徒，便都含糊过去。男子究竟较女性难惹，惩罚也比表彰为难。其间虽有过几个男人，实觉于心不安，说些室女不应守志殉死的平和话，可是社会不听；再说下去，便要不容，与失节的女人一样看待。他便也只好变了"柔也"，不再开口了。所以节烈这事，到现在不生变革。

（此时，我应声明：现在鼓吹节烈派的里面，我颇有知道的人。敢说确有好人在内，居心也好。可是救世的方法是不对，要向西走了北了。但也不能因为他是好人，便竟能从正西直走到北。所以我又愿他回转身来。）

其次还有疑问：

节烈难么？答道，很难。男子都知道极难，所以要表彰他。社会的公意，向来以为贞淫与否，全在女性。男子虽然诱惑了女人，却不负责任。譬如甲男引诱乙女，乙女不允，便是贞节，死了，便是烈；甲男并无恶名，社会可算淳古。倘若乙女允了，便是失节；甲男也无恶名，可是世风被乙女败坏了！别的事情，也是如此。所以历史上亡国败家的原因，每每归咎女子。糊糊涂涂的代担全体的罪恶，已经三千多年了。男子既然不负责任，又不能自己反省，自然放心诱惑；文人著作，反将他传为美谈。所以女子身旁，几乎布满了危险。除却他自己的父兄丈夫以外，便都带点诱惑的鬼气。所以我说很难。

　　节烈苦么？答道，很苦。男子都知道很苦，所以要表彰他。凡人都想活；烈是必死，不必说了。节妇还要活着。精神上的惨苦，也姑且弗论。单是生活一层，已是大宗的痛楚。假使女子生计已能独立，社会也知道互助，一人还可勉强生存。不幸中国情形，却正相反。所以有钱尚可，贫人便只能饿死。直到饿死以后，间或得了旌表，还要写入志书。所以各府各县志书传记类的末尾，也总有几卷"烈女"。一行一人，或是一行两人，赵钱孙李，可是从来无人翻读。就是一生崇拜节烈的道德大家，若问他贵县志书里烈女门的前十名是谁？也怕不能说出。其实他是生前死后，竟与社会漠不相关的。所以我说很苦。

　　照这样说，不节烈便不苦么？答道，也很苦。社会公意，不节烈的女人，既然是下品；他在这社会里，是容不住的。社会上多数古人模模糊糊传下来的道理，实在无理可讲；能用历史和数目的力量，挤死不合意的人。这一类无主名无意识的杀人团里，古来不晓得死了多少人物；节烈的女子，也就死在这里。不过他死后间有一回表彰，写入志书。不节烈的人，便生前也要受随便什么人的唾骂，无主名的虐待。所以我说也很苦。

　　女子自己愿意节烈么？答道，不愿。人类总有一种理想，一种希望。虽然高下不同，必须有个意义。自他两利固好，至少也得有益本身。节烈很难很苦，既不利人，又不利己。说是本人愿意，实在不合人情。所以假如遇着少年女人，诚心祝赞他将来节烈，一定发怒；或者还要受他父兄丈夫的尊拳。然而仍旧牢不可破，便是被这历史和数目的力量挤着。可是无论何人，都怕这节烈。怕他竟钉到自己和亲骨肉的身上。所以我说不愿。

　　我依据以上的事实和理由，要断定节烈这事是：极难，极苦，不愿身受，然而不利自他，无益社会国家，于人生将来又毫无意义的行为，现在已经失了存在的生命和价值。

临了还有一层疑问：

节烈这事，现代既然失了存在的生命和价值；节烈的女人，岂非白苦一番么？可以答他说：还有哀悼的价值。他们是可怜人；不幸上了历史和数目的无意识的圈套，做了无主名的牺牲。可以开一个追悼大会。

我们追悼了过去的人，还要发愿：要自己和别人，都纯洁聪明勇猛向上。要除去虚伪的脸谱。要除去世上害己害人的昏迷和强暴。

我们追悼了过去的人，还要发愿：要除去于人生毫无意义的苦痛。要除去制造并赏玩别人苦痛的昏迷和强暴。

我们还要发愿：要人类都受正当的幸福。

一九一八年七月

我们现在怎样做父亲

我作这一篇文的本意，其实是想研究怎样改革家庭；又因为中国亲权重，父权更重，所以尤想对于从来认为神圣不可侵犯的父子问题，发表一点意见。总而言之：只是革命要革到老子身上罢了。但何以大模大样，用了这九个字的题目呢？这有两个理由：

第一，中国的"圣人之徒"，最恨人动摇他的两样东西。一样不必说，也与我辈决不相干；一样便是他的伦常，我辈却不免偶然发几句议论，所以株连牵扯，很得了许多"铲伦常""禽兽行"之类的恶名。他们以为父对于子，有绝对的权力和威严；若是老子说话，当然无所不可，儿子有话，却在未说之前早已错了。但祖父子孙，本来各各都只是生命的桥梁的一级，决不是固定不易的。现在的子，便是将来的父，也便是将来的祖。我知道我辈和读者，若不是现任之父，也一定是候补之父，而且也都有做祖宗的希望，所差只在一个时间。为想省却许多麻烦起见，我们便该无须客气，尽可先行占住了上风，摆出父亲的尊严，谈谈我们和我们子女的事；不但将来着手实行，可以减少困难，在中国也顺理成章，免得"圣人之徒"听了害怕，总算是一举两得之至的事了。所以说，"我们怎样做父亲。"

第二，对于家庭问题，我在《新青年》的《随感录》（二五，四十，四九）中，曾经略略说及，总括大意，便只是从我们起，解放了后来的人。论到解放子女，本是极平常的事，当然不必有什么讨论。但中国的老年，中了旧习惯旧思想的毒太深了，决定悟不过来。譬如早晨听到乌鸦叫，少年毫不介意，迷信的老人，却总须颓唐半天。虽然很可怜，然而也无法可救。没有法，便只能先从觉醒的人开手，各自解放了自己的孩子。自己背着因袭的重担，肩住了黑暗的闸门，放他们到宽阔光明的地方去；此后幸福的度日，合理的做人。

还有，我曾经说，自己并非创作者，便在上海报纸的《新教训》里，挨了一顿骂。但我辈评论事情，总须先评论了自己，不要冒充，才能像一篇说话，对得起自己和别人。我自己知道，不特并非创作者，并且也不是真理的发见者。凡有所说所写，只是就平日见闻的事理里面，取了一点心以为然的道理；至于终极究竟的事，却不能知。便是对于数年以后的学说的进步和变迁，也说不出会到如何地步，单相信比现在总该还有进步还有变迁罢了。所以说，"我们现在怎样做父亲。"

我现在心以为然的道理，极其简单。便是依据生物界的现象，一，要保存生命；二，要延续这生命；三，要发展这生命（就是进化）。生物都这样做，父亲也就是这样做。

生命的价值和生命价值的高下，现在可以不论。单照常识判断，便知道既是生物，第一要紧的自然是生命。因为生物之所以为生物，全在有这生命，否则失了生物的意义。生物为保存生命起见，具有种种本能，最显著的是食欲。因有食欲才摄取食物，因有食物才发生温热，保存了生命。但生物的个体，总免不了老衰和死亡，为继续生命起见，又有一种本能，便是性欲。因性欲才有性交，因有性交才发生苗裔，继续了生命。所以食欲是保存自己，保存现在生命的事；性欲是保存后裔，保存永久生命的事。饮食并非罪恶，并非不净；性交也就并非罪恶，并非不净。饮食的结果，养活了自己，对于自己没有恩；性交的结果，生出子女，对于子女当然也算不了恩。——前前后后，都向生命的长途走去，仅有先后的不同，分不出谁受谁的恩典。

可惜的是中国的旧见解，竟与这道理完全相反。夫妇是"人伦之中"，却说是"人伦之始"；性交是常事，却以为不净；生育也是常事，却以为天大的大功。人人对于婚姻，大抵先夹带着不净的思想。亲戚朋友有许多戏谑，自己也有许多羞涩，直到生了孩子，还是躲躲闪闪，怕敢声明；独有对于孩子，却威严十足，这种行径，简直可以说是和偷了钱发迹的财主，不相上下了。我并不是说，——如他们攻击者所意想的，——人类的性交也应如别种动物，随便举行；或如无耻流氓，专做些下流举动，自鸣得意。是说，此后觉醒的人，应该先洗净了东方固有的不净思想，再纯洁明白一些，了解夫妇是伴侣，是共同劳动者，又是新生命创造者的意义。所生的子女，固然是受领新生命的人，但他也不永久占领，将来还要交付子女，像他们的父母一般。只是前前后后，都做一个过付的经手人罢了。

生命何以必需继续呢？就是因为要发展，要进化。个体既然免不了死亡，进化又毫无止境，所以只能延续着，在这进化的路上走。走这路须有一种内的努力，有如单细胞动物有内的努力，积久才会繁复，无脊椎动物有内的努力，积久才会发生脊椎。所以后起的生命，总比以前的更有意义，更近完全，因此也更有价值，更可宝贵；前者的生命，应该牺牲于他。

但可惜的是中国的旧见解，又恰恰与这道理完全相反。本位应在幼者，却反在长者；置重应在将来，却反在过去。前者做了更前者的牺牲，自己无力生存，却苛责后者又来专做他的牺牲，毁灭了一切发展本身的能力。我也不是说，——如他们攻击者所意想的，——孙子理应终日痛打他的祖父，女儿必须时时咒骂他的亲娘。是说，此后觉醒的人，应该先洗净了东方古传的谬误思想，对于子女，义务思想须加多，而权力思想却大可切实核减，以准备改作幼者本位的道德。况且幼者受了权利，也并非永久占有，将来还要对于他们的幼者，仍尽义务，只是前前后后，都做一切过付的经手人罢了。

"父子间没有什么恩"这一个断语，实是招致"圣人之徒"面红耳赤的一大原因。他们的误点，便在长者本位与利己思想，权利思想很重，义务思想和责任心却很轻。以为父子关系，只须"父兮生我"一件事，幼者的全部，便应为长者所有。尤其堕落的，是因此责望报偿，以为幼者的全部，理该做长者的牺牲。殊不知自然界的安排，却件件与这要求反对，我们从古以来，逆天行事，于是人的能力，十分萎缩，社会的进步，也就跟着停顿。我们虽不能说停顿便要灭亡，但较之进步，总是停顿与灭亡的路相近。

自然界的安排，虽不免也有缺点，但结合长幼的方法，却并无错误。他并不用"恩"，却给予生物以一种天性，我们称他为"爱"。动物界中除了生子数目太多——爱不周到的如鱼类之外，总是挚爱他的幼子，不但绝无利益心情，甚或至于牺牲了自己，让他的将来的生命，去上那发展的长途。

人类也不外此，欧美家庭，大抵以幼者弱者为本位，便是最合于这生物学的真理的办法。便在中国，只要心思纯白，未曾经过"圣人之徒"作践的人，也都自然而然的能发现这一种天性。例如一个村妇哺乳婴儿的时候，决不想到自己正在施恩；一个农夫取妻的时候，也决不以为将要放债。只是有了子女，即天然相爱，愿他生存；更进一步的，便还要愿他比自己更好，就是进化。这离绝了交换关系利害关系的爱，便是人伦的索子，便是所谓"纲"。倘如旧说，抹杀了"爱"，一味说"恩"，又因此责望报偿，那便不但败坏了父子间的道德，而且也大反于做父母的实际的真情，播下乖剌的种子。有人做了乐府，说是"劝孝"，大意是什么"儿子上学堂，母亲在家磨杏仁，预备回来给他喝，你还不孝么"之类，自以为"拚命卫道"。殊不知富翁的杏酪和穷人的豆浆，在爱情上价值同等，而其价值却正在父母当时并无求报的心思；否则变成买卖行为，虽然喝了杏酪，也不异"人乳喂猪"，无非要猪肉肥美，在人伦道德上，丝毫没有价值了。

所以我现在心以为然的，便只是"爱"。

无论何国何人，大都承认"爱己"是一件应当的事。这便是保存生命的要义，也就是继续生命的根基。因为将来的运命，早在现在决定，故父母的缺点，便是子孙灭亡的伏线，生命的危机。易卜生做的《群鬼》（有潘家洵君译本，载在《新朝》一卷五号）虽然重在男女问题，但我们也可以看出遗传的可怕。欧士华本是要生活，能创作的人，因为父亲的不检，先天得了病毒，中途不能做人了。他又很爱母亲，不忍劳他服侍，便藏着吗啡，想待发作时候，由使女瑞琴帮他吃下，毒杀了自己；可是瑞琴走了。他于是只好托他母亲了。

欧　　　母亲，现在应该你帮我的忙了。

阿夫人　　我吗？

欧　　　谁能及得上你。

阿夫人　　我！你的母亲！

欧　　　正为那个。

阿夫人　　我，生你的人！

欧　　我不曾教你生我。并且给我的是一种什么日
子？我不要他！你拿回去罢！

这一段描写，实在是我们做父亲的人应该震惊戒惧佩服的；决
不能昧了良心，说儿子理应受罪。这种事情，中国也很多，只要在
医院做事，便能时时看见先天梅毒性病儿的惨状；而且傲然的送来
的，又大抵是他的父母。但可怕的遗传，并不只是梅毒，另外许多
精神上体质上的缺点，也可以传之子孙，而且久而久之，连社会都
蒙着影响。我们且不高谈人群，单为子女说，便可以说凡是不爱己
的人，实在欠缺做父亲的资格。就令硬做了父亲，也不过如古代的
草寇称王一般，万万算不了正统。将来学问发达，社会改造时，他
们侥幸留下的苗裔，恐怕总不免要受善种学（Eugenics）者的处置。

倘若现在父母并没有将什么精神上体质上的缺点交给子女，又
不遇意外的事，子女便当然健康，总算已经达到了继续生命的目
的。但父母的责任还没有完，因为生命虽然继续了，却是停顿不
得，所以还须教这新生命去发展。凡动物较高等的，对于幼雏，除
了养育保护以外，往往还教他们生存上必需的本领。例如飞禽便教
飞翔，鸷兽便教搏击。人类更高几等，便也有愿意子孙更进一层
的天性。这也是爱，上文所说的是对于现在，这是对于将来。只
要思想未遭锢蔽的人，谁也喜欢子女比自己更强，更健康，更聪
明高尚，——更幸福；就是超越了自己，超越了过去。超越便须改
变，所以子孙对于祖先的事，应该改变，"三年无改于父之道可谓
孝矣"，当然是曲说，是退婴的病根。假使古代的单细胞动物，也
遵着这教训，那便永远不敢分裂繁复，世界上再也不会有人类了。

幸而这一类教训，虽然害过许多人，却还未能完全扫尽了一切
人的天性。没有读过"圣贤书"的人，还能将这天性在名教的斧钺

底下，时时流露，时时萌蘗；这便是中国人虽然凋落萎缩，却未灭绝的原因。

所以觉醒的人，此后应将这天性的爱，更加扩张，更加醇化；用无我的爱，自己牺牲于后起新人。开宗第一，便是理解。往昔的欧人对于孩子的误解，是以为成人的预备；中国人的误解是以为缩小的成人。直到近来，经过许多学者的研究，才知道孩子的世界，与成人截然不同；倘不先行理解，一味蛮做，便大碍于孩子的发达。所以一切设施，都应该以孩子为本位，日本近来，觉悟的也很不少；对于儿童的设施，研究儿童的事业，都非常兴盛了。第二，便是指导。时势既有改变，生活也必须进化；所以后起的人物，一定尤异于前，决不能用同一模型，无理嵌定。长者须是指导者协商者，却不该是命令者。不但不该责幼者供奉自己；而且还须用全副精神，专为他们自己，养成他们有耐劳作的体力，纯洁高尚的道德，广博自由能容纳新潮流的精神，也就是能在世界新潮流中游泳，不被淹没的力量。第三，便是解放。子女是即我非我的人，但既已分立，也便是人类中的人。因为即我，所以更应该尽教育的义务，交给他们自立的能力；因为非我，所以也应同时解放，全部为他们自己所有，成一个独立的人。

这样，便是父母对于子女，应该健全的产生，尽力的教育，完全的解放。

但有人会怕，仿佛父母从此以后，一无所有，无聊之极了。这种空虚的恐怖和无聊的感想，也即从谬误的旧思想发生；倘明白了生物学的真理，自然便会消灭。但要做解放子女的父母，也应预备一种能力。便是自己虽然已经带着过去的色采，却不失独立的本领和精神，有广博的趣味，高尚的娱乐。要幸福么？连你的将来的生命都幸福了。要"返老还童"，要"老复丁"么？子女便是"复丁"，都已独立而且更好了。这才是完了长者的任务，得了人生的慰安。倘若思想本领，样样照旧，专以"勃谿"为业，行辈自豪，那便自然免不了空虚无聊的苦痛。

或者又怕，解放之后，父子间要疏隔了。欧美的家庭，专制不及中国，早已大家知道；往者虽有人比之禽兽，现在却连"卫道"的圣徒，也曾替他们辩护，说并无"逆子叛弟"了。因此可知：惟其解放，所以相亲；惟其没有"拘挛"子弟的父兄，所以也没有反抗"拘挛"的"逆子叛弟"。若威逼利诱，便无论如何，决不能有"万年有道之长"。例便如我中国，汉有举孝，唐有孝悌力田科，清末也还有孝廉方正，都能换到官做。父恩谕之于先，皇恩施之于后，然而割股的人物，究属寥寥。足可证明中国的旧学说旧手段，实在从古以来，并无良效，无非使坏人增长些虚伪，好人无端的多受些人我都无利益的苦痛罢了。

独有"爱"是真的。路粹引孔融说，"父之于子，当有何亲？论其本意，实为情欲发耳。子之于母，亦复奚为，譬如寄物瓶中，出则离矣。"（汉末的孔府上，很出过几个有特色的奇人，不像现在这般冷落，这话也许确是北海先生所说；只是攻击他的偏是路粹和曹操，教人发笑罢了。）虽然也是一种对于旧说的打击，但实于事理不合。因为父母生了子女，同时又有天性的爱，这爱又很深广很长久，不会即离。现在世界没有大同，相爱还有差等，子女对于父母，也便最爱，最关切，不会即离。所以疏隔一层，不劳多虑。至于一种例外的人，或者非爱所能钩连。但若爱力尚且不能钩连，那便任凭什么"恩威，名分，天经，地义"之类，更是钩连不住。

或者又怕，解放之后，长者要吃苦了。这事可分两层：第一，中国的社会，虽说"道德好"，实际却太缺乏相爱相助的心思。便是"孝""烈"这类道德，也都是旁人毫不负责，一味收拾幼者弱者的方法。在这样社会中，不独老者难于生活，即解放的幼者，也难于生活。第二，中国的男女，大抵未老先衰，甚至不到二十岁，早已老态可掬，待到真实衰老，便更须别人扶持。所以我说，解放子女的父母，应该先有一番预备；而对于如此社会，尤应该改造，使他能适于合理的生活。许多人预备着，改造着，久而久之，自然可望实现了。单就别国的往时而言，斯宾塞未曾结婚，不闻他侘傺无聊；瓦特早没有了子女，也居然"寿终正寝"，何况在将来，更何况有儿女的人呢？

或者又怕，解放之后，子女要吃苦了。这事也有两层，全如上文所说，不过一是因为老而无能，一是因为少不更事罢了。因此觉醒的人，愈觉有改造社会的任务。中国相传的成法，谬误很多：一种是锢闭，以为可以与社会隔离，不受影响。一种是教给他恶本领，以为如此才能在社会中生活。用这类方法的长者，虽然也含有继续生命的好意，但比照事理，却决定谬误。此外还有一种，是传授些周旋方法，教他们顺应社会。这与数年前讲"实用主义"的人，因为市上有假洋钱，便要在学校里遍教学生看洋钱的法子之类，同一错误。社会虽然不能不偶然顺应，但决不是正当办法。因为社会不良，恶现象便很多，势不能一一顺应；倘都顺应了，又违反了合理的生活，倒走了进化的路。所以根本方法，只有改良社会。

就实际上说，中国旧理想的家族关系父子关系之类，其实早已崩溃。这也非"于今为烈"，正是"在昔已然"。历来都竭力表彰"五世同堂"，便足见实际上同居的为难；拼命的劝孝，也足见事实上孝子的缺少。而其原因，便全在一意提倡虚伪道德，蔑视了真的人情。我们试一翻大族的家谱，便知道始迁祖宗，大抵是单身迁居，成家立业；一到聚族而居，家谱出版，却已在零落的中途了。况在将来，迷信破了，便没有哭竹，卧冰；医学发达了，也不必尝秽，割股。又因为经济关系，结婚不得不迟，生育因此也迟，或者子女才能自存，父母已经衰老，不及依赖他们供养，事实上也就是父母反尽了义务。世界潮流逼拶着，这样做的可以生存，不然的便都衰落；无非觉醒者多，加些人力，便危机可望较少就是了。

但既如上言，中国家庭，实际久已崩溃，并不如"圣人之徒"纸上的空谈，则何以至今依然如故，一无进步呢？这事很容易解答。第一，崩溃者自崩溃，纠缠者自纠缠，设立者又自设立；毫无戒心，也不想到改革，所以如故。第二，以前的家庭中间，本来常有勃谿，到了新名词流行之后，便都改称"革命"，然而其实也仍是讨嫖钱至于相骂，要赌本至于相打之类，与觉醒者的改革，截然两途。这一类自称"革命"的勃谿子弟，纯属旧式，待到自己有了子女，也决不解放；或者毫不管理，或者反要寻出《孝经》，勒令诵读，想他们"学于古训"，都做牺牲。这只能全归旧道德旧习惯旧方法负责，生物学的真理决不能妄任其咎。

既如上言，生物为要进化，应该继续生命，那便"不孝有三无后为大"，三妻四妾，也极合理了。这事也很容易解答。人类因为无后，绝了将来的生命，虽然不幸，但若用不正当的方法手段，苟延生命而害及人群，便该比一人无后，尤其"不孝"。因为现在的社会，一夫一妻制最为合理，而多妻主义，实能使人群堕落。堕落近于退化，与继续生命的目的，恰恰完全相反。无后只是灭绝了自己，退化状态的有后，便会毁及他人。人类总有些为他人牺牲自己的精神，而况生物自发生以来，交互关联，一人的血统，大抵总与他人有多少关系，不会完全灭绝。所以生物学的真理，决非多妻主义的护符。

总而言之，觉醒的父母，完全应该是义务的，利他的，牺牲的，很不易做；而在中国尤不易做。中国觉醒的人，为想随顺长者解放幼者，便须一面清结旧账，一面开辟新路。就是开首所说的"自己背着因袭的重担，肩住了黑暗的闸门，放他们到宽阔光明的地方去；此后幸福的度日，合理的做人。"这是一件极伟大的要紧的事，也是一件极困苦艰难的事。

但世间又有一类长者，不但不肯解放子女，并且不准子女解放他们自己的子女；就是并要孙子曾孙都做无谓的牺牲。这也是一个问题；而我是愿意平和的人，所以对于这问题，现在不能解答。

一九一九年十月

娜拉走后怎样

——一九二三年十二月二十六日
在北京女子高等师范学校文艺会讲

我今天要讲的是"娜拉走后怎样？"

伊孛生是十九世纪后半的瑙威的一个文人。他的著作，除了几十首诗之外，其余都是剧本。这些剧本里面，有一时期是大抵含有社会问题的，世间也称作"社会剧"，其中有一篇就是《娜拉》。

《娜拉》一名 Ein Puppenheim，中国译作《傀儡家庭》。但 Puppe 不单是牵线的傀儡，孩子抱着玩的人形也是；引申开去，别人怎么指挥，他便怎么做的人也是。娜拉当初是满足地生活在所谓幸福的家庭里的，但是她竟觉悟了：自己是丈夫的傀儡，孩子们又是她的傀儡。她于是走了，只听得关门声，接着就是闭幕。这想来大家都知道，不必细说了。

娜拉要怎样才不走呢？或者说伊孛生自己有解答，就是 Die Frau vom Meer，《海的女人》，中国有人译作《海上夫人》的。这女人是已经结婚的了，然而先前有一个爱人在海的彼岸，一日突然寻来，叫她一同去。她便告知她的丈夫，要和那外来人会面。临末，她的丈夫说，"现在放你完全自由。（走与不走）你能够自己选择，并且还要自己负责任。"于是什么事全都改变，她就不走了。这样看来，娜拉倘也得到这样的自由，或者也便可以安住。

但娜拉毕竟是走了的。走了以后怎样？伊孛生并无解答；而且他已经死了。即使不死，他也不负解答的责任。因为伊孛生是在做诗，不是为社会提出问题来而且代为解答。就如黄莺一样，因为他自己要歌唱，所以他歌唱，不是要唱给人们听得有趣，有益。伊孛生是很不通世故的，相传在许多妇女们一同招待他的筵宴上，代表者起来致谢他作了《傀儡家庭》，将女性的自觉，解放这些事，给人心以新的启示的时候，他却答道，"我写那篇却并不是这意思，我不过是做诗。"

娜拉走后怎样？——别人可是也发表过意见的。一个英国人曾作一篇戏剧，说一个新式的女子走出家庭，再也没有路走，终于堕落，进了妓院了。还有一个中国人，——我称他什么呢？上海的文学家罢，——说他所见的《娜拉》是和现译本不同，娜拉终于回来了。这样的本子可惜没有第二人看见，除非是伊孛生自己寄给他的。但从事理上推想起来，娜拉或者也实在只有两条路：不是堕落，就是回来。因为如果是一匹小鸟，则笼子里固然不自由，而一出笼门，外面便又有鹰，有猫，以及别的什么东西之类；倘使已经关得麻痹了翅子，忘却了飞翔，也诚然是无路可以走。还有一条，就是饿死了，但饿死已经离开了生活，更无所谓问题，所以也不是什么路。

人生最苦痛的是梦醒了无路可以走。做梦的人是幸福的；倘没有看出可走的路，最要紧的是不要去惊醒他。你看，唐朝的诗人李贺，不是困顿了一世的么？而他临死的时候，却对他的母亲说，"阿妈，上帝造成了白玉楼，叫我做文章落成去了。"这岂非明明是一个诳，一个梦？然而一个小的和一个老的，一个死的和一个活的，死的高兴地死去，活的放心地活着。说诳和做梦，在这些时候便见得伟大。所以我想，假使寻不出路，我们所要的倒是梦。

但是，万不可做将来的梦。阿尔志跋绥夫曾经借了他所做的小说，质问过梦想将来的黄金世界的理想家，因为要造那世界，先唤起许多人们来受苦。他说，"你们将黄金世界预约给他们的子孙了，可是有什么给他们自己呢？"有是有的，就是将来的希望。但代价也太大了，为了这希望，要使人练敏了感觉来更深切地感到自己的苦痛，叫起灵魂来目睹他自己的腐烂的尸骸。惟有说谎和做梦，这些时候便见得伟大。所以我想，假使寻不出路，我们所要的就是梦；但不要将来的梦，只要目前的梦。

然而娜拉既然醒了，是很不容易回到梦境的，因此只得走；可是走了以后，有时却也免不掉堕落或回来。否则，就得问：她除了觉醒的心以外，还带了什么去？倘只有一条像诸君一样的紫红的绒绳的围巾，那可是无论宽到二尺或三尺，也完全是不中用。她还须更富有，提包里有准备，直白地说，就是要有钱。

梦是好的；否则，钱是要紧的。

钱这个字很难听，或者要被高尚的君子们所非笑，但我总觉得人们的议论是不但昨天和今天，即使饭前和饭后，也往往有些差别。凡承认饭需钱买，而以说钱为卑鄙者，倘能按一按他的胃，那里面怕总还有鱼肉没有消化完，须得饿他一天之后，再来听他发议论。

所以为娜拉计，钱，——高雅的说罢，就是经济，是最要紧的了。自由固不是钱所能买到的，但能够为钱而卖掉。人类有一个大缺点，就是常常要饥饿。为补救这缺点起见，为准备不做傀儡起见，在目下的社会里，经济权就见得最要紧了。第一，在家应该先获得男女平均的分配；第二，在社会应该获得男女相等的势力。可惜我不知道这权柄如何取得，单知道仍然要战斗；或者也许比要求参政权更要用剧烈的战斗。

要求经济权固然是很平凡的事，然而也许比要求高尚的参政权以及博大的女子解放之类更烦难。天下事尽有小作为比大作为更烦难的。譬如现在似的冬天，我们只有这一件棉袄，然而必须救助一个将要冻死的苦人，否则便须坐在菩提树下冥想普度一切人类的方法去。普度一切人类和救活一人，大小实在相去太远了，然而倘叫我挑选，我就立刻到菩提树下去坐着，因为免得脱下唯一的棉袄来冻杀自己。所以在家里说要参政权，是不至于大遭反对的，一说到经济的平匀分配，或不免面前就遇见敌人，这就当然要有剧烈的战斗。

战斗不算好事情，我们也不能责成人人都是战士，那么，平和的方法也就可贵了，这就是将来利用了亲权来解放自己的子女。中国的亲权是无上的，那时候，就可以将财产平匀地分配子女们，使他们平和而没有冲突地都得到相等的经济权，此后或者去读书，或者去生发，或者为自己去享用，或者为社会去做事，或者去花完，都请便，自己负责任。这虽然也是颇远的梦，可是比黄金世界的梦近得不少了。但第一需要记性。记性不佳，是有益于己而有害于子孙的。人们因为能忘却，所以自己能渐渐地脱离了受过的苦痛，也因为能忘却，所以往往照样地再犯前人的错误。被虐待的儿媳做了婆婆，仍然虐待儿媳；嫌恶学生的官吏，每是先前痛骂官吏的学生；现在压迫子女的，有时也就是十年前的家庭革命者。这也许与年龄和地位都有关系罢，但记性不佳也是一个很大的原因。救济法就是各人去买一本 note-book 来，将自己现在的思想举动都记上，作为将来年龄和地位都改变了之后的参考。假如憎恶孩子要到公园去的时候，取来一翻，看见上面有一条道，"我想到中央公园去"，那就即刻心平气和了。别的事也一样。

世间有一种无赖精神，那要义就是韧性。听说拳匪乱后，天津的青皮，就是所谓无赖者很跋扈，譬如给人搬一件行李，他就要两元，对他说这行李小，他说要两元，对他说道路近，他说要两元，对他说不要搬了，他说也仍然要两元。青皮固然是不足为法的，而那韧性却大可以佩服。要求经济权也一样，有人说这事情太陈腐了，就答道要经济权；说是太卑鄙了，就答道要经济权；说是经济制度就要改变了，用不着再操心，也仍然答道要经济权。

其实，在现在，一个娜拉的出走，或者也许不至于感到困难的，因为这人物很特别，举动也新鲜，能得到若干人们的同情，帮助着生活。生活在人们的同情之下，已经是不自由了，然而倘有一百个娜拉出走，便连同情也减少，有一千一万个出走，就得到厌恶了，断不如自己握着经济权之为可靠。

在经济方面得到自由，就不是傀儡了么？也还是傀儡。无非被人所牵的事可以减少，而自己能牵的傀儡可以增多罢了。因为在现在的社会里，不但女人常作男人的傀儡，就是男人和男人，女人和女人，也相互地作傀儡，男人也常作女人的傀儡，这决不是几个女人取得经济权所能救的。但人不能饿着静候理想世界的到来，至少也得留一点残喘，正如涸辙之鲋，急谋升斗之水一样，就要这较为切近的经济权，一面再想别的法。

如果经济制度竟改革了，那上文当然完全是废话。

然而上文，是又将娜拉当作一个普通的人物而说的，假使她很特别，自己情愿闯出去做牺牲，那就又另是一回事。我们无权去劝诱人做牺牲，也无权去阻止人做牺牲。况且世上也尽有乐于牺牲，乐于受苦的人物。欧洲有一个传说，耶稣去钉十字架时，休息在 Ahasvar[①] 的檐下，Ahasvar 不准他，于是被了咒诅，使他永世不得休息，直到末日裁判的时候。Ahasvar 从此就歇不下，只是走，现

---

① 今译阿哈斯瓦尔，是欧洲传说中的一个补鞋匠，因触犯了耶稣，只能背着诅咒不停流浪，被称作"流浪的犹太人"。

在还在走。走是苦的，安息是乐的，他何以不安息呢？虽说背着咒诅，可是大约总该是觉得走比安息还适意，所以始终狂走的罢。

只是这牺牲的适意是属于自己的，与志士们之所谓为社会者无涉。群众，——尤其是中国的，——永远是戏剧的看客。牺牲上场，如果显得慷慨，他们就看了悲壮剧；如果显得觳觫，他们就看了滑稽剧。北京的羊肉铺前常有几个人张着嘴看剥羊，仿佛颇愉快，人的牺牲能给与他们的益处，也不过如此。而况事后走不几步，他们并这一点愉快也就忘却了。

对于这样的群众没有法，只好使他们无戏可看倒是疗救，正无需乎震骇一时的牺牲，不如深沉的韧性的战斗。

可惜中国太难改变了，即使搬动一张桌子，改装一个火炉，几乎也要血；而且即使有了血，也未必一定能搬动，能改装。不是很大的鞭子打在背上，中国自己是不肯动弹的。我想这鞭子总要来，好坏是别一问题，然而总要打到的。但是从那里来，怎么地来，我也是不能确切地知道。

我这讲演也就此完结了。

一九二三年

未有天才之前

——一九二四年一月十七日在北京
师范大学附属中学校友会讲

　　我自己觉得我的讲话不能使诸君有益或者有趣，因为我实在不知道什么事，但推托拖延得太长久了，所以终于不能不到这里来说几句。

　　我看现在许多人对于文艺界的要求的呼声之中，要求天才的产生也可以算是很盛大的了，这显然可以反证两件事：一是中国现在没有一个天才，二是大家对于现在的艺术的厌薄。天才究竟有没有？也许有着罢，然而我们和别人都没有见。倘使据了见闻，就可以说没有；不但天才，还有使天才得以生长的民众。

　　天才并不是自生自长在深林荒野里的怪物，是由可以使天才生长的民众产生，长育出来的，所以没有这种民众，就没有天才。有一回拿破仑过 Alps 山①，说，"我比 Alps 山还要高！"这何等英伟，然而不要忘记他后面跟着许多兵；倘没有兵，那只有被山那面的敌人捉住或者赶回，他的举动，言语，都离了英雄的界线，要归入疯子一类。所以我想，在要求天才的产生之前，应该先要求可以使天才生长的民众。——譬如想有乔木，想看好花，一定要有好土；

---

① 阿尔卑斯山。

没有土，便没有花木了；所以土实在较花木还重要。花木非有土不可，正同拿破仑非有好兵不可一样。

然而现在社会上的论调和趋势，一面固然要求天才，一面却要他灭亡，连预备的土也想扫尽。举出几样来说：

其一就是"整理国故"。自从新思潮来到中国以后，其实何尝有力，而一群老头子，还有少年，却已丧魂失魄的来讲国故了，他们说，"中国自有许多好东西，都不整理保存，倒去求新，正如放弃祖宗遗产一样不肖。"抬出祖宗来说法，那自然是极威严的，然而我总不信在旧马褂未曾洗净叠好之前，便不能做一件新马褂。就现状而言，做事本来还随各人的自便，老先生要整理国故，当然不妨去埋在南窗下读死书，至于青年，却自有他们的活学问和新艺术，各干各事，也还没有大妨害的，但若拿了这面旗子来号召，那就是要中国永远与世界隔绝了。倘以为大家非此不可，那更是荒谬绝伦！我们和古董商人谈天，他自然总称赞他的古董如何好，然而他决不痛骂画家，农夫，工匠等类，说是忘记了祖宗：他实在比许多国学家聪明得远。

其一是"崇拜创作"。从表面上看来，似乎这和要求天才的步调很相合，其实不然。那精神中，很含有排斥外来思想，异域情调的分子，所以也就是可以使中国和世界潮流隔绝的。许多人对于托尔斯泰，都介涅夫，陀思妥夫斯奇的名字，已经厌听了，然而他们的著作，有什么译到中国来？眼光因在一国里，听谈彼得和约翰就生厌，定须张三李四才行，于是创作家出来了，从实说，好的也离不了刺取点外国作品的技术和神情，文笔或者漂亮，思想往往赶不上翻译品，甚者还要加上些传统思想，使他适合于中国人的老脾气，而读者却已为他所牢笼了，于是眼界便渐渐的狭小，几乎要缩进旧圈套里去。作者和读者互相为因果，排斥异流，抬上国粹，那里会有天才产生？即使产生了，也是活不下去的。

这样的风气的民众是灰尘，不是泥土，在他这里长不出好花和乔木来！

还有一样是恶意的批评。大家的要求批评家的出现，也由来已久了，到目下就出了许多批评家。可惜他们之中很有不少是不平家，不像批评家，作品才到面前，便恨恨地磨墨，立刻写出很高明的结论道，“唉，幼稚得很。中国要天才！”到后来，连并非批评家也这样叫喊了，他是听来的。其实即使天才，在生下来的时候的第一声啼哭，也和平常的儿童的一样，决不会就是一首好诗。因为幼稚，当头加以戕贼，也可以萎死的。我亲见几个作者，都被他们骂得寒噤了。那些作者大约自然不是天才，然而我的希望是便是常人也留着。

恶意的批评家在嫩苗的地上驰马，那当然是十分快意的事；然而遭殃的是嫩苗——平常的苗和天才的苗。幼稚对于老成，有如孩子对于老人，决没有什么耻辱；作品也一样，起初幼稚，不算耻辱的。因为倘不遭了戕贼，他就会生长，成熟，老成；独有老衰和腐败，倒是无药可救的事！我以为幼稚的人，或者老大的人，如有幼稚的心，就说幼稚的话，只为自己要说而说，说出之后，至多到印出之后，自己的事就完了，对于无论打着什么旗子的批评，都可以置之不理！

就是在座的诸君，料来也十之九愿有天才的产生罢，然而情形是这样，不但产生天才难，单是有培养天才的泥土也难。我想，天才大半是天赋的；独有这培养天才的泥土，似乎大家都可以做。做土的功效，比要求天才还切近；否则，纵有成千成百的天才，也因为没有泥土，不能发达，要像一碟子绿豆芽。

做土要扩大了精神，就是收纳新潮，脱离旧套，能够容纳，了解那将来产生的天才；又要不怕做小事业，就是能创作的自然是创作，否则翻译，介绍，欣赏，读，看，消闲都可以。以文艺来消闲，说来似乎有些可笑，但究竟较胜于戕贼他。

泥土和天才比，当然是不足齿数的，然而不是坚苦卓绝者，也怕不容易做；不过事在人为，比空等天赋的天才有把握。这一点，是泥土的伟大的地方，也是反有大希望的地方。而且也有报酬，譬如好花从泥土里出来，看的人固然欣然的赏鉴，泥土也可以欣然的赏鉴，正不必花卉自身，这才心旷神怡的——假如当作泥土也有灵魂的说。

一九二四年

论雷峰塔的倒掉

听说，杭州西湖上的雷峰塔倒掉了，听说而已，我没有亲见。但我却见过未倒的雷峰塔，破破烂烂的映掩于湖光山色之间，落山的太阳照着这些四近的地方，就是"雷峰夕照"，西湖十景之一。"雷峰夕照"的真景我也见过，并不见佳，我以为。

然而一切西湖胜迹的名目之中，我知道得最早的却是这雷峰塔。我的祖母曾经常常对我说，白蛇娘娘就被压在这塔底下！有个叫作许仙的人救了两条蛇，一青一白，后来白蛇便化作女人来报恩，嫁给许仙了；青蛇化作丫鬟，也跟着。一个和尚，法海禅师，得道的禅师，看见许仙脸上有妖气，——凡讨妖怪做老婆的人，脸上就有妖气的，但只有非凡的人才看得出——便将他藏在金山寺的法座后，白蛇娘娘来寻夫，于是就"水满金山"。我的祖母讲起来还要有趣得多，大约是出于一部弹词叫作《义妖传》里的，但我没有看过这部书，所以也不知道"许仙""法海"究竟是否这样写。总而言之，白蛇娘娘终于中了法海的计策，被装在一个小小的钵盂里了。钵盂埋在地里，上面还造起一座镇压的塔来，这就是雷峰塔。此后似乎事情还很多，如"白状元祭塔"之类，但我现在都忘记了。

那时我惟一的希望，就在这雷峰塔的倒掉。后来我长大了，到杭州，看见这破破烂烂的塔，心里就不舒服。后来我看看书，说杭州人又叫这塔作保叔塔，其实应该写作"保俶塔"，是钱王的儿子

035

造的。那么，里面当然没有白蛇娘娘了，然而我心里仍然不舒服，仍然希望他倒掉。

现在，他居然倒掉了，则普天之下的人民，其欣喜为何如？

这是有事实可证的。试到吴越的山间海滨，探听民意去。凡有田夫野老，蚕妇村氓，除了几个脑髓里有点贵恙的之外，可有谁不为白娘娘抱不平，不怪法海太多事的？

和尚本应该只管自己念经。白蛇自迷许仙，许仙自娶妖怪，和别人有什么相干呢？他偏要放下经卷，横来招是搬非，大约是怀着嫉妒罢，——那简直是一定的。

听说，后来玉皇大帝也就怪法海多事，以至荼毒生灵，想要拿办他了。他逃来逃去，终于逃在蟹壳里避祸，不敢再出来，到现在还如此。我对于玉皇大帝所做的事，腹诽的非常多，独于这一件却很满意，因为"水满金山"一案，的确应该由法海负责；他实在办得很不错。只可惜我那时没有打听这话的出处，或者不在《义妖传》中，却是民间的传说罢。

秋高稻熟时节，吴越间所多的是螃蟹，煮到通红之后，无论取哪一只，揭开背壳来，里面就有黄，有膏；倘是雌的，就有石榴子一般鲜红的子。先将这些吃完，即一定露出一个圆锥形的薄膜，再用小刀小心地沿着锥底切下，取出，翻转，使里面向外，只要不破，便变成一个罗汉模样的东西，有头脸，身子，是坐着的，我们那里的小孩子都称他"蟹和尚"，就是躲在里面避难的法海。

当初，白蛇娘娘压在塔底下，法海禅师躲在蟹壳里。现在却只有这位老禅师独自静坐了，非到螃蟹断种的那一天为止出不来。莫非他造塔的时候，竟没有想到塔是终究要倒的么？

活该。

一九二四年十月二十八日

说胡须

今年夏天游了一回长安，一个多月之后，胡里胡涂的回来了。知道的朋友便问我："你以为那边怎样？"我这才栗然地回想长安，记得看见很多的白杨，很大的石榴树，道中喝了不少的黄河水。然而这些又有什么可谈呢？我于是说："没有什么怎样。"他于是废然而去了，我仍旧废然而住，自愧无以对"不耻下问"的朋友们。

今天喝茶之后，便看书，书上沾了一点水，我知道上唇的胡须又长起来了。假如翻一翻《康熙字典》，上唇的，下唇的，颊旁的，下巴上的各种胡须，大约都有特别的名号谥法的罢，然而我没有这样闲情别致。总之是这胡子又长起来了，我又要照例的剪短他，先免得沾汤带水。于是寻出镜子，剪刀，动手就剪，其目的是在使他和上唇的上缘平齐，成一个隶书的一字。

我一面剪，一面却忽而记起长安，记起我的青年时代，发出连绵不断的感慨来。长安的事，已经不很记得清楚了，大约确乎是游历孔庙的时候，其中有一间房子，挂着许多印画，有李二曲像，有历代帝王像，其中有一张是宋太祖或是什么宗，我也记不清楚了，总之是穿一件长袍，而胡子向上翘起的。于是一位名士就毅然决然地说："这都是日本人假造的，你看这胡子就是日本式的胡子。"

诚然，他们的胡子确乎如此翘上，他们也未必不假造宋太祖或什么宗的画像，但假造中国皇帝的肖像而必须对了镜子，以自己的胡子为法式，则其手段和思想之离奇，真可谓"出乎意表之外"了。清乾隆中，黄易掘出汉武梁祠石刻画像来，男子的胡须多翘上；我们现在所见北魏至唐的佛教造像中的信士像，凡有胡子的也多翘上，直到元明的画像，则胡子大抵受了地心的吸力作用，向下面拖下去了。日本人何其不惮烦，孳孳汲汲地造了这许多从汉到唐的假古董，来埋在中国的齐鲁燕晋秦陇巴蜀的深山邃谷废墟荒地里？

我以为拖下的胡子倒是蒙古式，是蒙古人带来的，然而我们的聪明的名士却当作国粹了。留学日本的学生因为恨日本，便神往于大元，说道"那时倘非天幸，这岛国早被我们灭掉了！"则认拖下的胡子为国粹亦无不可。然而又何以是黄帝的子孙？又何以说台湾人在福建打中国人是奴隶根性？

我当时就想争辩，但我即刻又不想争辩了。留学德国的爱国者X君，——因为我忘记了他的名字，姑且以X代之，——不是说我的毁谤中国，是因为娶了日本女人，所以替他们宣传本国的坏处么？我先前不过单举几样中国的缺点，尚且要带累"贱内"改了国籍，何况现在是有关日本的问题？好在即使宋太祖或什么宗的胡子蒙些不白之冤，也不至于就有洪水，就有地震，有什么大相干。我于是连连点头，说道："嗡，嗡，对啦。"因为我实在比先前似乎油滑得多了，——好了。

我剪下自己的胡子的左尖端毕，想，陕西人费心劳力，备饭化钱，用汽车载，用船装，用骡车拉，用自动车装，请到长安去讲演，大约万料不到我是一个虽对于决无杀身之祸的小事情，也不肯直抒自己的意见，只会"嗡，嗡，对啦"的罢。他们简直是受了骗了。

我再向着镜中的自己的脸，看定右嘴角，剪下胡子的右尖端，撒在地上，想起我的青年时代来——

那已经是老话，约有十六七年了罢。

我就从日本回到故乡来，嘴上就留着宋太祖或什么宗似的向上翘起的胡子，坐在小船里，和船夫谈天。

"先生，你的中国话说得真好。"后来，他说。

"我是中国人，而且和你是同乡，怎么会……"

"哈哈哈，你这位先生还会说笑话。"

记得我那时的没奈何，确乎比看见 X 君的通信要超过十倍。我那时随身并没有带着家谱，确乎不能证明我是中国人。即使带着家谱，而上面只有一个名字，并无画像，也不能证明这名字就是我。即使有画像，日本人会假造从汉到唐的石刻，宋太祖或什么宗的画像，难道偏不会假造一部木版的家谱么？

凡对于以真话为笑话的，以笑话为真话的，以笑话为笑话的，只有一个方法：就是不说话。

于是我从此不说话。

然而，倘使在现在，我大约还要说："嗡，嗡，……今天天气多么好呀？……那边的村子叫什么名字？……"因为我实在比先前似乎油滑得多了，——好了。

现在我想，船夫的改变我的国籍，大概和 X 君的高见不同。其原因只在于胡子罢，因为我从此常常为胡子受苦。

国度会亡，国粹家是不会少的，而只要国粹家不少，这国度就不算亡。国粹家者，保存国粹者也；而国粹者，我的胡子是也。这虽然不知道是什么"逻辑"法，但当时的实情确是如此的。

"你怎么学日本人的样子，身体既矮小，胡子又这样，……"一位国粹家兼爱国者发过一篇崇论宏议之后，就达到这一个结论。

可惜我那时还是一个不识世故的少年，所以就愤愤地争辩。第一，我的身体是本来只有这样高，并非故意设法用什么洋鬼子的机器压缩，使他变成矮小，希图冒充。第二，我的胡子，诚然和许多日本人的相同，然而我虽然没有研究过他们的胡须样式变迁史，但曾经见过几幅古人的画像，都不向上，只是向外，向下，和我们的国粹差不多。维新以后，可是翘起来了，那大约是学了德国式。你看威廉皇帝的胡须，不是上指眼梢，和鼻梁正作平行么？虽然他后来因为吸烟烧了一边，只好将两边都剪平了。但在日本明治维新的时候，他这一边还没有失火……。

这一场辩解大约要两分钟，可是总不能解国粹家之怒，因为德国也是洋鬼子，而况我的身体又矮小乎。而况国粹家很不少，意见又很统一，因此我的辩解也就很频繁，然而总无效，一回，两回，以至十回，十几回，连我自己也觉得无聊而且麻烦起来了。罢了，况且修饰胡须用的胶油在中国也难得，我便从此听其自然了。

听其自然之后，胡子的两端就显出毗心现象来，于是也就和地面成为九十度的直角。国粹家果然也不再说话，或者中国已经得救了罢。

然而接着就招了改革家的反感，这也是应该的。我于是又分疏，一回，两回，以至许多回，连我自己也觉得无聊而且麻烦起来了。

大约在四五年或七八年前罢，我独坐在会馆里，窃悲我的胡须的不幸的境遇，研究他所以得谤的原因，忽而恍然大悟，知道那祸根全在两边的尖端上。于是取出镜子，剪刀，即刻剪成一平，使他既不上翘，也难拖下，如一个隶书的一字。

"阿，你的胡子这样了？"当初也曾有人这样问。

"唔唔，我的胡子这样了。"

他可是没有话。我不知道是否因为寻不着两个尖端，所以失了立论的根据，还是我的胡子"这样"之后，就不负中国存亡的责任了。总之我从此太平无事的一直到现在，所麻烦者，必须时常剪剪而已。

一九二四年十月三十日

论照相之类

一　材料之类

我幼小时候，在 S 城，——所谓幼小时候者，是三十年前，但从进步神速的英才看来，就是一世纪；所谓 S 城者，我不说他的真名字，何以不说之故，也不说。总之，是在 S 城，常常旁听大大小小男男女女谈论洋鬼子挖眼睛。曾有一个女人，原在洋鬼子家里佣工，后来出来了，据说她所以出来的原因，就因为亲见一坛盐渍的眼睛，小鲫鱼似的一层一层积叠着，快要和坛沿齐平了。她为远避危险起见，所以赶紧走。

S 城有一种习惯，就是凡是小康之家，到冬天一定用盐来腌一缸白菜，以供一年之需，其用意是否和四川的榨菜相同，我不知道。但洋鬼子之腌眼睛，则用意当然别有所在，惟独方法却大受了 S 城腌白菜法的影响，相传中国对外富于同化力，这也就是一个证据罢。然而状如小鲫鱼者何？答曰：此确为 S 城人之眼睛也。S 城庙宇中常有一种菩萨，号曰眼光娘娘。有眼病的，可以去求祷；愈，则用布或绸做眼睛一对，挂神龛上或左右，以答神庥。所以只要看所挂眼睛的多少，就知道这菩萨的灵不灵。而所挂的眼睛，则正是两头尖尖，如小鲫鱼，要寻一对和洋鬼子生理图上所画似的圆球形者，决不可得。黄帝岐伯尚矣；王莽诛翟义党，分解肢体，令医生们察看，曾否绘图不可知，纵使绘过，现在已佚，徒令"古已有之"而已。宋的《析骨分经》，相传也据目验，《说郛》中有之，我曾看过它，多是胡说，大约是假的。否则，目验尚且如此胡涂，则 S 城人之将眼睛理想化为小鲫鱼，实也无足深怪了。

然而洋鬼子是吃腌眼睛来代腌菜的么？是不然，据说是应用的。一，用于电线，这是根据别一个乡下人的话，如何用法，他没有谈，但云用于电线罢了；至于电线的用意，他却说过，就是每年加添铁丝，将来鬼兵到时，使中国人无处逃走。二，用于照相，则道理分明，不必多赘，因为我们只要和别人对立，他的瞳子里一定有我的一个小照相的。

而且洋鬼子又挖心肝，那用意，也是应用。我曾旁听过一位念佛的老太太说明理由：他们挖了去，熬成油，点了灯，向地下各处去照去。人心总是贪财的，所以照到埋着宝贝的地方，火头便弯下去了。他们当即掘开来，取了宝贝去，所以洋鬼子都这样的有钱。

道学先生之所谓"万物皆备于我"的事，其实是全国，至少是 S 城的"目不识丁"的人们都知道，所以人为"万物之灵"。所以月经精液可以延年，毛发爪甲可以补血，大小便可以医许多病，臂膊上的肉可以养亲。然而这并非本论的范围，现在姑且不说。况且 S 城人极重体面，有许多事不许说；否则，就要用阴谋来惩治的。

二 形式之类

要之，照相似乎是妖术。咸丰年间，或一省里；还有因为能照相而家产被乡下人捣毁的事情。但当我幼小的时候，——即三十年前，S 城却已有照相馆了，大家也不甚疑惧。虽然当闹"义和拳民"时，——即二十五年前，或一省里，还以罐头牛肉当作洋鬼子所杀

043

的中国孩子的肉看。然而这是例外，万事万物，总不免有例外的。

要之，Ｓ城早有照相馆了，这是我每一经过，总须流连赏玩的地方，但一年中也不过经过四五回。大小长短不同颜色不同的玻璃瓶，又光滑又有刺的仙人掌，在我都是珍奇的物事；还有挂在壁上的框子里的照片：曾大人，李大人，左中堂，鲍军门。一个族中的好心的长辈，曾经借此来教育我，说这许多都是当今的大官，平"长毛"的功臣，你应该学学他们。我那时也很愿意学，然而想，也须赶快仍复有"长毛"。

但是，Ｓ城人却似乎不甚爱照相，因为精神要被照去的，所以运气正好的时候，尤不宜照，而精神则一名"威光"：我当时所知道的只有这一点。直到近年来，才又听到世上有因为怕失了元气而永不洗澡的名士，元气大约就是威光罢，那么，我所知道的就更多了：中国人的精神一名威光即元气，是照得去，洗得下的。

然而虽然不多，那时却又确有光顾照相的人们，我也不明白是什么人物，或者运气不好之徒，或者是新党罢。只是半身像是大抵避忌的，因为像腰斩。自然，清朝是已经废去腰斩的了，但我们还能在戏文上看见包爷爷的铡包勉，一刀两段，何等可怕，则即使是国粹乎，而亦不欲人之加诸我也，诚然也以不照为宜。所以他们所照的多是全身，旁边一张大茶几，上有帽架，茶碗，水烟袋，花盆，几下一个痰盂，以表明这人的气管枝中有许多痰，总须陆续吐出。人呢，或立或坐，或者手执书卷，或者大襟上挂一个很大的时表，我们倘用放大镜一照，至今还可以知道他当时拍照的时辰，而且那时还不会用镁光，所以不必疑心是夜里。

然而名士风流，又何代蔑有呢？雅人早不满于这样千篇一律的呆鸟了，于是也有赤身露体装作晋人的，也有斜领丝绦装作Ｘ人的，但不多。较为通行的是先将自己照下两张，服饰态度各不同，然后合照为一张，两个自己即或如宾主，或如主仆，名曰"二我图"。但设若一个自己傲然地坐着，一个自己卑劣可怜地，向了坐着的那一个自己跪着的时候，名色便又两样了："求己图"。这类"图"晒出之后，总须题些诗，或者词如"调寄满庭芳""摸鱼儿"之类，然后在书房里挂起。至于贵人富户，则因为属于呆鸟一类，所以决计想不出如此雅致的花样来，即有特别举动，至多也不过自己坐在中间，膝下排列着他的一百个儿子，一千个孙子和一万个曾孙（下略）照一张"全家福"。

Th. Lipps[1] 在他那《伦理学的根本问题》中，说过这样意思的话。就是凡是人主，也容易变成奴隶，因为他一面既承认可做主人，一面就当然承认可做奴隶，所以威力一坠，就死心塌地，俯首帖耳于新主人之前了。那书可惜我不在手头，只记得一个大意，好在中国已经有了译本，虽然是节译，这些话应该存在的罢。用事实来证明这理论的最显著的例是孙皓，治吴时候，如此骄纵酷虐的暴主，一降晋，却是如此卑劣无耻的奴才。中国常语说，临下骄者事上必谄，也就是看穿了这把戏的话。但表现得最透澈的却莫如"求己图"，将来中国如要印《绘图伦理学的根本问题》，这实在是一张极好的插画，就是世界上最伟大的讽刺画家也万万想不到，画不出的。

但现在我们所看见的，已没有卑劣可怜地跪着的照相了，不是什么会纪念的一群，即是什么人放大的半个，都很凛凛地。我愿意我之常常将这些当作半张"求己图"看，乃是我的杞忧。

三　无题之类

照相馆选定一个或数个阔人的照相，放大了挂在门口，似乎是

---

① 李普思（1851—1914），德国心理学家、哲学家。

北京特有，或近来流行的。我在 S 城所见的曾大人之流，都不过六寸或八寸，而且挂着的永远是曾大人之流，也不像北京的时时掉换，年年不同。但革命以后，也许撤去了罢，我知道得不真确。

至于近十年北京的事，可是略有所知了，无非其人阔，则其像放大，其人"下野"，则其像不见，比电光自然永久得多。倘若白昼明烛，要在北京城内寻求一张不像那些阔人似的缩小放大挂起挂倒的照相，则据鄙陋所知，实在只有一位梅兰芳君。而该君的麻姑一般的"天女散花""黛玉葬花"像，也确乎比那些缩小放大挂起挂倒的东西标致，即此就足以证明中国人实有审美的眼睛，其一面又放大挺胸凸肚的照相者，盖出于不得已。

我在先只读过《红楼梦》，没有看见"黛玉葬花"的照片的时候，是万料不到黛玉的眼睛如此之凸，嘴唇如此之厚的。我以为她该是一副瘦削的痨病脸，现在才知道她有些福相，也像一个麻姑。然而只要一看那些继起的模仿者们的拟天女照相，都像小孩子穿了新衣服，拘束得怪可怜的苦相，也就会立刻悟出梅兰芳君之所以永久之故了，其眼睛和嘴唇，盖出于不得已，即此也就足以证明中国人实有审美的眼睛。

印度的诗圣泰戈尔先生光临中国之际，像一大瓶好香水似地很熏上了几位先生们以文气和玄气，然而够到陪坐祝寿的程度的却只有一位梅兰芳君：两国的艺术家的握手。待到这位老诗人改姓换名，化为"竺震旦"，离开了近于他的理想境的这震旦之后，震旦诗贤头上的印度帽也不大看见了，报章上也很少记他的消息，而装饰这近于理想境的震旦者，也仍旧只有那巍然地挂在照相馆玻璃窗里的一张"天女散花图"或"黛玉葬花图"。

惟有这一位"艺术家"的艺术，在中国是永久的。

我所见的外国名伶美人的照相并不多，男扮女的照相没有见过，别的名人的照相见过几十张。托尔斯泰，伊孛生，罗丹都老了，尼采一脸凶相，勖本华尔一脸苦相，淮尔特，穿上他那审美的衣装的时候，已经有点呆相了，而罗曼·罗兰似乎带点怪气，戈尔基又简直像一个流氓。虽说都可以看出悲哀和苦斗的痕迹来罢，但总不如天女的"好"得明明白白。假使吴昌硕翁的刻印章也算雕刻家，加以作画的润格如是之贵，则在中国确是一位艺术家了，但他的照相我们看不见。林琴南翁负了那么大的文名，而天下也似乎不甚有热心于"识荆"的人，我虽然曾在一个药房的仿单上见过他的玉照，但那是代表了他的"如夫人"函谢丸药的功效，所以印上的，并不因为他的文章。更就用了"引车卖浆者流"的文字来做文章的诸君而言，南亭亭长我佛山人往矣，且从略；近来则虽是奋战怂斗，做了这许多作品的如创造社诸君子，也不过印过很小的一张三人的合照，而且是铜板而已。

我们中国的最伟大最永久的艺术是男人扮女人。

异性大抵相爱。太监只能使别人放心，决没有人爱他，因为他是无性了，——假使我用了这"无"字还不算什么语病。然而也就可见虽然最难放心，但是最可贵的是男人扮女人了，因为从两性看来，都近于异性，男人看见"扮女人"，女人看见"男人扮"，所以这就永远挂在照相馆的玻璃窗里，挂在国民的心中。外国没有这样的完全的艺术家，所以只好任凭那些捏锤凿，调采色，弄墨水的人们跋扈。

我们中国的最伟大最永久，而且最普遍的艺术也就是男人扮女人。

一九二四年十一月十一日

再论雷峰塔的倒掉

从崇轩先生的通信（二月份《京报副刊》）里，知道他在轮船上听到两个旅客谈话，说是杭州雷峰塔之所以倒掉，是因为乡下人迷信那塔砖放在自己的家中，凡事都必平安，如意，逢凶化吉，于是这个也挖，那个也挖，挖之久久，便倒了。一个旅客并且再三叹息道：西湖十景这可缺了呵！

这消息，可又使我有点畅快了，虽然明知道幸灾乐祸，不像一个绅士，但本来不是绅士的，也没有法子来装潢。

我们中国的许多人，——我在此特别郑重声明：并不包括四万万同胞全部！——大抵患有一种"十景病"，至少是"八景病"，沉重起来的时候大概在清朝。凡看一部县志，这一县往往有十景或八景，如"远村明月""萧寺清钟""古池好水"之类。而且，"十"字形的病菌，似乎已经侵入血管，流布全身，其势力早不在"！"形惊叹亡国病菌之下了。点心有十样锦，菜有十碗，音乐有十番，阎罗有十殿，药有十全大补，猜拳有全福手福手全，连人的劣迹或罪状，宣布起来也大抵是十条，仿佛犯了九条的时候总不肯歇手。现在西湖十景可缺了呵！"凡为天下国家有九经"，九经固古已有之，而九景却颇不习见，所以正是对于十景病的一个针砭，至少也可以使患者感到一种不平常，知道自己的可爱的老病，忽而跑掉了十分之一了。

但仍有悲哀在里面。

其实，这一种势所必至的破坏，也还是徒然的，畅快不过是无聊的自欺。雅人和信士和传统大家，定要苦心孤诣巧语花言地再来补足了十景而后已。

无破坏即无新建设，大致是的；但有破坏却未必即有新建设。卢梭，斯谛纳尔，尼采，托尔斯泰，伊孛生等辈，若用勃兰兑斯的话来说，乃是"轨道破坏者"。其实他们不单是破坏，而且是扫除，是大呼猛进，将碍脚的旧轨道不论整条或碎片，一扫而空，并非想挖一块废铁古砖挟回家去，预备卖给旧货店。中国很少这一类人，即使有之，也会被大众的唾沫淹死。孔丘先生确是伟大，生在巫鬼势力如此旺盛的时代，偏不肯随俗谈鬼神；但可惜太聪明了，"祭如在祭神如神在"，只用他修《春秋》的照例手段以两个"如"字略寓"俏皮刻薄"之意，使人一时莫明其妙，看不出他肚皮里的反对来。他肯对子路赌咒，却不肯对鬼神宣战，因为一宣战就不和平，易犯骂人——虽然不过骂鬼——之罪，即不免有《衡论》（见一月份《晨报副镌》）作家 TY 先生似的好人，会替鬼神来奚落他道：为名乎？骂人不能得名。为利乎？骂人不能得利。想引诱女人乎？又不能将蚩尤的脸子印在文章上。何乐而为之也欤？

孔丘先生是深通世故的老先生，大约除脸子付印问题以外，还有深心，犯不上来做明目张胆的破坏者，所以只是不谈，而决不骂，于是乎俨然成为中国的圣人，道大，无所不包故也。否则，现在供在圣庙里的，也许不姓孔。

不过在戏台上罢了，悲剧将人生的有价值的东西毁灭给人看，喜剧将那无价值的撕破给人看。讥讽又不过是喜剧的变简的一支流。但悲壮滑稽，却都是十景病的仇敌，因为都有破坏性，虽然所破坏的方面各不同。中国如十景病尚存，则不但卢梭他们似的疯子决不产生，并且也决不产生一个悲剧作家或喜剧作家或讽刺诗人。所有的，只是喜剧底人物或非喜剧非悲剧底人物，在互相模造的十景中生存，一面各各带了十景病。

然而十全停滞的生活，世界上是很不多见的事，于是破坏者到了，但并非自己的先觉的破坏者，却是狂暴的强盗，或外来的蛮夷。犭匈早到过中原，五胡来过了，蒙古也来过了；同胞张献忠杀人如草，而满洲兵的一箭，就钻进树丛中死掉了。有人论中国说，倘使没有带着新鲜的血液的野蛮的侵入，真不知自身会腐败到如何！这当然是极刻毒的恶谑，但我们一翻历史，怕不免要有汗流浃背的时候罢。外寇来了，暂一震动，终于请他作主子，在他的刀斧下修补老例；内寇来了，也暂一震动，终于请他做主子，或者别拜一个主子，在自己的瓦砾中修补老例。再来翻县志，就看见每一次兵燹之后，所添上的是许多烈妇烈女的氏名。看近来的兵祸，怕又要大举表扬节烈了罢。许多男人们都那里去了？

凡这一种寇盗式的破坏，结果只能留下一片瓦砾，与建设无关。

但当太平时候，就是正在修补老例，并无寇盗时候，即国中暂时没有破坏么？也不然的，其时有奴才式的破坏作用常川活动着。

雷峰塔砖的挖去，不过是极近的一条小小的例。龙门的石佛，大半肢体不全，图书馆中的书籍，插图须谨防撕去，凡公物或无主的东西，倘难于移动，能够完全的即很少。但其毁坏的原因，则非如革除者的志在扫除，也非如寇盗的志在掠夺或单是破坏，仅因目前极小的自利，也肯对于完整的大物暗暗的加一个创伤。人数既多，创伤自然极大，而倒败之后，却难于知道加害的究竟是谁。正如雷峰塔倒掉以后，我们单知道由于乡下人的迷信。共有的塔失去了，乡下人的所得，却不过一块砖，这砖，将来又将为别一自利者所藏，终究至于灭尽。倘在民康物阜时候，因为十景病的发作，新的雷峰塔也会再造的罢。但将来的运命，不也就可以推想而知么？如果乡下人还是这样的乡下人，老例还是这样的老例。

这一种奴才式的破坏，结果也只能留下一片瓦砾，与建设无关。

岂但乡下人之于雷峰塔，日日偷挖中华民国的柱石的奴才们，现在正不知有多少！

瓦砾场上还不足悲，在瓦砾场上修补老例是可悲的。我们要革新的破坏者，因为他内心有理想的光。我们应该知道他和寇盗奴才的分别；应该留心自己堕入后两种。这区别并不烦难，只要观人，省己，凡言动中，思想中，含有借此据为己有的朕兆者是寇盗，含有借此占些目前的小便宜的朕兆者是奴才，无论在前面打着的是怎样鲜明好看的旗子。

一九二五年二月六日

看镜有感

因为翻衣箱，翻出几面古铜镜子来，大概是民国初年初到北京时候买在那里的，"情随事迁"，全然忘却，宛如见了隔世的东西了。

一面圆径不过二寸，很厚重，背面满刻蒲陶，还有跳跃的鼯鼠，沿边是一圈小飞禽。古董店家都称为"海马葡萄镜"。但我的一面并无海马，其实和名称不相当。记得曾见过别一面，是有海马的，但贵极，没有买。这些都是汉代的镜子；后来也有模造或翻沙者，花纹可造粗拙得多了。汉武通大宛安息，以致天马蒲萄，大概当时是视为盛事的，所以便取作什器的装饰。古时，于外来物品，每加海字，如海榴，海红花，海棠之类。海即现在之所谓洋，海马译成今文，当然就是洋马。镜鼻是一个虾蟆，则因为镜如满月，月中有蟾蜍之故，和汉事不相干了。

遥想汉人多少阂放，新来的动植物，即毫不拘忌，来充装饰的花纹。唐人也还不算弱，例如汉人的墓前石兽，多是羊，虎，天禄，辟邪，而长安的昭陵上，却刻着带箭的骏马，还有一匹驼鸟，则办法简直前无古人。现今在坟墓上不待言，即平常的绘画，可有人敢用一朵洋花一只洋鸟，即私人的印章，可有人肯用一个草书一个俗字么？许多雅人，连记年月也必是甲子，怕用民国纪元。不知道是没有如此大胆的艺术家；还是虽有而民众都加迫害，他于是乎只得萎缩，死掉了？

宋的文艺，现在似的国粹气味就熏人。然而辽金元陆续进来了，这消息很耐寻味。汉唐虽然也有边患，但魄力究竟雄大，人民具有不至于为异族奴隶的自信心，或者竟毫未想到，凡取用外来事物的时候，就如将彼俘来一样，自由驱使，绝不介怀。一到衰弊陵夷之际，神经可就衰弱过敏了，每遇外国东西，便觉得仿佛彼来俘我一样，推拒，惶恐，退缩，逃避，抖成一团，又必想一篇道理来掩饰，而国粹遂成为屠王和屠奴的宝贝。

无论从那里来的，只要是食物，壮健者大抵就无需思索，承认是吃的东西。惟有衰病的，却总常想到害胃，伤身，特有许多禁条，许多避忌；还有一大套比较利害而终于不得要领的理由，例如吃固无妨，而不吃尤稳，食之或当有益，然究以不吃为宜云云之类。但这一类人物总要日见其衰弱的，因为他终日战战兢兢，自己先已失了活气了。

不知道南宋比现今如何，但对外敌，却明明已经称臣，惟独在国内特多繁文缛节以及唠叨的碎话。正如倒霉人物，偏多忌讳一般，豁达闳大之风消歇净尽了。直到后来，都没有什么大变化。我曾在古物陈列所所陈列的古画上看见一颗印文，是几个罗马字母。但那是所谓"我圣祖仁皇帝"的印，是征服了汉族的主人，所以他敢；汉族的奴才是不敢的。便是现在，便是艺术家，可有敢用洋文的印的么？

清顺治中，时宪书上印有"依西洋新法"五个字，痛哭流涕来劾洋人汤若望的偏是汉人杨光先。直到康熙初，争胜了，就教他做钦天监正去，则又叩阍以"但知推步之理不知推步之数"辞。不准辞，则又痛哭流涕地来做《不得已》，说道"宁可使中夏无好历法，不可使中夏有西洋人。"然而终于连闰月都算错了，他大约以为好历法专属于西洋人，中夏人自己是学不得，也学不好的。但他竟论了大辟，可是没有杀，放归，死于途中了。汤若望入中国还在明崇祯初，其法终未见用；后来阮元论之曰："明季君臣以大统寖疏，开局修正，既知新法之密，而迄未施行。圣朝定鼎，以其法造时宪书，颁行天下。彼十余年辩论翻译之劳，若以备我朝之采用者，斯亦奇矣！……我国家圣圣相传，用人行政，惟求其是，而不先设成心。即是一端，可以仰见如天之度量矣！"（《畴人传》四十五）

现在流传的古镜们，出自冢中者居多，原是殉葬品。但我也有一面日用镜，薄而且大，规抚汉制，也许是唐代的东西。那证据是：一，镜鼻已多磨损；二，镜面的沙眼都用别的铜来补好了。当时在妆阁中，曾照唐人的额黄和眉绿，现在却监禁在我的衣箱里，它或者大有今昔之感罢。

但铜镜的供用，大约道光咸丰时候还与玻璃镜并行；至于穷乡僻壤，也许至今还用着。我们那里，则除了婚丧仪式之外，全被玻璃镜驱逐了。然而也还有余烈可寻，倘街头遇见一位老翁，肩了长凳似的东西，上面缚着一块猪肝色石和一块青色石，试伫听他的叫喊，就是"磨镜，磨剪刀！"

宋镜我没有见过好的，什九并无藻饰，只有店号或"正其衣冠"等类的迂铭词，真是"世风日下"。但是要进步或不退步，总须时时自出新裁，至少也必取材异域，倘若各种顾忌，各种小心，各种唠叨，这么做即违了祖宗，那么做又像了夷狄，终生惴惴如在薄冰上，发抖尚且来不及，怎么会做出好东西来。所以事实上"今不如古"者，正因为有许多唠叨着"今不如古"的诸位先生们之故。现在情形还如此。倘再不放开度量，大胆地，无畏地，将新文化尽量地吸收，则杨光先似的向西洋主人沥陈中夏的精神文明的时候，大概是不劳久待的罢。

但我向来没有遇见过一个排斥玻璃镜子的人。单知道咸丰年间，汪曰桢先生却在他的大著《湖雅》里攻击过的。他加以比较研究之后，终于决定还是铜镜好。最不可解的是：他说，照起面貌来，玻璃镜不如铜镜之准确。莫非那时的玻璃镜当真坏到如此，还是因为他老先生又带上了国粹眼镜之故呢？我没有见过古玻璃镜。这一点终于猜不透。

一九二五年二月九日

论"他妈的！"

　　无论是谁，只要在中国过活，便总得常听到"他妈的"或其相类的口头禅。我想：这话的分布，大概就跟着中国人足迹之所至罢；使用的遍数，怕也未必比客气的"您好呀"会更少。假使依或人所说，牡丹是中国的"国花"，那么，这就可以算是中国的"国骂"了。

　　我生长于浙江之东，就是西滢先生之所谓"某籍"。那地方通行的"国骂"却颇简单：专一以"妈"为限，决不牵涉余人。后来稍游各地，才始惊异于国骂之博大而精微：上溯祖宗，旁连姊妹，下递子孙，普及同性，真是"犹河汉而无极也"。而且，不特用于人，也以施之兽。前年，曾见一辆煤车的只轮陷入很深的辙迹里，车夫便愤然跳下，出死力打那拉车的骡子道："你姊姊的！你姊姊的！"

　　别的国度里怎样，我不知道。单知道诺威人 Hamsun[1] 有一本小说叫《饥饿》，粗野的口吻是很多的，但我并不见这一类话。Gorky[2] 所写的小说中多无赖汉，就我所看过的而言，也没有这骂法。惟独 Artzybashev[3] 在《工人绥惠略夫》里，却使无抵抗主义者亚拉借夫骂了一句"你妈的"。但其时他已经决计为爱而牺牲了，

---

① 汉姆生（1859—1952），挪威作家。代表作有长篇小说《饥饿》。
② 高尔基（1868—1936），苏联作家。
③ 阿尔志跋绥夫（1978—1927），俄国颓废主义文学流派的著名作家，标榜个人享乐主义。

使我们也失却笑他自相矛盾的勇气。这骂的翻译，在中国原极容易的，别国却似乎为难，德文译本作"我使用过你的妈"，日文译本作"你的妈是我的母狗"。这实在太费解，——由我的眼光看起来。

那么，俄国也有这类骂法的了，但因为究竟没有中国似的精博，所以光荣还得归到这边来。好在这究竟又并非什么大光荣，所以他们大约未必抗议；也不如"赤化"之可怕，中国的阔人，名人，高人，也不至于骇死的。但是，虽在中国，说的也独有所谓"下等人"，例如"车夫"之类，至于有身分的上等人，例如"士大夫"之类，则决不出之于口，更何况笔之于书。"予生也晚"，赶不上周朝，未为大夫，也没有做士，本可以放笔直干的，然而终于改头换面，从"国骂"上削去一个动词和一个名词，又改对称为第三人称者，恐怕还因为到底未曾拉车，因而也就不免"有点贵族气味"之故。那用途，既然只限于一部分，似乎又有些不能算作"国骂"了；但也不然，阔人所赏识的牡丹，下等人又何尝以为"花之富贵者也"？

这"他妈的"的由来以及始于何代，我也不明白。经史上所见骂人的话，无非是"役夫"，"奴"，"死公"；较厉害的，有"老狗"，"貉子"；更厉害，涉及先代的，也不外乎"而母婢也"，"赘阉遗丑"罢了！还没见过什么"妈的"怎样，虽然也许是士大夫讳而不录。但《广弘明集》（七）记北魏邢子才"以为妇人不可保。谓元景曰：'卿何必姓王？'元景变色。子才曰：'我亦何必姓邢；能保五世耶？'"则颇有可以推见消息的地方。

晋朝已经是大重门第，重到过度了；华胄世业，子弟便易于得官；即使是一个酒囊饭袋，也还是不失为清品。北方疆土虽失于拓跋氏，士人却更其发狂似的讲究阀阅，区别等第，守护极严。庶民中纵有俊才，也不能和大姓比并。至于大姓，实不过承祖宗余荫，以旧业骄人，空腹高心，当然使人不耐。但士流既然用祖宗做护符，被压迫的庶民自然也就将他们的祖宗当作仇敌。邢子才的话虽然说不定是否出于愤激，但对于躲在门第下的男女，却确是一个致命的重伤。势位声气，本来仅靠了"祖宗"这惟一的护符而存，"祖宗"倘一被毁，便什么都倒败了。这是倚赖"余荫"的必得的果报。

同一的意思，但没有邢子才的文才，而直出于"下等人"之口的，就是："他妈的！"

要攻击高门大族的坚固的旧堡垒，却去瞄准他的血统，在战略上，真可谓奇谲的了。最先发明这一句"他妈的"的人物，确要算一个天才，——然而是一个卑劣的天才。

唐以后，自夸族望的风气渐渐消除；到了金元，已奉夷狄为帝王，自不妨拜屠沽作卿士，"等"的上下本该从此有些难定了，但偏还有人想辛辛苦苦地爬进"上等"去。刘时中的曲子里说："堪笑这没见识街市匹夫，好打那好顽劣。江湖伴侣，旋将表德官名相体呼，声音多厮称，字样不寻俗。听我一个个细数：粜米的唤子良；卖肉的呼仲甫……开张卖饭的呼君宝；磨面登罗底叫德夫：何足云乎？！"（《乐府新编阳春白雪》三）这就是那时的暴发户的丑态。

"下等人"还未暴发之先，自然大抵有许多"他妈的"在嘴上，但一遇机会，偶窃一位，略识几字，便即文雅起来：雅号也有了；身分也高了；家谱也修了，还要寻一个始祖，不是名儒便是名臣。从此化为"上等人"，也如上等前辈一样，言行都很温文尔雅。然而愚民究竟也有聪明的，早已看穿了这鬼把戏，所以又有俗谚，说："口上仁义礼智，心里男盗女娼！"他们是很明白的。

于是他们反抗了，曰："他妈的！"

但人们不能蔑弃扫荡人我的余泽和旧荫，而硬要去做别人的祖宗，无论如何，总是卑劣的事。有时，也或加暴力于所谓"他妈的"的生命上，但大概是乘机，而不是造运会，所以无论如何，也还是卑劣的事。

中国人至今还有无数"等"，还是依赖门第，还是倚仗祖宗。倘不改造，即永远有无声的或有声的"国骂"。就是"他妈的"，围绕在上下和四旁，而且这还须在太平的时候。

但偶尔也有例外的用法：或表惊异，或表感服。我曾在家乡看见乡农父子一同午饭，儿子指一碗菜向他父亲说："这不坏，妈的你尝尝看！"那父亲回答道："我不要吃。妈的你吃去罢！"则简直已经醇化为现在时行的"我的亲爱的"的意思了。

一九二五年七月十九日

论睁了眼看

虚生先生所做的时事短评中，曾有一个这样的题目："我们应该有正眼看各方面的勇气"（《猛进》十九期）。诚然，必须敢于正视，这才可望敢想，敢说，敢作，敢当。倘使并正视而不敢，此外还能成什么气候。然而，不幸这一种勇气，是我们中国人最所缺乏的。

但现在我所想到的是别一方面——

中国的文人，对于人生，——至少是对于社会现象，向来就多没有正视的勇气。我们的圣贤，本来早已教人"非礼勿视"的了；而这"礼"又非常之严，不但"正视"，连"平视""斜视"也不许。现在青年的精神未可知，在体质，却大半还是弯腰曲背，低眉顺眼，表示着老牌的老成的子弟，驯良的百姓，——至于说对外却有大力量，乃是近一月来的新说，还不知道究竟是如何。

再回到"正视"问题去：先既不敢，后便不能，再后，就自然不视，不见了。一辆汽车坏了，停在马路上，一群人围着呆看，所得的结果是一团乌油油的东西。然而由本身的矛盾或社会的缺陷所生的苦痛，虽不正视，却要身受的。文人究竟是敏感人物，从他们的作品上看来，有些人确也早已感到不满，可是一到快要显露缺陷的危机一发之际，他们总即刻连说"并无其事"，同时便闭上了眼睛。这闭着的眼睛便看见一切圆满，当前的苦痛不过是"天之将降大任于是人也，必先苦其心志，劳其筋骨，饿其体肤，空乏其身，行拂乱其所为。"于是无问题，无缺陷，无不平，也就无解决，无改革，无反抗。因为凡事总要"团圆"，正无须我们焦躁；放心喝茶，睡觉大吉。再说费话，就有"不合时宜"之咎，免不了要受大学教授的纠正了。呸！

我并未实验过，但有时候想：倘将一位久蛰洞房的老太爷抛在夏天正午的烈日底下，或将不出闺门的千金小姐拖到旷野的黑夜里，大概只好闭了眼睛，暂续他们残存的旧梦，总算并没有遇到暗或光，虽然已经是绝不相同的现实。中国的文人也一样，万事闭眼睛，聊以自欺，而且欺人，那方法是：瞒和骗。

中国婚姻方法的缺陷，才子佳人小说作家早就感到了，他于是使一个才子在壁上题诗，一个佳人便来和，由倾慕——现在就得称恋爱——而至于有"终身之约"。但约定之后，也就有了难关。我们都知道，"私订终身"在诗和戏曲或小说上尚不失为美谈（自然只以与终于中状元的男人私订为限），实际却不容于天下的，仍然免不了要离异。明末的作家便闭上眼睛，并这一层也加以补救了，说是：才子及第，奉旨成婚。"父母之命媒妁之言"经这大帽子来一压，便成了半个铅钱也不值，问题也一点没有了。假使有之，也只在才子的能否中状元，而决不在婚姻制度的良否。

（近来有人以为新诗人的做诗发表，是在出风头，引异性；且迁怒于报章杂志之滥登。殊不知即使无报，墙壁实"古已有之"，早做过发表机关了；据《封神演义》，纣王已曾在女娲庙壁上题诗，那起源实在非常之早。报章可以不取白话，或排斥小诗，墙壁却拆不完，管不及的；倘一律刷成黑色，也还有破磁可划，粉笔可书，真是穷于应付。做诗不刻木板，去藏之名山，却要随时发表，虽然很有流弊，但大概是难以杜绝的罢。）

《红楼梦》中的小悲剧，是社会上常有的事，作者又是比较的敢于实写的，而那结果也并不坏。无论贾氏家业再振，兰桂齐芳，即宝玉自己，也成了个披大红猩猩毡斗篷的和尚。和尚多矣，但披这样阔斗篷的能有几个，已经是"入圣超凡"无疑了。至于别的人们，则早在册子里一一注定，末路不过是一个归结：是问题的结束，不是问题的开头。读者即小有不安，也终于奈何不得。然而后来或续或改，非借尸还魂，即冥中另配，必令"生旦当场团圆"，才肯放手者，乃是自欺欺人的瘾太大，所以看了小小骗局，还不甘心，定须闭眼胡说一通而后快。赫克尔（E. Haeckel）说过：人和人之差，有时比类人猿和原人之差还远。我们将《红楼梦》的续作者和原作者一比较，就会承认这话大概是确实的。

"作善降祥"的古训，六朝人本已有些怀疑了，他们作墓志，竟会说"积善不报，终自欺人"的话。但后来的昏人，却又瞒起来。元刘信将三岁痴儿抛入纸火盆，妄希福祐，是见于《元典章》的；剧本《小张屠焚儿救母》却道是为母延命，命得延，儿亦不死了。一女愿侍痼疾之夫，《醒世恒言》中还说终于一同自杀的；后来改作的却道是有蛇坠入药罐里，丈夫服后便全愈了。凡有缺陷，一经作者粉饰，后半便大抵改观，使读者落诬妄中，以为世间委实尽够光明，谁有不幸，便是自作，自受。

有时遇到彰明的史实，瞒不下，如关羽岳飞的被杀，便只好别设骗局了。一是前世已造凶因，如岳飞；一是死后使他成神，如关羽。定命不可逃，成神的善报更满人意，所以杀人者不足责，被杀者也不足悲，冥冥中自有安排，使他们各得其所，正不必别人来费力了。

中国人的不敢正视各方面，用瞒和骗，造出奇妙的逃路来，而自以为正路。在这路上，就证明着国民性的怯弱，懒惰，而又巧滑。一天一天的满足着，即一天一天的堕落着，但却又觉得日见其光荣。在事实上，亡国一次，即添加几个殉难的忠臣，后来每不想光复旧物，而只去赞美那几个忠臣；遭劫一次，即造成一群不辱的烈女，事过之后，也每每不思惩凶，自卫，却只顾歌咏那一群烈女。仿佛亡国遭劫的事，反而给中国人发挥"两间正气"的机会，增高价值，即在此一举，应该一任其至，不足忧悲似的。自然，此上也无可为，因为我们已经借死人获得最上的光荣了。沪汉烈士的追悼会中，活的人们在一块很可景仰的高大的木主下互相打骂，也就是和我们的先辈走着同一的路。

文艺是国民精神所发的火光，同时也是引导国民精神的前途的灯火。这是互为因果的，正如麻油从芝麻榨出，但以浸芝麻，就使它更油。倘以油为上，就不必说；否则，当参入别的东西，或水或砒去。中国人向来因为不敢正视人生，只好瞒和骗，由此也生出瞒和骗的文艺来，由这文艺，更令中国人更深地陷入瞒和骗的大泽中，甚而至于已经自己不觉得。世界日日改变，我们的作家取下假面，真诚地，深入地，大胆地看取人生并且写出他的血和肉来的时候早到了；早就应该有一片崭新的文场，早就应该有几个凶猛的闯将！

现在，气象似乎一变，到处听不见歌吟花月的声音了，代之而起的是铁和血的赞颂。然而倘以欺瞒的心，用欺瞒的嘴，则无论说A和O，或Y和Z，一样是虚假的；只可以吓哑了先前鄙薄花月的所谓批评家的嘴，满足地以为中国就要中兴。可怜他在"爱国"的大帽子底下又闭上了眼睛了——或者本来就闭着。

没有冲破一切传统思想和手法的闯将，中国是不会有真的新文艺的。

一九二五年七月二十二日

从胡须说到牙齿

1

　　一翻《呐喊》，才又记得我曾在中华民国九年双十节的前几天做过一篇《头发的故事》；去年，距今快要一整年了罢，那时是《语丝》出世未久，我又曾为它写了一篇《说胡须》。实在似乎很有些章士钊之所谓"每况愈下"了，——自然，这一句成语，也并不是章士钊首先用错的，但因为他既以擅长旧学自居，我又正在给他打官司，所以就栽在他身上。当时就听说，——或者也是时行的"流言"，——一位北京大学的名教授就愤慨过，以为从胡须说起，一直说下去，将来就要说到屁股，则于是乎便和上海的《晶报》一样了。为什么呢？这须是熟精今典的人们才知道，后进的"束发小生"是不容易了然的。因为《晶报》上曾经登过一篇《太阳晒屁股赋》，屁股和胡须又都是人身的一部分，既说此部，即难免不说彼部，正如看见洗脸的人，敏捷而聪明的学者即能推见他一直洗下去，将来一定要洗到屁股。所以有志于做 gentleman①者，为防微杜渐起见，应该在背后给一顿奚落的。——如果说此外还有深意，那我可不得而知了。

---

　　① 绅士；先生；有身份地位的人。

昔者窃闻之：欧美的文明人讳言下体以及和下体略有渊源的事物。假如以生殖器为中心而画一正圆形，则凡在圆周以内者均在讳言之列；而圆之半径，则美国者大于英。中国的下等人，是不讳言的；古之上等人似乎也不讳，所以虽是公子而可以名为黑臀。讳之始，不知在什么时候；而将英美的半径放大，直至于口鼻之间或更在其上，则昉于一千九百二十四年秋。

文人墨客大概是感性太锐敏了之故罢，向来就很娇气，什么也给他说不得，见不得，听不得，想不得。道学先生于是乎从而禁之，虽然很像背道而驰，其实倒是心心相印。然而他们还是一看见堂客的手帕或者姨太太的荒冢就要做诗。我现在虽然也弄弄笔墨做做白话文，但才气却仿佛早经注定是该在"水平线"之下似的，所以看见手帕或荒冢之类，倒无动于中；只记得在解剖室里第一次要在女性的尸体上动刀的时候，可似乎略有做诗之意，——但是，不过"之意"而已，并没有诗，读者幸勿误会，以为我有诗集将要精装行世，传之其人，先在此预告。后来，也就连"之意"都没有了，大约是因为见惯了的缘故罢，正如下等人的说惯一样。否则，也许现在不但不敢说胡须，而且简直非"人之初性本善论"或"天地玄黄赋"便不屑做。遥想土耳其革命后，撕去女人的面幕，是多么下等的事？呜呼，她们已将嘴巴露出，将来一定要光着屁股走路了！

2

虽然有人数我为"无病呻吟"党之一，但我以为自家有病自家知，旁人大概是不很能够明白底细的。倘没有病，谁来呻吟？如果竟要呻吟，那就已经有了呻吟病了，无法可医。——但模仿自然又是例外。即如自胡须直至屁股等辈，倘使相安无事，谁爱去纪念它们；我们平居无事时，从不想到自己的头，手，脚以至脚底心。待到慨然于"头颅谁斫"，"髀肉（又说下去了，尚希绅士淑女恕之）复生"的时候，是早已别有缘故的了，所以，"呻吟"。而批评家们曰："无病。"我实在艳羡他们的健康。

譬如腋下和胯间的毫毛，向来不很肇祸，所以也没有人引为题目，来呻吟一通。头发便不然了，不但白发数茎，能使老先生揽镜慨然，赶紧拔去；清初还因此杀了许多人。民国既经成立，辫子总算剪定了，即使保不定将来要翻出怎样的花样来，但目下总不妨说是已经告一段落。于是我对于自己的头发，也就淡然若忘，而况女子应否剪发的问题呢，因为我并不预备制造桂花油或贩卖烫剪：事不干己，是无所容心于其间的。但到民国九年，寄住在我的寓里的一位小姐考进高等女子师范学校去了，而她是剪了头发的，再没有法可梳盘龙髻或 S 髻。到这时，我才知道虽然已是民国九年，而有些人之嫉视剪发的女子，竟和清朝末年之嫉视剪发的男子相同；校长 M 先生虽被天夺其魄，自己的头顶秃到近乎精光了，却偏以为女子的头发可系千钧，示意要她留起。设法去疏通了几回，没有效，连我也听得麻烦起来，于是乎"感慨系之矣"了，随口呻吟了一篇《头发的故事》。但是，不知怎的，她后来竟居然并不留长，现在还是蓬蓬松松的在北京道上走。

本来，也可以无须说下去了，然而连胡须样式都不自由，也是我平生的一件感愤，要时时想到的。胡须的有无，式样，长短，我以为除了直接受着影响的人以外，是毫无容喙的权利和义务的，而有些人们偏要越俎代谋，说些无聊的废话，这真和女子非梳头不可的教育，"奇装异服"者要抓进警厅去办罪的政治一样离奇。要人没有反拨，总须不加刺激；乡下人捉进知县衙门去，打完屁股之后，叩一个头道："谢大老爷！"这情形是特异的中国民族所特有的。

不料恰恰一周年，我的牙齿又发生问题了，这当然就要说牙齿。这回虽然并非说下去，而是说进去，但牙齿之后是咽喉，下面是食道，胃，大小肠，直肠，和吃饭很有相关，仍将为大雅所不齿；更何况直肠的邻近还有膀胱呢，呜呼！

3

中华民国十四年十月二十七日，即夏历之重九，国民因为主张关税自主，游行示威了。但巡警却断绝交通，至于发生冲突，据说两面"互有死伤"。次日，几种报章（《社会日报》，《世界日报》，《舆论报》，《益世报》，《顺天时报》等）的新闻中就有这样的话：

> 学生被打伤者，有吴兴身（第一英文学校），头部刀伤甚重……周树人（北大教员）齿受伤，脱门牙二。其他尚未接有报告。……

这样还不够，第二天，《社会日报》，《舆论报》，《黄报》，《顺天时报》又道：

> ……游行群众方面，北大教授周树人（即鲁迅）门牙确落二个。……

舆论也好，指导社会机关也好，"确"也好，不确也好，我是没有修书更正的闲情别致的。但被害苦的是先有许多学生们，次日我到L学校去上课，缺席的学生就有二十余，他们想不至于因为我被打落门牙，即以为讲义也跌了价的，大概是预料我一定请病假。

还有几个尝见和未见的朋友，或则面问，或则函问；尤其是朋其君，先行肉薄中央医院，不得，又到我的家里，目睹门牙无恙，这才重回东城，而"昊天不吊"，竟刮起大风来了。

假使我真被打落两个门牙，倒也大可以略平"整顿学风"者和其党徒之气罢；或者算是说了胡须的报应，——因为有说下去之嫌，所以该得报应，——依博爱家言，本来也未始不是一举两得的事。但可惜那一天我竟不在场。我之所以不到场者，并非遵了胡适教授的指示在研究室里用功，也不是从了江绍原教授的忠告在推敲作品，更不是依着易卜生博士的遗训正在"救出自己"；惭愧我全没有做那些大工作，从实招供起来，不过是整天躺在窗下的床上而已。为什么呢？曰：生些小病，非有他也。

然而我的门牙，却是"确落二个"的。

4

这也是自家有病自家知的一例，如果牙齿健全的，决不会知道牙痛的人的苦楚，只见他歪着嘴角吸风，模样着实可笑。自从盘古开辟天地以来，中国就未曾发明过一种止牙痛的好方法，现在虽然很有些什么"西法镶牙补眼"的了，但大概不过学了一点皮毛，连消毒去腐的粗浅道理也不明白。以北京而论，以中国自家的牙医而论，只有几个留美出身的博士是好的，但是，yes，贵不可言。至于穷乡僻壤，却连皮毛家也没有，倘使不幸而牙痛，又不安本分而想医好，怕只好去叩求城隍土地爷爷罢。

我从小就是牙痛党之一，并非故意和牙齿不痛的正人君子们立异，实在是"欲罢不能"。听说牙齿的性质的好坏，也有遗传的，那么，这就是我的父亲赏给我的一份遗产，因为他牙齿也很坏。于是或蛀，或破，……终于牙龈上出血了，无法收拾；住的又是小城，并无牙医。那时也想不到天下有所谓"西法……"也者，惟有《验方新编》是唯一的救星；然而试尽"验方"都不验。后来，一个善士传给我一个秘方：择日将栗子风干，日日食之，神效。应择那一日，现在已经忘却了，好在这秘方的结果不过是吃栗子，随时可以风干的，我们也无须再费神去查考。自此之后，我才正式看中医，服汤药，可惜中医仿佛也束手了，据说这是叫"牙损"，难治得很呢。还记得有一天一个长辈斥责我，说，因为不自爱，所以会生这病的；医生能有什么法？我不解，但从此不再向人提起牙齿的事了，似乎这病是我的一件耻辱。如此者久而久之，直至我到日本的长崎，再去寻牙医，他给我刮去了牙后面的所谓"齿垽"，这才不再出血了，化去的医费是两元，时间是约一小时以内。

我后来也看看中国的医药书，忽而发见触目惊心的学说了。它说，齿是属于肾的，"牙损"的原因是"阴亏"。我这才顿然悟出先前的所以得到申斥的原因来，原来是它们在这里这样诬陷我。到现在，即使有人说中医怎样可靠，单方怎样灵，我还都不信。自然，其中大半是因为他们耽误了我的父亲的病的缘故罢，但怕也很挟带些切肤之痛的自己的私怨。

事情还很多哩，假使我有 Victor Hugo[①] 先生的文才，也许因此可以写出一部《Les Misérables》[②] 的续集。然而岂但没有而已么，遭难的又是自家的牙齿，向人分送自己的冤单，是不大合式的，虽然所有文章，几乎十之九是自身的暗中的辩护。现在还不如迈开大步一跳，一径来说"门牙确落二个"的事罢：

袁世凯也如一切儒者一样，最主张尊孔。做了离奇的古衣冠，

---

① 维克多·雨果（1802—1885），法国作家。
② 《悲惨世界》。

盛行祭孔的时候，大概是要做皇帝以前的一两年。自此以来，相承不废，但也因秉政者的变换，仪式上，尤其是行礼之状有些不同：大概自以为维新者出则西装而鞠躬，尊古者兴则古装而顿首。我曾经是教育部的佥事，因为"区区"，所以还不入鞠躬或顿首之列的；但届春秋二祭，仍不免要被派去做执事。执事者，将所谓"帛"或"爵"递给鞠躬或顿首之诸公的听差之谓也。民国十一年秋，我"执事"后坐车回寓去，既是北京，又是秋，又是清早，天气很冷，所以我穿着厚外套，带了手套的手是插在衣袋里的。那车夫，我相信他是因为磕睡，胡涂，决非章士钊党；但他却在中途用了所谓"非常处分"，以"迅雷不及掩耳之手段"，自己跌倒了，并将我从车上摔出。我手在袋里，来不及抵按，结果便自然只好和地母接吻，以门牙为牺牲了。于是无门牙而讲书者半年，补好于十二年之夏，所以现在使眀其君一见放心，释然回去的两个，其实却是假的。

5

孔二先生说，"虽有周公之才之美，使骄且吝，其余，不足观也矣。"这话，我确是曾经读过的，也十分佩服。所以如果打落了两个门牙，借此能给若干人们从旁快意，"痛快"，倒也毫无吝惜之心。而无如门牙，只有这几个，而且早经脱落何？但是将前事拉成今事，却也是不甚愿意的事，因为有些事情，我还要说真实，便只好将别人的"流言"抹杀了，虽然这大抵也以有利于己，至少是无损于己者为限。准此，我便顺手又要将章士钊的将后事拉成前事的胡涂账揭出来。

又是章士钊。我之遇到这个姓名而摇头，实在由来已久；但是，先前总算是为"公"，现在却像憎恶中医一样，仿佛也挟带一点私怨了，因为他"无故"将我免了官，所以，在先已经说过：我正在给他打官司。近来看见他的古文的答辩书了，很斤斤于"无故"之辩，其中有一段：

> ……又该伪校务维持会擅举该员为委员，该员又不声明否认，显系有意抗阻本部行政，既情理之所难容，亦法律之所不许。……不得已于八月十二日，呈请执政将周树人免职，十三日由　执政明令照准……

于是乎我也"之乎者也"地驳掉他：

> 查校务维持会公举树人为委员，系在八月十三日，而该总长呈请免职，据称在十二日。岂先预知将举树人为委员而先为免职之罪名耶？……

其实，那些什么"答辩书"也不过是中国的胡牵乱扯的照例的成法，章士钊未必一定如此胡涂；假使真只胡涂，倒还不失为胡涂人，但他是知道舞文玩法的。他自己说过："挽近政治。内包甚复。一端之起。其真意往往难于迹象求之。执法抗争。不过迹象间事。……"所以倘若事不干己，则与其听他说政法，谈逻辑，实在远不如看《太阳晒屁股赋》，因为欺人之意，这些赋里倒没有的。

离题愈说愈远了：这并不是我的身体的一部分。现在即此收住，将来说到那里，且看民国十五年秋罢。

一九二五年十月三十日

坚壁清野主义

新近，我在中国社会上发现了几样主义。其一，是坚壁清野主义。

"坚壁清野"是兵家言，兵家非我的素业，所以这话不是从兵家得来，乃是从别的书上看来，或社会上听来的。听说这回的欧洲战争时最要紧的是壕堑战，那么，虽现在也还使用着这战法——坚壁。至于清野，世界史上就有着有趣的事例：相传十九世纪初拿破仑进攻俄国，到了墨斯科时，俄人便大发挥其清野手段，同时在这地方纵火，将生活所需的东西烧个干净，请拿破仑和他的雄兵猛将在空城里吸西北风。吸不到一个月，他们便退走了。

中国虽说是儒教国，年年祭孔；"俎豆之事，则尝闻之矣，军旅之事，丘未之学也。"但上上下下却都使用着这兵法；引导我看出来的是本月的报纸上的一条新闻。据说，教育当局因为公共娱乐场中常常发生有伤风化情事，所以令行各校，禁止女学生往游艺场和公园；并通知女生家属，协同禁止。自然，我并不深知这事是否确实；更未见明令的原文；也不明白教育当局之意，是因为娱乐场中的"有伤风化"情事，即从女生发生，所以不许其去，还是只要女生不去，别人也不发生，抑或即使发生，也就管他妈的了。

或者后一种的推测庶几近之。我们的古哲和今贤，虽然满口"正本清源"，"澄清天下"，但大概是有口无心的，"未有己不正，

072

而能正人者"，所以结果是：收起来。第一，是"以己之心，度人之心"，想专以"不见可欲，使民心不乱"。第二，是器宇只有这么大，实在并没有"澄清天下"之才，正如富翁唯一的经济法，只有将钱埋在自己的地下一样。古圣人所教的"慢藏诲盗，冶容诲淫"，就是说子女玉帛的处理方法，是应该坚壁清野的。

其实这种方法，中国早就奉行的了，我所到过的地方，除北京外，一路大抵只看见男人和卖力气的女人，很少见所谓上流妇女。但我先在此声明，我之不满于这种现象者，并非因为预备遍历中国，去窃窥一切太太小姐们；我并没有积下一文川资，就是最确的证据。今年是"流言"鼎盛时代，稍一不慎，《现代评论》上就会弯弯曲曲地登出来的，所以特地先行预告。至于一到名儒，则家里的男女也不给容易见面，霍渭厓的《家训》里，就有那非常麻烦的分隔男女的房子构造图。似乎有志于圣贤者，便是自己的家里也应该看作游艺场和公园；现在究竟是二十世纪，而且有"少负不羁之名，长习自由之说"的教育总长，实在宽大得远了。

北京倒是不大禁锢妇女，走在外面，也不很加侮蔑的地方，但这和我们的古哲和今贤之意相左，或者这种风气，倒是满洲人输入的罢。满洲人曾经做过我们的"圣上"，那习俗也应该遵从的。然而我想，现在却也并非排满，如民元之剪辫子，乃是老脾气复发了，只要看旧历过年的放鞭爆，就日见其多。可惜不再出一个魏忠贤来试验试验我们，看可有人去作干儿，并将他配享孔庙。

要风化好，是在解放人性，普及教育，尤其是性教育，这正是教育者所当为之事，"收起来"却是管牢监的禁卒哥哥的专门。况且社会上的事不比牢监那样简单，修了长城，胡人仍然源源而至，深沟高垒，都没有用处的。未有游艺场和公园以前，闺秀不出门，小家女也逛庙会，看祭赛，谁能说"有伤风化"情事，比高门大族为多呢？

总之，社会不改良，"收起来"便无用，以"收起来"为改良社会的手段，是坐了津浦车往奉天。这道理很浅显：壁虽坚固，也会冲倒的。兵匪的"绑急票"，抢妇女，于风化何如？没有知道呢，还是知而不能言，不敢言呢？倒是歌功颂德的！

其实，"坚壁清野"虽然是兵家的一法，但这究竟是退守，不是进攻。或者就因为这一点，适与一般人的退婴主义相称，于是见得志同道合的罢。但在兵事上，是别有所待的，待援军的到来，或敌军的引退；倘单是困守孤城，那结果就只有灭亡，教育上的"坚壁清野"法，所待的是什么呢？照历来的女教来推测，所待的只有一件事：死。

天下太平或还能苟安时候，所谓男子者俨然地教贞顺，说幽娴，"内言不出于阃"，"男女授受不亲"。好！都听你，外事就拜托足下罢。但是天下弄得鼎沸，暴力袭来了，足下将何以见教呢？曰：做烈妇呀！

宋以来，对付妇女的方法，只有这一个，直到现在，还是这一个。

如果这女教当真大行，则我们中国历来多少内乱，多少外患，兵燹频仍，妇女不是死尽了么？不，也有幸免的，也有不死的，易代之际，就和男人一同降伏，做奴才。于是生育子孙，祖宗的香火幸而不断，但到现在还很有带着奴气的人物，大概也就是这个流弊罢。"有利必有弊"，是十口相传，大家都知道的。

但似乎除此之外，儒者，名臣，富翁，武人，阔人以至小百姓，都想不出什么善法来，因此还只得奉这为至宝。更昏庸的，便以为只要意见和这些歧异者，就是土匪了。和官相反的是匪，也正是当然的事。但最近，孙美瑶据守抱犊崮，其实倒是"坚壁"，至于"清野"的通品，则我要推举张献忠。

张献忠在明末的屠戮百姓，是谁也知道，谁也觉得可骇的，譬如他使 ABC 三枝兵杀完百姓之后，便令 AB 杀 C，又令 A 杀 B，又令 A 自相杀。为什么呢？是李自成已经入北京，做皇帝了。做皇帝是要百姓的，他就要杀完他的百姓，使他无皇帝可做。正如伤风化是要女生的，现在关起一切女生，也就无风化可伤一般。

连土匪也有坚壁清野主义，中国的妇女实在已没有解放的路；听说现在的乡民，于兵匪也已经辨别不清了。

一九二五年十一月二十二日

寡妇主义

范源廉先生是现在许多青年所钦仰的；各人有各人的意思，我当然无从推度那些缘由。但我个人所叹服的，是在他当前清光绪末年，首先发明了"速成师范"。一门学术而可以速成，迂执的先生们也许要觉得离奇罢；殊不知那时中国正闹着"教育荒"，所以这正是一宗急赈的款子。半年以后，从日本留学回来的师资就不在少数了，还带着教育上的各种主义，如军国民主义，尊王攘夷主义之类。在女子教育，则那时候最时行，常常听到嚷着的，是贤母良妻主义。

我倒并不一定以为这主义错，愚母恶妻是谁也不希望的。然而现在有几个急进的人们，却以为女子也不专是家庭中物，因而很攻击中国至今还钞了日本旧刊文来教育自己的女子的谬误。人们真容易被听惯的讹传所迷，例如近来有人说：谁是卖国的，谁是只为子孙计的。于是许多人也都这样说。其实如果真能卖国，还该得点更大的利，如果真为子孙计，也还算较有良心；现在的所谓谁者，大抵不过是送国，也何尝想到子孙。这贤母良妻主义也不在例外，急进者虽然引以为病，而事实上又何尝有这么一回事；所有的，不过是"寡妇主义"罢了。

这"寡妇"二字，应该用纯粹的中国思想来解释，不能比附欧，美，印度或亚剌伯的；倘要翻成洋文，也决不宜意译或神译，只能译音：Kuofuism。

我生以前不知道怎样，我生以后，儒教却已经颇"杂"了："奉母命权作道场"者有之，"神道设教"者有之，佩服《文昌帝君功过格》者又有之，我还记得那《功过格》，是给"谈人闺阃"者以很大的罚。我未出户庭，中国也未有女学校以前不知道怎样，自从我涉足社会，中国也有了女校，却常听到读书人谈论女学生的事，并且照例是坏事。有时实在太谬妄了，但倘若指出它的矛盾，则说的听的都大不悦，仇恨简直是"若杀其父兄"。这种言动，自然也许是合于"儒行"的罢，因为圣道广博，无所不包；或者不过是小节，不要紧的。

我曾经也略略猜想过这些谣诼的由来：反改革的老先生，色情狂气味的幻想家，制造流言的名人，连常识也没有或别有作用的新闻访事和记者，被学生赶走的校长和教员，谋做校长的教育家，跟着一犬而群吠的邑犬……。但近来却又发见了一种另外的，是："寡妇"或"拟寡妇"的校长及舍监。

这里所谓"寡妇"，是指和丈夫死别的；所谓"拟寡妇"，是指和丈夫生离以及不得已而抱独身主义的。

中国的女性出而在社会上服务，是最近才有的，但家族制度未曾改革，家务依然纷繁，一经结婚，即难于兼做别的事。于是社会上的事业，在中国，则大抵还只有教育，尤其是女子教育，便多半落在上文所说似的独身者的掌中。这在先前，是道学先生所占据的，继而以顽固无识等恶名失败，她们即以曾受新教育，曾往国外留学，同是女性等好招牌，起而代之。社会上也因为她们并不与任何男性相关，又无儿女系累，可以专心于神圣的事业，便漫然加以信托。但从此而青年女子之遭灾，就远在于往日在道学先生治下之上了。

077

即使是贤母良妻，即使是东方式，对于夫和子女，也不能说可以没有爱情。爱情虽说是天赋的东西，但倘没有相当的刺戟和运用，就不发达。譬如同是手脚，坐着不动的人将自己的和铁匠挑夫的一比较，就非常明白。在女子，是从有了丈夫，有了情人，有了儿女，而后真的爱情才觉醒的；否则，便潜藏着，或者竟会萎落，甚且至于变态。所以托独身者来造贤母良妻，简直是请盲人骑瞎马上道，更何论于能否适合现代的新潮流。自然，特殊的独身的女性，世上也并非没有，如那过去的有名的数学家 Sophie Kowalewsky[1]，现在的思想家 Ellen Key[2] 等；但那是一则欲望转了向，一则思想已经透澈的。然而当学士会院以奖金表彰 Kowalewsky 的学术上的名誉时，她给朋友的信里却有这样的话："我收到各方面的贺信。运命的奇异的讥刺呀，我从来没有感到过这样的不幸。"

至于因为不得已而过着独身生活者，则无论男女，精神上常不免发生变化，有着执拗猜疑阴险的性质者居多。欧洲中世的教士，日本维新前的御殿女中（女内侍），中国历代的宦官，那冷酷险狠，都超出常人许多倍。别的独身者也一样，生活既不合自然，心状也就大变，觉得世事都无味，人物都可憎，看见有些天真欢乐的人，便生恨恶。尤其是因为压抑性欲之故，所以于别人的性底事件就敏感，多疑；欣羡，因而妒嫉。其实这也是势所必至的事：为社会所逼迫，表面上固不能不装作纯洁，但内心却终于逃不掉本能之力的牵掣，不自主地蠢动着缺憾之感的。

然而学生是青年，只要不是童养媳或继母治下出身，大抵涉世不深，觉得万事都有光明，思想言行，即与此辈正相反。此辈倘能

---

① 索菲娅·科瓦列夫斯卡雅 (1850—1891)，俄国数学家、作家。

② 爱伦·凯（1849—1926），瑞典思想家、女权运动者。

回忆自己的青年时代，本来就可以了解的。然而天下所多的是愚妇人，那里能想到这些事；始终用了她多年炼就的眼光，观察一切：见一封信，疑心是情书了；闻一声笑，以为是怀春了；只要男人来访，就是情夫；为什么上公园呢，总该是赴密约。被学生反对，专一运用这种策略的时候不待言，虽在平时，也不免如此。加以中国本是流言的出产地方，"正人君子"也常以这些流言作谈资，扩势力，自造的流言尚且奉为至宝，何况是真出于学校当局者之口的呢，自然就更有价值地传布起来了。

我以为在古老的国度里，老于世故者和许多青年，在思想言行上，似乎有很远的距离，倘观以一律的眼光，结果即往往谬误。譬如中国有许多坏事，各有专名，在书籍上又偏多关于它的别名和隐语。当我编辑周刊时，所收的文稿中每有直犯这些别名和隐语的；在我，是向来避而不用。但细一查考，作者实茫无所知，因此也坦然写出；其咎却在中国的坏事的别名隐语太多，而我亦太有所知道，疑虑及避忌。看这些青年，仿佛中国的将来还有光明；但再看所谓学士大夫，却又不免令人气塞。他们的文章或者古雅，但内心真是干净有多少。即以今年的士大夫的文言而论，章士钊呈文中的"荒学逾闲恣为无忌"，"两性衔接之机缄缔构"，"不受检制竟体忘形"，"谨愿者尽丧所守"等……可谓臻媟黩之极致了。但其实，被侮辱的青年学生们是不懂的；即使仿佛懂得，也大概不及我读过一些古文者的深切地看透作者的居心。

言归正传罢。因为人们因境遇而思想性格能有这样不同，所以在寡妇或拟寡妇所办的学校里，正当的青年是不能生活的。青年应当天真烂漫，非如她们的阴沉，她们却以为中邪了；青年应当有朝气，敢作为，非如她们的萎缩，她们却以为不安本分了：都有罪。只有极和她们相宜，——说得冠冕一点罢，就是极其"婉顺"的，以她们为师法，使眼光呆滞，面肌固定，在学校所化成的阴森的家庭里屏息而行，这才能敷衍到毕业；拜领一张纸，以证明自己在这里被多年陶冶之余，已经失了青春的本来面目，成为精神上的"未字先寡"的人物，自此又要到社会上传布此道去了。

虽然是中国，自然也有一些解放之机，虽然是中国妇女，自然也有一些自立的倾向；所可怕的是幸而自立之后，又转而凌虐还未自立的人，正如童养媳一做婆婆，也就像她的恶姑一样毒辣。我并非说凡在教育界的独身女子，一定都得去配一个男人，无非愿意她们能放开思路，再去较为远大地加以思索；一面，则希望留心教育者，想到这事乃是一个女子教育上的大问题，而有所挽救，因为我知道凡有教育学家，是决不肯说教育是没有效验的。大约中国此后这种独身者还要逐渐增加，倘使没有善法补救，则寡妇主义教育的声势，也就要逐渐浩大，许多女子，都要在那冷酷险狠的陶冶之下，失其活泼的青春，无法复活了。全国受过教育的女子，无论已嫁未嫁，有夫无夫，个个心如古井，脸若严霜，自然倒也怪好看的罢，但究竟也太不像真要人模样地生活下去了；为他帖身的使女，亲生的女儿着想，倒是还在其次的事。

我是不研究教育的，但这种危害，今年却因为或一机会，深切地感到了，所以就趁《妇女周刊》征文的机会，将我的所感说出。

一九二五年十一月二十三日

论"费厄泼赖"应该缓行

一　解题

《语丝》五七期上语堂先生曾经讲起"费厄泼赖"（Fair play），以为此种精神在中国最不易得，我们只好努力鼓励；又谓不"打落水狗"，即足以补充"费厄泼赖"的意义。我不懂英文，因此也不明这字的函义究竟怎样，如果不"打落水狗"也即这种精神之一体，则我却很想有所议论。但题目上不直书"打落水狗"者，乃为回避触目起见，即并不一定要在头上强装"义角"之意。总而言之，不过说是"落水狗"未始不可打，或者简直应该打而已。

二　论"落水狗"有三种，大都在可打之列

今之论者，常将"打死老虎"与"打落水狗"相提并论，以为都近于卑怯。我以为"打死老虎"者，装怯作勇，颇含滑稽，虽然不免有卑怯之嫌，却怯得令人可爱。至于"打落水狗"，则并不如此简单，当看狗之怎样，以及如何落水而定。考落水原因，大概可有三种：（1）狗自己失足落水者，（2）别人打落者，（3）亲自打落者。倘遇前二种，便即附和去打，自然过于无聊，或者竟近于卑怯；但若与狗奋战，亲手打其落水，则虽用竹竿又在水中从而痛打

之，似乎也非已甚，不得与前二者同论。

听说刚勇的拳师，决不再打那已经倒地的敌手，这实足使我们奉为楷模。但我以为尚须附加一事，即敌手也须是刚勇的斗士，一败之后，或自愧自悔而不再来，或尚须堂皇地来相报复，那当然都无不可。而于狗，却不能引此为例，与对等的敌手齐观，因为无论它怎样狂嗥，其实并不解什么"道义"；况且狗是能浮水的，一定仍要爬到岸上，倘不注意，它先就耸身一摇，将水点洒得人们一身一脸，于是夹着尾巴逃走了。但后来性情还是如此。老实人将它的落水认作受洗，以为必已忏悔，不再出而咬人，实在是大错而特错的事。

总之，倘是咬人之狗，我觉得都在可打之列，无论它在岸上或在水中。

三　论叭儿狗尤非打落水里，又从而打之不可

叭儿狗一名哈吧狗，南方却称为西洋狗了，但是，听说倒是中国的特产，在万国赛狗会里常常得到金奖牌，《大不列颠百科全书》的狗照相上，就很有几匹是咱们中国的叭儿狗。这也是一种国光。但是，狗和猫不是仇敌么？它却虽然是狗，又很像猫，折中，公允，调和，平正之状可掬，悠悠然摆别个无不偏激，惟独自己得了"中庸之道"似的脸来。因此也就为阔人，太监，太太，小姐们所钟爱，种子绵绵不绝。它的事业，只是以伶俐的皮毛获得贵人豢养，或者中外的娘儿们上街的时候，脖子上拴了细链子跟在脚后跟。

这些就应该先行打它落水，又从而打之；如果它自坠入水，其实也不妨又从而打之，但若是自己过于要好，自然不打亦可，然而也不必为之叹息。叭儿狗如可宽容，别的狗也大可不必打了，

因为它们虽然非常势利，但究竟还有些像狼，带着野性，不至于如此骑墙。

以上是顺便说及的话，似乎和本题没有大关系。

四 论不"打落水狗"是误人子弟的

总之，落水狗的是否该打，第一是在看它爬上岸了之后的态度。

狗性总不大会改变的，假使一万年之后，或者也许要和现在不同，但我现在要说的是现在。如果以为落水之后，十分可怜，则害人的动物，可怜者正多，便是霍乱病菌，虽然生殖得快，那性格却何等地老实。然而医生是决不肯放过它的。

现在的官僚和土绅士或洋绅士，只要不合自意的，便说是赤化，是共产；民国元年以前稍不同，先是说康党，后是说革党，甚至于到官里去告密，一面固然在保全自己的尊荣，但也未始没有那时所谓"以人血染红顶子"之意。可是革命终于起来了，一群臭架子的绅士们，便立刻皇皇然若丧家之狗，将小辫子盘在头顶上。革命党也一派新气，——绅士们先前所深恶痛绝的新气，"文明"得可以；说是"咸与维新"了，我们是不打落水狗的，听凭它们爬上来罢。于是它们爬上来了，伏到民国二年下半年，二次革命的时候，就突出来帮着袁世凯咬死了许多革命人，中国又一天一天沉入黑暗里，一直到现在，遗老不必说，连遗少也还是那么多。这就因为先烈的好心，对于鬼蜮的慈悲，使它们繁殖起来，而此后的明白青年，为反抗黑暗计，也就要花费更多更多的气力和生命。

秋瑾女士，就是死于告密的，革命后暂时称为"女侠"，现在是不大听见有人提起了。革命一起，她的故乡就到了一个都督，——等于现在之所谓督军，——也是她的同志：王金发。他捉住了杀害她的谋主，调集了告密的案卷，要为她报仇。然而终于将那谋主释放了，据说是因为已经成了民国，大家不应该再修旧怨罢。但等到二次革命失败后，王金发却被袁世凯的走狗枪决了，与有力的是他所释放的杀过秋瑾的谋主。

这人现在也已"寿终正寝"了，但在那里继续跋扈出没着的也还是这一流人，所以秋瑾的故乡也还是那样的故乡，年复一年，丝毫没有长进。从这一点看起来，生长在可为中国模范的名城里的杨荫榆女士和陈西滢先生，真是洪福齐天。

五 论塌台人物不当与"落水狗"相提并论

"犯而不校"是恕道，"以眼还眼以牙还牙"是直道。中国最多的却是枉道：不打落水狗，反被狗咬了。但是，这其实是老实人自己讨苦吃。

俗语说："忠厚是无用的别名，"也许太刻薄一点罢，但仔细想来，却也觉得并非唆人作恶之谈，乃是归纳了许多苦楚的经历之后的警句。譬如不打落水狗说，其成因大概有二：一是无力打；二是比例错。前者且勿论；后者的大错就又有二：一是误将塌台人物和落水狗齐观，二是不辨塌台人物又有好有坏，于是视同一律，结果反成为纵恶。即以现在而论，因为政局的不安定，真是此起彼伏如转轮，坏人靠着冰山，恣行无忌，一旦失足，忽而乞怜，而曾经亲见，或亲受其噬啮的老实人，乃忽以"落水狗"视之，不但不打，甚至于还有哀矜之意，自以为公理已伸，侠义这时正在我这里。殊不知它何尝真是落水，巢窟是早已造好的了，食料是早经储足的了，并且都在租界里。虽然有时似乎受伤，其实并不，至多不过是假装跛脚，聊以引起人们的恻隐之心，可以从容避匿罢了。他日复来，仍旧先咬老实人开手，"投石下井"，无所不为，寻起原因来，一部分就正因为老实人不"打落水狗"之故。所以，要是说得苛刻一点，也就是自家掘坑自家埋，怨天尤人，全是错误的。

六　论现在还不能一味"费厄"

仁人们或者要问：那么，我们竟不要"费厄泼赖"么？我可以立刻回答：当然是要的，然而尚早。这就是"请君入瓮"法。虽然仁人们未必肯用，但我还可以言之成理。土绅士或洋绅士们不是常常说，中国自有特别国情，外国的平等自由等等，不能适用么？我以为这"费厄泼赖"也是其一。否则，他对你不"费厄"，你却对他去"费厄"，结果总是自己吃亏，不但要"费厄"而不可得，并且连要不"费厄"而亦不可得。所以要"费厄"，最好是首先看清对手，倘是些不配承受"费厄"的，大可以老实不客气；待到它也"费厄"了，然后再与它讲"费厄"不迟。

这似乎很有主张二重道德之嫌，但是也出于不得已，因为倘不如此，中国将不能有较好的路。中国现在有许多二重道德，主与奴，男与女，都有不同的道德，还没有划一。要是对"落水狗"和"落水人"独独一视同仁，实在未免太偏，太早，正如绅士们之所谓自由平等并非不好，在中国却微嫌太早一样。所以倘有人要普遍施行"费厄泼赖"精神，我以为至少须俟所谓"落水狗"者带有人气之后。但现在自然也非绝不可行，就是，有如上文所说：要看清对手。而且还要有等差，即"费厄"必视对手之如何而施，无论其怎样落水，为人也则帮之，为狗也则不管之，为坏狗也则打之。一言以蔽之："党同伐异"而已矣。

满心"婆理"而满口"公理"的绅士们的名言暂且置之不论不

议之列，即使真心人所大叫的公理，在现今的中国，也还不能救助好人，甚至于反而保护坏人。因为当坏人得志，虐待好人的时候，即使有人大叫公理，他决不听从，叫喊仅止于叫喊，好人仍然受苦。然而偶有一时，好人或稍稍蹶起，则坏人本该落水了，可是，真心的公理论者又"勿报复"呀，"仁恕"呀，"勿以恶抗恶"呀……的大嚷起来。这一次却发生实效，并非空嚷了：好人正以为然，而坏人于是得救。但他得救之后，无非以为占了便宜，何尝改悔；并且因为是早已营就三窟，又善于钻谋的，所以不多时，也就依然声势赫奕，作恶又如先前一样。这时候，公理论者自然又要大叫，但这回他却不听你了。

但是，"疾恶太严"，"操之过急"，汉的清流和明的东林，却正以这一点倾败，论者也常常这样责备他们。殊不知那一面，何尝不"疾善如仇"呢？人们却不说一句话。假使此后光明和黑暗还不能作彻底的战斗，老实人误将纵恶当作宽容，一味姑息下去，则现在似的混沌状态，是可以无穷无尽的。

七　论"即以其人之道还治其人之身"

中国人或信中医或信西医，现在较大的城市中往往并有两种医，使他们各得其所。我以为这确是极好的事。倘能推而广之，怨声一定还要少得多，或者天下竟可以臻于郅治。例如民国的通礼是鞠躬，但若有人以为不对的，就独使他磕头。民国的法律是没有笞刑的，倘有人以为肉刑好，则这人犯罪时就特别打屁股。碗筷饭菜，是为今人而设的，有愿为燧人氏以前之民者，就请他吃生肉；再造几千间茅屋，将在大宅子里仰慕尧舜的高士都拉出来，给住在那里面；反对物质文明的，自然更应该不使他衔冤坐汽车。这样一办，真所谓"求仁得仁又何怨"，我们的耳根也就可以清净许多罢。

但可惜大家总不肯这样办，偏要以己律人，所以天下就多事。"费厄泼赖"尤其有流弊，甚至于可以变成弱点，反给恶势力占便宜。例如刘百昭殴曳女师大学生，《现代评论》上连屁也不放，一到女师大恢复，陈西滢鼓动女大学生占据校舍时，却道"要是她们不肯走便怎样呢? 你们总不好意思用强力把她们的东西搬走了罢?"殴而且拉，而且搬，是有刘百昭的先例的，何以这一回独独"不好意思"? 这就因为给他嗅到了女师大这一面有些"费厄"气味之故。但这"费厄"却又变成弱点，反而给人利用了来替章士钊的"遗泽"保镖。

八 结末

或者要疑我上文所言，会激起新旧，或什么两派之争，使恶感更深，或相持更烈罢。但我敢断言，反改革者对于改革者的毒害，向来就并未放松过，手段的厉害也已经无以复加了。只有改革者却还在睡梦里，总是吃亏，因而中国也总是没有改革，自此以后，是应该改换些态度和方法的。

一九二五年十二月二十九日

写在《坟》后面

在听到我的杂文已经印成一半的消息的时候，我曾经写了几行题记，寄往北京去。当时想到便写，写完便寄，到现在还不满二十天，早已记不清说了些甚么了。今夜周围是这么寂静，屋后面的山脚下腾起野烧的微光；南普陀寺还在做牵丝傀儡戏，时时传来锣鼓声，每一间隔中，就更加显得寂静。电灯自然是辉煌着，但不知怎地忽有淡淡的哀愁来袭击我的心，我似乎有些后悔印行我的杂文了。我很奇怪我的后悔；这在我是不大遇到的，到如今，我还没有深知道所谓悔者究竟是怎么一回事。但这心情也随即逝去，杂文当然仍在印行，只为想驱逐自己目下的哀愁，我还要说几句话。

记得先已说过：这不过是我的生活中的一点陈迹。如果我的过往，也可以算作生活，那么，也就可以说，我也曾工作过了。但我并无喷泉一般的思想，伟大华美的文章，既没有主义要宣传，也不想发起一种什么运动。不过我曾经尝得，失望无论大小，是一种苦味，所以几年以来，有人希望我动动笔的，只要意见不很相反，我的力量能够支撑，就总要勉力写几句东西，给来者一些极微末的欢喜。人生多苦辛，而人们有时却极容易得到安慰，又何必惜一点笔墨，给多尝些孤独的悲哀呢？于是除小说杂感之外，逐渐又有了长长短短的杂文十多篇。其间自然也有为卖钱而作的。这回就都混在一处。我的生命的一部分，就这样地用去了，也就是做了这样的工作。然而我至今终于不明白我一向是在做什么。比方做土工的罢，做着做着，而不明白是在筑台呢还在掘坑。所知道的是即使是筑台，也无非要将自己从那上面跌下来或者显示老死；倘是掘坑，那就当然不过是埋掉自己。总之：逝去，逝去，一切一切，和光阴一同早逝去，在逝去，要逝去了。——不过如此，但也为我所十分甘愿的。

然而这大约也不过是一句话。当呼吸还在时，只要是自己的，我有时却也喜欢将陈迹收存起来，明知不值一文，总不能绝无眷恋，集杂文而名之曰《坟》，究竟还是一种取巧的掩饰。刘伶喝得酒气熏天，使人荷锸跟在后面，道：死便埋我。虽然自以为放达，其实是只能骗骗极端老实人的。

所以这书的印行，在自己就是这么一回事。至于对别人，记得在先也已说过，还有愿使偏爱我的文字的主顾得到一点喜欢；憎恶我的文字的东西得到一点呕吐，——我自己知道，我并不大度，那些东西因我的文字而呕吐，我也很高兴的。别的就什么意思也没有了。倘若硬要说出好处来，那么，其中所介绍的几个诗人的事，或者还不妨一看；最末的论"费厄泼赖"这一篇，也许可供参考罢，因为这虽然不是我的血所写，却是见了我的同辈和比我年幼的青年们的血而写的。

偏爱我的作品的读者，有时批评说，我的文字是说真话的。这其实是过誉，那原因就因为他偏爱。我自然不想太欺骗人，但也未尝将心里的话照样说尽，大约只要看得可以交卷就算完。我的确时时解剖别人，然而更多的是更无情面地解剖我自己，发表一点，酷爱温暖的人物已经觉得冷酷了，如果全露出我的血肉来，末路正不知要到怎样。我有时也想就此驱除旁人，到那时还不唾弃我的，即使是枭蛇鬼怪，也是我的朋友，这才真是我的朋友。倘使并这个也没有，则就是我一个人也行。但现在我并不。因为，我还没有这样勇敢，那原因就是我还想生活，在这社会里。还有一种小缘故，先前也曾屡次声明，就是偏要使所谓正人君子也者之流多不舒服几天，所以自己便特地留几片铁甲在身上，站着，给他们的世界上多有一点缺陷，到我自己厌倦了，要脱掉了的时候为止。

倘说为别人引路，那就更不容易了，因为连我自己还不明白应当怎么走。中国大概很有些青年的"前辈"和"导师"罢，但那不是我，我也不相信他们。我只很确切地知道一个终点，就是：坟。然而这是大家都知道的，无须谁指引。问题是在从此到那的道路。那当然不只一条，我可正不知那一条好，虽然至今有时也还在寻求。在寻求中，我就怕我未熟的果实偏偏毒死了偏爱我的果实的人，而憎恨我的东西如所谓正人君子也者偏偏都矍铄，所以我说话常不免含胡，中止，心里想：对于偏爱我的读者的赠献，或者最好倒不如是一个"无所有"。我的译著的印本，最初，印一次是一千，后来加五百，近时是二千至四千，每一增加，我自然是愿意的，因为能赚钱，但也伴着哀愁，怕于读者有害，因此作文就时常更谨慎，更踌躇。有人以为我信笔写来，直抒胸臆，其实是不尽然的，我的顾忌并不少。我自己早知道毕竟不是什么战士了，而且也不能算前驱，就有这么多的顾忌和回忆。还记得三四年前，有一个学生来买我的书，从衣袋里掏出钱来放在我手里，那钱上还带着体温。这体温便烙印了我的心，至今要写文字时，还常使我怕毒害了这类的青年，迟疑不敢下笔。我毫无顾忌地说话的日子，恐怕要未必有了罢。但也偶尔想，其实倒还是毫无顾忌地说话，对得起这样的青年。但至今也还没有决心这样做。

今天所要说的话也不过是这些，然而比较的却可以算得真实。此外，还有一点余文。

记得初提倡白话的时候，是得到各方面剧烈的攻击的。后来白话渐渐通行了，势不可遏，有些人便一转而引为自己之功，美其名曰"新文化运动"。又有些人便主张白话不妨作通俗之用；又有些人却道白话要做得好，仍须看古书。前一类早已二次转舵，又反过来嘲骂"新文化"了；后二类是不得已的调和派，只希图多留几天僵尸，到现在还不少。我曾在杂感上掊击过的。

新近看见一种上海出版的期刊，也说起要做好白话须读好古文，而举例为证的人名中，其一却是我。这实在使我打了一个寒噤。别人我不论，若是自己，则曾经看过许多旧书，是的确的，为了教书，至今也还在看。因此耳濡目染，影响到所做的白话上，常不免流露出它的字句，体格来。但自己却正苦于背了这些古老的鬼魂，摆脱不开，时常感到一种使人气闷的沉重。就是思想上，也何尝不中些庄周韩非的毒，时而很随便，时而很峻急。孔孟的书我读得最早，最熟，然而倒似乎和我不相干。大半也因为懒惰罢，往往自己宽解，以为一切事物，在转变中，是总有多少中间物的。动植之间，无脊椎和脊椎动物之间，都有中间物；或者简直可以说，在进化的链子上，一切都是中间物。当开首改革文章的时候，有几个不三不四的作者，是当然的，只能这样，也需要这样。他的任务，是在有些警觉之后，喊出一种新声；又因为从旧垒中来，情形看得较为分明，反戈一击，易制强敌的死命。但仍应该和光阴偕逝，逐渐消亡，至多不过是桥梁中的一木一石，并非什么前途的目标，范本。跟着起来便该不同了，倘非天纵之圣，积习当然也不能顿然荡除，但总得更有新气象。以文字论，就不必更在旧书里讨生活，却将活人的唇舌作为源泉，使文章更加接近语言，更加有生气。至于对于现在人民的语言的穷乏欠缺，如何救济，使他丰富起来，那也是一个很大的问题，或者也须在旧文中取得若干资料，以供使役，但这并不在我现在所要说的范围以内，姑且不论。

我以为我倘十分努力，大概也还能够博采口语，来改革我的文章。但因为懒而且忙，至今没有做。我常疑心这和读了古书很有些关系，因为我觉得古人写在书上的可恶思想，我的心里也常有，能否忽而奋勉，是毫无把握的。我常常诅咒我的这思想，也希望不再见于后来的青年。去年我主张青年少读，或者简直不读中国书，乃是用许多苦痛换来的真话，决不是聊且快意，或什么玩笑，愤激之辞。古人说，不读书便成愚人，那自然也不错的。然而世界却正由愚人造成，聪明人决不能支持世界，尤其是中国的聪明人。现在呢，思想上且不说，便是文辞，许多青年作者又在古文，诗词中摘些好看而难懂的字面，作为变戏法的手巾，来装潢自己的作品了。我不知这和劝读古文说可有相关，但正在复古，也就是新文艺的试行自杀，是显而易见的。

不幸我的古文和白话合成的杂集，又恰在此时出版了，也许又要给读者若干毒害。只是在自己，却还不能毅然决然将他毁灭，还想借此暂时看看逝去的生活的余痕。惟愿偏爱我的作品的读者也不过将这当作一种纪念，知道这小小的丘陇中，无非埋着曾经活过的躯壳。待再经若干岁月，又当化为烟埃，并纪念也从人间消去，而我的事也就完毕了。上午也正在看古文，记起了几句陆士衡的吊曹孟德文，便拉来给我的这一篇作结——

> 既眷古以遗累，信简礼而薄葬。
> 彼裘绂于何有，贻尘谤于后王。
> 嗟大恋之所存，故虽哲而不忘。
> 览遗籍以慷慨，献兹文而凄伤！

一九二六，一一，一一，夜。鲁迅

热 风

题　记

现在有谁经过西长安街一带的，总可以看见几个衣履破碎的穷苦孩子叫卖报纸。记得三四年前，在他们身上偶而还剩有制服模样的残余；再早，就更体面，简直是童子军的拟态。

那是中华民国八年，即西历一九一九年，五月四日北京学生对于山东问题的示威运动以后，因为当时散传单的是童子军，不知怎的竟惹了投机家的注意，童子军式的卖报孩子就出现了。其年十二月，日本公使小幡酉吉抗议排日运动，情形和今年大致相同；只是我们的卖报孩子却穿破了第一身新衣以后，便不再做，只见得年不如年地显出穷苦。

我在《新青年》的《随感录》中做些短评，还在这前一年，因为所评论的多是小问题，所以无可道，原因也大都忘却了。但就现在的文字看起来，除几条泛论之外，有的是对于扶乩，静坐，打拳而发的；有的是对于所谓"保存国粹"而发的；有的是对于那时旧官僚的以经验自豪而发的；有的是对于上海《时报》的讽刺画而发的。记得当时的《新青年》是正在四面受敌之中，我所对付的不过一小部分；其他大事，则本志具在，无须我多言。

五四运动之后，我没有写什么文字，现在已经说不清是不做，还是散失消灭的了。但那时革新运动，表面上却颇有些成功，于是主张革新的也就蓬蓬勃勃，而且有许多还就是在先讥笑，嘲骂《新青年》的人们，但他们却是另起了一个冠冕堂皇的名目：新文化运动。这也就是后来又将这名目反套在《新青年》身上，而又加以嘲骂讥笑的，正如笑骂白话文的人，往往自称最得风气之先，早经主张过白话文一样。

再后，更无可道了。只记得一九二一年中的一篇是对于所谓"虚无哲学"而发的；更后一年则大抵对于上海之所谓"国学家"而发，不知怎的那时忽而有许多人都自命为国学家了。

自《新青年》出版以来，一切应之而嘲骂改革，后来又赞成改革，后来又嘲骂改革者，现在拟态的制服早已破碎，显出自身的本相来了，真所谓"事实胜于雄辩"，又何待于纸笔喉舌的批评。所以我的应时的浅薄的文字，也应该置之不顾，一任其消灭的；但几个朋友却以为现状和那时并没有大两样，也还可以存留，给我编辑起来了。这正是我所悲哀的。我以为凡对于时弊的攻击，文字须与时弊同时灭亡，因为这正如白血轮之酿成疮疖一般，倘非自身也被排除，则当它的生命的存留中，也即证明着病菌尚在。

但如果凡我所写，的确都是冷的呢？则它的生命原来就没有，更谈不到中国的病证究竟如何。然而，无情的冷嘲和有情的讽刺相去本不及一张纸，对于周围的感受和反应，又大概是所谓"如鱼饮水冷暖自知"的；我却觉得周围的空气太寒冽了，我自说我的话，所以反而称之曰《热风》。

一九二五年十一月三日之夜，鲁迅

随感录二十五

　　我一直从前曾见严又陵在一本什么书上发过议论，书名和原文都忘记了。大意是："在北京道上，看见许多孩子，辗转于车轮马足之间，很怕把他们碰死了，又想起他们将来怎样得了，很是害怕。"其实别的地方，也都如此，不过车马多少不同罢了。现在到了北京，这情形还未改变，我也时时发起这样的忧虑；一面又佩服严又陵究竟是"做"过赫胥黎《天演论》的，的确与众不同：是一个十九世纪末年中国感觉锐敏的人。

　　穷人的孩子蓬头垢面的在街上转，阔人的孩子妖形妖势娇声娇气的在家里转。转得大了，都昏天黑地的在社会上转，同他们的父亲一样，或者还不如。

　　所以看十来岁的孩子，便可以逆料二十年后中国的情形；看二十多岁的青年，——他们大抵有了孩子，尊为爹爹了，——便可以推测他儿子孙子，晓得五十年后七十年后中国的情形。

　　中国的孩子，只要生，不管他好不好，只要多，不管他才不才。生他的人，不负教他的责任。虽然"人口众多"这一句话，很可以闭了眼睛自负，然而这许多人口，便只在尘土中辗转，小的时候，不把他当人，大了以后，也做不了人。

　　中国娶妻早是福气，儿子多也是福气。所有小孩，只是他父母福气的材料，并非将来的"人"的萌芽，所以随便辗转，没人管他，因为无论如何，数目和材料的资格，总还存在。即使偶尔送进学堂，然而社会和家庭的习惯，尊长和伴侣的脾气，却多与教育反背，仍然使他与新时代不合。大了以后，幸而生存，也不过"仍旧贯如之何"，照例是制造孩子的家伙，不是"人"的父亲，他生了孩子，便仍然不是"人"的萌芽。

最看不起女人的奥国人华宁该尔（Otto Weininger）曾把女人分成两大类：一是"母妇"，一是"娼妇"。照这分法，男人便也可以分作"父男"和"嫖男"两类了。但这父男一类，却又可以分成两种：其一是孩子之父，其一是"人"之父。第一种只会生，不会教，还带点嫖男的气息。第二种是生了孩子，还要想怎样教育，才能使这生下来的孩子，将来成一个完全的人。

前清末年，某省初开师范学堂的时候，有一位老先生听了，很为诧异，便发愤说："师何以还须受教，如此看来，还该有父范学堂了！"这位老先生，便以为父的资格，只要能生。能生这件事，自然便会，何须受教呢。却不知中国现在，正须父范学堂；这位先生便须编入初等第一年级。

因为我们中国所多的是孩子之父；所以以后是只要"人"之父！

一九一八年

随感录三十三

现在有一班好讲鬼话的人，最恨科学，因为科学能教道理明白，能教人思路清楚，不许鬼混，所以自然而然的成了讲鬼话的人的对头。于是讲鬼话的人，便须想一个方法排除他。

其中最巧妙的是捣乱。先把科学东扯西拉，羼进鬼话，弄得是非不明，连科学也带了妖气：例如一位大官做的卫生哲学，里面说——

> 吾人初生之一点，实自脐始，故人之根本在脐。……故脐下腹部最为重要，道书所以称之曰丹田。

用植物来比人，根须是胃，脐却只是一个蒂，离了便罢，有什么重要。但这还不过比喻奇怪罢了，尤其可怕的是——

> 精神能影响于血液，昔日德国科布博士发明霍乱（虎列拉）病菌，有某某二博士反对之，取其所培养之病菌，一口吞入，而竟不病。

据我所晓得的，是 Koch 博士 [1] 发见（查出了前人未知的事物叫发见，创出了前人未知的器具和方法才叫发明）了真虎列拉菌；别人也发见了一种，Koch 说他不是，把他的菌吞了，后来没有病，便证明了那人所发见的，的确不是病菌。如今颠倒转来，当作"精神能改造肉体"的例证，岂不危险已极么？

捣乱得更凶的，是一位神童做的《三千大千世界图说》。他拿了儒，道士，和尚，耶教的糟粕，乱作一团，又密密的插入鬼话。他说能看见天上地下的情形，他看见的"地球星"，虽与我们所晓得的无甚出入，一到别的星系，可是五花八门了。因为他有天眼通，所以本领在科学家之上。他先说道——

> 今科学家之发明，欲观天文则用天文镜……然犹不能持此以观天堂地狱也。究之学问之道如大海然，万不可入海饮一滴水，即自足也。

他虽然也分不出发见和发明的不同，论学问却颇有理。但学问的大海，究竟怎样情形呢？他说——

> 赤精天……有毒火坑，以水晶盖压之。若遇某星球将坏之时，即去某星球之水晶盖，则毒火大发，焚毁民物。
>
> 众星……大约分为三种，曰恒星，行星，流星。……据西学家言，恒星有三十五千万，以小子视之，不下七千万万也。……行星共计一百千万大系。……流星之多，倍于行星。……其绕日者，约三十三年一周，每秒能

---

① 科荷博士（1843—1910），德国病菌学家。

行六十五里。

　日面纯为大火。……因其热力极大，人不能生，故太
阳星君居焉。

　其余怪话还多；但讲天堂的远不及六朝方士的《十洲记》，讲
地狱的也不过钞袭《玉历钞传》。这神童算是糟了！另外还有感慨
的话，说科学害了人。上面一篇"嗣汉六十二代天师正一真人张元
旭"的序文，尤为单刀直入，明明白白道出——

　　自拳匪假托鬼神，致招联军之祸，几至国亡种灭，识
　者痛心疾首，固已极矣。又适值欧化东渐，专讲物质文明
　之秋，遂本科学家世界无帝神管辖，人身无魂魄轮回之
　说，奉为国是，俾播印于人人脑髓中，自是而人心之敬畏
　绝矣。敬畏绝，而道德无根柢以发生矣！放僻邪侈，肆无
　忌惮，争权夺利，日相战杀，其祸将有甚于拳匪者！……

　这简直说是万恶都由科学，道德全靠鬼话；而且与其科学，不
如拳匪了。从前的排斥外来学术和思想，大抵专靠皇帝；自六朝至
唐宋，凡攻击佛教的人，往往说他不拜君父，近乎造反。现在没有
皇帝了，却寻出一个"道德"的大帽子，看他何等利害。不提防想
不到的一本绍兴《教育杂志》里面，也有一篇仿古先生的《教育
偏重科学无甯偏重道德》（甯字原文如此，疑是避讳）的论文，他
说——

　　西人以数百年科学之心力，仅酿成此次之大战
　争。……科学云乎哉？多见其为残贼人道矣！

偏重于科学，则相尚于知能；偏重于道德，则相尚于欺伪。相尚于欺伪，则祸止于欺伪，相尚于知能，则欺伪莫由得而明矣！

虽然不说鬼神为道德根本，至于向科学宣告死刑，却居然两教同心了。所以拳匪的传单上，明白写着——

傅言由山东来，赶紧急傅，并无虚言！（傅字原文如此，疑傅字之误。）

照他们看来，这般可恨可恶的科学世界，怎样挽救呢？《灵学杂志》内俞复先生答吴稚晖先生书里说过："鬼神之说不张，国家之命遂促！"可知最好是张鬼神之说了。鬼神为道德根本，也与张天师和仿古先生的意见毫不冲突。可惜近来北京乩坛，又印出一本《感显利冥录》，内有前任北京城隍白知和谛闲法师的问答——

师云：发愿一事，的确要紧。……此次由南方来，闻某处有济公临坛，所说之话，殊难相信。济祖是阿罗汉，见思惑已尽，断不为此。……不知某会临坛者，是济祖否？请示。
乩云：承谕发愿，……谨记斯言。某处坛，灵鬼附之耳。须知灵鬼，即魔道也。知此后当发愿驱除此等之鬼。

"师云"的发愿，城隍竟不能懂；却先与某会力争正统。照此看来，国家之命未延，鬼兵先要打仗；道德仍无根柢，科学也还该活命了。

其实中国自所谓维新以来，何尝真有科学。现在儒道诸公，却径把历史上一味捣鬼不治人事的恶果，都移到科学身上，也不问什么叫道德，怎样是科学，只是信口开河，造谣生事；使国人格外惑乱，社会上罩满了妖气。以上所引的话，不过随手拈出的几点黑影；此外自大埠以至僻地，还不知有多少奇谈。但即此几条，已足可推测我们周围的空气，以及将来的情形，如何黑暗可怕了。

据我看来，要救治这"几至国亡种灭"的中国，那种"传言由山东来"的方法，是全不对症的，只有这鬼话的对头的科学！——不是皮毛的真正科学！——这是什么缘故呢？陈正敏《遯斋闲览》有一段故事（未见原书，据《本草纲目》所引写出，但这也全是道士所编造的谣言，并非事实，现在只当他比喻用）说得好——

> 杨勔中年得异疾；每发语，腹中有小声应之，久渐声大。有道士见之，曰：此应声虫也！但读《本草》取不应者治之。读至雷丸，不应，遂顿服数粒而愈。

关于吞食病菌的事，我上文所说的大概也是错的，但现在手头无书可查。也许是 Koch 博士发见了虎列拉菌时，Pfeffer 博士以为不是真病菌，当面吞下去了，后来病得几乎要死。总之，无论如何，这一案决不能作"精神能改造肉体"的例证。

一九二五年九月二十四日补记

随感录三十五

从清期末年，直到现在，常常听人说"保存国粹"这一句话。

前清末年说这话的人，大约有两种：一是爱国志士，一是出洋游历的大官。他们在这题目的背后，各各藏着别的意思。志士说保存国粹，是光复旧物的意思；大官说保存国粹，是教留学生不要去剪辫子的意思。

现在成了民国了。以上所说的两个问题，已经完全消灭。所以我不能知道现在说这话的是那一流人，这话的背后藏着什么意思了。

可是保存国粹的正面意思，我也不懂。

什么叫"国粹"？照字面看来，必是一国独有，他国所无的事物了。换一句话，便是特别的东西。但特别未必定是好，何以应该保存？

譬如一个人，脸上长了一个瘤，额上肿出一颗疮，的确是与众不同，显出他特别的样子，可以算他的"粹"。然而据我看来，还不如将这"粹"割去了，同别人一样的好。

倘说：中国的国粹，特别而且好；又何以现在糟到如此情形，新派摇头，旧派也叹气。

倘说：这便是不能保存国粹的缘故，开了海禁的缘故，所以必须保存。但海禁未开以前，全国都是"国粹"，理应好了；何以春秋战国五胡十六国闹个不休，古人也都叹气。

倘说：这是不学成汤文武周公的缘故；何以真正成汤文武周公时代，也先有桀纣暴虐，后有殷顽作乱；后来仍旧弄出春秋战国五胡十六国闹个不休，古人也都叹气。

我有一位朋友说得好："要我们保存国粹，也须国粹能保存我们。"

保存我们，的确是第一义。只要问他有无保存我们的力量，不管他是否国粹。

一九一八年

随感录三十六

现在许多人有大恐惧；我也有大恐惧。

许多人所怕的，是"中国人"这名目要消灭；我所怕的，是中国人要从"世界人"中挤出。

我以为"中国人"这名目，决不会消灭；只要人种还在，总是中国人。譬如埃及犹太人，无论他们还有"国粹"没有，现在总叫他埃及犹太人，未尝改了称呼。可见保存名目，全不必劳力费心。

但是想在现今的世界上，协同生长，挣一地位，即须有相当的进步的智识，道德，品格，思想，才能够站得住脚：这事极须劳力费心。而"国粹"多的国民，尤为劳力费心，因为他的"粹"太多。粹太多，便太特别。太特别，便难与种种人协同生长，挣得地位。

有人说："我们要特别生长；不然，何以为中国人！"

于是乎要从"世界人"中挤出。

于是乎中国人失了世界，却暂时仍要在这世界上住！——这便是我的大恐惧。

一九一八年

随感录三十七

近来很有许多人，在那里竭力提倡打拳。记得先前也曾有过一回，但那时提倡的，是满清王公大臣，现在却是民国的教育家，位分略有不同。至于他们的宗旨，是一是二，局外人便不得而知。

现在那班教育家，把"九天玄女传与轩辕黄帝，轩辕黄帝传与尼姑"的老方法，改称"新武术"，又是"中国式体操"，叫青年去练习。听说其中好处甚多，重要的举出两种来，是：

一，用在体育上。据说中国人学了外国体操，不见效验；所以须改习本国式体操（即打拳）才行。依我想来：两手拿着外国铜锤或木棍，把手脚左伸右伸的，大约于筋肉发达上，也该有点"效验"。无如竟不见效验！那自然只好改途去练"武松脱铐"那些把戏了。这或者因为中国人生理上与外国人不同的缘故。

二，用在军事上。中国人会打拳，外国人不会打拳：有一天见面对打，中国人得胜，是不消说的了。即使不把外国人"板油扯下"，只消一阵"乌龙扫地"，也便一齐扫倒，从此不能爬起。无如现在打仗，总用枪炮。枪炮这件东西，中国虽然"古时也已有过"，可是此刻没有了。籐牌操法，又不练习，怎能御得枪炮？我想（他们不曾说明，这是我的"管窥蠡测"）：打拳打下去，总可达到"枪炮打不进"的程度（即内功？）。这件事从前已经试过一次，在一千九百年。可惜那一回真是名誉的完全失败了。且看这一回如何。

随感录三十八

中国人向来有点自大。——只可惜没有"个人的自大",都是"合群的爱国的自大"。这便是文化竞争失败之后,不能再见振拔改进的原因。

"个人的自大",就是独异,是对庸众宣战。除精神病学上的夸大狂外,这种自大的人,大抵有几分天才,——照 Nordau[①] 等说,也可说就是几分狂气,他们必定自己觉得思想见识高出庸众之上,又为庸众所不懂,所以愤世疾俗,渐渐变成厌世家,或"国民之敌"。但一切新思想,多从他们出来,政治上宗教上道德上的改革,也从他们发端。所以多有这"个人的自大"的国民,真是多福气!多幸运!

"合群的自大","爱国的自大",是党同伐异,是对少数的天才宣战;——至于对别国文明宣战,却尚在其次。他们自己毫无特别才能,可以夸示于人,所以把这国拿来做个影子;他们把国里的习惯制度抬得很高,赞美的了不得;他们的国粹,既然这样有荣光,他们自然也有荣光了!倘若遇见攻击,他们也不必自去应战,因为这种蹲在影子里张目摇舌的人,数目极多,只须用 mob[②] 的长技,一阵乱噪,便可制胜。胜了,我是一群中的人,自然也胜了;若败了

---

① 诺尔道,德国医生、政论家、作家。
② 英语:乌合之众。

时，一群中有许多人，未必是我受亏：大凡聚众滋事时，多具这种心理，也就是他们的心理。他们举动，看似猛烈，其实却很卑怯。至于所生结果，则复古，尊王，扶清灭洋等等，已领教得多了。所以多有这"合群的爱国的自大"的国民，真是可哀，真是不幸！

不幸中国偏只多这一种自大：古人所作所说的事，没一件不好，遵行还怕不及，怎敢说到改革？这种爱国的自大家的意见，虽各派略有不同，根柢总是一致，计算起来，可分作下列五种：

甲云："中国地大物博，开化最早；道德天下第一。"这是完全自负。

乙云："外国物质文明虽高，中国精神文明更好。"

丙云："外国的东西，中国都已有过；某种科学，即某子所说的云云"，这两种都是"古今中外派"的支流；依据张之洞的格言，以"中学为体西学为用"的人物。

丁云："外国也有叫化子，——（或云）也有草舍，——娼妓，——臭虫。"这是消极的反抗。

戊云："中国便是野蛮的好。"又云："你说中国思想昏乱，那正是我民族所造成的事业的结晶。从祖先昏乱起，直要昏乱到子孙；从过去昏乱起，直要昏乱到未来。……（我们是四万万人，）你能把我们灭绝么？"这比"丁"更进一层，不去拖人下水，反以自己的丑恶骄人；至于口气的强硬，却很有《水浒传》中牛二的态度。

五种之中，甲乙丙丁的话，虽然已很荒谬，但同戊比较，尚觉情有可原，因为他们还有一点好胜心存在。譬如衰败人家的子弟，看见别家兴旺，多说大话，摆出大家架子；或寻求人家一点破绽，聊给自己解嘲。这虽然极是可笑，但比那一种掉了鼻子，还说是祖传老病，夸示于众的人，总要算略高一步了。

戊派的爱国论最晚出，我听了也最寒心；这不但因其居心可怕，实因他所说的更为实在的缘故。昏乱的祖先，养出昏乱的子孙，正是遗传的定理。民族根性造成之后，无论好坏，改变都不容易的。法国 G. Le Bon① 著《民族进化的心理》中，说及此事道（原文已忘，今但举其大意）——"我们一举一动，虽似自主，其实多受死鬼的牵制。将我们一代的人，和先前几百代的鬼比较起来，数目上就万不能敌了。"我们几百代的祖先里面，昏乱的人，定然不少：有讲道学的儒生，也有讲阴阳五行的道士，有静坐炼丹的仙人，也有打脸打把子的戏子。所以我们现在虽想好好做"人"，难保血管里的昏乱分子不来作怪，我们也不由自主，一变而为研究丹田脸谱的人物：这真是大可寒心的事。但我总希望这昏乱思想遗传的祸害，不至于有梅毒那样猛烈，竟至百无一免。即使同梅毒一样，现在发明了六百零六，肉体上的病，既可医治；我希望也有一种七百零七的药，可以医治思想上的病。这药原来也已发明，就是"科学"一味。只希望那班精神上掉了鼻子的朋友，不要又打着"祖传老病"的旗号来反对吃药，中国的昏乱病，便也总有全愈的一天。祖先的势力虽大，但如从现代起，立意改变：扫除了昏乱的心思，和助成昏乱的物事（儒道两派的文书），再用了对症的药，即使不能立刻奏效，也可把那病毒略略羼淡。如此几代之后待我们成了祖先的时候，就可以分得昏乱祖先的若干势力，那时便有转机，Le Bon 所说的事，也不足怕了。

以上是我对于"不长进的民族"的疗救方法；至于"灭绝"一条，那是全不成话，可不必说。"灭绝"这两个可怕的字，岂是我们人类应说的？只有张献忠这等人曾有如此主张，至今为人类唾骂；而且于实际上发生出什么效验呢？但我有一句话，要劝戊派

---

① 勒朋（1841—1931），法国医生和社会心理学家。

诸公。"灭绝"这句话，只能吓人，却不能吓倒自然。他是毫无情面：他看见有自向灭绝这条路走的民族，便请他们灭绝，毫不客气。我们自己想活，也希望别人都活；不忍说他人的灭绝，又怕他们自己走到灭绝的路上，把我们带累了也灭绝，所以在此着急。倘使不改现状，反能兴旺，能得真实自由的幸福生活，那就是做野蛮也很好。——但可有人敢答应说"是"么？

一九一八年

随感录三十九

《新青年》的五卷四号，隐然是一本戏剧改良号，我是门外汉，开口不得；但见《再论戏剧改良》这一篇中，有"中国人说到理想，便含着轻薄的意味，觉得理想即是妄想，理想家即是妄人"一段话，却令我发生了追忆，不免又要说几句空谈。

据我的经验，这理想价值的跌落，只是近五年以来的事。民国以前，还未如此，许多国民，也肯认理想家是引路的人。到了民国元年前后，理论上的事情，著著实现，于是理想派——深浅真伪现在姑且弗论——也格外举起头来。一方面却有旧官僚的攘夺政权，以及遗老受冷不过，豫备下山，都痛恨这一类理想派，说什么闻所未闻的学理法理，横亘在前，不能大踏步摇摆。于是沉思三日三夜，竟想出了一种兵器，有了这利器，才将"理"字排行的元恶大憝，一律肃清。这利器的大名，便叫"经验"。现在又添上一个雅号，便是高雅之至的"事实"。

经验从那里得来，便是从清朝得来的。经验提高了他的喉咙含含糊糊说，"狗有狗道理，鬼有鬼道理，中国与众不同，也自有中国道理。道理各各不同，一味理想，殊堪痛恨。"这时候，正是上下一心理财强种的时候，而且带着理字的，又大半是洋货，爱国之士，义当排斥。所以一转眼便跌了价值；一转眼便遭了嘲骂；又一转眼，便连他的影子，也同拳民时代的教民一般，竟犯了与众共弃的大罪了。

但我们应该明白，人格的平等，也是一种外来的旧理想；现在"经验"既已登坛，自然株连着化为妄想，理合不分首从，全踏在朝靴底下，以符列祖列宗的成规。这一踏不觉过了四五年，经验家虽然也增加了四五岁，与素未经验的生物学学理——死——渐渐接近，但这与众不同的中国，却依然不是理想的住家。一大批踏在朝靴底下的学习诸公，早经竭力大叫，说他也得了经验了。

但我们应该明白，从前的经验，是从皇帝脚底下学得；现在与将来的经验，是从皇帝的奴才的脚底下学得。奴才的数目多，心传的经验家也愈多。待到经验家二世的全盛时代，那便是理想单被轻薄，理想家单当妄人，还要算是幸福侥幸了。

现在的社会，分不清理想与妄想的区别。再过几时，还要分不清"做不到"与"不肯做到"的区别，要将扫除庭园与劈开地球混作一谈。理想家说，这花园有秽气，须得扫除，——到那时候，说这宗话的人，也要算在理想党里，——他却说道，他们从来在此小便，如何扫除？万万不能，也断乎不可！

那时候，只要从来如此，便是宝贝。即使无名肿毒，倘若生在中国人身上，也便"红肿之处，艳若桃花；溃烂之时，美如乳酪"。国粹所在，妙不可言。那些理想学理法理，既是洋货，自然完全不在话下了。

但最奇怪的，是七年十月下半，忽有许多经验家，理想经验双全家，经验理想未定家，都说公理战胜了强权，还向公理颂扬了一番，客气了一顿。这事不但溢出了经验的范围，而且又添上一个理字排行的厌物。将来如何收场，我是毫无经验，不敢妄谈。经验诸公，想也未曾经验，开口不得。

没有法，只好在此提出，请教受人轻薄的理想家了。

一九一九年

随感录四十一

从一封匿名信里看见一句话，是"数麻石片"（原注江苏方言），大约是没有本领便不必提倡改革，不如去数石片的好的意思。因此又记起了本志通信栏内所载四川方言的"洗煤炭"。想来别省方言中，相类的话还多；守着这专劝人自暴自弃的格言的人，也怕并不少。

凡中国人说一句话，做一件事，倘与传来的积习有若干抵触，须一个斤斗便告成功，才有立足的处所；而且被恭维得烙铁一般热。否则免不了标新立异的罪名，不许说话；或者竟成了大逆不道，为天地所不容。这一种人，从前本可以夷到九族，连累邻居；现在却不过是几封匿名信罢了。但意志略略薄弱的人便不免因此萎缩，不知不觉的也入了"数麻石片"党。

所以现在的中国，社会上毫无改革，学术上没有发明，美术上也没有创作；至于多人继续的研究，前仆后继的探险，那更不必提了。国人的事业，大抵是专谋时式的成功的经营，以及对于一切的冷笑。

但冷笑的人，虽然反对改革，却又未必有保守的能力：即如文字一面，白话固然看不上眼，古文也不甚提得起笔。照他的学说，本该去"数麻石片"了；他却又不然，只是莫名其妙的冷笑。

中国的人，大抵在如此空气里成功，在如此空气里萎缩腐败，以至老死。

我想，人猿同源的学说，大约可以毫无疑义了。但我不懂，何以从前的古猴子，不都努力变人，却到现在还留着子孙，变把戏给人看。还是那时竟没有一匹想站起来学说人话呢？还是虽然有了几匹，却终被猴子社会攻击他标新立异，都咬死了；所以终于不能进化呢？

尼采式的超人，虽然太觉渺茫，但就世界现有人种的事实看来，却可以确信将来总有尤为高尚尤近圆满的人类出现。到那时候，类人猿上面，怕要添出"类猿人"这一个名词。

所以我时常害怕，愿中国青年都摆脱冷气，只是向上走，不必听自暴自弃者流的话。能做事的做事，能发声的发声。有一分热，发一分光，就令萤火一般，也可以在黑暗里发一点光，不必等候炬火。

此后如竟没有炬火：我便是唯一的光。倘若有了炬火，出了太阳，我们自然心悦诚服的消失，不但毫无不平，而且还要随喜赞美这炬火或太阳；因为他照了人类，连我都在内。

我又愿中国青年都只是向上走，不必理会这冷笑和暗箭。尼采说："真的，人是一个浊流。应该是海了，能容这浊流使他干净。

"咄，我教你们超人：这便是海，在他这里，能容下你们的大侮蔑。"（《札拉图如是说》的《序言》第三节）

纵令不过一洼浅水，也可以学学大海；横竖都是水，可以相通。几粒石子，任他们暗地里掷来；几滴秽水，任他们从背后泼来就是了。

这还算不到"大侮蔑"——因为大侮蔑也须有胆力。

一九一九年

115

随感录四十二

听得朋友说，杭州英国教会里的一个医生，在一本医书上做一篇序，称中国人为土人；我当初颇不舒服，子细再想，现在也只好忍受了。土人一字，本来只说生在本地的人，没有什么恶意。后来因其所指，多系野蛮民族，所以加添了一种新意义，仿佛成了野蛮人的代名词。他们以此称中国人，原不免有侮辱的意思；但我们现在，却除承受这个名号以外，实是别无方法。因为这类是非，都凭事实，并非单用口舌可以争得的。试看中国的社会里，吃人，劫掠，残杀，人身卖买，生殖器崇拜，灵学，一夫多妻，凡有所谓国粹，没一件不与蛮人的文化（?）恰合。拖大辫，吸鸦片，也正与土人的奇形怪状的编发及吃印度麻一样。至于缠足，更要算在土人的装饰法中，第一等的新发明了。他们也喜欢在肉体上做出种种装饰：剜空了耳朵嵌上木塞；下唇剜开一个大孔，插上一支兽骨，像鸟嘴一般；面上雕出兰花；背上刺出燕子；女人胸前做成许多圆的长的疙瘩。可是他们还能走路，还能做事；他们终是未达一间，想不到缠足这好法子。……世上有如此不知肉体上的苦痛的女人，以及如此以残酷为乐，丑恶为美的男子，真是奇事怪事。

自大与好古，也是土人的一个特性。英国人乔治葛来任纽西兰总督的时候，做了一部《多岛海神话》，序里说他著书的目的，并非全为学术，大半是政治上的手段。他说，纽西兰土人是不能同他说理的。只要从他们的神话的历史里，抽出一条相类的事来做一个例，讲给酋长祭师们听，一说便成了。譬如要造一条铁路，倘若对他们说这事如何有益，他们决不肯听；我们如果根据神话，说从前某某大仙，曾推着独轮车在虹霓上走，现在要仿他造一条路，那便无所不可了。（原文已经忘却，以上所说只是大意）中国十三经二十五史，正是酋长祭师们一心崇奉的治国平天下的谱，此后凡与土人有交涉的"西哲"，倘能人手一编，便助成了我们的"东学西渐"，很使土人高兴；但不知那译本的序上写些什么呢？

一九一九年

随感录四十三

进步的美术家，——这是我对于中国美术界的要求。

美术家固然须有精熟的技工，但尤须有进步的思想与高尚的人格。他的制作，表面上是一张画或一个雕像，其实是他的思想与人格的表现。令我们看了，不但欢喜赏玩，尤能发生感动，造成精神上的影响。

我们所要求的美术家，是能引路的先觉，不是"公民团"的首领。我们所要求的美术品，是表记中国民族知能最高点的标本，不是水平线以下的思想的平均分数。

近来看见上海什么报的增刊《泼克》上，有几张讽刺画。他的画法，倒也模仿西洋；可是我很疑惑，何以思想如此顽固，人格如此卑劣，竟同没有教育的孩子只会在好好的白粉墙上写几个"某某是我而子"一样。可怜外国事物，一到中国，便如落在黑色染缸里似的，无不失了颜色。美术也是其一：学了体格还未匀称的裸体画，便画猥亵画：学了明暗还未分明的静物画，只能画招牌。皮毛改新，心思仍旧，结果便是如此。至于讽刺画之变为人身攻击的器具，更是无足深怪了。

说起讽刺画，不禁想到美国画家勃拉特来（L. D. Bradley 1853—1917）了。他专画讽刺画，关于欧战的画，尤为有名；只可惜前年死掉了。我见过他一张《秋收时之月》（《The Harvest

Moon》）的画。上面是一个形如骷髅的月亮，照着荒田；田里一排一排的都是兵的死尸。唉唉，这才算得真的进步的美术家的讽刺画。我希望将来中国也能有一日，出这样一个进步的讽刺画家。

一九一九年

随感录四十六

民国八年正月间，我在朋友家里见到上海一种什么报的星期增刊讽刺画，正是开宗明义第一回；画着几方小图，大意是骂主张废汉文的人的；说是给外国医生换上外国狗的心了，所以读罗马字时，全是外国狗叫。但在小图的上面，又有两个双钩大字"泼克"，似乎便是这增刊的名目；可是全不像中国话。我因此很觉这美术家可怜：他——对于个人的人身攻击姑且不论——学了外国画，来骂外国话，然而所用的名目又仍然是外国话。讽刺画本可以针砭社会的锢疾；现在施针砭的人的眼光，在一方尺大的纸片上，尚且看不分明，怎能指出确当的方向，引导社会呢？

这几天又见到一张所谓《泼克》，是骂提倡新文艺的人了。大旨是说凡所崇拜的，都是外国的偶像。我因此愈觉这美术家可怜：他学了画，而且画了"泼克"，竟还未知道外国画也是文艺之一。他对于自己的本业，尚且罩在黑坛子里，摸不清楚，怎能有优美的创作，贡献于社会呢？

但"外国偶像"四个字，却亏他想了出来。

不论中外，诚然都有偶像。但外国是破坏偶像的人多；那影响所及，便成功了宗教改革，法国革命。旧像愈摧破，人类便愈进步；所以现在才有比利时的义战，与人道的光明。那达尔文易卜生托尔斯泰尼采诸人，便都是近来偶像破坏的大人物。

在这一流偶像破坏者，《泼克》却完全无用；因为他们都有确固不拔的自信，所以决不理会偶像保护者的嘲骂。易卜生说：

> 我告诉你们，是这个——世界上最强壮有力的人，就是那孤立的人。(见《国民之敌》)

但也不理会偶像保护者的恭维。尼采说：

> 他们又拿着称赞，围住你嗡嗡的叫：他们的称赞是厚脸皮。他们要接近你的皮肤和你的血。(《札拉图如是说》第二卷《市场之蝇》)

这样，才是创作者。——我辈即使才力不及，不能创作，也该当学习；即使所崇拜的仍然是新偶像，也总比中国陈旧的好。与其崇拜孔丘关羽，还不如崇拜达尔文易卜生；与其牺牲于瘟将军五道神，还不如牺牲于 Apollo[①]。

---

① 阿波罗，希腊神话中光明、艺术与健康之神。

随感录四十七

有人做了一块象牙片，半寸方，看去也没有什么；用显微镜一照，却看见刻着一篇行书的《兰亭序》。我想：显微镜的所以制造，本为看那些极细微的自然物的；现在既用人工，何妨便刻在一块半尺方的象牙板上，一目了然，省却用显微镜的工夫呢？

张三李四是同时人。张三记了古典来做古文；李四又记了古典，去读张三做的古文。我想：古典是古人的时事，要晓得那时的事，所以免不了翻着古典；现在两位既然同时，何妨老实说出，一目了然，省却你也记古典，我也记古典的工夫呢？

内行的人说：什么话！这是本领，是学问！

我想，幸而中国人中，有这一类本领学问的人还不多。倘若谁也弄这玄虚：农夫送来了一粒粉，用显微镜照了，却是一碗饭；水夫挑来用水湿过的土，想喝茶的又须挤出湿土里的水：那可真要支撑不住了。

一九一九年

随感录四十八

中国人对于异族，历来只有两样称呼：一样是禽兽，一样是圣上。从没有称他朋友，说他也同我们一样的。

古书里的弱水，竟是骗了我们：闻所未闻的外国人到了；交手几回，渐知道"子曰诗云"似乎无用，于是乎要维新。

维新以后，中国富强了，用这学来的新，打出外来的新，关上大门，再来守旧。

可惜维新单是皮毛，关门也不过一梦。外国的新事理，却愈来愈多，愈优胜，"子曰诗云"也愈挤愈苦，愈看愈无用。于是从那两样旧称呼以外，别想了一样新号："西哲"或曰"西儒"。

他们的称号虽然新了，我们的意见却照旧。因为"西哲"的本领虽然要学，"子曰诗云"也更要昌明。换几句话，便是学了外国本领，保存中国旧习。本领要新，思想要旧。要新本领旧思想的新人物，驮了旧本领旧思想的旧人物，请他发挥多年经验的老本领。一言以蔽之：前几年谓之"中学为体，西学为用"，这几年谓之"因时制宜，折衷至当"。

其实世界上决没有这样如意的事。即使一头牛，连生命都牺牲了，尚且祀了孔便不能耕田，吃了肉便不能榨乳。何况一个人先须自己活着，又要驮了前辈先生活着；活着的时候，又须恭听前辈先生的折衷：早上打拱，晚上握手；上午"声光化电"，下午"子曰诗云"呢?

　　社会上最迷信鬼神的人,尚且只能在赛会这一日抬一回神舆。不知那些学"声光化电"的"新进英贤",能否驮着山野隐逸,海滨遗老,折衷一世?

　　"西哲"易卜生盖以为不能,以为不可。所以借了 Brand 的嘴说:"All or nothing! ①"

一九一九年

---

① 英语:"不能完全,宁可没有"的意思。

随感录五十四

中国社会上的状态，简直是将几十世纪缩在一时：自油松片以至电灯，自独轮车以至飞机，自镖枪以至机关炮，自不许"妄谈法理"以至护法，自"食肉寝皮"的吃人思想以至人道主义，自迎尸拜蛇以至美育代宗教，都摩肩挨背的存在。

这许多事物挤在一处，正如我辈约了燧人氏以前的古人，拼开饭店一般，即使竭力调和，也只能煮个半熟；伙计们既不会同心，生意也自然不能兴旺，——店铺总要倒闭。

黄郛氏做的《欧战之教训与中国之将来》中，有一段话，说得很透澈：

> 七年以来，朝野有识之士，每腐心于政教之改良，不注意于习俗之转移；庸讵知旧染不去，新运不生：事理如此，无可勉强者也。外人之评我者，谓中国人有一种先天的保守性，即或迫于时势，各种制度有改革之必要时，而彼之所谓改革者，决不将旧日制度完全废止，乃在旧制度之上，更添加一层新制度。试览前清之兵制变迁史，可以知吾言之不谬焉。最初命八旗兵驻防各地，以充守备之任；及年月既久，旗兵已腐败不堪用，洪秀全起，不得已，征募湘淮两军以应急：从此旗兵绿营，并肩存在，遂

变成二重兵制。甲午战后，知绿营兵力又不可恃，乃复编练新式军队：于是并前二者而变成三重兵制矣。今旗兵虽已消灭，而变面换形之绿营，依然存在，总是二重兵制也。从可知吾国人之无澈底改革能力，实属不可掩之事实。他若贺阳历新年者，复贺阴历新年；奉民国正朔者，仍存宣统年号。一察社会各方面，盖无往而非二重制。即今日政局之所以不宁，是非之所以无定者，简括言之，实亦不过一种"二重思想"在其间作祟而已。

此外如既许信仰自由，却又特别尊孔；既自命"胜朝遗老"，却又在民国拿钱；既说是应该革新，却又主张复古：四面八方几乎都是二三重以至多重的事物，每重又各各自相矛盾。一切人便都在这矛盾中间，互相抱怨着过活，谁也没有好处。

要想进步，要想太平，总得连根的拔去了"二重思想"。因为世界虽然不小，但彷徨的人种，是终竟寻不出位置的。

一九一九年

随感录五十六 "来了"

近来时常听得人说，"过激主义来了"；报纸上也时常写着，"过激主义来了"。

于是有几文钱的人，很不高兴。官员也着忙，要防华工，要留心俄国人；连警察厅也向所属发出了严查"有无过激党设立机关"的公事。

着忙是无怪的，严查也无怪的；但先要问：什么是过激主义呢？

这是他们没有说明，我也无从知道，我虽然不知道，却敢说一句话："过激主义"不会来，不必怕他；只有"来了"是要来的，应该怕的。

我们中国人，决不能被洋货的什么主义引动，有抹杀他扑灭他的力量。军国民主义么，我们何尝会同别人打仗；无抵抗主义么，我们却是主战参战的；自由主义么，我们连发表思想都要犯罪，讲几句话也为难；人道主义么，我们人身还可以买卖呢。

所以无论什么主义，全扰乱不了中国；从古到今的扰乱，也不听说因为什么主义。试举目前的例，便如陕西学界的布告，湖南灾民的布告，何等可怕，与比利时公布的德兵苛酷情形，俄国别党宣布的列宁政府残暴情形，比较起来，他们简直是太平天下了。德国还说是军国主义，列宁不消说还是过激主义哩！

这便是"来了"来了。来的如果是主义，主义达了还会罢；倘

127

若单是"来了"，他便来不完，来不尽，来的怎样也不可知。

民国成立的时候，我住在一个小县城里，早已挂过白旗。有一日，忽然见许多男女，纷纷乱逃：城里的逃到乡下，乡下的逃进城里。问他们什么事，他们答道，"他们说要来了。"

可见大家都单怕"来了"，同我一样。那时还只有"多数主义"，没有"过激主义"哩。

一九一九年

随感录五十七　现在的屠杀者

高雅的人说，"白话鄙俚浅陋，不值识者一哂之者也。"

中国不识字的人，单会讲话，"鄙俚浅陋"，不必说了。"因为自己不通，所以提倡白话，以自文其陋"如我辈的人，正是"鄙俚浅陋"，也不在话下了。最可叹的是几位雅人，也还不能如《镜花缘》里说的君子国的酒保一般，满口"酒要一壶乎，两壶乎，菜要一碟乎，两碟乎"的终日高雅，却只能在呻吟古文时，显出高古品格；一到讲话，便依然是"鄙俚浅陋"的白话了。四万万中国人嘴里发出来的声音，竟至总共"不值一哂"，真是可怜煞人。

做了人类想成仙；生在地上要上天；明明是现代人，吸着现在的空气，却偏要勒派朽腐的名教，僵死的语言，侮蔑尽现在，这都是"现在的屠杀者"。杀了"现在"，也便杀了"将来"。——将来是子孙的时代。

一九一九年

129

随感录五十八　人心很古

慷慨激昂的人说,"世道浇漓,人心不古,国粹将亡,此吾所为仰天扼腕切齿三叹息者也!"

我初听这话,也曾大吃一惊;后来翻翻旧书,偶然看见《史记》《赵世家》里面记着公子成反对主父改胡服的一段话:

> 臣闻中国者,盖聪明徇智之所居也,万物财用之所聚也,贤圣之所教也,仁义之所施也,《诗》《书》礼乐之所用也,异敏技能之所试也,远方之所观赴也,蛮夷之所义行也;今王舍此而袭远方之服,变古之教,易古之道,逆人之心,而怫学者,离中国,故臣愿王图之也。

这不是与现在阻抑革新的人的话,丝毫无异么?后来又在《北史》里看见记周静帝的司马后的话:

> 后性尤妒忌,后宫莫敢进御。尉迟迥女孙有美色,先在宫中,帝于仁寿宫见而悦之,因得幸。后伺帝听朝,阴杀之。上大怒,单骑从苑中出,不由径路,入山谷间三十余里;高颎杨素等追及,扣马谏,帝太息曰,"吾贵为天子,不得自由。"

这又不是与现在信口主张自由和反对自由的人，对于自由所下的解释，丝毫无异么？别的例证，想必还多，我见闻狭隘，不能多举了。但即此看来，已可见虽然经过了这许多年，意见还是一样。现在的人心，实在古得很呢。

中国人倘能努力再古一点，也未必不能有古到三皇五帝以前的希望，可惜时时遇着新潮流新空气激荡着，没有工夫了。

在现存的旧民族中，最合中国式理想的，总要推锡兰岛的 Vedda 族①。他们和外界毫无交涉，也不受别民族的影响，还是原始的状态，真不愧所谓"羲皇上人"。

但听说他们人口年年减少，现在快要没有了：这实在是一件万分可惜的事。

一九一九年

---

① 维达族，锡兰岛（今斯里兰卡）上的一个种族，他们住在山林里，大都过着狩猎生活。

随感录五十九　"圣武"

我前回已经说过"什么主义都与中国无干"的话了；今天忽然又有些意见，便再写在下面：

我想，我们中国本不是发生新主义的地方，也没有容纳新主义的处所，即使偶然有些外来思想，也立刻变了颜色，而且许多论者反要以此自豪。我们只要留心译本上的序跋，以及各样对于外国事情的批评议论，便能发见我们和别人的思想中间，的确还隔着几重铁壁。他们是说家庭问题的，我们却以为他鼓吹打仗；他们是写社会缺点的，我们却说他讲笑话；他们以为好的，我们说来却是坏的。若再留心看看别国的国民性格，国民文学，再翻一本文人的评传，便更能明白别国著作里写出的性情，作者的思想，几乎全不是中国所有。所以不会了解，不会同情，不会感应；甚至彼我间的是非爱憎，也免不了得到一个相反的结果。

新主义宣传者是放火人么，也须别人有精神的燃料，才会着火；是弹琴人么，别人的心上也须有弦索，才会出声；是发声器么，别人也必须是发声器，才会共鸣。中国人都有些不很像，所以不会相干。

几位读者怕要生气，说，"中国时常有将性命去殉他主义的人，中华民国以来，也因为主义上死了多少烈士，你何以一笔抹杀？吓！"这话也是真的。我们从旧的外来思想说罢，六朝的确有许多焚身的和尚，唐朝也有过砍下臂膊布施无赖的和尚；从新的说罢，自然也有过几个人的。然而与中国历史，仍不相干。因为历史结帐，不能像数学一般精密，写下许多小数，却只能学粗人算帐的四舍五入法门，记一笔整数。

中国历史的整数里面，实在没有什么思想主义在内。这整数只是两种物质，——是刀与火，"来了"便是他的总名。

火从北来便逃向南，刀从前来便退向后，一大堆流水帐簿，只有这一个模型。倘嫌"来了"的名称不很庄严，"刀与火"也触目，我们也可以别想花样，奉献一个谥法，称作"圣武"，便好看了。

古时候，秦始皇帝很阔气，刘邦和项羽都看见了；邦说，"嗟乎！大丈夫当如此也！"羽说，"彼可取而代也！"羽要"取"什么呢？便是取邦所说的"如此"。"如此"的程度，虽有不同，可是谁也想取；被取的是"彼"，取的是"丈夫"。所有"彼"与"丈夫"的心中，便都是这"圣武"的产生所，受纳所。

何谓"如此"？说起来话长；简单地说，便只是纯粹兽性方面的欲望的满足——威福，子女，玉帛，——罢了。然而在一切大小丈夫，却要算最高理想（？）了。我怕现在的人，还被这理想支配着。

大丈夫"如此"之后，欲望没有衰，身体却疲敝了；而且觉得暗中有一个黑影——死——到了身边。于是无法，只好求神仙。这在中国，也要算最高理想了。我怕现在的人，也还被这理想支配着。

求了一通神仙，终于没有见，忽然有些疑惑了。于是要造坟，来保存死尸，想用自己的尸体，永远占据着一块地面。这在中国，也要算一种没奈何的最高理想了。我怕现在的人，也还被这理想支配着。

现在的外来思想，无论如何，总不免有些自由平等的气息，互助共存的气息，在我们这单有"我"，单想"取彼"，单要由我喝尽了一切空间时间的酒的思想界上，实没有插足的余地。

因此，只须防那"来了"便够了。看看别国，抗拒这"来了"的便是有主义的人民。他们因为所信的主义，牺牲了别的一切，用骨肉碰钝了锋刃，血液浇灭了烟焰。在刀光火色衰微中，看出一种薄明的天色，便是新世纪的曙光。

曙光在头上，不抬起头，便永远只能看见物质的闪光。

一九一九年

随感录六十一　不满

欧战才了的时候，中国很抱着许多希望，因此现在也发出许多悲观绝望的声音，说"世界上没有人道"，"人道这句话是骗人的"。有几位评论家，还引用了他们外国论者自己责备自己的文字，来证明所谓文明人者，比野蛮尤其野蛮。

这诚然是痛快淋漓的话，但要问：照我们的意见，怎样才算有人道呢？那答话，想来大约是"收回治外法权，收回租界，退还庚子赔款……"现在都很渺茫，实在不合人道。

但又要问：我们中国的人道怎么样？那答话，想来只能"……"。对于人道只能"……"的人的头上，决不会掉下人道来。因为人道是要各人竭力挣来，培植，保养的，不是别人布施，捐助的。

其实近于真正的人道，说的人还不很多，并且说了还要犯罪。若论皮毛，却总算略有进步了。这回虽然是一场恶战，也居然没有"食肉寝皮"，没有"夷其社稷"，而且新兴了十八个小国。就是德国对待比国，都说残暴绝伦，但看比国的公布，也只是囚徒不给饮食，村长挨了打骂，平民送上战线之类。这些事情，在我们中国自己对自己也常有，算得什么希奇？

人类尚未长成，人道自然也尚未长成，但总在那里发荣滋长。我们如果问问良心，觉得一样滋长，便什么都不必忧愁；将来总要走同一的路。看罢，他们是战胜军国主义的，他们的评论家还是自己责备自己，有许多不满。不满是向上的车轮，能够载着不自满的人类，向人道前进。

多有不自满的人的种族，永远前进，永远有希望。

多有只知责人不知反省的人的种族，祸哉祸哉！

一九一九年

随感录六十二　恨恨而死

古来很有几位恨恨而死的人物。他们一面说些"怀才不遇""天道宁论"的话，一面有钱的便狂嫖滥赌，没钱的便喝几十碗酒，——因为不平的缘故，于是后来就恨恨而死了。

我们应该趁他们活着的时候问他：诸公！您知道北京离昆仑山几里，弱水去黄河几丈么？火药除了做鞭爆，罗盘除了看风水，还有什么用处么？棉花是红的还是白的？谷子是长在树上，还是长在草上？桑间濮上如何情形，自由恋爱怎样态度？您在半夜里可忽然觉得有些羞，清早上可居然有点悔么？四斤的担，您能挑么？三里的道，您能跑么？

他们如果细细的想，慢慢的悔了，这便很有些希望。万一越发不平，越发愤怒，那便"爱莫能助"。——于是他们终于恨恨而死了。

中国现在的人心中，不平和愤恨的分子太多了。不平还是改造的引线，但必须先改造了自己，再改造社会，改造世界；万不可单是不平。至于愤恨，却几乎全无用处。

愤恨只是恨恨而死的根苗，古人有过许多，我们不要蹈他们的覆辙。

我们更不要借了"天下无公理，无人道"这些话，遮盖自暴自弃的行为，自称"恨人"，一副恨恨而死的脸孔，其实并不恨恨而死。

一九一九年

随感录六十三　"与幼者"

做了《我们现在怎样做父亲》的后两日，在有岛武郎《著作集》里看到《与幼者》这一篇小说，觉得很有许多好的话。

时间不住的移过去。你们的父亲的我，到那时候，怎样映在你们（眼）里，那是不能想像的了。大约像我在现在，嗤笑可怜那过去的时代一般，你们也要嗤笑可怜我的古老的心思，也未可知的。我为你们计，但愿这样子。你们若不是毫不客气的拿我做一个踏脚，超越了我，向着高的远的地方进去，那便是错的。

人间很寂寞。我单能这样说了就算么？你们和我，像尝过血的兽一样，尝过爱了。去罢，为要将我的周围从寂寞中救出，竭力做事罢。我爱过你们，而且永远爱着。这并不是说，要从你们受父亲的报酬，我对于'教我学会了爱你们的你们'的要求，只是受取我的感谢罢了……像吃尽了亲的死尸，贮着力量的小狮子一样，刚强勇猛，舍了我，踏到人生上去就是了。

我的一生就令怎样失败，怎样胜不了诱惑；但无论如何，使你们从我的足迹上寻不出不纯的东西的事，是要做的，是一定做的。你们该从我的倒毙的所在，跨出新的脚

138

步去。但那里走，怎么走的事，你们也可以从我的足迹上探索出来。

幼者呵！将又不幸又幸福的你们的父母的祝福，浸在胸中，上人生的旅路罢。前途很远，也很暗。然而不要怕。不怕的人的面前才有路。

走罢！勇猛着！幼者呵！

有岛氏是白桦派，是一个觉醒的，所以有这等话；但里面也免不了带些眷恋凄怆的气息。

这也是时代的关系。将来便不特没有解放的话，并且不起解放的心，更没有什么眷恋和凄怆；只有爱依然存在。——但是对于一切幼者的爱。

一九一九年

随感录六十四　有无相通

　　南北的官僚虽然打仗，南北的人民却很要好，一心一意的在那里"有无相通"。

　　北方人可怜南方人太文弱，便教给他们许多拳脚：什么"八卦拳""太极拳"，什么"洪家""侠家"，什么"阴截腿""抱桩腿""谭腿""戳脚"，什么"新武术""旧武术"，什么"实为尽美尽善之体育"，"强国保种尽在于斯"。

　　南方人也可怜北方人太简单了，便送上许多文章：什么"……梦""……魂""……痕""……影""……泪"，什么"外史""趣史""秽史""秘史"，什么"黑幕""现形"，什么"淌牌""吊膀""拆白"，什么"嘻嘻卿卿我我""呜呼燕燕莺莺""吁嗟风风雨雨"，"耐阿是勒浪勿要面孔哉！"

　　直隶山东的侠客们，勇士们呵！诸公有这许多筋力，大可以做一点神圣的劳作；江苏浙江湖南的才子们，名士们呵！诸公有这许多文才，大可以译几叶有用的新书。我们改良点自己，保全些别人；想些互助的方法，收了互害的局面罢！

一九一九年

随感录六十五　暴君的臣民

从前看见清朝几件重案的记载，"臣工"拟罪很严重，"圣上"常常减轻，便心里想：大约因为要博仁厚的美名，所以玩这些花样罢了。后来细想，殊不尽然。

暴君治下的臣民，大抵比暴君更暴；暴君的暴政，时常还不能餍足暴君治下的臣民的欲望。

中国不要提了罢。在外国举一个例：小事件则如 Gogol[①] 的剧本《按察使》，众人都禁止他，俄皇却准开演；大事件则如巡抚想放耶稣，众人却要求将他钉上十字架。

暴君的臣民，只愿暴政暴在他人的头上，他却看着高兴，拿"残酷"做娱乐，拿"他人的苦"做赏玩，做慰安。

自己的本领只是"幸免"。

从"幸免"里又选出牺牲，供给暴君治下的臣民的渴血的欲望，但谁也不明白。死的说"阿呀"，活的高兴着。

一九一九年

---

① 果戈理（1809—1852），俄国批判主义作家。

事实胜于雄辩

西哲说：事实胜于雄辩。我当初很以为然，现在才知道在我们中国，是不适用的。

去年我在青云阁的一个铺子里买过一双鞋，今年破了，又到原铺子去照样的买一双。

一个胖伙计，拿出一双鞋来，那鞋头又尖又浅了。

我将一只旧式的和一只新式的都排在柜上，说道：

"这不一样……"

"一样，没有错。"

"这……"

"一样，您瞧！"

我于是买了尖头鞋走了。

我顺便有一句话奉告我们中国的某爱国大家，您说，攻击本国的缺点，是拾某国人的唾余的，试在中国上，加上我们二字，看看通不通。

现在我敬谨加上了，看过了，然而通的。

您瞧！

一九二一年十一月四日

142

估《学衡》

　　我在二月四日的《晨报副刊》上看见式芬先生的杂感，很诧异天下竟有这样拘迂的老先生，竟不知世故到这地步，还来同《学衡》诸公谈学理。夫所谓《学衡》者，据我看来，实不过聚在"聚宝之门"左近的几个假古董所放的假毫光；虽然自称为"衡"，而本身的称星尚且未曾钉好，更何论于他所衡的轻重的是非。所以，决用不着较准，只要估一估就明白了。

　　《弁言》说，"籀绎之作必趋雅音以崇文"，"籀绎"如此，述作可知。夫文者，即使不能"载道"，却也应该"达意"，而不幸诸公虽然张皇国学，笔下却未免欠亨，不能自了，何以"衡"人。这实在是一个大缺点。看罢，诸公怎么说：

　　《弁言》云，"杂志迩例弁以宣言"，按宣言即布告，而弁者，周人戴在头上的瓜皮小帽一般的帽子，明明是顶上的东西，所以"弁言"就是序，异于"杂志迩例"的宣言，并为一谈，太汗漫了。《评提倡新文化者》文中说，"或操笔以待。每一新书出版。必为之序。以尽其领袖后进之责。顾亭林曰。人之患在好为人序。其此之谓乎。故语彼等以学问之标准与良知。犹语商贾以道德。娼妓以贞操也。"原来做一篇序"以尽其领袖后进之责"，便有这样的大罪案。然而诸公又何以也"突而弁兮"的"言"了起来呢？照前文推论，那便是我的质问，却正是"语商贾以道德。娼

143

妓以贞操也"了。

《中国提倡社会主义之商榷》中说,"凡理想学说之发生。皆有其历史上之背影。决非悬空虚构。造乌托之邦。作无病之呻者也。"查"英吉之利"的摩耳,并未做 Pia of Uto,虽曰之乎者也,欲罢不能,但别寻古典,也非难事,又何必当中加榷呢。于古未闻"睹史之陀",在今不云"宁古之塔",奇句如此,真可谓"有病之呻"了。

《国学摭谭》中说,"虽三皇寥廓而无极。五帝搢绅先生难言之。"人而能"寥廓",已属奇闻,而第二句尤为费解,不知是三皇之事,五帝和绅先生皆难言之,抑是五帝之事,搢绅先生也难言之呢? 推度情理,当从后说,然而太史公所谓"搢绅先生难言之"者,乃指"百家言黄帝"而并不指五帝,所以翻开《史记》,便是赫然的一篇《五帝本纪》,又何尝"难言之"。难道太史公在汉朝,竟应该算是下等社会中人么?

《记白鹿洞谈虎》中说,"诸父老能健谈。谈多称虎。当其摹示抉噬之状。闻者鲜不色变。退而记之。亦资诙噱之类也。"姑不论其"能""健""谈""称",床上安床,"抉噬之状",终于未记,而"变色"的事,但"资诙噱",也可谓太远于事情。倘使但"资诙噱",则先前的闻而色变者,简直是呆子了。记又云,"伥者。新鬼而膏虎牙者也。"刚做新鬼,便"膏虎牙",实在可悯。那么,虎不但食人,而且也食鬼了。这是古来未知的新发见。

《渔丈人行》的起首道:"楚王无道杀伍奢。覆巢之下无完家。"这"无完家"虽比"无完卵"新奇,但未免颇有语病。假如"家"就是鸟巢,那便犯了复,而且"之下"二字没有着落,倘说是人家,则掉下来的鸟巢未免太沉重了。除了大鹏金翅鸟(出《说岳全传》),断没有这样的大巢,能够压破彼等的房子。倘说是因为押韵，不得不然，那我敢说：这是"挂脚韵"。押韵至于如此，则翻开《诗韵合璧》的"六麻"来，写道"无完蛇""无完瓜""无完叉"，都无所不可的。

还有《浙江采集植物游记》，连题目都不通了。采集有所务，并非漫游，所以古人作记，务与游不并举，地与游才相连。匡庐峨眉，山也，则曰纪游，采硫访碑，务也，则曰日记。虽说采集时候，也兼游览，但这应该包举在主要的事务里，一列举便不"古"了。例如这记中也说起吃饭睡觉的事，而题目不可作《浙江采集植物游食眠记》。

以上不过随手拾来的事，毛举起来，更要费笔费墨费时费力，犯不上，中止了。因此诸公的说理，便没有指正的必要，文且未亨，理将安托，穷乡僻壤的中学生的成绩，恐怕也不至于此的了。

总之，诸公掊击新文化而张皇旧学问，倘不自相矛盾，倒也不失其为一种主张。可惜的是于旧学并无门径，并主张也还不配。倘使字句未通的人也算是国粹的知己，则国粹更要惭惶煞人！"衡"了一顿，仅仅"衡"出了自己的铢两来，于新文化无伤，于国粹也差得远。

我所佩服诸公的只有一点，是这种东西也居然会有发表的勇气。

一九二二年

145

"以震其艰深"

上海租界上的"国学家"，以为做白话文的大抵是青年，总该没有看过古董书的，于是乎用了所谓"国学"来吓呼他们。

《时报》上载着一篇署名"涵秋"的《文字感想》，其中有一段说：

> 新学家薄国学为不足道故为钩辀格磔之文以震其艰深也一读之欲呕再读之昏昏睡去矣

领教。我先前只以为"钩辀格磔"是古人用他来形容鹧鸪的啼声，并无别的深意思；亏得这《文字感想》，才明白这是怪鹧鸪啼得"艰深"了，以此责备他的。但无论如何，"艰深"却不能令人"欲呕"，闻鹧鸪啼而呕者，世固无之，即以文章论，"粤若稽古"，注释纷纭，"绛即东雍"，圈点不断，这总该可以算是艰深的了，可是也从未听说，有人因此反胃。呕吐的原因决不在乎别人文章的"艰深"，是在乎自己的身体里的，大约因为"国学"积蓄得太多，笔不及写，所以涌出来了罢。

"以震其艰深也"的"震"字，从国学的门外汉看来也不通，但也许是为手民所误的，因为排字印报也是新学，或者也不免要"以震其艰深"。

否则，如此"国学"，虽不艰深，却是恶作，真是"一读之欲呕"，再读之必呕矣。

国学国学，新学家既"薄为不足道"，国学家又道而不能亨，你真要道尽途穷了!

一九二二年九月二十日

所谓"国学"

现在暴发的"国学家"之所谓"国学"是什么？

一是商人遗老们翻印了几十部旧书赚钱，二是洋场上的文豪又做了几篇鸳鸯蝴蝶体小说出版。

商人遗老们的印书是书籍的古董化，其置重不在书籍而在古董。遗老有钱，或者也不过聊以自娱罢了，而商人便大吹大擂的借此获利。还有茶商盐贩，本来是不齿于"士类"的，现在也趁着新旧纷扰的时候，借刻书为名，想挨进遗老遗少的"士林"里去。他们所刻的书都无民国年月，辨不出是元版是清版，都是古董性质，至少每本两三元，绵连，锦帙，古色古香，学生们是买不起的。这就是他们之所谓"国学"。

然而巧妙的商人可也决不肯放过学生们的钱的，便用坏纸恶墨别印什么"菁华"什么"大全"之类来搜括。定价并不大，但和纸墨一比较却是大价了。至于这些"国学"书的校勘，新学家不行，当然是出于上海的所谓"国学家"的了，然而错字叠出，破句连篇（用的并不是新式圈点），简直是拿少年来开玩笑。这是他们之所谓"国学"。

洋场上的往古所谓文豪，"卿卿我我""蝴蝶鸳鸯"诚然做过一小堆，可是自有洋场以来，从没有人称这些文章（？）为国学，他们自己也并不以"国学家"自命的。现在不知何以，忽而奇想天开，也学了盐贩茶商，要凭空挨进"国学家"队里去了。然而事实很可惨，他们之所谓国学，是"拆白之事各处皆有而以上海一隅为最甚（中略）余于课余之暇不惜浪费笔墨编纂事实作一篇小说以饷阅者想亦阅者所乐闻也"。（原本每句都密圈，今从略，以省排工，阅者谅之。）

"国学"乃如此而已乎？

试去翻一翻历史里的儒林和文苑传罢，可有一个将旧书当古董的鸿儒，可有一个以拆白饷阅者的文士？

倘说，从今年起，这些就是"国学"，那又是"新"例了。你们不是讲"国学"的么？

一九二二年

"一是之学说"

我从《学灯》上看见驳吴宓君《新文化运动之反应》这一篇文章之后，才去寻《中华新报》来看他的原文。

那是一篇浩浩洋洋的长文，该有一万多字罢，——而且还有作者吴宓君的照相。记者又在论前介绍说，"泾阳吴宓君美国哈佛大学硕士现为国立东南大学西洋文学教授君既精通西方文学得其神髓而国学复涵养甚深近主撰学衡杂志以提倡实学为任时论崇之"。

但这篇大文的内容是很简单的。说大意，就是新文化本也可以提倡的，但提倡者"当思以博大之眼光。宽宏之态度。肆力学术。深窥精研。观其全体。而贯通澈悟。然后平情衡理。执中驭物。造成一是之学说。融合中西之精华。以为一国一时之用。"而可恨"近年有所谓新文化运动者。本其偏激之主张。佐以宣传之良法。……加之喜新盲从者之多。"便忽而声势浩大起来。殊不知"物极必反。理有固然。"于是"近顷于新文化运动怀疑而批评之书报渐多"了。这就谓之"新文化运动之反应"。然而"又所谓反应者非反抗之谓……读者幸勿因吾论列于此。而遂疑其为不赞成新文化者"云。

反应的书报一共举了七种，大体上都是"执中驭物"，宣传"正轨"的新文化的。现在我也来绍介一回：一《民心周报》，二《经世报》，三《亚洲学术杂志》，四《史地学报》，五《文哲学报》，六《学衡》，七《湘君》。

此外便是吴君对于这七种书报的"平情衡理"的批评（？）了。例如《民心周报》，"自发刊以至停版。除小说及一二来稿外。全用文言。不用所谓新式标点。即此一端。在新潮方盛之时。亦可谓砥柱中流矣。"至于《湘君》之用白话及标点，却又别有道理，那是"《学衡》本事理之真。故拒斥粗劣白话及英文标点。《湘君》求文艺之美。故兼用通妥白话及新式标点"的。总而言之，主张偏激，连标点也就偏激，那白话自然更不"通妥"了。即如我的白话，离通妥就很远；而我的标点则是"英文标点"。

但最"贯通澈悟"的是拉《经世报》来做"反应"，当《经世报》出版的时候，还没有"万恶孝为先"的谣言，而他们却早已发过许多崇圣的高论，可惜现在从日报变了月刊，实在有些萎缩现象了。至于"其于君臣之伦。另下新解"，"《亚洲学术杂志》议其牵强附会。必以君为帝王"，实在并不错，这才可以算得"新文化之反应"，而吴君又以为"则过矣"，那可是自己"则过矣"了。因为时代的关系，那时的君，当然是帝王而不是大总统。又如民国以前的议论，也因为时代的关系，自然多含革命的精神，《国粹学报》便是其一，而吴君却怪他谈学术而兼涉革命，也就是过于"融合"了时间的先后的原因。

此外还有一个太没见识处，就是遗漏了《长青》，《红》，《快活》，《礼拜六》等近顷风起云涌的书报，这些实在都是"新文化运动的反应"，而且说"通妥白话"的。

一九二二年十一月三日

151

对于批评家的希望

前两三年的书报上，关于文艺的大抵只有几篇创作（姑且这样说）和翻译，于是读者颇有批评家出现的要求，现在批评家已经出现了，而且日见其多了。

以文艺如此幼稚的时候，而批评家还要发掘美点，想扇起文艺的火焰来，那好意实在很可感。即不然，或则叹息现代作品的浅薄，那是望著作家更其深，或则叹息现代作品之没有血泪，那是怕著作界复归于轻佻。虽然似乎微辞过多，其实却是对于文艺的热烈的好意，那也实在是很可感谢的。

独有靠了一两本"西方"的旧批评论，或则捞一点头脑板滞的先生们的唾余，或则仗着中国固有的什么天经地义之类的，也到文坛上来践踏，则我以为委实太滥用了批评的权威。试将粗浅的事来比罢：譬如厨子做菜，有人品评他坏，他固不应该将厨刀铁釜交给批评者，说道你试来做一碗好的看：但他却可以有几条希望，就是望吃菜的没有"嗜痂之癖"，没有喝醉了酒，没有害着热病，舌苔厚到二三分。

我对于文艺批评家的希望却还要小。我不敢望他们于解剖裁判别人的作品之前，先将自己的精神来解剖裁判一回，看本身有无浅薄卑劣荒谬之处，因为这事情是颇不容易的。我所希望的不过愿其有一点常识，例如知道裸体画和春画的区别，接吻和性交的区别，尸体解剖和戮尸的区别，出洋留学和"放诸四夷"的区别，笋和竹的区别，猫和老虎的区别，老虎和番菜馆的区别……。更进一步，则批评以英美的老先生学说为主，自然是悉听尊便的，但尤希望知道世界上不止英美两国；看不起托尔斯泰，自然也自由的，但尤希望先调查一点他的行实，真看过几本他所做的书。

还有几位批评家，当批评译本的时候，往往诋为不足齿数的劳力，而怪他何不去创作。创作之可尊，想来翻译家该是知道的，然而他竟止于翻译者，一定因为他只能翻译，或者偏爱翻译的缘故。所以批评家若不就事论事，而说些应当去如此如彼，是溢出于事权以外的事，因为这类言语，是商量教训而不是批评。现在还将厨子来比，则吃菜的只要说出品味如何就尽够，苦于此之外，又怪他何以不去做裁缝或造房子，那是无论怎样的呆厨子，也难免要说这位客官是痰迷心窍的了。

一九二二年十一月九日

反对"含泪"的批评家

现在对于文艺的批评日见其多了，是好现象；然而批评日见其怪了，是坏现象，愈多反而愈坏。

我看了很觉得不以为然的是胡梦华君对于汪静之君《蕙的风》的批评，尤其觉得非常不以为然的是胡君答复章鸿熙君的信。

一，胡君因为《蕙的风》里有一句"一步一回头瞟我意中人"，便科以和《金瓶梅》一样的罪：这是锻炼周纳的。《金瓶梅》卷首诚然有"意中人"三个字，但不能因为有三个字相同，便说这书和那书是一模样。例如胡君要青年去忏悔，而《金瓶梅》也明明说是一部"改过的书"，若因为这一点意思偶合，而说胡君的主张也等于《金瓶梅》，我实在没有这样的粗心和大胆。我以为中国之所谓道德家的神经，自古以来，未免过敏而又过敏了，看见一句"意中人"，便即想到《金瓶梅》，看见一个"瞟"字，便即穿凿到别的事情上去。然而一切青年的心，却未必都如此不净；倘竟如此不净，则即使"授受不亲"，后来也就会"瞟"，以至于瞟以上的等等事，那时便是一部《礼记》，也即等于《金瓶梅》了，又何有于《蕙的风》？

二，胡君因为诗里有"一个和尚悔出家"的话，便说是诬蔑了普天下和尚，而且大呼释迦牟尼佛：这是近于宗教家而且援引多数来恫吓，失了批评的态度的。其实一个和尚悔出家，并不是怪事，若普天下的和尚没有一个悔出家的，那倒是大怪事。中国岂不是常有酒肉和尚，还俗和尚么？非"悔出家"而何？倘说那些是坏和尚，则那诗里的便是坏和尚之一，又何至诬蔑了普天下的和尚呢？这正如胡君说一本诗集是不道德，并不算诬蔑了普天下的诗人。至于释迦牟尼，可更与文艺界"风马牛"了，据他老先生的教训，则做诗便犯了"绮语戒"，无论道德或不道德，都不免受些掌报，可怕得很的!

三，胡君说汪君的诗比不上歌德和雪利，我以为是对的。但后来又说，"论到人格，歌德一生而十九娶，为世诟病，正无可讳。然而歌德所以垂世不朽者，乃五十岁以后忏悔的歌德，我们也知道么？"这可奇特了。雪利我不知道，若歌德即 Goethe，则我敢替他呼几句冤，就是他并没有"一生而十九娶"，并没有"为世诟病"，并没有"五十岁以后忏悔"。而且对于胡君所说的"自'耳食'之风盛，歌德，雪利之真人格遂不为国人所知，无识者流，更妄相援引，可悲亦复可笑!"这一段话，也要请收回一些去。

我不知道汪君可曾过了五十岁，倘没有，则即使用了胡君的论调来裁判，似乎也还不妨做"一步一回头瞟我意中人"的诗，因为以歌德为例，也还没有到"忏悔"的时候。

临末，则我对于胡君的"悲哀的青年，我对于他们只有不可思议的眼泪!""我还想多写几句，我对于悲哀的青年底不可思议的泪已盈眶了"这一类话，实在不明白"其意何居"。批评文艺，万不能以眼泪的多少来定是非。文艺界可以收到创作家的眼泪，而沾了批评家的眼泪却是污点。胡君的眼泪的确洒得非其地，非其时，未免万分可惜了。

起稿已完，才看见《青光》上的一段文章，说近人用先生和君，含有尊敬和小觑的差别意见。我在这文章里正用君，但初意却不过贪图少写一个字，并非有什么《春秋》笔法。现在声明于此，却反而多写了许多字了。

十一九二二年一月十七日

即小见大

北京大学的反对讲义收费风潮,芒硝火焰似的起来,又芒硝火焰似的消灭了,其间就是开除了一个学生冯省三。

这事很奇特,一回风潮的起灭,竟只关于一个人。倘使诚然如此,则一个人的魄力何其太大,而许多人的魄力又何其太无呢。

现在讲义费已经取消,学生是得胜了,然而并没有听得有谁为那做了这次的牺牲者祝福。

即小见大,我于是竟悟出一件长久不解的事来,就是:三贝子花园里面,有谋刺良弼和袁世凯而死的四烈士坟,其中有三块墓碑,何以直到民国十一年还没有人去刻一个字。

凡有牺牲在祭坛前沥血之后,所留给大家的,实在只有"散胙"这一件事了。

一九二二年十一月十八日

望勿"纠正"

汪原放君已经成了古人了，他的标点和校正小说，虽然不免小谬误，但大体是有功于作者和读者的。谁料流弊却无穷，一班效颦的便随手拉一部书，你也标点，我也标点，你也作序，我也作序，他也校改，这也校改，又不肯好好的做，结果只是糟蹋了书。

《花月痕》本不必当作宝贝书，但有人要标点付印，自然是各随各便。这书最初是木刻的，后有排印本；最后是石印，错字很多，现在通行的多是这一种。至于新标点本，则陶乐勤君序云，"本书所取的原本，虽属佳品，可是错误尚多。余虽都加以纠正，然失检之处，势必难免。……"我只有错字很多的石印本，偶然对比了第二十五回中的三四叶，便觉得还是石印本好，因为陶君于石印本的错字多未纠正，而石印本的不错字儿却多纠歪了。

　　钗黛直是个子虚乌有，算不得什么。……

这"直是个"就是"简直是一个"之意，而纠正本却改作"真是个"，便和原意很不相同了。

　　秋痕头上包着绉帕……突见痴珠，便含笑低声说道，"我料得你挨不上十天，其实何苦呢？"

158

……痴珠笑道，"往后再商量罢。"……

他们俩虽然都沦落，但其时却没有什么大悲哀，所以还都笑。而纠正本却将两个"笑"字都改成"哭"字了。教他们一见就哭，看眼泪似乎太不值钱，况且"含哭"也不成话。

我因此想到一种要求，就是印书本是美事，但若自己于意义不甚了然时，不可便以为是错的，而奋然"加以纠正"，不如"过而存之"，或者倒是并不错。

我因此又起了一个疑问，就是有些人攻击译本小说"看不懂"，但他们看中国人自作的旧小说，当真看得懂么？

一九二四年一月二十八日

这一篇短文发表之后，曾记得有一回遇见胡适之先生，谈到汪先生的事，知道他很康健。胡先生还以为我那"成了古人"云云，是说他做过许多工作，已足以表见于世的意思。这实在使我"诚惶诚恐"，因为我本意实不如此，直白地说，就是说已经"死掉了"。可是直到那时候，我才知这先前所听到的竟是一种毫无根据的谣言。现在我在此敬向汪先生谢我的粗疏之罪，并且将旧文的第一句订正，改为："汪原放君未经成了古人了。"

一九二五年九月二十四日，身热头痛之际，书

华盖集

题　记

　　在一年的尽头的深夜中，整理了这一年所写的杂感，竟比收在《热风》里的整四年中所写的还要多。意见大部分还是那样，而态度却没有那么质直了，措辞也时常弯弯曲曲，议论又往往执滞在几件小事情上，很足以贻笑于大方之家。然而那又有什么法子呢。我今年偏遇到这些小事情，而偏有执滞于小事情的脾气。

　　我知道伟大的人物能洞见三世，观照一切，历大苦恼，尝大欢喜，发大慈悲。但我又知道这必须深入山林，坐古树下，静观默想，得天眼通，离人间愈远遥，而知人间也愈深，愈广；于是凡有言说，也愈高，愈大；于是而为天人师。我幼时虽曾梦想飞空，但至今还在地上，救小创伤尚且来不及，那有余暇使心开意豁，立论都公允妥洽，平正通达，像"正人君子"一般；正如沾水小蜂，只在泥土上爬来爬去，万不敢比附洋楼中的通人，但也自有悲苦愤激，决非洋楼中的通人所能领会。

　　这病痛的根柢就在我活在人间，又是一个常人，能够交着"华盖运"。

　　我平生没有学过算命，不过听老年人说，人是有时要交"华盖运"的。这"华盖"在他们口头上大概已经讹作"镬盖"了，现在加以订正。所以，这运，在和尚是好运：顶有华盖，自然是成佛作祖之兆。但俗人可不行，华盖在上，就要给罩住了，只好碰钉子。

我今年开手作杂感时，就碰了两个大钉子：一是为了《咬文嚼字》，一是为了《青年必读书》。署名和匿名的豪杰之士的骂信，收了一大捆，至今还塞在书架下。此后又突然遇见了一些所谓学者，文士，正人，君子等等，据说都是讲公话，谈公理，而且深不以"党同伐异"为然的。可惜我和他们太不同了，所以也就被他们伐了几下，——但这自然是为"公理"之故，和我的"党同伐异"不同。这样，一直到现下还没有完结，只好"以待来年"。

也有人劝我不要做这样的短评。那好意，我是很感激的，而且也并非不知道创作之可贵。然而要做这样的东西的时候，恐怕也还要做这样的东西，我以为如果艺术之宫里有这么麻烦的禁令，倒不如不进去；还是站在沙漠上，看看飞沙走石，乐则大笑，悲则大叫，愤则大骂，即使被沙砾打得遍身粗糙，头破血流，而时时抚摩自己的凝血，觉得若有花纹，也未必不及跟着中国的文士们去陪莎士比亚吃黄油面包之有趣。

然而只恨我的眼界小，单是中国，这一年的大事件也可以算是很多的了，我竟往往没有论及，似乎无所感触。我早就很希望中国的青年站出来，对于中国的社会，文明，都毫无忌惮地加以批评，因此曾编印《莽原周刊》，作为发言之地，可惜来说话的竟很少。在别的刊物上，倒大抵是对于反抗者的打击，这实在是使我怕敢想下去的。

现在是一年的尽头的深夜，深得这夜将尽了，我的生命，至少是一部分的生命，已经耗费在写这些无聊的东西中，而我所获得的，乃是我自己的灵魂的荒凉和粗糙。但是我并不惧惮这些，也不想遮盖这些，而且实在有些爱他们了，因为这是我转辗而生活于风沙中的瘢痕。凡有自己也觉得在风沙中转辗而生活着的，会知道这意思。

我编《热风》时，除遗漏的之外，又删去了好几篇。这一回却小有不同了，一时的杂感一类的东西，几乎都在这里面。

一九二五年十二月三十一日之夜，记于绿林书屋东壁下

青年必读书

——应《京报副刊》的征求

青年必读书	从来没有留心过， 所以现在说不出。
附 注	但我要趁这机会，略说自己的经验，以供若干读者的参考—— 　　我看中国书时，总觉得就沉静下去，与实人生离开；读外国书——但除了印度——时，往往就与人生接触，想做点事。 　　中国书虽有劝人入世的话，也多是僵尸的乐观；外国书即使是颓唐和厌世的，但却是活人的颓唐和厌世。 　　我以为要少——或者竟不——看中国书，多看外国书。 　　少看中国书，其结果不过不能作文而已。但现在的青年最要紧的是"行"，不是"言"。只要是活人，不能作文算什么大不了的事。 　　　　　　　　　　　　　（二月十日）

忽然想到（一至四）

一

做《内经》的不知道究竟是谁。对于人的肌肉，他确是看过，但似乎单是剥了皮略略一观，没有细考校，所以乱成一片，说是凡有肌肉都发源于手指和足趾。宋的《洗冤录》说人骨，竟至于谓男女骨数不同；老仵作之谈，也有不少胡说。然而直到现在，前者还是医家的宝典，后者还是检验的南针：这可以算得天下奇事之一。

牙痛在中国不知发端于何人？相传古人壮健，尧舜时代盖未必有；现在假定为起于二千年前罢。我幼时曾经牙痛，历试诸方，只有用细辛者稍有效，但也不过麻痹片刻，不是对症药。至于拔牙的所谓"离骨散"，乃是理想之谈，实际上并没有。西法的牙医一到，这才根本解决了；但在中国人手里一再传，又每每只学得镶补而忘了去腐杀菌，仍复渐渐地靠不住起来。牙痛了二千年，敷敷衍衍的不想一个好方法，别人想出来了，却又不肯好好地学：这大约也可以算得天下奇事之二罢。

康圣人主张跪拜，以为"否则要此膝何用"。走时的腿的动作，固然不易于看得分明，但忘记了坐在椅上时候的膝的曲直，则不可谓非圣人之疏于格物也。身中间脖颈最细，古人则于此斫之，臀肉最肥，古人则于此打之，其格物都比康圣人精到，后人之爱不忍

167

释，实非无因。所以僻县尚打小板子，去年北京戒严时亦尝恢复杀头，虽延国粹于一脉乎，而亦不可谓非天下奇事之三也！

一月十五日

二

校着《苦闷的象征》的排印样本时，想到一些琐事——

我于书的形式上有一种偏见，就是在书的开头和每个题目前后，总喜欢留些空白，所以付印的时候，一定明白地注明。但待排出寄来，却大抵一篇一篇挤得很紧，并不依所注的办。查看别的书，也一样，多是行行挤得极紧的。

较好的中国书和西洋书，每本前后总有一两张空白的副页，上下的天地头也很宽。而近来中国的排印的新书则大抵没有副页，天地头又都很短，想要写上一点意见或别的什么，也无地可容，翻开书来，满本是密密层层的黑字；加以油臭扑鼻，使人发生一种压迫和窘促之感，不特很少"读书之乐"，且觉得仿佛人生已没有"余裕"，"不留余地"了。

或者也许以这样的为质朴罢。但质朴是开始的"陋"，精力弥满，不惜物力的。现在的却是复归于陋，而质朴的精神已失，所以只能算窳败，算堕落，也就是常谈之所谓"因陋就简"。在这样"不留余地"空气的围绕里，人们的精神大抵要被挤小的。

外国的平易地讲述学术文艺的书，往往夹杂些闲话或笑谈，使文章增添活气，读者感到格外的兴趣，不易于疲倦。但中国的有些译本，却将这些删去，单留下艰难的讲学语，使他复近于教科书。这正如折花者，除尽枝叶，单留花朵，折花固然是折花，然而花枝的活气却灭尽了。人们到了失去余裕心，或不自觉地满抱了不留余地心时，这民族的将来恐怕就可虑。上述的那两样，固然是比牛毛还细小的事，但究竟是时代精神表现之一端，所以也可以类推到别样。例如现在器具之轻薄草率（世间误以为灵便），建筑之偷工减料，办事之敷衍一时，不要"好看"，不想"持久"，就都是出于同一病源的。即再用这来类推更大的事，我以为也行。

一月十七日

三

我想，我的神经也许有些瞀乱了。否则，那就可怕。

我觉得仿佛久没有所谓中华民国。

我觉得革命以前，我是做奴隶；革命以后不多久，就受了奴隶的骗，变成他们的奴隶了。

我觉得有许多民国国民而是民国的敌人。

我觉得有许多民国国民很像住在德法等国里的犹太人，他们的意中别有一个国度。

我觉得许多烈士的血都被人们踏灭了，然而又不是故意的。

我觉得什么都要从新做过。

退一万步说罢，我希望有人好好地做一部民国的建国史给少年看，因为我觉得民国的来源，实在已经失传了，虽然还只有十四年！

二月十二日

四

先前，听到二十四史不过是"相斫书"，是"独夫的家谱"一类的话，便以为诚然。后来自己看起来，明白了：何尝如此。

历史上都写着中国的灵魂，指示着将来的命运，只因为涂饰太厚，废话太多，所以很不容易察出底细来。正如通过密叶投射在莓苔上面的月光，只看见点点的碎影。但如看野史和杂记，可更容易了然了，因为他们究竟不必太摆史官的架子。

秦汉远了，和现在的情形相差已多，且不道。元人著作寥寥。至于唐宋明的杂史之类，则现在多有。试将记五代，南宋，明末的事情的，和现今的状况一比较，就当惊心动魄于何其相似之甚，仿佛时间的流驶，独与我们中国无关。现在的中华民国也还是五代，是宋末，是明季。

以明末例现在，则中国的情形还可以更腐败，更破烂，更凶酷，更残虐，现在还不算达到极点。但明末的腐败破烂也还未达到极点，因为李自成张献忠闹起来了。而张李的凶酷残虐也还未达到极点，因为满洲兵进来了。

难道所谓国民性者，真是这样地难于改变的么？倘如此，将来的命运便大略可想了，也还是一句烂熟的话：古已有之。

伶俐人实在伶俐，所以，决不攻难古人，摇动古例的。古人做过的事，无论什么，今人也都会做出来。而辩护古人，也就是辩护自己。况且我们是神州华胄，敢不"绳其祖武"么？

幸而谁也不敢十分决定说：国民性是决不会改变的。在这"不可知"中，虽可有破例——即其情形为从来所未有——的灭亡的恐怖，也可以有破例的复生的希望，这或者可作改革者的一点慰藉罢。

但这一点慰藉，也会勾消在许多自诩古文明者流的笔上，淹死在许多诬告新文明者流的嘴上，扑灭在许多假冒新文明者流的言动上，因为相似的老例，也是"古已有之"的。

其实这些人是一类，都是伶俐人，也都明白，中国虽完，自己的精神是不会苦的，——因为都能变出合式的态度来。倘有不信，请看清朝的汉人所做的颂扬武功的文章去，开口"大兵"，闭口"我军"，你能料得到被这"大兵""我军"所败的就是汉人的么？你将以为汉人带了兵将别的一种什么野蛮腐败民族歼灭了。

然而这一流人是永远胜利的，大约也将永久存在。在中国，惟他们最适于生存，而他们生存着的时候，中国便永远免不掉反复着先前的运命。

"地大物博，人口众多"，用了这许多好材料，难道竟不过老是演一出轮回把戏而已么？

二月十六日

171

通　讯

一

旭生先生：

前天收到《猛进》第一期，我想是先生寄来的，或者是玄伯先生寄来的。无论是谁寄的，总之：我谢谢。

那一期里有论市政的话，使我忽然想起一件不相干的事来。我现在住在一条小胡同里，这里有所谓土车者，每月收几吊钱，将煤灰之类搬出去。搬出去怎么办呢？就堆在街道上，这街就每日增高。有几所老房子，只有一半露出在街上的，就正在豫告着别的房屋的将来。我不知道什么缘故，见了这些人家，就像看见了中国人的历史。

姓名我忘记了，总之是一个明末的遗民，他曾将自己的书斋题作"活埋庵"。谁料现在的北京的人家，都在建造"活埋庵"，还要自己拿出建造费。看看报章上的论坛，"反改革"的空气浓厚透顶了，满车的"祖传"，"老例"，"国粹"等等，都想来堆在道路上，将所有的人家完全活埋下去。"强聒不舍"，也许是一个药方罢，但据我所见，则有些人们——甚至于竟是青年——的论调，简直和"戊戌政变"时候的反对改革者的论调一模一样。你想，二十七年了，还是这样，岂不可怕。大约国民如此，是决不会有好的政府的；好的政府，或者反而容易倒。也不会有好议员的；现在常有人骂议员，说他们收贿，无特操，趋炎附势，自私自利，但大多数的国民，岂非正是如此的么？这类的议员，其实确是国民的代表。

我想，现在的办法，首先还得用那几年以前《新青年》上已经说过的"思想革命"。还是这一句话，虽然未免可悲，但我以为除此没有别的法。而且还是准备"思想革命"的战士，和目下的社会无关。待到战士养成了，于是再决胜负。我这种迂远而且渺茫的意见，自己也觉得是可叹的，但我希望于《猛进》的，也终于还是"思想革命"。

鲁迅。三月十二日

鲁迅先生：

你所说底"二十七年了，还是这样，"诚哉是一件极"可怕"的事情。人类思想里面，本来有一种惰性的东西，我们中国人的惰性更深。惰性表现的形式不一，而最普通的，第一就是听天任命，第二就是中庸。听天任命和中庸的空气打不破，我国人的思想，永远没有进步的希望。

你所说底"讲话和写文章，似乎都是失败者的征象。正在和运命恶战的人，顾不到这些。"实在是最痛心的话。但是我觉得从另外一方面看，还有许多人讲话和写文章，还可以证明人心的没有全死。可是这里需要有分别，必需要是一种不平的呼声，不管是冷嘲或热骂，才是人心未全死的证验。如果不是这样，换句话说，如果他的文章里面，不用很多的"！"，不管他说的写的怎么样好听，那人心已经全死，亡国不亡国，倒是第二个问题。

"思想革命"，诚哉是现在最重要不过的事情，但是我总觉得《语丝》,《现代评论》和我们的《猛进》,就是合起来，还负不起这样的使命。我有两种希望：第一希望大家集合起来，办一个专讲文学思想的月刊。里面的内容，水平线并无庸过高，破坏者居其六七，介绍新者居其三四。这样一来，大学或中学的学生有一种消闲的良友，与思想的进步上，总有很大的裨益。我今天给适之先生略谈几句，他说现在我们办月刊很难，大约每月出八万字，还属可能，如若想出十一二万字，就几乎不可能。我说你又何必拘定十一二万字才出，有七八万就出七八万，即使再少一点，也未尝不可，要之有它总比没有它好的多。这是我第一个希望。第二我希望有一种通俗的小日报。现在的《第一小报》,似乎就是这一类的。这个报我只看见三两期，当然无从批评起，但是我们的印象：第一，是篇幅太小，至少总要再加一半才敷用；第二，这种小报总要记清是为民众和小学校的学生看的。所以思想虽需要极新，话却要写得极浅显。所有专门术语和新名词，能躲避到什么步田地躲到什么步田地。《第一小报》对于这一点，似还不很注意。这样良好的通俗小日报，是我第二种的希望。拉拉杂杂写来，漫无伦叙。你的意思以为何如？

徐炳昶。三月十六日

二

旭生先生：

给我的信早看见了，但因为琐琐的事情太多，所以到现在才能作答。

有一个专讲文学思想的月刊，确是极好的事，字数的多少，倒不算什么问题。第一为难的却是撰人，假使还是这几个人，结果即还是一种增大的某周刊或合订的各周刊之类。况且撰人一多，则因为希图保持内容的较为一致起见，即不免有互相牵就之处，很容易变为和平中正，吞吞吐吐的东西，而无聊之状于是乎可掬。现在的各种小周刊，虽然量少力微，却是小集团或单身的短兵战，在黑暗中，时见匕首的闪光，使同类者知道也还有谁还在袭击古老坚固的堡垒，较之看见浩大而灰色的军容，或者反可以会心一笑。在现在，我倒只希望这类的小刊物增加，只要所向的目标小异大同，将来就自然而然的成了联合战线，效力或者也不见得小。但目下倘有我所未知的新的作家起来，那当然又作别论。

通俗的小日报，自然也紧要的；但此事看去似易，做起来却很难。我们只要将《第一小报》与《群强报》之类一比，即知道实与民意相去太远，要收获失败无疑。民众要看皇帝何在，太妃安否，而《第一小报》却向他们去讲"常识"，岂非悖谬。教书一久，即与一般社会睽离，无论怎样热心，做起事来总要失败。假如一定要做，就得存学者的良心，有市侩的手段，但这类人才，怕教员中间是未必会有的。我想，现在没奈何，也只好从智识阶级——其实中国并没有俄国之所谓智识阶级，此事说起来话太长，姑且从众这样说——一面先行设法，民众俟将来再谈。而且他们也不是区区文字所能改革的，历史通知过我们，清兵入关，禁缠足，要垂辫，前一事只用文告，到现在还是放不掉，后一事用了别的法，到现在还在拖下来。

单为在校的青年计，可看的书报实在太缺乏了，我觉得至少还该有一种通俗的科学杂志，要浅显而且有趣的。可惜中国现在的科学家不大做文章，有做的，也过于高深，于是就很枯燥。现在要Brehm[1] 的讲动物生活，Fabre[2] 的讲昆虫故事似的有趣，并且插许多图画的；但这非有一个大书店担任即不能印。至于作文者，我以为只要科学家肯放低手眼，再看看文艺书，就够了。

前三四年有一派思潮，毁了事情颇不少。学者多劝人踱进研究室，文人说最好是搬入艺术之宫，直到现在都还不大出来，不知道他们在那里面情形怎样。这虽然是自己愿意，但一大半也因新思想而仍中了"老法子"的计。我新近才看出这圈套，就是从"青年必读书"事件以来，很收些赞同和嘲骂的信，凡赞同者，都很坦白，并无什么恭维。如果开首称我为什么"学者""文学家"的，则下面一定是谩骂。我才明白这等称号，乃是他们所公设的巧计，是精神的枷锁，故意将你定为"与众不同"，又借此来束缚你的言动，使你于他们的老生活上失去危险性的。不料有许多人，却自囚在什么室什么宫里，岂不可惜。只要掷去了这种尊号，摇身一变，化为泼皮，相骂相打（舆论是以为学者只应该拱手讲讲义的），则世风就会日上，而月刊也办成了。

先生的信上说：惰性表现的形式不一，而最普通的，第一就是听天任命，第二就是中庸。我以为这两种态度的根柢，怕不可仅以惰性了之，其实乃是卑怯。遇见强者，不敢反抗，便以"中庸"这些话来粉饰，聊以自慰。所以中国人倘有权力，看见别人奈何他不得，或者有"多数"作他护符的时候，多是凶残横恣，宛然一个暴君，做事并不中庸；待到满口"中庸"时，乃是势力已失，早非"中庸"不可的时候了。一到全败，则又有"命运"来做话柄，纵为奴隶，也处之泰然，但又无往而不合于圣道。这些现象，实在可

---

① 勃莱姆（1829—1884），德国动物学家。
② 法布尔（1823—1915），法国著名昆虫学家、文学家。

以使中国人败亡，无论有没有外敌。要救正这些，也只好先行发露各样的劣点，撕下那好看的假面具来。

鲁迅。三月二十九日

鲁迅先生：

你看出什么"踱进研究室"，什么"搬入艺术之宫"，全是"一种圈套"，真是一件重要的发现。我实在告诉你说：我近来看见自命 gentleman 的人就怕极了。看见玄同先生挖苦 gentleman 的话（见《语丝》第二十期），好像大热时候，吃一盘冰激零，不晓得有多么痛快。总之这些字全是一种圈套，大家总要相戒，不要上他们的当才好。

我好像觉得通俗的科学杂志并不是那样容易的，但是我对于这个问题完全没有想，所以对于它觉暂且无论什么全不能说。

我对于通俗的小日报有许多的话要说，但因为限于篇幅，止好暂且不说。等到下一期，我要作一篇小东西，专论这件事，到那时候，还要请你指教才好。

徐炳昶。三月三十一日

论辩的魂灵

　　二十年前到黑市，买得一张符，名叫"鬼画符"。虽然不过一团糟，但帖在壁上看起来，却随时显出各样的文字，是处世的宝训，立身的金箴。今年又到黑市去，又买得一张符，也是"鬼画符"。但帖了起来看，也还是那一张，并不见什么增补和修改。今夜看出来的大题目是"论辩的魂灵"；细注道："祖传老年中年青年'逻辑'扶乩灭洋必胜妙法太上老君急急如律令敕"。今谨摘录数条，以公同好——

　　"洋奴会说洋话。你主张读洋书，就是洋奴，人格破产了！受人格破产的洋奴崇拜的洋书，其价值从可知矣！但我读洋文是学校的课程，是政府的功令，反对者，即反对政府也。无父无君之无政府党，人人得而诛之。"

　　"你说中国不好。你是外国人么？为什么不到外国去？可惜外国人看你不起……。"

　　"你说甲生疮。甲是中国人，你就是说中国人生疮了。既然中国人生疮，你是中国人，就是你也生疮了。你既然也生疮，你就和甲一样。而你只说甲生疮，则竟无自知之明，你的话还有什么价值？倘你没有生疮，是说诳也。卖国贼是说诳的，所以你是卖国贼。我骂卖国贼，所以我是爱国者。爱国者的话是最有价值的，所以我的话是不错的，我的话既然不错，你就是卖国贼无疑了！"

"自由结婚未免太过激了。其实，我也并非老顽固，中国提倡女学的还是我第一个。但他们却太趋极端了，太趋极端，即有亡国之祸，所以气得我偏要说'男女授受不亲'。况且，凡事不可过激；过激派都主张共妻主义的。乙赞成自由结婚，不就是主张共妻主义么？他既然主张共妻主义，就应该先将他的妻拿出来给我们'共'。"

"丙讲革命是为的要图利：不为图利，为什么要讲革命？我亲眼看见他三千七百九十一箱半的现金抬进门。你说不然，反对我么？那么，你就是他的同党。呜呼，党同伐异之风，于今为烈，提倡欧化者不得辞其咎矣！"

"丁牺牲了性命，乃是闹得一塌糊涂，活不下去了的缘故。现在妄称志士，诸君切勿为其所愚。况且，中国不是更坏了么？"

"戊能算什么英雄呢？听说，一声爆竹，他也会吃惊。还怕爆竹，能听枪炮声么？怕听枪炮声，打起仗来不要逃跑么？打起仗来就逃跑的反称英雄，所以中国糟透了。"

"你自以为是'人'，我却以为非也。我是畜类，现在我就叫你爹爹。你既然是畜类的爹爹，当然也就是畜类了。"

"勿用惊叹符号，这是足以亡国的。但我所用的几个在例外。

中庸太太提起笔来，取精神文明精髓，作明哲保身大吉大利格言二句云：

中学为体西学用，
不薄今人爱古人。

一九二五年

179

战士和苍蝇

Schopenhauer[①] 说过这样的话：要估定人的伟大，则精神上的大和体格上的大，那法则完全相反。后者距离愈远即愈小，前者却见得愈大。

正因为近则愈小，而且愈看见缺点和创伤，所以他就和我们一样，不是神道，不是妖怪，不是异兽。他仍然是人，不过如此。但也惟其如此，所以他是伟大的人。

战士战死了的时候，苍蝇们所首先发见的是他的缺点和伤痕，嘬着，营营地叫着，以为得意，以为比死了的战士更英雄。但是战士已经战死了，不再来挥去他们。于是乎苍蝇们即更其营营地叫，自以为倒是不朽的声音，因为它们的完全，远在战士之上。

的确的，谁也没有发见过苍蝇们的缺点和创伤。

然而，有缺点的战士终竟是战士，完美的苍蝇也终竟不过是苍蝇。

去罢，苍蝇们！虽然生着翅子，还能营营，总不会超过战士的。你们这些虫豸们！

一九二五年三月二十一日

---

① 叔本华 (1788—1860)，德国哲学家。

夏三虫

夏天近了，将有三虫：蚤，蚊，蝇。

假如有谁提出一个问题，问我三者之中，最爱什么，而且非爱一个不可，又不准像"青年必读书"那样的缴白卷的。我便只得回答道：跳蚤。

跳蚤的来吮血，虽然可恶，而一声不响地就是一口，何等直截爽快。蚊子便不然了，一针叮进皮肤，自然还可以算得有点彻底的，但当未叮之前，要哼哼地发一篇大议论，却使人觉得讨厌。如果所哼的是在说明人血应该给它充饥的理由，那可更其讨厌了，幸而我不懂。

野雀野鹿，一落在人手中，总时时刻刻想要逃走。其实，在山林间，上有鹰，下有虎狼，何尝比在人手里安全。为什么当初不逃到人类中来，现在却要逃到鹰虎狼间去？或者，鹰虎狼之于它们，正如跳蚤之于我们罢。肚子饿了，抓着就是一口，决不谈道理，弄玄虚。被吃者也无须在被吃之前，先承认自己之理应被吃，心悦诚服，誓死不二。人类，可是也颇擅长于哼哼的了，害中取小，它们的避之惟恐不速，正是绝顶聪明。

苍蝇嗡嗡地闹了大半天，停下来也不过舐一点油汗，倘有伤痕或疮疖，自然更占一些便宜；无论怎么好的，美的，干净的东西，又总喜欢一律拉上一点蝇矢。但因为只舐一点油汗，只添一点腌臜，在麻木的人们还没有切肤之痛，所以也就将它放过了。中国人还不很知道它能够传播病菌，捕蝇运动大概不见得兴盛。它们的运命是长久的；还要更繁殖。

但它在好的，美的，干净的东西上拉了蝇矢之后，似乎还不至于欣欣然反过来嘲笑这东西的不洁：总要算还有一点道德的。

古今君子，每以禽兽斥人，殊不知便是昆虫，值得师法的地方也多着哪。

一九二五年四月四日

忽然想到（五至六）

五

　　我生得太早一点，连康有为们"公车上书"的时候，已经颇有些年纪了。政变之后，有族中的所谓长辈也者教诲我，说：康有为是想篡位，所以他的名字叫有为；有者，"富有天下"，为者，"贵为天子"也。非图谋不轨而何？我想：诚然。可恶得很！

　　长辈的训诲于我是这样的有力，所以我也很遵从读书人家的家教。屏息低头，毫不敢轻举妄动。两眼下视黄泉，看天就是傲慢，满脸装出死相，说笑就是放肆。我自然以为极应该的，但有时心里也发生一点反抗。心的反抗，那时还不算什么犯罪，似乎诛心之律，倒不及现在之严。

　　但这心的反抗，也还是大人们引坏的，因为他们自己就常常随便大说大笑，而单是禁止孩子。黔首们看见秦始皇那么阔气，捣乱的项羽道："彼可取而代也！"没出息的刘邦却说："大丈夫不当如是耶？"我是没出息的一流，因为羡慕他们的随意说笑，就很希望赶忙变成大人，——虽然此外也还有别种的原因。

　　大丈夫不当如是耶，在我，无非只想不再装死而已，欲望也并不甚奢。

　　现在，可喜我已经大了，这大概是谁也不能否认的罢，无论用

183

了怎样古怪的"逻辑"。

我于是就抛了死相，放心说笑起来，而不意立刻又碰了正经人的钉子：说是使他们"失望"了。我自然是知道的，先前是老人们的世界，现在是少年们的世界了；但竟不料治世的人们虽异，而其禁止说笑也则同。那么，我的死相也还得装下去，装下去，"死而后已"，岂不痛哉！

我于是又恨我生得太迟一点。何不早二十年，赶上那大人还准说笑的时候？真是"我生不辰"，正当可诅咒的时候，活在可诅咒的地方了。

约翰弥耳说：专制使人们变成冷嘲。我们却天下太平，连冷嘲也没有。我想：暴君的专制使人们变成冷嘲，愚民的专制使人们变成死相。大家渐渐死下去，而自己反以为卫道有效，这才渐近于正经的活人。

世上如果还有真要活下去的人们，就先该敢说，敢笑，敢哭，敢怒，敢骂，敢打，在这可诅咒的地方击退了可诅咒的时代！

四月十四日

六

外国的考古学者们联翩而至了。

久矣夫，中国的学者们也早已口口声声的叫着"保古！保古！保古！……"

但是不能革新的人种，也不能保古的。

所以，外国的考古学者们便联翩而至了。

长城久成废物，弱水也似乎不过是理想上的东西。老大的国民

184

尽钻在僵硬的传统里，不肯变革，衰朽到毫无精力了，还要自相残杀。于是外面的生力军很容易地进来了，真是"匪今斯今，振古如兹"。至于他们的历史，那自然都没我们的那么古。

可是我们的古也就难保，因为土地先已危险而不安全。土地给了别人，则"国宝"虽多，我觉得实在也无处陈列。

但保古家还在痛骂革新，力保旧物地干：用玻璃板印些宋版书，每部定价几十几百元；"涅槃！涅槃！涅槃！"佛自汉时已入中国，其古色古香为何如哉！买集些旧书和金石，是劬古爱国之士，略作考证，赶印目录，就升为学者或高人。而外国人所得的古董，却每从高人的高尚的袖底里共清风一同流出。即不然，归安陆氏的晒宋，潍县陈氏的十钟，其子孙尚能世守否？

现在，外国的考古学者们便联翩而至了。

他们活有余力，则以考古，但考古尚可，帮同保古就更可怕了。有些外人，很希望中国永是一个大古董以供他们的赏鉴，这虽然可恶，却还不奇，因为他们究竟是外人。而中国竟也有自己还不够，并且要率领了少年，赤子，共成一个大古董以供他们的赏鉴者，则真不知是生着怎样的心肝。

中国废止读经了，教会学校不是还请腐儒做先生，教学生读"四书"么？民国废去跪拜了，犹太学校不是偏请遗老做先生，要学生磕头拜寿么？外国人办给中国人看的报纸，不是最反对五四以来的小改革么？而外国总主笔治下的中国小主笔，则倒是崇拜道学，保存国粹的！

但是，无论如何，不革新，是生存也为难的，而况保古。现状就是铁证，比保古家的万言书有力得多。

我们目下的当务之急，是：一要生存，二要温饱，三要发展。苟有阻碍这前途者，无论是古是今，是人是鬼，是《三坟》《五典》，百宋千元，天球河图，金人玉佛，祖传丸散，秘制膏丹，全都踏倒他。

保古家大概总读过古书，"林回弃千金之璧，负赤子而趋"，该不能说是禽兽行为罢。那么，弃赤子而抱千金之璧的是什么？

一九二五年四月十八日

杂　感

人们有泪，比动物进化，但即此有泪，也就是不进化，正如已经只有盲肠，比鸟类进化，而究竟还有盲肠，终不能很算进化一样。凡这些，不但是无用的赘物，还要使其人达到无谓的灭亡。

现今的人们还以眼泪赠答，并且以这为最上的赠品，因为他此外一无所有。无泪的人则以血赠答，但又各各拒绝别人的血。

人大抵不愿意爱人下泪。但临死之际，可能也不愿意爱人为你下泪么？无泪的人无论何时，都不愿意爱人下泪，并且连血也不要：他拒绝一切为他的哭泣和灭亡。

人被杀于万众聚观之中，比被杀在"人不知鬼不觉"的地方快活，因为他可以妄想，博得观众中的或人的眼泪。但是，无泪的人无论被杀在什么所在，于他并无不同。

杀了无泪的人，一定连血也不见。爱人不觉他被杀之惨，仇人也终于得不到杀他之乐：这是他的报恩和复仇。

死于敌手的锋刃，不足悲苦；死于不知何来的暗器，却是悲苦。但最悲苦的是死于慈母或爱人误进的毒药，战友乱发的流弹，病菌的并无恶意的侵入，不是我自己制定的死刑。

仰慕往古的，回往古去罢！想出世的，快出世罢！想上天的，快上天罢！灵魂要离开肉体的，赶快离开罢！现在的地上，应该是执着现在，执着地上的人们居住的。

但厌恶现世的人们还住着。这都是现世的仇仇，他们一日存在，现世即一日不能得救。

先前，也曾有些愿意活在现世而不得的人们，沉默过了，呻吟过了，叹息过了，哭泣过了，哀求过了，但仍然愿意活在现世而不得，因为他们忘却了愤怒。

勇者愤怒，抽刃向更强者；怯者愤怒，却抽刃向更弱者。不可救药的民族中，一定有许多英雄，专向孩子们瞪眼。这些屠头们！

孩子们在瞪眼中长大了，又向别的孩子们瞪眼，并且想：他们一生都过在愤怒中。因为愤怒只是如此，所以他们要愤怒一生，——而且还要愤怒二世，三世，四世，以至末世。

无论爱什么，——饭，异性，国，民族，人类等等，——只有纠缠如毒蛇，执着如怨鬼，二六时中，没有已时者有望。但太觉疲劳时，也无妨休息一会罢；但休息之后，就再来一回罢，而且两回，三回……。血书，章程，请愿，讲学，哭，电报，开会，挽联，演说，神经衰弱，则一切无用。

血书所能挣来的是什么？不过就是你的一张血书，况且并不好看。至于神经衰弱，其实倒是自己生了病，你不要再当作宝贝了，我的可敬爱而讨厌的朋友呀！

我们听到呻吟，叹息，哭泣，哀求，无须吃惊。见了酷烈的沉默，就应该留心了；见有什么像毒蛇似的在尸林中蜿蜒，怨鬼似的在黑暗中奔驰，就更应该留心了：这在豫告"真的愤怒"将要到来。那时候，仰慕往古的就要回往古去了，想出世的要出世去了，想上天的要上天了，灵魂要离开肉体的就要离开了！……

一九二五年五月五日

北京通信

蕴儒，培良两兄：

　　昨天收到两份《豫报》，使我非常快活，尤其是见了那《副刊》。因为它那蓬勃的朝气，实在是在我先前的豫想以上。你想：从有着很古的历史的中州，传来了青年的声音，仿佛在豫告这古国将要复活，这是一件如何可喜的事呢？

　　倘使我有这力量，我自然极愿意有所贡献于河南的青年。但不幸我竟力不从心，因为我自己也正站在歧路上，——或者，说得较有希望些：站在十字路口。站在歧路上是几乎难于举足，站在十字路口，是可走的道路很多。我自己，是什么也不怕的，生命是我自己的东西，所以我不妨大步走去，向着我自以为可以走去的路；即使前面是深渊，荆棘，狭谷，火坑，都由我自己负责。然而向青年说话可就难了，如果盲人瞎马，引入危途，我就该得谋杀许多人命的罪孽。

　　所以，我终于还不想劝青年一同走我所走的路；我们的年龄，境遇，都不相同，思想的归宿大概总不能一致的罢。但倘若一定要问我青年应当向怎样的目标，那么，我只可以说出我为别人设计的话，就是：一要生存，二要温饱，三要发展。有敢来阻碍这三事者，无论是谁，我们都反抗他，扑灭他！

　　可是还得附加几句话以免误解，就是：我之所谓生存，并不是苟活；所谓温饱，并不是奢侈；所谓发展，也不是放纵。

中国古来，一向是最注重于生存的，什么"知命者不立于岩墙之下"咧，什么"千金之子坐不垂堂"咧，什么"身体发肤受之父母不敢毁伤"咧，竟有父母愿意儿子吸鸦片的，一吸，他就不至于到外面去，有倾家荡产之虞了。可是这一流人家，家业也决不能长保，因为这是苟活。苟活就是活不下去的初步，所以到后来，他就活不下去了。意图生存，而太卑怯，结果就得死亡。以中国古训中教人苟活的格言如此之多，而中国人偏多死亡，外族偏多侵入，结果适得其反，可见我们蔑弃古训，是刻不容缓的了。这实在是无可奈何，因为我们要生活，而且不是苟活的缘故。

中国人虽然想了各种苟活的理想乡，可惜终于没有实现。但我却替他们发见了，你们大概知道的罢，就是北京的第一监狱。这监狱在宣武门外的空地里，不怕邻家的火灾；每日两餐，不虑冻馁；起居有定，不会伤生；构造坚固，不会倒塌；禁卒管着，不会再犯罪；强盗是决不会来抢的。住在里面，何等安全，真真是"千金之子坐不垂堂"了。但阙少的就有一件事：自由。

古训所教的就是这样的生活法，教人不要动。不动，失错当然就较少了，但不活的岩石泥沙，失错不是更少么？我以为人类为向上，即发展起见，应该活动，活动而有若干失错，也不要紧。惟独半死半生的苟活，是全盘失错的。因为他挂了生活的招牌，其实却引人到死路上去！

我想，我们总得将青年从牢狱里引出来，路上的危险，当然是有的，但这是求生的偶然的危险，无从逃避。想逃避，就须度那古人所希求的第一监狱式生活了，可是真在第一监狱里的犯人，都想早些释放，虽然外面并不比狱里安全。

北京暖和起来了；我的院子里种了几株丁香，活了；还有两株榆叶梅，至今还未发芽，不知道他是否活着。

昨天闹了一个小乱子，许多学生被打伤了；听说还有死的，我不知道确否。其实，只要听他们开会，结果不过是开会而已，因为加了强力的迫压，遂闹出开会以上的事来。俄国的革命，不就是从这样的路径出发的么？

夜深了，就此搁笔，后来再谈罢。

鲁迅。五月八日夜

一九二五年

导　师

　　近来很通行说青年；开口青年，闭口也是青年。但青年又何能一概而论？有醒着的，有睡着的，有昏着的，有躺着的，有玩着的，此外还多。但是，自然也有要前进的。

　　要前进的青年们大抵想寻求一个导师。然而我敢说：他们将永远寻不到。寻不到倒是运气；自知的谢不敏，自许的果真识路么？凡自以为识路者，总过了"而立"之年，灰色可掬了，老态可掬了，圆稳而已，自己却误以为识路。假如真识路，自己就早进向他的目标，何至于还在做导师。说佛法的和尚，卖仙药的道士，将来都与白骨是"一丘之貉"，人们现在却向他听生西的大法，求上升的真传，岂不可笑!

　　但是我并非敢将这些人一切抹杀；和他们随便谈谈，是可以的。说话的也不过能说话，弄笔的也不过能弄笔；别人如果希望他打拳，则是自己错。他如果能打拳，早已打拳了，但那时，别人大概又要希望他翻筋斗。

　　有些青年似乎也觉悟了，我记得《京报副刊》征求青年必读书时，曾有一位发过牢骚，终于说：只有自己可靠! 我现在还想斗胆转一句，虽然有些杀风景，就是：自己也未必可靠的。

　　我们都不大有记性。这也无怪，人生苦痛的事太多了，尤其是在中国。记性好的，大概都被厚重的苦痛压死了；只有记性坏的，适者生存，还能欣然活着。但我们究竟还有一点记忆，回想起来，怎样的"今是昨非"呵，怎样的"口是心非"呵，怎样的"今日之我与昨日之我战"呵。我们还没有正在饿得要死时于无人处见别人的饭，正在穷得要死时于无人处见别人的钱，正在性欲旺盛时遇见异性，而且很美的。我想，大话不宜讲得太早，否则，倘有记性，将来想到时会脸红。

或者还是知道自己之不甚可靠者，倒较为可靠罢。

青年又何须寻那挂着金字招牌的导师呢？不如寻朋友，联合起来，同向着似乎可以生存的方向走。你们所多的是生力，遇见深林，可以辟成平地的，遇见旷野，可以栽种树木的，遇见沙漠，可以开掘井泉的。问什么荆棘塞途的老路，寻什么乌烟瘴气的鸟导师！

一九二五年五月十一日

忽然想到 （七至九）

七

　　大约是送报人忙不过来了，昨天不见报，今天才给补到，但是奇怪，正张上已经剪去了两小块；幸而副刊是完全的。那上面有一篇武者君的《温良》，又使我记起往事，我记得确曾用了这样一个糖衣的毒刺赠送过我的同学们。现在武者君也在大道上发见了两样东西了：凶兽和羊。但我以为这不过发见了一部分，因为大道上的东西还没有这样简单，还得附加一句，是：凶兽样的羊，羊样的凶兽。

　　他们是羊，同时也是凶兽；但遇见比他更凶的凶兽时便现羊样，遇见比他更弱的羊时便现凶兽样，因此，武者君误认为两样东西了。

　　我还记得第一次五四以后，军警们很客气地只用枪托，乱打那手无寸铁的教员和学生，威武到很像一队铁骑在苗田上驰骋；学生们则惊叫奔避，正如遇见虎狼的羊群。但是，当学生们成了大群，袭击他们的敌人时，不是遇见孩子也要推他摔几个觔斗么？在学校里，不是还唾骂敌人的儿子，使他非逃回家去不可么？这和古代暴君的灭族的意见，有什么区分！

　　我还记得中国的女人是怎样被压制，有时简直并羊而不如。现在托了洋鬼子学说的福，似乎有些解放了。但她一得到可以逞威的地位如校长之类，不就雇用了"掠袖擦掌"的打手似的男人，来威吓毫无武力的同性的学生们么？不是利用了外面正有别的学潮的时候，和一些狐群狗党趁势来开除她私意所不喜的学生们么？而几个在"男尊女卑"的社会生长的男人们，此时却在异性的饭碗化身的面前摇尾，简直并羊而不如。羊，诚然是弱的，但还不至于如此，我敢给我所敬爱的羊们保证！

但是，在黄金世界还未到来之前，人们恐怕总不免同时含有这两种性质，只看发现时候的情形怎样，就显出勇敢和卑怯的大区别来。可惜中国人但对于羊显凶兽相，而对于凶兽则显羊相，所以即使显着凶兽相，也还是卑怯的国民。这样下去，一定要完结的。

我想，要中国得救，也不必添什么东西进去，只要青年们将这两种性质的古传用法，反过来一用就够了：对手如凶兽时就如凶兽，对手如羊时就如羊！

那么，无论什么魔鬼，就都只能回到他自己的地狱里去。

五月十日

八

五月十二日《京报》的"显微镜"下有这样的一条——

某学究见某报上载教育总长"章士钉"五七呈文，愀然曰："名字怪僻如此，非圣人之徒也，岂能为吾侪卫古文之道者乎！"

因此想起中国有几个字，不但在白话文中，就是在文言文中也几乎不用。其一是这误印为"钉"的"钊"字，还有一个是"淦"字，大概只在人名里还有留遗。我手头没有《说文解字》，钊字的解释完全不记得了，淦则仿佛是船底漏水的意思。我们现在要叙述船漏水，无论用怎样古奥的文章，大概总不至于说"淦矣"了罢，所以除了印张国淦，孙嘉淦或新淦县的新闻之外，这一粒铅字简直是废物。

至于"钊"，则化而为"钉"还不过一个小笑话；听说竟有人因此受害。曹锟做总统的时代（那时这样写法就要犯罪），要办李大钊先生，国务会议席上一个阁员说："只要看他的名字，就知道不是一个安分的人。什么名字不好取，他偏要叫李大剑?！"于是乎办定了，因为这位"大剑"先生已经用名字自己证实，是"大刀王五"一流人。

我在 N 的学堂做学生的时候，也曾经因这"钊"字碰过几个小钉子，但自然因为我自己不"安分"。一个新的职员到校了，势派非常之大，学者似的，很傲然。可惜他不幸遇见了一个同学叫"沈钊"的，就倒了楣，因为他叫他"沈钧"，以表白自己的不识字。于是我们一见面就讥笑他，就叫他为"沈钧"，并且由讥笑而至于相骂。两天之内，我和十多个同学就迭连记了两小过两大过，再记一小过，就要开除了。但开除在我们那个学校里并不算什么大事件，大堂上还有军令，可以将学生杀头的。做那里的校长这才威风呢，——但那时的名目却叫作"总办"的，资格又须是候补道。

假使那时也像现在似的专用高压手段，我们大概是早经"正法"，我也不会还有什么"忽然想到"的了。我不知怎的近来很有"怀古"的倾向，例如这回因为一个字，就会露出遗老似的"缅怀古昔"的口吻来。

五月十三日

196

九

记得有人说过，回忆多的人们是没出息的了，因为他眷念从前，难望再有勇猛的进取；但也有说回忆是最为可喜的。前一说忘却了谁的话，后一说大概是 A.France 罢，——都由他。可是他们的话也都有些道理，整理起来，研究起来，一定可以消费许多功夫；但这都听凭学者们去干去，我不想来加入这一类高尚事业了，怕的是毫无结果之前，已经"寿终正寝"。（是否真是寿终，真在正寝，自然是没有把握的，但此刻不妨写得好看一点。）我能谢绝研究文艺的酒筵，能远避开除学生的饭局，然而阎罗大王的请帖，大概是终于没法"谨谢"的，无论你怎样摆架子。好，现在是并非眷念过去，而是遥想将来了，可是一样的没出息。管他娘的，写下去——

不动笔是为要保持自己的身分，我近来才知道；可是动笔的九成九是为自己来辩护，则早就知道的了，至少，我自己就这样。所以，现在要写出来的，也不过是为自己的一封信——

FD 君：

记得一年或两年之前，蒙你赐书，指摘我在《阿Q正传》中写捉拿一个无聊的阿Q而用机关枪，是太远于事理。我当时没有答复你，一则你信上不写住址，二则阿Q已经捉过，我不能再邀你去看热闹，共同证实了。

但我前几天看报章，便又记起了你。报上有一则新闻，大意是学生要到执政府去请愿，而执政府已于事前得知，东门上添了军队，西门上还摆起两架机关枪，学生不得入，终于无结果而散云。你如果还在北京，何妨远远

197

地——愈远愈好——去望一望呢，倘使真有两架，那么，我就"振振有辞"了。

夫学生的游行和请愿，由来久矣。他们都是"郁郁乎文哉"，不但绝无炸弹和手枪，并且连九节钢鞭，三尖两刃刀也没有，更何况丈八蛇矛和青龙掩月刀乎？至多，"怀中一纸书"而已，所以向来就没有闹过乱子的历史。现在可是已经架起机关枪来了，而且有两架！

但阿Q的事件却大得多了，他确曾上城偷过东西，未庄也确已出了抢案。那时又还是民国元年，那些官吏，办事自然比现在更离奇。先生！你想：这是十三年前的事呵。那时的事，我以为即使在《阿Q正传》中再给添上一混成旅和八尊过山炮，也不至于"言过其实"的罢。

请先生不要用普通的眼光看中国。我的一个朋友从印度回来，说，那地方真古怪，每当自己走过恒河边，就觉得还要防被捉去杀掉而祭天。我在中国也时时起这一类的恐惧。普通认为 romantic^① 的，在中国是平常事；机关枪不装在土谷祠外，还装到那里去呢？

一九二五年五月十四日，鲁迅上

----

① 英文：浪漫。

198

"碰壁"之后

我平日常常对我的年青的同学们说：古人所谓"穷愁著书"的话，是不大可靠的。穷到透顶，愁得要死的人，那里还有这许多闲情逸致来著书？我们从来没有见过候补的饿莩在沟壑边吟哦；鞭扑底下的囚徒所发出来的不过是直声的叫喊，决不会用一篇妃红俪白的骈体文来诉痛苦的。所以待到磨墨吮笔，说什么"履穿踵决"时，脚上也许早经是丝袜；高吟"饥来驱我去……"的陶征士，其时或者偏已很有些酒意了。正当苦痛，即说不出苦痛来，佛说极苦地狱中的鬼魂，也反而并无叫唤！

华夏大概并非地狱，然而"境由心造"，我眼前总充塞着重迭的黑云，其中有故鬼，新鬼，游魂，牛首阿旁，畜生，化生，大叫唤，无叫唤，使我不堪闻见。我装作无所闻见模样，以图欺骗自己，总算已从地狱中出离。

打门声一响，我又回到现实世界了。又是学校的事。我为什么要做教员？！想着走着，出去开门，果然，信封上首先就看见通红的一行字：国立北京女子师范大学。

我本就怕这学校，因为一进门就觉得阴惨惨，不知其所以然，但也常常疑心是自己的错觉。后来看到杨荫榆校长《致全体学生公启》里的"须知学校犹家庭，为尊长者断无不爱家属之理，为幼稚者亦当体贴尊长之心"的话，就恍然了，原来我虽然在学校教书，也等于在杨家坐馆，而这阴惨惨的气味，便是从"冷板凳"里出来的。可是我有一种毛病，自己也疑心是自讨苦吃的根苗，就是偶尔要想想。所以恍然之后，即又有疑问发生：这家族人员——校长和学生——的关系是怎样的，母女，还是婆媳呢？

想而又想，结果毫无。幸而这位校长宣言多，竟在她《对于暴烈学生之感言》里获得正确的解答了。曰，"与此曹子勃谿相向"，则其为婆婆无疑也。

现在我可以大胆地用"妇姑勃谿"这句古典了。但婆媳吵架，与西宾又何干呢？因为究竟是学校，所以总还是时常有信来，或是婆婆的，或是媳妇的。我的神经又不强，一闻打门而悔做教员者以此，而且也确有可悔的理由。

这一年她们的家务简直没有完，媳妇儿们不佩服婆婆做校长了，婆婆可是不歇手。这是她的家庭，怎么肯放手呢？无足怪的。而且不但不放，还趁"五七"之际，在什么饭店请人吃饭之后，开除了六个学生自治会的职员，并且发表了那"须知学校犹家庭"的名论。

这回抽出信纸来一看，是媳妇儿们的自治会所发的，略谓：

　　旬余以来，校务停顿，百费待兴，若长此迁延，不特虚掷数百青年光阴，校务前途，亦岌岌不可终日。……

底下是请教员开一个会，出来维持的意思的话，订定的时间是当日下午四点钟。

"去看一看罢。"我想。

这也是我的一种毛病，自己也疑心是自讨苦吃的根苗；明知道无论什么事，在中国是万不可轻易去"看一看"的，然而终于改不掉，所以谓之"病"。但是，究竟也颇熟于世故了，我想后，又立刻决定，四点太早，到了一定没有人，四点半去罢。

四点半进了阴惨惨的校门，又走进教员休息室。出乎意料之外！除一个打盹似的校役以外，已有两位教员坐着了。一位是见过几面的；一位不认识，似乎说是姓汪，或姓王，我不大听明白，——其实也无须。

我也和他们在一处坐下了。

"先生的意思以为这事情怎样呢？"这不识教员在招呼之后，看住了我的眼睛问。

"这可以由各方面说……。你问的是我个人的意见么？我个人的意见，是反对杨先生的办法的……。"

糟了！我的话没有说完，他便将他那灵便小巧的头向旁边一摇，表示不屑听完的态度。但这自然是我的主观；在他，或者也许本有将头摇来摇去的毛病的。

"就是开除学生的罚太严了。否则，就很容易解决……。"我还要继续说下去。

"嗡嗡。"他不耐烦似的点头。

我就默然，点起火来吸烟卷。

"最好是给这事情冷一冷……。"不知怎的他又开始发表他的"冷一冷"学说了。

"嗡嗡。瞧着看罢。"这回是我不耐烦似的点头，但终于多说了一句话。

我点头讫，瞥见坐前有一张印刷品，一看之后，毛骨便悚然起来。文略谓：

……第用学生自治会名义，指挥讲师职员，召集校务

201

维持讨论会，……本校素遵部章，无此学制，亦无此办法，根本上不能成立。……而自闹潮以来……不能不筹正当方法，又有其他校务进行，亦待大会议决，兹定于（月之二十一日）下午七时，由校特请全体主任专任教员评议会会员在太平湖饭店开校务紧急会议，解决种种重要问题。务恳大驾莅临，无任盼祷！

署名就是我所视为畏途的"国立北京女子师范大学"，但下面还有一个"启"字。我这时才知道我不该来，也无须"莅临"太平湖饭店，因为我不过是一个"兼任教员"。然而校长为什么不制止学生开会，又不预先否认，却要叫我到了学校来看这"启"的呢？我愤然地要质问了，举目四顾，两个教员，一个校役，四面砖墙带着门和窗门，而并没有半个负有答复的责任的生物。"国立北京女子师范学校"虽然能"启"，然而是不能答的。只有默默地阴森地四周的墙壁将人包围，现出险恶的颜色。

我感到苦痛了，但没有悟出它的原因。

可是两个学生来请开会了；婆婆终于没有露面。我们就走进会场去，这时连我已经有五个人；后来陆续又到了七八人。于是乎开会。

"为幼稚者"仿佛不大能够"体贴尊长之心"似的，很诉了许多苦。然而我们有什么权利来干预"家庭"里的事呢？而况太平湖饭店里又要"解决种种重要问题"了！但是我也说明了几句我所以来校的理由，并要求学校当局今天缩头缩脑办法的解答。然而，举目四顾，只有媳妇儿们和西宾，砖墙带着门和窗门，而并没有半个负有答复的责任的生物！

我感到苦痛了，但没有悟出它的原因。

这时我所不识的教员和学生在谈话了；我也不很细听。但在他的话里听到一句"你们做事不要碰壁"，在学生的话里听到一句"杨先生就是壁"，于我就仿佛见了一道光，立刻知道我的痛苦的原因了。

碰壁，碰壁！我碰了杨家的壁了！

其时看看学生们，就像一群童养媳……。

这一种会议是照例没有结果的，几个自以为大胆的人物对于婆婆稍加微辞之后，即大家走散。我回家坐在自己的窗下的时候，天色已近黄昏，而阴惨惨的颜色却渐渐地退去，回忆到碰壁的学说，居然微笑起来了。

中国各处是壁，然而无形，像"鬼打墙"一般，使你随时能"碰"。能打这墙的，能碰而不感到痛苦的，是胜利者。——但是，此刻太平湖饭店之宴已近阑珊，大家都已经吃到冰其淋，在那里"冷一冷"了罢……。

我于是仿佛看见雪白的桌布已经沾了许多酱油渍，男男女女围着桌子都吃冰其淋，而许多媳妇儿，就如中国历来的大多数媳妇儿在苦节的婆婆脚下似的，都决定了暗淡的运命。

我吸了两支烟，眼前也光明起来，幻出饭店里电灯的光彩，看见教育家在杯酒间谋害学生，看见杀人者于微笑后屠戮百姓，看见死尸在粪土中舞蹈，看见污秽洒满了风籁琴，我想取作画图，竟不能画成一线。我为什么要做教员，连自己也侮蔑自己起来。但是织芳来访我了。

我们闲谈之间，他也忽而发感慨——

"中国什么都黑暗，谁也不行，但没有事的时候是看不出来的。教员咧，学生咧，烘烘烘，烘烘烘，真像一个学校，一有事故，教员也不见了，学生也慢慢躲开了；结局只剩下几个傻子给大家做牺

203

牲，算是收束。多少天之后，又是这样的学校，躲开的也出来了，不见的也露脸了，'地球是圆的'咧，'苍蝇是传染病的媒介'咧，又是学生咧，教员咧，烘烘烘……。"

从不像我似的常常"碰壁"的青年学生的眼睛看来，中国也就如此之黑暗么？然而他们仅有微弱的呻吟，然而一呻吟就被杀戮了！

一九二五年五月二十一日夜

并非闲话

　　凡事无论大小，只要和自己有些相干，便不免格外警觉。即如这一回女子师范大学的风潮，我因为在那里担任一点钟功课，也就感到震动，而且就发了几句感慨，登在五月十二的《京报副刊》上。自然，自己也明知道违了"和光同尘"的古训了，但我就是这样，并不想以骑墙或阴柔来买人尊敬。三四天之后，忽然接到一本《现代评论》十五期，很觉得有些稀奇。这一期是新印的，第一页上目录已经整齐（初版字有参差处），就证明着至少是再版。我想：为什么这一期特别卖的多，送的多呢，莫非内容改变了么？翻开初版来，校勘下去，都一样；不过末叶的金城银行的广告已经杳然，所以一篇《女师大的学潮》就赤条条地露出。我不是也发过议论的么？自然要看一看，原来是赞成杨荫榆校长的，和我的论调正相反。做的人是"一个女读者"。

　　中国原是玩意儿最多的地方，近来又刚闹过什么"琴心是否女士"问题，我于是心血来潮，忽而想：又捣什么鬼，装什么佯了？但我即刻不再想下去，因为接着就起了别一个念头，想到近来有些人，凡是自己善于在暗中播弄鼓动的，一看见别人明白质直的言动，便往往反噬他是播弄和鼓动，是某党，是某系；正如偷汉的女人的丈夫，总愿意说世人全是忘八，和他相同，他心里才觉舒畅。这种思想是卑劣的；我太多心了，人们何至于一定用裙子来做军旗。我就将我的念头打断了。

此后，风潮还是拖延着，而且展开来，于是有七个教员的宣言发表，也登在五月二十七日的《京报》上，其中的一个是我。

这回的反响快透了，三十日发行（其实是二十九日已经发卖）的《现代评论》上，西滢先生就在《闲话》的第一段中特地评论。但是，据说宣言是"《闲话》正要付印的时候"才在报上见到的，所以前半只论学潮，和宣言无涉。后来又做了三大段，大约是见了宣言之后，这才文思泉涌的罢，可是《闲话》付印的时间，大概总该颇有些耽误了。但后做而移在前面，也未可知。那么，足见这是一段要紧的"闲话"。

《闲话》中说，"以前我们常常听说女师大的风潮，有在北京教育界占最大势力的某籍某系的人在暗中鼓动，可是我们总不敢相信。"所以他只在宣言中摘出"最精彩的几句"，加上圈子，评为"未免偏袒一方"；而且因为"流言更加传布得厉害"，遂觉"可惜"，但他说"还是不信我们平素所很尊敬的人会暗中挑剔风潮"。这些话我觉得确有些超妙的识见。例如"流言"本是畜类的武器，鬼蜮的手段，实在应该不信它。又如一查籍贯，则即使装作公平，也容易启人疑窦，总不如"不敢相信"的好，否则同籍的人固然惮于在一张纸上宣言，而别一某籍的人也不便在暗中给同籍的人帮忙了。这些"流言"和"听说"，当然都只配当作狗屁！

但是，西滢先生因为"未免偏袒一方"而遂叹为"可惜"，仍是引用"流言"，我却以为是"可惜"的事。清朝的县官坐堂，往往两造各责小板五百完案，"偏袒"之嫌是没有了，可是终于不免为胡涂虫。假使一个人还有是非之心，倒不如直说的好；否则，虽然吞吞吐吐，明眼人也会看出他暗中"偏袒"那一方，所表白的不过是自己的阴险和卑劣。宣言中所谓"若离若合，殊有混淆黑白之嫌"者，似乎也就是为此辈的手段写照。而且所谓"挑剔风潮"的"流言"，说不定就是这些伏在暗中，轻易不大露面的东西所制造的，但我自然也"没有调查详细的事实，不大知道"。可惜的是西滢先生虽说"还是不信"，却已为我辈"可惜"，足见流言之易于惑人，无怪常有人用作武器。但在我，却直到看见这《闲话》之后，才知道西滢先生们原来"常常"听到这样的流言，并且和我偶尔听到的都不对。可见流言也有种种，某种流言，大抵是奔凑到某种耳朵，写出在某种笔下的。

但在《闲话》的前半，即西滢先生还未在报上看见七个教员的宣言之前，已经比学校为"臭毛厕"，主张"人人都有扫除的义务"了。为什么呢？一者报上两个相反的启事已经发现；二者学生把守校门；三者有"校长不能在学校开会，不得不借邻近的饭店招集教员开会的奇闻"。但这所述的"臭毛厕"的情形还得修改些，因为层次有点颠倒。据宣言说，则"饭店开会"，乃在"把守校门"之前，大约西滢先生觉得不"最精彩"，所以没有摘录，或者已经写好，所以不及摘录的罢。现在我来补摘几句，并且也加些圈子，聊以效颦——

　　……迨五月七日校内讲演时，学生劝校长杨荫榆先生退席后，杨先生乃于饭馆召集校员若干燕饮，继即以评议会名义，将学生自治会职员六人揭示开除，由是全校哗然，有坚拒杨先生长校之事变。……

《闲话》里的和这事实的颠倒，从神经过敏的看起来，或者也可以认为"偏袒"的表现；但我在这里并非举证，不过聊作插话而已。其实，"偏袒"两字，因我适值选得不大堂皇，所以使人厌观，倘用别的字，便会大大的两样。况且，即使是自以为公平的批评家，"偏袒"也在所不免的，譬如和校长同籍贯，或是好朋友，或是换帖兄弟，或是叨过酒饭，每不免于不知不觉间有所"偏袒"。这也算人情之常，不足深怪；但当侃侃而谈之际，那自然也许流露出来。然而也没有什么要紧，局外人那里会知道这许多底细呢，无伤大体的。

但是学校的变成"臭毛厕"，却究竟在"饭店召集教员"之后，酒醉饭饱，毛厕当然合用了。西滢先生希望"教育当局"打扫，我以为在打扫之前，还须先封饭店，否则醉饱之后，总要拉矢，毛厕即永远需用，怎么打扫得干净？而且，还未打扫之前，不是已经有了"流言"了么？流言之力，是能使粪便增光，蛆虫成圣的，打扫夫又怎么动手？姑无论现在有无打扫夫。

至于"万不可再敷衍下去"，那可实在是斩钉截铁的办法。正应该这样办。但是，世上虽然有斩钉截铁的办法，却很少见有敢负责任的宣言。所多的是自在黑幕中，偏说不知道；替暴君奔走，却以局外人自居；满肚子怀着鬼胎，而装出公允的笑脸；有谁明说出自己所观察的是非来的，他便用了"流言"来作不负责任的武器：这种蛆虫充满的"臭毛厕"，是难于打扫干净的。丢尽"教育界的面目"的丑态，现在和将来还多着哩！

一九二五年五月三十日

我的"籍"和"系"

　　虽然因为我劝过人少——或者竟不——读中国书，曾蒙一位不相识的青年先生赐信要我搬出中国去，但是我终于没有走。而且我究竟是中国人，读过中国书的，因此也颇知道些处世的妙法。譬如，假使要掉文袋，可以说说"桃红柳绿"，这些事是大家早已公认的，谁也不会说你错。如果论史，就赞几句孔明，骂一通秦桧，这些是非也早经论定，学述一回决没有什么差池；况且秦太师的党羽现已半个无存，也可保毫无危险。至于近事呢，勿谈为佳，否则连你的籍贯也许会使你由可"尊敬"而变为"可惜"的。

　　我记得宋朝是不许南人做宰相的，那是他们的"祖制"，只可惜终于不能坚持。至于"某籍"人说不得话，却是我近来的新发见。也还是女师大的风潮，我说了几句话。但我先要声明，我既然说过，颇知道些处世的妙法，为什么又去说话呢？那是，因为，我是见过清末捣乱的人，没有生长在太平盛世，所以纵使颇有些涵养工夫，有时也不免要开口，客气地说，就是大不"安分"的。于是乎我说话了，不料陈西滢先生早已常常听到一种"流言"，那大致是"女师大的风潮，有北京教育界占最大势力的某籍某系的人在暗中鼓动"。现在我一说话，恰巧化"暗"为"明"，就使这常常听到流言的西滢先生代为"可惜"，虽然他存心忠厚，"自然还是不信平素所很尊敬的人会暗中挑剔风潮；无奈"流言"却"更加传布得厉害了"，这怎不使人"怀疑"呢？自然是难怪的。

我确有一个"籍"，也是各人各有一个的籍，不足为奇。但我是什么"系"呢？自己想想，既非"研究系"，也非"交通系"，真不知怎么一回事。只好再精查，细想；终于也明白了，现在写它出来，庶几乎免得又有"流言"，以为我是黑籍的政客。

因为应付某国某君的嘱托，我正写了一点自己的履历，第一句是"我于一八八一年生在浙江省绍兴府城里一家姓周的家里"，这里就说明了我的"籍"。但自从到了"可惜"的地位之后，我便又在末尾添上一句道，"近几年我又兼做北京大学，师范大学，女子师范大学的国文系讲师"，这大概就是我的"系"了。我真不料我竟成了这样的一个"系"。

我常常要"挑剔"文字是确的，至于"挑剔风潮"这一种连字面都不通的阴谋，我至今还不知道是怎样的做法。何以一有流言，我就得沉默，否则立刻犯了嫌疑，至于使和我毫不相干的人如西滢先生者也来代为"可惜"呢？那么，如果流言说我正在钻营，我就得自己锁在房里了；如果流言说我想做皇帝，我得连忙自称奴才了。然而古人却确是这样做过了，还留下些什么"空穴来风，桐乳来巢"的鬼格言。可惜我总不耐烦敬步后尘；不得已，我只好对于无论是谁，先奉还他无端送给我的"尊敬"。

其实，现今的将"尊敬"来布施和拜领的人们，也就都是上了古人的当。我们的乏的古人想了几千年，得到一个制驭别人的巧法：可压服的将他压服，否则将他抬高。而抬高也就是一种压服的手段，常常微微示意说，你应该这样，倘不，我要将你摔下来了。求人尊敬的可怜虫于是默默地坐着；但偶然也放开喉咙道"有利必有弊呀！""彼亦一是非，此亦一是非呀！""猗欤休哉呀！"听众遂亦同声赞叹道，"对呀对呀，可敬极了呀！"这样的互相敷衍下去，自己以为有趣。

从此这一个办法便成为八面锋，杀掉了许多乏人和白痴，但是穿了圣贤的衣冠入殓。可怜他们竟不知道自己将褒贬他的人们的身价估得太大了，反至于连自己的原价也一同失掉。

人类是进化的，现在的人心，当然比古人的高洁；但是"尊敬"的流毒，却还不下于流言，尤其是有谁装腔作势，要来将这撒去时，更足使乏人和白痴惶恐。我本来也无可尊敬；也不愿受人尊敬，免得不如人意的时候，又被人摔下来。更明白地说罢：我所憎恶的太多了，应该自己也得到憎恶，这才还有点像活在人间；如果收得的乃是相反的布施，于我倒是一个冷嘲，使我对于自己也要大加侮蔑；如果收得的是吞吞吐吐的不知道算什么，则使我感到将要呕哕似的恶心。然而无论如何，"流言"总不能吓哑我的嘴……。

一九二五年六月二日晨

忽然想到（十至十一）

十

无论是谁，只要站在"辩诬"的地位的，无论辩白与否，都已经是屈辱。更何况受了实际的大损害之后，还得来辩诬。

我们的市民被上海租界的英国巡捕击杀了，我们并不还击，却先来赶紧洗刷牺牲者的罪名。说道我们并非"赤化"，因为没有受别国的煽动；说道我们并非"暴徒"，因为都是空手，没有兵器的。我不解为什么中国人如果真使中国赤化，真在中国暴动，就得听英捕来处死刑？记得新希腊人也曾用兵器对付过国内的土耳其人，却并不被称为暴徒；俄国确已赤化多年了，也没有得到别国开枪的惩罚。而独有中国人，则市民被杀之后，还要皇皇然辩诬，张着含冤的眼睛，向世界搜求公道。

其实，这原由是很容易了然的，就因为我们并非暴徒，并未赤化的缘故。

因此我们就觉得含冤，大叫着伪文明的破产。可是文明是向来如此的，并非到现在才将假面具揭下来。只因为这样的损害，以前是别民族所受，我们不知道，或者是我们原已屡次受过，现在都已忘却罢了。公道和武力合为一体的文明，世界上本未出现，那萌芽或者只在几个先驱者和几群被迫压民族的脑中。但是，当自己有了

212

力量的时候，却往往离而为二了。

但英国究竟有真的文明人存在。今天，我们已经看见各国无党派智识阶级劳动者所组织的国际工人后援会，大表同情于中国的《致中国国民宣言》了。列名的人，英国就有培那特萧（Bernard Shaw），中国的留心世界文学的人大抵知道他的名字；法国则巴尔布斯（Henri Barbusse），中国也曾译过他的作品。他的母亲却是英国人；或者说，因此他也富有实行的质素，法国作家所常有的享乐的气息，在他的作品中是丝毫也没有的。现在都出而为中国鸣不平了，所以我觉得英国人的品性，我们可学的地方还多着，——但自然除了捕头，商人，和看见学生的游行而在屋顶拍手嘲笑的娘儿们。

我并非说我们应该做"爱敌若友"的人，不过说我们目下委实并没有认谁作敌。近来的文字中，虽然偶有"认清敌人"这些话，那是行文过火的毛病。倘有敌人，我们就早该抽刀而起，要求"以血偿血"了。而现在我们所要求的是什么呢？辩诬之后，不过想得点轻微的补偿；那办法虽说有十几条，总而言之，单是"不相往来"，成为"路人"而已。虽是对于本来极密的友人，怕也不过如此罢。

然而将实话说出来，就是：因为公道和实力还没有合为一体，而我们只抓得了公道，所以满眼是友人，即使他加了任意的杀戮。

如果我们永远只有公道，就得永远着力于辩诬，终身空忙碌。这几天有些纸贴在墙上，仿佛叫人勿看《顺天时报》似的。我从来就不大看这报，但也并非"排外"，实在因为它的好恶，每每和我的很不同。然而也间有很确，为中国人自己不肯说的话。大概两三年前，正值一种爱国运动的时候罢，偶见一篇它的社论，大意说，一国当衰弊之际，总有两种意见不同的人。一是民气论者，侧重国民的气概，一是民力论者，专重国民的实力。前者多则国家终亦渐弱，后者多则将强。我想，这是很不错的；而且我们应该时时记得的。

可惜中国历来就独多民气论者，到现在还如此。如果长此不改，"再而衰，三而竭"，将来会连辩诬的精力也没有了。所以在不得已而空手鼓舞民气时，尤必须同时设法增长国民的实力，还要永远这样的干下去。

因此，中国青年负担的烦重，就数倍于别国的青年了。因为我们的古人将心力大抵用到玄虚漂渺平稳圆滑上去了，便将艰难切实的事情留下，都待后人来补做，要一人兼做两三人，四五人，十百人的工作，现在可正到了试练的时候了。对手又是坚强的英人，正是他山的好石，大可以借此来磨练。假定现今觉悟的青年的平均年龄为二十，又假定照中国人易于衰老的计算，至少也还可以共同抗拒，改革，奋斗三十年。不够，就再一代，二代……。这样的数目，从个体看来，仿佛是可怕的，但倘若这一点就怕，便无药可救，只好甘心灭亡。因为在民族的历史上，这不过是一个极短时期，此外实没有更快的捷径。我们更无须迟疑，只是试练自己，自求生存，对谁也不怀恶意的干下去。

但足以破灭这运动的持续的危机，在目下就有三样：一是日夜偏注于表面的宣传，鄙弃他事；二是对同类太操切，稍有不合，便呼之为国贼，为洋奴；三是有许多巧人，反利用机会，来猎取自己目前的利益。

六月十一日

十一

1　急不择言

"急不择言"的病源，并不在没有想的工夫，而在有工夫的时

214

候没有想。

上海的英国捕头残杀市民之后，我们就大惊愤，大嚷道：伪文明人的真面目显露了！那么，足见以前还以为他们有些真文明。然而中国有枪阶级的焚掠平民，屠杀平民，却向来不很有人抗议。莫非因为动手的是"国货"，所以连残杀也得欢迎；还是我们原是真野蛮，所以自己杀几个自家人就不足为奇呢？

自家相杀和为异族所杀当然有些不同。譬如一个人，自己打自己的嘴巴，心平气和，被别人打了，就非常气忿。但一个人而至于乏到自己打嘴巴，也就很难免为别人所打，如果世界上"打"的事实还没有消除。

我们确有点慌乱了，反基督教的叫喊的尾声还在，而许多人已颇佩服那教士的对于上海事件的公证；并且还有去向罗马教皇诉苦的。一流血，风气就会这样的转变。

2 一致对外

甲："喂，乙先生！你怎么趁我忙乱的时候，又将我的东西拿走了？现在拿出来，还我罢！"

乙："我们要一致对外！这样危急时候，你还只记得自己的东西么？亡国奴！"

3 "同胞同胞！"

我愿意自首我的罪名：这回除硬派的不算外，我也另捐了极少的几个钱，可是本意并不在以此救国，倒是为了看见那些老实的学生们热心奔走得可感，不好意思给他们碰钉子。

学生们在演讲的时候常常说，"同胞，同胞！……"但你们可知道你们所有的是怎样的"同胞"，这些"同胞"是怎样的心么？

不知道的。即如我的心，在自己说出之前，募捐的人们大概就不知道。

我的近邻有几个小学生，常常用几张小纸片，写些幼稚的宣传文，用他们弱小的腕，来贴在电杆或墙壁上。待到第二天，我每见多被撕掉了。虽然不知道撕的是谁，但未必是英国人或日本人罢。

"同胞，同胞！……"学生们说。

我敢于说，中国人中，仇视那真诚的青年的眼光，有的比英国或日本人还凶险。为"排货"复仇的，倒不一定是外国人！

要中国好起来，还得做别样的工作。

这回在北京的演讲和募捐之后，学生们和社会上各色人物接触的机会已经很不少了，我希望有若干留心各方面的人，将所见，所受，所感的都写出来，无论是好的，坏的，像样的，丢脸的，可耻的，可悲的，全给它发表，给大家看看我们究竟有着怎样的"同胞"。

明白以后，这才可以计画别样的工作。

而且也无须掩饰。即使所发见的并无所谓同胞，也可以从头创造的；即使所发见的不过完全黑暗，也可以和黑暗战斗的。

而且也无须掩饰了，外国人的知道我们，常比我们自己知道得更清楚。试举一个极近便的例，则中国人自编的《北京指南》，还是日本人做的《北京》精确！

4　断指和晕倒

又是砍下指头，又是当场晕倒。

断指是极小部分的自杀，晕倒是极暂时中的死亡。我希望这样的教育不普及；从此以后，不再有这样的现象。

216

5 文学家有什么用？

因为沪案发生以后，没有一个文学家出来"狂喊"，就有人发了疑问了，曰："文学家究竟有什么用处？"

今敢敬谨答曰：文学家除了诌几句所谓诗文之外，实在毫无用处。

中国现下的所谓文学家又作别论；即使是真的文学大家，然而却不是"诗文大全"，每一个题目一定有一篇文章，每一回案件一定有一通狂喊。他会在万籁无声时大呼，也会在金鼓喧阗中沉默。Leonardo da Vinci[①] 非常敏感，但为要研究人的临死时的恐怖苦闷的表情，却去看杀头。中国的文学家固然并未狂喊，却还不至于如此冷静。况且有一首《血花缤纷》，不是早经发表了么？虽然还没有得到是否"狂喊"的定评。

文学家也许应该狂喊了。查老例，做事的总不如做文的有名。所以，即使上海和汉口的牺牲者的姓名早已忘得干干净净，诗文却往往更久地存在，或者还要感动别人，启发后人。

这倒是文学家的用处。血的牺牲者倘要讲用处，或者还不如做文学家。

6 "到民间去"

但是，好许多青年要回去了。

从近时的言论上看来，旧家庭仿佛是一个可怕的吞噬青年的新生命的妖怪，不过在事实上，却似乎还不失为到底可爱的东西，比无论什么都富于摄引力。儿时的钓游之地，当然很使人怀念的，

---

① 即列奥纳多·达·芬奇。

何况在和大都会隔绝的城乡中，更可以暂息大半年来努力向上的疲劳呢。

更何况这也可以算是"到民间去"。

但从此也可以知道：我们的"民间"怎样；青年单独到民间时，自己的力量和心情，较之在北京一同大叫这一个标语时又怎样？

将这经历牢牢记住，倘将来从民间来，在北京再遇到一同大叫这一个标语的时候，回忆起来，就知道自己是在说真还是撒诳。

那么，就许有若干人要沉默，沉默而苦痛，然而新的生命就会在这苦痛的沉默里萌芽。

7　魂灵的断头台

近年以来，每个夏季，大抵是有枪阶级的打架季节，也是青年们的魂灵的断头台。

到暑假，毕业的都走散了，升学的还未进来，其余的也大半回到家乡去。各样同盟于是暂别，喊声于是低微，运动于是销沉，刊物于是中辍。好像炎热的巨刃从天而降，将神经中枢突然斩断，使这首都忽而成为尸骸。但独有狐鬼却仍在死尸上往来，从从容容地竖起它占领一切的大纛。

待到秋高气爽时节，青年们又聚集了，但不少是已经新陈代谢。他们在未曾领略过的首善之区的使人健忘的空气中，又开始了新的生活，正如毕业的人们在去年秋天曾经开始过的新的生活一般。

于是一切古董和废物，就都使人觉得永远新鲜；自然也就觉不出周围是进步还是退步，自然也就分不出遇见的是鬼还是人。不幸而又有事变起来，也只得还在这样的世上，这样的人间，仍旧"同胞同胞"的叫喊。

8　还是一无所有

中国的精神文明，早被枪炮打败了，经过了许多经验，已经要证明所有的还是一无所有。讳言这"一无所有"，自然可以聊以自慰；倘更铺排得好听一点，还可以寒天烘火炉一样，使人舒服得要打盹儿。但那报应是永远无药可医，一切牺牲全都白费，因为在大家打着盹儿的时候，狐鬼反将牺牲吃尽，更加肥胖了。

大概，人必须从此有记性，观四向而听八方，将先前一切自欺欺人的希望之谈全都扫除，将无论是谁的自欺欺人的假面全都撕掉，将无论是谁的自欺欺人的手段全都排斥，总而言之，就是将华夏传统的所有小巧的玩艺儿全都放掉，倒去屈尊学学枪击我们的洋鬼子，这才可望有新的希望的萌芽。

一九二五年六月十八日

补　白

一

　　"公理战胜"的牌坊，立在法国巴黎的公园里不知怎样，立在中国北京的中央公园里可实在有些希奇，——但这是现在的话。当时，市民和学生也曾游行欢呼过。

　　我们那时的所以入战胜之林者，因为曾经送去过很多的工人；大家也常常自夸工人在欧战的劳绩。现在不大有人提起了，战胜也忘却了，而且实际上是战败了。

　　现在的强弱之分固然在有无枪炮，但尤其是在拿枪炮的人。假使这国民是卑怯的，即纵有枪炮，也只能杀戮无枪炮者，倘敌手也有，胜败便在不可知之数了。这时候才见真强弱。

　　我们弓箭是能自己制造的，然而败于金，败于元，败于清。记得宋人的一部杂记里记有市井间的谐谑，将金人和宋人的事物来比较。譬如问金人有箭，宋有什么？则答道，"有锁子甲"。又问金有四太子，宋有何人？则答道，"有岳少保"。临末问，金人有狼牙棒（打人脑袋的武器），宋有什么？却答道，"有天灵盖"！

　　自宋以来，我们终于只有天灵盖而已，现在又发现了一种"民气"，更加玄虚飘渺了。

但不以实力为根本的民气，结果也只能以固有而不假外求的天灵盖自豪，也就是以自暴自弃当作得胜。我近来也颇觉"心上有杞天之虑"，怕中国更要复古了。瓜皮帽，长衫，双梁鞋，打拱作揖，大红名片，水烟筒，或者都要成为爱国的标征，因为这些都可以不费力气而拿出来，和天灵盖不相上下的。（但大红名片也许不用，以避"赤化"之嫌。）

然而我并不说中国人顽固，因为我相信，鸦片和扑克是不会在排斥之列的。况且爱国之士不是已经说过，马将牌已在西洋盛行，给我们复了仇么？

爱国之士又说，中国人是爱和平的。但我殊不解既爱和平，何以国内连年打仗？或者这话应该修正：中国人对外国人是爱和平的。

我们仔细查察自己，不再说谎的时候应该到来了，一到不再自欺欺人的时候，也就是到了看见希望的萌芽的时候。

我不以为自承无力，是比自夸爱和平更其耻辱。

六月二十三日

二

先前以"士人""上等人"自居的，现在大可以改称"平民"了罢；在实际上，也确有许多人已经如此。彼一时，此一时，清朝该去考秀才，捐监生，现在就只得进学校。"平民"这一个徽号现已日见其时式，地位也高起来了，以此自居，大概总可以从别人得到和先前对于"上等人"一样的尊敬，时势虽然变迁，老地位是不会失掉的。倘遇见这样的平民，必须恭维他，至少也得点头拱手陪

221

笑唯诺，像先前下等人的对于贵人一般。否则，你就会得到罪名，曰："骄傲"，或"贵族的"。因为他已经是平民了。见平民而不格外趋奉，非骄傲而何？

清的末年，社会上大抵恶革命党如蛇蝎，南京政府一成立，漂亮的士绅和商人看见似乎革命党的人，便亲密的说道："我们本来都是'草字头'，一路的呵。"

徐锡麟刺杀恩铭之后，大捕党人，陶成章君是其中之一，罪状曰："著《中国权力史》，学日本催眠术。"（何以学催眠术就有罪，殊觉费解。）于是连他在家的父亲也大受痛苦；待到革命兴旺，这才被尊称为"老太爷"；有人给"孙少爷"去说媒。可惜陶君不久就遭人暗杀了，神主入祠的时候，捧香恭送的士绅和商人尚有五六百。直到袁世凯打倒二次革命之后，这才冷落起来。

谁说中国人不善于改变呢？每一新的事物进来，起初虽然排斥，但看到有些可靠，就自然会改变。不过并非将自己变得合于新事物，乃是将新事物变得合于自己而已。

佛教初来时便大被排斥，一到理学先生谈禅，和尚做诗的时候，"三教同源"的机运就成熟了。听说现在悟善社里的神主已经有了五块：孔子，老子，释迦牟尼，耶稣基督，谟哈默德。

中国老例，凡要排斥异己的时候，常给对手起一个诨名，——或谓之"绰号"。这也是明清以来讼师的老手段；假如要控告张三李四，倘只说姓名，本很平常，现在却道"六臂太岁张三"，"白额虎李四"，则先不问事迹，县官只见绰号，就觉得他们是恶棍了。

月球只一面对着太阳，那一面我们永远不得见。歌颂中国文明的也惟以光明的示人，隐匿了黑的一面。譬如说到家族亲旧，书上就有许多好看的形容词：慈呀，爱呀，悌呀，……又有许多好看的古典：五世同堂呀，礼门呀，义宗呀，……至于诨名，却藏在活人的心中，隐僻的书上。最简单的打官司教科书《萧曹遗笔》里就有着不少惯用的恶谥，现在钞一点在这里，省得自己做文章——

亲戚类

孽亲　枭亲　兽亲　鳄亲　虎亲　歪亲

尊长类

鳄伯　虎伯（叔同）　孽兄　毒兄　虎兄

卑幼类

悖男　恶侄　孽侄　悖孙　虎孙　枭甥

孽甥　悖妾　泼媳　枭弟　恶婿　凶奴

其中没有父母，那是例不能控告的，因为历朝大抵"以孝治天下"。

这一种手段也不独讼师有。民国元年章太炎先生在北京，好发议论，而且毫无顾忌地褒贬。常常被贬的一群人于是给他起了一个绰号，曰"章疯子"。其人既是疯子，议论当然是疯话，没有价值的了，但每有言论，也仍在他们的报章上登出来，不过题目特别，道：《章疯子大发其疯》。有一回，他可是骂到他们的反对党头上去了。那怎么办呢？第二天报上登出来的时候，那题目是：《章疯子居然不疯》。

往日看《鬼谷子》，觉得其中的谋略也没有什么出奇，独有《飞箝》中的"可箝而从，可箝而横，……可引而反，可引而覆。虽覆能复，不失其度"这一段里的一句"虽覆能复"很有些可怕。但这一种手段，我们在社会上是时常遇见的。

《鬼谷子》自然是伪书，决非苏秦张仪的老师所作；但作者也决不是"小人"，倒是一个老实人。宋的来鹄已经说，"搥阖飞箝，今之常态，不读鬼谷子书者，皆得自然符契也。"人们常用，不以为奇，作者知道了一点，便笔之于书，当作秘诀，可见禀性纯厚，不但手段，便是心里的机诈也并不多。如果是大富翁，他肯将十元钞票嵌在镜屏里当宝贝么？

鬼谷子所以究竟不是阴谋家，否则，他还该说得吞吞吐吐些；或者自己不说，而钩出别人来说；或者并不必钩出别人来说，而自己永远阔不可言。这末后的妙法，知者不言，书上也未见，所以我不知道，倘若知道，就不至于老在灯下编《莽原》，做《补白》了。

但各种小纵横，我们总常要身受，或者目睹。夏天的忽而甲乙相打；忽而甲乙相亲，同去打丙；忽而甲丙相合，又同去打乙，忽而甲丙又互打起来，就都是这"覆""复"作用；化数百元钱，请一回酒，许多人立刻变了色彩，也还是这顽意儿。然而真如来鹄所说，现在的人们是已经"是乃天授，非人力也"的；倘使要看了《鬼谷子》才能，就如拿着文法书去和外国人谈天一样，一定要碰壁。

七月一日

三

离五卅事件的发生已有四十天，北京的情形就像五月二十九日一样。聪明的批评家大概快要提出照例的"五分钟热度"说来了罢，虽然也有过例外：曾将汤尔和先生的大门"打得擂鼓一般，足有十五分钟之久。"（见六月二十三日《晨报》）有些学生们也常常

224

引这"五分热"说自诚，仿佛早经觉到了似的。

但是，中国的老先生们——连二十岁上下的老先生们都算在内——不知怎的总有一种矛盾的意见，就是将女人孩子看得太低，同时又看得太高。妇孺是上不了场面的；然而一面又拜才女，捧神童，甚至于还想借此结识一个阔亲家，使自己也连类飞黄腾达。什么木兰从军，缇萦救父，更其津津乐道，以显示自己倒是一个死不挣气的瘟虫。对于学生也是一样，既要他们"莫谈国事"，又要他们独退番兵，退不了，就冷笑他们无用。

倘在教育普及的国度里，国民十之九是学生；但在中国，自然还是一个特别种类。虽是特别种类，却究竟是"束发小生"，所以当然不会有三头六臂的大神力。他们所能做的，也无非是演讲，游行，宣传之类，正如火花一样，在民众的心头点火，引起他们的光焰来，使国势有一点转机。倘若民众并没有可燃性，则火花只能将自身烧完，正如在马路上焚纸人轿马，暂时引得几个人闲看，而终于毫不相干，那热闹至多也不过如"打门"之久。谁也不动，难道"小生"们真能自己来打枪铸炮，造兵舰，糊飞机，活擒番将，平定番邦么？所以这"五分热"是地方病，不是学生病。这已不是学生的耻辱，而是全国民的耻辱了；倘在别的有活力，有生气的国度里，现象该不至于如此的。外人不足责，而本国的别的灰冷的民众，有权者，袖手旁观者，也都于事后来嘲笑，实在是无耻而且昏庸！

但是，别有所图的聪明人又作别论，便是真诚的学生们，我以为自身却有一个颇大的错误，就是正如旁观者所希望或冷笑的一样：开首太自以为有非常的神力，有如意的成功。幻想飞得太高，堕在现实上的时候，伤就格外沉重了；力气用得太骤，歇下来的时候，身体就难于动弹了。为一般计，或者不如知道自己所有的不过是"人力"，倒较为切实可靠罢。

现在，从读书以至"寻异性朋友讲情话"，似乎都为有些有志者所诟病了。但我想，责人太严，也正是"五分热"的一个病源。譬如自己要择定一种口号——例如不买英日货——来履行，与其不饮不食的履行七日或痛哭流涕的履行一月，倒不如也看书也履行至五年，或者也看戏也履行至十年，或者也寻异性朋友也履行至五十年，或者也讲情话也履行至一百年。记得韩非子曾经教人以竞马的要妙，其一是"不耻最后"。即使慢，驰而不息，纵令落后，纵令失败，但一定可以达到他所向的目标。

一九二五年七月八日

答 KS 君

KS 兄：

　　我很感谢你的殷勤的慰问，但对于你所愤慨的两点和几句结论，我却并不谓然，现在略说我的意见——

　　第一，章士钊将我免职，我倒并没有你似的觉得诧异，他那对于学校的手段，我也并没有你似的觉得诧异，因为我本就没有预期章士钊能做出比现在更好的事情来。我们看历史，能够据过去以推知未来，看一个人的已往的经历，也有一样的效用。你先有了一种无端的迷信，将章士钊当作学者或智识阶级的领袖看，于是从他的行为上感到失望，发生不平，其实是作茧自缚；他这人本来就只能这样，有着更好的期望倒是你自己的误谬。使我较为感到有趣的倒是几个向来称为学者或教授的人们，居然也渐次吞吞吐吐地来说微温话了，什么"政潮"咧，"党"咧，仿佛他们都是上帝一样，超然象外，十分公平似的。谁知道人世上并没有这样一道矮墙，骑着而又两脚踏地，左右稳妥，所以即使吞吞吐吐，也还是将自己的魂灵枭首通衢，挂出了原想竭力隐瞒的丑态。丑态，我说，倒还没有什么丢人，丑态而蒙着公正的皮，这才催人呕吐。但终于使我觉得有趣的是蒙着公正的皮的丑态，又自己开出帐来发表了。仿佛世界上还有光明，所以即便费尽心机，结果仍然是一个瞒不住。

　　第二，你这样注意于《甲寅周刊》，也使我莫明其妙。《甲寅》

第一次出版时，我想，大约章士钊还不过熟读了几十篇唐宋八大家文，所以模仿吞剥，看去还近于清通。至于这一回，却大大地退步了，关于内容的事且不说，即以文章论，就比先前不通得多，连成语也用不清楚，如"每下愈况"之类。尤其害事的是他似乎后来又念了几篇骈文，没有融化，而急于捋搎，所以弄得文字庞杂，有如泥浆混着沙砾一样。即如他那《停办北京女子师范大学呈文》中有云，"钊念儿女乃家家所有良用痛心为政而人人悦之亦无是理"，旁加密圈，想是得意之笔了。但比起何枢《齐姜醉遣晋公子赋》的"公子固翩翩绝世未免有情少年而碌碌因人安能成事"来，就显得字句和声调都怎样陋弱可哂。何枢比他高明得多，尚且不能入作者之林，章士钊的文章更于何处讨生活呢？况且，前载公文，接着就是通信，精神虽然是自己广告性的半官报，形式却成了公报尺牍合璧了，我中国自有文字以来，实在没有过这样滑稽体式的著作。这种东西，用处只有一种，就是可以借此看看社会的暗角落里，有着怎样灰色的人们，以为现在是攀附显现的时候了，也都吞吞吐吐的来开口。至于别的用处，我委实至今还想不出来。倘说这是复古运动的代表，那可是只见得复古派的可怜，不过以此当作讣闻，公布文言文的气绝罢了。

所以，即使真如你所说，将有文言白话之争，我以为也该是争的终结，而非争的开头，因为《甲寅》不足称为敌手，也无所谓战斗。倘要开头，他们还得有一个更通古学，更长古文的人，才能胜对垒之任，单是现在似的每周印一回公牍和游谈的堆积，纸张虽白，圈点虽多，是毫无用处的。

鲁迅。八月二十日
一九二五年

"碰壁"之余

　　女师大事件在北京似乎竟颇算一个问题，号称"大报"如所谓《现代评论》者，居然也"评论"了好几次。据我所记得的，是先有"一个女读者"的一封信，无名小，不在话下。此后是两个作者的"评论"了：陈西滢先生在《闲话》之间评为"臭毛厕"，李仲揆先生的《在女师大观剧的经验》里则比作戏场。我很吃惊于同是人，而眼光竟有这么不同；但究竟同是人，所以意见也不无符合之点：都不将学校看作学校。这一点，也可以包括杨荫榆女士的"学校犹家庭"和段祺瑞执政的"先父兄之教"。

　　陈西滢先生是"久已夫非一日矣"的《闲话》作家，那大名我在报纸的广告上早经看熟了，然而大概还是一位高人，所以遇有不合自意的，便一气呵成屎橛，而世界上蛆虫也委实太多。至于李仲揆先生其人也者，我在《女师风潮纪事》上才识大名，是八月一日拥杨荫榆女士攻入学校的三勇士之一；到现在，却又知道他还是一位达人了，庸人以为学潮的，到他眼睛里就等于"观剧"：这是何等逍遥自在。

　　据文章上说，这位李仲揆先生是和杨女士"不过见面两次"，但却被用电话邀去看"名振一时的文明新戏"去了，幸而李先生自有脚踏车，否则，还要用汽车来迎接哩。我真自恨福薄，一直活到现在，寿命已不可谓不长，而从没有遇见过一个不大认识的女士来

229

邀"观剧"；对于女师大的事说了几句话，尚且因为不过是教一两点功课的讲师，"碰壁之后"，还很恭听了些高仁山先生在《晨报》上所发表的伟论。真的，世界上实在又有各式各样的运气，各式各样的嘴，各式各样的眼睛。

接着又是西滢先生的《闲话》："现在一部分报纸的篇幅，几乎全让女师风潮占去了。现在大部分爱国运动的青年的时间，也几乎全让女师风潮占去了。……女师风潮实在是了不得的大事情，实在有了不得的大意义。"临末还有颇为俏皮的结论道："外国人说，中国人是重男轻女的。我看不见得吧。"

我看也未必一定"见得"。正如人们有各式各样的眼睛一样，也有各式各样的心思，手段。便是外国人的尊重一切女性的事，倘使好讲冷话的人说起来，也许以为意在于一个女性。然而侮蔑若干女性的事，有时也就可以说意在于一个女性。偏执的弗罗特先生宣传了"精神分析"之后，许多正人君子的外套都被撕碎了。但撕下了正人君子的外套的也不一定就是"小人"，只要并非自以为还钻在外套里的不显本相的脚色。

我看也未必一定"见得"。中国人是"圣之时者也"教徒，况且活在二十世纪了，有华道理，有洋道理，轻重当然是都随意而无不合于道的：重男轻女也行，重女轻男也行，为了一个女性而重一切女性或轻若干女性也行，为了一个男人而轻若干女性或男性也行……。所可惜的是自从西滢先生看出底细之后，除了哑吧或半阴阳，就都坠入弗罗特先生所掘的陷坑里去了。

自己坠下去的是自作自受，可恨者乃是还要带累超然似的局外人，例如女师大——对不起，又是女师大——风潮，从有些眼睛看来，原是不值得提起的，但因为竟占去了许多可贵的东西，如"报纸的篇幅""青年的时间"之类，所以，连《现代评论》的"篇幅"

和西滢先生的时间也被拖累着占去一点了，而尤其罪大恶极的是触犯了什么"重男轻女"重女轻男这些大秘密。倘不是西滢先生首先想到，提出，大概是要被含胡过去了的。

我看，奥国的学者实在有些偏激，弗罗特就是其一，他的分析精神，竟一律看待，不让谁站在超人间的上帝的地位上。还有那短命的 Otto Weininger[①]，他的痛骂女人，不但不管她是校长，学生，同乡，亲戚，爱人，自己的太太，太太的同乡，简直连自己的妈都骂在内。这实在和弗罗特说一样，都使人难于利用。不知道咱们的教授或学者们，可有方法补救没有？但是，我要先报告一个好消息：Weininger 早用手枪自杀了。这已经有刘百昭率领打手痛打女师大——对不起，又是女师大——的"毛丫头"一般"痛快"，他的话也就大可置之不理了罢。

还有一个好消息。"毛丫头"打出之后，张崧年先生引"罗素之所信"道，"因世人之愚，许多问题或终于不免只有武力可以解决也！"（《京副》二五○号）又据杨荫榆女士章士钊总长者流之所说，则捣乱的"毛丫头"是极少数，可见中国的聪明人还多着哩，这是大可以乐观的。

忽而想谈谈我自己的事了。

我今年已经有两次被封为"学者"，而发表之后，也就即刻取消。第一次是我主张中国的青年应当多看外国书，少看，或者竟不看中国书的时候，便有论客以为素称学者的鲁迅不该如此，而现在竟至如此，则不但决非学者，而且还有洋奴的嫌疑。第二次就是这回佥事免职之后，我在《莽原》上发表了答 KS 君信，论及章士钊

---

① 奥托·魏宁格（1880—1903），奥地利哲学家。

的脚色和文章的时候，又有论客以为因失了"区区金事"而反对章士钊，确是气量狭小，没有"学者的态度"；而且，岂但没有"学者的态度"而已哉，还有"人格卑污"的嫌疑云。

其实，没有"学者的态度"，那就不是学者喽，而有些人偏要硬派我做学者。至于何时封赠，何时考定，却连我自己也一点不知道。待到他们在报上说出我是学者，我自己也借此知道了原来我是学者的时候，则已经同时发表了我的罪状，接着就将这体面名称革掉了，虽然总该还要恢复，以便第三次的借口。

据我想来，金事——文士诗人往往误作签事，今据官书正定——这一个官儿倒也并不算怎样"区区"，只要看我免职之后，就颇有些人在那里钻谋补缺，便是一个老大的证据。至于又有些人以为无足重轻者，大约自己现在还不过做几句"说不出"的诗文，所以不知不觉地就来"慷他人之慨"了罢，因为人的将来是想不到的。然而，惭愧我还不是"臣罪当诛兮天王圣明"式的理想奴才，所以竟不能"尽如人意"，已经在平政院对章士钊提起诉讼了。

提起诉讼之后，我只在答 KS 君信里论及一回章士钊，但听说已经要"人格卑污"了。然而别一论客却道是并不大骂，所以鲁迅究竟不足取。我所经验的事委实有点希奇，每有"碰壁"一类的事故，平时回护我的大抵愿我设法应付，甚至于暂图苟全。平时憎恶我的却总希望我做一个完人，即使敌手用了卑劣的流言和阴谋，也应该正襟危坐，毫无愤怨，默默地吃苦；或则戟指嚼舌，喷血而亡。为什么呢？自然是专为顾全我的人格起见喽。

够了，我其实又何尝"碰壁"，至多也不过遇见了"鬼打墙"罢了。

一九二五年九月十五日

232

并非闲话（二）

向来听说中国人具有大国民的大度，现在看看，也未必然。但是我们要说得好，那么，就说好清净，有志气罢。所以总愿意自己是第一，是唯一，不爱见别的东西共存。行了几年白话，弄古文的人们讨厌了；做了一点新诗，吟古诗的人们憎恶了；做了几首小诗，做长诗的人们生气了；出了几种定期刊物，连别的出定期刊物的人们也来诅咒了：太多，太坏，只好做将来被淘汰的资料。

中国有些地方还在"溺女"，就因为豫料她们将来总是没出息的。可惜下手的人们总没有好眼力，否则并以施之男孩，可以减少许多单会消耗食粮的废料。

但是，歌颂"淘汰"别人的人也应该先行自省，看可有怎样不灭的东西在里面，否则，即使不肯自杀，似乎至少也得自己打几个嘴巴。然而人是总是自以为是的，这也许正是逃避被淘汰的一条路。相传曾经有一个人，一向就以"万物不得其所"为宗旨的，平生只有一个大愿，就是愿中国人都死完，但要留下他自己，还有一个女人和一个卖食物的。现在不知道他怎样，久没有听到消息了，那默默无闻的原因，或者就因为中国人还没有死完的缘故罢。

据说，张歆海先生看见两个美国兵打了中国的车夫和巡警，于是三四十个人，后来就有百余人，都跟在他们后面喊"打！打！"，美国兵却终于安然的走到东交民巷口了，还回头"笑着嚷道：'来呀！来呀！'说也奇怪，这喊打的百余人不到两分钟便居然没有影踪了！"

西滢先生于是在《闲话》中斥之曰："打！打！宣战！宣战！这样的中国人，呸！"

这样的中国人真应该受"呸！"他们为什么不打的呢，虽然打了也许又有人来说是"拳匪"。但人们那里顾忌得许多，终于不打，"怯"是无疑的。他们所有的不是拳头么？

但不知道他们可曾等候美国兵走进了东交民巷之后，远远地吐了唾沫？《现代评论》上没有记载，或者虽然"怯"，还不至于"卑劣"到那样罢。

然而美国兵终于走进东交民巷口了，毫无损伤，还笑嚷着"来呀来呀"哩！你们还不怕么？你们还敢说"打！打！宣战！宣战！"么？这百余人，就证明着中国人该被打而不作声！

"这样的中国人，呸！呸！！！"

更可悲观的是现在"造谣者的卑鄙龌龊更远过于章炳麟"，真如《闲话》所说，而且只能"匿名的在报上放一两枝冷箭"。而且如果"你代被群众专制所压迫者说了几句公平话，那么你不是与那人有'密切的关系'，便是吃了他或她的酒饭。在这样的社会里，一个报不顾利害的专论是非，自然免不了诽谤丛生，谣诼蜂起。"这确是近来的实情。即如女师大风潮，西滢先生就听到关于我们的"流言"，而我竟不知道是怎样的"流言"，是那几个"卑鄙龌龊更远过于章炳麟"者所造。还有女生的罪状，已见于章士钊的呈文，而那些作为根据的"流言"，也不知道是那几个"卑鄙龌龊"且至于远不如畜类者所造。但是学生却都被打出了，其时还有人在酒席上得意。——但这自然也是"谣诼"。

234

可是我倒也并不很以"流言"为奇，如果要造，就听凭他们去造去。好在中国现在还不到"群众专制"的时候，即使有几十个人，只要"无权势"者叫一大群警察，雇些女流氓，一打，就打散了，正无须乎我来为"被压迫者"说什么"公平话"。即使说，人们也未必尽相信，因为"在这样的社会里"，有些"公平话"总还不免是"他或她的酒饭"填出来的。不过事过境迁，"酒饭"已经消化，吸收，只剩下似乎毫无缘故的"公平话"罢了。倘使连酒饭也失了效力，我想，中国也还要光明些。

但是，这也不足为奇的。不是上帝，那里能够超然世外，真下公平的批评。人自以为"公平"的时候，就已经有些醉意了。世间都以"党同伐异"为非，可是谁也不做"党异伐同"的事。现在，除了疯子，倘使有谁要来接吻，人大约总不至于倒给她一个嘴巴的罢。

一九二五年九月十九日

十四年的"读经"

　　自从章士钊主张读经以来，论坛上又很出现了一些论议，如谓经不必尊，读经乃是开倒车之类。我以为这都是多事的，因为民国十四年的"读经"，也如民国前四年，四年，或将来的二十四年一样，主张者的意思，大抵并不如反对者所想像的那么一回事。

　　尊孔，崇儒，专经，复古，由来已经很久了。皇帝和大臣们，向来总要取其一端，或者"以孝治天下"，或者"以忠诏天下"，而且又"以贞节励天下"。但是，二十四史不现在么？其中有多少孝子，忠臣，节妇和烈女？自然，或者是多到历史上装不下去了；那么，去翻专夸本地人物的府县志书去。我可以说，可惜男的孝子和忠臣也不多的，只有节烈的妇女的名册却大抵有一大卷以至几卷。孔子之徒的经，真不知读到那里去了；倒是不识字的妇女们能实践。还有，欧战时候的参战，我们不是常常自负的么？但可曾用《论语》感化过德国兵，用《易经》咒翻了潜水艇呢？儒者们引为劳绩的，倒是那大抵目不识丁的华工！

　　所以要中国好，或者倒不如不识字罢，一识字，就有近乎读经的病根了。"瞰亡往拜""出疆载质"的最巧玩艺儿，经上都有，我读熟过的。只有几个胡涂透顶的笨牛，真会诚心诚意地来主张读经。而且这样的脚色，也不消和他们讨论。他们虽说什么经，什么古，实在不过是空嚷嚷。问他们经可是要读到像颜回，子思，孟轲，朱熹，秦桧（他是状元），王守仁，徐世昌，曹锟；古可是要复到像清（即所谓"本朝"），元，金，唐，汉，禹汤文武周公，无怀氏，葛天氏？他们其实都没有定见。他们也知不清颜回以至曹锟为人怎样，"本朝"以至葛天氏情形如何；不过像苍蝇们失掉了垃圾堆，自不免嗡嗡地叫。况且既然是诚心诚意主张读经的笨牛，则决无钻营，取巧，献媚的手段可知，一定不会阔气；他的主张，自然也决不会发生什么效力的。

至于现在的能以他的主张，引起若干议论的，则大概是阔人。阔人决不是笨牛，否则，他早已伏处牖下，老死田间了。现在岂不是正值"人心不古"的时候么？则其所以得阔之道，居然可知。他们的主张，其实并非那些笨牛一般的真主张，是所谓别有用意；反对者们以为他真相信读经可以救国，真是"谬以千里"了！

我总相信现在的阔人都是聪明人；反过来说，就是倘使老实，必不能阔是也。至于所挂的招牌是佛学，是孔道，那倒没有什么关系。总而言之，是读经已经读过了，很悟到一点玩意儿，这种玩意儿，是孔二先生的先生老聃的大著作里就有的，此后的书本子里还随时可得。所以他们都比不识字的节妇，烈女，华工聪明；甚而至于比真要读经的笨牛还聪明。何也？曰："学而优则仕"故也。倘若"学"而不"优"，则以笨牛没世，其读经的主张，也不为世间所知。

孔子岂不是"圣之时者也"么，而况"之徒"呢？现在是主张"读经"的时候了。武则天做皇帝，谁敢说"男尊女卑"？多数主义虽然现称过激派，如果在列宁治下，则共产之合于葛天氏，一定可以考据出来的。但幸而现在英国和日本的力量还不弱，所以，主张亲俄者，是被卢布换去了良心。

我看不见读经之徒的良心怎样，但我觉得他们大抵是聪明人，而这聪明，就是从读经和古文得来的。我们这曾经文明过而后来奉迎过蒙古人满洲人大驾了的国度里，古书实在太多，倘不是笨牛，读一点就可以知道，怎样敷衍，偷生，献媚，弄权，自私，然而能够假借大义，窃取美名。再进一步，并可以悟出中国人是健忘的，无论怎样言行不符，名实不副，前后矛盾，撒谎造谣，蝇营狗苟，都不要紧，经过若干时候，自然被忘得干干净净；只要留下一点卫道模样的文字，将来仍不失为"正人君子"。况且即使将来没有"正人君子"之称，于目下的实利又何损哉？

这一类的主张读经者，是明知道读经不足以救国的，也不希望人们都读成他自己那样的；但是，耍些把戏，将人们作笨牛看则有之，"读经"不过是这一回耍把戏偶尔用到的工具。抗议的诸公倘若不明乎此，还要正经老实地来评道理，谈利害，那我可不再客气，也要将你们归入诚心诚意主张读经的笨牛类里去了。

以这样文不对题的话来解释"俨乎其然"的主张，我自己也知道有不恭之嫌，然而我又自信我的话，因为我也是从"读经"得来的。我几乎读过十三经。

衰老的国度大概就免不了这类现象。这正如人体一样，年事老了，废料愈积愈多，组织间又沉积下矿质，使组织变硬，易就于灭亡。一面，则原是养卫人体的游走细胞（Wanderzelle）渐次变性，只顾自己，只要组织间有小洞，它便钻，蚕食各组织，使组织耗损，易就于灭亡。俄国有名的医学者梅契尼珂夫（Elias Metschnikov）特地给他别立了一个名目：大嚼细胞（Fresserzelle）。据说，必须扑灭了这些，人体才免于老衰；要扑灭这些，则须每日服用一种酸性剂。他自己就实行着。

古国的灭亡，就因为大部分的组织被太多的古习惯教养得硬化了，不再能够转移，来适应新环境。若干分子又被太多的坏经验教养得聪明了，于是变性，知道在硬化的社会里，不妨妄行。单是妄行的是可与论议的，故意妄行的却无须再与谈理。惟一的疗救，是在另开药方：酸性剂，或者简直是强酸剂。

不提防临末又提到了一个俄国人，怕又有人要疑心我收到卢布了罢。我现在郑重声明：我没有收过一张纸卢布。因为俄国还未赤化之前，他已经死掉了，是生了别的急病，和他那正在实验的药的有效与否这问题无干。

一九二五年十一月十八日

评心雕龙

甲　　A-a-a-ch！ ①

乙　　你搬到外国去！并且带了你的家眷！你可是黄帝子孙？中国话里叹声尽多，你为什么要说洋话？敝人是不怕的，敢说：要你搬到外国去！

丙　　他是在骂中国，奚落中国人，替某国间接宣传咱们中国的坏处。他的表兄的侄子的太太就是某国人。

丁　　中国话里这样的叹声倒也有的，他不过是自然地喊。但这就证明了他是一个死尸！现在应该用表现法；除了表现地喊，一切声音都不算声音。这"A-a-a"倒也有一点成功了，但那"ch"就没有味。——自然，我的话也许是错的；但至少我今天相信我的话并不错。

戊　　那么，就须说"嗟"，用这样"引车卖浆者流"的话，是要使自己的身分成为下等的。况且现在正要读经了……。

己　　胡说！说"唉"也行。但可恨他竟说过好几回，将"唉"都"垄断"了去，使我们没有来说的余地了。

庚　　曰"唉"乎？予蔑闻之。何也？噫嘻吗呢为之障也。

辛　　然哉！故予素主张而文言者也。

---

① 德语感叹词，读如"啊喝"。

壬　嗟夫！余曩者之曾为白话，盖痰迷心窍者也，而今悔之矣。

癸　他说"呸"么？这是人格已经破产了！我本就看不起他，正如他的看不起我。现在因为受了庚先生几句抢白，便"呸"起来；非人格破产是甚么？我并非赞成庚先生，我也批评过他的。可是他不配"呸"庚先生。我就是爱说公道话。

子　但他是说"嗳"。

丑　你是他一党！否则，何以替他来辩？我们是青年，我们就有这个脾气，心爱吹毛求疵。他说"呸"或说"嗳"，我固然没有听到；但即使他说的真是"嗳"，又何损于癸君的批评的价值呢。可是你既然是他的一党，那么，你就也人格破产了！

寅　不要破口就骂。满口谩骂，不成其为批评，Gentleman决不如此。至于说批评全不能骂，那也不然。应该估定他的错处，给以相当的骂，像塾师打学生的手心一样，要公平。骂人，自然也许要得到回报的，可是我们也须有这一点不怕事的胆量：批评本来是"精神的冒险"呀！

卯　这确是一条熹微翠朴的硬汉！王九妈妈的嶒小提囊，杜鹃叫道"行不得也哥哥"儿。瀫然"哀哈"之蓝缕的蒺藜，劣马样儿。这口风一滑溜，凡有绯刚的评论都要逼得翘辫儿了。

辰　并不是这一回事。他是窃取着外国人的声音，翻译着。喂！你为什么不去创作？

巳　那么，他就犯了罪了！研究起来，字典上只有"Ach"，没有什么"A－a－a－ch"。我实在料不到他竟这样杜撰。所以我说：你们都得买一本字典，坐在书房里看看，这才免得为这类脚色所欺。

午　他不再往下说，他的话流产了。

241

未　　夫今之青年何其多流产也，岂非因为急于出风头之故么？所以我奉劝今之青年，安分守己，切莫动弹，庶几可以免于流产，……

申　　夫今之青年何其多误译也，还不是因为不买字典之故么？且夫……

酉　　这实在"唉"得不行！中国之所以这样"世风日下"，就是他说了"唉"的缘故。但是诸位在这里，我不妨明说，三十年前，我也曾经"唉"过的，我何尝是木石，我实在是开风气之先。后来我觉得流弊太多了，便绝口不谈此事，并且深恶而痛绝之。并且到了今年，深悟读经之可以救国，并且深信白话文之应该废除。但是我并不说中国应该守旧……。

戌　　我也并且到了今年，深信读经之可以救国……。

亥　　并且深信白话文之应当废除……。

一九二五年十一月十八日

这个与那个

一　读经与读史

　　一个阔人说要读经，嗡的一阵一群狭人也说要读经。岂但"读"而已矣哉，据说还可以"救国"哩。"学而时习之，不亦说乎？"那也许是确凿的罢，然而甲午战败了，——为什么独独要说"甲午"呢，是因为其时还在开学校，废读经以前。

　　我以为伏案还未功深的朋友，现在正不必埋头来哼线装书。倘其咿唔日久，对于旧书有些上瘾了，那么，倒不如去读史，尤其是宋朝明朝史，而且尤须是野史；或者看杂说。

　　现在中西的学者们，几乎一听到"钦定四库全书"这名目就魂不附体，膝弯总要软下来似的。其实呢，书的原式是改变了，错字是加添了，甚至于连文章都删改了，最便当的是《琳琅秘室丛书》中的两种《茅亭客话》，一是宋本，一是四库本，一比较就知道。"官修"而加以"钦定"的正史也一样，不但本纪咧，列传咧，要摆"史架子"；里面也不敢说什么。据说，字里行间是也含着什么褒贬的，但谁有这么多的心眼儿来猜闷壶卢。至今还道"将平生事迹宣付国史馆立传"，还是算了罢。

　　野史和杂说自然也免不了有讹传，挟恩怨，但看往事却可以较分明，因为它究竟不像正史那样地装腔作势。看宋事，《三朝北盟汇编》已经变成古董，太贵了，新排印的《宋人说部丛书》却还便宜。明事呢，《野获编》原也好，但也化为古董了，每部数十元；易于入手的是《明季南北略》，《明季稗史汇编》，以及新近集印的《痛史》。

史书本来是过去的陈帐簿，和急进的猛士不相干。但先前说过，倘若还不能忘情于咿唔，倒也可以翻翻，知道我们现在的情形，和那时的何其神似，而现在的昏妄举动，胡涂思想，那时也早已有过，并且都闹糟了。

试到中央公园去，大概总可以遇见祖母带着她孙女儿在玩的。这位祖母的模样，就预示着那娃儿的将来。所以倘有谁要预知令夫人后日的丰姿，也只要看丈母。不同是当然要有些不同的，但总归相去不远。我们查帐的用处就在此。

但我并不说古来如此，现在遂无可为，劝人们对于"过去"生敬畏心，以为它已经铸定了我们的运命。Le Bon[①] 先生说，死人之力比生人大，诚然也有一理的，然而人类究竟进化着。又据章士钊总长说，则美国的什么地方已在禁讲进化论了，这实在是吓死我也，然而禁只管禁，进却总要进的。

总之：读史，就愈可以觉悟中国改革之不可缓了。虽是国民性，要改革也得改革，否则，杂史杂说上所写的就是前车。一改革，就无须怕孙女儿总要像点祖母那些事，譬如祖母的脚是三角形，步履维艰的，小姑娘的却是天足，能飞跑；丈母老太太出过天花，脸上有些缺点的，令夫人却种的是牛痘，所以细皮白肉：这也就大差其远了。

十二月八日

---

① 古斯塔夫·勒庞（Gustave Le Bon 1841.5.7—1931.12.13），法国社会心理学家、群体心理学创始人。

二　捧与挖

中国的人们，遇见带有会使自己不安的朕兆的人物，向来就用两样法：将他压下去，或者将他捧起来。

压下去就用旧习惯和旧道德，或者凭官力，所以孤独的精神的战士，虽然为民众战斗，却往往反为这"所为"而灭亡。到这样，他们这才安心了。压不下时，则于是乎捧，以为抬之使高，陷之使足，便可以于己稍稍无害，得以安心。

伶俐的人们，自然也有谋利而捧的，如捧阔老，捧戏子，捧总长之类；但在一般粗人，——就是未尝"读经"的，则凡有捧的行为的"动机"，大概是不过想免害。即以所奉祀的神道而论，也大抵是凶恶的，火神瘟神不待言，连财神也是蛇呀刺猬呀似的骇人的畜类；观音菩萨倒还可爱，然而那是从印度输入的，并非我们的"国粹"。要而言之：凡是被捧者，十之九不是好东西。

既然十之九不是好东西，则被捧而后，那结果便自然和捧者的希望适得其反了。不但能使不安，还能使他们很不安，因为人心本来不易餍足。然而人们终于至今没有悟，还以捧为苟安之一道。

记得有一部讲笑话的书，名目忘记了，也许是《笑林广记》罢，说，当一个知县的寿辰，因为他是子年生，属鼠的，属员们便集资铸了一个金老鼠去作贺礼。知县收受之后，另寻了机会对大众说道：明年又恰巧是贱内的整寿；她比我小一岁，是属牛的。其实，如果大家先不送金老鼠，他决不敢想金牛。一送开手，可就难于收拾了，无论金牛无力致送，即使送了，怕他的姨太太也会属象。象不在十二生肖之内，似乎不近情理罢，但这是我替他设想的法子罢了，知县当然别有我们所莫测高深的妙法在。

民元革命时候，我在 S 城，来了一个都督。他虽然也出身绿林大学，未尝"读经"（?），但倒是还算顾大局，听舆论的，可是自绅士以至于庶民，又用了祖传的捧法群起而捧之了。这个拜会，那个恭维，今天送衣料，明天送翅席，捧得他连自己也忘其所以，结果是渐渐变成老官僚一样，动手刮地皮。

最奇怪的是北几省的河道，竟捧得河身比屋顶高得多了。当初自然是防其溃决，所以壅上一点土；殊不料愈壅愈高，一旦溃决，那祸害就更大。于是就"抢堤"咧，"护堤"咧，"严防决堤"咧，花色繁多，大家吃苦。如果当初见河水泛滥，不去增堤，却去挖底，我以为决不至于这样。

有贪图金牛者，不但金老鼠，便是死老鼠也不给。那么，此辈也就连生日都未必做了。单是省却拜寿，已经是一件大快事。

中国人的自讨苦吃的根苗在于捧，"自求多福"之道却在于挖。其实，劳力之量是差不多的，但从惰性太多的人们看来，却以为还是捧省力。

十二月十日

三　最先与最后

《韩非子》说赛马的妙法，在于"不为最先，不耻最后"。这虽是从我们这样外行的人看起来，也觉得很有理。因为假若一开首便拚命奔驰，则马力易竭。但那第一句是只适用于赛马的，不幸中国人却奉为人的处世金鍼了。

中国人不但"不为戎首"，"不为祸始"，甚至于"不为福先"。所以凡事都不容易有改革；前驱和闯将，大抵是谁也怕得做。然而人性岂真能如道家所说的那样恬淡；欲得的却多。既然不敢径取，就只好用阴谋和手段。以此，人们也就日见其卑怯了，既是"不为最先"，自然也不敢"不耻最后"，所以虽是一大堆群众，略见危机，便"纷纷作鸟兽散"了。如果偶有几个不肯退转，因而受害的，公论家便异口同声，称之曰傻子。对于"锲而不舍"的人们也一样。

我有时也偶尔去看看学校的运动会。这种竞争，本来不像两敌国的开战，挟有仇隙的，然而也会因了竞争而骂，或者竟打起来。但这些事又作别论。竞走的时候，大抵是最快的三四个人一到决胜点，其余的便松懈了，有几个还至于失了跑完豫定的圈数的勇气，中途挤入看客的群集中；或者佯为跌倒，使红十字队用担架将他抬走。假若偶有虽然落后，却尽跑，尽跑的人，大家就嗤笑他。大概是因为他太不聪明，"不耻最后"的缘故罢。

所以中国一向就少有失败的英雄，少有韧性的反抗，少有敢单身鏖战的武人，少有敢抚哭叛徒的吊客；见胜兆则纷纷聚集，见败兆则纷纷逃亡。战具比我们精利的欧美人，战具未必比我们精利的匈奴蒙古满洲人，都如入无人之境。"土崩瓦解"这四个字，真是形容得有自知之明。

多有"不耻最后"的人的民族，无论什么事，怕总不会一下子就"土崩瓦解"的，我每看运动会时，常常这样想：优胜者固然可敬，但那虽然落后而仍非跑至终点不止的竞技者，和见了这样竞技者而肃然不笑的看客，乃正是中国将来的脊梁。

四　流产与断种

近来对于青年的创作，忽然降下一个"流产"的恶谥，哄然应和的就有一大群。我现在相信，发明这话的是没有什么恶意的，不过偶尔说一说；应和的也是情有可原的，因为世事本来大概就这样。

我独不解中国人何以于旧状况那么心平气和，于较新的机运就这么疾首蹙额；于已成之局那么委曲求全，于初兴之事就这么求全责备？

智识高超而眼光远大的先生们开导我们：生下来的倘不是圣贤，豪杰，天才，就不要生；写出来的倘不是不朽之作，就不要写；改革的事倘不是一下子就变成极乐世界，或者，至少能给我（!）有更多的好处，就万万不要动！……

那么，他是保守派么？据说：并不然的。他正是革命家。惟独他有公平，正当，稳健，圆满，平和，毫无流弊的改革法；现下正在研究室里研究着哩，——只是还没有研究好。

什么时候研究好呢？答曰：没有准儿。

孩子初学步的第一步，在成人看来，的确是幼稚，危险，不成样子，或者简直是可笑的。但无论怎样的愚妇人，却总以恳切的希望的心，看他跨出这第一步去，决不会因为他的走法幼稚，怕要阻碍阔人的路线而"逼死"他；也决不至于将他禁在床上，使他躺着研究到能够飞跑时再下地。因为她知道：假如这么办，即使长到一百岁也还是不会走路的。

古来就这样，所谓读书人，对于后起者却反而专用彰明较著的或改头换面的禁锢。近来自然客气些，有谁出来，大抵会遇见学士文人们挡驾：且住，请坐。接着是谈道理了：调查，研究，推敲，修养，……结果是老死在原地方。否则，便得到"捣乱"的称号。我也曾有如现在的青年一样，向已死和未死的导师们问过应走的路。他们都说：不可向东，或西，或南，或北。但不说应该向东，或西，或南，或北。我终于发见他们心底里的蕴蓄了：不过是一个

"不走"而已。

坐着而等待平安，等待前进，倘能，那自然是很好的，但可虑的是老死而所等待的却终于不至；不生育，不流产而等待一个英伟的宁馨儿，那自然也很可喜的，但可虑的是终于什么也没有。

倘以为与其所得的不是出类拔萃的婴儿，不如断种，那就无话可说。但如果我们永远要听见人类的足音，则我以为流产究竟比不生产还有望，因为这已经明明白白地证明着能够生产的了。

一九二五年十二月二十日

并非闲话（三）

西滢先生这回是义形于色，在《现代评论》四十八期的《闲话》里很为被书贾擅自选印作品，因而受了物质上损害的作者抱不平。而且贱名也忝列于作者之列：惶恐透了。吃饭之后，写一点自己的所感罢。至于捏笔的"动机"，那可大概是"不纯洁"的。记得幼小时候住在故乡，每看见绅士将一点骗人的自以为所谓恩惠，颁给下等人，而下等人不大感谢时，则斥之曰"不识抬举！"我的父祖是读书的，总该可以算得士流了，但不幸从我起，不知怎的就有了下等脾气，不但恩惠，连吊慰都不很愿意受，老实说罢：我总疑心是假的。这种疑心，大约就是"不识抬举"的根苗，或者还要使写出来的东西"不纯洁"。

我何尝有什么白刃在前，烈火在后，还是钉住书桌，非写不可的"创作冲动"；虽然明知道这种冲动是纯洁，高尚，可贵的，然而其如没有何。前几天早晨，被一个朋友怒视了两眼，倒觉得脸有点热，心有点酸，颇近乎有什么冲动了，但后来被深秋的寒风一吹拂，脸上的温度便复原，——没有创作。至于已经印过的那些，那是被挤出来的。这"挤"字是挤牛乳之"挤"；这"挤牛乳"是专来说明"挤"字的，并非故意将我的作品比作牛乳，希冀装在玻璃瓶里，送进什么"艺术之宫"。倘用现在突然流行起来了的论调，将青年的急于发表未熟的作品称为"流产"，则我的便是"打胎"；

或者简直不是胎，是狸猫充太子。所以一写完，便完事，管他妈的，书贾怎么偷，文士怎么说，都不再来提心吊胆。但是，如果有我所相信的人愿意看，称赞好，我终于是欢喜的。后来也集印了，为的是还想卖几文钱，老实说。

那么，我在写的时候没有虔敬的心么？答曰：有罢。即使没有这种冠冕堂皇的心，也决不故意要些油腔滑调。被挤着，还能嬉皮笑脸，游戏三昧么？倘能，那简直是神仙了。我并没有在吕纯阳祖师门下投诚过。

但写出以后，却也不很爱惜羽毛，有所谓"敝帚自珍"的意思，因为，已经说过，其时已经是"便完事，管他妈的"了。谁有心肠来管这些无聊的后事呢？所以虽然有什么选家在那里放出他那伟大的眼光，选印我的作品，我也照例给他一个不管。其实，要管也无从管起。我曾经替人代理过一回收版税的译本，打听得卖完之后，向书店去要钱，回信却道，旧经理人已经辞职回家了，你向他要去罢；我们可是不知道。这书店在上海，我怎能趁了火车去向他坐索，或者打官司？但我对于这等选本，私心却也有"窃以为不然"的几点，一是原本上的错字，虽然一见就明知道是错的，他也照样错下去；二是他们每要发几句伟论，例如什么主义咧，什么意思咧之类，大抵是我自己倒觉得并不这样的事。自然，批评是"精神底冒险"，批评家的精神总比作者会先一步的，但在他们的所谓死尸上，我却分明听到心搏，这真是到死也说不到一块儿，此外，倒也没有什么大怨气了。

这虽然似乎是东方文明式的大度，但其实倒怕是因为我不靠卖文营生。在中国，骈文寿序的定价往往还是每篇一百两，然而白话不值钱；翻译呢，听说是自己不能创作而嫉妒别人去创作的坏心肠人所提倡的，将来文坛一进步，当然更要一文不值。我所写出来的东西，当初虽然很碰过许多大钉子，现在的时价是每千字一至二三元，但是不很有这样好主顾，常常只好尽些不知何自而来的义务。有些人以为我不但用了这些稿费或版税造屋，买米，而且还靠它吸烟卷，吃果糖。殊不知那些款子是另外骗来的；我实在不很擅长于先装鬼脸去吓书坊老板，然后和他接洽。我想，中国最不值钱的是工人的体力了，其次是咱们的所谓文章，只有伶俐最值钱。倘真要直直落落，借文字谋生，则据我的经验，卖来卖去，来回至少一个月，多则一年余，待款子寄到时，作者不但已经饿死，倘在夏天，连筋肉也都烂尽了，那里还有吃饭的肚子。

所以我总用别的道儿谋生；至于所谓文章也者，不挤，便不做。挤了才有，则和什么高超的"烟士披离纯"呀，"创作感兴"呀之类不大有关系，也就可想而知。倘说我假如不必用别的道儿谋生，则心志一专，就会有"烟士披离纯"等类，而产生较伟大的作品，至少，也可以免于献出剥皮的狸猫罢，那可是也未必。三家村的冬烘先生，一年到头，一早到夜教村童，不但毫不"时时想政治活动"，简直并不很"干着种种无聊的事"，但是他们似乎并没有《教育学概论》或"高头讲章"的待定稿，藏之名山。而马克思的《资本论》，陀思妥夫斯奇的《罪与罚》等，都不是啜末加加啡，吸埃及烟卷之后所写的。除非章士钊总长治下的"有些天才"的编译馆人员，以及讨得官僚津贴或银行广告费的"大报"作者，于谋成事遂，睡足饭饱之余，三月炼字，半年锻句，将来会做出超伦轶群的古奥漂亮作品。总之，在我，是肚子一饱，应酬一少，便要心平气和，关起门来，什么也不写了；即使还写，也许不过是温暾之谈，两可之论，也即所谓执中之说，公允之言，其实等于不写而已。

所以上海的小书贾化作蚊子，吸我的一点血，自然是给我物质上的损害无疑，而我却还没有什么大怨气，因为我知道他们是蚊子，大家也都知道他们是蚊子。我一生中，给我大的损害的并非书贾，并非兵匪，更不是旗帜鲜明的小人：乃是所谓"流言"。即如今年，就有什么"鼓动学潮"呀，"谋做校长"呀，"打落门牙"呀这些话。有一回，竟连现在为我的著作权受损失抱不平的西滢先生也要相信了，也就在《现代评论》（第二十五期）的照例的《闲话》上发表出来；它的效力就可想。譬如一个女学生，与其被若干卑劣阴险的文人学士们暗地里散布些关于品行的谣言，倒不如被土匪抢去一条红围巾——物质。但这种"流言"，造的是一个人还是多数人？姓甚，名谁？我总是查不出；后来，因为没有多工夫，也就不再去查考了，仅为便于述说起见，就总称之曰畜生。

虽然分了类，但不幸这些畜生就杂在人们里，而一样是人头，实际上仍然无从辨别。所以我就多疑，不大要听人们的说话；又因为无话可说，自己也就不大愿意做文章。有时候，甚至于连真的义形于色的公话也会觉得古怪，珍奇，于是乎而下等脾气的"不识抬举"遂告成功，或者会终于不可救药。

平心想起来，所谓"选家"这一流人物，虽然因为容易联想到明季的制艺的选家的缘故，似乎使人厌闻，但现在倒是应该有几个。这两三年来，无名作家何尝没有胜于较有名的作者的作品，只是谁也不去理会他，一任他自生自灭。去年，我曾向 DF 先生提议过，以为该有人搜罗了各处的各种定期刊行物，仔细评量，选印几本小说集，来绍介于世间；至于已有专集者，则一概不收，"再拜而送之大门之外"。但这话也不过终于是空话，当时既无定局，后来也大家走散了。我又不能做这事业，因为我是偏心的。评是非时我总觉得我的熟人对，读作品是异己者的手腕大概不高明。在我的心里似乎是没有所谓"公平"，在别人里我也没有看见过，然而还疑心什么地方也许有，因此就不敢做那两样东西了：法官，批评家。

现在还没有专门的选家时，这事批评家也做得，因为批评家的职务不但是剪除恶草，还得灌溉佳花，——佳花的苗。譬如菊花如果是佳花，则他的原种不过是黄色的细碎的野菊，俗名"满天星"的就是。但是，或者是文坛上真没有较好的作品之故罢，也许是一做批评家，眼界便极高卓，所以我只见到对于青年作家的迎头痛击，冷笑，抹杀，却很少见诱掖奖劝的意思的批评。有一种所谓"文士"而又似批评家的，则专是一个人的御前侍卫，托尔斯泰呀，托她斯泰呀，指东画西的，就只为一人做屏风。其甚者竟至于一面暗护此人，一面又中伤他人，却又不明明白白地举出姓名和实证来，但用了含沙射影的口气，使那人不知道说着自己，却又另用口头宣传以补笔墨所不及，使别人可以疑心到那人身上去。这不但对于文字，就是女人们的名誉，我今年也看见有用了这畜生道的方法来毁坏的。古人常说"鬼蜮技俩"，其实世间何尝真有鬼蜮，那所指点的，不过是这类东西罢了。这类东西当然不在话下，就是只做侍卫的，也不配评选一言半语，因为这种工作，做的人自以为不偏而其实是偏的也可以，自以为公平而其实不公平也可以，但总不可"别有用心"于其间的。

　　书贾也像别的商人一样，惟利是图；他的出版或发议论的"动机"，谁也知道他"不纯洁"，决不至于和大学教授的来等量齐观的。但他们除惟利是图之外，别的倒未必有什么用意，这就是使我反而放心的地方。自然，倘是向来没有受过更奇特而阴毒的暗箭的福人，那当然即此一点也要感到痛苦。

　　这也算一篇作品罢，但还是挤出来的，并非围炉煮茗时中的闲话，临了，便回上去填作题目，纪实也。

一九二五年十一月二十二日

我观北大

　　因为北大学生会的紧急征发，我于是总得对于本校的二十七周年纪念来说几句话。

　　据一位教授的名论，则"教一两点钟的讲师"是不配与闻校事的，而我正是教一点钟的讲师。但这些名论，只好请恕我置之不理；——如其不恕，那么，也就算了，人那里顾得这些事。

　　我向来也不专以北大教员自居，因为另外还与几个学校有关系。然而不知怎的，——也许是含有神妙的用意的罢，今年忽而颇有些人指我为北大派。我虽然不知道北大可真有特别的派，但也就以此自居了。北大派么？就是北大派！怎么样呢？

　　但是，有些流言家幸勿误会我的意思，以为谣我怎样，我便怎样的。我的办法也并不一律。譬如前次的游行，报上谣我被打落了两个门牙，我可决不肯具呈警厅，吁请补派军警，来将我的门牙从新打落。我之照着谣言做去，是以专检自己所愿意者为限的。

　　我觉得北大也并不坏。如果真有所谓派，那么，被派进这派里去，也还是也就算了。理由在下面：

　　既然是二十七周年，则本校的萌芽，自然是发于前清的，但我并民国初年的情形也不知道。惟据近七八年的事实看来，第一，北大是常为新的，改进的运动的先锋，要使中国向着好的，往上的道路走。虽然很中了许多暗箭，背了许多谣言；教授和学生也都逐年地有些改换了，而那向上的精神还是始终一贯，不见得弛懈。自然，偶尔也免不了有些很想勒转马头的，可是这也无伤大体，"万众一心"，原不过是书本子上的冠冕话。

第二，北大是常与黑暗势力抗战的，即使只有自己。自从章士钊提了"整顿学风"的招牌来"作之师"，并且分送金款以来，北大却还是给他一个依照彭允彝的待遇。现在章士钊虽然还伏在暗地里做总长，本相却已显露了；而北大的校格也就愈明白。那时固然也曾显出一角灰色，但其无伤大体，也和第一条所说相同。

我不是公论家，有上帝一般决算功过的能力。仅据我所感得的说，则北大究竟还是活的，而且还在生长的。凡活的而且在生长者，总有着希望的前途。

今天所想到的就是这一点。但如果北大到二十八周年而仍不为章士钊者流所谋害，又要出纪念刊，我却要预先声明：不来多话了。一则，命题作文，实在苦不过；二则，说起来大约还是这些话。

一九二五年十二月十三日

碎　话

　　如果只有自己，那是都可以的：今日之我与昨日之我战也好，今日这么说明日那么说也好。但最好是在自己的脑里想，在自己的宅子里说；或者和情人谈谈也不妨，横竖她总能以"阿呀"表示其佩服，而没有第三者与闻其事。只是，假使不自珍惜，陆续发表出来，以"领袖""正人君子"自居，而称这些为"思想"或"公论"之类，却难免有多少老实人遭殃。自然，凡有神妙的变迁，原是反足以见学者文人们进步之神速的；况且文坛上本来就"只许州官放火不准百姓点灯"，既不幸而为庸人，则给天才做一点牺牲，也正是应尽的义务。谁叫你不能研究或创作的呢？亦惟有活该吃苦而已矣！

　　然而，这是天才，或者是天才的奴才的崇论宏议。从庸人一方面看起来，却不免觉得此说虽合乎理而反乎情；因为"蝼蚁尚且贪生"，也还是古之明训。所以虽然是庸人，总还想活几天，乐一点。无奈爱管闲事是他们吃苦的根苗，坐在家里好好的，却偏要出来寻导师，听公论了。学者文人们正在一日千变地进步，大家跟在他后面；他走的是小弯，你走的是大弯，他在圆心里转，你却必得在圆周上转，汗流浃背而终于不知所以，那自然是不待数计龟卜而后知的。

　　什么事情都要干，干，干！那当然是名言，但是倘有傻子真去买了手枪，就必要深悔前非，更进而悟到救国必先求学。这当然也是名言，何用多说呢，就遵谕钻进研究室去。待到有一天，你发见了一颗新彗星，或者知道了刘歆并非刘向的儿子之后，跳出来救国时，先觉者可是"杳如黄鹤"了，寻来寻去，也许会在戏园子里发见。你不要再菲薄那"小东人嗯嗯！哪，唉唉唉！"罢：这是艺术。听说"人类不仅是理智的动物"，必须"种种方面有充分发达的人，才可以算完人"呀，学者之在戏园，乃是"在感情方面求种种的美"。"束发小生"变成先生，从研究室里钻出，救国的资格也许有一点了，却不料还是一个精神上种种方面没有充分发达的畸形物，真是可怜可怜。

那么，立刻看夜戏，去求种种的美去，怎么样？谁知道呢。也许学者已经出戏园，学说也跟着长进（俗称改变，非也）了。

叔本华先生以厌世名一时，近来中国的绅士们却独独赏识了他的《妇人论》。的确，他的骂女人虽然还合绅士们的脾胃，但别的话却实在很有些和我们不相宜的。即如《读书和书籍》那一篇里，就说，"我们读着的时候，别人却替我们想。我们不过反复了这人的心的过程。……然而本来底地说起来，则读书时，我们的脑已非自己的活动地。这是别人的思想的战场了。"但是我们的学者文人们却正需要这样的战场——未经老练的青年的脑髓。但也并非在这上面和别的强敌战斗，乃是今日之我打昨日之我，"道义"之手批"公理"之颊——说得俗一点：自己打嘴巴。作了这样的战场者，怎么还能明白是怎么一回事。

这一月来，不知怎的又有几个学者文人或批评家亡魂失魄了，仿佛他们在上月底才从娘胎钻出，毫不知道民国十四年十二月以前的事似的。女师大学生一归她们被占的本校，就有人引以为例，说张胡子或李胡子可以"派兵送一二百学生占据了二三千学生的北大"。如果这样，北大学生确应该群起而将女师大扑灭，以免张胡或李胡援例，确保母校的安全。但我记得北大刚举行过二十七周年纪念，那建立的历史，是并非由章士钊将张胡或李胡将要率领的二百学生拖出，然后改立北大，招生三千，以掩人耳目的。这样的比附，简直是在青年的脑上打滚。夏间，则也可以称为"挑剔风潮"。但也许批评界有时也是"只许州官放火不准百姓点灯"，正如天才之在文坛一样的。

　　学者文人们最好是有这样的一个特权，月月，时时，自己和自己战，——即自己打嘴巴。免得庸人不知，以常人为例，误以为连一点"闲话"也讲不清楚。

一九二五年十二月二十二日

"公理"的把戏

　　自从去年春间，北京女子师范大学有了反对校长杨荫榆事件以来，于是而有该校长在太平湖饭店请客之后，任意将学生自治会员六人除名的事；有引警察及打手蜂拥入校的事；迨教育总长章士钊复出，遂有非法解散学校的事；有司长刘百昭雇用流氓女丐殴曳学生出校，禁之补习所空屋中的事；有手忙脚乱，急挂女子大学招牌以掩天下耳目的事；有胡敦复之趁火打劫，攫取女大校长饭碗，助章士钊欺罔世人的事。女师大的许多教职员，——我敢特地声明：并不是全体！——本极以章杨的措置为非，复痛学生之无辜受戮，无端失学，而校务维持会之组织，遂愈加严固。我先是该校的一个讲师，于黑暗残虐情形，多曾目睹；后是该会的一个委员，待到女师大在宗帽胡同自赁校舍，而章士钊尚且百端迫压的苦痛，也大抵亲历的。当章氏势焰熏天时，我也曾环顾这首善之区，寻求所谓"公理""道义"之类而不得；而现在突起之所谓"教育界名流"者，那时则鸦雀无声；甚且捧献肉麻透顶的呈文，以歌颂功德。但这一点，我自然也判不定是因为畏章氏有嗾使兵警痛打之威呢，还是贪图分润金款之利，抑或真以他为"公理"或"道义"等类的具象的化身？但是，从章氏逃走，女师大复校以后，所谓"公理"等件，我却忽而间接地从女子大学在撷英馆宴请"北京教育界名流及女大学生家长"的席上找到了。

据十二月十六日的《北京晚报》说，则有些"名流"即于十四日晚六时在那个撷英番菜馆开会。请吃饭的，去吃饭的，在中国一天不知道有多多少少，本不与我相干，虽然也令我记起杨荫榆也爱在太平湖饭店请人吃饭的旧事。但使我留心的是，从这饭局里产生了"教育界公理维持会"，从这会又变出"国立女子大学后援会"，从这会又发出"致国立各校教职员联席会议函"，声势浩大，据说是"而于该校附和暴徒，自堕人格之教职员，即不能投畀豺虎，亦宜屏诸席外，勿与为伍"云。他们之所谓"暴徒"，盖即刘百昭之所谓"土匪"，官僚名流，口吻如一，从局外人看来，不过煞是可笑而已。而我是女师大维持会员之一，又是女师大教员，人格所关，当然有抗议的权利。岂但抗议？"投虎""割席"，"名流"的熏灼之状，竟至于斯，则虽报以恶声，亦不为过。但也无须如此，只要看一看这些"名流"究竟是什么东西，就尽够了。报上和函上有名单：

除了万里鸣是太平湖饭店掌柜，以及董子鹤辈为我所不知道的不计外，陶昌善是农大教务长，教长兼农大校长章士钊的替身；石志泉是法大教务长；查良钊是师大教务长；李顺卿，王桐龄是师大教授；萧友梅是前女师大而今女大教员；蹇华芬是前女师大而今女大学生；马寅初是北大讲师，又是中国银行的什么，也许是"总司库"，这些名目我记不清楚了；燕树棠，白鹏飞，陈源即做《闲话》的西滢，丁燮林即做过《一只马蜂》的西林，周鲠生即周览，皮宗石，高一涵，李仲揆即李四光曾有一篇杨荫榆要用汽车迎他"观剧"的作品登在《现代评论》上的，都是北大教授，又大抵原住在东吉祥胡同，又大抵是先前反对北大对章士钊独立的人物，所以当章士钊炙手可热之际，《大同晚报》曾称他们为"东吉祥派的正人君子"，虽然他们那时并没有开什么"公理"会。但他们的住址，今年新印的《北大职员录》上可很有些函胡了，我所依据的是民国十一年的本子。

日本人学了中国人口气的《顺天时报》，即大表同情于女子大学，据说多人的意见，以为女师大教员多系北大兼任，有附属于北大之嫌。亏它征得这么多人的意见。然而从上列的名单看来，那观察是错的。女师大向来少有专任教员，正是杨荫榆的狡计，这样，则校长即可以独揽大权；当我们说话时，高仁山即以讲师不宜与闻校事来箝制我辈之口。况且女师大也决不因为中有北大教员，即精神上附属于北大，便是北大教授，正不乏有当学生反对杨荫榆的时候，即协力来歼灭她们的人。即如八月七日的《大同晚报》，就有"某当局……谓北大教授中，如东吉祥派之正人君子，亦主张解散"等语。《顺天时报》的记者倘竟不知，可谓昏瞀，倘使知道而故意淆乱黑白，那就有挑拨对于北大怀着恶感的人物，将那恶感蔓延于女师大之嫌，居心可谓卑劣。但我们国内战争，尚且常有日本浪人从中作祟，使良民愈陷于水深火热之中，更何况一校女生和几个教员之被诬蔑。我们也只得自责国人之不争气，竟任这样的报纸跳梁！

北大教授王世杰在撷英馆席上演说，即云"本人决不主张北大少数人与女师大合作"，就可以证明我前言的不诬。至又谓"照北大校章教职员不得兼他机关主要任务然而现今北大教授在女师大兼充主任者已有五人实属违法应加以否认云云"，则颇有语病。北大教授兼国立京师图书馆副馆长月薪至少五六百元的李四光，不也是正在坐中"维持公理"，而且演说的么？使之何以为情？李教授兼副馆长的演说辞，报上却不载；但我想，大概是不赞成这个办法的。

北大教授燕树棠谓女大学生极可佩服，而对于"形同土匪破坏

262

女大的人应以道德上之否认加之"，则竟连所谓女大教务长萧纯锦的自辩女大当日所埋伏者是听差而非流氓的启事也没有见，却已一口咬定，嘴上忽然跑出一个"道德"来了。那么，对于形同鬼蜮破坏女师大的人，应以什么上之否认加之呢？

"公理"实在是不容易谈，不但在一个维持会上，就要自相矛盾，有时竟至于会用了"道义"上之手，自批"公理"上之脸的嘴巴。西滢是曾在《现代评论》（三十八）的《闲话》里冷嘲过援助女师大的人们的："外国人说，中国人是重男轻女的。我看不见得吧。"现在却签名于什么公理会上了，似乎性情或体质有点改变。而且曾经感慨过："你代被群众专制所压迫者说了几句公平话，那么你不是与那人有'密切的关系'便是吃了他或她的酒饭。"（《现代》四十）然而现在的公理什么会上的言论和发表的文章上，却口口声声，侧重多数了；似乎主张又颇有些参差，只有"吃饭"的一件事还始终如一。在《现代评论》（五十三）上，自诩是"所有的批评都本于学理和事实，绝不肆口嫚骂"，而忘却了自己曾称女师大为"臭毛厕"，并且署名于要将人"投畀豺虎"的信尾曰：陈源。陈源不就是西滢么？半年的事，几个的人，就这么矛盾支离，实在可以使人悯笑。但他们究竟是聪明的，大约不独觉得"公理"歪邪，而且连自己们的"公理维持会"也很有些歪邪了罢，所以突然一变而为"女子大学后援会"了，这是的确的，后援，就是站在背后的援助。

但是十八日《晨报》上所载该后援会开会的记事，却连发言的人的名姓也没有了，一律叫作"某君"。莫非后来连对于自己的姓名也觉得可羞，真是"内愧于心"了？还是将人"投畀豺虎"之后，豫备归过于"某君"，免得自己负责任，受报复呢？虽然报复的事，并为"正人君子"们所反对，但究竟还不如先使人不知道

"后援"者为谁的稳当，所以即使为着"道义"，而坦白的态度，也仍为他们所不取罢。因为明白地站出来，就有些"形同土匪"或"暴徒"，怕要失了专在背后，用暗箭的聪明人的人格。

其实，撷英馆里和后援会中所啸聚的一彪人马，也不过是各处流来的杂人，正如我一样，到北京来骗一口饭，岂但"投畀豺虎"，简直是已经"投畀有北"的了。这算得什么呢？以人论，我与王桐龄，李顺卿虽曾在西安点首谈话，却并不当作朋侪；与陈源虽尝在给泰戈尔祝寿的戏台前一握手，而早已视为异类，又何至于会有和他们连席之意？而况于不知什么东西的杂人等辈也哉！以事论，则现在的教育界中实无豺虎，但有些城狐社鼠之流，那是当然不能免的。不幸十余年来，早见得不少了；我之所以对于有些人的口头的鸟"公理"而不敬者，即大抵由于此。

一九二五年十二月十八日

这回是"多数"的把戏

《现代评论》五五期《闲话》的末一段是根据了女大学生的宣言，说女师大学生只有二十个，别的都已进了女大，就深悔从前受了"某种报纸的催眠"。幸而见了宣言，这才省悟过来了，于是发问道："要是二百人（按据云这是未解散前的数目）中有一百九十九人入了女大便怎样？要是二百人都入了女大便怎样？难道女师大校务维持会招了几个新生也去恢复么？我们不免要奇怪那维持会维持的究竟是谁呢？他们的目的究竟是什么呢？"

这当然要为夏间并不维持女师大而现在则出而维持"公理"的陈源教授所不解的。我虽然是女师大维持会的一个委员，但也知道别一种可解的办法——

二十人都往多的一边跑，维持会早该趋奉章士钊！

我也是"四五十岁的人爱说四五岁的孩子话"，而且爱学奴才话的，所以所说的也许是笑话。但是既经说开，索性再说几句罢：要是二百人中有二百另一人入了女大便怎样？要是维持会员也都入了女大便怎样？要是一百九十九人入了女大，而剩下的一个人偏不要维持便怎样？……

我想这些妙问，大概是无人能答的。这实在问得太离奇，虽是四五岁的孩子也不至于此，——我们不要小觑了孩子。人也许能受"某种报纸的催眠"，但也因人而异，"某君"只限于"某种";即如我，就决不受《现代评论》或"女大学生某次宣言"的催眠。假如，倘使我看了《闲话》之后，便抚心自问："要是二百人中有一百九十九人入了女大便怎样？……维持会维持的究竟是谁呢？……"那可真要连自己也奇怪起来，立刻对章士钊的木主肃然起敬了。但幸而连陈源教授所据为典要的《女大学生二次宣言》也还说有二十人，所以我也正不必有什么"杞天之虑"。

记得"公理"时代（可惜这黄金时代竟消失得那么快），不是有人说解散女师大的是章士钊，女大乃另外设立，所以石驸马大街的校址是不该归还的么？自然，或者也可以这样说。但我却没有被其催眠，反觉得这道理比满洲人所说的"亡明者闯贼也，我大清天下，乃得之于闯贼，非取之于明"的话还可笑。从表面上看起来，满人的话，倒还算顺理成章，不过也只能骗顺民，不能骗遗民和逆民，因为他们知道此中的底细。我不聪明，本也很可以相信的，然而竟不被骗者，因为幸而目睹了十四年前的革命，自己又是中国人。

然而"要是"女师大学生竟一百九十九人都入了女大，又怎样呢？其实，"要是"章士钊再做半年总长，或者他的走狗们作起祟来，宗帽胡同的学生纵不至于"都入了女大"，但可以被迫胁到只剩一个或不剩一个，也正是意中事。陈源教授毕竟是"通品"，虽是理想也未始没有实现的可能。那么，怎么办呢？我想，维持。那么，"目的究竟是什么呢？"我想，就用一句《闲话》来答复："代被群众专制所压迫者说几句公平话"。

可惜正如"公理"的忽隐忽现一样，"少数"的时价也四季不同的。杨荫榆时候多数不该"压迫"少数，现在是少数应该服从多数了。你说多数是不错的么，可是俄国的多数主义现在也还叫作过激党，为大英大日本和咱们中华民国的绅士们所"深恶而痛绝之"。这真要令我莫名其妙。或者"暴民"是虽然多数，也得算作例外的罢。

"要是"帝国主义者抢去了中国的大部分，只剩了一二省，我们便怎样？别的都归了强国了，少数的土地，还要维持么？！明亡以后，一点土地也没有了，却还有窜身海外，志在恢复的人。凡这些，从现在的"通品"看来，大约都是谬种，应该派"在德国手格盗匪数人"，立功海外的英雄刘百昭去剿灭他们的罢。

"要是"真如陈源教授所言，女师大学生只有二十了呢？但是究竟还有二十人。这足可使在章士钊门下暗作走狗而脸皮还不十分厚的教授文人学者们愧死！

一九二五年十二月二十八日

后　记

本书中至少有两处，还得稍加说明——

一，徐旭生先生第一次回信中所引的话，是出于 ZM 君登在《京报副刊》（十四年三月八日）上的一篇文章的。其时我正因为回答"青年必读书"，说"不能作文算什么大不了的事"，很受着几位青年的攻击。ZM 君便发表了我在讲堂上口说的话，大约意在申明我的意思，给我解围。现在就钞一点在下面——

> 读了许多名人学者给我们开的必读书目，引起不少的感想；但最打动我的是鲁迅先生的两句附注，……因这几句话，又想起他所讲的一段笑话来。他似乎这样说：
>
> 讲话和写文章，似乎都是失败者的征象。正在和运命恶战的人，顾不到这些；真有实力的胜利者也多不做声。譬如鹰攫兔子，叫喊的是兔子不是鹰；猫捕老鼠，啼呼的是老鼠不是猫……。又好像楚霸王……追奔逐北的时候，他并不说什么；等到摆出诗人面孔，饮酒唱歌，那已经是兵败势穷，死日临头了。最近像吴佩孚名士的"登彼西山，赋彼其诗"，齐燮元先生的"放下枪枝，拿起笔干"，更是明显的例了。

二，近几年来，常听到人们说学生嚣张，不单是老先生，连刚出学校而做了小官或教员的也往往这么说。但我却并不觉得这样。记得革命以前，社会上自然还不如现在似的憎恶学生，学生也没有目下一般驯顺，单是态度，就显得桀傲，在人丛中一望可知。现在却差远了，大抵长袍大袖，温文尔雅，正如一个古之读书人。我也就在一个大学的讲堂上提起过，临末还说：其实，现在的学生是驯良的，或者竟可以说是太驯良了……。武者君登在《京报副刊》（约十四年五月初）上的一篇《温良》中，所引的就是我那时所说的这几句话。我因此又写了《忽然想到》第七篇，其中所举的例，一是前几年被称为"卖国贼"者的子弟曾大受同学唾骂，二是当时女子师范大学的学生正被同性的校长使男职员威胁。我的对于女师大风潮说话，这是第一回，过了十天，就"碰壁"；又过了十天，陈源教授就在《现代评论》上发表"流言"，过了半年，据《晨报副刊》（十五年一月三十日）所发表的陈源教授给徐志摩"诗哲"的信，则"捏造事实传布流言"的倒是我了。真是世事白云苍狗，不禁感慨系之矣！

又，我在《"公理"的把戏》中说杨荫榆女士"在太平湖饭店请客之后，任意将学生自治会员六人除名"，那地点是错误的，后来知道那时的请客是西长安街的西安饭店。等到五月二十一日即我们"碰壁"的那天，这才换了地方，"由校特请全体主任专任教员评议会会员在太平湖饭店开校务紧急会议，解决种种重要问题。"请客的饭馆是那一个，和紧要关键原没有什么大相干，但从"所有的批评都本于学理和事实"的所谓"文士"学者之流看来，也许又是"捏造事实"，而且因此就证明了凡我所说，无一句真话，甚或至于连杨荫榆女士也本无其人，都是我凭空结撰的了。这于我是很不好的，所以赶紧订正于此，庶几"收之桑榆"云。

一九二六年二月十五日校毕记。仍在绿林书屋之东壁下

华盖集续编

小　引

　　还不满一整年，所写的杂感的分量，已有去年一年的那么多了。秋来住在海边，目前只见云水，听到的多是风涛声，几乎和社会隔绝。如果环境没有改变，大概今年不见得再有什么废话了罢。灯下无事，便将旧稿编集起来；还豫备付印，以供给要看我的杂感的主顾们。

　　这里面所讲的仍然并没有宇宙的奥义和人生的真谛。不过是，将我所遇到的，所想到的，所要说的，一任它怎样浅薄，怎样偏激，有时便都用笔写了下来。说得自夸一点，就如悲喜时节的歌哭一般，那时无非借此来释愤抒情，现在更不想和谁去抢夺所谓公理或正义。你要那样，我偏要这样是有的；偏不遵命，偏不磕头是有的；偏要在庄严高尚的假面上拨它一拨也是有的，此外却毫无什么大举。名副其实，"杂感"而已。

　　从一月以来的，大略都在内了；只删去了一篇。那是因为其中开列着许多人，未曾，也不易遍征同意，所以不好擅自发表。

　　书名呢？年月是改了，情形却依旧，就还叫《华盖集》。然而年月究竟是改了，因此只得添上两个字："续编"。

一九二六年十月十四日，鲁迅记于厦门

杂论管闲事・做学问・灰色等

1

听说从今年起，陈源（即西滢）教授要不管闲事了；这豫言就见于《现代评论》五十六期的《闲话》里。惭愧我没有拜读这一期，因此也不知其详。要是确的呢，那么，除了用那照例的客套说声"可惜"之外，真的倒实在很诧异自己之胡涂：年纪这么大了，竟不知道阳历的十二月三十一日和一月一日之交在别人是可以发生这样的大变动。我近来对于年关颇有些神经过钝了，全不觉得怎样。其实，倘要觉得罢，可是也不胜其觉得。大家挂上五色旗，大街上搭起几坐彩坊，中间还有四个字道："普天同庆"，据说这算是过年。大家关了门，贴上门神，爆竹毕剥砰的放起来，据说这也是过年。要是言行真跟着过年为转移，怕要转移不迭，势必至于成为转圈子。所以，神经过钝虽然有落伍之虑，但有弊必有利，却也很占一点小小的便宜的。

但是，还有些事我终于想不明白：即如天下有闲事，有人管闲事之类。我现在觉得世上是仿佛没有所谓闲事的，有人来管，便都和自己有点关系；即便是爱人类，也因为自己是人。假使我们知道了火星里张龙和赵虎打架，便即大有作为，请酒开会，维持张龙，或否认赵虎，那自然是颇近于管闲事了。然而火星上事，既然能够

"知道"，则至少必须已经可以通信，关系也密切起来，算不得闲事了。因为既能通信，也许将来就能交通，他们终于会在我们的头顶上打架。至于咱们地球之上，即无论那一处，事事都和我们相关，然而竟不管者，或因不知道，或因管不着，非以其"闲"也。譬如英国有刘千昭雇了爱尔兰老妈子在伦敦拉出女生，在我们是闲事似的罢，其实并不，也会影响到我们这里来。留学生不是多多，多多了么？倘有合宜之处，就要引以为例，正如在文学上的引用什么莎士比亚呀，塞文狄斯呀，芮恩施呀一般。

（不对，错了。芮恩施是美国的驻华公使，不是文学家。我大约因为在讲什么文艺学术的一篇论文上见过他的名字，所以一不小心便带出来了。合即订正于此，尚希读者谅之。）

即使是动物，也怎能和我们不相干？青蝇的脚上有一个霍乱菌，蚊子的唾沫里有两个疟疾菌，就说不定会钻进谁的血里去。管到"邻猫生子"，很有人以为笑谈，其实却正与自己大有相关。譬如我的院子里，现在就有四匹邻猫常常吵架了，倘使这些太太们之一又诞育四匹，则三四月后，我就得常听到八匹猫们常常吵闹，比现在加倍地心烦。

所以我就有了一种偏见，以为天下本无所谓闲事，只因为没有这许多遍管的精神和力量，于是便只好抓一点来管。为什么独抓这一点呢？自然是最和自己相关的，大则因为同是人类，或是同类，同志；小则，因为是同学，亲戚，同乡，——至少，也大概叨光过什么，虽然自己的显在意识上并不了然，或者其实了然，而故意装痴作傻。

但陈源教授据说是去年却管了闲事了，要是我上文所说的并不错，那就确是一个超人。今年不问世事，也委实是可惜之至，真是斯人不管，"如苍生何"了。幸而阴历的过年又快到了，除夕的亥时一过，也许又可望心回意转的罢。

<h1 style="text-align:center">2</h1>

　　昨天下午我从沙滩回家的时候，知道大琦君来访过我了。这使我很高兴，因为我是猜想他进了病院的了，现在知道并没有。而尤其使我高兴的是他还留赠我一本《现代评论增刊》，只要一看见封面上画着的一枝细长的蜡烛，便明白这是光明之象，更何况还有许多名人学者的著作，更何况其中还有陈源教授的一篇《做学问的工具》呢？这是正论，至少可以赛过"闲话"的；至少，是我觉得赛过"闲话"，因为它给了我许多东西。

　　我现在才知道南池子的"政治学会图书馆"去年"因为时局的关系，借书的成绩长进了三至七倍"了，但他"家翰笙"却还"用'平时不烧香，临时抱佛脚'十个字形容当今学术界大部分的状况"。这很改正了我许多误解。我先已说过，现在的留学生是多多，多多了，但我总疑心他们大部分是在外国租了房子，关起门来燉牛肉吃的，而且在东京实在也看见过。那时我想：燉牛肉吃，在中国就可以，何必路远迢迢，跑到外国来呢？虽然外国讲究畜牧，或者肉里面的寄生虫可以少些，但燉烂了，即使多也就没有关系。所以，我看见回国的学者，头两年穿洋服，后来穿皮袍，昂头而走的，总疑心他是在外国亲手燉过几年牛肉的人物，而且即使有了什么事，连"佛脚"也未必肯抱的。现在知道并不然，至少是"留学欧美归国的人"并不然。但可惜中国的图书馆里的书太少了，据说北京"三十多个大学，不论国立私立，还不及我们私人的书多"云。这"我们"里面，据说第一要数"溥仪先生的教师庄士敦先生"，第二大概是"孤桐先生"即章士钊，因为在德国柏林时候，陈源教授就亲眼看见他两间屋里"几乎满床满架满桌满地，都是关于社会主义的德文书"。现在呢，想来一定是更多的了。这真教我欣羡佩服。记得自己留学时候，官费每月三十六元，支付衣食学费之外，简直没有赢余，混了几年，所有的书连一壁也遮不满，而且还是杂书，并非专而又专，如"都是关于社会主义的德文书"之类。

但是很可惜，据说当民众"再毁"这位"孤桐先生"的"寒家"时，"好像他们夫妇两位的藏书都散失了"。想那时一定是拉了几十车，向各处走散，可惜我没有去看，否则倒也是一个壮观。

所以"暴民"之为"正人君子"所深恶痛绝，也实在有理由，即如这回之"散失"了"孤桐先生"夫妇的藏书，其加于中国的损失，就在毁坏了三十多个国立及私立大学的图书馆之上。和这一比较，刘百昭司长的失少了家藏的公款八千元，要算小事件了，但我们所引为遗憾的是偏是章士钊刘百昭有这么多的储藏，而这些储藏偏又全都遭了劫。

在幼小时候曾有一个老于世故的长辈告诫过我：你不要和没出息的担子或摊子为难，他会自己摔了，却诬赖你，说不清，也赔不完。这话于我似乎到现在还有影响，我新年去逛火神庙的庙会时，总不敢挤近玉器摊去，即使它不过摆着寥寥的几件。怕的是一不小心，将它碰倒了，或者摔碎了一两件，就要变成宝贝，一辈子赔不完，那罪孽之重，会在毁坏一坐博物馆之上。而且推而广之，连热闹场中也不大去了，那一回的示威运动时，虽有"打落门牙"的"流言"，其实却躺在家里，托福无恙。但那两屋子"关于社会主义的德文书"以及其他从"孤桐先生"府上陆续散出的壮观，却也因此"交臂失之"了。这实在也就是所谓"有一利必有一弊"，无法两全的。

现在是收藏洋书之富，私人要数庄士敦先生，公团要推"政治

277

学会图书馆"了，只可惜一个是外国人，一个是靠着美国公使芮恩施竭力提倡出来的。"北京国立图书馆"将要扩张，实在是再好没有的事，但听说所依靠的还是美国退还的赔款，常年经费又不过三万元，每月二千余。要用美国的赔款，也是非同小可的事，第一，馆长就必须学贯中西，世界闻名的学者。据说，这自然只有梁启超先生了，但可惜西学不大贯，所以配上一个北大教授李四光先生做副馆长，凑成一个中外兼通的完人。然而两位的薪水每月就要一千多，所以此后也似乎不大能够多买书籍。这也就是所谓"有利必有弊"罢，想到这里，我们就更不能不痛切地感到"孤桐先生"独力购置的几房子好书惨遭散失之可惜了。

　　总之，在近几年中，是未必能有较好的"做学问的工具"的，学者要用功，只好是自己买书读，但又没有钱。听说"孤桐先生"倒是想到了这一节，曾经发表过文章，然而下台了，很可惜。学者们另外还有什么法子呢，自然"也难怪他们除了说说'闲话'便没有什么可干"，虽然北京三十多个大学还不及他们"私人的书多"。为什么呢？要知道做学问不是容易事，"也许一个小小的题目得参考百十种书"，连"孤桐先生"的藏书也未必够用。陈源教授就举着一个例："就以'四书'来说"罢，"不研究汉宋明清许多儒家的注疏理论，'四书'的真正意义是不易领会的。短短的一部'四书'，如果细细的研究起来，就得用得了几百几千种参考书"。

　　这就足见"学问之道，浩如烟海"了，那"短短的一部'四书'"，我是读过的，至于汉人的"四书"注疏或理论，却连听也没有听到过。陈源教授所推许为"那样提倡风雅的封藩大臣"之一张之洞先生在做给"束发小生"们看的《书目答问》上曾经说："'四书'，南宋以后之名。"我向来就相信他的话，此后翻翻《汉书艺文志》，《隋书经籍志》之类，也只有"五经"，"六经"，"七经"，"六艺"，却没有"四书"，更何况汉人所做的注疏和理论。但我所参考的，自然不过是通常书，北京大学的图书馆里就有，见闻寡陋，也未可知，然而也只得这样就算了，因为即使要"抱"，却连"佛脚"都没有。由此想来，那能"抱佛脚"的，肯"抱佛脚"的，的确还是真正的福人，真正的学者了。他"家翰笙"还慨乎言之，大约是"《春秋》责备贤者"之意罢。

完

现在不高兴写下去了，只好就此完结。总之：将《现代评论增刊》略翻一遍，就觉得五光十色，正如看见有一回广告上所开列的作者的名单。例如李仲揆教授的《生命的研究》呀，胡适教授的《译诗三首》呀，徐志摩先生的译诗一首呀，西林氏的《压迫》呀，陶孟和教授的要到二〇二五年才发表而必须我们的玄孙才能全部拜读的大著作的一部分呀……。但是，翻下去时，不知怎的我的眼睛却看见灰色了，于是乎抛开。

现在的小学生就能玩七色板，将七种颜色涂在圆板上，停着的时候，是好看的，一转，便变成灰色，——本该是白色的罢，可是涂得不得法，变成灰色了。收罗许多著名学者的大著作的大报，自然是光怪陆离，但也是转不得，转一周，就不免要显出灰色来，虽然也许这倒正是它的特色。

一九二六年一月三日

有趣的消息

　　虽说北京像一片大沙漠，青年们却还向这里跑；老年们也不大走，即或有到别处去走一趟的，不久就转回来了，仿佛倒是北京还很有什么可以留恋。厌世诗人的怨人生，真是"感慨系之矣"，然而他总活着；连祖述释迦牟尼先生的哲人勖本华尔也不免暗地里吃一种医治什么病症的药，不肯轻易"涅槃"。俗语说："好死不如恶活"，这当然不过是俗人的俗见罢了，可是文人学者之流也何尝不这样。所不同的，只是他总有一面辞严义正的军旗，还有一条尤其义正辞严的逃路。真的，倘不这样，人生可真要无聊透顶，无话可说了。

　　北京就是一天一天地百物昂贵起来；自己的"区区金事"，又因为"妄有主张"，被章士钊先生革掉了。向来所遭遇的呢，借了安特来夫的话来说，是"没有花，没有诗"，就只有百物昂贵。然而也还是"妄有主张"，没法回头；倘使有一个妹子，如《晨报副刊》上所艳称的"闲话先生"的家事似的，叫道："阿哥！"那声音正如"银铃之响于幽谷"，向我求告，"你不要再做文章得罪人家了，好不好？"我也许可以借此拨转马头，躲到别墅里去研究汉朝人所做的"四书"注疏和理论去。然而，惜哉，没有这样的好妹子；"女嬃之婵媛兮，申申其詈予，曰：鲧婞直以亡身兮，终然殀乎羽之野。"连有一个那样凶姊姊的幸福也不及屈灵均。我的终于"妄有主张"，或者也许是无可推托之故罢。然而这关系非同小可，将来怕要遭殃了，因为我知道，得罪人是要得到报应的。

话要回到释迦先生的教训去了，据说：活在人间，还不如下地狱的稳妥。做人有"作"就是动作（＝造孽），下地狱却只有"报"（＝报应）了；所以生活是下地狱的原因，而下地狱倒是出地狱的起点。这样说来，实在令人有些想做和尚，但这自然也只限于"有根"（据说，这是"一句天津话"）的大人物，我却不大相信这一类鬼画符。活在沙漠似的北京城里，枯燥当然是枯燥的，但偶然看看世态，除了百物昂贵之外，究竟还是五花八门，创造艺术的也有，制造流言的也有，肉麻的也有，有趣的也有……这大概就是北京之所以为北京的缘故，也就是人们总还要奔凑聚集的缘故。可惜的是只有一些小玩意，老实一点的朋友就难于给自己竖起一杆辞严义正的军旗来。

我一向以为下地狱的事，待死后再对付，只有目前的生活的枯燥是最可怕的，于是便不免于有时得罪人，有时则寻些小玩意儿来开开笑口，但这也就是得罪人。得罪人当然要受报，那也只好准备着，因为寻些小玩意儿来开开笑口的是更不能竖起辞严义正的军旗来的。其实，这里也何尝没有国家大事的消息呢，"关外战事不日将发生"呀，"国军一致拥段"哪，有些报纸上都用了头号字煌煌地排印着，可以刺得人们头昏，但于我却都没有什么鸟趣味。人的眼界之狭是不大有药可救的，我近来觉得有趣的倒要算看见那在德国手格盗匪若干人，在北京率领三河县老妈子一大队的武士刘百昭校长居然做骈文，大有偃武修文之意了；而且"百昭海邦求学，教部备员，多艺之誉愧不如人，审美之情差堪自信"，还是一位文武全才，我先前实在没有料想到。第二，就是去年肯管闲事的"学者"，今年不管闲事了，在年底结清帐目的办法，原来不止是掌柜之于流水簿，也可以适用于"正人君子"的行为的。或者，"阿哥!"这一声叫,正在中华民国十四年十二月卅一日的夜间十二点钟罢。

但是,这些趣味,刹那间也即消失了,就是我自己的思想的变动,也诚然是可恨。我想,照着境遇,思想言行当然要迁移,一迁移,当然会有所以迁移的道理。况且世界上的国庆很不少,古今中外名流尤其多,他们的军旗,是全都早经竖定了的。前人之勤,后人之乐,要做事的时候可以援引孔丘墨翟,不做事的时候另外有老聃,要被杀的时候我是关龙逢,要杀人的时候他是少正卯,有些力气的时候看看达尔文赫胥黎的书,要人帮忙就有克鲁巴金的《互助论》,勃朗宁夫妇岂不是讲恋爱的模范么,叔本华尔和尼采又是咒诅女人的名人,……归根结蒂,如果杨荫榆或章士钊可以比附到犹太人特莱弗斯去,则他的签片就可以等于左拉等辈了。这个时候,可怜的左拉要被中国人背出来;幸而杨荫榆或章士钊是否等于特莱弗斯,也还是一个大疑问。

然而事情还没有这么简单,中国的坏人(如水平线下的文人和学棍学匪之类),似乎将来要大吃其苦了,虽然也许要在身后,像下地狱一般。但是,深谋远虑的人,总还以从此小心,不要多说为稳妥。你以为"闲话先生"真是不管闲事了么?并不然的。据说他是要"到那天这班出锋头的人们脱尽了锐气的日子,我们这位闲话先生正在从容的从事他那'完工的拂拭'(The finishing touch),笑吟吟的擎着他那枝从铁杠磨成的绣针,讽刺我们情急是多么不经济的一个态度,反面说只有无限的耐心才是天才唯一的凭证"。(《晨报副刊》一四二三)

后出者胜于前者,本是天下的平常事情,但除了堕落的民族。即以衣服而论,也是由裸体而用会阴带或围裙,于是有衣裳,衮冕。我们将来的天才却特异的,别人系了围裙狂跳时,他却躲在绣房里刺绣，——不，磨绣针。待到别人的围裙全数破旧，他却穿了绣花衫子站出来了。大家只好说道"阿！"可怜的性急的野蛮人，竟连围裙也不知道换一条，怪不得锐气终于脱尽；脱尽犹可，还要看那"笑吟吟"的"讽刺"的"天才"脸哩，这实在是对于灵魂的鞭责，虽说还在辽远的将来。

还有更可怕的，是我们风闻二○二五年一到，陶孟和教授要发表一部著作。内容如何，只有百年后的我们的曾孙或玄孙们知道罢了，但幸而在《现代评论增刊》上提前发表了几节，所以我们竟还能"管中窥豹"似的，略见这一部新书的大概。那是讲"现代教育界的特色"的，连教员的"兼课"之多也说在内。他问："我的议论太悲观，太刻薄，太荒诞吗？我深愿受这个批评，假使事实可以证明。"这些批评我们且俟之百年之后，虽然那时也许无从知道事实；典籍呢，大概也只有"笑吟吟的"佳作留传。要是当真这样，那大半是"英雄所见略同"的，后人总不至于以为刻薄罢。但我们也难于悬揣，不过就今论今，似乎颇有些"孔子作《春秋》，而乱臣贼子惧"之意了。人们不逢如此盛事者，盖已将二千四百年云。

总之：百年以内，将有陈源教授的许多（？）书，百年以后，将有陶孟和教授的一部书出现。内容虽然不知道怎样，但据目下所走漏的风声看起来，大概总是讽刺"那班出锋头的人们"，或"驰驱九城"的教授的。

我常常感叹，印度小乘教的方法何等厉害：它立了地狱之说，借着和尚，尼姑，念佛老妪的嘴来宣扬，恐吓异端，使心志不坚定者害怕。那诀窍是在说报应并非眼前，却在将来百年之后，至少也须到锐气脱尽之时。这时候你已经不能动弹了，只好听别人摆布，流下鬼泪，深悔生前之妄出锋头；而且这时候，这才认识阎罗大王的尊严和伟大。

这些信仰，也许是迷信罢，但神道设教，于"挽世道而正人心"的事，或者也还是不无裨益。况且，未能将坏人"投畀豺虎"于生前，当然也只好口诛笔伐之于身后，孔子一车两马，倦游各国以还，抽出钢笔来作《春秋》，盖亦此志也。

但是，时代迁流了，到现在，我以为这些老玩意，也只好骗骗极端老实人。连闹这些玩意儿的人们自己尚且未必信，更何况所谓坏人们。得罪人要受报应，平平常常，并不见得怎样奇特，有时说些宛转的话，是姑且客气客气的，何尝想借此免于下地狱。这是无法可想的，在我们不从容的人们的世界中，实在没有那许多工夫来摆臭绅士的臭架子了，要做就做，与其说明年喝酒，不如立刻喝水；待廿一世纪的剖拨戮尸，倒不如马上就给他一个嘴巴。至于将来，自有后起的人们，决不是现在人即将来所谓古人的世界，如果还是现在的世界，中国就会完！

一九二六年一月十四日

学界的三魂

　　从《京报副刊》上知道有一种叫《国魂》的期刊，曾有一篇文章说章士钊固然不好，然而反对章士钊的"学匪"们也应该打倒。我不知道大意是否真如我所记得？但这也没有什么关系，因为不过引起我想到一个题目，和那原文是不相干的。意思是，中国旧说，本以为人有三魂六魄，或云七魄；国魂也该这样。而这三魂之中，似乎一是"官魂"，一是"匪魂"，还有一个是什么呢？也许是"民魂"罢，我不很能够决定。又因为我的见闻很偏隘，所以未敢悉指中国全社会，只好缩而小之曰"学界"。

　　中国人的官瘾实在深，汉重孝廉而有埋儿刻木，宋重理学而有高帽破靴，清重帖括而有"且夫""然则"。总而言之：那魂灵就在做官，——行官势，摆官腔，打官话。顶着一个皇帝做傀儡，得罪了官就是得罪了皇帝，于是那些人就得了雅号曰"匪徒"。学界的打官话是始于去年，凡反对章士钊的都得了"土匪"，"学匪"，"学棍"的称号，但仍然不知道从谁的口中说出，所以还不外乎一种"流言"。

　　但这也足见去年学界之糟了，竟破天荒的有了学匪。以大点的国事来比罢，太平盛世，是没有匪的；待到群盗如毛时，看旧史，一定是外戚，宦官，奸臣，小人当国，即使大打一通官话，那结果也还是"呜呼哀哉"。当这"呜呼哀哉"之前，小民便大抵相率而为盗，所以我相信源增先生的话："表面上看只是些土匪与强盗，其实是农民革命军。"(《国民新报副刊》四三)那么，社会不是改进了么？并不，我虽然也是被谥为"土匪"之一，却并不想为老前辈们饰非掩过。农民是不来夺取政权的，源增先生又道："任三五热心家将皇帝推倒，自己过皇帝瘾去。"但这时候，匪便被称为帝，除遗老外，文人学者却都来恭维，又称反对他的为匪了。

所以中国的国魂里大概总有这两种魂：官魂和匪魂。这也并非硬要将我辈的魂挤进国魂里去，贪图与教授名流的魂为伍，只因为事实仿佛是这样。社会诸色人等，爱看《双官诰》，也爱看《四杰村》，望偏安巴蜀的刘玄德成功，也愿意打家劫舍的宋公明得法；至少，是受了官的恩惠时候则艳羡官僚，受了官的剥削时候便同情匪类。但这也是人情之常；倘使连这一点反抗心都没有，岂不就成为万劫不复的奴才了？

然而国情不同，国魂也就两样。记得在日本留学时候，有些同学问我在中国最有大利的买卖是什么，我答道："造反。"他们便大骇怪。在万世一系的国度里，那时听到皇帝可以一脚踢落，就如我们听说父母可以一棒打杀一般。为一部分士女所心悦诚服的李景林先生，可就深知此意了，要是报纸上所传非虚。今天的《京报》即载着他对某外交官的谈话道："予预计于旧历正月间，当能与君在天津晤谈；若天津攻击竟至失败，则拟俟三四月间卷土重来，若再失败，则暂投土匪，徐养兵力，以待时机"云。但他所希望的不是做皇帝，那大概是因为中华民国之故罢。

所谓学界，是一种发生较新的阶级，本该可以有将旧魂灵略加涮洗之望了，但听到"学官"的官话，和"学匪"的新名，则似乎还走着旧道路。那末，当然也得打倒的。这来打倒他的是"民魂"，是国魂的第三种。先前不很发扬，所以一闹之后，终不自取政权，而只"任三五热心家将皇帝推倒，自己过皇帝瘾去"了。

惟有民魂是值得宝贵的，惟有他发扬起来，中国才有真进步。但是，当此连学界也倒走旧路的时候，怎能轻易地发挥得出来呢？在乌烟瘴气之中，有官之所谓"匪"和民之所谓匪；有官之所谓"民"和民之所谓民；有官以为"匪"而其实是真的国民，有官以为"民"而其实是衙役和马弁。所以貌似"民魂"的，有时仍不免为"官魂"，这是鉴别魂灵者所应该十分注意的。

话又说远了，回到本题去。去年，自从章士钊提了"整顿学风"的招牌，上了教育总长的大任之后，学界里就官气弥漫，顺我者"通"，逆我者"匪"，官腔官话的余气，至今还没有完。但学界却也幸而因此分清了颜色；只是代表官魂的还不是章士钊，因为上头还有"减膳"执政在，他至多不过做了一个官魄；现在是在天津"徐养兵力，以待时机"了。我不看《甲寅》，不知道说些什么话：官话呢，匪话呢，民话呢，衙役马弁话呢？……

一九二六年一月二十四日

古书与白话

　　记得提倡白话那时，受了许多谣诼诬谤，而白话终于没有跌倒的时候，就有些人改口说：然而不读古书，白话是做不好的。我们自然应该曲谅这些保古家的苦心，但也不能不悯笑他们这祖传的成法。凡有读过一点古书的人都有这一种老手段：新起的思想，就是"异端"，必须歼灭的，待到它奋斗之后，自己站住了，这才寻出它原来与"圣教同源"；外来的事物，都要"用夷变夏"，必须排除的，但待到这"夷"入主中夏，却考订出来了，原来连这"夷"也还是黄帝的子孙。这岂非出人意料之外的事呢？无论什么，在我们的"古"里竟无不包函了！

　　用老手段的自然不会长进，到现在仍是说非"读破几百卷书者"即做不出好白话文，于是硬拉吴稚晖先生为例。可是竟又会有"肉麻当有趣"，述说得津津有味的，天下事真是千奇百怪。其实吴先生的"用讲话体为文"，即"其貌"也何尝与"黄口小儿所作若同"。不是"纵笔所之，辄万数千言"么？其中自然有古典，为"黄口小儿"所不知，尤有新典，为"束发小生"所不晓。清光绪末，我初到日本东京时，这位吴稚晖先生已在和公使蔡钧大战了，其战史就有这么长，则见闻之多，自然非现在的"黄口小儿"所能企及。所以他的遣辞用典，有许多地方是惟独熟于大小故事的人物才能够了然，从青年看来，第一是惊异于那文辞的滂沛。这或者就是名流学者们所认为长处的罢，但是，那生命却不在于此。甚至于竟和名流学者们所拉拢恭维的相反，而在自己并不故意显出长处，也无法灭去名流学者们的所谓长处；只将所说所写，作为改革道中的桥梁，或者竟并不想到作为改革道中的桥梁。

愈是无聊赖，没出息的脚色，愈想长寿，想不朽，愈喜欢多照自己的照相，愈要占据别人的心，愈善于摆臭架子。但是，似乎"下意识"里，究竟也觉得自己之无聊的罢，便只好将还未朽尽的"古"一口咬住，希图做着肠子里的寄生虫，一同传世；或者在白话文之类里找出一点古气，反过来替古董增加宠荣。如果"不朽之大业"不过这样，那未免太可怜了罢。而且，到了二九二五年，"黄口小儿"们还要看什么《甲寅》之流，也未免过于可惨罢，即使它"自从孤桐先生下台之后，……也渐渐的有了生气了"。

菲薄古书者，惟读过古书者最有力，这是的确。因为他洞知弊病，能"以子之矛攻子之盾"，正如要说明吸雅片的弊害，大概惟吸过雅片者最为深知，最为痛切一般。但即使"束发小生"，也何至于说，要做戒绝雅片的文章，也得先吸尽几百两雅片才好呢。

古文已经死掉了；白话文还是改革道上的桥梁，因为人类还在进化。便是文章，也未必独有万古不磨的典则。虽然据说美国的某处已经禁讲进化论了，但在实际上，恐怕也终于没有效的。

一九二六年一月二十五日

一点比喻

在我的故乡不大通行吃羊肉，阖城里，每天大约不过杀几匹山羊。北京真是人海，情形可大不相同了，单是羊肉铺就触目皆是。雪白的群羊也常常满街走，但都是胡羊，在我们那里称绵羊的。山羊很少见；听说这在北京却颇名贵了，因为比胡羊聪明，能够率领羊群，悉依它的进止，所以畜牧家虽然偶而养几匹，却只用作胡羊们的领导，并不杀掉它。

这样的山羊我只见过一回，确是走在一群胡羊的前面，脖子上还挂着一个小铃铎，作为智识阶级的徽章。通常，领的赶的却多是牧人，胡羊们便成了一长串，挨挨挤挤，浩浩荡荡，凝着柔顺有余的眼色，跟定他匆匆地竞奔它们的前程。我看见这种认真的忙迫的情形时，心里总想开口向它们发一句愚不可及的疑问——

"往那里去？！"

人群中也很有这样的山羊，能领了群众稳妥平静地走去，直到他们应该走到的所在。袁世凯明白一点这种事，可惜用得不大巧，大概因为他是不很读书的，所以也就难于熟悉运用那些的奥妙。后来的武人可更蠢了，只会自己乱打乱割，乱得哀号之声，洋洋盈耳，结果是除了残虐百姓之外，还加上轻视学问，荒废教育的恶名。然而"经一事，长一智"，二十世纪已过了四分之一，脖子上挂着小铃铎的聪明人是总要交到红运的，虽然现在表面上还不免有些小挫折。

那时候，人们，尤其是青年，就都循规蹈矩，既不嚣张，也不浮动，一心向着"正路"前进了，只要没有人问——

"往那里去？！"

君子若曰："羊总是羊，不成了一长串顺从地走，还有什么别的法子呢？君不见夫猪乎？拖延着，逃着，喊着，奔突着，终于也还是被捉到非去不可的地方去，那些暴动，不过是空费力气而已矣。"

这是说：虽死也应该如羊，使天下太平，彼此省力。

这计划当然是很妥帖，大可佩服的。然而，君不见夫野猪乎？它以两个牙，使老猎人也不免于退避。这牙，只要猪脱出了牧豕奴所造的猪圈，走入山野，不久就会长出来。

Schopenhauer 先生曾将绅士们比作豪猪，我想，这实在有些失体统。但在他，自然是并没有什么别的恶意的，不过拉扯来作一个比喻。《Parerga und Paralipomena》里有着这样意思的话：有一群豪猪，在冬天想用了大家的体温来御寒冷，紧靠起来了，但它们彼此即刻又觉得刺的疼痛，于是乎又离开。然而温暖的必要，再使它们靠近时，却又吃了照样的苦。但它们在这两种困难中，终于发现了彼此之间的适宜的间隔，以这距离，它们能够过得最平安。人们因为社交的要求，聚在一处，又因为各有可厌的许多性质和难堪的缺陷，再使他们分离。他们最后所发现的距离，——使他们得以聚在一处的中庸的距离，就是"礼让"和"上流的风习"。有不守这距离的，在英国就这样叫，"Keep your distance！"①

---

① 英语"保持你的距离"，即不要太亲近的意思。

但即使这样叫，恐怕也只能在豪猪和豪猪之间才有效力罢，因为它们彼此的守着距离，原因是在于痛而不在于叫的。假使豪猪们中夹着一个别的，并没有刺，则无论怎么叫，它们总还是挤过来。孔子说：礼不下庶人。照现在的情形看，该是并非庶人不得接近豪猪，却是豪猪可以任意刺着庶人而取得温暖。受伤是当然要受伤的，但这也只能怪你自己独独没有刺，不足以让他守定适当的距离。孔子又说：刑不上大夫。这就又难怪人们的要做绅士。

　　这些豪猪们，自然也可以用牙角或棍棒来抵御的，但至少必须拚出背一条豪猪社会所制定的罪名："下流"或"无礼"。

　　　　　　　　　　　　　　　一九二六年一月二十五日

不是信

一个朋友忽然寄给我一张《晨报副刊》，我就觉得有些特别，因为他是知道我懒得看这种东西的。但既然特别寄来了，姑且看题目罢：《关于下面一束通信告读者们》。署名是：志摩。哈哈，这是寄来和我开玩笑的，我想；赶紧翻转，便是几封信，这寄那，那寄这，看了几行，才知道似乎还是什么"闲话……闲话"问题。这问题我仅知道一点儿，就是曾在新潮社看见陈源教授即西滢先生的信，说及我"捏造的事实，传布的'流言'，本来已经说不胜说"。不禁好笑；人就苦于不能将自己的灵魂砍成酱，因此能有记忆，也因此而有感慨或滑稽。记得首先根据了"流言"，来判决杨荫榆事件即女师大风潮的，正是这位西滢先生，那大文便登在去年五月三十日发行的《现代评论》上。我不该生长"某籍"又在"某系"教书，所以也被归入"暗中挑剔风潮"者之列，虽然他说还不相信，不过觉得可惜。在这里声明一句罢，以免读者的误解："某系"云者，大约是指国文系，不是说研究系。那时我见了"流言"字样，曾经很愤然，立刻加以驳正，虽然也很自愧没有"十年读书十年养气的工夫"。不料过了半年，这些"流言"却变成由我传布的了，自造自己的"流言"，这真是自己掘坑埋自己，不必说聪明人，便是傻子也想不通。倘说这回的所谓"流言"，并非关于"某籍某系"的，乃是关于不信"流言"的陈源教授的了，则我实在不知道陈教授有怎样的被捏造的事实和流言在社会上传布。说起来惭愧煞人，我不赴宴会，很少往来，也不奔走，也不结什么文艺学术的社团，实在最不合式于做捏造事实和传布流言的枢纽。只是弄弄笔墨是在所不免的，但也不肯以流言为根据，故意给它传布开来，虽然偶有些"耳食之言"，又大抵是无关大体的事；要是错了，即使月久年深，也决不惜追加订正，例如对于汪原放先生"已作古人"一案，其间竟隔了几乎有两年。——但这自然是只对于看过《热风》的读者说的。

这几天，我的"捏……言"罪案，仿佛只等于昙花一现了，《一束通信》的主要部分中，似乎也承情没有将我"流"进去，不过在后屁股的《西滢致志摩》是附带的对我的专论，虽然并非一案，却因为亲属关系而灭族，或文字狱的株连一般。灭族呀，株连呀，又有点"刑名师爷"口吻了，其实这是事实，法家不过给他起了一个名，所谓"正人君子"是不肯说的，虽然不妨这样做。此外如甲对乙先用流言，后来却说乙制造流言这一类事，"刑名师爷"的笔下就简括到只有两个字："反噬"。呜呼，这实在形容得痛快淋漓。然而古语说，"察见渊鱼者不祥"，所以"刑名师爷"总没有好结果，这是我早经知道的。

我猜想那位寄给我《晨报副刊》的朋友的意思了：来刺激我，讥讽我，通知我的，还是要我也说几句话呢？终于不得而知。好，好在现在正须还笔债，就用这一点事来搪塞一通罢，说话最方便的题目是《鲁迅致□□》，既非根据学理和事实的论文，也不是"笑吟吟"的天才的讽刺，不过是私人通信而已，自己何尝愿意发表；无论怎么说，粪坑也好，毛厕也好，决定与"人气"无关。即不然，也是因为生气发热，被别人逼成的，正如别的副刊将被《晨报副刊》"逼死"一样。我的镜子真可恨，照出来的总是要使陈源教授呕吐的东西，但若以赵子昂——"是不是他？"——画马为例，自然恐怕正是我自己。自己是没有什么要紧的，不过总得替□□想一想。现在不是要谈到《西滢致志摩》么，那可是极其危险的事，一不小心就要跌入"泥潭中"，遇到"悻悻的狗"，暂时再也看不见"笑吟吟"。至少，一关涉陈源两个字，你总不免要被公理家认为"某籍"，"某系"，"某党"，"喽罗"，"重女轻男"……等；而且还得小心记住，倘有人说过他是文士，是法兰斯，你便万不可再用"文士"或"法兰斯"字样，否则，——自然，当然又有"某籍"……等等的嫌疑了，我何必如此陷害无辜，《鲁迅致□□》决计不用，所以一直写到这里，还没有题目，且待写下去看罢。

我先前不是刚说我没有"捏造事实"么？那封信里举的却有。说是我说他"同杨荫榆女士有亲戚朋友的关系，并且吃了她许多酒饭"了，其实都不对。杨荫榆女士的善于请酒，我说过的，或者别人也说过，并且偶见于新闻上。现在的有些公论家，自以为中立，其实却偏，或者和事主倒有亲戚，朋友，同学，同乡，……等等关系，甚至于叨光了酒饭，我也说过的。这不是明明白白的么，报社收津贴，连同业中也互讦过，但大家仍都自称为公论。至于陈教授和杨女士是亲戚而且吃了酒饭，那是陈教授自己连结起来的，我没有说曾经吃酒饭，也不能保证未曾吃酒饭，没有说他们是亲戚，也不能保证他们不是亲戚，大概不过是同乡罢，但只要不是"某籍"，同乡有什么要紧呢。绍兴有"刑名师爷"，绍兴人便都是"刑名师爷"的例，是只适用于绍兴的人们的。

我有时泛论一般现状，而无意中触着了别人的伤疤，实在是非常抱歉的事。但这也是没法补救，除非我真去读书养气，一共廿年，被人们骗得老死牖下；或者自己甘心倒掉；或者遭了阴谋。即如上文虽然说明了他们是亲戚并不是我说的话，但因为列举的名词太多了，"同乡"两字，也足以招人"生气"，只要看自己愤然于"流言"中的"某籍"两字，就可想而知。照此看来，这一回的说"叭儿狗"（《莽原半月刊》第一期），怕又有人猜想我是指着他自己，在那里"悻悻"了。其实我不过是泛论，说社会上有神似这个东西的人，因此多说些它的主人：阔人，太监，太太，小姐。本以为这足见我是泛论了，名人们现在那里还有肯跟太监的呢，但是有些人怕仍要忽略了这一层，各各认定了其中的主人之一，而以"叭儿狗"自命。时势实在艰难，我似乎只有专讲上帝，才可以免于危险，而这事又非我所长。但是，倘使所有的只是暴戾之气，还是让它尽量发出来罢，"一群悻悻的狗"，在后面也好，在对面也好。我也知道将什么之气都放在心里，脸上笔下却全都"笑吟吟"，是极其好看的；可是掘不得，小小的挖一个洞，便什么之气都出来了。但其实这倒是真面目。

第二种罪案是"近一些的一个例"，陈教授曾"泛论图书馆的重要"，"说孤桐先生在他未下台以前发表的两篇文章里，这一层'他似乎没看到'。"我却轻轻地改为"听说孤桐先生倒是想到了这一节，曾经发表过文章，然而下台了，很可惜"了。而且还问道："你看见吗，那刀笔吏的笔尖？""刀笔吏"是不会有漏洞的，我却与陈教授的原文不合，所以成了罪案，或者也就不成其为"刀笔吏"了罢。《现代评论》早已不见，全文无从查考，现在就据这一回的话，敬谨改正，为"据说孤桐先生在未下台以前发表的文章里竟也没想到；现在又下了台，目前无法补救了，很可惜"罢。这里附带地声明，我的文字中，大概是用别人的原文用引号，举大意用"据说"，述听来的类似"流言"的用"听说"，和《晨报》大将文例不相同。

第三种罪案是关于我说"北大教授兼京师图书馆副馆长月薪至

少五六百元的李四光"的事，据说已告了一年的假，假期内不支薪，副馆长的月薪又不过二百五十元。别一张《晨副》上又有本人的声明，话也差不多，不过说月薪确有五百元，只是他"只拿二百五十元"，其余的"捐予图书馆购买某种书籍"了。此外还给我许多忠告，这使我非常感谢，但愿意奉还"文士"的称号，我是不属于这一类的。只是我以为告假和辞职不同，无论支薪与否，教授也仍然是教授，这是不待"刀笔吏"才能知道的。至于图书馆的月薪，我确信李教授（或副馆长）现在每月"只拿二百五十元"的现钱，是美国那面的；中国这面的一半，真说不定要拖欠到什么时候才有。但欠帐究竟也是钱，别人的兼差，大抵多是欠帐，连一半现钱也没有，可是早成了有些论客的口实了，虽然其缺点是在不肯及早捐出去。我想，如果此后每月必发，而以学校欠薪作比例，中国的一半是明年的正月间会有的，倘以教育部欠俸作比例，则须十七年正月间才有，那时购买书籍来，我一定就更正，只要我还在做"官僚"，因为这容易得知，我也自信还有这样的记性，不至于今年忘了去年事。但是，倘若又被章士钉们革掉，那就莫明其妙，更正的事也只好作罢了。可是我所说的职衔和钱数，在今日却是事实。

第四种的罪案是……。陈源教授说，"好了，不举例了。"为什么呢？大约是因为"本来已经说不胜说"，或者是在矫正"打笔墨官司的时候，谁写得多，骂得下流，捏造得新奇就是谁的理由大"的恶习之故罢，所以就用三个例来概其全般，正如中国戏上用四个兵卒来象征十万大军一样。此后，就可以结束，漫骂——"正人君子"一定另有名称，但我不知道，只好暂用这加于"下流"人等的行为上的话——了。原文很可以做"正人君子"的真相的标本，删之可惜，扯下来粘在后面罢——

有人同我说，鲁迅先生缺乏的是一面大镜子，所以永远见不到他的尊容。我说他说错了。鲁迅先生的所以这样，正因为他有了一面大镜子。你听见过赵子昂——是不是他？——画马的故事罢？他要画一个姿势，就对镜伏地做出那个姿势来。鲁迅先生的文章也是对了他的大镜子写的，没有一句骂人的话不能应用在他自己的身上。要是你不信，我可以同你打一个赌。

这一段意思很了然，犹言我写马则自己就是马，写狗自己就是狗，说别人的缺点就是自己的缺点，写法兰斯自己就是法兰斯，说"臭毛厕"自己就是臭毛厕，说别人和杨荫榆女士同乡，就是自己和她同乡。赵子昂也实在可笑，要画马，看看真马就够了，何必定作畜生的姿势；他终于还是人，并不沦入马类，总算是侥幸的。不过赵子昂也是"某籍"，所以这也许还是一种"流言"，或自造，或那时的"正人君子"所造都说不定。这只能看作一种无稽之谈。倘若陈源教授似的信以为真，自己也照样做，则写法兰斯的时候坐下做一个法姿势，讲"孤桐先生"的时候立起作一个孤姿势，倒还堂哉皇哉；可是讲"粪车"也就得伏地变成粪车，说"毛厕"即须翻身充当便所，未免连臭架子也有些失掉罢，虽然肚子里本来满是这样的货色。

不是有一次一个报馆访员称我们为"文士"吗？鲁迅先生为了那名字几乎笑掉了牙。可是后来某报天天鼓吹他是"思想界的权威者"他倒又不笑了。

他没有一篇文章里不放几枝冷箭，但是他自己常常的说人"放冷箭"，并且说"放冷箭"是卑劣的行为。

他常常"散布流言"和"捏造事实"，如上面举出来的几个例，但是他自己又常常的骂人"散布流言""捏造事实"，并且承认那样是"下流"。

他常常的无故骂人，要是那人生气，他就说人家没有"幽默"。可是要是有人侵犯了他一言半语，他就跳到半天空，骂得你体无完肤——还不肯罢休。

这是根据了三条例和一个赵子昂故事的结论。其实是称别个为"文士"我也笑，称我为"思想界的权威者"我也笑，但牙却并非"笑掉"，据说是"打掉"的，这较可以使他们快意些。至于"思想界的权威者"等等，我连夜梦里也没有想做过，无奈我和"鼓吹"的人不相识，无从劝止他，不像唱双簧的朋友，可以彼此心照；况且自然会有"文士"来骂倒，更无须自己费力。我也不想借这些头衔去发财发福，有了它于实利上是并无什么好处的。我也曾反对过将自己的小说采入教科书，怕的是教错了青年，记得曾在报上发表；不过这本不是对上流人说的，他们当然不知道。冷箭呢，先是不肯的，后来也放过几枝，但总是对于先"放冷箭"用"流言"的如陈源教授之辈，"请君入瓮"，也给他尝尝这滋味。不过虽然对于他们，也还是明说的时候多，例如《语丝》上的《音乐》就说明是指徐志摩先生，《我的籍和系》和《并非闲话》也分明对西滢即陈源教授而发；此后也还要射，并无悔祸之心。至于署名，则去年以来只用一个，就是陈教授之所谓"鲁迅，即教育部佥事周树人"就是。但在下半年，应将"教育部佥事"五字删去，因为被"孤桐先生"所革；今年却又变了"暂署佥事"了，还未去做，然而豫备去做的，目的是在弄几文俸钱，因为我祖宗没有遗产，老婆没有奁田，文章又不值钱，只好以此暂且糊口。还有一个小目的，是在对于以我去年的免官为"痛快"者，给他一个不舒服，使他恨得扒耳搔腮，忍不住露出本相。至于"流言",则先已说过,正是陈源教授首先发明的专卖品,独有他听到过许多;在我呢,心术是看不见的东西,且勿说,我的躲在家里的生活即不利于作"捏……言"的枢纽。剩下的只有"幽默"问题了,我又没有说过这些话,也没有主张过"幽默",也许将这两字连写,今天还算第一回。我对人是"骂人",人对我是"侵犯了一言半语",这真使我记起我的同乡"刑名师爷"来,而且还是弄着不正经的"出重出轻"的玩意儿的时候。这样看来,一面镜子确是该有的,无论生在那一县。还有罪状哩——

> 他常常挖苦别人家抄袭。有一个学生钞了沫若的几句诗,他老先生骂得刻骨镂心的痛快,可是他自己的《中国小说史略》,却就是根据日本人盐谷温的《支那文学概论讲话》里面的"小说"一部分。其实拿人家的著述做你自己的蓝本,本可以原谅,只要你在书中有那样的声明,可是鲁迅先生就没有那样的声明。在我们看来,你自己做了不正当的事也就罢了,何苦再去挖苦一个可怜的学生,可是他还尽量的把人家刻薄。"窃钩者诛,窃国者侯",本是自古已有的道理。

这"流言"早听到过了;后来见于《闲话》,说是"整大本的摽窃",但不直指我,而同时有些人的口头上,却相传是指我的《中国小说史略》。我相信陈源教授是一定会干这样勾当的。但他既不指名,我也就只回敬他一通骂街,这可实在不止"侵犯了他一言半语"。这回说出来了;我的"以小人之心"也没有猜错了"君子之腹"。但那罪名却改为"做你自己的蓝本"了,比先前轻得多,仿佛比自谦为"一言半语"的"冷箭"钝了一点似的。盐谷氏的书，确是我的参考书之一，我的《小说史略》二十八篇的第二篇，是根据它的，还有论《红楼梦》的几点和一张《贾氏系图》，也是根据它的，但不过是大意，次序和意见就很不同。其他二十六篇，我都有我独立的准备，证据是和他的所说还时常相反。例如现有的汉人小说，他以为真，我以为假；唐人小说的分类他据森槐南，我却用我法。六朝小说他据《汉魏丛书》，我据别本及自己的辑本，这工夫曾经费去两年多，稿本有十册在这里；唐人小说他据谬误最多的《唐人说荟》，我是用《太平广记》的，此外还一本一本搜起来……。其余分量，取舍，考证的不同，尤难枚举。自然，大致是不能不同的，例如他说汉后有唐，唐后有宋，我也这样说，因为都以中国史实为"蓝本"。我无法"捏造得新奇"，虽然塞文狄斯的事实和"四书"合成的时代也不妨创造。但我的意见，却以为似乎不可，因为历史和诗歌小说是两样的。诗歌小说虽有人说同是天才即不妨所见略同，所作相像，但我以为究竟也以独创为贵；历史则是纪事，固然不当偷成书，但也不必全两样。说诗歌小说相类不妨，历史有几点近似便是"摽窃"，那是"正人君子"的特别意见，只在以"一言半语""侵犯""鲁迅先生"时才适用的。好在盐谷氏的书听说（!）已有人译成（?）中文，两书的异点如何，怎样"整大本的摽窃"，还是做"蓝本"，不久（?）就可以明白了。在这以前，我以为恐怕连陈源教授自己也不知道这些底细，因为不过是听来的"耳食之言"。不知道对不对？（盐谷教授的《支那文学概论讲话》的译本，今年夏天看见了，将五百余页的原书，译成了薄薄的一本，那小说一部分，和我的也无从对比了。广告上却道"选译"。措辞实在聪明得很。十月十四日补记。）

但我还要对于"一个学生钞了沫若的几句诗"这事说几句话；"骂得刻骨镂心的痛快"的，似乎并不是我。因为我于诗向不留心，所以也没有看过"沫若的诗"，因此即更不知道别人的是否钞袭。陈源教授的那些话，说得坏一点，就是"捏造事实"，故意挑拨别人对我的恶感，真可以说发挥着他的真本领。说得客气一点呢，他自说写这信时是在"发热"，那一定是热度太高，发了昏，忘记装腔了，不幸显出本相；并且因为自己爬着，所以觉得我"跳到半天空"，自己抓破了皮肤或者一向就破着，却以为被我"骂"破了。——但是，我在有意或无意中碰破了一角纸糊绅士服，那也许倒是有的；此后也保不定。彼此迎面而来，总不免要挤擦，碰磕，也并非"还不肯罢休"。

绅士的跳踉丑态，实在特别好看，因为历来隐藏蕴蓄着，所以一来就比下等人更浓厚。因这一回的放泄，我才悟到陈源教授大概是以为揭发叔华女士的剽窃小说图画的文章，也是我做的，所以早就将"大盗"两字挂在"冷箭"上，射向"思想界的权威者"。殊不知这也不是我做的，我并不看这些小说。"琵亚词侣"的画，我是爱看的，但是没有书，直到那"剽窃"问题发生后，才刺激我去买了一本 Art of A.Beardsley 来，化钱一元七。可怜教授的心目中所看见的并不是我的影，叫跳竟都白费了。遇见的"粪车"，也是境由心造的，正是自己脑子里的货色，要吐的唾沫，还是静静的咽下去罢。

太费纸张了，虽然我不至于娇贵到会发热，但也得赶紧的收梢。然而还得粘上一段大罪状——

据他自己的自传，他从民国元年便做了教育部的官，从没脱离过。所以袁世凯称帝，他在教育部，曹锟贿选，他在教育部，"代表无耻的彭允彝"，做总长，他也在教育部，甚而至于"代表无耻的章士钊"免了他的职后，他还大嚷"佥事这一个官儿倒也并不算怎样的'区区'"，怎样有人在那里钻谋补他的缺，怎样以为无足轻重的人是"慷他人之慨"，如是如是，这样这样……这像"青年叛徒的领袖"吗？

其实一个人做官也不大要紧，做了官再装出这样的面孔来可叫人有些恶心吧了。

现在又有人送他"土匪"的名号了。好一个"土匪"。

苦心孤诣给我加了上去的"土匪"的恶名，这一回忽又否认了，可见唾沫还是静静的咽下去好，免得后来自己舐回去。但是，"文士"别有慧心，那里会给我便宜呢，自然即代以自"袁世凯称帝"以来的罪恶，仿佛"称帝""贿选"那类事，我既在教育部，即等于全由我一手包办似的。这是真的，从那时以来，我确没有带兵独立过，但我也没有冷笑云南起义，也没有希望国民军失败；对于教育部，其实是脱离过两回，一是张勋复辟时，一就是章士钊长部时，前一回以教授的一点才力自然不知道，后一回却忘却得有些离奇。我向来就"装出这样的面孔"，不但毫不顾忌陈源教授可"有些恶心"，对于"孤桐先生"也一样。要在我的面孔上寻出些有趣来，本来是没头脑的妄想，还是去看别的面孔罢。

这类误解似乎不止陈源教授，有些人也往往如此，以为教员清高，官僚是卑下的。真所谓"得意忘形"，"官僚官僚"的骂着。可悲的就在此，现在的骂官僚的人里面，到外国去炸大过一回而且做教员的就很多：所谓"钻谋补他的缺"的也就是这一流，那时我说"佥事这一个官儿倒也并不算怎样的'区区'"，就为此人的乘机想做官而发，刺他一针，聊且快意，不提防竟又被陈教授"刻骨镂心"的记住了，也许又疑心我向他在"放冷箭"了罢。

我并非因为自己是官僚，定要上侪于清高的教授之列，官僚的高下也因人而异，如所谓"孤桐先生"，做官时办《甲寅》，佩服的人就很多，下台之后，听说更有生气了。而我"下台"时所做的文章，岂不是不但并不更有生气，还招了陈源教授的一顿"教训"，而且罪孽深重，延祸"面孔"了么？这是以文才和面孔言；至于从别一方面看，则官僚与教授就有"一丘之貉"之叹，这就是说：钱的来源。国家行政机关的事务官所得的所谓俸钱，国立学校的教授所得的所谓薪水，还不是同一来源，出于国库的么？在曹锟政府下做国立学校的教员，和做官的没有大区别。难道教员的是捐给了学校，所以特别清高了？袁世凯称帝时代，陈源教授或者还在外国的研究室里，是到了曹锟贿选前后才做教授的，比我到北京迟得多，福气也比我好得多。曹锟贿选，他做教授，"代表无耻的彭允彝做总长"，他做教授，"甚而至于'代表无耻的章士钊'做总长"，他自然做教授，我可是被革掉了，甚而至于待到那"甚而至于'代表无耻的章士钊'"不做总长了，他自然还做教授，归国以来，一帆风顺，一个小钉子也没有碰。这当然是因为有适宜的面孔，不"叫人有些恶心"之故喽。看他脸上既无我一样的可厌的"八字胡子"，也可以说没有"官僚的神情"，所以对于他的面孔，却连我也并没有什么大"恶心"，而且仿佛还觉得有趣。这一类的面孔，只要再白胖一点，也许在中国就不可多得了。

不免招我说几句费话的不过是他对镜装成的姿势和"爆发"出来的蕴蓄，但又即刻掩了起来，关上大门，据说"大约不再打这样的笔墨官司"了。前面的香车既经杳然，我且不做叫门的事，因为这些时候所遇到的大概不过几个家丁；而且已是往"国立北京女子师范大学复校纪念会"的时候了，就这样的算收束。

一九二六年二月一日

我还不能"带住"

一月三十日《晨报副刊》上满载着一些东西，现在有人称它为"攻周专号"，真是些有趣的玩意儿，倒可以看见绅士的本色。不知怎的，今天的《晨副》忽然将这事结束，照例用通信，李四光教授开场白，徐志摩"诗哲"接后段，一唱一和，说道"带住！让我们对着混斗的双方猛喝一声，带住！"了。还"声明一句，本刊此后不登载对人攻击的文字"云。

他们的什么"闲话……闲话"问题，本与我没有什么鸟相干，"带住"也好，放开也好，拉拢也好，自然大可以随便玩把戏。但是，前几天不是因为"令兄"关系，连我的"面孔"都攻击过了么？我本没有去"混斗"，倒是株连了我。现在我还没有怎样开口呢，怎么忽然又要"带住"了？从绅士们看来，这自然不过是"侵犯"了我"一言半语"，正无须"跳到半天空"，然而我其实也并没有"跳到半天空"，只是还不能这样地谨听指挥，你要"带住"了，我也就"带住"。

对不起，那些文字我无心细看，"诗哲"所说的要点，似乎是这样闹下去，要失了大学教授的体统，丢了"负有指导青年重责的前辈"的丑，使学生不相信，青年不耐烦了。可怜可怜，有臭赶紧遮起来。"负有指导青年重责的前辈"，有这么多的丑可丢，有那么多的丑怕丢么？用绅士服将"丑"层层包裹，装着好面孔，就是教

305

授，就是青年的导师么？中国的青年不要高帽皮袍，装腔作势的导师；要并无伪饰，——倘没有，也得少有伪饰的导师。倘有戴着假面，以导师自居的，就得叫他除下来，否则，便将它撕下来，互相撕下来。撕得鲜血淋漓，臭架子打得粉碎，然后可以谈后话。这时候，即使只值半文钱，却是真价值；即使丑得要使人"恶心"，却是真面目。略一揭开，便又赶忙装进缎子盒里去，虽然可以使人疑是钻石，也可以猜作粪土，纵使外面满贴着好招牌，法兰斯呀，萧伯讷呀，……毫不中用的!

李四光教授先劝我"十年读书十年养气"。还一句绅士话罢：盛意可感。书是读过的，不止十年，气也养过的，不到十年，可是读也读不好，养也养不好。我是李教授所早认为应当"投畀豺虎"者之一，此时本已不必温言劝谕，说什么"弄到人家无故受累"，难道真以为自己是"公理"的化身，判我以这样巨罚之后，还要我叩谢天恩么？还有，李教授以为我"东方文学家的风味，似乎格外的充足，……所以总要写到露骨到底，才尽他的兴会。"我自己的意见却绝不同。我正因为生在东方，而且生在中国，所以"中庸""稳妥"的余毒，还沦肌浃髓，比起法国的勃罗亚——他简直称大报的记者为"蛆虫"——来，真是"小巫见大巫"，使我自惭究竟不及白人之毒辣勇猛。即以李教授的事为例罢：一，因为我知道李教授是科学家，不很"打笔墨官司"的，所以只要可以不提，便不提；只因为要回敬贵会友一杯酒，这才说出"兼差"的事来。二，关于兼差和薪水一节，已在《语丝》（六五）上答复了，但也还没有"写到露骨到底"。

我自己也知道，在中国，我的笔要算较为尖刻的，说话有时也不留情面。但我又知道人们怎样地用了公理正义的美名，正人君子的徽号，温良敦厚的假脸，流言公论的武器，吞吐曲折的文字，行私利己，使无刀无笔的弱者不得喘息。倘使我没有这笔，也就是被欺侮到赴诉无门的一个；我觉悟了，所以要常用，尤其是用于使麒麟皮下露出马脚。万一那些虚伪者居然觉得一点痛苦，有些省悟，知道技俩也有穷时，少装些假面目，则用了陈源教授的话来说，就是一个"教训"。只要谁露出真价值来，即使只值半文，我决不敢轻薄半句。但是，想用了串戏的方法来哄骗，那是不行的；我知道的，不和你们来敷衍。

"诗哲"为援助陈源教授起见，似乎引过罗曼·罗兰的话，大意是各人的身上都有鬼，但人却只知道打别人身上的鬼。没有细看，说不清了，要是差不多，那就是一并承认了陈源教授的身上也有鬼，李四光教授自然也难逃。他们先前是自以为没有鬼的。假使真知道了自己身上也有鬼，"带住"的事可就容易办了。只要不再串戏，不再摆臭架子，忘却了你们的教授的头衔，且不做指导青年的前辈，将你们的"公理"的旗插到"粪车"上去，将你们的绅士衣装抛到"臭毛厕"里去，除下假面具，赤条条地站出来说几句真话就够了！

一九二六年二月三日

送灶日漫笔

　　坐听着远远近近的爆竹声，知道灶君先生们都在陆续上天，向玉皇大帝讲他的东家的坏话去了，但是他大概终于没有讲，否则，中国人一定比现在要更倒楣。

　　灶君升天的那日，街上还卖着一种糖，有柑子那么大小，在我们那里也有这东西，然而扁的，像一个厚厚的小烙饼。那就是所谓"胶牙饧"了。本意是在请灶君吃了，粘住他的牙，使他不能调嘴学舌，对玉帝说坏话。我们中国人意中的神鬼，似乎比活人要老实些，所以对鬼神要用这样的强硬手段，而于活人却只好请吃饭。

　　今之君子往往讳言吃饭，尤其是请吃饭。那自然是无足怪的，的确不大好听。只是北京的饭店那么多，饭局那么多，莫非都在食蛤蜊，谈风月，"酒酣耳热而歌呜呜"么？不尽然的，的确也有许多"公论"从这些地方播种，只因为公论和请帖之间看不出蛛丝马迹，所以议论便堂哉皇哉了。但我的意见，却以为还是酒后的公论有情。人非木石，岂能一味谈理，碍于情面而偏过去了，在这里正有着人气息。况且中国是一向重情面的。何谓情面？明朝就有人解释过，曰："情面者，面情之谓也。"自然不知道他说什么，但也就可以懂得他说什么。在现今的世上，要有不偏不倚的公论，本来是一种梦想；即使是饭后的公评，酒后的宏议，也何尝不可姑妄听之呢。然而，倘以为那是真正老牌的公论，却一定上当，——但这也

308

不能独归罪于公论家，社会上风行请吃饭而讳言请吃饭，使人们不得不虚假，那自然也应该分任其咎的。

记得好几年前，是"兵谏"之后，有枪阶级专喜欢在天津会议的时候，有一个青年愤愤地告诉我道：他们那里是会议呢，在酒席上，在赌桌上，带着说几句就决定了。他就是受了"公论不发源于酒饭说"之骗的一个，所以永远是愤然，殊不知他那理想中的情形，怕要到二九二五年才会出现呢，或者竟许到三九二五年。

然而不以酒饭为重的老实人，却是的确也有的，要不然，中国自然还要坏。有些会议，从午后二时起，讨论问题，研究章程，此问彼难，风起云涌，一直到七八点，大家就无端觉得有些焦躁不安，脾气愈大了，议论愈纠纷了，章程愈渺茫了，虽说我们到讨论完毕后才散罢，但终于一哄而散，无结果。这就是轻视了吃饭的报应，六七点钟时分的焦躁不安，就是肚子对于本身和别人的警告，而大家误信了吃饭与讲公理无关的妖言，毫不瞅睬，所以肚子就使你演说也没精采，宣言也——连草稿都没有。

但我并不说凡有一点事情，总得到什么太平湖饭店，撷英番菜馆之类里去开大宴；我于那些店里都没有股本，犯不上替他们来拉主顾，人们也不见得都有这么多的钱。我不过说，发议论和请吃饭，现在还是有关系的；请吃饭之于发议论，现在也还是有益处的；虽然，这也是人情之常，无足深怪的。

顺便还要给热心而老实的青年们进一个忠告，就是没酒没饭的开会，时候不要开得太长，倘若时候已晚了，那么，买几个烧饼来吃了再说。这么一办，总可以比空着肚子的讨论容易有结果，容易得收场。

胶牙饧的强硬办法，用在灶君身上我不管它怎样，用之于活人是不大好的。倘是活人，莫妙于给他醉饱一次，使他自己不开口，却不是胶住他。中国人对人的手段颇高明，对鬼神却总有些特别，二十三夜的捉弄灶君即其一例，但说起来也奇怪，灶君竟至于到了现在，还仿佛没有省悟似的。

道士们的对付"三尸神"，可是更利害了。我也没有做过道士，详细是不知道的，但据"耳食之言"，则道士们以为人身中有三尸神，到有一日，便乘人熟睡时，偷偷地上天去奏本身的过恶。这实在是人体本身中的奸细，《封神传演义》常说的"三尸神暴躁，七窍生烟"的三尸神，也就是这东西。但据说要抵制他却不难，因为他上天的日子是有一定的，只要这一日不睡觉，他便无隙可乘，只好将过恶都放在肚子里，再看明年的机会了。连胶牙饧都没得吃，他实在比灶君还不幸，值得同情。

三尸神不上天，罪状都放在肚子里；灶君虽上天，满嘴是糖，在玉皇大帝面前含含胡胡地说了一通，又下来了。对于下界的情形，玉皇大帝一点也听不懂，一点也不知道，于是我们今年当然还是一切照旧，天下太平。

我们中国人对于鬼神也有这样的手段。

我们中国人虽然敬信鬼神；却以为鬼神总比人们傻，所以就用了特别的方法来处治他。至于对人，那自然是不同的了，但还是用了特别的方法来处治，只是不肯说；你一说，据说你就是卑视了他了。诚然，自以为看穿了的话，有时也的确反不免于浅薄。

一九二六年二月五日

谈皇帝

　　中国人的对付鬼神，凶恶的是奉承，如瘟神和火神之类，老实一点的就要欺侮，例如对于土地或灶君。待遇皇帝也有类似的意思。君民本是同一民族，乱世时"成则为王败则为贼"，平常是一个照例做皇帝，许多个照例做平民；两者之间，思想本没有什么大差别。所以皇帝和大臣有"愚民政策"，百姓们也自有其"愚君政策"。

　　往昔的我家，曾有一个老仆妇，告诉过我她所知道，而且相信的对付皇帝的方法。她说——

　　　　皇帝是很可怕的。他坐在龙位上，一不高兴，就要杀人；不容易对付的。所以吃的东西也不能随便给他吃，倘是不容易办到的，他吃了又要，一时办不到；——譬如他冬天想到瓜，秋天要吃桃子，办不到，他就生气，杀人了。现在是一年到头给他吃波菜，一要就有，毫不为难。但是倘说是波菜，他又要生气的，因为这是便宜货，所以大家对他就不称为波菜，另外起一个名字，叫作"红嘴绿鹦哥"。

　　在我的故乡，是通年有波菜的，根很红，正如鹦哥的嘴一样。这样的连愚妇人看来，也是呆不可言的皇帝，似乎大可以不要了。然而并不，她以为要有的，而且应该听凭他作威作福。至于用处，仿佛在靠他来镇压比自己更强梁的别人，所以随便杀人，正是非备不可的要件。然而倘使自己遇到，且须侍奉呢？可又觉得有些危险了，因此只好又将他练成傻子，终年耐心地专吃着"红嘴绿鹦哥"。

其实利用了他的名位，"挟天子以令诸侯"的，和我那老仆妇的意思和方法都相同，不过一则又要他弱，一则又要他愚。儒家的靠了"圣君"来行道也就是这玩意，因为要"靠"，所以要他威重，位高；因为要便于操纵，所以又要他颇老实，听话。

皇帝一自觉自己的无上威权，这就难办了。既然"普天之下，莫非皇土"，他就胡闹起来，还说是"自我得之，自我失之，我又何恨"哩！于是圣人之徒也只好请他吃"红嘴绿鹦哥"了，这就是所谓"天"。据说天子的行事，是都应该体帖天意，不能胡闹的；而这"天意"也者，又偏只有儒者们知道着。

这样，就决定了：要做皇帝就非请教他们不可。

然而不安分的皇帝又胡闹起来了。你对他说"天"么，他却道，"我生不有命在天？！"岂但不仰体上天之意而已，还逆天，背天，"射天"，简直将国家闹完，使靠天吃饭的圣贤君子们，哭不得，也笑不得。

于是乎他们只好去著书立说，将他骂一通，豫计百年之后，即身殁之后，大行于时，自以为这就了不得。

但那些书上，至多就止记着"愚民政策"和"愚君政策"全都不成功。

一九二六年二月十七日。

无花的蔷薇

1

又是 Schopenhauer 先生的话——

"无刺的蔷薇是没有的。——然而没有蔷薇的刺却很多。"

题目改变了一点，较为好看了。

"无花的蔷薇"也还是爱好看。

2

去年，不知怎的这位剧本华尔先生忽然合于我们国度里的绅士们的脾胃了，便拉扯了他的一点《女人论》；我也就夹七夹八地来称引了好几回，可惜都是刺，失了蔷薇，实在大煞风景，对不起绅士们。

记得幼小时候看过一出戏，名目忘却了，一家正在结婚，而勾魂的无常鬼已到，夹在婚仪中间，一同拜堂，一同进房，一同坐床……实在大煞风景，我希望我还不至于这样。

3

有人说我是"放冷箭者"。

我对于"放冷箭"的解释，颇有些和他们一流不同，是说有人受伤，而不知这箭从什么地方射出。所谓"流言"者，庶几近之。但是我，却明明站在这里。

但是我，有时虽射而不说明靶子是谁，这是因为初无"与众共弃"之心，只要该靶子独自知道，知道有了洞，再不要面皮鼓得急绷绷，我的事就完了。

4

蔡子民先生一到上海，《晨报》就据国闻社电报郑重地发表他的谈话，而且加以按语，以为"当为历年潜心研究与冷眼观察之结果，大足诏示国人，且为知识阶级所注意也。"

我很疑心那是胡适之先生的谈话，国闻社的电码有些错误了。

5

豫言者，即先觉，每为故国所不容，也每受同时人的迫害，大人物也时常这样。他要得人们的恭维赞叹时，必须死掉，或者沉默，或者不在面前。

总而言之，第一要难于质证。

如果孔丘，释迦，耶稣基督还活着，那些教徒难免要恐慌。对于他们的行为，真不知道教主先生要怎样慨叹。

所以，如果活着，只得迫害他。

待到伟大的人物成为化石，人们都称他伟人时，他已经变了傀儡了。

有一流人之所谓伟大与渺小，是指他可给自己利用的效果的大

314

小而言。

6

法国罗曼·罗兰先生今年满六十岁了。晨报社为此征文，徐志摩先生于介绍之余，发感慨道："……但如其有人拿一些时行的口号，什么打倒帝国主义等等，或是分裂与猜忌的现象，去报告罗兰先生说这是新中国，我再也不能预料他的感想了。"(《晨副》一二九九)

他住得远，我们一时无从质证，莫非从"诗哲"的眼光看来，罗兰先生的意思，是以为新中国应该欢迎帝国主义的么？

"诗哲"又到西湖看梅花去了，一时也无从质证。不知孤山的古梅，著花也未，可也在那里反对中国人"打倒帝国主义"？

7

志摩先生曰："我很少夸奖人的。但西滢就他学法郎士的文章说，我敢说，已经当得起一句天津话：'有根'了。"而且"像西滢这样，在我看来，才当得起'学者'的名词。"(《晨副》一四二三)

西滢教授曰："中国的新文学运动，方在萌芽，可是稍有贡献的人，如胡适之，徐志摩，郭沫若，郁达夫，丁西林，周氏兄弟等等都是曾经研究过他国文学的人。尤其是志摩他非但在思想方面，就是在体制方面，他的诗及散文，都已经有一种中国文学里从来不曾有过的风格。"(《现代》六三)

虽然抄得麻烦，但中国现今"有根"的"学者"和"尤其"的思想家及文人，总算已经互相选出了。

8

志摩先生曰："鲁迅先生的作品，说来大不敬得很，我拜读过很少，就只《呐喊》集里两三篇小说，以及新近因为有人尊他是中国的尼采他的《热风》集里的几页。他平常零星的东西，我即使看也等于白看，没有看进去或是没有看懂。"（《晨副》一四三三）

西滢教授曰："鲁迅先生一下笔就构陷人家的罪状。……可是他的文章，我看过了就放进了应该去的地方——说句体己话，我觉得它们就不应该从那里出来——手边却没有。"（同上）

虽然抄得麻烦，但我总算已经被中国现在"有根"的"学者"和"尤其"的思想家及文人协力踏倒了。

9

但我愿奉还"曾经研究过他国文学"的荣名。"周氏兄弟"之一，一定又是我了。我何尝研究过什么呢，做学生时候看几本外国小说和文人传记，就能算"研究过他国文学"么？

该教授——恕我打一句"官话"——说过，我笑别人称他们为"文士"，而不笑"某报天天鼓吹"我是"思想界的权威者"。现在不了，不但笑，简直唾弃它。

10

其实呢，被毁则报，被誉则默，正是人情之常。谁能说人的左颊既受爱人接吻而不作一声，就得援此为例，必须默默地将右颊给仇人咬一口呢？

我这回的竟不要那些西滢教授所颁赏陪衬的荣名，"说句体己话"罢，实在是不得已。我的同乡不是有"刑名师爷"的么？他们都知道，有些东西，为要显示他伤害你的时候的公正，在不相干的地方就称赞你几句，似乎有赏有罚，使别人看去，很像无私……。

"带住！"又要"构陷人家的罪状"了。只是这一点，就已经够使人"即使看也等于白看"，或者"看过了就放进了应该去的地方"了。

一九二六年二月二十七日

无花的蔷薇之二

1

英国勃尔根贵族曰："中国学生只知阅英文报纸，而忘却孔子之教。英国之大敌，即此种极力诅咒帝国而幸灾乐祸之学生。……中国为过激党之最好活动场……。"（一九二五年六月三十日伦敦路透电。）

南京通信云："基督教城中会堂聘金大教授某神学博士讲演，中有谓孔子乃耶稣之信徒，因孔子吃睡时皆祷告上帝。当有听众……质问何所据而云然；博士语塞。时乃有教徒数人，突紧闭大门，声言'发问者，乃苏俄卢布买收来者'。当呼警捕之。……"（三月十一日《国民公报》。）

苏俄的神通真是广大，竟能买收叔梁纥，使生孔子于耶稣之前，则"忘却孔子之教"和"质问何所据而云然"者，当然都受着卢布的驱使无疑了。

2

西滢教授曰："听说在'联合战线'中，关于我的流言特别多，并且据说我一个人每月可以领到三千元。'流言'是在口上流的，

318

在纸上到也不大见。"(《现代》六十五。)

该教授去年是只听到关于别人的流言的，却由他在纸上发表；据说今年却听到关于自己的流言了，也由他在纸上发表。"一个人每月可以领到三千元"，实在特别荒唐，可见关于自己的"流言"都不可信。但我以为关于别人的似乎倒是近理者居多。

3

据说"孤桐先生"下台之后，他的什么《甲寅》居然渐渐的有了活气了。可见官是做不得的。

然而他又做了临时执政府秘书长了，不知《甲寅》可仍然还有活气？如果还有，官也还是做得的……。

4

已不是写什么"无花的蔷薇"的时候了。

虽然写的多是刺，也还要些和平的心。

现在，听说北京城中，已经施行了大杀戮了。当我写出上面这些无聊的文字的时候，正是许多青年受弹饮刃的时候。呜呼，人和人的魂灵，是不相通的。

5

中华民国十五年三月十八日，段祺瑞政府使卫兵用步枪大刀，在国务院门前包围虐杀徒手请愿，意在援助外交之青年男女，至数百人之多。还要下令，诬之曰"暴徒"！

如此残虐险狠的行为，不但在禽兽中所未曾见，便是在人类中也极少有的，除却俄皇尼古拉二世使可萨克兵击杀民众的事，仅有一点相像。

6

中国只任虎狼侵食，谁也不管。管的只有几个年青的学生，他们本应该安心读书的，而时局漂摇得他们安心不下。假如当局者稍有良心，应如何反躬自责，激发一点天良？

然而竟将他们虐杀了！

7

假如这样的青年一杀就完，要知道屠杀者也决不是胜利者。

中国要和爱国者的灭亡一同灭亡。屠杀者虽然因为积有金资，可以比较长久地养育子孙，然而必至的结果是一定要到的。"子孙绳绳"又何足喜呢？灭亡自然较迟，但他们要住最不适于居住的不毛之地，要做最深的矿洞的矿工，要操最下贱的生业……。

8

如果中国还不至于灭亡，则已往的史实示教过我们，将来的事便要大出于屠杀者的意料之外——

这不是一件事的结束，是一件事的开头。

墨写的谎说，决掩不住血写的事实。

血债必须用同物偿还。拖欠得愈久，就要付更大的利息！

9

以上都是空话。笔写的，有什么相干？

实弹打出来的却是青年的血。血不但不掩于墨写的谎语，不醉于墨写的挽歌；威力也压它不住，因为它已经骗不过，打不死了。

三月十八日，民国以来最黑暗的一天，写

一九二六年

"死地"

　　从一般人，尤其是久受异族及其奴仆鹰犬的蹂躏的中国人看来，杀人者常是胜利者，被杀者常是劣败者。而眼前的事实也确是这样。

　　三月十八日段政府惨杀徒手请愿的市民和学生的事，本已言语道断，只使我们觉得所住的并非人间。但北京的所谓言论界，总算还有评论，虽然纸笔喉舌，不能使洒满府前的青年的热血逆流入体，仍复苏生转来。无非空口的呼号，和被杀的事实一同逐渐冷落。

　　但各种评论中，我觉得有一些比刀枪更可以惊心动魄者在。这就是几个论客，以为学生们本不应当自蹈死地，前去送死的。倘以为徒手请愿是送死，本国的政府门前是死地，那就中国人真将死无葬身之所，除非是心悦诚服地充当奴子，"没齿而无怨言"。不过我还不知道中国人的大多数人的意见究竟如何。假使也这样，则岂但执政府前，便是全中国，也无一处不是死地了。

　　人们的苦痛是不容易相通的。因为不易相通，杀人者便以杀人为唯一要道，甚至于还当作快乐。然而也因为不容易相通，所以杀人者所显示的"死之恐怖"，仍然不能够儆戒后来，使人民永远变作牛马。历史上所记的关于改革的事，总是先仆后继者，大部分自然是由于公义，但人们的未经"死之恐怖"，即不容易为"死之恐怖"所慑，我以为也是一个很大的原因。

但我却恳切地希望："请愿"的事，从此可以停止了。倘用了这许多血，竟换得一个这样的觉悟和决心，而且永远纪念着，则似乎还不算是很大的折本。

世界的进步，当然大抵是从流血得来。但这和血的数量，是没有关系的，因为世上也尽有流血很多，而民族反而渐就灭亡的先例。即如这一回，以这许多生命的损失，仅博得"自蹈死地"的批判，便已将一部分人心的机微示给我们，知道在中国的死地是极其广博。

现在恰有一本罗曼·罗兰的《Le Jeu de L'Amour et de La Mort》[①] 在我面前，其中说：加尔是主张人类为进步计，即不妨有少许污点，万不得已，也不妨有一点罪恶的；但他们却不愿意杀库尔跋齐，因为共和国不喜欢在臂膊上抱着他的死尸，因为这过于沉重。

会觉得死尸的沉重，不愿抱持的民族里，先烈的"死"是后人的"生"的唯一的灵药，但倘在不再觉得沉重的民族里，却不过是压得一同沦灭的东西。

中国的有志于改革的青年，是知道死尸的沉重的，所以总是"请愿"。殊不知别有不觉得死尸的沉重的人们在，而且一并屠杀了"知道死尸的沉重"的心。

死地确乎已在前面。为中国计，觉悟的青年应该不肯轻死了罢。

一九二六年三月二十五日

---

① 《爱与死的搏斗》，是罗曼·罗兰于一九二四年创作的一部以法国大革命为题材的剧本。

可惨与可笑

三月十八日的惨杀事件，在事后看来，分明是政府布成的罗网，纯洁的青年们竟不幸而陷下去了，死伤至于三百多人。这罗网之所以布成，其关键就全在于"流言"的奏了功效。

这是中国的老例，读书人的心里大抵含着杀机，对于异己者总给他安排下一点可死之道。就我所眼见的而论，凡阴谋家攻击别一派，光绪年间用"康党"，宣统年间用"革党"，民二以后用"乱党"，现在自然要用"共产党"了。其实，去年有些"正人君子"们称别人为"学棍""学匪"的时候，就有杀机存在，因为这类诨号，和"臭绅士""文士"之类不同，在"棍""匪"字里，就藏着可死之道的。但这也许是"刀笔吏"式的深文周纳。

去年，为"整顿学风"计，大传播学风怎样不良的流言，学匪怎样可恶的流言，居然很奏了效。今年，为"整顿学风"计，又大传播共产党怎样活动，怎样可恶的流言，又居然很奏了效。于是便将请愿者作共产党论，三百多人死伤了，如果有一个所谓共产党的首领死在里面，就更足以证明这请愿就是"暴动"。

可惜竟没有。这该不是共产党了罢。据说也还是的，但他们全都逃跑了，所以更可恶。而这请愿也还是暴动，做证据的有一根木棍，两支手枪，三瓶煤油。姑勿论这些是否群众所携去的东西；即使真是，而死伤三百多人所携的武器竟不过这一点，这是怎样可怜

324

的暴动呵!

但次日，徐谦，李大钊，李煜瀛，易培基，顾兆熊的通缉令发表了。因为他们"啸聚群众"，像去年女子师范大学生的"啸聚男生"（章士钊解散女子师范大学呈文语）一样，"啸聚"了带着一根木棍，两支手枪，三瓶煤油的群众。以这样的群众来颠覆政府，当然要死伤三百多人；而徐谦们以人命为儿戏到这地步，那当然应该负杀人之罪了；而况自己又不到场，或者全都逃跑了呢？

以上是政治上的事，我其实不很了然。但从别一方面看来，所谓"严拿"者，似乎倒是赶走；所谓"严拿"暴徒者，似乎不过是赶走北京中法大学校长兼清室善后委员会委员长（李），中俄大学校长（徐），北京大学教授（李大钊），北京大学教务长（顾），女子师范大学校长（易）；其中的三个又是俄款委员会委员：一共空出九个"优美的差缺"也。

同日就又有一种谣言，便是说还要通缉五十多人；但那姓名的一部分，却至今日才见于《京报》。这种计画，在目下的段祺瑞政府的秘书长章士钊之流的脑子里，是确实会有的。国事犯多至五十余人，也是中华民国的一个壮观；而且大概多是教员罢，倘使一同放下五十多个"优美的差缺"，逃出北京，在别的地方开起一个学校来，倒也是中华民国的一件趣事。

那学校的名称，就应该叫作"啸聚"学校。

一九二六年三月二十六日

325

空　谈

一

请愿的事，我一向就不以为然的，但并非因为怕有三月十八日那样的惨杀。那样的惨杀，我实在没有梦想到，虽然我向来常以"刀笔吏"的意思来窥测我们中国人。我只知道他们麻木，没有良心，不足与言，而况是请愿，而况又是徒手，却没有料到有这么阴毒与凶残。能逆料的，大概只有段祺瑞，贾德耀，章士钊和他们的同类罢。四十七个男女青年的生命，完全是被骗去的，简直是诱杀。

有些东西——我称之为什么呢，我想不出——说：群众领袖应负道义上的责任。这些东西仿佛就承认了对徒手群众应该开枪，执政府前原是"死地"，死者就如自投罗网一般。群众领袖本没有和段祺瑞等辈心心相印，也未曾互相钩通，怎么能够料到这阴险的辣手。这样的辣手，只要略有人气者，是万万豫想不到的。

我以为倘要锻炼群众领袖的错处，只有两点：一是还以请愿为有用；二是将对手看得太好了。

二

但以上也仍然是事后的话。我想，当这事实没有发生以前，恐

326

怕谁也不会料到要演这般的惨剧，至多，也不过获得照例的徒劳罢了。只有有学问的聪明人能够先料到，承认凡请愿就是送死。

陈源教授的《闲话》说："我们要是劝告女志士们，以后少加入群众运动，她们一定要说我们轻视她们，所以我们也不敢来多嘴。可是对于未成年的男女孩童，我们不能不希望他们以后不再参加任何运动。"（《现代评论》六十八）为什么呢？因为参加各种运动，是甚至于像这次一样，要"冒枪林弹雨的险，受践踏死伤之苦"的。

这次用了四十七条性命，只购得一种见识：本国的执政府前是"枪林弹雨"的地方，要去送死，应该待到成年，出于自愿的才是。

我以为"女志士"和"未成年的男女孩童"，参加学校运动会，大概倒还不至于有很大的危险的。至于"枪林弹雨"中的请愿，则虽是成年的男志士们，也应该切切记住，从此罢休！

看现在竟如何。不过多了几篇诗文，多了若干谈助。几个名人和什么当局者在接洽葬地，由大请愿改为小请愿了。埋葬自然是最妥当的收场。然而很奇怪，仿佛这四十七个死者，是因为怕老来死后无处埋葬，特来挣一点官地似的。万生园多么近，而四烈士坟前还有三块墓碑不镌一字，更何况僻远如圆明园。

死者倘不埋在活人的心中，那就真真死掉了。

三

改革自然常不免于流血，但流血非即等于改革。血的应用，正如金钱一般，吝啬固然是不行的，浪费也大大的失算。我对于这回的牺牲者，非常觉得哀伤。

但愿这样的请愿，从此停止就好。

请愿虽然是无论那一国度里常有的事，不至于死的事，但我们已经知道中国是例外，除非你能将"枪林弹雨"消除。正规的战法，也必须对手是英雄才适用。汉末总算还是人心很古的时候罢，恕我引一个小说上的典故：许褚赤体上阵，也就很中了好几箭。而金圣叹还笑他道："谁叫你赤膊？"

至于现在似的发明了许多火器的时代，交兵就都用壕堑战。这并非吝惜生命，乃是不肯虚掷生命，因为战士的生命是宝贵的。在战士不多的地方，这生命就愈宝贵。所谓宝贵者，并非"珍藏于家"，乃是要以小本钱换得极大的利息，至少，也必须卖买相当。以血的洪流淹死一个敌人，以同胞的尸体填满一个缺陷，已经是陈腐的话了。从最新的战术的眼光看起来，这是多么大的损失。

这回死者的遗给后来的功德，是在撕去了许多东西的人相，露出那出于意料之外的阴毒的心，教给继续战斗者以别种方法的战斗。

一九二六年四月二日

无花的蔷薇之三

1

积在天津的纸张运不到北京，连印书也颇受战争的影响，我的旧杂感的结集《华盖集》付印两月了，排校还不到一半。可惜先登了一个预告，以致引出陈源教授的"反广告"来——

> 我不能因为我不尊敬鲁迅先生的人格，就不说他的小说好，我也不能因为佩服他的小说，就称赞他其余的文章。我觉得他的杂感，除了《热风》中二三篇外，实在没有一读之价值。（《现代评论》七十一，《闲话》。）

这多么公平！原来我也是"今不如古"了；《华盖集》的销路，比起《热风》来，恐怕要较为悲观。而且，我的作小说，竟不料是和"人格"无关的。"非人格"的一种文字，像新闻记事一般的，倒会使教授"佩服"，中国又仿佛日见其光怪陆离了似的，然则"实在没有一读之价值"的杂感，也许还要存在罢。

2

做那有名的小说《Don Quijote》[①] 的 M.de Cervantes 先生,穷则有之,说他像叫化子,可不过是一种特别流行于中国学者间的流言。他说 Don Quijote 看游侠小说看疯了,便自己去做侠客,打不平。他的亲人知道是书籍作的怪,就请了间壁的理发匠来检查;理发匠选出几部好的留下来,其余的便都烧掉了。

大概是烧掉的罢,记不清楚了;也忘了是多少种。想来,那些入选的"好书"的作家们,当时看了这小说里的书单,怕总免不了要面红耳赤地苦笑的罢。

中国虽然似乎日见其光怪陆离了。然而,乌乎哀哉!我们连"苦笑"也得不到。

3

有人从外省寄快信来问我平安否。他不熟于北京的情形,上了流言的当了。

北京的流言报,是从袁世凯称帝,张勋复辟,章士钊"整顿学风"以还,一脉相传,历来如此的。现在自然也如此。

第一步曰:某方要封闭某校,捕拿某人某人了。这是造给某校某人看,恐吓恐吓的。

第二步曰:某校已空虚,某人已逃走了。这是造给某方看,煽动煽动的。

---

① 《堂吉诃德》

又一步曰：某方已搜检甲校，将搜检乙校了。这是恐吓乙校，煽动某方的。

"平生不作亏心事，夜半敲门不吃惊。"乙校不自心虚，怎能给恐吓呢？然而，少安毋躁罢。还有一步曰：乙校昨夜通宵达旦，将赤化书籍完全焚烧矣。

于是甲校更正，说并未搜检；乙校更正，说并无此项书籍云。

4

于是连卫道的新闻记者，圆稳的大学校长也住进六国饭店，讲公理的大报也摘去招牌，学校的号房也不卖《现代评论》：大有"火炎昆冈，玉石俱焚"之概了。

其实是不至于此的，我想。不过，谣言这东西，却确是造谣者本心所希望的事实，我们可以借此看看一部分人的思想和行为。

5

中华民国九年七月直皖战争开手；八月，皖军溃灭，徐树铮等九人避入日本公使馆。这时还点缀着一点小玩意，是有一些正人君子——不是现在的一些正人君子——去游说直派武人，请他杀戮改革论者了。终于没有结果；便是这事也早从人们的记忆上消去。但试去翻那年八月的《北京日报》，还可以看见一个大广告，里面是什么大英雄得胜之后，必须廓清邪说，诛戮异端等类古色古香的名言。

那广告是有署名的，在此也无须提出。但是，较之现在专躲在暗中的流言家，却又不免令人有"今不如古"之感了。我想，百年前比现在好，千年前比百年前好，万年前比千年前好……特别在中国或者是确凿的。

6

在报章的角落里常看见对青年们的谆谆的教诫：敬惜字纸咧；留心国学咧；伊卜生这样，罗曼•罗兰那样咧。时候和文字是两样了，但含义却使我觉得很耳熟：正如我年幼时所听过的耆宿的教诫一般。

这可仿佛是"今不如古"的反证了。但是，世事都有例外，对于上一节所说的事，这也算作一个例外罢。

一九二六年五月六日

新的蔷薇

——然而还是无花的

因为《语丝》在形式上要改成中本了，我也不想再用老题目，所以破格地奋发，要写出"新的蔷薇"来。

——这回可要开花了？

——嗡嗡，——不见得罢。

我早有点知道：我是大概以自己为主的。所谈的道理是"我以为"的道理，所记的情状是我所见的情状。听说一月以前，杏花和碧桃都开过了。我没有见，我就不以为有杏花和碧桃。

——然而那些东西是存在的。——学者们怕要说。

——好！那么，由它去罢。——这是我敬谨回禀学者们的话。

有些讲"公理"的，说我的杂感没有一看的价值。那是一定的。其实，他来看我的杂感，先就自己失了魂了，——假如也有魂。我的话倘会合于讲"公理"者的胃口，我不也成了"公理维持会"会员了么？我不也成了他，和其余的一切会员了么？我的话不就等于他们的话了么？许多人和许多话不就等于一个人和一番话了么？

公理是只有一个的。然而听说这早被他们拿去了，所以我已经一无所有。

这回"北京城内的外国旗",大约特别地多罢,竟使学者为之愤慨:"……至于东交民巷界线以外,无论中国人外国人,那就不能借插用外国国旗,以为保护生命财产的护符。"

这是的确的。"保护生命财产的护符",我们自有"法律"在。

如果还不放心呢,那么,就用一种更稳妥的旗子:红卍字旗。介乎中外之间,超于"无耻"和有耻之外,——确是好旗子!

从清末以来,"莫谈国事"的条子帖在酒楼饭馆里,至今还没有跟着辫子取消。所以,有些时候,难煞了执笔的人。

但这时却可以看见一种有趣的东西,是:希望别人以文字得祸的人所做的文字。

聪明人的谈吐也日见其聪明了。说三月十八日被害的学生是值得同情的,因为她本不愿去而受了教职员的怂恿。说"那些直接或间接用苏俄的金钱的人"是情有可原的,因为"他们自己可以挨饿,老婆子女却不能不吃饭呵!"

推开了甲而陷没了乙,原谅了情而坐实了罪;尤其是他们的行动和主张,都见得一钱不值了。

然而听说赵子昂的画马,却又是镜中照出来的自己的形相哩。

因为"老婆子女却不能不吃饭",于是自然要发生"节育问题"了。但是先前山格夫人来华的时候,"有些志士"却又大发牢骚,说她要使中国人灭种。

独身主义现今尚为许多人所反对,节育也行不通。为赤贫的绅士计,目前最好的方法,我以为莫如弄一个有钱的女人做老婆。

我索性完全传授了这个秘诀罢:口头上,可必须说是为了"爱"。

"苏俄的金钱"十万元，这回竟弄得教育部和教育界发生纠葛了，因为大家都要一点。

这也许还是因为"老婆子女"之故罢。但这批卢布和那批卢布却不一样的。这是归还的庚子赔款；是拳匪"扶清灭洋"，各国联军入京的余泽。

那年代很容易记：十九世纪末，一九〇〇年。二十六年之后，我们却"间接"用了拳匪的金钱来给"老婆子女"吃饭；如果大师兄有灵，必将爽然若失者欤。

还有，各国用到中国来做"文化事业"的，也是这一笔款……。

一九二六年五月二十三日

为半农题记《何典》后，作

还是两三年前，偶然在光绪五年（1879）印的《申报馆书目续集》上看见《何典》题要，这样说：

> 《何典》十回。是书为过路人编定，缠夹二先生评，而太平客人为之序。书中引用诸人，有曰活鬼者，有曰穷鬼者，有曰活死人者，有曰臭花娘者，有曰畔房小姐者：阅之已堪喷饭。况阅其所记，无一非三家村俗语；无中生有，忙里偷闲。其言，则鬼话也；其人，则鬼名也；其事，则开鬼心，扮鬼脸，钓鬼火，做鬼戏，搭鬼棚也。语曰，"出于何典"？而今而后，有人以俗语为文者，曰"出于《何典》"而已矣。

疑其颇别致，于是留心访求，但不得；常维钧多识旧书肆中人，因托他搜寻，仍不得。今年半农告我已在厂甸庙市中无意得之，且将校点付印；听了甚喜。此后半农便将校样陆续寄来，并且说希望我做一篇短序，他知道我是至多也只能做短序的。然而我还很踌蹰，我总觉得没有这种本领。我以为许多事是做的人必须有这一门特长的，这才做得好。譬如，标点只能让汪原放，做序只能推胡适之，出版只能由亚东图书馆；刘半农，李小峰，我，皆非其选也。然而我却决定要写几句。为什么呢？只因为我终于决定要写几句了。

还未开手，而躬逢战争，在炮声和流言当中，很不宁帖，没有执笔的心思。夹着是得知又有文士之徒在什么报上骂半农了，说《何典》广告怎样不高尚，不料大学教授而竟堕落至于斯。这颇使我凄然，因为由此记起了别的事，而且也以为"不料大学教授而竟堕落至于斯"。从此一见《何典》，便感到苦痛，再也说不出一句话。

是的，大学教授要堕落下去。无论高的或矮的，白的或黑的，或灰的。不过有些是别人谓之堕落，而我谓之困苦。我所谓困苦之一端，便是失了身分。我曾经做过《论"他妈的！"》早有青年道德家乌烟瘴气地浩叹过了，还讲身分么？但是也还有些讲身分。我虽然"深恶而痛绝之"于那些戴着面具的绅士，却究竟不是"学匪"世家；见了所谓"正人君子"固然决定摇头，但和歪人奴子相处恐怕也未必融洽。用了无差别的眼光看，大学教授做一个滑稽的，或者甚而至于夸张的广告何足为奇？就是做一个满嘴"他妈的"的广告也何足为奇？然而呀，这里用得着然而了，我是究竟生在十九世纪的，又做过几年官，和所谓"孤桐先生"同部，官——上等人——气骤不易退，所以有时也觉得教授最相宜的也还是上讲台。又要然而了，然而必须有够活的薪水，兼差倒可以。这主张在教育界大概现在已经有一致赞成之望，去年在什么公理会上一致攻击兼差的公理维持家，今年也颇有一声不响地去兼差的了，不过"大报"上决不会登出来，自己自然更未必做广告。

半农到德法研究了音韵好几年，我虽然不懂他所做的法文书，只知道里面很夹些中国字和高高低低的曲线，但总而言之，书籍具在，势必有人懂得。所以他的正业，我以为也还是将这些曲线教给学生们。可是北京大学快要关门大吉了；他兼差又没有。那么，即使我是怎样的十足上等人，也不能反对他印卖书。既要印卖，自然想多销，既想多销，自然要做广告，既做广告，自然要说好。难道有自己印了书，却发广告说这书很无聊，请列位不必看的么？说我的杂感无一读之价值的广告，那是西滢（即陈源）做的。——顺便在此给自己登一个广告罢：陈源何以给我登这样的反广告的呢，只要一看我的《华盖集》就明白。主顾诸公，看呀！快看呀！每本大洋六角，北新书局发行。

想起来已经有二十多年了，以革命为事的陶焕卿，穷得不堪，在上海自称会稽先生，教人催眠术以糊口。有一天他问我，可有什么药能使人一嗅便睡去的呢？我明知道他怕施术不验，求助于药物了。其实呢，在大众中试验催眠，本来是不容易成功的。我又不知道他所寻求的妙药，爱莫能助。两三月后，报章上就有投书（也许是广告）出现，说会稽先生不懂催眠术，以此欺人。清政府却比这干鸟人灵敏得多，所以通缉他的时候，有一联对句道："著《中国权力史》，学日本催眠术。"

《何典》快要出版了，短序也已经迫近交卷的时候。夜雨潇潇地下着，提起笔，忽而又想到用麻绳做腰带的困苦的陶焕卿，还夹杂些和《何典》不相干的思想。但序文已经迫近了交卷的时候，只得写出来，而且还要印上去。我并非将半农比附"乱党"，——现在的中华民国虽由革命造成，但许多中华民国国民，都仍以那时的革命者为乱党，是明明白白的，——不过说，在此时，使我回忆从前，念及几个朋友，并感到自己的依然无力而已。

但短序总算已经写成，虽然不像东西，却究竟结束了一件事。我还将此时的别的心情写下，并且发表出去，也作为《何典》的广告。

五月二十五日之夜，碰着东壁下，书

一九二六年

马上日记

豫　序

在日记还未写上一字之前，先做序文，谓之豫序。

我本来每天写日记，是写给自己看的；大约天地间写着这样日记的人们很不少。假使写的人成了名人，死了之后便也会印出；看的人也格外有趣味，因为他写的时候不像做《内感篇》外冒篇似的须摆空架子，所以反而可以看出真的面目来。我想，这是日记的正宗嫡派。

我的日记却不是那样。写的是信札往来，银钱收付，无所谓面目，更无所谓真假。例如：二月二日晴，得 A 信；B 来。三月三日雨，收 C 校薪水 X 元，复 D 信。一行满了，然而还有事，因为纸张也颇可惜，便将后来的事写入前一天的空白中。总而言之：是不很可靠的。但我以为 B 来是在二月一，或者二月二，其实不甚有关系，即便不写也无妨；而实际上，不写的时候也常有。我的目的，只在记上谁有来信，以便答复，或者何时答复过，尤其是学校的薪水，收到何年何月的几成几了，零零星星，总是记不清楚，必须有一笔帐，以便检查，庶几乎两不含胡，我也知道自己有多少债放在外面，万一将来收清之后，要成为怎样的一个小富翁。此外呢，什么野心也没有了。

339

吾乡的李慈铭先生，是就以日记为著述的，上自朝章，中至学问，下迄相骂，都记录在那里面。果然，现在已有人将那手迹用石印印出了，每部五十元，在这样的年头，不必说学生，就是先生也无从买起。那日记上就记着，当他每装成一函的时候，早就有人借来借去的传钞了，正不必老远的等待"身后"。这虽然不像日记的正脉，但若有志在立言，意存褒贬，欲人知而又畏人知的，却不妨模仿着试试。什么做了一点白话，便说是要在一百年后发表的书里面的一篇，真是其蠢臭为不可及也。

　　我这回的日记，却不是那样的"有厚望焉"的，也不是原先的很简单的，现在还没有，想要写起来。四五天以前看见半农，说是要编《世界日报》的副刊去，你得寄一点稿。那自然是可以的喽。然而稿子呢？这可着实为难。看副刊的大抵是学生，都是过来人，做过什么"学而时习之不亦说乎论"或"人心不古议"的，一定知道做文章是怎样的味道。有人说我是"文学家"，其实并不是的，不要相信他们的话，那证据，就是我也最怕做文章。

　　然而既然答应了，总得想点法。想来想去，觉得感想倒偶尔也有一点的，平时接着一懒，便搁下，忘掉了。如果马上写出，恐怕倒也是杂感一类的东西。于是乎我就决计：一想到，就马上写下来，马上寄出去，算作我的画到簿。因为这是开首就准备给第三者看的，所以恐怕也未必很有真面目，至少，不利于己的事，现在总还要藏起来。愿读者先明白这一点。

　　如果写不出，或者不能写了，马上就收场。所以这日记要有多么长，现在一点不知道。

　　　　　　　　　　一九二六年六月二十五日，记于东壁下

六月二十五日

晴。

生病。——今天还写这个，仿佛有点多事似的。因为这是十天以前的事，现在倒已经可以算得好起来了。不过余波还没有完，所以也只好将这作为开宗明义章第一。谨案才子立言，总须大嚷三大苦难：一曰穷，二曰病，三曰社会迫害我。那结果，便是失掉了爱人；若用专门名词，则谓之失恋。我的开宗明义虽然近似第二大难，实际上却不然，倒是因为端午节前收了几文稿费，吃东西吃坏了，从此就不消化，胃痛。我的胃的八字不见佳，向来就担不起福泽的。也很想看医生。中医，虽然有人说是玄妙无穷，内科尤为独步，我可总是不相信。西医呢，有名的看资贵，事情忙，诊视也潦草，无名的自然便宜些，然而我总还有些踌蹰。事情既然到了这样，当然只好听凭敝胃隐隐地痛着了。

自从西医割掉了梁启超的一个腰子以后，责难之声就风起云涌了，连对于腰子不很有研究的文学家也都"仗义执言"。同时，"中医了不得论"也就应运而起；腰子有病，何不服黄蓍欤？什么有病，何不吃鹿茸欤？但西医的病院里确也常有死尸抬出。我曾经忠告过 G 先生：你要开医院，万不可收留些看来无法挽回的病人；治好了走出，没有人知道，死掉了抬出，就哄动一时了，尤其是死掉的如果是"名流"。我的本意是在设法推行新医学，但 G 先生却似乎以为我良心坏。这也未始不可以那么想，——由他去罢。

但据我看来，实行我所说的方法的医院可很有，只是他们的本意却并不在要使新医学通行。新的本国的西医又大抵模模胡胡，一出手便先学了中医一样的江湖诀，和水的龙胆丁几两日份八角；漱口的淡硼酸水每瓶一元。至于诊断学呢，我似的门外汉可不得而知。总之，西方的医学在中国还未萌芽，便已近于腐败。我虽然只相信西医，近来也颇有些望而却步了。

前几天和季茀谈起这些事，并且说，我的病，只要有熟人开一个方就好，用不着向什么博士化冤钱。第二天，他就给我请了正在继续研究的 Dr.H.^① 来了。开了一个方，自然要用稀盐酸，还有两样这里无须说；我所最感谢的是又加些 Sirup Simpel^② 使我喝得甜甜的，不为难。向药房去配药，可又成为问题了，因为药房也不免有模模胡胡的，他所没有的药品，也许就替换，或者竟删除。结果是托 Fraeulein H^③. 远远地跑到较大的药房去。

这样一办，加上车钱，也还要比医院的药价便宜到四分之三。

胃酸得了外来的生力军，强盛起来，一瓶药还未喝完，痛就停止了。我决定多喝它几天。但是，第二瓶却奇怪，同一的药房，同一的药方，药味可是不同一了；不像前一回的甜，也不酸。我检查我自己，并不发热，舌苔也不厚，这分明是药水有些蹊跷。喝了两回，坏处倒也没有；幸而不是急病，不大要紧，便照例将它喝完。去买第三瓶时，却附带了严重的质问；那回答是：也许糖分少了一点罢。这意思就是说紧要的药品没有错。中国的事情真是稀奇，糖分少一点，不但不甜，连酸也不酸了，的确是"特别国情"。

现在多攻击大医院对于病人的冷漠，我想，这些医院，将病人当作研究品，大概是有的，还有在院里的"高等华人"，将病人看作下等研究品，大概也是有的。不愿意的，只好上私人所开的医院去，可是诊金药价都很贵。请熟人开了方去买药呢，药水也会先后

---

① 许诗荃，许寿裳兄子。
② 纯糖浆。
③ 德语：H女生，即许广平。

不同起来。

这是人的问题。做事不切实，便什么都可疑。吕端大事不胡涂，犹言小事不妨胡涂点，这自然很足以显示我们中国人的雅量，然而我的胃痛却因此延长了。在宇宙的森罗万象中，我的胃痛当然不过是小事，或者简直不算事。

质问之后的第三瓶药水，药味就同第一瓶一样了。先前的闷胡卢，到此就很容易打破，就是那第二瓶里，是只有一日分的药，却加了两日分的水的，所以药味比正当的要薄一半。

虽然连吃药也那么蹭蹬，病却也居然好起来了。病略见好，H就攻击我头发长，说为什么不赶快去剪发。

这种攻击是听惯的，照例"着毋庸议"。但也不想用功，只是清理抽屉。翻翻废纸，其中有一束纸条，是前几年钞写的；这很使我觉得自己也日懒一日了，现在早不想做这类事。那时大概是想要做一篇攻击近时印书，胡乱标点之谬的文章的，废纸中就钞有很奇妙的例子。要塞进字纸篓里时，觉得有几条总还是爱不忍释，现在钞几条在这里，马上印出，以便"有目共赏"罢。其余的便作为换取火柴之助——

国朝陈锡路黄嬭余话云。唐傅奕考覈道经众本。有项羽妾。本齐武平五年彭城人。开项羽妾冢。得之。（上海进步书局石印本《茶香室丛钞》卷四第二叶。）

国朝欧阳泉点勘记云。欧阳修醉翁亭。记让泉也。本集及滁州石刻。并同诸选本。作酿泉。误也。（同上卷八第七叶。）

袁石公典试秦中。后颇自悔。其少作诗文。皆粹然一出于正。（上海士林精舍石印本《书影》卷一第四叶。）

考……顺治中，秀水又有一陈忱，……著诚斋诗集，不出户庭，录读史随笔，同姓名录诸书。（上海亚东图书馆排印本《水浒续集两种序》第七叶。）

标点古文，确是一种小小的难事，往往无从下笔；有许多处，我常疑心即使请作者自己来标点，怕也不免于迟疑。但上列的几条，却还不至于那么无从索解。末两条的意义尤显豁，而标点也弄得更聪明。

六月二十六日

晴。

上午，得霁野从他家乡寄来的信，话并不多，说家里有病人，别的一切人也都在毫无防备的将被疾病袭击的恐怖中；末尾还有几句感慨。

午后，织芳从河南来，谈了几句，匆匆忙忙地就走了，放下两个包，说这是"方糖"，送你吃的，怕不见得好。织芳这一回有点发胖，又这么忙，又穿着方马褂，我恐怕他将要做官了。

打开包来看时，何尝是"方"的，却是圆圆的小薄片，黄棕色。吃起来又凉又细腻，确是好东西。但我不明白织芳为什么叫它"方糖"？但这也就可以作为他将要做官的一证。

景宋说这是河南一处什么地方的名产，是用柿霜做成的；性凉，如果嘴角上生些小疮之类，用这一搽，便会好。怪不得有这么细腻，原来是凭了造化的妙手，用柿皮来滤过的。可惜到他说明的时候，我已经吃了一大半了。连忙将所余的收起，豫备将来嘴角上生疮的时候，好用这来搽。

夜间，又将藏着的柿霜糖吃了一大半，因为我忽而又以为嘴角上生疮的时候究竟不很多，还不如现在趁新鲜吃一点。不料一吃，就又吃了一大半了。

六月二十八日

晴，大风。

上午出门，主意是在买药，看见满街挂着五色国旗；军警林立。走到丰盛胡同中段，被军警驱入一条小胡同中。少顷，看见大路上黄尘滚滚，一辆摩托车驰过；少顷，又是一辆；少顷，又是一辆；又是一辆；又是一辆……。车中人看不分明，但见金边帽。车边上挂着兵，有的背着扎红绸的板刀；小胡同中人都肃然有敬畏之意。又少顷，摩托车没有了，我们渐渐溜出，军警也不作声。

溜到西单牌楼大街，也是满街挂着五色国旗，军警林立。一群破衣孩子，各各拿着一把小纸片，叫道：欢迎吴玉帅号外呀！一个来叫我买，我没有买。

将近宣武门口，一个黄色制服，汗流满面的汉子从外面走进来，忽而大声道：草你妈！许多人都对他看，但他走过去了，许多人也就不看。走进宣武门城洞下，又是一个破衣孩子拿着一把小纸片，但却默默地将一张塞给我，接来一看，是石印的李国恒先生的传单，内中大意，是说他的多年痔疮，已蒙一个国手叫作什么先生的医好了。

到了目的地的药房时，外面正有一群人围着看两个人的口角；一柄浅蓝色的旧洋伞正挡住药房门。我推那洋伞时，斤量很不轻；终于伞底下回过一个头来，问我"干什么？"我答说进去买药。他不作声，又回头去看口角去了，洋伞的位置依旧。我只好下了十二分的决心，猛力冲锋；一冲，可就冲进去了。

药房里只有帐桌上坐着一个外国人，其余的店伙都是年青的同胞，服饰干净漂亮。不知怎地，我忽而觉得十年以后，他们便都要变为高等华人，而自己却现在就有下等人之感。于是乎恭恭敬敬地将药方和瓶子捧呈给一位分开头发的同胞。

"八毛五分。"他接了，一面走，一面说。

"喂！"我实在耐不住，下等脾气又发作了。药价八毛，瓶子钱照例五分，我是知道的。现在自己带了瓶子，怎么还要付五分钱呢？这一个"喂"字的功用就和国骂的"他妈的"相同，其中含有这么多的意义。

"八毛！"他也立刻懂得，将五分钱让去，真是"从善如流"，有正人君子的风度。

我付了八毛钱，等候一会，药就拿出来了。我想，对付这一种同胞，有时是不宜于太客气的。于是打开瓶塞，当面尝了一尝。

"没有错的。"他很聪明，知道我不信任他。

"唔。"我点头表示赞成。其实是，还是不对，我的味觉不至于很麻木，这回觉得太酸了一点了，他连量杯也懒得用，那稀盐酸分明已经过量。然而这于我倒毫无妨碍的，我可以每回少喝些，或者对上水，多喝它几回。所以说"唔"；"唔"者，介乎两可之间，莫明其真意之所在之答话也。

"回见回见！"我取了瓶子，走着说。

"回见。不喝水么？"

"不喝了。回见。"

我们究竟是礼教之邦的国民，归根结蒂，还是礼让。让出了玻璃门之后，在大毒日头底下的尘土中趱行，行到东长安街左近，又是军警林立。我正想横穿过去，一个巡警伸手拦住道：不成！我说

346

只要走十几步，到对面就好了。他的回答仍然是：不成！那结果，是从别的道路绕。

绕到 L 君[①] 的寓所前，便打门，打出一个小使来，说 L 君出去了，须得午饭时候才回家。我说，也快到这个时候了，我在这里等一等罢。他说：不成！你贵姓呀？这使我很狼狈，路既这么远，走路又这么难，白走一遭，实在有些可惜。我想了十秒钟，便从衣袋里挖出一张名片来，叫他进去禀告太太，说有这么一个人，要在这里等一等，可以不？约有半刻钟，他出来了，结果是：也不成！先生要三点钟才回来哩，你三点钟再来罢。

又想了十秒钟，只好决计去访 C 君[②]，仍在大毒日头底下的尘土中趱行，这回总算一路无阻，到了。打门一问，来开门的答道：去看一看可在家。我想：这一次是大有希望了。果然，即刻领我进客厅，C 君也跑出来。我首先就要求他请我吃午饭。于是请我吃面包，还有葡萄酒；主人自己却吃面。那结果是一盘面包被我吃得精光，虽然另有奶油，可是四碟菜也所余无几了。

吃饱了就讲闲话，直到五点钟。

客厅外是很大的一块空地方，种着许多树。一株频果树下常有孩子们徘徊；C 君说，那是在等候频果落下来的；因为有定律：谁拾得就归谁所有。我很笑孩子们耐心，肯做这样的迂远事。然而奇怪，到我辞别出去时，我看见三个孩子手里已经各有一个频果了。

回家看日报，上面说："……吴在长辛店留宿一宵。除上述原因外，尚有一事，系吴由保定启程后，张其锽曾为吴卜一课，谓二十八日入京大利，必可平定西北。二十七日入京欠佳。吴颇以为然。此亦吴氏迟一日入京之由来也。"因此又想起我今天"不成"

---

① 指刘半农。

② 指齐宗颐（1881—1965），字寿山。曾任职北洋政府教育部，和作者是同事。

了大半天，运气殊属欠佳，不如也卜一课，以觇晚上的休咎罢。但我不明卜法，又无筮龟，实在无从措手。后来发明了一种新法，就是随便拉过一本书来，闭了眼睛，翻开，用手指指下去，然后张开眼，看指着的两句，就算是卜辞。

用的是《陶渊明集》，如法泡制，那两句是："寄意一言外，兹契谁能别。"详了一会，竟不知道是怎么一回事。

一九二六年

马上支日记

　　前几天会见小峰，谈到自己要在半农所编的副刊上投点稿，那名目是《马上日记》。小峰怃然曰，回忆归在《旧事重提》中，目下的杂感就写进这日记里面去……。意思之间，似乎是说：你在《语丝》上做什么呢？——但这也许是我自己的疑心病。我那时可暗暗地想：生长在敢于吃河豚的地方的人，怎么也会这样拘泥？政党会设支部，银行会开支店，我就不会写支日记的么？因为《语丝》上须投稿，而这暗想马上就实行了，于是乎作支日记。

六月二十九日

晴。

　　早晨被一个小蝇子在脸上爬来爬去爬醒，赶开，又来；赶开，又来；而且一定要在脸上的一定的地方爬。打了一回，打它不死，只得改变方针：自己起来。

　　记得前年夏天路过 S 州①，那客店里的蝇群却着实使人惊心动魄。饭菜搬来时，它们先追逐着赏鉴；夜间就停得满屋，我们就

————————
①　指河南陕州（今河南三门峡市陕县）。

枕，必须慢慢地，小心地放下头去，倘若猛然一躺，惊动了它们，便轰的一声，飞得你头昏眼花，一败涂地。到黎明，青年们所希望的黎明，那自然就照例地到你脸上来爬来爬去了。但我经过街上，看见一个孩子睡着，五六个蝇子在他脸上爬，他却睡得甜甜的，连皮肤也不牵动一下。在中国过活，这样的训练和涵养工夫是万不可少的。与其鼓吹什么"捕蝇"，倒不如练习这一种本领来得切实。

什么事都不想做。不知道是胃病没有全好呢，还是缺少了睡眠时间。仍旧懒懒地翻翻废纸，又看见几条《茶香室丛钞》式的东西。已经团入字纸篓里的了，又觉得"弃之不甘"，挑一点关于《水浒传》的，移录在这里罢——

　　宋洪迈《夷坚甲志》十四云："绍兴二十五年，吴傅朋说除守安丰军，自番阳遣一卒往呼吏士，行至舒州境，见村民攘攘，十百相聚，因弛担观之。其人曰，吾村有妇人为虎衔去，其夫不胜愤，独携刀往探虎穴，移时不反，今谋往救也。久之，民负死妻归，云，初寻迹至穴，虎牝牡皆不在，有二子戏岩窦下，即杀之，而隐其中以俟。少顷，望牝者衔一人至，倒身入穴，不知人藏其中也。吾急持尾，断其一足。虎弃所衔人，跟而窜；徐出视之，果吾妻也，死矣。虎曳足行数十步，堕涧中。吾复入窦伺，牡者俄咆跃而至，亦以尾先入，又如前法杀之。妻冤已报，无憾矣。乃邀邻里往视，舆四虎以归，分烹之。"案《水浒传》叙李逵沂岭杀四虎事，情状极相类，疑即本此等传说作之。《夷坚甲志》成于乾道初（1165），此条题云《舒民杀四虎》。

宋庄季裕《鸡肋编》中云："浙人以鸭儿为大讳。北人但知鸭羹虽甚热，亦无气。后至南方，乃始知鸭若只一雄，则虽合而无卵，须二三始有子，其以为讳者，盖为是耳，不在于无气也。"案《水浒传》叙郓哥向武大索麦稃，武大道："我屋里又不养鹅鸭，那里有这麦稃？"郓哥道："你说没麦稃，怎地栈得肥地，便颠倒提起你来也不妨，煮你在锅里也没气？"武大道："含鸟猢狲！倒骂得我好。我的老婆又不偷汉子，我如何是鸭？……"鸭必多雄始孕，盖宋时浙中俗说，今已不知。然由此可知《水浒传》确为旧本，其著者则浙人；虽庄季裕，亦仅知鸭羹无气而已。《鸡肋编》有绍兴三年（1133）序，去今已将八百年。

元陈泰《所安遗集》《江南曲序》云："余童卝时，闻长老言宋江事，未究其详。至治癸亥秋九月十六日，过梁山泊，舟遥见一峰，嵲雄跨，问之篙师，曰，此安山也，昔宋江事处，绝湖为池，阔九十里，皆藁荷菱芡，相传以为宋妻所植。宋之为人，勇悍狂侠，其党如宋者三十六人。至今山下有分赃台，置石座三十六所，俗所谓'去时三十六，归时十八双'，意者其自誓之辞也。始予过此，荷花弥望，今无复存者，惟残香相送耳。因记王荆公诗云：'三十六陂春水，白头想见江南。'味其词，作《江南曲》以叙游历，且以慰宋妻种荷之意云。（原注：曲因蠹损无存。）"案宋江有妻在梁山泺中，且植芰荷，仅见于此；而谓江勇悍狂侠，亦与今所传性格绝殊，知《水浒》故事，宋元来异说多矣。泰字志同，号所安，茶陵人，延祐甲寅（1314），以《天马赋》中省试第十二名，会试赐乙卯科张起岩榜进士第，由翰林庶吉士改授龙南令，卒官。至曾孙朴，始集其遗文为一卷。成化丁未，来孙铨等又并补遗重刊之。《江南曲》即在补遗中，而失其诗。近《涵芬楼秘笈》第十集收金侃手写本，则并序失之矣。"舟遥见一峰"及"昔宋江事处"二句，当有脱误，未见别本，无以正之。

七月一日

晴。

上午，空六来谈；全谈些报纸上所载的事，真伪莫辨。许多工夫之后，他走了，他所谈的我几乎都忘记了，等于不谈。只记得一件：据说吴佩孚大帅在一处宴会的席上发表，查得赤化的始祖乃是蚩尤，因为"蚩""赤"同音，所以蚩尤即"赤尤"，"赤尤"者，就是"赤化之尤"的意思；说毕，合座为之"欢然"云。

太阳很烈，几盆小草花的叶子有些垂下来了，浇了一点水。田妈忠告我：浇花的时候是每天必须一定的，不能乱；一乱，就有害。我觉得有理，便踌躇起来；但又想，没有人在一定的时候来浇花，我又没有一定的浇花的时候，如果遵照她的学说，那些小花可只好晒死罢了。即使乱浇，总胜于不浇；即使有害，总胜于晒死罢。便继续浇下去，但心里自然也不大踊跃。下午，叶子都直起来了，似乎不甚有害，这才放了心。

灯下太热，夜间便在暗中呆坐着，凉风微动，不觉也有些"欢然"。人倘能够"超然象外"，看看报章，倒也是一种清福。我对于报章，向来就不是博览家，然而这半年来，已经很遇见了些铭心绝品。远之，则如段祺瑞执政的《二感篇》，张之江督办的《整顿学风电》，陈源教授的《闲话》；近之，则如丁文江督办（?）的自称"书呆子"演说，胡适之博士的英国庚款答问，牛荣声先生的"开倒车"论（见《现代评论》七十八期），孙传芳督军的与刘海粟先生论美术书。但这些比起赤化源流考来，却又相去不可以道里计。今年春天，张之江督办明明有电报来赞成枪毙赤化嫌疑的学生，而弄到底自己还是逃不出赤化。这很使我莫明其妙；现在既知道蚩尤是赤化的祖师，那疑团可就冰释了。蚩尤曾打炎帝，炎帝也是"赤魁"。炎者，火德也，火色赤；帝不就是首领么？所以三一八惨案，即等于以赤讨赤，无论那一面，都还是逃不脱赤化的名称。

这样巧妙的考证天地间委实不很多，只记得先前在日本东京时，看见《读卖新闻》上逐日登载着一种大著作，其中有黄帝即亚伯拉罕的考据。大意是日本称油为"阿蒲拉"（Abura），油的颜色大概是黄的，所以"亚伯拉"就是"黄"。至于"帝"，是与"罕"形近，还是与"可汗"音近呢，我现在可记不真确了，总之：阿伯拉罕即油帝，油帝就是黄帝而已。篇名和作者，现在也都忘却，只记得后来还印成一本书，而且还只是上卷。但这考据究竟还过于弯曲，不深究也好。

七月二日

晴。

午后，在前门外买药后，绕到东单牌楼的东亚公司闲看。这虽然不过是带便贩卖一点日本书，可是关于研究中国的就已经很不少。因为或种限制，只买了一本安冈秀夫所作的《从小说看来的支那民族性》就走了，是薄薄的一本书，用大红深黄做装饰的，价一元二角。

傍晚坐在灯下，就看看那本书，他所引用的小说有三十四种，但其中也有其实并非小说和分一部为几种的。蚊子来叮了好几口，虽然似乎不过一两个，但是坐不住了，点起蚊烟香来，这才总算渐渐太平下去。

安冈氏虽然很客气，在绪言上说，"这样的也不仅只支那人，便是在日本，怕也有难于漏网的。"但是，"一测那程度的高下和范围的广狭，则即使夸称为支那的民族性，也毫无应该顾忌的处所，"所以从支那人的我看来，的确不免汗流浃背。只要看目录就明白了：一，总说；二，过度置重于体面和仪容；三，安运命而肯罢休；四，能耐能忍；五，乏同情心多残忍性；六，个人主义和事大主义；七，过度的俭省和不正的贪财；八，泥虚礼而尚虚文；九，迷信深；十，耽享乐而淫风炽盛。

他似乎很相信 Smith[1] 的《Chinese Characteristics》，常常引为典据。这书在他们，二十年前就有译本，叫作《支那人气质》；但是支那人的我们却不大有人留心它。第一章就是 Smith 说，以为支那人是颇有点做戏气味的民族，精神略有亢奋，就成了戏子样，一字一句，一举手一投足，都装模装样，出于本心的分量，倒还是撑场面的分量多。这就是因为太重体面了，总想将自己的体面弄得十足，所以敢于做出这样的言语动作来。总而言之，支那人的重要的国民性所成的复合关键，便是这"体面"。

我们试来博观和内省，便可以知道这话并不过于刻毒。相传为戏台上的好对联，是"戏场小天地，天地大戏场"。大家本来看得一切事不过是一出戏，有谁认真的，就是蠢物。但这也并非专由积

---

[1] 史密斯（1845—1932），美国传教士，曾长期留居中国。其书现译作《中国人的气质》。

极的体面，心有不平而怯于报复，也便以万事是戏的思想了之。万事既然是戏，则不平也非真，而不报也非怯了。所以即使路见不平，不能拔刀相助，也还不失其为一个老牌的正人君子。

我所遇见的外国人，不知道可是受了 Smith 的影响，还是自己实验出来的，就很有几个留心研究着中国人之所谓"体面"或"面子"。但我觉得，他们实在是已经早有心得，而且应用了，倘若更加精深圆熟起来，则不但外交上一定胜利，还要取得上等"支那人"的好感情。这时须连"支那人"三个字也不说，代以"华人"，因为这也是关于"华人"的体面的。

我还记得民国初年到北京时，邮局门口的扁额是写着"邮政局"的，后来外人不干涉中国内政的叫声高起来，不知道是偶然还是什么，不几天，都一律改了"邮务局"了。外国人管理一点邮"务"，实在和内"政"不相干，这一出戏就一直唱到现在。

向来，我总不相信国粹家道德家之类的痛哭流涕是真心，即使眼角上确有珠泪横流，也须检查他手巾上可浸着辣椒水或生姜汁。什么保存国故，什么振兴道德，什么维持公理，什么整顿学风……心里可真是这样想？一做戏，则前台的架子，总与在后台的面目不相同。但看客虽然明知是戏，只要做得像，也仍然能够为它悲喜，于是这出戏就做下去了；有谁来揭穿的，他们反以为扫兴。

中国人先前听到俄国的"虚无党"三个字，便吓得屁滚尿流，不下于现在之所谓"赤化"。其实是何尝有这么一个"党"；只是"虚无主义者"或"虚无思想者"却是有的，是都介涅夫（I. Turgeniev）给创立出来的名目，指不信神，不信宗教，否定一切传统和权威，要复归那出于自由意志的生活的人物而言。但是，这样的人物，从中国人看来也就已经可恶了。然而看看中国的一些人，至少是上等人，他们的对于神，宗教，传统的权威，是"信"和

"从"呢，还是"怕"和"利用"？只要看他们的善于变化，毫无特操，是什么也不信从的，但总要摆出和内心两样的架子来。要寻虚无党，在中国实在很不少；和俄国的不同的处所，只在他们这么想，便这么说，这么做，我们的却虽然这么想，却是那么说，在后台这么做，到前台又那么做……。将这种特别人物，另称为"做戏的虚无党"或"体面的虚无党"以示区别罢，虽然这个形容词和下面的名词万万联不起来。

夜，寄品青信，托他向孔德学校去代借《间邱辨囿》。

夜半，在决计睡觉之前，从日历上将今天的一张撕去，下面这一张是红印的。我想，明天还是星期六，怎么便用红字了呢？仔细看时，有两行小字道："马厂誓师再造共和纪念"。我又想，明天可挂国旗呢？……于是，不想什么，睡下了。

七月三日

晴。

热极，上半天玩，下半天睡觉。

晚饭后在院子里乘凉，忽而记起万牲园，因此说：那地方在夏天倒也很可看，可惜现在进不去了。田妈就谈到那管门的两个长人，说最长的一个是她的邻居，现在已经被美国人雇去，往美国了，薪水每月有一千元。

这话给了我一个很大的启示。我先前看见《现代评论》上保举十一种好著作，杨振声先生的小说《玉君》即是其中的一种，理由之一是因为做得"长"。我于这理由一向总有些隔膜，到七月三日即"马厂誓师再造共和纪念"的晚上这才明白了："长"，是确有价值的。《现代评论》的以"学理和事实"并重自许，确也说得出，做得到。

今天到我的睡觉时为止，似乎并没有挂国旗，后半夜补挂与否，我不知道。

七月四日

晴。

早晨，仍然被一个蝇子在脸上爬来爬去爬醒，仍然赶不走，仍然只得自己起来。品青的回信来了，说孔德学校没有《闾邱辨囿》。

也还是因为那一本《从小说看来的支那民族性》。因为那里面讲到中国的肴馔，所以也就想查一查中国的肴馔。我于此道向来不留心，所见过的旧记，只有《礼记》里的所谓"八珍"，《酉阳杂俎》里的一张御赐菜帐和袁枚名士的《随园食单》。元朝有和斯辉的《饮馔正要》，只站在旧书店头翻了一翻，大概是元版的，所以买不起。唐朝的呢，有杨煜的《膳夫经手录》，就收在《闾邱辨囿》中。现在这书既然借不到，只好拉倒了。

近年尝听到本国人和外国人颂扬中国菜，说是怎样可口，怎样卫生，世界上第一，宇宙间第 n。但我实在不知道怎样的是中国菜。我们有几处是嚼葱蒜和杂合面饼，有几处是用醋，辣椒，腌菜下饭；还有许多人是只能舐黑盐，还有许多人是连黑盐也没得舐。中外人士以为可口，卫生，第一而第 n 的，当然不是这些；应该是阔人，上等人所吃的肴馔。但我总觉得不能因为他们这么吃，便将中国菜考列一等，正如去年虽然出了两三位"高等华人"，而别的人们也还是"下等"的一般。

安冈氏的论中国菜，所引据的是威廉士的《中国》（《Middle Kingdom by Williams》），在最末《耽享乐而淫风炽盛》这一篇中。

357

其中有这么一段——

> 这好色的国民，便在寻求食物的原料时，也大概以所想像的性欲底效能为目的。从国外输入的特殊产物的最多数，就是认为含有这种效能的东西。……在大宴会中，许多菜单的最大部分，即是想像为含有或种特殊的强壮剂底性质的奇妙的原料所做。……

我自己想，我对于外国人的指摘本国的缺失，是不很发生反感的，但看到这里却不能不失笑。筵席上的中国菜诚然大抵浓厚，然而并非国民的常食；中国的阔人诚然很多淫昏，但还不至于将肴馔和壮阳药并合。"纣虽不善，不如是之甚也。"研究中国的外国人，想得太深，感得太敏，便常常得到这样——比"支那人"更有性底敏感——的结果。

安冈氏又自己说——

> 笋和支那人的关系，也与虾正相同。彼国人的嗜笋，可谓在日本人以上。虽然是可笑的话，也许是因为那挺然翘然的姿势，引起想像来的罢。

会稽至今多竹。竹，古人是很宝贵的，所以曾有"会稽竹箭"的话。然而宝贵它的原因是在可以做箭，用于战斗，并非因为它"挺然翘然"像男根。多竹，即多笋；因为多，那价钱就和北京的白菜差不多。我在故乡，就吃了十多年笋，现在回想，自省，无论如何，总是丝毫也寻不出吃笋时，爱它"挺然翘然"的思想的影子来。因为姿势而想像它的效能的东西是有一种的，就是肉苁蓉，然而那是药，不是菜。总之，笋虽然常见于南边的竹林中和食桌上，正如街头的电干和屋里的柱子一般，虽"挺然翘然"，和色欲的大小大概是没有什么关系的。

然而洗刷了这一点，并不足证明中国人是正经的国民。要得结论，还很费周折罢。可是中国人偏不肯研究自己。安冈氏又说，"去今十余年前，有……称为《留东外史》这一种不知作者的小说，似乎是记事实，大概是以恶意地描写日本人的性底不道德为目的的。然而通读全篇，较之攻击日本人，倒是不识不知地将支那留学生的不品行，特地费了力招供出来的地方更其多，是滑稽的事。"这是真的，要证明中国人的不正经，倒在自以为正经地禁止男女同学，禁止模特儿这些事件上。

我没有恭逢过奉陪"大宴会"的光荣，只是经历了几回中宴会，吃些燕窝鱼翅。现在回想，宴中宴后，倒也并不特别发生好色之心。但至今觉得奇怪的，是在燉，蒸，煨的烂熟的肴馔中间，夹着一盘活活的醉虾。据安冈氏说，虾也是与性欲有关系的；不但从他，我在中国也听到过这类话。然而我所以为奇怪的，是在这两极端的错杂，宛如文明烂熟的社会里，忽然分明现出茹毛饮血的蛮风来。而这蛮风，又并非将由蛮野进向文明，乃是已由文明落向蛮野，假如比前者为白纸，将由此开始写字，则后者便是涂满了字的黑纸罢。一面制礼作乐，尊孔读经，"四千年声明文物之邦"，真是火候恰到好处了，而一面又坦然地放火杀人，奸淫掳掠，做着虽蛮人对于同族也还不肯做的事……全个中国，就是这样的一席大宴会！

我以为中国人的食物，应该去掉煮得烂熟，萎靡不振的；也去掉全生，或全活的。应该吃些虽然熟，然而还有些生的带着鲜血的肉类……。

正午，照例要吃午饭了，讨论中止。菜是：干菜，已不"挺然翘然"的笋干，粉丝，腌菜。对于绍兴，陈源教授所憎恶的是"师

359

爷"和"刀笔吏的笔尖"，我所憎恶的是饭菜。《嘉泰会稽志》已在石印了，但还未出版，我将来很想查一查，究竟绍兴遇着过多少回大饥馑，竟这样地吓怕了居民，仿佛明天便要到世界末日似的，专喜欢储藏干物品。有菜，就晒干；有鱼，也晒干；有豆，又晒干；有笋，又晒得它不像样；菱角是以富于水分，肉嫩而脆为特色的，也还要将它风干……。听说探险北极的人，因为只吃罐头食物，得不到新东西，常常要生坏血病；倘若绍兴人肯带了干菜之类去探险，恐怕可以走得更远一点罢。

晚，得乔峰信并丛芜所译的布宁的短篇《轻微的欷歔》稿，在上海的一个书店里默默地躺了半年，这回总算设法讨回来了。

中国人总不肯研究自己。从小说来看民族性，也就是一个好题目。此外，则道士思想（不是道教，是方士）与历史上大事件的关系，在现今社会上的势力；孔教徒怎样使"圣道"变得和自己的无所不为相宜；战国游士说动人主的所谓"利""害"是怎样的，和现今的政客有无不同；中国从古到今有多少文字狱；历来"流言"的制造散布法和效验等等……可以研究的新方面实在多。

七月五日

晴。

晨，景宋将《小说旧闻钞》的一部分理清送来。自己再看了一遍，到下午才毕，寄给小峰付印。天气实在热得可以。

觉得疲劳。晚上，眼睛怕见灯光，熄了灯躺着，仿佛在享福。听得有人打门，连忙出去开，却是谁也没有，跨出门去根究，一个小孩子已在暗中逃远了。

关了门，回来，又躺下，又仿佛在享福。一个行人唱着戏文走过去，余音袅袅，道，"咿，咿，咿！"不知怎地忽然想起今天校过的《小说旧闻钞》里的强汝询老先生的议论来。这位先生的书斋就叫作求有益斋，则在那斋中写出来的文章的内容，也就可想而知。他自己说，诚不解一个人何以无聊到要做小说，看小说。但于古小说的判决却从宽，因为他古，而且昔人已经著录了。

憎恶小说的也不只是这位强先生，诸如此类的高论，随在可以闻见。但我们国民的学问，大多数却实在靠着小说，甚至于还靠着从小说编出来的戏文。虽是崇奉关岳的大人先生们，倘问他心目中的这两位"武圣"的仪表，怕总不免是细着眼睛的红脸大汉和五绺长须的白面书生，或者还穿着绣金的缎甲，脊梁上还插着四张尖角旗。

近来确是上下同心，提倡着忠孝节义了，新年到庙市上去看年画，便可以看见许多新制的关于这类美德的图。然而所画的古人，却没有一个不是老生，小生，老旦，小旦，末，外，花旦……。

七月六日

晴。

午后，到前门外去买药。配好之后，付过钱，就站在柜台前喝了一回份。其理由有三：一，已经停了一天了，应该早喝；二，尝尝味道，是否不错的；三，天气太热，实在有点口渴了。

不料有一个买客却看得奇怪起来。我不解这有什么可以奇怪的；然而他竟奇怪起来了，悄悄地向店伙道：

"那是戒烟药水罢？"

"不是的！"店伙替我维持名誉。

"这是戒大烟的罢？"他于是直接地问我了。

我觉得倘不将这药认作"戒烟药水"，他大概是死不瞑目的。人生几何，何必固执，我便似点非点的将头一动，同时请出我那"介乎两可之间"的好回答来：

"唔唔……。"

这既不伤店伙的好意，又可以聊慰他热烈的期望，该是一帖妙药。果然，从此万籁无声，天下太平，我在安静中塞好瓶塞，走到街上了。

到中央公园，径向约定的一个僻静处所，寿山已先到，略一休息，便开手对译《小约翰》。这是一本好书，然而得来却是偶然的事。大约二十年前，我在日本东京的旧书店头买到几十本旧的德文文学杂志，内中有着这书的绍介和作者的评传，因为那时刚译成德文。觉得有趣，便托丸善书店去买来了；想译，没有这力。后来也常常想到，但总为别的事情岔开；直到去年，才决计在暑假中将它译好，并且登出广告去，而不料那一暑假过得比别的时候还艰难。今年又记得起来，翻检一过，疑难之处很不少，还是没有这力。问寿山可肯同译，他答应了，于是开手；并且约定，必须在这暑假期中译完。

晚上回家，吃了一点饭，就坐在院子里乘凉。田妈告诉我，今天下午，斜对门的谁家的婆婆和儿媳大吵了一通嘴。据她看来，婆婆自然有些错，但究竟是儿媳妇太不合道理了。问我的意思，以为何如。我先就没有听清吵嘴的是谁家，也不知道是怎样的两个婆媳，更没有听到她们的来言去语，明白她们的旧恨新仇。现在要我加以裁判，委实有点不敢自信，况且我又向来并不是批评家。我于是只得说：这事我无从断定。

但是这句话的结果很坏。在昏暗中，虽然看不见脸色，耳朵中却听到：一切声音都寂然了。静，沉闷的静；后来还有人站起，

362

走开。

我也无聊地慢慢地站起，走进自己的屋子里，点了灯，躺在床上看晚报；看了几行，又无聊起来了，便碰到东壁下去写日记，就是这《马上支日记》。

院子里又渐渐地有了谈笑声，说论声。

今天的运气似乎很不佳：路人冤我喝"戒烟药水"，田妈说我……。她怎么说，我不知道。但愿从明天起，不再这样。

一九二六年

马上日记之二

七月七日

晴。

每日的阴晴，实在写得自己也有些不耐烦了，从此想不写。好在北京的天气，大概总是晴的时候多；如果是梅雨期内，那就上午晴，午后阴，下午大雨一阵，听到泥墙倒塌声。不写也罢，又好在我这日记，将来决不会有气象学家拿去做参考资料的。

上午访素园，谈谈闲天，他说俄国有名的文学者毕力涅克（Boris Piliniak）上月已经到过北京，现在是走了。

我单知道他曾到日本，却不知道他也到中国来。

这两年中，就我所听到的而言，有名的文学家来到中国的有四个。第一个自然是那最有名的泰戈尔即"竺震旦"，可惜被戴印度帽子的震旦人弄得一榻胡涂，终于莫名其妙而去；后来病倒在意大利，还电召震旦"诗哲"前往，然而也不知道"后事如何"。现在听说又有人要将甘地扛到中国来了，这坚苦卓绝的伟人，只在印度能生，在英国治下的印度能活的伟人，又要在震旦印下他伟大的足迹。但当他精光的脚还未踏着华土时，恐怕乌云已在出岫了。

其次是西班牙的伊本纳兹（Blasco Ibáez），中国倒也早有人绍

364

介过；但他当欧战时，是高唱人类爱和世界主义的，从今年全国教育联合会的议案看来，他实在很不适宜于中国，当然谁也不理他，因为我们的教育家要提倡民族主义了。

还有两个都是俄国人。一个是斯吉泰烈支（Skitalez），一个就是毕力涅克。两个都是假名字。斯吉泰烈支是流亡在外的。毕力涅克却是苏联的作家，但据他自传，从革命的第一年起，就为着买面包粉忙了一年多。以后，便做小说，还吸过鱼油，这种生活，在中国大概便是整日叫穷的文学家也未必梦想到。

他的名字，任国桢君辑译的《苏俄的文艺论战》里是出现过的，作品的译本却一点也没有。日本有一本《伊凡和马理》（《Ivan and Maria》），格式很特别，单是这一点，在中国的眼睛——中庸的眼睛——里就看不惯。文法有些欧化，有些人尚且如同眼睛里著了玻璃粉，何况体式更奇于欧化。悄悄地自来自去，实在要算是造化的。

还有，在中国，姓名仅仅一见于《苏俄的文艺论战》里的里培进司基（U.Libedinsky），日本却也有他的小说译出了，名曰《一周间》。他们的介绍之速而且多实在可骇。我们的武人以他们的武人为祖师，我们的文人却毫不学他们文人的榜样，这就可预卜中国将来一定比日本太平。

但据《伊凡和马理》的译者尾濑敬止氏说，则作者的意思，是以为"频果的花，在旧院落中也开放，大地存在间，总是开放"的。那么，他还是不免于念旧。然而他眼见，身历了革命了，知道这里面有破坏，有流血，有矛盾，但也并非无创造，所以他决没有绝望之心。这正是革命时代的活着的人的心。诗人勃洛克（Alexander Block）也如此。他们自然是苏联的诗人，但若用了纯马克斯流的眼光来批评，当然也还是很有可议的处所。不过我觉得托罗兹基（Trotsky）的文艺批评，倒还不至于如此森严。

可惜我还没有看过他们最新的作者的作品《一周间》。

革命时代总要有许多文艺家萎黄，有许多文艺家向新的山崩地塌般的大波冲进去，乃仍被吞没，或者受伤。被吞没的消灭了；受伤的生活着，开拓着自己的生活，唱着苦痛和愉悦之歌。待到这些逝去了，于是现出一个较新的新时代，产出更新的文艺来。

中国自民元革命以来，所谓文艺家，没有萎黄的，也没有受伤的，自然更没有消灭，也没有苦痛和愉悦之歌。这就是因为没有新的山崩地塌般的大波，也就是因为没有革命。

七月八日

上午，往伊东医士寓去补牙，等在客厅里，有些无聊。四壁只挂着一幅织出的画和两副对，一副是江朝宗的，一副是王芝祥的。署名之下，各有两颗印，一颗是姓名，一颗是头衔；江的是"迪威将军"，王的是"佛门弟子"。

午后，密斯高来，适值毫无点心，只得将宝藏着的搽嘴角生疮有效的柿霜糖装在碟子里拿出去。我时常有点心，有客来便请他吃点心；最初是"密斯"和"密斯得"一视同仁，但密斯得有时委实利害，往往吃得很彻底，一个不留，我自己倒反有"向隅"之感。如果想吃，又须出去买来。于是很有戒心了，只得改变方针，有万不得已时，则以落花生代之。这一著很有效，总是吃得不多，既然吃不多，我便开始敦劝了，有时竟劝得怕吃落花生如织芳之流，至于因此逡巡逃走。从去年夏天发明了这一种花生政策以后，至今还在继续厉行。但密斯们却不在此限，她们的胃似乎比他们要小五分之四，或者消化力要弱到十分之八，很小的一个点心，也大抵要留下一半，倘是一片糖，就剩下一角。拿出来陈列片时，吃去一点，于我的损失是极微的，"何必改作"？

密斯高是很少来的客人，有点难于执行花生政策。恰巧又没有别的点心，只好献出柿霜糖去了。这是远道携来的名糖，当然可以见得郑重。

我想，这糖不大普通，应该先说明来源和功用。但是，密斯高却已经一目了然了。她说：这是出在河南汜水县的；用柿霜做成。颜色最好是深黄；倘是淡黄，那便不是纯柿霜。这很凉，如果嘴角这些地方生疮的时候，便含着，使它渐渐从嘴角流出，疮就好了。

她比我耳食所得的知道得更清楚，我只好不作声，而且这时才记起她是河南人。请河南人吃几片柿霜糖，正如请我喝一小杯黄酒一样，真可谓"其愚不可及也"。

茭白的心里有黑点的，我们那里称为灰茭，虽是乡下人也不愿意吃，北京却用在大酒席上。卷心白菜在北京论斤论车地卖，一到南边，便根上系着绳，倒挂在水果铺子的门前了，买时论两，或者半株，用处是放在阔气的火锅中，或者给鱼翅垫底。但假如有谁在北京特地请我吃灰茭，或北京人到南边时请他吃煮白菜，则即使不至于称为"笨伯"，也未免有些乖张罢。

但密斯高居然吃了一片，也许是聊以敷衍主人的面子的。到晚上我空口坐着，想：这应该请河南以外的别省人吃的，一面想，一面吃，不料这样就吃完了。

凡物总是以希为贵。假如在欧美留学，毕业论文最好是讲李太白，杨朱，张三；研究萧伯纳，威尔士就不大妥当，何况但丁之类。《但丁传》的作者跋忒莱尔（A.J.Butler）就说关于但丁的文献实在看不完。待到回了中国，可就可以讲讲萧伯纳，威尔士，甚而至于莎士比亚了。何年何月自己曾在曼殊斐儿墓前痛哭，何月何日何时曾在何处和法兰斯点头，他还拍着自己的肩头说道：你将来要有些像我的，至于"四书""五经"之类，在本地似乎究以少谈为是。虽然夹些"流言"在内，也未必便于"学理和事实"有妨。

一九二六年

记"发薪"

下午，在中央公园里和 C 君做点小工作①，突然得到一位好意的老同事的警报，说，部里今天发给薪水了，计三成；但必须本人亲身去领，而且须在三天以内。

否则？

否则怎样，他却没有说。但这是"洞若观火"的，否则，就不给。

只要有银钱在手里经过，即使并非檀越的布施，人是也总爱逞逞威风的，要不然，他们也许要觉到自己的无聊，渺小。明明有物品去抵押，当铺却用这样的势利脸和高柜台；明明用银元去换铜元，钱摊却帖着"收买现洋"的纸条，隐然以"买主"自命。钱票当然应该可以到负责的地方去换现钱，而有时却规定了极短的时间，还要领签，排班，等候，受气；军警督压着，手里还有国粹的皮鞭。

不听话么？不但不得钱，而且要打了！

我曾经说过，中华民国的官，都是平民出身，并非特别种族。虽然高尚的文人学士或新闻记者们将他们看作异类，以为比自己格外奇怪，可鄙可嗤；然而从我这几年的经验看来，却委实不很特

---

① C君指齐寿山。"做点小工作"指翻译《小约翰》。

369

别，一切脾气，却与普通的同胞差不多，所以一到经手银钱的时候，也还是照例有一点借此威风一下的嗜好。

"亲领"问题的历史，是起源颇古的，中华民国十一年，就因此引起过方玄绰的牢骚，我便将这写了一篇《端午节》。但历史虽说如同螺旋，却究竟并非印板，所以今之与昔，也还是小有不同。在昔盛世，主张"亲领"的是"索薪会"——呜呼，这些专门名词，恕我不暇一一解释了，而且纸张也可惜。——的骁将，昼夜奔走，向国务院呼号，向财政部坐讨，一旦到手，对于没有一同去索的人的无功受禄，心有不甘，用此给吃一点小苦头的。其意若曰，这钱是我们讨来的，就同我们的一样；你要，必得到这里来领布施。你看施衣施粥，有施主亲自送到受惠者的家里去的么？

然而那是盛世的事。现在是无论怎么"索"，早已一文也不给了，如果偶然"发薪"，那是意外的上头的嘉惠，和什么"索"丝毫无关。不过临时发布"亲领"命令的施主却还有，只是已非善于索薪的骁将，而是天天"画到"，未曾另谋生活的"不贰之臣"了。所以，先前的"亲领"是对于没有同去索薪的人们的罚，现在的"亲领"是对于不能空着肚子，天天到部的人们的罚。

但这不过是一个大意，此外的事，倘非身临其境，实在有些说不清。譬如一碗酸辣汤，耳闻口讲的，总不如亲自呷一口的明白。近来有几个心怀叵测的名人间接忠告我，说我去年作文，专和几个人闹意见，不再论及文学艺术，天下国家，是可惜的。殊不知我近来倒是明白了，身历其境的小事，尚且参不透，说不清，更何况那些高尚伟大，不甚了然的事业？我现在只能说说较为切己的私事，至于冠冕堂皇如所谓"公理"之类，就让公理专家去消遣罢。

总之，我以为现在的"亲领"主张家，已颇不如先前了，这就是"孤桐先生"之所谓"每况愈下"。而且便是空牢骚如方玄绰者，

370

似乎也已经很寥寥了。

"去！"我一得警报，便走出公园，跳上车，径奔衙门去。

一进门，巡警就给我一个立正举手的敬礼，可见做官要做得较大，虽然阔别多日，他们也还是认识的。到里面，不见什么人，因为办公时间已经改在上午，大概都已亲领了回家了。觅得一位听差，问明了"亲领"的规则，是先到会计科去取得条子，然后拿了这条子，到花厅里去领钱。

就到会计科，一个部员看了一看我的脸，便翻出条子来。我知道他是老部员，熟识同人，负着"验明正身"的重大责任的；接过条子之后，我便特别多点了两个头，以表示告别和感谢之至意。

其次是花厅了，先经过一个边门，只见上帖纸条道："丙组"，又有一行小注是"不满百元"。我看自己的条子上，写的是九十九元，心里想，这真是"人生不满百，常怀千岁忧。……"同时便直撞进去。看见一个和我差不多大的官，说道这"不满百元"是指全俸而言，我的并不在这里，是在里间。

就到里间，那里有两张大桌子，桌旁坐着几个人，一个熟识的老同事就招呼我了；拿出条子去，签了名，换得钱票，总算一帆风顺。这组的旁边还坐着一位很胖的官，大概是监督者，因为他敢于解开了官纱——也许是纺绸，我不大认识这些东西。——小衫，露着胖得拥成折叠的胸肚，使汗珠雍容地越过了折叠往下流。

这时我无端有些感慨，心里想，大家现在都说"灾官""灾官"，殊不知"心广体胖"的还不在少呢。便是两三年前教员正嚷索薪的时候，学校的教员豫备室里也还有人因为吃得太饱了，咳的一声，胃中的气体从嘴里反叛出来。

走出外间，那一位和我差不多大的官还在，便拉住他发牢骚。

"你们怎么又闹这些玩艺儿了？"我说。

“这是他的意思……。”他和气地回答，而且笑嘻嘻的。

“生病的怎么办呢？放在门板上抬来么？”

“他说：这些都另法办理……。”

我是一听便了然的，只是在“门——衙门之门——外汉”怕不易懂，最好是再加上一点注解。这所谓“他”者，是指总长或次长而言。此时虽然似乎所指颇蒙胧，但再掘下去，便可以得到指实，但如果再掘下去，也许又要更蒙胧。总而言之，薪水既经到手，这些事便应该“适可而止，毋贪心也”的，否则，怕难免有些危机。即如我的说了这些话，其实就已经不大妥。

于是我退出花厅，却又遇见几个旧同事，闲谈了一回。知道还有“戊组”，是发给已经死了的人的薪水的，这一组大概无须“亲领”。又知道这一回提出“亲领”律者，不但“他”，也有“他们”在内。所谓“他们”者，粗粗一听，很像“索薪会”的头领们，但其实也不然，因为衙门里早就没有什么“索薪会”，所以这一回当然是别一批新人物了。

我们这回“亲领”的薪水，是中华民国十三年二月份的。因此，事前就有了两种学说。一，即作为十三年二月的薪水发给。然而还有新来的和新近加俸的呢，可就不免有向隅之感。于是第二种新学说自然起来：不管先前，只作为本年六月份的薪水发给。不过这学说也不大妥，只是“不管先前”这一句，就很有些疵病。

这个办法，先前也早有人苦心经营过。去年章士钊将我免职之后，自以为在地位上已经给了一个打击，连有些文人学士们也喜得手舞足蹈。然而他们究竟是聪明人，看过“满床满桌满地”的德文书的，即刻又悟到我单是抛了官，还不至于一败涂地，因为我还可以得欠薪，在北京生活。于是他们的司长刘百昭便在部务会议席上提出，要不发欠薪，何月领来，便作为何月的薪水。这办法如果实行，我的受打击是颇大的，因为就受着经济的迫压。然而终于也没有通过。那致命伤，就在"不管先前"上；而刘百昭们又不肯自称革命党，主张不管什么，都从新来一回。

所以现在每一领到政费，所发的也还是先前的钱；即使有人今年不在北京了，十三年二月间却在，实在也有些难于说是现今不在，连那时的曾经在此也不算了。但是，既然又有新的学说起来，总得采纳一点，这采纳一点，也就是调和一些。因此，我们这回的收条上，年月是十三年二月的，钱的数目是十五年六月的。

这么一来，既然并非"不管先前"，而新近升官或加俸的又可以多得一点钱，可谓比较的周到。于我是无益也无损，只要还在北京，拿得出"正身"来。

翻开我的简单日记一查，我今年已经收了四回俸钱了：第一次三元；第二次六元；第三次八十二元五角，即二成五，端午节的夜里收到的；第四次三成，九十九元，就是这一次。再算欠我的薪水，是大约还有九千二百四十元，七月份还不算。

我觉得已是一个精神上的财主；只可惜这"精神文明"是不很可靠的，刘百昭就来动摇过。将来遇见善于理财的人，怕还要设立一个"欠薪整理会"，里面坐着几个人物，外面挂着一块招牌，使凡有欠薪的人们都到那里去接洽。几天或几月之后，人不见了，接着连招牌也不见了；于是精神上的财主就变了物质上的穷人了。

但现在却还的确收了九十九元，对于生活又较为放心，趁闲空来发一点议论再说。

> 一九二六年七月二十一日

记谈话

　　鲁迅先生快到厦门去了，虽然他自己说或者因天气之故而不能在那里久住，但至少总有半年或一年不在北京，这实在是我们认为很使人留恋的一件事。八月二十二日，女子师范大学学生会举行毁校周年纪念，鲁迅先生到会，曾有一番演说，我恐怕这是他此次在京最后的一回公开讲演，因此把它记下来，表示我一点微弱的纪念的意思。人们一提到鲁迅先生，或者不免觉得他稍微有一点过于冷静，过于默视的样子，而其实他是无时不充满着热烈的希望，发挥着丰富的感情的。在这一次谈话里，尤其可以显明地看出他的主张；那么，我把他这一次的谈话记下，作为他出京的纪念，也许不是完全没有重大的意义罢。我自己，为免得老实人费心起见，应该声明一下：那天的会，我是以一个小小的办事员的资格参加的。

（培良）

　　我昨晚上在校《工人绥惠略夫》，想要另印一回，睡得太迟了，到现在还没有很醒；正在校的时候，忽然想到一些事情，弄得脑子里很混乱，一直到现在还是很混乱，所以今天恐怕不能有什么多的话可说。

提到我翻译《工人绥惠略夫》的历史，倒有点有趣。十二年前，欧洲大混战开始了，后来我们中国也参加战事，就是所谓"对德宣战"；派了许多工人到欧洲去帮忙；以后就打胜了，就是所谓"公理战胜"。中国自然也要分得战利品，——有一种是在上海的德国商人的俱乐部里的德文书，总数很不少，文学居多，都搬来放在午门的门楼上。教育部得到这些书，便要整理一下，分类一下，——其实是他们本来分类好了的，然而有些人以为分得不好，所以要从新分一下。——当时派了许多人，我也是其中的一个。后来，总长要看看那些书是什么书了。怎样看法呢？叫我们用中文将书名译出来，有义译义，无义译音，该撒呀，克来阿派忒拉呀，大马色呀……。每人每月有十块钱的车费，我也拿了百来块钱，因为那时还有一点所谓行政费。这样的几里古鲁了一年多，花了几千块钱，对德和约成立了，后来德国来取还，便仍由点收的我们全盘交付，——也许少了几本罢。至于"克来阿派忒拉"之类，总长看了没有，我可不得而知了。

　　据我所知道的说，"对德宣战"的结果，在中国有一座中央公园里的"公理战胜"的牌坊，在我就只有一篇这《工人绥惠略夫》的译本，因为那底本，就是从那时整理着的德文书里挑出来的。

　　那一堆书里文学书多得很，为什么那时偏要挑中这一篇呢？那意思，我现在有点记不真切了。大概，觉得民国以前，以后，我们也有许多改革者，境遇和绥惠略夫很相像，所以借借他人的酒杯罢。然而昨晚上一看，岂但那时，譬如其中的改革者的被迫，代表的吃苦，便是现在，——便是将来，便是几十年以后，我想，还要有许多改革者的境遇和他相像的。所以我打算将它重印一下……。

　　《工人绥惠略夫》的作者阿尔志跋绥夫是俄国人。现在一提到俄国，似乎就使人心惊胆战。但是，这是大可以不必的，阿尔志跋

375

绥夫并非共产党，他的作品现在在苏俄也并不受人欢迎。听说他已经瞎了眼睛，很在吃苦，那当然更不会送我一个卢布……。总而言之：和苏俄是毫不相干。但奇怪的是有许多事情竟和中国很相像，譬如，改革者，代表者的受苦，不消说了；便是教人要安本分的老婆子，也正如我们的文人学士一般。有一个教员因为不受上司的辱骂而被革职了，她背地里责备他，说他"高傲"得可恶，"你看，我以前被我的主人打过两个嘴巴，可是我一句话都不说，忍耐着。究竟后来他们知道我冤枉了，就亲手赏了我一百卢布。"自然，我们的文人学士措辞决不至于如此拙直，文字也还要华赡得多。

然而绥惠略夫临末的思想却太可怕。他先是为社会做事，社会倒迫害他，甚至于要杀害他，他于是一变而为向社会复仇了，一切是仇仇，一切都破坏。中国这样破坏一切的人还不见有，大约也不会有的，我也并不希望其有。但中国向来有别一种破坏的人，所以我们不去破坏的，便常常受破坏。我们一面被破坏，一面修缮着，辛辛苦苦地再过下去。所以我们的生活，便成了一面受破坏，一面修补，一面受破坏，一面修补的生活了。这个学校，也就是受了杨荫榆章士钊们的破坏之后，修补修补，整理整理，再过下去的。

俄国老婆子式的文人学士也许说，这是"高傲"得可恶了，该得惩罚。这话自然很像不错的，但也不尽然。我的家里还住着一个乡下人，因为战事，她的家没有了，只好逃进城里来。她实在并不"高傲"，也没有反对过杨荫榆，然而她的家没有了，受了破坏。战事一完，她一定要回去的，即使屋子破了，器具抛了，田地荒了，她也还要活下去。她大概只好搜集一点剩下的东西，修补修补，整理整理，再来活下去。

中国的文明，就是这样破坏了又修补，破坏了又修补的疲乏伤残可怜的东西。但是很有人夸耀它，甚至于连破坏者也夸耀它。便是破坏本校的人，假如你派他到万国妇女的什么会里去，请他叙述中国女学的情形，他一定说，我们中国有一个国立北京女子师范大学在。

这真是万分可惜的事，我们中国人对于不是自己的东西，或者将不为自己所有的东西，总要破坏了才快活的。杨荫榆知道要做不成这校长，便文事用文士的"流言"，武功用三河的老妈，总非将一班"毛鸦头"赶尽杀绝不可。先前我看见记载上说的张献忠屠戮川民的事，我总想不通他是什么意思；后来看到别一本书，这才明白了：他原是想做皇帝的，但是李自成先进北京，做了皇帝了，他便要破坏李自成的帝位。怎样破坏法呢？做皇帝必须有百姓；他杀尽了百姓，皇帝也就谁都做不成了。既无百姓，便无所谓皇帝，于是只剩了一个李自成，在白地上出丑，宛如学校解散后的校长一般。这虽然是一个可笑的极端的例，但有这一类的思想的，实在并不止张献忠一个人。

我们总是中国人，我们总要遇见中国事，但我们不是中国式的破坏者，所以我们是过着受破坏了又修补，受破坏了又修补的生活。我们的许多寿命白费了。我们所可以自慰的，想来想去，也还是所谓对于将来的希望。希望是附丽于存在的，有存在，便有希望，有希望，便是光明。如果历史家的话不是诳话，则世界上的事物可还没有因为黑暗而长存的先例。黑暗只能附丽于渐就灭亡的事物，一灭亡，黑暗也就一同灭亡了，它不永久。然而将来是永远要有的，并且总要光明起来；只要不做黑暗的附着物，为光明而灭亡，则我们一定有悠久的将来，而且一定是光明的将来。

　　我赴这会的后四日，就出北京了。在上海看见日报，知道女师大已改为女子学院的师范部，教育总长任可澄自做院长，师范部的学长是林素园。后来看见北京九月五日的晚报，有一条道："今日下午一时半，任可澄特同林氏，并率有警察厅保安队及军督察处兵士共四十左右，驰赴女师大，武装接收。……"原来刚一周年，又看见用兵了。不知明年这日，还是带兵的开得校纪念呢，还是被兵的开毁校纪念？现在姑且将培良君的这一篇转录在这里，先作一个本年的纪念罢。

一九二六年十月十四日，鲁迅附记

上海通信

小峰兄：

　　别后之次日，我便上车，当晚到天津。途中什么事也没有，不过刚出天津车站，却有一个穿制服的，大概是税吏之流罢，突然将我的提篮拉住，问道"什么？"我刚答说"零用什物"时，他已经将篮摇了两摇，扬长而去了。幸而我的篮里并无人参汤榨菜汤或玻璃器皿，所以毫无损失，请勿念。

　　从天津向浦口，我坐的是特别快车，所以并不嚣杂，但挤是挤的。我从七年前护送家眷到北京以后，便没有坐过这车；现在似乎男女分坐了，间壁的一室中本是一男三女的一家，这回却将男的逐出，另外请进一个女的去。将近浦口，又发生一点小风潮，因为那四口的一家给茶房的茶资太少了，一个长壮伟大的茶房便到我们这里来演说，"使之闻之"。其略曰：钱是自然要的。一个人不为钱为什么？然而自己只做茶房图几文茶资，是因为良心还在中间，没有到这边（指腋下介）去！自己也还能卖掉田地去买枪，招集了土匪，做个头目；好好地一玩，就可以升官，发财了。然而良心还在这里（指胸骨介），所以甘心做茶房，赚点小钱，给儿女念念书，将来好好过活。……但，如果太给自己下不去了，什么不是人做的事要做也会做出来！我们一堆共有六个人，谁也没有反驳他。听说后来是添了一块钱完事。

我并不想步勇敢的文人学士们的后尘，在北京出版的周刊上斥骂孙传芳大帅。不过一到下关，记起这是投壶的礼义之邦的事来，总不免有些滑稽之感。在我的眼睛里，下关也还是七年前的下关，无非那时是大风雨，这回却是晴天。赶不上特别快车了，只好趁夜车，便在客寓里暂息。挑夫（即本地之所谓"夫子"）和茶房还是照旧地老实；板鸭，插烧，油鸡等类，也依然价廉物美。喝了二两高粱酒，也比北京的好。这当然只是"我以为"；但也并非毫无理由：就因为它有一点生的高粱气味，喝后合上眼，就如身在雨后的田野里一般。

　　正在田野里的时候，茶房来说有人要我出去说话了。出去看时，是几个人和三四个兵背着枪，究竟几个，我没有细数；总之是一大群。其中的一个说要看我的行李。问他先看那一个呢？他指定了一个麻布套的皮箱。给他解了绳，开了锁，揭开盖，他才蹲下去在衣服中间摸索。摸索了一会，似乎便灰心了，站起来将手一摆，一群兵便都"向后转"，往外走出去了。那指挥的临走时还对我点点头，非常客气。我和现任的"有枪阶级"接洽，民国以来这是第一回。我觉得他们倒并不坏；假使他们也如自称"无枪阶级"的善造"流言"，我就要连路也不能走。

　　向上海的夜车是十一点钟开的，客很少，大可以躺下睡觉，可惜椅子太短，身子必须弯起来。这车里的茶是好极了，装在玻璃杯里，色香味都好，也许因为我喝了多年井水茶，所以容易大惊小怪了罢，然而大概确是很好的。因此一共喝了两杯，看看窗外的夜的江南，几乎没有睡觉。

　　在这车上，才遇见满口英语的学生，才听到"无线电""海底电"这类话。也在这车上，才看见弱不胜衣的少爷，绸衫尖头鞋，口嗑南瓜子，手里是一张《消闲录》之类的小报，而且永远看不完。这一类人似乎江浙特别多，恐怕投壶的日子正长久哩。

现在是住在上海的客寓里了；急于想走。走了几天，走得高兴起来了，很想总是走来走去。先前听说欧洲有一种民族，叫作"吉柏希"的，乐于迁徙，不肯安居，私心窃以为他们脾气太古怪，现在才知道他们自有他们的道理，倒是我胡涂。

这里在下雨，不算很热了。

鲁迅。八月三十日，上海

这半年我又看见了许多血和许多泪，
然而我只有杂感而已。

泪揩了，血消了；
屠伯们逍遥复逍遥，
用钢刀的，用软刀的。
然而我只有"杂感"而已。

连"杂感"也被"放进了应该去的地方"时，
我于是只有"而已"而已！

十月十四夜，校讫记。
一九二六年

华盖集续编的续编

厦门通信

H.M. 兄①：

我到此快要一个月了，懒在一所三层楼上，对于各处都不大写信。这楼就在海边，日夜被海风呼呼地吹着。海滨很有些贝壳，检了几回，也没有什么特别的。四围的人家不多，我所知道的最近的店铺，只有一家，卖点罐头食物和糕饼，掌柜的是一个女人，看年纪大概可以比我长一辈。

风景一看倒不坏，有山有水。我初到时，一个同事便告诉我：山光海气，是春秋早暮都不同。还指给我石头看：这块像老虎，那块像癞虾蟆，那一块又像什么什么……。我忘记了，其实也不大像。我对于自然美，自恨并无敏感，所以即使恭逢良辰美景，也不甚感动。但好几天，却忘不掉郑成功的遗迹。离我的住所不远就有一道城墙，据说便是他筑的。一想到除了台湾，这厦门乃是满人入关以后我们中国的最后亡的地方，委实觉得可悲可喜。台湾是直到一六八三年，即所谓"圣祖仁皇帝"二十二年才亡的，这一年，那"仁皇帝"们便修补"十三经"和"二十一史"的刻板。现在呢，有些国民巴不得读经；殿板"二十一史"也变成了宝贝，古董藏书家不惜重资，购藏于家，以贻子孙云。然而郑成功的城却很寂寞，

---

① "害马"的汉语拼音"HaiMa"的缩写。这是鲁迅对许广平的戏称，因她在女师大风潮中曾被杨荫榆称为"害群之马"。

385

听说城脚的沙，还被人盗运去卖给对面鼓浪屿的谁，快要危及城基了。有一天我清早望见许多小船，吃水很重，都张着帆驶向鼓浪屿去，大约便是那卖沙的同胞。

周围很静；近处买不到一种北京或上海的新的出版物，所以有时也觉得枯寂一些，但也看不见灰烟瘴气的《现代评论》。这不知是怎的，有那么许多正人君子，文人学者执笔，竟还不大风行。

这几天我想编我今年的杂感了。自从我写了这些东西，尤其是关于陈源的东西以后，就很有几个自称"中立"的君子给我忠告，说你再写下去，就要无聊了。我却并非因为忠告，只因环境的变迁，近来竟没有什么杂感，连结集旧作的事也忘却了。前几天的夜里，忽然听到梅兰芳"艺员"的歌声，自然是留在留声机里的，像粗糙而钝的针尖一般，刺得我耳膜很不舒服。于是我就想到我的杂感，大约也刺得佩服梅"艺员"的正人君子们不大舒服罢，所以要我不再做。然而我的杂感是印在纸上的，不会振动空气，不愿见，不翻他开来就完了，何必冒充了中立来哄骗我。我愿意我的东西躺在小摊上，被愿看的买去，却不愿意受正人君子赏识。世上爱牡丹的或者是最多，但也有喜欢曼陀罗花或无名小草的，朋其还将霸王鞭种在茶壶里当盆景哩。不过看看旧稿，很有些太不清楚了，你可以给我抄一点么？

此时又在发风，几乎日日这样，好像北京，可是其中很少灰土。我有时也偶然去散步，在丛葬中，这是 Borel[①] 讲厦门的书上早就说过的：中国全国就是一个大墓场。墓碑文很多不通：有写先姚某而没有儿子的姓名的；有头上横写着地名的；还有刻着"敬惜字纸"四字的，不知道叫谁敬惜字纸。

---

① 亨利·包立尔，荷兰人。清末曾来中国，在北京、厦门、漳州、广州等地居住多年。著有《新中国》《无为》等有关中国的书。

这些不通，就因为读了书之故。假如问一个不识字的人，坟里的人是谁，他道父亲；再问他什么名字，他说张二；再问他自己叫什么，他说张三。照直写下来，那就清清楚楚了。而写碑的人偏要舞文弄墨，所以反而越舞越胡涂，他不知道研究"金石例"的，从元朝到清朝就终于没有了局。

我还同先前一样；不过太静了，倒是什么也不想写。

鲁迅。九月二十三日

一九二六年

厦门通信（二）

小峰兄：

《语丝》百一和百二期，今天一同收到了。许多信件一同收到，在这里是常有的事，大约每星期有两回。我看了这两期的《语丝》特别喜欢，恐怕是因为他们已经超出了一百期之故罢。在中国，几个人组织的刊物要出到一百期，实在是不容易的。

我虽然在这里，也常想投稿给《语丝》，但是一句也写不出，连"野草"也没有一茎半叶。现在只是编讲义。为什么呢？这是你一定了然的：为吃饭。吃了饭为什么呢？倘照这样下去，就是为了编讲义。吃饭是不高尚的事，我倒并不这样想。然而编了讲义来吃饭，吃了饭来编讲义，可也觉得未免近于无聊。别的学者们教授们又作别论，从我们平常人看来，教书和写东西是势不两立的，或者死心塌地地教书，或者发狂变死地写东西，一个人走不了方向不同的两条路。

忽然记起一件事来了，还是夏天罢，《现代评论》上仿佛曾有正人君子之流说过：因为骂人的小报流行，正经的文章没有人看，也不能印了。我很佩服这些学者们的大才。不知道你可能替我调查一下，他们有多少正经文章的稿子"藏于家"，给我开一个目录？但如果是讲义，或者什么民法八万七千六百五十四条之类，那就不必开，我不要看。

今天又接到漱园兄的信，说北京已经结冰了。这里却还只穿一件夹衣，怕冷就晚上加一件棉背心。宋玉先生的什么"皇天平分四时兮窃独悲此廪秋，白露既下百草兮奄离披此梧楸"等类妙文，拿到这里来就完全是"无病呻吟"。白露不知可曾"下"了百草，梧楸却并不离披，景象大概还同夏末相仿。我的住所的门前有一株不认识的植物，开着秋葵似的黄花。我到时就开着花的了，不知道他是什么时候开起的；现在还开着；还有未开的蓓蕾，正不知道他要到什么时候才肯开完。"古已有之"，"于今为烈"，我近来很有些怕敢看他了。 还有鸡冠花，很细碎，和江浙的有些不同，也红红黄黄地永是这样一盆一盆站着。

我本来不大喜欢下地狱，因为不但是满眼只有刀山剑树，看得太单调，苦痛也怕很难当。现在可又有些怕上天堂了。四时皆春，一年到头请你看桃花，你想够多么乏味？即使那桃花有车轮般大，也只能在初上去的时候，暂时吃惊，决不会每天做一首"桃之夭夭"的。

然而荷叶却早枯了；小草也有点萎黄。这些现象，我先前总以为是所谓"严霜"之故，于是有时候对于那"廪秋"不免口出怨言，加以攻击。然而这里却没有霜，也没有雪，凡萎黄的都是"寿终正寝"，怪不得别个。呜呼，牢骚材料既被减少，则又有何话之可说哉！

现在是连无从发牢骚的牢骚，也都发完了。再谈罢。从此要动手编讲义。

鲁迅。十一月七日

一九二六年

所谓"思想界先驱者"鲁迅启事

　　《新女性》八月号登有"狂飙社广告"，说："狂飙运动的开始远在二年之前……去年春天本社同人与思想界先驱者鲁迅及少数最进步的青年文学家合办《莽原》……兹为大规模地进行我们的工作起见于北京出版之《乌合》《未名》《莽原》《弦上》四种出版物外特在上海筹办《狂飙丛书》及一篇幅较大之刊物"云云。我在北京编辑《莽原》，《乌合丛书》，《未名丛刊》三种出版物，所用稿件，皆系以个人名义送来；对于狂飙运动，向不知是怎么一回事：如何运动，运动甚么。今忽混称"合办"，实出意外；不敢掠美，特此声明。又，前因有人不明真相，或则假借虚名，加我纸冠，已非一次，业经先有陈源在《现代评论》上，近有长虹在《狂飙》上，迭加嘲骂，而狂飙社一面又锡以第三顶"纸糊的假冠"，真是头少帽多，欺人害己，虽"世故的老人"，亦身心之交病矣。只得又来特此声明：我也不是"思想界先驱者"即英文 Forerunner 之译名。此等名号，乃是他人暗中所加，别有作用，本人事前并不知情，事后亦未尝高兴。倘见者因此受愚，概与本人无涉。

厦门通信（三）

小峰兄：

　　二十七日寄出稿子两篇，想已到。其实这一类东西，本来也可做可不做，但是一则因为这里有几个少年希望我要几下，二则正苦于没有文章做，所以便写了几张，寄上了。本地也有人要我做一点批评厦门的文字，然而至今一句也没有做，言语不通，又不知各种底细，从何说起。例如这里的报纸上，先前连日闹着"黄仲训霸占公地"的笔墨官司，我至今终于不知道黄仲训何人，曲折怎样，如果竟来批评，岂不要笑断真的批评家的肚肠。但别人批评，我是不妨害的。以为我不准别人批评者，诬也；我岂有这么大的权力。不过倘要我做编辑，那么，我以为不行的东西便不登，我委实不大愿意做一个莫名其妙的什么运动的傀儡。

　　前几天，卓治睁大着眼睛对我说，别人胡骂你，你要回骂。还有许多人要看你的东西，你不该默不作声，使他们迷惑。你现在不是你自己的了。我听了又打了一个寒噤，和先前听得有人说青年应该学我的多读古文时候相同。呜呼，一戴纸冠，遂成公物，负"帮忙"之义务，有回骂之必须，然则固不如从速坍台，还我自由之为得计也。质之高明，未识以为然否？

　　今天也遇到了一件要打寒噤的事。厦门大学的职务，我已经都称病辞去了。百无可为，溜之大吉。然而很有几个学生向我诉苦，

391

说他们是看了厦门大学革新的消息而来的，现在不到半年，今天这个走，明天那个走，叫他们怎么办？这实在使我夹脊梁发冷，哑口无言。不料"思想界权威者"或"思想界先驱者"这一顶"纸糊的假冠"，竟又是如此误人子弟。几回广告（却并不是我登的），将他们从别的学校里骗来，而结果是自己倒跑掉了，真是万分抱歉。我很惋惜没有人在北京早做黑幕式的记事，将学生们拦住。"见面时一谈，不见时一战"哲学，似乎有时也很是误人子弟的。

你大约还不知道底细，我最初的主意，倒的确想在这里住两年，除教书之外，还希望将先前所集成的《汉画象考》和《古小说钩沈》印出。这两种书自己印不起，也不敢请你印。因为看的人一定很少，折本无疑，惟有有钱的学校才合适。及至到了这里，看看情形，便将印《汉画象考》的希望取消，并且自己缩短年限为一年。其实是已经可以走了，但看着语堂的勤勉和为故乡做事的热心，我不好说出口。后来豫算不算数了，语堂力争；听说校长就说，只要你们有稿子拿来，立刻可以印。于是我将稿子拿出去，放了大约至多十分钟罢，拿回来了，从此没有后文。这结果，不过证明了我确有稿子，并不欺骗。那时我便将印《古小说钩沈》的意思也取消，并且自己再缩短年限为半年。语堂是除办事教书之外，还要防暗算，我看他在不相干的事情上，弄得力尽神疲，真是冤枉之至。

前天开会议，连国学院的周刊也几乎印不成了；然而校长的意思，却要添顾问，如理科主任之流，都是顾问，据说是所以连络感情的。我真不懂厦门的风俗，为什么研究国学，就会伤理科主任之流的感情，而必用顾问的绳，将他绦住？联络感情法我没有研究过；兼士又已辞职，所以我决计也走了。现在去放假不过三星期，本来暂停也无妨，然而这里对于教职员的薪水，有时是锱铢必较的，离开学校十来天也想扣，所以我不想来沾放假中的薪水的便宜，至今天止，扣足一月。昨天已经出题考试，作一结束了。阅卷当在下月，但是不取分文。看完就走，刊物请暂勿寄来，待我有了驻足之所，当即函告，那时再寄罢。

临末，照例要说到天气。所谓例者，我之例也；怕有批评家指为我要勒令天下青年都照我的例，所以特此声明：并非如此。天气，确已冷了。草也比先前黄得多；然而我那门前的秋葵似的黄花却还在开着，山里也还有石榴花。苍蝇不见了，蚊子间或有之。

夜深了，再谈罢。

　　　　　　　　鲁迅。十二月三十一日

　　再：睡了一觉醒来，听到柝声，已经是五更了。这是学校的新政，上月添设，更夫也不止一人。我听着，才知道各人的打法是不同的，声调最分明地可以区别的有两种——

　　托，托，托，托托！

　　托，托，托托！托。

　　打更的声调也有派别，这是我先前所不知道的。并以奉告，当作一件新闻。

　　　　　　　　　　　　一九二六年

海上通信

小峰兄：

　　前几天得到来信，因为忙于结束我所担任的事，所以不能即刻奉答。现在总算离开厦门坐在船上了。船正在走，也不知道是在什么海上。总之一面是一望汪洋，一面却看见岛屿。但毫无风涛，就如坐在长江的船上一般。小小的颠簸自然是有的，不过这在海上就算不得颠簸；陆上的风涛要比这险恶得多。

　　同舱的一个是台湾人，他能说厦门话，我不懂；我说的蓝青官话，他不懂。他也能说几句日本话，但是，我也不大懂得他。于是乎只好笔谈，才知道他是丝绸商。我于丝绸一无所知，他于丝绸之外似乎也毫无意见。于是乎他只得睡觉，我就独霸了电灯写信了。

　　从上月起，我本在搜集材料，想趁寒假的闲空，给《唐宋传奇集》做一篇后记，准备付印，不料现在又只得搁起来。至于《野草》，此后做不做很难说，大约是不见得再做了，省得人来谬托知己，舐皮论骨，什么是"入于心"的。但要付印，也还须细看一遍，改正错字，颇费一点工夫。因此一时也不能寄上。

　　我直到十五日才上船，因为先是等上月份的薪水，后来是等船。在最后的一星期中，住着实在很为难，但也更懂了一些新的世故，就是，我先前只以为要饭碗不容易，现在才知道不要饭碗也是不容易的。我辞职时，是说自己生病，因为我觉得无论怎样的暴主，还不至于禁止生病；倘使所生的并非气厥病，也不至于牵连了别人。不料一部分的青年不相信，给我开了几次送别会，演说，照相，大抵是逾量的优礼，我知道有些不妥了，连连说明：我是戴着"纸糊的假冠"的，请他们不要惜别，请他们不要忆念。但是，不知怎地终于发生了改良学校运动，首先提出的是要求校长罢免大学秘书刘树杞博士。

听说三年前，这里也有一回相类的风潮，结果是学生完全失败，在上海分立了一个大夏大学。那时校长如何自卫，我不得而知；这回是说我的辞职，和刘博士无干，乃是胡适之派和鲁迅派相排挤，所以走掉的。这话就登在鼓浪屿的日报《民钟》上，并且已经加以驳斥。但有几位同事还大大地紧张起来，开会提出质问；而校长却答复得很干脆：没有说这话。有的还不放心，更给我放散别种的谣言，要减轻"排挤说"的势力。真是"天下纷纷，何时定乎？"如果我安心在厦门大学吃饭，或者没有这些事的罢，然而这是我所意料不到的。

校长林文庆博士是英国籍的中国人，开口闭口，不离孔子，曾经做过一本讲孔教的书，可惜名目我忘记了。听说还有一本英文的自传，将在商务印书馆出版；现在正做着《人种问题》。他待我实在是很隆重，请我吃过几回饭；单是饯行，就有两回。不过现在"排挤说"倒衰退了；前天所听到的是他在宣传，我到厦门，原是来捣乱，并非豫备在厦门教书的，所以北京的位置都没有辞掉。

现在我没有到北京，"位置说"大概又要衰退了罢，新说如何，可惜我已在船上，不得而知。据我的意料，罪孽一定是日见其深重的，因为中国向来就是"当面输心背面笑"，正不必"新的时代"的青年才这样。对面是"吾师"和"先生"，背后是毒药和暗箭，领教了已经不只两三次了。

新近还听到我的一件罪案，是关于集美学校的。厦门大学和集美学校，都是秘密世界，外人大抵不大知道。现在因为反对校长，闹了风潮了。先前，那校长叶渊定要请国学院里的人们去演说，于是分为六组，每星期一组，凡两人。第一次是我和语堂。那招待法也很隆重，前一夜就有秘书来迎接。此公和我谈起，校长的意思是以为学生应该专门埋头读书的。我就说，那么我却以为也应该留心世事，和校长的尊意正相反，不如不去的好罢。他却道不妨，也可以说说。于是第二天去了，校长实在沉鸷得很，殷勤劝我吃饭。我却一面吃，一面愁。心里想，先给我演说就好了，听得讨厌，就可以不请我吃饭；现在饭已下肚，倘使说话有背谬之处，适足以加重罪孽，如何是好呢。午后讲演，我说的是照例的聪明人不能做事，因为他想来想去，终于什么也做不成等类的话。那时校长坐在我背后，我看不见。直到前几天，才听说这位叶渊校长也说集美学校的闹风潮，都是我不好，对青年人说话，那里可以说人是不必想来想去的呢。当我说到这里的时候，他还在后面摇摇头。

　　我的处世，自以为退让得尽够了，人家在办报，我决不自行去投稿；人家在开会，我决不自己去演说。硬要我去，自然也可以的，但须任凭我说一点我所要说的话，否则，我宁可一声不响，算是死尸。但这里却必须我开口说话，而话又须合于校长之意。我不是别人，那知道别人的意思呢？"先意承志"的妙法，又未曾学过。其被摇头，实活该也。

　　但从去年以来，我居然大大地变坏，或者是进步了。虽或受着各方面的斫刺，似乎已经没有创伤，或者不再觉得痛楚；即使加我罪案，也并不觉着一点沉重了。这是我经历了许多旧的和新的世故之后，才获得的。我已经管不得许多，只好从退让到无可退避之地，进而和他们冲突，蔑视他们，并且蔑视他们的蔑视了。

我的信要就此收场。海上的月色是这样皎洁；波面映出一大片银鳞，闪烁摇动；此外是碧玉一般的海水，看去仿佛很温柔。我不信这样的东西是会淹死人的。但是，请你放心，这是笑话，不要疑心我要跳海了，我还毫没有跳海的意思。

鲁迅。一月十六夜，海上
一九二七年

而已集

题　辞

这半年我又看见了许多血和许多泪，
然而我只有杂感而已。

泪揩了，血消了；
屠伯们逍遥复逍遥，
用钢刀的，用软刀的。
然而我只有"杂感"而已。

连"杂感"也被"放进了应该去的地方"时，
我于是只有"而已"而已！

　　以上的八句话，是在一九二六年十月十四夜里，编完
那年那时为止的杂感集后，写在末尾的，现在便取来作为
一九二七年的杂感集的题辞。

　　　　　　　　一九二八年十月三十日，鲁迅校讫记

黄花节的杂感

黄花节将近了，必须做一点所谓文章。但对于这一个题目的文章，教我做起来，实在近于先前的在考场里"对空策"。因为，——说出来自己也惭愧，——黄花节这三个字，我自然明白它是什么意思的；然而战死在黄花冈头的战士们呢，不但姓名，连人数也不知道。

为寻些材料，好发议论起见，只得查《辞源》。书里面有是有的，可不过是：

> 黄花冈。地名，在广东省城北门外白云山之麓。清宣统三年三月二十九日，革命党数十人，攻袭督署，不成而死，丛葬于此。

轻描淡写，和我所知道的差不多，于我并不能有所裨益。

我又愿意知道一点十七年前的三月二十九日的情形，但一时也找不到目击耳闻的耆老。从别的地方——如北京，南京，我的故乡——的例子推想起来，当时大概有若干人痛惜，若干人快意，若干人没有什么意见，若干人当作酒后茶余的谈助的罢。接着便将被人们忘却。久受压制的人们，被压制时只能忍苦，幸而解放了便只知道作乐，悲壮剧是不能久留在记忆里的。

但是三月二十九日的事却特别，当时虽然失败，十月就是武昌起义，第二年，中华民国便出现了。于是这些失败的战士，当时也就成为革命成功的先驱，悲壮剧刚要收场，又添上一个团圆剧的结束。这于我们是很可庆幸的，我想，在纪念黄花节的时候便可以看出。

我还没有亲自遇见过黄花节的纪念，因为久在北方。不过，中山先生的纪念日却遇见过了：在学校里，晚上来看演剧的特别多，连凳子也踏破了几条，非常热闹。用这例子来推断，那么，黄花节也一定该是极其热闹的罢。

当三月十二日那天的晚上，我在热闹场中，便深深地更感得革命家的伟大。我想，恋爱成功的时候，一个爱人死掉了，只能给生存的那一个以悲哀。然而革命成功的时候，革命家死掉了，却能每年给生存的大家以热闹，甚而至于欢欣鼓舞。惟独革命家，无论他生或死，都能给大家以幸福。同是爱，结果却有这样地不同，正无怪现在的青年，很有许多感到恋爱和革命的冲突的苦闷。

以上的所谓"革命成功"，是指暂时的事而言；其实是"革命尚未成功"的。革命无止境，倘使世上真有什么"止于至善"，这人间世便同时变了凝固的东西了。不过，中国经了许多战士的精神和血肉的培养，却的确长出了一点先前所没有的幸福的花果来，也还有逐渐生长的希望。倘若不像有，那是因为继续培养的人们少，而赏玩，攀折这花，摘食这果实的人们倒是太多的缘故。

我并非说，大家都须天天去痛哭流涕，以凭吊先烈的"在天之灵"，一年中有一天记起他们也就可以了。但就广东的现在而论，我却觉得大家对于节日的办法，还须改良一点。黄花节很热闹，热闹一天自然也好；热闹得疲劳了，回去就好好地睡一觉。然而第二天，元气恢复了，就该加工做一天自己该做的工作。这当然是劳苦的，但总比枪弹从致命的地方穿过去要好得远；何况这也算是在培养幸福的花果，为着后来的人们呢。

一九二七年三月二十四日夜

略论中国人的脸

　　大约人们一遇到不大看惯的东西，总不免以为他古怪。我还记得初看见西洋人的时候，就觉得他脸太白，头发太黄，眼珠太淡，鼻梁太高。虽然不能明明白白地说出理由来，但总而言之：相貌不应该如此。至于对于中国人的脸，是毫无异议；即使有好丑之别，然而都不错的。

　　我们的古人，倒似乎并不放松自己中国人的相貌。周的孟轲就用眸子来判胸中的正不正，汉朝还有《相人》二十四卷。后来闹这玩艺儿的尤其多；分起来，可以说有两派罢：一是从脸上看出他的智愚贤不肖；一是从脸上看出他过去，现在和将来的荣枯。于是天下纷纷，从此多事，许多人就都战战兢兢地研究自己的脸。我想，镜子的发明，恐怕这些人和小姐们是大有功劳的。不过近来前一派已经不大有人讲究，在北京上海这些地方捣鬼的都只是后一派了。

　　我一向只留心西洋人。留心的结果，又觉得他们的皮肤未免太粗；毫毛有白色的，也不好。皮上常有红点，即因为颜色太白之故，倒不如我们之黄。尤其不好的是红鼻子，有时简直像是将要熔化的蜡烛油，仿佛就要滴下来，使人看得栗栗危惧，也不及黄色人种的较为隐晦，也见得较为安全。总而言之：相貌还是不应该如此的。

　　后来，我看见西洋人所画的中国人，才知道他们对于我们的相貌也很不敬。那似乎是《天方夜谈》或者《安兑生童话》中的插画，现在不很记得清楚了。头上戴着拖花翎的红缨帽，一条辫子在空中飞扬，朝靴的粉底非常之厚。但这些都是满洲人连累我们的。独有两眼歪斜，张嘴露齿，却是我们自己本来的相貌。不过我那时想，其实并不尽然，外国人特地要奚落我们，所以格外形容得过度了。

但此后对于中国一部分人们的相貌，我也逐渐感到一种不满，就是他们每看见不常见的事件或华丽的女人，听到有些醉心的说话的时候，下巴总要慢慢挂下，将嘴张了开来。这实在不大雅观；仿佛精神上缺少着一样什么机件。据研究人体的学者们说，一头附着在上颚骨上，那一头附着在下颚骨上的"咬筋"，力量是非常之大的。我们幼小时候想吃核桃，必须放在门缝里将它的壳夹碎。但在成人，只要牙齿好，那咬筋一收缩，便能咬碎一个核桃。有着这么大的力量的筋，有时竟不能收住一个并不沉重的自己的下巴，虽然正在看得出神的时候，倒也情有可原，但我总以为究竟不是十分体面的事。

日本的长谷川如是闲是善于做讽刺文字的。去年我见过他的一本随笔集，叫作《猫·狗·人》；其中有一篇就说到中国人的脸。大意是初见中国人，即令人感到较之日本人或西洋人，脸上总欠缺着一点什么。久而久之，看惯了，便觉得这样已经尽够，并不缺少东西；倒是看得西洋人之流的脸上，多余着一点什么。这多余着的东西，他就给它一个不大高妙的名目：兽性。中国人的脸上没有这个，是人，则加上多余的东西，即成了下列的算式：

人＋兽性＝西洋人

他借了称赞中国人，贬斥西洋人，来讥刺日本人的目的，这样就达到了，自然不必再说这兽性的不见于中国人的脸上，是本来没有的呢，还是现在已经消除。如果是后来消除的，那么，是渐渐净尽而只剩了人性的呢，还是不过渐渐成了驯顺。野牛成为家牛，野猪成为猪，狼成为狗，野性是消失了，但只足使牧人喜欢，于本身并无好处。人不过是人，不再夹杂着别的东西，当然再好没有了。倘不得已，我以为还不如带些兽性，如果合于下列的算式倒是不很有趣的：

人＋家畜性＝某一种人

中国人的脸上真可有兽性的记号的疑案，暂且中止讨论罢。我只要说近来却在中国人所理想的古今人的脸上，看见了两种多余。一到广州，我觉得比我所从来的厦门丰富得多的，是电影，而且大半是"国片"，有古装的，有时装的。因为电影是"艺术"，所以电影艺术家便将这两种多余加上去了。

古装的电影也可以说是好看，那好看不下于看戏；至少，决不至于有大锣大鼓将人的耳朵震聋。在"银幕"上，则有身穿不知何时何代的衣服的人物，缓慢地动作；脸正如古人一般死，因为要显得活，便只好加上些旧式戏子的昏庸。

时装人物的脸，只要见过清朝光绪年间上海的吴友如的《画报》的，便会觉得神态非常相像。《画报》所画的大抵不是流氓拆梢，便是妓女吃醋，所以脸相都狡猾。这精神似乎至今不变，国产影片中的人物，虽是作者以为善人杰士者，眉宇间也总带些上海洋场式的狡猾。可见不如此，是连善人杰士也做不成的。

听说，国产影片之所以多，是因为华侨欢迎，能够获利，每一

407

新片到，老的便带了孩子去指点给他们看道："看哪，我们的祖国的人们是这样的。"在广州似乎也受欢迎，日夜四场，我常见看客坐得满满。

广州现在也如上海一样，正在这样地修养他们的趣味。可惜电影一开演，电灯一定熄灭，我不能看见人们的下巴。

一九二七年四月六日

革命时代的文学

——四月八日在黄埔军官学校讲

今天要讲几句的话是就将这"革命时代的文学"算作题目。这学校是邀过我好几次了，我总是推宕着没有来。为什么呢？因为我想，诸君的所以来邀我，大约是因为我曾经做过几篇小说，是文学家，要从我这里听文学。其实我并不是的，并不懂什么。我首先正经学习的是开矿，叫我讲掘煤，也许比讲文学要好一些。自然，因为自己的嗜好，文学书是也时常看看的，不过并无心得，能说出于诸君有用的东西来。加以这几年，自己在北京所得的经验，对于一向所知道的前人所讲的文学的议论，都渐渐的怀疑起来。那是开枪打杀学生的时候罢，文禁也严厉了，我想：文学文学，是最不中用的，没有力量的人讲的；有实力的人并不开口，就杀人，被压迫的人讲几句话，写几个字，就要被杀；即使幸而不被杀，但天天呐喊，叫苦，鸣不平，而有实力的人仍然压迫，虐待，杀戮，没有方法对付他们，这文学于人们又有什么益处呢？

在自然界里也这样，鹰的捕雀，不声不响的是鹰，吱吱叫喊的是雀；猫的捕鼠，不声不响的是猫，吱吱叫喊的是老鼠；结果，还是只会开口的被不开口的吃掉。文学家弄得好，做几篇文章，也许能够称誉于当时，或者得到多少年的虚名罢，——譬如一个烈士的追悼会开过之后，烈士的事情早已不提了，大家倒传诵着谁的挽联做得好：这实在是一件很稳当的买卖。

但在这革命地方的文学家，恐怕总喜欢说文学和革命是大有关系的，例如可以用这来宣传，鼓吹，煽动，促进革命和完成革命。不过我想，这样的文章是无力的，因为好的文艺作品，向来多是不受别人命令，不顾利害，自然而然地从心中流露的东西；如果先挂起一个题目，做起文章来，那又何异于八股，在文学中并无价值，更说不到能否感动人了。为革命起见，要有"革命人"，"革命文学"倒无须急急，革命人做出东西来，才是革命文学。所以，我想：革命，倒是与文章有关系的。革命时代的文学和平时的文学不同，革命来了，文学就变换色彩。但大革命可以变换文学的色彩，小革命却不，因为不算什么革命，所以不能变换文学的色彩。在此地是听惯了"革命"了，江苏浙江谈到革命二字，听的人都很害怕，讲的人也很危险。其实"革命"是并不稀奇的，惟其有了它，社会才会改革，人类才会进步，能从原虫到人类，从野蛮到文明，就因为没有一刻不在革命。生物学家告诉我们："人类和猴子是没有大两样的，人类和猴子是表兄弟。"但为什么人类成了人，猴子终于是猴子呢？这就因为猴子不肯变化——它爱用四只脚走路。也许曾有一个猴子站起来，试用两脚走路的罢，但许多猴子就说："我们底祖先一向是爬的，不许你站！"咬死了。它们不但不肯站起来，并且不肯讲话，因为它守旧。人类就不然，他终于站起，讲话，结果是他胜利了。现在也还没有完。所以革命是并不稀奇的，凡是至今还未灭亡的民族，还都天天在努力革命，虽然往往不过是小革命。

大革命与文学有什么影响呢？大约可以分开三个时候来说：

（一）大革命之前，所有的文学，大抵是对于种种社会状态，觉得不平，觉得痛苦，就叫苦，鸣不平，在世界文学中关于这类的

410

文学颇不少。但这些叫苦鸣不平的文学对于革命没有什么影响，因为叫苦鸣不平，并无力量，压迫你们的人仍然不理，老鼠虽然吱吱地叫，尽管叫出很好的文学，而猫儿吃起它来，还是不客气。所以仅仅有叫苦鸣不平的文学时，这个民族还没有希望，因为止于叫苦和鸣不平。例如人们打官司，失败的方面到了分发冤单的时候，对手就知道他没有力量再打官司，事情已经了结了；所以叫苦鸣不平的文学等于喊冤，压迫者对此倒觉得放心。有些民族因为叫苦无用，连苦也不叫了，他们便成为沉默的民族，渐渐更加衰颓下去，埃及，阿拉伯，波斯，印度就都没有什么声音了！至于富有反抗性，蕴有力量的民族，因为叫苦没用，他便觉悟起来，由哀音而变为怒吼。怒吼的文学一出现，反抗就快到了；他们已经很愤怒，所以与革命爆发时代接近的文学每每带有愤怒之音；他要反抗，他要复仇。苏俄革命将起时，即有些这类的文学。但也有例外，如波兰，虽然早有复仇的文学，然而他的恢复，是靠着欧洲大战的。

（二）到了大革命的时代，文学没有了，没有声音了，因为大家受革命潮流的鼓荡，大家由呼喊而转入行动，大家忙着革命，没有闲空谈文学了。还有一层，是那时民生凋敝，一心寻面包吃尚且来不及，那里有心思谈文学呢？守旧的人因为受革命潮流的打击，气得发昏，也不能再唱所谓他们底文学了。有人说："文学是穷苦的时候做的"，其实未必，穷苦的时候必定没有文学作品的；我在北京时，一穷，就到处借钱，不写一个字，到薪俸发放时，才坐下来做文章。忙的时候也必定没有文学作品，挑担的人必要把担子放下，才能做文章；拉车的人也必要把车子放下，才能做文章。大革命时代忙得很，同时又穷得很，这一部分人和那一部分人斗争，非先行变换现代社会底状态不可，没有时间也没有心思做文章；所以大革命时代的文学便只好暂归沉寂了。

（三）等到大革命成功后，社会底状态缓和了，大家底生活有余裕了，这时候就又产生文学。这时候底文学有二：一种文学是赞扬革命，称颂革命，——讴歌革命，因为进步的文学家想到社会改变，社会向前走，对于旧社会的破坏和新社会的建设，都觉得有意义，一方面对于旧制度的崩坏很高兴，一方面对于新的建设来讴歌。另有一种文学是吊旧社会的灭亡——挽歌——也是革命后会有的文学。有些的人以为这是"反革命的文学"，我想，倒也无须加以这么大的罪名。革命虽然进行，但社会上旧人物还很多，决不能一时变成新人物，他们的脑中满藏着旧思想旧东西；环境渐变，影响到他们自身的一切，于是回想旧时的舒服，便对于旧社会眷念不已，恋恋不舍，因而讲出很古的话，陈旧的话，形成这样的文学。这种文学都是悲哀的调子，表示他心里不舒服，一方面看见新的建设胜利了，一方面看见旧的制度灭亡了，所以唱起挽歌来。但是怀旧，唱挽歌，就表示已经革命了，如果没有革命，旧人物正得势，是不会唱挽歌的。

不过中国没有这两种文学——对旧制度挽歌，对新制度讴歌；因为中国革命还没有成功，正是青黄不接，忙于革命的时候。不过旧文学仍然很多，报纸上的文章，几乎全是旧式。我想，这足见中国革命对于社会没有多大的改变，对于守旧的人没有多大的影响，所以旧人仍能超然物外。广东报纸所讲的文学，都是旧的，新的很少，也可以证明广东社会没有受革命影响；没有对新的讴歌，也没有对旧的挽歌，广东仍然是十年前底广东。不但如此，并且也没有叫苦，没有鸣不平；止看见工会参加游行，但这是政府允许的，不是因压迫而反抗的，也不过是奉旨革命。中国社会没有改变，所以没有怀旧的哀词，也没有崭新的进行曲，只在苏俄却已产生了这两种文学。他们的旧文学家逃亡外国，所作的文学，多是吊亡挽旧的哀词；新文学则正在努力向前走，伟大的作品虽然还没有，但是新作品已不少，他们已经离开怒吼时期而过渡到讴歌的时期了。赞美建设是革命进行以后的影响，再往后去的情形怎样，现在不得而知，但推想起来，大约是平民文学罢，因为平民的世界，是革命的结果。

现在中国自然没有平民文学，世界上也还没有平民文学，所有的文学，歌呀，诗呀，大抵是给上等人看的；他们吃饱了，睡在躺椅上，捧着看。一个才子出门遇见一个佳人，两个人很要好，有一个不才子从中捣乱，生出差迟来，但终于团圆了。这样地看看，多么舒服。或者讲上等人怎样有趣和快乐，下等人怎样可笑。前几年《新青年》载过几篇小说，描写罪人在寒地里的生活，大学教授看了就不高兴，因为他们不喜欢看这样的下流人。如果诗歌描写车夫，就是下流诗歌；一出戏里，有犯罪的事情，就是下流戏。他们的戏里的脚色，止有才子佳人，才子中状元，佳人封一品夫人，在才子佳人本身很欢喜，他们看了也很欢喜，下等人没奈何，也只好替他们一同欢喜欢喜。在现在，有人以平民——工人农民——为材料，做小说做诗，我们也称之为平民文学，其实这不是平民文学，因为平民还没有开口。这是另外的人从旁看见平民的生活，假托平民底口吻而说的。眼前的文人有些虽然穷，但总比工人农民富足些，这才能有钱去读书，才能有文章；一看好像是平民所说的，其实不是；这不是真的平民小说。平民所唱的山歌野曲，现在也有人写下来，以为是平民之音了，因为是老百姓所唱。但他们间接受古书的影响很大，他们对于乡下的绅士有田三千亩，佩服得不了，每每拿绅士的思想，做自己的思想，绅士们惯吟五言诗，七言诗；因此他们所唱的山歌野曲，大半也是五言或七言。这是就格律而言，还有构思取意，也是很陈腐的，不能称是真正的平民文学。现在中国底小说和诗实在比不上别国，无可奈何，只好称之曰文学；谈不到革命时代的文学，更谈不到平民文学。现在的文学家都是读书人，如果工人农民不解放，工人农民的思想，仍然是读书人的思想，必待工人农民得到真正的解放，然后才有真正的平民文学。有些人说："中国已有平民文学"，其实这是不对的。

诸君是实际的战争者，是革命的战士，我以为现在还是不要佩服文学的好。学文学对于战争，没有益处，最好不过作一篇战歌，或者写得美的，便可于战余休憩时看看，倒也有趣。要讲得堂皇点，则譬如种柳树，待到柳树长大，浓阴蔽日，农夫耕作到正午，或者可以坐在柳树底下吃饭，休息休息。中国现在的社会情状，止有实地的革命战争，一首诗吓不走孙传芳，一炮就把孙传芳轰走了。自然也有人以为文学于革命是有伟力的，但我个人总觉得怀疑，文学总是一种余裕的产物，可以表示一民族的文化，倒是真的。

人大概是不满于自己目前所做的事的，我一向只会做几篇文章，自己也做得厌了，而捏枪的诸君，却又要听讲文学。我呢，自然倒愿意听听大炮的声音，仿佛觉得大炮的声音或者比文学的声音要好听得多似的。我的演说只有这样多，感谢诸君听完的厚意！

一九二七年

写在《劳动问题》之前

　　还记得去年夏天住在北京的时候，遇见张我权君，听到他说过这样意思的话："中国人似乎都忘记了台湾了，谁也不大提起。"他是一个台湾的青年。

　　我当时就像受了创痛似的，有点苦楚；但口上却道："不。那倒不至于的。只因为本国太破烂，内忧外患，非常之多，自顾不暇了，所以只能将台湾这些事情暂且放下。……"

　　但正在困苦中的台湾的青年，却并不将中国的事情暂且放下。他们常希望中国革命的成功，赞助中国的改革，总想尽些力，于中国的现在和将来有所裨益，即使是自己还在做学生。

　　张秀哲君是我在广州才遇见的。我们谈了几回，知道他已经译成一部《劳动问题》给中国，还希望我做一点简短的序文。我是不善于作序，也不赞成作序的；况且对于劳动问题，一无所知，尤其没有开口的资格。我所能负责说出来的，不过是张君于中日两国的文字，俱极精通，译文定必十分可靠这一点罢了。

　　但我这回却很愿意写几句话在这一部译本之前，只要我能够。我虽然不知道劳动问题，但译者在游学中尚且为民众尽力的努力与诚意，我是觉得的。

　　我只能以这几句话表出我个人的感激。但我相信，这努力与诚意，读者也一定都会觉得的。这实在比无论什么序文都有力。

　　　　一九二七年四月十一日，鲁迅识于广州中山大学

读书杂谈

——七月十六日在广州知用中学讲

因为知用中学的先生们希望我来演讲一回，所以今天到这里和诸君相见。不过我也没有什么东西可讲。忽而想到学校是读书的所在，就随便谈谈读书。是我个人的意见，姑且供诸君的参考，其实也算不得什么演讲。

说到读书，似乎是很明白的事，只要拿书来读就是了，但是并不这样简单。至少，就有两种：一是职业的读书，一是嗜好的读书。所谓职业的读书者，譬如学生因为升学，教员因为要讲功课，不翻翻书，就有些危险的就是。我想在坐的诸君之中一定有些这样的经验，有的不喜欢算学，有的不喜欢博物，然而不得不学，否则，不能毕业，不能升学，和将来的生计便有妨碍了。我自己也这样，因为做教员，有时即非看不喜欢看的书不可，要不这样，怕不久便会于饭碗有妨。我们习惯了，一说起读书，就觉得是高尚的事情，其实这样的读书，和木匠的磨斧头，裁缝的理针线并没有什么分别，并不见得高尚，有时还很苦痛，很可怜。你爱做的事，偏不给你做，你不爱做的，倒非做不可。这是由于职业和嗜好不能合一而来的。倘能够大家去做爱做的事，而仍然各有饭吃，那是多么幸福。但现在的社会上还做不到，所以读书的人们的最大部分，大概是勉勉强强的，带着苦痛的为职业的读书。

现在再讲嗜好的读书罢。那是出于自愿，全不勉强，离开了利害关系的。——我想，嗜好的读书，该如爱打牌的一样，天天打，夜夜打，连续的去打，有时被公安局捉去了，放出来之后还是打。诸君要知道真打牌的人的目的并不在赢钱，而在有趣。牌有怎样的有趣呢，我是外行，不大明白。但听得爱赌的人说，它妙在一张一张的摸起来，永远变化无穷。我想，凡嗜好的读书，能够手不释卷的原因也就是这样。他在每一叶每一叶里，都得着深厚的趣味。自然，也可以扩大精神，增加智识的，但这些倒都不计及，一计及，便等于意在赢钱的博徒了，这在博徒之中，也算是下品。

不过我的意思，并非说诸君应该都退了学，去看自己喜欢看的书去，这样的时候还没有到来；也许终于不会到，至多，将来可以设法使人们对于非做不可的事发生较多的兴味罢了。我现在是说，爱看书的青年，大可以看看本分以外的书，即课外的书，不要只将课内的书抱住。但请不要误解，我并非说，譬如在国文讲堂上，应该在抽屉里暗看《红楼梦》之类；乃是说，应做的功课已完而有余暇，大可以看看各样的书，即使和本业毫不相干的，也要泛览。譬如学理科的，偏看看文学书，学文学的，偏看看科学书，看看别个在那里研究的，究竟是怎么一回事。这样子，对于别人，别事，可以有更深的了解。现在中国有一个大毛病，就是人们大概以为自己所学的一门是最好，最妙，最要紧的学问，而别的都无用，都不足道的，弄这些不足道的东西的人，将来该当饿死。其实是，世界还没有如此简单，学问都各有用处，要定什么是头等还很难。也幸而有各式各样的人，假如世界上全是文学家，到处所讲的不是"文学的分类"便是"诗之构造"，那倒反而无聊得很了。

不过以上所说的，是附带而得的效果，嗜好的读书，本人自然并不计及那些，就如游公园似的，随随便便去，因为随随便便，所以不吃力，因为不吃力，所以会觉得有趣。如果一本书拿到手，就满心想道，"我在读书了！""我在用功了！"那就容易疲劳，因而减掉兴味，或者变成苦事了。

我看现在的青年，为兴味的读书的是有的，我也常常遇到各样的询问。此刻就将我所想到的说一点，但是只限于文学方面，因为我不明白其他的。

第一，是往往分不清文学和文章。甚至于已经来动手做批评文章的，也免不了这毛病。其实粗粗的说，这是容易分别的。研究文章的历史或理论的，是文学家，是学者；做做诗，或戏曲小说的，是做文章的人，就是古时候所谓文人，此刻所谓创作家。创作家不妨毫不理会文学史或理论，文学家也不妨做不出一句诗。然而中国社会上还很误解，你做几篇小说，便以为你一定懂得小说概论，做几句新诗，就要你讲诗之原理。我也尝见想做小说的青年，先买小说法程和文学史来看。据我看来，是即使将这些书看烂了，和创作也没有什么关系的。

事实上，现在有几个做文章的人，有时也确去做教授。但这是因为中国创作不值钱，养不活自己的缘故。听说美国小名家的一篇中篇小说，时价是二千美金；中国呢，别人我不知道，我自己的短篇寄给大书铺，每篇卖过二十元。当然要寻别的事，例如教书，讲文学。研究是要用理智，要冷静的，而创作须情感，至少总得发点热，于是忽冷忽热，弄得头昏，——这也是职业和嗜好不能合一的苦处。苦倒也罢了，结果还是什么都弄不好。那证据，是试翻世界文学史，那里面的人，几乎没有兼做教授的。

还有一种坏处，是一做教员，未免有顾忌；教授有教授的架子，不能畅所欲言。这或者有人要反驳：那么，你畅所欲言就是了，何必如此小心。然而这是事前的风凉话，一到有事，不知不觉地他也要从众来攻击的。而教授自身，纵使自以为怎样放达，下意识里总不免有架子在。所以在外国，称为"教授小说"的东西倒并不少，但是不大有人说好，至少，是总难免有令人发烦的炫学的地方。

所以我想，研究文学是一件事，做文章又是一件事。

第二，我常被询问：要弄文学，应该看什么书？这实在是一个极难回答的问题。先前也曾有几位先生给青年开过一大篇书目。但从我看来，这是没有什么用处的，因为我觉得那都是开书目的先生自己想要看或者未必想要看的书目。我以为倘要弄旧的呢，倒不如姑且靠着张之洞的《书目答问》去摸门径去。倘是新的，研究文学，则自己先看看各种的小本子，如本间久雄的《新文学概论》，厨川白村的《苦闷的象征》，瓦浪斯基们的《苏俄的文艺论战》之类，然后自己再想想，再博览下去。因为文学的理论不像算学，二二一定得四，所以议论很纷歧。如第三种，便是俄国的两派的争论，——我附带说一句，近来听说连俄国的小说也不大有人看了，似乎一看见"俄"字就吃惊，其实苏俄的新创作何尝有人绍介，此刻译出的几本，都是革命前的作品，作者在那边都已经被看作反革命的了。倘要看看文艺作品呢，则先看几种名家的选本，从中觉得谁的作品自己最爱看，然后再看这一个作者的专集，然后再从文学史上看看他在史上的位置；倘要知道得更详细，就看一两本这人的传记，那便可以大略了解了。如果专是请教别人，则各人的嗜好不同，总是格不相入的。

第三，说几句关于批评的事。现在因为出版物太多了，——其实有什么呢，而读者因为不胜其纷纭，便渴望批评，于是批评家也便应运而起。批评这东西，对于读者，至少对于和这批评家趣旨相近的读者，是有用的。但中国现在，似乎应该暂作别论。往往有人误以为批评家对于创作是操生杀之权，占文坛的最高位的，就忽而变成批评家；他的灵魂上挂了刀。但是怕自己的立论不周密，便主张主观，有时怕自己的观察别人不看重，又主张客观；有时说自己的作文的根柢全是同情，有时将校对者骂得一文不值。凡中国的批评文字，我总是越看越胡涂，如果当真，就要无路可走。印度人是早知道的，有一个很普通的比喻。他们说：一个老翁和一个孩子用一匹驴子驮着货物去出卖，货卖去了，孩子骑驴回来，老翁跟着走。但路人责备他了，说是不晓事，叫老年人徒步。他们便换了一个地位，而旁人又说老人忍心；老人忙将孩子抱到鞍鞯上，后来看见的人却说他们残酷；于是都下来，走了不久，可又有人笑他们了，说他们是呆子，空着现成的驴子却不骑。于是老人对孩子叹息道，我们只剩了一个办法了，是我们两人抬着驴子走。无论读，无论做，倘若旁征博访，结果是往往会弄到抬驴子走的。

不过我并非要大家不看批评，不过说看了之后，仍要看看本书，自己思索，自己做主。看别的书也一样，仍要自己思索，自己观察。倘只看书，便变成书厨，即使自己觉得有趣，而那趣味其实是已在逐渐硬化，逐渐死去了。我先前反对青年躲进研究室，也就是这意思，至今有些学者，还将这话算作我的一条罪状哩。

听说英国的培那特萧（Bernard Shaw），有过这样意思的话：世间最不行的是读书者。因为他只能看别人的思想艺术，不用自己。这也就是勖本华尔（Schopenhauer）之所谓脑子里给别人跑马。较好的是思索者。因为能用自己的生活力了，但还不免是空想，所以更好的是观察者，他用自己的眼睛去读世间这一部活书。

这是的确的，实地经验总比看，听，空想确凿。我先前吃过干荔支，罐头荔支，陈年荔支，并且由这些推想过新鲜的好荔支。这回吃过了，和我所猜想的不同，非到广东来吃就永不会知道。但我对于萧的所说，还要加一点骑墙的议论。萧是爱尔兰人，立论也不免有些偏激的。我以为假如从广东乡下找一个没有历练的人，叫他从上海到北京或者什么地方，然后问他观察所得，我恐怕是很有限的，因为他没有练习过观察力。所以要观察，还是先要经过思索和读书。

总之，我的意思是很简单的：我们自动的读书，即嗜好的读书，请教别人是大抵无用，只好先行泛览，然后决择而入于自己所爱的较专的一门或几门；但专读书也有弊病，所以必须和实社会接触，使所读的书活起来。

一九二七年

通　信

小峰兄：

收到了几期《语丝》，看见有《鲁迅在广东》的一个广告，说是我的言论之类，都收集在内。后来的另一广告上，却变成"鲁迅著"了。我以为这不大好。

我到中山大学的本意，原不过是教书。然而有些青年大开其欢迎会。我知道不妙，所以首先第一回演说，就声明我不是什么"战士"，"革命家"。倘若是的，就应该在北京，厦门奋斗；但我躲到"革命后方"的广州来了，这就是并非"战士"的证据。

不料主席的某先生——他那时是委员——接着演说，说这是我太谦虚，就我过去的事实看来，确是一个战斗者，革命者。于是礼堂上劈劈拍拍一阵拍手，我的"战士"便做定了。拍手之后，大家都已走散，再向谁去推辞？我只好咬着牙关，背了"战士"的招牌走进房里去，想到敝同乡秋瑾姑娘，就是被这种劈劈拍拍的拍手拍死的。我莫非也非"阵亡"不可么？

没有法子，姑且由它去罢。然而苦矣！访问的，研究的，谈文学的，侦探思想的，要做序，题签的，请演说的，闹得个不亦乐乎。我尤其怕的是演说，因为它有指定的时候，不听拖延。临时到来一班青年，连劝带逼，将你绑了出去。而所说的话是大概有一定的题目的。命题作文，我最不擅长。否则，我在清朝不早进了秀才了么？然而不得已，也只好起承转合，上台去说几句。但我自有定例：至多以十分钟为限。可是心里还是不舒服，事前事后，我常常对熟人叹息说：不料我竟到"革命的策源地"来做洋八股了。

还有一层，我凡有东西发表，无论讲义，演说，是必须自己看过的。但那时太忙，有时不但稿子没有看，连印出了之后也没有看。这回变成书了，我也今天才知道，而终于不明白究竟是怎么一回事，里面是怎样的东西。现在我也不想拿什么费话来捣乱，但以我们多年的交情，希望你最好允许我实行下列三样——

一，将书中的我的演说，文章等都删去。

二，将广告上的著者的署名改正。

三，将这信在《语丝》上发表。

这样一来，就只剩了别人所编的别人的文章，我当然心安理得，无话可说了。但是，还有一层，看了《鲁迅在广东》，是不足以很知道鲁迅之在广东的。我想，要后面再加上几十页白纸，才可以称为"鲁迅在广东"。

回想起我这一年的境遇来，有时实在觉得有味。在厦门，是到时静悄悄，后来大热闹；在广东，是到时大热闹，后来静悄悄。肚大两头尖，像一个橄榄。我如有作品，题这名目是最好的，可惜被郭沫若先生占先用去了。但好在我也没有作品。

至于那时关于我的文字，大概是多的罢。我还记得每有一篇登出，某教授便魂不附体似的对我说道："又在恭维你了！看见了么？"我总点点头，说，"看见了。"谈下去，他照例说，"在西洋，文学是只有女人看的。"我也点点头，说，"大概是的罢。"心里却想：战士和革命者的虚衔，大约不久就要革掉了罢。

照那时的形势看来，实在也足令认明了我的"纸糊的假冠"的才子们生气。但那形势是另有缘故的，以非急切，姑且不谈。现在所要说的，只是报上所表见的，乃是一时的情形；此刻早没有假冠了，可惜报上并不记载。但我在广东的鲁迅自己，是知道的，所以写一点出来，给憎恶我的先生们平平心——

一，"战斗"和"革命"，先前几乎有修改为"捣乱"的趋势，现在大约可以免了。但旧衔似乎已经革去。

二，要我做序的书，已经托故取回。期刊上的我的题签，已经撤换。

三，报上说我已经逃走，或者说我到汉口去了。写信去更正，就没收。

四，有一种报上，竭力不使它有"鲁迅"两字出现，这是由比较两种报上的同一记事而知道的。

五，一种报上，已给我另定了一种头衔，曰：杂感家。评论是"特长即在他的尖锐的笔调，此外别无可称。"然而他希望我们和《现代评论》合作。为什么呢？他说："因为我们细考两派文章思想，初无什么大别。"（此刻我才知道，这篇文章是转录上海的《学灯》的。原来如此，无怪其然。写完之后，追注。）

六，一个学者，已经说是我的文字损害了他，要将我送官了，先给我一个命令道："暂勿离粤，以俟审讯！"

阿呀，仁兄，你看这怎么得了呀！逃掉了五色旗下的"铁窗斧钺风味"，而在青天白日之下又有"缧绁之忧"了。"孔子曰：'非其罪也。'以其子妻之。"怕未必有这样侥幸的事罢，唉唉，呜呼！

但那是其实没有什么的，以上云云，真是"小病呻吟"。我之所以要声明，不过希望大家不要误解，以为我是坐在高台上指挥"思想革命"而已。尤其是有几位青年，纳罕我为什么近来不开口。你看，再开口，岂不要永"勿离粤，以俟开审"了么？语有之曰：是非只为多开口，烦恼皆因强出头。此之谓也。

我所遇见的那些事，全是社会上的常情，我倒并不觉得怎样。我所感到悲哀的，是有几个同我来的学生，至今还找不到学校进，还在颠沛流离。我还要补足一句，是：他们都不是共产党，也不是亲共派。其吃苦的原因，就在和我认得。所以有一个，曾得到他的同乡的忠告道："你以后不要再说你是鲁迅的学生了罢。"在某大学里，听说尤其严厉，看看《语丝》，就要被称为"语丝派"；和我认识，就要被叫为"鲁迅派"的。

这样子，我想，已经够了，大足以平平正人君子之流的心了。但还要声明一句，这是一部分的人们对我的情形。此外，肯忘掉我，或者至今还和我来往，或要我写字或讲演的人，偶然也仍旧有的。

《语丝》我仍旧爱看，还是他能够破破我的岑寂。但据我看来，其中有些关于南边的议论，未免有一点隔膜。譬如，有一回，似乎颇以"正人君子"之南下为奇，殊不知《现代》在这里，一向是销行很广的。相距太远，也难怪。我在厦门，还只知道一个共产党的总名，到此以后，才知道其中有 CP 和 CY 之分。一直到近来，才知道非共产党而称为什么 Y 什么 Y 的，还不止一种。我又仿佛感到有一个团体，是自以为正统，而喜欢监督思想的。我似乎也就在被监督之列，有时遇见盘问式的访问者，我往往疑心就是他们。但是否的确如此，也到底摸不清，即使真的，我也说不出名目，因为那些名目，多是我所没有听到过的。

以上算是牢骚。但我觉得正人君子这回是可以审问我了："你知道苦了罢？你改悔不改悔？"大约也不但正人君子，凡对我有些好意的人，也要问的。我的仁兄，你也许即是其一。我可以即刻答复："一点不苦，一点不悔。而且倒很有趣的。"

土耳其鸡的鸡冠似的彩色的变换，在"以俟开审"之暇，随便看看，实在是有趣的。你知道没有？一群正人君子，连拜服"孤桐

425

先生"的陈源教授即西滢，都舍弃了公理正义的栈房的东吉祥胡同，到青天白日旗下来"服务"了。《民报》的广告在我的名字上用了"权威"两个字，当时陈源教授多么挖苦呀。这回我看见《闲话》出版的广告，道："想认识这位文艺批评界的权威的，——尤其不可不读《闲话》！"这真使我觉得飘飘然，原来你不必"请君入瓮"，自己也会爬进来!

但那广告上又举出一个曾经被称为"学棍"的鲁迅来，而这回偏尊之曰"先生"，居然和这"文艺批评界的权威"并列，却确乎给了我一个不小的打击。我立刻自觉：阿呀，痛哉，又被钉在木板上替"文艺批评界的权威"做广告了。两个"权威"，一个假的和一个真的，一个被"权威"挖苦的"权威"和一个挖苦"权威"的"权威"。呵呵!

祝你安好。我是好的。

鲁迅。九,三
一九二七年

答有恒先生

有恒先生：

你的许多话，今天在《北新》上看见了。我感谢你对于我的希望和好意，这是我看得出来的。现在我想简略地奉答几句，并以寄和你意见相仿的诸位。

我很闲，决不至于连写字工夫都没有。但我的不发议论，是很久了，还是去年夏天决定的，我豫定的沉默期间是两年。

我看得时光不大重要，有时往往将它当作儿戏。

但现在沉默的原因，却不是先前决定的原因，因为我离开厦门的时候，思想已经有些改变。这种变迁的径路，说起来太烦，姑且略掉罢，我希望自己将来或者会发表。单就近时而言，则大原因之一，是：我恐怖了。而且这种恐怖，我觉得从来没有经验过。

我至今还没有将这"恐怖"仔细分析。姑且说一两种我自己已经诊察明白的，则：

一，我的一种妄想破灭了。我至今为止，时时有一种乐观，以为压迫，杀戮青年的，大概是老人。这种老人渐渐死去，中国总可比较地有生气。现在我知道不然了，杀戮青年的，似乎倒大概是青年，而且对于别个的不能再造的生命和青春，更无顾惜。如果对于动物，也要算"暴殄天物"。我尤其怕看的是胜利者的得意之笔："用斧劈死"呀，……"乱枪刺死"呀……。我其实并不是急进的

427

改革论者，我没有反对过死刑。但对于凌迟和灭族，我曾表示过十分的憎恶和悲痛，我以为二十世纪的人群中是不应该有的。斧劈枪刺，自然不说是凌迟，但我们不能用一粒子弹打在他后脑上么？结果是一样的，对方的死亡。但事实是事实，血的游戏已经开头，而角色又是青年，并且有得意之色。我现在已经看不见这出戏的收场。

二，我发见了我自己是一个……。是什么呢？我一时定不出名目来。我曾经说过：中国历来是排着吃人的筵宴，有吃的，有被吃的。被吃的也曾吃人，正吃的也会被吃。但我现在发见了，我自己也帮助着排筵宴。先生，你是看我的作品的，我现在发一个问题：看了之后，使你麻木，还是使你清楚；使你昏沉，还是使你活泼？倘所觉的是后者，那我的自己裁判，便证实大半了。中国的筵席上有一种"醉虾"，虾越鲜活，吃的人便越高兴，越畅快。我就是做这醉虾的帮手，弄清了老实而不幸的青年的脑子和弄敏了他的感觉，使他万一遭灾时来尝加倍的苦痛，同时给憎恶他的人们赏玩这较灵的苦痛，得到格外的享乐。我有一种设想，以为无论讨赤军，讨革军，倘捕到敌党的有智识的如学生之类，一定特别加刑，甚于对工人或其他无智识者。为什么呢，因为他可以看见更锐敏微细的痛苦的表情，得到特别的愉快。倘我的假设是不错的，那么，我的自己裁判，便完全证实了。

所以，我终于觉得无话可说。

倘若再和陈源教授之流开玩笑罢，那是容易的，我昨天就写了一点。然而无聊，我觉得他们不成什么问题。他们其实至多也不过吃半只虾或呷几口醉虾的醋。况且听说他们已经别离了最佩服的"孤桐先生"，而到青天白日旗下来革命了。我想，只要青天白日旗插远去，恐怕"孤桐先生"也会来革命的。不成问题了，都革命了，浩浩荡荡。

问题倒在我自己的落伍。还有一点小事情。就是，我先前的弄"刀笔"的罚，现在似乎降下来了。种牡丹者得花，种蒺藜者得刺，这是应该的，我毫无怨恨。但不平的是这罚仿佛太重一点，还有悲哀的是带累了几个同事和学生。

他们什么罪孽呢，就因为常常和我往来，并不说我坏。凡如此的，现在就要被称为"鲁迅党"或"语丝派"，这是"研究系"和"现代派"宣传的一个大成功。所以近一年来，鲁迅已以被"投诸四裔"为原则了。不说不知道，我在厦门的时候，后来是被搬在一所四无邻居的大洋楼上了，陪我的都是书，深夜还听到楼下野兽"唔唔"地叫。但我是不怕冷静的，况且还有学生来谈谈。然而来了第二下的打击：三个椅子要搬去两个，说是什么先生的少爷已到，要去用了。这时我实在很气愤，便问他：倘若他的孙少爷也到，我就得坐在楼板上么？不行！没有搬去，然而来了第三下的打击，一个教授微笑道：又发名士脾气了。厦门的天条，似乎是名士才能有多于一个的椅子的。"又"者，所以形容我常发名士脾气也，《春秋》笔法，先生，你大概明白的罢。还有第四下的打击，那是我临走的时候了，有人说我之所以走，一因为没有酒喝，二因为看见别人的家眷来了，心里不舒服。这还是根据那一次的"名士脾气"的。

这不过随便想到一件小事。但，即此一端，你也就可以原谅我吓得不敢开口之情有可原了罢。我知道你是不希望我做醉虾的。我再斗下去，也许会"身心交病"。然而"身心交病"，又会被人嘲笑的。自然，这些都不要紧。但我何苦呢，做醉虾？

不过我这回最侥幸的是终于没有被做成为共产党。曾经有一位青年，想以独秀办《新青年》，而我在那里做过文章这一件事，来证成我是共产党。但即被别一位青年推翻了，他知道那时连独秀也还未讲共产。退一步，"亲共派"罢，终于也没有弄成功。倘我一出中山大学即离广州，我想，是要被排进去的；但我不走，所以报上"逃走了""到汉口去了"的闹了一通之后，倒也没有事了。天下究竟还有光明，没有人说我有"分身法"。现在是，似乎没有什么头衔了，但据"现代派"说，我是"语丝派的首领"。这和生命大约并无什么直接关系，或者倒不大要紧的，只要他们没有第二下。倘如"主角"唐有壬似的又说什么"墨斯科的命令"，那可就又有些不妙了。

笔一滑，话说远了，赶紧回到"落伍"问题去。我想，先生，你大约看见的，我曾经叹息中国没有敢"抚哭叛徒的吊客"。而今何如？你也看见，在这半年中，我何尝说过一句话？虽然我曾在讲堂上公表过我的意思，虽然我的文章那时也无处发表，虽然我是早已不说话，但这都不足以作我的辩解。总而言之，现在倘再发那些四平八稳的"救救孩子"似的议论，连我自己听去，也觉得空空洞洞了。

还有，我先前的攻击社会，其实也是无聊的。社会没有知道我在攻击，倘一知道，我早已死无葬身之所了。试一攻击社会的一分子的陈源之类，看如何？而况四万万也哉？我之得以偷生者，因为他们大多数不识字，不知道，并且我的话也无效力，如一箭之入大海。否则，几条杂感，就可以送命的。民众的罚恶之心，并不下于学者和军阀。近来我悟到凡带一点改革性的主张，倘于社会无涉，才可以作为"废话"而存留，万一见效，提倡者即大概不免吃苦或杀身之祸。古今中外，其揆一也。即如目前的事，吴稚晖先生不也有一种主义的么？而他不但不被普天同愤，且可以大呼"打倒……严办"者，即因为赤党要实行共产主义于二十年之后，而他的主义却须数百年之后或者才行，由此观之，近于废话故也。人那有遥管十余代以后的灰孙子时代的世界的闲情别致也哉？

　　话已经说得不少，我想收梢了。我感于先生的毫无冷笑和恶意的态度，所以也诚实的奉答，自然，一半也借此发些牢骚。但我要声明，上面的说话中，我并不含有谦虚，我知道我自己，我解剖自己并不比解剖别人留情面。好几个满肚子恶意的所谓批评家，竭力搜索，都寻不出我的真症候。所以我这回自己说一点，当然不过一部分，有许多还是隐藏着的。

　　我觉得我也许从此不再有什么话要说，恐怖一去，来的是什么呢，我还不得而知，恐怕不见得是好东西罢。但我也在救助我自己，还是老法子：一是麻痹，二是忘却。一面挣扎着，还想从以后淡下去的"淡淡的血痕中"看见一点东西，誊在纸片上。

鲁迅。九，四

一九二七年

辞“大义”

我自从去年得罪了正人君子们的“孤桐先生”，弄得六面碰壁，只好逃出北京以后，默默无语，一年有零。以为正人君子们忘记了这个“学棍”了罢，——哈哈，并没有。

印度有一个泰戈尔。这泰戈尔到过震旦来，改名竺震旦。因为这竺震旦做过一本《新月集》，所以这震旦就有了一个新月社，——中间我不大明白了——现在又有一个叫作新月书店的。这新月书店要出版的有一本《闲话》，这本《闲话》的广告里有下面这几句话：

> ……鲁迅先生（语丝派首领）所仗的大义，他的战略，读过《华盖集》的人，想必已经认识了。但是现代派的义旗，和它的主将——西滢先生的战略，我们还没有明了。……

“派”呀，“首领”呀，这种谥法实在有些可怕。不远就又会有人来诮骂。甲道：看哪！鲁迅居然称为首领了。天下有这种首领的么？乙道：他就专爱虚荣。人家称他首领，他就满脸高兴。我亲眼看见的。

但这是我领教惯的教训了，并不为奇。这回所觉得新鲜而惶恐的，是忽而将宝贵的"大义"硬塞在我手里，给我竖起大旗来，叫我和"现代派"的"主将"去对垒。我早已说过：公理和正义，都被正人君子夺去了，所以我已经一无所有。大义么，我连它是圆柱形的呢还是椭圆形的都不知道，叫我怎么"仗"？

"主将"呢，自然以有"义旗"为体面罢。不过我没有这么冠冕。既不成"派"，也没有做"首领"，更没有"仗"过"大义"。更没有用什么"战略"，因为我未见广告以前，竟没有知道西滢先生是"现代派"的"主将"，——我总当他是一个喽罗儿。

我对于我自己，所知道的是这样的。我想，"孤桐先生"尚在，"现代派"该也未必忘了曾有人称我为"学匪"，"学棍"，"刀笔吏"的，而今忽假"鲁迅先生"以"大义"者，但为广告起见而已。

呜呼，鲁迅鲁迅，多少广告，假汝之名以行！

一九二七年九月三日

反 "漫谈"

我一向对于《语丝》没有恭维过，今天熬不住要说几句了：的确可爱。真是《语丝》之所以为《语丝》。

像我似的"世故的老人"是已经不行，有时不敢说，有时不愿说，有时不肯说，有时以为无须说。有此工夫，不如吃点心。但《语丝》上却总有人出来发迂论，如《教育漫谈》，对教育当局去谈教育，即其一也。

"不可与言而与之言"，即是"知其不可为而为之"，一定要有这种人，世界才不寂寞。这一点，我是佩服的。但也许因为"世故"作怪罢，不知怎地佩服中总带一些腹诽，还夹几分伤惨。徐先生是我的熟人，所以再三思维，终于决定贡献一点意见。这一种学识，乃是我身做十多年官僚，目睹一打以上总长，这才陆续地获得，轻易是不肯说的。

对"教育当局"谈教育的根本误点，是在将这四个字的力点看错了：以为他要来办"教育"。其实不然，大抵是来做"当局"的。

这可以用过去的事实证明。因为重在"当局"，所以——

一，学校的会计员，可以做教育总长。

二，教育总长，可以忽而化为内务总长。

三，司法，海军总长，可以兼任教育总长。

曾经有一位总长，听说，他的出来就职，是因为某公司要来立案，表决时可以多一个赞成者，所以再作冯妇的。但也有人来和他谈教育。我有时真想将这老实人一把抓出来，即刻勒令他回家陪太太喝茶去。

所以：教育当局，十之九是意在"当局"，但有些是意并不在"当局"。

这时候，也许有人要问：那么，他为什么有举动呢？

我于是勃然大怒道：这就是他在"当局"呀！说得露骨一点，就是"做官"！不然，为什么叫"做"？

我得到这一种彻底的学识，也不是容易事，所以难免有一点学者的高傲态度，请徐先生恕之。以下是略述我所以得到这学识的历史——

我所目睹的一打以上的总长之中，有两位是喜欢属员上条陈的。于是听话的属员，便纷纷大上其条陈。久而久之，全如石沉大海。我那时还没有现在这么聪明，心里疑惑：莫非这许多条陈一无可取，还是他没有工夫看呢？但回想起来，我"上去"（这是专门术语，小官进去见大官也）的时候，确是常见他正在危坐看条陈；谈话之间，也常听到"我还要看条陈去"，"我昨天晚上看条陈"等类的话。那究竟是怎么一回事呢？

有一天，我正从他的条陈桌旁走开，跨出门槛，不知怎的忽蒙圣灵启示，恍然大悟了——

哦！原来他的"做官课程表"上，有一项是"看条陈"的。因为要"看"，所以要"条陈"。为什么要"看条陈"？就是"做官"之一部分。如此而已。还有另外的奢望，是我自己的胡涂！

"于我来了一道光"，从此以后，我自己觉得颇聪明，近于老官

435

僚了。后来终于被"孤桐先生"革掉，那是另外一回事。

"看条陈"和"办教育"，事同一例，都应该只照字面解，倘再有以上或更深的希望或要求，不是书呆子，就是不安分。

我还要附加一句警告：倘遇漂亮点的当局，恐怕连"看漫谈"也可以算作他的一种"做"——其名曰"留心教育"——但和"教育"还是没有关系的。

一九二七年九月四日

忧 "天乳"

《顺天时报》载北京辟才胡同女附中主任欧阳晓澜女士不许剪发之女生报考，致此等人多有望洋兴叹之概云云。是的，情形总要到如此，她不能别的了。但天足的女生尚可投考，我以为还有光明。不过也太嫌"新"一点。

男男女女，要吃这前世冤家的头发的苦，是只要看明末以来的陈迹便知道的。我在清末因为没有辫子，曾吃了许多苦，所以我不赞成女子剪发。北京的辫子，是奉了袁世凯的命令而剪的，但并非单纯的命令，后面大约还有刀。否则，恐怕现在满城还拖着。女子剪发也一样，总得有一个皇帝（或者别的名称也可以），下令大家都剪才行。自然，虽然如此，有许多还是不高兴的，但不敢不剪。一年半载，也就忘其所以了；两年以后，便可以到大家以为女人不该有长头发的世界。这时长发女生，即有"望洋兴叹"之忧。倘只一部分人说些理由，想改变一点，那是历来没有成功过。

但现在的有力者，也有主张女子剪发的，可惜据地不坚。同是一处地方，甲来乙走，丙来甲走，甲要短，丙要长，长者剪，短了杀。这几年似乎是青年遭劫时期，尤其是女性。报载有一处是鼓吹剪发的，后来别一军攻入了，遇到剪发女子，即慢慢拔去头发，还割去两乳……。这一种刑罚，可以证明男子短发，已为全国所公认。只是女人不准学。去其两乳，即所以使其更像男子而警其妄学男子也。以此例之，欧阳晓澜女士盖尚非甚严欤？

今年广州在禁女学生束胸，违者罚洋五十元。报章称之曰"天乳运动"。有人以不得樊增祥作命令为憾。公文上不见"鸡头肉"等字样，盖殊不足以餍文人学士之心。此外是报上的俏皮文章，滑稽议论。我想，如此而已，而已终古。

我曾经也有过"杞天之虑"，以为将来中国的学生出身的女性，恐怕要失去哺乳的能力，家家须雇乳娘。但仅只攻击束胸是无效的。第一，要改良社会思想，对于乳房较为大方；第二，要改良衣装，将上衣系进裙里去。旗袍和中国的短衣，都不适于乳的解放，因为其时即胸部以下掀起，不便，也不好看的。

还有一个大问题，是会不会乳大忽而算作犯罪，无处投考？我们中国在中华民国未成立以前，是只有"不齿于四民之列"者，才不准考试的。据理而言，女子断发既以失男女之别，有罪，则天乳更以加男女之别，当有功。但天下有许多事情，是全不能以口舌争的。总要上谕，或者指挥刀。

否则，已经有了"短发犯"了，此外还要增加"天乳犯"，或者也许还有"天足犯"。呜呼，女性身上的花样也特别多，而人生亦从此多苦矣。

我们如果不谈什么革新，进化之类，而专为安全着想，我以为女学生的身体最好是长发，束胸，半放脚（缠过而又放之，一名文明脚）。因为我从北而南，所经过的地方，招牌旗帜，尽管不同，而对于这样的女人，却从不闻有一处仇视她的。

一九二七年九月四日

革"首领"

这两年来，我在北京被"正人君子"杀退，逃到海边；之后，又被"学者"之流杀退，逃到另外一个海边；之后，又被"学者"之流杀退，逃到一间西晒的楼上，满身痱子，有如荔支，兢兢业业，一声不响，以为可以免于罪戾了罢。阿呀，还是不行。一个学者要九月间到广州来，一面做教授，一面和我打官司，还豫先叫我不要走，在这里"以俟开审"哩。

以为在五色旗下，在青天白日旗下，一样是华盖罩命，晦气临头罢，却又不尽然。不知怎地，于不知不觉之中，竟在"文艺界"里高升了。谓予不信，有陈源教授即西滢的《闲话》广告为证，节抄无趣，剪而贴之——

徐丹甫先生在《学灯》里说："北京究是新文学的策源地，根深蒂固，隐隐然执全国文艺界的牛耳。"究竟什么是北京文艺界？质言之，前一两年的北京文艺界，便是现代派和语丝派交战的场所。鲁迅先生（语丝派首领）所仗的大义，他的战略，读过《华盖集》的人，想必已经认识了。但是现代派的义旗，和它的主将——西滢先生的战略，我们还没有明了。现在我们特地和西滢先生商量，把《闲话》选集起来，印成专书，留心文艺界掌故的人，想必都以先睹为快。

可是单把《闲话》当作掌故又错了。想——

欣赏西滢先生的文笔的，

研究西滢先生的思想的，

想认识这位文艺批评界的权威的——

尤其不可不读《闲话》！

这很像"诗哲"徐志摩先生的，至少，是"诗哲"之流的"文笔"，所以如此飘飘然，连我看了也几乎想要去买一本。但，只是想到自己，却又迟疑了。两三个年头，不算太长久。被"正人君子"指为"学匪"，还要"投畀豺虎"，我是记得的。做了一点杂感，有时涉及这位西滢先生，我也记得的。这些东西，"诗哲"是看也不看，西滢先生是即刻叫它"到应该去的地方去"，我也记得的。后来终于出了一本《华盖集》，也是实情。然而我竟不知道有一个"北京文艺界"，并且我还做了"语丝派首领"，仗着"大义"在这"文艺界"上和"现代派主将"交战。虽然这"北京文艺界"已被徐丹甫先生在《学灯》上指定，隐隐然不可动摇了，而我对于自己的被说得有声有色的战绩，却还是莫名其妙，像着了狐狸精的迷似的。

现代派的文艺，我一向没有留心，《华盖集》里从何提起。只有某女士窃取"琵亚词侣"的画的时候，《语丝》上（也许是《京报副刊》上）有人说过几句话，后来看"现代派"的口风，仿佛以为这话是我写的。我现在郑重声明：那不是我。我自从被杨荫榆女士杀败之后，即对于一切女士都不敢开罪，因为我已经知道得罪女士，很容易引起"男士"的义侠之心，弄得要被"通缉"都说不定的，便不再开口。所以我和现代派的文艺，丝毫无关。

但终于交了好运了，升为"首领"，而且据说是曾和现代派的"主将"在"北京文艺界"上交过战了。好不堂哉皇哉。本来在房里面有喜色，默认不辞，倒也有些阔气的。但因为我近来被人随手抑扬，忽而"权威"，忽而不准做"权威"，只准做"前驱"；忽而又改为"青年指导者"；甲说是"青年叛徒的领袖"罢，乙又来冷笑道："哼哼哼。"自己一动不动，故我依然，姓名却已经经历了几回升沉冷暖。人们随意说说，将我当作一种材料，倒也罢了，最可怕的是广告底恭维和广告底嘲骂。简直是膏药摊上挂着的死蛇皮一般。所以这回虽然蒙现代派追封，但对于这"首领"的荣名，还只得再来公开辞退。不过也不见得回回如此，因为我没有这许多闲工夫。

背后插着"义旗"的"主将"出马，对手当然以阔一点的为是。我们在什么演义上时常看见："来将通名！我的宝刀不斩无名之将！"主将要来"交战"而将我升为"首领"，大概也是"不得已也"的。但我并不然，没有这些大架子，无论吧儿狗，无论臭茅厕，都会唾过几口吐沫去，不必定要脊梁上插着五张尖角旗（义旗？）的"主将"出台，才动我的"刀笔"。假如有谁看见我攻击茅厕的文字，便以为也是我的劲敌，自根于它的气味还未明了，再要去嗅一嗅，那是我不负责任的。恐怕有人以这广告为例，所以附带声明，以免拖累。

至于西滢先生的"文笔"，"思想"，"文艺批评界的权威"，那当然必须"欣赏"，"研究"而且"认识"的。只可惜要"欣赏"……这些，现在还只有一本《闲话》。但我以为咱们的"主将"的一切"文艺"中，最好的倒是登在《晨报副刊》上的，给志摩先生的大半痛骂鲁迅的那一封信。那是发热的时候所写，所以已经脱掉了绅士的黑洋服，真相跃如了。而且和《闲话》比较起来，简

441

直是两样态度，证明着两者之中，有一种是虚伪。这也是要"研究"……西滢先生的"文笔"等等的好东西。

　　然而虽然是这一封信之中，也还须分别观之。例如："志摩，……前面是遥遥茫茫荫在薄雾的里面的目的地"之类。据我看来，其实并无这样的"目的地"，倘有，却不怎么"遥遥茫茫"。这是因为热度还不很高的缘故，倘使发到九十度左右，我想，那便可望连这些"遥遥茫茫"都一扫而光，近于纯粹了。

　　　　　　　　　　　　　　　　　九月九日，广州。
　　　　　　　　　　　　　　　　　一九二七年

谈 "激烈"

带了书籍杂志过"香江"，有被视为"危险文字"而尝"铁窗斧钺风味"之险，我在《略谈香港》里已经说过了。但因为不知道怎样的是"危险文字"，所以时常耿耿于心。为什么呢？倒也并非如上海保安会所言，怕"中国元气太损"，乃是自私自利，怕自己也许要经过香港，须得留神些。

今年似乎是青年特别容易死掉的年头。"千里不同风，百里不同俗。"这里以为平常的，那边就算过激，滚油煎指头。今天正是正当的，明天就变犯罪，藤条打屁股。倘是年青人，初从乡间来，一定要被煎得莫明其妙，以为现在是时行这样的制度了罢。至于我呢，前年已经四十五岁了，而且早已"身心交病"，似乎无须这么宝贵生命，思患豫防。但这是别人的意见，若夫我自己，还是不愿意吃苦的。敢乞"新时代的青年"们鉴原为幸。

所以，留神而又留神。果然，"天助自助者"，今天竟在《循环日报》上遇到一点参考资料了。事情是一个广州执信学校的学生，路过（！）香港，"在尖沙嘴码头，被一五七号华差截搜行李，在其木杠（谨案：箱也）之内，搜获激烈文字书籍七本。计开：执信学校印行之《宣传大纲》六本，又《侵夺中国史》一本。此种激烈文字，业经华民署翻译员择译完竣，昨日午乃解由巡司提讯，控以怀有激烈文字书籍之罪。……"抄报太麻烦，说个大略罢，是："择译"时期，押银五百元出外；后来因为被告供称书系朋友托带，所以"姑判从轻罚银二十五元，书籍没收焚毁"云。

执信学校是广州的平正的学校，既是"清党"之后，则《宣传大纲》不外三民主义可知，但一到"尖沙嘴"，可就"激烈"了；可怕。惟独对于友邦，竟敢用"侵夺"字样，则确也未免"激烈"一点，因为忘了他们正在替我们"保存国粹"之恩故也。但"侵夺"上也许还有字，记者不敢写出来。

我曾经提起过几回元朝，今夜思之，还不很确。元朝之于中文书籍，未尝如此留心。这一著倒要推清朝做模范。他不但兴过几回"文字狱"，大杀叛徒，且于宋朝人所做的"激烈文字"，也曾细心加以删改。同胞之热心"复古"及友邦之赞助"复古"者，似当奉为师法者也。

清朝人改宋人书，我曾经举出过《茆亭客话》。但这书在《琳琅秘室丛书》里，现在时价每部要四十元，倘非小阔人，那能得之哉？近来却另有一部了，是商务印书馆印的《鸡肋编》，宋庄季裕著，每本只要五角，我们可以看见清朝的文澜阁本和元钞本有如何不同。今摘数条如下：

> 燕地……女子……冬月以栝蒌涂面，……至春暖方涤去，久不为风日所侵，故洁白如玉也。今使中国妇女，尽污于殊俗，汉唐和亲之计，盖未为屈也。（清人将"今使中国"以下二十二字，改作"其异于南方如此"七字。）
>
> 自古兵乱，郡邑被焚毁者有之，虽盗贼残暴，必赖室庐以处，故须有存者。靖康之后，金虏侵凌中国，露居异俗，凡所经过，尽皆焚爇。如曲阜先圣旧宅，自鲁共王之后，但有增葺。莽卓巢温之徒，犹假崇儒，未尝敢犯。

至金寇，遂为烟尘。指其像而诟曰"尔是言夷狄之有君者！"中原之祸，自书契以来，未之有也。（清朝的改本，可大不同了，是"孔子宅在今偃源故鲁城中归德门内阙里之中。……遭汉中微，盗贼奔突，自西京未央建章之殿，皆见隳坏，而灵光岿然独存。今其遗址，不复可见。而先圣旧宅，近日亦遭兵燹之厄，可叹也夫。"）

抄书也太麻烦，还是不抄下去了。但我们看第二条，就很可以悟出上海保安会所切望的"循规蹈矩"之道。即：原文带些愤激，是"激烈"，改本不过"可叹也夫"，是"循规蹈矩"的。何以故呢？愤激便有揭竿而起的可能，而"可叹也夫"则瘟头瘟脑，即使全国一同叹气，其结果也不过是叹气，于"治安"毫无妨碍的。

但我还要给青年们一个警告：勿以为我们以后只做"可叹也夫"的文章，便可以安全了。新例我还未研究好，单看清朝的老例，则准其叹气，乃是对于古人的优待，不适用于今人的。因为奴才都叹气，虽无大害，主人看了究竟不舒服。必须要如罗素所称赞的杭州的轿夫一样，常是笑嘻嘻。

但我还要给自己解释几句：我虽然对于"笑嘻嘻"仿佛有点微词，但我并非意在鼓吹"阶级斗争"，因为我知道我的这一篇，杭州轿夫是不会看见的。况且"讨赤"诸君子，都不肯笑嘻嘻的去抬轿，足见以抬轿为苦境，也不独"乱党"为然。而况我的议论，其实也不过"可叹也夫"乎哉！

现在的书籍往往"激烈"，古人的书籍也不免有违碍之处。那么，为中国"保存国粹"者，怎么办呢？我还不大明白。仅知道澳门是正在"征诗"，共收卷七千八百五十六本，经"江霞公太史（孔殷）评阅"，取录二百名。第一名的诗是：

445

南中多乐日高会。。。良时厚意愿得常。。。
陵松万章发文彩。。。百年贵寿齐辉光。。。

这是从香港报上照抄下来的，一连三圈，也原本如此，我想大概是密圈之意。这诗大约还有一种"格"，如"嵌字格"之类，但我是外行，只好不谈。所给我益处的，是我居然从此悟出了将来的"国粹"，当以诗词骈文为正宗。史学等等，恐怕未必发达。即要研究，也必先由老师宿儒，先加一番改定工夫。唯独诗词骈文，可以少有流弊。故骈文入神的饶汉祥一死，日本人也不禁为之慨叹，而"狂徒"又须挨骂了。

日本人拜服骈文于北京，"金制军""整理国故"于香港，其爱护中国，恐其沦亡，可谓至矣。然而裁厘加税，大家都不赞成者何哉？盖厘金乃国粹，而关税非国粹也。"可叹也夫"！

今是中秋，璧月澄澈，叹气既完，还不想睡。重吟"征诗"，莫名其妙，稿有余纸，因录"江霞公太史"评语，俾读者咸知好处，但圈点是我僭加的——

以谢启为题，寥寥二十八字。既用古诗十九首中字，复嵌全限内字。首二句是赋，三句是兴，末句是兴而比。步骤井然，举重若轻，绝不吃力。虚室生白，吉祥止止。洵属巧中生巧，难上加难。至其胎息之高古，意义之纯粹，格调之老苍，非寝馈汉魏古诗有年，未易臻斯境界。

九月十一日，广州

一九二七年

扣丝杂感

以下这些话，是因为见了《语丝》（一四七期）的《随感录》（二八）而写的。

这半年来，凡我所看的期刊，除《北新》外，没有一种完全的：《莽原》，《新生》，《沉钟》。甚至于日本文的《斯文》，里面所讲的都是汉学，末尾附有《西游记传奇》，我想和演义来比较一下，所以很切用，但第二本即缺少，第四本起便杳然了。至于《语丝》，我所没有收到的统共有六期，后来多从市上的书铺里补得，惟有一二六和一四三终于买不到，至今还不知道内容究竟是怎样。

这些收不到的期刊，是遗失，还是没收的呢？我以为两者都有。没收的地方，是北京，天津，还是上海，广州呢？我以为大约也各处都有。至于没收的缘故，那可是不得而知了。

我所确切知道的，有这样几件事。是《莽原》也被扣留过一期，不过这还可以说，因为里面有俄国作品的翻译。那时只要一个"俄"字，已够惊心动魄，自然无暇顾及时代和内容。但韦丛芜的《君山》，也被扣留。这一本诗，不但说不到"赤"，并且也说不到"白"，正和作者的年纪一样，是"青"的，而竟被禁锢在邮局里。黎锦明先生早有来信，说送我《烈火集》，一本是托书局寄的，怕他们忘记，自己又寄了一本。但至今已将半年，一本也没有到。我想，十之九都被没收了，因为火色既"赤"，而况又"烈"乎，当

447

然通不过的。

《语丝》一三二期寄到我这里的时候是出版后约六星期，封皮上写着两个绿色大字道："扣留"，另外还有检查机关的印记和封条。打开看时，里面是《猩猩人的创世记》，《无题》，《寂寞札记》，《撒园荽》，《苏曼殊及其友人》，都不像会犯禁。我便看《来函照登》，是讲"情死""情杀"的，不要紧，目下还不管这些事。只有《闲话拾遗》了。这一期特别少，共只两条。一是讲日本的，大约也还不至于犯禁。一是说来信告诉"清党"的残暴手段的，《语丝》此刻不想登。莫非因为这一条么？但不登何以又不行呢？莫明其妙。然而何以"扣留"而又放行了呢？也莫明其妙。

这莫明其妙的根源，我以为在于检查的人员。

中国近来一有事，首先就检查邮电。这检查的人员，有的是团长或区长，关于论文诗歌之类，我觉得我们不必和他多谈。但即使是读书人，其实还是一样的说不明白，尤其是在所谓革命的地方。直截痛快的革命训练弄惯了，将所有革命精神提起，如油的浮在水面一般，然而顾不及增加营养。所以，先前是刊物的封面上画一个工人，手捏铁铲或鹤嘴锹，文中有"革命！革命！""打倒！打倒！"者，一帆风顺，算是好的。现在是要画一个少年军人拿旗骑在马上，里面"严办！严办！"这才庶几免于罪戾。至于什么"讽刺"，"幽默"，"反语"，"闲谈"等类，实在还是格不相入。从格不相入，而成为视之懵然，结果即不免有些弄得乱七八糟，谁也莫明其妙。

还有一层，是终日检查刊物，不久就会头昏眼花，于是讨厌，于是生气，于是觉得刊物大抵可恶——尤其是不容易了然的——而非严办不可。我记得书籍不切边，我也是作俑者之一，当时实在是没有什么恶意的。后来看见方传宗先生的通信（见本《丝》

一二九），竟说得要毛边装订的人有如此可恶，不觉满肚子冤屈。但仔细一想，方先生似乎是图书馆员，那么，要他老是裁那并不感到兴趣的毛边书，终于不免生气而大骂毛边党，正是毫不足怪的事。检查员也同此例，久而久之，就要发火，开初或者看得详细点，但后来总不免《烈火集》也可怕，《君山》也可疑，——只剩了一条最稳当的路：扣留。

两个月前罢，看见报上记着某邮局因为扣下的刊物太多，无处存放了，一律焚毁。我那时实在感到心痛，仿佛内中很有几本是我的东西似的。呜呼哀哉！我的《烈火集》呵。我的《西游记传奇》呵。我的……。

附带还要说几句关于毛边的牢骚。我先前在北京参与印书的时候，自己暗暗地定下了三样无关紧要的小改革，来试一试。一，是首页的书名和著者的题字，打破对称式；二，是每篇的第一行之前，留下几行空白；三，就是毛边。现在的结果，第一件已经有恢复香炉烛台式的了；第二件有时无论怎样叮嘱，而临印的时候，工人终于将第一行的字移到纸边，用"迅雷不及掩耳的手段"，使你无可挽救；第三件被攻击最早，不久我便有条件的降伏了。与李老板约：别的不管，只是我的译著，必须坚持毛边到底！但是，今竟如何？老板送给我的五部或十部，至今还确是毛边。不过在书铺里，我却发见了毫无"毛"气，四面光滑的《彷徨》之类。归根结蒂，他们都将彻底的胜利。所以说我想改革社会，或者和改革社会有关，那是完全冤枉的，我早已瘟头瘟脑，躺在板床上吸烟卷——彩凤牌——了。

言归正传。刊物的暂时要碰钉子，也不但遇到检查员，我恐怕便是读书的青年，也还是一样。先已说过，革命地方的文字，是要直截痛快，"革命！革命！"的，这才是"革命文学"。我曾经看见一种期刊上登载一篇文章，后有作者的附白，说这一篇没有谈及革命，对不起读者，对不起对不起。但自从"清党"以后，这"直截痛快"以外，却又增添了一种神经过敏。"命"自然还是要革的，然而又不宜太革，太革便近于过激，过激便近于共产党，变了"反革命"了。所以现在的"革命文学"，是在顽固这一种反革命和共产党这一种反革命之间。

于是又发生了问题，便是"革命文学"站在这两种危险物之间，如何保持她的纯正——正宗。这势必至于必须防止近于赤化的思想和文字，以及将来有趋于赤化之虑的思想和文字。例如，攻击礼教和白话，即有趋于赤化之忧。因为共产派无视一切旧物，而白话则始于《新青年》，而《新青年》乃独秀所办。今天看见北京教育部禁止白话的消息，我逆料《语丝》必将有几句感慨，但我实在是无动于中。我觉得连思想文字，也到处都将窒息，几句白话黑话，已经没有什么大关系了。

那么，谈谈风月，讲讲女人，怎样呢？也不行。这是"不革命"。"不革命"虽然无罪，然而是不对的！

现在在南边，只剩了一条"革命文学"的独木小桥，所以外来的许多刊物，便通不过，扑通！扑通！都掉下去了。

但这直捷痛快和神经过敏的状态，其实大半也还是视指挥刀的指挥而转移的。而此时刀尖的挥动，还是横七竖八。方向有个一定之后，或者可以好些罢。然而也不过是"好些"，内中的骨子，恐怕还不外乎窒息，因为这是先天性的遗传。

先前偶然看见一种报上骂郁达夫先生，说他《洪水》上的一篇文章，是不怀好意，恭维汉口。我就去买《洪水》来看，则无非说旧式的崇拜一个英雄，已和现代潮流不合，倒也看不出什么恶意来。这就证明着眼光的钝锐，我和现在的青年文学家已很不同了。

所以《语丝》的莫明其妙的失踪，大约也许只是我们自己莫明其妙，而上面的检查员云云，倒是假设的恕词。

至于一四五期以后，这里是全都收到的，大约惟在上海者被押。假如真的被押，我却以为大约也与吴老先生无关。"打倒……打倒……严办……严办……"，固然是他老先生亲笔的话，未免有些责任，但有许多动作却并非他的手脚了。在中国，凡是猛人（这是广州常用的话，其中可以包括名人，能人，阔人三种），都有这种的运命。

无论是何等样人，一成为猛人，则不问其"猛"之大小，我觉得他的身边便总有几个包围的人们，围得水泄不透。那结果，在内，是使该猛人逐渐变成昏庸，有近乎傀儡的趋势。在外，是使别人所看见的并非该猛人的本相，而是经过了包围者的曲折而显现的幻形。至于幻得怎样，则当视包围者是三棱镜呢，还是凸面或凹面而异。假如我们能有一种机会，偶然走到一个猛人的近旁，便可以看见这时包围者的脸面和言动，和对付别的人们的时候有怎样地不同。我们在外面看见一个猛人的亲信，谬妄骄恣，很容易以为该猛人所爱的是这样的人物。殊不知其实是大谬不然的。猛人所看见的他是娇嫩老实，非常可爱，简直说话会口吃，谈天要脸红。老实说一句罢，虽是"世故的老人"如不佞者，有时从旁看来也觉得倒也并不坏。

但同时也就发生了胡乱的矫诏和过度的巴结，而晦气的人物呀，刊物呀，植物呀，矿物呀，则于是乎遭灾。但猛人大抵是不知道的。凡知道一点北京掌故的，该还记得袁世凯做皇帝时候的事罢。要看日报，包围者连报纸都会特印了给他看，民意全部拥戴，舆论一致赞成。直要待到蔡松坡云南起义，这才阿呀一声，连一连吃了二十多个馒头都自己不知道。但这一出戏也就闭幕，袁公的龙驭上宾于天了。

包围者便离开了这一株已倒的大树，去寻求别一个新猛人。

我曾经想做过一篇《包围新论》，先述包围之方法，次论中国之所以永是走老路，原因即在包围，因为猛人虽有起仆兴亡，而包围者永是这一伙。次更论猛人倘能脱离包围，中国就有五成得救。结末是包围脱离法。——然而终于想不出好的方法来，所以这新论也还没有敢动笔。

爱国志士和革命青年幸勿以我为懒于筹画，只开目录而没有文章。我思索是也在思索的，曾经想到了两样法子，但反复一想，都无用。一，是猛人自己出去看看外面的情形，不要先"清道"。然而虽不"清道"，大家一遇猛人，大抵也会先就改变了本然的情形，再也看不出真模样。二，是广接各样的人物，不为一定的若干人所包围。然而久而久之，也终于有一群制胜，而这最后胜利者的包围力则最强大，归根结蒂，也还是古已有之的运命：龙驭上宾于天。

世事也还是像螺旋。但《语丝》今年特别碰钉子于南方，仿佛得了新境遇，这又是什么缘故呢？这一点，我自以为是容易解答的。

"革命尚未成功"，是这里常见的标语。但由我看来，这仿佛已经成了一句谦虚话，在后方的一大部分的人们的心里，是"革命已经成功"或"将近成功"了。既然已经成功或将近成功，自己又是革命家，也就是中国的主人翁，则对于一切，当然有管理的权利和义务。刊物虽小事，自然也在看管之列。有近于赤化之虑者无论矣，而要说不吉利语，即可以说是颇有近于"反革命"的气息了，至少，也很令人不欢。而《语丝》，是每有不肯凑趣的坏脾气的，则其不免于有时失踪也，盖犹其小焉者耳。

一九二七年九月十五日

"公理"之所在

在广州的一个"学者"说，"鲁迅的话已经说完，《语丝》不必看了。"这是真的，我的话已经说完，去年说的，今年还适用，恐怕明年也还适用。但我诚恳地希望他不至于适用到十年二十年之后。倘这样，中国可就要完了，虽然我倒可以自慢。

公理和正义都被"正人君子"拿去了，所以我已经一无所有。这是我去年说过的话，而今年确也还是如此。然而我虽然一无所有，寻求是还在寻求的，正如每个穷光棍，大抵不会忘记银钱一样。

话也还没有说完。今年，我竟发见了公理之所在了。或者不能说发见，只可以说证实。北京中央公园里不是有一座白石牌坊，上面刻着四个大字道，"公理战胜"么？——Yes，就是这个。

这四个字的意思是"有公理者战胜"，也就是"战胜者有公理"。

段执政有卫兵，"孤桐先生"秉政，开枪打败了请愿的学生，胜矣。于是东吉祥胡同的"正人君子"们的"公理"也蓬蓬勃勃。慨自执政退隐，"孤桐先生""下野"之后，——呜呼，公理亦从而零落矣。那里去了呢？枪炮战胜了投壶，阿！有了，在南边了。于是乎南下，南下，南下……

于是乎"正人君子"们又和久违的"公理"相见了。

《现代评论》的一千元津贴事件，我一向没有插过嘴，而"主将"也将我拉在里面，乱骂一通，——大约以为我是"首领"之故罢。横竖说也被骂，不说也被骂，我就回敬一杯，问问你们所自称为"现代派"者，今年可曾幡然变计，另外运动，收受了新的战胜者的津贴没有？

还有一问，是："公理"几块钱一斤？

一九二七年

可恶罪

这是一种新的"世故"。

我以为法律上的许多罪名，都是花言巧语，只消以一语包括之，曰：可恶罪。

譬如，有人觉得一个人可恶，要给他吃点苦罢，就有这样的法子。倘在广州而又是"清党"之前，则可以暗暗地宣传他是无政府主义者。那么，共产青年自然会说他"反革命"，有罪。若在"清党"之后呢，要说他是 CP 或 CY，没有证据，则可以指为"亲共派"。那么，清党委员会自然会说他"反革命"，有罪。再不得已，则只好寻些别的事由，诉诸法律了。但这比较地麻烦。

我先前总以为人是有罪，所以枪毙或坐监的。现在才知道其中的许多，是先因为被人认为"可恶"，这才终于犯了罪。许多罪人，应该称为"可恶的人"。

一九二七年九月十四

"意表之外"

有恒先生在《北新周刊》上诧异我为什么不说话，我已经去信公开答复了。还有一层没有说。这也是一种新的"世故"。

我的杂感常不免于骂。但今年发见了，我的骂对于被骂者是大抵有利的。

拿来做广告，显而易见，不消说了。还有：

1，天下以我为可恶者多，所以有一个被我所骂的人要去运动一个以我为可恶的人，只要摊出我的杂感来，便可以做他们的"兰谱"，"相视而笑，莫逆于心"了。"咱们一伙儿"。

2，假如有一个人在办一件事，自然是不会好的。但我一开口，他却可以归罪于我了。譬如办学校罢，教员请不到，便说：这是鲁迅说了坏话的缘故；学生闹一点小乱子罢，又是鲁迅说了坏话的缘故。他倒干干净净。

我又不学耶稣，何苦替别人来背十字架呢？

但"江山好改，本性难移"，也许后来还要开开口。可是定了"新法"了，除原先说过的"主将"之类以外，新的都不再说出他的真姓名，只叫"一个人"，"某学者"，"某教授"，"某君"。这么一来，他利用的时候便至少总得费点力，先须加说明。

你以为"骂"决非好东西罢，于有些人还是有利的。人类究竟是可怕的东西。就是能够咬死人的毒蛇，商人们也会将它浸在酒里，什么"三蛇酒"，"五蛇酒"，去卖钱。

这种办法实在比"交战"厉害得多，能使我不敢写杂感。但再来一回罢，写"不敢写杂感"的杂感。

　　　　　　　　　　　　　　　一九二七年

新时代的放债法

还有一种新的"世故"。

先前，我总以为做债主的人是一定要有钱的，近来才知道无须。在"新时代"里，有一种精神的资本家。

你倘说中国像沙漠罢，这资本家便乘机而至了，自称是喷泉。你说社会冷酷罢，他便自说是热；你说周围黑暗罢，他便自说是太阳。

阿！世界上冠冕堂皇的招牌，都被拿去了。岂但拿去而已哉。他还润泽，温暖，照临了你。因为他是喷泉，热，太阳呵！

这是一宗恩典。

不但此也哩。你如有一点产业，那是他赏赐你的。为什么呢？因为倘若他一提倡共产，你的产业便要充公了，但他没有提倡，所以你能有现在的产业。那自然是他赏赐你的。

你如有一个爱人，也是他赏赐你的。为什么呢？因为他是天才而且革命家，许多女性都渴仰到五体投地。他只要说一声"来！"便都飞奔过去了，你的当然也在内。但他不说"来！"所以你得有现在的爱人。那自然也是他赏赐你的。

这又是一宗恩典。

还不但此也哩！他到你那里来的时候，还每回带来一担同情！一百回就是一百担——你如果不知道，那就因为你没有精神的眼睛——经过一年，利上加利，就是二三百担……

阿阿！这又是一宗大恩典。

于是乎是算账了。不得了，这么雄厚的资本，还不够买一个灵魂么？但革命家是客气的，无非要你报答一点，供其使用——其实也不算使用，不过是"帮忙"而已。

倘不如命地"帮忙"，当然，罪大恶极了。先将忘恩负义之罪，布告于天下。而且不但此也，还有许多罪恶，写在账簿上哩，一旦发布，你便要"身败名裂"了。想不"身败名裂"么，只有一条路，就是赶快来"帮忙"以赎罪。

然而我不幸竟看见了"新时代的新青年"的身边藏着这许多账簿，而他们自己对于"身败名裂"又怀着这样天大的恐慌。

于是乎又得新"世故"：关上门，塞好酒瓶，捏紧皮夹。这倒于我很保存了一些润泽，光和热——我是只看见物质的。

一九二七年九月十四

魏晋风度及文章与药及酒之关系

——九月间在广州夏期学术演讲会讲

我今天所讲的，就是黑板上写着的这样一个题目。

中国文学史，研究起来，可真不容易，研究古的，恨材料太少，研究今的，材料又太多，所以到现在，中国较完全的文学史尚未出现。今天讲的题目是文学史上的一部分，也是材料太少，研究起来很有困难的地方。因为我们想研究某一时代的文学，至少要知道作者的环境，经历和著作。

汉末魏初这个时代是很重要的时代，在文学方面起一个重大的变化，因当时正在黄巾和董卓大乱之后，而且又是党锢的纠纷之后，这时曹操出来了。——不过我们讲到曹操，很容易就联想起《三国志演义》，更而想起戏台上那一位花面的奸臣，但这不是观察曹操的真正方法。现在我们再看历史，在历史上的记载和论断有时也是极靠不住的，不能相信的地方很多，因为通常我们晓得，某朝的年代长一点，其中必定好人多；某朝的年代短一点，其中差不多没有好人。为什么呢？因为年代长了，做史的是本朝人，当然恭维本朝的人物，年代短了，做史的是别朝人，便很自由地贬斥其异朝的人物，所以在秦朝，差不多在史的记载上半个好人也没有。曹操在史上年代也是颇短的，自然也逃不了被后一朝人说坏话的公例。其实，曹操是一个很有本事的人，至少是一个英雄，我虽不是曹操

460

一党，但无论如何，总是非常佩服他。

研究那时的文学，现在较为容易了，因为已经有人做过工作：在文集一方面有清严可均辑的《全上古三代秦汉三国晋南北朝文》。其中于此有用的，是《全汉文》，《全三国文》，《全晋文》。

在诗一方面有丁福保辑的《全汉三国晋南北朝诗》。——丁福保是做医生的，现在还在。

辑录关于这时代的文学评论有刘师培编的《中国中古文学史》。这本书是北大的讲义，刘先生已死，此书由北大出版。

上面三种书对于我们的研究有很大的帮助。能使我们看出这时代的文学的确有点异彩。

我今天所讲，倘若刘先生的书里已详的，我就略一点；反之，刘先生所略的，我就较详一点。

董卓之后，曹操专权。在他的统治之下，第一个特色便是尚刑名。他的立法是很严的，因为当大乱之后，大家都想做皇帝，大家都想叛乱，故曹操不能不如此。曹操曾自己说过："倘无我，不知有多少人称王称帝！"这句话他倒并没有说谎。因此之故，影响到文章方面，成了清峻的风格。——就是文章要简约严明的意思。

此外还有一个特点，就是尚通脱。他为什么要尚通脱呢？自然也与当时的风气有莫大的关系。因为在党锢之祸以前，凡党中人都自命清流，不过讲"清"讲得太过，便成固执，所以在汉末，清流的举动有时便非常可笑了。

比方有一个有名的人，普通的人去拜访他，先要说几句话，倘这几句话说得不对，往往会遭倨傲的待遇，叫他坐到屋外去，甚而至于拒绝不见。

又如有一个人，他和他的姊夫是不对的，有一回他到姊姊那里去吃饭之后，便要将饭钱算回给姊姊。她不肯要，他就于出门之后，把那些钱扔在街上，算是付过了。

个人这样闹闹脾气还不要紧，若治国平天下也这样闹起执拗的脾气来，那还成甚么话？所以深知此弊的曹操要起来反对这种习气，力倡通脱。通脱即随便之意。此种提倡影响到文坛，便产生多量想说甚么便说甚么的文章。

更因思想通脱之后，废除固执，遂能充分容纳异端和外来的思想，故孔教以外的思想源源引入。

总括起来，我们可以说汉末魏初的文章是清峻，通脱。在曹操本身，也是一个改造文章的祖师，可惜他的文章传的很少。他胆子很大，文章从通脱得力不少，做文章时又没有顾忌，想写的便写出来。

所以曹操征求人才时也是这样说，不忠不孝不要紧，只要有才便可以。这又是别人所不敢说的。曹操做诗，竟说是"郑康成行酒伏地气绝"，他引出离当时不久的事实，这也是别人所不敢用的。还有一样，比方人死时，常常写点遗令，这是名人的一件极时髦的事。当时的遗令本有一定的格式，且多言身后当葬于何处何处，或葬于某某名人的墓旁；操独不然，他的遗令不但没有依着格式，内容竟讲到遗下的衣服和伎女怎样处置等问题。

陆机虽然评曰"贻尘谤于后王"，然而我想他无论如何是一个精明人，他自己能做文章，又有手段，把天下的方士文士统统搜罗起来，省得他们跑在外面给他捣乱。所以他帷幄里面，方士文士就特别地多。

孝文帝曹丕，以长子而承父业，篡汉而即帝位。他也是喜欢文章的。其弟曹植，还有明帝曹叡，都是喜欢文章的。不过到那个时候，于通脱之外，更加上华丽。丕著有《典论》，现已失散无全本，那里面说："诗赋欲丽"，"文以气为主"。《典论》的零零碎碎，在唐宋类书中；一篇整的《论文》，在《文选》中可以看见。

后来有一般人很不以他的见解为然。他说诗赋不必寓教训，反对当时那些寓训勉于诗赋的见解，用近代的文学眼光看来，曹丕的一个时代可说是"文学的自觉时代"，或如近代所说是为艺术而艺术（Art for Art's Sake）的一派。所以曹丕做的诗赋很好，更因他以"气"为主，故于华丽以外，加上壮大。归纳起来，汉末，魏初的文章，可说是："清峻，通脱，华丽，壮大。"在文学的意见上，曹丕和曹植表面上似乎是不同的。曹丕说文章事可以留名声于千载；但子建却说文章小道，不足论的。据我的意见，子建大概是违心之论。这里有两个原因，第一，子建的文章做得好，一个人大概总是不满意自己所做而羡慕他人所为的，他的文章已经做得好，于是他便敢说文章是小道；第二，子建活动的目标在于政治方面，政治方面不甚得志，遂说文章是无用了。

曹操曹丕以外，还有下面的七个人：孔融，陈琳，王粲，徐幹，阮瑀，应瑒，刘桢，都很能做文章，后来称为"建安七子"。七人的文章很少流传，现在我们很难判断；但，大概都不外是"慷慨"，"华丽"罢。华丽即曹丕所主张，慷慨就因当天下大乱之际，亲戚朋友死于乱者特多，于是为文就不免带着悲凉，激昂和"慷慨"了。

七子之中，特别的是孔融，他专喜和曹操捣乱。曹丕《典论》里有论孔融的，因此他也被拉进"建安七子"一块儿去。其实不对，很两样的。不过在当时，他的名声可非常之大。孔融作文，喜用讥嘲的笔调，曹丕很不满意他。孔融的文章现在传的也很少，就他所有的看起来，我们可以瞧出他并不大对别人讥讽，只对曹操。比方曹操破袁氏兄弟，曹丕把袁熙的妻甄氏拿来，归了自己，孔融就写信给曹操，说当初武王伐纣，将妲己给了周公了。操问他的出典，他说，以今例古，大概那时也是这样的。又比方曹操要禁酒，说酒可以亡国，非禁不可，孔融又反对他，说也有以女人亡国的，何以不禁婚姻？

其实曹操也是喝酒的。我们看他的"何以解忧？惟有杜康"的诗句，就可以知道。为什么他的行为会和议论矛盾呢？此无他，因曹操是个办事人，所以不得不这样做；孔融是旁观的人，所以容易说些自由话。曹操见他屡屡反对自己，后来借故把他杀了。他杀孔融的罪状大概是不孝。因为孔融有下列的两个主张：

第一，孔融主张母亲和儿子的关系是如瓶之盛物一样，只要在瓶内把东西倒了出来，母亲和儿子的关系便算完了。第二，假使有天下饥荒的一个时候，有点食物，给父亲不给呢？孔融的答案是：倘若父亲是不好的，宁可给别人。——曹操想杀他，便不惜以这种主张为他不忠不孝的根据，把他杀了。倘若曹操在世，我们可以问他，当初求才时就说不忠不孝也不要紧，为何又以不孝之名杀人呢？然而事实上纵使曹操再生，也没人敢问他，我们倘若去问他，恐怕他把我们也杀了！

与孔融一同反对曹操的尚有一个祢衡，后来给黄祖杀掉的。祢衡的文章也不错，而且他和孔融早是"以气为主"来写文章的了。故在此我们又可知道，汉文慢慢壮大起来，是时代使然，非专靠曹操父子之功的。但华丽好看，却是曹丕提倡的功劳。

这样下去一直到明帝的时候，文章上起了个重大的变化，因为出了一个何晏。

何晏的名声很大，位置也很高，他喜欢研究《老子》和《易经》。至于他是怎样的一个人呢？那真相现在可很难知道，很难调查。因为他是曹氏一派的人，司马氏很讨厌他，所以他们的记载对何晏大不满。因此产生许多传说，有人说何晏的脸上是搽粉的，又有人说他本来生得白，不是搽粉的。但究竟何晏搽粉不搽粉呢？我也不知道。

但何晏有两件事我们是知道的。第一，他喜欢空谈，是空谈的祖师；第二，他喜欢吃药，是吃药的祖师。

此外，他也喜欢谈名理。他身子不好，因此不能不服药。他吃的不是寻常的药，是一种名叫"五石散"的药。

"五石散"是一种毒药，是何晏吃开头的。汉时，大家还不敢吃，何晏或者将药方略加改变，便吃开头了。五石散的基本，大概是五样药：石钟乳，石硫黄，白石英，紫石英，赤石脂；另外怕还配点别样的药。但现在也不必细细研究它，我想各位都是不想吃它的。

从书上看起来，这种药是很好的，人吃了能转弱为强。因此之故，何晏有钱，他吃起来了；大家也跟着吃。那时五石散的流毒就同清末的鸦片的流毒差不多，看吃药与否以分阔气与否的。现在由隋巢元方做的《诸病源候论》的里面可以看到一些。据此书，可知吃这药是非常麻烦的，穷人不能吃，假使吃了之后，一不小心，就会毒死。先吃下去的时候，倒不怎样的，后来药的效验既显，名曰"散发"。倘若没有"散发"，就有弊而无利。因此吃了之后不能休息，非走路不可，因走路才能"散发"，所以走路名曰"行散"。比方我们看六朝人的诗，有云："至城东行散"，就是此意。后来做诗的人不知其故，以为"行散"即步行之意，所以不服药也以"行散"二字入诗，这是很笑话的。

走了之后，全身发烧，发烧之后又发冷。普通发冷宜多穿衣，吃热的东西。但吃药后的发冷刚刚要相反：衣少，冷食，以冷水浇身。倘穿衣多而食热物，那就非死不可。因此五石散一名寒食散。只有一样不必冷吃的，就是酒。

吃了散之后，衣服要脱掉，用冷水浇身；吃冷东西；饮热酒。

这样看起来，五石散吃的人多，穿厚衣的人就少；比方在广东提倡，一年以后，穿西装的人就没有了。因为皮肉发烧之故，不能穿窄衣。为豫防皮肤被衣服擦伤，就非穿宽大的衣服不可。现在有许多人以为晋人轻裘缓带，宽衣，在当时是人们高逸的表现，其实不知他们是吃药的缘故。一班名人都吃药，穿的衣都宽大，于是不吃药的也跟着名人，把衣服宽大起来了！

还有，吃药之后，因皮肤易于磨破，穿鞋也不方便，故不穿鞋袜而穿屐。所以我们看晋人的画像或那时的文章，见他衣服宽大，不鞋而屐，以为他一定是很舒服，很飘逸的了，其实他心里都是很苦的。

更因皮肤易破，不能穿新的而宜于穿旧的，衣服便不能常洗。因不洗，便多虱。所以在文章上，虱子的地位很高，"扪虱而谈"，当时竟传为美事。比方我今天在这里演讲的时候，扪起虱来，那是不大好的。但在那时不要紧，因为习惯不同之故。这正如清朝是提倡抽大烟的，我们看见两肩高耸的人，不觉得奇怪。现在就不行了，倘若多数学生，他的肩成为一字样，我们就觉得很奇怪了。

此外可见服散的情形及其他种种的书，还有葛洪的《抱朴子》。

到东晋以后，作假的人就很多，在街旁睡倒，说是"散发"以示阔气。就像清时尊读书，就有人以墨涂唇，表示他是刚才写了许多字的样子。故我想，衣大，穿屐，散等等，后来效之，不吃也学起来，与理论的提倡实在是无关的。

又因"散发"之时，不能肚饿，所以吃冷物，而且要赶快吃，不论时候，一日数次也不可定。因此影响到晋时"居丧无礼"。——本来魏晋时，对于父母之礼是很繁多的。比方想去访一个人，那么，在未访之前，必先打听他父母及其祖父母的名字，以便避讳。否则，嘴上一说出这个字音，假如他的父母是死了的，主人便会大哭起来——他记得父母了——给你一个大大的没趣。晋礼居丧之时，也要瘦，不多吃饭，不准喝酒。但在吃药之后，为生命计，不能管得许多，只好大嚼，所以就变成"居丧无礼"了。

居丧之际，饮酒食肉，由阔人名流倡之，万民皆从之，因为这个缘故，社会上遂尊称这样的人叫作名士派。

吃散发源于何晏，和他同志的，有王弼和夏侯玄两个人，与晏同为服药的祖师。有他三人提倡，有多人跟着走。他们三人多是会做文章，除了夏侯玄的作品流传不多外，王何二人现在我们尚能看到他们的文章。他们都是生于正始的，所以又名曰"正始名士"。但这种习惯的末流，是只会吃药，或竟假装吃药，而不会做文章。

东晋以后，不做文章而流为清谈，由《世说新语》一书里可以看到。此中空论多而文章少，比较他们三个差得远了。三人中王弼二十余岁便死了，夏侯何二人皆为司马懿所杀。因为他二人同曹操有关系，非死不可，犹曹操之杀孔融，也是借不孝做罪名的。

二人死后，论者多因其与魏有关而骂他，其实何晏值得骂的就是因为他是吃药的发起人。这种服散的风气，魏，晋，直到隋，唐，还存在着，因为唐时还有"解散方"，即解五石散的药方，可以证明还有人吃，不过少点罢了。唐以后就没有人吃，其原因尚未详，大概因其弊多利少，和鸦片一样罢？

晋名人皇甫谧作一书曰《高士传》，我们以为他很高超。但他是服散的，曾有一篇文章，自说吃散之苦。因为药性一发，稍不留心，即会丧命，至少也会受非常的苦痛，或要发狂；本来聪明的人，因此也会变成痴呆。所以非深知药性，会解救，而且家里的人多深知药性不可。晋朝人多是脾气很坏，高傲，发狂，性暴如火的，大约便是服药的缘故。比方有苍蝇扰他，竟至拔剑追赶；就是说话，也要胡胡涂涂地才好，有时简直是近于发疯。但在晋朝更有以痴为好的，这大概也是服药的缘故。

魏末，何晏他们以外，又有一个团体新起，叫做"竹林名士"，也是七个，所以又称"竹林七贤"。正始名士服药，竹林名士饮酒。竹林的代表是嵇康和阮籍。但究竟竹林名士不纯粹是喝酒的，嵇康也兼服药，而阮籍则是专喝酒的代表。但嵇康也饮酒，刘伶也是这里面的一个。他们七人中差不多都是反抗旧礼教的。

这七人中，脾气各有不同。嵇阮二人的脾气都很大；阮籍老年时改得很好，嵇康就始终都是极坏的。

阮年青时，对于访他的人有加以青眼和白眼的分别。白眼大概是全然看不见眸子的，恐怕要练习很久才能够。青眼我会装，白眼我却装不好。

后来阮籍竟做到"口不臧否人物"的地步，嵇康却全不改变。结果阮得终其天年，而嵇竟丧于司马氏之手，与孔融何晏等一样，遭了不幸的杀害。这大概是因为吃药和吃酒之分的缘故：吃药可以成仙，仙是可以骄视俗人的；饮酒不会成仙，所以敷衍了事。

他们的态度，大抵是饮酒时衣服不穿，帽也不带。若在平时，有这种状态，我们就说无礼，但他们就不同。居丧时不一定按例哭泣；子之于父，是不能提父的名，但在竹林名士一流人中，子都会叫父的名号。旧传下来的礼教，竹林名士是不承认的。即如刘伶——他曾做过一篇《酒德颂》，谁都知道——他是不承认世界上从前规定的道理的，曾经有这样的事，有一次有客见他，他不穿衣服。人责问他；他答人说，天地是我的房屋，房屋就是我的衣服，你们为什么进我的裤子中来？至于阮籍，就更甚了，他连上下古今也不承认，在《大人先生传》里有说："天地解兮六合开，星辰陨兮日月颓，我腾而上将何怀？"他的意思是天地神仙，都是无意义，一切都不要，所以他觉得世上的道理不必争，神仙也不足

468

信，既然一切都是虚无，所以他便沉湎于酒了。然而他还有一个原因，就是他的饮酒不独由于他的思想，大半倒在环境。其时司马氏已想篡位，而阮籍名声很大，所以他讲话就极难，只好多饮酒，少讲话，而且即使讲话讲错了，也可以借醉得到人的原谅。只要看有一次司马懿求和阮籍结亲，而阮籍一醉就是两个月，没有提出的机会，就可以知道了。

阮籍作文章和诗都很好，他的诗文虽然也慷慨激昂，但许多意思都是隐而不显的。宋的颜延之已经说不大能懂，我们现在自然更很难看得懂他的诗了。他诗里也说神仙，但他其实是不相信的。嵇康的论文，比阮籍更好，思想新颖，往往与古时旧说反对。孔子说："学而时习之，不亦说乎？"嵇康做的《难自然好学论》，却道，人是并不好学的，假如一个人可以不做事而又有饭吃，就随便闲游不喜欢读书了，所以现在人之好学，是由于习惯和不得已。还有管叔蔡叔，是疑心周公，率殷民叛，因而被诛，一向公认为坏人的。而嵇康做的《管蔡论》，就也反对历代传下来的意思，说这两个人是忠臣，他们的怀疑周公，是因为地方相距太远，消息不灵通。

但最引起许多人的注意，而且于生命有危险的，是《与山巨源绝交书》中的"非汤武而薄周孔"。司马懿因这篇文章，就将嵇康杀了。非薄了汤武周孔，在现时代是不要紧的，但在当时却关系非小。汤武是以武定天下的；周公是辅成王的；孔子是祖述尧舜，而尧舜是禅让天下的。嵇康都说不好，那么，教司马懿篡位的时候，怎么办才是好呢？没有办法。在这一点上，嵇康于司马氏的办事上有了直接的影响，因此就非死不可了。嵇康的见杀，是因为他的朋友吕安不孝，连及嵇康，罪案和曹操的杀孔融差不多。魏晋，是以孝治天下的，不孝，故不能不杀。为什么要以孝治天下呢？因为天位从禅让，即巧取豪夺而来，若主张以忠治天下，他们的立脚点便不稳，办事便棘手，立论也难了，所以一定要以孝治天下。但倘只是实行不孝，其实那时倒不很要紧的，嵇康的害处是在发议论；阮籍不同，不大说关于伦理上的话，所以结局也不同。

但魏晋也不全是这样的情形，宽袍大袖，大家饮酒。反对的也很多。在文章上我们还可以看见裴的《崇有论》，孙盛的《老子非大贤论》，这些都是反对王何们的。在史实上，则何曾劝司马懿杀阮籍有好几回，司马懿不听他的话，这是因为阮籍的饮酒，与时局的关系少些的缘故。

然而后人就将嵇康阮籍骂起来，人云亦云，一直到现在，一千六百多年。季札说："中国之君子，明于礼义而陋于知人心。"这是确的，大凡明于礼义，就一定要陋于知人心的，所以古代有许多人受了很大的冤枉。例如嵇阮的罪名，一向说他们毁坏礼教。但据我个人的意见，这判断是错的。魏晋时代，崇奉礼教的看来似乎很不错，而实在是毁坏礼教，不信礼教的。表面上毁坏礼教者，实则倒是承认礼教，太相信礼教。因为魏晋时所谓崇奉礼教，是用以自利，那崇奉也不过偶然崇奉，如曹操杀孔融，司马懿杀嵇康，都是因为他们和不孝有关，但实在曹操司马懿何尝是著名的孝子，不过将这个名义，加罪于反对自己的人罢了。于是老实人以为如此利用，亵黩了礼教，不平之极，无计可施，激而变成不谈礼教，不信礼教，甚至于反对礼教。——但其实不过是态度，至于他们的本心，恐怕倒是相信礼教，当作宝贝，比曹操司马懿们要迂执得多。现在说一个容易明白的比喻罢，譬如有一个军阀，在北方——在广东的人所谓北方和我常说的北方的界限有些不同，我常称山东山西直隶河南之类为北方——那军阀从前是压迫民党的，后来北伐军势力一大，他便挂起了青天白日旗，说自己已经信仰三民主义了，是总理的信徒。这样还不够，他还要做总理的纪念周。这时候，真的三民主义的信徒，去呢，不去呢？不去，他那里就可以说你反对三民主义，定罪，杀人。但既然在他的势力之下，没有别法，真的总理的信徒，倒会不谈三民主义，或者听人假惺惺的谈起来就皱眉，好像反对三民主义模样。所以我想，魏晋时所谓反对礼教的人，有许多大约也如此。他们倒是迂夫子，将礼教当作宝贝看待的。

还有一个实证，凡人们的言论，思想，行为，倘若自己以为不错的，就愿意天下的别人，自己的朋友都这样做。但嵇康阮籍不这样，不愿意别人来模仿他。竹林七贤中有阮咸，是阮籍的侄子，一样的饮酒。阮籍的儿子阮浑也愿加入时，阮籍却道不必加入，吾家已有阿咸在，够了。假若阮籍自以为行为是对的，就不当拒绝他的儿子，而阮籍却拒绝自己的儿子，可知阮籍并不以他自己的办法为然。至于嵇康，一看他的《绝交书》，就知道他的态度很骄傲的；有一次，他在家打铁——他的性情是很喜欢打铁的——钟会来看他了，他只打铁，不理钟会。钟会没有意味，只得走了。其时嵇康就问他："何所闻而来，何所见而去？"钟会答道："闻所闻而来，见所见而去。"这也是嵇康杀身的一条祸根。但我看他做给他的儿子看的《家诫》——当嵇康被杀时，其子方十岁，算来当他做这篇文章的时候，他的儿子是未满十岁的——就觉得宛然是两个人。他在《家诫》中教他的儿子做人要小心，还有一条一条的教训。有一条是说长官处不可常去，亦不可住宿；官长送人们出来时，你不要在后面，因为恐怕将来官长惩办坏人时，你有暗中密告的嫌疑。又有一条是说宴饮时候有人争论，你可立刻走开，免得在旁批评，因为两者之间必有对与不对，不批评则不像样，一批评就总要是甲非乙，不免受一方见怪。还有人要你饮酒，即使不愿饮也不要坚决地推辞，必须和和气气的拿着杯子。我们就此看来，实在觉得很希奇：嵇康是那样高傲的人，而他教子就要他这样庸碌。因此我们知

471

道，嵇康自己对于他自己的举动也是不满足的。所以批评一个人的言行实在难，社会上对于儿子不像父亲，称为"不肖"，以为是坏事，殊不知世上正有不愿意他的儿子像自己的父亲哩。试看阮籍嵇康，就是如此。这是，因为他们生于乱世，不得已，才有这样的行为，并非他们的本态。但又于此可见魏晋的破坏礼教者，实在是相信礼教到固执之极的。

不过何晏王弼阮籍嵇康之流，因为他们的名位大，一般的人们就学起来，而所学的无非是表面，他们实在的内心，却不知道。因为只学他们的皮毛，于是社会上便很多了没意思的空谈和饮酒。许多人只会无端的空谈和饮酒，无力办事，也就影响到政治上，弄得玩"空城计"，毫无实际了。在文学上也这样，嵇康阮籍的纵酒，是也能做文章的，后来到东晋，空谈和饮酒的遗风还在，而万言的大文如嵇阮之作，却没有了。刘勰说："嵇康师心以遣论，阮籍使气以命诗。"这"师心"和"使气"，便是魏末晋初的文章的特色。正始名士和竹林名士的精神灭后，敢于师心使气的作家也没有了。

到东晋，风气变了。社会思想平静得多，各处都夹入了佛教的思想。再至晋末，乱也看惯了，篡也看惯了，文章便更和平。代表平和的文章的人有陶潜。他的态度是随便饮酒，乞食，高兴的时候就谈论和作文章，无尤无怨。所以现在有人称他为"田园诗人"，是个非常和平的田园诗人。他的态度是不容易学的，他非常之穷，而心里很平静。家常无米，就去向人家门口求乞。他穷到有客来见，连鞋也没有，那客人给他从家丁取鞋给他，他便伸了足穿上了。虽然如此，他却毫不为意，还是"采菊东篱下，悠然见南山"。这样的自然状态，实在不易模仿。他穷到衣服也破烂不堪，而还在东篱下采菊，偶然抬起头来，悠然的见了南山，这是何等自然。现在有钱的人住在租界里，雇花匠种数十盆菊花，便做诗，叫作"秋日赏菊效陶彭泽体"，自以为合于渊明的高致，我觉得不大像。

陶潜之在晋末，是和孔融于汉末与嵇康于魏末略同，又是将近易代的时候。但他没有什么慷慨激昂的表示，于是便博得"田园诗人"的名称。但《陶集》里有《述酒》一篇，是说当时政治的。这样看来，可见他于世事也并没有遗忘和冷淡，不过他的态度比嵇康阮籍自然得多，不至于招人注意罢了。还有一个原因，先已说过，是习惯。因为当时饮酒的风气相沿下来，人见了也不觉得奇怪，而且汉魏晋相沿，时代不远，变迁极多，既经见惯，就没有大感触，陶潜之比孔融嵇康和平，是当然的。例如看北朝的墓志，官位升进，往往详细写着，再仔细一看，他是已经经历过两三个朝代了，但当时似乎并不为奇。

据我的意思，即使是从前的人，那诗文完全超于政治的所谓"田园诗人"，"山林诗人"，是没有的。完全超出于人间世的，也是没有的。既然是超出于世，则当然连诗文也没有。诗文也是人事，既有诗，就可以知道于世事未能忘情。譬如墨子兼爱，杨子为我。墨子当然要著书；杨子就一定不著，这才是"为我"。因为若做出书来给别人看，便变成"为人"了。

由此可知陶潜总不能超于尘世，而且，于朝政还是留心，也不能忘掉"死"，这是他诗文中时时提起的。用别一种看法研究起来，恐怕也会成一个和旧说不同的人物罢。

自汉末至晋末文章的一部分的变化与药及酒之关系，据我所知的大概是这样。但我学识太少，没有详细的研究，在这样的热天和雨天费去了诸位这许多时光，是很抱歉的。现在这个题目总算是讲完了。

一九二七年

473

革命文学

今年在南方，听得大家叫"革命"，正如去年在北方，听得大家叫"讨赤"的一样盛大。

而这"革命"还侵入文艺界里了。

最近，广州的日报上还有一篇文章指示我们，叫我们应该以四位革命文学家为师法：意大利的唐南遮，德国的霍普德曼，西班牙的伊本纳兹，中国的吴稚晖。

两位帝国主义者，一位本国政府的叛徒，一位国民党救护的发起者，都应该作为革命文学的师法，于是革命文学便莫名其妙了，因为这实在是至难之业。

于是不得已，世间往往误以两种文学为革命文学：一是在一方的指挥刀的掩护之下，斥骂他的敌手的；一是纸面上写着许多"打，打"，"杀，杀"，或"血，血"的。

如果这是"革命文学"，则做"革命文学家"，实在是最痛快而安全的事。

从指挥刀下骂出去，从裁判席上骂下去，从官营的报上骂开去，真是伟哉一世之雄，妙在被骂者不敢开口。而又有人说，这不敢开口，又何其怯也？对手无"杀身成仁"之勇，是第二条罪状，斯愈足以显革命文学家之英雄。所可惜者只在这文学并非对于强暴者的革命，而是对于失败者的革命。

唐朝人早就知道，穷措大想做富贵诗，多用些"金""玉""锦""绮"字面，自以为豪华，而不知适见其寒蠢。真会写富贵景象的，有道："笙歌归院落，灯火下楼台"，全不用那些字。"打，打"，"杀，杀"，听去诚然是英勇的，但不过是一面鼓。即使是鼙鼓，倘若前面无敌军，后面无我军，终于不过是一面鼓而已。

　　我以为根本问题是在作者可是一个"革命人"，倘是的，则无论写的是什么事件，用的是什么材料，即都是"革命文学"。从喷泉里出来的都是水，从血管里出来的都是血。"赋得革命，五言八韵"，是只能骗骗盲试官的。

　　但"革命人"就希有。俄国十月革命时，确曾有许多文人愿为革命尽力。但事实的狂风，终于转得他们手足无措。显明的例是诗人叶遂宁的自杀，还有小说家梭波里，他最后的话是："活不下去了！"

　　在革命时代有大叫"活不下去了"的勇气，才可以做革命文学。

　　叶遂宁和梭波里终于不是革命文学家。为什么呢，因为俄国是实在在革命。革命文学家风起云涌的所在，其实是并没有革命的。

当陶元庆君的绘画展览时

我所要说的几句话

陶元庆君绘画的展览，我在北京所见的是第一回。记得那时曾经说过这样意思的话：他以新的形，尤其是新的色来写出他自己的世界，而其中仍有中国向来的魂灵——要字面免得流于玄虚，则就是：民族性。

我觉得我的话在上海也没有改正的必要。

中国现今的一部分人，确是很有些苦闷。我想，这是古国的青年的迟暮之感。世界的时代思潮早已六面袭来，而自己还拘禁在三千年陈的桎梏里。于是觉醒，挣扎，反叛，要出而参与世界的事业——我要范围说得小一点：文艺之业。倘使中国之在世界上不算在错，则这样的情形我以为也是对的。

然而现在外面的许多艺术界中人，已经对于自然反叛，将自然割裂，改造了。而文艺史界中人，则舍了用惯的向来以为是"永久"的旧尺，另以各时代各民族的固有的尺，来量各时代各民族的艺术，于是向埃及坟中的绘画赞叹，对黑人刀柄上的雕刻点头，这往往使我们误解，以为要再回到旧日的桎梏里。而新艺术家们勇猛的反叛，则震惊我们的耳目，又往往不能不感服。但是，我们是迟暮了，并未参与过先前的事业，于是有时就不过敬谨接收，又成了一种可敬的身外的新桎梏。

陶元庆君的绘画，是没有这两重桎梏的。就因为内外两面，都和世界的时代思潮合流，而又并未桎亡中国的民族性。

我于艺术界的事知道得极少，关于文字的事较为留心些。就如白话，从中，更就世所谓"欧化语体"来说罢。有人斥道：你用这样的语体，可惜皮肤不白，鼻梁不高呀！诚然，这教训是严厉的。但是，皮肤一白，鼻梁一高，他用的大概是欧文，不是欧化语体了。正唯其皮不白，鼻不高而偏要"的呵吗呢"，并且一句里用许多的"的"字，这才是为世诟病的今日的中国的我辈。

但我并非将欧化文来比拟陶元庆君的绘画。意思只在说：他并非"之乎者也"，因为用的是新的形和新的色；而又不是"Yes""No"，因为他究竟是中国人。所以，用密达尺来量，是不对的，但也不能用什么汉朝的虑傂尺或清朝的营造尺，因为他又已经是现今的人。我想，必须用存在于现今想要参与世界上的事业的中国人的心里的尺来量，这才懂得他的艺术。

　　　　　一九二七年十二月十三日，鲁迅于上海记

卢梭和胃口

做过《民约论》的卢梭，自从他还未死掉的时候起，便受人们的责备和迫害，直到现在，责备终于没有完。连在和"民约"没有什么关系的中华民国，也难免这一幕了。

例如商务印书馆出版的《爱弥尔》中文译本的序文上，就说——

> ……本书的第五编即女子教育，他的主张非但不彻底，而且不承认女子的人格，与前四编的尊重人类相矛盾。……所以在今日看来，他对于人类正当的主张，可说只树得一半……。

然而复旦大学出版的《复旦旬刊》创刊号上梁实秋教授的意思，却"稍微有点不同"了。其实岂但"稍微"而已耶，乃是"卢梭论教育，无一是处，唯其论女子教育，的确精当。"因为那是"根据于男女的性质与体格的差别而来"的。而近代生物学和心理学研究的结果，又证明着天下没有两个人是无差别。怎样的人就该施以怎样的教育。所以，梁先生说——

> 我觉得"人"字根本的该从字典里永远注销，或由政

478

府下令永禁行使。因为"人"字的意义太糊涂了。聪明绝顶的人，我们叫他做人，蠢笨如牛的人，也一样的叫做人，弱不禁风的女子，叫做人，粗横强大的男人，也叫做人，人里面的三流九等，无一非人。近代的德谟克拉西的思想，平等的观念，其起源即由于不承认人类的差别。近代所谓的男女平等运动，其起源即由于不承认男女的差别。人格是一个抽象名词，是一个人的身心各方面的特点的总和。人的身心各方面的特点既有差别，实即人格上亦有差别。所谓侮辱人格的，即是不承认一个人特有的人格，卢梭承认女子有女子的人格，所以卢梭正是尊重女子的人格。抹杀女子所特有之特性者，才是侮辱女子人格。

于是势必至于得到这样的结论——

……正当的女子教育应该是使女子成为完全的女子。

那么，所谓正当的教育者，也应该是使"弱不禁风"者，成为完全的"弱不禁风"，"蠢笨如牛"者，成为完全的"蠢笨如牛"，这才免于侮辱各人——此字在未经从字典里永远注销，政府下令永禁行使之前，暂且使用——的人格了。卢梭《爱弥尔》前四编的主张不这样，其"无一是处"，于是可以算无疑。

但这所谓"无一是处"者，也只是对于"聪明绝顶的人"而言；在"蠢笨如牛的人"，却是"正当"的教育。因为看了这样的议论，可以使他更渐近于完全"蠢笨如牛"。这也就是尊重他的人格。

然而这种议论还是不会完结的。为什么呢？一者，因为即使知道说"自然的不平等"，而不容易明白真"自然"和"因积渐的人为而似自然"之分。二者，因为凡有学说，往往"合吾人之胃口者则容纳之，且从而宣扬之"也。

上海一隅，前二年大谈亚诺德，今年大谈白璧德，恐怕也就是胃口之故罢。

许多问题大抵发生于"胃口"，胃口的差别，也正如"人"字一样的——其实这两字也应该呈请政府"下令永禁行使"。我且抄一段同是美国的 Upton Sinclair[①] 的，以尊重另一种人格罢——

> 无论在那一个卢梭的批评家，都有首先应该解决的唯一的问题。为什么你和他吵闹的？要为他的到达点的那自由，平等，调协开路么？还是因为畏惧卢梭所发向世界上的新思想和新感情的激流呢？使对于他取了为父之劳的个人主义运动的全体怀疑，将我们带到子女服从父母，奴隶服从主人，妻子服从丈夫，臣民服从教皇和皇帝，大学生毫不发生疑问，而佩服教授的讲义的善良的古代去，乃是你的目的么？
>
> 阿嵬夫人曰："最后的一句，好像是对于白璧德教授的一箭似的。"
>
> "奇怪呀，"她的丈夫说。"斯人也而有斯姓也……那一定是上帝的审判了。"

不知道和原意可有错误，因为我是从日本文重译的。书的原名是《Mammonart》[②]，在 California 的 Pasadena[③] 作者自己出版，胃口

---

① 厄普顿·辛克莱（1878—1968），美国小说家。

② 即《拜金艺术》，辛克莱的一部用经济的观点解释历史上各时代的文艺的专著，一九二五年出版。

③ 即加利福尼亚州的帕萨第那城。

相近的人们自己弄来看去罢。Mammon① 是希腊神话里的财神，art 谁都知道是艺术。可以译作"财神艺术"罢。日本的译名是"拜金艺术"，也行。因为这一个字是作者生造的，政府既没有下令颁行，字典里也大概未曾注入，所以姑且在这里加一点解释。

一九二七年十二月二十一日

---

① Mammon 这个词来源于古代西亚的阿拉米语，经过希腊语移植到近代西欧各国语言中，指财富或财神，后指好利贪财的恶魔。古希腊神话中的财神是普路托斯（Ploutos）。

文学和出汗

上海的教授对人讲文学，以为文学当描写永远不变的人性，否则便不久长。例如英国，莎士比亚和别的一两个人所写的是永久不变的人性，所以至今流传，其余的不这样，就都消灭了云。

这真是所谓"你不说我倒还明白，你越说我越胡涂"了。英国有许多先前的文章不流传，我想，这是总会有的，但竟没有想到它们的消灭，乃因为不写永久不变的人性。现在既然知道了这一层，却更不解它们既已消灭，现在的教授何从看见，却居然断定它们所写的都不是永久不变的人性了。

只要流传的便是好文学，只要消灭的便是坏文学；抢得天下的便是王，抢不到天下的便是贼。莫非中国式的历史论，也将沟通了中国人的文学论欤？

而且，人性是永久不变的么？

类人猿，类猿人，原人，古人，今人，未来的人，……如果生物真会进化，人性就不能永久不变。不说类猿人，就是原人的脾气，我们大约就很难猜得着的，则我们的脾气，恐怕未来的人也未必会明白。要写永久不变的人性，实在难哪。

譬如出汗罢，我想，似乎于古有之，于今也有，将来一定暂时也还有，该可以算得较为"永久不变的人性"了。然而"弱不禁风"的小姐出的是香汗，"蠢笨如牛"的工人出的是臭汗。不知道倘要做长留世上的文字，要充长留世上的文学家，是描写香汗好呢，还是描写臭汗好？这问题倘不先行解决，则在将来文学史上的位置，委实是"岌岌乎殆哉"。

听说，例如英国，那小说，先前是大抵写给太太小姐们看的，其中自然是香汗多；到十九世纪后半，受了俄国文学的影响，就很有些臭汗气了。那一种的命长，现在似乎还在不可知之数。

在中国，从道士听论道，从批评家听谈文，都令人毛孔痉挛，汗不敢出。然而这也许倒是中国的"永久不变的人性"罢。

一九二七年十二月二十三日

文艺和革命

欢喜维持文艺的人们，每在革命地方，便爱说"文艺是革命的先驱"。

我觉得这很可疑。或者外国是如此的罢；中国自有其特别国情，应该在例外。现在妄加编排，以质同志——

1，革命军。先要有军，才能革命，凡已经革命的地方，都是军队先到的：这是先驱。大军官们也许到得迟一点，但自然也是先驱，无须多说。

（这之前，有时恐怕也有青年潜入宣传，工人起来暗助，但这些人们大抵已经死掉，或则无从查考了，置之不论。）

2，人民代表。军官们一到，便有人民代表群集车站欢迎，手执国旗，嘴喊口号，"革命空气，非常浓厚"：这是第二先驱。

3，文学家。于是什么革命文学，民众文学，同情文学，飞腾文学都出来了，伟大光明的名称的期刊也出来了，来指导青年的：这是——可惜得很，但也不要紧——第三先驱。

外国是革命军兴以前，就有被迫出国的卢梭，流放极边的珂罗连珂……。

好了。倘若硬要乐观，也可以了。因为我们常听到所谓文学家将要出国的消息，看见新闻上的记载，广告；看见诗；看见文。虽然尚未动身，却也给我们一种"将来学成归国，了不得呀！"的豫感，——希望是谁都愿意有的。

十二月二十四夜零点一分五秒

一九二七年

谈所谓"大内档案"

　　所谓"大内档案"这东西，在清朝的内阁里积存了三百多年，在孔庙里塞了十多年，谁也一声不响。自从历史博物馆将这残余卖给纸铺子，纸铺子转卖给罗振玉，罗振玉转卖给日本人，于是乎大有号咷之声，仿佛国宝已失，国脉随之似的。前几年，我也曾见过几个人的议论，所记得的一个是金梁，登在《东方杂志》上；还有罗振玉和王国维，随时发感慨。最近的是《北新半月刊》上的《论档案的售出》，蒋彝潜先生做的。

　　我觉得他们的议论都不大确。金梁，本是杭州的驻防旗人，早先主张排汉的，民国以来，便算是遗老了，凡有民国所做的事，他自然都以为很可恶。罗振玉呢，也算是遗老，曾经立誓不见国门，而后来仆仆京津间，痛责后生不好古，而偏将古董卖给外国人的，只要看他的题跋，大抵有"广告"气扑鼻，便知道"于意云何"了。独有王国维已经在水里将遗老生活结束，是老实人；但他的感喟，却往往和罗振玉一鼻孔出气，虽然所出的气，有真假之分。所以他被弄成夹广告的 Sandwich[1]，是常有的事，因为他老实到像火腿一般。蒋先生是例外，我看并非遗老，只因为 Sentimental[2] 一点，所以受了罗振玉辈的骗了。你想，他要将这卖给日本人，肯说这不

----
[1]　英文：三明治。
[2]　英文：多愁善感的；感情用事的。

是宝贝的么?

那么，这不是好东西么? 不好，怎么你也要买，我也要买呢? 我想，这是谁也要发的质问。

答曰: 唯唯，否否。这正如败落大户家里的一堆废纸，说好也行，说无用也行的。因为是废纸，所以无用; 因为是败落大户家里的，所以也许夹些好东西。况且这所谓好与不好，也因人的看法而不同，我的寓所近旁的一个垃圾箱，里面都是住户所弃的无用的东西，但我看见早上总有几个背着竹篮的人，从那里面一片一片，一块一块，检了什么东西去了，还有用。更何况现在的时候，皇帝也还尊贵，只要在"大内"里放几天，或者带一个"宫"字，就容易使人另眼相看的，这真是说也不信，虽然在民国。

"大内档案"也者，据深通"国朝"掌故的罗遗老说，是他的"国朝"时堆在内阁里的乱纸，大家主张焚弃，经他力争，这才保留下来的。但到他的"国朝"退位，民国元年我到北京的时候，它们已经被装为八千(?)麻袋，塞在孔庙之中的敬一亭里了，的确满满地埋满了大半亭子。其时孔庙里设了一个历史博物馆筹备处，处长是胡玉缙先生。"筹备处"云者，即里面并无"历史博物"的意思。

我却在教育部，因此也就和麻袋们发生了一点关系，眼见它们的升沉隐显。可气可笑的事是有的，但多是小玩意; 后来看见外面的议论说得天花乱坠起来，也颇想做几句记事，叙出我所目睹的情节。可是胆子小，因为牵涉着的阔人很有几个，没有敢动笔。这是我的"世故"，在中国做人，骂民族，骂国家，骂社会，骂团体，……都可以的，但不可涉及个人，有名有姓。广州的一种期刊上说我只打叭儿狗，不骂军阀。殊不知我正因为骂了叭儿狗，这才有逃出北京的运命。泛骂军阀，谁来管呢? 军阀是不看杂志的，就靠叭儿狗嗅，候补叭儿狗吠。阿，说下去又不好了，赶快带住。

现在是寓在南方，大约不妨说几句了，这些事情，将来恐怕也未必另外有人说。但我对于有关面子的人物，仍然都不用真姓名，将罗马字来替代。既非欧化，也不是"隐恶扬善"，只不过"远害全身"。这也是我的"世故"，不要以为自己在南方，他们在北方，或者不知所在，就小觑他们。他们是突然会在你眼前阔起来的，真是神奇得很。这时候，恐怕就会死得连自己也莫明其妙了。所以要稳当，最好是不说。但我现在来"折衷"，既非不说，而不尽说，而代以罗马字，——如果这样还不妥，那么，也只好听天由命了。上帝安我魂灵！

却说这些麻袋们躺在敬一亭里，就很令历史博物馆筹备处长胡玉缙先生担忧，日夜提防工役们放火。为什么呢？这事谈起来可有些繁复了。弄些所谓"国学"的人大概都知道，胡先生原是南菁书院的高材生，不但深研旧学，并且博识前朝掌故的。他知道清朝武英殿里藏过一副铜活字，后来太监你也偷，我也偷，偷得"不亦乐乎"，待到王爷们似乎要来查考的时候，就放了一把火。自然，连武英殿也没有了，更何况铜活字的多少。而不幸敬一亭中的麻袋，也仿佛常常减少，工役们不是国学家，所以他将内容的宝贝倒在地上，单拿麻袋去卖钱。胡先生因此想到武英殿失火的故事，深怕麻袋缺得多了之后，敬一亭也照例烧起来；就到教育部去商议一个迁移，或整理，或销毁的办法。

专管这一类事情的是社会教育司，然而司长是夏曾佑先生。弄些什么"国学"的人大概也都知道的，我们不必看他另外的论文，只要看他所编的两本《中国历史教科书》，就知道他看中国人有怎地清楚。他是知道中国的一切事万不可"办"的；即如档案罢，任其自然，烂掉，霉掉，蛀掉，偷掉，甚而至于烧掉，倒是天下太

488

平；倘一加人为，一"办"，那就舆论沸腾，不可开交了。结果是办事的人成为众矢之的，谣言和谗谤，百口也分不清。所以他的主张是"这个东西万万动不得"。

这两位熟于掌故的"要办"和"不办"的老先生，从此都知道各人的意思，说说笑笑，……但竟拖延下去了。于是麻袋们又安稳地躺了十来年。

这回是F先生来做教育总长了，他是藏书和"考古"的名人。我想，他一定听到了什么谣言，以为麻袋里定有好的宋版书——"海内孤本"。这一类谣言是常有的，我早先还听得人说，其中且有什么妃的绣鞋和什么王的头骨哩。有一天，他就发一个命令，教我和G主事试看麻袋。即日搬了二十个到西花厅，我们俩在尘埃中看宝贝，大抵是贺表，黄绫封，要说好是也可以说好的，但太多了，倒觉得不希奇。还有奏章，小刑名案子居多，文字是半满半汉，只有几个是也特别的，但满眼都是了，也觉得讨厌。殿试卷是一本也没有；另有几箱，原在教育部，不过都是二三甲的卷子，听说名次高一点的在清朝便已被人偷去了，何况乎状元。至于宋版书呢，有是有的，或则破烂的半本，或是撕破的几张。也有清初的黄榜，也有实录的稿本。朝鲜的贺正表，我记得也发见过一张。

我们后来又看了两天，麻袋的数目，记不清楚了，但奇怪，这时以考察欧美教育驰誉的Y次长，以讲大话出名的C参事，忽然都变为考古家了。他们和F总长，都"念兹在兹"，在尘埃中间和破纸旁边离不开。凡有我们检起在桌上的，他们总要拿进去，说是去看看。等到送还的时候，往往比原先要少一点，上帝在上，那倒是真的。

大约是几叶宋版书作怪罢，F总长要大举整理了，另派了部员几十人，我倒幸而不在内。其时历史博物馆筹备处已经迁在午门，

489

处长早换了 YT[①]；麻袋们便在午门上被整理。YT 是一个旗人，京腔说得极漂亮，文字从来不谈的，但是，奇怪之至，他竟也忽然变成考古家了，对于此道津津有味。后来还珍藏着一本宋版的什么《司马法》，可惜缺了角，但已经都用古色纸补了起来。

那时的整理法我不大记得了，要之，是分为"保存"和"放弃"，即"有用"和"无用"的两部分。从此几十个部员，即天天在尘埃和破纸中出没，渐渐完工——出没了多少天，我也记不清楚了。"保存"的一部分，后来给北京大学又分了一大部分去。其余的仍藏博物馆。不要的呢，当时是散放在午门的门楼上。

那么，这些不要的东西，应该可以销毁了罢，免得失火。不，据"高等做官教科书"所指示，不能如此草草的。派部员几十人办理，虽说倘有后患，即应由他们负责，和总长无干。但究竟还只一部，外面说起话来，指摘的还是某部，而非某部的某某人。既然只是"部"，就又不能和总长无干了。

于是办公事，请各部都派员会同再行检查。这宗公事是灵的，不到两星期，各部都派来了，从两个至四个，其中很多的是新从外洋回来的留学生，还穿着崭新的洋服。于是济济跄跄，又在灰土和废纸之间钻来钻去。但是，说也奇怪，好几个崭新的留学生又都忽然变了考古家了，将破烂的纸张，绢片，塞到洋裤袋里——但这是传闻之词，我没有目睹。

这一种仪式既经举行，即倘有后患，各部都该负责，不能超然物外，说风凉话了。从此午门楼上的空气，便再没有先前一般紧张，只见一大群破纸寂寞地铺在地面上，时有一二工役，手执长木棍，搅着，拾取些黄绫表签和别的他们所要的东西。

---

① 指彦德，字明允，满洲正黄旗人。曾任清政府京师学务局长。

那么，这些不要的东西，应该可以销毁了罢，免得失火。不。F总长是深通"高等做官学"的，他知道万不可烧，一烧必至于变成宝贝，正如人们一死，讣文上即都是第一等好人一般。况且他的主义本来并不在避火，所以他便不管了，接着，他也就"下野"了。

这些废纸从此便又没有人再提起，直到历史博物馆自行卖掉之后，才又掀起了一阵神秘的风波。

我的话实在也未免有些煞风景，近乎说，这残余的废纸里，已没有什么宝贝似的。那么，外面惊心动魄的什么唐画呀，蜀石经呀，宋版书呀，何从而来的呢？我想，这也是别人必发的质问。

我想，那是这样的。残余的破纸里，大约总不免有所谓东西留遗，但未必会有蜀刻和宋版，因为这正是大家所注意搜索的。现在好东西的层出不穷者，一，是因为阔人先前陆续偷去的东西，本不敢示人，现在却得了可以发表的机会；二，是许多假造的古董，都挂了出于八千麻袋中的招牌而上市了。

还有，蒋先生以为国立图书馆"五六年来一直到此刻，每次战争的胜来败去总得糟蹋得很多。"那可也不然。从元年到十五年，每次战争，图书馆从未遭过损失。只当袁世凯称帝时，曾经几乎遭一个皇室中人攘夺，然而幸免了。它的厄运，是在好书被有权者用相似的本子来掉换，年深月久，弄得面目全非，但我不想在这里多说了。

中国公共的东西，实在不容易保存。如果当局者是外行，他便将东西糟完，倘是内行，他便将东西偷完。而其实也并不单是对于书籍或古董。

一九二七年十二月二十四日

拟预言

——一九二九年出现的琐事

有公民某甲上书，请每县各设大学一所，添设监狱两所。被斥。

有公民某乙上书，请将共产主义者之产业作为公产，女眷作为公妻，以惩一儆百。半年不批。某乙忿而反革命，被好友告发，逃入租界。

有大批名人学者及文艺家，从外洋回国，于外洋一切政俗学术文艺，皆已比本国者更为深通，受有学位。但其尤为高超者未入学校。

科学，文艺，军事，经济的连合战线告成。

正月初一，上海有许多新的期刊出版，本子最长大者，为——

文艺又复兴。文艺真正老复兴。宇宙。其大无外。至高无上。太太阳。光明之极。白热以上。新新生命。新新新生命。同情。正义。义旗。刹那。飞狮。地震。阿呀。真真美善。……等等。

同日，美国富豪们联名电贺北京检煤渣老婆子等，称为"同志"，无从投递，次日退回。

正月初三，哲学与小说同时灭亡。

有提倡"一我主义"者，几被查禁。后来查得议论并不新异，

492

着无庸议，听其自然。

有公民某丙著论，谓当"以党治国"，即被批评家们痛驳，谓"久已如此，而还要多说，实属不明大势，昏愦胡涂"。

谣传有男女青年四万一千九百二十六人失踪。

蒙古亲近赤俄，公决革出五族，以侨华白俄补缺，仍为"五族共和"，各界提灯庆祝。

《小说月报》出"列入世界文学两周年纪念"号，定购全年者，各送优待券一张，购书照定价八五折。

《古今史疑大全》出版，有名人学者往来信札函件批语颂辞共二千五百余封，编者自传二百五十余叶，广告登在《艺术界》，谓所费邮票，即已不赀，其价值可想。

美国开演《玉堂春》影片，白璧德教授评为决非卢梭所及。

有中国的法斯德挑同情一担，访郭沫若，见郭穷极，失望而去。

有在朝者数人下野；有在野者多人下坑。

绑票公司股票涨至三倍半。

女界恐乳大或有被割之险，仍旧束胸，家长多被罚洋五十元，国帑更裕。

有博士讲"经济学精义"，只用两句，云："铜板换角子，角子换大洋。"全世界敬服。

有革命文学家将马克思学说推翻，这只用一句，云："什么马克斯牛克斯。"全世界敬服，犹太人大惭。

新诗"雇人哭丧假哼哼体"流行。

茶店，浴堂，麻花摊，皆寄售《现代评论》。

赤贼完全消灭，安那其主义将于四百九十八年后实行。

一九二七年

三闲集

序　言

　　我的第四本杂感《而已集》的出版，算起来已在四年之前了。去年春天，就有朋友催促我编集此后的杂感。看看近几年的出版界，创作和翻译，或大题目的长论文，是还不能说它寥落的，但短短的批评，纵意而谈，就是所谓"杂感"者，却确乎很少见。我一时也说不出这所以然的原因。

　　但粗粗一想，恐怕这"杂感"两个字，就使志趣高超的作者厌恶，避之惟恐不远了。有些人们，每当意在奚落我的时候，就往往称我为"杂感家"，以显出在高等文人的眼中的鄙视，便是一个证据。还有，我想，有名的作家虽然未必不改换姓名，写过这一类文字，但或者不过图报私怨，再提恐或玷其令名，或者别有深心，揭穿反有妨于战斗，因此就大抵任其消灭了。

　　"杂感"之于我，有些人固然看作"死症"，我自己确也因此很吃过一点苦，但编集是还想编的。只因为翻阅刊物，剪帖成书，也是一件颇觉麻烦的事，因此拖延了大半年，终于没有动过手。一月二十八日之夜，上海打起仗来了，越打越凶，终于使我们只好单身出走，书报留在火线下，一任它烧得精光，我也可以靠这"火的洗礼"之灵，洗掉了"不满于现状"的"杂感家"这一个恶谥。殊不料三月底重回旧寓，书报却丝毫也没有损，于是就东翻西觅，开手编辑起来了，好像大病新愈的人，偏比平时更要照照自己的瘦削的脸，摩摩枯皱的皮肤似的。

我先编集一九二八至二九年的文字，篇数少得很，但除了五六回在北平上海的讲演，原就没有记录外，别的也仿佛并无散失。我记得起来了，这两年正是我极少写稿，没处投稿的时期。我是在二七年被血吓得目瞪口呆，离开广东的，那些吞吞吐吐，没有胆子直说的话，都载在《而已集》里。但我到了上海，却遇见文豪们的笔尖的围剿了，创造社，太阳社，"正人君子"们的新月社中人，都说我不好，连并不标榜文派的现在多升为作家或教授的先生们，那时的文字里，也得时常暗暗地奚落我几句，以表示他们的高明。我当初还不过是"有闲即是有钱"，"封建余孽"或"没落者"，后来竟被判为主张杀青年的棒喝主义者了。这时候，有一个从广东自云避祸逃来，而寄住在我的寓里的廖君，也终于忿忿的对我说道："我的朋友都看不起我，不和我来往了，说我和这样的人住在一处。"

那时候，我是成了"这样的人"的。自己编着的《语丝》，实乃无权，不单是有所顾忌（详见卷末《我和〈语丝〉的始终》），至于别处，则我的文章一向是被"挤"才有的，而目下正在"剿"，我投进去干什么呢。所以只写了很少的一点东西。

现在我将那时所做的文字的错的和至今还有可取之处的，都收纳在这一本里。至于对手的文字呢，《鲁迅论》和《中国文艺论战》中虽然也有一些，但那都是峨冠博带的礼堂上的阳面的大文，并不足以窥见全体，我想另外搜集也是"杂感"一流的作品，编成一本，谓之《围剿集》。如果和我的这一本对比起来，不但可以增加读者的趣味，也更能明白别一面的，即阴面的战法的五花八门。这些方法一时恐怕不会失传，去年的"左翼作家都为了卢布"说，就是老谱里面的一着。自问和文艺有些关系的青年，仿照固然可以不必，但也不妨知道知道的。

其实呢，我自己省察，无论在小说中，在短评中，并无主张将青年来"杀，杀，杀"的痕迹，也没有怀着这样的心思。我一向是相信进化论的，总以为将来必胜于过去，青年必胜于老人，对于青年，我敬重之不暇，往往给我十刀，我只还他一箭。然而后来我明白我倒是错了。这并非唯物史观的理论或革命文艺的作品蛊惑我的，我在广东，就目睹了同是青年，而分成两大阵营，或则投书告密，或则助官捕人的事实！我的思路因此轰毁，后来便时常用了怀疑的眼光去看青年，不再无条件的敬畏了。然而此后也还为初初上阵的青年们呐喊几声，不过也没有什么大帮助。

这集子里所有的，大概是两年中所作的全部，只有书籍的序引，却只将觉得还有几句话可供参考之作，选录了几篇。当翻检书报时，一九二七年所写而没有编在《而已集》里的东西，也忽然发见了一点，我想，大约《夜记》是因为原想另成一书，讲演和通信是因为浅薄或不关紧要，所以那时不收在内的。

但现在又将这编在前面，作为《而已集》的补遗了。我另有了一样想头，以为只要看一篇讲演和通信中所引的文章，便足可明白那时香港的面目。我去讲演，一共两回，第一天是《老调子已经唱完》，现在寻不到底稿了，第二天便是这《无声的中国》，粗浅平庸到这地步，而竟至于惊为"邪说"，禁止在报上登载的。是这样的香港。但现在是这样的香港几乎要遍中国了。

我有一件事要感谢创造社的，是他们"挤"我看了几种科学底文艺论，明白了先前的文学史家们说了一大堆，还是纠缠不清的疑问。并且因此译了一本蒲力汗诺夫的《艺术论》，以救正我——还因我而及于别人——的只信进化论的偏颇。但是，我将编《中国小说史略》时所集的材料，印为《小说旧闻钞》，以省青年的检查之力，而成仿吾以无产阶级之名，指为"有闲"，而且"有闲"还至于有三个，却是至今还不能完全忘却的。我以为无产阶级是不会有这样锻炼周纳法的，他们没有学过"刀笔"。编成而名之曰《三闲集》，尚以射仿吾也。

一九三二年四月二十四日之夜，编讫并记

无声的中国

——二月十六日在香港青年会讲

以我这样没有什么可听的无聊的讲演，又在这样大雨的时候，竟还有这许多来听的诸君，我首先应当声明我的郑重的感谢。

我现在所讲的题目是：《无声的中国》。

现在，浙江，陕西，都在打仗，那里的人民哭着呢还是笑着呢，我们不知道。香港似乎很太平，住在这里的中国人，舒服呢还是不很舒服呢，别人也不知道。

发表自己的思想，感情给大家知道的是要用文章的，然而拿文章来达意，现在一般的中国人还做不到。这也怪不得我们；因为那文字，先就是我们的祖先留传给我们的可怕的遗产。人们费了多年的工夫，还是难于运用。因为难，许多人便不理它了，甚至于连自己的姓也写不清是张还是章，或者简直不会写，或者说道：Chang。虽然能说话，而只有几个人听到，远处的人们便不知道，结果也等于无声。又因为难，有些人便当作宝贝，像玩把戏似的，之乎者也，只有几个人懂，——其实是不知道可真懂，而大多数的人们却不懂得，结果也等于无声。

文明人和野蛮人的分别，其一，是文明人有文字，能够把他们的思想，感情，藉此传给大众，传给将来。中国虽然有文字，现在却已经和大家不相干，用的是难懂的古文，讲的是陈旧的古意思，所有的声音，都是过去的，都就是只等于零的。所以，大家不能互相了解，正像一大盘散沙。

将文章当作古董，以不能使人认识，使人懂得为好，也许是有趣的事罢。但是，结果怎样呢？是我们已经不能将我们想说的话说出来。我们受了损害，受了侮辱，总是不能说出些应说的话。拿最近的事情来说，如中日战争，拳匪事件，民元革命这些大事件，一直到现在，我们可有一部像样的著作？民国以来，也还是谁也不作声。反而在外国，倒常有说起中国的，但那都不是中国人自己的声音，是别人的声音。

这不能说话的毛病，在明朝是还没有这样厉害的；他们还比较地能够说些要说的话。待到满洲人以异族侵入中国，讲历史的，尤其是讲宋末的事情的人被杀害了，讲时事的自然也被杀害了。所以，到乾隆年间，人民大家便更不敢用文章来说话了。所谓读书人，便只好躲起来读经，校刊古书，做些古时的文章，和当时毫无关系的文章。有些新意，也还是不行的；不是学韩，便是学苏。韩愈苏轼他们，用他们自己的文章来说当时要说的话，那当然可以的。我们却并非唐宋时人，怎么做和我们毫无关系的时候的文章呢。即使做得像，也是唐宋时代的声音，韩愈苏轼的声音，而不是我们现代的声音。然而直到现在，中国人却还耍着这样的旧戏法。人是有的，没有声音，寂寞得很。——人会没有声音的么？没有，可以说：是死了。倘要说得客气一点，那就是：已经哑了。

要恢复这多年无声的中国，是不容易的，正如命令一个死掉的人道："你活过来！"我虽然并不懂得宗教，但我以为正如想出现一个宗教上之所谓"奇迹"一样。

首先来尝试这工作的是"五四运动"前一年，胡适之先生所提倡的"文学革命"。"革命"这两个字，在这里不知道可害怕，有些地方是一听到就害怕的。但这和文学两字连起来的"革命"，却没有法国革命的"革命"那么可怕，不过是革新，改换一个字，就很平和了，我们就称为"文学革新"罢，中国文字上，这样的花样是很多的。那大意也并不可怕，不过说：我们不必再去费尽心机，学说古代的死人的话，要说现代的活人的话；不要将文章看作古董，要做容易懂得的白话的文章。然而，单是文学革新是不够的，因为腐败思想，能用古文做，也能用白话做。所以后来就有人提倡思想革新。思想革新的结果，是发生社会革新运动。这运动一发生，自然一面就发生反动，于是便酿成战斗……。

但是，在中国，刚刚提起文学革新，就有反动了。不过白话文却渐渐风行起来，不大受阻碍。这是怎么一回事呢？就因为当时又有钱玄同先生提倡废止汉字，用罗马字母来替代。这本也不过是一种文字革新，很平常的，但被不喜欢改革的中国人听见，就大不得了了，于是便放过了比较的平和的文学革命，而竭力来骂钱玄同。白话乘了这一个机会，居然减去了许多敌人，反而没有阻碍，能够流行了。

中国人的性情是总喜欢调和，折中的。譬如你说，这屋子太暗，须在这里开一个窗，大家一定不允许的。但如果你主张拆掉屋顶，他们就会来调和，愿意开窗了。没有更激烈的主张，他们总连平和的改革也不肯行。那时白话文之得以通行，就因为有废掉中国字而用罗马字母的议论的缘故。

其实，文言和白话的优劣的讨论，本该早已过去了，但中国是总不肯早早解决的，到现在还有许多无谓的议论。例如，有的说：古文各省人都能懂，白话就各处不同，反而不能互相了解了。殊不知这只要教育普及和交通发达就好，那时就人人都能懂较为易解的白话文；至于古文，何尝各省人都能懂，便是一省里，也没有许多人懂得的。有的说：如果都用白话文，人们便不能看古书，中国的文化就灭亡了。其实呢，现在的人们大可以不必看古书，即使古书里真有好东西，也可以用白话来译出的，用不着那么心惊胆战。他们又有人说，外国尚且译中国书，足见其好，我们自己倒不看么？殊不知埃及的古书，外国人也译，非洲黑人的神话，外国人也译，他们别有用意，即使译出，也算不了怎样光荣的事的。

近来还有一种说法，是思想革新紧要，文字改革倒在其次，所以不如用浅显的文言来作新思想的文章，可以少招一重反对。这话似乎也有理。然而我们知道，连他长指甲都不肯剪去的人，是决不肯剪去他的辫子的。

因为我们说着古代的话，说着大家不明白，不听见的话，已经弄得像一盘散沙，痛痒不相关了。我们要活过来，首先就须由青年们不再说孔子孟子和韩愈柳宗元们的话。时代不同，情形也两样，孔子时代的香港不这样，孔子口调的"香港论"是无从做起的，"吁嗟阔哉香港也"，不过是笑话。

我们要说现代的，自己的话；用活着的白话，将自己的思想，感情直白地说出来。但是，这也要受前辈先生非笑的。他们说白话文卑鄙，没有价值；他们说年青人作品幼稚，贻笑大方。我们中国能做文言的有多少呢，其余的都只能说白话，难道这许多中国人，就都是卑鄙，没有价值的么？至于幼稚，尤其没有什么可羞，正如孩子对于老人，毫没有什么可羞一样。幼稚是会生长，会成熟的，只不要衰老，腐败，就好。倘说待到纯熟了才可以动手，那是虽是村妇也不至于这样蠢。她的孩子学走路，即使跌倒了，她决不至于叫孩子从此躺在床上，待到学会了走法再下地面来的。

青年们先可以将中国变成一个有声的中国。大胆地说话，勇敢地进行，忘掉了一切利害，推开了古人，将自己的真心的话发表出来。——真，自然是不容易的。譬如态度，就不容易真，讲演时候就不是我的真态度，因为我对朋友，孩子说话时候的态度是不这样的。——但总可以说些较真的话，发些较真的声音。只有真的声音，才能感动中国的人和世界的人；必须有了真的声音，才能和世界的人同在世界上生活。

我们试想现在没有声音的民族是那几种民族。我们可听到埃及人的声音？可听到安南，朝鲜的声音？印度除了泰戈尔，别的声音可还有？

我们此后实在只有两条路：一是抱着古文而死掉，一是舍掉古文而生存。

一九二七年

"醉眼"中的朦胧

旧历和新历的今年似乎于上海的文艺家们特别有着刺激力，接连的两个新正一过，期刊便纷纷而出了。他们大抵将全力用尽在伟大或尊严的名目上，不惜将内容压杀。连产生了不止一年的刊物，也显出拚命的挣扎和突变来。作者呢，有几个是初见的名字，有许多却还是看熟的，虽然有时觉得有些生疏，但那是因为停笔了一年半载的缘故。他们先前在做什么，为什么今年一齐动笔了？说起来怕话长。要而言之，就因为先前可以不动笔，现在却只好来动笔，仍如旧日的无聊的文人，文人的无聊一模一样。这是有意识或无意识地，大家都有些自觉的，所以总要向读者声明"将来"：不是"出国"，"进研究室"，便是"取得民众"。功业不在目前，一旦回国，出室，得民之后，那可是非同小可了。自然，倘有远识的人，小心的人，怕事的人，投机的人，最好是此刻豫致"革命的敬礼"。一到将来，就要"悔之晚矣"了。

然而各种刊物，无论措辞怎样不同，都有一个共通之点，就是：有些朦胧。这朦胧的发祥地，由我看来，——虽然是冯乃超的所谓"醉眼陶然"——也还在那有人爱，也有人憎的官僚和军阀。和他们已有瓜葛，或想有瓜葛的，笔下便往往笑迷迷，向大家表示和气，然而有远见，梦中又害怕铁锤和镰刀，因此也不敢分明恭维现在的主子，于是在这里留着一点朦胧。和他们瓜葛已断，或则并无瓜葛，走向大众去的，本可以毫无顾忌地说话了，但笔下即使雄纠纠，对大家显英雄，会忘却了他们的指挥刀的傻子是究竟不多的，这里也就留着一点朦胧。于是想要朦胧而终于透漏色彩的，想显色彩而终于不免朦胧的，便都在同地同时出现了。

其实朦胧也不关怎样紧要。便在最革命的国度里，文艺方面也何尝不带些朦胧。然而革命者决不怕批判自己，他知道得很清楚，他们敢于明言。惟有中国特别，知道跟着人称托尔斯泰为"卑汙的说教人"了，而对于中国"目前的情状"，却只觉得在"事实上，社会各方面亦正受着乌云密布的势力的支配"，连他的"剥去政府的暴力，裁判行政的喜剧的假面"的勇气的几分之一也没有；知道人道主义不彻底了，但当"杀人如草不闻声"的时候，连人道主义式的抗争也没有。剥去和抗争，也不过是"咬文嚼字"，并非"直接行动"。我并不希望做文章的人去直接行动，我知道做文章的人是大概只能做文章的。

可惜略迟了一点，创造社前年招股本，去年请律师，今年才揭起"革命文学"的旗子，复活的批评家成仿吾总算离开守护"艺术之宫"的职掌，要去"获得大众"，并且给革命文学家"保障最后的胜利"了。这飞跃也可以说是必然的。弄文艺的人们大抵敏感，时时也感到，而且防着自己的没落，如漂浮在大海里一般，拚命向各处抓攫。二十世纪以来的表现主义，踏踏主义，什么什么主义的此兴彼衰，便是这透露的消息。现在则已是大时代，动摇的时代，转换的时代，中国以外，阶级的对立大抵已经十分锐利化，农工大众日日显得着重，倘要将自己从没落救出，当然应该向他们去了。何况"呜呼！小资产阶级原有两个灵魂。……"虽然也可以向资产阶级去，但也能够向无产阶级去的呢。

这类事情，中国还在萌芽，所以见得新奇，须做《从文学革命到革命文学》那样的大题目，但在工业发达，贫富悬隔的国度里，却已是平常的事情。或者因为看准了将来的天下，是劳动者的天下，跑过去了；或者因为倘帮强者，宁帮弱者，跑过去了；或者两样都有，错综地作用着，跑过去了。也可以说，或者因为恐怖，或者因为良心。成仿吾教人克服小资产阶级根性，拉"大众"来作"给与"和"维持"的材料，文章完了，却正留下一个不小的问题：

倘若难于"保障最后的胜利"，你去不去呢？

这实在还不如在成仿吾的祝贺之下，也从今年产生的《文化批判》上的李初梨的文章，索性主张无产阶级文学，但无须无产者自己来写；无论出身是什么阶级，无论所处是什么环境，只要"以无产阶级的意识，产生出来的一种的斗争的文学"就是，直截爽快得多了。但他一看见"以趣味为中心"的可恶的"语丝派"的人名就不免曲折，仍旧"要问甘人君，鲁迅是第几阶级的人？"

我的阶级已由成仿吾判定："他们所矜持的是'闲暇，闲暇，第三个闲暇'；他们是代表着有闲的资产阶级，或者睡在鼓里的小资产阶级。……如果北京的乌烟瘴气不用十万两无烟火药炸开的时候，他们也许永远这样过活的罢。"

我们的批判者才将创造社的功业写出，加以"否定的否定"，要去"获得大众"的时候，便已梦想"十万两无烟火药"，并且似乎要将我挤进"资产阶级"去（因为"有闲就是有钱"云），我倒颇也觉得危险了。后来看见李初梨说："我以为一个作家，不管他是第一第二……第百第千阶级的人，他都可以参加无产阶级文学运动；不过我们先要审察他们的动机。……"这才有些放心，但可虑的是对于我仍然要问阶级。"有闲便是有钱"；倘使无钱，该是第四阶级，可以"参加无产阶级文学运动"了罢，但我知道那时又要问"动机"。总之，最要紧是"获得无产阶级的阶级意识"，——这回可不能只是"获得大众"便算完事了。横竖缠不清，最好还是让李初梨去"由艺术的武器到武器的艺术"，让成仿吾去坐在半租界里积蓄"十万两无烟火药"，我自己是照旧讲"趣味"。

那成仿吾的"闲暇，闲暇，第三个闲暇"的切齿之声，在我是觉得有趣的。因为我记得曾有人批评我的小说，说是"第一个是冷静，第二个是冷静，第三个还是冷静"，"冷静"并不算好批判，但不知怎地竟像一板斧劈着了这位革命的批评家的记忆中枢似的，从此"闲暇"也有三个了。倘有四个，连《小说旧闻钞》也不写，或者只有两个，见得比较地忙，也许可以不至于被"奥伏赫变"（"除掉"的意思，Aufheben 的创造派的译音，但我不解何以要译得这么难写，在第四阶级，一定比照描一个原文难）罢，所可惜的是偏偏是三个。但先前所定的不"努力表现自己"之罪，大约总该也和成仿吾的"否定的否定"，一同勾消了。

创造派"为革命而文学"，所以仍旧要文学，文学是现在最紧要的一点，因为将"由艺术的武器，到武器的艺术"，一到"武器的艺术"的时候，便正如"由批判的武器，到用武器的批判"的时候一般，世界上有先例，"徘徊者变成同意者，反对者变成徘徊者"了。

但即刻又有一点不小的问题：为什么不就到"武器的艺术"呢？

这也很像"有产者差来的苏秦的游说"。但当现在"无产者未曾从有产者意识解放以前"，这问题是总须起来的，不尽是资产阶级的退兵或反攻的毒计。因为这极彻底而勇猛的主张，同时即含有可疑的萌芽了。那解答只好是这样：

因为那边正有"武器的艺术"，所以这边只能"艺术的武器"。

这艺术的武器，实在不过是不得已，是从无抵抗的幻影脱出，坠入纸战斗的新梦里去了。但革命的艺术家，也只能以此维持自己的勇气，他只能这样。倘他牺牲了他的艺术，去使理论成为事实，就要怕不成其为革命的艺术家。因此必然的应该坐在无产阶级的阵营中，等待"武器的铁和火"出现。这出现之际，同时拿出"武器的艺术"来。倘那时铁和火的革命者已有一个"闲暇"，能静听他们自叙的功勋，那也就成为一样的战士了。最后的胜利。然而文艺是还是批判不清的，因为社会有许多层，有先进国的史实在；要取目前的例，则《文化批判》已经拖住 Upton Sinclair，《创造月刊》也背了 Vigny① 在"开步走"了。

倘使那时不说"不革命便是反革命"，革命的迟滞是"语丝派"之所为，给人家扫地也还可以得到半块面包吃，我便将于八时间工作之暇，坐在黑房里，续钞我的《小说旧闻钞》，有几国的文艺也还是要谈的，因为我喜欢。所怕的只是成仿吾们真像符拉特弥尔·伊力支一般，居然"获得大众"；那么，他们大约更要飞跃又飞跃，连我也会升到贵族或皇帝阶级里，至少也总得充军到北极圈内去了。译著的书都禁止，自然不待言。

不远总有一个大时代要到来。现在创造派的革命文学家和无产阶级作家虽然不得已而玩着"艺术的武器"，而有着"武器的艺术"的非革命武学家也玩起这玩意儿来了，有几种笑迷迷的期刊便是这。他们自己也不大相信手里的"武器的艺术"了罢。那么，这一种最高的艺术——"武器的艺术"现在究竟落在谁的手里了呢？只要寻得到，便知道中国的最近的将来。

二月二十三日，上海

一九二八年

---

① 维尼（1797—1863），法国消极浪漫主义诗人。

文艺与革命

来　信

鲁迅先生：

　　在《新闻报》的《学海》栏内，读到你底一篇《文学和政治的歧途》的讲演，解释文学者和政治者之背离不合，其原因在政治者以得到目前的安宁为满足，这满足，在感觉锐敏的文学者看去，一样是胡涂不彻底，表示失望，终于遭政治家之忌，潦倒一生，站不住脚。我觉得这是世界各国成为定例的事实。最近又在《语丝》上读到《民众主义和天才》和你底《"醉眼"中的朦胧》两篇文字，确实提醒了此刻现在做着似是而非的平凡主义和革命文学的迷梦的人们之朦胧不少，至少在我是这样。

　　我相信文艺思潮无论变到怎样，而艺术本身有无限的价值等级存在，这是不得否认的。这是说，文艺之流，从最初的什么主义到现在的什么主义，所写着的内容，如何不同，而要有精刻熟练的才技，造成一篇优美无媲的文艺作品，终是一样。一条长江，上流和下流所呈现的形相，虽然不同，而长江还是一条长江。我们看它那下流的广大深缓，足以灌田亩，驶巨舶，便忘记了给它形成这广大深缓的来源，已觉糊涂到透顶。若再断章取义，说：此刻现在，我们所要的是长江的下流，因为可以利用，增加我们的财富，上流的长江可以不要，有着简直无用。这是完全以经济价值去评断长江本身整个的价值了。这种评断，出于着眼在经济价值的商人之口，不足为怪；出于着眼在艺术价值的文艺家之口，未免昏乱至于无可救药了。因为拿艺术价值去评断长江之上流，未始没有意义，或竟比之下流较为自然奇伟，也未可知。

真与美是构成一件成功的艺术品的两大要素。而构成这真与美至于最高等级，便是造成一件艺术品，使它含有最高级的艺术价值，那便非赖最高级的天才不可了。如果这个论断可以否认，那末我们为什么称颂荷马，但丁，沙士比亚和歌德呢？我们为什么不能创造和他们同等的文艺作品呢，我们也有观察现象的眼，有运用文思的脑，有握管伸纸的手？

在现在，离开人生说艺术，固然有躲在象牙塔里忘记时代之嫌；而离开艺术说人生，那便是政治家和社会运动家的本相，他们无须谈艺术了。由此说，热心革命的人，尽可投入革命的群众里去，冲锋也好，做后方的工作也好，何必拿文艺作那既稳当又革命的勾当？

我觉得许多提倡革命文学的所谓革命文艺家，也许是把表现人生这句话误解了。他们也许以为十九世纪以来的文艺，所表现的都是现实的人生，在那里面，含有显著的时代精神。文艺家自惊醒了所谓"象牙之塔"的梦以后，都应该跟着时代环境奔走；离开时代而创造文艺，便是独善主义或贵族主义的文艺了。他们看到易卜生之伟大，看到陀斯妥以夫斯奇的深刻，尤其看到俄国革命时期内的作家叶遂宁和戈理基们的热切动人；便以为现在此后的文艺家都须拿当时的生活现象来诅咒，刻划，予社会以改造革命的机会，使文艺变为民众的和革命的文艺。生在所谓"世纪末"的现代社会里面的人，除非是神经麻木了的，未始不会感到苦闷和悲哀。文艺家终比一般人感觉锐敏一点。摆在他们眼前的既是这么一个社会，蕴在他们心中的当有怎么一种情绪呢！他们有表现或刻划的才技，他们便要如实地写了出来，便无意地成为这时代的社会的呼声了。然而他们还是忠于自己，忠于自己的艺术，忠于自己的情知。易卜生被称颂为改革社会的先驱，陀思妥以夫斯奇被称为人道主义的极致者，还须赖他们自己特有的精妙的才技，经几个真知灼见的批评者为之阐扬而后可。然而，真能懂得他们的艺术的，究竟还是少数。至于叶遂宁是碰死在自己的希望碑上不必说了，戈理基呢，听人说，已有点灰色了。这且不说。便是以艺术本身而论，他何常不崇尚真切精到的才技？我曾看到他的一首讥笑那不切实的诗人的诗。况且我们以艺术价值去衡量他的作品，是否他已是了不得的作家了，究竟还是疑问呵。

实在说，文艺家是不会抛弃社会的，他们是站在民众里面的。有一位否认有条件的文艺批评者，对于泰奴（Taine）的时间条件，认为不确，其理由是：文艺家是看前五十年。我想，看前五十年的文艺家，还是站在那时候，以那时候的生活环境做地盘而出发，所以他毕竟是那时候的民众之一员，而能在朦胧平安中看出残缺和破败。他们便以熟练的才技，写出这种残缺和破败，于艺术上达到高级的价值为止，在他们自己的能力范围之内。在创造时，他们也许只顾到艺术的精细微妙，并没想到如何激动民众，予民众以强烈的刺激，使他们血脉偾张，而从事于革命。

我们如果承认艺术有独立的无限的价值，艺术家有完成艺术本身最终目的之必要，那末我们便不能而且不应该撇开艺术价值去指摘艺术家的态度，这和拿艺术家的现实行为去评断他的艺术作品者一样可笑。波特来耳的诗并不因他的狂放而稍减其价值。浅薄者许要咒他为人群的蛇蝎，却不知道他底厌弃人生，正是他的渴慕人生之反一面的表白。我们平常讥刺一个人，还须观察到他的深处，否则便见得浮薄可鄙。至于拿了自己的似是而非的标准，既没有看到他的深处，又抛弃了衡量艺术价值的尺度，便无的放矢地攻刺一个忠于艺术的人，真的糊涂呢还是别有用意！这不过使我们觉到此刻现在的中国文艺界真不值一谈，因为以批评成名而又是创造自许的所谓文艺家者，还是这样地崇奉功利主义呵！

我——自然不是什么文艺家——喜欢读些高级的文艺作品，颇多古旧的东西，很有人说这是迷旧的时代摈弃者。他们告诉我，现在是民众文艺当世了，崭新的专为第四阶级玩味的文艺当世了。我为之愕然者久之，便问他们：民众文艺怎样写法？文艺家用什么手段，使民众都能玩味？现在民众文艺已产生了若干部？革了命之后的民众能够赏识所谓民众文艺者已有几分之几？莫非现在有许多新《三字经》，或新《神童诗》出版了么？我真不知民众化的文艺如何化法，化在内容呢，那我们本有表现民众生活的文艺了的；化在技艺上吧，那末一首国民革命歌尽够充数了，你听："国民革命成功……齐欢唱……"多么宏壮而明白呵！我们为什么还要别的文艺？他们不能明确地回答，而我也糊涂到而今。此刻现在，才从《民众主义与天才》一文里得了答案，是：

"无论民众艺术如何地主张艺术的普遍性或平等性，但艺术作品无论如何自有无限的价值等差，这个事实是不可否认的。所谓普遍性啦，平等性啦这一类话，意思不外乎是说艺术的内容是关于广众的民间生活或关于人生的普遍事象，而有这种内容的艺术，始可以供给一般民众的玩味。艺术备有像这种意味的普遍性和平等性不待说是不可以否认的，然而艺术作品既有无限的价值等级存在。以上，那些比较高级的艺术品，好，就可以说多少能够供给一般民众的玩味，若要说一切人都能够一样的精细，一样的深刻，一样的微妙——换句话说，绝对平等的来玩味它，那无论如何是不得有的事实。"

记得有人说过这样的话：最先进的思想只有站在最高层的先进的少数人能够了解，等到这种思想透入群众里去的时候，已经不是先进的思想了。这些话，是告诉我们芸芸众生，到底有一大部分感觉不敏的。世界上有这样的不平等，除了诅咒造物的不公，我们还能怨谁呢？这是事实。如果不是事实，人类的演进史，可以一笔抹杀，而革命也不能发生了。世界文化的推进，全赖少数先觉之冲锋陷阵，如果各个人的聪明才智，都是相等，文化也早就发达到极致了，世界也就大同了，所谓"螺旋式进行"一句话，还不是等于废话？艺术是文化的一部，文化有进退，艺术自不能除外。民众化的艺术，以艺术本身有无限的价值等差来说，简直不能成立。自然，借文艺以革命这梦呓，也终究是一种梦呓罢了！

以上是我的意思，未知先生以为如何？

一九二八，三，二五，冬芬

回　信

冬芬先生：

我不是批评家，因此也不是艺术家，因为现在要做一个什么家，总非自己或熟人兼做批评不可，没有一伙，是不行的，至少，在现在的上海滩上。因为并非艺术家，所以并不以为艺术特别崇高，正如自己不卖膏药，便不来打拳赞药一样。我以为这不过是一种社会现象，是时代的人生记录，人类如果进步，则无论他所写的是外表，是内心，总要陈旧，以至灭亡的。不过近来的批评家，似

515

乎很怕这两个字，只想在文学上成仙。

各种主义的名称的勃兴，也是必然的现象。世界上时时有革命，自然会有革命文学。世界上的民众很有些觉醒了，虽然有许多在受难，但也有多少占权，那自然也会有民众文学——说得彻底一点，则第四阶级文学。

中国的批评界怎样的趋势，我却不大了然，也不很注意。就耳目所及，只觉得各专家所用的尺度非常多，有英国美国尺，有德国尺，有俄国尺，有日本尺，自然又有中国尺，或者兼用各种尺。有的说要真正，有的说要斗争，有的说要超时代，有的躲在人背后说几句短短的冷话。还有，是自己摆着文艺批评家的架子，而憎恶别人的鼓吹了创作。倘无创作，将批评什么呢，这是我最所不能懂得他的心肠的。

别的此刻不谈。现在所号称革命文学家者，是斗争和所谓超时代。超时代其实就是逃避，倘自己没有正视现实的勇气，又要挂革命的招牌，便自觉地或不自觉地必然地要走入那一条路的。身在现世，怎么离去？这是和说自己用手提着耳朵，就可以离开地球者一样地欺人。社会停滞着，文艺决不能独自飞跃，若在这停滞的社会里居然滋长了，那倒是为这社会所容，已经离开革命，其结果，不过多卖几本刊物，或在大商店的刊物上挣得揭载稿子的机会罢了。

斗争呢，我倒以为是对的。人被压迫了，为什么不斗争？正人君子者流深怕这一着，于是大骂"偏激"之可恶，以为人人应该相爱，现在被一班坏东西教坏了。他们饱人大约是爱饿人的，但饿人却不爱饱人，黄巢时候，人相食，饿人尚且不爱饿人，这实在无须斗争文学作怪。我是不相信文艺的旋乾转坤的力量的，但倘有人要在别方面应用他，我以为也可以。譬如"宣传"就是。

美国的辛克来儿说：一切文艺是宣传。我们的革命的文学者曾经当作宝贝，用大字印出过，而严肃的批评家又说他是"浅薄的社会主义者"。但我——也浅薄——相信辛克来儿的话。一切文艺，是宣传，只要你一给人看。即使个人主义的作品，一写出，就有宣传的可能，除非你不作文，不开口。那么，用于革命，作为工具的一种，自然也可以的。

但我以为当先求内容的充实和技巧的上达，不必忙于挂招牌。"稻香村""陆稿荐"，已经不能打动人心了，"皇太后鞋店"的顾客，我看见也并不比"皇后鞋店"里的多。一说"技巧"，革命文学家是又要讨厌的。但我以为一切文艺固是宣传，而一切宣传却并非全是文艺，这正如一切花皆有色（我将白也算作色），而凡颜色未必都是花一样。革命之所以于口号，标语，布告，电报，教科书……之外，要用文艺者，就因为它是文艺。

但中国之所谓革命文学，似乎又作别论。招牌是挂了，却只在吹嘘同伙的文章，而对于目前的暴力和黑暗不敢正视。作品虽然也有些发表了，但往往是拙劣到连报章记事都不如；或则将剧本的动作辞句都推到演员的"昨日的文学家"身上去。那么，剩下来的思想的内容一定是很革命底了罢？我给你看两句冯乃超的剧本的结末的警句：

野雉：我再不怕黑暗了。

偷儿：我们反抗去！

四月四日。鲁迅

一九二八年

517

扁

中国文艺界上可怕的现象，是在尽先输入名词，而并不绍介这名词的函义。

于是各各以意为之。看见作品上多讲自己，便称之为表现主义；多讲别人，是写实主义；见女郎小腿肚作诗，是浪漫主义；见女郎小腿肚不准作诗，是古典主义；天上掉下一颗头，头上站着一头牛，爱呀，海中央的青霹雳呀……是未来主义……等等。

还要由此生出议论来。这个主义好，那个主义坏……等等。

乡间一向有一个笑谈：两位近视眼要比眼力，无可质证，便约定到关帝庙去看这一天新挂的扁额。他们都先从漆匠探得字句。但因为探来的详略不同，只知道大字的那一个便不服，争执起来了，说看见小字的人是说谎的。又无可质证，只好一同探问一个过路的人。那人望了一望，回答道："什么也没有。扁还没有挂哩。"

我想，在文艺批评上要比眼力，也总得先有那块扁额挂起来才行。空空洞洞的争，实在只有两面自己心里明白。

一九二八年四月十日

路

又记起了 Gogol 做的《巡按使》的故事：

中国也译出过的。一个乡间忽然纷传皇帝使者要来私访了，官员们都很恐怖，在客栈里寻到一个疑似的人，便硬拉来奉承了一通。等到奉承十足之后，那人跑了，而听说使者真到了，全台演了一个哑口无言剧收场。

上海的文界今年是恭迎无产阶级文学使者，沸沸扬扬，说是要来了。问问黄包车夫，车夫说并未派遣。这车夫的本阶级意识形态不行，早被别阶级弄歪曲了罢。另外有人把握着，但不一定是工人。于是只好在大屋子里寻，在客店里寻，在洋人家里寻，在书铺子里寻，在咖啡馆里寻……。

文艺家的眼光要超时代，所以到否虽不可知，也须先行拥篲清道，或者伛偻奉迎。于是做人便难起来，口头不说"无产"便是"非革命"，还好；"非革命"即是"反革命"，可就险了。这真要没有出路。

现在的人间也还是"大王好见，小鬼难当"的处所。出路是有的。何以无呢？只因多鬼祟，他们将一切路都要糟蹋了。这些都不要，才是出路。自己坦坦白白，声明了因为没法子，只好暂在炮屁股上挂一挂招牌，倒也是出路的萌芽。

"地火在地下运行，奔突；熔岩一旦喷出，将烧尽一切野草，以及乔木，于是并且无可朽腐。

"但我坦然，欣然。我将大笑，我将歌唱。"(《野草》序)

还只说说，而革命文学家似乎不敢看见了，如果因此觉得没有了出路，那可实在是很可怜，令我也有些不忍再动笔了。

一九二八年四月十日

头

　　三月二十五日的《申报》上有一篇梁实秋教授的《关于卢骚》，以为引辛克来儿的话来攻击白璧德，是"借刀杀人"，"不一定是好方法"。至于他之攻击卢骚，理由之二，则在"卢骚个人不道德的行为，已然成为一般浪漫文人行为之标类的代表，对于卢骚的道德的攻击，可以说即是给一般浪漫的人的行为的攻击。……"

　　那么，这虽然并非"借刀杀人"，却成了"借头示众"了。假使他没有成为"一般浪漫文人行为之标类的代表"，就不至于路远迢迢，将他的头挂给中国人看。一般浪漫文人，总算害了遥拜的祖师，给了他一个死后也不安静。他现在所受的罚，是因为影响罪，不是本罪了，可叹也夫！

　　以上的话不大"谨饬"，因为梁教授不过要笔伐，并未说须挂卢骚的头，说到挂头，是我看了今天《申报》上载湖南共产党郭亮"伏诛"后，将他的头挂来挂去，"遍历长岳"，偶然拉扯上去的。可惜湖南当局，竟没有写了列宁（或者溯而上之，到马克斯；或者更溯而上之，到黑格尔等等）的道德上的罪状，一同张贴，以正其影响之罪也。湖南似乎太缺少批评家。

　　记得《三国志演义》记袁术（？）死后，后人有诗叹道：

　　　　长揖横刀出，将军盖代雄，头颅行万里，失计杀田丰。

521

当三个有闲之暇，也活剥一首来吊卢骚：

脱帽怀铅出，先生盖代穷。头颅行万里，失计造儿童。

一九二八年四月十日

通　信

来　信

鲁迅先生：

　　精神和肉体，已被困到这般地步——怕无以复加，也不能形
容——的我，不得不撑了病体向"你老"作最后的呼声了！——
不，或者说求救，甚而是警告！

　　好在你自己也极明白：你是在给别人安排酒筵，"泡制醉虾"
的一个人。我，就是其间被制的一个！

　　我，本来是个小资产阶级里的骄子，温乡里的香花。有吃有
着，尽可安闲地过活。只要梦想着的"方帽子"到手了也就满足，
委实一无他求。

　　《呐喊》出版了，《语丝》发行了（可怜《新青年》时代，我尚
看不懂呢），《说胡须》，《论照相之类》一篇篇连续地戟刺着我的神
经。当时，自己虽是青年中之尤青者，然而因此就感到同伴们的浅
薄和盲目。"革命！革命！"的叫卖，在马路上呐喊得洋溢，随了
所谓革命的势力，也奔腾澎湃了。我，确竟被其吸引。当然也因我
嫌弃青年的浅薄，且想在自己生命上找一条出路。那知竟又被我认
识了人类的欺诈，虚伪，阴险……的本性！果然，不久，军阀和政
客们弃了身上的蒙皮，而显出本来的狰狞面目！我呢，也随了所谓

"清党"之声而把我一颗沸腾着的热烈的心清去。当时想："素以敦厚诚朴"的第四阶级，和那些"遁世之士"的"居士"们，或许尚足为友吧？——唉，真的，"令弟"岂明先生说得是："中国虽然有阶级，可是思想是相同的，都是升官发财"，而且我几疑置身在纪元前的社会里了，那种愚蠢比鹿豕还要愚蠢的言动（或者国粹家正以为这是国粹呢！），真不禁令我茫然——茫然于叫我究竟怎么办呢？

利，莫利于失望之矢。我失望，失望之矢贯穿了我的心，于是乎吐血。转辗床上不能动已几个月！

不错，没有希望之人应该死，然而我没有勇气，而且自己还年青，仅仅廿一岁。还有爱人。不死，则精神和肉体，都在痛苦中挨生活，差不多每秒钟，爱人亦被生活所压迫着。我自己，薄薄的遗产已被"革命"革去了。所以非但不能相慰，相对亦徒唏嘘！

不识不知幸福了，我因之痛苦。然而施这毒药者是先生，我实完全被先生所"泡制"。先生，我既已被引至此，索性请你指示我所应走的最终的道路。不然，则请你麻痹了我的神经，因为不识不知是幸福的，好在你是习医，想必不难"还我头来"！我将效梁遇春先生（？）之言而大呼。

末了，更劝告你的："你老"现在可以歇歇了，再不必为军阀们赶制适口的鲜味，保全几个像我这样的青年。倘为生活问题所驱策，则可以多做些"拥护"和"打倒"的文章，以你先生之文名，正不愁富贵之不及，"委员""主任"，如操左券也。

快呀，请指示我！莫要"为德不卒"！

或《北新》，或《语丝》上答复均可。能免，莫把此信刊出，免笑。

原谅我写得草率，因病中，乏极！

一个被你毒害的青年Y。枕上书。

三月十三日

Y先生：

我当答复之前，先要向你告罪，因为我不能如你的所嘱，不将来信发表。来信的意思，是要我公开答复的，那么，倘将原信藏下，则我的一切所说，便变成"无题诗N百韵"，令人莫名其妙了。况且我的意见，以为这也不足耻笑。自然，中国很有为革命而死掉的人，也很有虽然吃苦，仍在革命的人，但也有虽然革命，而在享福的人……。革命而尚不死，当然不能算革命到底，殊无以对死者，但一切活着的人，该能原谅的罢，彼此都不过是靠侥幸，或靠狡猾，巧妙。他们只要用镜子略略一照，大概就可以收起那一副英雄嘴脸来的。

我在先前，本来也还无须卖文糊口的，拿笔的开始，是在应朋友的要求。不过大约心里原也藏着一点不平，因此动起笔来，每不免露些愤言激语，近于鼓动青年的样子。段祺瑞执政之际，虽颇有人造了谣言，但我敢说，我们所做的那些东西，决不沾别国的半个卢布，阔人的一文津贴，或者书铺的一点稿费。我也不想充"文学家"，所以也从不连络一班同伙的批评家叫好。几本小说销到上万，是我想也没有想到的。

至于希望中国有改革，有变动之心，那的确是有一点的。虽然有人指定我为没有出路——哈哈，出路，中状元么——的作者，"毒笔"的文人，但我自信并未抹杀一切。我总以为下等人胜于上等人，青年胜于老头子，所以从前并未将我的笔尖的血，洒到他们身上去。我也知道一有利害关系的时候，他们往往也就和上等人老

525

头子差不多了，然而这是在这样的社会组织之下，势所必至的事。对于他们，攻击的人又正多，我何必再来助人下石呢，所以我所揭发的黑暗是只有一方面的，本意实在并不在欺蒙阅读的青年。

以上是我尚在北京，就是成仿吾所谓"蒙在鼓里"做小资产阶级时候的事。但还是因为行文不慎，饭碗敲破了，并且非走不可了，所以不待"无烟火药"来轰，便辗转跑到了"革命策源地"。住了两月，我就骇然，原来往日所闻，全是谣言，这地方，却正是军人和商人所主宰的国土。于是接着是清党，详细的事实，报章上是不大见的，只有些风闻。我正有些神经过敏，于是觉得正像是"聚而歼旃"，很不免哀痛。虽然明知道这是"浅薄的人道主义"，不时髦已经有两三年了，但因为小资产阶级根性未除，于心总是戚戚。那时我就想到我恐怕也是安排筵宴的一个人，就在答有恒先生的信中，表白了几句。

先前的我的言论，的确失败了，这还是因为我料事之不明。那原因，大约就在多年"坐在玻璃窗下，醉眼朦胧看人生"的缘故。然而那么风云变幻的事，恐怕世界上是不多有的，我没有料到，未曾描写，可见我还不很有"毒笔"。但是，那时的情形，却连在十字街头，在民间，在官间，前看五十年的超时代的革命文学家也似乎没有看到，所以毫不先行"理论斗争"。否则，该可以救出许多人的罢。我在这里引出革命文学家来，并非要在事后讥笑他们的愚昧，不过是说，我的看不到后来的变幻，乃是我还欠刻毒，因此便发生错误，并非我和什么人协商，或自己要做什么，立意来欺人。

但立意怎样，于事实是无干的。我疑心吃苦的人们中，或不免有看了我的文章，受了刺戟，于是挺身出而革命的青年，所以实在很苦痛。但这也因为我天生的不是革命家的缘故，倘是革命巨子，看这一点牺牲，是不算一回事的。第一是自己活着，能永远做指导，因为没有指导，革命便不成功了。你看革命文学家，就都在上海租界左近，一有风吹草动，就有洋鬼子造成的铁丝网，将反革命文学的华界隔离，于是从那里面掷出无烟火药——约十万两——来，轰然一声，一切有闲阶级便都"奥伏赫变"了。

那些革命文学家，大抵是今年发生的，有一大串。虽然还在互相标榜，或互相排斥，我也分不清是"革命已经成功"的文学家呢，还是"革命尚未成功"的文学家。不过似乎说是因为有了我的一本《呐喊》或《野草》，或我们印了《语丝》，所以革命还未成功，或青年懒于革命了。这口吻却大家大略一致的。这是今年革命文学界的舆论。对于这些舆论，我虽然又好气又好笑，但也颇有些高兴。因为虽然得了延误革命的罪状，而一面却免去诱杀青年的内疚了。那么，一切死者，伤者，吃苦者，都和我无关。先前真是擅负责任。我先前是立意要不讲演，不教书，不发议论，使我的名字从社会上死去，算是我的赎罪的，今年倒心里轻松了，又有些想活动。不料得了你的信，却又使我的心沉重起来。

但我已经没有去年那么沉重。近大半年来，征之舆论，按之经验，知道革命与否，还在其人，不在文章的。你说我毒害了你了，但这里的批评家，却明明说我的文字是"非革命"的。假使文学足以移人，则他们看了我的文章，应该不想做革命文学了，现在他们已经看了我的文章，断定是"非革命"，而仍不灰心，要做革命文学者，可见文字于人，实在没有什么影响，——只可惜是同时打破了革命文学的牌坊。不过先生和我素昧平生，想来决不至于诬栽我，所以我再从别一面来想一想。第一，我以为你胆子太大了，别的革命文学家，因为我描写黑暗，便吓得屁滚尿流，以为没有出路了，所以他们一定要讲最后的胜利，付多少钱终得多少利，像人寿保险公司一般。而你并不计较这些，偏要向黑暗进攻，这是吃苦的原因之一。既然太大胆，那么，第二，就是太认真。革命是也有种种的。你的遗产被革去了，但也有将遗产革来的，但也有连性命都革去的，也有只革到薪水，革到稿费，而倒捐了革命家的头衔的。这些英雄，自然是认真的，但若较原先更有损了，则我以为其病根就在"太"。第三，是你还以为前途太光明，所以一碰钉子，便大失望，如果先前不期必胜，则即使失败，苦痛恐怕会小得多罢。

那么，我没有罪戾么？有的，现在正有许多正人君子和革命文学家，用明枪暗箭，在办我革命及不革命之罪，将来我所受的伤的总计，我就划一部分赔偿你的尊"头"。

这里添一点考据："还我头来"这话，据《三国志演义》，是关云长夫子说的，似乎并非梁遇春先生。

以上其实都是空话。一到先生个人问题的阵营，倒是十分难于动手了，这决不是什么"前进呀，杀呀，青年呵"那样英气勃勃的文字所能解决的。真话呢，我也不想公开，因为现在还是言行不大一致的好。但来信没有住址，无法答复，只得在这里说几句。第一，要谋生，谋生之道，则不择手段。且住，现在很有些没分晓汉，以为"问目的不问手段"是共产党的口诀，这是大错的。人们这样的很多，不过他们不肯说出口。苏俄的学艺教育人民委员卢那却尔斯奇所作的《被解放的吉诃德先生》里，将这手段使一个公爵使用，可见也是贵族的东西，堂皇冠冕。第二，要爱护爱人。这据舆论，是大背革命之道的。但不要紧，你只要做几篇革命文字，主张革命青年不该讲恋爱就好了。只是假如有一个有权者或什么敌前来问罪的时候，这也许仍要算一条罪状，你会后悔轻信了我的话。因此，我得先行声明：等到前来问罪的时候，倘没有这一节，他们就会找别一条的。盖天下的事，往往决计问罪在先，而搜集罪状（普通是十条）在后也。

先生，我将这样的话写出，可以略蔽我的过错了罢。因为只这一点，我便可以又受许多伤。先是革命文学家就要哭骂道："虚无主义者呀，你这坏东西呀！"呜呼，一不谨慎，又在新英雄的鼻子上抹了一点粉了。趁便先辩几句罢：无须大惊小怪，这不过不择手段的手段，还不是主义哩。即使是主义，我敢写出，肯写出，还不算坏东西。等到我坏起来，就一定将这些宝贝放在肚子里，手头集许多钱，住在安全地带，而主张别人必须做牺牲。

先生，我也劝你暂时玩玩罢，随便弄一点糊口之计，不过我并不希望你永久"没落"，有能改革之处，还是随时可以顺手改革的，无论大小。我也一定遵命，不但"歇歇"，而且玩玩。但这也并非因为你的警告，实在是原有此意的了。我要更加讲趣味，寻闲暇，即使偶然涉及什么，那是文字上的疏忽，若论"动机"或"良心"，却也许并不这样的。

纸完了，回信也即此为止。并且顺颂

痊安，又祝

令爱人不挨饿。

一九二八年

我的态度气量和年纪

英勇的刊物是层出不穷，"文艺的分野"上的确热闹起来了。日报广告上的《战线》这名目就惹人注意，一看便知道其中都是战士。承蒙一个朋友寄给我三本，才得看见了一点枪烟，并且明白弱水做的《谈中国现在的文学界》里的有一粒弹子，是瞄准着我的。为什么呢？因为先是《"醉眼"中的朦胧》做错了。据说错处有三：一是态度，二是气量，三是年纪。复述易于失真，还是将这粒子弹移置在下面罢：

鲁迅那篇，不敬得很，态度太不兴了。我们从他先后的论战上看来，不能不说他的量气太窄了。最先（据所知）他和西滢战，继和长虹战，我们一方面觉得正直是在他这面，一方面又觉得辞锋太有点尖酸刻薄，现在又和创造社战，辞锋仍是尖酸，正直却不一定落在他这面。是的，仿吾和初梨两人对他的批评是可以有反驳的地方，但这应庄严出之，因为他们所走的方向不能算不对，冷嘲热刺，只有对于冥顽不灵者为必要，因为是不可理喻。对于热烈猛进的绝对不合用这种态度。他那种态度，虽然在他自己亦许觉得骂得痛快，但那种口吻，适足表出"老头子"的确不行吧了。好吧，这事本该是没有勉强的必要和可能，让各人走各人的路去好了。我们不禁想起了五四时的林琴南先生了！

这一段虽然并不涉及是非，只在态度，量气，口吻上，断定这"老头子的确不行"，从此又自然而然地抹杀我那篇文字，但粗粗一看，却很像第三者从旁的批评。从我看来，"尖酸刻薄"之处也不少，作者大概是青年，不会有"老头子"气的，这恐怕因为我"冥顽不灵"，不得已而用之的罢，或者便是自己不觉得。不过我要指摘，这位隐姓埋名的弱水先生，其实是创造社那一面的。我并非说，这些战士，大概是创造社里常见他的脚踪，或在艺术大学里兼有一只饭碗，不过指明他们是相同的气类。因此，所谓《战线》，也仍不过是创造社的战线。所以我和西滢长虹战，他虽然看见正直，却一声不响，今和创造社战，便只看见尖酸，忽然显战士身而出现了。其实所断定的先两回的我的"正直"，也还是死了已经两千多年了的老头子老聃先师的"将欲取之必先与之"的战略，我并不感服这类的公评。陈西滢也知道这种战法的，他因为要打倒我的短评，便称赞我的小说，以见他之公正。

即使真以为先两回是正直在我这面的罢，也还是因为这位弱水先生是不和他们同系，同社，同派，同流……。从他们那一面看来，事情可就两样了。我"和西滢战"了以后，现代系的唐有壬曾说《语丝》的言论，是受了墨斯科的命令；"和长虹战"了以后，狂飙派的常燕生曾说《狂飙》的停版，也许因为我的阴谋。但除了我们两方以外，恐怕不大有人注意或记得了罢。事不干己，是很容易滑过去的。

这次对于创造社，是的，"不敬得很"，未免有些不"庄严"；即使在我以为是直道而行，他们也仍可认为"尖酸刻薄"。于是

"论战"便变成"态度战","量气战","年龄战"了。但成仿吾辈的对我的"态度",战士们虽然不屑留心到,在我本身是明白的。我有兄弟,自以为算不得就是我"不可理喻",而这位批评家于《呐喊》出版时,即加以讥刺道:"这回由令弟编了出来,真是好看得多了"。这传统直到五年之后,再见于冯乃超的论文,说是"无聊赖地跟他弟弟说几句人道主义的美丽的说话"。我的主张如何且不论,即使相同,何以说话相同便是"无聊赖地"?莫非一有"弟弟",就必须反对,一个讲革命,一个即该讲保皇,一个学地理,一个就得学天文么?还有,我合印一年的杂感为《华盖集》,另印先前所钞的小说史料为《小说旧闻钞》,是并不相干的。这位成仿吾先生却加以编排道:"我们的鲁迅先生坐在华盖之下正在抄他的'小说旧闻'。"这使李初梨很高兴,今年又抄在《文化批判》里,还乐得不可开交道,"他(成仿吾)这段文章,比'趣味文学'还更有趣些。"但是还不够,他们因为我生在绍兴,绍兴出酒,便说"醉眼陶然";因为我年纪比他们大了,便说"老生",还要加注道:"若许我用文学的表现。"而这一个"老"的错处,还给《战线》上的弱水先生作为"的确不行"的根源。我自信对于创造社,还不至于用了他们的籍贯,家族,年纪,来作奚落的资料,不过今年偶然做了一篇文章,其中第一次指摘了他们文字里的矛盾和笑话而已。但是"态度"问题来了,"量气"问题也来了,连战士也以为尖酸刻薄。莫非必须我学革命文学家所指为"卑污"的托尔斯泰,毫无抵抗,或者上一呈文:"小资产阶级或有产阶级臣鲁迅诚惶诚恐谨呈革命的'印贴利更追亚'老爷麾下",这才不至于"的确不行"么?

至于我是"老头子",却的确是我的不行。"和长虹战"的时候,他也曾指出我这一条大错处,此外还嘲笑我的生病。而且也是

532

真的，我的确生过病，这回弱水这一位"小头子"对于这一节没有话说，可见有些青年究竟还怀着纯朴的心，很是厚道的。所以他将"冷嘲热刺"的用途，也瓜分开来，给"热烈猛进的"制定了优待条件。可惜我生得太早，已经不属于那一类，不能享受同等待遇了。但幸而我年青时没有真上战线去，受过创伤，倘使身上有了残疾，那就又添一件话柄，现在真不知道要受多少奚落哩。这是"不革命"的好处，应该感谢自己的。

其实这回的不行，还只是我不行，无关年纪的。托尔斯泰，克罗颇特庚，马克斯，虽然言行有"卑污"与否之分，但毕竟都苦斗了一生，我看看他们的照相，全有大胡子。因为我一个而抹杀一切"老头子"，大约是不算公允的。然而中国呢，自然不免又有些特别，不行的多。少年尚且老成，老年当然成老。林琴南先生是确乎应该想起来的，他后来真是暮年景象，因为反对白话，不能论战，便从横道儿来做一篇影射小说，使一个武人痛打改革者，——说得"美丽"一点，就是神往于"武器的文艺"了。旧的和新的，往往有极其相同之点——如：个人主义者和社会主义者往往都反对资产阶级，保守者和改革者往往都主张为人生的艺术，都讳言黑暗，棒喝主义者和共产主义者都厌恶人道主义等——林琴南先生的事也正是一个证明。至于所以不行之故，其关键就全在他生得更早，不知道这一阶级将被"奥服赫变"，及早变计，于是归根结蒂，分明现出 Fascist[①] 本相了。但我以为"老头子"如此，是不足虑的，他总比青年先死。林琴南先生就早已死去了。可怕的是将为将来柱石的青年，还象他的东拉西扯。

又来说话，量气又太小了，再说下去，就要更小，"正直"岂

---

① 法西斯主义者。

但"不一定"在这一面呢，还要一定不在这一面。而且所说的又都是自己的事，并非"大贫"的民众……。但是，即使所讲的只是个人的事，有些人固然只看见个人，有些人却也看见背景或环境。例如《鲁迅在广东》这一本书，今年战士们忽以为编者和被编者希图不朽，于是看得"烦躁"，也给了一点对于"冥顽不灵"的冷嘲。我却以为这太偏于唯心论了，无所谓不朽，不朽又干吗，这是现代人大抵知道的。所以会有这一本书，其实不过是要黑字印在白纸上，订成一本，作商品出售罢了。无论是怎样泡制法，所谓"鲁迅"也者，往往不过是充当了一种的材料。这种方法，便是"所走的方向不能算不对"的创造社也在所不免。托罗兹基虽然已经"没落"，但他曾说，不含利害关系的文章，当在将来另一制度的社会里。我以为他这话却还是对的。

一九二八年四月二十日

文学的阶级性

来　信

鲁迅先生：

侍桁先生译林癸未夫著的《文学上之个人性与阶级性》，本来这是一篇绝好的文章，但可惜篇末涉及唯物史观的问题，理论未免是勉强一点，也许是著者的误解唯物史观。他说：

> 以这种理由若推论下去，有产者的个人性与无产者的个人性，"全个"是不相同的了。就是说不承认有产者与无产者之间有共同的人性。再换一句话说，有产者与无产者只是有阶级性，而全然缺少个人性的。

这是什么话！唯物史观的理论，岂是这样简单的。它的理论并不否认个人性，因此，也不否认思想，道德，感情，艺术。但以性格，思想，道德，感情，艺术，都是受支配于经济的。林氏的文章是着意于个人性，我们就以个人性而论。譬如农村经济宗法社会里拿妻子为男子的财产，但是文化进步到今日的社会，就承认妻子有相当的人格。这个观念，当然是有产者和无产者所共同的。虽然是共同，却并非天赋的，仍然逃不了经济的支配。有产者和无产者物

535

质生活上受经济的影响而有差等，个人性同样地受经济的影响而却是共同的。并不是有产者和无产者人性的共同而就是不受经济制度的影响了。

林氏以此而可以驳唯物史观，那末，何以不拿"人是同样的是圆顶方趾，要吃饭，要睡觉，是有产者和无产者所共同的"而来驳唯物史观，爽快得多了。

最后，我须声明：我是个资本主义制度下的职工。因为是职工，所以学识的谫陋是谁都可以肯定的。这文中自然有不少不能达意和不妥之处。但我希望有更了解马克思学说的人来为唯物史观打一打仗。

因为避学者嫌疑起见，以信底形式而写给鲁迅先生。能否发表，是编者的特权了。

恺良于上海，一九二八，七，二八

回 信

恺良先生：

我对于唯物史观是门外汉，不能说什么。但就林氏的那一段文字而论，他将话两次一换，便成为"只有"和"全然缺少"，却似乎决定得太快一点了。大概以弄文学而又讲唯物史观的人，能从基本的书籍上一一钩剔出来的，恐怕不很多，常常是看几本别人的提要就算。而这种提要，又因作者的学识意思而不同，有些作者，意在使阶级意识明了锐利起来，就竭力增强阶级性说，而别一面就也容易招人误解。作为本文根据的林氏别一篇论文，我没有见，不能说他是否因此而走了相反的极端，但中国却有此例，竟会将个性，共同的人性（即林氏之所谓个人性），个人主义即利己主义混为一谈，来加以自以为唯物史观底申斥，倘再有人据此来论唯物史观，那真是糟糕透顶了。

来信的"吃饭睡觉"的比喻，虽然不过是讲笑话，但脱罗兹基曾以对于"死之恐怖"为古今人所共同，来说明文学中有不带阶级性的分子，那方法其实是差不多的。在我自己，是以为若据性格感情等，都受"支配于经济"（也可以说根据于经济组织或依存于经济组织）之说，则这些就一定都带着阶级性。但是"都带"，而非"只有"。所以不相信有一切超乎阶级，文章如日月的永久的大文豪，也不相信住洋房，喝咖啡，却道"唯我把握住了无产阶级意识，所以我是真的无产者"的革命文学者。

有马克斯学识的人来为唯物史观打仗，在此刻，我是不赞成的。我只希望有切实的人，肯译几部世界上已有定评的关于唯物史观的书——至少，是一部简单浅显的，两部精密的——还要一两本反对的著作。那么，论争起来，可以省说许多话。

鲁迅。八月十日
一九二八年

537

现今的新文学的概观

——五月二十二日在燕京大学国文学会讲

这一年多，我不很向青年诸君说什么话了，因为革命以来，言论的路很窄小，不是过激，便是反动，于大家都无益处。这一次回到北平，几位旧识的人要我到这里来讲几句，情不可却，只好来讲几句。但因为种种琐事，终于没有想定究竟来讲什么——连题目都没有。

那题目，原是想在车上拟定的，但因为道路坏，汽车颠起来有尺多高，无从想起。我于是偶然感到，外来的东西，单取一件，是不行的，有汽车也须有好道路，一切事总免不掉环境的影响。文学——在中国的所谓新文学，所谓革命文学，也是如此。

中国的文化，便是怎样的爱国者，恐怕也大概不能不承认是有些落后。新的事物，都是从外面侵入的。新的势力来到了，大多数的人们还是莫名其妙。北平还不到这样，譬如上海租界，那情形，外国人是处在中央，那外面，围着一群翻译，包探，巡捕，西崽……之类，是懂得外国话，熟悉租界章程的。这一圈之外，才是许多老百姓。

老百姓一到洋场，永远不会明白真实情形，外国人说"Yes"，翻译道，"他在说打一个耳光"，外国人说"No"，翻出来却是他说"去枪毙"。倘想要免去这一类无谓的冤苦，首先是在知道得多一点，冲破了这一个圈子。

在文学界也一样，我们知道得太不多，而帮助我们知识的材料也太少。梁实秋有一个白璧德，徐志摩有一个泰戈尔胡适之有一个杜威，——是的，徐志摩还有一个曼殊斐儿，他到她坟上去哭过，——创造社有革命文学，时行的文学。不过附和的，创作的很有，研究的却不多，直到现在，还是给几个出题目的人们圈了起来。

各种文学，都是应环境而产生的，推崇文艺的人，虽喜欢说文艺足以煽起风波来，但在事实上，却是政治先行，文艺后变。倘以为文艺可以改变环境，那是"唯心"之谈，事实的出现，并不如文学家所豫想。所以巨大的革命，以前的所谓革命文学者还须灭亡，待到革命略有结果，略有喘息的余裕，这才产生新的革命文学者。为什么呢，因为旧社会将近崩坏之际，是常常会有近似带革命性的文学作品出现的，然而其实并非真的革命文学。例如：或者憎恶旧社会，而只是憎恶，更没有对于将来的理想；或者也大呼改造社会，而问他要怎样的社会，却是不能实现的乌托邦；或者自己活得无聊了，便空泛地希望一大转变，来作刺戟，正如饱于饮食的人，想吃些辣椒爽口；更下的是原是旧式人物，但在社会里失败了，却想另挂新招牌，靠新兴势力获得更好的地位。

希望革命的文人，革命一到，反而沉默下去的例子，在中国便曾有过的。即如清末的南社，便是鼓吹革命的文学团体，他们叹汉族的被压制，愤满人的凶横，渴望着"光复旧物"。但民国成立以后，倒寂然无声了。我想，这是因为他们的理想，是在革命以后，"重见汉官威仪"，峨冠博带。而事实并不这样，所以反而索然无味，不想执笔了。俄国的例子尤为明显，十月革命开初，也曾有许多革命文学家非常惊喜，欢迎这暴风雨的袭来，愿受风雷的试炼。但后来，诗人叶遂宁，小说家索波里自杀了，近来还听说有名的小说家爱伦堡有些反动。这是什么缘故呢？就因为四面袭来的并不是暴风雨，来试炼的也并非风雷，却是老老实实的"革命"。空想被击碎了，人也就活不下去，这倒不如古时候相信死后灵魂上天，坐在上帝旁边吃点心的诗人们福气。因为他们在达到目的之前，已经死掉了。

中国，据说，自然是已经革了命，——政治上也许如此罢，但在文艺上，却并没有改变。有人说，"小资产阶级文学之抬头"了，其实是，小资产阶级文学在那里呢，连"头"也没有，那里说得到"抬"。这照我上面所讲的推论起来，就是文学并不变化和兴旺，所反映的便是并无革命和进步，——虽然革命家听了也许不大喜欢。

至于创造社所提倡的，更彻底的革命文学——无产阶级文学，自然更不过是一个题目。这边也禁，那边也禁的王独清的从上海租界里遥望广州暴动的诗，"Pong Pong Pong"，铅字逐渐大了起来，只在说明他曾为电影的字幕和上海的酱园招牌所感动，有模仿勃洛克的《十二个》之志而无其力和才。郭沫若的《一只手》是很有人推为佳作的，但内容说一个革命者革命之后失了一只手，所余的一只还能和爱人握手的事，却未免"失"得太巧。五体，四肢之中，倘要失去其一，实在还不如一只手；一条腿就不便，头自然更不行了。只准备失去一只手，是能减少战斗的勇往之气的；我想，革命者所不惜牺牲的，一定不只这一点。《一只手》也还是穷秀才落难，后来终于中状元，谐花烛的老调。

但这些却也正是中国现状的一种反映。新近上海出版的革命文学的一本书的封面上，画着一把钢叉，这是从《苦闷的象征》的书面上取来的，叉的中间的一条尖刺上，又安一个铁锤，这是从苏联的旗子上取来的。然而这样地合了起来，却弄得既不能刺，又不能敲，只能在表明这位作者的庸陋，——也正可以做那些文艺家的徽章。

从这一阶级走到那一阶级去，自然是能有的事，但最好是意识如何，便一一直说，使大众看去，为仇为友，了了分明。不要脑子里存着许多旧的残滓，却故意瞒了起来，演戏似的指着自己的鼻子道，"惟我是无产阶级！"现在的人们既然神经过敏，听到"俄"字便要气绝，连嘴唇也快要不准红了，对于出版物，这也怕，那也怕；而革命文学家又不肯多绍介别国的理论和作品，单是这样的指着自己的鼻子，临了便会像前清的"奉旨申斥"一样，令人莫名其妙的。

对于诸君，"奉旨申斥"大概还须解释几句才会明白罢。这是帝制时代的事。一个官员犯了过失了，便叫他跪在一个什么门外面，皇帝差一个太监来斥骂。这时须得用一点化费，那么，骂几句就完；倘若不用，他便从祖宗一直骂到子孙。这算是皇帝在骂，然而谁能去问皇帝，问他究竟可是要这样地骂呢？去年，据日本的杂志上说，成仿吾是由中国的农工大众选他往德国研究戏曲去了，我们也无从打听，究竟真是这样地选了没有。

所以我想，倘要比较地明白，还只好用我的老话，"多看外国书"，来打破这包围的圈子。这事，于诸君是不甚费力的。关于新兴文学的英文书或英译书，即使不多，然而所有的几本，一定较为切实可靠。多看些别国的理论和作品之后，再来估量中国的新文艺，便可以清楚得多了。更好是绍介到中国来；翻译并不比随便的创作容易，然而于新文学的发展却更有功，于大家更有益。

一九二九年

叶永蓁作《小小十年》小引

这是一个青年的作者，以一个现代的活的青年为主角，描写他十年中的行动和思想的书。

旧的传统和新的思潮，纷纭于他的一身，爱和憎的纠缠，感情和理智的冲突，缠绵和决撒的迭代，欢欣和绝望的起伏，都逐着这"小小十年"而开展，以形成一部感伤的书，个人的书。但时代是现代，所以从旧家庭所希望的"上进"而渡到革命，从交通不大方便的小县而渡到"革命策源地"的广州，从本身的婚姻不自由而渡到伟大的社会改革——但我没有发见其间的桥梁。

一个革命者，将——而且实在也已经（！）——为大众的幸福斗争，然而独独宽恕首先压迫自己的亲人，将枪口移向四面是敌，但又四不见敌的旧社会；一个革命者，将为人我争解放，然而当失去爱人的时候，却希望她自己负责，并且为了革命之故，不愿自己有一个情敌，——志愿愈大，希望愈高，可以致力之处就愈少，可以自解之处也愈多。——终于，则甚至闪出了惟本身目前的刹那间为惟一的现实一流的阴影。在这里，是屹然站着一个个人主义者，遥望着集团主义的大纛，但在"重上征途"之前，我没有发见其间的桥梁。

释迦牟尼出世以后，割肉喂鹰，投身饲虎的是小乘，渺渺茫茫地说教的倒算是大乘，总是发达起来，我想，那机微就在此。

然而这书的生命，却正在这里。他描出了背着传统，又为世界思潮所激荡的一部分的青年的心，逐渐写来，并无遮瞒，也不装点，虽然间或有若干辩解，而这些辩解，却又正是脱去了自己的衣裳。至少，将为现在作一面明镜，为将来留一种记录，是无疑的罢。多少伟大的招牌，去年以来，在文摊上都挂过了，但不到一年，便以变相和无物，自己告发了全盘的欺骗，中国如果还会有文艺，当然先要以这样直说自己所本有的内容的著作，来打退骗局以后的空虚。因为文艺家至少是须有直抒己见的诚心和勇气的，倘不肯吐露本心，就更谈不到什么意识。

我觉得最有意义的是渐向战场的一段，无论意识如何，总之，许多青年，从东江起，而上海，而武汉，而江西，为革命战斗了，其中的一部分，是抱着种种的希望，死在战场上，再看不见上面摆起来的是金交椅呢还是虎皮交椅。种种革命，便都是这样地进行，所以掉弄笔墨的，从实行者看来，究竟还是闲人之业。

这部书的成就，是由于曾经革命而没有死的青年。我想，活着，而又在看小说的人们，当有许多人发生同感。

技术，是未曾矫揉造作的。因为事情是按年叙述的，所以文章也倾泻而下，至使作者在《后记》里，不愿称之为小说，但也自然是小说。我所感到累赘的只是说理之处过于多，校读时删节了一点，倘使反而损伤原作了，那便成了校者的责任。还有好像缺点而其实是优长之处，是语汇的不丰，新文学兴起以来，未忘积习而常用成语如我的和故意作怪而乱用谁也不懂的生语如创造社一流的文字，都使文艺和大众隔离，这部书却加以扫荡了，使读者可以更易于了解，然而从中作梗的还有许多新名词。

通读了这部书，已经在一月之前了，因为不得不写几句，便凭着现在所记得的写了这些字。我不是什么社的内定的"斗争"的

"批评家"之一员，只能直说自己所愿意说的话。我极欣幸能绍介这真实的作品于中国，还渴望看见"重上征途"以后之作的新吐的光芒。

一九二九年七月二十八日，于上海，鲁迅记

柔石作《二月》小引

冲锋的战士，天真的孤儿，年青的寡妇，热情的女人，各有主义的新式公子们，死气沉沉而交头接耳的旧社会，倒也并非如蜘蛛张网，专一在待飞翔的游人，但在寻求安静的青年的眼中，却化为不安的大苦痛。这大苦痛，便是社会的可怜的椒盐，和战士孤儿等辈一同，给无聊的社会一些味道，使他们无聊地持续下去。

浊浪在拍岸，站在山冈上者和飞沫不相干，弄潮儿则于涛头且不在意，惟有衣履尚整，徘徊海滨的人，一溅水花，便觉得有所沾湿，狼狈起来。这从上述的两类人们看来，是都觉得诧异的。但我们书中的青年萧君，便正落在这境遇里。他极想有为，怀着热爱，而有所顾惜，过于矜持，终于连安住几年之处，也不可得。他其实并不能成为一小齿轮，跟着大齿轮转动，他仅是外来的一粒石子，所以轧了几下，发几声响，便被挤到女佛山——上海去了。

他幸而还坚硬，没有变成润泽齿轮的油。

但是，罿县（释迦牟尼）从夜半醒来，目睹宫女们睡态之丑，于是慨然出家，而霍善斯坦因以为是醉饱后的呕吐。那么，萧君的决心遁走，恐怕是胃弱而禁食的了，虽然我还无从明白其前因，是由于气质的本然，还是战后的暂时的劳顿。

我从作者用了工妙的技术所写成的草稿上，看见了近代青年中这样的一种典型，周遭的人物，也都生动，便写下一些印象，算是序文。大概明敏的读者，所得必当更多于我，而且由读时所生的诧异或同感，照见自己的姿态的罢？那实在是很有意义的。

一九二九年八月二十日，鲁迅记于上海

流氓的变迁

孔墨都不满于现状，要加以改革，但那第一步，是在说动人主，而那用以压服人主的家伙，则都是"天"。

孔子之徒为儒，墨子之徒为侠。"儒者，柔也"，当然不会危险的。惟侠老实，所以墨者的末流，至于以"死"为终极的目的。到后来，真老实的逐渐死完，止留下取巧的侠，汉的大侠，就已和公侯权贵相馈赠，以备危急时来作护符之用了。

司马迁说："儒以文乱法，而侠以武犯禁"，"乱"之和"犯"，决不是"叛"，不过闹点小乱子而已，而况有权贵如"五侯"者在。

"侠"字渐消，强盗起了，但也是侠之流，他们的旗帜是"替天行道"。他们所反对的是奸臣，不是天子，他们所打劫的是平民，不是将相。李逵劫法场时，抢起板斧来排头砍去，而所砍的是看客。一部《水浒》，说得很分明：因为不反对天子，所以大军一到，便受招安，替国家打别的强盗——不"替天行道"的强盗去了。终于是奴才。

满洲入关，中国渐被压服了，连有"侠气"的人，也不敢再起盗心，不敢指斥奸臣，不敢直接为天子效力，于是跟一个好官员或钦差大臣，给他保镖，替他捕盗，一部《施公案》，也说得很分明，还有《彭公案》，《七侠五义》之流，至今没有穷尽。他们出身清白，连先前也并无坏处，虽在钦差之下，究居平民之上，对一方面

547

固然必须听命，对别方面还是大可逞雄，安全之度增多了，奴性也跟着加足。

　　然而为盗要被官兵所打，捕盗也要被强盗所打，要十分安全的侠客，是觉得都不妥当的，于是有流氓。和尚喝酒他来打，男女通奸他来捉，私娼私贩他来凌辱，为的是维持风化；乡下人不懂租界章程他来欺侮，为的是看不起无知；剪发女人他来嘲骂，社会改革者他来憎恶，为的是宝爱秩序。但后面是传统的靠山，对手又都非浩荡的强敌，他就在其间横行过去。现在的小说，还没有写出这一种典型的书，惟《九尾龟》中的章秋谷，以为他给妓女吃苦，是因为她要敲人们竹杠，所以给以惩罚之类的叙述，约略近之。

　　由现状再降下去，大概这一流人将成为文艺书中的主角了，我在等候"革命文学家"张资平"氏"的近作。

一九二九年

新月社批评家的任务

新月社中的批评家，是很憎恶嘲骂的，但只嘲骂一种人，是做嘲骂文章者。新月社中的批评家，是很不以不满于现状的人为然的，但只不满于一种现状，是现在竟有不满于现状者。

这大约就是"即以其人之道，还治其人之身"，挥泪以维持治安的意思。

譬如，杀人，是不行的。但杀掉"杀人犯"的人，虽然同是杀人，又谁能说他错？打人，也不行的。但大老爷要打斗殴犯人的屁股时，皂隶来一五一十的打，难道也算犯罪么？新月社批评家虽然也有嘲骂，也有不满，而独能超然于嘲骂和不满的罪恶之外者，我以为就是这一个道理。

但老例，刽子手和皂隶既然做了这样维持治安的任务，在社会上自然要得到几分的敬畏，甚至于还不妨随意说几句话，在小百姓面前显显威风，只要不大妨害治安，长官向来也就装作不知道了。

现在新月社的批评家这样尽力地维持了治安，所要的却不过是"思想自由"，想想而已，决不实现的思想。而不料遇到了别一种维持治安法，竟连想也不准想了。从此以后，恐怕要不满于两种现状了罢。

一九二九年

书籍和财色

今年在上海所见，专以小孩子为对手的糖担，十有九带了赌博性了，用一个铜元，经一种手续，可有得到一个铜元以上的糖的希望。但专以学生为对手的书店，所给的希望却更其大，更其多——因为那对手是学生的缘故。

书籍用实价，废去"码洋"的陋习，是始于北京的新潮社——北新书局的，后来上海也多仿行，盖那时改革潮流正盛，以为买卖两方面，都是志在改进的人（书店之以介绍文化者自居，至今还时见于广告上），正不必先定虚价，再打折扣，玩些互相欺骗的把戏。然而将麻雀牌送给世界，且以此自豪的人民，对于这样简捷了当，没有意外之利的办法，是终于耐不下去的。于是老病出现了，先是小试其技：送画片。继而打折扣，自九折以至对折，但自然又不是旧法，因为总有一个定期和原因，或者因为学校开学，或者因为本店开张一年半的纪念之类。花色一点的还有赠丝袜，请吃冰淇淋，附送一只锦盒，内藏十件宝贝，价值不资。更加见得切实，然而确是惊人的，是定一年报或买几本书，便有得到"劝学奖金"一百元或"留学经费"二千元的希望。洋场上的"轮盘赌"，付给赢家的钱，最多也不过每一元付了三十六元，真不如买书，那"希望"之大，远甚远甚。

我们的古人有言，"书中自有黄金屋"，现在渐在实现了。但后一句，"书中自有颜如玉"呢？

日报所附送的画报上，不知为了什么缘故而登载的什么"女校高材生"和什么"女士在树下读书"的照相之类，且作别论，则买书一元，赠送裸体画片的勾当，是应该举为带着"颜如玉"气味的一例的了。在医学上，"妇人科"虽然设有专科，但在文艺上，"女作家"分为一类却未免滥用了体质的差别，令人觉得有些特别的。但最露骨的是张竞生博士所开的"美的书店"，曾经对面呆站着两个年青脸白的女店员，给买主可以问她《第三种水》出了没有？"等类，一举两得，有玉有书。可惜"美的书店"竟遭禁止。张博士也改弦易辙，去译《卢骚忏悔录》，此道遂有中衰之叹了。

书籍的销路如果再消沉下去，我想，最好是用女店员卖女作家的作品及照片，仍然抽彩，给买主又有得到"劝学"，"留学"的款子的希望。

一九二九年

二心集

鲁迅

序　言

这里是一九三〇年与三一年两年间的杂文的结集。

当三〇年的时候，期刊已渐渐的少见，有些是不能按期出版了，大约是受了逐日加紧的压迫。《语丝》和《奔流》，则常遭邮局的扣留，地方的禁止，到底也还是敷延不下去。那时我能投稿的，就只剩了一个《萌芽》，而出到五期，也被禁止了，接着是出了一本《新地》。所以在这一年内，我只做了收在集内的不到十篇的短评。

此外还曾经在学校里演讲过两三回，那时无人记录，讲了些什么，此刻连自己也记不清楚了。只记得在有一个大学里演讲的题目，是《象牙塔和蜗牛庐》。大意是说，象牙塔里的文艺，将来决不会出现于中国，因为环境并不相同，这里是连摆这"象牙之塔"的处所也已经没有了；不久可以出现的，恐怕至多只有几个"蜗牛庐"。蜗牛庐者，是三国时所谓"隐逸"的焦先曾经居住的那样的草窠，大约和现在江北穷人手搭的草棚相仿，不过还要小，光光的伏在那里面，少出，少动，无衣，无食，无言。因为那时是军阀混战，任意杀掠的时候，心里不以为然的人，只有这样才可以苟延他的残喘。但蜗牛界里那里会有文艺呢，所以这样下去，中国的没有文艺，是一定的。这样的话，真可谓已经大有蜗牛气味的了，不料不久就有一位勇敢的青年在政府机关的上海《民国日报》上给我批评，说我的那些话使他非常看不起，因为我没有敢讲共产党的话的勇气。谨案在"清党"以后的党国里，讲共产主义是算犯大罪的，捕杀的网罗，张遍了全中国，而不讲，却又为党国的忠勇青年所鄙视。这实在只好变了真的蜗牛，才有"庶几得免于罪戾"的幸福了。

而这时左翼作家拿着苏联的卢布之说，在所谓"大报"和小报上，一面又纷纷的宣传起来，新月社的批评家也从旁很卖了些力气。有些报纸，还拾了先前的创造社派的几个人的投稿于小报上的话，讥笑我为"投降"，有一种报则载起《文坛贰臣传》来，第一个就是我，——但后来好像并不再做下去了。

卢布之谣，我是听惯了的。大约六七年前，《语丝》在北京说了几句涉及陈源教授和别的"正人君子"们的话的时候，上海的《晶报》上就发表过"现代评论社主角"唐有壬先生的信札，说是我们的言动，都由于墨斯科的命令。这又正是祖传的老谱，宋末有所谓"通虏"，清初又有所谓"通海"，向来就用了这类的口实，害过许多人们的。所以含血喷人，已成了中国士君子的常经，实在不单是他们的识见，只能够见到世上一切都靠金钱的势力。至于"贰臣"之说，却是很有些意思的，我试一反省，觉得对于时事，即使未尝动笔，有时也不免于腹诽，"臣罪当诛兮天皇圣明"，腹诽就决不是忠臣的行径。但御用文学家的给了我这个徽号，也可见他们的"文坛"上是有皇帝的了。

去年偶然看见了几篇梅林格（Franz Mehring）的论文，大意说，在坏了下去的旧社会里，倘有人怀一点不同的意见，有一点携贰的心思，是一定要大吃其苦的。而攻击陷害得最凶的，则是这人的同阶级的人物。他们以为这是最可恶的叛逆，比异阶级的奴隶造反还可恶，所以一定要除掉他。我才知道中外古今，无不如此，真是读书可以养气，竟没有先前那样"不满于现状"了，并且仿《三闲集》之例而变其意，拾来做了这一本书的名目。然而这并非在证明我是无产者。一阶级里，临末也常常会自己互相闹起来的，就是《诗经》里说过的那"兄弟阋于墙"，——但后来却未必"外御其侮"。例如同是军阀，就总在整年的大家相打，难道有一面是无产阶级么？而且我时时说些自己的事情，怎样地在"碰壁"，怎样地在做蜗牛，好像全世界的苦恼，萃于一身，在替大众受罪似的：也正是中产的智识阶级分子的坏脾气。只是原先是憎恶这熟识的本阶级，毫不可惜它的溃灭，后来又由于事实的教训，以为惟新兴的无产者才有将来，却是的确的。

自从一九三一年二月起，我写了较上年更多的文章，但因为揭载的刊物有些不同，文字必得和它们相称，就很少做《热风》那样简短的东西了；而且看看对于我的批评文字，得了一种经验，好像评论做得太简括，是极容易招得无意的误解，或有意的曲解似的。又，此后也不想再编《坟》那样的论文集，和《壁下译丛》那样的译文集，这回就连较长的东西也收在这里面，译文则选了一篇《现代电影与有产阶级》附在末尾，因为电影之在中国，虽然早已风行，但这样扼要的论文却还少见，留心世事的人们，实在很有一读的必要的。还有通信，如果只有一面，读者也往往很不容易了然，所以将紧要一点的几封来信，也擅自一并编进去了。

一九三二年四月三十日之夜，编讫并记

"硬译"与"文学的阶级性"

一

听说《新月》月刊团体里的人们在说，现在销路好起来了。这大概是真的，以我似的交际极少的人，也在两个年青朋友的手里见过第二卷第六七号的合本。顺便一翻，是争"言论自由"的文字和小说居多。近尾巴处，则有梁实秋先生的一篇《论鲁迅先生的"硬译"》，以为"近于死译"。而"死译之风也断不可长"，就引了我的三段译文，以及在《文艺与批评》的后记里所说："但因为译者的能力不够，和中国文本来的缺点，译完一看，晦涩，甚而至于难解之处也真多；倘将仂句拆下来呢，又失了原来的语气。在我，是除了还是这样的硬译之外，只有束手这一条路了，所余的惟一的希望，只在读者还肯硬着头皮看下去而已"这些话，细心地在字旁加上圆圈，还在"硬译"两字旁边加上套圈，于是"严正"地下了"批评"道："我们'硬着头皮看下去'了，但是无所得。'硬译'和'死译'有什么分别呢？"

新月社的声明中，虽说并无什么组织，在论文里，也似乎痛恶无产阶级式的"组织"，"集团"这些话，但其实是有组织的，至少，关于政治的论文，这一本里都互相"照应"；关于文艺，则这一篇是登在上面的同一批评家所作的《文学是有阶级性的吗？》的

558

余波。在那一篇里有一段说："……但是不幸得很，没有一本这类的书能被我看懂。……最使我感得困难的是文字，……简直读起来比天书还难。……现在还没有一个中国人，用中国人所能看得懂的文字，写一篇文章告诉我们无产文学的理论究竟是怎么一回事。"字旁也有圆圈，怕排印麻烦，恕不照画了。总之，梁先生自认是一切中国人的代表，这些书既为自己所不懂，也就是为一切中国人所不懂，应该在中国断绝其生命，于是出示曰"此风断不可长"云。

别的"天书"译著者的意见我不能代表，从我个人来看，则事情是不会这样简单的。第一，梁先生自以为"硬着头皮看下去"了，但究竟硬了没有，是否能够，还是一个问题。以硬自居了，而实则其软如棉，正是新月社的一种特色。第二，梁先生虽自来代表一切中国人了，但究竟是否全国中的最优秀者，也是一个问题。这问题从《文学是有阶级性的吗？》这篇文章里，便可以解释。Proletary[①] 这字不必译音，大可译义，是有理可说的。但这位批评家却道："其实翻翻字典，这个字的涵义并不见得体面，据《韦白斯特大字典》，Proletary 的意思就是：A citizen of the lowest class who served the state not with property, but only by having children。……普罗列塔利亚是国家里只会生孩子的阶级！（至少在罗马时代是如此）"其实正无须来争这"体面"，大约略有常识者，总不至于以现在为罗马时代，将现在的无产者都看作罗马人的。这正如将 Chemie 译作"舍密学"，读者必不和埃及的"炼金术"混同，对于"梁"先生所作的文章，也决不会去考查语源，误解为"独木小桥"竟会动笔一样。连"翻翻字典"（《韦白斯特大字典》！）也还是"无所得"，一切中国人未必全是如此的罢。

---

① 英语：无产者。

二

但于我最觉得有兴味的，是上节所引的梁先生的文字里，有两处都用着一个"我们"，颇有些"多数"和"集团"气味了。自然，作者虽然单独执笔，气类则决不只一人，用"我们"来说话，是不错的，也令人看起来较有力量，又不至于一人双肩负责。然而，当"思想不能统一"时，"言论应该自由"时，正如梁先生的批评资本制度一般，也有一种"弊病"。就是，既有"我们"便有我们以外的"他们"，于是新月社的"我们"虽以为我的"死译之风断不可长"了，却另有读了并不"无所得"的读者存在，而我的"硬译"，就还在"他们"之间生存，和"死译"还有一些区别。

我也就是新月社的"他们"之一，因为我的译作和梁先生所需的条件，是全都不一样的。

那一篇《论硬译》的开头论误译胜于死译说："一部书断断不会完全曲译……部分的曲译即使是错误，究竟也还给你一个错误，这个错误也许真是害人无穷的，而你读的时候究竟还落个爽快。"末两句大可以加上夹圈，但我却从来不干这样的勾当。我的译作，本不在博读者的"爽快"，却往往给以不舒服，甚而至于使人气闷，憎恶，愤恨。读了会"落个爽快"的东西，自有新月社的人们的译著在：徐志摩先生的诗，沈从文凌叔华先生的小说，陈西滢（即陈源）先生的闲话，梁实秋先生的批评，潘光旦先生的优生学，还有白璧德先生的人文主义。

所以，梁先生后文说："这样的书，就如同看地图一般，要伸着手指来寻找句法的线索位置"这些话，在我也就觉得是废话，虽说犹如不说了。是的，由我说来，要看"这样的书"就如同看地图一样，要伸着手指来找寻"句法的线索位置"的。看地图虽然没有看《杨妃出浴图》或《岁寒三友图》那么"爽快"，甚而至于还须伸着手指（其实这恐怕梁先生自己如此罢了，看惯地图的人，是只用眼睛就可以的），但地图并不是死图；所以"硬译"即使有同一之劳，照例子也就和"死译"有了些"什么区别"。识得 ABCD 者自以为新学家，仍旧和化学方程式无关，会打算盘的自以为数学家，看起笔算的演草来还是无所得。现在的世间，原不是一为学者，便与一切事都会有缘的。

然而梁先生有实例在，举了我三段的译文，虽然明知道"也许因为没有上下文的缘故，意思不能十分明了"。在《文学是有阶级性的吗？》这篇文章中，也用了类似手段，举出两首译诗来，总评道："也许伟大的无产文学还没有出现，那么我愿意等着，等着，等着。"这些方法，诚然是很"爽快"的，但我可以就在这一本《新月》月刊里的创作——是创作呀！——《搬家》第八页上，举出一段文字来——

"小鸡有耳朵没有？"

"我没看见过小鸡长耳朵的。"

"它怎样听见我叫它呢？"她想到前天四婆告诉她的耳朵是管听东西，眼是管看东西的。

"这个蛋是白鸡黑鸡？"枝儿见四婆没答她，站起来摸着蛋子又问。

"现在看不出来，等孵出小鸡才知道。"

"婉儿姊说小鸡会变大鸡，这些小鸡也会变大鸡么？"

"好好的喂它就会长大了，像这个鸡买来时还没有这样大吧？"

也够了，"文字"是懂得的，也无须伸出手指来寻线索，但我不"等着"了，以为就这一段看，是既不"爽快"，而且和不创作是很少区别的。

临末，梁先生还有一个诘问："中国文和外国文是不同的，……翻译之难即在这个地方。假如两种文中的文法句法词法完全一样，那么翻译还成为一件工作吗？……我们不妨把句法变换一下，以使读者能懂为第一要义，因为'硬着头皮'不是一件愉快的事，并且'硬译'也不见得能保存'原来的精悍的语气'。假如'硬译'而还能保存'原来的精悍的语气'，那真是一件奇迹，还能说中国文是有'缺点'吗？"我倒不见得如此之愚，要寻求和中国文相同的外国文，或者希望"两种文中的文法句法词法完全一样"。我但以为文法繁复的国语，较易于翻译外国文，语系相近的，也较易于翻译，而且也是一种工作。荷兰翻德国，俄国翻波兰，能说这和并不工作没有什么区别么？日本语和欧美很"不同"，但他们逐渐添加了新句法，比起古文来，更宜于翻译而不失原来的精悍的语气，开初自然是须"找寻句法的线索位置"，很给了一些人不"愉快"的，但经找寻和习惯，现在已经同化，成为己有了。中国的文法，比日本的古文还要不完备，然而也曾有些变迁，例如《史》《汉》不同于《书经》，现在的白话文又不同于《史》《汉》；有添造，例如唐译佛经，元译上谕，当时很有些"文法句法词法"是生造的，一经习用，便不必伸出手指，就懂得了。现在又来了"外国文"，许多句子，即也须新造，——说得坏点，就是硬造。据我的经验，这样译来，较之化为几句，更能保存原来的精悍的语气，但因为有待于新造，所以原先的中国文是有缺点的。有什么"奇迹"，干什么"吗"呢？但有待于"伸出手指"，"硬着头皮"，于有些人自然"不是一件愉快的事"。不过我是本不想将"爽快"或"愉快"

来献给那些诸公的，只要还有若干的读者能够有所得，梁实秋先生"们"的苦乐以及无所得，实在"于我如浮云"。

但梁先生又有本不必求助于无产文学理论，而仍然很不了了的地方，例如他说，"鲁迅先生前些年翻译的文学，例如厨川白村的《苦闷的象征》，还不是令人看不懂的东西，但是最近翻译的书似乎改变风格了。"只要有些常识的人就知道："中国文和外国文是不同的"，但同是一种外国文，因为作者各人的做法，而"风格"和"句法的线索位置"也可以很不同。句子可繁可简，名词可常可专，决不会一种外国文，易解的程度就都一式。我的译《苦闷的象征》，也和现在一样，是按板规逐句，甚而至于逐字译的，然而梁实秋先生居然以为不能看懂者，乃是原文原是易解的缘故，也因为梁实秋先生是中国新的批评家了的缘故，也因为其中硬造的句法，是比较地看惯了的缘故。若在三家村里，专读《古文观止》的学者们，看起来又何尝不比"天书"还难呢。

三

但是，这回的"比天书还难"的无产文学理论的译本们，却给了梁先生不小的影响。看不懂了，会有影响，虽然好像滑稽，然而是真的，这位批评家在《文学是有阶级性的吗？》里说："我现在批评所谓无产文学理论，也只能根据我所能了解的一点材料而已。"这就是说：因此而对于这理论的知识，极不完全了。

但对于这罪过，我们（包含一切"天书"译者在内，故曰"们"）也只能负一部分的责任，一部分是要作者自己的胡涂或懒惰来负的。"什么卢那卡尔斯基，蒲力汗诺夫"的书我不知道，若夫"婆格达诺夫之类"的三篇论文和托罗兹基的半部《文学与革命》，则确有英文译本的了。英国没有"鲁迅先生"，译文定该非常易解。梁先生对于伟大的无产文学的产生，曾经显示其"等着，等着，等着"的耐心和勇气，这回对于理论，何不也等一下子，寻来看了再说呢。不知其有而不求曰胡涂，知其有而不求曰懒惰，如果单是默坐，这样也许是"爽快"的，然而开起口来，却很容易咽进冷气去了。

例如就是那篇《文学是有阶级性的吗？》的高文，结论是并无阶级性。要抹杀阶级性，我以为最干净的是吴稚晖先生的"什么马克斯牛克斯"以及什么先生的"世界上并没有阶级这东西"的学说。那么，就万喙息响，天下太平。但梁先生却中了一些"什么马克斯"毒了，先承认了现在许多地方是资产制度，在这制度之下则有无产者。不过这"无产者本来并没有阶级的自觉。是几个过于富同情心而又态度褊激的领袖把这个阶级观念传授了给他们"，要促起他们的联合，激发他们争斗的欲念。不错，但我以为传授者应该并非由于同情，却因了改造世界的思想。况且"本无其物"的东西，是无从自觉，无从激发的，会自觉，能激发，足见那是原有的东西。原有的东西，就遮掩不久，即如格里莱阿说地体运动，达尔文说生物进化，当初何尝不或者几被宗教家烧死，或者大受保守者攻击呢，然而现在人们对于两说，并不为奇者，就因为地体终于在运动，生物确也在进化的缘故。承认其有而要掩饰为无，非有绝技是不行的。

但梁先生自有消除斗争的办法，以为如卢梭所说："资产是文明的基础"，"所以攻击资产制度，即是反抗文明"，"一个无产者假如他是有出息的，只消辛辛苦苦诚诚实实的工作一生，多少必定可以得到相当的资产。这才是正当的生活斗争的手段。"我想，卢梭去今虽已百五十年，但当不至于以为过去未来的文明，都以资产为基础。（但倘说以经济关系为基础，那自然是对的。）希腊印度，都有文明，而繁盛时俱非在资产社会，他大概是知道的；倘不知道，那也是他的错误。至于无产者应该"辛辛苦苦"爬上有产阶级去的"正当"的方法，则是中国有钱的老太爷高兴时候，教导穷工人的古训，在实际上，现今正在"辛辛苦苦诚诚实实"想爬上一级去的"无产者"也还多。然而这是还没有人"把这个阶级观念传授了给他们"的时候。一经传授，他们可就不肯一个一个的来爬了，诚如梁先生所说，"他们是一个阶级了，他们要有组织了，他们是一个集团了，于是他们便不循常轨的一跃而夺取政权财权，一跃而为统治阶级。"但可还有想"辛辛苦苦诚诚实实工作一生，多少必定可以得到相当的资产"的"无产者"呢？自然还有的。然而他要算是"尚未发财的有产者"了。梁先生的忠告，将为无产者所呕吐了，将只好和老太爷去互相赞赏而已了。

那么，此后如何呢？梁先生以为是不足虑的。因为"这种革命的现象不能是永久的，经过自然进化之后，优胜劣败的定律又要证明了，还是聪明才力过人的人占优越的地位，无产者仍是无产者"。但无产阶级大概也知道"反文明的势力早晚要被文明的势力所征服"，所以"要建立所谓'无产阶级文化'，……这里面包括文艺学术"。

自此以后，这才入了文艺批评的本题。

四

梁先生首先以为无产者文学理论的错误，是"在把阶级的束缚加在文学上面"，因为一个资本家和一个劳动者，有不同的地方，但还有相同的地方，"他们的人性（这两字原本有套圈）并没有两样"，例如都有喜怒哀乐，都有恋爱（但所"说的是恋爱的本身，不是恋爱的方式"），"文学就是表现这最基本的人性的艺术"。这些话是矛盾而空虚的。既然文明以资产为基础，穷人以竭力爬上去为"有出息"，那么，爬上是人生的要谛，富翁乃人类的至尊，文学也只要表现资产阶级就够了，又何必如此"过于富同情心"，一并包括"劣败"的无产者？况且"人性"的"本身"，又怎样表现的呢？譬如原质或杂质的化学底性质，有化合力，物理学底性质有硬度，要显示这力和度数，是须用两种物质来表现的，倘说要不用物质而显示化合力和硬度的单单"本身"，无此妙法；但一用物质，这现象即又因物质而不同。文学不借人，也无以表示"性"，一用人，而且还在阶级社会里，即断不能免掉所属的阶级性，无需加以"束缚"，实乃出于必然。自然，"喜怒哀乐，人之情也"，然而穷人决无开交易所折本的懊恼，煤油大王那会知道北京检煤渣老婆子身受的酸辛，饥区的灾民，大约总不去种兰花，像阔人的老太爷一样，贾府上的焦大，也不爱林妹妹的。"汽笛呀！""列宁呀！"固然并不就是无产文学，然而"一切东西呀！""一切人呀！""可喜的事来了，人喜了呀！"也不是表现"人性"的"本身"的文学。倘以表现最普通的人性的文学为至高，则表现最普遍的动物性——营养，呼吸，运动，生殖——的文学，或者除去"运动"，表现生物性的文学，必当更在其上。倘说，因为我们是人，所以以表现人性为限，那么，无产者就因为是无产阶级，所以要做无产文学。

其次，梁先生说作者的阶级，和作品无关。托尔斯泰出身贵族，而同情于贫民，然而并不主张阶级斗争；马克斯并非无产阶级中的人物；终身穷苦的约翰孙博士，志行吐属，过于贵族。所以估量文学，当看作品本身，不能连累到作者的阶级和身分。这些例子，也全不足以证明文学的无阶级性的。托尔斯泰正因为出身贵族，旧性荡涤不尽，所以只同情于贫民而不主张阶级斗争。马克斯原先诚非无产阶级中的人物，但也并无文学作品，我们不能悬拟他如果动笔，所表现的一定是不用方式的恋爱本身。至于约翰孙博士终身穷苦，而志行吐属，过于王侯者，我却实在不明白那缘故，因为我不知道英国文学和他的传记。也许，他原想"辛辛苦苦诚诚实实的工作一生，多少必定可以得到相当的资产"，然后再爬上贵族阶级去，不料终于"劣败"，连相当的资产也积不起来，所以只落得摆空架子，"爽快"了罢。

其次，梁先生说，"好的作品永远是少数人的专利品，大多数永远是蠢的，永远是和文学无缘"，但鉴赏力之有无却和阶级无干，因为"鉴赏文学也是天生的一种福气"，就是，虽在无产阶级里，也会有这"天生的一种福气"的人。由我推论起来，则只要有这一种"福气"的人，虽穷得不能受教育，至于一字不识，也可以赏鉴《新月》月刊，来作"人性"和文艺"本身"原无阶级性的证据。但梁先生也知道天生这一种福气的无产者一定不多，所以另定一种东西（文艺？）来给他们看，"例如什么通俗的戏剧，电影，侦探小说之类"，因为"一般劳工劳农需要娱乐，也许需要少量的艺术的娱乐"的缘故。这样看来，好像文学确因阶级而不同了，但这是因鉴赏力之高低而定的，这种力量的修养和经济无关，乃是上帝之所赐——"福气"。所以文学家要自由创造，既不该为皇室贵族所雇用，也不该受无产阶级所威胁，去做讴功颂德的文章。这是不错的，但在我们所见的无产文学理论中，也并未见过有谁说或一阶级的文学家，不该受皇室贵族的雇用，却该受无产阶级的威胁，去做讴功颂德的文章，不过说，文学有阶级性，在阶级社会中，文学家虽自以为"自由"，自以为超了阶级，而无意识底地，也终受本阶级的阶级意识所支配，那些创作，并非别阶级的文化罢了。例如梁先生的这篇文章，原意是在取消文学上的阶级性，张扬真理的。但以资产为文明的祖宗，指穷人为劣败的渣滓，只要一瞥，就知道是资产家的斗争的"武器"，——不，"文章"了。无产文学理论家以主张"全人类""超阶级"的文学理论为帮助有产阶级的东西，这里就给了一个极分明的例证。至于成仿吾先生似的"他们一定胜利的，所以我们去指导安慰他们去"，说出"去了"之后，便来"打发"自己们以外的"他们"那样的无产文学家，那不消说，是也和梁先生一样地对于无产文学的理论，未免有"以意为之"的错误的。

又其次，梁先生最痛恨的是无产文学理论家以文艺为斗争的武器，就是当作宣传品。他"不反对任何人利用文学来达到另外的目的"，但"不能承认宣传式的文字便是文学"。我以为这是自扰之谈。据我所看过的那些理论，都不过说凡文艺必有所宣传，并没有谁主张只要宣传式的文字便是文学。诚然，前年以来，中国确曾有许多诗歌小说，填进口号和标语去，自以为就是无产文学。但那是因为内容和形式，都没有无产气，不用口号和标语，便无从表示其"新兴"的缘故，实际上也并非无产文学。今年，有名的"无产文学底批评家"钱杏邨先生在《拓荒者》上还在引卢那卡尔斯基的话，以为他推重大众能解的文学，足见用口号标语之未可厚非，来给那些"革命文学"辩护。但我觉得那也和梁实秋先生一样，是有意的或无意的曲解。卢那卡尔斯基所谓大众能解的东西，当是指托尔斯泰做了分给农民的小本子那样的文体，工农一看便会了然的语法，歌调，诙谐。只要看台明·培特尼（Demian Bednii）曾因诗歌得到赤旗章，而他的诗中并不用标语和口号，便可明白了。

最后，梁先生要看货色。这不错的，是最切实的办法；但抄两首译诗算是在示众，是不对的。《新月》上就曾有《论翻译之难》，何况所译的文是诗。就我所见的而论，卢那卡尔斯基的《被解放的堂·吉诃德》，法兑耶夫的《溃灭》，格拉特珂夫的《水门汀》，在中国这十一年中，就并无可以和这些相比的作品。这是指"新月社"一流的蒙资产文明的余荫，而且衷心在拥护它的作家而言。于号称无产作家的作品中，我也举不出相当的成绩。但钱杏邨先生也曾辩护，说新兴阶级，于文学的本领当然幼稚而单纯，向他们立刻要求好作品，是"布尔乔亚"的恶意。这话为农工而说，是极不错的。这样的无理要求，恰如使他们冻饿了好久，倒怪他们为什么没有富翁那么肥胖一样。但中国的作者，现在却实在并无刚刚放下锄斧柄子的人，大多数都是进过学校的智识者，有些还是早已有名的文人，莫非克服了自己的小资产阶级意识之后，就连先前的文学本领也随着消失了么？不会。俄国的老作家亚历舍·托尔斯泰和威垒赛耶夫，普理希文，至今都还有好作品。中国的有口号而无随同的实证者，我想，那病根并不在"以文艺为阶级斗争的武器"，而在"借阶级斗争为文艺的武器"，在"无产者文学"这旗帜之下，聚集了不少的忽翻筋斗的人，试看去年的新书广告，几乎没有一本不是革命文学，批评家又但将辩护当作"清算"，就是，请文学坐在"阶级斗争"的掩护之下，于是文学自己倒不必着力，因而于文学和斗争两方面都少关系了。

但中国目前的一时现象，当然毫不足作无产文学之新兴的反证的。梁先生也知道，所以他临末让步说，"假如无产阶级革命家一定要把他的宣传文学唤做无产文学，那总算是一种新兴文学，总算是文学国土里的新收获，用不着高呼打倒资产的文学来争夺文学的领域，因为文学的领域太大了，新的东西总有它的位置的。"但这好像"中日亲善，同存共荣"之说，从羽毛未丰的无产者看来，是一种欺骗。愿意这样的"无产文学者"，现在恐怕实在也有的罢，不过这是梁先生所谓"有出息"的要爬上资产阶级去的"无产者"

一流，他的作品是穷秀才未中状元时候的牢骚，从开手到爬上以及以后，都决不是无产文学。无产者文学是为了以自己们之力，来解放本阶级并及一切阶级而斗争的一翼，所要的是全般，不是一角的地位。就拿文艺批评界来比方罢，假如在"人性"的"艺术之宫"（这须从成仿吾先生处租来暂用）里，向南面摆两把虎皮交椅，请梁实秋钱杏邨两位先生并排坐下，一个右执"新月"，一个左执"太阳"，那情形可真是"劳资"媲美了。

五

到这里，又可以谈到我的"硬译"去了。

推想起来，这是很应该跟着发生的问题：无产文学既然重在宣传，宣传必须多数能懂，那么，你这些"硬译"而难懂的理论"天书"，究竟为什么而译的呢？不是等于不译么？

我的回答，是：为了我自己，和几个以无产文学批评家自居的人，和一部分不图"爽快"，不怕艰难，多少要明白一些这理论的读者。

从前年以来，对于我个人的攻击是多极了，每一种刊物上，大抵总要看见"鲁迅"的名字，而作者的口吻，则粗粗一看，大抵好像革命文学家。但我看了几篇，竟逐渐觉得废话太多了。解剖刀既不中腠理，子弹所击之处，也不是致命伤。例如我所属的阶级罢，就至今还未判定，忽说小资产阶级，忽说"布尔乔亚"，有时还升为"封建余孽"，而且又等于猩猩（见《创造月刊》上的"东京通信"）；有一回则骂到牙齿的颜色。在这样的社会里，有封建余孽出风头，是十分可能的，但封建余孽就是猩猩，却在任何"唯物史观"上都没有说明，也找不出牙齿色黄，即有害于无产阶级革命的论据。我于是想，可供参考的这样的理论，是太少了，所以大家有些胡涂。对于敌人，解剖，咬嚼，现在是在所不免的，不过有一本解剖学，有一本烹饪法，依法办理，则构造味道，总还可以较为清楚，有味。人往往以神话中的 Prometheus① 比革命者，以为窃火给人，虽遭天帝之虐待不悔，其博大坚忍正相同。但我从别国里窃得火来，本意却在煮自己的肉的，以为倘能味道较好，庶几在咬嚼者那一面也得到较多的好处，我也不枉费了身躯：出发点全是个人主义，并且还夹杂着小市民性的奢华，以及慢慢地摸出解剖刀来，反而刺进解剖者的心脏里去的"报复"。梁先生说"他们要报复！"其实岂只"他们"，这样的人在"封建余孽"中也很有的。然而，我也愿意于社会上有些用处，看客所见的结果仍是火和光。这样，首先开手的就是《文艺政策》，因为其中含有各派的议论。

郑伯奇先生现在是开书铺，印 Hauptmann② 和 Gregory 夫人③ 的剧本了，那时他还是革命文学家，便在所编的《文艺生活》上，笑我的翻译这书，是不甘没落，而可惜被别人着了先鞭。翻一本书便会浮起，做革命文学家真太容易了，我并不这样想。有一种小报，则说我的译《艺术论》是"投降"。是的，投降的事，为世上所常有。但其时成仿吾元帅早已爬出日本的温泉，住进巴黎的旅馆了，在这里又向谁去输诚呢。今年，说法又两样了，在《拓荒者》和《现代小说》上，都说是"方向转换"。我看见日本的有些杂志中，曾将这四字加在先前的新感觉派片冈铁兵上，算是一个好名词。其实，这些纷纭之谈，也还是只看名目，连想也不肯想的老病。译一本关于无产文学的书，是不足以证明方向的，倘有曲译，倒反足以

① 普罗米修斯。
② 戈哈特·豪普特曼（Gerhart Hauptmann，1862—1946）德国剧作家、诗人。
③ 格雷戈里夫人（1852—1932），爱尔兰剧作家。

为害。我的译书，就也要献给这些速断的无产文学批评家，因为他们是有不贪"爽快"，耐苦来研究这些理论的义务的。

但我自信并无故意的曲译，打着我所不佩服的批评家的伤处了的时候我就一笑，打着我的伤处了的时候我就忍疼，却决不肯有所增减，这也是始终"硬译"的一个原因。自然，世间总会有较好的翻译者，能够译成既不曲，也不"硬"或"死"的文章的，那时我的译本当然就被淘汰，我就只要来填这从"无有"到"较好"的空间罢了。

然而世间纸张还多，每一文社的人数却少，志大力薄，写不完所有的纸张，于是一社中的职司克敌助友，扫荡异类的批评家，看见别人来涂写纸张了，便喟然兴叹，不胜其摇头顿足之苦。上海的《申报》上，至于称社会科学的翻译者为"阿狗阿猫"，其愤愤有如此。在"中国新兴文学的地位，早为读者所共知"的蒋光Z① 先生，曾往日本东京养病，看见藏原惟人，谈到日本有许多翻译太坏，简直比原文还难读……他就笑了起来，说："……那中国的翻译界更要莫名其妙了，近来中国有许多书籍都是译自日文的，如果日本人将欧洲人那一国的作品带点错误和删改，从日文译到中国去，试问这作品岂不是要变了一半相貌么？……"（见《拓荒者》也就是深不满于翻译，尤其是重译的表示。不过梁先生还举出书名和坏处，蒋先生却只嫣然一笑，扫荡无余，真是普遍得远了。藏原惟人是从俄文直接译过许多文艺理论和小说的，于我个人就极有裨益。我希望中国也有一两个这样的诚实的俄文翻译者，陆续译出好书来，不仅自骂一声"混蛋"就算尽了革命文学家的责任。

然而现在呢，这些东西，梁实秋先生是不译的，称人为"阿狗

---

① 蒋光慈。

阿猫"的伟人也不译,学过俄文的蒋先生原是最为适宜的了,可惜养病之后,只出了一本《一周间》,而日本则早已有了两种的译本。中国曾经大谈达尔文,大谈尼采,到欧战时候,则大骂了他们一通,但达尔文的著作的译本,至今只有一种,尼采的则只有半部,学英德文的学者及文豪都不暇顾及,或不屑顾及,拉倒了。所以暂时之间,恐怕还只好任人笑骂,仍从日文来重译,或者取一本原文,比照了日译本来直译罢。我还想这样做,并且希望更多有这样做的人,来填一填彻底的高谈中的空虚,因为我们不能像蒋先生那样的"好笑起来",也不该如梁先生的"等着,等着,等着"了。

六

我在开头曾有"以硬自居了,而实则其软如棉,正是新月社的一种特色"这些话,到这里还应该简短地补充几句,就作为本篇的收场。

《新月》一出世,就主张"严正态度",但于骂人者则骂之,讥人者则讥之。这并不错,正是"即以其人之道,还治其人之身",虽然也是一种"报复",而非为了自己。到二卷六七号合本的广告上,还说"我们都保持'容忍'的态度(除了'不容忍'的态度是我们所不能容忍以外),我们都喜欢稳健的合乎理性的学说"。上两句也不错,"以眼还眼,以牙还牙",和开初仍然一贯。然而从这条大路走下去,一定要遇到"以暴力抗暴力",这和新月社诸君所喜欢的"稳健"也不能相容了。

这一回,新月社的"自由言论"遭了压迫,照老办法,是必须对于压迫者,也加以压迫的,但《新月》上所显现的反应,却是一篇《告压迫言论自由者》,先引对方的党义,次引外国的法律,终引东西史例，以见凡压迫自由者，往往臻于灭亡：是一番替对方设想的警告。

所以，新月社的"严正态度"，"以眼还眼"法，归根结蒂，是专施之力量相类，或力量较小的人的，倘给有力者打肿了眼，就要破例，只举手掩住自己的脸，叫一声"小心你自己的眼睛！"

一九三〇年

习惯与改革

体质和精神都已硬化了的人民，对于极小的一点改革，也无不加以阻挠，表面上好像恐怕于自己不便，其实是恐怕于自己不利，但所设的口实，却往往见得极其公正而且堂皇。

今年的禁用阴历，原也是琐碎的，无关大体的事，但商家当然叫苦连天了。不特此也，连上海的无业游民，公司雇员，竟也常常慨然长叹，或者说这很不便于农家的耕种，或者说这很不便于海船的候潮。他们居然因此念起久不相干的乡下的农夫，海上的舟子来。这真像煞有些博爱。

一到阴历的十二月二十三，爆竹就到处毕毕剥剥。我问一家的店伙："今年仍可以过旧历年，明年一准过新历年么？"那回答是："明年又是明年，要明年再看了。"他并不信明年非过阳历年不可。但日历上，却诚然删掉了阴历，只存节气。然而一面在报章上，则出现了《一百二十年阴阳合历》的广告。好，他们连曾孙玄孙时代的阴历，也已经给准备妥当了，一百二十年!

梁实秋先生们虽然很讨厌多数，但多数的力量是伟大，要紧的，有志于改革者倘不深知民众的心，设法利导，改进，则无论怎样的高文宏议，浪漫古典，都和他们无干，仅止于几个人在书房中互相叹赏，得些自己满足。假如竟有"好人政府"，出令改革乎，不多久，就早被他们拉回旧道上去了。

真实的革命者，自有独到的见解，例如乌略诺夫先生，他是将"风俗"和"习惯"，都包括在"文化"之内的，并且以为改革这些，很为困难。我想，但倘不将这些改革，则这革命即等于无成，如沙上建塔，顷刻倒坏。中国最初的排满革命，所以易得响应者，因为口号是"光复旧物"，就是"复古"，易于取得保守的人民同意的缘故。但到后来，竟没有历史上定例的开国之初的盛世，只枉然失了一条辫子，就很为大家所不满了。

以后较新的改革，就著著失败，改革一两，反动十斤，例如上述的一年日历上不准注阴历，却来了阴阳合历一百二十年。

这种合历，欢迎的人们一定是很多的，因为这是风俗和习惯所拥护，所以也有风俗和习惯的后援。别的事也如此，倘不深入民众的大层中，于他们的风俗习惯，加以研究，解剖，分别好坏，立存废的标准，而于存于废，都慎选施行的方法，则无论怎样的改革，都将为习惯的岩石所压碎，或者只在表面上浮游一些时。

现在已不是在书斋中，捧书本高谈宗教，法律，文艺，美术……等等的时候了，即使要谈论这些，也必须先知道习惯和风俗，而且有正视这些的黑暗面的勇猛和毅力。因为倘不看清，就无从改革。仅大叫未来的光明，其实是欺骗怠慢的自己和怠慢的听众的。

一九三〇年

张资平氏的"小说学"

张资平氏据说是"最进步"的"无产阶级作家"，你们还在"萌芽"，还在"拓荒"，他却已在收获了。这就是进步，拔步飞跑，望尘莫及。然而你如果追踪而往呢，就看见他跑进"乐群书店"中。

张资平氏先前是三角恋爱小说作家，并且看见女的性欲，比男人还要熬不住，她来找男人，贱人呀贱人，该吃苦。这自然不是无产阶级小说。但作者一转方向，则一人得道，鸡犬飞升，何况神仙的遗蜕呢，《张资平全集》还应该看的。这是收获呀，你明白了没有？

还有收获哩。《申报》报告，今年的大夏学生，敬请"为青年所崇拜的张资平先生"去教"小说学"了。中国老例，英文先生是一定会教外国史的，国文先生是一定会教伦理学的，何况小说先生，当然满肚子小说学。要不然，他做得出来吗？我们能保得定荷马没有"史诗作法"，沙士比亚没有"戏剧学概论"吗？

呜呼，听讲的门徒是有福了，从此会知道如何三角，如何恋爱，你想女人吗，不料女人的性欲冲动比你还要强，自己跑来了。朋友，等着罢。但最可怜的是不在上海，只好遥遥"崇拜"，难以身列门墙的青年，竟不能恭听这伟大的"小说学"。现在我将《张资平全集》和"小说学"的精华，提炼在下面，遥献这些崇拜家，算是"望梅止渴"云。

那就是——△

一九三〇年二月二十二日

对于左翼作家联盟的意见

——三月二日在左翼作家联盟成立大会讲

有许多事情，有人在先已经讲得很详细了，我不必再说。我以为在现在，"左翼"作家是很容易成为"右翼"作家的。为什么呢？第一，倘若不和实际的社会斗争接触，单关在玻璃窗内做文章，研究问题，那是无论怎样的激烈，"左"，都是容易办到的；然而一碰到实际，便即刻要撞碎了。关在房子里，最容易高谈彻底的主义，然而也最容易"右倾"。西洋的叫做"Salon 的社会主义者"，便是指这而言。"Salon"是客厅的意思，坐在客厅里谈谈社会主义，高雅得很，漂亮得很，然而并不想到实行的。这种社会主义者，毫不足靠。并且在现在，不带点广义的社会主义的思想的作家或艺术家，就是说工农大众应该做奴隶，应该被虐杀，被剥削的这样的作家或艺术家，是差不多没有了，除非墨索里尼，但墨索里尼并没有写过文艺作品。（当然，这样的作家，也还不能说完全没有，例如中国的新月派诸文学家，以及所说的墨索里尼所宠爱的邓南遮便是。）

第二，倘不明白革命的实际情形，也容易变成"右翼"。革命是痛苦，其中也必然混有污秽和血，决不是如诗人所想像的那般有趣，那般完美；革命尤其是现实的事，需要各种卑贱的，麻烦的工作，决不如诗人所想像的那般浪漫；革命当然有破坏，然而更需要建设，破坏是痛快的，但建设却是麻烦的事。所以对于革命抱着浪漫谛克的幻想的人，一和革命接近，一到革命进行，便容易失望。听说俄国的诗人叶遂宁，当初也非常欢迎十月革命，当时他叫道，"万岁，天上和地上的革命！"又说"我是一个布尔塞维克了！"然而一到革命后，实际上的情形，完全不是他所想像的那么一回事，终于失望，颓废。叶遂宁后来是自杀了的，听说这失望是他的自杀的原因之一。又如毕力涅克和爱伦堡，也都是例子。在我们辛亥革命时也有同样的例，那时有许多文人，例如属于"南社"的人们，开初大抵是很革命的，但他们抱着一种幻想，以为只要将满洲人赶出去，便一切都恢复了"汉官威仪"，人们都穿大袖的衣服，峨冠博带，大步地在街上走。谁知赶走满清皇帝以后，民国成立，情形却全不同，所以他们便失望，以后有些人甚至成为新的运动的反动者。但是，我们如果不明白革命的实际情形，也容易和他们一样的。

还有，以为诗人或文学家高于一切人，他底工作比一切工作都高贵，也是不正确的观念。举例说，从前海涅以为诗人最高贵，而上帝最公平，诗人在死后，便到上帝那里去，围着上帝坐着，上帝请他吃糖果。在现在，上帝请吃糖果的事，是当然无人相信的了，但以为诗人或文学家，现在为劳动大众革命，将来革命成功，劳动阶级一定从丰报酬，特别优待，请他坐特等车，吃特等饭，或者劳动者捧着牛油面包来献他，说："我们的诗人，请用吧！"这也是不正确的；因为实际上决不会有这种事，恐怕那时比现在还要苦，不但没有牛油面包，连黑面包都没有也说不定，俄国革命后一二年的情形便是例子。如果不明白这情形，也容易变成"右翼"。事实上，劳动者大众，只要不是梁实秋所说"有出息"者，也决不会特别看重知识阶级者的，如我所译的《溃灭》中的美谛克（知识阶级出身），反而常被矿工等所嘲笑。不待说，知识阶级有知识阶级的事要做，不应特别看轻，然而劳动阶级决无特别例外地优待诗人或文学家的义务。

现在，我说一说我们今后应注意的几点。

第一，对于旧社会和旧势力的斗争，必须坚决，持久不断，而且注重实力。旧社会的根柢原是非常坚固的，新运动非有更大的力不能动摇它什么。并且旧社会还有它使新势力妥协的好办法，但它自己是决不妥协的。在中国也有过许多新的运动了，却每次都是新的敌不过旧的，那原因大抵是在新的一面没有坚决的广大的目的，要求很小，容易满足。譬如白话文运动，当初旧社会是死力抵抗的，但不久便容许白话文底存在，给它一点可怜地位，在报纸的角头等地方可以看见用白话写的文章了，这是因为在旧社会看来，新的东西并没有什么，并不可怕，所以就让它存在，而新的一面也就满足，以为白话文已得到存在权了。又如一二年来的无产文学运动，也差不多一样，旧社会也容许无产文学，因为无产文学并不厉害，反而他们也来弄无产文学，拿去做装饰，仿佛在客厅里放着许多古董磁器以外，放一个工人用的粗碗，也很别致；而无产文学者呢，他已经在文坛上有个小地位，稿子已经卖得出去了，不必再斗争，批评家也唱着凯旋歌："无产文学胜利！"但除了个人的胜利，即以无产文学而论，究竟胜利了多少？况且无产文学，是无产阶级解放斗争底一翼，它跟着无产阶级的社会的势力的成长而成长，在无产阶级的社会地位很低的时候，无产文学的文坛地位反而很高，这只是证明无产文学者离开了无产阶级，回到旧社会去罢了。

第二，我以为战线应该扩大。在前年和去年，文学上的战争是有的，但那范围实在太小，一切旧文学旧思想都不为新派的人所注意，反而弄成了在一角里新文学者和新文学者的斗争，旧派的人倒能够闲舒地在旁边观战。

第三，我们应当造出大群的新的战士。因为现在人手实在太少了，譬如我们有好几种杂志，单行本的书也出版得不少，但做文章的总同是这几个人，所以内容就不能不单薄。一个人做事不专，这样弄一点，那样弄一点，既要翻译，又要做小说，还要做批评，并且也要做诗，这怎么弄得好呢？这都因为人太少的缘故，如果人多了，则翻译的可以专翻译，创作的可以专创作，批评的专批评；对敌人应战，也军势雄厚，容易克服。关于这点，我可带便地说一件事。前年创造社和太阳社向我进攻的时候，那力量实在单薄，到后来连我都觉得有点无聊，没有意思反攻了，因为我后来看出了敌军在演"空城计"。那时候我的敌军是专事于吹擂，不务于招兵练将的，攻击我的文章当然很多，然而一看就知道都是化名，骂来骂去都是同样的几句话。我那时就等待有一个能操马克斯主义批评的枪法的人来狙击我的，然而他终于没有出现。在我倒是一向就注意新的青年战士底养成的，曾经弄过好几个文学团体，不过效果也很小。但我们今后却必须注意这点。

我们急于要造出大群的新的战士，但同时，在文学战线上的人还要"韧"。所谓韧，就是不要像前清做八股文的"敲门砖"似的办法。前清的八股文，原是"进学"做官的工具，只要能做"起承转合"，借以进了"秀才举人"，便可丢掉八股文，一生中再也用不到它了，所以叫做"敲门砖"，犹之用一块砖敲门，门一敲进，砖就可抛弃了，不必再将它带在身边。这种办法，直到现在，也还有许多人在使用，我们常常看见有些人出了一二本诗集或小说集以后，他们便永远不见了，到那里去了呢？是因为出了一本或二本书，有了一点小名或大名，得到了教授或别的什么位置，功成名遂，不必再写诗写小说了，所以永远不见了。这样，所以在中国无论文学或科学都没有东西，然而在我们是要有东西的，因为这于我们有用。（卢那卡尔斯基是甚至主张保存俄国的农民美术，因为可以造出来卖给外国人，在经济上有帮助。我以为如果我们文学或科学上有东西拿得出去给别人，则甚至于脱离帝国主义的压迫的政治运动上也有帮助。）但要在文化上有成绩，则非韧不可。

最后，我以为联合战线是以有共同目的为必要条件的。我记得好像曾听到过这样一句话："反动派且已经有联合战线了，而我们还没有团结起来！"其实他们也并未有有意的联合战线，只因为他们的目的相同，所以行动就一致，在我们看来就好像联合战线。而我们战线不能统一，就证明我们的目的不能一致，或者只为了小团体，或者还其实只为了个人，如果目的都在工农大众，那当然战线也就统一了。

一九三○年

我们要批评家

看大概的情形（我们这里得不到确凿的统计），从去年以来，挂着"革命的"的招牌的创作小说的读者已经减少，出版界的趋势，已在转向社会科学了。这不能不说是好现象。最初，青年的读者迷于广告式批评的符咒，以为读了"革命的"创作，便有出路，自己和社会，都可以得救，于是随手拈来，大口吞下，不料许多许多是并不是滋养品，是新袋子里的酸酒，红纸包里的烂肉，那结果，是吃得胸口痒痒的，好像要呕吐。

得了这一种苦楚的教训之后，转而去求医于根本的，切实的社会科学，自然，是一个正当的前进。

然而，大部分是因为市场的需要，社会科学的译著又蜂起云涌了，较为可看的和很要不得的都杂陈在书摊上，开始寻求正确的知识的读者们已经在惶惑。然而新的批评家不开口，类似批评家之流便趁势一笔抹杀："阿狗阿猫"。

到这里，我们所需要的，就只得还是几个坚实的，明白的，真懂得社会科学及其文艺理论的批评家。

批评家的发生，在中国已经好久了。每一个文学团体中，大抵总有一套文学的人物。至少，是一个诗人，一个小说家，还有一个尽职于宣传本团体的光荣和功绩的批评家。这些团体，都说是志在改革，向旧的堡垒取攻势的，然而还在中途，就在旧的堡垒之下纷纷自己扭打起来，扭得大家乏力了，这才放开了手，因为不过是"扭"而已矣，所以大创是没有的，仅仅喘着气。一面喘着气，一面各自以为胜利，唱着凯歌。旧堡垒上简直无须守兵，只要袖手俯首，看这些新的敌人自己所唱的喜剧就够。他无声，但他胜利了。

这两年中，虽然没有极出色的创作，然而据我所见，印成本子的，如李守章的《跋涉的人们》，台静农的《地之子》，叶永蓁的《小小十年》前半部，柔石的《二月》及《旧时代之死》，魏金枝的《七封信的自传》，刘一梦的《失业以后》，总还是优秀之作。可惜我们的有名的批评家，梁实秋先生还在和陈西滢相呼应，这里可以不提；成仿吾先生是怀念了创造社过去的光荣之后，摇身一变而成为"石厚生"，接着又流星似的消失了；钱杏邨先生近来又只在《拓荒者》上，挽着藏原惟人，一段又一段的，在和茅盾扭结。每一个文学团体以外的作品，在这样忙碌或萧闲的战场，便都被"打发"或默杀了。

这回的读书界的趋向社会科学，是一个好的，正当的转机，不惟有益于别方面，即对于文艺，也可催促它向正确，前进的路。但在出品的杂乱和旁观者的冷笑中，是极容易凋谢的，所以现在所首先需要的，也还是——

几个坚实的，明白的，真懂得社会科学及其文艺理论的批评家。

一九三〇年

"好政府主义"

　　梁实秋先生这回在《新月》的"零星"上，也赞成"不满于现状"了，但他以为"现在有智识的人（尤其是夙来有'前驱者''权威''先进'的徽号的人），他们的责任不仅仅是冷讥热嘲地发表一点'不满于现状'的杂感而已，他们应该更进一步的诚诚恳恳地去求一个积极医治'现状'的药方"。

　　为什么呢？因为有病就须下药，"三民主义是一副药，——梁先生说，——共产主义也是一副药，国家主义也是一副药，无政府主义也是一副药，好政府主义也是一副药"，现在你"把所有的药方都褒贬得一文不值，都挖苦得不留余地，……这可是什么心理呢？"

　　这种心理，实在是应该责难的。但在实际上，我却还未曾见过这样的杂感，譬如说，同一作者，而以为三民主义者是违背了英美的自由，共产主义者又收受了俄国的卢布，国家主义太狭，无政府主义又太空……。所以梁先生的"零星"，是将他所见的杂感的罪状夸大了。

　　其实是，指摘一种主义的理由的缺点，或因此而生的弊病，虽是并非某一主义者，原也无所不可的。有如被压榨得痛了，就要叫喊，原不必在想出更好的主义之前，就定要咬住牙关。但自然，能有更好的主张，便更成一个样子。

　　不过我以为梁先生所谦逊地放在末尾的"好政府主义"，却还

586

得更谦逊地放在例外的，因为自三民主义以至无政府主义，无论它性质的寒温如何，所开的究竟还是药名，如石膏，肉桂之类，——至于服后的利弊，那是另一个问题。独有"好政府主义"这"一副药"，他在药方上所开的却不是药名，而是"好药料"三个大字，以及一些唠唠叨叨的名医架子的"主张"。不错，谁也不能说医病应该用坏药料，但这张药方，是不必医生才配摇头，谁也会将他"褒贬得一文不值"（"褒"是"称赞"之意，用在这里，不但"不通"，也证明了不识"褒"字，但这是梁先生的原文，所以姑仍其旧）的。

　　倘这医生羞恼成怒，喝道："你嘲笑我的好药料主义，就开出你的药方来！"那就更是大可笑的"现状"之一，即使并不根据什么主义，也会生出杂感来的。杂感之无穷无尽，正因为这样的"现状"太多的缘故。

一九三〇年四月十七日

"丧家的""资本家的乏走狗"

梁实秋先生为了《拓荒者》上称他为"资本家的走狗",就做了一篇自云"我不生气"的文章。先据《拓荒者》第二期第六七二页上的定义,"觉得我自己便有点像是无产阶级里的一个"之后,再下"走狗"的定义,为"大凡做走狗的都是想讨主子的欢心因而得到一点恩惠",于是又因而发生疑问道——

> 《拓荒者》说我是资本家的走狗,是那一个资本家,还是所有的资本家?我还不知道我的主子是谁,我若知道,我一定要带着几分杂志去到主子面前表功,或者还许得到几个金镑或卢布的赏赉呢。……我只知道不断的劳动下去,便可以赚到钱来维持生计,至于如何可以做走狗,如何可以到资本家的帐房去领金镑,如何可以到××党去领卢布,这一套本领,我可怎么能知道呢?……

这正是"资本家的走狗"的活写真。凡走狗,虽或为一个资本家所豢养,其实是属于所有的资本家的,所以它遇见所有的阔人都驯良,遇见所有的穷人都狂吠。不知道谁是它的主子,正是它遇见所有阔人都驯良的原因,也就是属于所有的资本家的证据。即使无人豢养,饿的精瘦,变成野狗了,但还是遇见所有的阔人都驯良,遇见所有的穷人都狂吠的，不过这时它就愈不明白谁是主子了。

梁先生既然自叙他怎样辛苦，好像"无产阶级"（即梁先生先前之所谓"劣败者"），又不知道"主子是谁"，那是属于后一类的了，为确当计，还得添几个字，称为"丧家的""资本家的走狗"。

然而这名目还有些缺点。梁先生究竟是有智识的教授，所以和平常的不同。他终于不讲"文学是有阶级性的吗？"了，在《答鲁迅先生》那一篇里，很巧妙地插进电杆上写"武装保护苏联"，敲碎报馆玻璃那些句子去，在上文所引的一段里又写出"到××党去领卢布"字样来，那故意暗藏的两个×，是令人立刻可以悟出的"共产"这两字，指示着凡主张"文学有阶级性"，得罪了梁先生的人，都是在做"拥护苏联"，或"去领卢布"的勾当，和段祺瑞的卫兵枪杀学生，《晨报》却道学生为了几个卢布送命，自由大同盟上有我的名字，《革命日报》的通信上便说为"金光灿烂的卢布所买收"，都是同一手段。在梁先生，也许以为给主子嗅出匪类（"学匪"），也就是一种"批评"，然而这职业，比起"刽子手"来，也就更加下贱了。

我还记得，"国共合作"时代，通信和演说，称赞苏联，是极时髦的，现在可不同了，报章所载，则电杆上写字和"××党"，捕房正在捉得非常起劲，那么，为将自己的论敌指为"拥护苏联"或"××党"，自然也就髦得合时，或者还许会得到主子的"一点恩惠"了。但倘说梁先生意在要得"恩惠"或"金镑"，是冤枉的，决没有这回事，不过想借此助一臂之力，以济其"文艺批评"之穷罢了。所以从"文艺批评"方面看来，就还得在"走狗"之上，加上一个形容字："乏"。

一九三○年四月十九日

上海文艺之一瞥

——八月十二日在社会科学研究会讲

　　上海过去的文艺，开始的是《申报》。要讲《申报》，是必须追溯到六十年以前的，但这些事我不知道。我所能记得的，是三十年以前，那时的《申报》，还是用中国竹纸的，单面印，而在那里做文章的，则多是从别处跑来的"才子"。

　　那时的读书人，大概可以分他为两种，就是君子和才子。君子是只读四书五经，做八股，非常规矩的。而才子却此外还要看小说，例如《红楼梦》，还要做考试上用不着的古今体诗之类。这是说，才子是公开的看《红楼梦》的，但君子是否在背地里也看《红楼梦》，则我无从知道。有了上海的租界，——那时叫作"洋场"，也叫"夷场"，后来有怕犯讳的，便往往写作"彝场"——有些才子们便跑到上海来，因为才子是旷达的，那里都去；君子则对于外国人的东西总有点厌恶，而且正在想求正路的功名，所以决不轻易的乱跑。孔子曰，"道不行，乘桴浮于海"，从才子们看来，就是有点才子气的，所以君子们的行径，在才子就谓之"迂"。

　　才子原是多愁多病，要闻鸡生气，见月伤心的。一到上海，又遇见了婊子。去嫖的时候，可以叫十个二十个的年青姑娘聚集在一处，样子很有些像《红楼梦》，于是他就觉得自己好像贾宝玉；自己是才子，那么婊子当然是佳人，于是才子佳人的书就产生了。内容多半是，惟才子能怜这些风尘沦落的佳人，惟佳人能识坎坷不遇的才子，受尽千辛万苦之后，终于成了佳偶，或者是都成了神仙。

他们又帮申报馆印行些明清的小品书出售，自己也立文社，出灯谜，有入选的，就用这些书做赠品，所以那流通很广远。也有大部书，如《儒林外史》，《三宝太监西洋记》，《快心编》等。现在我们在旧书摊上，有时还看见第一页印有"上海申报馆仿聚珍板印"字样的小本子，那就都是的。

佳人才子的书盛行的好几年，后一辈的才子的心思就渐渐改变了。他们发见了佳人并非因为"爱才若渴"而做婊子的，佳人只为的是钱。然而佳人要才子的钱，是不应该的，才子于是想了种种制伏婊子的妙法，不但不上当，还占了她们的便宜。叙述这各种手段的小说就出现了，社会上也很风行，因为可以做嫖学教科书去读。这些书里面的主人公，不再是才子＋（加）呆子，而是在婊子那里得了胜利的英雄豪杰，是才子＋流氓。

在这之前，早已出现了一种画报，名目就叫《点石斋画报》，是吴友如主笔的，神仙人物，内外新闻，无所不画，但对于外国事情，他很不明白，例如画战舰罢，是一只商船，而舱面上摆着野战炮；画决斗则两个穿礼服的军人在客厅里拔长刀相击，至于将花瓶也打落跌碎。然而他画"老鸨虐妓"，"流氓拆梢"之类，却实在画得很好的，我想，这是因为他看得太多了的缘故；就是在现在，我们在上海也常常看到和他所画一般的脸孔。这画报的势力，当时是很大的，流行各省，算是要知道"时务"——这名称在那时就如现在之所谓"新学"——的人们的耳目。前几年又翻印了，叫作《吴友如墨宝》，而影响到后来也实在利害，小说上的绣像不必说了，就是在教科书的插画上，也常常看见所画的孩子大抵是歪戴帽，斜视眼，满脸横肉，一副流氓气。在现在，新的流氓画家又出了叶灵凤先生，叶先生的画是从英国的毕亚兹莱（Aubrey Beardsley）剥来的，毕亚兹莱是"为艺术的艺术"派，他的画极受日本的"浮世绘"（Ukiyoe）的影响。浮世绘虽是民间艺术，但所画的多是妓女和戏子，胖胖的身体，斜视的眼睛——Erotic（色情的）眼睛。不过毕亚兹莱画的人物却瘦瘦的，那是因为他是颓废派（Decadence）的缘故。颓废派的人们多是瘦削的，颓丧的，对于壮健的女人他有点惭愧，所以不喜欢。我们的叶先生的新斜眼画，正和吴友如的老斜眼画合流，那自然应该流行好几年。但他也并不只画流氓的，有一个时期也画过普罗列塔利亚，不过所画的工人也还是斜视眼，伸着特别大的拳头。但我以为画普罗列塔利亚应该是写实的，照工人原来的面貌，并不须画得拳头比脑袋还要大。

现在的中国电影，还在很受着这"才子＋流氓"式的影响，里面的英雄，作为"好人"的英雄，也都是油头滑脑的，和一些住惯了上海，晓得怎样"拆梢"，"揩油"，"吊膀子"的滑头少年一样。看了之后，令人觉得现在倘要做英雄，做好人，也必须是流氓。

才子＋流氓的小说，但也渐渐的衰退了。那原因，我想，一则因为总是这一套老调子——妓女要钱，嫖客用手段，原不会写不完的；二则因为所用的是苏白，如什么倪＝我，耐＝你，阿是＝是否之类，除了老上海和江浙的人们之外，谁也看不懂。

然而才子＋佳人的书，却又出了一本当时震动一时的小说，那就是从英文翻译过来的《迦茵小传》（H.R.Haggard：Joan Haste）。但只有上半本，据译者说，原本从旧书摊上得来，非常之好，可惜觅不到下册，无可奈何了。果然，这很打动了才子佳人们的芳心，流行得很广很广。后来还至于打动了林琴南先生，将全部译出，仍旧名为《迦茵小传》。而同时受了先译者的大骂，说他不该全译，使迦茵的价值降低，给读者以不快的。于是才知道先前之所以只有半部，实非原本残缺，乃是因为记着迦茵生了一个私生子，译者故意不译的。其实这样的一部并不很长的书，外国也不至于分印成两本。但是，即此一端，也很可以看出当时中国对于婚姻的见解了。

这时新的才子＋佳人小说便又流行起来，但佳人已是良家女子了，和才子相悦相恋，分拆不开，柳阴花下，像一对胡蝶，一双鸳鸯一样，但有时因为严亲，或者因为薄命，也竟至于偶见悲剧的结局，不再都成神仙了，——这实在不能不说是一个大进步。到了近来是在制造兼可擦脸的牙粉了的天虚我生先生所编的月刊杂志《眉语》出现的时候，是这鸳鸯胡蝶式文学的极盛时期。后来《眉语》虽遭禁止，势力却并不消退，直待《新青年》盛行起来，这才受了打击。这时有伊孛生的剧本的绍介和胡适之先生的《终身大事》的别一形式的出现，虽然并不是故意的，然而鸳鸯胡蝶派作为命根的那婚姻问题，却也因此而诺拉（Nora）似的跑掉了。

这后来，就有新才子派的创造社的出现。创造社是尊贵天才的，为艺术而艺术的，专重自我的，崇创作，恶翻译，尤其憎恶重译的，与同时上海的文学研究会相对立。那出马的第一个广告上，说有人"垄断"着文坛，就是指着文学研究会。文学研究会却也正相反，是主张为人生的艺术的，是一面创作，一面也看重翻译的，是注意于绍介被压迫民族文学的，这些都是小国度，没有人懂得他们的文字，因此也几乎全都是重译的。并且因为曾经声援过《新青年》，新仇夹旧仇，所以文学研究会这时就受了三方面的攻击。一方面就是创造社，既然是天才的艺术，那么看那为人生的艺术的文学研究会自然就是多管闲事，不免有些"俗"气，而且还以为无能，所以倘被发见一处误译，有时竟至于特做一篇长长的专论。一方面是留学过美国的绅士派，他们以为文艺是专给老爷太太们看的，所以主角除老爷太太之外，只配有文人，学士，艺术家，教授，小姐等等，要会说 Yes，No，这才是绅士的庄严，那时吴宓先生就曾经发表过文章，说是真不懂为什么有些人竟喜欢描写下流社会。第三方面，则就是以前说过的鸳鸯胡蝶派，我不知道他们用的是什么方法，到底使书店老板将编辑《小说月报》的一个文学研究会会员撤换，还出了《小说世界》，来流布他们的文章。这一种刊物，是到了去年才停刊的。

创造社的这一战，从表面看来，是胜利的。许多作品，既和当时的自命才子们的心情相合，加以出版者的帮助，势力雄厚起来了。势力一雄厚，就看见大商店如商务印书馆，也有创造社员的译著的出版，——这是说，郭沫若和张资平两位先生的稿件。这以来，据我所记得，是创造社也不再审查商务印书馆出版物的误译之处，来作专论了。这些地方，我想，是也有些才子＋流氓式的。然而，"新上海"是究竟敌不过"老上海"的，创造社员在凯歌声中，终于觉到了自己就在做自己们的出版者的商品，种种努力，在老板看来，就等于眼镜铺大玻璃窗里纸人的眼，不过是"以广招徕"。待到希图独立出版的时候，老板就给吃了一场官司，虽然也终于独立，说是一切书籍，大加改订，另行印刷，从新开张了，然而旧老板却还是永远用了旧版子，只是印，卖，而且年年是什么纪念的大廉价。

商品固然是做不下去的，独立也活不下去。创造社的人们的去路，自然是在较有希望的"革命策源地"的广东。在广东，于是也有"革命文学"这名词的出现，然而并无什么作品，在上海，则并且还没有这名词。

到了前年，"革命文学"这名目这才旺盛起来了，主张的是从"革命策源地"回来的几个创造社元老和若干新份子。革命文学之所以旺盛起来，自然是因为由于社会的背景，一般群众，青年有了这样的要求。当从广东开始北伐的时候，一般积极的青年都跑到实际工作去了，那时还没有什么显著的革命文学运动，到了政治环境突然改变，革命遭了挫折，阶级的分化非常显明，国民党以"清党"之名，大戮共产党及革命群众，而死剩的青年们再入于被迫压的境遇，于是革命文学在上海这才有了强烈的活动。所以这革命文学的旺盛起来，在表面上和别国不同，并非由于革命的高扬，而是因为革命的挫折；虽然其中也有些是旧文人解下指挥刀来重理笔墨的旧业，有些是几个青年被从实际工作排出，只好借此谋生，但因为实在具有社会的基础，所以在新份子里，是很有极坚实正确的人存在的。但那时的革命文学运动，据我的意见，是未经好好的计划，很有些错误之处的。例如，第一，他们对于中国社会，未曾加以细密的分析，便将在苏维埃政权之下才能运用的方法，来机械的地运用了。再则他们，尤其是成仿吾先生，将革命使一般人理解为非常可怕的事，摆着一种极左倾的凶恶的面貌，好似革命一到，一切非革命者就都得死，令人对革命只抱着恐怖。其实革命是并非教人死而是教人活的。这种令人"知道点革命的厉害"，只图自己说得畅快的态度，也还是中了才子＋流氓的毒。

　　激烈得快的，也平和得快，甚至于也颓废得快。倘在文人，他总有一番辩护自己的变化的理由，引经据典。譬如说，要人帮忙时候用克鲁巴金的互助论，要和人争闹的时候就用达尔文的生存竞争说。无论古今，凡是没有一定的理论，或主张的变化并无线索可寻，而随时拿了各种各派的理论来作武器的人，都可以称之为流氓。例如上海的流氓，看见一男一女的乡下人在走路，他就说，"喂，你们这样子，有伤风化，你们犯了法了！"他用的是中国法。倘看见一个乡下人在路旁小便呢，他就说，"喂，这是不准的，你犯了法，该捉到捕房去！"这时所用的又是外国法。但结果是无所谓法不法，只要被他敲去了几个钱就都完事。

在中国，去年的革命文学者和前年很有点不同了。这固然由于境遇的改变，但有些"革命文学者"的本身里，还藏着容易犯到的病根。"革命"和"文学"，若断若续，好像两只靠近的船，一只是"革命"，一只是"文学"，而作者的每一只脚就站在每一只船上面。当环境较好的时候，作者就在革命这一只船上踏得重一点，分明是革命者，待到革命一被压迫，则在文学的船上踏得重一点，他变了不过是文学家了。所以前年的主张十分激烈，以为凡非革命文学，统得扫荡的人，去年却记得了列宁爱看冈却罗夫（I. A. Gontcharov）的作品的故事，觉得非革命文学，意义倒也十分深长；还有最彻底的革命文学家叶灵凤先生，他描写革命家，彻底到每次上茅厕时候都用我的《呐喊》去揩屁股，现在却竟会莫名其妙的跟在所谓民族主义文学家屁股后面了。

类似的例，还可以举出向培良先生来。在革命渐渐高扬的时候，他是很革命的；他在先前，还曾经说，青年人不但嗥叫，还要露出狼牙来。这自然也不坏，但也应该小心，因为狼是狗的祖宗，一到被人驯服的时候，是就要变而为狗的。向培良先生现在在提倡人类的艺术了，他反对有阶级的艺术的存在，而在人类中分出好人和坏人来，这艺术是"好坏斗争"的武器。狗也是将人分为两种的，豢养它的主人之类是好人，别的穷人和乞丐在它的眼里就是坏人，不是叫，便是咬。然而这也还不算坏，因为究竟还有一点野性，如果再一变而为吧儿狗，好像不管闲事，而其实在给主子尽职，那就正如现在的自称不问俗事的为艺术而艺术的名人们一样，只好去点缀大学教室了。

这样的翻着筋斗的小资产阶级，即使是在做革命文学家，写着革命文学的时候，也最容易将革命写歪；写歪了，反于革命有害，所以他们的转变，是毫不足惜的。当革命文学的运动勃兴时，许多小资产阶级的文学家忽然变过来了，那时用来解释这现象的，是突变之说。但我们知道，所谓突变者，是说 A 要变 B，几个条件已经完备，而独缺其一的时候，这一个条件一出现，于是就变成了 B。譬如水的结冰，温度须到零点，同时又须有空气的振动，倘没有这，则即便到了零点，也还是不结冰，这时空气一振动，这才突变而为冰了。所以外面虽然好像突变，其实是并非突然的事。倘没有应具的条件的，那就是即使自说已变，实际上却并没有变，所以有些忽然一天晚上自称突变过来的小资产阶级革命文学家，不久就又突变回去了。

去年左翼作家联盟在上海的成立，是一件重要的事实。因为这时已经输入了蒲力汗诺夫，卢那卡尔斯基等的理论，给大家能够互相切磋，更加坚实而有力，但也正因为更加坚实而有力了，就受到世界上古今所少有的压迫和摧残，因为有了这样的压迫和摧残，就使那时以为左翼文学将大出风头，作家就要吃劳动者供献上来的黄油面包了的所谓革命文学家立刻现出原形，有的写悔过书，有的是反转来攻击左联，以显出他今年的见识又进了一步。这虽然并非左联直接的自动，然而也是一种扫荡，这些作者，是无论变与不变，总写不出好的作品来的。

但现存的左翼作家，能写出好的无产阶级文学来么？我想，也很难。这是因为现在的左翼作家还都是读书人——智识阶级，他们要写出革命的实际来，是很不容易的缘故。日本的厨川白村（H. Kuriyagawa）曾经提出过一个问题，说：作家之所描写，必得是自己经验过的么？他自答道，不必，因为他能够体察。所以要写偷，他不必亲自去做贼，要写通奸，他不必亲自去私通。但我以为这是因为作家生长在旧社会里，熟悉了旧社会的情形，看惯了旧社会的

597

人物的缘故，所以他能够体察；对于和他向来没有关系的无产阶级的情形和人物，他就会无能，或者弄成错误的描写了。所以革命文学家，至少是必须和革命共同着生命，或深切地感受着革命的脉搏的。（最近左联的提出了"作家的无产阶级化"的口号，就是对于这一点的很正确的理解。）

在现在中国这样的社会中，最容易希望出现的，是反叛的小资产阶级的反抗的，或暴露的作品。因为他生长在这正在灭亡着的阶级中，所以他有甚深的了解，甚大的憎恶，而向这刺下去的刀也最为致命与有力。固然，有些貌似革命的作品，也并非要将本阶级或资产阶级推翻，倒在憎恨或失望于他们的不能改良，不能较长久的保持地位，所以从无产阶级的见地看来，不过是"兄弟阋于墙"，两方一样是敌对。但是，那结果，却也能在革命的潮流中，成为一粒泡沫的。对于这些的作品，我以为实在无须称之为无产阶级文学，作者也无须为了将来的名誉起见，自称为无产阶级的作家的。

但是，虽是仅仅攻击旧社会的作品，倘若知不清缺点，看不透病根，也就于革命有害，但可惜的是现在的作家，连革命的作家和批评家，也往往不能，或不敢正视现社会，知道它的底细，尤其是认为敌人的底细。随手举一个例罢，先前的《列宁青年》上，有一篇评论中国文学界的文章，将这分为三派，首先是创造社，作为无产阶级文学派，讲得很长，其次是语丝社，作为小资产阶级文学派，可就说得短了，第三是新月社，作为资产阶级文学派，却说得更短，到不了一页。这就在表明：这位青年批评家对于愈认为敌人的，就愈是无话可说，也就是愈没有细看。自然，我们看书，倘看反对的东西，总不如看同派的东西的舒服，爽快，有益；但倘是一个战斗者，我以为，在了解革命和敌人上，倒是必须更多的去解剖当面的敌人的。要写文学作品也一样，不但应该知道革命的实际，也必须深知敌人的情形，现在的各方面的状况，再去断定革命的前途。惟有明白旧的，看到新的，了解过去，推断将来，我们的文学的发展才有希望。我想，这是在现在环境下的作家，只要努力，还可以做得到的。

在现在，如先前所说，文艺是在受着少有的压迫与摧残，广泛地现出了饥馑状态。文艺不但是革命的，连那略带些不平色彩的，不但是指摘现状的，连那些攻击旧来积弊的，也往往就受迫害。这情形，即在说明至今为止的统治阶级的革命，不过是争夺一把旧椅子。去推的时候，好像这椅子很可恨，一夺到手，就又觉得是宝贝了，而同时也自觉了自己正和这"旧的"一气。二十多年前，都说朱元璋（明太祖）是民族的革命者，其实是并不然的，他做了皇帝以后，称蒙古朝为"大元"，杀汉人比蒙古人还利害。奴才做了主人，是决不肯废去"老爷"的称呼的，他的摆架子，恐怕比他的主人还十足，还可笑。这正如上海的工人赚了几文钱，开起小小的工厂来，对付工人反而凶到绝顶一样。

在一部旧的笔记小说——我忘了它的书名了——上，曾经载有一个故事，说明朝有一个武官叫说书人讲故事，他便对他讲檀道济——晋朝的一个将军，讲完之后，那武官就吩咐打说书人一顿，人问他什么缘故，他说道："他既然对我讲檀道济，那么，对檀道济是一定去讲我的了。"现在的统治者也神经衰弱到像这武官一样，什么他都怕，因而在出版界上也布置了比先前更进步的流氓，令人看不出流氓的形式而却用着更厉害的流氓手段：用广告，用诬陷，用恐吓；甚至于有几个文学者还拜了流氓做老子，以图得到安稳和利益。因此革命的文学者，就不但应该留心迎面的敌人，还必须防备自己一面的三翻四复的暗探了，较之简单地用着文艺的斗争，就非常费力，而因此也就影响到文艺上面来。

现在上海虽然还出版着一大堆的所谓文艺杂志，其实却等于空虚。以营业为目的的书店所出的东西，因为怕遭殃，就竭力选些不关痛痒的文章，如说"命固不可以不革，而亦不可以太革"之类，那特色是在令人从头看到末尾，终于等于不看。至于官办的，或对官场去凑趣的杂志呢，作者又都是乌合之众，共同的目的只在捞几文稿费，什么"英国维多利亚朝的文学"呀，"论刘易士得到诺贝尔奖金"呀，连自己也并不相信所发的议论，连自己也并不看重所做的文章。所以，我说，现在上海所出的文艺杂志都等于空虚，革命者的文艺固然被压迫了，而压迫者所办的文艺杂志上也没有什么文艺可见。然而，压迫者当真没有文艺么？有是有的，不过并非这些，而是通电，告示，新闻，民族主义的"文学"，法官的判词等。例如前几天，《申报》上就记着一个女人控诉她的丈夫强迫鸡奸并殴打得皮肤上成了青伤的事，而法官的判词却道，法律上并无禁止丈夫鸡奸妻子的明文，而皮肤打得发青，也并不算毁损了生理的机能，所以那控诉就不能成立。现在是那男人反在控诉他的女人的"诬告"了。法律我不知道，至于生理学，却学过一点，皮肤被打得发青，肺，肝，或肠胃的生理的机能固然不至于毁损，然而发青之处的皮肤的生理的机能却是毁损了的。这在中国的现在，虽然常常遇见，不算什么稀奇事，但我以为这就已经能够很明白的知道社会上的一部分现象，胜于一篇平凡的小说或长诗了。

除以上所说之外，那所谓民族主义文学，和闹得已经很久了的武侠小说之类，是也还应该详细解剖的。但现在时间已经不够，只得待将来有机会再讲了。今天就这样为止罢。

一九三一年

"民族主义文学"的任务和运命

一

殖民政策是一定保护，养育流氓的。从帝国主义的眼睛看来，惟有他们是最要紧的奴才，有用的鹰犬，能尽殖民地人民非尽不可的任务：一面靠着帝国主义的暴力，一面利用本国的传统之力，以除去"害群之马"，不安本分的"莠民"。所以，这流氓，是殖民地上的洋大人的宠儿，——不，宠犬，其地位虽在主人之下，但总在别的被统治者之上的。

上海当然也不会不在这例子里。巡警不进帮，小贩虽自有小资本，但倘不另寻一个流氓来做债主，付以重利，就很难立足。到去年，在文艺界上，竟也出现了"拜老头"的"文学家"。

但这不过是一个最露骨的事实。其实是，即使并非帮友，他们所谓"文艺家"的许多人，是一向在尽"宠犬"的职分的，虽然所标的口号，种种不同，艺术至上主义呀，国粹主义呀，民族主义呀，为人类的艺术呀，但这仅如巡警手里拿着前膛枪或后膛枪，来福枪，毛瑟枪的不同，那终极的目的却只一个：就是打死反帝国主义即反政府，亦即"反革命"，或仅有些不平的人民。

那些宠犬派文学之中，锣鼓敲得最起劲的，是所谓"民族主义文学"。但比起侦探，巡捕，刽子手们的显著的勋劳来，却还有很

601

多的逊色。这缘故，就因为他们还只在叫，未行直接的咬，而且大抵没有流氓的剽悍，不过是飘飘荡荡的流尸。然而这又正是"民族主义文学"的特色，所以保持其"宠"的。

翻一本他们的刊物来看罢，先前标榜过各种主义的各种人，居然凑合在一起了。这是"民族主义"的巨人的手，将他们抓过来的么？并不，这些原是上海滩上久已沉沉浮浮的流尸，本来散见于各处的，但经风浪一吹，就漂集一处，形成一个堆积，又因为各个本身的腐烂，就发出较浓厚的恶臭来了。

这"叫"和"恶臭"有能够较为远闻的特色，于帝国主义是有益的，这叫做"为王前驱"，所以流尸文学仍将与流氓政治同在。

二

但上文所说的风浪是什么呢？这是因无产阶级的勃兴而卷起的小风浪。先前的有些所谓文艺家，本未尝没有半意识的或无意识的觉得自身的溃败，于是就自欺欺人的用种种美名来掩饰，曰高逸，曰放达（用新式话来说就是"颓废"），画的是裸女，静物，死，写的是花月，圣地，失眠，酒，女人。一到旧社会的崩溃愈加分明，阶级的斗争愈加锋利的时候，他们也就看见了自己的死敌，将创造新的文化，一扫旧来的污秽的无产阶级，并且觉到了自己就是这污秽，将与在上的统治者同其运命，于是就必然漂集于为帝国主义所宰制的民族中的顺民所竖起的"民族主义文学"的旗帜之下，来和主人一同做一回最后的挣扎了。

所以，虽然是杂碎的流尸，那目标却是同一的：和主人一样，用一切手段，来压迫无产阶级，以苟延残喘。不过究竟是杂碎，而且多带着先前剩下的皮毛，所以自从发出宣言以来，看不见一点鲜明的作品，宣言是一小群杂碎胡乱凑成的杂碎，不足为据的。

但在《前锋月刊》第五号上，却给了我们一篇明白的作品，据编辑者说，这是"参加讨伐阎冯军事的实际描写"。描写军事的小说并不足奇，奇特的是这位"青年军人"的作者所自述的在战场上的心绪，这是"民族主义文学家"的自画像，极有郑重引用的价值的——

> 每天晚上站在那闪烁的群星之下，手里执着马枪，耳中听着虫鸣，四周飞动着无数的蚊子，那样都使人想到法国"客军"在菲洲沙漠里与阿剌伯人争斗流血的生活。
>
> （黄震遐：《陇海线上》）

原来中国军阀的混战，从"青年军人"，从"民族主义文学者"看来，是并非驱同国人民互相残杀，却是外国人在打别一外国人，两个国度，两个民族，在战地上一到夜里，自己就飘飘然觉得皮色变白，鼻梁加高，成为腊丁民族的战士，站在野蛮的菲洲了。那就无怪乎看得周围的老百姓都是敌人，要一个一个的打死。法国人对于菲洲的阿剌伯人，就民族主义而论，原是不必爱惜的。仅仅这一节，大一点，则说明了中国军阀为什么做了帝国主义的爪牙，来毒害屠杀中国的人民，那是因为他们自己以为是"法国的客军"的缘故；小一点，就说明中国的"民族主义文学家"根本上只同外国主子休戚相关，为什么倒称"民族主义"，来朦混读者，那是因为他们自己觉得有时好像腊丁民族，条顿民族了的缘故。

三

黄震遐先生写得如此坦白，所说的心境当然是真实的，不过据他小说中所显示的智识推测起来，却还有并非不知而故意不说的一点讳饰。这，是他将"法国的安南兵"含糊的改作"法国的客军"了，因此就较远于"实际描写"，而且也招来了上节所说的是非。

但作者是聪明的，他听过"友人傅彦长君平时许多谈论……许多地方不可讳地是受了他的熏陶"，并且考据中外史传之后，接着又写了一篇较切"民族主义"这个题目的剧诗，这回不用法兰西人了，是《黄人之血》（《前锋月刊》七号）。

这剧诗的事迹，是黄色人种的西征，主将是成吉思汗的孙子拔都元帅，真正的黄色种。所征的是欧洲，其实专在斡罗斯（俄罗斯）——这是作者的目标；联军的构成是汉，鞑靼，女真，契丹人——这是作者的计划；一路胜下去，可惜后来四种人不知"友谊"的要紧和"团结的力量"，自相残杀，竟为白种武士所乘了——这是作者的讽喻，也是作者的悲哀。

但我们且看这黄色军的威猛和恶辣罢——

············

恐怖呀，煎着尸体的沸油；

可怕呀，遍地的腐骸如何凶丑；

死神捉着白姑娘拚命地搂；

美人蝼首变成狞猛的髑髅；

野兽般的生番在故宫里蛮争恶斗；

十字军战士的脸上充满了哀愁；

千年的棺材泄出它凶秽的恶臭；

铁蹄践着断骨，骆驼的鸣声变成怪吼；

上帝已逃，魔鬼扬起了火鞭复仇；

黄祸来了！黄祸来了！
亚细亚勇士们张大吃人的血口。

这德皇威廉因为要鼓吹"德国德国，高于一切"而大叫的"黄
祸"，这一张"亚细亚勇士们张大"的"吃人的血口"，我们的诗人
却是对着"斡罗斯"，就是现在无产者专政的第一个国度，以消灭
无产阶级的模范——这是"民族主义文学"的目标；但究竟因为是
殖民地顺民的"民族主义文学"，所以我们的诗人所奉为首领的，
是蒙古人拔都，不是中华人赵构，张开"吃人的血口"的是"亚细
亚勇士们"，不是中国勇士们，所希望的是拔都的统驭之下的"友
谊"，不是各民族间的平等的友爱——这就是露骨的所谓"民族主
义文学"的特色，但也是青年军人的作者的悲哀。

四

拔都死了；在亚细亚的黄人中，现在可以拟为那时的蒙古的只
有一个日本。日本的勇士们虽然也痛恨苏俄，但也不爱抚中华的勇
士，大唱"日支亲善"虽然也和主张"友谊"一致，但事实又和口
头不符，从中国"民族主义文学者"的立场上，在已觉得悲哀，对
他加以讽喻，原是势所必至，不足诧异的。

果然，诗人的悲哀的豫感好像证实了，而且还坏得远。当"扬
起火鞭"焚烧"斡罗斯"将要开头的时候，就像拔都那时的结局一
样，朝鲜人乱杀中国人，日本人"张大吃人的血口"，吞了东三省
了。莫非他们因为未受傅彦长先生的熏陶，不知"团结的力量"之
重要，竟将中国的"勇士们"也看成菲洲的阿刺伯人了吗？！

五.

这实在是一个大打击。军人的作者还未喊出他勇壮的声音，我们现在所看见的是"民族主义"旗下的报章上所载的小勇士们的愤激和绝望。这也是势所必至，无足诧异的。理想和现实本来易于冲突，理想时已经含了悲哀，现实起来当然就会绝望。于是小勇士们要打仗了——

> 战啊，下个最后的决心，
> 杀尽我们的敌人，
> 你看敌人的枪炮都响了，
> 快上前，把我们的肉体筑一座长城。
> 雷电在头上咆哮，
> 浪涛在脚下吼叫，
> 热血在心头燃烧，
> 我们向前线奔跑。
> （苏凤：《战歌》。《民国日报》载。）

> 去，战场上去，
> 我们的热血在沸腾，
> 我们的肉身好像疯人，
> 我们去把热血锈住贼子的枪头，
> 我们去把肉身塞住仇人的炮口。
> 去，战场上去，
> 凭着我们一股勇气，
> 凭着我们一点纯爱的精灵，
> 去把仇人驱逐，

不，去把仇人杀尽。

（甘豫庆：《去上战场去》。《申报》载。）

同胞，醒起来罢，

踢开了弱者的心，

踢开了弱者的脑。

看，看，看，

看同胞们的血喷出来了，

看同胞们的肉割开来了，

看同胞们的尸体挂起来了。

（邵冠华：《醒起来罢同胞》。同上。）

这些诗里很明显的是作者都知道没有武器，所以只好用"肉体"，用"纯爱的精灵"，用"尸体"。这正是《黄人之血》的作者的先前的悲哀，而所以要追随拔都元帅之后，主张"友谊"的缘故。武器是主子那里买来的，无产者已都是自己的敌人，倘主子又不谅其衷，要加以"惩膺"，那么，惟一的路也实在只有一个死了——

我们是初训练的一队，

有坚卓的志愿，

有沸腾的热血，

来扫除强暴的歹类。

同胞们，亲爱的同胞们，

快起来准备去战，

快起来奋斗，

战死是我们生路。

（沙珊：《学生军》。同上。）

　　天在啸，

　　地在震，

　　人在冲，兽在吼，

　　宇宙间的一切在咆哮，朋友哟，

　　准备着我们的头颅去给敌人砍掉。

（徐之津：《伟大的死》。同上。）

　　一群是发扬踔厉，一群是慷慨悲歌，写写固然无妨，但倘若真要这样，却未免太不懂得"民族主义文学"的精义了，然而，却也尽了"民族主义文学"的任务。

六

　　《前锋月刊》上用大号字题目的《黄人之血》的作者黄震遐诗人，不是早已告诉我们过理想的元帅拔都了吗？这诗人受过傅彦长先生的熏陶，查过中外的史传，还知道"中世纪的东欧是三种思想的冲突点"，岂就会偏不知道赵家末叶的中国，是蒙古人的淫掠场？拔都元帅的祖父成吉思皇帝侵入中国时，所至淫掠妇女，焚烧庐舍，到山东曲阜看见孔老二先生像，元兵也要指着骂道："说'夷狄之有君，不如诸夏之无也'的，不就是你吗？"夹脸就给他一箭。这是宋人的笔记里垂涕而道的，正如现在常见于报章上的流泪文章一样。黄诗人所描写的"斡罗斯"那"死神捉着白姑娘拚命地搂……"那些妙文，其实就是那时出现于中国的情形。但一到他的孙子，他们不就携手"西征"了吗？现在日本兵"东征"了东三省，正是"民族主义文学家"理想中的"西征"的第一步，"亚细亚勇士们张大吃人的血口"的开场。不过先得在中国咬一口。因为那时成吉思皇帝也像对于"斡罗斯"一样，先使中国人变成奴才，然后赶他打仗，并非用了"友谊"，送柬帖来敦请的。所以，这沈阳事件，不但和"民族主义文学"毫无冲突，而且还实现了他们的理想境，倘若不明这精义，要去硬送头颅，使"亚细亚勇士"减少，那实在是很可惜的。

那么，"民族主义文学"无须有那些呜呼阿呀死死活活的调子吗？谨对曰：要有的，他们也一定有的。否则不抵抗主义，城下之盟，断送土地这些勾当，在沉静中就显得更加露骨。必须痛哭怒号，摩拳擦掌，令人被这扰攘嘈杂所惑乱，闻悲歌而泪垂，听壮歌而愤泄，于是那"东征"即"西征"的第一步，也就悄悄的隐隐的跨过去了。落葬的行列里有悲哀的哭声，有壮大的军乐，那任务是在送死人埋入土中，用热闹来掩过了这"死"，给大家接着就得到"忘却"。现在"民族主义文学"的发扬蹈厉，或慷慨悲歌的文章，便是正在尽着同一的任务的。

但这之后，"民族主义文学者"也就更加接近了他的哀愁。因为有一个问题，更加临近，就是将来主子是否不至于再蹈拔都元帅的覆辙，肯信用而且优待忠勇的奴才，不，勇士们呢？这实在是一个很要紧，很可怕的问题，是主子和奴才能否"同存共荣"的大关键。

历史告诉我们：不能的。这，正如连"民族主义文学者"也已经知道一样，不会有这一回事。他们将只尽些送丧的任务，永含着恋主的哀愁，须到无产阶级革命的风涛怒吼起来，刷洗山河的时候，这才能脱出这沉滞猥劣和腐烂的运命。

一九三一年

609

以脚报国

今年八月三十一日《申报》的《自由谈》里，又看见了署名"寄萍"的《杨缦华女士游欧杂感》，其中的一段，我觉得很有趣，就照抄在下面：

> ……有一天我们到比利时一个乡村里去。许多女人争着来看我的脚。我伸起脚来给伊们看。才平服伊们好奇的疑窦。一位女人说"我们也向来不曾见过中国人。但从小就听说中国人是有尾巴的（即辫发）。都要讨姨太太的。女人都是小脚。跑起路来一摇一摆的。如今才明白这话不确实。请原谅我们的错念。"还有一人自以为熟悉东亚情形的，带着讥笑的态度说："中国的军阀如何专横。到处闹的是兵匪。人民过着地狱的生活。"这种似是而非的话，说了一大堆。我说"此种传说。全无根据。"同行的某君，也报以很滑稽的话。"我看你们那里会知道立国数千年的大中华民国，等我们革命成功之后，简直要把显微镜来照你们比利时呢。"就此一笑而散。

我们的杨女士虽然用她的尊脚征服了比利时女人，为国增光，但也有两点"错念"。其一，是我们中国人的确有过尾巴（即辫发）

的，缠过小脚的，讨过姨太太的，虽现在也在讨。其二，是杨女士的脚不能代表一切中国女人的脚，正如留学的女生不能代表一切中国的女性一般。留学生大多数是家里有钱，或由政府派遣，为的是将来给家族或国家增光，贫穷和受不到教育的女人怎么能同日而语。所以，虽在现在，其实是缠着小脚，"跑起路来一摇一摆的"女人还不少。

至于困苦，那是用不着多谈，只要看同一的《申报》上，记载着多少"呼吁和平"的文电，多少募集急赈的广告，多少兵变和绑票的记事，留学外国的少爷小姐们虽然相隔太远，可以说不知道，但既然能想到用显微镜，难道就不能想到用望远镜吗？况且又何必用望远镜呢，同一的《杨缦华女士游欧杂感》里就又说：

> ……据说使领馆的穷困，不自今日始。不过近几年来，有每况愈下之势。譬如逢到我国国庆或是重大纪念日，照例须招待外宾，举行盛典，意思是庆祝国运方兴，兼之联络各友邦的感情。以前使领馆必备盛宴，款待上宾，到了去年，为馆费支绌，改行茶会，以目前的形势推测，将后恐怕连茶会都开不成呢。在国际上最讲究体面的，要算日本国，他们政府行政费的预算，宁可特别节省，惟独于驻外使领馆的经费，十分充足。单就这一点来比较，我们已相形见拙了。

使馆和领事馆是代表本国，如杨女士所说，要"庆祝国运方兴"的，而竟有"每况愈下之势"，孟子曰，"百姓不足，君孰与足？"则人民的过着什么生活，也就可想而知了。然而小国比利时的女人们究竟是单纯的，终于请求了原谅，假使她们真"知道立国

611

数千年的大中华民国"的国民，往往有自欺欺人的不治之症，那可真是没有面子了。

假如这样，又怎么办呢？我想，也还是"就此一笑而散"罢。

一九三一年

新的"女将"

在上海制图版，比别处便当，也似乎好些，所以日报的星期附录画报呀，书店的什么什么月刊画报呀，也出得比别处起劲。这些画报上，除了一排一排的坐着大人先生们的什么什么会开会或闭会的纪念照片而外，还一定要有"女士"。

"女士"的尊容，为什么要绍介于社会的呢？我们只要看那说明，就可以明白了。例如：

"A女士，B女校皇后，性喜音乐。"

"C女士，D女校高材生，爱养叭儿狗。"

"E女士，F大学肄业，为G先生之第五女公子。"

再看装束：春天都是时装，紧身窄袖；到夏天，将裤脚和袖子都撤掉了，坐在海边，叫作"海水浴"，天气正热，那原是应该的；入秋，天气凉了，不料日本兵恰恰侵入了东三省，于是画报上就出现了白长衫的看护服，或托枪的戎装的女士们。

这是可以使读者喜欢的，因为富于戏剧性。中国本来喜欢玩把戏，乡下的戏台上，往往挂着一副对子，一面是"戏场小天地"，一面是"天地大戏场"。做起戏来，因为是乡下，还没有《乾隆帝下江南》之类，所以往往是《双阳公主追狄》，《薛仁贵招亲》，其中的女战士，看客称之为"女将"。她头插雉尾，手执双刀（或两端都有枪尖的长枪），一出台，看客就看得更起劲。明知不过是做做戏的，然而看得更起劲了。

练了多年的军人，一声鼓响，突然都变了无抵抗主义者。于是远路的文人学士，便大谈什么"乞丐杀敌"，"屠夫成仁"，"奇女子救国"一流的传奇式古典，想一声锣响，出于意料之外的人物来"为国增光"。而同时，画报上也就出现了这些传奇的插画。但还没有提起剑仙的一道白光，总算还是切实的。

但愿不要误解。我并不是说，"女士"们都得在绣房里关起来；我不过说，雄兵解甲而密斯托枪，是富于戏剧性的而已。

还有事实可以证明。一，谁也没有看见过日本的"惩膺中国军"的看护队的照片；二，日本军里是没有女将的。然而确已动手了。这是因为日本人是做事是做事，做戏是做戏，决不混合起来的缘故。

一九三一年

宣传与做戏

就是那刚刚说过的日本人，他们做文章论及中国的国民性的时候，内中往往有一条叫作"善于宣传"。看他的说明，这"宣传"两字却又不像是平常的"Propaganda"①，而是"对外说谎"的意思。

这宗话，影子是有一点的。譬如罢，教育经费用光了，却还要开几个学堂，装装门面；全国的人们十之九不识字，然而总得请几位博士，使他对西洋人去讲中国的精神文明；至今还是随便拷问，随便杀头，一面却总支撑维持着几个洋式的"模范监狱"，给外国人看看。还有，离前敌很远的将军，他偏要大打电报，说要"为国前驱"。连体操班也不愿意上的学生少爷，他偏要穿上军装，说是"灭此朝食"。

不过，这些究竟还有一点影子；究竟还有几个学堂，几个博士，几个模范监狱，几个通电，几套军装。所以说是"说谎"，是不对的。这就是我之所谓"做戏"。

但这普遍的做戏，却比真的做戏还要坏。真的做戏，是只有一时；戏子做完戏，也就恢复为平常状态的。杨小楼做《单刀赴会》，梅兰芳做《黛玉葬花》，只有在戏台上的时候是关云长，是林黛玉，下台就成了普通人，所以并没有大弊。倘使他们扮演一回之后，就

---

① 英语：宣传之意。

615

永远提着青龙偃月刀或锄头，以关老爷，林妹妹自命，怪声怪气，唱来唱去，那就实在只好算是发热昏了。

　　不幸因为是"天地大戏场"，可以普遍的做戏者，就很难有下台的时候，例如杨缦华女士用自己的天足，踢破小国比利时女人的"中国女人缠足说"，为面子起见，用权术来解围，这还可以说是很该原谅的。但我以为应该这样就拉倒。现在回到寓里，做成文章，这就是进了后台还不肯放下青龙偃月刀；而且又将那文章送到中国的《申报》上来发表，则简直是提着青龙偃月刀一路唱回自己的家里来了。难道作者真已忘记了中国女人曾经缠脚，至今也还有正在缠脚的么？还是以为中国人都已经自己催眠，觉得全国女人都已穿了高跟皮鞋了呢？

　　这不过是一个例子罢了，相像的还多得很，但恐怕不久天也就要亮了。

一九三一年

知难行难

中国向来的老例，做皇帝做牢靠和做倒霉的时候，总要和文人学士扳一下子相好。做牢靠的时候是"偃武修文"，粉饰粉饰；做倒霉的时候是又以为他们真有"治国平天下"的大道，再问问看，要说得直白一点，就是见于《红楼梦》上的所谓"病笃乱投医"了。

当"宣统皇帝"逊位逊到坐得无聊的时候，我们的胡适之博士曾经尽过这样的任务。

见过以后，也奇怪，人们不知怎的先问他们怎样的称呼，博士曰："他叫我先生，我叫他皇上。"

那时似乎并不谈什么国家大计，因为这"皇上"后来不过做了几首打油白话诗，终于无聊，而且还落得一个赶出金銮殿。现在可要阔了，听说想到东三省再去做皇帝呢。而在上海，又以"蒋召见胡适之丁文江"闻：

> 南京专电：丁文江，胡适，来京谒蒋，此来系奉蒋召，对大局有所垂询。……（十月十四日《申报》。）

现在没有人问他怎样的称呼。

为什么呢？因为是知道的，这回是"我称他主席……"！

安徽大学校长刘文典教授，因为不称"主席"而关了好多天，好容易才交保出外，老同乡，旧同事，博士当然是知道的，所以，"我称他主席"！

也没有人问他"垂询"些什么。

为什么呢？因为这也是知道的，是"大局"。而且这"大局"也并无"国民党专政"和"英国式自由"的争论的麻烦，也没有"知难行易"和"知易行难"的争论的麻烦，所以，博士就出来了。

"新月派"的罗隆基博士曰："根本改组政府，……容纳全国各项人才代表各种政见的政府，……政治的意见，是可以牺牲的，是应该牺牲的。"（《沈阳事件》。）

代表各种政见的人才，组成政府，又牺牲掉政治的意见，这种"政府"实在是神妙极了。但"知难行易"竟"垂询"于"知难，行亦不易"，倒也是一个先兆。

一九三一年

《野草》英文译本序

冯 Y.S.① 先生由他的友人给我看《野草》的英文译本，并且要我说几句话。可惜我不懂英文，只能自己说几句。但我希望，译者将不嫌我只做了他所希望的一半的。

这二十多篇小品，如每篇末尾所注，是一九二四至二六年在北京所作，陆续发表于期刊《语丝》上的。大抵仅仅是随时的小感想。因为那时难于直说，所以有时措辞就很含糊了。

现在举几个例罢。因为讽刺当时盛行的失恋诗，作《我的失恋》，因为憎恶社会上旁观者之多，作《复仇》第一篇，又因为惊异于青年之消沉，作《希望》。《这样的战士》，是有感于文人学士们帮助军阀而作。《腊叶》，是为爱我者的想要保存我而作的。段祺瑞政府枪击徒手民众后，作《淡淡的血痕中》，其时我已避居别处；奉天派和直隶派军阀战争的时候，作《一觉》，此后我就不能住在北京了。

所以，这也可以说，大半是废弛的地狱边沿的惨白色小花，当然不会美丽。但这地狱也必须失掉。这是由几个有雄辩和辣手，而那时还未得志的英雄们的脸色和语气所告诉我的。我于是作《失掉的好地狱》。

---

① 《野草》英文本的译者冯余声，广东人，时为"左联"成员。

后来，我不再作这样的东西了。日在变化的时代，已不许这样的文章，甚而至于这样的感想存在。我想，这也许倒是好的罢。为译本而作的序言，也应该在这里结束了。

一九三一年十一月五日

"友邦惊诧"论

只要略有知觉的人就都知道：这回学生的请愿，是因为日本占据了辽吉，南京政府束手无策，单会去哀求国联，而国联却正和日本是一伙。读书呀，读书呀，不错，学生是应该读书的，但一面也要大人老爷们不至于葬送土地，这才能够安心读书。报上不是说过，东北大学逃散，冯庸大学逃散，日本兵看见学生模样的就枪毙吗？放下书包来请愿，真是已经可怜之至。不道国民党政府却在十二月十八日通电各地军政当局文里，又加上他们"捣毁机关，阻断交通，殴伤中委，拦劫汽车，攒击路人及公务人员，私逮刑讯，社会秩序，悉被破坏"的罪名，而且指出结果，说是"友邦人士，莫名惊诧，长此以往，国将不国"了！

好个"友邦人士"！日本帝国主义的兵队强占了辽吉，炮轰机关，他们不惊诧；阻断铁路，追炸客车，捕禁官吏，枪毙人民，他们不惊诧。中国国民党治下的连年内战，空前水灾，卖儿救穷，砍头示众，秘密杀戮，电刑逼供，他们也不惊诧。在学生的请愿中有一点纷扰，他们就惊诧了！

好个国民党政府的"友邦人士"！是些什么东西！

即使所举的罪状是真的罢，但这些事情，是无论那一个"友邦"也都有的，他们的维持他们的"秩序"的监狱，就撕掉了他们的"文明"的面具。摆什么"惊诧"的臭脸孔呢？

可是"友邦人士"一惊诧，我们的国府就怕了，"长此以往，国将不国"了，好像失了东三省，党国倒愈像一个国，失了东三省谁也不响，党国倒愈像一个国，失了东三省只有几个学生上几篇"呈文"，党国倒愈像一个国，可以博得"友邦人士"的夸奖，永远"国"下去一样。

几句电文，说得明白极了：怎样的党国，怎样的"友邦"。"友邦"要我们人民身受宰割，寂然无声，略有"越轨"，便加屠戮；党国是要我们遵从这"友邦人士"的希望，否则，他就要"通电各地军政当局"，"即予紧急处置，不得于事后借口无法劝阻，敷衍塞责"了！

因为"友邦人士"是知道的：日兵"无法劝阻"，学生们怎会"无法劝阻"？每月一千八百万的军费，四百万的政费，作什么用的呀，"军政当局"呀？

写此文后刚一天，就见二十一日《申报》登载南京专电云："考试院部员张以宽，盛传前日为学生架去重伤。兹据张自述，当时因车夫误会，为群众引至中大，旋出校回寓，并无受伤之事。至行政院某秘书被拉到中大，亦当时出来，更无失踪之事。"而"教育消息"栏内，又记本埠一小部分学校赴京请愿学生死伤的确数，则云："中公死二人，伤三十人，复旦伤二人，复旦附中伤十人，东亚失踪一人（系女性），上中失踪一人，伤三人，文生氏死一人，伤五人……"可见学生并未如国府通电所说，将"社会秩序，破坏无余"，而国府则不但依然能够镇压，而且依然能够诬陷，杀戮。"友邦人士"，从此可以不必"惊诧莫名"，只请放心来瓜分就是了。

一九三一年

答北斗杂志社问
——创作要怎样才会好?

编辑先生:

来信的问题,是要请美国作家和中国上海教授们做的,他们满肚子是"小说法程"和"小说作法"。我虽然做过二十来篇短篇小说,但一向没有"宿见",正如我虽然会说中国话,却不会写"中国语法入门"一样。不过高情难却,所以只得将自己所经验的琐事写一点在下面——

一,留心各样的事情,多看看,不看到一点就写。

二,写不出的时候不硬写。

三,模特儿不用一个一定的人,看得多了,凑合起来的。

四,写完后至少看两遍,竭力将可有可无的字,句,段删去,毫不可惜。宁可将可作小说的材料缩成 Sketch①,决不将 Sketch 材料拉成小说。

五,看外国的短篇小说,几乎全是东欧及北欧作品,也看日本作品。

六,不生造除自己之外,谁也不懂的形容词之类。

七,不相信"小说作法"之类的话。

---

① 英文:速写的意思。

八，不相信中国的所谓"批评家"之类的话，而看看可靠的外国批评家的评论。

现在所能说的，如此而已。

此复，即请编安!

一九三一年十二月二十七日

关于翻译的通信

来　信

敬爱的同志：

　　你译的《毁灭》出版，当然是中国文艺生活里面的极可纪念的事迹。翻译世界无产阶级革命文学的名著，并且有系统的介绍给中国读者，（尤其是苏联的名著，因为它们能够把伟大的十月，国内战争，五年计画的"英雄"，经过具体的形象，经过艺术的照耀，而供献给读者。）——这是中国普罗文学者的重要任务之一。虽然，现在做这件事的，差不多完全只是你个人和Z同志[①]的努力；可是，谁能够说：这是私人的事情？！谁？！《毁灭》《铁流》等等的出版，应当认为一切中国革命文学家的责任。每一个革命的文学战线上的战士，每一个革命的读者，应当庆祝这一个胜利；虽然这还只是小小的胜利。

　　你的译文，的确是非常忠实的，"决不欺骗读者"这一句话，决不是广告！这也可见得一个诚挚，热心，为着光明而斗争的人，不能够不是刻苦而负责的。二十世纪的才子和欧化名士可以用"最少的劳力求得最大的"声望；但是，这种人物如果不彻底的脱胎

---

① 指曹靖华，河南卢氏人，未名社成员，翻译家。

换骨，始终只是"纱笼"（Salon）里的哈叭狗。现在粗制滥造的翻译，不是这班人干的，就是一些书贾的投机。你的努力——我以及大家都希望这种努力变成团体的，——应当继续，应当扩大，应当加深。所以我也许和你自己一样，看着这本《毁灭》，简直非常的激动：我爱它，像爱自己的儿女一样。咱们的这种爱，一定能够帮助我们，使我们的精力增加起来，使我们的小小的事业扩大起来。

翻译——除出能够介绍原本的内容给中国读者之外——还有一个很重要的作用：就是帮助我们创造出新的中国的现代言语。中国的言语（文字）是那么穷乏，甚至于日常用品都是无名氏的。中国的言语简直没有完全脱离所谓"姿势语"的程度——普通的日常谈话几乎还离不开"手势戏"。自然，一切表现细腻的分别和复杂的关系的形容词，动词，前置词，几乎没有。宗法封建的中世纪的余孽，还紧紧的束缚着中国人的活的言语，（不但是工农群众！）这种情形之下，创造新的言语是非常重大的任务。欧洲先进的国家，在二三百年四五百年以前已经一般的完成了这个任务。就是历史上比较落后的俄国，也在一百五六十年以前就相当的结束了"教堂斯拉夫文"。他们那里，是资产阶级的文艺复兴运动和启蒙运动做了这件事。例如俄国的洛莫洛莎夫……普希金。中国的资产阶级可没有这个能力。固然，中国的欧化的绅商，例如胡适之之流，开始了这个运动。但是，这个运动的结果等于它的政治上的主人。因此，无产阶级必须继续去彻底完成这个任务，领导这个运动。翻译，的确可以帮助我们造出许多新的字眼，新的句法，丰富的字汇和细腻的精密的正确的表现。因此，我们既然进行着创造中国现代的新的言语的斗争，我们对于翻译，就不能够不要求：绝对的正确和绝对的中国白话文。这是要把新的文化的言语介绍给大众。

严几道的翻译，不用说了。他是：

译须信雅达，

　　　文必夏殷周。

　　其实，他是用一个"雅"字打消了"信"和"达"。最近商务还翻印"严译名著"，我不知道这是"是何居心"！这简直是拿中国的民众和青年来开玩笑。古文的文言怎么能够译得"信"，对于现在的将来的大众读者，怎么能够"达"！

　　现在赵景深之流，又来要求：

　　　宁错而务顺，

　　　毋拗而仅信！

　　赵老爷的主张，其实是和城隍庙里演说西洋故事的，一鼻孔出气。这是自己懂得了（?）外国文，看了些书报，就随便拿起笔来乱写几句所谓通顺的中国文。这明明白白的欺侮中国读者，信口开河的来乱讲海外奇谈。第一，他的所谓"顺"，既然是宁可"错"一点儿的"顺"，那么，这当然是迁就中国的低级言语而抹杀原意的办法。这不是创造新的言语，而是努力保存中国的野蛮人的言语程度，努力阻挡它的发展。第二，既然要宁可"错"一点儿，那就是要朦蔽读者，使读者不能够知道作者的原意。所以我说：赵景深的主张是愚民政策，是垄断智识的学阀主义，——一点儿也没有过分的。还有，第三，他显然是暗示的反对普罗文学（好个可怜的"特殊走狗"）！他这是反对普罗文学，暗指着普罗文学的一些理论著作的翻译和创作的翻译。这是普罗文学敌人的话。

　　但是，普罗文学的中文书籍之中，的确有许多翻译是不"顺"

的。这是我们自己的弱点，敌人乘这个弱点来进攻。我们的胜利的道路当然不仅要迎头痛打，打击敌人的军队，而且要更加整顿自己的队伍。我们的自己批评的勇敢，常常可以解除敌人的武装。现在，所谓翻译论战的结论，我们的同志却提出了这样的结语：

> 翻译绝对不容许错误。可是，有时候，依照译品内容的性质，为着保存原作精神，多少的不顺，倒可以容忍。

这是只是个"防御的战术"。而蒲力汗诺夫说：辩证法的唯物论者应当要会"反守为攻"。第一，当然我们首先要说明：我们所认识的所谓"顺"，和赵景深等所说的不同。第二，我们所要求的是：绝对的正确和绝对的白话。所谓绝对的白话，就是朗诵起来可以懂得的。第三，我们承认：一直到现在，普罗文学的翻译还没有做到这个程度，我们要继续努力。第四，我们揭穿赵景深等自己的翻译，指出他们认为是"顺"的翻译，其实只是梁启超和胡适之交媾出来的杂种——半文不白，半死不活的言语，对于大众仍旧是不"顺"的。

这里，讲到你最近出版的《毁灭》，可以说：这是做到了"正确"，还没有做到"绝对的白话"。

翻译要用绝对的白话，并不就不能够"保存原作的精神"。固然，这是很困难，很费功夫的。但是，我们是要绝对不怕困难，努力去克服一切的困难。

一般的说起来，不但翻译，就是自己的作品也是一样，现在的文学家，哲学家，政论家，以及一切普通人，要想表现现在中国社会已经有的新的关系，新的现象，新的事物，新的观念，就差不多人人都要做"仓颉"。这就是说，要天天创造新的字眼，新的句法。实际生活的要求是这样。难道一九二五年初我们没有在上海小沙渡替群众造出"罢工"这一个字眼吗？还有"游击队"，"游击战争"，"右倾"，"左倾"，"尾巴主义"，甚于普通的"团结"，"坚决"，"动摇"等等等类……这些说不尽的新的字眼，渐渐的容纳到群众的口头上的言语里去了，即使还没有完全容纳，那也已经有了可以容纳的可能了。讲到新的句法，比较起来要困难一些，但是，口头上的言语里面，句法也已经有了很大的改变，很大的进步。只要拿我们自己演讲的言语和旧小说里的对白比较一下，就可以看得出来。可是，这些新的字眼和句法的创造，无意之中自然而然的要遵照着中国白话的文法公律。凡是"白话文"里面，违反这些公律的新字眼，新句法，——就是说不上口的——自然淘汰出去，不能够存在。

所以说到什么是"顺"的问题，应当说：真正的白话就是真正通顺的现代中国文，这里所说的白话，当然不限于"家务琐事"的白话，这是说：从一般人的普通谈话，直到大学教授的演讲的口头上的白话。中国人现在讲哲学，讲科学，讲艺术……显然已经有了一个口头上的白话。难道不是如此？如果这样，那么，写在纸上的说话（文字），就应当是这一种白话，不过组织得比较紧凑，比较整齐罢了。这种文字，虽然现在还有许多对于一般识字很少的群众，仍旧是看不懂的，因为这种言语，对于一般不识字的群众，也还是听不懂的。——可是，第一，这种情形只限于文章的内容，而不在文字的本身，所以，第二，这种文字已经有了生命，它已经有了可以被群众容纳的可能性。它是活的言语。

所以，书面上的白话文，如果不注意中国白话的文法公律，如果不就着中国白话原来有的公律去创造新的，那就很容易走到所谓"不顺"的方面去。这是在创造新的字眼新的句法的时候，完全不顾普通群众口头上说话的习惯，而用文言做本位的结果。这样写出来的文字，本身就是死的言语。

因此，我觉得对于这个问题，我们要有勇敢的自己批评的精神，我们应当开始一个新的斗争。你以为怎么样？

我的意见是：翻译应当把原文的本意，完全正确的介绍给中国读者，使中国读者所得到的概念等于英俄日德法……读者从原文得来的概念，这样的直译，应当用中国人口头上可以讲得出来的白话来写。为着保存原作的精神，并用不着容忍"多少的不顺"。相反的，容忍着"多少的不顺"（就是不用口头上的白话），反而要多少的丧失原作的精神。

当然，在艺术的作品里，言语上的要求是更加苛刻，比普通的论文要更加来得精细。这里有各种人不同的口气，不同的字眼，不同的声调，不同的情绪，……并且这并不限于对白。这里，要用穷乏的中国口头上的白话来应付，比翻译哲学，科学……的理论著作，还要来得困难。但是，这些困难只不过愈加加重我们的任务，可并不会取消我们的这个任务的。

现在，请你允许我提出《毁灭》的译文之中的几个问题。我还没有能够读完，对着原文读的只有很少几段。这里，我只把萧理契序文里引的原文来校对一下。（我顺着序文里的次序，编着号码写下去，不再引你的译文，请你自己照着号码到书上去找罢。序文的翻译有些错误，这里不谈了。）

（一）结算起来，还是因为他心上有一种——"对于新的极好的有力量的慈善的人的渴望，这种渴望是极大的，无论什么别的愿望都比不上的。"更正确些：

结算起来，还是因为他心上——"渴望着一种新的极好的有力量的慈善的人，这个渴望是极大的，无论什么别的愿望都比不上的。"

（二）"在这种时候，极大多数的几万万人，还不得不过着这种原始的可怜的生活，过着这种无聊得一点儿意思都没有的生活，——怎么能够谈得上什么新的极好的人呢。"

（三）"他在世界上，最爱的始终还是他自己，——他爱他自己的雪白的肮脏的没有力量的手，他爱他自己的唉声叹气的声音，他爱他自己的痛苦，自己的行为——甚至于那些最可厌恶的行为。"

（四）"这算收场了，一切都回到老样子，仿佛什么也不曾有过，——华理亚想着，——又是旧的道路，仍旧是那一些纠葛——一切都要到那一个地方……可是，我的上帝，这是多么没有快乐呵！"

（五）"他自己都从没有知道过这种苦恼，这是忧愁的疲倦的，老年人似的苦恼，——他这样苦恼着的想：他已经二十七岁了，过去的每一分钟，都不能够再回过来，重新换个样子再过它一过，而以后，看来也没有什么好的……（这一段，你的译文有错误，也就特别来得"不顺"。）现在木罗式加觉得，他一生一世，用了一切力量，都只是竭力要走上那样的一条道路，他看起来是一直的明白的正当的道路，像莱奋生，巴克拉诺夫，图皤夫那样的人，他们所走的正是这样的道路；然而似乎有一个什么人在妨碍他走上这样的道路呢。而因为他无论什么时候也想不到这个仇敌就在他自己的心里面，所以，他想着他的痛苦是因为一般人的卑鄙，他就觉得特别的痛快和伤心。"

（六）"他只知道一件事——工作。所以，这样正当的人，是不能够不信任他，不能够不服从他的。"

（七）"开始的时候，他对于他生活的这方面的一些思想，很不愿意去思索，然而，渐渐的他起劲起来了，他竟写了两张纸……在这两张纸上，居然有许多这样的字眼——谁也想不到莱奋生会知道这些字眼的。"（这一段，你的译文里比俄文原文多了几句副句，也许是你引了相近的另外一句了罢？或者是你把莆理契空出的虚点填满了？）

（八）"这些受尽磨难的忠实的人，对于他是亲近的，比一切其他的东西都更加亲近，甚至于比他自己还要亲近。"

（九）"……沉默的，还是潮湿的眼睛，看了一看那些打麦场上的疏远的人，——这些人，他应当很快就把他们变成功自己的亲近的人，像那十八个人一样，像那不做声的，在他后面走着的人一样。"（这里，最后一句，你的译文有错误。）

这些译文请你用日本文和德文校对一下，是否是正确的直译，可以比较得出来的。我的译文，除出按照中国白话的句法和修辞法，有些比起原文来是倒装的，或者主词，动词，宾词是重复的，此外，完完全全是直译的。

这里，举一个例：第（八）条"……甚至于比他自己还要亲近。"这句话的每一个字母都和俄文相同的。同时，这在口头上说起来的时候，原文的口气和精神完全传达得出。而你的译文："较之自己较之别人，还要亲近的人们"，是有错误的（也许是日德文的错误）。错误是在于：（一）丢掉了"甚至于"这一个字眼；（二）用了中国文言的文法，就不能够表现那句话的神气。

所有这些话，我都这样不客气的说着，仿佛自称自赞的。对于一班庸俗的人，这自然是"没有礼貌"。但是，我们是这样亲密的人，没有见面的时候就这样亲密的人。这种感觉，使我对于你说话的时候，和对自己说话一样，和自己商量一样。

再则，还有一个例子，比较重要的，不仅仅关于翻译方法的。这就是第（一）条的"新的……人"的问题。

《毁灭》的主题是新的人的产生。这里，莆理契以及法捷耶夫自己用的俄文字眼，是一个普通的"人"字的单数。不但不是人类，而且不是"人"字的复数。这意思是指着革命，国内战争……的过程之中产生着一种新式的人，一种新的"路数"（Type）——文雅的译法叫做典型，这是在全部《毁灭》里面看得出来的。现在，你的译文，写着"人类"。莱奋生渴望着一种新的……人类。这可以误会到另外一个主题。仿佛是一般的渴望着整个的社会主义的社会。而事实上，《毁灭》的"新人"，是当前的战斗的迫切的任务：在斗争过程之中去创造，去锻炼，去改造成一种新式的人物，和木罗式加，美谛克……等等不同的人物。这可是现在的人，是一些人，是做群众之中的骨干的人，而不是一般的人类，不是笼统的人类，正是群众之中的一些人，领导的人，新的整个人类的先辈。

这一点是值得特别提出来说的。当然，译文的错误，仅仅是一个字眼上的错误："人"是一个字眼，"人类"是另外一个字眼。整本的书仍旧在我们面前，你的后记也很正确的了解到《毁灭》的主题。可是翻译要精确，就应当估量每一个字眼。

《毁灭》的出版，始终是值得纪念的。我庆祝你。希望你考虑我的意见，而对于翻译问题，对于一般的言语革命问题，开始一个新的斗争。

J.K.　一九三一，十二，五

回 信

敬爱的 J.K. 同志：

　　看见你那关于翻译的信以后，使我非常高兴。从去年的翻译洪水泛滥以来，使许多人攒眉叹气，甚而至于讲冷话。我也是一个偶而译书的人，本来应该说几句话的，然而至今没有开过口。"强聒不舍"虽然是勇壮的行为，但我所奉行的，却是"不可与言而与之言，失言"这一句古老话。况且前来的大抵是纸人纸马，说得耳熟一点，那便是"阴兵"，实在是也无从迎头痛击。就拿赵景深教授老爷来做例子罢，他一面专门攻击科学的文艺论译本之不通，指明被压迫的作家匿名之可笑，一面却又大发慈悲，说是这样的译本，恐怕大众不懂得。好像他倒天天在替大众计划方法，别的译者来搅乱了他的阵势似的。这正如俄国革命以后，欧美的富家奴去看了一看，回来就摇头皱脸，做出文章，慨叹着工农还在怎样吃苦，怎样忍饥，说得满纸凄凄惨惨。仿佛惟有他却是极希望一个筋斗，工农就都住王宫，吃大菜，躺安乐椅子享福的人。谁料还是苦，所以俄国不行了，革命不好了，阿呀阿呀了，可恶之极了。对着这样的哭丧脸，你同他说什么呢？假如觉得讨厌，我想，只要拿指头轻轻的在那纸糊架子上挖一个窟窿就可以了。

　　赵老爷评论翻译，拉了严又陵，并且替他叫屈，于是累得他在你的信里也挨了一顿骂。但由我看来，这是冤枉的，严老爷和赵老爷，在实际上，有虎狗之差。极明显的例子，是严又陵为要译书，曾经查过汉晋六朝翻译佛经的方法，赵老爷引严又陵为地下知己，却没有看这严又陵所译的书。现在严译的书都出版了，虽然没有什么意义，但他所用的工夫，却从中可以查考。据我所记得，译得最费力，也令人看起来最吃力的，是《穆勒名学》和《群己权界论》的一篇作者自序，其次就是这论，后来不知怎地又改称为《权界》，连书名也很费解了。最好懂的自然是《天演论》，桐城气息十足，连字的平仄也都留心，摇头晃脑的读起来，真是音调铿锵，使人不自觉其头晕。这一点竟感动了桐城派老头子吴汝纶，不禁说是"足与周秦诸子相上下"了。然而严又陵自己却知道这太"达"的译法是不对的，所以他不称为"翻译"，而写作"侯官严复达恉"；序例上发了一通"信达雅"之类的议论之后，结末却声明道："什法师云，'学我者病'。来者方多，慎勿以是书为口实也！"好像他在四十年前，便料到会有赵老爷来谬托知己，早已毛骨悚然一样。仅仅这一点，我就要说，严赵两大师，实有虎狗之差，不能相提并论的。

那么，他为什么要干这一手把戏呢？答案是：那时的留学生没有现在这么阔气，社会上大抵以为西洋人只会做机器——尤其是自鸣钟——留学生只会讲鬼子话，所以算不了"士"人的。因此他便来铿锵一下子，铿锵得吴汝纶也肯给他作序，这一序，别的生意也就源源而来了，于是有《名学》，有《法意》，有《原富》等等。但他后来的译本，看得"信"比"达雅"都重一些。

他的翻译，实在是汉唐译经历史的缩图。中国之译佛经，汉末质直，他没有取法。六朝真是"达"而"雅"了，他的《天演论》的模范就在此。唐则以"信"为主，粗粗一看，简直是不能懂的，这就仿佛他后来的译书。译经的简单的标本，有金陵刻经处汇印的三种译本《大乘起信论》，也是赵老爷的一个死对头。

但我想，我们的译书，还不能这样简单，首先要决定译给大众中的怎样的读者。将这些大众，粗粗的分起来：甲，有很受了教育的；乙，有略能识字的；丙，有识字无几的。而其中的丙，则在"读者"的范围之外，启发他们是图画，演讲，戏剧，电影的任务，在这里可以不论。但就是甲乙两种，也不能用同样的书籍，应该各有供给阅读的相当的书。供给乙的，还不能用翻译，至少是改作，最好还是创作，而这创作又必须并不只在配合读者的胃口，讨好了，读的多就够。至于供给甲类的读者的译本，无论什么，我是至今主张"宁信而不顺"的。自然，这所谓"不顺"，决不是说"跪下"要译作"跪在膝之上"，"天河"要译作"牛奶路"的意思，乃是说，不妨不像吃茶淘饭一样几口可以咽完，却必须费牙来嚼一嚼。这里就来了一个问题：为什么不完全中国化，给读者省些力气呢？这样费解，怎样还可以称为翻译呢？我的答案是：这也是译本。这样的译本，不但在输入新的内容，也在输入新的表现法。中国的文或话，法子实在太不精密了，作文的秘诀，是在避去熟字，删掉虚字，就是好文章，讲话的时候，也时时要辞不达意，这就是话不够用，所以教员讲书，也必须借助于粉笔。这语法的不精密，就在证明思路的不精密，换一句话，就是脑筋有些胡涂。倘若永远用着胡涂话，即使读的时候，滔滔而下，但归根结蒂，所得的还是一个胡涂的影子。要医这病，我以为只好陆续吃一点苦，装进异样的句法去，古的，外省外府的，外国的，后来便可以据为己有。这并不是空想的事情。远的例子，如日本，他们的文章里，欧化的语法是极平常的了，和梁启超做《和文汉读法》时代，大不相同；近的例子，就如来信所说，一九二五年曾给群众造出过"罢工"这一个字眼，这字眼虽然未曾有过，然而大众已都懂得了。

我还以为即便为乙类读者而译的书，也应该时常加些新的字眼，新的语法在里面，但自然不宜太多，以偶尔遇见，而想一想，或问一问就能懂得为度。必须这样，群众的言语才能够丰富起来。

什么人全都懂得的书，现在是不会有的，只有佛教徒的"唵"

字，据说是"人人能解"，但可惜又是"解各不同"。就是数学或化学书，里面何尝没有许多"术语"之类，为赵老爷所不懂，然而赵老爷并不提及者，太记得了严又陵之故也。

说到翻译文艺，倘以甲类读者为对象，我是也主张直译的。我自己的译法，是譬如"山背后太阳落下去了"，虽然不顺，也决不改作"日落山阴"，因为原意以山为主，改了就变成太阳为主了。虽然创作，我以为作者也得加以这样的区别。一面尽量的输入，一面尽量的消化，吸收，可用的传下去了，渣滓就听他剩落在过去里。所以在现在容忍"多少的不顺"，倒并不能算"防守"，其实也还是一种的"进攻"。在现在民众口头上的话，那不错，都是"顺"的，但为民众口头上的话搜集来的话胚，其实也还是要顺的，因此我也是主张容忍"不顺"的一个。

但这情形也当然不是永远的，其中的一部分，将从"不顺"而成为"顺"，有一部分，则因为到底"不顺"而被淘汰，被踢开。这最要紧的是我们自己的批判。如来信所举的译例，我都可以承认比我译得更"达"，也可推定并且更"信"，对于译者和读者，都有很大的益处。不过这些只能使甲类的读者懂得，于乙类的读者是太艰深的。由此也可见现在必须区别了种种的读者层，有种种的译作。

为乙类读者译作的方法，我没有细想过，此刻说不出什么来。但就大体看来，现在也还不能和口语——各处各种的土话——合一，只能成为一种特别的白话，或限于某一地方的白话。后一种，某一地方以外的读者就看不懂了，要它分布较广，势必至于要用前一种，但因此也就仍然成为特别的白话，文言的分子也多起来。我是反对用太限于一处的方言的，例如小说中常见的"别闹""别说"等类罢，假使我没有到过北京，我一定解作"另外捣乱""另外去说"的意思，实在远不如较近文言的"不要"来得容易了然，这样的只在一处活着的口语，倘不是万不得已，也应该回避的。还有章回体小说中的笔法，即使眼熟，也不必尽是采用，例如"林冲笑道：原来，你认得。"和"原来，你认得。——林冲笑着说。"这两条，后一例虽然看去有些洋气，其实我们讲话的时候倒常用，听得"耳熟"的。但中国人对于小说是看的，所以还是前一例觉得"眼熟"，在书上遇见后一例的笔法，反而好像生疏了。没有法子，现在只好采说书而去其油滑，听闲谈而去其散漫，博取民众的口语而存其比较的大家能懂的字句，成为四不像的白话。这白话得是活的，活的缘故，就因为有些是从活的民众的口头取来，有些是要从此注入活的民众里面去。

临末，我很感谢你信末所举的两个例子。一，我将"……甚至于比自己还要亲近"译成"较之自己较之别人，还要亲近的人们"，是直译德日两种译本的说法的。这恐怕因为他们的语法中，没有像"甚至于"这样能够简单而确切地表现这口气的字眼的缘故，转几个弯，就成为这么拙笨了。二，将"新的……人"的"人"字译成"人类"，那是我的错误，是太穿凿了之后的错误。莱奋生望见的打麦场上的人，他要造他们成为目前的战斗的人物，我是看得很清楚的，但当他默想"新的……人"的时候，却也很使我默想了好久：（一）"人"的原文，日译本是"人间"，德译本是"Mensch"，都是单数，但有时也可作"人们"解；（二）他在目前就想有"新的极好的有力量的慈善的人"，希望似乎太奢，太空了。我于是想到他的出身，是商人的孩子，是智识分子，由此猜测他的战斗，是为了经过阶级斗争之后的无阶级社会，于是就将他所设想的目前的人，跟着我的主观的错误，搬往将来，并且成为"人们"——人类了。在你未曾指出之前，我还自以为这见解是很高明的哩，这是必须对于读者，赶紧声明改正的。

　　总之，今年总算将这一部纪念碑的小说，送在这里的读者们的面前了。译的时候和印的时候，颇经过了不少艰难，现在倒也退出了记忆的圈外去，但我真如你来信所说那样，就像亲生的儿子一般爱他，并且由他想到儿子的儿子。还有《铁流》，我也很喜欢。这两部小说，虽然粗制，却并非滥造，铁的人物和血的战斗，实在够使描写多愁善病的才子和千娇百媚的佳人的所谓"美文"，在这面前淡到毫无踪影。不过我也和你的意思一样，以为这只是一点小小的胜利，所以也很希望多人合力的更来绍介，至少在后三年内，有关于内战时代和建设时代的纪念碑的的文学书八种至十种，此外更译几种虽然往往被称为无产者文学，然而还不免含有小资产阶级的偏见（如巴比塞）和基督教社会主义的偏见（如辛克莱）的代表作，加上了分析和严正的批评，好在那里，坏在那里，以备对比参考之用，那么，不但读者的见解，可以一天一天的分明起来，就是新的创作家，也得了正确的师范了。

　　　　　　　　　　鲁迅　一九三一，十二，二八

639

饌®工厂 | 轻经典

出品人：许 永
责任编辑：许宗华
特邀编辑：林园林
装帧设计：海 云
责任印制：梁建国
　　　　　朱丽珍
发行总监：田峰峥
投稿信箱：cmsdbj@163.com
发　　行：北京创美汇品图书有限公司
发行热线：010-53017389　59799930

创美工厂
微信公众平台

创美工厂
官方微博

饆®
工广

鲁迅杂文全集

下

鲁迅 著

中国友谊出版公司

南腔北调集

题　记

一两年前，上海有一位文学家，现在是好像不在这里了，那时候，却常常拉别人为材料，来写她的所谓"素描"。我也没有被赦免。据说，我极喜欢演说，但讲话的时候是口吃的，至于用语，则是南腔北调。前两点我很惊奇，后一点可是十分佩服了。真的，我不会说绵软的苏白，不会打响亮的京腔，不入调，不入流，实在是南腔北调。而且近几年来，这缺点还有开拓到文字上去的趋势；《语丝》早经停刊，没有了任意说话的地方，打杂的笔墨，是也得给各个编辑者设身处地地想一想的，于是文章也就不能划一不二，可说之处说一点，不能说之处便罢休。即使在电影上，不也有时看得见黑奴怒形于色的时候，一有同是黑奴而手里拿着皮鞭的走过来，便赶紧低下头去么？我也毫不强横。

一俯一仰，居然又到年底，邻近有几家放鞭爆，原来一过夜，就要"天增岁月人增寿"了。静着没事，有意无意的翻出这两年所作的杂文稿子来，排了一下，看看已经足够印成一本，同时记得了那上面所说的"素描"里的话，便名之曰《南腔北调集》，准备和还未成书的将来的《五讲三嘘集》配对。我在私塾里读书时，对过对，这积习至今没有洗干净，题目上有时就玩些什么《偶成》，《漫与》，《作文秘诀》，《捣鬼心传》，这回却闹到书名上来了。这是不足为训的。

其次，就自己想：今年印过一本《伪自由书》，如果这也付印，那明年就又有一本了。于是自己觉得笑了一笑。这笑，是有些恶意的，因为我这时想到了梁实秋先生，他在北方一面做教授，一面编副刊，一位喽罗儿就在那副刊上说我和美国的门肯（H. L. Mencken）相像，因为每年都要出一本书。每年出一本书就会像每年也出一本书的门肯，那么，吃大菜而做教授，真可以等于美国的白璧德了。低能好像是也可以传授似的。但梁教授极不愿意因他而牵连白璧德，是据说小人的造谣；不过门肯却正是和白璧德相反的人，以我比彼，虽出自徒孙之口，骨子里却还是白老夫子的鬼魂在作怪。指头一拨，君子就翻一个筋斗，我觉得我到底也还有手腕和眼睛。

　　不过这是小事情。举其大者，则一看去年一月八日所写的《"非所计也"》，就好像着了鬼迷，做了恶梦，胡里胡涂，不久就整两年。怪事随时袭来，我们也随时忘却，倘不重温这些杂感，连我自己做过短评的人，也毫不记得了。一年要出一本书，确也可以使学者们摇头的，然而只有这一本，虽然浅薄，却还借此存留一点遗闻逸事，以中国之大，世变之亟，恐怕也未必就算太多了罢。

　　两年来所作的杂文，除登在《自由谈》上者外，几乎都在这里面；书的序跋，却只选了自以为还有几句可取的几篇。曾经登载这些的刊物，是《十字街头》，《文学月报》，《北斗》，《现代》，《涛声》，《论语》，《申报月刊》，《文学》等，当时是大抵用了别的笔名投稿的；但有一篇没有发表过。

　　　　一九三三年十二月三十一日之夜，于上海寓斋记

"非所计也"

新年第一回的《申报》（一月七日）用"要电"告诉我们："闻陈（外交总长印友仁）与芳泽友谊甚深，外交界观察，芳泽回国任日外长，东省交涉可望以陈之私人感情，得一较好之解决云。"

中国的外交界看惯了在中国什么都是"私人感情"，这样的"观察"，原也无足怪的。但从这一个"观察"中，又可以"观察"出"私人感情"在政府里之重要。

然而同日的《申报》上，又用"要电"告诉了我们："锦州三日失守，连山绥中续告陷落，日陆战队到山海关在车站悬日旗……"

而同日的《申报》上，又用"要闻"告诉我们"陈友仁对东省问题宣言"云："……前日已命令张学良固守锦州，积极抵抗，今后仍坚持此旨，决不稍变，即不幸而挫败，非所计也。……"

然则"友谊"和"私人感情"，好像也如"国联"以及"公理"，"正义"之类一样的无效，"暴日"似乎不像中国，专讲这些的，这真只得"不幸而挫败，非所计也"了。

也许爱国志士，又要上京请愿了罢。当然，"爱国热忱"，是"殊堪嘉许"的，但第一自然要不"越轨"，第二还是自己想一想，和内政部长卫戍司令诸大人"友谊"怎样，"私人感情"又怎样。倘不"甚深"，据内政界观察，是不但难"得一较好之解决"，而且——请恕我直言——恐怕仍旧要有人"自行失足落水淹死"的。

所以未去之前,最好是拟一宣言,结末道:"即不幸而'自行失足落水淹死',非所计也!"然而又要觉悟这说的是真话。

一九三二年一月八日

我们不再受骗了

帝国主义是一定要进攻苏联的。苏联愈弄得好，它们愈急于要进攻，因为它们愈要趋于灭亡。

我们被帝国主义及其侍从们真是骗得长久了。十月革命之后，它们总是说苏联怎么穷下去，怎么凶恶，怎么破坏文化。但现在的事实怎样？小麦和煤油的输出，不是使世界吃惊了么？正面之敌的实业党[①]的首领，不是也只判了十年的监禁么？列宁格勒，墨斯科的图书馆和博物馆，不是都没有被炸掉么？文学家如绥拉菲摩维支，法捷耶夫，革拉特珂夫，绥甫林娜，唆罗诃夫等，不是西欧东亚，无不赞美他们的作品么？关于艺术的事我不大知道，但据乌曼斯基（K.Umansky）说，一九一九年中，在墨斯科的展览会就有二十次，列宁格勒两次（《Neue Kunst in Russland》），则现在的旺盛，更是可想而知了。

然而谣言家是极无耻而且巧妙的，一到事实证明了他的话是撒谎时，他就躲下，另外又来一批。

新近我看见一本小册子，是说美国的财政有复兴的希望的，序上说，苏联的购领物品，必须排成长串，现在也无异于从前，仿佛他很为排成长串的人们抱不平，发慈悲一样。

---

① 苏联在一九三○年破获的反革命集团。

这一事，我是相信的，因为苏联内是正在建设的途中，外是受着帝国主义的压迫，许多物品，当然不能充足。但我们也听到别国的失业者，排着长串向饥寒进行；中国的人民，在内战，在外侮，在水灾，在榨取的大罗网之下，排着长串而进向死亡去。

然而帝国主义及其奴才们，还来对我们说苏联怎么不好，好像它倒愿意苏联一下子就变成天堂，人们个个享福。现在竟这样子，它失望了，不舒服了。——这真是恶鬼的眼泪。

一睁开眼，就露出恶鬼的本相来的，——它要去惩办了。

它一面去惩办，一面来诳骗。正义，人道，公理之类的话，又要满天飞舞了。但我们记得，欧洲大战时候，飞舞过一回的，骗得我们的许多苦工，到前线去替它们死，接着是在北京的中央公园里竖了一块无耻的，愚不可及的"公理战胜"的牌坊（但后来又改掉了）。现在怎样？"公理"在那里？这事还不过十六年，我们记得的。

帝国主义和我们，除了它的奴才之外，那一样利害不和我们正相反？我们的痈疽，是它们的宝贝，那么，它们的敌人，当然是我们的朋友了。它们自身正在崩溃下去，无法支持，为挽救自己的末运，便憎恶苏联的向上。谣诼，诅咒，怨恨，无所不至，没有效，终于只得准备动手去打了，一定要灭掉它才睡得着。但我们干什么呢？我们还会再被骗么？

"苏联是无产阶级专政的，智识阶级就要饿死。"——一位有名的记者曾经这样警告我。是的，这倒恐怕要使我也有些睡不着了。但无产阶级专政，不是为了将来的无阶级社会么？只要你不去谋害它，自然成功就早，阶级的消灭也就早，那时就谁也不会"饿死"了。不消说，排长串是一时难免的，但到底会快起来。

帝国主义的奴才们要去打，自己（!）跟着它的主人去打去就是。我们人民和它们是利害完全相反的。我们反对进攻苏联。我们倒要打倒进攻苏联的恶鬼，无论它说着怎样甜腻的话头，装着怎样公正的面孔。

这才也是我们自己的生路!

一九三二年五月六日

论"第三种人"

　　这三年来，关于文艺上的论争是沉寂的，除了在指挥刀的保护之下，挂着"左翼"的招牌，在马克斯主义里发见了文艺自由论，列宁主义里找到了杀尽共匪说的论客的"理论"之外，几乎没有人能够开口，然而，倘是"为文艺而文艺"的文艺，却还是"自由"的，因为他决没有收了卢布的嫌疑。但在"第三种人"，就是"死抱住文学不放的人"，又不免有一种苦痛的豫感：左翼文坛要说他是"资产阶级的走狗"。

　　代表了这一种"第三种人"来鸣不平的，是《现代》杂志第三和第六期上的苏汶先生的文章（我在这里先应该声明：我为便利起见，暂且用了"代表"，"第三种人"这些字眼，虽然明知道苏汶先生的"作家之群"，是也如拒绝"或者"，"多少"，"影响"这一类不十分决定的字眼一样，不要固定的名称的，因为名称一固定，也就不自由了）。他以为左翼的批评家，动不动就说作家是"资产阶级的走狗"，甚至于将中立者认为非中立，而一非中立，便有认为"资产阶级的走狗"的可能，号称"左翼作家"者既然"左而不作"，"第三种人"又要作而不敢，于是文坛上便没有东西了。然而文艺据说至少有一部分是超出于阶级斗争之外的，为将来的，就是"第三种人"所抱住的真的，永久的文艺。——但可惜，被左翼理论家弄得不敢作了，因为作家在未作之前，就有了被骂的豫感。

我相信这种豫感是会有的，而以"第三种人"自命的作家，也愈加容易有。我也相信作者所说，现在很有懂得理论，而感情难变的作家。然而感情不变，则懂得理论的度数，就不免和感情已变或略变者有些不同，而看法也就因此两样。苏汶先生的看法，由我看来，是并不正确的。

自然，自从有了左翼文坛以来，理论家曾经犯过错误，作家之中，也不但如苏汶先生所说，有"左而不作"的，并且还有由左而右，甚至于化为民族主义文学的小卒，书坊的老板，敌党的探子的，然而这些讨厌左翼文坛了的文学家所遗下的左翼文坛，却依然存在，不但存在，还在发展，克服自己的坏处，向文艺这神圣之地进军。苏汶先生问过：克服了三年，还没有克服好么？回答是：是的，还要克服下去，三十年也说不定。然而一面克服着，一面进军着，不会做待到克服完成，然后行进那样的傻事的。但是，苏汶先生说过"笑话"：左翼作家在从资本家取得稿费；现在我来说一句真话，是左翼作家还在受封建的资本主义的社会的法律的压迫，禁锢，杀戮。所以左翼刊物，全被摧残，现在非常寥寥，即偶有发表，批评作品的也绝少，而偶有批评作品的，也并未动不动便指作家为"资产阶级的走狗"，而且不要"同路人"。左翼作家并不是从天上掉下来的神兵，或国外杀进来的仇敌，他不但要那同走几步的"同路人"，还要招致那站在路旁看看的看客也一同前进。

但现在要问：左翼文坛现在因为受着压迫，不能发表很多的批评，倘一旦有了发表的可能，不至于动不动就指"第三种人"为"资产阶级的走狗"么？我想，倘若左翼批评家没有宣誓不说，又只从坏处着想，那是有这可能的，也可以想得比这还要坏。不过我以为这种豫测，实在和想到地球也许有破裂之一日，而先行自杀一样，大可以不必的。

然而苏汶先生的"第三种人"，却据说是为了这未来的恐怖而"搁笔"了。未曾身历，仅仅因为心造的幻影而搁笔，"死抱住文学不放"的作者的拥抱力，又何其弱呢？两个爱人，有因为豫防将来的社会上的斥责而不敢拥抱的么？

　　其实，这"第三种人"的"搁笔"，原因并不在左翼批评的严酷。真实原因的所在，是在做不成这样的"第三种人"，做不成这样的人，也就没有了第三种笔，搁与不搁，还谈不到。

　　生在有阶级的社会里而要做超阶级的作家，生在战斗的时代而要离开战斗而独立，生在现在而要做给与将来的作品，这样的人，实在也是一个心造的幻影，在现实世界上是没有的。要做这样的人，恰如用自己的手拔着头发，要离开地球一样，他离不开，焦躁着，然而并非因为有人摇了摇头，使他不敢拔了的缘故。

　　所以虽是"第三种人"，却还是一定超不出阶级的，苏汶先生就先在豫料阶级的批评了，作品里又岂能摆脱阶级的利害；也一定离不开战斗的，苏汶先生就先以"第三种人"之名提出抗争了，虽然"抗争"之名又为作者所不愿受；而且也跳不过现在的，他在创作超阶级的，为将来的作品之前，先就留心于左翼的批判了。

　　这确是一种苦境。但这苦境，是因为幻影不能成为实有而来的。即使没有左翼文坛作梗，也不会有这"第三种人"，何况作品。但苏汶先生却又心造了一个横暴的左翼文坛的幻影，将"第三种人"的幻影不能出现，以至将来的文艺不能发生的罪孽，都推给它了。

　　左翼作家诚然是不高超的，连环图画，唱本，然而也不到苏汶先生所断定那样的没出息。左翼也要托尔斯泰，弗罗培尔。但不要"努力去创造一些属于将来（因为他们现在是不要的）的东西"的托尔斯泰和弗罗培尔。他们两个，都是为现在而写的，将来是现在的将来，于现在有意义，才于将来会有意义。尤其是托尔斯泰，他写些小故事给农民看，也不自命为"第三种人"，当时资产阶级的多少攻击，终于不能使他"搁笔"。左翼虽然诚如苏汶先生所说，不至于蠢到不知道"连环图画是产生不出托尔斯泰，产生不出弗罗培尔来"，但却以为可以产出密开朗该罗，达文希那样伟大的画手。而且我相信，从唱本说书里是可以产生托尔斯泰，弗罗培尔的。现在提起密开朗该罗们的画来，谁也没有非议了，但实际上，那不是宗教的宣传画，《旧约》的连环图画么？而且是为了那时的"现在"的。

总括起来说，苏汶先生是主张"第三种人"与其欺骗，与其做冒牌货，倒还不如努力去创作，这是极不错的。

"定要有自信的勇气，才会有工作的勇气！"这尤其是对的。

然而苏汶先生又说，许多大大小小的"第三种人"们，却又因为豫感了不祥之兆——左翼理论家的批评而"搁笔"了！

"怎么办呢"？

一九三二年十月十日

辱骂和恐吓决不是战斗

——致《文学月报》编辑的一封信

起应兄：

前天收到《文学月报》第四期，看了一下。我所觉得不足的，并非因为它不及别种杂志的五花八门，乃是总还不能比先前充实。但这回提出了几位新的作家来，是极好的，作品的好坏我且不论，最近几年的刊物上，倘不是姓名曾经排印过了的作家，就很有不能登载的趋势，这么下去，新的作者要没有发表作品的机会了。现在打破了这局面，虽然不过是一种月刊的一期，但究竟也扫去一些沉闷，所以我以为是一种好事情。但是，我对于芸生先生的一篇诗，却非常失望。

这诗，一目了然，是看了前一期的别德纳衣的讽刺诗而作的。然而我们来比一比罢，别德纳衣的诗虽然自认为"恶毒"，但其中最甚的也不过是笑骂。这诗怎么样？有辱骂，有恐吓，还有无聊的攻击：其实是大可以不必作的。

例如罢，开首就是对于姓的开玩笑。一个作者自取的别名，自然可以窥见他的思想，譬如"铁血"，"病鹃"之类，固不妨由此开一点小玩笑。但姓氏籍贯，却不能决定本人的功罪，因为这是从上代传下来的，不能由他自主。我说这话还在四年之前，当时曾有人评我为"封建余孽"，其实是捧住了这样的题材，欣欣然自以为得

654

计者，倒是十分"封建的"的。不过这种风气，近几年颇少见了，不料现在竟又复活起来，这确不能不说是一个退步。

尤其不堪的是结末的辱骂。现在有些作品，往往并非必要而偏在对话里写上许多骂语去，好像以为非此便不是无产者作品，骂詈愈多，就愈是无产者作品似的。其实好的工农之中，并不随口骂人的多得很，作者不应该将上海流氓的行为，涂在他们身上的。即使有喜欢骂人的无产者，也只是一种坏脾气，作者应该由文艺加以纠正，万不可再来展开，使将来的无阶级社会中，一言不合，便祖宗三代的闹得不可开交。况且即是笔战，就也如别的兵战或拳斗一样，不妨伺隙乘虚，以一击制敌人的死命，如果一味鼓噪，已是《三国志演义》式战法，至于骂一句爹娘，扬长而去，还自以为胜利，那简直是"阿Q"式的战法了。

接着又是什么"剖西瓜"之类的恐吓，这也是极不对的，我想。无产者的革命，乃是为了自己的解放和消灭阶级，并非因为要杀人，即使是正面的敌人，倘不死于战场，就有大众的裁判，决不是一个诗人所能提笔判定生死的。现在虽然很有什么"杀人放火"的传闻，但这只是一种诬陷。中国的报纸上看不出实话，然而只要一看别国的例子也就可以恍然：德国的无产阶级革命（虽然没有成功），并没有乱杀人；俄国不是连皇帝的宫殿都没有烧掉么？而我们的作者，却将革命的工农用笔涂成一个吓人的鬼脸，由我看来，真是卤莽之极了。

自然，中国历来的文坛上，常见的是诬陷，造谣，恐吓，辱骂，翻一翻大部的历史，就往往可以遇见这样的文章，直到现在，还在应用，而且更加厉害。但我想，这一份遗产，还是都让给叭儿狗文艺家去承受罢，我们的作者倘不竭力的抛弃了它，是会和他们成为"一丘之貉"的。

不过我并非主张要对敌人陪笑脸，三鞠躬。我只是说，战斗的作者应该注重于"论争"；倘在诗人，则因为情不可遏而愤怒，而笑骂，自然也无不可。但必须止于嘲笑，止于热骂，而且要"喜笑怒骂，皆成文章"，使敌人因此受伤或致死，而自己并无卑劣的行为，观者也不以为污秽，这才是战斗的作者的本领。

刚才想到了以上的一些，便写出寄上，也许于编辑上可供参考。总之，我是极希望此后的《文学月报》上不再有那样的作品的。

专此布达，并问好。

鲁迅。十二月十日
一九三二年

《自选集》自序

　　我做小说，是开手于一九一八年，《新青年》上提倡"文学革命"的时候的。这一种运动，现在固然已经成为文学史上的陈迹了，但在那时，却无疑地是一个革命的运动。

　　我的作品在《新青年》上，步调是和大家大概一致的，所以我想，这些确可以算作那时的"革命文学"。

　　然而我那时对于"文学革命"，其实并没有怎样的热情。见过辛亥革命，见过二次革命，见过袁世凯称帝，张勋复辟，看来看去，就看得怀疑起来，于是失望，颓唐得很了。民族主义的文学家在今年的一种小报上说，"鲁迅多疑"，是不错的，我正在疑心这批人们也并非真的民族主义文学者，变化正未可限量呢。不过我却又怀疑于自己的失望，因为我所见过的人们，事件，是有限得很的，这想头，就给了我提笔的力量。

　　"绝望之为虚妄，正与希望相同。"

　　既不是直接对于"文学革命"的热情，又为什么提笔的呢？想起来，大半倒是为了对于热情者们的同感。这些战士，我想，虽在寂寞中，想头是不错的，也来喊几声助助威罢。首先，就是为此。自然，在这中间，也不免夹杂些将旧社会的病根暴露出来，催人留心，设法加以疗治的希望。但为达到这希望计，是必须与前驱者取同一的步调的，我于是删削些黑暗，装点些欢容，使作品比较的显

657

出若干亮色，那就是后来结集起来的《呐喊》，一共有十四篇。

这些也可以说，是"遵命文学"。不过我所遵奉的，是那时革命的前驱者的命令，也是我自己所愿意遵奉的命令，决不是皇上的圣旨，也不是金元和真的指挥刀。

后来《新青年》的团体散掉了，有的高升，有的退隐，有的前进，我又经验了一回同一战阵中的伙伴还是会这么变化，并且落得一个"作家"的头衔，依然在沙漠中走来走去，不过已经逃不出在散漫的刊物上做文字，叫作随便谈谈。有了小感触，就写些短文，夸大点说，就是散文诗，以后印成一本，谓之《野草》。得到较整齐的材料，则还是做短篇小说，只因为成了游勇，布不成阵了，所以技术虽然比先前好一些，思路也似乎较无拘束，而战斗的意气却冷得不少。新的战友在那里呢？我想，这是很不好的。于是集印了这时期的十一篇作品，谓之《彷徨》，愿以后不再这模样。

"路漫漫其修远兮，吾将上下而求索。"

不料这大口竟夸得无影无踪。逃出北京，躲进厦门，只在大楼上写了几则《故事新编》和十篇《朝花夕拾》。前者是神话，传说及史实的演义，后者则只是回忆的记事罢了。

此后就一无所作，"空空如也"。

可以勉强称为创作的，在我至今只有这五种，本可以顷刻读了的，但出版者要我自选一本集。推测起来，恐怕因为这么一办，一者能够节省读者的费用，二则，以为由作者自选，该能比别人格外明白罢。对于第一层，我没有异议；至第二层，我却觉得也很难。因为我向来就没有格外用力或格外偷懒的作品，所以也没有自以为特别高妙，配得上提拔出来的作品。没有法，就将材料，写法，都有些不同，可供读者参考的东西，取出二十二篇来，凑成了一本，但将给读者一种"重压之感"的作品，却特地竭力抽掉了。这是我现在自有我的想头的：

"并不愿将自以为苦的寂寞，再来传染给也如我那年青时候似的正做着好梦的青年。"

然而这又不似做那《呐喊》时候的故意的隐瞒，因为现在我相信，现在和将来的青年是不会有这样的心境的了。

一九三二年十二月十四日，鲁迅于上海寓居记

祝中俄文字之交

　　十五年前，被西欧的所谓文明国人看作半开化的俄国，那文学，在世界文坛上，是胜利的；十五年以来，被帝国主义者看作恶魔的苏联，那文学，在世界文坛上，是胜利的。这里的所谓"胜利"，是说：以它的内容和技术的杰出，而得到广大的读者，并且给与了读者许多有益的东西。

　　它在中国，也没有出于这例子之外。

　　我们曾在梁启超所办的《时务报》上，看见了《福尔摩斯包探案》的变幻，又在《新小说》上，看见了焦士威奴（Jules Verne）所做的号称科学小说的《海底旅行》之类的新奇。后来林琴南大译英国哈葛德（H. Rider Haggard）的小说了，我们又看见了伦敦小姐之缠绵和菲洲野蛮之古怪。至于俄国文学，却一点不知道，——但有几位也许自己心里明白，而没有告诉我们的"先觉"先生，自然是例外。不过在别一方面，是已经有了感应的。那时较为革命的青年，谁不知道俄国青年是革命的，暗杀的好手？尤其忘不掉的是苏菲亚，虽然大半也因为她是一位漂亮的姑娘。现在的国货的作品中，还常有"苏菲"一类的名字，那渊源就在此。

　　那时——十九世纪末——的俄国文学，尤其是陀思妥夫斯基和托尔斯泰的作品，已经很影响了德国文学，但这和中国无关，因为那时研究德文的人少得很。最有关系的是英美帝国主义者，他们一面也翻译了陀思妥夫斯基，都介涅夫，托尔斯泰，契诃夫的选集了，一面也用那做给印度人读的读本来教我们的青年以拉玛和吉利瑟那（Rama and Krishna）的对话，然而因此也携带了阅读那些选集的可能。包探，冒险家，英国姑娘，菲洲野蛮的故事，是只能当醉饱之后，在发胀的身体上搔搔痒的，然而我们的一部分的青年却已经觉得压迫，只有痛楚，他要挣扎，用不着痒痒的抚摩，只在寻切实的指示了。

那时就看见了俄国文学。

那时就知道了俄国文学是我们的导师和朋友。因为从那里面，看见了被压迫者的善良的灵魂，的酸辛，的挣扎；还和四十年代的作品一同烧起希望，和六十年代的作品一同感到悲哀。我们岂不知道那时的大俄罗斯帝国也正在侵略中国，然而从文学里明白了一件大事，是世界上有两种人：压迫者和被压迫者！

从现在看来，这是谁都明白，不足道的，但在那时，却是一个大发见，正不亚于古人的发见了火的可以照暗夜，煮东西。

俄国的作品，渐渐的绍介进中国来了，同时也得了一部分读者的共鸣，只是传布开去。零星的译品且不说罢，成为大部的就有《俄国戏曲集》十种和《小说月报》增刊的《俄国文学研究》一大本，还有《被压迫民族文学号》两本，则是由俄国文学的启发，而将范围扩大到一切弱小民族，并且明明点出"被压迫"的字样来了。

于是也遭了文人学士的讨伐，有的主张文学的"崇高"，说描写下等人是鄙俗的勾当，有的比创作为处女，说翻译不过是媒婆，而重译尤令人讨厌。的确，除了《俄国戏曲集》以外，那时所有的俄国作品几乎都是重译的。

但俄国文学只是绍介进来，传布开去。

作家的名字知道得更多了，我们虽然从安特来夫（L. Andreev）的作品里遇到了恐怖，阿尔志跋绥夫（M. Artsybashev）的作品里看见了绝望和荒唐，但也从珂罗连珂（V. Korolenko）学得了宽宏，从戈理基（Maxim Gorky）感受了反抗。读者大众的共鸣和热爱，早不是几个论客的自私的曲说所能掩蔽，这伟力，终于使先前膜拜曼殊斐儿（Katherine Mansfield）的绅士也重译了都介涅夫的《父与子》，排斥"媒婆"的作家也重译着托尔斯泰的《战争与和平》了。

这之间，自然又遭了文人学士和流氓警犬的联军的讨伐。对于绍介者，有的说是为了卢布，有的说是意在投降，有的笑为"破锣"，有的指为共党，而实际上的对于书籍的禁止和没收，还因为是秘密的居多，无从列举。

但俄国文学只是绍介进来，传布开去。

有些人们，也译了《莫索里尼传》，也译了《希特拉传》，但他们绍介不出一册现代意国或德国的白色的大作品，《战后》是不属于希特拉的卐字旗下的，《死的胜利》又只好以"死"自傲。但苏联文学在我们却已有了里培进斯基的《一周间》，革拉特珂夫的《士敏土》，法捷耶夫的《毁灭》，绥拉菲摩微支的《铁流》；此外中篇短篇，还多得很。凡这些，都在御用文人的明枪暗箭之中，大踏步跨到读者大众的怀里去，给一一知道了变革，战斗，建设的辛苦和成功。

但一月以前，对于苏联的"舆论"，刹时都转变了，昨夜的魔鬼，今朝的良朋，许多报章，总要提起几点苏联的好处，有时自然也涉及文艺上："复交"之故也。然而，可祝贺的却并不在这里。自利者一淹在水里面，将要灭顶的时候，只要抓得着，是无论"破锣"破鼓，都会抓住的，他决没有所谓"洁癖"。然而无论他终于灭亡或幸而爬起，始终还是一个自利者。随手来举一个例子罢，上海称为"大报"的《申报》，不是一面甜嘴蜜舌的主张着"组织苏联考察团"（三二年十二月二十八日时评），而一面又将林克多的《苏联闻见录》称为"反动书籍"（同二十七日新闻）么？

可祝贺的，是在中俄的文字之交，开始虽然比中英，中法迟，但在近十年中，两国的绝交也好，复交也好，我们的读者大众却不因此而进退；译本的放任也好，禁压也好，我们的读者也决不因此而盛衰。不但如常，而且扩大；不但虽绝交和禁压还是如常，而且虽绝交和禁压而更加扩大。这可见我们的读者大众，是一向不用自私的"势利眼"来看俄国文学的。我们的读者大众，在朦胧中，早知道这伟大肥沃的"黑土"里，要生长出什么东西来，而这"黑土"却也确实生长了东西，给我们亲见了：忍受，呻吟，挣扎，反抗，战斗，变革，战斗，建设，战斗，成功。

在现在，英国的萧，法国的罗兰，也都成为苏联的朋友了。这，也是当我们中国和苏联在历来不断的"文字之交"的途中，扩大而与世界结成真的"文字之交"的开始。

这是我们应该祝贺的。

一九三二年十二月三十日

听说梦

做梦，是自由的，说梦，就不自由。做梦，是做真梦的，说梦，就难免说谎。

大年初一，就得到一本《东方杂志》新年特大号，临末有"新年的梦想"，问的是"梦想中的未来中国"和"个人生活"，答的有一百四十多人。记者的苦心，我是明白的，想必以为言论不自由，不如来说梦，而且与其说所谓真话之假，不如来谈谈梦话之真，我高兴的翻了一下，知道记者先生却大大的失败了。

当我还未得到这本特大号之前，就遇到过一位投稿者，他比我先看见印本，自说他的答案已被资本家删改了，他所说的梦其实并不如此。这可见资本家虽然还没法禁止人们做梦，而说了出来，倘为权力所及，却要干涉的，决不给你自由。这一点，已是记者的大失败。

但我们且不去管这改梦案子，只来看写着的梦境罢，诚如记者所说，来答复的几乎全部是智识分子。首先，是谁也觉得生活不安定，其次，是许多人梦想着将来的好社会，"各尽所能"呀，"大同世界"呀，很有些"越轨"气息了（末三句是我添的，记者并没有说）。

但他后来就有点"痴"起来，他不知从那里拾来了一种学说，将一百多个梦分为两大类，说那些梦想好社会的都是"载道"之

664

梦，是"异端"，正宗的梦应该是"言志"的，硬把"志"弄成一个空洞无物的东西。然而，孔子曰，"盍各言尔志"，而终于赞成曾点者，就因为其"志"合于孔子之"道"的缘故也。

其实是记者的所以为"载道"的梦，那里面少得很。文章是醒着的时候写的，问题又近于"心理测验"，遂致对答者不能不做出各各适宜于目下自己的职业，地位，身分的梦来（已被删改者自然不在此例），即使看去好像怎样"载道"，但为将来的好社会"宣传"的意思，是没有的。所以，虽然梦"大家有饭吃"者有人，梦"无阶级社会"者有人，梦"大同世界"者有人，而很少有人梦见建设这样社会以前的阶级斗争，白色恐怖，轰炸，虐杀，鼻子里灌辣椒水，电刑……倘不梦见这些，好社会是不会来的，无论怎么写得光明，终究是一个梦，空头的梦，说了出来，也无非教人都进这空头的梦境里面去。

然而要实现这"梦"境的人们是有的，他们不是说，而是做，梦着将来，而致力于达到这一种将来的现在。因为有这事实，这才使许多智识分子不能不说好像"载道"的梦，但其实并非"载道"，乃是给"道"载了一下，倘要简洁，应该说是"道载"的。

为什么会给"道载"呢？曰：为目前和将来的吃饭问题而已。

我们还受着旧思想的束缚，一说到吃，就觉得近乎鄙俗。但我是毫没有轻视对答者诸公的意思的。《东方杂志》记者在《读后感》里，也曾引佛洛伊特的意见，以为"正宗"的梦，是"表现各人的心底的秘密而不带着社会作用的"。但佛洛伊特以被压抑为梦的根柢——人为什么被压抑的呢？这就和社会制度，习惯之类连结了起来，单是做梦不打紧，一说，一问，一分析，可就不妥当了。记者没有想到这一层，于是就一头撞在资本家的朱笔上。但引"压抑说"来释梦，我想，大家必已经不以为忤了罢。

不过，佛洛伊特恐怕是有几文钱，吃得饱饱的罢，所以没有感到吃饭之难，只注意于性欲。有许多人正和他在同一境遇上，就也轰然的拍起手来。诚然，他也告诉过我们，女儿多爱父亲，儿子多爱母亲，即因为异性的缘故。然而婴孩出生不多久，无论男女，就尖起嘴唇，将头转来转去。莫非它想和异性接吻么？不，谁都知道：是要吃东西！

　　食欲的根柢，实在比性欲还要深，在目下开口爱人，闭口情书，并不以为肉麻的时候，我们也大可以不必讳言要吃饭。因为是醒着做的梦，所以不免有些不真，因为题目究竟是"梦想"，而且如记者先生所说，我们是"物质的需要远过于精神的追求"了，所以乘着 Censors（也引用佛洛伊特语）的监护好像解除了之际，便公开了一部分。其实也是在"梦中贴标语，喊口号"，不过不是积极的罢了，而且有些也许倒和表面的"标语"正相反。

　　时代是这么变化，饭碗是这样艰难，想想现在和将来，有些人也只能如此说梦，同是小资产阶级（虽然也有人定我为"封建余孽"或"土著资产阶级"，但我自己姑且定为属于这阶级），很能够彼此心照，然而也无须秘而不宣的。

　　至于另有些梦为隐士，梦为渔樵，和本相全不相同的名人，其实也只是豫感饭碗之脆，而却想将吃饭范围扩大起来，从朝廷而至园林，由洋场及于山泽，比上面说过的那些志向要大得远，不过这里不来多说了。

　　　　　　　　　　　　　　　　　　一九三三年一月一日

论"赴难"和"逃难"

——寄《涛声》编辑的一封信

编辑先生：

我常常看《涛声》，也常常叫"快哉！"但这回见了周木斋先生那篇《骂人与自骂》，其中说北平的大学生"即使不能赴难，最低最低的限度也应不逃难"，而致慨于五四运动时代式锋芒之销尽，却使我如骨鲠在喉，不能不说几句话。因为我是和周先生的主张正相反，以为"倘不能赴难，就应该逃难"，属于"逃难党"的。

周先生在文章的末尾，"疑心是北京改为北平的应验"，我想，一半是对的。那时的北京，还挂着"共和"的假面，学生嚷嚷还不妨事；那时的执政，是昨天上海市十八团体为他开了"上海各界欢迎段公芝老大会"的段祺瑞先生，他虽然是武人，却还没有看过《莫索理尼传》。然而，你瞧，来了呀。有一回，对着请愿的学生毕毕剥剥的开枪了，兵们最爱瞄准的是女学生，这用精神分析学来解释，是说得过去的，尤其是剪发的女学生，这用整顿风俗的学说来解说，也是说得过去的。总之是死了一些"莘莘学子"。然而还可以开追悼会；还可以游行过执政府之门，大叫"打倒段祺瑞"。为什么呢？因为这时又还挂着"共和"的假面。然而，你瞧，又来了呀。现为党国大教授的陈源先生，在《现代评论》上哀悼死掉的学生，说可惜他们为几个卢布送了性命；《语丝》反对了几句，现为

667

党国要人的唐有壬先生在《晶报》上发表一封信，说这些言动是受墨斯科的命令的。这实在已经有了北平气味了。

后来，北伐成功了，北京属于党国，学生们就都到了进研究室的时代，五四式是不对了。为什么呢？因为这是很容易为"反动派"所利用的。为了矫正这种坏脾气，我们的政府，军人，学者，文豪，警察，侦探，实在费了不少的苦心。用诰谕，用刀枪，用书报，用煅炼，用逮捕，用拷问，直到去年请愿之徒，死的都是"自行失足落水"，连追悼会也不开的时候为止，这才显出了新教育的效果。

倘使日本人不再攻榆关，我想，天下是太平了的，"必先安内而后可以攘外"。但可恨的是外患来得太快一点，太繁一点，日本人太不为中国诸公设想之故也，而且也因此引起了周先生的责难。

看周先生的主张，似乎最好是"赴难"。不过，这是难的。倘使早先有了组织，经过训练，前线的军人力战之后，人员缺少了，副司令下令召集，那自然应该去的。无奈据去年的事实，则连火车也不能白坐，而况平日所学的又是债权论，土耳其文学史，最小公倍数之类。去打日本，一定打不过的。大学生们曾经和中国的兵警打过架，但是"自行失足落水"了，现在中国的兵警尚且不抵抗，大学生能抵抗么？我们虽然也看见过许多慷慨激昂的诗，什么用死尸堵住敌人的炮口呀，用热血胶住倭奴的刀枪呀，但是，先生，这是"诗"呵！事实并不这样的，死得比蚂蚁还不如，炮口也堵不住，刀枪也胶不住。孔子曰："以不教民战，是谓弃之。"我并不全拜服孔老夫子，不过觉得这话是对的，我也正是反对大学生"赴难"的一个。

那么，"不逃难"怎样呢？我也是完全反对。自然，现在是"敌人未到"的，但假使一到，大学生们将赤手空拳，骂贼而死呢，还是躲在屋里，以图幸免呢？我想，还是前一着堂皇些，将来也可以有一本烈士传。不过于大局依然无补，无论是一个或十万个，至多，也只能又向"国联"报告一声罢了。去年十九路军的某某英雄怎样杀敌，大家说得眉飞色舞，因此忘却了全线退出一百里的大事情，可是中国其实还是输了的。而况大学生们连武器也没有。现在中国的新闻上大登"满洲国"的虐政，说是不准私藏军器，但我们大中华民国人民来藏一件护身的东西试试看，也会家破人亡，——先生，这是很容易"为反动派所利用"的呵。

施以狮虎式的教育，他们就能用爪牙，施以牛羊式的教育，他们到万分危急时还会用一对可怜的角。然而我们所施的是什么式的教育呢，连小小的角也不能有，则大难临头，惟有兔子似的逃跑而已。自然，就是逃也不见得安稳，谁都说不出那里是安稳之处来，因为到处繁殖了猎狗，诗曰："趯趯毚兔，遇犬获之"，此之谓也。然则三十六计，固仍以"走"为上计耳。

总之，我的意见是：我们不可看得大学生太高，也不可责备他们太重，中国是不能专靠大学生的；大学生逃了之后，却应该想想此后怎样才可以不至于单是逃，脱出诗境，踏上实地去。

但不知先生以为何如？能给在《涛声》上发表，以备一说否？谨听裁择，并请

文安。

罗怃顿首。一九三三年一月二十八夜

再：顷闻十来天之前，北平有学生五十多人因开会被捕，可见不逃的还有，然而罪名是"借卖抗日，意图反动"，又可见虽"敌人未到"，也大以"逃难"为是也。

二十九日补记 ①

669

谁的矛盾

萧（George Bernard Shaw）[①] 并不在周游世界，是在历览世界上新闻记者们的嘴脸，应世界上新闻记者们的口试——然而落了第。

他不愿意受欢迎，见新闻记者，却偏要欢迎他，访问他，访问之后，却又多少讲些俏皮话。

他躲来躲去，却偏要寻来寻去，寻到之后，大做一通文章，却偏要说他自己善于登广告。

他不高兴说话，偏要同他去说话，他不多谈，偏要拉他来多谈，谈得多了，报上又不敢照样登载了，却又怪他多说话。

他说的是真话，偏要说他是在说笑话，对他哈哈的笑，还要怪他自己倒不笑。

他说的是直话，偏要说他是讽刺，对他哈哈的笑，还要怪他自以为聪明。

他本不是讽刺家，偏要说他是讽刺家，而又看不起讽刺家，而又用了无聊的讽刺想来讽刺他一下。

他本不是百科全书，偏要当他百科全书，问长问短，问天问地，听了回答，又鸣不平，好像自己原来比他还明白。

---

① 指萧伯纳（1856—1950），英国剧作家、批评家。

他本是来玩玩的，偏要逼他讲道理，讲了几句，听的又不高兴了，说他是来"宣传赤化"了。

有的看不起他，因为他不是一个马克思主义文学者，然而倘是马克思主义文学者，看不起他的人可就不要看他了。

有的看不起他，因为他不去做工人，然而倘若做工人，就不会到上海，看不起他的人可就看不见他了。

有的又看不起他，因为他不是实行的革命者，然而倘是实行者，就会和牛兰一同关在牢监里，看不起他的人可就不愿提他了。

他有钱，他偏讲社会主义，他偏不去做工，他偏来游历，他偏到上海，他偏讲革命，他偏谈苏联，他偏不给人们舒服……于是乎可恶。

身子长也可恶，年纪大也可恶，须发白也可恶，不爱欢迎也可恶，逃避访问也可恶，连和夫人的感情好也可恶。

然而他走了，这一位被人们公认为"矛盾"的萧。

然而我想，还是熬一下子，姑且将这样的萧，当作现在的世界的文豪罢。唠唠叨叨，鬼鬼祟祟，是打不倒文豪的。而且为给大家可以唠叨起见，也还是有他在着的好。

因为矛盾的萧没落时，或萧的矛盾解决时，也便是社会的矛盾解决的时候，那可不是玩意儿也。

671

我怎么做起小说来

我怎么做起小说来？——这来由，已经在《呐喊》的序文上，约略说过了。这里还应该补叙一点的，是当我留心文学的时候，情形和现在很不同：在中国，小说不算文学，做小说的也决不能称为文学家，所以并没有人想在这一条道路上出世。我也并没有要将小说抬进"文苑"里的意思，不过想利用他的力量，来改良社会。

但也不是自己想创作，注重的倒是在绍介，在翻译，而尤其注重于短篇，特别是被压迫的民族中的作者的作品。因为那时正盛行着排满论，有些青年，都引那叫喊和反抗的作者为同调的。所以"小说作法"之类，我一部都没有看过，看短篇小说却不少，小半是自己也爱看，大半则因了搜寻绍介的材料。也看文学史和批评，这是因为想知道作者的为人和思想，以便决定应否绍介给中国。和学问之类，是绝不相干的。

因为所求的作品是叫喊和反抗，势必至于倾向了东欧，因此所看的俄国，波兰以及巴尔干诸小国作家的东西就特别多。也曾热心的搜求印度，埃及的作品，但是得不到。记得当时最爱看的作者，是俄国的果戈理（N. Gogol）和波兰的显克微支（H. Sienkiewitz）。日本的，是夏目漱石和森鸥外。

回国以后，就办学校，再没有看小说的工夫了，这样的有五六年。为什么又开手了呢？——这也已经写在《呐喊》的序文里，不

672

必说了。但我的来做小说，也并非自以为有做小说的才能，只因为那时是住在北京的会馆里的，要做论文罢，没有参考书，要翻译罢，没有底本，就只好做一点小说模样的东西塞责，这就是《狂人日记》。大约所仰仗的全在先前看过的百来篇外国作品和一点医学上的知识，此外的准备，一点也没有。

但是《新青年》的编辑者，却一回一回的来催，催几回，我就做一篇，这里我必得记念陈独秀先生，他是催促我做小说最着力的一个。

自然，做起小说来，总不免自己有些主见的。例如，说到"为什么"做小说罢，我仍抱着十多年前的"启蒙主义"，以为必须是"为人生"，而且要改良这人生。我深恶先前的称小说为"闲书"，而且将"为艺术的艺术"，看作不过是"消闲"的新式的别号。所以我的取材，多采自病态社会的不幸的人们中，意思是在揭出病苦，引起疗救的注意。所以我力避行文的唠叨，只要觉得够将意思传给别人了，就宁可什么陪衬拖带也没有。中国旧戏上，没有背景，新年卖给孩子看的花纸上，只有主要的几个人（但现在的花纸却多有背景了），我深信对于我的目的，这方法是适宜的，所以我不去描写风月，对话也决不说到一大篇。

我做完之后，总要看两遍，自己觉得拗口的，就增删几个字，一定要它读得顺口；没有相宜的白话，宁可引古语，希望总有人会懂，只有自己懂得或连自己也不懂的生造出来的字句，是不大用的。这一节，许多批评家之中，只有一个人看出来了，但他称我为Stylist[①]。

所写的事迹，大抵有一点见过或听到过的缘由，但决不全用这

---

① 文体家。作者这里所指似为黎锦明。

事实，只是采取一端，加以改造，或生发开去，到足以几乎完全发表我的意思为止。人物的模特儿也一样，没有专用过一个人，往往嘴在浙江，脸在北京，衣服在山西，是一个拼凑起来的脚色。有人说，我的那一篇是骂谁，某一篇又是骂谁，那是完全胡说的。

不过这样的写法，有一种困难，就是令人难以放下笔。一气写下去，这人物就逐渐活动起来，尽了他的任务。但倘有什么分心的事情来一打岔，放下许久之后再来写，性格也许就变了样，情景也会和先前所豫想的不同起来。例如我做的《不周山》，原意是在描写性的发动和创造，以至衰亡的，而中途去看报章，见了一位道学的批评家[①]攻击情诗的文章，心里很不以为然，于是小说里就有一个小人物跑到女娲的两腿之间来，不但不必有，且将结构的宏大毁坏了。但这些处所，除了自己，大概没有人会觉到的，我们的批评大家成仿吾先生，还说这一篇做得最出色。

我想，如果专用一个人做骨干，就可以没有这弊病的，但自己没有试验过。

忘记是谁说的了，总之是，要极省俭的画出一个人的特点，最好是画他的眼睛。我以为这话是极对的，倘若画了全副的头发，即使细得逼真，也毫无意思。我常在学学这一种方法，可惜学不好。

可省的处所，我决不硬添，做不出的时候，我也决不硬做，但这是因为我那时别有收入，不靠卖文为活的缘故，不能作为通例的。

还有一层，是我每当写作，一律抹杀各种的批评。因为那时中国的创作界固然幼稚，批评界更幼稚，不是举之上天，就是按之入地，倘将这些放在眼里，就要自命不凡，或觉得非自杀不足以谢天

---

① 指胡梦华。

674

下的。批评必须坏处说坏，好处说好，才于作者有益。

但我常看外国的批评文章，因为他于我没有恩怨嫉恨，虽然所评的是别人的作品，却很有可以借镜之处。但自然，我也同时一定留心这批评家的派别。

以上，是十年前的事了，此后并无所作，也没有长进，编辑先生要我做一点这类的文章，怎么能呢。拉杂写来，不过如此而已。

一九三三年三月五日灯下

675

真假堂吉诃德

西洋武士道的没落产生了堂·吉诃德那样的戆大。他其实是个十分老实的书呆子。看他在黑夜里仗着宝剑和风车开仗，的确傻相可掬，觉得可笑可怜。

然而这是真正的吉诃德。中国的江湖派和流氓种子，却会愚弄吉诃德式的老实人，而自己又假装着堂·吉诃德的姿态。《儒林外史》上的几位公子，慕游侠剑仙之为人，结果是被这种假吉诃德骗去了几百两银子，换来了一颗血淋淋的猪头，——那猪算是侠客的"君父之仇"了。

真吉诃德的做傻相是由于自己愚蠢，而假吉诃德是故意做些傻相给别人看，想要剥削别人的愚蠢。

可是中国的老百姓未必都还这么蠢笨，连这点儿手法也看不出来。

中国现在的假吉诃德们，何尝不知道大刀不能救国，他们却偏要舞弄着，每天"杀敌几百几千"的乱嚷，还有人"特制钢刀九十九，去赠送前敌将士"。可是，为着要杀猪起见，又舍不得飞机捐，于是乎"武器不精良"的宣传，一面作为节节退却或者"诱敌深入"的解释，一面又借此搜括一些杀猪经费。可惜前有慈禧太后，后有袁世凯，——清末的兴复海军捐建设了颐和园，民四的"反日"爱国储金，增加了讨伐当时革命军的军需，——不然的话，还可以说现在发现了一个新发明。

他们何尝不知道"国货运动"振兴不了什么民族工业，国际的财神爷扼住了中国的喉咙，连气也透不出，甚么"国货"都跳不出这些财神的手掌心。然而"国货年"是宣布了，"国货商场"是成立了，像煞有介事的，仿佛抗日救国全靠一些戴着假面具的买办多赚几个钱。这钱还是从猪狗牛马身上剥削来的。不听见"增加生产力"，"劳资合作共赴国难"的呼声么？原本不把小百姓当人看待，然而小百姓做了猪狗牛马还是要负"救国责任"！结果，猪肉供给假吉诃德吃，而猪头还是要斫下来，挂出去，以为"捣乱后方"者戒。

他们何尝不知道什么"中国固有文化"咒不死帝国主义，无论念几千万遍"不仁不义"或者金光明咒，也不会触发日本地震，使它陆沉大海。然而他们故意高喊恢复"民族精神"，仿佛得了什么祖传秘诀。意思其实很明白，是要小百姓埋头治心，多读修身教科书。这固有文化本来毫无疑义：是岳飞式的奉旨不抵抗的忠，是听命国联爷爷的孝，是斫猪头，吃猪肉，而又远庖厨的仁爱，是遵守卖身契约的信义，是"诱敌深入"的和平。而且，"固有文化"之外，又提倡什么"学术救国"，引证西哲菲希德之言等类的居心，又何尝不是如此。

假吉诃德的这些傻相，真教人哭笑不得；你要是把假痴假呆当做真痴真呆，当真认为可笑可怜，那就未免傻到不可救药了。

一九三三年四月十一日

677

谈金圣叹

讲起清朝的文字狱来，也有人拉上金圣叹，其实是很不合适的。他的"哭庙"，用近事来比例，和前年《新月》上的引据三民主义以自辩，并无不同，但不特捞不到教授而且至于杀头，则是因为他早被官绅们认为坏货了的缘故。就事论事，倒是冤枉的。

清中叶以后的他的名声，也有些冤枉。他抬起小说传奇来，和《左传》《杜诗》并列，实不过拾了袁宏道辈的唾余；而且经他一批，原作的诚实之处，往往化为笑谈，布局行文，也都被硬拖到八股的作法上。这余荫，就使有一批人，堕入了对于《红楼梦》之类，总在寻求伏线，挑剔破绽的泥塘。

自称得到古本，乱改《西厢》字句的案子且不说罢，单是截去《水浒》的后小半，梦想有一个"嵇叔夜"来杀尽宋江们，也就昏庸得可以。虽说因为痛恨流寇的缘故，但他是究竟近于官绅的，他到底想不到小百姓的对于流寇，只痛恨着一半：不在于"寇"，而在于"流"。

百姓固然怕流寇，也很怕"流官"。记得民元革命以后，我在故乡，不知怎地县知事常常掉换了。每一掉换，农民们便愁苦着相告道："怎么好呢？又换了一只空肚鸭来了！"他们虽然至今不知道"欲壑难填"的古训，却很明白"成则为王，败则为贼"的成语，贼者，流着之王，王者，不流之贼也，要说得简单一点，那就

678

是"坐寇"。中国百姓一向自称"蚁民"，现在为便于譬喻起见，姑升为牛羊，铁骑一过，茹毛饮血，蹄骨狼藉，倘可避免，他们自然是总想避免的，但如果肯放任他们自啮野草，苟延残喘，挤出乳来将这些"坐寇"喂得饱饱的，后来能够比较的不复狼吞虎咽，则他们就以为如天之福。所区别的只在"流"与"坐"，却并不在"寇"与"王"。试翻明末的野史，就知道北京民心的不安，在李自成入京的时候，是不及他出京之际的利害的。

宋江据有山寨，虽打家劫舍，而劫富济贫，金圣叹却道应该在童贯高俅辈的爪牙之前，一个个俯首受缚，他们想不懂。所以《水浒传》纵然成了断尾巴蜻蜓，乡下人却还要看《武松独手擒方腊》这些戏。

不过这还是先前的事，现在似乎又有了新的经验了。听说四川有一只民谣，大略是"贼来如梳，兵来如篦，官来如剃"的意思。汽车飞艇，价值既远过于大轿马车，租界和外国银行，也是海通以来新添的物事，不但剃尽毛发，就是刮尽筋肉，也永远填不满的。正无怪小百姓将"坐寇"之可怕，放在"流寇"之上了。

事实既然教给了这些，仅存的路，就当然使他们想到了自己的力量。

一九三三年五月三十一日

679

又论"第三种人"

戴望舒先生远远的从法国给我们一封通信，叙述着法国 A. E. A. R.（革命文艺家协会）得了纪德的参加，在三月二十一日召集大会，猛烈的反抗德国法西斯谛的情形，并且绍介了纪德的演说，发表在六月号的《现代》上。法国的文艺家，这样的仗义执言的举动是常有的：较远，则如左拉为德来孚斯打不平，法朗士当左拉改葬时候的讲演；较近，则有罗曼·罗兰的反对战争。但这回更使我感到真切的欢欣，因为问题是当前的问题，而我也正是憎恶法西斯谛的一个。不过戴先生在报告这事实的同时，一并指明了中国左翼作家的"愚蒙"和像军阀一般的横暴，我却还想来说几句话。但希望不要误会，以为意在辩解，希图中国也从所谓"第三种人"得到对于德国的被压迫者一般的声援，——并不是的。中国的焚禁书报，封闭书店，囚杀作者，实在还远在德国的白色恐怖以前，而且也得到过世界的革命的文艺家的抗议了。我现在要说的，不过那通信里的必须指出的几点。

那通信叙述过纪德的加入反抗运动之后，说道——

> 在法国文坛中，我们可以说纪德是"第三种人"，……自从他在一八九一年……起，一直到现在为止，他始终是一个忠实于他的艺术的人。然而，忠实于自己的艺术的作

者，不一定就是资产阶级的"帮闲者"，法国的革命作家没有这种愚蒙的见解（或者不如说是精明的策略），因此，在热烈的欢迎之中，纪德便在群众之间发言了。

这就是说："忠实于自己的艺术的作者"，就是"第三种人"，而中国的革命作家，却"愚蒙"到指这种人为全是"资产阶级的帮闲者"，现在已经由纪德证实，是"不一定"的了。

这里有两个问题应该解答。

第一，是中国的左翼理论家是否真指"忠实于自己的艺术的作者"为全是"资产阶级的帮闲者"？据我所知道，却并不然。左翼理论家无论如何"愚蒙"，还不至于不明白"为艺术的艺术"在发生时，是对于一种社会的成规的革命，但待到新兴的战斗的艺术出现之际，还拿着这老招牌来明明暗暗阻碍他的发展，那就成为反动，且不只是"资产阶级的帮闲者"了。至于"忠实于自己的艺术的作者"，却并未视同一律，因为不问那一阶级的作家，都有一个"自己"，这"自己"，就都是他本阶级的一分子，忠实于他自己的艺术的人，也就是忠实于他本阶级的作者，在资产阶级如此，在无产阶级也如此，这是极显明粗浅的事实，左翼理论家也不会不明白的。但这位——戴先生用"忠实于自己的艺术"来和"为艺术的艺术"掉了一个包，可真显得左翼理论家的"愚蒙"透顶了。

第二，是纪德是否真是中国所谓的"第三种人"？我没有读过纪德的书，对于作品，没有加以批评的资格。但我相信，创作和演说，形式虽然不同，所含的思想是决不会两样的。我可以引出戴先生所绍介的演说里的两段来——

有人会对我说："在苏联也是这样的。"那是可能的

684

事；但是目的却是完全两样的，而且，为了要建设一个新社会起见，为了把发言权给与那些一向做着受压迫者，一向没有发言权的人们起见，不得已的矫枉过正也是免不掉的事。

＼人帷：我为什么并怎样会在这里赞同我在那边所反对的事呢？那就是因为我在德国的恐怖政策中，见到了最可叹最可憎的过去底再演，在苏联的社会创设中，我却见到一个未来的无限的允约。

这说得清清楚楚，虽是同一手段，而他却因目的之不同而分为赞成或反抗。苏联十月革命后，侧重艺术的"绥拉比翁的兄弟们"这团体，也被称为"同路人"，但他们却并没有这么积极。中国关于"第三种人"的文字，今年已经汇印了一本专书，我们可以查一查，凡自称为"第三种人"的言论，可有丝毫近似这样的意见的么？倘其没有，则我敢决定地说，"不可以说纪德是'第三种人'"。

然而正如我说纪德不像中国的"第三种人"一样，戴望舒先生也觉得中国的左翼作家和法国的大有贤愚之别了。他在参加大会，为德国的左翼艺术家同仲义愤之后，就又想起了中国左翼作家的愚蠢横暴的行为。于是他临末禁不住感慨——

我不知道我国对于德国法西斯谛的暴行有没有什么表示。正如我们的军阀一样，我们的文艺者也是勇于内战的。在法国的革命作家们和纪德携手的时候，我们的左翼作家想必还在把所谓"第三种人"当作唯一的敌手吧！

这里无须解答，因为事实具在：我们这里也曾经有一点表示，但因为和在法国两样，所以情形也不同；刊物上也久不见什么"把所谓'第三种人'当作唯一的敌手"的文章，不再内战，没有军阀气味了。戴先生的豫料，是落了空的。

然而中国的左翼作家，这就和戴先生意中的法国左翼作家一样贤明了么？我以为并不这样，而且也不应该这样的。如果声音还没有全被削除的时候，对于"第三种人"的讨论，还极有从新提起和展开的必要。戴先生看出了法国革命作家们的隐衷，觉得在这危急时，和"第三种人"携手，也许是"精明的策略"。但我以为单靠"策略"，是没有用的，有真切的见解，才有精明的行为，只要看纪德的讲演，就知道他并不超然于政治之外，决不能贸贸然称之为"第三种人"，加以欢迎，是不必别具隐衷的。不过在中国的所谓"第三种人"，却还复杂得很。

所谓"第三种人"，原意只是说：站在甲乙对立或相斗之外的人。但在实际上，是不能有的。人体有胖和瘦，在理论上，是该能有不胖不瘦的第三种人的，然而事实上却并没有，一加比较，非近于胖，就近于瘦。文艺上的"第三种人"也一样，即使好像不偏不倚罢，其实是总有些偏向的，平时有意的或无意的遮掩起来，而一遇切要的事故，它便会分明的显现。如纪德，他就显出左向来了；别的人，也能从几句话里，分明的显出。所以在这混杂的一群中，有的能和革命前进，共鸣；有的也能乘机将革命中伤，软化，曲解。左翼理论家是有着加以分析的任务的。

如果这就等于"军阀"的内战，那么，左翼理论家就必须更加继续这内战，而将营垒分清，拔去了从背后射来的毒箭！

一九三三年六月四日

683

"蜜蜂"与"蜜"

陈思先生在

看了《涛声》上批评《蜜蜂》的文章后，发生了两个意见，要写出来，听听专家的判定，但我不再来辩论，因为《涛声》并不是打这类官司的地方。

村人火烧蜂群，另有缘故，并非阶级斗争的表现，我想，这是可能的。但蜜蜂是否会于虫媒花有害，或去害风媒花呢，我想，这也是可能的。

昆虫有助于虫媒花的受精，非徒无害，而且有益，就是极简略的生物学上也都这样说，确是不错的。但这是在常态时候的事，假使蜂多花少，情形可就不同了，蜜蜂为了采粉或者救饥，在一花上，可以有数匹甚至十余匹一涌而入，因为争，将花瓣弄伤，因为饿，将花心咬掉，听说日本的果园，就有遭了这种伤害的。它的到风媒花上去，也还是因为饥饿的缘故，这时酿蜜已成次要，它们是吃花粉去了。

所以，我以为倘花的多少，是供蜜蜂的需求，就天下太平，否则，便会"反动"，譬如蚁是养护蚜虫的，但倘将它们关在一处，又不另给食物，蚁就会将蚜虫吃掉；人是吃米或麦的，然而遇着饥馑，便吃草根树皮了。

中国向来也养蜂，何以并无此弊呢？那是极容易回答的：因为

684

少。近来以养蜂为生财之大道，干这事的愈多。然而中国的蜜价，远逊欧美，与其卖蜜，不如卖蜂。又因报章鼓吹，思养蜂以获利者辈出，故买蜂者也多于买蜜。因这缘故，就使养蜂者的目的，不在于使酿蜜而在于使繁殖了。但种植之业，却并不与之俱进，遂成蜂多花少的现象，闹出上述的乱子来了。

总之，中国倘不设法扩张蜂蜜的用途，及同时开辟果园农场之类，而一味出卖蜂种以图目前之利，养蜂事业是不久就要到了绝路的。此信甚希发表，以冀有心者留意也。专此，顺请著安。

罗怃。六月十一日

一九三三年

685

经　验

　　古人所传授下来的经验，有些实在是极可宝贵的，因为它曾经费去许多牺牲，而留给后人很大的益处。

　　偶然翻翻《本草纲目》，不禁想起了这一点。这一部书，是很普通的书，但里面却含有丰富的宝藏。自然，捕风捉影的记载，也是在所不免的，然而大部分的药品的功用，却由历久的经验，这才能够知道到这程度，而尤其惊人的是关于毒药的叙述。我们一向喜欢恭维古圣人，以为药物是由一个神农皇帝独自尝出来的，他曾经一天遇到过七十二毒，但都有解法，没有毒死。这种传说，现在不能主宰人心了。人们大抵已经知道一切文物，都是历来的无名氏所逐渐的造成。建筑，烹饪，渔猎，耕种，无不如此；医药也如此。这么一想，这事情可就大起来了：大约古人一有病，最初只好这样尝一点，那样尝一点，吃了毒的就死，吃了不相干的就无效，有的竟吃到了对证的就好起来，于是知道这是对于某一种病痛的药。这样地累积下去，乃有草创的纪录，后来渐成为庞大的书，如《本草纲目》就是。而且这书中的所记，又不独是中国的，还有阿剌伯人的经验，有印度人的经验，则先前所用的牺牲之大，更可想而知了。

　　然而也有经过许多人经验之后，倒给了后人坏影响的，如俗语说"各人自扫门前雪，莫管他家瓦上霜"的便是其一。救急扶伤，一不小心，向来就很容易被人所诬陷，而还有一种坏经验的结果的歌诀，是"衙门八字开，有理无钱莫进来"，于是人们就只要事不干己，还是远远的站开干净。我想，人们在社会里，当初是并不这样彼此漠不相关的，但因豺狼当道，事实上因此出过许多牺牲，后来就自然的都走到这条道路上去了。所以，在中国，尤其是在都市里，倘使路上有暴病倒地，或翻车摔伤的人，路人围观或甚至于高兴的人尽有，肯伸手来扶助一下的人却是极少的。这便是牺牲所换来的坏处。

　　总之，经验的所得的结果无论好坏，都要很大的牺牲，虽是小事情，也免不掉要付惊人的代价。例如近来有些看报的人，对于什么宣言，通电，讲演，谈话之类，无论它怎样骈四儷六，崇论宏议，也不去注意了，甚而还至于不但不注意，看了倒不过做做嘻笑的资料。这那里有"始制文字，乃服衣裳"一样重要呢，然而这一点点结果，却是牺牲了一大片地面，和许多人的生命财产换来的。生命，那当然是别人的生命，倘是自己，就得不着这经验了。所以一切经验，是只有活人才能有的，我的决不上别人讥刺我怕死，就去自杀或拚命的当，而必须写出这一点来，就为此。而且这也是小小的经验的结果。

一九三三年六月十二日

谚　语

粗略的一想，谚语固然好像一时代一国民的意思的结晶，但其实，却不过是一部分的人们的意思。现在就以"各人自扫门前雪，莫管他家瓦上霜"来做例子罢，这乃是被压迫者们的格言，教人要奉公，纳税，输捐，安分，不可怠慢，不可不平，尤其是不要管闲事；而压迫者是不算在内的。

专制者的反面就是奴才，有权时无所不为，失势时即奴性十足。孙皓是特等的暴君，但降晋之后，简直像一个帮闲；宋徽宗在位时，不可一世，而被掳后偏会含垢忍辱。做主子时以一切别人为奴才，则有了主子，一定以奴才自命：这是天经地义，无可动摇的。

所以被压制时，信奉着"各人自扫门前雪，莫管他家瓦上霜"的格言的人物，一旦得势，足以凌人的时候，他的行为就截然不同，变为"各人不扫门前雪，却管他家瓦上霜"了。

二十年来，我们常常看见：武将原是练兵打仗的，且不问他这兵是用以安内或攘外，总之他的"门前雪"是治军，然而他偏来干涉教育，主持道德；教育家原是办学的，无论他成绩如何，总之他的"门前雪"是学务，然而他偏去膜拜"活佛"，绍介国医。小百姓随军充伏，童子军沿门募款。头儿胡行于上，蚁民乱碰于下，结果是各人的门前都不成样，各家的瓦上也一团糟。

女人露出了臂膊和小腿，好像竟打动了贤人们的心，我记得曾有许多人絮絮叨叨，主张禁止过，后来也确有明文禁止了。不料到得今年，却又"衣服蔽体已足，何必前拖后曳，消耗布匹，……顾念时艰，后患何堪设想"起来，四川的营山县长于是就令公安局派队——剪掉行人的长衣的下截。长衣原是累赘的东西，但以为不穿长衣，或剪去下截，即于"时艰"有补，却是一种特别的经济学。《汉书》上有一句云，"口含天宪"，此之谓也。

某一种人，一定只有这某一种人的思想和眼光，不能越出他本阶级之外。说起来，好像又在提倡什么犯讳的阶级了，然而事实是如此的。谣谚并非全国民的意思，就为了这缘故。古之秀才，自以为无所不晓，于是有"秀才不出门，而知天下事"这自负的漫天大谎，小百姓信以为真，也就渐渐的成了谚语，流行开来。其实是"秀才虽出门，不知天下事"的。秀才只有秀才头脑和秀才眼睛，对于天下事，那里看得分明，想得清楚。清末，因为想"维新"，常派些"人才"出洋去考察，我们现在看看他们的笔记罢，他们最以为奇的是什么馆里的蜡人能够和活人对面下棋。南海圣人康有为，佼佼者也，他周游十一国，一直到得巴尔干，这才悟出外国之所以常有"弑君"之故来了，曰：因为宫墙太矮的缘故。

一九三三年六月十三日

大家降一级试试看

《文学》第一期的《〈图书评论〉所评文学书部分的清算》，是很有趣味，很有意义的一篇账。这《图书评论》不但是"我们唯一的批评杂志"，也是我们的教授和学者们所组成的唯一的联军。然而文学部分中，关于译注本的批评却占了大半，这除掉那《清算》里所指出的各种之外，实在也还有一个切要的原因，就是在我们学术界文艺界作工的人员，大抵都比他的实力凭空跳高一级。

校对员一面要通晓排版的格式，一面要多认识字，然而看现在的出版物，"己"与"已"、"戮"与"戳"、"刺"与"剌"，在很多的眼睛里是没有区别的。版式原是排字工人的事情，因为他不管，就压在校对员的肩膀上，如果他再不管，那就成为和大家不相干。作文的人首先也要认识字，但在文章上，往往以"战慄"为"战慄"，以"已竟"为"已经"；"非常顽艳"是因妒杀人的情形；"年已鼎盛"的意思，是说这人已有六十多岁了。至于译注的书，那自然，不是"硬译"，就是误译，为了训斥与指正，竟占去了九本《图书评论》中文学部分的书数的一半，就是一个不可动摇的证明。

这些错误的书的出现，当然大抵是因为看准了社会上的需要，匆匆的来投机，但一面也实在为了胜任的人，不肯自贬声价，来做这用力多而获利少的工作的缘故。否则，这些译注者是只配埋首大学，去谨听教授们的指示的。只因为能够不至于误译的人们洁身远去，出版界上空荡荡了，遂使小兵也来挂着帅印，辱没了翻译的天下。

但是，胜任的译注家那里去了呢？那不消说，他也跳了一级，做了教授，成为学者了。"世无英雄，遂使竖子成名"，于是只配做学生的胚子，就乘着空虚，托庇变了译注者。而事同一律，只配做个译注者的胚子，却踞着高座，昂然说法了。杜威教授有他的实验主义，白璧德教授有他的人文主义，从他们那里零零碎碎贩运一点回来的就变了中国的呵斥八极的学者，不也是一个不可动摇的证明么？

要澄清中国的翻译界，最好是大家都降下一级去，虽然那时候是否真是都能胜任愉快，也还是一个没有把握的问题。

一九三三年七月七日

691

沙

　　近来的读书人，常常叹中国人好像一盘散沙，无法可想，将倒楣的责任，归之于大家。其实这是冤枉了大部分中国人的。小民虽然不学，见事也许不明，但知道关于本身利害时，何尝不会团结。先前有跪香，民变，造反；现在也还有请愿之类。他们的像沙，是被统治者"治"成功的，用文言来说，就是"治绩"。

　　那么，中国就没有沙么？有是有的，但并非小民，而是大小统治者。

　　人们又常常说："升官发财"。其实这两件事是不并列的，其所以要升官，只因为要发财，升官不过是一种发财的门径。所以官僚虽然依靠朝廷，却并不忠于朝廷，吏役虽然依靠衙署，却并不爱护衙署，头领下一个清廉的命令，小喽罗是决不听的，对付的方法有"蒙蔽"。他们都是自私自利的沙，可以肥己时就肥己，而且每一粒都是皇帝，可以称尊处就称尊。有些人译俄皇为"沙皇"，移赠此辈，倒是极确切的尊号。财何从来？是从小民身上刮下来的。小民倘能团结，发财就烦难，那么，当然应该想尽方法，使他们变成散沙才好。以沙皇治小民，于是全中国就成为"一盘散沙"了。

　　然而沙漠以外，还有团结的人们在，他们"如入无人之境"的走进来了。

　　这就是沙漠上的大事变。当这时候，古人曾有两句极切贴的比

692

喻，叫作"君子为猿鹤，小人为虫沙"。那些君子们，不是像白鹤的腾空，就如猢狲的上树，"树倒猢狲散"，另外还有树，他们决不会吃苦。剩在地下的，便是小民的蝼蚁和泥沙，要践踏杀戮都可以，他们对沙皇尚且不敌，怎能敌得过沙皇的胜者呢？

然而当这时候，偏又有人摇笔鼓舌，向着小民提出严重的质问道："国民将何以自处"呢，"问国民将何以善其后"呢？忽然记得了"国民"，别的什么都不说，只又要他们来填亏空，不是等于向着缚了手脚的人，要求他去捕盗么？

但这正是沙皇治绩的后盾，是猿鸣鹤唳的尾声，称尊肥己之余，必然到来的末一着。

一九三三年七月十二日

给文学社信

编辑先生：

《文学》第二号，伍实先生写的《休士在中国》中，开首有这样的一段——

> ……萧翁是名流，自配我们的名流招待，且唯其是名流招待名流，这才使鲁迅先生和梅兰芳博士有千载一时的机会得聚首于一堂。休士呢，不但不是我们的名流心目中的那种名流，且还加上一层肤色上的顾忌！

是的，见萧的不只我一个，但我见了一回萧，就被大小文豪一直笑骂到现在，最近的就是这回因此就并我和梅兰芳为一谈的名文。然而那时是招待者邀我去的。这回的招待休士，我并未接到通知，时间地址，全不知道，怎么能到？即使邀而不到，也许有别种的原因，当口诛笔伐之前，似乎也须略加考察。现在并未相告，就责我不到，因这不到，就断定我看不起黑种。作者是相信的罢，读者不明事实，大概也可以相信的，但我自己还不相信我竟是这样一个势利卑劣的人！

给我以诬蔑和侮辱，是平常的事；我也并不为奇：惯了。但那是小报，是敌人。略具识见的，一看就明白。而《文学》是挂着冠冕堂皇的招牌的，我又是同人之一，为什么无端虚构事迹，大加奚落，至于到这地步呢？莫非缺一个势利卑劣的老人，也在文学戏台上跳舞一下，以给观众开心，且催呕吐么？我自信还不至于是这样的脚色，我还能够从此跳下这可怕的戏台。那时就无论怎样诬辱嘲骂，彼此都没有矛盾了。

我看伍实先生其实是化名，他一定也是名流，就是招待绅士，非名流也未必能够入座。不过他如果和上海的所谓文坛上的那些狐鼠有别，则当施行人身攻击之际，似乎应该略负一点责任，宣布出和他的本身相关联的姓名，给我看看真实的嘴脸。这无关政局，决无危险，况且我们原曾相识，见面时倒是装作十分客气的也说不定的。

临末，我要求这封信就在《文学》三号上发表。

鲁迅。七月二十九日

一九三三年

祝《涛声》

《涛声》的寿命有这么长，想起来实在有点奇怪的。

大前年和前年，所谓作家也者，还有什么什么会，标榜着什么什么文学，到去年就渺渺茫茫了，今年是大抵化名办小报，卖消息；消息那里有这么多呢，于是造谣言。先前的所谓作家还会联成黑幕小说，现在是联也不会联了，零零碎碎的塞进读者的脑里去，使消息和秘闻之类成为他们的全部大学问。这功绩的褒奖是稿费之外，还有消息奖，"挂羊头卖狗肉"也成了过去的事，现在是在"卖人肉"了。

于是不"卖人肉"的刊物及其作者们，便成为被卖的货色。这也是无足奇的，中国是农业国，而麦子却要向美国定购，独有出卖小孩，只要几百钱一斤，则古文明国中的文艺家，当然只好卖血，尼采说过："我爱血写的书"呀。

然而《涛声》尚存，这就是我所谓"想起来实在有点奇怪"。

这是一种幸运，也是一个缺点。看现在的景况，凡有敕准或默许其存在的，倒往往会被一部分人们摇头。有人批评过我，说，只要看鲁迅至今还活着，就足见不是一个什么好人。这是真的，自民元革命以至现在，好人真不知道被害死了多少了，不过谁也没有记一篇准账。这事实又教坏了我，因为我知道即使死掉，也不过给他们大卖消息，大造谣言，说我的被杀，其实是为了金钱或女人关

696

系。所以，名列于该杀之林则可，悬梁服毒，是不来的。

《涛声》上常有赤膊打仗，拚死拚活的文章，这脾气和我很相反，并不是幸存的原因。我想，那幸运而且也是缺点之处，是在总喜欢引古证今，带些学究气。中国人虽然自夸"四千余年古国古"，可是十分健忘的，连民族主义文学家，也会认成吉斯汗为老祖宗，则不宜与之谈古也可见。上海的市侩们更不需要这些，他们感到兴趣的只是今天开奖，邻右争风；眼光远大的也不过要知道名公如何游山，阔人和谁要好之类；高尚的就看什么学界琐闻，文坛消息。总之，是已将生命割得零零碎碎了。

这可以使《涛声》的销路不见得好，然而一面也使《涛声》长寿。文人学士是清高的，他们现在也更加聪明，不再恭维自己的主子，来着痕迹了。他们只是排好暗箭，拿定粪帚，监督着应该俯伏着的奴隶们，看有谁抬起头来的，就射过去，洒过去，结果也许会终于使这人被绑架或被暗杀，由此使民国的国民一律"平等"。《涛声》在销路上的不大出头，也正给它逃了暂时的性命，不过，也还是很难说，因为"不测之威"，也是古来就有的。

我是爱看《涛声》的，并且以为这样也就好。然而看近来，不谈政治呀，仍谈政治呀，似乎更加不大安分起来，则我的那些忠告，对于"乌鸦为记"的刊物，恐怕也不见得有效。

那么，"祝"也还是"白祝"，我也只好看一张，算一张了。昔人诗曰，"丧乱死多门"，信夫！

八月六日

十一月二十五日的《涛声》上，果然发出《休刊辞》来，开首道："十一月二十日下午，本刊奉令缴还登记证，

697

'民亦劳止，汔可小康'。我们准备休息一些时了。……"
这真是康有为所说似的"不幸而吾言中"，岂不奇而不奇
也哉。

十二月三十一夜，补记

一九三三年

上海的少女

在上海生活，穿时髦衣服的比土气的便宜。如果一身旧衣服，公共电车的车掌会不照你的话停车，公园看守会格外认真的检查入门券，大宅子或大客寓的门丁会不许你走正门。所以，有些人宁可居斗室，喂臭虫，一条洋服裤子却每晚必须压在枕头下，使两面裤腿上的折痕天天有棱角。

然而更便宜的是时髦的女人。这在商店里最看得出：挑选不完，决断不下，店员也还是很能忍耐的。不过时间太长，就须有一种必要的条件，是带着一点风骚，能受几句调笑。否则，也会终于引出普通的白眼来。

惯在上海生活了的女性，早已分明地自觉着这种自己所具的光荣，同时也明白着这种光荣中所含的危险。所以凡有时髦女子所表现的神气，是在招摇，也在固守，在罗致，也在抵御，像一切异性的亲人，也像一切异性的敌人，她在喜欢，也正在恼怒。这神气也传染了未成年的少女，我们有时会看见她们在店铺里购买东西，侧着头，佯嗔薄怒，如临大敌。自然，店员们是能像对于成年的女性一样，加以调笑的，而她也早明白着这调笑的意义。总之：她们大抵早熟了。

然而我们在日报上，确也常常看见诱拐女孩，甚而至于凌辱少女的新闻。

699

不但是《西游记》里的魔王，吃人的时候必须童男和童女而已，在人类中的富户豪家，也一向以童女为侍奉，纵欲，鸣高，寻仙，采补的材料，恰如食品的餍足了普通的肥甘，就想乳猪芽茶一样。现在这现象并且已经见于商人和工人里面了，但这乃是人们的生活不能顺遂的结果，应该以饥民的掘食草根树皮为比例，和富户豪家的纵恣的变态是不可同日而语的。

但是，要而言之，中国是连少女也进了险境了。

这险境，更使她们早熟起来，精神已是成人，肢体却还是孩子。俄国的作家梭罗古勃曾经写过这一种类型的少女，说是还是小孩子，而眼睛却已经长大了。然而我们中国的作家是另有一种称赞的写法的：所谓"娇小玲珑"者就是。

一九三三年八月十二日

上海的儿童

　　上海越界筑路的北四川路一带，因为打仗，去年冷落了大半年，今年依然热闹了，店铺从法租界搬回，电影院早经开始，公园左近也常见携手同行的爱侣，这是去年夏天所没有的。

　　倘若走进住家的弄堂里去，就看见便溺器，吃食担，苍蝇成群的在飞，孩子成队的在闹，有剧烈的捣乱，有发达的骂詈，真是一个乱烘烘的小世界。但一到大路上，映进眼帘来的却只是轩昂活泼地玩着走着的外国孩子，中国的儿童几乎看不见了。但也并非没有，只因为衣裤郎当，精神萎靡，被别人压得像影子一样，不能醒目了。

　　中国中流的家庭，教孩子大抵只有两种法。其一，是任其跋扈，一点也不管，骂人固可，打人亦无不可，在门内或门前是暴主，是霸王，但到外面，便如失了网的蜘蛛一般，立刻毫无能力。其二，是终日给以冷遇或呵斥，甚而至于打扑，使他畏葸退缩，仿佛一个奴才，一个傀儡，然而父母却美其名曰"听话"，自以为是教育的成功，待到放他到外面来，则如暂出樊笼的小禽，他决不会飞鸣，也不会跳跃。

　　现在总算中国也有印给儿童看的画本了，其中的主角自然是儿童，然而画中人物，大抵倘不是带着横暴冥顽的气味，甚而至于流氓模样的，过度的恶作剧的顽童，就是钩头耸背，低眉顺眼，一副

701

死板板的脸相的所谓"好孩子"。这虽然由于画家本领的欠缺，但也是取儿童为范本的，而从此又以作供给儿童仿效的范本。我们试一看别国的儿童画罢，英国沉着，德国粗豪，俄国雄厚，法国漂亮，日本聪明，都没有一点中国似的衰惫的气象。观民风是不但可以由诗文，也可以由图画，而且可以由不为人们所重的儿童画的。

　　顽劣，钝滞，都足以使人没落，灭亡。童年的情形，便是将来的命运。我们的新人物，讲恋爱，讲小家庭，讲自立，讲享乐了，但很少有人为儿女提出家庭教育的问题，学校教育的问题，社会改革的问题。先前的人，只知道"为儿孙作马牛"，固然是错误的，但只顾现在，不想将来，"任儿孙作马牛"，却不能不说是一个更大的错误。

一九三三年八月十二日

702

"论语一年"

——借此又谈萧伯纳

说是《论语》办到一年了，语堂先生命令我做文章。这实在好像出了"学而一章"的题目，叫我做一篇白话八股一样。没有法，我只好做开去。

老实说罢，他所提倡的东西，我是常常反对的。先前，是对于"费厄泼赖"，现在呢，就是"幽默"。我不爱"幽默"，并且以为这是只有爱开圆桌会议的国民才闹得出来的玩意儿，在中国，却连意译也办不到。我们有唐伯虎，有徐文长；还有最有名的金圣叹，"杀头，至痛也，而圣叹以无意得之，大奇！"虽然不知道这是真话，是笑话；是事实，还是谣言。但总之：一来，是声明了圣叹并非反抗的叛徒；二来，是将屠户的凶残，使大家化为一笑，收场大吉。我们只有这样的东西，和"幽默"是并无什么瓜葛的。

况且作者姓氏一大篇，动手者寥寥无几，乃是中国的古礼。在这种礼制之下，要每月说出两本"幽默"来，倒未免有些"幽默"的气息。这气息令人悲观，加以不爱，就使我不大热心于《论语》了。

然而，《萧的专号》是好的。

它发表了别处不肯发表的文章，揭穿了别处故意颠倒的谈话，至今还使名士不平，小官怀恨，连吃饭睡觉的时候都会记得起来。憎恶之久，憎恶者之多，就是效力之大的证据。

莎士比亚虽然是"剧圣"，我们不大有人提起他。五四时代绍介了一个易卜生，名声倒还好，今年绍介了一个萧，可就糟了，至今还有人肚子在发胀。

为了他笑嘻嘻，辨不出是冷笑，是恶笑，是嘻笑么？并不是的。为了他笑中有刺，刺着了别人的病痛么？也不全是的。列维它夫说得很分明：就因为易卜生是伟大的疑问号（?），而萧是伟大的感叹号（!）的缘故。

他们的看客，不消说，是绅士淑女们居多。绅士淑女们是顶爱面子的人种。易卜生虽然使他们登场，虽然也揭发一点隐蔽，但并不加上结论，却从容的说道"想一想罢，这到底是些什么呢？"绅士淑女们的尊严，确也有一些动摇了，但究竟还留着摇摇摆摆的退走，回家去想的余裕，也就保存了面子。至于回家之后，想了也未，想得怎样，那就不成什么问题，所以他被绍介进中国来，四平八稳，反对的比赞成的少。萧可不这样了，他使他们登场，撕掉了假面具，阔衣装，终于拉住耳朵，指给大家道，"看哪，这是蛆虫！"连磋商的工夫，掩饰的法子也不给人有一点。这时候，能笑的就只有并无他所指摘的病痛的下等人了。在这一点上，萧是和下等人相近的，而也就和上等人相远。

这怎么办呢？仍然有一定的古法在。就是：大家沸沸扬扬的嚷起来，说他有钱，说他装假，说他"名流"，说他"狡猾"，至少是和自己们差不多，或者还要坏。自己是生活在小茅厕里的，他却从大茅厕里爬出，也是一只蛆虫，绍介者胡涂，称赞的可恶。然而，我想，假使萧也是一只蛆虫，却还是一只伟大的蛆虫，正如可以同有许多感叹号，而惟独他是"伟大的感叹号"一样。譬如有一堆蛆虫在这里罢，一律即即足足，自以为是绅士淑女，文人学士，名宦高人，互相点头，雍容揖让，天下太平，那就是全体没有什么高下，都是平常的蛆虫。但是，如果有一只蓦地跳了出来，大喝一声道："这些其实都是蛆虫！"那么，——自然，它也是从茅厕里爬出来的，然而我们非认它为特别的伟大的蛆虫则不可。

蛆虫也有大小，有好坏的。

生物在进化，被达尔文揭发了，使我们知道了我们的远祖和猴子是亲戚。然而那时的绅士们的方法，和现在是一模一样的：他们大家倒叫达尔文为猴子的子孙。罗广廷博士在广东中山大学的"生物自然发生"的实验尚未成功，我们姑且承认人类是猴子的亲戚罢，虽然并不十分体面。但这同是猴子的亲戚中，达尔文又不能不说是伟大的了。那理由很简单而且平常，就因为他以猴子亲戚的家世，却并不忌讳，指出了人们是猴子的亲戚来。

猴子的亲戚也有大小，有好坏的。

但达尔文善于研究，却不善于骂人，所以被绅士们嘲笑了小半世。给他来斗争的是自称为"达尔文的咬狗"的赫胥黎，他以渊博的学识，警辟的文章，东冲西突，攻陷了自以为亚当和夏娃的子孙们的最后的堡垒。现在是指人为狗，变成摩登了，也算是一句恶骂。但是，便是狗罢，也不能一例而论的，有的食肉，有的拉橇，有的为军队探敌，有的帮警署捉人，有的在张园赛跑，有的跟化子要饭。将给阔人开心的吧儿和在雪地里救人的猛犬一比较，何如？如赫胥黎，就是一匹有功人世的好狗。

狗也有大小，有好坏的。

但要明白，首先就要辨别。"幽默处俏皮与正经之间"（语堂语）。不知俏皮与正经之辨，怎么会知道这"之间"？我们虽挂孔子的门徒招牌，却是庄生的私淑弟子。"彼亦一是非，此亦一是非"，是与非不想辨；"不知周之梦为蝴蝶欤，蝴蝶之梦为周欤？"梦与觉也分不清。生活要混沌。如果凿起七窍来呢？庄子曰："七

705

日而混沌死。"

这如何容得感叹号？

而且也容不得笑。私塾的先生，一向就不许孩子愤怒，悲哀，也不许高兴。皇帝不肯笑，奴隶是不准笑的。他们会笑，就怕他们也会哭，会怒，会闹起来。更何况坐着有版税可抽，而一年之中，竟"只闻其骚音怨音以及刻薄刁毒之音"呢？

这可见"幽默"在中国是不会有的。

这也可见我对于《论语》的悲观，正非神经过敏。有版税的尚且如此，还能希望那些炸弹满空，河水漫野之处的人们来说"幽默"么？恐怕连"骚音怨音"也不会有，"盛世元音"自然更其谈不到。将来圆桌会议上也许有人列席，然而是客人，主宾之间，用不着"幽默"。甘地一回一回的不肯吃饭，而主人所办的报章上，已有说应该给他鞭子的了。

这可见在印度也没有"幽默"。

最猛烈的鞭挞了那主人们的是萧伯纳，而我们中国的有些绅士淑女们可又憎恶他了，这真是伯纳"以无意得之，大奇！"然而也正是办起《孝经》来的好文字："此士大夫之孝也。"

《中庸》《大学》都已新出，《孝经》是一定就要出来的；不过另外还要有《左传》。在这样的年头，《论语》那里会办得好；二十五本，已经要算是"不亦乐乎"的了。

一九三三年八月二十三日

小品文的危机

仿佛记得一两月之前，曾在一种日报上见到记载着一个人的死去的文章，说他是收集"小摆设"的名人，临末还有依稀的感喟，以为此人一死，"小摆设"的收集者在中国怕要绝迹了。

但可惜我那时不很留心，竟忘记了那日报和那收集家的名字。

现在的新的青年恐怕也大抵不知道什么是"小摆设"了。但如果他出身旧家，先前曾有玩弄翰墨的人，则只要不很破落，未将觉得没用的东西卖给旧货担，就也许还能在尘封的废物之中，寻出一个小小的镜屏，玲珑剔透的石块，竹根刻成的人像，古玉雕出的动物，锈得发绿的铜铸的三脚癞虾蟆：这就是所谓"小摆设"。先前，它们陈列在书房里的时候，是各有其雅号的，譬如那三脚癞虾蟆，应该称为"蟾蜍砚滴"之类，最末的收集家一定都知道，现在呢，可要和它的光荣一同消失了。

那些物品，自然决不是穷人的东西，但也不是达官富翁家的陈设，他们所要的，是珠玉扎成的盆景，五彩绘画的磁瓶。那只是所谓士大夫的"清玩"。在外，至少必须有几十亩膏腴的田地，在家，必须有几间幽雅的书斋；就是流寓上海，也一定得生活较为安闲，在客栈里有一间长包的房子，书桌一顶，烟榻一张，瘾足心闲，摩挲赏鉴。然而这境地，现在却已经被世界的险恶的潮流冲得七颠八倒，像狂涛中的小船似的了。

然而就是在所谓"太平盛世"罢，这"小摆设"原也不是什么重要的物品。在方寸的象牙版上刻一篇《兰亭序》，至今还有"艺术品"之称，但倘将这挂在万里长城的墙头，或供在云冈的丈八佛像的足下，它就渺小得看不见了，即使热心者竭力指点，也不过令观者生一种滑稽之感。何况在风沙扑面，狼虎成群的时候，谁还有这许多闲工夫，来赏玩琥珀扇坠，翡翠戒指呢。他们即使要悦目，所要的也是耸立于风沙中的大建筑，要坚固而伟大，不必怎样精；即使要满意，所要的也是匕首和投枪，要锋利而切实，用不着什么雅。

美术上的"小摆设"的要求，这幻梦是已经破掉了，那日报上的文章的作者，就直觉的地知道。然而对于文学上的"小摆设"——"小品文"的要求，却正在越加旺盛起来，要求者以为可以靠着低诉或微吟，将粗犷的人心，磨得渐渐的平滑。这就是想别人一心看着《六朝文絜》，而忘记了自己是抱在黄河决口之后，淹得仅仅露出水面的树梢头。

但这时却只用得着挣扎和战斗。

而小品文的生存，也只仗着挣扎和战斗的。晋朝的清言，早和它的朝代一同消歇了。唐末诗风衰落，而小品放了光辉。但罗隐的《谗书》，几乎全部是抗争和愤激之谈；皮日休和陆龟蒙自以为隐士，别人也称之为隐士，而看他们在《皮子文薮》和《笠泽丛书》中的小品文，并没有忘记天下，正是一榻胡涂的泥塘里的光彩和锋铓。明末的小品虽然比较的颓放，却并非全是吟风弄月，其中有不平，有讽刺，有攻击，有破坏。这种作风，也触着了满洲君臣的心病，费去许多助虐的武将的刀锋，帮闲的文臣的笔锋，直到乾隆年间，这才压制下去了。以后呢，就来了"小摆设"。

"小摆设"当然不会有大发展。到五四运动的时候，才又来了一个展开，散文小品的成功，几乎在小说戏曲和诗歌之上。这之中，自然含着挣扎和战斗，但因为常常取法于英国的随笔（Essay），所以也带一点幽默和雍容；写法也有漂亮和缜密的，这是为了对于旧文学的示威，在表示旧文学之自以为特长者，白话文学也并非做不到。以后的路，本来明明是更分明的挣扎和战斗，因为这原是萌芽于"文学革命"以至"思想革命"的。但现在的趋势，却在特别提倡那和旧文章相合之点，雍容，漂亮，缜密，就是要它成为"小摆设"，供雅人的摩挲，并且想青年摩挲了这"小摆设"，由粗暴而变为风雅了。

然而现在已经更没有书桌；雅片虽然已经公卖，烟具是禁止的，吸起来还是十分不容易。想在战地或灾区里的人们来鉴赏罢——谁都知道是更奇怪的幻梦。这种小品，上海虽正在盛行，茶话酒谈，遍满小报的摊子上，但其实是正如烟花女子，已经不能在弄堂里拉扯她的生意，只好涂脂抹粉，在夜里蹩到马路上来了。

小品文就这样的走到了危机。但我所谓危机，也如医学上的所谓"极期"（Krisis）一般，是生死的分歧，能一直得到死亡，也能由此至于恢复。麻醉性的作品，是将与麻醉者和被麻醉者同归于尽的。生存的小品文，必须是匕首，是投枪，能和读者一同杀出一条生存的血路的东西；但自然，它也能给人愉快和休息，然而这并不是"小摆设"，更不是抚慰和麻痹，它给人的愉快和休息是休养，是劳作和战斗之前的准备。

一九三三年八月二十七日

709

漫　与

　　地质学上的古生代的秋天，我们不大明白了，至于现在，却总是相差无几。假使前年是肃杀的秋天，今年就成了凄凉的秋天，那么，地球的年龄，怕比天文学家所豫测的最短的数目还要短得多多罢。但人事却转变得真快，在这转变中的人，尤其是诗人，就感到了不同的秋，将这感觉，用悲壮的，或凄惋的句子，传给一切平常人，使彼此可以应付过去，而天地间也常有新诗存在。

　　前年实在好像是一个悲壮的秋天，市民捐钱，青年拚命，箪鼓的声音也从诗人的笔下涌出，仿佛真要"投笔从戎"似的。然而诗人的感觉是锐敏的，他未始不知道国民的赤手空拳，所以只好赞美大家的殉难，因此在悲壮里面，便埋伏着一点空虚。我所记得的，是邵冠华先生的《醒起来罢同胞》（《民国日报》所载）里的一段——

　　　　同胞，醒起来罢，
　　　　踢开了弱者的心，
　　　　踢开了弱者的脑，
　　　　看，看，看，
　　　　看同胞们的血喷出来了，
　　　　看同胞们的肉割开来了，

看同胞们的尸体挂起来了。

鼓鼙之声要在前线，当进军的时候，是"作气"的，但尚且要"再而衰，三而竭"，倘在并无进军的准备的处所，那就完全是"散气"的灵丹了，倒使别人的紧张的心情，由此转成弛缓。所以我曾比之于"嚎丧"，是送死的妙诀，是丧礼的收场，从此使生人又可以在别一境界中，安心乐意的活下去。历来的文章中，化"敌"为"皇"，称"逆"为"我朝"，这样的悲壮的文章就是其间的"蝴蝶铰"，但自然，作手是不必同出于一人的。然而从诗人看来，据说这些话乃是一种"狂吠"。

不过事实真也比评论更其不留情面，仅在这短短的两年中，昔之义军，已名"匪徒"，而有些"抗日英雄"，却早已侨寓姑苏了，而且连捐款也发生了问题。九一八的纪念日，则华界但有囚车随着武装巡捕梭巡，这囚车并非"意图"拘禁敌人或汉奸，而是专为"意图乘机捣乱"的"反动分子"所豫设的宝座。天气也真是阴惨，狂风骤雨，报上说是"飓风"，是天地在为中国饮泣，然而在天地之间——人间，这一日却"平安"的过去了。

于是就成了虽然有些惨淡，却很"平安"的秋天，正是一个丧家届了除服之期的景象。但这景象，却又与诗人非常适合的，我在《醒起来罢同胞》的同一作家的《秋的黄昏》（九月二十五日《时事新报》所载）里，听到了幽咽而舒服的声调——

我到了秋天便会伤感；到了秋天的黄昏，便会流泪，我已很感觉到我的伤感是受着秋风的波动而兴奋地展开，同时自己又像会发现自己的环境是最适合于秋天，细细地抚摩着秋天在自然里发出的音波，我知道我的命运使我成

711

为秋天的人。……

　　钉梢，现在中国所流行的，是无赖子对于摩登女郎，和侦探对于革命青年的钉梢，而对于文人学士们，却还很少见。假使追蹑几月或几年试试罢，就会看见许多怎样的情随事迁，到底头头是道的诗人。

　　一个活人，当然是总想活下去的，就是真正老牌的奴隶，也还在打熬着要活下去。然而自己明知道是奴隶，打熬着，并且不平着，挣扎着，一面"意图"挣脱以至实行挣脱的，即使暂时失败，还是套上了镣铐罢，他却不过是单单的奴隶。如果从奴隶生活中寻出"美"来，赞叹，抚摩，陶醉，那可简直是万劫不复的奴才了，他使自己和别人永远安住于这生活。就因为奴群中有这一点差别，所以使社会有平安和不安的差别，而在文学上，就分明的显现了麻醉的和战斗的的不同。

一九三三年九月二十七日

世故三昧

人世间真是难处的地方，说一个人"不通世故"，固然不是好话，但说他"深于世故"也不是好话。"世故"似乎也像"革命之不可不革，而亦不可太革"一样，不可不通，而亦不可太通的。

然而据我的经验，得到"深于世故"的恶谥者，却还是因为"不通世故"的缘故。

现在我假设以这样的话，来劝导青年人——

如果你遇见社会上有不平事，万不可挺身而出，讲公道话，否则，事情倒会移到你头上来，甚至于会被指作反动分子的。如果你遇见有人被冤枉，被诬陷的，即使明知道他是好人，也万不可挺身而出，去给他解释或分辩，否则，你就会被人说是他的亲戚，或得了他的贿赂；倘使那是女人，就要被疑为她的情人的；如果他较有名，那便是党羽。例如我自己罢，给一个毫不相干的女士做了一篇信札集的序，人们就说她是我的小姨；介绍一点科学的文艺理论，人们就说得了苏联的卢布。亲戚和金钱，在目下的中国，关系也真是大，事实给与了教训，人们看惯了，以为人人都脱不了这关系，原也无足深怪的。

然而，有些人其实也并不真相信，只是说着玩玩，有趣有趣的。即使有人为了谣言，弄得凌迟碎剐，像明末的郑鄤那样了，和自己也并不相干，总不如有趣的紧要。这时你如果去辨正，那就是使大家扫兴，结果还是你自己倒楣。我也有一个经验，那是十多年前，我在教育部里做"官僚"，常听得同事说，某女学校的学生，是可以叫出来嫖的，连机关的地址门牌，也说得明明白白。有一回我偶然走过这条街，一个人对于坏事情，是记性好一点的，我记起来了，便留心着那门牌，但这一号，却是一块小空地，有一口大井，一间很破烂的小屋，是几个山东人住着卖水的地方，决计做不了别用。待到他们又在谈着这事的时候，我便说出我的所见来，而不料大家竟笑容尽敛，不欢而散了，此后不和我谈天者两三月。我事后才悟到打断了他们的兴致，是不应该的。

所以，你最好是莫问是非曲直，一味附和着大家；但更好是不开口；而在更好之上的是连脸上也不显出心里的是非的模样来……

这是处世法的精义，只要黄河不流到脚下，炸弹不落在身边，可以保管一世没有挫折的。但我恐怕青年人未必以我的话为然；便是中年，老年人，也许要以为我是在教坏了他们的子弟。呜呼，那么，一片苦心，竟是白费了。

然而倘说中国现在正如唐虞盛世，却又未免是"世故"之谈。耳闻目睹的不算，单是看看报章，也就可以知道社会上有多少不平，人们有多少冤抑。但对于这些事，除了有时或有同业，同乡，同族的人们来说几句呼吁的话之外，利害无关的人的义愤的声音，我们是很少听到的。这很分明，是大家不开口；或者以为和自己不相干；或者连"以为和自己不相干"的意思也全没有。"世故"深到不自觉其"深于世故"，这才真是"深于世故"的了。这是中国处世法的精义中的精义。

而且，对于看了我的劝导青年人的话，心以为非的人物，我还有一下反攻在这里。他是以我为狡猾的。但是，我的话里，一面固然显示着我的狡猾，而且无能，但一面也显示着社会的黑暗。他单责个人，正是最稳妥的办法，倘使兼责社会，可就得站出去战斗了。责人的"深于世故"而避开了"世"不谈，这是更"深于世故"的玩艺，倘若自己不觉得，那就更深更深了，离三昧境盖不远矣。

不过凡事一说，即落言筌，不再能得三昧。说"世故三昧"者，即非"世故三昧"。三昧真谛，在行而不言；我现在一说"行而不言"，却又失了真谛，离三昧境盖益远矣。

一切善知识，心知其意可也，唵！

一九三三年十月十三日

谣言世家

双十佳节，有一位文学家大名汤增敭先生的，在《时事新报》上给我们讲光复时候的杭州的故事。他说那时杭州杀掉许多驻防的旗人，辨别的方法，是因为旗人叫"九"为"钩"的，所以要他说"九百九十九"，一露马脚，刀就砍下去了。

这固然是颇武勇，也颇有趣的。但是，可惜是谣言。

中国人里，杭州人是比较的文弱的人。当钱大王治世的时候，人民被刮得衣裤全无，只用一片瓦掩着下部，然而还要追捐，除被打得麂一般叫之外，并无贰话。不过这出于宋人的笔记，是谣言也说不定的。但宋明的末代皇帝，带着没落的阔人，和暮气一同滔滔的逃到杭州来，却是事实，苟延残喘，要大家有刚决的气魄，难不难。到现在，西子湖边还多是摇摇摆摆的雅人；连流氓也少有浙东似的"白刀子进红刀子出"的打架。自然，倘有军阀做着后盾，那是也会格外的撒泼的，不过当时实在并无敢于杀人的风气，也没有乐于杀人的人们。我们只要看举了老成持重的汤蛰仙先生做都督，就可以知道是不会流血的了。

不过战事是有的。革命军围住旗营，开枪打进去，里面也有时打出来。然而围得并不紧，我有一个熟人，白天在外面逛，晚上却自进旗营睡觉去了。

虽然如此，驻防军也终于被击溃，旗人降服了，房屋被充公是有的，却并没有杀戮。口粮当然取消，各人自寻生计，开初倒还好，后来就遭灾。

怎么会遭灾的呢？就是发生了谣言。

杭州的旗人一向优游于西子湖边，秀气所钟，是聪明的，他们知道没有了粮，只好做生意，于是卖糕的也有，卖小菜的也有。杭州人是客气的，并不歧视，生意也还不坏。然而祖传的谣言起来了，说是旗人所卖的东西，里面都藏着毒药。这一下子就使汉人避之惟恐不远，但倒是怕旗人来毒自己，并不是自己想去害旗人。结果是他们所卖的糕饼小菜，毫无生意，只得在路边出卖那些不能下毒的家具。家具一完，途穷路绝，就一败涂地了。这是杭州驻防旗人的收场。

笑里可以有刀，自称酷爱和平的人民，也会有杀人不见血的武器，那就是造谣言。但一面害人，一面也害己，弄得彼此懵懵懂懂。古时候无须提起了，即在近五十年来，甲午战败，就说是李鸿章害的，因为他儿子是日本的驸马，骂了他小半世；庚子拳变，又说洋鬼子是挖眼睛的，因为造药水，就乱杀了一大通。下毒学说起于辛亥光复之际的杭州，而复活于近来排日的时候。我还记得每有一回谣言，就总有谁被诬为下毒的奸细，给谁平白打死了。

谣言世家的子弟，是以谣言杀人，也以谣言被杀的。

至于用数目来辨别汉满之法，我在杭州倒听说是出于湖北的荆州的，就是要他们数一二三四，数到"六"字，读作上声，便杀却。但杭州离荆州太远了，这还是一种谣言也难说。

我有时也不大能够分清那句是谣言，那句是真话了。

一九三三年十月十三日

717

关于妇女解放

孔子曰："唯女子与小人为难养也，近之则不逊，远之则怨。"女子与小人归在一类里，但不知道是否也包括了他的母亲。后来的道学先生们，对于母亲，表面上总算是敬重的了，然而虽然如此，中国的为母的女性，还受着自己儿子以外的一切男性的轻蔑。

辛亥革命后，为了参政权，有名的沈佩贞女士曾经一脚踢倒过议院门口的守卫。不过我很疑心那是他自己跌倒的，假使我们男人去踢罢，他一定会还踢你几脚。这是做女子便宜的地方。还有，现在有些太太们，可以和阔男人并肩而立，在码头或会场上照一个照相；或者当汽船飞机开始行动之前，到前面去敲碎一个酒瓶（这或者非小姐不可也说不定，我不知道那详细）了，也还是做女子的便宜的地方。此外，又新有了各样的职业，除女工，为的是她们工钱低，又听话，因此为厂主所乐用的不算外，别的就大抵只因为是女子，所以一面虽然被称为"花瓶"，一面也常有"一切招待，全用女子"的光荣的广告。男子倘要这么突然的飞黄腾达，单靠原来的男性是不行的，他至少非变狗不可。

这是五四运动后，提倡了妇女解放以来的成绩。不过我们还常常听到职业妇女的痛苦的呻吟，评论家的对于新式女子的讥笑。她们从闺阁走出，到了社会上，其实是又成为给大家开玩笑，发议论的新资料了。

这是因为她们虽然到了社会上，还是靠着别人的"养"；要别人"养"，就得听人的唠叨，甚而至于侮辱。我们看看孔夫子的唠叨，就知道他是为了要"养"而"难"，"近之""远之"都不十分妥帖的缘故。这也是现在的男子汉大丈夫的一般的叹息。也是女子的一般的苦痛。在没有消灭"养"和"被养"的界限以前，这叹息和苦痛是永远不会消灭的。

这并未改革的社会里，一切单独的新花样，都不过一块招牌，实际上和先前并无两样。拿一匹小鸟关在笼中，或给站在竿子上，地位好像改变了，其实还只是一样的在给别人做玩意，一饮一啄，都听命于别人。俗语说："受人一饭，听人使唤"，就是这。所以一切女子，倘不得到和男子同等的经济权，我以为所有好名目，就都是空话。自然，在生理和心理上，男女是有差别的；即在同性中，彼此也都不免有些差别，然而地位却应该同等。必须地位同等之后，才会有真的女人和男人，才会消失了叹息和苦痛。

在真的解放之前，是战斗。但我并非说，女人应该和男人一样的拿枪，或者只给自己的孩子吸一只奶，而使男子去负担那一半。我只以为应该不自苟安于目前暂时的位置，而不断的为解放思想，经济等等而战斗。解放了社会，也就解放了自己。但自然，单为了现存的惟妇女所独有的桎梏而斗争，也还是必要的。

我没有研究过妇女问题，倘使必须我说几句，就只有这一点空话。

一九三三年十月二十一日

719

论翻印木刻

麦绥莱勒的连环图画四种出版并不久，日报上已有了种种的批评，这是向来的美术书出版后未能遇到的盛况，可见读书界对于这书，是十分注意的。但议论的要点，和去年已不同：去年还是连环图画是否可算美术的问题，现在却已经到了看懂这些图画的难易了。

出版界的进行可没有评论界的快。其实，麦绥莱勒的木刻的翻印，是还在证明连环图画确可以成为艺术这一点的。现在的社会上，有种种读者层，出版物自然也就有种种，这四种是供给智识者层的图画。然而为什么有许多地方很难懂得呢？我以为是由于经历之不同。同是中国人，倘使曾经见过飞机救国或"下蛋"，则在图上看见这东西，即刻就懂，但若历来未尝躬逢这些盛典的人，恐怕只能看作风筝或蜻蜓罢了。

有一种自称"中国文艺年鉴社"，而实是匿名者们所编的《中国文艺年鉴》在它的所谓"鸟瞰"中，曾经说我所发表的《连环图画辩护》虽将连环图画的艺术价值告诉了苏汶先生，但"无意中却把要是德国板画那类艺术作品搬到中国来，是否能为一般大众所理解，即是否还成其为大众艺术的问题忽略了过去，而且这种解答是对大众化的正题没有直接意义的"。这真是倘不是能编《中国文艺年鉴》的选家，就不至于说出口来的聪明话，因为我本也"不"在

720

讨论将"德国板画搬到中国来，是否为一般大众所理解"；所辩护的只是连环图画可以成为艺术，使青年艺术学徒不被曲说所迷，敢于创作，并且逐渐产生大众化的作品而已。假使我真如那编者所希望，"有意的"来说德国板画是否就是中国的大众艺术，这可至少也得归入"低能"一类里去了。

但是，假使一定要问："要是德国板画那类艺术作品搬到中国来，是否能为一般大众所理解"呢？那么，我也可以回答：假使不是立方派，未来派等等的古怪作品，大概该能够理解一点。所理解的可以比看一本《中国文艺年鉴》多，也不至于比看一本《西湖十景》少。风俗习惯，彼此不同，有些当然是莫明其妙的，但这是人物，这是屋宇，这是树木，却能够懂得，到过上海的，也就懂得画里的电灯，电车，工厂。尤其合式的是所画的是故事，易于讲通，易于记得。古之雅人，曾谓妇人俗子，看画必问这是什么故事，大可笑。中国的雅俗之分就在此：雅人往往说不出他以为好的画的内容来，俗人却非问内容不可。从这一点看，连环图画是宜于俗人的，但我在《连环图画辩护》中，已经证明了它是艺术，伤害了雅人的高超了。

然而，虽然只对于智识者，我以为绍介了麦绥莱勒的作品也还是不够的。同是木刻，也有刻法之不同，有思想之不同，有加字的，有无字的，总得翻印好几种，才可以窥见现代外国连环图画的大概。而翻印木刻画，也较易近真，有益于观者。我常常想，最不幸的是在中国的青年艺术学徒了，学外国文学可看原书，学西洋画却总看不到原画。自然，翻板是有的，但是，将一大幅壁画缩成明信片那么大，怎能看出真相？大小是很有关系的，假使我们将象缩小如猪，老虎缩小如鼠，怎么还会令人觉得原先那种气魄呢。木刻却小品居多，所以翻刻起来，还不至于大相远。

但这还仅就绍介给一般智识者的读者层而言，倘为艺术学徒设想，锌板的翻印也还不够。太细的线，锌板上是容易消失的，即使是粗线，也能因强水浸蚀的久暂而不同，少浸太粗，久浸就太细，中国还很少制板适得其宜的名工。要认真，就只好来用玻璃板，我翻印的《士敏土之图》二百五十本，在中国便是首先的试验。施蛰存先生在《大晚报》附刊的《火炬》上说："说不定他是像鲁迅先生印珂罗版本木刻图一样的是私人精印本，属于罕见书之列"，就是在讥笑这一件事。我还亲自听到过一位青年在这"罕见书"边说，写着只印二百五十部，是骗人的，一定印的很多，印多报少，不过想抬高那书价。

他们自己没有做过"私人精印本"的可笑事，这些笑骂是都无足怪的。我只因为想供给艺术学徒以较可靠的木刻翻本，就用原画来制玻璃版，但制这版，是每制一回只能印三百幅的，多印即须另制，假如每制一幅则只印一张或多至三百张，制印费都是三元，印三百以上到六百张即需六元，九百张九元，外加纸张费。倘在大书局，大官厅，即使印一万二千本原也容易办，然而我不过一个"私人"；并非繁销书，而竟来"精印"，那当然不免为财力所限，只好单印一板了。但幸而还好，印本已经将完，可知还有人看见；至于为一般的读者，则早已用锌板复制，插在译本《士敏土》里面了，然而编辑兼批评家却不屑道。

人不严肃起来，连指导青年也可以当作开玩笑，但仅印十来幅图，认真地想过几回的人却也有的，不过自己不多说。我这回写了出来，是在向青年艺术学徒说明珂罗板一板只印三百部，是制板上普通的事，并非故意要造"罕见书"，并且希望有更多好事的"私人"，不为不负责任的话所欺，大家都来制造"精印本"。

一九三三年十一月六日

722

作文秘诀

现在竟还有人写信来问我作文的秘诀。

我们常常听到：拳师教徒弟是留一手的，怕他学全了就要打死自己，好让他称雄。在实际上，这样的事情也并非全没有，逢蒙杀羿就是一个前例。逢蒙远了，而这种古气是没有消尽的，还加上了后来的"状元瘾"，科举虽然久废，至今总还要争"唯一"，争"最先"。遇到有"状元瘾"的人们，做教师就危险，拳棒教完，往往免不了被打倒，而这位新拳师来教徒弟时，却以他的先生和自己为前车之鉴，就一定留一手，甚而至于三四手，于是拳术也就"一代不如一代"了。

还有，做医生的有秘方，做厨子的有秘法，开点心铺子的有秘传，为了保全自家的衣食，听说这还只授儿妇，不教女儿，以免流传到别人家里去。"秘"是中国非常普遍的东西，连关于国家大事的会议，也总是"内容非常秘密"，大家不知道。但是，作文却好像偏偏并无秘诀，假使有，每个作家一定是传给子孙的了，然而祖传的作家很少见。自然，作家的孩子们，从小看惯书籍纸笔，眼格也许比较的可以大一点罢，不过不见得就会做。目下的刊物上，虽然常见什么"父子作家""夫妇作家"的名称，仿佛真能从遗嘱或情书中，密授一些什么秘诀一样，其实乃是肉麻当有趣，妄将做官的关系，用到作文上去了。

那么，作文真就毫无秘诀么？却也并不。我曾经讲过几句做古文的秘诀，是要通篇都有来历，而非古人的成文；也就是通篇是自己做的，而又全非自己所做，个人其实并没有说什么；也就是"事出有因"，而又"查无实据"。到这样，便"庶几乎免于大过也矣"了。简而言之，实不过要做得"今天天气，哈哈哈……"而已。

这是说内容。至于修辞，也有一点秘诀：一要蒙胧，二要难懂。那方法，是：缩短句子，多用难字。譬如罢，作文论秦朝事，写一句"秦始皇乃始烧书"，是不算好文章的，必须翻译一下，使它不容易一目了然才好。这时就用得着《尔雅》，《文选》了，其实是只要不给别人知道，查查《康熙字典》也不妨。动手来改，成为"始皇始焚书"，就有些"古"起来，到得改成"政俶燔典"，那就简直有了班马气，虽然跟着也令人不大看得懂。但是这样的做成一篇以至一部，是可以被称为"学者"的，我想了半天，只做得一句，所以只配在杂志上投稿。

我们的古之文学大师，就常常玩着这一手。班固先生的"紫色鼃声，余分闰位"，就将四句长句，缩成八字的；扬雄先生的"蠢迪检柙"，就将"动由规矩"这四个平常字，翻成难字的。《绿野仙踪》记塾师咏"花"，有句云："媗钗俏矣儿书废，哥罐闻焉嫂棒伤。"自说意思，是儿妇折花为钗，虽然俏丽，但恐儿子因而废读；下联较费解，是他的哥哥折了花来，没有花瓶，就插在瓦罐里，以嗅花香，他嫂嫂为防微杜渐起见，竟用棒子连花和罐一起打坏了。这算是对于冬烘先生的嘲笑。然而他的作法，其实是和扬班并无不合的，错只在他不用古典而用新典。这一个所谓"错"，就使《文选》之类在遗老遗少们的心眼里保住了威灵。

做得蒙胧，这便是所谓"好"么？答曰：也不尽然，其实是不过掩了丑。但是，"知耻近乎勇"，掩了丑，也就仿佛近乎好了。摩登女郎披下头发，中年妇人罩上面纱，就都是蒙胧术。人类学家解释衣服的起源有三说：一说是因为男女知道了性的羞耻心，用这来遮羞；一说却以为倒是用这来刺激；还有一种是说因为老弱男女，身体衰瘦，露着不好看，盖上一些东西，借此掩掩丑的。从修辞学的立场上看起来，我赞成后一说。现在还常有骈四俪六，典丽堂皇的祭文，挽联，宣言，通电，我们倘去查字典，翻类书，剥去它外面的装饰，翻成白话文，试看那剩下的是怎样的东西呵！？

不懂当然也好的。好在那里呢？即好在"不懂"中。但所虑的是好到令人不能说好丑，所以还不如做得它"难懂"：有一点懂，而下一番苦功之后，所懂的也比较的多起来。我们是向来很有崇拜"难"的脾气的，每餐吃三碗饭，谁也不以为奇，有人每餐要吃十八碗，就郑重其事的写在笔记上；用手穿针没有人看，用脚穿针就可以搭帐篷卖钱；一幅画片，平淡无奇，装在匣子里，挖一个洞，化为西洋镜，人们就张着嘴热心的要看了。况且同是一事，费了苦功而达到的，也比并不费力而达到的的可贵。譬如到什么庙里去烧香罢，到山上的，比到平地上的可贵；三步一拜才到庙里的庙，和坐了轿子一径抬到的庙，即使同是这庙，在到达者的心里的可贵的程度是大有高下的。作文之贵乎难懂，就是要使读者三步一拜，这才能够达到一点目的的妙法。

写到这里，成了所讲的不但只是做古文的秘诀，而且是做骗人的古文的秘诀了。但我想，做白话文也没有什么大两样，因为它也可以夹些僻字，加上蒙胧或难懂，来施展那变戏法的障眼的手巾的。倘要反一调，就是"白描"。

"白描"却并没有秘诀。如果要说有，也不过是和障眼法反一调：有真意，去粉饰，少做作，勿卖弄而已。

一九三三年十一月十日

捣鬼心传

中国人又很有些喜欢奇形怪状，鬼鬼祟祟的脾气，爱看古树发光比大麦开花的多，其实大麦开花他向来也没有看见过。于是怪胎畸形，就成为报章的好资料，替代了生物学的常识的位置了。最近在广告上所见的，有像所谓两头蛇似的两头四手的胎儿，还有从小肚上生出一只脚来的三脚汉子。固然，人有怪胎，也有畸形，然而造化的本领是有限的，他无论怎么怪，怎么畸，总有一个限制：孪儿可以连背，连腹，连臀，连胁，或竟骈头，却不会将头生在屁股上；形可以骈拇，枝指，缺肢，多乳，却不会两脚之外添出一只脚来，好像"买两送一"的买卖。天实在不及人之能捣鬼。

但是，人的捣鬼，虽胜于天，而实际上本领也有限。因为捣鬼精义，在切忌发挥，亦即必须含蓄。盖一加发挥，能使所捣之鬼分明，同时也生限制，故不如含蓄之深远，而影响却又因而模胡了。"有一利必有一弊"，我之所谓"有限"者以此。

清朝人的笔记里，常说罗两峰的《鬼趣图》，真写得鬼气拂拂；后来那图由文明书局印出来了，却不过一个奇瘦，一个矮胖，一个臃肿的模样，并不见得怎样的出奇，还不如只看笔记有趣。小说上的描摹鬼相，虽然竭力，也都不足以惊人，我觉得最可怕的还是晋人所记的脸无五官，浑沦如鸡蛋的山中厉鬼。因为五官不过是五官，纵使苦心经营，要它凶恶，总也逃不出五官的范围，现在使

726

它浑沦得莫名其妙，读者也就怕得莫名其妙了。然而其“弊”也，是印象的模胡。不过较之写些“青面獠牙”，“口鼻流血”的笨伯，自然聪明得远。

中华民国人的宣布罪状大抵是十条，然而结果大抵是无效。古来尽多坏人，十条不过如此，想引人的注意以至活动是决不会的。骆宾王作《讨武曌檄》，那“入宫见嫉，蛾眉不肯让人，掩袖工谗，狐媚偏能惑主”这几句，恐怕是很费点心机的了，但相传武后看到这里，不过微微一笑。是的，如此而已，又怎么样呢? 声罪致讨的明文，那力量往往远不如交头接耳的密语，因为一是分明，一是莫测的。我想假使当时骆宾王站在大众之前，只是攒眉摇头，连称“坏极坏极”，却不说出其所谓坏的实例，恐怕那效力会在文章之上的罢。“狂飙文豪”高长虹攻击我时，说道劣迹多端，倘一发表，便即身败名裂，而终于并不发表，是深得捣鬼正脉的；但也竟无大效者，则与广泛俱来的“模胡”之弊为之也。

明白了这两例，便知道治国平天下之法，在告诉大家以有法，而不可明白切实的说出何法来。因为一说出，即有言，一有言，便可与行相对照，所以不如示之以不测。不测的威棱使人萎伤，不测的妙法使人希望——饥荒时生病，打仗时做诗，虽若与治国平天下不相干，但在莫明其妙中，却能令人疑为跟着自有治国平天下的妙法在——然而其“弊”也，却还是照例的也能在模胡中疑心到所谓妙法，其实不过是毫无方法而已。

捣鬼有术，也有效，然而有限，所以以此成大事者，古来无有。

一九三三年十一月二十二日

伪自由书

前　记

　　这一本小书里的，是从本年一月底起至五月中旬为止的寄给
《申报》上的《自由谈》的杂感。

　　我到上海以后，日报是看的，却从来没有投过稿，也没有想到
过，并且也没有注意过日报的文艺栏，所以也不知道《申报》在什
么时候开始有了《自由谈》，《自由谈》里是怎样的文字。大约是去
年的年底罢，偶然遇见郁达夫先生，他告诉我说，《自由谈》的编
辑新换了黎烈文先生了，但他才从法国回来，人地生疏，怕一时集
不起稿子，要我去投几回稿。我就漫应之曰：那是可以的。

　　对于达夫先生的嘱咐，我是常常"漫应之曰：那是可以的"
的。直白的说罢，我一向很回避创造社里的人物。这也不只因为
历来特别的攻击我，甚而至于施行人身攻击的缘故，大半倒在他
们的一副"创造"脸。虽然他们之中，后来有的化为隐士，有的
化为富翁，有的化为实践的革命者，有的也化为奸细，而在"创
造"这一面大纛之下的时候，却总是神气十足，好像连出汗打嚏，
也全是"创造"似的。我和达夫先生见面得最早，脸上也看不出
那么一种创造气，所以相遇之际，就随便谈谈；对于文学的意见，
我们恐怕是不能一致的罢，然而所谈的大抵是空话。但这样的就
熟识了，我有时要求他写一篇文章，他一定如约寄来，则他希望
我做一点东西，我当然应该漫应曰可以。但应而至于"漫"，我已

731

经懒散得多了。

但从此我就看看《自由谈》，不过仍然没有投稿。不久，听到了一个传闻，说《自由谈》的编辑者为了忙于事务，连他夫人的临蓐也不暇照管，送在医院里，她独自死掉了。几天之后，我偶然在《自由谈》里看见一篇文章，其中说的是每日使婴儿看看遗照，给他知道曾有这样一个孕育了他的母亲。我立刻省悟了这就是黎烈文先生的作品，拿起笔，想做一篇反对的文章，因为我向来的意见，是以为倘有慈母，或是幸福，然若生而失母，却也并非完全的不幸，他也许倒成为更加勇猛，更无挂碍的男儿的。但是也没有竟做，改为给《自由谈》的投稿了，这就是这本书里的第一篇《崇实》；又因为我旧日的笔名有时不能通用，便改题了"何家干"，有时也用"干"或"丁萌"。

这些短评，有的由于个人的感触，有的则出于时事的刺戟，但意思都极平常，说话也往往很晦涩，我知道《自由谈》并非同人杂志，"自由"更当然不过是一句反话，我决不想在这上面去驰骋的。我之所以投稿，一是为了朋友的交情，一则在给寂寞者以呐喊，也还是由于自己的老脾气。然而我的坏处，是在论时事不留面子，砭锢弊常取类型，而后者尤与时宜不合。盖写类型者，于坏处，恰如病理学上的图，假如是疮疽，则这图便是一切某疮某疽的标本，或和某甲的疮有些相像，或和某乙的疽有点相同。而见者不察，以为所画的只是他某甲的疮，无端侮辱，于是就必欲制你画者的死命了。例如我先前的论叭儿狗，原也泛无实指，都是自觉其有叭儿性的人们自来承认的。这要制死命的方法，是不论文章的是非，而先问作者是那一个；也就是别的不管，只要向作者施行人身攻击了。自然，其中也并不全是含愤的病人，有的倒是代打不平的侠客。总之，这种战术，是陈源教授的"鲁迅即教育部佥事周树人"开其端，事隔十年，大家早经忘却了，这回是王平陵先生告发于前，周木斋先生揭露于后，都是做着关于作者本身的文章，或则牵连而至于左翼文学者。此外为我所看见的还有好几篇，也都附在我的本文之后，以见上海有些所谓文学家的笔战，是怎样的东西，和我的短评本身，有什么关系。但另有几篇，是因为我的感想由此而起，特地并存以便读者的参考的。

我的投稿，平均每月八九篇，但到五月初，竟接连的不能发表了，我想，这是因为其时讳言时事而我的文字却常不免涉及时事的缘故。这禁止的是官方检查员，还是报馆总编辑呢，我不知道，也无须知道。现在便将那些都归在这一本里，其实是我所指摘，现在都已由事实来证明的了，我那时不过说得略早几天而已。是为序。

　　　　一九三三年七月十九夜，于上海寓庐，鲁迅记

观　斗

我们中国人总喜欢说自己爱和平，但其实，是爱斗争的，爱看别的东西斗争，也爱看自己们斗争。

最普通的是斗鸡，斗蟋蟀，南方有斗黄头鸟，斗画眉鸟，北方有斗鹌鹑，一群闲人们围着呆看，还因此赌输赢。古时候有斗鱼，现在变把戏的会使跳蚤打架。看今年的《东方杂志》，才知道金华又有斗牛，不过和西班牙却两样的，西班牙是人和牛斗，我们是使牛和牛斗。

任他们斗争着，自己不与斗，只是看。

军阀们只管自己斗争着，人民不与闻，只是看。

然而军阀们也不是自己亲身在斗争，是使兵士们相斗争，所以频年恶战，而头儿个个终于是好好的，忽而误会消释了，忽而杯酒言欢了，忽而共同御侮了，忽而立誓报国了，忽而……。不消说，忽而自然不免又打起来了。

然而人民一任他们玩把戏，只是看。

但我们的斗士，只有对于外敌却是两样的：近的，是"不抵抗"，远的，是"负弩前驱"云。

"不抵抗"在字面上已经说得明明白白。"负弩前驱"呢，弩机的制度早已失传了，必须待考古学家研究出来，制造起来，然后能够负，然后能够前驱。

还是留着国产的兵士和现买的军火，自己斗争下去罢。中国的人口多得很，暂时总有一些孑遗在看着的。但自然，倘要这样，则对于外敌，就一定非"爱和平"不可。

　　　　　　　　　一九三三年一月二十四日

逃的辩护

古时候，做女人大晦气，一举一动，都是错的，这个也骂，那个也骂。现在这晦气落在学生头上了，进也挨骂，退也挨骂。

我们还记得，自前年冬天以来，学生是怎么闹的，有的要南来，有的要北上，南来北上，都不给开车。待到到得首都，顿首请愿，却不料"为反动派所利用"，许多头都恰巧"碰"在刺刀和枪柄上，有的竟"自行失足落水"而死了。

验尸之后，报告书上说道，"身上五色"。我实在不懂。

谁发一句质问，谁提一句抗议呢？有些人还笑骂他们。

还要开除，还要告诉家长，还要劝进研究室。一年以来，好了，总算安静了。但不料榆关失了守，上海还远，北平却不行了，因为连研究室也有了危险。住在上海的人们想必记得的，去年二月的暨南大学，劳动大学，同济大学……，研究室里还坐得住么？

北平的大学生是知道的，并且有记性，这回不再用头来"碰"刺刀和枪柄了，也不再想"自行失足落水"，弄得"身上五色"了，却发明了一种新方法，是：大家走散，各自回家。

这正是这几年来的教育显了成效。

然而又有人来骂了。童子军还在烈士们的挽联上，说他们"遗臭万年"。

但我们想一想罢：不是连语言历史研究所里的没有性命的古董

都在搬家了么？不是学生都不能每人有一架自备的飞机么？能用本国的刺刀和枪柄"碰"得瘟头瘟脑，躲进研究室里去的，倒能并不瘟头瘟脑，不被外国的飞机大炮，炸出研究室外去么？

　　阿弥陀佛！

一九三三年一月二十四日

崇 实

事实常没有字面这么好看。

例如这《自由谈》，其实是不自由的，现在叫作《自由谈》，总算我们是这么自由地在这里谈着。

又例如这回北平的迁移古物和不准大学生逃难，发令的有道理，批评的也有道理，不过这都是些字面，并不是精髓。

倘说，因为古物古得很，有一无二，所以是宝贝，应该赶快搬走的罢。这诚然也说得通的。但我们也没有两个北平，而且那地方也比一切现存的古物还要古。禹是一条虫，那时的话我们且不谈罢，至于商周时代，这地方却确是已经有了的。为什么倒撇下不管，单搬古物呢？说一句老实话，那就是并非因为古物的"古"，倒是为了它在失掉北平之后，还可以随身带着，随时卖出铜钱来。

大学生虽然是"中坚分子"，然而没有市价，假使欧美的市场上值到五百美金一名口，也一定会装了箱子，用专车和古物一同运出北平，在租界上外国银行的保险柜子里藏起来的。

但大学生却多而新，惜哉！

费话不如少说，只剥崔颢《黄鹤楼》诗以吊之，曰——

　　阔人已骑文化去，此地空余文化城。
　　文化一去不复返，古城千载冷清清。

738

专车队队前门站，晦气重重大学生。
日薄榆关何处抗，烟花场上没人惊。

一九三三年一月三十一日

电的利弊

日本幕府时代，曾大杀基督教徒，刑罚很凶，但不准发表，世无知者。到近几年，乃出版当时的文献不少。曾见《切利支丹殉教记》，其中记有拷问教徒的情形，或牵到温泉旁边，用热汤浇身；或周围生火，慢慢的烤炙，这本是"火刑"，但主管者却将火移远，改死刑为虐杀了。

中国还有更残酷的。唐人说部中曾有记载，一县官拷问犯人，四周用火遥焙，口渴，就给他喝酱醋，这是比日本更进一步的办法。现在官厅拷问嫌疑犯，有用辣椒煎汁灌入鼻孔去的，似乎就是唐朝遗下的方法，或则是古今英雄，所见略同。曾见一个因在反省院里的青年的信，说先前身受此刑，苦痛不堪，辣汁流入肺脏及心，已成不治之症，即释放亦不免于死云云。此人是陆军学生，不明内脏构造，其实倒挂灌鼻，可以由气管流入肺中，引起致死之病，却不能进入心中；大约当时因在苦楚中，知觉督乱，遂疑已到心脏了。

但现在之所谓文明人所造的刑具，残酷又超出于此种方法万万。上海有电刑，一上，即遍身痛楚欲裂，遂昏去，少顷又醒，则又受刑。闻曾有连受七八次者，即幸而免死，亦从此牙齿皆摇动，神经亦变钝，不能复原。前年纪念爱迪生，许多人赞颂电报电话之有利于人，却没有想到同是一电，而有人得到这样的大害，福人用电气疗病，美容，而被压迫者却以此受苦，丧命也。

外国用火药制造子弹御敌，中国却用它做爆竹敬神；外国用罗盘针航海，中国却用它看风水；外国用鸦片医病，中国却拿来当饭吃。同是一种东西，而中外用法之不同有如此，盖不但电气而已。

一九三三年一月三十一日

航空救国三愿

现在各色的人们大喊着各种的救国，好像大家突然爱国了似的。其实不然，本来就是这样，在这样地救国的，不过现在喊了出来罢了。

所以银行家说贮蓄救国，卖稿子的说文学救国，画画儿的说艺术救国，爱跳舞的说寓救国于娱乐之中，还有，据烟草公司说，则就是吸吸马占山将军牌香烟，也未始非救国之一道云。

这各种救国，是像先前原已实行过来一样，此后也要实行下去的，决不至于五分钟。

只有航空救国较为别致，是应该刮目相看的，那将来也很难预测，原因是在主张的人们自己大概不是飞行家。

那么，我们不妨预先说出一点愿望来。

看过去年此时的上海报的人们恐怕还记得，苏州不是有一队飞机来打仗的么？后来别的都在中途"迷失"了，只剩下领队的洋烈士的那一架，双拳不敌四手，终于给日本飞机打落，累得他母亲从美洲路远迢迢的跑来，痛哭一场，带几个花圈而去。听说广州也有一队出发的，闺秀们还将诗词绣在小衫上，赠战士以壮行色。然而，可惜得很，好像至今还没有到。

所以我们应该在防空队成立之前，陈明两种愿望——

一，路要认清；

二，飞得快些。

还有更要紧的一层，是我们正由"不抵抗"以至"长期抵抗"而入于"心理抵抗"的时候，实际上恐怕一时未必和外国打仗，那时战士技痒了，而又苦于英雄无用武之地，不知道会不会炸弹倒落到手无寸铁的人民头上来的？

所以还得战战兢兢的陈明一种愿望，是——

三，莫杀人民！

一九三三年二月三日

赌　咒

　　"天诛地灭，男盗女娼"——是中国人赌咒的经典，几乎像诗云子曰一样。现在的宣誓，"誓杀敌，誓死抵抗，誓……"似乎不用这种成语了。

　　但是，赌咒的实质还是一样，总之是信不得。他明知道天不见得来诛他，地也不见得来灭他，现在连人参都"科学化地"含起电气来了，难道"天地"还不科学化么！至于男盗和女娼，那是非但无害，而且有益：男盗——可以多刮几层地皮，女娼——可以多弄几个"裙带官儿"的位置。

　　我的老朋友说：你这个"盗"和"娼"的解释都不是古义。我回答说——你知道现在是什么时代！现在是盗也摩登，娼也摩登，所以赌咒也摩登，变成宣誓了。

一九三三年二月九日

颂 萧

萧伯纳未到中国之前，《大晚报》希望日本在华北的军事行动会因此而暂行停止，呼之曰"和平老翁"。

萧伯纳既到香港之后，各报由"路透电"译出他对青年们的谈话，题之曰"宣传共产"。

萧伯纳"语路透访员曰，君甚不像华人，萧并以中国报界中人全无一人访之为异，问曰，彼等其幼稚至于未识余乎？"（十一日路透电）

我们其实是老练的，我们很知道香港总督的德政，上海工部局的章程，要人的谁和谁是亲友，谁和谁是仇雠，谁的太太的生日是那一天，爱吃的是什么。但对于萧，——惜哉，就是作品的译本也只有三四种。

所以我们不能识他在欧洲大战以前和以后的思想，也不能深识他游历苏联以后的思想。但只就十四日香港"路透电"所传，在香港大学对学生说的"如汝在二十岁时不为赤色革命家，则在五十岁时将成不可能之僵石，汝欲在二十岁时成一赤色革命家，则汝可得在四十岁时不致落伍之机会"的话，就知道他的伟大。

但我所谓伟大的，并不在他要令人成为赤色革命家，因为我们有"特别国情"，不必赤色，只要汝今天成为革命家，明天汝就失掉了性命，无从到四十岁。我所谓伟大的，是他竟替我们二十岁的青年，想到了四五十岁的时候，而且并不离开了现在。

阔人们会搬财产进外国银行，坐飞机离开中国地面，或者是想到明天的罢；"政如飘风，民如野鹿"，穷人们可简直连明天也不能想了，况且也不准想，不敢想。

又何况二十年，三十年之后呢？这问题极平常，然而是伟大的。

此之所以为萧伯纳！

二月十五日

[又招恼了大主笔]：

萧伯纳究竟不凡

《大晚报》社论

"你们批评英国人做事，觉得没有一件事怎样的好，也没有一件事怎样的坏；可是你们总找不出那一件事给英国人做坏了。他做事多有主义的。他要打你，他提倡爱国主义来；他要抢你，他提出公事公办的主义；他要奴役你，他提出帝国主义大道理；他要欺侮你，他又有英雄主义的大道理；他拥护国王，有忠君爱国的主义，可是他要斫掉国王的头，又有共和主义的道理。他的格言是责任；可是他总不忘记一个国家的责任与利益发生了冲突就要不得了。"

这是萧伯纳老先生在《命运之人》中批评英国人的尖刻语。我们举这一个例来介绍萧先生，要读者认识大伟人之所以伟大，也自有其秘诀在。这样子的冷箭，充满在萧氏的作品中，令受者难堪，听者痛快，于是萧先生的名言警句，家传户诵，而一代文豪也确定了他的伟大。

借主义，成大名，这是现代学者一时的风尚，萧先生有嘴说英国人，可惜没有眼估量自己。我们知道萧先生是泛平主义的先进，终身拥护这渐进社会主义，他的戏剧，小说，批评，散文中充塞着这种主义的宣传品，萧先生之于社会主义，可说是个彻头彻尾的忠实信徒。然而，我们又知道，萧先生是铢锱必较的积产专家，是反对慈善事业最力的理论家，结果，他坐拥着百万巨资面团团早成了个富家翁。萧先生唱着平均资产的高调，为被压迫的劳工鸣不平，向寄生物性质的资产家冷嘲热讽，因此而赢得全民众的同情，一书出版，大家抢着买，一剧登场，一百多场做下去，不愁没有人看，于是萧先生坐在提倡共产主义的安乐椅里，笑嘻嘻地自鸣得意，借主义以成名，挂羊头卖狗肉的戏法，究竟巧妙无穷。

现在，萧先生功成名就，到我们穷苦的中国来玩玩了。多谢他提携后进的热诚，在香港告诉我们学生道："二十岁不为赤色革命家，五十岁要成僵石；二十岁做了赤色革命家，四十岁可不致落伍。"原来做赤色革命家的原因，只为自己怕做僵石，怕落伍而已；主义本身的价值如何，本来与个人的前途没有多大关系；我们要在社会里混出头，只求不僵，只求不落伍，这是现代人立身处世的名言，萧先生坦白言之，安得不叫我们五体投地，真不愧"圣之时者也"的现代孔子了。

然而，萧先生可别小看了这老大的中国，像你老先生这样时髦的学者，我们何尝没有。坐在安乐椅里发着尖刺的冷箭来宣传什么主义的，不须先生指教，戏法已耍得十分纯熟了。我想先生知道了，一定要莞尔而笑曰："我道不孤！"

然而，据我们愚蠢的见解，伟大人格的素质，重要的是个诚字。你信仰什么主义，就该诚挚地力行，不该张大了嘴唱着好听。若说，萧先生和他的同志，真信仰共产主义的，就请他散尽了家产再说话。可是，话也得说回来，萧先生散尽了家产，真穿着无产同志的褴褛装束，坐着三等舱来到中国，又有谁去睬他呢？这样一想：萧先生究竟不凡。

二月十七日

[也不佩服大主笔]：

前文的案语

乐雯 ①

这种"不凡"的议论的要点是：（一）尖刻的冷箭，"令受者难堪，听者痛快"，不过是取得"伟大"的秘诀；（二）这秘诀还在于"借主义，成大名，挂羊头，卖狗肉的戏法"；（三）照《大晚报》的意见，似乎应当为着自己的"主义"——高唱"神武的大文"，"张开血盆似的大口"去吃人，虽在二十岁就落伍，就变为僵石，亦所不惜；（四）如果萧伯纳不赞成这种"主义"，就不应当坐安乐椅，不应当有家财，赞成了那种主义，当然又当别论。

---

① 鲁迅的笔名。

748

可惜，这世界的崩溃，偏偏已经到了这步田地：——小资产的知识阶层分化出一些爱光明不肯落伍的人，他们向着革命的道路上开步走。他们利用自己的种种可能，诚恳的赞助革命的前进。他们在以前，也许客观上是资本主义社会关系的拥护者。但是，他们偏要变成资产阶级的"叛徒"。而叛徒常常比敌人更可恶。

卑劣的资产阶级心理，以为给了你"百万家财"，给了你世界的大名，你还要背叛，你还有什么不满意，"实属可恶之至"。这自然是"借主义，成大名"了。对于这种卑劣的市侩，每一件事情一定有一种物质上的荣华富贵的目的。这是道地的"唯物主义"——名利主义。萧伯纳不在这种卑劣心理的意料之中，所以可恶之至。

而《大晚报》还推论到一般的时代风尚，推论到中国也有"坐在安乐椅里发着尖刺的冷箭来宣传什么什么主义的，不须先生指教"。这当然中外相同的道理，不必重新解释了。可惜的是：独有那吃人的"主义"，虽然借用了好久，然而还是不能够"成大名"，呜呼！

至于可恶可怪的萧，——他的伟大，却没有因为这些人"受着难堪"，就缩小了些。所以像中国历代的离经叛道的文人似的，活该被皇帝判决"抄没家财"。

《萧伯纳在上海》

对于战争的祈祷

——读书心得

热河的战争开始了。

三月一日——上海战争的结束的"纪念日"，也快到了。"民族英雄"的肖像一次又一次的印刷着，出卖着；而小兵们的血，伤痕，热烈的心，还要被人糟蹋多少时候？回忆里的炮声和几千里外的炮声，都使得我们带着无可如何的苦笑，去翻开一本无聊的，但是，倒也很有几句"警句"的闲书。这警句是：

"喂，排长，我们到底上那里去哟？"——其中的一个问。

"走吧。我也不晓得。"

"丢那妈，死光就算了，走什么！"

"不要吵，服从命令！"

"丢那妈的命令！"

然而丢那妈归丢那妈，命令还是命令，走也当然还是走。四点钟的时候，中山路复归于沉寂，风和叶儿沙沙的响，月亮躲在青灰色的云海里，睡着，依旧不管人类的事。

这样，十九路军就向西退去。

（黄震遐：《大上海的毁灭》。）

什么时候"丢那妈"和"命令"不是这样各归各，那就得救了。不然呢？还有"警句"可以回答这个问题：

十九路军打，是告诉我们说，除掉空说以外，还有些事好做！

十九路军胜利，只能增加我们苟且，偷安与骄傲的迷梦！

十九路军死，是警告我们活得可怜，无趣！

十九路军失败，才告诉我们非努力，还是做奴隶的好！

（见同书。）

这是警告我们，非革命，则一切战争，命里注定的必然要失败。现在，主战是人人都会的了——这是一二八的十九路军的经验：打是一定要打的，然而切不可打胜，而打死也不好，不多不少刚刚适宜的办法是失败。"民族英雄"对于战争的祈祷是这样的。而战争又的确是他们在指挥着，这指挥权是不肯让给别人的。战争，禁得起主持的人预定着打败仗的计画么？好像戏台上的花脸和白脸打仗，谁输谁赢是早就在后台约定了的。呜呼，我们的"民族英雄"！

一九三三年二月二十五日

从讽刺到幽默

讽刺家，是危险的。

假使他所讽刺的是不识字者，被杀戮者，被囚禁者，被压迫者罢，那很好，正可给读他文章的所谓有教育的智识者嘻嘻一笑，更觉得自己的勇敢和高明。然而现今的讽刺家之所以为讽刺家，却正在讽刺这一流所谓有教育的智识者社会。

因为所讽刺的是这一流社会，其中的各分子便各各觉得好像刺着了自己，就一个个的暗暗的迎出来，又用了他们的讽刺，想来刺死这讽刺者。

最先是说他冷嘲，渐渐的又七嘴八舌的说他谩骂，俏皮话，刻毒，可恶，学匪，绍兴师爷，等等，等等。然而讽刺社会的讽刺，却往往仍然会"悠久得惊人"的，即使捧出了做过和尚的洋人或专办了小报来打击，也还是没有效，这怎不气死人也么哥呢！

枢纽是在这里：他所讽刺的是社会，社会不变，这讽刺就跟着存在，而你所刺的是他个人，他的讽刺倘存在，你的讽刺就落空了。

所以，要打倒这样的可恶的讽刺家，只好来改变社会。

然而社会讽刺家究竟是危险的，尤其是在有些"文学家"明明暗暗的成了"王之爪牙"的时代。人们谁高兴做"文字狱"中的主角呢，但倘不死绝，肚子里总还有半口闷气，要借着笑的幌子，哈哈的吐他出来。笑笑既不至于得罪别人，现在的法律上也尚无国民必须哭丧着脸的规定，并非"非法"，盖可断言的。

我想：这便是去年以来，文字上流行了"幽默"的原因，但其中单是"为笑笑而笑笑"的自然也不少。

然而这情形恐怕是过不长久的，"幽默"既非国产，中国人也不是长于"幽默"的人民，而现在又实在是难以幽默的时候。于是虽幽默也就免不了改变样子了，非倾于对社会的讽刺，即堕入传统的"说笑话"和"讨便宜"。

一九三三年三月二日

从幽默到正经

"幽默"一倾于讽刺，失了它的本领且不说，最可怕的是有些人又要来"讽刺"，来陷害了，倘若堕于"说笑话"，则寿命是可以较为长远，流年也大致顺利的，但愈堕愈近于国货，终将成为洋式徐文长。当提倡国货声中，广告上已有中国的"自造舶来品"，便是一个证据。

而况我实在恐怕法律上不久也就要有规定国民必须哭丧着脸的明文了。笑笑，原也不能算"非法"的。但不幸东省沦陷，举国骚然，爱国之士竭力搜索失地的原因，结果发见了其一是在青年的爱玩乐，学跳舞。当北海上正在嘻嘻哈哈的溜冰的时候，一个大炸弹抛下来，虽然没有伤人，冰却已经炸了一个大窟窿，不能溜之大吉了。

又不幸而榆关失守，热河吃紧了，有名的文人学士，也就更加吃紧起来，做挽歌的也有，做战歌的也有，讲文德的也有，骂人固然可恶，俏皮也不文明，要大家做正经文章，装正经脸孔，以补"不抵抗主义"之不足。

但人类究竟不能这么沉静，当大敌压境之际，手无寸铁，杀不得敌人，而心里却总是愤怒的，于是他就不免寻求敌人的替代。这时候，笑嘻嘻的可就遭殃了，因为他这时便被叫作："陈叔宝全无心肝"。所以知机的人，必须也和大家一样哭丧着脸，以免于难。

"聪明人不吃眼前亏"，亦古贤之遗教也，然而这时也就"幽默"归天，"正经"统一了剩下的全中国。

明白这一节，我们就知道先前为什么无论贞女与淫女，见人时都得不笑不言；现在为什么送葬的女人，无论悲哀与否，在路上定要放声大叫。

这就是"正经"。说出来么，那就是"刻毒"。

一九三三年三月二日

文学上的折扣

有一种无聊小报，以登载诬蔑一部分人的小说自鸣得意，连姓名也都给以影射的，忽然对于投稿，说是"如含攻讦个人或团体性质者恕不揭载"了，便不禁想到了一些事——

凡我所遇见的研究中国文学的外国人中，往往不满于中国文章之夸大。这真是虽然研究中国文学，恐怕到死也还不会懂得中国文学的外国人。倘是我们中国人，则只要看过几百篇文章，见过十来个所谓"文学家"的行径，又不是刚刚"从民间来"的老实青年，就决不会上当。因为我们惯熟了，恰如钱店伙计的看见钞票一般，知道什么是通行的，什么是该打折扣的，什么是废票，简直要不得。

譬如说罢，称赞贵相是"两耳垂肩"，这时我们便至少将他打一个对折，觉得比通常也许大一点，可是决不相信他的耳朵像猪猡一样。说愁是"白发三千丈"，这时我们便至少将他打一个二万扣，以为也许有七八尺，但决不相信它会盘在顶上像一个大草囤。这种尺寸，虽然有些模胡，不过总不至于相差太远。反之，我们也能将少的增多，无的化有，例如戏台上走出四个拿刀的瘦伶仃的小戏子，我们就知道这是十万精兵；刊物上登载一篇俨乎其然的像煞有介事的文章，我们就知道字里行间还有看不见的鬼把戏。

又反之，我们并且能将有的化无，例如什么"枕戈待旦"呀，

"卧薪尝胆"呀,"尽忠报国"呀,我们也就即刻会看成白纸,恰如还未定影的照片,遇到了日光一般。

但这些文章,我们有时也还看。苏东坡贬黄州时,无聊之至,有客来,便要他谈鬼。客说没有。东坡道:"你姑且胡说一通罢。"我们的看,也不过这意思。但又可知道社会上有这样的东西,是费去了多少无聊的眼力。人们往往以为打牌,跳舞有害,实则这种文章的害还要大,因为一不小心,就会给它教成后天的低能儿的。

《颂》诗早已拍马,《春秋》已经隐瞒,战国时谈士蜂起,不是以危言耸听,就是以美词动听,于是夸大,装腔,撒谎,层出不穷。现在的文人虽然改著了洋服,而骨髓里却还埋着老祖宗,所以必须取消或折扣,这才显出几分真实。

"文学家"倘不用事实来证明他已经改变了他的夸大,装腔,撒谎……的老脾气,则即使对天立誓,说是从此要十分正经,否则天诛地灭,也还是徒劳的。因为我们也早已看惯了许多家都钉着"假冒王麻子灭门三代"的金漆牌子的了,又何况他连小尾巴也还在摇摇摇呢。

一九三三年三月十二日

"光明所到……"

中国监狱里的拷打，是公然的秘密。上月里，民权保障同盟曾经提起了这问题。

但外国人办的《字林西报》就揭载了二月十五日的《北京通信》，详述胡适博士曾经亲自看过几个监狱，"很亲爱的"告诉这位记者，说"据他的慎重调查，实在不能得最轻微的证据，……他们很容易和犯人谈话，有一次胡适博士还能够用英国话和他们会谈。监狱的情形，他（胡适博士——干注）说，是不能满意的，但是，虽然他们很自由的（哦，很自由的——干注）诉说待遇的恶劣侮辱，然而关于严刑拷打，他们却连一点儿暗示也没有。……"

我虽然没有随从这回的"慎重调查"的光荣，但在十年以前，是参观过北京的模范监狱的。虽是模范监狱，而访问犯人，谈话却很不"自由"，中隔一窗，彼此相距约三尺，旁边站一狱卒，时间既有限制，谈话也不准用暗号，更何况外国话。

而这回胡适博士却"能够用英国话和他们会谈"，真是特别之极了。莫非中国的监狱竟已经改良到这地步，"自由"到这地步；还是狱卒给"英国话"吓倒了，以为胡适博士是李顿爵士的同乡，很有来历的缘故呢？

幸而我这回看见了《招商局三大案》上的胡适博士的题辞：

"公开检举，是打倒黑暗政治的唯一武器，光明所到，黑暗自消。"（原无新式标点，这是我僭加的——干注。）

我于是大彻大悟。监狱里是不准用外国话和犯人会谈的，但胡适博士一到，就开了特例，因为他能够"公开检举"，他能够和外国人"很亲爱的"谈话，他就是"光明"，所以"光明"所到，"黑暗"就"自消"了。他于是向外国人"公开检举"了民权保障同盟，"黑暗"倒在这一面。

但不知这位"光明"回府以后，监狱里可从此也永远允许别人用"英国话"和犯人会谈否？

如果不准，那就是"光明一去，黑暗又来"了也。

而这位"光明"又因为大学和庚款委员会的事务忙，不能常跑到"黑暗"里面去，在第二次"慎重调查"监狱之前，犯人们恐怕未必有"很自由的"再说"英国话"的幸福了罢。呜呼，光明只跟着"光明"走，监狱里的光明世界真是暂时得很！

但是，这是怨不了谁的，他们千不该万不该是自己犯了"法"。"好人"就决不至于犯"法"。倘有不信，看这"光明"！

一九三三年三月十五日

759

止哭文学

前三年，"民族主义文学"家敲着大锣大鼓的时候，曾经有一篇《黄人之血》说明了最高的愿望是在追随成吉思皇帝的孙子拔都元帅之后，去剿灭"斡罗斯"。斡罗斯者，今之苏俄也。那时就有人指出，说是现在的拔都的大军，就是日本的军马，而在"西征"之前，尚须先将中国征服，给变成从军的奴才。

当自己们被征服时，除了极少数人以外，是很苦痛的。这实例，就如东三省的沦亡，上海的爆击，凡是活着的人们，毫无悲愤的怕是很少很少罢。但这悲愤，于将来的"西征"是大有妨碍的。于是来了一部《大上海的毁灭》，用数目字告诉读者以中国的武力，决定不如日本，给大家平平心；而且以为活着不如死亡（"十九路军死，是警告我们活得可怜，无趣！"），但胜利又不如败退（"十九路军胜利，只能增加我们苟且，偷安与骄傲的迷梦！"）。总之，战死是好的，但战败尤其好，上海之役，正是中国的完全的成功。

现在第二步开始了。据中央社消息，则日本已有与满洲国签订一种"中华联邦帝国密约"之阴谋。那方案的第一条是："现在世界只有两种国家，一种系资本主义，英，美，日，意，法，一种系共产主义，苏俄。现在要抵制苏俄，非中日联合起来……不能成功"云（详见三月十九日《申报》）。

要"联合起来"了。这回是中日两国的完全的成功，是从"大上海的毁灭"走到"黄人之血"路上去的第二步。

固然，有些地方正在爆击，上海却自从遭到爆击之后，已经有了一年多，但有些人民不悟"西征"的必然的步法，竟似乎还没有完全忘掉前年的悲愤。这悲愤，和目前的"联合"就大有妨碍的。在这景况中，应运而生的是给人们一点爽利和慰安，好像"辣椒和橄榄"的文学。这也许正是一服苦闷的对症药罢。为什么呢？就因为是"辣椒虽辣，辣不死人，橄榄虽苦，苦中有味"的。明乎此，也就知道苦力为什么吸鸦片。

而且不独无声的苦闷而已，还据说辣椒是连"讨厌的哭声"也可以停止的。王慈先生在《提倡辣椒救国》这一篇名文里告诉我们说：

> ……还有北方人自小在母亲怀里，大哭的时候，倘使母亲拿一只辣茄子给小儿咬，很灵验的可以立止大哭……
>
> 现在的中国，仿佛是一个在大哭时的北方婴孩，倘使要制止他讨厌的哭声，只要多多的给辣茄子他咬。（《大晚报》副刊第十二号）

辣椒可以止小儿的大哭，真是空前绝后的奇闻，倘是真的，中国人可实在是一种与众不同的特别"民族"了。然而也很分明的看见了这种"文学"的企图，是在给人一辣而不死，"制止他讨厌的哭声"，静候着拔都元帅。

不过，这是无效的，远不如哭则"格杀勿论"的灵验。此后要防的是"道路以目"了，我们等待着遮眼文学罢。

三月二十日

提倡辣椒救国

王慈

记得有一次跟着一位北方朋友上天津点心馆子里去，坐定了以后，堂倌跑过来问道：

"老乡！吃些什么东西？"

"两盘锅贴儿！"那位北方朋友用纯粹的北方口音说。

随着锅贴儿端来的，是一盆辣椒。

我看见那位北方朋友把锅贴和着多量的辣椒津津有味的送进嘴里去，触起了我的好奇心，探险般的把一个锅贴悄悄的蘸上一点儿辣椒，送下肚去，只觉得舌尖顿时麻木得失了知觉，喉间痒辣得怪难受，眼眶里不自主涌着泪水，这时，我大大的感觉到痛苦。

那位北方朋友看见了我这个样子，大笑了起来，接着他告诉我，北方人的善吃辣椒是出于天性，他们是抱着"饭菜可以不要，辣椒不能不吃"的主义的；他们对于辣椒已经是仿佛吸鸦片似的上了瘾！还有北方人自小在母亲怀里，大哭的时候，倘使母亲拿一只辣茄子给小儿咬，很灵验的可以立止大哭……

现在的中国，仿佛是一个大哭时的北方婴孩，倘使要制止他讨厌的哭声，只要多多的给辣茄子他咬。

中国的人们，等于我的那位北方朋友，不吃辣椒是不会兴奋的！

三月十二日，《大晚报》副刊《辣椒与橄榄》

［硬要用辣椒止哭］：

不要乱咬人

王慈

当心咬着辣椒

上海近来多了赵大爷赵秀才一批的人，握了尺棒，拚命想找到"阿Q相"的人来出气。还好，这一批文人从有色的近视眼镜里望出来认为"阿Q相"的，偏偏不是真正的阿Q。

不知道是什么来历的何家干，看了我的《提倡辣椒救国》（见本刊十二号），认北方小孩的爱嗜辣椒，为"空前绝后"的"奇闻"。倘使我那位北方朋友告诉我，是吹的牛皮，那末，的确可以说空前。而何家干既不是数千年前的刘伯温，在某报上做文章，却是像在造《推背图》。北方小孩子爱嗜辣椒，若使可以算是"奇闻"，那么吸鸦片的父母，生育出来的婴孩，为什么也有烟瘾呢？

何家干既抓不到可以出气的对象，他在扑了一个空之后，却还要振振有词，说什么："倘使是真的，中国人可实在是一种与众不同的特别民族了。"

敢问何家干，戴了有色近视眼镜捧读《提倡辣椒救国》的时候，有没有看见"北方"两个字？（何家干既把有这两个字的句子，录在他的谈话里，显然的是看到了。）既已看到了，那末，请问斯德丁是不是可以代表整个的日耳曼？亚伯丁是不是可以代表整个的不列颠群岛？

在这里我真怀疑，何家干的脑筋，怎的是这么简单？会前后矛盾到这个地步！

赵大爷和赵秀才一类的人，想结党来乱咬人。我可以先告诉他们：我和《辣椒与橄榄》的编者是素不相识的，我也从没有写过《黄人之血》，请何家干若使一定要咬我一口，我劝他再架一副可以透视的眼镜，认清了目标再咬。否则咬着了辣椒，哭笑不得的时候，我不能负责。

三月二十八日，《大晚报》副刊《辣椒与橄榄》

〔但到底是不行的〕：

这叫作愈出愈奇

家干

斯德丁实在不可以代表整个的日耳曼的，北方也实在不可以代表全中国。然而北方的孩子不能用辣椒止哭，却是事实，也实在没有法子想。

吸鸦片的父母生育出来的婴孩，也有烟瘾，是的确的。然而嗜辣椒的父母生育出来的婴孩，却没有辣椒瘾，和嗜醋者的孩子，没有醋瘾相同。这也是事实，无论谁都没有法子想。

凡事实，靠发少爷脾气是还是改不过来的。格里莱阿说地球在回旋，教徒要烧死他，他怕死，将主张取消了。但地球仍然在回旋。为什么呢？就因为地球是实在在回旋的缘故。

所以，即使我不反对，倘将辣椒塞在哭着的北方（！）孩子的嘴里，他不但不止，还要哭得更加厉害的。

七月十九日

“人　话”

记得荷兰的作家望蔼覃（F.Van Eeden）——可惜他去年死掉了——所做的童话《小约翰》里，记着小约翰听两种菌类相争论，从旁批评了一句"你们俩都是有毒的"，菌们便惊喊道："你是人么？这是人话呵！"

从菌类的立场看起来，的确应该惊喊的。人类因为要吃它们，才首先注意于有毒或无毒，但在菌们自己，这却完全没有关系，完全不成问题。

虽是意在给人科学知识的书籍或文章，为要讲得有趣，也往往太说些"人话"。这毛病，是连法布耳（J.H.Fabre）做的大名鼎鼎的《昆虫记》（Souvenirs Entomologiques），也是在所不免的。随手抄撮的东西不必说了。近来在杂志上偶然看见一篇教青年以生物学上的知识的文章，内有这样的叙述——

> 鸟粪蜘蛛……形体既似鸟粪，又能伏着不动，自己假做鸟粪的样子。
>
> 动物界中，要残食自己亲丈夫的很多，但最有名的，要算前面所说的蜘蛛和现今要说的螳螂了。……

这也未免太说了"人话"。鸟粪蜘蛛只是形体原像鸟粪，性又不大走动罢了，并非它故意装作鸟粪模样，意在欺骗小虫豸。螳螂界中也尚无五伦之说，它在交尾中吃掉雄的，只是肚子饿了，在吃东西，何尝知道这东西就是自己的家主公。但经用"人话"一写，一个就成了阴谋害命的凶犯，一个是谋死亲夫的毒妇了。实则都是冤枉的。

"人话"之中，又有各种的"人话"：有英人话，有华人话。华人话中又有各种：有"高等华人话"，有"下等华人话"。浙西有一个讥笑乡下女人之无知的笑话——

是大热天的正午，一个农妇做事做得正苦，忽而叹道："皇后娘娘真不知道多么快活。这时还不是在床上睡午觉，醒过来的时候，就叫道：太监，拿个柿饼来！"

然而这并不是"下等华人话"，倒是高等华人意中的"下等华人话"，所以其实是"高等华人话"。在下等华人自己，那时也许未必这么说，即使这么说，也并不以为笑话的。

再说下去，就要引起阶级文学的麻烦来了，"带住"。

现在很有些人做书，格式是写给青年或少年的信。自然，说的一定是"人话"了。但不知道是那一种"人话"？为什么不写给年龄更大的人们？年龄大了就不屑教诲么？还是青年和少年比较的纯厚，容易诓骗呢？

一九三三年三月二十一日

出卖灵魂的秘诀

几年前，胡适博士曾经玩过一套"五鬼闹中华"的把戏，那是说：这世界上并无所谓帝国主义之类在侵略中国，倒是中国自己该着"贫穷"，"愚昧"……等五个鬼，闹得大家不安宁。现在，胡适博士又发见了第六个鬼，叫做仇恨。这个鬼不但闹中华，而且祸延友邦，闹到东京去了。因此，胡适博士对症发药，预备向"日本朋友"上条陈。

据博士说："日本军阀在中国暴行所造成之仇恨，到今日已颇难消除"，"而日本决不能用暴力征服中国"（见报载胡适之的最近谈话，下同）。这是值得忧虑的：难道真的没有方法征服中国么？不，法子是有的。"九世之仇，百年之友，均在觉悟不觉悟之关系头上，"——"日本只有一个方法可以征服中国，即悬崖勒马，彻底停止侵略中国，反过来征服中国民族的心。"

这据说是"征服中国的唯一方法"。不错，古代的儒教军师，总说"以德服人者王，其心诚服也"。胡适博士不愧为日本帝国主义的军师。但是，从中国小百姓方面说来，这却是出卖灵魂的唯一秘诀。中国小百姓实在"愚昧"，原不懂得自己的"民族性"，所以他们一向会仇恨，如果日本陛下大发慈悲，居然采用胡博士的条陈，那么，所谓"忠孝仁爱信义和平"的中国固有文化，就可以恢复：——因为日本不用暴力而用软功的王道，中国民族就

767

不至于再生仇恨，因为没有仇恨，自然更不抵抗，因为更不抵抗，自然就更和平，更忠孝……中国的肉体固然买到了，中国的灵魂也被征服了。

可惜的是这"唯一方法"的实行，完全要靠日本陛下的觉悟。如果不觉悟，那又怎么办？胡博士回答道："到无可奈何之时，真的接受一种耻辱的城下之盟"好了。那真是无可奈何的呵——因为那时候"仇恨鬼"是不肯走的，这始终是中国民族性的污点，即为日本计，也非万全之道。

因此，胡博士准备出席太平洋会议，再去"忠告"一次他的日本朋友：征服中国并不是没有法子的，请接受我们出卖的灵魂罢，何况这并不难，所谓"彻底停止侵略"，原只要执行"公平的"李顿报告——仇恨自然就消除了！

一九三三年三月二十二日

768

文人无文

在一种姓"大"的报的副刊上，有一位"姓张的"在"要求中国有为的青年，切勿借了'文人无行'的幌子，犯着可诟病的恶癖。"这实在是对透了的。但那"无行"的界说，可又严紧透顶了。据说："所谓无行，并不一定是指不规则或不道德的行为，凡一切不近人情的恶劣行为，也都包括在内。"

接着就举了一些日本文人的"恶癖"的例子，来作中国的有为的青年的殷鉴，一条是"宫地嘉六爱用指爪搔头发"，还有一条是"金子洋文喜舐嘴唇"。

自然，嘴唇干和头皮痒，古今的圣贤都不称它为美德，但好像也没有斥为恶德的。不料一到中国上海的现在，爱搔喜舐，即使是自己的嘴唇和头发罢，也成了"不近人情的恶劣行为"了。如果不舒服，也只好熬着。要做有为的青年或文人，真是一天一天的艰难起来了。

但中国文人的"恶癖"，其实并不在这些，只要他写得出文章来，或搔或舐，都不关紧要，"不近人情"的并不是"文人无行"，而是"文人无文"。

我们在两三年前，就看见刊物上说某诗人到西湖吟诗去了，某文豪在做五十万字的小说了，但直到现在，除了并未预告的一部《子夜》而外，别的大作都没有出现。

拾些琐事，做本随笔的是有的；改首古文，算是自作的是有的。讲一通昏话，称为评论；编几张期刊，暗捧自己的是有的。收罗猥谈，写成下作；聚集旧文，印作评传的是有的。甚至于翻些外国文坛消息，就成为世界文学史家；凑一本文学家辞典，连自己也塞在里面，就成为世界的文人的也有。然而，现在到底也都是中国的金字招牌的"文人"。

文人不免无文，武人也一样不武。说是"枕戈待旦"的，到夜还没有动身，说是"誓死抵抗"的，看见一百多个敌兵就逃走了。只是通电宣言之类，却大做其骈体，"文"得异乎寻常。"偃武修文"，古有明训，文星全照到营子里去了。于是我们的"文人"，就只好不舐嘴唇，不搔头发，揣摩人情，单落得一个"有行"完事。

三月二十八日

[备考]：

恶　癖

若谷

"文人无行"久为一般人所诟病。

所谓"无行"，并不一定是不规则或不道德的行为，凡一切不近人情的恶劣行为，也都包括在内。

只要是人，谁都容易沾染不良的习惯，特别是文人，因为专心文字著作的缘故，在日常生活方面，自然免不了有怪异的举动，而且，或者也因为工作劳苦的缘故，十人

770

中九人是染着不良嗜好，最普通的，是喜欢服用刺激神经的兴奋剂，卷烟与咖啡，是成为现代文人流行的嗜好品了。

现代的日本文人，除了抽烟喝咖啡之外，各人都犯着各样的怪奇恶癖。前田河广一郎爱酒若命，醉后咷呜不休；谷崎润一郎爱闻女人的体臭和尝女人的痰涕；今东光喜欢自炫学问宣传自己；金子洋文喜舐嘴唇；细田源吉喜作猥谈，朝食后熟睡二小时；宫地嘉六爱用指爪搔头发；宇野浩二醺醉后侮慢侍妓；林房雄有奸通癖；山本有三乘电车时喜横膝斜坐；胜本清一郎谈话时喜用拇指挖鼻孔。形形色色，不胜枚举。

日本现代文人所犯的恶癖，正和中国旧时文人辜鸿鸣喜闻女人金莲同样的可厌，我要求现代中国有为的青年，不但是文人，都要保持着健全的精神，切勿借了"文人无行"的幌子，再犯着和日本文人同样可诟病的恶癖。

三月九日，《大晚报》副刊《辣椒与橄榄》

[风凉话？]：

第四种人

周木斋

四月四日《申报》《自由谈》，载有何家干先生《文人无文》一文，论中国的文人，有云：

"'不近人情'的并不是'文人无行'，而是'文人无文'。拾些琐事，做本随笔的是有的；改首古文，算是自作是有的。进一通昏话，称为评论；编几张期刊，暗捧自己的是有的。收罗猥谈，写成下作；聚集旧文，印作评传的是有的。甚至于翻些外国文坛消息，就成为世界文学史专家；凑一本文学家辞典，连自己也塞在里面，就成为世界的文人的也有。然而，现在到底也都是中国的金字招牌的文人。"

诚如这文所说，"这实在是对透了的"。

然而例外的是：

"直到现在，除了并未预告的一部《子夜》而外，别的大作却没有出现。"

"文"的"界说"，也可借用同文的话，"可又严紧透顶了"。

这文的动机，从开首的几句，可以知道直接是因"一种姓'大'的副刊上一位'姓×的'"关于"文人无行"的话而起的。此外，听说"何家干"就是鲁迅先生的笔名。

可是议论虽"对透"，"文"的"界说"虽"严紧透顶"，但正惟因为这样，却不提防也把自己套在里面了；纵然鲁迅先生是以"第四种人"自居的。

中国文坛的充实而又空虚，无可讳言也不必讳言。不过在矮子中间找长人，比较还是有的。我们企望先进比企图谁某总要深切些，正因熟田比荒地总要容易收获些。以鲁迅先生的素养及过去的造就，总还不失为中国的金钢钻招牌的文人吧。但近年来又是怎样？单就他个人的发展而言，却中画了，现在不下一道罪己诏，顶倒置身事外，说些风凉话，这是"第四种人"了。名的成人！

"不近人情"的固是"文人无文"，最要紧的还是"文人不行"（"行"为动词）。"进，吾往也！"

四月十五日，《涛声》二卷十四期

[乘凉]：

两误一不同

家干

这位木斋先生对我有两种误解，和我的意见有一点不同。

第一是关于"文"的界说。我的这篇杂感，是由《大晚报》副刊上的《恶癖》而来的，而那篇中所举的文人，都是小说作者。这事木斋先生明明知道，现在混而言之者，大约因为作文要紧，顾不及这些了罢，《第四种人》这题目，也实在时新得很。

第二是要我下"罪己诏"。我现在作一个无聊的声明：何家干诚然就是鲁迅，但并没有做皇帝。不过好在这样误解的人们也并不多。

意见不同之点，是：凡有所指责时，木斋先生以自己包括在内为"风凉话"；我以自己不包括在内为"风凉话"，如身居上海，而责北平的学生应该赴难，至少是不逃难之类。

但由这一篇文章，我可实在得了很大的益处。就是：凡有指摘社会全体的症结的文字，论者往往谓之"骂人"。先前我是很以为奇的。至今才知道一部分人们的意见，是认为这类文章，决不含自己在内，因为如果兼包自己，是应该自下罪己诏的，现在没有诏书而有攻击，足见所指责的全是别人了，于是乎谓之"骂"。且从而群起而骂之，使其人背着一切所指摘的症结，沉入深渊，而天下于是乎太平。

七月十九日

推背图

我这里所用的"推背"的意思，是说：从反面来推测未来的情形。

上月的《自由谈》里，就有一篇《正面文章反看法》，这是令人毛骨悚然的文字。因为得到这一个结论的时候，先前一定经过许多苦楚的经验，见过许多可怜的牺牲。本草家提起笔来，写道：砒霜，大毒。字不过四个，但他却确切知道了这东西曾经毒死过若干性命的了。

里巷间有一个笑话：某甲将银子三十两埋在地里面，怕人知道，就在上面竖一块木板，写道："此地无银三十两。"隔壁的阿二因此却将这掘去了，也怕人发觉，就在木板的那一面添上一句道，"隔壁阿二勿曾偷。"这就是在教人"正面文章反看法"。

但我们日日所见的文章，却不能这么简单。有明说要做，其实不做的；有明说不做，其实要做的；有明说做这样，其实做那样的；有其实自己要这么做，倒说别人要这么做的；有一声不响，而其实倒做了的。然而也有说这样，竟这样的。难就在这地方。

例如近几天报章上记载着的要闻罢：

一，××军在××血战，杀敌××××人。

二，××谈话：决不与日本直接交涉，仍然不改初衷，抵抗到底。

三，芳泽来华，据云系私人事件。

四，共党联日，该伪中央已派干部××赴日接洽。

五，××××……

倘使都当反面文章看，可就太骇人了。但报上也有"莫干山路草棚船百余只大火"，"××××廉价只有四天了"等大概无须"推背"的记载，于是乎我们就又胡涂起来。

听说，《推背图》本是灵验的，某朝某帝怕他淆惑人心，就添了些假造的在里面，因此弄得不能预知了，必待事实证明之后，人们这才恍然大悟。

我们也只好等着看事实，幸而大概是不很久的，总出不了今年。

一九三三年四月二日

《杀错了人》异议

看了曹聚仁先生的一篇《杀错了人》，觉得很痛快，但往回一想，又觉得有些还不免是愤激之谈了，所以想提出几句异议——

袁世凯在辛亥革命之后，大杀党人，从袁世凯那方面看来，是一点没有杀错的，因为他正是一个假革命的反革命者。

错的是革命者受了骗，以为他真是一个筋斗，从北洋大臣变了革命家了，于是引为同调，流了大家的血，将他浮上总统的宝位去。到二次革命时，表面上好像他又是一个筋斗，从"国民公仆"变了吸血魔王似的。其实不然，他不过又显了本相。

于是杀，杀，杀。北京城里，连饭店客栈中，都满布了侦探；还有"军政执法处"，只见受了嫌疑而被捕的青年送进去，却从不见他们活着走出来；还有，《政府公报》上，是天天看见党人脱党的广告，说是先前为友人所拉，误入该党，现在自知迷谬，从此脱离，要洗心革面的做好人了。

不久就证明了袁世凯杀人的没有杀错，他要做皇帝了。

这事情，一转眼竟已经是二十年，现在二十来岁的青年，那时还在吸奶，时光是多么飞快呵。

但是，袁世凯自己要做皇帝，为什么留下他真正对头的旧皇帝呢？这无须多议论，只要看现在的军阀混战就知道。他们打得你死我活，好像不共戴天似的，但到后来，只要一个"下野"了，也就会客客气气的，然而对于革命者呢，即使没有打过仗，也决不肯放过一个。他们知道得很清楚。

所以我想，中国革命的闹成这模样，并不是因为他们"杀错了人"，倒是因为我们看错了人。

临末，对于"多杀中年以上的人"的主张，我也有一点异议，但因为自己早在"中年以上"了，为避免嫌疑起见，只将眼睛看着地面罢。

四月十日

记得原稿在"客客气气的"之下，尚有"说不定在出洋的时候，还要大开欢送会"这类意思的句子，后被删去了。

四月十二日记

[备考]:

杀错了人

曹聚仁

前日某报载某君述长春归客的谈话，说：日本人在伪国已经完成"专卖鸦片"和"统一币制"的两大政策。这两件事，从前在老张小张时代，大家认为无法整理，现在他们一举手之间，办得有头有绪。所以某君叹息道："愚尝与东北人士论币制紊乱之害，咸以积重难返，诿为难办；何以日人一刹那间，即毕乃事？'是不为也，非不能也。'此为国人一大病根！"

岂独"病根"而已哉！中华民族的灭亡和中华民国的颠覆，也就在这肺痨病上。一个社会，一个民族，到了衰老期，什么都"积重难返"，所以非"革命"不可。革命是社会的突变过程；在过程中，好人，坏人，与不好不坏的人，总要杀了一些。杀了一些人，并不是没有代价的：于社会起了隔离作用，旧的社会和新的社会截然分成两段，恶的势力不会传染到新的组织中来。所以革命杀人应该有标准，应该多杀中年以上的人，多杀代表旧势力的人。法国大革命的成功，即在大恐慌时期的扫荡旧势力。

可是中国每一回的革命，总是反了常态。许多青年因为参加革命运动，做了牺牲；革命进程中，旧势力一时躲开去，一些也不曾铲除掉；革命成功以后，旧势力重复涌了出来，又把青年来做牺牲品，杀了一大批。孙中山先生辛辛苦苦做了十来年革命工作，辛亥革命成功了，袁世凯拿大权，天天杀党人，甚至连十五六岁的孩子都要杀；这样的革命，不但不起隔离作用，简直替旧势力作保镖；因此民国以来，只有暮气，没有朝气，任何事业，都不必谈改革，一谈改革，必"积重难返，诿为难办"。其恶势力一直注到现在。

这种反常状态，我名之曰"杀错了人"。我常和朋友说："不流血的革命是没有的，但'流血'不可流错了人。早杀溥仪，多杀郑孝胥之流，方是邦国之大幸。若乱杀二十五岁以下的青年，倒行逆施，斫丧社会元气，就可以得'亡国灭种'的'眼前报'。"

《自由谈》，四月十日。

中国人的生命圈

"蝼蚁尚知贪生"，中国百姓向来自称"蚁民"，我为暂时保全自己的生命计，时常留心着比较安全的处所，除英雄豪杰之外，想必不至于讥笑我的罢。

不过，我对于正面的记载，是不大相信的，往往用一种另外的看法。例如罢，报上说，北平正在设备防空，我见了并不觉得可靠；但一看见载着古物的南运，却立刻感到古城的危机，并且由这古物的行踪，推测中国乐土的所在。

现在，一批一批的古物，都集中到上海来了，可见最安全的地方，到底也还是上海的租界上。

然而，房租是一定要贵起来的了。

这在"蚁民"，也是一个大打击，所以还得想想另外的地方。

想来想去，想到了一个"生命圈"。这就是说，既非"腹地"，也非"边疆"，是介乎两者之间，正如一个环子，一个圈子的所在，在这里倒或者也可以"苟延性命于×世"的。

"边疆"上是飞机抛炸弹。据日本报，说是在剿灭"兵匪"；据中国报，说是屠戮了人民，村落市廛，一片瓦砾。"腹地"里也是飞机抛炸弹。据上海报，说是在剿灭"共匪"，他们被炸得一塌胡涂；"共匪"的报上怎么说呢，我们可不知道。但总而言之，边疆上是炸，炸，炸；腹地里也是炸，炸，炸。虽然一面是别人炸，一

779

面是自己炸，炸手不同，而被炸则一。只有在这两者之间的，只要炸弹不要误行落下来，倒还有可免"血肉横飞"的希望，所以我名之曰"中国人的生命圈"。

再从外面炸进来，这"生命圈"便收缩而为"生命线"；再炸进来，大家便都逃进那炸好了的"腹地"里面去，这"生命圈"便完结而为"生命〇"。

其实，这预感是大家都有的，只要看这一年来，文章上不大见有"我中国地大物博，人口众多"的套话了，便是一个证据。而有一位先生，还在演说上自己说中国人是"弱小民族"哩。

但这一番话，阔人们是不以为然的，因为他们不但有飞机，还有他们的"外国"！

一九三三年四月十日

"以夷制夷"

　　我还记得，当去年中国有许多人，一味哭诉国联的时候，日本的报纸上往往加以讥笑，说这是中国祖传的"以夷制夷"的老手段。粗粗一看，也仿佛有些像的，但是，其实不然。那时的中国的许多人，的确将国联看作"青天大老爷"，心里何尝还有一点儿"夷"字的影子。

　　倒相反，"青天大老爷"们却常常用着"以华制华"的方法的。

　　例如罢，他们所深恶的反帝国主义的"犯人"，他们自己倒是不做恶人的，只是松松爽爽的送给华人，叫你自己去杀去。他们所痛恨的腹地的"共匪"，他们自己是并不明白表示意见的，只将飞机炸弹卖给华人，叫你自己去炸去。对付下等华人的有黄帝子孙的巡捕和西崽，对付智识阶级的有高等华人的学者和博士。

　　我们自夸了许多日子的"大刀队"，好像是无法制伏的了，然而四月十五日的《××报》上，有一个用头号字印《我斩敌二百》的题目。粗粗一看，是要令人觉得胜利的，但我们再来看一看本文罢——

　　（本报今日北平电）昨日喜峰口右翼，仍在滦阳城以东各地，演争夺战。敌出现大刀队千名，系新开到者，与我大刀队对抗。其刀特长，敌使用不灵活。我军挥刀砍

781

抹，敌招架不及，连刀带臂，被我砍落者纵横满地，我军伤亡亦达二百余。……

那么，这其实是"敌斩我军二百"了，中国的文字，真是像"国步"一样，正在一天一天的艰难起来。但我要指出来的却并不在此。

我要指出来的是"大刀队"乃中国人自夸已久的特长，日本人虽有击剑，大刀却非素习。现在可是"出现"了，这不必迟疑，就可决定是满洲的军队。满洲从明末以来，每年即大有直隶山东人迁居，数代之后，成为土著，则虽是满洲军队，而大多数实为华人，也决无疑义。现在已经各用了特长的大刀，在滦东相杀起来，一面是"连刀带臂，纵横满地"，一面是"伤亡亦达二百余"，开演了极显著的"以华制华"的一幕了。

至于中国的所谓手段，由我看来，有是也应该说有的，但决非"以夷制夷"，倒是想"以夷制华"。然而"夷"又那有这么愚笨呢，却先来一套"以华制华"给你看。

这例子常见于中国的历史上，后来的史官为新朝作颂，称此辈的行为曰："为王前驱！"

近来的战报是极可诧异的，如同日同报记冷口失守云："十日以后，冷口方面之战，非常激烈，华军……顽强抵抗，故继续未曾有之大激战"，但由宫崎部队以十余兵士，作成人梯，前仆后继，"卒越过长城，因此宫崎部队牺牲二十三名之多云"。越过一个险要，而日军只死了二十三人，但已云"之多"，又称为"未曾有之大激战"，也未免有些费解。所以大刀队之战，也许并不如我所猜测。但既经写出，就姑且留下以备一说罢。

四月十七日

"以华制华"

李家作

报纸不可不看。在报上不但可以看到虔修功德如念念阿弥陀佛，选拔国士如征求飞檐走壁之类的"善"文，还可以随时长许多见识。譬如说杀人，以前只知道有斫头绞颈子，现在却知道还有吃人肉，而且还有"以夷制夷"，"以华制华"等等的分别。经明眼人一说，是越想越觉得不错的。

尤其是"以华制华"，那样的手段真是越想越觉得多的。原因是人太多了，华对华并不会亲热；而且为了自身的利害要坐大交椅，当然非解决别人不可。所以那"制"是，无论如何要"制"的。假如因为制人而能得到好处，或是因为制人而能讨得上头的欢心，那自然更其起劲。这心理，夷人就很善于利用，从侵略土地到卖卖肥皂，都是用的这"华人"善于"制华"的美点。然而，华人对华人，其实也很会利用这种方法，而且非常巧妙。双方不必明言，彼此心照，各得其所；旁人看来，不露痕迹。据说那被利用的人便是哈吧狗，即走狗。但细细甄别起来，倒并不只是哈吧狗一种，另外还有一种是警犬。

做哈吧狗与做警犬，当然都是"以华制华"，但其中也不无分别。哈吧狗只能听主人吩咐，向仇人摇摇尾，狂吠几声。他知道他是什么样的身分。警犬则不然：老于世故者往往如此。他只认定自己是一个好汉，是一个权威，是一个执大义以绳天下者。在那门庭间的方寸之地上，只有他可以彷徨彷徨，呐喊呐喊。他的威风没有人敢冒犯，和哈吧狗比较起来，哈吧狗真是浅薄得可怜。但何以也是"以华制华"呢？那是因为虽然老于世故，也不免露出破绽。破绽是：他俨若嫉恶如仇，平时蹲在地上冷眼旁观，一看到有类乎"可杀"的情形时，就踪身向前，猛咬一口；可是，他决不是乱咬，他早已看得分明，凡在他寄身的地段上的（他当然不能不有一个寄身的地方），他决不伤害，有了也只当不看见，以免引起"不便"。他咬，是咬圈子外头的，尤其是，圈子外头最碍眼的仇人。这便是勇，这便是执大义，同时，既可显出自己的权威，又可博得主人底欢心：因为，他所咬的，往往会是他和他东家的共同的敌人。主人对于他所痛恨，自己是并不明白表示意见的，只给你一些供养和地位，叫你自己去咬去。因此有接二连三的奋勇，和吹毛求疵的找机会。旁观者不免有点不明白，觉得这仇太深，却不知道这正是老于世故者的做人之道，所谓向恶社会"搏战""周旋"是也。那样的用心，真是很苦！

所可哀者，为了要挣扎在替天行道的大旗之下，竟然不惜受员外府君之类的供奉，把那旗子斜插在庄院的门楼边，暂且作个"江湖一应水碗不得骚扰"的招贴纸儿。也可见得做中国人的不容易，和"以华制华"的效劳，虽贤者亦不免焉。

——二二，四，二一

四月二十二日，《大晚报》副刊《火炬》

[摇摆]：

过而能改

傅红蓼

孔老夫子，在从前教训着那么许多门生说："过而能改，善莫大焉！"意思是错误人人都有，只要能够回头。我觉得孔老夫子这句话尚有未尽意处，譬如说："过而能改，善莫大焉"之后，再加上一句："知过不改，罪孽深重"，那便觉得天衣无缝了。

譬如说现在前线打得落花流水的时候，而有人觉得这种为国牺牲是残酷，是无聊，便主张不要打，而且更主张不要讲和，只说索性藏起头来，等个五十年。俗谚常有"十年生聚，十年教训"，看起来五十年的教训，大概什么都够了。凡事有了错误，才有教训，可见中国人尚还有些救药，国事弄得乌烟瘴气到如此，居然大家都恍然大觉大悟自己内部组织的三大不健全，更而发现武器的不充足。眼前须要几十个年头，来作准备。言至此，吾人对于热河一直到滦东的失守，似乎应当有些感到失得不大冤枉。因为吾党（借用）建基以至于今日，由军事而至于宪政，尚还没有人肯认过错，则现在失掉几个国土，使一些负有自信天才的国家栋梁学贯中西的名儒，居然都肯认错，所谓"过而能改，善莫大焉"，塞翁失马，又安知非福的聊以自慰，也只得闭着眼睛喊两声了，不过假使今后"知过尚不能改，罪孽的深重"，比写在讣文上，大概也更要来得使人注目了。

譬如再说，四月二十二日本刊上李家作的"以华制华"里说的警犬。警犬咬人，是蹲在地上冷眼傍观，等到有可杀的时候，便一跃上前，猛咬一口，不过，有的时候那警犬被人们提起棍子，向着当头一棒，也会把专门咬人的警犬，打得藏起头来，伸出舌头在暗地里发急。这种发急，大概便又是所谓"过"了。因为警犬虽然野性，但有时被棍子当头一击，也会被打出自己的错误来的，于是"过而能改"的警犬，在暗地里发急时，自又便会想忏悔，假使是不大晓得改过的警犬，在暗地发急之余，还想乘机再试，这种犬，大概是"罪孽深重"的了。

中国人只晓得说过而能改，善莫大焉，可惜都忘记了底下那一句。

四月二十六日，《大晚报》副刊《火炬》

[只要几句]：

案　语

家干

以上两篇，是一星期之内，登在《大晚报》附刊《火炬》上的文章，为了我的那篇《"以夷制夷"》而发的，揭开了"以华制华"的黑幕，他们竟有如此的深恶痛嫉，莫非真是太伤了此辈的心么？

但是，不尽然的。大半倒因为我引以为例的《××报》其实是《大晚报》，所以使他们有这样的跳踉和摇摆。然而无论怎样的跳踉和摇摆，所引的记事具在，旧的《大晚报》也具在，终究挣不脱这一个本已扣得紧紧的笼头。

此外也无须多话了，只要转载了这两篇，就已经由他们自己十足的说明了《火炬》的光明，露出了他们真实的嘴脸。

七月十九日

言论自由的界限

看《红楼梦》，觉得贾府上是言论颇不自由的地方。焦大以奴才的身分，仗着酒醉，从主子骂起，直到别的一切奴才，说只有两个石狮子干净。结果怎样呢？结果是主子深恶，奴才痛嫉，给他塞了一嘴马粪。

其实是，焦大的骂，并非要打倒贾府，倒是要贾府好，不过说主奴如此，贾府就要弄不下去罢了。然而得到的报酬是马粪。所以这焦大，实在是贾府的屈原，假使他能做文章，我想，恐怕也会有一篇《离骚》之类。

三年前的新月社诸君子，不幸和焦大有了相类的境遇。他们引经据典，对于党国有了一点微词，虽然引的大抵是英国经典，但何尝有丝毫不利于党国的恶意，不过说："老爷，人家的衣服多么干净，您老人家的可有些儿脏，应该洗它一洗"罢了。不料"荃不察余之中情兮"，来了一嘴的马粪：国报同声致讨，连《新月》杂志也遭殃。但新月社究竟是文人学士的团体，这时就也来了一大堆引据三民主义，辨明心迹的"离骚经"。现在好了，吐出马粪，换塞甜头，有的顾问，有的教授，有的秘书，有的大学院长，言论自由，《新月》也满是所谓"为文艺的文艺"了。

这就是文人学士究竟比不识字的奴才聪明，党国究竟比贾府高明，现在究竟比乾隆时候光明：三明主义。

然而竟还有人在嚷着要求言论自由。世界上没有这许多甜头，我想，该是明白的罢，这误解，大约是在没有悟到现在的言论自由，只以能够表示主人的宽宏大度的说些"老爷，你的衣服……"为限，而还想说开去。

这是断乎不行的。前一种，是和《新月》受难时代不同，现在好像已有的了，这《自由谈》也就是一个证据，虽然有时还有几位拿着马粪，前来探头探脑的英雄。至于想说开去，那就足以破坏言论自由的保障。要知道现在虽比先前光明，但也比先前利害，一说开去，是连性命都要送掉的。即使有了言论自由的明令，也千万大意不得。这我是亲眼见过好几回的，非"卖老"也，不自觉其做奴才之君子，幸想一想而垂鉴焉。

一九三三年四月十七日

文章与题目

一个题目，做来做去，文章是要做完的，如果再要出新花样，那就使人会觉得不是人话。然而只要一步一步的做下去，每天又有帮闲的敲边鼓，给人们听惯了，就不但做得出，而且也行得通。

譬如近来最主要的题目，是"安内与攘外"罢，做的也着实不少了。有说安内必先攘外的，有说安内同时攘外的，有说不攘外无以安内的，有说攘外即所以安内的，有说安内即所以攘外的，有说安内急于攘外的。

做到这里，文章似乎已经无可翻腾了，看起来，大约总可以算是做到了绝顶。

所以再要出新花样，就使人会觉得不是人话，用现在最流行的谥法来说，就是大有"汉奸"的嫌疑。为什么呢？就因为新花样的文章，只剩了"安内而不必攘外"，"不如迎外以安内"，"外就是内，本无可攘"这三种了。

这三种意思，做起文章来，虽然实在希奇，但事实却有的，而且不必远征晋宋，只要看看明朝就够。满洲人早在窥伺了，国内却是草菅民命，杀戮清流，做了第一种。李自成进北京了，阔人们不甘给奴子做皇帝，索性请"大清兵"来打掉他，做了第二种。至于第三种，我没有看过《清史》，不得而知，但据老例，则应说是爱新觉罗氏之先，原是轩辕黄帝第几子之苗裔，于朔方，厚泽深仁，遂有天下，总而言之，咱们原是一家子云。

后来的史论家，自然是力斥其非的，就是现在的名人，也正痛恨流寇。但这是后来和现在的话，当时可不然，鹰犬塞途，干儿当道，魏忠贤不是活着就配享了孔庙么？他们那种办法，那时都有人来说得头头是道的。

前清末年，满人出死力以镇压革命，有"宁赠友邦，不给家奴"的口号，汉人一知道，更恨得切齿。其实汉人何尝不如此？吴三桂之请清兵入关，便是一想到自身的利害，即"人同此心"的实例了。……

一九三三年四月二十九日

附记：

原题是《安内与攘外》。

一九三三年五月五日

新 药

说起来就记得，诚然，自从九一八以后，再没有听到吴稚老的妙语了，相传是生了病。现在刚从南昌专电中，飞出一点声音来，却连改头换面的，也是自从九一八以后，就再没有一丝声息的民族主义文学者们，也来加以冷冷的讪笑。

为什么呢？为了九一八。

想起来就记得，吴稚老的笔和舌，是尽过很大的任务的，清末的时候，五四的时候，北伐的时候，清党的时候，清党以后的还是闹不清白的时候。然而他现在一开口，却连躲躲闪闪的人物儿也来冷笑了。九一八以来的飞机，真也炸着了这党国的元老吴先生，或者是，炸大了一些躲躲闪闪的人物儿的小胆子。

九一八以后，情形就有这么不同了。

旧书里有过这么一个寓言，某朝某帝的时候，宫女们多数生了病，总是医不好。最后来了一个名医，开出神方道：壮汉若干名。皇帝没有法，只得照他办。若干天之后，自去察看时，宫女们果然个个神采焕发了，却另有许多瘦得不像人样的男人，拜伏在地上。皇帝吃了一惊，问这是什么呢？宫女们就嗫嚅的答道：是药渣。

照前几天报上的情形看起来，吴先生仿佛就如药渣一样，也许连狗子都要加以践踏了。然而他是聪明的，又很恬淡，决不至于不顾自己，给人家熬尽了汁水。不过因为九一八以后，情形已经不同，要有一种新药出卖是真的，对于他的冷笑，其实也就是新药的作用。

这种新药的性味，是要很激烈，而和平。譬之文章，则须先讲烈士的殉国，再叙美人的殉情；一面赞希特勒的组阁，一面颂苏联的成功；军歌唱后，来了恋歌；道德谈完，就讲妓院；因国耻日而悲杨柳，逢五一节而忆蔷薇；攻击主人的敌手，也似乎不满于它自己的主人……总而言之，先前所用的是单方，此后出卖的却是复药了。

复药虽然好像万应，但也常无一效的，医不好病，即毒不死人。不过对于误服这药的病人，却能够使他不再寻求良药，拖重了病症而至于胡里胡涂的死亡。

一九三三年四月二十九日

"多难之月"

　　前月底的报章上，多说五月是"多难之月"。这名目，以前是没有见过的。现在这"多难之月"已经临头了。从经过了的日子来想一想，不错，五一是"劳动节"，可以说很有些"多难"；五三是济南惨案纪念日，也当然属于"多难"之一的。但五四是新文化运动的发扬，五五是革命政府成立的佳日，为什么都包括在"难"字堆里的呢？这可真有点儿希奇古怪！

　　不过只要将这"难"字，不作国民"受难"的"难"字解，而作令人"为难"的"难"字解，则一切困难，可就涣然冰释了。

　　时势也真改变得飞快，古之佳节，后来自不免化为难关。先前的开会，是听大众在空地上开的，现在却要防人"乘机捣乱"了，所以只得函请代表，齐集洋楼，还要由军警维持秩序。先前的要人，虽然出来要"清道"（俗名"净街"），但还是走在地上的，现在却更要防人"谋为不轨"了，必得坐着飞机，须到出洋的时候，才能放心送给朋友。名人逛一趟古董店，先前也不算奇事情的，现在却"微服""微服"的嚷得人耳聋，只好或登名山，或入古庙，比较的免掉大惊小怪。总而言之，可靠的国之柱石，已经多在半空中，最低限度也上了高楼峻岭了，地上就只留着些可疑的百姓，实做了"下民"，且又民匪难分，一有庆吊，总不免"假名滋扰"。向来虽靠"华洋两方当局，先事严防"，没有闹过什么大乱子，然而总比平时费力的，这就令人为难，而五月也成了"多难之月"，纪念的是好是坏，日子的为戚为喜，都不在话下。

　　但愿世界上大事件不要增加起来；但愿中国里惨案不要再有；但愿也不再有什么政府成立；但愿也不再有伟人的生日和忌日增添。否则，日积月累，不久就会成个"多难之年"，不但华洋当局，老是为难，连我们走在地面上的小百姓，也只好永远身带"嫌疑"，奉陪戒严，呜呼哀哉，不能喘气了。

　　　　　　　　　　　　　　　　　一九三三年五月五日

不负责任的坦克车

新近报上说，江西人第一次看了坦克车。自然，江西人的眼福很好。然而也有人惴惴然，唯恐又要掏腰包，报效坦克捐。我倒记起了另外一件事：

有一个自称姓"张"的说过，"我是拥护言论不自由者……唯其言论不自由，才有好文章做出来，所谓冷嘲，讽刺，幽默和其他形形色色，不敢负言论责任的文体，在压迫钳制之下，都应运产生出来了。"这所谓不负责任的文体，不知道比坦克车怎样？

讽刺等类为什么是不负责任，我可不知道。然而听人议论"风凉话"怎么不行，"冷箭"怎么射死了天才，倒也多年了。既然多年，似乎就很有道理。大致是骂人不敢充好汉，胆小。其实，躲在厚厚的铁板——坦克车里面，砰砰碰碰的轰炸，是着实痛快得多，虽然也似乎并不胆大。

高等人向来就善于躲在厚厚的东西后面来杀人的。古时候有厚厚的城墙，为的要防备盗匪和流寇。现在就有钢马甲，铁甲车，坦克车。就是保障"民国"和私产的法律，也总是厚厚的一大本。甚至于自天子以至卿大夫的棺材，也比庶民的要厚些。至于脸皮的厚，也是合于古礼的。

独有下等人要这么自卫一下，就要受到"不负责任"等类的嘲笑："你敢出来！出来！躲在背后说风凉话不算好汉！"

但是，如果你上了他的当，真的赤膊奔上前阵，像许褚似的充好汉，那他那边立刻就会给你一枪，老实不客气，然后，再学着金圣叹批《三国演义》的笔法，骂一声"谁叫你赤膊的"——活该。总之，死活都有罪。足见做人实在很难，而做坦克车要容易得多。

一九三三年五月六日

从盛宣怀说到有理的压迫

盛氏的祖宗积德很厚，他们的子孙就举行了两次"收复失地"的盛典：一次还是在袁世凯的民国政府治下，一次就在当今国民政府治下了。

民元的时候，说盛宣怀是第一名的卖国贼，将他的家产没收了。不久，似乎是二次革命之后，就发还了。那是没有什么奇怪的，因为袁世凯是"物伤其类"，他自己也是卖国贼。不是年年都在纪念五七和五九么？袁世凯签订过二十一条，卖国是有真凭实据的。

最近又在报上发见这么一段消息，大致是说："盛氏家产早已奉命归还，如苏州之留园，江阴无锡之典当等，正在办理发还手续。"这却叫我吃了一惊。打听起来，说是民国十六年国民革命军初到沪宁的时候，又没收了一次盛氏家产：那次的罪名大概是"土豪劣绅"，绅而至于"劣"，再加上卖国的旧罪，自然又该没收了。可是为什么又发还了呢？

第一，不应当疑心现在有卖国贼，因为并无真凭实据——现在的人早就誓不签订辱国条约，他们不比盛宣怀和袁世凯。第二，现在正在募航空捐，足见政府财政并不宽裕。那末，为什么呢？

学理上研究的结果是——压迫本来有两种：一种是有理的，而且永久有理的，一种是无理的。有理的，就像逼小百姓还高利贷，交田租之类；这种压迫的"理"写在布告上："借债还钱本中外所同之定理，租田纳税乃千古不易之成规。"无理的，就是没收盛宣怀的家产等等了；这种"压迫"巨绅的手法，在当时也许有理，现在早已变成无理的了。

初初看见报上登载的《五一告工友书》上说："反抗本国资本家无理的压迫"，我也是吃了一惊的。这不是提倡阶级斗争么？后来想想也就明白了。这是说，无理的压迫要反对，有理的不在此例。至于怎样有理，看下去就懂得了，下文是说："必须克苦耐劳，加紧生产……尤应共体时艰，力谋劳资间之真诚合作，消弭劳资间之一切纠纷。"还有说"中国工人没有外国工人那么苦"等等的。

我心上想，幸而没有大惊小怪地叫起来，天下的事情总是有道理的，一切压迫也是如此。何况对付盛宣怀等的理由虽然很少，而对付工人总不会没有的。

一九三三年五月六日

王　化

中国的王化现在真是"光被四表格于上下"的了。

溥仪的弟媳妇跟着一位厨司务，卷了三万多元逃走了。于是中国的法庭把她缉获归案，判定"交还夫家管束"。满洲国虽然"伪"，夫权是不"伪"的。

新疆的回民闹乱子，于是派出宣慰使。

蒙古的王公流离失所了，于是特别组织"蒙古王公救济委员会"。

对于西藏的怀柔，是请班禅喇嘛诵经念咒。

而最宽仁的王化政策，要算广西对付瑶民的办法。据《大晚报》载，这种"宽仁政策"是在三万瑶民之中杀死三千人，派了三架飞机到瑶洞里去"下蛋"，使他们"惊诧为天神天将而不战自降"。事后，还要挑选瑶民代表到外埠来观光，叫他们看看上国的文化，例如马路上，红头阿三的威武之类。

而红头阿三说的是：勿要哗啦哗啦!

这些久已归化的"夷狄"，近来总是"哗啦哗啦"，原因是都有些怨了。王化盛行的时候，"东面而征西夷怨，南面而征北狄怨。"这原是当然的道理。

不过我们还是东奔西走，南征北剿，决不偷懒。虽然劳苦些，但"精神上的胜利"是属于我们的。

等到"伪"满的夫权保障了，蒙古的王公救济了，喇嘛的经咒念完了，回民真的安慰了，瑶民"不战自降"了，还有什么事可以做呢？自然只有修文德以服"远人"的日本了。这时候，我们印度阿三式的责任算是尽到了。

呜呼，草野小民，生逢盛世，唯有逊听欢呼，闻风鼓舞而已！

五月七日

这篇被新闻检查处抽掉了，没有登出。幸而既非瑶民，又居租界，得免于国货的飞机来"下蛋"，然而"勿要哗啦哗啦"却是一律的，所以连"欢呼"也不许，——然则惟有一声不响，装死救国而已！

十五夜记

天上地下

中国现在有两种炸，一种是炸进去，一种是炸进来。

炸进去之一例曰："日内除飞机往匪区轰炸外，无战事，三四两队，七日晨迄申，更番成队飞宜黄以西崇仁以南掷百二十磅弹两三百枚，凡匪足资屏蔽处炸毁几平，使匪无从休养。……"（五月十日《申报》南昌专电）

炸进来之一例曰："今晨六时，敌机炸蓟县，死民十余，又密云今遭敌轰四次，每次二架，投弹盈百，损害正详查中。……"（同日《大晚报》北平电）

应了这运会而生的，是上海小学生的买飞机，和北平小学生的挖地洞。

这也是对于"非安内无以攘外"或"安内急于攘外"的题目，做出来的两股好文章。

住在租界里的人们是有福的。但试闭目一想，想得广大一些，就会觉得内是官兵在天上，"共匪"和"匪化"了的百姓在地下，外是敌军在天上，没有"匪化"了的百姓在地下。"损害正详查中"，而太平之区，却造起了宝塔。释迦出世，一手指天，一手指地曰："天上地下，惟我独尊！"此之谓也。

但又试闭目一想，想得久远一些，可就遇着难题目了。假如炸进去慢，炸进来快，两种飞机遇着了，又怎么办呢？停止了"安内"，回转头来"迎头痛击"呢，还是仍然只管自己炸进去，一任他跟着炸进来，一前一后，同炸"匪区"，待到炸清了，然后再"攘"他们出去呢？……

不过这只是讲笑话，事实是决不会弄到这地步的。即使弄到这地步，也没有什么难解决：外洋养病，名山拜佛，这就完结了。

五月十六日

记得末尾的三句，原稿是"外洋养病，脊背生疮，名山上拜佛，小便里有糖，这就完结了。"

十九日夜补记
一九三三年

保　留

这几天的报章告诉我们：新任政务整理委员会委员长黄郛的专车一到天津，即有十七岁的青年刘庚生掷一炸弹，犯人当场捕获，据供系受日人指使，遂于次日绑赴新站外枭首示众云。

清朝的变成民国，虽然已经二十二年，但宪法草案的民族民权两篇，日前这才草成，尚未颁布。上月杭州曾将西湖抢犯当众斩决，据说奔往赏鉴者有"万人空巷"之概。可见这虽与"民权篇"第一项的"提高民族地位"稍有出入，却很合于"民族篇"第二项的"发扬民族精神"。南北统一，业已八年，天津也来挂一颗小小的头颅，以示全国一致，原也不必大惊小怪的。

其次，是中国虽说"惟女子与小人为难养也"，但一有事故，除三老通电，二老宣言，九四老人题字之外，总有许多"童子爱国"，"佳人从军"的美谈，使壮年男儿索然无色。我们的民族，好像往往是"小时了了，大未必佳"，到得老年，才又脱尽暮气，据讣文，死的就更其了不得。则十七岁的少年而来投掷炸弹，也不是出于情理之外的。

但我要保留的，是"据供系受日人指使"这一节，因为这就是所谓卖国。二十年来，国难不息，而被大众公认为卖国者，一向全是三十以上的人，虽然他们后来依然逍遥自在。至于少年和儿童，则拚命的使尽他们稚弱的心力和体力，携着竹筒或扑满，奔走于风沙泥泞中，想于中国有些微的裨益者，真不知有若干次数了。虽然因为他们无先见之明，这些用汗血求来的金钱，大抵反以供虎狼的一舐，然而爱国之心是真诚的，卖国的事是向来没有的。

不料这一次却破例了，但我希望我们将加给他的罪名暂时保留，再来看一看事实，这事实不必待至三年，也不必待至五十年，在那挂着的头颅还未烂掉之前，就要明白了：谁是卖国者。

从我们的儿童和少年的头颅上，洗去喷来的狗血罢!

五月十七日

这一篇和以后的三篇，都没有能够登出。

七月十九日

一九三三年

805

再谈保留

因为讲过刘庚生的罪名，就想到开口和动笔，在现在的中国，实在也很难的，要稳当，还是不响的好。要不然，就常不免反弄到自己的头上来。

举几个例在这里——

十二年前，鲁迅作的一篇《阿Q正传》，大约是想暴露国民的弱点的，虽然没有说明自己是否也包含在里面。然而到得今年，有几个人就用"阿Q"来称他自己了，这就是现世的恶报。

八九年前，正人君子们办了一种报，说反对者是拿了卢布的，所以在学界捣乱。然而过了四五年，正人又是教授，君子化为主任，靠俄款享福，听到停付，就要力争了。这虽然是现世的善报，但也总是弄到自己的头上来。

不过用笔的人，即使小心，也总不免略欠周到的。最近的例，则如各报章上，"敌"呀，"逆"呀，"伪"呀，"傀儡国"呀，用得沸反盈天。不这样写，实在也不足以表示其爱国，且将为读者所不满。谁料得到"某机关通知：御侮要重实际，逆敌一类过度刺激字面，无裨实际，后宜屏用"，而且黄委员长抵平，发表政见，竟说是"中国和战皆处被动，办法难言，国难不止一端，亟谋最后挽救"（并见十八日《大晚报》北平电）的呢？……

幸而还好，报上果然只看见"日机威胁北平"之类的题目，没有"过度刺激字面"了，只是"汉奸"的字样却还有。日既非敌，汉何云奸，这似乎不能不说是一个大漏洞。好在汉人是不怕"过度刺激字面"的，就是砍下头来，挂在街头，给中外士女欣赏，也从来不会有人来说一句话。

这些处所，我们是知道说话之难的。

从清朝的文字狱以后，文人不敢做野史了，如果有谁能忘了三百年前的恐怖，只要撮取报章，存其精英，就是一部不朽的大作。但自然，也不必神经过敏，预先改称为"上国"或"天机"的。

一九三三年五月十七日

"有名无实"的反驳

新近的《战区见闻记》有这么一段记载：

> 记者适遇一排长，甫由前线调防于此，彼云，我军前在石门寨，海阳镇，秦皇岛，牛头关，柳江等处所做阵地及掩蔽部……化洋三四十万元，木材重价尚不在内……艰难缔造，原期死守，不幸冷口失陷，一令传出，即行后退，血汗金钱所合并成立之阵地，多未重用，弃若敝屣，至堪痛心；不抵抗将军下台，上峰易人，我士兵莫不额手相庆……结果心与愿背。不幸生为中国人！尤不幸生为有名无实之抗日军人！（五月十七日《申报》特约通信。）

这排长的天真，正好证明未经"教训"的愚劣人民，不足与言政治。第一，他以为不抵抗将军下台，"不抵抗"就一定跟着下台了。这是不懂逻辑：将军是一个人，而不抵抗是一种主义，人可以下台，主义却可以仍旧留在台上的。第二，他以为化了三四十万大洋建筑了防御工程，就一定要死守的了（总算还好，他没有想到进攻）。这是不懂策略：防御工程原是建筑给老百姓看看的，并不是教你死守的阵地，真正的策略却是"诱敌深入"。第三，他虽然奉令后退，却敢于"痛心"。这是不懂哲学：他的心非得治一治不可！第四，他"额手称庆"，实在高兴得太快了。这是不懂命理：中国人生成是苦命的。如此痴呆的排长，难怪他连叫两个"不幸"，居然自己承认是"有名无实的抗日军人"。其实究竟是谁"有名无实"，他是始终没有懂得的。

至于比排长更下等的小兵，那不用说，他们只会"打开天窗说亮话，咱们弟兄，处于今日局势，若非对外，鲜有不哗变者"（同上通信）。这还成话么？古人说，"无敌国外患者，国恒亡。"以前我总不大懂得这是什么意思：既然连敌国都没有了，我们的国还会亡给谁呢？现在照这兵士的话就明白了，国是可以亡给"哗变者"的。

结论：要不亡国，必须多找些"敌国外患"来，更必须多多"教训"那些痛心的愚劣人民，使他们变成"有名有实"。

一九三三年五月十八日

不求甚解

文章一定要有注解，尤其是世界要人的文章。有些文学家自己做的文章还要自己来注释，觉得很麻烦。至于世界要人就不然，他们有的是秘书，或是私淑弟子，替他们来做注释的工作。然而另外有一种文章，却是注释不得的。

譬如说，世界第一要人美国总统发表了"和平"宣言，据说是要禁止各国军队越出国境。但是，注释家立刻就说："至于美国之驻兵于中国，则为条约所许，故不在罗斯福总统所提议之禁止内"（十六日路透社华盛顿电）。再看罗氏的原文："世界各国应参加一庄严而确切之不侵犯公约，及重行庄严声明其限制及减少军备之义务，并在签约各国能忠实履行其义务时，各自承允不派遣任何性质之武装军队越出国境。"要是认真注解起来，这其实是说：凡是不"确切"，不"庄严"，并不"自己承允"的国家，尽可以派遣任何性质的军队越出国境。至少，中国人且慢高兴，照这样解释，日本军队的越出国境，理由还是十足的；何况连美国自己驻在中国的军队，也早已声明是"不在此例"了。可是，这种认真的注释是叫人扫兴的。

再则，像"誓不签订辱国条约"一句经文，也早已有了不少传注。传曰："对日妥协，现在无人敢言，亦无人敢行。"这里，主要的是一个"敢"字。但是：签订条约有敢与不敢的分别，这是拿笔杆的人的事，而拿枪杆的人却用不着研究敢与不敢的为难问题——缩短防线，诱敌深入之类的策略是用不着签订的。就是拿笔杆的人也不至于只会签字，假使这样，未免太低能。所以又有一说，谓之"一面交涉"。于是乎注疏就来了："以不承认为责任者之第三者，用不合理之方法，以口头交涉……清算无益之抗日。"这是日本电通社的消息。这种泄漏天机的注解也是十分讨厌的，因此，这不会不是日本人的"造谣"。

总之，这类文章浑沌一体，最妙是不用注解，尤其是那种使人扫兴或讨厌的注解。

小时候读书讲到陶渊明的"好读书不求甚解"，先生就给我讲了，他说："不求甚解"者，就是不去看注解，而只读本文的意思。注解虽有，确有人不愿意我们去看的。

一九三三年五月十八日

准风月谈

前　记

　　自从中华民国建国二十有二年五月二十五日《自由谈》的编者刊出了"吁请海内文豪，从兹多谈风月"的启事以来，很使老牌风月文豪摇头晃脑的高兴了一大阵，讲冷话的也有，说俏皮话的也有，连只会做"文探"的叭儿们也翘起了它尊贵的尾巴。但有趣的是谈风云的人，风月也谈得，谈风月就谈风月罢，虽然仍旧不能正如尊意。

　　想从一个题目限制了作家，其实是不能够的。假如出一个"学而时习之"的试题，叫遗少和车夫来做八股，那做法就决定不一样。自然，车夫做的文章可以说是不通，是胡说，但这不通或胡说，就打破了遗少们的一统天下。古话里也有过：柳下惠看见糖水，说"可以养老"，盗跖见了，却道可以粘门闩。他们是弟兄，所见的又是同一的东西，想到的用法却有这么天差地远。"月白风清，如此良夜何？"好的，风雅之至，举手赞成。但同是涉及风月的"月黑杀人夜，风高放火天"呢，这不明明是一联古诗么？

　　我的谈风月也终于谈出了乱子来，不过也并非为了主张"杀人放火"。其实，以为"多谈风月"，就是"莫谈国事"的意思，是误解的。"漫谈国事"倒并不要紧，只是要"漫"，发出去的箭石，不要正中了有些人物的鼻梁，因为这是他的武器，也是他的幌子。

　　从六月起的投稿，我就用种种的笔名了，一面固然为了省事，一面也省得有人骂读者们不管文字，只看作者的署名。然而这么一来，却又使一些看文字不用视觉，专靠嗅觉的"文学家"疑神疑鬼，而他们的嗅觉又没有和全体一同进化，至于看见一个新的作家的名字，就疑心是我的化名，对我呜呜不已，有时简直连读者都被他们闹得莫名其妙了。现在就将当时所用的笔名，仍旧留在每篇之下，算是负着应负的责任。

还有一点和先前的编法不同的，是将刊登时被删改的文字大概补上去了，而且旁加黑点，以清眉目。这删改，是出于编辑或总编辑，还是出于官派的检查员的呢，现在已经无从辨别，但推想起来，改点句子，去些讳忌，文章却还能连接的处所，大约是出于编辑的，而胡乱删削，不管文气的接不接，语意的完不完的，便是钦定的文章。

日本的刊物，也有禁忌，但被删之处，是留着空白，或加虚线，使读者能够知道的。中国的检查官却不许留空白，必须接起来，于是读者就看不见检查删削的痕迹，一切含胡和恍忽之点，都归在作者身上了。这一种办法，是比日本大有进步的，我现在提出来，以存中国文网史上极有价值的故实。

去年的整半年中，随时写一点，居然在不知不觉中又成一本了。当然，这不过是一些拉杂的文章，为"文学家"所不屑道。然而这样的文字，现在却也并不多，而且"拾荒"的人们，也还能从中检出东西来，我因此相信这书的暂时的生存，并且作为集印的缘故。

一九三四年三月十日，于上海记

推

丰之余

两三月前，报上好像登过一条新闻，说有一个卖报的孩子，踏上电车的踏脚去取报钱，误踹住了一个下来的客人的衣角，那人大怒，用力一推，孩子跌入车下，电车又刚刚走动，一时停不住，把孩子碾死了。

推倒孩子的人，却早已不知所往。但衣角会被踹住，可见穿的是长衫，即使不是"高等华人"，总该是属于上等的。

我们在上海路上走，时常会遇见两种横冲直撞，对于对面或前面的行人，决不稍让的人物。一种是不用两手，却只将直直的长脚，如入无人之境似的踏过来，倘不让开，他就会踏在你的肚子或肩膀上。这是洋大人，都是"高等"的，没有华人那样上下的区别。一种就是弯上他两条臂膊，手掌向外，像蝎子的两个钳一样，一路推过去，不管被推的人是跌在泥塘或火坑里。这就是我们的同胞，然而"上等"的，他坐电车，要坐二等所改的三等车，他看报，要看专登黑幕的小报，他坐着看得咽唾沫，但一走动，又是推。

上车，进门，买票，寄信，他推；出门，下车，避祸，逃难，他又推。推得女人孩子都跟跟跄跄，跌倒了，他就从活人上踏过，跌死了，他就从死尸上踏过，走出外面，用舌头舔舔自己的厚嘴

817

唇，什么也不觉得。旧历端午，在一家戏场里，因为一句失火的谣言，就又是推，把十多个力量未足的少年踏死了。死尸摆在空地上，据说去看的又有万余人，人山人海，又是推。

推了的结果，是嘻开嘴巴，说道："阿唷，好白相来希呀！"

住在上海，想不遇到推与踏，是不能的，而且这推与踏也还要廓大开去。要推倒一切下等华人中的幼弱者，要踏倒一切下等华人。这时就只剩了高等华人颂祝着——

"阿唷，真好白相来希呀。为保全文化起见，是虽然牺牲任何物质，也不应该顾惜的——这些物质有什么重要性呢！"

一九三三年六月八日

二丑艺术

丰之余

浙东的有一处的戏班中，有一种脚色叫作"二花脸"，译得雅一点，那么，"二丑"就是。他和小丑的不同，是不扮横行无忌的花花公子，也不扮一味仗势的宰相家丁，他所扮演的是保护公子的拳师，或是趋奉公子的清客。总之：身分比小丑高，而性格却比小丑坏。

义仆是老生扮的，先以谏诤，终以殉主；恶仆是小丑扮的，只会作恶，到底灭亡。而二丑的本领却不同，他有点上等人模样，也懂些琴棋书画，也来得行令猜谜，但倚靠的是权门，凌蔑的是百姓，有谁被压迫了，他就来冷笑几声，畅快一下，有谁被陷害了，他又去吓唬一下，吆喝几声。不过他的态度又并不常常如此的，大抵一面又回过脸来，向台下的看客指出他公子的缺点，摇着头装起鬼脸道：你看这家伙，这回可要倒楣哩！

这最末的一手，是二丑的特色。因为他没有义仆的愚笨，也没有恶仆的简单，他是智识阶级。他明知道自己所靠的是冰山，一定不能长久，他将来还要到别家帮闲，所以当受着豢养，分着余炎的时候，也得装着和这贵公子并非一伙。

二丑们编出来的戏本上，当然没有这一种脚色的，他那里肯；小丑，即花花公子们编出来的戏本，也不会有，因为他们只看见一面，想不到的。这二花脸，乃是小百姓看透了这一种人，提出精华来，制定了的脚色。

世间只要有权门，一定有恶势力，有恶势力，就一定有二花脸，而且有二花脸艺术。我们只要取一种刊物，看他一个星期，就会发见他忽而怨恨春天，忽而颂扬战争，忽而译萧伯纳演说，忽而讲婚姻问题；但其间一定有时要慷慨激昂的表示对于国事的不满：这就是用出末一手来了。

这最末的一手，一面也在遮掩他并不是帮闲，然而小百姓是明白的，早已使他的类型在戏台上出现了。

一九三三年六月十五日

偶　成

苇索

善于治国平天下的人物，真能随处看出治国平天下的方法来，四川正有人以为长衣消耗布匹，派队剪除；上海又有名公要来整顿茶馆了，据说整顿之处，大略有三：一是注意卫生，二是制定时间，三是施行教育。

第一条当然是很好的；第二条，虽然上馆下馆，一一摇铃，好像学校里的上课，未免有些麻烦，但为了要喝茶，没有法，也不算坏。

最不容易是第三条。"愚民"的到茶馆来，是打听新闻，闲谈心曲之外，也来听听《包公案》一类东西的，时代已远，真伪难明，那边妄言，这边妄听，所以他坐得下去。现在倘若改为"某公案"，就恐怕不相信，不要听；专讲敌人的秘史，黑幕罢，这边之所谓敌人，未必就是他们的敌人，所以也难免听得不大起劲。结果是茶馆主人遭殃，生意清淡了。

前清光绪初年，我乡有一班戏班，叫作"群玉班"，然而名实不符，戏做得非常坏，竟弄得没有人要看了。乡民的本领并不亚于大文豪，曾给他编过一支歌：

台上群玉班，

台下都走散。
连忙关庙门，
两边墙壁都爬塌（平声），
连忙扯得牢，
只剩下一担馄饨担。

　　看客的取舍，是没法强制的，他若不要看，连拖也无益。即如有几种刊物，有钱有势，本可以风行天下的了，然而不但看客有限，连投稿也寥寥，总要隔两月才出一本。讽刺已是前世纪的老人的梦呓，非讽刺的好文艺，好像也将是后世纪的青年的出产了。

一九三三年六月十五日

谈蝙蝠

游光

人们对于夜里出来的动物，总不免有些讨厌他，大约因为他偏不睡觉，和自己的习惯不同，而且在昏夜的沉睡或"微行"中，怕他会窥见什么秘密罢。

蝙蝠虽然也是夜飞的动物，但在中国的名誉却还算好的。这也并非因为他吞食蚊虻，于人们有益，大半倒在他的名目，和"福"字同音。以这么一副尊容而能写入画图，实在就靠着名字起得好。还有，是中国人本来愿意自己能飞的，也设想过别的东西都能飞。道士要羽化，皇帝想飞升，有情的愿作比翼鸟儿，受苦的恨不得插翅飞去。想到老虎添翼，便毛骨耸然，然而青蚨飞来，则眉眼莞尔。至于墨子的飞鸢终于失传，飞机非募款到外国去购买不可，则是因为太重了精神文明的缘故，势所必至，理有固然，毫不足怪的。但虽然不能够做，却能够想，所以见了老鼠似的东西生着翅子，倒也并不诧异，有名的文人还要收为诗料，诌出什么"黄昏到寺蝙蝠飞"那样的佳句来。

西洋人可就没有这么高情雅量，他们不喜欢蝙蝠。推源祸始，我想，恐怕是应该归罪于伊索的。他的寓言里，说过鸟兽各开大会，蝙蝠到兽类里去，因为他有翅子，兽类不收，到鸟类里去，又因为他是四足，鸟类不纳，弄得他毫无立场，于是大家就讨厌这作为骑墙的象征的蝙蝠了。

中国近来拾一点洋古典，有时也奚落起蝙蝠来。但这种寓言，出于伊索，是可喜的，因为他的时代，动物学还幼稚得很。现在可不同了，鲸鱼属于什么类，蝙蝠属于什么类，就是小学生也都知道得清清楚楚。倘若还拾一些希腊古典，来作正经话讲，那就只足表示他的知识，还和伊索时候，各开大会的两类绅士淑女们相同。

大学教授梁实秋先生以为橡皮鞋是草鞋和皮鞋之间的东西，那知识也相仿，假使他生在希腊，位置是说不定会在伊索之下的，现在真可惜得很，生得太晚一点了。

一九三三年六月十六日

"吃白相饭"

旅隼

要将上海的所谓"白相",改作普通话,只好是"玩耍";至于"吃白相饭",那恐怕还是用文言译作"不务正业,游荡为生",对于外乡人可以比较的明白些。

游荡可以为生,是很奇怪的。然而在上海问一个男人,或向一个女人问她的丈夫的职业的时候,有时会遇到极直截的回答道:"吃白相饭的。"

听的也并不觉得奇怪,如同听到了说"教书","做工"一样。倘说是"没有什么职业",他倒会有些不放心了。

"吃白相饭"在上海是这么一种光明正大的职业。

我们在上海的报章上所看见的,几乎常是这些人物的功绩;没有他们,本埠新闻是决不会热闹的。但功绩虽多,归纳起来也不过是三段,只因为未必全用在一件事情上,所以看起来好像五花八门了。

第一段是欺骗。见贪人就用利诱,见孤愤的就装同情,见倒霉的则装慷慨,但见慷慨的却又会装悲苦,结果是席卷了对手的东西。

第二段是威压。如果欺骗无效,或者被人看穿了,就脸孔一翻,化为威吓,或者说人无礼,或者诬人不端,或者赖人欠钱,或

825

者并不说什么缘故，而这也谓之"讲道理"，结果还是席卷了对手的东西。

第三段是溜走。用了上面的一段或兼用了两段而成功了，就一溜烟走掉，再也寻不出踪迹来。失败了，也是一溜烟走掉，再也寻不出踪迹来。事情闹得大一点，则离开本埠，避过了风头再出现。

有这样的职业，明明白白，然而人们是不以为奇的。

"白相"可以吃饭，劳动的自然就要饿肚，明明白白，然而人们也不以为奇。

但"吃白相饭"朋友倒自有其可敬的地方，因为他还直直落落的告诉人们说，"吃白相饭的"！

一九三三年六月二十六日

华德保粹优劣论

孺牛

希特拉先生不许德国境内有别的党，连屈服了的国权党也难以幸存，这似乎颇感动了我们的有些英雄们，已在称赞其"大刀阔斧"。但其实这不过是他老先生及其之流的一面。别一面，他们是也很细针密缕的。有歌为证：

> 跳蚤做了大官了，
> 带着一伙各处走。
> 皇后宫嫔都害怕，
> 谁也不敢来动手。
> 即使咬得发了痒罢，
> 要挤烂它也怎么能够。
> 嗳哈哈，嗳哈哈，哈哈，嗳哈哈！

这是大家知道的世界名曲《跳蚤歌》的一节，可是在德国已被禁止了。当然，这决不是为了尊敬跳蚤，乃是因为它讽刺大官；但也不是为了讽刺是"前世纪的老人的呓语"，却是为着这歌曲是"非德意志的"。华德大小英雄们，总不免偶有隔膜之处。

中华也是诞生细针密缕人物的所在，有时真能够想得入微，例如今年北平社会局呈请市政府查禁女人养雄犬文云：

> ……查雌女雄犬相处，非仅有碍健康，更易发生无耻
> 秽闻，揆之我国礼义之邦，亦为习俗所不许，谨特通令严
> 禁，除门犬猎犬外，凡妇女带养之雄犬，斩之无赦，以为
> 取缔。

两国的立脚点，是都在"国粹"的，但中华的气魄却较为宏
大，因为德国不过大家不能唱那一出歌而已，而中华则不但"雌
女"难以蓄犬，连"雄犬"也将砍头。这影响于叭儿狗，是很大
的。由保存自己的本能，和应时势之需要，它必将变成"门犬猎
犬"模样。

一九三三年六月二十六日

华德焚书异同论

孺牛

德国的希特拉先生们一烧书，中国和日本的论者们都比之于秦始皇。然而秦始皇实在冤枉得很，他的吃亏是在二世而亡，一班帮闲们都替新主子去讲他的坏话了。

不错，秦始皇烧过书，烧书是为了统一思想。但他没有烧掉农书和医书；他收罗许多别国的"客卿"，并不专重"秦的思想"，倒是博采各种的思想的。秦人重小儿；始皇之母，赵女也，赵重妇人，所以我们从"剧秦"的遗文中，也看不见轻贱女人的痕迹。

希特拉先生们却不同了，他所烧的首先是"非德国思想"的书，没有容纳客卿的魄力；其次是关于性的书，这就是毁灭以科学来研究性道德的解放，结果必将使妇人和小儿沉沦在往古的地位，见不到光明。而可比于秦始皇的车同轨，书同文……之类的大事业，他们一点也做不到。

阿剌伯人攻陷亚历山德府的时候，就烧掉了那里的图书馆，那理论是：如果那些书籍所讲的道理，和《可兰经》相同，则已有《可兰经》，无须留了；倘使不同，则是异端，不该留了。这才是希特拉先生们的嫡派祖师——虽然阿剌伯人也是"非德国的"——和秦的烧书，是不能比较的。

但是结果往往和英雄们的预算不同。始皇想皇帝传至万世，而偏偏二世而亡，赦免了农书和医书，而秦以前的这一类书，现在却偏偏一部也不剩。希特拉先生一上台，烧书，打犹太人，不可一世，连这里的黄脸干儿们，也听得兴高彩烈，向被压迫者大加嘲笑，对讽刺文字放出讽刺的冷箭来——到底还明白的冷冷的讯问道：你们究竟要自由不要？不自由，无宁死。现在你们为什么不去拚死呢？

这回是不必二世，只有半年，希特拉先生的门徒们在奥国一被禁止，连党徽也改成三色玫瑰了。最有趣的是因为不准叫口号，大家就以手遮嘴，用了"掩口式"。

这真是一个大讽刺。刺的是谁，不问也罢，但可见讽刺也还不是"梦呓"，质之黄脸干儿们，不知以为何如？

一九三三年六月二十八日

我谈"堕民"

越客

六月二十九日的《自由谈》里，唐弢先生曾经讲到浙东的堕民，并且据《堕民猥谈》之说，以为是宋将焦光瓒的部属，因为降金，为时人所不齿，至明太祖，乃榜其门曰"丐户"，此后他们遂在悲苦和被人轻蔑的环境下过着日子。

我生于绍兴，堕民是幼小时候所常见的人，也从父老的口头，听到过同样的他们所以成为堕民的缘起。但后来我怀疑了。因为我想，明太祖对于元朝，尚且不肯放肆，他是决不会来管隔一朝代的降金的宋将的；况且看他们的职业，分明还有"教坊"或"乐户"的余痕，所以他们的祖先，倒是明初的反抗洪武和永乐皇帝的忠臣义士也说不定。还有一层，是好人的子孙会吃苦，卖国者的子孙却未必变成堕民的，举出最近便的例子来，则岳飞的后裔还在杭州看守岳王坟，可是过着很穷苦悲惨的生活，然而秦桧，严嵩……的后人呢？……

不过我现在并不想翻这样的陈年账。我只要说，在绍兴的堕民，是一种已经解放了的奴才，这解放就在雍正年间罢，也说不定。所以他们是已经都有别的职业的了，自然是贱业。男人们是收旧货，卖鸡毛，捉青蛙，做戏；女的则每逢过年过节，到她所认为主人的家里去道喜，有庆吊事情就帮忙，在这里还留着奴才的皮毛，但事毕便走，而且有颇多的犒赏，就可见是曾经解放过的了。

　　每一家堕民所走的主人家是有一定的，不能随便走；婆婆死了，就使儿媳妇去，传给后代，恰如遗产的一般；必须非常贫穷，将走动的权利卖给了别人，这才和旧主人断绝了关系。假使你无端叫她不要来了，那就是等于给与她重大的侮辱。我还记得民国革命之后，我的母亲曾对一个堕民的女人说，"以后我们都一样了，你们可以不要来了。"不料她却勃然变色，愤愤的回答道："你说的是什么话？……我们是千年万代，要走下去的！"

　　就是为了一点点犒赏，不但安于做奴才，而且还要做更广泛的奴才，还得出钱去买做奴才的权利，这是堕民以外的自由人所万想不到的罢。

一九三三年七月三日

序的解放

一个人做一部书，"藏之名山，传之其人"，是封建时代的事，早已过去了。现在是二十世纪过了三十三年，地方是上海的租界上，做买办立刻享荣华，当文学家怎不马上要名利，于是乎有术存焉。

那术，是自己先决定自己是文学家，并且有点儿遗产或津贴。接着就自开书店，自办杂志，自登文章，自做广告，自报消息，自想花样……然而不成，诗的解放，先已有人，词的解放，只好骗鸟，于是乎"序的解放"起矣。

夫序，原是古已有之，有别人做的，也有自己做的。但这未免太迂，不合于"新时代"的"文学家"的胃口。因为自序难于吹牛，而别人来做，也不见得定规拍马，那自然只好解放解放，即自己替别人来给自己的东西作序，术语曰"摘录来信"，真说得好像锦上添花。"好评一束"还须附在后头，代序却一开卷就看见一大番颂扬，仿佛名角一登场，满场就大喝一声采，何等有趣。倘是戏子，就得先买许多留声机，自己将"好"叫进去，待到上台时候，一面一齐开起来。

可是这样的玩意儿给人戳穿了又怎么办呢？也有术的。立刻装出"可怜"相，说自己既无党派，也不借主义，又没有帮口，"向来不敢狂妄"，毫没有"座谈"时候的摇头摆尾的得意忘形的气味儿了，倒好像别人乃是反动派，杀人放火主义，青帮红帮，来欺侮了这位文弱而有天才的公子哥儿似的。

更有效的是说，他的被攻击，实乃因为"能力薄弱，无法满足朋友们之要求"。我们倘不知道这位"文学家"的性别，就会疑心到有许多有党派或帮口的人们，向他屡次的借钱，或向她使劲的求婚或什么，"无法满足"，遂受了冤枉的报复的。

但我希望我的话仍然无损于"新时代"的"文学家"，也"摘"出一条"好评"来，作为"代跋"罢：

"'藏之名山，传之其人'，早已过去了。二十世纪，有术存焉，词的解放，解放解放，锦上添花，何等有趣？可是别人乃是反动派，来欺侮这位文弱而有天才的公子，实乃因为'能力薄弱，无法满足朋友们的要求'，遂受了冤枉的报复的，无损于'新时代'的'文学家'也。"

一九三三年七月五日

智识过剩

虞明

世界因为生产过剩，所以闹经济恐慌。虽然同时有三千万以上的工人挨饿，但是粮食过剩仍旧是"客观现实"，否则美国不会赊借麦粉给我们，我们也不会"丰收成灾"。

然而智识也会过剩的，智识过剩，恐慌就更大了。据说中国现行教育在乡间提倡愈甚，则农村之破产愈速。这大概是智识的丰收成灾了。美国因为棉花贱，所以在铲棉田了。中国却应当铲智识。这是西洋传来的妙法。

西洋人是能干的。五六年前，德国就嚷着大学生太多了，一些政治家和教育家，大声疾呼的劝告青年不要进大学。现在德国是不但劝告，而且实行铲除智识了：例如放火烧毁一些书籍，叫作家把自己的文稿吞进肚子去，还有，就是把一群群的大学生关在营房里做苦工，这叫做"解决失业问题"。中国不是也嚷着文法科的大学生过剩吗？其实何止文法科。就是中学生也太多了。要用"严厉的"会考制度，像铁扫帚似的——刷，刷，刷，把大多数的智识青年刷回"民间"去。

智识过剩何以会闹恐慌？中国不是百分之八九十的人还不识字吗？然而智识过剩始终是"客观现实"，而由此而来的恐慌，也是"客观现实"。智识太多了，不是心活，就是心软。心活就会胡思乱

835

想，心软就不肯下辣手。结果，不是自己不镇静，就是妨害别人的镇静。于是灾祸就来了。所以智识非铲除不可。

然而单是铲除还是不够的。必须予以适合实用之教育，第一，是命理学——要乐天知命，命虽然苦，但还是应当乐。第二，是识相学——要"识相点"，知道点近代武器的利害。至少，这两种适合实用的学问是要赶快提倡的。提倡的方法很简单：——古代一个哲学家反驳唯心论，他说，你要是怀疑这碗麦饭的物质是否存在，那最好请你吃下去，看饱不饱。现在譬如说罢，要叫人懂得电学，最好是使他触电，看痛不痛；要叫人知道飞机等类的效用，最好是在他头上驾起飞机，掷下炸弹，看死不死……

有了这样的实用教育，智识就不过剩了。亚门！

一九三三年七月十二日

诗和预言

虞明

预言总是诗，而诗人大半是预言家。然而预言不过诗而已，诗却往往比预言还灵。

例如辛亥革命的时候，忽然发现了：

"手执钢刀九十九，杀尽胡儿方罢手。"

这几句《推背图》里的预言，就不过是"诗"罢了。那时候，何尝只有九十九把钢刀？还是洋枪大炮来得厉害：该着洋枪大炮的后来毕竟占了上风，而只有钢刀的却吃了大亏。况且当时的"胡儿"，不但并未"杀尽"，而且还受了优待，以至于现在还有"伪"溥仪出风头的日子。所以当做预言看，这几句歌诀其实并没有应验。——死板的照着这类预言去干，往往要碰壁，好比前些时候，有人特别打了九十九把钢刀，去送给前线的战士，结果，只不过在古北口等处流流血，给人证明国难的不可抗性。——倒不如把这种预言歌诀当做"诗"看，还可以"以意逆志，自谓得之"。

至于诗里面，却的确有着极深刻的预言。我们要找预言，与其读《推背图》，不如读诗人的诗集。也许这个年头又是应当发现什么的时候了罢，居然找着了这么几句：

此辈封狼从瘐狗，生平猎人如猎兽，

万人一怒不可回，会看太白悬其首。

汪精卫著《双照楼诗词稿》：译嚣俄之《共和二年之战士》

这怎么叫人不"拍案叫绝"呢？这里"封狼从瘦狗"，自己明明是畜生，却偏偏把人当做畜生看待：畜生打猎，而人反而被猎！"万人"的愤怒的确是不可挽回的了。嚣俄这诗，是说的一七九三年（法国第一共和二年）的帝制党，他没有料到一百四十年之后还会有这样的应验。

汪先生译这几首诗的时候，不见得会想到二三十年之后中国已经是白话的世界。现在，懂得这种文言诗的人越发少了，这很可惜。然而预言的妙处，正在似懂非懂之间，叫人在事情完全应验之后，方才"恍然大悟"。这所谓"天机不可泄漏也"。

一九三三年七月二十日

"推"的余谈

看过了《第三种人的"推"》，使我有所感：的确，现在"推"的工作已经加紧，范围也扩大了。三十年前，我也常坐长江轮船的统舱，却还没有这样的"推"得起劲。

那时候，船票自然是要买的，但无所谓"买铺位"，买的时候也有，然而是另外一回事。假如你怕占不到铺位，一早带着行李下船去罢，统舱里全是空铺，只有三五个人们。但要将行李搁下空铺去，可就窒碍难行了，这里一条扁担，那里一束绳子，这边一卷破席，那边一件背心，人们中就跑出一个人来说，这位置是他所占有的。但其时可以开会议，崇和平，买他下来，最高的价值大抵是八角。假如你是一位战斗的英雄，可就容易对付了，只要一声不响，坐在左近，待到铜锣一响，轮船将开，这些地盘主义者便抓了扁担破席之类，一溜烟都逃到岸上去，抛下了卖剩的空铺，一任你悠悠然搁上行李，打开睡觉了。倘或人浮于铺，没法容纳，我们就睡在铺旁，船尾，"第三种人"是不来"推"你的。只有歇在房舱门外的人们，当账房查票时却须到统舱里去避一避。

至于没有买票的人物，那是要被"推"无疑的。手续是没收物品之后，吊在桅杆或什么柱子上，作要打之状，但据我的目击，真打的时候是极少的，这样的到了最近的码头，便把他"推"上去。

据茶房说，也可以"推"入货舱，运回他下船的原处，但他们不想这么做，因为"推"上最近的码头，他究竟走了一个码头，一个一个的"推"过去，虽然吃些苦，后来也就到了目的地了。

古之"第三种人"，好像比现在的仁善一些似的。

生活的压迫，令人烦冤，胡涂中看不清冤家，便以为家人路人，在阻碍了他的路，于是乎"推"。这不但是保存自己，而且是憎恶别人了，这类人物一阔气，出来的时候是要"清道"的。

我并非眷恋过去，不过说，现在"推"的工作已经加紧，范围也扩大了罢了。但愿未来的阔人，不至于把我"推"上"反动"的码头去——则幸甚矣。

一九三三年七月二十四日

查旧帐

旅隼

这几天，听涛社出了一本《肉食者言》，是现在的在朝者，先前还是在野时候的言论，给大家"听其言而观其行"，知道先后有怎样的不同。那同社出版的周刊《涛声》里，也常有同一意思的文字。

这是查旧帐，翻开帐簿，打起算盘，给一个结算，问一问前后不符，是怎么的，确也是一种切实分明，最令人腾挪不得的办法。然而这办法之在现在，可未免太"古道"了。

古人是怕查这种旧帐的，蜀的韦庄穷困时，做过一篇慷慨激昂，文字较为通俗的《秦妇吟》，真弄得大家传诵，待到他显达之后，却不但不肯编入集中，连人家的钞本也想设法消灭了。当时不知道成绩如何，但看清朝末年，又从敦煌的山洞中掘出了这诗的钞本，就可见是白用心机了的，然而那苦心却也还可以想见。

不过这是古之名人。常人就不同了，他要抹杀旧帐，必须砍下脑袋，再行投胎。斩犯绑赴法场的时候，大叫道，"过了二十年，又是一条好汉！"为了另起炉灶，从新做人，非经过二十年不可，真是麻烦得很。

不过这是古今之常人。今之名人就又不同了，他要抹杀旧帐，从新做人，比起常人的方法来，迟速真有邮信和电报之别。不怕迁缓一点的，就出一回洋，造一个寺，生一场病，游几天山；要快，则开一次会，念一卷经，演说一通，宣言一下，或者睡一夜觉，做一首诗也可以；要更快，那就自打两个嘴巴，淌几滴眼泪，也照样能够另变一人，和"以前之我"绝无关系。净坛将军摇身一变，化为鲫鱼，在女妖们的大腿间钻来钻去，作者或自以为写得出神入化，但从现在看起来，是连新奇气息也没有的。

如果这样变法，还觉得麻烦，那就白一白眼，反问道："这是我的帐？"如果还嫌麻烦，那就眼也不白，问也不问，而现在所流行的却大抵是后一法。

"古道"怎么能再行于今之世呢？竟还有人主张读经，真不知是什么意思？然而过了一夜，说不定会主张大家去当兵的，所以我现在经也没有买，恐怕明天兵也未必当。

一九三三年七月二十五日

中国的奇想

外国人不知道中国，常说中国人是专重实际的。其实并不，我们中国人是最有奇想的人民。

无论古今，谁都知道，一个男人有许多女人，一味纵欲，后来是不但天天喝三鞭酒也无效，简直非"寿（？）终正寝"不可的。可是我们古人有一个大奇想，是靠了"御女"，反可以成仙，例子是彭祖有多少女人而活到几百岁。这方法和炼金术一同流行过，古代书目上还剩着各种的书名。不过实际上大约还是到底不行罢，现在似乎再没有什么人们相信了，这对于喜欢渔色的英雄，真是不幸得很。

然而还有一种小奇想。那就是哼的一声，鼻孔里放出一道白光，无论路的远近，将仇人或敌人杀掉。白光可又回来了，摸不着是谁杀的，既然杀了人，又没有麻烦，多么舒适自在。这种本领，前年还有人想上武当山去寻求，直到去年，这才用大刀队来替代了这奇想的位置。现在是连大刀队的名声也寂寞了。对于爱国的英雄，也是十分不幸的。

然而我们新近又有了一个大奇想。那是一面救国，一面又可以发财，虽然各种彩票，近似赌博，而发财也不过是"希望"。不过这两种已经关联起来了却是真的。固然，世界上也有靠聚赌抽头来维持的摩那科王国，但就常理说，则赌博大概是小则败家，大则亡国；救国呢，却总不免有一点牺牲，至少，和发财之路总是相差很远的。然而发见了一致之点的是我们现在的中国，虽然还在试验的途中。

然而又还有一种小奇想。这回不用一道白光了，要用几回启事，几封匿名的信件，几篇化名的文章，使仇头落地，而血点一些也不会溅着自己的洋房和洋服。并且映带之下，使自己成名获利。这也还在试验的途中，不知道结果怎么样，但翻翻现成的文艺史，看不见半个这样的人物，那恐怕也还是枉用心机的。

狂赌救国，纵欲成仙，袖手杀敌，造谣买田，倘有人要编续《龙文鞭影》的，我以为不妨添上这四句。

一九三三年八月四日

豪语的折扣

豪语的折扣其实也就是文学上的折扣，凡作者的自述，往往须打一个扣头，连自白其可怜和无用也还是并非"不二价"的，更何况豪语。

仙才李太白的善作豪语，可以不必说了；连留长了指甲，骨瘦如柴的鬼才李长吉，也说"见买若耶溪水剑，明朝归去事猿公"起来，简直是毫不自量，想学刺客了。这应该折成零，证据是他到底并没有去。南宋时候，国步艰难，陆放翁自然也是慷慨党中的一个，他有一回说："老子犹堪绝大漠，诸君何至泣新亭。"他其实是去不得的，也应该折成零。——但我手头无书，引诗或有错误，也先打一个折扣在这里。

其实，这故作豪语的脾气，正不独文人为然，常人或市侩，也非常发达。市上甲乙打架，输的大抵说："我认得你的！"这是说，他将如伍子胥一般，誓必复仇的意思。不过总是不来的居多，倘是智识分子呢，也许另用一些阴谋，但在粗人，往往这就是斗争的结局，说的是有口无心，听的也不以为意，久成为打架收场的一种仪式了。

旧小说家也早已看穿了这局面，他写暗娼和别人相争，照例攻击过别人的偷汉之后，就自序道："老娘是指头上站得人，臂膊上跑得马……"底下怎样呢？他任别人去打折扣。他知道别人是决不那么胡涂，会十足相信的，但仍得这么说，恰如卖假药的，包纸上一定印着"存心欺世，雷殛火焚"一样，成为一种仪式了。

但因时势的不同，也有立刻自打折扣的。例如在广告上，我们有时会看见自说"我是坐不改名，行不改姓的人"，真要蓦地发生一种好像见了《七侠五义》中人物一般的敬意，但接着就是"纵令有时用其他笔名，但所发表文章，均自负责"，却身子一扭，土行孙似的不见了。予岂好"用其他笔名"哉？予不得已也。上海原是中国的一部分，当然受着孔子的教化的。便是商家，柜内的"不二价"的金字招牌也时时和屋外"大廉价"的大旗互相辉映，不过他总有一个缘故：不是提倡国货，就是纪念开张。

所以，自打折扣，也还是没有打足的，凡"老上海"，必须再打它一下。

一九三三年八月四日

踢

丰之余

两月以前，曾经说过"推"，这回却又来了"踢"。

本月九日《申报》载六日晚间，有漆匠刘明山，杨阿坤，顾洪生三人在法租界黄浦滩太古码头纳凉，适另有数人在左近聚赌，由巡逻警察上前驱逐，而刘，顾两人，竟被俄捕弄到水里去，刘明山竟淹死了。由俄捕说，自然是"自行失足落水"的。但据顾洪生供，却道："我与刘，杨三人，同至太古码头乘凉，刘坐铁凳下地板上，……我立在旁边，……俄捕来先踢刘一脚，刘已立起要避开，又被踢一脚，以致跌入浦中，我要拉救，已经不及，乃转身拉住俄捕，亦被用手一推，我亦跌下浦中，经人救起的。"推事问："为什么要踢他？"答曰："不知。"

"推"还要抬一抬手，对付下等人是犯不着如此费事的，于是乎有"踢"。而上海也真有"踢"的专家，有印度巡捕，有安南巡捕，现在还添了白俄巡捕，他们将沙皇时代对犹太人的手段，到我们这里来施展了。我们也真是善于"忍辱负重"的人民，只要不"落浦"，就大抵用一句滑稽化的话道："吃了一只外国火腿"，一笑了之。

苗民大败之后，都往山里跑，这是我们的先帝轩辕氏赶他的。南宋败残之余，就往海边跑，这据说也是我们的先帝成吉思汗赶他的，赶到临了，就是陆秀夫背着小皇帝，跳进海里去。我们中国人，原是古来就要"自行失足落水"的。

有些慷慨家说，世界上只有水和空气给与穷人。此说其实是不确的，穷人在实际上，那里能够得到和大家一样的水和空气。即使在码头上乘乘凉，也会无端被"踢"，送掉性命的：落浦。要救朋友，或拉住凶手罢，"也被用手一推"：也落浦。如果大家来相帮，那就有"反帝"的嫌疑了，"反帝"原未为中国所禁止的，然而要预防"反动分子乘机捣乱"，所以结果还是免不了"踢"和"推"，也就是终于是落浦。

时代在进步，轮船飞机，随处皆是，假使南宋末代皇帝而生在今日，是决不至于落海的了，他可以跑到外国去，而小百姓以"落浦"代之。

这理由虽然简单，却也复杂，故漆匠顾洪生曰："不知。"

一九三三年八月十日

"中国文坛的悲观"

旅隼

文雅书生中也真有特别善于下泪的人物，说是因为近来中国文坛的混乱，好像军阀割据，便不禁"呜呼"起来了，但尤其痛心诬陷。

其实是作文"藏之名山"的时代一去，而有一个"坛"，便不免有斗争，甚而至于谩骂，诬陷的。明末太远，不必提了；清朝的章实斋和袁子才，李莼客和赵叔，就如水火之不可调和；再近些，则有《民报》和《新民丛报》之争，《新青年》派和某某派之争，也都非常猛烈。当初又何尝不使局外人摇头叹气呢，然而胜负一明，时代渐远，战血为雨露洗得干干净净，后人便以为先前的文坛是太平了。在外国也一样，我们现在大抵只知道嚣俄和霍普德曼是卓卓的文人，但当时他们的剧本开演的时候，就在戏场里捉人，打架，较详的文学史上，还载着打架之类的图。

所以，无论中外古今，文坛上是总归有些混乱，使文雅书生看得要"悲观"的。但也总归有许多所谓文人和文章也者一定灭亡，只有配存在者终于存在，以证明文坛也总归还是干净的处所。增加混乱的倒是有些悲观论者，不施考察，不加批判，但用"彼亦一是非，此亦一是非"的论调，将一切作者，诋为"一丘之貉"。这样子，扰乱是永远不会收场的。然而世间却并不都这样，一定会有明

849

明白白的是非之别，我们试想一想，林琴南攻击文学革命的小说，为时并不久，现在那里去了？

只有近来的诬陷，倒像是颇为出色的花样，但其实也并不比古时候更厉害，证据是清初大兴文字之狱的遗闻。况且闹这样玩意的，其实并不完全是文人，十中之九，乃是挂了招牌，而无货色，只好化为黑店，出卖人肉馒头的小盗；即使其中偶然有曾经弄过笔墨的人，然而这时却正是露出原形，在告白他自己的没落，文坛决不因此混乱，倒是反而越加清楚，越加分明起来了。

历史决不倒退，文坛是无须悲观的。悲观的由来，是在置身事外不辨是非，而偏要关心于文坛，或者竟是自己坐在没落的营盘里。

一九三三年八月十日

"揩　油"

莘索

"揩油"，是说明着奴才的品行全部的。

这不是"取回扣"或"取佣钱"，因为这是一种秘密；但也不是偷窃，因为在原则上，所取的实在是微乎其微。因此也不能说是"分肥"；至多，或者可以谓之"舞弊"罢。然而这又是光明正大的"舞弊"，因为所取的是豪家，富翁，阔人，洋商的东西，而且所取又不过一点点，恰如从油水汪汪的处所，揩了一下，于人无损，于揩者却有益的，并且也不失为损富济贫的正道。设法向妇女调笑几句，或乘机摸一下，也谓之"揩油"，这虽然不及对于金钱的名正言顺，但无大损于被揩者则一也。

表现得最分明的是电车上的卖票人。纯熟之后，他一面留心着可揩的客人，一面留心着突来的查票，眼光都练得像老鼠和老鹰的混合物一样。付钱而不给票，客人本该索取的，然而很难索取，也很少见有人索取，因为他所揩的是洋商的油，同是中国人，当然有帮忙的义务，一索取，就变成帮助洋商了。这时候，不但卖票人要报你憎恶的眼光，连同车的客人也往往不免显出以为你不识时务的脸色。

然而彼一时，此一时，如果三等客中有时偶缺一个铜元，你却只好在目的地以前下车，这时他就不肯通融，变成洋商的忠仆了。

在上海，如果同巡捕，门丁，西崽之类闲谈起来，他们大抵是憎恶洋鬼子的，他们多是爱国主义者。然而他们也像洋鬼子一样，看不起中国人，棍棒和拳头和轻蔑的眼光，专注在中国人的身上。

　　"揩油"的生活有福了。这手段将更加展开，这品格将变成高尚，这行为将认为正当，这将算是国民的本领，和对于帝国主义的复仇。打开天窗说亮话，其实，所谓"高等华人"也者，也何尝逃得出这模子。

　　但是，也如"吃白相饭"朋友那样，卖票人是还有他的道德的。倘被查票人查出他收钱而不给票来了，他就默然认罚，决不说没有收过钱，将罪案推到客人身上去。

一九三三年八月十四日

我们怎样教育儿童的？

旅隼

看见了讲到"孔乙己"，就想起中国一向怎样教育儿童来。

现在自然是各式各样的教科书，但在村塾里也还有《三字经》和《百家姓》。清朝末年，有些人读的是"天子重英豪，文章教尔曹，万般皆下品，惟有读书高"的《神童诗》，夸着"读书人"的光荣；有些人读的是"混沌初开，乾坤始奠，轻清者上浮而为天，重浊者下凝而为地"的《幼学琼林》，教着做古文的滥调。再上去我可不知道了，但听说，唐末宋初用过《太公家教》，久已失传，后来才从敦煌石窟中发现，而在汉朝，是读《急就篇》之类的。

就是所谓"教科书"，在近三十年中，真不知变化了多少。忽而这么说，忽而那么说，今天是这样的宗旨，明天又是那样的主张，不加"教育"则已，一加"教育"，就从学校里造成了许多矛盾冲突的人，而且因为旧的社会关系，一面也还是"混沌初开，乾坤始奠"的老古董。

中国要作家，要"文豪"，但也要真正的学究。倘有人作一部历史，将中国历来教育儿童的方法，用书，作一个明确的记录，给人明白我们的古人以至我们，是怎样的被熏陶下来的，则其功德，当不在禹（虽然他也许不过是一条虫）下。

《自由谈》的投稿者，常有博古通今的人，我以为对于这工作，

853

是很有胜任者在的。不知亦有有意于此者乎？现在提出这问题，盖亦知易行难，遂只得空口说白话，而望垦辟于健者也。

一九三三年八月十四日

854

爬和撞

苟继

从前梁实秋教授曾经说过：穷人总是要爬，往上爬，爬到富翁的地位。不但穷人，奴隶也是要爬的，有了爬得上的机会，连奴隶也会觉得自己是神仙，天下自然太平了。

虽然爬得上的很少，然而个个以为这正是他自己。这样自然都安分的去耕田，种地，拣大粪或是坐冷板凳，克勤克俭，背着苦恼的命运，和自然奋斗着，拚命的爬，爬，爬。可是爬的人那么多，而路只有一条，十分拥挤。老实的照着章程规规矩矩的爬，大都是爬不上去的。聪明人就会推，把别人推开，推倒，踏在脚底下，踹着他们的肩膀和头顶，爬上去了。大多数人却还只是爬，认定自己的冤家并不在上面，而只在旁边——是那些一同在爬的人。他们大都忍耐着一切，两脚两手都着地，一步步的挨上去又挤下来，挤下来又挨上去，没有休止的。

然而爬的人太多，爬得上的太少，失望也会渐渐的侵蚀善良的人心，至少，也会发生跪着的革命。于是爬之外，又发明了撞。

这是明知道你太辛苦了，想从地上站起来，所以在你的背后猛然的叫一声：撞罢。一个个发麻的腿还在抖着，就撞过去。这比爬要轻松得多，手也不必用力，膝盖也不必移动，只要横着身子，晃一晃，就撞过去。撞得好就是五十万元大洋，妻，财，子，禄都有

855

了。撞不好，至多不过跌一交，倒在地下。那又算得什么呢，——他原本是伏在地上的，他仍旧可以爬。何况有些人不过撞着玩罢了，根本就不怕跌交的。

爬是自古有之。例如从童生到状元，从小瘪三到康白度。撞却似乎是近代的发明。要考据起来，恐怕只有古时候"小姐抛彩球"有点像给人撞的办法。小姐的彩球将要抛下来的时候，——一个个想吃天鹅肉的男子汉仰着头，张着嘴，馋涎拖得几尺长……可惜，古人究竟呆笨，没有要这些男子汉拿出几个本钱来，否则，也一定可以收着几万万的。

爬得上的机会越少，愿意撞的人就越多，那些早已爬在上面的人们，就天天替你们制造撞的机会，叫你们化些小本钱，而预约着你们名利双收的神仙生活。所以撞得好的机会，虽然比爬得上的还要少得多，而大家都愿意来试试的。这样，爬了来撞，撞不着再爬……鞠躬尽瘁，死而后已。

一九三三年八月十六日

各种捐班

清朝的中叶，要做官可以捐，叫做"捐班"的便是这一伙。财主少爷吃得油头光脸，忽而忙了几天，头上就有一粒水晶顶，有时还加上一枝蓝翎，满口官话，说是"今天天气好"了。

到得民国，官总算说是没有了捐班，然而捐班之途，实际上倒是开展了起来，连"学士文人"也可以由此弄得到顶戴。开宗明义第一章，自然是要有钱。只要有钱，就什么都容易办了。譬如，要捐学者罢，那就收买一批古董，结识几个清客，并且雇几个工人，拓出古董上面的花纹和文字，用玻璃板印成一部书，名之曰"什么集古录"或"什么考古录"。李富孙做过一部《金石学录》，是专载研究金石的人们的，然而这倒成了"作俑"，使清客们可以一续再续，并且推而广之，连收藏古董，贩卖古董的少爷和商人，也都一榻括子的收进去了，这就叫作"金石家"。

捐做"文学家"也用不着什么新花样。只要开一只书店，拉几个作家，雇一些帮闲，出一种小报，"今天天气好"是也须会说的，就写了出来，印了上去，交给报贩，不消一年半载，包管成功。但是，古董的花纹和文字的拓片是不能用的了，应该代以电影明星和摩登女子的照片，因为这才是新时代的美术。"爱美"的人物在中国还多得很，而"文学家"或"艺术家"也就这样的起来了。

捐官可以希望刮地皮，但捐学者文人也不会折本。印刷品固然可以卖现钱，古董将来也会有洋鬼子肯出大价的。

这又叫作"名利双收"。不过先要能"投资"，所以平常人做不到，要不然，文人学士也就不大值钱了。

而现在还值钱，所以也还会有人忙着做人名辞典，造文艺史，出作家论，编自传。我想，倘作历史的著作，是应该像将文人分为罗曼派，古典派一样，另外分出一种"捐班"派来的，历史要"真"，招些忌恨也只好硬挺，是不是？

一九三三年八月二十四日

帮闲法发隐

桃椎

吉开迦尔是丹麦的忧郁的人，他的作品，总是带着悲愤。不过其中也有很有趣味的，我看见了这样的几句——

> 戏场里失了火。丑角站在戏台前，来通知了看客。大家以为这是丑角的笑话，喝采了。丑角又通知说是火灾。但大家越加哄笑，喝采了。我想，人世是要完结在当作笑话的开心的人们的大家欢迎之中的罢。

不过我的所以觉得有趣的，并不专在本文，是在由此想到了帮闲们的伎俩。帮闲，在忙的时候就是帮忙，倘若主子忙于行凶作恶，那自然也就是帮凶。但他的帮法，是在血案中而没有血迹，也没有血腥气的。

譬如罢，有一件事，是要紧的，大家原也觉得要紧，他就以丑角身份而出现了，将这件事变为滑稽，或者特别张扬了不关紧要之点，将人们的注意拉开去，这就是所谓"打诨"。如果是杀人，他就来讲当场的情形，侦探的努力；死的是女人呢，那就更好了，名之曰"艳尸"，或介绍她的日记。如果是暗杀，他就来讲死者的生前的故事，恋爱呀，遗闻呀……人们的热情原不是永不弛缓的，但加上些冷水，或者美其名曰清茶，自然就冷得更加迅速了，而这位打诨的脚色，却变成了文学者。

假如有一个人，认真的在告警，于凶手当然是有害的，只要大家还没有僵死。但这时他就又以丑角身份而出现了，仍用打诨，从旁装着鬼脸，使告警者在大家的眼里也化为丑角，使他的警告在大家的耳边都化为笑话。耸肩装穷，以表现对方之阔，卑躬叹气，以暗示对方之傲；使大家心里想：这告警者原来都是虚伪的。幸而帮闲们还多是男人，否则它简直会说告警者曾经怎样调戏它，当众罗列淫辞，然后作自杀以明耻之状也说不定。周围捣着鬼，无论如何严肃的说法也要减少力量的，而不利于凶手的事情却就在这疑心和笑声中完结了。它呢？这回它倒是道德家。

当没有这样的事件时，那就七日一报，十日一谈，收罗废料，装进读者的脑子里去，看过一年半载，就满脑都是某阔人如何摸牌，某明星如何打嚏的典故。开心是自然也开心的。但是，人世却也要完结在这些欢迎开心的开心的人们之中的罢。

一九三三年八月二十八日

登龙术拾遗

苇索

章克标先生做过一部《文坛登龙术》，因为是预约的，而自己总是悠悠忽忽，竟失去了拜诵的幸运，只在《论语》上见过广告，解题和后记。但是，这真不知是那里来的"烟士披里纯"，解题的开头第一段，就有了绝妙的名文——

> 登龙是可以当作乘龙解的，于是登龙术便成了乘龙的技术，那是和骑马驾车相类似的东西了。但平常乘龙就是女婿的意思，文坛似非女性，也不致于会要招女婿，那么这样解释似乎也有引起别人误会的危险。……

确实，查看广告上的目录，并没有"做女婿"这一门，然而这却不能不说是"智者千虑"的一失，似乎该有一点增补才好，因为文坛虽然"不致于会要招女婿"，但女婿却是会要上文坛的。

术曰：要登文坛，须阔太太，遗产必需，官司莫怕。穷小子想爬上文坛去，有时虽然会侥幸，终究是很费力气的；做些随笔或茶话之类，或者也能够捞几文钱，但究竟随人俯仰。最好是有富岳家，有阔太太，用赔嫁钱，作文学资本，笑骂随他笑骂，恶作我自印之。"作品"一出，头衔自来，赘婿虽能被妇家所轻，但一登文

861

坛，即声价十倍，太太也就高兴，不至于自打麻将，连眼梢也一动不动了，这就是"交相为用"。但其为文人也，又必须是唯美派，试看王尔德遗照，盘花钮扣，镶牙手杖，何等漂亮，人见犹怜，而况令阃。可惜他的太太不行，以至滥交顽童，穷死异国，假如有钱，何至于此。所以倘欲登龙，也要乘龙，"书中自有黄金屋"，早成古话，现在是"金中自有文学家"当令了。

　　但也可以从文坛上去做女婿。其术是时时留心，寻一个家里有些钱，而自己能写几句"阿呀呀，我悲哀呀"的女士，做文章登报，尊之为"女诗人"。待到看得她有了"知己之感"，就照电影上那样的屈一膝跪下，说道"我的生命呵，阿呀呀，我悲哀呀！"——则由登龙而乘龙，又由乘龙而更登龙，十分美满。然而富女诗人未必一定爱穷男文士，所以要有把握也很难，这一法，在这里只算是《登龙术拾遗》的附录，请勿轻用为幸。

一九三三年八月二十八日

由聋而哑

洛文

医生告诉我们：有许多哑子，是并非喉舌不能说话的，只因为从小就耳朵聋，听不见大人的言语，无可师法，就以为谁也不过张着口呜呜哑哑，他自然也只好呜呜哑哑了。所以勃兰兑斯叹丹麦文学的衰微时，曾经说：文学的创作，几乎完全死灭了。人间的或社会的无论怎样的问题，都不能提起感兴，或则除在新闻和杂志之外，绝不能惹起一点论争。我们看不见强烈的独创的创作。加以对于获得外国的精神生活的事，现在几乎绝对的不加顾及。于是精神上的"聋"，那结果，就也招致了"哑"来。（《十九世纪文学的主潮》第一卷自序）

这几句话，也可以移来批评中国的文艺界，这现象，并不能全归罪于压迫者的压迫，五四运动时代的启蒙运动者和以后的反对者，都应该分负责任的。前者急于事功，竟没有译出什么有价值的书籍来，后者则故意迁怒，至骂翻译者为媒婆，有些青年更推波助澜，有一时期，还至于连人地名下注一原文，以便读者参考时，也就诋之曰"衒学"。

今竟何如？三开间店面的书铺，四马路上还不算少，但那里面满架是薄薄的小本子，倘要寻一部巨册，真如披沙拣金之难。自然，生得又高又胖并不就是伟人，做得多而且繁也决不就是名著，

863

而况还有"剪贴"。但是，小小的一本"什么ＡＢＣ"里，却也决不能包罗一切学术文艺的。一道浊流，固然不如一杯清水的干净而澄明，但蒸溜了浊流的一部分，却就有许多杯净水在。

因为多年买空卖空的结果，文界就荒凉了，文章的形式虽然比较的整齐起来，但战斗的精神却较前有退无进。文人虽因捐班或互捧，很快的成名，但为了出力的吹，壳子大了，里面反显得更加空洞。于是误认这空虚为寂寞，像煞有介事的说给读者们；其甚者还至于摆出他心的腐烂来，算是一种内面的宝贝。散文，在文苑中算是成功的，但试看今年的选本，便是前三名，也即令人有"貂不足，狗尾续"之感。用秕谷来养青年，是决不会壮大的，将来的成就，且要更渺小，那模样，可看尼采所描写的"末人"。

但绍介国外思潮，翻译世界名作，凡是运输精神的粮食的航路，现在几乎都被聋哑的制造者们堵塞了，连洋人走狗，富户赘郎，也会来哼哼的冷笑一下。他们要掩住青年的耳朵，使之由聋而哑，枯涸渺小，成为"末人"，非弄到大家只能看富家儿和小瘪三所卖的春宫，不肯罢手。甘为泥土的作者和译者的奋斗，是已经到了万不可缓的时候了，这就是竭力运输些切实的精神的粮食，放在青年们的周围，一面将那些聋哑的制造者送回黑洞和朱门里面去。

一九三三年八月二十九日

新秋杂识（二）

八月三十日的夜里，远远近近，都突然劈劈拍拍起来，一时来不及细想，以为"抵抗"又开头了，不久就明白了那是放爆竹，这才定了心。接着又想：大约又是什么节气了罢？……待到第二天看报纸，才知道原来昨夜是月蚀，那些劈劈拍拍，就是我们的同胞，异胞（我们虽然大家自称为黄帝子孙，但蚩尤的子孙想必也未尝死绝，所以谓之"异胞"）在示威，要将月亮从天狗嘴里救出。

再前几天，夜里也很热闹。街头巷尾，处处摆着桌子，上面有面食，西瓜；西瓜上面叮着苍蝇，青虫，蚊子之类，还有一桌和尚，口中念念有词："回猪猡普米呀吽！唵呀吽！吽！！"这是在放焰口，施饿鬼。到了盂兰盆节了，饿鬼和非饿鬼，都从阴间跑出，来看上海这大世面，善男信女们就在这时尽地主之谊，托和尚"唵呀吽"的弹出几粒白米去，请它们都饱饱的吃一通。

我是一个俗人，向来不大注意什么天上和阴间的，但每当这些时候，却也不能不感到我们的还在人间的同胞们和异胞们的思虑之高超和妥帖。别的不必说，就在这不到两整年中，大则四省，小则九岛，都已变了旗色了，不久还有八岛。不但救不胜救，即使想要救罢，一开口，说不定自己就危险（这两句，印后成了"于势也有所未能"）。所以最妥当是救月亮，那怕爆竹放得震天价

865

响，天狗决不至于来咬，月亮里的酋长（假如有酋长的话）也不会出来禁止，目为反动的。救人也一样，兵灾，旱灾，蝗灾，水灾……灾民们不计其数，幸而暂免于灾殃的小民，又怎么能有一个救法？那自然远不如救魂灵，事省功多，和大人先生的打醮造塔同其功德。这就是所谓"人无远虑，必有近忧"；而"君子务其大者远者"，亦此之谓也。

而况"庖人虽不治庖，尸祝不越尊俎而代之"，也是古圣贤的明训，国事有治国者在，小民是用不着吵闹的。不过历来的圣帝明王，可又并不卑视小民，倒给与了更高超的自由和权利，就是听你专门去救宇宙和魂灵。这是太平的根基，从古至今，相沿不废，将来想必也不至先便废。记得那是去年的事了，沪战初停，日兵渐渐的走上兵船和退进营房里面去，有一夜也是这么劈劈拍拍起来，时候还在"长期抵抗"中，日本人又不明白我们的国粹，以为又是第几路军前来收复失地了，立刻放哨，出兵……乱烘烘的闹了一通，才知道我们是在救月亮，他们是在见鬼。"哦哦！成程（Naruhodo ＝原来如此）！"惊叹和佩服之余，于是恢复了平和的原状。今年呢，连哨也没有放，大约是已被中国的精神文明感化了。

现在的侵略者和压迫者，还有像古代的暴君一样，竟连奴才们的发昏和做梦也不准的么？……

一九三三年八月三十一日

男人的进化

虞明

说禽兽交合是恋爱未免有点亵渎。但是，禽兽也有性生活，那是不能否认的。它们在春情发动期，雌的和雄的碰在一起，难免"卿卿我我"的来一阵。固然，雌的有时候也会装腔做势，逃几步又回头看，还要叫几声，直到实行"同居之爱"为止。禽兽的种类虽然多，它们的"恋爱"方式虽然复杂，可是有一件事是没有疑问的：就是雄的不见得有什么特权。

人为万物之灵，首先就是男人的本领大。最初原是马马虎虎的，可是因为"知有母不知有父"的缘故，娘儿们曾经"统治"过一个时期，那时的祖老太太大概比后来的族长还要威风。后来不知怎的，女人就倒了霉：项颈上，手上，脚上，全都锁上了链条，扣上了圈儿，环儿，——虽则过了几千年这些圈儿环儿大都已经变成了金的银的，镶上了珍珠宝钻，然而这些项圈，镯子，戒指等等，到现在还是女奴的象征。既然女人成了奴隶，那就男人不必征求她的同意再去"爱"她了。古代部落之间的战争，结果俘虏会变成奴隶，女俘虏就会被强奸。那时候，大概春情发动期早就"取消"了，随时随地男主人都可以强奸女俘虏，女奴隶。现代强盗恶棍之流的不把女人当人，其实是大有酋长式武士道的遗风的。

但是，强奸的本领虽然已经是人比禽兽"进化"的一步，究竟还只是半开化。你想，女的哭哭啼啼，扭手扭脚，能有多大兴趣？自从金钱这宝贝出现之后，男人的进化就真的了不得了。天下的一切都可以买卖，性欲自然并非例外。男人化几个臭钱，就可以得到他在女人身上所要得到的东西。而且他可以给她说：我并非强奸你，这是你自愿的，你愿意拿几个钱，你就得如此这般，百依百顺，咱们是公平交易！蹂躏了她，还要她说一声"谢谢你，大少"。这是禽兽干得来的么？所以嫖妓是男人进化的颇高的阶段了。

同时，父母之命媒妁之言的旧式婚姻，却要比嫖妓更高明。这制度之下，男人得到永久的终身的活财产。当新妇被人放到新郎的床上的时候，她只有义务，她连讲价钱的自由也没有，何况恋爱。不管你爱不爱，在周公孔圣人的名义之下，你得从一而终，你得守贞操。男人可以随时使用她，而她却要遵守圣贤的礼教，即使"只在心里动了恶念，也要算犯奸淫"的。如果雄狗对雌狗用起这样巧妙而严厉的手段来，雌的一定要急得"跳墙"。然而人却只会跳井，当节妇，贞女，烈女去。礼教婚姻的进化意义，也就可想而知了。

至于男人会用"最科学的"学说，使得女人虽无礼教，也能心甘情愿地从一而终，而且深信性欲是"兽欲"，不应当作为恋爱的基本条件；因此发明"科学的贞操"，——那当然是文明进化的顶点了。

呜呼，人——男人——之所以异于禽兽者！

自注：这篇文章是卫道的文章。

一九三三年九月三日

868

同意和解释

虞明

上司的行动不必征求下属的同意，这是天经地义。但是，有时候上司会对下属解释。

新进的世界闻人说："原人时代就有威权，例如人对动物，一定强迫它们服从人的意志，而使它们抛弃自由生活，不必征求动物的同意。"这话说得透彻。不然，我们那里有牛肉吃，有马骑呢？人对人也是这样。

日本耶教会主教最近宣言日本是圣经上说的天使："上帝要用日本征服向来屠杀犹太人的白人……以武力解放犹太人，实现《旧约》上的豫言。"这也显然不征求白人的同意的，正和屠杀犹太人的白人并未征求过犹太人的同意一样。日本的大人老爷在中国制造"国难"，也没有征求中国人民的同意。——至于有些地方的绅董，却去征求日本大人的同意，请他们来维持地方治安，那却又当别论。总之，要自由自在的吃牛肉，骑马等等，就必须宣布自己是上司，别人是下属；或是把人比做动物，或是把自己作为天使。

但是，这里最要紧的还是"武力"，并非理论。不论是社会学或是基督教的理论，都不能够产生什么威权。原人对于动物的威权，是产生于弓箭等类的发明的。至于理论，那不过是随后想出来的解释。这种解释的作用，在于制造自己威权的宗教上，哲学上，科学上，世界潮流上的根据，使得奴隶和牛马恍然大悟这世界的公律，而抛弃一切翻案的梦想。

当上司对于下属解释的时候，你做下属的切不可误解这是在征求你的同意，因为即使你绝对的不同意，他还是干他的。他自有他的梦想，只要金银财宝和飞机大炮的力量还在他手里，他的梦想就会实现；而你的梦想却终于只是梦想，——万一实现了，他还说你抄袭他的动物主义的老文章呢。

据说现在的世界潮流，正是庞大权力的政府的出现，这是十九世纪人士所梦想不到的。意大利和德意志不用说了；就是英国的国民政府，"它的实权也完全属于保守党一党"。"美国新总统所取得的措置经济复兴的权力，比战争和戒严时期还要大得多"。大家做动物，使上司不必征求什么同意，这正是世界的潮流。懿欤盛哉，这样的好榜样，那能不学？

不过，我这种解释还有点美中不足：中国自己的秦始皇帝焚书坑儒，中国自己的韩退之等说："民不出米粟麻丝以事其上则诛"。这原是国货，何苦违背着民族主义，引用外国的学说和事实——长他人威风，灭自己志气呢？

一九三三年九月三日

870

电影的教训

当我在家乡的村子里看中国旧戏的时候，是还未被教育成"读书人"的时候，小朋友大抵是农民。爱看的是翻筋斗，跳老虎，一把烟焰，现出一个妖精来；对于剧情，似乎都不大和我们有关系。大面和老生的争城夺地，小生和正旦的离合悲欢，全是他们的事，捏锄头柄人家的孩子，自己知道是决不会登坛拜将，或上京赴考的。但还记得有一出给了感动的戏，好像是叫作《斩木诚》。一个大官蒙了不白之冤，非被杀不可了，他家里有一个老家丁，面貌非常相像，便代他去"伏法"。那悲壮的动作和歌声，真打动了看客的心，使他们发见了自己的好模范。因为我的家乡的农人，农忙一过，有些是给大户去帮忙的。为要做得像，临刑时候，主母照例的必须去"抱头大哭"，然而被他踢开了，虽在此时，名分也得严守，这是忠仆，义士，好人。

但到我在上海看电影的时候，却早是成为"下等华人"的了，看楼上坐着白人和阔人，楼下排着中等和下等的"华胄"，银幕上现出白色兵们打仗，白色老爷发财，白色小姐结婚，白色英雄探险，令看客佩服，羡慕，恐怖，自己觉得做不到。但当白色英雄探险非洲时，却常有黑色的忠仆来给他开路，服役，拚命，替死，使主子安然的回家；待到他豫备第二次探险时，忠仆不可再得，便又

871

记起了死者，脸色一沉，银幕上就现出一个他记忆上的黑色的面貌。黄脸的看客也大抵在微光中把脸色一沉：他们被感动了。

幸而国产电影也在挣扎起来，耸身一跳，上了高墙，举手一扬，掷出飞剑，不过这也和十九路军一同退出上海，现在是正在准备开映屠格纳夫的《春潮》和茅盾的《春蚕》了。当然，这是进步的。但这时候，却先来了一部竭力宣传的《瑶山艳史》。

这部片子，主题是"开化瑶民"，机键是"招驸马"，令人记起《四郎探母》以及《双阳公主追狄》这些戏本来。中国的精神文明主宰全世界的伟论，近来不大听到了，要想去开化，自然只好退到苗瑶之类的里面去，而要成这种大事业，却首先须"结亲"，黄帝子孙，也和黑人一样，不能和欧亚大国的公主结亲，所以精神文明就无法传播。这是大家可以由此明白的。

一九三三年九月七日

礼

苇索

看报，是有益的，虽然有时也沉闷。例如罢，中国是世界上国耻纪念最多的国家，到这一天，报上照例得有几块记载，几篇文章。但这事真也闹得太重叠，太长久了，就很容易千篇一律，这一回可用，下一回也可用，去年用过了，明年也许还可用，只要没有新事情。即使有了，成文恐怕也仍然可以用，因为反正总只能说这几句话。所以倘不是健忘的人，就会觉得沉闷，看不出新的启示来。

然而我还是看。今天偶然看见北京追悼抗日英雄邓文的记事，首先是报告，其次是演讲，最末，是"礼成，奏乐散会"。

我于是得了新的启示：凡纪念，"礼"而已矣。

中国原是"礼义之邦"，关于礼的书，就有三大部，连在外国也译出了，我真特别佩服《仪礼》的翻译者。事君，现在可以不谈了；事亲，当然要尽孝，但殁后的办法，则已归入祭礼中，各有仪：就是现在的拜忌日，做阴寿之类。新的忌日添出来，旧的忌日就淡一点，"新鬼大，故鬼小"也。我们的纪念日也是对于旧的几个比较的不起劲，而新的几个之归于淡漠，则只好以俟将来，和人家的拜忌辰是一样的。有人说，中国的国家以家族为基础，真是有识见。

中国又原是"礼让为国"的，既有礼，就必能让，而愈能让，

873

礼也就愈繁了。总之，这一节不说也罢。

古时候，或以黄老治天下，或以孝治天下。现在呢，恐怕是入于以礼治天下的时期了，明乎此，就知道责备民众的对于纪念日的淡漠是错的，《礼》曰："礼不下庶人"；舍不得物质上的什么东西也是错的，孔子不云乎："赐也尔爱其羊，我爱其礼！"

"非礼勿视，非礼勿听，非礼勿言，非礼勿动"，静静的等着别人的"多行不义，必自毙"，礼也。

一九三三年九月二十日

打听印象

五四运动以后，好像中国人就发生了一种新脾气，是：倘有外国的名人或阔人新到，就喜欢打听他对于中国的印象。

罗素到中国讲学，急进的青年们开会欢宴，打听印象。罗素道："你们待我这么好，就是要说坏话，也不好说了。"急进的青年愤愤然，以为他滑头。

萧伯纳周游过中国，上海的记者群集访问，又打听印象。萧道："我有什么意见，与你们都不相干。假如我是个武人，杀死个十万条人命，你们才会尊重我的意见。"革命家和非革命家都愤愤然，以为他刻薄。

这回是瑞典的卡尔亲王到上海了，记者先生也发表了他的印象："……足迹所经，均蒙当地官民殷勤招待，感激之余，异常愉快。今次游览观感所得，对于贵国政府及国民，有极度良好之印象，而永远不能磨灭者也。"这最稳妥，我想，是不至于招出什么是非来的。

其实是，罗萧两位，也还不算滑头和刻薄的，假如有这么一个外国人，遇见有人问他印象时，他先反问道："你先生对于自己中国的印象怎么样？"那可真是一篇难以下笔的文章。

我们是生长在中国的，倘有所感，自然不能算"印象"；但意见也好；而意见又怎么说呢？说我们像浑水里的鱼，活得胡里胡涂，莫名其妙罢，不像意见。说中国好得很罢，恐怕也难。这就是爱国者所悲痛的所谓"失掉了国民的自信"，然而实在也好像失掉了，向各人打听印象，就恰如求签问卜，自己心里先自狐疑着了的缘故。

我们里面，发表意见的固然也有的，但常见的是无拳无勇，未曾"杀死十万条人命"，倒是自称"小百姓"的人，所以那意见也无人"尊重"，也就是和大家"不相干"。至于有位有势的大人物，则在野时候，也许是很急进的罢，但现在呢，一声不响，中国"待我这么好，就是要说坏话，也不好说了"。看当时欢宴罗素，而愤愤于他那答话的由新潮社而发迹的诸公的现在，实在令人觉得罗素并非滑头，倒是一个先知的讽刺家，将十年后的心思豫先说去了。

这是我的印象，也算一篇拟答案，是从外国人的嘴上抄来的。

一九三三年九月二十日

876

吃　教

达一先生在《文统之梦》里，因刘勰自谓梦随孔子，乃始论文，而后来做了和尚，遂讥其"贻羞往圣"。其实是中国自南北朝以来，凡有文人学士，道士和尚，大抵以"无特操"为特色的。晋以来的名流，每一个人总有三种小玩意，一是《论语》和《孝经》，二是《老子》，三是《维摩诘经》，不但采作谈资，并且常常做一点注解。唐有三教辩论，后来变成大家打诨；所谓名儒，做几篇伽蓝碑文也不算什么大事。宋儒道貌岸然，而窃取禅师的语录。清呢，去今不远，我们还可以知道儒者的相信《太上感应篇》和《文昌帝君阴骘文》，并且会请和尚到家里来拜忏。

耶稣教传入中国，教徒自以为信教，而教外的小百姓却都叫他们是"吃教"的。这两个字，真是提出了教徒的"精神"，也可以包括大多数的儒释道教之流的信者，也可以移用于许多"吃革命饭"的老英雄。

清朝人称八股文为"敲门砖"，因为得到功名，就如打开了门，砖即无用。近年则有杂志上的所谓"主张"。《现代评论》之出盘，不是为了迫压，倒因为这派作者的飞腾；《新月》的冷落，是老社员都"爬"了上去，和月亮距离远起来了。这种东西，我们为要和"敲门砖"区别，称之为"上天梯"罢。

"教"之在中国，何尝不如此。讲革命，彼一时也；讲忠孝，又一时也；跟大拉嘛打圈子，又一时也；造塔藏主义，又一时也。有宜于专吃的时代，则指归应定于一尊，有宜合吃的时代，则诸教亦本非异致，不过一碟是全鸭，一碟是杂拌儿而已。刘勰亦然，盖仅由"不撤姜食"一变而为吃斋，于胃脏里的分量原无差别，何况以和尚而注《论语》《孝经》或《老子》，也还是不失为一种"天经地义"呢？

　　　　　　　　　　　　　一九三三年九月二十七日

禁用和自造

孺牛

据报上说，因为铅笔和墨水笔进口之多，有些地方已在禁用，改用毛笔了。

我们且不说飞机大炮，美棉美麦，都非国货之类的迂谈，单来说纸笔。

我们也不说写大字，画国画的名人，单来说真实的办事者。在这类人，毛笔却是很不便当的。砚和墨可以不带，改用墨汁罢，墨汁也何尝有国货。而且据我的经验，墨汁也并非可以常用的东西，写过几千字，毛笔便被胶得不能施展。倘若安砚磨墨，展纸舔笔，则即以学生的抄讲义而论，速度恐怕总要比用墨水笔减少三分之一，他只好不抄，或者要教员讲得慢，也就是大家的时间，被白费了三分之一了。

所谓"便当"，并不是偷懒，是说在同一时间内，可以由此做成较多的事情。这就是节省时间，也就是使一个人的有限的生命，更加有效，而也即等于延长了人的生命。古人说，"非人磨墨墨磨人"，就在悲愤人生之消磨于纸墨中，而墨水笔之制成，是正可以弥这缺憾的。

但它的存在，却必须在宝贵时间，宝贵生命的地方。中国不然，这当然不会是国货。进出口货，中国是有了帐簿的了，人民的数目却还没有一本帐簿。一个人的生养教育，父母化去的是多少物力和气力呢，而青年男女，每每不知所终，谁也不加注意。区区时间，当然更不成什么问题了，能活着弄弄毛笔的，或者倒是幸福也难说。

和我们中国一样，一向用毛笔的，还有一个日本。然而在日本，毛笔几乎绝迹了，代用的是铅笔和墨水笔，连用这些笔的习字帖也很多。为什么呢？就因为这便当，省时间。然而他们不怕"漏巵"么？不，他们自己来制造，而且还要运到中国来。

优良而非国货的时候，中国禁用，日本仿造，这是两国截然不同的地方。

一九三三年九月三十日

重三感旧

——一九三三年忆光绪朝末

丰之余

我想赞美几句一些过去的人，这恐怕并不是"骸骨的迷恋"。

所谓过去的人，是指光绪末年的所谓"新党"，民国初年，就叫他们"老新党"。甲午战败，他们自以为觉悟了，于是要"维新"，便是三四十岁的中年人，也看《学算笔谈》，看《化学鉴原》；还要学英文，学日文，硬着舌头，怪声怪气的朗诵着，对人毫无愧色，那目的是要看"洋书"，看洋书的缘故是要给中国图"富强"，现在的旧书摊上，还偶有"富强丛书"出现，就如目下的"描写字典""基本英语"一样，正是那时应运而生的东西。连八股出身的张之洞，他托缪荃孙代做的《书目答问》也竭力添进各种译本去，可见这"维新"风潮之烈了。

然而现在是别一种现象了。有些新青年，境遇正和"老新党"相反，八股毒是丝毫没有染过的，出身又是学校，也并非国学的专家，但是，学起篆字来了，填起词来了，劝人看《庄子》《文选》了，信封也有自刻的印板了，新诗也写成方块了，除掉做新诗的嗜好之外，简直就如光绪初年的雅人一样，所不同者，缺少辫子和有时穿穿洋服而已。

近来有一句常谈，是"旧瓶不能装新酒"。这其实是不确的。

881

旧瓶可以装新酒，新瓶也可以装旧酒，倘若不信，将一瓶五加皮和一瓶白兰地互换起来试试看，五加皮装在白兰地瓶子里，也还是五加皮。这一种简单的试验，不但明示着"五更调""攒十字"的格调，也可以放进新的内容去，且又证实了新式青年的躯壳里，大可以埋伏下"桐城谬种"或"选学妖孽"的喽罗。

"老新党"们的见识虽然浅陋，但是有一个目的：图富强。所以他们坚决，切实；学洋话虽然怪声怪气，但是有一个目的：求富强之术。所以他们认真，热心。待到排满学说播布开来，许多人就成为革命党了，还是因为要给中国图富强，而以为此事必自排满始。

排满久已成功，五四早经过去，于是篆字，词，《庄子》，《文选》，古式信封，方块新诗，现在是我们又有了新的企图，要以"古雅"立足于天地之间了。假使真能立足，那倒是给"生存竞争"添一条新例的。

一九三三年十月一日

"感旧"以后（上）

丰之余

又不小心，感了一下子旧，就引出了一篇施蛰存先生的《〈庄子〉与〈文选〉》来，以为我那些话，是为他而发的，但又希望并不是为他而发的。

我愿意有几句声明：那篇《感旧》，是并非为施先生而作的，然而可以有施先生在里面。

倘使专对个人而发的话，照现在的摩登文例，应该调查了对手的籍贯，出身，相貌，甚而至于他家乡有什么出产，他老子开过什么铺子，影射他几句才算合式。我的那一篇里可是毫没有这些的。内中所指，是一大队遗少群的风气，并不指定着谁和谁；但也因为所指的是一群，所以被触着的当然也不会少，即使不是整个，也是那里的一肢一节，即使并不永远属于那一队，但有时是属于那一队的。现在施先生自说了劝过青年去读《庄子》与《文选》，"为文学修养之助"，就自然和我所指摘的有点相关，但以为这文为他而作，却诚然是"神经过敏"，我实在并没有这意思。

不过这是在施先生没有说明他的意见之前的话，现在却连这"相关"也有些疏远了，因为我所指摘的，倒是比较顽固的遗少群，标准还要高一点。

现在看了施先生自己的解释，（一）才知道他当时的情形，是因为稿纸太小了，"倘再宽阔一点的话"，他"是想多写几部书进去

883

的”；（二）才知道他先前的履历，是“从国文教员转到编杂志”，觉得“青年人的文章太拙直，字汇太少”了，所以推举了这两部古书，使他们去学文法，寻字汇，“虽然其中有许多字是已死了的”，然而也只好去寻觅。我想，假如庄子生在今日，则被劈棺之后，恐怕要劝一切有志于结婚的女子，都去看《烈女传》的罢。

还有一点另外的话——

（一）施先生说我用瓶和酒来比“文学修养”是不对的，但我并未这么比方过，我是说有些新青年可以有旧思想，有些旧形式也可以藏新内容。我也以为“新文学”和“旧文学”这中间不能有截然的分界，然而有蜕变，有比较的偏向，而且正因为不能以“何者为分界”，所以也没有了“第三种人”的立场。

（二）施先生说写篆字等类，都是个人的事情，只要不去勉强别人也做一样的事情就好，这似乎是很对的。然而中学生和投稿者，是他们自己个人的文章太拙直，字汇太少，却并没有勉强别人都去做字汇少而文法拙直的文章，施先生为什么竟大有所感，因此来劝“有志于文学的青年”该看《庄子》与《文选》了呢？做了考官，以词取士，施先生是不以为然的，但一做教员和编辑，却以《庄子》与《文选》劝青年，我真不懂这中间有怎样的分界。

（三）施先生还举出一个“鲁迅先生”来，好像他承接了庄子的新道统，一切文章，都是读《庄子》与《文选》读出来的一般。“我以为这也有点武断”的。他的文章中，诚然有许多字为《庄子》与《文选》中所有，例如“之乎者也”之类，但这些字眼，想来别的书上也不见得没有罢。再说得露骨一点，则从这样的书里去找活字汇，简直是胡涂虫，恐怕施先生自己也未必。

十月十二日

884

《庄子》与《文选》

施蛰存

上个月《大晚报》的编辑寄了一张印着表格的邮片来，要我填注两项：（一）目下在读什么书，（二）要介绍给青年的书。

在第二项中，我写着：《庄子》，《文选》，并且附加了一句注脚："为青年文学修养之助。"

今天看见《自由谈》上丰之余先生的《感旧》一文，不觉有点神经过敏起来，以为丰先生这篇文章是为我而作的了。

但是现在我并不想对于丰先生有什么辩难，我只想趁此机会替自己作一个解释。

第一，我应当说明我为什么希望青年人读《庄子》和《文选》。近数年来，我的生活，从国文教师转到编杂志，与青年人的文章接触的机会实在太多了。我总感觉到这些青年人的文章太拙直，字汇太少，所以在《大晚报》编辑寄来的狭狭的行格里推了这两部书。我以为从这两部书中可以参悟一点做文章的方法，同时也可以扩大一点字汇（虽然其中有许多字是已死了的）。但是我当然并不希望青年人都去做《庄子》，《文选》一类的"古文"。

第二，我应当说明我只是希望有志于文学的青年能够读一读这两部书。我以为每一个文学者必须要有所借助于他上代的文学，我不懂得"新文学"和"旧文学"这中间究竟是以何者为分界的。在文学上，我以为"旧瓶装新酒"与"新瓶装旧酒"这譬喻是不对的。倘若我们把一个人的文学修养比之为酒，那么我们可以这样说：酒瓶的新旧没有关系，但这酒必须是酿造出来的。

我劝文学青年读《庄子》与《文选》，目的在要他们"酿造"，倘若《大晚报》编辑寄来的表格再宽阔一点的话，我是想再多写几部书进去的。

这里，我们不妨举鲁迅先生来说，像鲁迅先生那样的新文学家，似乎可以算是十足的新瓶了。但是他的酒呢？纯粹的白兰地吗？我就不能相信。没有经过古文学的修养，鲁迅先生的新文章决不会写到现在那样好。所以，我敢说：在鲁迅先生那样的瓶子里，也免不了有许多五加皮或绍兴老酒的成分。

至于丰之余先生以为写篆字，填词，用自刻印板的信封，都是不出身于学校，或国学专家们的事情，我以为这也有点武断。这些其实只是个人的事情，如果写篆字的人，不以篆字写信，如果填词的人做了官不以词取士，如果用自刻印板信封的人不勉强别人也去刻一个专用信封，那也无须丰先生口诛笔伐地去认为"谬种"和"妖孽"了。

新文学家中，也有玩木刻，考究版本，收罗藏书票，以骈体文为白话书信作序，甚至写字台上陈列了小摆设的，照丰先生的意见说来，难道他们是"要以'今雅'立足于天地之间"吗？我想他们也未必有此企图。

临了，我希望丰先生那篇文章并不是为我而作的。

十月八日，《自由谈》

"感旧"以后（下）

丰之余

还要写一点。但得声明在先，这是由施蛰存先生的话所引起，却并非为他而作的。对于个人，我原稿上常是举出名字来，然而一到印出，却往往化为"某"字，或是一切阔人姓名，危险字样，生殖机关的俗语的共同符号"××"了。我希望这一篇中的有几个字，没有这样的变化，以免误解。

我现在要说的是：说话难，不说亦不易。弄笔的人们，总要写文章，一写文章，就难免惹灾祸，黄河的水向薄弱的堤上攻，于是露臂膊的女人和写错字的青年，就成了嘲笑的对象了，他们也真是无拳无勇，只好忍受，恰如乡下人到上海租界，除了挤出被称为"阿木林"之外，没有办法一样。

然而有些是冤枉的，随手举一个例子，就是登在《论语》二十六期上的刘半农先生"自注自批"的《桐花芝豆堂诗集》这打油诗。北京大学招考，他是阅卷官，从国文卷子上发见一个可笑的错字，就来做诗，那些人被挖苦得真是要钻地洞，那些刚毕业的中学生。自然，他是教授，凡所指摘，都不至于不对的，不过我以为有些却还可有磋商的余地。集中有一个"自注"道——

"有写'倡明文化'者，余曰：倡即'娼'字，凡文化发达之处，娼妓必多，谓文化由娼妓而明，亦言之成理也。"

娼妓的娼，我们现在是不写作"倡"的，但先前两字通用，大约刘先生引据的是古书。不过要引古书，我记得《诗经》里有一句"倡予和女"，好像至今还没有人解作"自己也做了婊子来应和别人"的意思。所以那一个错字，错而已矣，可笑可鄙却不属于它的。还有一句是——

"幸'萌科学思想之芽'。"

"萌"字和"芽"字旁边都加着一个夹圈，大约是指明着可笑之处在这里的罢，但我以为"萌芽"，"萌蘖"，固然是一个名词，而"萌动"，"萌发"，就成了动词，将"萌"字作动词用，似乎也并无错误。

五四运动时候，提倡（刘先生或者会解作"提起婊子"来的罢）白话的人们，写错几个字，用错几个古典，是不以为奇的，但因为有些反对者说提倡白话者都是不知古书，信口胡说的人，所以往往也做几句古文，以塞他们的嘴。但自然，因为从旧垒中来，积习太深，一时不能摆脱，因此带着古文气息的作者，也不能说是没有的。

当时的白话运动是胜利了，有些战士，还因此爬了上去，但也因为爬了上去，就不但不再为白话战斗，并且将它踏在脚下，拿出古字来嘲笑后进的青年了。因为还正在用古书古字来笑人，有些青年便又以看古书为必不可省的工夫，以常用文言的作者为应该模仿的格式，不再从新的道路上去企图发展，打出新的局面来了。

现在有两个人在这里：一个是中学生，文中写"留学生"为"流学生"，错了一个字；一个是大学教授，就得意洋洋的做了一首诗，曰："先生犯了弥天罪，罚往西洋把学流，应是九流加一等，面筋熬尽一锅油。"我们看罢，可笑是在那一面呢？

一九三三年十月十二日

黄　祸

尤刚

现在的所谓"黄祸"，我们自己是在指黄河决口了，但三十年之前，并不如此。

那时是解作黄色人种将要席卷欧洲的意思的，有些英雄听到了这句话，恰如听得被白人恭维为"睡狮"一样，得意了好几年，准备着去做欧洲的主子。

不过"黄祸"这故事的来源，却又和我们所幻想的不同，是出于德皇威廉的。他还画了一幅图，是一个罗马装束的武士，在抵御着由东方西来的一个人，但那人并不是孔子，倒是佛陀，中国人实在是空欢喜。所以我们一面在做"黄祸"的梦，而有一个人在德国治下的青岛所见的现实，却是一个苦孩子弄脏了电柱，就被白色巡捕提着脚，像中国人的对付鸭子一样，倒提而去了。

现在希特拉的排斥非日耳曼民族思想，方法是和德皇一样的。

德皇的所谓"黄祸"，我们现在是不再梦想了，连"睡狮"也不再提起，"地大物博，人口众多"，文章上也不很看见。倘是狮子，自夸怎样肥大是不妨事的，但如果是一口猪或一匹羊，肥大倒不是好兆头。我不知道我们自己觉得现在好像是什么了？

我们似乎不再想，也寻不出什么"象征"来，我们正在看海京伯的猛兽戏，赏鉴狮虎吃牛肉，听说每天要吃一只牛。我们佩服国联的制裁日本，我们也看不起国联的不能制裁日本；我们赞成军缩的"保护和平"，我们也佩服希特拉的退出军缩；我们怕别国要以中国作战场，我们也憎恶非战大会。我们似乎依然是"睡狮"。

"黄祸"可以一转而为"福"，醒了的狮子也会做戏的。当欧洲大战时，我们有替人拚命的工人，青岛被占了，我们有可以倒提的孩子。

但倘说，二十世纪的舞台上没有我们的份，是不合理的。

一九三三年十月十七日

冲

旅隼

"推"和"踢"只能死伤一两个，倘要多，就非"冲"不可。

十三日的新闻上载着贵阳通信说，九一八纪念，各校学生集合游行，教育厅长谭星阁临事张皇，乃派兵分据街口，另以汽车多辆，向行列冲去，于是发生惨剧，死学生二人，伤四十余，其中以正谊小学学生为最多，年仅十龄上下耳。……

我先前只知道武将大抵通文，当"枕戈待旦"的时候，就会做骈体电报，这回才明白虽是文官，也有深谙韬略的了。田单曾经用过火牛，现在代以汽车，也确是二十世纪。

"冲"是最爽利的战法，一队汽车，横冲直撞，使敌人死伤在车轮下，多么简截；"冲"也是最威武的行为，机关一扳，风驰电掣，使对手想回避也来不及，多么英雄。各国的兵警，喜欢用水龙冲，俄皇曾用哥萨克马队冲，都是快举。各地租界上我们有时会看见外国兵的坦克车在出巡，这就是倘不恭顺，便要来冲的家伙。

汽车虽然并非冲锋的利器，但幸而敌人却是小学生，一匹疲驴，真上战场是万万不行的，不过在嫩草地上飞跑，骑士坐在上面暗呜叱咤，却还很能胜任愉快，虽然有些人见了，难免觉得滑稽。

十龄上下的孩子会造反，本来也难免觉得滑稽。但我们中国是常出神童的地方，一岁能画，两岁能诗，七龄童做戏，十龄童从

891

军，十几龄童做委员，原是常有的事实；连七八岁的女孩也会被凌辱，从别人看来，是等于"年方花信"的了。

况且"冲"的时候，倘使对面是能够有些抵抗的人，那就汽车会弄得不爽利，冲者也就不英雄，所以敌人总须选得嫩弱。流氓欺乡下老，洋人打中国人，教育厅长冲小学生，都是善于克敌的豪杰。

"身当其冲"，先前好像不过一句空话，现在却应验了，这应验不但在成人，而且到了小孩子。"婴儿杀戮"算是一种罪恶，已经是过去的事，将乳儿抛上空中去，接以枪尖，不过看作一种玩把戏的日子，恐怕也就不远了罢。

一九三三年十月十七日

"滑稽"例解

韦索

研究世界文学的人告诉我们：法人善于机锋，俄人善于讽刺，英美人善于幽默。这大概是真确的，就都为社会状态所制限。慨自语堂大师振兴"幽默"以来，这名词是很通行了，但一普遍，也就伏着危机，正如军人自称佛子，高官忽挂念珠，而佛法就要涅槃一样。倘若油滑，轻薄，猥亵，都蒙"幽默"之号，则恰如"新戏"之入"Ｘ世界"，必已成为"文明戏"也无疑。

这危险，就因为中国向来不大有幽默。只是滑稽是有的，但这和幽默还隔着一大段，日本人曾译"幽默"为"有情滑稽"，所以别于单单的"滑稽"，即为此。那么，在中国，只能寻得滑稽文章了？却又不。中国之自以为滑稽文章者，也还是油滑，轻薄，猥亵之谈，和真的滑稽有别。这"狸猫换太子"的关键，是在历来的自以为正经的言论和事实，大抵滑稽者多，人们看惯，渐渐以为平常，便将油滑之类，误认为滑稽了。

在中国要寻求滑稽，不可看所谓滑稽文，倒要看所谓正经事，但必须想一想。

这些名文是俯拾即是的，譬如报章上正正经经的题目，什么"中日交涉渐入佳境"呀，"中国到那里去"呀，就都是的，咀嚼起来，真如橄榄一样，很有些回味。

见于报章上的广告的，也有的是。我们知道有一种刊物，自说是"舆论界的新权威"，"说出一般人所想说而没有说的话"，而一面又在向别一种刊物"声明误会，表示歉意"，但又说是"按双方均为社会有声誉之刊物，自无互相攻讦之理"。"新权威"而善于"误会"，"误会"了而偏"有声誉"，"一般人所想说而没有说的话"却是误会和道歉：这要不笑，是必须不会思索的。

见于报章的短评上的，也有的是。例如九月间《自由谈》所载的《登龙术拾遗》上，以做富家女婿为"登龙"之一术，不久就招来了一篇反攻，那开首道："狐狸吃不到葡萄，说葡萄是酸的，自己娶不到富妻子，于是对于一切有富岳家的人发生了妒嫉，妒嫉的结果是攻击。"这也不能想一下。一想"的结果"，便分明是这位作者在表明他知道"富妻子"的味道是甜的了。

诸如此类的妙文，我们也尝见于冠冕堂皇的公文上：而且并非将它漫画化了的，却是它本身原来是漫画。《论语》一年中，我最爱看"古香斋"这一栏，如四川营山县长禁穿长衫令云："须知衣服蔽体已足，何必前拖后曳，消耗布匹？且国势衰弱，……顾念时艰，后患何堪设想？"又如北平社会局禁女人养雄犬文云："查雌女雄犬相处，非仅有碍健康，更易发生无耻秽闻，揆之我国礼义之邦，亦为习俗所不许。谨特通令严禁……凡妇女带养之雄犬，斩之无赦，以为取缔！"这那里是滑稽作家所能凭空写得出来的？

不过"古香斋"里所收的妙文，往往还倾于奇诡，滑稽却不如平淡，惟其平淡，也就更加滑稽，在这一标准上，我推选"甜葡萄"说。

一九三三年十月十九日

894

外国也有

符灵

凡中国所有的，外国也都有。

外国人说中国多臭虫，但西洋也有臭虫；日本人笑中国人好弄文字，但日本人也一样的弄文字。不抵抗的有甘地；禁打外人的有希特拉；狄昆希吸鸦片；陀思妥夫斯基赌得发昏。斯惠夫德带枷，马克斯反动。林白大佐的儿子，就给绑匪绑去了。而裹脚和高跟鞋，相差也不见得有多么远。

只有外国人说我们不问公益，只知自利，爱金钱，却还是没法辩解。民国以来，有过许多总统和阔官了，下野之后，都是面团团的，或赋诗，或看戏，或念佛，吃着不尽，真也好像给批评者以证据。不料今天却被我发见了：外国也有的！

> 十七日哈伐那电——避居加拿大之古巴前总统麦查度……在古巴之产业，计值八百万美元，凡能对渠担保收回此项财产者，无论何人，渠愿与以援助。又一消息，谓古巴政府已对麦及其旧僚属三十八人下逮捕令，并扣押渠等之财产，其数达二千五百万美元。……

以三十八人之多，而财产一共只有这区区二千五百万美元，手段虽不能谓之高，但有些近乎发财却总是确凿的，这已足为我们的"上峰"雪耻。不过我还希望他们在外国买有地皮，在外国银行里另有存款，那么，我们和外人折冲樽俎的时候，就更加振振有辞了。

假使世界上只有一家有臭虫，而遭别人指摘的时候，实在也不大舒服的，但捉起来却也真费事。况且北京有一种学说，说臭虫是捉不得的，越捉越多。即使捉尽了，又有什么价值呢，不过是一种消极的办法。最好还是希望别家也有臭虫，而竟发见了就更好。发见，这是积极的事业。哥仑布与爱迪生，也不过有了发见或发明而已。

与其劳心劳力，不如玩跳舞，喝咖啡。外国也有的，巴黎就有许多跳舞场和咖啡店。

即使连中国都不见了，也何必大惊小怪呢，君不闻迦勒底与马基顿乎？——外国也有的！

一九三三年十月十九日

扑　空

丰之余

自从《自由谈》上发表了我的《感旧》和施蛰存先生的《〈庄子〉与〈文选〉》以后，《大晚报》的《火炬》便在征求展开的讨论。首先征到的是施先生的一封信，题目曰《推荐者的立场》，注云"《庄子》与《文选》的论争"。

但施先生又并不愿意"论争"，他以为两个人作战，正如弧光灯下的拳击手，无非给看客好玩。这是很聪明的见解，我赞成这一肢一节。不过更聪明的是施先生其实并非真没有动手，他在未说退场白之前，早已挥了几拳了。挥了之后，飘然远引，倒是最超脱的拳法。现在只剩下一个我了，却还得回一手，但对面没人也不要紧，我算是在打"逍遥游"。

施先生一开首就说我加以"训诲"，而且派他为"遗少的一肢一节"。上一句是诬赖的，我的文章中，并未对于他个人有所劝告。至于指为"遗少的一肢一节"，却诚然有这意思，不过我的意思，是以为"遗少"也并非怎么很坏的人物。新文学和旧文学中间难有截然的分界，施先生是承认的，辛亥革命去今不过二十二年，则民国人中带些遗少气，遗老气，甚而至于封建气，也还不算甚么大怪事，更何况如施先生自己所说，"虽然不敢自认为遗少，但的确已消失了少年的活力"的呢，过去的余气当然要有的。但是，只要自

897

己知道，别人也知道，能少传授一点，那就好了。

我早经声明，先前的文字是并非专为他个人而作的，而且自看了《〈庄子〉与〈文选〉》之后，则连这"一肢一节"也已经疏远。为什么呢，因为在推荐给青年的几部书目上，还题出着别一个极有意味的问题：其中有一种是《颜氏家训》。这《家训》的作者，生当乱世，由齐入隋，一直是胡势大张的时候，他在那书里，也谈古典，论文章，儒士似的，却又归心于佛，而对于子弟，则愿意他们学鲜卑语，弹琵琶，以服事贵人——胡人。这也是庚子义和拳败后的达官，富翁，巨商，士人的思想，自己念佛，子弟却学些"洋务"，使将来可以事人：便是现在，抱这样思想的人恐怕还不少。而这颜氏的渡世法，竟打动了施先生的心了，还推荐于青年，算是"道德修养"。他又举出自己在读的书籍，是一部英文书和一部佛经，正为"鲜卑语"和《归心篇》写照。只是现代变化急速，没有前人的悠闲，新旧之争，又正剧烈，一下子看不出什么头绪，他就也只好将先前两代的"道德"，并萃于一身了。假使青年，中年，老年，有着这颜氏式道德者多，则在中国社会上，实是一个严重的问题，有荡涤的必要。自然，这虽为书目所引起，问题是不专在个人的，这是时代思潮的一部。但因为连带提出，表面上似有太关涉了某一个人之观，我便不敢论及了，可以和他相关的只有"劝人看《庄子》《文选》了"八个字，对于个人，恐怕还不能算是不敬的。但待到看了《〈庄子〉与〈文选〉》，却实在生了一点不敬之心，因为他辩驳的话比我所豫料的还空虚，但仍给以正经的答复，那便是《感旧以后》（上）。

然而施先生的写在看了《感旧以后》（上）之后的那封信，却更加证明了他和我所谓"遗少"的疏远。他虽然口说不来拳击，那第一段却全是对我个人而发的。现在介绍一点在这里，并且加以注解。

施先生说："据我想起来，劝青年看新书自然比劝他们看旧书能够多获得一些群众。"这是说，劝青年看新书的，并非为了青年，倒是为自己要多获些群众。

施先生说："我想借贵报的一角篇幅，将……书目改一下：我想把《庄子》与《文选》改为鲁迅先生的《华盖集》正续编及《伪自由书》。我想，鲁迅先生为当代'文坛老将'，他的著作里是有着很广大的活字汇的，而且据丰之余先生告诉我，鲁迅先生文章里的确也有一些从《庄子》与《文选》里出来的字眼，譬如'之乎者也'之类。这样，我想对于青年人的效果也是一样的。"这一大堆的话，是说，我之反对推荐《庄子》与《文选》，是因为恨他没有推荐《华盖集》正续编与《伪自由书》的缘故。

施先生说："本来我还想推荐一二部丰之余先生的著作，可惜坊间只有丰子恺先生的书，而没有丰之余先生的书，说不定他是像鲁迅先生印珂罗版木刻图一样的是私人精印本，属于罕见书之列，我很惭愧我的孤陋寡闻，未能推荐矣。"这一段话，有些语无伦次了，好像是说：我之反对推荐《庄子》与《文选》，是因为恨他没有推荐我的书，然而我又并无书，然而恨他不推荐，可笑之至矣。

这是"从国文教师转到编杂志"，劝青年去看《庄子》与《文选》，《论语》，《孟子》，《颜氏家训》的施蛰存先生，看了我的《感旧以后》（上）一文后，"不想再写什么"而终于写出来了的文章，辞退做"拳击手"，而先行拳击别人的拳法。但他竟毫不提主张看《庄子》与《文选》的较坚实的理由，毫不指出我那《感旧》与《感旧以后》（上）两篇中间的错误，他只有无端的诬赖，自己的猜测，撒娇，装傻。几部古书的名目一撕下，"遗少"的肢节也就跟着渺渺茫茫，到底是现出本相：明明白白的变了"洋场恶少"了。

十月二十日

899

推荐者的立场

——《庄子》与《文选》之论争

施蛰存

万秋先生：

我在贵报向青年推荐了两部旧书，不幸引起了丰之余先生的训诲，把我派做"遗少中的一肢一节"。自从读了他老人家的《感旧以后》（上）一文后，我就不想再写什么，因为据我想起来，劝新青年看新书自然比劝他们看旧书能够多获得一些群众。丰之余先生毕竟是老当益壮，足为青年人的领导者。至于我呢，虽然不敢自认为遗少，但的确已消失了少年的活力，在这万象皆秋的环境中，即使丰之余先生那样的新精神，亦已不够振拔我的中年之感了。所以，我想借贵报一角篇幅，将我在九月二十九日贵报上发表的推荐给青年的书目改一下：我想把《庄子》与《文选》改为鲁迅先生的《华盖集》正续编及《伪自由书》。我想，鲁迅先生为当代"文坛老将"，他的著作里是有着很广大的活字汇的，而且据丰之余先生告诉我，鲁迅先生文章里的确也有一些从《庄子》与《文选》里出来的字眼，譬如"之乎者也"之类。这样，我想对于青年人的效果也是一样的。本来我还想推荐一二部丰之余先生的著作，可惜坊间只有丰子恺先生的书，而没有丰之余先生的书，说不定他是像鲁迅先生印珂罗版木刻图一样的是私人精印本，属于罕见书之列，我很惭愧我的孤陋寡闻，未能推荐矣。

此外，我还想将丰之余先生介绍给贵报，以后贵报倘若有关于征求意见之类的计划，大可设法寄一份表格给丰之余先生，我想一定能够供给一点有价值的意见的。不过，如果那征求是与"遗少的一肢一节"有关系的话，那倒不妨寄给我。

看见昨天的贵报，知道你预备将这桩公案请贵报的读者来参加讨论。我不知能不能请求你取销这个计划。我常常想，两个人在报纸上作文字战，其情形正如弧光灯下的拳击手，而报纸编辑正如那赶来赶去的瘦裁判，读者呢，就是那些在黑暗里的无理智的看客。瘦裁判总希望拳击手一回合又一回合地打下去，直到其中的一个倒了下来，One，Two，Three……站不起来，于是跑到那喘着气的胜者身旁去，举起他的套大皮手套的膀子，高喊着"Mr. X Win the Champion."你试想想看，这岂不是太滑稽吗？现在呢，我不幸而自己做了这两个拳击手中间的一个，但是我不想为了瘦裁判和看客而继续扮演这滑稽戏了。并且也希望你不要做那瘦裁判。你不看见今天《自由谈》上止水先生的文章中引着那几句俗语吗？"舌头是扁的，说话是圆的"，难道你以为从读者的讨论中会得有真是非产生出来呢？

施蛰存。十月十八日

十月十九日，《大晚报》《火炬》

《扑空》正误

丰之余

前几天写《扑空》的时候，手头没有书，涉及《颜氏家训》之处，仅凭记忆，后来怕有错误，设法觅得原书来查了一查，发现对于颜之推的记述，是我弄错了。其《教子篇》云："齐朝有一士大夫，尝谓吾曰：我有一儿，年已十七，颇晓书疏，教其鲜卑语，及弹琵琶，稍欲通解，以此伏事公卿，无不宠爱，亦要事也。吾时俛而不答。异哉此人之教子也。若由此业，自致卿相，亦不愿汝曹为之。"

然则齐士的办法，是庚子以后官商士绅的办法，施蛰存先生却是合齐士与颜氏的两种典型为一体的，也是现在一部分的人们的办法，可改称为"北朝式道德"，也还是社会上的严重的问题。

对于颜氏，本应该十分抱歉的，但他早经死去了，谢罪与否都不相干，现在只在这里对于施先生和读者订正我的错误。

十月二十五日

突 围

施蛰存

（八）对于丰之余先生，我的确曾经"打了几拳"，这也许会成为我毕生的遗憾。但是丰先生作《扑空》，其实并未"空"，还是扑的我，站在丰先生那一方面（或者说站在正邪说那方面）的文章却每天都在"剿"我，而我却真有"一个人的受难"之感了。

但是，从《扑空》一文中我发现了丰先生作文的逻辑，他说"我早经声明，先前的文字并非专为他个人而发的"。但下文却有"因为他辩驳的话比我所预料的还空虚"。不专为我而发，但已经预料我会辩驳，这又该作何解？

因为被人"指摘"了，我也觉得《庄子》与《文选》这两本书诚有不妥处，于是在给《大晚报》编辑的信里，要求他许我改两部新文学书，事实确是如此的。我并不说丰先生是恨我没有推荐这两部新文学书而"反对《庄子》与《文选》"的，而丰先生却说我存着这样的心思，这又岂是"有伦次"的话呢？

丰先生又把话题搭到《颜氏家训》，又搭到我自己正在读的两本书，并为一谈，说推荐《颜氏家训》是在教青年学鲜卑语，弹琵琶，以服事贵人，而且我还以身作则，在读一本洋书；说颜之推是"儒士似的，却又归心于佛"，因而我也看一本佛书；从丰先生的解释看起来，竟连我自己也失笑了，天下事真会这样巧！

我明明记得，《颜氏家训》中的确有一个故事，说有人教子弟学鲜卑语，学琵琶，但我还记得底下有一句："亦不愿汝曹为之"，可见颜之推并不劝子弟读外国书。今天丰先生有"正误"了，他把这故事更正了之后，却说："施蛰存先生却是合齐士与颜氏的两种典型为一体的。"这个，我倒不懂了，难道我另外还介绍过一本该"齐士"的著作给青年人吗？如果丰先生这逻辑是根据于"自己读外国书即劝人学鲜卑语"，那我也没话可说了。

丰先生似乎是个想为儒家争正统的人物，不然何以对于颜之推受佛教影响如此之鄙薄呢？何以对于我自己看一本《释迦传》如此之不满呢？这里，有两点可以题出来：（一）《颜氏家训》一书之价值是否因《归心篇》而完全可以抹杀？况且颜氏虽然为佛教张目，但他倒并不鼓吹出世，逃避现实，他也不过列举佛家与儒家有可以并行不悖之点，而采佛家报应之说，以补儒家道德教训之不足，这也可以说等于现在人引《圣经》或《可兰经》中的话一样。（二）我看一本《佛本行经》，其意义也等于看一本《谟罕默德传》或《基督传》，既无皈佛之心，更无劝人学佛之行，而丰先生的文章却说是我的"渡世法"，妙哉言乎，我不免取案头的一本某先生舍金上梓的《百喻经》而引为同志矣。

我以前对于丰先生，虽然文字上有点太闹意气，但的确还是表示尊敬的，但看到《扑空》这一篇，他竟骂我为"洋场恶少"了，切齿之声俨若可闻，我虽"恶"，却也不敢再恶到以相当的恶声相报了。我呢，套一句现成诗："十年一觉文坛梦，赢得洋场恶少名"，原是无足重轻，但对于丰先生，我想该是会得后悔的。今天读到《〈扑空〉正误》，则又觉得丰先生所谓"无端的诬赖，自己的猜测，撒娇，装傻"，又正好留着给自己"写照"了。

（附注）《大晚报》上那两个标题并不是我自己加的，我并无"立场"，也并不愿意因我之故而使《庄子》与《文选》这两部书争吵起来。

右答丰之余先生。（二十七日）

十月三十一日，十一月一日，《自由谈》

野兽训练法

余铭

最近还有极有益的讲演，是海京伯马戏团的经理施威德在中华学艺社的三楼上给我们讲"如何训练动物？"可惜我没福参加旁听，只在报上看见一点笔记。但在那里面，就已经够多着警辟的话了——

有人以为野兽可以用武力拳头去对付它，压迫它，那便错了，因为这是从前野蛮人对付野兽的办法，现在训练的方法，便不是这样。"

"现在我们所用的方法，是用爱的力量，获取它们对于人的信任，用爱的力量，温和的心情去感动它们。……

这一些话，虽然出自日耳曼人之口，但和我们圣贤的古训，也是十分相合的。用武力拳头去对付，就是所谓"霸道"。然而"以力服人者，非心服也"，所以文明人就得用"王道"，以取得"信任"："民无信不立"。

但是，有了"信任"以后，野兽可要变把戏了——

教练者在取得它们的信任以后，然后可以从事教练它们了：第一步，可以使它们认清坐的，站的位置；再可以使它们跳浜，站起来……

训兽之法，通于牧民，所以我们的古之人，也称治民的大人物曰"牧"。然而所"牧"者，牛羊也，比野兽怯弱，因此也就无须乎专靠"信任"，不妨兼用着拳头，这就是冠冕堂皇的"威信"。

由"威信"治成的动物，"跳浜，站起来"是不够的，结果非贡献毛角血肉不可，至少是天天挤出奶汁来，——如牛奶，羊奶之流。

然而这是古法，我不觉得也可以包括现代。

施威德讲演之后，听说还有余兴，如"东方大乐"及"踢毽子"等，报上语焉不详，无从知道底细了，否则，我想，恐怕也很有意义。

一九三三年十月二十七日

反刍

元艮

关于"《庄子》与《文选》"的议论，有些刊物上早不直接提起应否大家研究这问题，却拉到别的事情上去了。他们是在嘲笑那些反对《文选》的人们自己却曾做古文，看古书。

这真利害。大约就是所谓"以子之矛，攻子之盾"罢——对不起，"古书"又来了!

不进过牢狱的那里知道牢狱的真相。跟着阔人，或者自己原是阔人，先打电话，然后再去参观的，他只看见狱卒非常和气，犯人还可以用英语自由的谈话。倘要知道得详细，那他一定是先前的狱卒，或者是释放的犯人。自然，他还有恶习，但他教人不要钻进牢狱去的忠告，却比什么名人说模范监狱的教育卫生，如何完备，比穷人的家里好得多等类的话，更其可信的。

然而自己沾了牢狱气，据说就不能说牢狱坏，狱卒或囚犯，都是坏人，坏人就不能有好话。只有好人说牢狱好，这才是好话。读过《文选》而说它无用，不如不读《文选》而说它有用的可听。反"反《文选》"的诸君子，自然多是读过的了，但未读的也有，举一个例在这里罢——"《庄子》我四年前虽曾读过，但那时还不能完全读懂……《文选》则我完全没有见过。"然而他结末说，"为了浴盘的水槽了，就连小宝宝也要倒掉，这意思是我们不敢赞同的。"（见《火炬》）他要保护水中的"小宝宝"，可是没有见过"浴盘的水"。

五四运动的时候，保护文言者是说凡做白话文的都会做文言文，所以古文也得读。现在保护古书者是说反对古书的也在看古书，做文言，——可见主张的可笑。永远反刍，自己却不会呕吐，大约真是读透了《庄子》了。

一九三三年十一月四日

归　厚

在洋场上，用一瓶强水去洒他所恨的女人，这事早经绝迹了。用些秽物去洒他所恨的律师，这风气只继续了两个月。最长久的是造了谣言去中伤他们所恨的文人，说这事已有了好几年，我想，是只会少不会多的。

洋场上原不少闲人，"吃白相饭"尚且可以过活，更何况有时打几圈马将。小妇人的喊喊喳喳，又何尝不可以消闲。我就是常看造谣专门杂志之一人，但看的并不是谣言，而是谣言作家的手段，看他有怎样出奇的幻想，怎样别致的描写，怎样险恶的构陷，怎样躲闪的原形。造谣，也要才能的，如果他造得妙，即使造的是我自己的谣言，恐怕我也会爱他的本领。

但可惜大抵没有这样的才能，作者在谣言文学上，也还是"滥竽充数"。这并非我个人的私见。讲什么文坛故事的小说不流行，什么外史也不再做下去，可见是人们多已摇头了。讲来讲去总是这几套，纵使记性坏，多听了也会烦厌的。想继续，这时就得要才能；否则，台下走散，应该换一出戏来叫座。

譬如罢，先前演的是《杀子报》罢，这回就须是《三娘教子》，"老东人呀，唉，唉，唉！"

而文场实在也如戏场，果然已经渐渐的"民德归厚"了，有的

909

还至于自行声明，更换办事人，说是先前"揭载作家秘史，虽为文坛佳话，然亦有伤忠厚。以后本刊停登此项稿件。……以前言责，……概不负责。"（见《微言》）为了"忠厚"而牺牲"佳话"，虽可惜，却也可敬的。

尤其可敬的是更换办事人。这并非敬他的"概不负责"，而是敬他的彻底。古时候虽有"放下屠刀，立地成佛"的人，但因为也有"放下官印，立地念佛"而终于又"放下念珠，立地做官"的人，这一种玩意儿，实在已不足以昭大信于天下：令人办事有点为难了。

不过，尤其为难的是忠厚文学远不如谣言文学之易于号召读者，所以须有才能更大的作家，如果一时不易搜求，那刊物就要减色。我想，还不如就用先前打诨的二丑挂了长须来唱老生戏，那么，暂时之间倒也特别而有趣的。

一九三三年十一月四日

附记：这一篇没有能够发表。

次年六月十九日记

难得糊涂

子明

因为有人谈起写篆字，我倒记起郑板桥有一块图章，刻着"难得糊涂"。那四个篆字刻得叉手叉脚的，颇能表现一点名士的牢骚气。足见刻图章写篆字也还反映着一定的风格，正像"玩"木刻之类，未必"只是个人的事情"："谬种"和"妖孽"就是写起篆字来，也带着些"妖谬"的。

然而风格和情绪，倾向之类，不但因人而异，而且因事而异，因时而异。郑板桥说"难得糊涂"，其实他还能够糊涂的。现在，到了"求仕不获无足悲，求隐而不得其地以审者，毋亦天下之至哀欤"的时代，却实在求糊涂而不可得了。

糊涂主义，唯无是非观等等——本来是中国的高尚道德。你说他是解脱，达观罢，也未必。他其实在固执着，坚持着什么，例如道德上的正统，文学上的正宗之类。这终于说出来了：——道德要孔孟加上"佛家报应之说"（老庄另帐登记），而说别人"鄙薄"佛教影响就是"想为儒家争正统"，原来同善社的三教同源论早已是正统了。文学呢？要用生涩字，用词藻，秾纤的作品，而且是新文学的作品，虽则他"否认新文学和旧文学的分界"；而大众文学"固然赞成"，"但那是文学中的一个旁支"。正统和正宗，是明显的。

对于人生的倦怠并不糊涂！活的生活已经那么"穷乏"，要请青年在"佛家报应之说",在"《文选》,《庄子》,《论语》,《孟子》"里去求得修养。后来,修养又不见了,只剩得字汇。"自然景物,个人情感,宫室建筑,……之类,还不妨从《文选》之类的书中去找来用。"从前严几道从甚么古书里——大概也是《庄子》罢——找着了"幺匿"两个字来译 Unit,又古雅,又音义双关的。但是后来通行的却是"单位"。严老先生的这类"字汇"很多,大抵无法复活转来。现在却有人以为"汉以后的词,秦以前的字,西方文化所带来的字和词,可以拼成功我们的光芒的新文学"。这光芒要是只在字和词,那大概像古墓里的贵妇人似的,满身都是珠光宝气了。人生却不在拼凑,而在创造,几千百万的活人在创造。可恨的是人生那么骚扰忙乱,使一些人"不得其地以郁",想要逃进字和词里去,以求"庶免是非",然而又不可得。真要写篆字刻图章了!

一九三三年十一月六日

古书中寻活字汇

罗怃

古书中寻活字汇，是说得出，做不到的，他在那古书中，寻不出一个活字汇。

假如有"可看《文选》的青年"在这里，就是高中学生中的几个罢，他翻开《文选》来，一心要寻活字汇，当然明知道那里面有些字是已经死了的。然而他怎样分别那些字的死活呢？大概只能以自己的懂不懂为标准。但是，看了六臣注之后才懂的字不能算，因为这原是死尸，由六臣背进他脑里，这才算是活人的，在他脑里即使复活了，在未"可看《文选》的青年"的眼前却还是死家伙。所以他必须看白文。

诚然，不看注，也有懂得的，这就是活字汇。然而他怎会先就懂得的呢？这一定是曾经在别的书上看见过，或是到现在还在应用的字汇，所以他懂得。那么，从一部《文选》里，又寻到了什么？

然而施先生说，要描写宫殿之类的时候有用处。这很不错，《文选》里有许多赋是讲到宫殿的，并且有什么殿的专赋。倘有青年要做汉晋的历史小说，描写那时的宫殿，找《文选》是极应该的，还非看"四史"《晋书》之类不可。然而所取的僻字也不过将死尸抬出来，说得神秘点便名之曰"复活"。如果要描写的是清故宫，那可和《文选》的瓜葛就极少了。

倘使连清故宫也不想描写，而豫备工夫却用得这么广泛，那实在是徒劳而仍不足。因为还有《易经》和《仪礼》，里面的字汇，在描写周朝的卜课和婚丧大事时候是有用处的，也得作为"文学修养之根基"，这才更像"文学青年"的样子。

一九三三年十一月六日

"商定"文豪

白在宣

笔头也是尖的，也要钻。言路的窄，现在也正如活路一样，所以（以上十五字，刊出时作"别的地方钻不进，"）只好对于文艺杂志广告的夸大，前去刺一下。

一看杂志的广告，作者就个个是文豪，中国文坛也真好像光焰万丈，但一面也招来了鼻孔里的哼哼声。然而，著作一世，藏之名山，以待考古团的掘出的作家，此刻早已没有了，连自作自刻，订成薄薄的一本，分送朋友的诗人，也已经不大遇得到。现在是前周作稿，次周登报，上月剪贴，下月出书，大抵仅仅为稿费。倘说，作者是饿着肚子，专心在为社会服务，恐怕说出来有点要脸红罢。就是笑人需要稿费的高士，他那一篇嘲笑的文章也还是不免要稿费。但自然，另有薪水，或者能靠女人奁资养活的文豪，都不属于这一类。

就大体而言，根子是在卖钱，所以上海的各式各样的文豪，由于"商定"，是"久已夫，已非一日矣"的了。

商家印好一种稿子后，倘那时封建得势，广告上就说作者是封建文豪，革命行时，便是革命文豪，于是封定了一批文豪们。别家的书也印出来了，另一种广告说那些作者并非真封建或真革命文豪，这边的才是真货色，于是又封定了一批文豪们。别一家又集印

915

了各种广告的论战，一位作者加上些批评，另出了一位新文豪。

　　还有一法是结合一套脚色，要几个诗人，几个小说家，一个批评家，商量一下，立一个什么社，登起广告来，打倒彼文豪，抬出此文豪，结果也总可以封定一批文豪们，也是一种的"商定"。

　　就大体而言，根子是在卖钱，所以后来的书价，就不免指出文豪们的真价值，照价二折，五角一堆，也说不定的。不过有一种例外：虽然铺子出盘，作品贱卖，却并不是文豪们走了末路，那是他们已经"爬了上去"，进大学，进衙门，不要这踏脚凳了。

一九三三年十一月七日

青年与老子

敬一尊

听说，"慨自欧风东渐以来"，中国的道德就变坏了，尤其是近时的青年，往往看不起老子。这恐怕真是一个大错误，因为我看了几个例子，觉得老子的对于青年，有时确也很有用处，很有益处，不仅足为"文学修养"之助的。

有一篇旧文章——我忘记了出于什么书里的了——告诉我们，曾有一个道士，有长生不老之术，自说已经百余岁了，看去却"美如冠玉"，像二十左右一样。有一天，这位活神仙正在大宴阔客，突然来了一个须发都白的老头子，向他要钱用，他把他骂出去了。大家正惊疑间，那活神仙慨然的说道，"那是我的小儿，他不听我的话，不肯修道，现在你们看，不到六十，就老得那么不成样子了。"大家自然是很感动的，但到后来，终于知道了那人其实倒是道士的老子。

还有一篇新文章——杨某的自白——却告诉我们，他是一个有志之士，学说是很正确的，不但讲空话，而且去实行，但待到看见有些地方的老头儿苦得不像样，就想起自己的老子来，即使他的理想实现了，也不能使他的父亲做老太爷，仍旧要吃苦。于是得到了更正确的学说，抛去原有的理想，改做孝子了。假使父母早死，学说那有这么圆满而堂皇呢？这不也就是老子对于青年的益处么？

那么，早已死了老子的青年不是就没有法子么？我以为不然，也有法子想。这还是要查旧书。另有一篇文章——我也忘了出在什么书里的了——告诉我们，一个老女人在讨饭，忽然来了一位大阔人，说她是自己的久经失散了的母亲，她也将错就错，做了老太太。后来她的儿子要嫁女儿，和老太太同到首饰店去买金器，将老太太已经看中意的东西自己带去给太太看一看，一面请老太太还在拣，——可是，他从此就不见了。

不过，这还是学那道士似的，必须实物时候的办法，如果单是做做自白之类，那是实在有无老子，倒并没有什么大关系的。先前有人提倡过"虚君共和"，现在又何妨有"没亲孝子"？张宗昌很尊孔，恐怕他府上也未必有"四书""五经"罢。

一九三三年十一月七日

花边文学

序　言

　　我的常常写些短评，确是从投稿于《申报》的《自由谈》上开头的；集一九三三年之所作，就有了《伪自由书》和《准风月谈》两本。后来编辑者黎烈文先生真被挤轧得苦，到第二年，终于被挤出了，我本也可以就此搁笔，但为了赌气，却还是改些作法，换些笔名，托人抄写了去投稿，新任者不能细辨，依然常常登了出来。一面又扩大了范围，给《中华日报》的副刊《动向》，小品文半月刊《太白》之类，也间或写几篇同样的文字。聚起一九三四年所写的这些东西来，就是这一本《花边文学》。

　　这一个名称，是和我在同一营垒里的青年战友，换掉姓名挂在暗箭上射给我的。那立意非常巧妙：一，因为这类短评，在报上登出来的时候往往围绕一圈花边以示重要，使我的战友看得头疼；二，因为"花边"也是银元的别名，以见我的这些文章是为了稿费，其实并无足取。至于我们的意见不同之处，是我以为我们无须希望外国人待我们比鸡鸭优，他却以为应该待我们比鸡鸭优，我在替西洋人辩护，所以是"买办"。那文章就附在《倒提》之下，这里不必多说。此外，倒也并无什么可记之事。只为了一篇《玩笑只当它玩笑》，又曾引出过一封文公直先生的来信，笔伐的更严重了，说我是"汉奸"，现在和我的复信都附在本文的下面。其余的一些鬼鬼祟祟，躲躲闪闪的攻击，离上举的两位还差得很远，这里都不转载了。

"花边文学"可也真不行。一九三四年不同一九三五年，今年是为了《闲话皇帝》事件，官家的书报检查处忽然不知所往，还革掉七位检查官，日报上被删之处，也好像可以留着空白（术语谓之"开天窗"）了。但那时可真厉害，这么说不可以，那么说又不成功，而且删掉的地方，还不许留下空隙，要接起来，使作者自己来负吞吞吐吐，不知所云的责任。在这种明诛暗杀之下，能够苟延残喘，和读者相见的，那么，非奴隶文章是什么呢？

我曾经和几个朋友闲谈。一个朋友说：现在的文章，是不会有骨气的了，譬如向一种日报上的副刊去投稿罢，副刊编辑先抽去几根骨头，总编辑又抽去几根骨头，检查官又抽去几根骨头，剩下来还有什么呢？我说：我是自己先抽去了几根骨头的，否则，连"剩下来"的也不剩。所以，那时发表出来的文字，有被抽四次的可能，——现在有些人不在拚命表彰文天祥方孝孺么，幸而他们是宋明人，如果活在现在，他们的言行是谁也无从知道的。

因此除了官准的有骨气的文章之外，读者也只能看看没有骨气的文章。我生于清朝，原是奴隶出身，不同二十五岁以内的青年，一生下来就是中华民国的主子，然而他们不经世故，偶尔"忘其所以"也就大碰其钉子。我的投稿，目的是在发表的，当然不给它见得有骨气，所以被"花边"所装饰者，大约也确比青年作家的作品多，而且奇怪，被删掉的地方倒很少。一年之中，只有三篇，现在补全，仍用黑点为记。我看《论秦理斋夫人事》的末尾，是申报馆的总编辑删的，别的两篇，却是检查官删的：这里都显着他们不同的心思。

今年一年中，我所投稿的《自由谈》和《动向》，都停刊了；《太白》也不出了。我曾经想过：凡是我寄文稿的，只寄开初的一两期还不妨，假使接连不断，它就总归活不久。于是从今年起，我就不大做这样的短文，因为对于同人，是回避他背后的闷棍，对于自己，是不愿做开路的呆子，对于刊物，是希望它尽可能的长生。所以有人要我投稿，我特别敷延推宕，非"摆架子"也，是带些好意——然而有时也是恶意——的"世故"：这是要请索稿者原谅的。

一直到了今年下半年，这才看见了新闻记者的"保护正当舆论"的请愿和智识阶级的言论自由的要求。要过年了，我不知道结果怎么样。然而，即使从此文章都成了民众的喉舌，那代价也可谓大极了：是北五省的自治。这恰如先前的不敢恳请"保护正当舆论"和要求言论自由的代价之大一样：是东三省的沦亡。不过这一次，换来的东西是光明的。然而，倘使万一不幸，后来又复换回了我做"花边文学"一样的时代，大家试来猜一猜那代价该是什么罢……

一九三五年十二月二十九之夜，鲁迅记

未来的光荣

张承禄

现在几乎每年总有外国的文学家到中国来，一到中国，总惹出一点小乱子。前有萧伯纳，后有德哥派拉；只有伐扬古久列，大家不愿提，或者不能提。

德哥派拉不谈政治，本以为可以跳在是非圈外的了，不料因为恭维了食与色，又挣得"外国文氓"的恶谥，让我们的论客，在这里议论纷纷。他大约就要做小说去了。

鼻子生得平而小，没有欧洲人那么高峻，那是没有法子的，然而倘使我们身边有几角钱，却一样的可以看电影。侦探片子演厌了，爱情片子烂熟了，战争片子看腻了，滑稽片子无聊了，于是乎有《人猿泰山》，有《兽林怪人》，有《斐洲探险》等等，要野兽和野蛮登场。然而在蛮地中，也还一定要穿插一点蛮婆子的蛮曲线。如果我们也还爱看，那就可见无论怎样衰落，也还是有些恋恋不舍的了，"性"之于市侩，是很要紧的。

文学在西欧，其碰壁和电影也并不两样；有些所谓文学家也者，也得找寻些奇特的（grotesque），色情的（erotic）东西，去给他们的主顾满足，因此就有探险式的旅行，目的倒并不在地主的打拱或请酒。然而倘遇呆问，则以笑话了之，他其实也知道不了这些，他也不必知道。德哥派拉不过是这些人们中的一人。

但中国人，在这类文学家的作品里，是要和各种所谓"土人"一同登场的，只要看报上所载的德哥派拉先生的路由单就知道——中国，南洋，南美。英，德之类太平常了。我们要觉悟着被描写，还要觉悟着被描写的光荣还要多起来，还要觉悟着将来会有人以有这样的事为有趣。

一九三四年一月八日

女人未必多说谎

赵令仪

侍桁先生在《谈说谎》里，以为说谎的原因之一是由于弱，那举证的事实，是："因此为什么女人讲谎话要比男人来得多。"

那并不一定是谎话，可是也不一定是事实。我们确也常常从男人们的嘴里，听说是女人讲谎话要比男人多，不过却也并无实证，也没有统计。叔本华先生痛骂女人，他死后，从他的书籍里发见了医梅毒的药方；还有一位奥国的青年学者，我忘记了他的姓氏，做了一大本书，说女人和谎话是分不开的，然而他后来自杀了。我恐怕他自己正有神经病。

我想，与其说"女人讲谎话要比男人来得多"，不如说"女人被人指为'讲谎话要比男人来得多'的时候来得多"，但是，数目字的统计自然也没有。

譬如罢，关于杨妃，禄山之乱以后的文人就都撒着大谎，玄宗逍遥事外，倒说是许多坏事情都由她，敢说"不闻夏殷衰，中自诛褒妲"的有几个。就是妲己，褒姒，也还不是一样的事？女人的替自己和男人伏罪，真是太长远了。

今年是"妇女国货年"，振兴国货，也从妇女始。不久，是就要挨骂的，因为国货也未必因此有起色，然而一提倡，一责骂，男人们的责任也尽了。

926

记得某男士有为某女士鸣不平的诗道："君王城上竖降旗，妾在深宫那得知？二十万人齐解甲，更无一个是男儿！"快哉快哉！

一九三四年一月八日

批评家的批评家

倪朔尔

情势也转变得真快，去年以前，是批评家和非批评家都批评文学，自然，不满的居多，但说好的也有。去年以来，却变了文学家和非文学家都翻了一个身，转过来来批评批评家了。

这一回可是不大有人说好，最彻底的是不承认近来有真的批评家。即使承认，也大大的笑他们胡涂。为什么呢？因为他们往往用一个一定的圈子向作品上面套，合就好，不合就坏。

但是，我们曾经在文艺批评史上见过没有一定圈子的批评家吗？都有的，或者是美的圈，或者是真实的圈，或者是前进的圈。没有一定的圈子的批评家，那才是怪汉子呢。办杂志可以号称没有一定的圈子，而其实这正是圈子，是便于遮眼的变戏法的手巾。譬如一个编辑者是唯美主义者罢，他尽可以自说并无定见，单在书籍评论上，就足够玩把戏。倘是一种所谓"为艺术的艺术"的作品，合于自己的私意的，他就选登一篇赞成这种主义的批评，或读后感，捧着它上天；要不然，就用一篇假急进的好像非常革命的批评家的文章，捺它到地里去。读者这就被迷了眼。但在个人，如果还有一点记性，却不能这么两端的，他须有一定的圈子。我们不能责备他有圈子，我们只能批评他这圈子对不对。

然而批评家的批评家会引出张献忠考秀才的古典来：先在两柱

之间横系一条绳子，叫应考的走过去，太高的杀，太矮的也杀，于是杀光了蜀中的英才。这么一比，有定见的批评家即等于张献忠，真可以使读者发生满心的憎恨。但是，评文的圈，就是量人的绳吗？论文的合不合，就是量人的长短吗？引出这例子来的，是诬陷，更不是什么批评。

一九三四年一月十七日

漫　骂

倪朔尔

还有一种不满于批评家的批评，是说所谓批评家好"漫骂"，所以他的文字并不是批评。

这"漫骂"，有人写作"嫚骂"，也有人写作"谩骂"，我不知道是否是一样的函义。但这姑且不管它也好。现在要问的是怎样的是"漫骂"。

假如指着一个人，说道：这是婊子！如果她是良家，那就是漫骂；倘使她实在是做卖笑生涯的，就并不是漫骂，倒是说了真实。诗人没有捐班，富翁只会计较，因为事实是这样的，所以这是真话，即使称之为漫骂，诗人也还是捐不来，这是幻想碰在现实上的小钉子。

有钱不能就有文才，比"儿女成行"并不一定明白儿童的性质更明白。"儿女成行"只能证明他两口子的善于生，还会养，却并无妄谈儿童的权利。要谈，只不过不识羞。这好像是漫骂，然而并不是。倘说是的，就得承认世界上的儿童心理学家，都是最会生孩子的父母。

说儿童为了一点食物就会打起来，是冤枉儿童的，其实是漫骂。儿童的行为，出于天性，也因环境而改变，所以孔融会让梨。打起来的，是家庭的影响，便是成人，不也有争家私，夺遗产的吗? 孩子学了样了。

　　漫骂固然冤屈了许多好人，但含含胡胡的扑灭"漫骂"，却包庇了一切坏种。

一九三四年一月十七日

《如此广州》读后感

越客

前几天，《自由谈》上有一篇《如此广州》，引据那边的报章，记店家做起玄坛和李逵的大像来，眼睛里嵌上电灯，以镇压对面的老虎招牌，真写得有声有色。自然，那目的，是在对于广州人的迷信，加以讥刺的。

广东人的迷信似乎确也很不小，走过上海五方杂处的衖堂，只要看毕毕剥剥在那里放鞭炮的，大门外的地上点着香烛的，十之九总是广东人，这很可以使新党叹气。然而广东人的迷信却迷信得认真，有魄力，即如那玄坛和李逵大像，恐怕就非百来块钱不办。汉求明珠，吴征大象，中原人历来总到广东去刮宝贝，好像到现在也还没有被刮穷，为了对付假老虎，也能出这许多力。要不然，那就是拚命，这却又可见那迷信之认真。

其实，中国人谁没有迷信，只是那迷信迷得没出息了，所以别人倒不注意。譬如罢，对面有了老虎招牌，大抵的店家，是总要不舒服的。不过，倘在江浙，恐怕就不肯这样的出死力来斗争，他们会只化一个铜元买一条红纸，写上"姜太公在此百无禁忌"或"泰山石敢当"，悄悄的贴起来，就如此的安身立命。迷信还是迷信，但迷得多少小家子相，毫无生气，奄奄一息，他连做《自由谈》的材料也不给你。

与其迷信，模胡不如认真。倘若相信鬼还要用钱，我赞成北宋人似的索性将铜钱埋到地里去，现在那么的烧几个纸锭，却已经不但是骗别人，骗自己，而且简直是骗鬼了。中国有许多事情都只剩下一个空名和假样，就为了不认真的缘故。

广州人的迷信，是不足为法的，但那认真，是可以取法，值得佩服的。

一九三四年二月四日

运 命

倪朔尔

电影"《姊妹花》中的穷老太婆对她的穷女儿说：'穷人终是穷人，你要忍耐些!'"宗汉先生慨然指出，名之曰"穷人哲学"（见《大晚报》）。

自然，这是教人安贫的，那根据是"运命"。古今圣贤的主张此说者已经不在少数了，但是不安贫的穷人也"终是"很不少。"智者千虑，必有一失"，这里的"失"，是在非到盖棺之后，一个人的运命"终是"不可知。

豫言运命者也未尝没有人，看相的，排八字的，到处都是。然而他们对于主顾，肯断定他穷到底的是很少的，即使有，大家的学说又不能相一致，甲说当穷，乙却说当富，这就使穷人不能确信他将来的一定的运命。

不信运命，就不能"安分"，穷人买奖券，便是一种"非分之想"。但这于国家，现在是不能说没有益处的。不过"有一利必有一弊"，运命既然不可知，穷人又何妨想做皇帝，这就使中国出现了《推背图》。据宋人说，五代时候，许多人都看了这图给自己的儿子取名字，希望应着将来的吉兆，直到宋太宗（？）抽乱了一百本，与别本一同流通，读者见次序多不相同，莫衷一是，这才不再珍藏了。然而九一八那时，上海却还大卖着《推背图》的新印本。

"安贫"诚然是天下太平的要道，但倘使无法指定究竟的运命，总不能令人死心塌地。现在的优生学，本可以说是科学的了，中国也正有人提倡着，冀以济运命说之穷，而历史又偏偏不挣气，汉高祖的父亲并非皇帝，李白的儿子也不是诗人；还有立志传，絮絮叨叨的在对人讲西洋的谁以冒险成功，谁又以空手致富。

　　运命说之毫不足以治国平天下，是有明明白白的履历的。倘若还要用它来做工具，那中国的运命可真要"穷"极无聊了。

一九三四年二月二十三日

大小骗

"文坛"上的丑事，这两年来真也揭发得不少了：剪贴，瞎抄，贩卖，假冒。不过不可究诘的事情还有，只因为我们看惯了，不再留心它。

名人的题签，虽然字不见得一定写的好，但只在表示这书的作者或出版者认识名人，和内容并无关系，是算不得骗人的。可疑的是"校阅"。校阅的脚色，自然是名人，学者，教授。然而这些先生们自己却并无关于这一门学问的著作。所以真的校阅了没有是一个问题；即使真的校阅了，那校阅是否真的可靠又是一个问题。但再加校阅，给以批评的文章，我们却很少见。

还有一种是"编辑"。这编辑者，也大抵是名人，因这名，就使读者觉得那书的可靠。但这是也很可疑的。如果那书上有些序跋，我们还可以由那文章，思想，断定它是否真是这人所编辑，但市上所陈列的书，常有翻开便是目录，叫你一点也摸不着头脑的。这怎么靠得住？至于大部的各门类的刊物的所谓"主编"，那是这位名人竟上至天空，下至地底，无不通晓了，"无为而无不为"，倒使我们无须再加以揣测。

还有一种是"特约撰稿"。刊物初出，广告上往往开列一大批特约撰稿的名人，有时还用凸版印出作者亲笔的签名，以显示其真实。这并不可疑。然而过了一年半载，可就渐有破绽了，许多所谓特约撰稿者的东西一个字也不见。是并没有约，还是约而不来呢，我们无从知道；但可见那些所谓亲笔签名，也许是从别处剪来，或者简直是假造的了。要是从投稿上取下来的，为什么见签名却不见稿呢？

这些名人在卖着他们的"名"，不知道可是领着"干薪"的？倘使领的，自然是同意的自卖，否则，可以说是被"盗卖"。"欺世盗名"者有之，盗卖名以欺世者又有之，世事也真是五花八门。然而受损失的却只有读者。

一九三四年三月七日

"小童挡驾"

近五六年来的外国电影，是先给我们看了一通洋侠客的勇敢，于是而野蛮人的陋劣，又于是而洋小姐的曲线美。但是，眼界是要大起来的，终于几条腿不够了，于是一大丛；又不够了，于是赤条条。这就是"裸体运动大写真"，虽然是正正堂堂的"人体美与健康美的表现"，然而又是"小童挡驾"的，他们不配看这些"美"。

为什么呢？宣传上有这样的文字——

"一个绝顶聪明的孩子说：她们怎不回过身子儿来呢？"

"一位十足严正的爸爸说：怪不得戏院对孩子们要挡驾了！"

这当然只是文学家虚拟的妙文，因为这影片是一开始就标榜着"小童挡驾"的，他们无从看见。但假使真给他们去看了，他们就会这样的质问吗？我想，也许会的。然而这质问的意思，恐怕和张生唱的"哈，怎不回过脸儿来"完全两样，其实倒在电影中人的态度的不自然，使他觉得奇怪。中国的儿童也许比较的早熟，也许性感比较的敏，但总不至于比成年的他的"爸爸"，心地更不干净的。倘其如此，二十年后的中国社会，那可真真可怕了。但事实上大概决不至于此，所以那答话还不如改一下：

"因为要使我过不了瘾，可恶极了！"

不过肯这样说的"爸爸"恐怕也未必有。他总要"以己之心，

938

度人之心"，度了之后，便将这心硬塞在别人的腔子里，装作不是自己的，而说别人的心没有他的干净。裸体女人的都"不回过身子儿来"，其实是专为对付这一类人物的。她们难道是白痴，连"爸爸"的眼色，比他孩子的更不规矩都不知道吗？

但是，中国社会还是"爸爸"类的社会，所以做起戏来，是"妈妈"类献身，"儿子"类受谤。即使到了紧要关头，也还是什么"木兰从军"，"汪踦卫国"，要推出"女子与小人"去搪塞的。"吾国民其何以善其后欤？"

一九三四年四月五日

古人并不纯厚

翁隼

老辈往往说：古人比今人纯厚，心好，寿长。我先前也有些相信，现在这信仰可是动摇了。达赖啦嘛总该比平常人心好，虽然"不幸短命死矣"，但广州开的耆英会，却明明收集过一大批寿翁寿媪，活了一百零六岁的老太太还能穿针，有照片为证。

古今的心的好坏，较为难以比较，只好求教于诗文。古之诗人，是有名的"温柔敦厚"的，而有的竟说："时日曷丧，予及汝偕亡！"你看够多么恶毒？更奇怪的是孔子"校阅"之后，竟没有删，还说什么"诗三百，一言以蔽之，曰：思无邪"哩，好像圣人也并不以为可恶。

还有现存的最通行的《文选》，听说如果青年作家要丰富语汇，或描写建筑，是总得看它的，但我们倘一调查里面的作家，却至少有一半不得好死，当然，就因为心不好。经昭明太子一挑选，固然好像变成语汇祖师了，但在那时，恐怕还有个人的主张，偏激的文字。否则，这人是不传的，试翻唐以前的史上的文苑传，大抵是禀承意旨，草檄作颂的人，然而那些作者的文章，流传至今者偏偏少得很。

由此看来，翻印整部的古书，也就不无危险了。近来偶尔看见一部石印的《平斋文集》，作者，宋人也，不可谓之不古，但其诗

940

就不可为训。如咏《狐鼠》云："狐鼠擅一窟，虎蛇行九逵，不论天有眼，但管地无皮……。"又咏《荆公》云："养就祸胎身始去，依然钟阜向人青"。那指斥当路的口气，就为今人所看不惯。"八大家"中的欧阳修，是不能算作偏激的文学家的罢，然而那《读李翱文》中却有云："呜呼，在位而不肯自忧，又禁它人使皆不得忧，可叹也夫！"也就悻悻得很。

但是，经后人一番选择，却就纯厚起来了。后人能使古人纯厚，则比古人更为纯厚也可见。清朝曾有钦定的《唐宋文醇》和《唐宋诗醇》，便是由皇帝将古人做得纯厚的好标本，不久也许会有人翻印，以"挽狂澜于既倒"的。

一九三四年四月十五日

941

法会和歌剧

孟弧

《时轮金刚法会募捐缘起》中有这样的句子："古人一遇灾祲，上者罪己，下者修身……今则人心浸以衰矣，非仗佛力之加被，末由消除此浩劫。"恐怕现在也还有人记得的罢。这真说得令人觉得自己和别人都半文不值，治水除蝗，完全无益，倘要"或消自业，或淡他灾"，只好请班禅大师来求佛菩萨保佑了。

坚信的人们一定是有的，要不然，怎么能募集一笔巨款。

然而究竟好像是"人心浸以衰矣"了，中央社十七日杭州电云："时轮金刚法会将于本月二十八日在杭州启建，并决定邀梅兰芳，徐来，胡蝶，在会期内表演歌剧五天。"梵呗圆音，竟将为轻歌曼舞所"加被"，岂不出于意表也哉！

盖闻昔者我佛说法，曾有天女散花，现在杭州启会，我佛大概未必亲临，则恭请梅郎权扮天女，自然尚无不可。但与摩登女郎们又有什么关系呢？莫非电影明星与标准美人唱起歌来，也可以"消除此浩劫"的么？

大约，人心快要"浸衰"之前，拜佛的人，就已经喜欢兼看玩艺的了，款项有限，法会不大的时候，和尚们便自己来飞钹，唱歌，给善男子，善女人们满足，但也很使道学先生们摇头。班禅大师只"印可"开会而不唱《毛毛雨》，原是很合佛旨的，可不料同时也唱起歌剧来了。

原人和现代人的心，也许很有些不同，倘相去不过几百年，那恐怕即使有些差异，也微乎其微的。赛会做戏文，香市看娇娇，正是"古已有之"的把戏。既积无量之福，又极视听之娱，现在未来，都有好处，这是向来兴行佛事的号召的力量。否则，黄胖和尚念经，参加者就未必踊跃，浩劫一定没有消除的希望了。

但这种安排，虽然出于婆心，却仍是"人心浸以衰矣"的征候。这能够令人怀疑：我们自己是不配"消除此浩劫"的了，但此后该靠班禅大师呢，还是梅兰芳博士，或是密斯徐来，密斯胡蝶呢？

一九三四年四月二十日

943

洋服的没落

几十年来，我们常常恨着自己没有合意的衣服穿。清朝末年，带些革命色采的英雄不但恨辫子，也恨马褂和袍子，因为这是满洲服。一位老先生到日本去游历，看见那边的服装，高兴的了不得，做了一篇文章登在杂志上，叫作《不图今日重见汉官仪》。他是赞成恢复古装的。

然而革命之后，采用的却是洋装，这是因为大家要维新，要便捷，要腰骨笔挺。少年英俊之徒，不但自己必洋装，还厌恶别人穿袍子。那时听说竟有人去责问樊山老人，问他为什么要穿满洲的衣裳。樊山回问道："你穿的是那里的服饰呢？"少年答道："我穿的是外国服。"樊山道："我穿的也是外国服。"

这故事颇为传诵一时，给袍褂党扬眉吐气。不过其中是带一点反对革命的意味的，和近日的因为卫生，因为经济的大两样。后来，洋服终于和华人渐渐的反目了，不但袁世凯朝，就定袍子马褂为常礼服，五四运动之后，北京大学要整饬校风，规定制服了，请学生们公议，那议决的也是：袍子和马褂！

这回的不取洋服的原因却正如林语堂先生所说，因其不合于卫生。造化赋给我们的腰和脖子，本是可以弯曲的，弯腰曲背，在中国是一种常态，逆来尚须顺受，顺来自然更当顺受了。所以我们是最能研究人体，顺其自然而用之的人民。脖子最细，发明了砍头；膝关节能弯，发明了下跪；臀部多肉，又不致命，就发明了打屁股。违反自然的洋服，于是便渐渐的自然的没落了。

这洋服的遗迹，现在已只残留在摩登男女的身上，恰如辫子小脚，不过偶然还见于顽固男女的身上一般。不料竟又来了一道催命符，是镪水悄悄从背后洒过来了。

这怎么办呢?

恢复古制罢，自黄帝以至宋明的衣裳，一时实难以明白；学戏台上的装束罢，蟒袍玉带，粉底皂靴，坐了摩托车吃番菜，实在也不免有些滑稽。所以改来改去，大约总还是袍子马褂牢稳。虽然也是外国服，但恐怕是不会脱下的了——这实在有些稀奇。

一九三四年四月二十一日

朋　友

黄凯音

我在小学的时候，看同学们变小戏法，"耳中听字"呀，"纸人出血"呀，很以为有趣。庙会时就有传授这些戏法的人，几枚铜元一件，学得来时，倒从此索然无味了。进中学是在城里，于是兴致勃勃的看大戏法，但后来有人告诉了我戏法的秘密，我就不再高兴走近圈子的旁边。去年到上海来，才又得到消遣无聊的处所，那便是看电影。

但不久就在书上看到一点电影片子的制造法，知道了看去好像千丈悬崖者，其实离地不过几尺，奇禽怪兽，无非是纸做的。这使我从此不很觉得电影的神奇，倒往往只留心它的破绽，自己也无聊起来，第三回失掉了消遣无聊的处所。有时候，还自悔去看那一本书，甚至于恨到那作者不该写出制造法来了。

暴露者揭发种种隐秘，自以为有益于人们，然而无聊的人，为消遣无聊计，是甘于受欺，并且安于自欺的，否则就更无聊赖。因为这，所以使戏法长存于天地之间，也所以使暴露幽暗不但为欺人者所深恶，亦且为被欺者所深恶。

暴露者只在有为的人们中有益，在无聊的人们中便要灭亡。自救之道，只在虽知一切隐秘，却不动声色，帮同欺人，欺那自甘受欺的无聊的人们，任它无聊的戏法一套一套的，终于反反复复的变下去。周围是总有这些人会看的。

　　变戏法的时时拱手道："……出家靠朋友！"有几分就是对着明白戏法的底细者而发的，为的是要他不来戳穿西洋镜。

　　"朋友，以义合者也"，但我们向来常常不作如此解。

　　　　　　　　　　　　　　　　一九三四年四月二十二日

小品文的生机

去年是"幽默"大走鸿运的时候,《论语》以外,也是开口幽默,闭口幽默,这人是幽默家,那人也是幽默家。不料今年就大塌其台,这不对,那又不对,一切罪恶,全归幽默,甚至于比之文场的丑脚。骂幽默竟好像是洗澡,只要来一下,自己就会干净似的了。

倘若真的是"天地大戏场",那么,文场上当然也一定有丑脚——然而也一定有黑头。丑脚唱着丑脚戏,是很平常的,黑头改唱了丑脚戏,那就怪得很,但大戏场上却有时真会有这等事。这就使直心眼人跟着歪心眼人嘲骂,热情人愤怒,脆情人心酸。为的是唱得不内行,不招人笑吗?并不是的,他比真的丑脚还可笑。

那愤怒和心酸,为的是黑头改唱了丑脚之后,事情还没有完。串戏总得有几个脚色:生,旦,末,丑,净,还有黑头。要不然,这戏也唱不久。为了一种原因,黑头只得改唱丑脚的时候,照成例,是一定丑脚倒来改唱黑头的。不但唱工,单是黑头涎脸扮丑脚,丑脚挺胸学黑头,戏场上只见白鼻子的和黑脸孔的丑脚多起来,也就滑天下之大稽。然而,滑稽而已,并非幽默。或人曰:"中国无幽默。"这正是一个注脚。

更可叹的是被谥为"幽默大师"的林先生,竟也在《自由谈》

948

上引了古人之言，曰："夫饮酒猖狂，或沉寂无闻，亦不过洁身自好耳。今世癫鳖，欲使洁身自好者负亡国之罪，若然则'今日乌合，明日鸟散，今日倒戈，明日凭轼，今日为君子，明日为小人，今日为小人，明日复为君子'之辈可无罪。"虽引据仍不离乎小品，但去"幽默"或"闲适"之道远矣。这又是一个注脚。

但林先生以谓新近各报上之攻击《人间世》，是系统的化名的把戏，却是错误的，证据是不同的论旨，不同的作风。其中固然有虽曾附骥，终未登龙的"名人"，或扮作黑头，而实是真正的丑脚的打诨，但也有热心人的谠论。世态是这么的纠纷，可见虽是小品，也正有待于分析和攻战的了，这或者倒是《人间世》的一线生机罢。

一九三四年四月二十六日

刀"式"辩

黄棘

本月六日的《动向》上,登有一篇阿芷先生指明杨昌溪先生的大作《鸭绿江畔》,是和法捷耶夫的《毁灭》相像的文章,其中还举着例证。这恐怕不能说是"英雄所见略同"罢。因为生吞活剥的模样,实在太明显了。

但是,生吞活剥也要有本领,杨先生似乎还差一点。例如《毁灭》的译本,开头是——

> 在阶石上锵锵地响着有了损伤的日本指挥刀,莱奋生走到后院去了,……

而《鸭绿江畔》的开头是——

> 当金蕴声走进庭园的时候,他那损伤了的日本式的指挥刀在阶石上噼啪地响着。……

人名不同了,那是当然的;响声不同了,也没有什么关系,最特别的是他在"日本"之下,加了一个"式"字。这或者也难怪,不是日本人,怎么会挂"日本指挥刀"呢?一定是照日本式样,自己打造的了。

但是，我们再来想一想：莱奋生所带的是袭击队，自然是袭击敌人，但也夺取武器。自己的军器是不完备的，一有所得，便用起来。所以他所挂的正是"日本的指挥刀"，并不是"日本式"。

文学家看小说，并且豫备抄袭的，可谓关系密切的了，而尚且如此粗心，岂不可叹也夫！

一九三四年五月七日

化名新法

白道

杜衡和苏汶先生在今年揭破了文坛上的两种秘密，也是坏风气：一种是批评家的圈子，一种是文人的化名。

但他还保留着没有说出的秘密——

圈子中还有一种书店编辑用的橡皮圈子，能大能小，能方能圆，只要是这一家书店出版的书籍，这边一套，"行"，那边一套，也"行"。

化名则不但可以变成别一个人，还可以化为一个"社"。这个"社"还能够选文，作论，说道只有某人的作品，"行"，某人的创作，也"行"。

例如"中国文艺年鉴社"所编的《中国文艺年鉴》前面的"鸟瞰"。据它的"瞰"法，是：苏汶先生的议论，"行"，杜衡先生的创作，也"行"。

但我们在实际上再也寻不着这一个"社"。

查查这"年鉴"的总发行所：现代书局；看看《现代》杂志末一页上的编辑者：施蛰存，杜衡。

Oho！

孙行者神通广大，不单会变鸟兽虫鱼，也会变庙宇，眼睛变窗户，嘴巴变庙门，只有尾巴没处安放，就变了一枝旗竿，竖在庙后面。但那有只竖一枝旗竿的庙宇的呢？它的被二郎神看出来的破绽就在此。

"除了万不得已之外"，"我希望"一个文人也不要化为"社"，倘使只为了自吹自捧，那真是"就近又有点卑劣了"。

一九三四年五月十日

读几本书

邓当世

读死书会变成书呆子，甚至于成为书厨，早有人反对过了，时光不绝的进行，反读书的思潮也愈加彻底，于是有人来反对读任何一种书。他的根据是叔本华的老话，说是倘读别人的著作，不过是在自己的脑里给作者跑马。

这对于读死书的人们，确是一下当头棒，但为了与其探究，不如跳舞，或者空暴躁，瞎牢骚的天才起见，却也是一句值得绍介的金言。不过要明白：死抱住这句金言的天才，他的脑里却正被叔本华跑了一趟马，踏得一塌胡涂了。

现在是批评家在发牢骚，因为没有较好的作品；创作家也在发牢骚，因为没有正确的批评。张三说李四的作品是象征主义，于是李四也自以为是象征主义，读者当然更以为是象征主义。然而怎样是象征主义呢？向来就没有弄分明，只好就用李四的作品为证。所以中国之所谓象征主义，和别国之所谓 Symbolism 是不一样的，虽然前者其实是后者的译语，然而听说梅特林是象征派的作家，于是李四就成为中国的梅特林了。此外中国的法朗士，中国的白璧德，中国的吉尔波丁，中国的高尔基……还多得很。然而真的法朗士他们的作品的译本，在中国却少得很。莫非因为都有了"国货"的缘故吗？

在中国的文坛上，有几个国货文人的寿命也真太长；而洋货文人的可也真太短，姓名刚刚记熟，据说是已经过去了。易卜生大有出全集之意，但至今不见第三本；柴霍甫和莫泊桑的选集，也似乎走了虎头蛇尾运。但在我们所深恶痛疾的日本，《吉诃德先生》和《一千一夜》是有全译的；沙士比亚，歌德，……都有全集；托尔斯泰的有三种，陀思妥也夫斯基的有两种。

读死书是害己，一开口就害人；但不读书也并不见得好。至少，譬如要批评托尔斯泰，则他的作品是必得看几本的。自然，现在是国难时期，那有工夫译这些书，看这些书呢，但我所提议的是向着只在暴躁和牢骚的大人物，并非对于正在赴难或"卧薪尝胆"的英雄。因为有些人物，是即使不读书，也不过玩着，并不去赴难的。

一九三四年五月十四日

一思而行

曼雪

　　只要并不是靠这来解决国政，布置战争，在朋友之间，说几句幽默，彼此莞尔而笑，我看是无关大体的。就是革命专家，有时也要负手散步；理学先生总不免有儿女，在证明着他并非日日夜夜，道貌永远的俨然。小品文大约在将来也还可以存在于文坛，只是以"闲适"为主，却稍嫌不够。

　　人间世事，恨和尚往往就恨袈裟。幽默和小品的开初，人们何尝有贰话。然而轰的一声，天下无不幽默和小品，幽默那有这许多，于是幽默就是滑稽，滑稽就是说笑话，说笑话就是讽刺，讽刺就是漫骂。油腔滑调，幽默也；"天朗气清"，小品也；看郑板桥《道情》一遍，谈幽默十天，买袁中郎尺牍半本，作小品一卷。有些人既有以此起家之势，势必有想反此以名世之人，于是轰然一声，天下又无不骂幽默和小品。其实，则趁队起哄之士，今年也和去年一样，数不在少的。

　　手拿黑漆皮灯笼，彼此都莫名其妙。总之，一个名词归化中国，不久就弄成一团糟。伟人，先前是算好称呼的，现在则受之者已等于被骂；学者和教授，前两三年还是干净的名称；自爱者闻文学家之称而逃，今年已经开始了第一步。但是，世界上真的没有实在的伟人，实在的学者和教授，实在的文学家吗？并不然，只有中国是例外。

假使有一个人，在路旁吐一口唾沫，自己蹲下去，看着，不久准可以围满一堆人；又假使又有一个人，无端大叫一声，拔步便跑，同时准可以大家都逃散。真不知是"何所闻而来，何所见而去"，然而又心怀不满，骂他的莫名其妙的对象曰"妈的"！但是，那吐唾沫和大叫一声的人，归根结蒂还是大人物。当然，沉着切实的人们是有的。不过伟人等等之名之被尊视或鄙弃，大抵总只是做唾沫的替代品而已。

社会仗这添些热闹，是值得感谢的。但在乌合之前想一想，在云散之前也想一想，社会未必就冷静了，可是还要像样一点点。

一九三四年五月十四日

推己及人

梦文

忘了几年以前了，有一位诗人开导我，说是愚众的舆论，能将天才骂死，例如英国的济慈就是。我相信了。去年看见几位名作家的文章，说是批评家的漫骂，能将好作品骂得缩回去，使文坛荒凉冷落。自然，我也相信了。

我也是一个想做作家的人，而且觉得自己也确是一个作家，但还没有获得挨骂的资格，因为我未曾写过创作。并非缩回去，是还没有钻出来。这钻不出来的原因，我想是一定为了我的女人和两个孩子的吵闹，她们也如漫骂批评家一样，职务是在毁灭真天才，吓退好作品的。

幸喜今年正月，我的丈母要见见她的女儿了，她们三个就都回到乡下去。我真是耳目清静，猗欤休哉，到了产生伟大作品的时代。可是不幸得很，现在已是废历四月初，足足静了三个月了，还是一点也写不出什么来。假使有朋友问起我的成绩，叫我怎么回答呢？还能归罪于她们的吵闹吗？

于是乎我的信心有些动摇。

我疑心我本不会有什么好作品，和她们的吵闹与否无关。而且我又疑心到所谓名作家也未必会有什么好作品，和批评家的漫骂与否无涉。

不过，如果有人吵闹，有人漫骂，倒可以给作家的没有作品遮羞，说是本来是要有的，现在给他们闹坏了。他于是就像一个落难小生，纵使并无作品，也能从看客赢得一掬一掬的同情之泪。

假使世界上真有天才，那么，漫骂的批评，于他是有损的，能骂退他的作品，使他不成其为作家。然而所谓漫骂的批评，于庸才是有益的，能保持其为作家，不过据说是吓退了他的作品。

在这三足月里，我仅仅有了一点"烟士披离纯"，是套罗兰夫人的腔调的："批评批评，世间多少作家，借汝之骂以存！"

一九三四年五月十四日

959

偶　感

公汗

还记得东三省沦亡，上海打仗的时候，在只闻炮声，不愁炮弹的马路上，处处卖着《推背图》，这可见人们早想归失败之故于前定了。三年以后，华北华南，同濒危急，而上海却出现了"碟仙"。前者所关心的还是国运，后者却只在问试题，奖券，亡魂。着眼的大小，固已迥不相同，而名目则更加冠冕，因为这"灵乩"是中国的"留德学生白同君所发明"，合于"科学"的。

"科学救国"已经叫了近十年，谁都知道这是很对的，并非"跳舞救国""拜佛救国"之比。青年出国去学科学者有之，博士学了科学回国者有之。不料中国究竟自有其文明，与日本是两样的，科学不但并不足以补中国文化之不足，却更加证明了中国文化之高深。风水，是合于地理学的，门阀，是合于优生学的，炼丹，是合于化学的，放风筝，是合于卫生学的。"灵乩"的合于"科学"，亦不过其一而已。

五四时代，陈大齐先生曾作论揭发过扶乩的骗人，隔了十六年，白同先生却用碟子证明了扶乩的合理，这真叫人从那里说起。

而且科学不但更加证明了中国文化的高深，还帮助了中国文化的光大。马将桌边，电灯替代了蜡烛，法会坛上，镁光照出了喇嘛，无线电播音所日日传播的，不往往是《狸猫换太子》，《玉堂春》,《谢谢毛毛雨》吗?

老子曰:"为之斗斛以量之,则并与斗斛而窃之。"罗兰夫人曰:"自由自由,多少罪恶,假汝之名以行!"每一新制度,新学术,新名词,传入中国,便如落在黑色染缸,立刻乌黑一团,化为济私助焰之具,科学,亦不过其一而已。

此弊不去,中国是无药可救的。

一九三四年五月二十日

961

论秦理斋夫人事

公汗

这几年来，报章上常见有因经济的压迫，礼教的制裁而自杀的记事，但为了这些，便来开口或动笔的人是很少的。只有新近秦理斋夫人及其子女一家四口的自杀，却起过不少的回声，后来还出了一个怀着这一段新闻记事的自杀者，更可见其影响之大了。我想，这是因为人数多。单独的自杀，盖已不足以招大家的青睐了。

一切回声中，对于这自杀的主谋者——秦夫人，虽然也加以恕辞；但归结却无非是诛伐。因为——评论家说——社会虽然黑暗，但人生的第一责任是生存，倘自杀，便是失职，第二责任是受苦，倘自杀，便是偷安。进步的评论家则说人生是战斗，自杀者就是逃兵，虽死也不足以蔽其罪。这自然也说得下去的，然而未免太笼统。

人间有犯罪学者，一派说，由于环境；一派说，由于个人。现在盛行的是后一说，因为倘信前一派，则消灭罪犯，便得改造环境，事情就麻烦，可怕了。而秦夫人自杀的批判者，则是大抵属于后一派。

诚然，既然自杀了，这就证明了她是一个弱者。但是，怎么会弱的呢？要紧的是我们须看看她的尊翁的信札，为了要她回去，既耸之以两家的名声，又动之以亡人的乩语。我们还得看看她的令弟的挽联："妻殉夫，子殉母……"不是大有视为千古美谈之意吗？

以生长及陶冶在这样的家庭中的人，又怎么能不成为弱者？我们固然未始不可责以奋斗，但黑暗的吞噬之力，往往胜于孤军，况且自杀的批判者未必就是战斗的应援者，当他人奋斗时，挣扎时，败绩时，也许倒是鸦雀无声了。穷乡僻壤或都会中，孤儿寡妇，贫女劳人之顺命而死，或虽然抗命，而终于不得不死者何限，但曾经上谁的口，动谁的心呢？真是"自经于沟渎而莫之知也"！

人固然应该生存，但为的是进化；也不妨受苦，但为的是解除将来的一切苦；更应该战斗，但为的是改革。责别人的自杀者，一面责人，一面正也应该向驱人于自杀之途的环境挑战，进攻。倘使对于黑暗的主力，不置一辞，不发一矢，而但向"弱者"唠叨不已，则纵使他如何义形于色，我也不能不说——我真也忍不住了——他其实乃是杀人者的帮凶而已。

一九三四年五月二十四日

谁在没落？

常庚

五月二十八日的《大晚报》告诉了我们一件文艺上的重要的新闻：

> 我国美术名家刘海粟徐悲鸿等，近在苏俄莫斯科举行中国书画展览会，深得彼邦人士极力赞美，揄扬我国之书画名作，切合苏俄正在盛行之象征主义作品。爱苏俄艺术界向分写实与象征两派，现写实主义已渐没落，而象征主义则经朝野一致提倡，引成欣欣向荣之概。自彼邦艺术家见我国之书画作品深合象征派后，即忆及中国戏剧亦必采取象征主义。因拟……邀中国戏曲名家梅兰芳等前往奏艺。此事已由俄方与中国驻俄大使馆接洽，同时苏俄驻华大使鲍格莫洛夫亦奉到训令，与我方商洽此事。……

这是一个喜讯，值得我们高兴的。但我们当欣喜于"发扬国光"之后，还应该沉静一下，想到以下的事实——

一，倘说：中国画和印象主义有一脉相通，那倒还说得下去的，现在以为"切合苏俄正在盛行之象征主义"，却未免近于梦话。半枝紫藤，一株松树，一个老虎，几匹麻雀，有些确乎是不像真的，但那是因为画不像的缘故，何尝"象征"着别的什么呢？

二，苏俄的象征主义的没落，在十月革命时，以后便崛起了构成主义，而此后又渐为写实主义所排去。所以倘说：构成主义已渐没落，而写实主义"引成欣欣向荣之概"，那是说得下去的。不然，便是梦话。苏俄文艺界上，象征主义的作品有些什么呀？

三，脸谱和手势，是代数，何尝是象征。它除了白鼻梁表丑脚，花脸表强人，执鞭表骑马，推手表开门之外，那里还有什么说不出，做不出的深意义？

欧洲离我们也真远，我们对于那边的文艺情形也真的不大分明，但是，现在二十世纪已经度过了三分之一，粗浅的事是知道一点的了，这样的新闻倒令人觉得是"象征主义作品"，它象征着他们的艺术的消亡。

一九三四年五月三十日

倒　提

西洋的慈善家是怕看虐待动物的，倒提着鸡鸭走过租界就要办。所谓办，虽然也不过是罚钱，只要舍得出钱，也还可以倒提一下，然而究竟是办了。于是有几位华人便大鸣不平，以为西洋人优待动物，虐待华人，至于比不上鸡鸭。

这其实是误解了西洋人。他们鄙夷我们，是的确的，但并未放在动物之下。自然，鸡鸭这东西，无论如何，总不过送进厨房，做成大菜而已，即顺提也何补于归根结蒂的运命。然而它不能言语，不会抵抗，又何必加以无益的虐待呢？西洋人是什么都讲有益的。我们的古人，人民的"倒悬"之苦是想到的了，而且也实在形容得切帖，不过还没有察出鸡鸭的倒提之灾来，然而对于什么"生刲驴肉""活烤鹅掌"这些无聊的残虐，却早经在文章里加以攻击了。这种心思，是东西之所同具的。

但对于人的心思，却似乎有些不同。人能组织，能反抗，能为奴，也能为主，不肯努力，固然可以永沦为舆台，自由解放，便能够获得彼此的平等，那运命是并不一定终于送进厨房，做成大菜的。愈下劣者，愈得主人的爱怜，所以西崽打叭儿，则西崽被斥，平人忤西崽，则平人获咎，租界上并无禁止苛待华人的规律，正因为我们该自有力量，自有本领，和鸡鸭绝不相同的缘故。

然而我们从古典里，听熟了仁人义士，来解倒悬的胡说了，直到现在，还不免总在想从天上或什么高处远处掉下一点恩典来，其甚者竟以为"莫作乱离人，宁为太平犬"，不妨变狗，而合群改革是不肯的。自叹不如租界的鸡鸭者，也正有这气味。

这类的人物一多，倒是大家要被倒悬的，而且虽在送往厨房的时候，也无人暂时解救。这就因为我们究竟是人，然而是没出息的人的缘故。

一九三四年六月三日

[附录]：

论"花边文学"

林默

近来有一种文章，四周围着花边，从一些副刊上出现。这文章，每天一段，雍容闲适，缜密整齐，看外形似乎是"杂感"，但又像"格言"，内容却不痛不痒，毫无着落。似乎是小品或语录一类的东西。今天一则"偶感"，明天一段"据说"，从作者看来，自然是好文章，因为翻来复去，都成了道理，颇尽了八股的能事的。但从读者看，虽然不痛不痒，却往往渗有毒汁，散布了妖言。譬如甘地被刺，就起来作一篇"偶感"，颂扬一番"摩哈达麻"，咒骂几通暴徒作乱，为圣雄出气禳灾，顺便也向读者宣讲一些"看定一切"，"勇武和平"的不抵抗说教之类。这种文章无以名之，且名之曰"花边体"或"花边文

967

学"罢。

这花边体的来源，大抵是走入鸟道以后的小品文变种。据这种小品文的拥护者说是会要流传下去的（见《人间世》:《关于小品文》）。我们且来看看他们的流传之道罢。六月念八日《申报》《自由谈》载有这样一篇文章，题目叫《倒提》。大意说西洋人禁止倒提鸡鸭，华人颇有鸣不平的，因为西洋人虐待华人，至于比不上鸡鸭。

于是这位花边文学家发议论了，他说："这其实是误解了西洋人。他们鄙夷我们是的确的，但并未放在动物之下。"

为什么"并未"呢？据说是"人能组织，能反抗，……自有力量，自有本领，和鸡鸭绝不相同的缘故。"所以租界上没有禁止苛待华人的规律。不禁止虐待华人，当然就是把华人看在鸡鸭之上了。

倘要不平么，为什么不反抗呢？

而这些不平之士，据花边文学家从古典里得来的证明，断为"不妨变狗"之辈，没有出息的。

这意思极明白，第一是西洋人并未把华人放在鸡鸭之下，自叹不如鸡鸭的人，是误解了西洋人。第二是受了西洋人这种优待，不应该再鸣不平。第三是他虽也正面的承认人是能反抗的，叫人反抗，但他实在是说明西洋人为尊重华人起见，这虐待倒不可少，而且大可进一步。第四，倘有人要不平，他能从"古典"来证明这是华人没有出息。

上海的洋行，有一种帮洋人经营生意的华人，通称叫"买办"，他们和同胞做起生意来，除开夸说洋货如何比国货好，外国人如何讲礼节信用，中国人是猪猡，该被淘汰以外，还有一个特点，是口称洋人曰："我们的东家"。我想这一篇《倒提》的杰作，看他的口气，大抵不出于这般人为他们的东家而作的手笔。因为第一，这般人是常以了解西洋人自夸的，西洋人待他很客气；第二，他们往往赞成西洋人（也就是他们的东家）统治中国，虐待华人，因为中国人是猪猡；第三，他们最反对中国人怀恨西洋人。抱不平，从他们看来，更是危险思想。

从这般人或希望升为这般人的笔下产出来的就成了这篇"花边文学"的杰作。但所可惜是不论这种文人，或这种文字，代西洋人如何辩护说教，中国人的不平，是不可免的。因为西洋人虽然不曾把中国放在鸡鸭之下，但事实上也似乎并未放在鸡鸭之上。香港的差役把中国犯人倒提着从二楼摔下来，已是久远的事；近之如上海，去年的高丫头，今年的蔡洋其辈，他们的遭遇，并不胜过于鸡鸭，而死伤之惨烈有过而无不及。这些事实我辈华人是看得清清楚楚，不会转背就忘却的，花边文学家的嘴和笔怎能朦混过去呢？

抱不平的华人果真如花边文学家的"古典"证明，一律没有出息的么？倒也不的。我们的古典里，不是有九年前的五卅运动，两年前的一二八战争，至今还在艰苦支持的东北义勇军么？谁能说这些不是由于华人的不平之气聚集而成的勇敢的战斗和反抗呢？

"花边体"文章赖以流传的长处都在这里。如今虽然在流传着，为某些人们所拥护。但相去不远，就将有人来唾弃他的。现在是建设"大众语"文学的时候，我想"花边文学"，不论这种形式或内容，在大众的眼中，将有流传不下去的一天罢。

　　这篇文章投了好几个地方，都被拒绝。莫非这文章又犯了要报私仇的嫌疑么？但这"授意"却没有的。就事论事，我觉得实有一吐的必要。文中过火之处，或者有之，但说我完全错了，却不能承认。倘得罪的是我的先辈或友人，那就请谅解这一点。

笔者附识

七月三日《大晚报》《火炬》

"此生或彼生"

白道

"此生或彼生"。

现在写出这样五个字来，问问读者：是什么意思？

倘使在《申报》上，见过汪懋祖先生的文章，"……例如说'这一个学生或是那一个学生'，文言只须'此生或彼生'即已明了，其省力为何如？……"的，那就也许能够想到，这就是"这一个学生或是那一个学生"的意思。

否则，那回答恐怕就要迟疑。因为这五个字，至少还可以有两种解释：一，这一个秀才或是那一个秀才（生员）；二，这一世或是未来的别一世。

文言比起白话来，有时的确字数少，然而那意义也比较的含胡。我们看文言文，往往不但不能增益我们的智识，并且须仗我们已有的智识，给它注解，补足。待到翻成精密的白话之后，这才算是懂得了。如果一径就用白话，即使多写了几个字，但对于读者，"其省力为何如"？

我就用主张文言的汪懋祖先生所举的文言的例子，证明了文言的不中用了。

一九三四年六月二十三日

971

正是时候

"山梁雌雉，时哉时哉！"东西是自有其时候的。

圣经，佛典，受一部分人们的奚落已经十多年了，"觉今是而昨非"，现在就是复兴的时候。关岳，是清朝屡经封赠的神明，被民元革命所闲却；从新记得，是袁世凯的晚年，但又和袁世凯一同盖了棺；而第二次从新记得，则是在现在。

这时候，当然要重文言，掉文袋，标雅致，看古书。

如果是小家子弟，则纵使外面怎样大风雨，也还要勇往直前，拚命挣扎的，因为他没有安稳的老巢可归，只得向前干。虽然成家立业之后，他也许修家谱，造祠堂，俨然以旧家子弟自居，但这究竟是后话。倘是旧家子弟呢，为了逞雄，好奇，趋时，吃饭，固然也未必不出门，然而只因为一点小成功，或者一点小挫折，都能够使他立刻退缩。这一缩而且缩得不小，简直退回家，更坏的是他的家乃是一所古老破烂的大宅子。

这大宅子里有仓中的旧货，有壁角的灰尘，一时实在搬不尽。倘有坐食的余闲，还可以东寻西觅，那就修破书，擦古瓶，读家谱，怀祖德，来消磨他若干岁月。如果是穷极无聊了，那就更要修破书，擦古瓶，读家谱，怀祖德，甚而至于翻肮脏的墙根，开空虚的抽屉，想发见连他自己也莫名其妙的宝贝，来救这无法可想的贫穷。这两种人，小康和穷乏，是不同的，悠闲和急迫，是不同的，因而收场的缓促，也不同的，但当这时候，却都正在古董中讨生活，所以那主张和行为，便无不同，而声势也好像见得浩大了。

于是就又影响了一部分的青年们，以为在古董中真可以寻出自己的救星。他看看小康者，是这么闲适，看看急迫者，是这么专精，这，就总应该有些道理。会有仿效的人，是当然的。然而，时光也绝不留情，他将终于得到一个空虚，急迫者是妄想，小康者是玩笑。主张者倘无特操，无灼见，则说古董应该供在香案上或掷在茅厕里，其实，都不过在尽一时的自欺欺人的任务，要寻前例，是随处皆是的。

一九三四年六月二十三日

"彻底"的底子

公汗

现在对于一个人的立论，如果说它是"高超"，恐怕有些要招论者的反感了，但若说它是"彻底"，是"非常前进"，却似乎还没有什么。

现在也正是"彻底"的，"非常前进"的议论，替代了"高超"的时光。

文艺本来都有一个对象的界限。譬如文学，原是以懂得文字的读者为对象的，懂得文字的多少有不同，文章当然要有深浅。而主张用字要平常，作文要明白，自然也还是作者的本分。然而这时"彻底"论者站出来了，他却说中国有许多文盲，问你怎么办？这实在是对于文学家的当头一棍，只好立刻闷死给他看。

不过还可以另外请一枝救兵来，也就是辩解。因为文盲是已经在文学作用的范围之外的了，这时只好请画家，演剧家，电影作家出马，给他看文字以外的形象的东西。然而这还不足以塞"彻底"论者的嘴的，他就说文盲中还有色盲，有瞎子，问你怎么办？于是艺术家们也遭了当头一棍，只好立刻闷死给他看。

那么，作为最后的挣扎，说是对于色盲瞎子之类，须用讲演，唱歌，说书罢。说是也说得过去的。然而他就要问你：莫非你忘记了中国还有聋子吗？

又是当头一棍，闷死，都闷死了。

于是"彻底"论者就得到一个结论：现在的一切文艺，全都无用，非彻底改革不可！

他立定了这个结论之后，不知道到那里去了。谁来"彻底"改革呢？那自然是文艺家。然而文艺家又是不"彻底"的多，于是中国就永远没有对于文盲，色盲，瞎子，聋子，无不有效的——"彻底"的好的文艺。

但"彻底"论者却有时又会伸出头来责备一顿文艺家。

弄文艺的人，如果遇见这样的大人物而不能撕掉他的鬼脸，那么，文艺不但不会前进，并且只会萎缩，终于被他消灭的。切实的文艺家必须认清这一种"彻底"论者的真面目！

一九三四年七月八日

知了世界

中国的学者们，多以为各种智识，一定出于圣贤，或者至少是学者之口；连火和草药的发明应用，也和民众无缘，全由古圣王一手包办：燧人氏，神农氏。所以，有人以为"一若各种智识，必出诸动物之口，斯亦奇矣"，是毫不足奇的。

况且，"出诸动物之口"的智识，在我们中国，也常常不是真智识。天气热得要命，窗门都打开了，装着无线电播音机的人家，便都把音波放到街头，"与民同乐"。咿咿唉唉，唱呀唱呀。外国我不知道，中国的播音，竟是从早到夜，都有戏唱的，它一会儿尖，一会儿沙，只要你愿意，简直能够使你耳根没有一刻清净。同时开了风扇，吃着冰淇淋，不但和"水位大涨""旱象已成"之处毫不相干，就是和窗外流着油汗，整天在挣扎过活的人们的地方，也完全是两个世界。

我在咿咿唉唉的曼声高唱中，忽然记得了法国诗人拉芳丁的有名的寓言：《知了和蚂蚁》。也是这样的火一般的太阳的夏天，蚂蚁在地面上辛辛苦苦地作工，知了却在枝头高吟，一面还笑蚂蚁俗。然而秋风来了，凉森森的一天比一天凉，这时知了无衣无食，变了小瘪三，却给早有准备的蚂蚁教训了一顿。这是我在小学校"受教育"的时候，先生讲给我听的。我那时好像很感动，

976

至今有时还记得。

但是，虽然记得，却又因了"毕业即失业"的教训，意见和蚂蚁已经很不同。秋风是不久就来的，也自然一天凉比一天，然而那时无衣无食的，恐怕倒正是现在的流着油汗的人们；洋房的周围固然静寂了，但那是关紧了窗门，连音波一同留住了火炉的暖气，遥想那里面，大约总依旧是咿咿唉唉，《谢谢毛毛雨》。

"出诸动物之口"的智识，在我们中国岂不是往往不适用的么？

中国自有中国的圣贤和学者。"劳心者治人，劳力者治于人；治于人者食（去声）人，治人者食于人"，说得多么简截明白。如果先生早将这教给我，我也不至于有上面的那些感想，多费纸笔了。这也就是中国人非读中国古书不可的一个好证据罢。

一九三四年七月八日

算　账

莫朕

说起清代的学术来，有几位学者总是眉飞色舞，说那发达是为前代所未有的。证据也真够十足：解经的大作，层出不穷，小学也非常的进步；史论家虽然绝迹了，考史家却不少；尤其是考据之学，给我们明白了宋明人决没有看懂的古书……

但说起来可又有些踌躇，怕英雄也许会因此指定我是犹太人，其实，并不是的。我每遇到学者谈起清代的学术时，总不免同时想："扬州十日"，"嘉定三屠"这些小事情，不提也好罢，但失去全国的土地，大家十足做了二百五十年奴隶，却换得这几页光荣的学术史，这买卖，究竟是赚了利，还是折了本呢？

可惜我又不是数学家，到底没有弄清楚。但我直觉的感到，这恐怕是折了本，比用庚子赔款来养成几位有限的学者，亏累得多了。

但恐怕这又不过是俗见。学者的见解，是超然于得失之外的。虽然超然于得失之外，利害大小之辨却又似乎并非全没有。大莫大于尊孔，要莫要于崇儒，所以只要尊孔而崇儒，便不妨向任何新朝俯首。对新朝的说法，就叫作"反过来征服中国民族的心"。

而这中国民族的有些心，真也被征服得彻底，到现在，还在用兵燹，疠疫，水旱，风蝗，换取着孔庙重修，雷峰塔再建，男女同

978

行犯忌，四库珍本发行这些大门面。

我也并非不知道灾害不过暂时，如果没有记录，到明年就会大家不提起，然而光荣的事业却是永久的。但是，不知怎地，我虽然并非犹太人，却总有些喜欢讲损益，想大家来算一算向来没有人提起过的这一笔账。——而且，现在也正是这时候了。

一九三四年七月十七日

水　性

公汗

天气接连的大热了近二十天，看上海报，几乎每天都有下河洗浴，淹死了人的记载。这在水村里，是很少见的。

水村多水，对于水的知识多，能浮水的也多。倘若不会浮水，是轻易不下水去的。这一种能浮水的本领，俗语谓之"识水性"。

这"识水性"，如果用了"买办"的白话文，加以较详的说明，则：一，是知道火能烧死人，水也能淹死人，但水的模样柔和，好像容易亲近，因而也容易上当；二，知道水虽能淹死人，却也能浮起人，现在就设法操纵它，专来利用它浮起人的这一面；三，便是学得操纵法，此法一熟，"识水性"的事就完全了。

但在都会里的人们，却不但不能浮水，而且似乎连水能淹死人的事情也都忘却了。平时毫无准备，临时又不先一测水的深浅，遇到热不可耐时，便脱衣一跳，倘不幸而正值深处，那当然是要死的。而且我觉得，当这时候，肯设法救助的人，好像都会里也比乡下少。

但救都会人恐怕也较难，因为救者固然必须"识水性"，被救者也得相当的"识水性"的。他应该毫不用力，一任救者托着他的下巴，往浅处浮。倘若过于性急，拚命的向救者的身上爬，则救者倘不是好手，便只好连自己也沉下去。

所以我想，要下河，最好是预先学一点浮水工夫，不必到什么公园的游泳场，只要在河滩边就行，但必须有内行人指导。其次，倘因了种种关系，不能学浮水，那就用竹竿先探一下河水的浅深，只在浅处敷衍敷衍；或者最稳当是舀起水来，只在河边冲一冲，而最要紧的是要知道水有能淹死不会游泳的人的性质，并且还要牢牢的记住！

　　现在还要主张宣传这样的常识，看起来好像发疯，或是志在"花边"罢，但事实却证明着断断不如此。许多事是不能为了讨前进的批评家喜欢，一味闭了眼睛作豪语的。

一九三四年七月十七日

玩笑只当它玩笑（上）

康伯度

不料刘半农先生竟忽然病故了，学术界上又短少了一个人。这是应该惋惜的。但我于音韵学一无所知，毁誉两面，都不配说一句话。我因此记起的是别一件事，是在现在的白话将被"扬弃"或"唾弃"之前，他早是一位对于那时的白话，尤其是欧化式的白话的伟大的"迎头痛击"者。

他曾经有过极不费力，但极有力的妙文：

我现在只举一个简单的例：

子曰："学而时习之，不亦悦乎？"

这太老式了，不好！

"学而时习之，"子曰，"不亦悦乎？"

这好！

"学而时习之，不亦悦乎？"子曰。

这更好！为什么好？欧化了。但"子曰"终没有能欧化到"曰子"！

这段话见于《中国文法通论》中，那书是一本正经的书；作者又是《新青年》的同人，五四时代"文学革命"的战士，现在又成了古人了。中国老例，一死是常常能够增价的，所以我想从新提起，并且提出他终于也是《论语》社的同人，有时不免发些"幽默"；原先也有"幽默"，而这些"幽默"，又不免常常掉到"开玩笑"的阴沟里去的。

实例也就是上面所引的文章，其实是，那论法，和顽固先生，市井无赖，看见青年穿洋服，学外国话了，便冷笑道："可惜鼻子还低，脸孔也不白"的那些话，并没有两样的。

自然，刘先生所反对的是"太欧化"。但"太"的范围是怎样的呢？他举出的前三法，古文上没有，谈话里却能有的，对人口谈，也都可以懂。只有将"子曰"改成"曰子"是决不能懂的了。然而他在他所反对的欧化文中也寻不出实例来，只好说是"'子曰'终没有能欧化到'曰子'！"那么，这不是"无的放矢"吗？

欧化文法的侵入中国白话中的大原因，并非因为好奇，乃是为了必要。国粹学家痛恨鬼子气，但他住在租界里，便会写些"霞飞路"，"麦特赫司脱路"那样的怪地名；评论者何尝要好奇，但他要说得精密，固有的白话不够用，便只得采些外国的句法。比较的难懂，不像茶淘饭似的可以一口吞下去是真的，但补这缺点的是精密。胡适先生登在《新青年》上的《易卜生主义》，比起近时的有些文艺论文来，的确容易懂，但我们不觉得它却又粗浅，笼统吗？

如果嘲笑欧化式白话的人，除嘲笑之外，再去试一试绍介外国的精密的论著，又不随意改变，删削，我想，他一定还能够给我们更好的箴规。

用玩笑来应付敌人，自然也是一种好战法，但触着之处，须是对手的致命伤，否则，玩笑终不过是一种单单的玩笑而已。

七月十八日

983

文公直给康伯度的信

伯度先生：今天读到先生在《自由谈》刊布的大作，知道为西人侵略张目的急先锋（汉奸）仍多，先生以为欧式文化的风行，原因是"必要"。这我真不知是从那里说起？中国人虽无用，但是话总是会说的。如果一定要把中国话取消，要乡下人也"密司忒"起来，这不见得是中国文化上的"必要"吧。譬如照华人的言语说：张甲说："今天下雨了。"李乙说："是的，天凉了。"若照尊论的主张，就应该改做："今天下雨了，"张甲说。"天凉了，——是的；"李乙说。这个算得是中华民国全族的"必要"吗？一般翻译大家的欧化文笔，已足阻尽中西文化的通路，使能读原文的人也不懂译文。再加上先生的"必要"，从此使中国更无可读的西书了。陈子展先生提倡的"大众语"，是天经地义的。中国人间应该说中国话，总是绝对的。而先生偏要说欧化文法是必要！毋怪大名是"康伯度"，真十足加二的表现"买办心理"了。刘半农先生说："翻译是要使不懂外国文的人得读"；这是确切不移的定理。而先生大骂其半农，认为非使全中国人都以欧化文法为"必要"的性命不可！先生，现在暑天，你歇歇吧！帝国主义的灭绝华人的毒气弹，已经制成无数了。先生要做买办尽管做，只求不必将全个民族出卖。我是一个不懂颠倒式的欧化文式的愚人！对于先生的盛意提倡，几乎疑惑先生已不是敝国人了。今特负责请问先生为甚么投这文化的毒瓦斯？是否受了帝国主义者的指使？总之，四万万四千九百万（陈先生以外）以内的中国人对于先生的主张不敢领教的！幸先生注意。

文公直　七月二十五日

八月七日《申报》《自由谈》

康伯度答文公直

公直先生：中国语法里要加一点欧化，是我的一种主张，并不是"一定要把中国话取消"，也没有"受了帝国主义者的指使"，可是先生立刻加给我"汉奸"之类的重罪名，自己代表了"四万万四千九百万（陈先生以外）以内的中国人"，要杀我的头了。我的主张也许会错的，不过一来就判死罪，方法虽然很时髦，但也似乎过分了一点。况且我看"四万万四千九百万（陈先生以外）以内的中国人"，意见也未必都和先生相同，先生并没有征求过同意，你是冒充代表的。

中国语法的欧化并不就是改学外国话，但这些粗浅的道理不想和先生多谈了。我不怕热，倒是因为无聊。不过还要说一回：我主张中国语法上有加些欧化的必要。这主张，是由事实而来的。中国人"话总是会说的"，一点不错，但要前进，全照老样却不够。眼前的例，就如先生这几百个字的信里面，就用了两回"对于"，这和古文无关，是后来起于直译的欧化语法，而且连"欧化"这两个字也是欧化字；还用着一个"取消"，这是纯粹日本词；一个"瓦斯"，是德国字的原封不动的日本人的音译。都用得很惬当，而且是"必要"的。譬如"毒瓦斯"罢，倘用中国固有的话的"毒气"，就显得含混，未必一定是毒弹里面的东西了。所以写作"毒瓦斯"，的确是出乎"必要"的。

先生自己没有照镜子，无意中也证明了自己也正是用欧化语法，用鬼子名词的人，但我看先生决不是"为西人侵略张目的急先锋（汉奸）"，所以也想由此证明我也并非那一伙。否则，先生含狗血喷人，倒先污了你自己的尊口了。

我想，辩论事情，威吓和诬陷，是没有用处的。用笔的人，一来就发你的脾气，要我的性命，更其可笑得很。先生还是不要暴躁，静静的再看看自己的信，想想自己，何如？

专此布复，并请

热安。

弟康伯度脱帽鞠躬。八月五日

八月七日《申报》《自由谈》

玩笑只当它玩笑（下）

别一枝讨伐白话的生力军，是林语堂先生。他讨伐的不是白话的"反而难懂"，是白话的"鲁里鲁苏"，连刘先生似的想白话"返朴归真"的意思也全没有，要达意，只有"语录式"（白话的文言）。

林先生用白话武装了出现的时候，文言和白话的斗争早已过去了，不像刘先生那样，自己是混战中的过来人，因此也不免有感怀旧日，慨叹末流的情绪。他一闪而将宋明语录，摆在"幽默"的旗子下，原也极其自然的。

这"幽默"便是《论语》四十五期里的《一张字条的写法》，他因为要问木匠讨一点油灰，写好了一张语录体的字条，但怕别人说他"反对白话"，便改写了白话的，选体的，桐城派的三种，然而都很可笑，结果是差"书僮"传话，向木匠讨了油灰来。

《论语》是风行的刊物，这里省烦不抄了。总之，是：不可笑的只有语录式的一张，别的三种，全都要不得。但这四个不同的脚色，其实是都是林先生自己一个人扮出来的，一个是正生，就是"语录式"，别的三个都是小丑，自装鬼脸，自作怪相，将正生衬得一表非凡了。

但这已经并不是"幽默"，乃是"顽笑"，和市井间的在墙上画一乌龟，背上写上他的所讨厌的名字的战法，也并不两样的。不过看见的人，却往往不问是非，就嗤笑被画者。

"幽默"或"顽笑"，也都要生出结果来的，除非你心知其意，只当它"顽笑"看。

因为事实会并不如文章，例如这语录式的条子，在中国其实也并未断绝过种子。假如有工夫，不妨到上海的弄口去看一看，有时就会看见一个摊，坐着一位文人，在替男女工人写信，他所用的文章，决不如林先生所拟的条子的容易懂，然而分明是"语录式"的。这就是现在从新提起的语录派的末流，却并没有谁去涂白过他的鼻子。

这是一个具体的"幽默"。

但是，要赏识"幽默"也真难。我曾经从生理学来证明过中国打屁股之合理：假使屁股是为了排泄或坐坐而生的罢，就不必这么大，脚底要小得远，不是足够支持全身了么？我们现在早不吃人了，肉也用不着这么多。那么，可见是专供打打之用的了。有时告诉人们，大抵以为是"幽默"。但假如有被打了的人，或自己遭了打，我想，恐怕那感应就不能这样了罢。

没有法子，在大家都不适意的时候，恐怕终于是"中国没有幽默"的了。

一九三四年七月十八日

做文章

朔尔

沈括的《梦溪笔谈》里，有云："往岁士人，多尚对偶为文，穆修张景辈始为平文，当时谓之'古文'。穆张尝同造朝，待旦于东华门外，方论文次，适见有奔马，践死一犬，二人各记其事以较工拙。穆修曰：'马逸，有黄犬，遇蹄而毙。'张景曰：'有犬，死奔马之下。'时文体新变，二人之语皆拙涩，当时已谓之工，传之至今。"

骈文后起，唐虞三代是不骈的，称"平文"为"古文"便是这意思。由此推开去，如果古者言文真是不分，则称"白话文"为"古文"，似乎也无所不可，但和林语堂先生的指为"白话的文言"的意思又不同。两人的大作，不但拙涩，主旨先就不一，穆说的是马踏死了犬，张说的是犬给马踏死了，究竟是着重在马，还是在犬呢？较明白稳当的还是沈括的毫不经意的文章："有奔马，践死一犬。"

因为要推倒旧东西，就要着力，太着力，就要"做"，太"做"，便不但"生涩"，有时简直是"格格不吐"了，比早经古人"做"得圆熟了的旧东西还要坏。而字数论旨，都有些限制的"花边文学"之类，尤其容易生这生涩病。

太做不行，但不做，却又不行。用一段大树和四枝小树做一只凳，在现在，未免太毛糙，总得刨光它一下才好。但如全体雕花，中间挖空，却又坐不来，也不成其为凳子了。高尔基说，大众语是毛胚，加了工的是文学。我想，这该是很中肯的指示了。

一九三四年七月二十日

趋时和复古

康伯度

半农先生一去世，也如朱湘庐隐两位作家一样，很使有些刊物热闹了一番。这情形，会延得多么长久呢，现在也无从推测。但这一死，作用却好像比那两位大得多：他已经快要被封为复古的先贤，可用他的神主来打"趋时"的人们了。

这一打是有力的，因为他既是作古的名人，又是先前的新党，以新打新，就如以毒攻毒，胜于搬出生锈的古董来。然而笑话也就埋伏在这里面。为什么呢？就为了半农先生先就是一位以"趋时"而出名的人。

古之青年，心目中有了刘半农三个字，原因并不在他擅长音韵学，或是常做打油诗，是在他跳出鸳蝴派，骂倒王敬轩，为一个"文学革命"阵中的战斗者。然而那时有一部分人，却毁之为"趋时"。时代到底好像有些前进，光阴流过去，渐渐将这谥号洗掉了，自己爬上了一点，也就随和一些，于是终于成为干干净净的名人。但是，"人怕出名猪怕壮"，他这时也要成为包起来作为医治新的"趋时"病的药料了。

这并不是半农先生独个的苦境，旧例着实有。广东举人多得很，为什么康有为独独那么有名呢，因为他是公车上书的头儿，戊戌政变的主角，趋时；留英学生也不希罕，严复的姓名还没有消失，就在他先前认真的译过好几部鬼子书，趋时；清末，治朴学的不止太炎先生一个人，而他的声名，远在孙诒让之上者，其实是为了他提倡种族革命，趋时，而且还"造反"。后来"时"也"趋"了过来，他们就成为活的纯正的先贤。但是，晦气也夹屁股跟到，康有为永定为复辟的祖师，袁皇帝要严复劝进，孙传芳大帅也来请太炎先生投壶了。原是拉车前进的好身手，腿肚大，臂膊也粗，这回还是请他拉，拉还是拉，然而是拉车屁股向后，这里只好用古文，"呜呼哀哉，尚飨"了。

我并不在讥刺半农先生曾经"趋时"，我这里所用的是普通所谓"趋时"中的一部分："前驱"的意思。他虽然自认"没落"，其实是战斗过来的，只要敬爱他的人，多发挥这一点，不要七手八脚，专门把他拖进自己所喜欢的油或泥里去做金字招牌就好了。

一九三四年八月十三日

安贫乐道法

史贲

孩子是要别人教的，毛病是要别人医的，即使自己是教员或医生。但做人处世的法子，却恐怕要自己斟酌，许多别人开来的良方，往往不过是废纸。

劝人安贫乐道是古今治国平天下的大经络，开过的方子也很多，但都没有十全大补的功效。因此新方子也开不完，新近就看见了两种，但我想：恐怕都不大妥当。

一种是教人对于职业要发生兴趣，一有兴趣，就无论什么事，都乐此不倦了。当然，言之成理的，但到底须是轻松一点的职业。且不说掘煤，挑粪那些事，就是上海工厂里做工至少每天十点的工人，到晚快边就一定筋疲力倦，受伤的事情是大抵出在那时候的。"健全的精神，宿于健全的身体之中"，连自己的身体也顾不转了，怎么还会有兴趣？——除非他爱兴趣比性命还利害。倘若问他们自己罢，我想，一定说是减少工作的时间，做梦也想不到发生兴趣法的。

还有一种是极其彻底的：说是大热天气，阔人还忙于应酬，汗流浃背，穷人却挟了一条破席，铺在路上，脱衣服，浴凉风，其乐无穷，这叫作"席卷天下"。这也是一张少见的富有诗趣的药方，不过也有煞风景在后面。快要秋凉了，一早到马路上去走走，看见手捧肚子，口吐黄水的就是那些"席卷天下"的前任活神仙。大约眼前有福，偏不去享的大愚人，世上究竟是不多的，如果精穷真是这么有趣，现在的阔人一定首先躺在马路上，而现在的穷人的席子也没有地方铺开来了。

上海中学会考的优良成绩发表了，有《衣取蔽寒食取充腹论》，其中有一段——

> ……若德业已立，则虽饔飧不继，捉襟肘见，而其名德足传于后，精神生活，将充分发展，又何患物质生活之不足耶？人生真谛，固在彼而不在此也。……（由《新语林》第三期转录）

这比题旨更进了一步，说是连不能"充腹"也不要紧的。但中学生所开的良方，对于大学生就不适用，同时还是出现了要求职业的一大群。

事实是毫无情面的东西，它能将空言打得粉碎。有这么的彰明较著，其实，据我的愚见，是大可以不必再玩"之乎者也"了——横竖永远是没有用的。

一九三四年八月十三日

奇怪（二）

白道

尤墨君先生以教师的资格参加着讨论大众语，那意见是极该看重的。他主张"使中学生练习大众语"，还举出"中学生作文最喜用而又最误用的许多时髦字眼"来，说"最好叫他们不要用"，待他们将来能够辨别时再说，因为是与其"食新不化，何如禁用于先"的。现在摘一点所举的"时髦字眼"在这里——

共鸣 对象 气压 温度 结晶 彻底 趋势 理智 现实
下意识 相对性 绝对性 纵剖面 横剖面 死亡率……
（《新语林》三期）

但是我很奇怪。

那些字眼，几乎算不得"时髦字眼"了。如"对象""现实"等，只要看看书报的人，就时常遇见，一常见，就会比较而得其意义，恰如孩子懂话，并不依靠文法教科书一样；何况在学校中，还有教员的指点。至于"温度""结晶""纵剖面""横剖面"等，也是科学上的名词，中学的物理学矿物学植物学教科书里就有，和用于国文上的意义并无不同。现在竟"最误用"，莫非自己既不思索，教师也未给指点，而且连别的科学也一样的模胡吗？

那么，单是中途学了大众语，也不过是一位中学出身的速成大众，于大众有什么用处呢？大众的需要中学生，是因为他教育程度比较的高，能够给大家开拓知识，增加语汇，能解明的就解明，该新添的就新添；他对于"对象"等等的界说，就先要弄明白，当必要时，有方言可以替代，就译换，倘没有，便教给这新名词，并且说明这意义。如果大众语既是半路出家，新名词也还不很明白，这"落伍"可真是"彻底"了。

我想，为大众而练习大众语，倒是不该禁用那些"时髦字眼"的，最要紧的是教给他定义，教师对于中学生，和将来中学生的对于大众一样。譬如"纵断面"和"横断面"，解作"直切面"和"横切面"，就容易懂；倘说就是"横锯面"和"直锯面"，那么，连木匠学徒也明白了，无须识字。禁，是不好的，他们中有些人将永远模胡，"因为中学生不一定个个能升入大学而实现其做文豪或学者的理想的"。

一九三四年八月十四日

迎神和咬人

越侨

报载余姚的某乡，农民们因为旱荒，迎神求雨，看客有带帽的，便用刀棒乱打他一通。

这是迷信，但是有根据的。汉先儒董仲舒先生就有祈雨法，什么用寡妇，关城门，乌烟瘴气，其古怪与道士无异，而未尝为今儒所订正。虽在通都大邑，现在也还有天师作法，长官禁屠，闹得沸反盈天，何尝惹出一点口舌？至于打帽，那是因为恐怕神看见还很有人悠然自得，不垂哀怜；一面则也憎恶他的不与大家共患难。

迎神，农民们的本意是在救死的——但可惜是迷信，——但除此之外，他们也不知道别一样。

报又载有一个六十多岁的老党员，出面劝阻迎神，被大家一顿打，终于咬断了喉管，死掉了。

这是妄信，但是也有根据的。《精忠说岳全传》说张俊陷害忠良，终被众人咬死，人心为之大快。因此乡间就向来有一个传说，谓咬死了人，皇帝必赦，因为怨恨而至于咬，则被咬者之恶，也就可想而知了。我不知道法律，但大约民国以前的律文中，恐怕也未必有这样的规定罢。

咬人，农民们的本意是在逃死的——但可惜是妄信，——但除此之外，他们也不知道别一样。

想救死，想逃死，适所以自速其死，哀哉！

自从由帝国成为民国以来，上层的改变是不少了，无教育的农民，却还未得到一点什么新的有益的东西，依然是旧日的迷信，旧日的讹传，在拚命的救死和逃死中自速其死。

这回他们要得到"天讨"。他们要骇怕，但因为不解"天讨"的缘故，他们也要不平。待到这骇怕和不平忘记了，就只有迷信讹传剩着，待到下一次水旱灾荒的时候，依然是迎神，咬人。

这悲剧何时完结呢？

一九三四年八月十九日

附记：

旁边加上黑点的三句，是印了出来的时候，全被删去了的。是总编辑，还是检查官的斧削，虽然不得而知，但在自己记得原稿的作者，却觉得非常有趣。他们的意思，大约是以为乡下人的意思——虽然是妄信——还不如不给大家知道，要不然，怕会发生流弊，有许多喉管也要危险的。

一九三四年八月二十二日

"大雪纷飞"

张沛

人们遇到要支持自己的主张的时候，有时会用一枝粉笔去搽对手的脸，想把他弄成丑角模样，来衬托自己是正生。但那结果，却常常适得其反。

章士钊先生现在是在保障民权了，段政府时代，他还曾经保障文言。他造过一个实例，说倘将"二桃杀三士"用白话写作"两个桃子杀了三个读书人"，是多么的不行。这回李焰生先生反对大众语文，也赞成"静珍君之所举，'大雪纷飞'，总比那'大雪一片一片纷纷的下着'来得简要而有神韵，酌量采用，是不能与提倡文言文相提并论"的。

我也赞成必不得已的时候，大众语文可以采用文言，白话，甚至于外国话，而且在事实上，现在也已经在采用。但是，两位先生代译的例子，却是很不对劲的。那时的"士"，并非一定是"读书人"，早经有人指出了；这回的"大雪纷飞"里，也没有"一片一片"的意思，这不过特地弄得累坠，掉着要大众语丢脸的枪花。

白话并非文言的直译，大众语也并非文言或白话的直译。在江浙，倘要说出"大雪纷飞"的意思来，是并不用"大雪一片一片纷纷的下着"的，大抵用"凶"，"猛"或"厉害"，来形容这下雪

999

的样子。倘要"对证古本",则《水浒传》里的一句"那雪正下得紧",就是接近现代的大众语的说法,比"大雪纷飞"多两个字,但那"神韵"却好得远了。

　　一个人从学校跳到社会的上层,思想和言语,都一步一步的和大众离开,那当然是"势所不免"的事。不过他倘不是从小就是公子哥儿,曾经多少和"下等人"有些相关,那么,回心一想,一定可以记得他们有许多赛过文言文或白话文的好话。如果自造一点丑恶,来证明他的敌对的不行,那只是他从隐蔽之处挖出来的自己的丑恶,不能使大众羞,只能使大众笑。大众虽然智识没有读书人的高,但他们对于胡说的人们,却有一个谥法:绣花枕头。这意义,也许只有乡下人能懂的了,因为穷人塞在枕头里面的,不是鸭绒:是稻草。

　　　　　　　　　　　　　　一九三四年八月二十二日

"莎士比亚"

苗挺

严复提起过"狭斯丕尔",一提便完；梁启超说过"莎士比亚",也不见有人注意；田汉译了这人的一点作品,现在似乎不大流行了。到今年,可又有些"莎士比亚""莎士比亚"起来,不但杜衡先生由他的作品证明了群众的盲目,连拜服约翰生博士的教授也来译马克斯"牛克斯"的断片。为什么呢？将何为呢？

而且听说,连苏俄也要排演原本"莎士比亚"剧了。

不演还可,一要演,却就给施蛰存先生看出了"丑态"——

> ……苏俄最初是"打倒莎士比亚",后来是"改编莎士比亚",现在呢,不是要在戏剧季中"排演原本莎士比亚"了吗？（而且还要梅兰芳去演《贵妃醉酒》呢！）这种以政治方策运用之于文学的丑态,岂不令人齿冷！（《现代》五卷五期,施蛰存《我与文言文》。）

苏俄太远,演剧季的情形我还不了然,齿的冷暖,暂且听便罢。但梅兰芳和一个记者的谈话,登在《大晚报》的《火炬》上,却没有说要去演《贵妃醉酒》。

施先生自己说："我自有生以来三十年,除幼稚无知的时代以外，自信思想及言行都是一贯的。……"（同前）这当然非常之好。不过他所"言"的别人的"行"，却未必一致，或者是偶然也会不一致的，如《贵妃醉酒》，便是目前的好例。

其实梅兰芳还没有动身，施蛰存先生却已经指定他要在"无产阶级"面前赤膊洗澡。这么一来，他们岂但"逐渐沾染了资产阶级的'余毒'"而已呢，也要沾染中国的国粹了。他们的文学青年，将来要描写宫殿的时候，会在"《文选》与《庄子》"里寻"词汇"也未可料的。

但是，做《贵妃醉酒》固然使施先生"齿冷"，不做一下来凑趣，也使豫言家倒霉。两面都要不舒服，所以施先生又自己说："在文艺上，我一向是个孤独的人，我何敢多撄众怒？"（同前）

末一句是客气话，赞成施先生的其实并不少，要不然，能堂而皇之的在杂志上发表吗？——这"孤独"是很有价值的。

一九三四年九月二十日

商贾的批评

及锋

中国现今没有好作品，早已使批评家或胡评家不满，前些时还曾经探究过它的所以没有的原因。结果是没有结果。但还有新解释。林希隽先生说是因为"作家毁掉了自己，以投机取巧的手腕"去作"杂文"了，所以也害得做不成莘克莱或托尔斯泰（《现代》九月号）。还有一位希隽先生，却以为"在这资本主义的社会里头，……作家无形中也就成为商贾了。……为了获利较多的报酬起见，便也不得不采用'粗制滥造'的方法，再没有人殚精竭虑用苦工夫去认真创作了。"（《社会月报》九月号）

着眼在经济上，当然可以说是进了一步。但这"殚精竭虑用苦工夫去认真创作"出来的学说，和我们只有常识的见解是很不一样的。我们向来只以为用资本来获利的是商人，所以在出版界，商人是用钱开书店来赚钱的老板。到现在才知道用文章去卖有限的稿费的也是商人，不过是一种"无形中"的商人。农民省几斗米去出售，工人用筋力去换钱，教授卖嘴，妓女卖淫，也都是"无形中"的商人。只有买主不是商人了，但他的钱一定是用东西换来的，所以也是商人。于是"在这资本主义社会里头"，个个都是商人，但可分为在"无形中"和有形中的两大类。

用希隽先生自己的定义来断定他自己，自然是一位"无形中"

1003

的商人；如果并不以卖文为活，因此也无须"粗制滥造"，那么，怎样过活呢，一定另外在做买卖，也许竟是有形中的商人了，所以他的见识，无论怎么看，总逃不脱一个商人见识。

"杂文"很短，就是写下来的工夫，也决不要写"和平与战争"（这是照林希隽先生的文章抄下来的，原名其实是《战争与和平》）的那么长久，用力极少，是一点也不错的。不过也要有一点常识，用一点苦工，要不然，就是"杂文"，也不免更进一步的"粗制滥造"，只剩下笑柄。作品，总是有些缺点的。亚波理奈尔咏孔雀，说它翘起尾巴，光辉灿烂，但后面的屁股眼也露出来了。所以批评家的指摘是要的，不过批评家这时却也就翘起了尾巴，露出他的屁眼。但为什么还要呢，就因为它正面还有光辉灿烂的羽毛。不过倘使并非孔雀，仅仅是鹅鸭之流，它应该想一想翘起尾巴来，露出的只有些什么!

一九三四年九月二十五日

考场三丑

黄棘

古时候，考试八股的时候，有三样卷子，考生是很失面子的，后来改考策论了，恐怕也还是这样子。第一样是"缴白卷"，只写上题目，做不出文章，或者简直连题目也不写。然而这最干净，因为别的再没有什么枝节了。第二样是"钞刊文"，他先已有了侥幸之心，读熟或带进些刊本的八股去，倘或题目相合，便即照钞，想瞒过考官的眼。品行当然比"缴白卷"的差了，但文章大抵是好的，所以也没有什么另外的枝节。第三样，最坏的是瞎写，不及格不必说，还要从瞎写的文章里，给人寻出许多笑话来。人们在茶余酒后作为谈资的，大概是这一种。

"不通"还不在其内，因为即使不通，他究竟是在看题目做文章了；况且做文章做到不通的境地也就不容易，我们对于中国古今文学家，敢保证谁决没有一句不通的文章呢？有些人自以为"通"，那是因为他连"通""不通"都不了然的缘故。

今年的考官之流，颇在讲些中学生的考卷的笑柄。其实这病源就在于瞎写。那些题目，是只要能够钞刊文，就都及格的。例如问"十三经"是什么，文天祥是那朝人，全用不着自己来挖空心思做，一做，倒糟糕。于是使文人学士大叹国学之衰落，青年之不行，好像惟有他们是文林中的硕果似的，像煞有介事了。

但是，钞刊文可也不容易。假使将那些考官们锁在考场里，骤然问他几条较为陌生的古典，大约即使不瞎写，也未必不缴白卷的。我说这话，意思并不在轻议已成的文人学士，只以为古典多，记不清不足奇，都记得倒古怪。古书不是很有些曾经后人加过注解的么？那都是坐在自己的书斋里，查群籍，翻类书，穷年累月，这才脱稿的，然而仍然有"未详"，有错误。现在的青年当然无力指摘它了，但作证的却有别人的什么"补正"在；而且补而又补，正而又正者，也时或有之。

　　由此看来，如果能钞刊文，而又敷衍得过去，这人便是现在的大人物；青年学生有一些错，不过是常人的本分而已，但竟为世诟病，我很诧异他们竟没有人呼冤。

　　　　　　　　　　　　　　　　一九三四年九月二十五日

又是"莎士比亚"

苗挺

苏俄将排演原本莎士比亚，可见"丑态"；马克思讲过莎士比亚，当然错误；梁实秋教授将翻译莎士比亚，每本大洋一千元；杜衡先生看了莎士比亚，"还再需要一点做人的经验"了。

我们的文学家杜衡先生，好像先前是因为没有自己觉得缺少"做人的经验"，相信群众的，但自从看了莎氏的《凯撒传》以来，才明白"他们没有理性，他们没有明确的利害观念；他们底感情是完全被几个煽动家所控制着，所操纵着"。（杜衡：《莎剧凯撒传里所表现的群众》，《文艺风景》创刊号所载。）自然，这是根据"莎剧"的，和杜先生无关，他自说现在也还不能判断它对不对，但是，觉得自己"还再需要一点做人的经验"，却已经明白无疑了。

这是"莎剧凯撒传里所表现的群众"对于杜衡先生的影响。但杜文《莎剧凯撒传里所表现的群众》里所表现的群众，又怎样呢？和《凯撒传》里所表现的也并不两样——

……这使我们想起在近几百年来的各次政变中所时常看到的，"鸡来迎鸡，狗来迎狗"式……那些可痛心的情形。……人类底进化究竟在那儿呢？抑或我们这个东方古国至今还停滞在二千年前的罗马所曾经过的文明底

1007

阶段上呢？

　　真的，"发思古之幽情"，往往为了现在。这一比，我就疑心罗马恐怕也曾有过有理性，有明确的利害观念，感情并不被几个煽动家所控制，所操纵的群众，但是被驱散，被压制，被杀戮了。莎士比亚似乎没有调查，或者没有想到，但也许是故意抹杀的，他是古时候的人，有这一手并不算什么玩把戏。

　　不过经他的贵手一取舍，杜衡先生的名文一发挥，却实在使我们觉得群众永远将是"鸡来迎鸡，狗来迎狗"的材料，倒还是被迎的有出息；"至于我，老实说"，还竟有些以为群众之无能与可鄙，远在"鸡""狗"之上的"心情"了。自然，这是正因为爱群众，而他们太不争气了的缘故——自己虽然还不能判断，但是，"这位伟大的剧作者是把群众这样看法的"呀，有谁不信，问他去罢！

一九三四年十月一日

奇怪（三）

白道

"中国第一流作家"叶灵凤和穆时英两位先生编辑的《文艺画报》的大广告，在报上早经看见了。半个多月之后，才在店头看见这"画报"。既然是"画报"，看的人就自然也存着看"画报"的心，首先来看"画"。

不看还好，一看，可就奇怪了。

戴平万先生的《沈阳之旅》里，有三幅插图有些像日本人的手笔，记了一记，哦，原来是日本杂志店里，曾经见过的在《战争版画集》里的料治朝鸣的木刻，是为记念他们在奉天的战胜而作的，日本记念他对中国的战胜的作品，却就是被战胜国的作者的作品的插图——奇怪一。

再翻下去是穆时英先生的《墨绿衫的小姐》里，有三幅插画有些像麦绥莱勒的手笔，黑白分明，我曾从良友公司翻印的四本小书里记得了他的作法，而这回的木刻上的署名，也明明是ＦＭ两个字。莫非我们"中国第一流作家"的这作品，是豫先翻成法文，托麦绥莱勒刻了插画来的吗？——奇怪二。

这回是文字，《世界文坛了望台》了。开头就说，"法国的龚果尔奖金，去年出人意外地（白注：可恨！）颁给了一部以中国作题材的小说《人的命运》，它的作者是安得烈马尔路"，但是，"或者由于立场的关系，这书在文字上总是受着赞美，而在内容上却一致的被一般报纸评论攻击，好像惋惜像马尔路这样才干的作家，何必也将文艺当作了宣传的工具"云。这样一"了望"，"好像"法国的为龚果尔奖金审查文学作品的人的"立场"，乃是赞成"将文艺当作了宣传工具"的了——奇怪三。

不过也许这只是我自己的"少见多怪"，别人倒并不如此的。先前的"见怪者"，说是"见怪不怪，其怪自败"，现在的"怪"却早已声明着，叫你"见莫怪"了。开卷就有《编者随笔》在——

只是每期供给一点并不怎样沉重的文字和图画，使对于文艺有兴趣的读者能醒一醒被其他严重的问题所疲倦了的眼睛，或者破颜一笑，只是如此而已。

原来"中国第一流作家"的玩着先前活剥"琵亚词侣"，今年生吞麦绥莱勒的小玩艺，是在大才小用，不过要给人"醒一醒被其他严重的问题所疲倦了的眼睛，或者破颜一笑"。如果再从这醒眼的"文艺画"上又发生了问题，虽然并不"严重"，不是究竟也辜负了两位"中国第一流作家"献技的苦心吗？

那么，我也来"破颜一笑"吧——

哈！

一九三四年十月二十五日

略论梅兰芳及其他（上）

张沛

崇拜名伶原是北京的传统。辛亥革命后，伶人的品格提高了，这崇拜也干净起来。先只有谭叫天在剧坛上称雄，都说他技艺好，但恐怕也还夹着一点势利，因为他是"老佛爷"——慈禧太后赏识过的。虽然没有人给他宣传，替他出主意，得不到世界的名声，却也没有人来为他编剧本。我想，这不来，是带着几分"不敢"的。

后来有名的梅兰芳可就和他不同了。梅兰芳不是生，是旦，不是皇家的供奉，是俗人的宠儿，这就使士大夫敢于下手了。士大夫是常要夺取民间的东西的，将竹枝词改成文言，将"小家碧玉"作为姨太太，但一沾着他们的手，这东西也就跟着他们灭亡。他们将他从俗众中提出，罩上玻璃罩，做起紫檀架子来。教他用多数人听不懂的话，缓缓的《天女散花》，扭扭的《黛玉葬花》，先前是他做戏的，这时却成了戏为他而做，凡有新编的剧本，都只为了梅兰芳，而且是士大夫心目中的梅兰芳。雅是雅了，但多数人看不懂，不要看，还觉得自己不配看了。

士大夫们也在日见其消沉，梅兰芳近来颇有些冷落。

因为他是旦角，年纪一大，势必至于冷落的吗？不是的，老十三旦七十岁了，一登台，满座还是喝采。为什么呢？就因为他没有被士大夫据为己有，罩进玻璃罩。

名声的起灭，也如光的起灭一样，起的时候，从近到远，灭的时候，远处倒还留着余光。梅兰芳的游日，游美，其实已不是光的发扬，而是光在中国的收敛。他竟没有想到从玻璃罩里跳出，所以这样的搬出去，还是这样的搬回来。

他未经士大夫帮忙时候所做的戏，自然是俗的，甚至于猥下，肮脏，但是泼剌，有生气。待到化为"天女"，高贵了，然而从此死板板，矜持得可怜。看一位不死不活的天女或林妹妹，我想，大多数人是倒不如看一个漂亮活动的村女的，她和我们相近。

然而梅兰芳对记者说，还要将别的剧本改得雅一些。

一九三四年十一月一日

略论梅兰芳及其他（下）

而且梅兰芳还要到苏联去。

议论纷纷。我们的大画家徐悲鸿教授也曾到莫斯科去画过松树——也许是马，我记不真切了——国内就没有谈得这么起劲。这就可见梅兰芳博士之在艺术界，确是超人一等的了。

而且累得《现代》的编辑室里也紧张起来。首座编辑施蛰存先生曰："而且还要梅兰芳去演《贵妃醉酒》呢！"（《现代》五卷五期。）要这么大叫，可见不平之极了，倘不豫先知道性别，是会令人疑心生了脏躁症的。次座编辑杜衡先生曰："剧本鉴定的工作完毕，则不妨选几个最前进的戏先到莫斯科去宣传为梅兰芳先生'转变'后的个人的创作。……因为照例，到苏联去的艺术家，是无论如何应该事先表示一点'转变'的。"（《文艺画报》创刊号。）这可冷静得多了，一看就知道他手段高妙，足使齐如山先生自愧弗及，赶紧来请帮忙——帮忙的帮忙。

但梅兰芳先生却正在说中国戏是象征主义，剧本的字句要雅一些，他其实倒是为艺术而艺术，他也是一位"第三种人"。

那么，他是不会"表示一点'转变'的"，目前还太早一点。他也许用别一个笔名，做一篇剧本，描写一个知识阶级，总是专为艺术，总是不问俗事，但到末了，他却究竟还在革命这一方面。这

1013

就活动得多了，不到末了，花呀光呀，倘到末了，做这篇东西的也就是我呀，那不就在革命这一方面了吗？

但我不知道梅兰芳博士可会自己做了文章，却用别一个笔名，来称赞自己的做戏；或者虚设一社，出些什么"戏剧年鉴"，亲自作序，说自己是剧界的名人？倘使没有，那可是也不会玩这一手的。

倘不会玩，那可真要使杜衡先生失望，要他"再亮些"了。

还是带住罢，倘再"略论"下去，我也要防梅先生会说因为被批评家乱骂，害得他演不出好戏来。

一九三四年十一月一日

骂杀与捧杀

阿法

现在有些不满于文学批评的，总说近几年的所谓批评，不外乎捧与骂。

其实所谓捧与骂者，不过是将称赞与攻击，换了两个不好看的字眼。指英雄为英雄，说娼妇是娼妇，表面上虽像捧与骂，实则说得刚刚合式，不能责备批评家的。批评家的错处，是在乱骂与乱捧，例如说英雄是娼妇，举娼妇为英雄。

批评的失了威力，由于"乱"，甚而至于"乱"到和事实相反，这底细一被大家看出，那效果有时也就相反了。所以现在被骂杀的少，被捧杀的却多。

人古而事近的，就是袁中郎。这一班明末的作家，在文学史上，是自有他们的价值和地位的。而不幸被一群学者们捧了出来，颂扬，标点，印刷，"色借，日月借，烛借，青黄借，眼色无常。声借，钟鼓借，枯竹窍借……""借"得他一榻胡涂，正如在中郎脸上，画上花脸，却指给大家看，啧啧赞叹道："看哪，这多么'性灵'呀！"对于中郎的本质，自然是并无关系的，但在未经别人将花脸洗清之前，这"中郎"总不免招人好笑，大触其霉头。

人近而事古的，我记起了泰戈尔。他到中国来了，开坛讲演，人给他摆出一张琴，烧上一炉香，左有林长民，右有徐志摩，各各

1015

头戴印度帽。徐诗人开始绍介了："唵！叽哩咕噜，白云清风，银磬……当！"说得他好像活神仙一样，于是我们的地上的青年们失望，离开了。神仙和凡人，怎能不离开呢？但我今年看见他论苏联的文章，自己声明道："我是一个英国治下的印度人。"他自己知道得明明白白。大约他到中国来的时候，决不至于还胡涂，如果我们的诗人诸公不将他制成一个活神仙，青年们对于他是不至于如此隔膜的。现在可是老大的晦气。

以学者或诗人的招牌，来批评或介绍一个作者，开初是很能够蒙混旁人的，但待到旁人看清了这作者的真相的时候，却只剩了他自己的不诚恳，或学识的不够了。然而如果没有旁人来指明真相呢，这作家就从此被捧杀，不知道要多少年后才翻身。

一九三四年十一月十九日

读书忌

焉于

记得中国的医书中，常常记载着"食忌"，就是说，某两种食物同食，是于人有害，或者足以杀人的，例如葱与蜜，蟹与柿子，落花生与王瓜之类。但是否真实，却无从知道，因为我从未听见有人实验过。

读书也有"忌"，不过与"食忌"稍不同。这就是某一类书决不能和某一类书同看，否则两者中之一必被克杀，或者至少使读者反而发生愤怒。例如现在正在盛行提倡的明人小品，有些篇的确是空灵的。枕边厕上，车里舟中，这真是一种极好的消遣品。然而先要读者的心里空空洞洞，混混茫茫。假如曾经看过《明季稗史》，《痛史》，或者明末遗民的著作，那结果可就不同了，这两者一定要打起仗来，非打杀其一不止。我自以为因此很了解了那些憎恶明人小品的论者的心情。

这几天偶然看见一部屈大均的《翁山文外》，其中有一篇戊申（即清康熙七年）八月做的《自代北入京记》。他的文笔，岂在中郎之下呢？可是很有些地方是极有重量的，抄几句在这里——

……沿河行，或渡或否。往往见西夷毡帐，高低不一，所谓穹庐连属，如冈如阜者。男妇皆蒙古语；有卖干湿酪者，羊马者，牦皮者，卧两骆驼中者，坐奚车者，不鞍而骑者，三两而行，被戒衣，或红或黄，持小铁轮，念《金刚秽咒》者。其首顶一柳筐，以盛马粪及木炭者，则皆中华女子。皆盘头跣足，垢面，反被毛袄。人与牛羊相枕藉，腥臊之气，百余里不绝。……

我想，如果看过这样的文章，想像过这样的情景，又没有完全忘记，那么，虽是中郎的《广庄》或《瓶史》，也断不能洗清积愤的，而且还要增加愤怒。因为这实在比中郎时代的他们互相标榜还要坏，他们还没有经历过扬州十日，嘉定三屠!

明人小品，好的；语录体也不坏，但我看《明季稗史》之类和明末遗民的作品却实在还要好，现在也正到了标点，翻印的时候了：给大家来清醒一下。

一九三四年十一月二十五日

且介亭杂文

序　言

　　近几年来，所谓“杂文”的产生，比先前多，也比先前更受着攻击。例如自称“诗人”邵洵美，前“第三种人”施蛰存和杜衡即苏汶，还不到一知半解程度的大学生林希隽之流，就都和杂文有切骨之仇，给了种种罪状的。然而没有效，作者多起来，读者也多起来了。

　　其实“杂文”也不是现在的新货色，是“古已有之”的，凡有文章，倘若分类，都有类可归，如果编年，那就只按作成的年月，不管文体，各种都夹在一处，于是成了“杂”。分类有益于揣摩文章，编年有利于明白时势，倘要知人论世，是非看编年的文集不可的，现在新作的古人年谱的流行，即证明着已经有许多人省悟了此中的消息。况且现在是多么切迫的时候，作者的任务，是在对于有害的事物，立刻给以反响或抗争，是感应的神经，是攻守的手足。潜心于他的鸿篇巨制，为未来的文化设想，固然是很好的，但为现在抗争，却也正是为现在和未来的战斗的作者，因为失掉了现在，也就没有了未来。

　　战斗一定有倾向。这就是邵施杜林之流的大敌，其实他们所憎恶的是内容，虽然披了文艺的法衣，里面却包藏着“死之说教者”，和生存不能两立。

　　这一本集子和《花边文学》，是我在去年一年中，在官民的明明暗暗，软软硬硬的围剿"杂文"的笔和刀下的结集，凡是写下来的，全在这里面。当然不敢说是诗史，其中有着时代的眉目，也决不是英雄们的八宝箱，一朝打开，便见光辉灿烂。我只在深夜的街头摆着一个地摊，所有的无非几个小钉，几个瓦碟，但也希望，并且相信有些人会从中寻出合于他的用处的东西。

一九三五年十二月三十日，记于上海之且介亭

关于中国的两三件事

一 关于中国的火

希腊人所用的火，听说是在一直先前，普洛美修斯从天上偷来的，但中国的却和它不同，是燧人氏自家所发见——或者该说是发明罢。因为并非偷儿，所以拴在山上，给老雕去啄的灾难是免掉了，然而也没有普洛美修斯那样的被传扬，被崇拜。

中国也有火神的。但那可不是燧人氏，而是随意放火的莫名其妙的东西。

自从燧人氏发见，或者发明了火以来，能够很有味的吃火锅，点起灯来，夜里也可以工作了，但是，真如先哲之所谓"有一利必有一弊"罢，同时也开始了火灾，故意点上火，烧掉那有巢氏所发明的巢的了不起的人物也出现了。

和善的燧人氏是该被忘却的。即使伤了食，这回是属于神农氏的领域了，所以那神农氏，至今还被人们所记得。至于火灾，虽然不知道那发明家究竟是什么人，但祖师总归是有的，于是没有法，只好漫称之曰火神，而献以敬畏。看他的画像，是红面孔，红胡须，不过祭祀的时候，却须避去一切红色的东西，而代之以绿色。他大约像西班牙的牛一样，一看见红色，便会亢奋起来，做出一种可怕的行动的。

他因此受着崇祀。在中国，这样的恶神还很多。

然而，在人世间，倒似乎因了他们而热闹。赛会也只有火神的，燧人氏的却没有。倘有火灾，则被灾的和邻近的没有被灾的人们，都要祭火神，以表感谢之意。被了灾还要来表感谢之意，虽然未免有些出于意外，但若不祭，据说是第二回还会烧，所以还是感谢了的安全。而且也不但对于火神，就是对于人，有时也一样的这么办，我想，大约也是礼仪的一种罢。

其实，放火，是很可怕的，然而比起烧饭来，却也许更有趣。外国的事情我不知道，若在中国，则无论查检怎样的历史，总寻不出烧饭和点灯的人们的列传来。在社会上，即使怎样的善于烧饭，善于点灯，也毫没有成为名人的希望。然而秦始皇一烧书，至今还俨然做着名人，至于引为希特拉烧书事件的先例。假使希特拉太太善于开电灯，烤面包罢，那么，要在历史上寻一点先例，恐怕可就难了。但是，幸而那样的事，是不会哄动一世的。

烧掉房子的事，据宋人的笔记说，是开始于蒙古人的。因为他们住着帐篷，不知道住房子，所以就一路的放火。然而，这是诳话。蒙古人中，懂得汉文的很少，所以不来更正的。其实，秦的末年就有着放火的名人项羽在，一烧阿房宫，便天下闻名，至今还会在戏台上出现，连在日本也很有名。然而，在未烧以前的阿房宫里每天点灯的人们，又有谁知道他们的名姓呢？

现在是爆裂弹呀，烧夷弹呀之类的东西已经做出，加以飞机也很进步，如果要做名人，就更加容易了。而且如果放火比先前放得大，那么，那人就也更加受尊敬，从远处看去，恰如救世主一样，而那火光，便令人以为是光明。

二 关于中国的王道

在前年，曾经拜读过中里介山氏的大作《给支那及支那国民的信》。只记得那里面说，周汉都有着侵略者的资质。而支那人都讴歌他，欢迎他了。连对于朔北的元和清，也加以讴歌了。只要那侵略，有着安定国家之力，保护民生之实，那便是支那人民所渴望的王道，于是对于支那人的执迷不悟之点，愤慨得非常。

那"信"，在满洲出版的杂志上，是被译载了的，但因为未曾输入中国，所以像是回信的东西，至今一篇也没有见。只在去年的上海报上所载的胡适博士的谈话里，有的说，"只有一个方法可以征服中国，即彻底停止侵略，反过来征服中国民族的心。"不消说，那不过是偶然的，但也有些令人觉得好像是对于那信的答复。

征服中国民族的心，这是胡适博士给中国之所谓王道所下的定义，然而我想，他自己恐怕也未必相信自己的话的罢。在中国，其实是彻底的未曾有过王道，"有历史癖和考据癖"的胡博士，该是不至于不知道的。

不错，中国也有过讴歌了元和清的人们，但那是感谢火神之类，并非连心也全被征服了的证据。如果给与一个暗示，说是倘不讴歌，便将更加虐待，那么，即使加以或一程度的虐待，也还可以使人们来讴歌。四五年前，我曾经加盟于一个要求自由的团体，而那时的上海教育局长陈德征氏勃然大怒道，在三民主义的统治之下，还觉得不满么？那可连现在所给与着的一点自由也要收起了。而且，真的是收起了的。每当感到比先前更不自由的时候，我一面佩服着陈氏的精通王道的学识，一面有时也不免想，真该是讴歌三民主义的。然而，现在是已经太晚了。

在中国的王道，看去虽然好像是和霸道对立的东西，其实却是兄弟，这之前和之后，一定要有霸道跑来的。人民之所讴歌，就为了希望霸道的减轻，或者不更加重的缘故。

汉的高祖，据历史家说，是龙种，但其实是无赖出身，说是侵略者，恐怕有些不对的。至于周的武王，则以征伐之名入中国，加以和殷似乎连民族也不同，用现代的话来说，那可是侵略者。然而那时的民众的声音，现在已经没有留存了。孔子和孟子确曾大大的宣传过那王道，但先生们不但是周朝的臣民而已，并且周游历国，有所活动，所以恐怕是为了想做官也难说。说得好看一点，就是因为要"行道"，倘做了官，于行道就较为便当，而要做官，则不如称赞周朝之为便当的。然而，看起别的记载来，却虽是那王道的祖师而且专家的周朝，当讨伐之初，也有伯夷和叔齐扣马而谏，非拖开不可；纣的军队也加反抗，非使他们的血流到漂杵不可。接着是殷民又造了反，虽然特别称之曰"顽民"，从王道天下的人民中除开，但总之，似乎究竟有了一种什么破绽似的。好个王道，只消一个顽民，便将它弄得毫无根据了。

儒士和方士，是中国特产的名物。方士的最高理想是仙道，儒士的便是王道。但可惜的是这两件在中国终于都没有。据长久的历史上的事实所证明，则倘说先前曾有真的王道者，是妄言，说现在还有者，是新药。孟子生于周季，所以以谈霸道为羞，倘使生于今日，则跟着人类的智识范围的展开，怕要羞谈王道的罢。

三 关于中国的监狱

我想，人们是的确由事实而从新省悟，而事情又由此发生变化的。从宋朝到清朝的末年，许多年间，专以代圣贤立言的"制艺"

这一种烦难的文章取士，到得和法国打了败仗，这才省悟了这方法的错误。于是派留学生到西洋，开设兵器制造局，作为那改正的手段。省悟到这还不够，是在和日本打了败仗之后，这回是竭力开起学校来。于是学生们年年大闹了。从清朝倒掉，国民党掌握政权的时候起，才又省悟了这错误，作为那改正的手段的，是除了大造监狱之外，什么也没有了。

在中国，国粹式的监狱，是早已各处都有的，到清末，就也造了一点西洋式，即所谓文明式的监狱。那是为了示给旅行到此的外国人而建造，应该与为了和外国人好互相应酬，特地派出去，学些文明人的礼节的留学生，属于同一种类的。托了这福，犯人的待遇也还好，给洗澡，也给一定分量的饭吃，所以倒是颇为幸福的地方。但是，就在两三礼拜前，政府因为要行仁政了，还发过一个不准克扣囚粮的命令。从此以后，可更加幸福了。

至于旧式的监狱，则因为好像是取法于佛教的地狱的，所以不但禁锢犯人，此外还有给他吃苦的职掌。挤取金钱，使犯人的家属穷到透顶的职掌，有时也会兼带的。但大家都以为应该。如果有谁反对罢，那就等于替犯人说话，便要受恶党的嫌疑。然而文明是出奇的进步了，所以去年也有了提倡每年该放犯人回家一趟，给以解决性欲的机会的，颇是人道主义气味之说的官吏。其实，他也并非对于犯人的性欲，特别表着同情，不过因为总不愁竟会实行的，所以也就高声嚷一下，以见自己的作为官吏的存在。然而舆论颇为沸腾了。有一位批评家，还以为这么一来，大家便要不怕牢监，高高兴兴的进去了，很为世道人心愤慨了一下。受了所谓圣贤之教那么久，竟还没有那位官吏的圆滑，固然也令人觉得诚实可靠，然而他的意见，是以为对于犯人，非加虐待不可，却也因此可见了。

从别一条路想，监狱确也并非没有不像以"安全第一"为标语

1027

的人们的理想乡的地方。火灾极少，偷儿不来，土匪也一定不来抢。即使打仗，也决没有以监狱为目标，施行轰炸的傻子；即使革命，有释放因犯的例，而加以屠戮的是没有的。当福建独立之初，虽有说是释放犯人，而一到外面，和他们自己意见不同的人们倒反而失踪了的谣言，然而这样的例子，以前是未曾有过的。总而言之，似乎也并非很坏的处所。只要准带家眷，则即使不是现在似的大水，饥荒，战争，恐怖的时候，请求搬进去住的人们，也未必一定没有的。于是虐待就成为必不可少了。

牛兰夫妇，作为赤化宣传者而关在南京的监狱里，也绝食了三四回了，可是什么效力也没有。这是因为他不知道中国的监狱的精神的缘故。有一位官员诧异的说过：他自己不吃，和别人有什么关系呢？岂但和仁政并无关系而已呢，省些食料，倒是于监狱有益的。甘地的把戏，倘不挑选兴行场，就毫无成效了。

然而，在这样的近于完美的监狱里，却还剩着一种缺点。至今为止，对于思想上的事，都没有很留心。为要弥补这缺点，是在近来新发明的叫作"反省院"的特种监狱里，施着教育。我还没有到那里面去反省过，所以并不知道详情，但要而言之，好像是将三民主义时时讲给犯人听，使他反省着自己的错误。听人说，此外还得做排击共产主义的论文。如果不肯做，或者不能做，那自然，非终身反省不可了，而做得不够格，也还是非反省到死则不可。现在是进去的也有，出来的也有，因为听说还得添造反省院，可见还是进去的多了。考完放出的良民，偶尔也可以遇见，但仿佛大抵是萎靡不振，恐怕是在反省和毕业论文上，将力气使尽了罢。那前途，是在没有希望这一面的。

一九三四年

1028

论"旧形式的采用"

　　"旧形式的采用"的问题，如果平心静气的讨论起来，在现在，我想是很有意义的，但开首便遭到了耳耶先生的笔伐。"类乎投降"，"机会主义"，这是近十年来"新形式的探求"的结果，是克敌的咒文，至少先使你惹一身不干不净。但耳耶先生是正直的，因为他同时也在译《艺术底内容和形式》，一经登完，便会洗净他激烈的责罚；而且有几句话也正确的，是他说新形式的探求不能和旧形式的采用机械的地分开。

　　不过这几句话已经可以说是常识；就是说内容和形式不能机械的地分开，也已经是常识；还有，知道作品和大众不能机械的地分开，也当然是常识。旧形式为什么只是"采用"——但耳耶先生却指为"为整个（！）旧艺术捧场"——就是为了新形式的探求。采取若干，和"整个"捧来是不同的，前进的艺术家不能有这思想（内容）。然而他会想到采取旧艺术，因为他明白了作品和大众不能机械的地分开。以为艺术是艺术家的"灵感"的爆发，像鼻子发痒的人，只要打出喷嚏来就浑身舒服，一了百了的时候已经过去了，现在想到，而且关心了大众。这是一个新思想（内容），由此而在探求新形式，首先提出的是旧形式的采取，这采取的主张，正是新形式的发端，也就是旧形式的蜕变，在我看来，是既没有将内容和形式机械的地分开，更没有看得《姊妹花》叫座，于是也来学一套

1029

的投机主义的罪案的。

自然，旧形式的采取，或者必须说新形式的探求，都必须艺术学徒的努力的实践，但理论家或批评家是同有指导，评论，商量的责任的，不能只斥他交代未清之后，便可逍遥事外。我们有艺术史，而且生在中国，即必须翻开中国的艺术史来。采取什么呢？我想，唐以前的真迹，我们无从目睹了，但还能知道大抵以故事为题材，这是可以取法的；在唐，可取佛画的灿烂，线画的空实和明快，宋的院画，萎靡柔媚之处当舍，周密不苟之处是可取的，米点山水，则毫无用处。后来的写意画（文人画）有无用处，我此刻不敢确说，恐怕也许还有可用之点的罢。这些采取，并非断片的古董的杂陈，必须溶化于新作品中，那是不必赘说的事，恰如吃用牛羊，弃去蹄毛，留其精粹，以滋养及发达新的生体，决不因此就会"类乎"牛羊的。

只是上文所举的，亦即我们现在所能看见的，都是消费的艺术。它一向独得有力者的宠爱，所以还有许多存留。但既有消费者，必有生产者，所以一面有消费者的艺术，一面也有生产者的艺术。古代的东西，因为无人保护，除小说的插画以外，我们几乎什么也看不见了。至于现在，却还有市上新年的花纸，和猛克先生所指出的连环图画。这些虽未必是真正的生产者的艺术，但和高等有闲者的艺术对立，是无疑的。但虽然如此，它还是大受着消费者艺术的影响，例如在文学上，则民歌大抵脱不开七言的范围，在图画上，则题材多是士大夫的故事，然而已经加以提炼，成为明快，简捷的东西了。这也就是蜕变，一向则谓之"俗"。注意于大众的艺术家，来注意于这些东西，大约也未必错，至于仍要加以提炼，那也是无须赘说的。

但中国的两者的艺术，也有形似而实不同的地方，例如佛画的满幅云烟，是豪华的装潢，花纸也有一种硬填到几乎不见白纸的，却是惜纸的节俭；唐伯虎画的细腰纤手的美人，是他一类人们的欲得之物，花纸上也有这一种，在赏玩者却只以为世间有这一类人物，聊资博识，或满足好奇心而已。为大众的画家，都无须避忌。

至于谓连环图画不过图画的种类之一，与文学中之有诗歌，戏曲，小说相同，那自然是不错的。但这种类之别，也仍然与社会条件相关联，则我们只要看有时盛行诗歌，有时大出小说，有时独多短篇的史实便可以知道。因此，也可以知道即与内容相关联。现在社会上的流行连环图画，即因为它有流行的可能，且有流行的必要，着眼于此，因而加以导引，正是前进的艺术家的正确的任务；为了大众，力求易懂，也正是前进的艺术家正确的努力。旧形式是采取，必有所删除，既有删除，必有所增益，这结果是新形式的出现，也就是变革。而且，这工作是决不如旁观者所想的容易的。

但就是立有了新形式罢，当然不会就是很高的艺术。艺术的前进，还要别的文化工作的协助，某一文化部门，要某一专家唱独脚戏来提得特别高，是不妨空谈，却难做到的事，所以专责个人，那立论的偏颇和偏重环境的是一样的。

一九三四年五月二日

连环图画琐谈

"连环图画"的拥护者，看现在的议论，是"启蒙"之意居多的。

古人"左图右史"，现在只剩下一句话，看不见真相了，宋元小说，有的是每页上图下说，却至今还有存留，就是所谓"出相"；明清以来，有卷头只画书中人物的，称为"绣像"。有画每回故事的，称为"全图"。那目的，大概是在诱引未读者的购读，增加阅读者的兴趣和理解。

但民间另有一种《智灯难字》或《日用杂字》，是一字一像，两相对照，虽可看图，主意却在帮助识字的东西，略加变通，便是现在的《看图识字》。文字较多的是《圣谕像解》，《二十四孝图》等，都是借图画以启蒙，又因中国文字太难，只得用图画来济文字之穷的产物。

"连环图画"便是取"出相"的格式，收《智灯难字》的功效的，倘要启蒙，实在也是一种利器。

但要启蒙，即必须能懂。懂的标准，当然不能俯就低能儿或白痴，但应该着眼于一般的大众，譬如罢，中国画是一向没有阴影的，我所遇见的农民，十之九不赞成西洋画及照相，他们说：人脸那有两边颜色不同的呢？西洋人的看画，是观者作为站在一定之处的，但中国的观者，却向不站在定点上，所以他说的话也是真实。

那么，作"连环图画"而没有阴影，我以为是可以的；人物旁边写上名字，也可以的，甚至于表示做梦从人头上放出一道毫光来，也无所不可。观者懂得了内容之后，他就会自己删去帮助理解的记号。这也不能谓之失真，因为观者既经会得了内容，便是有了艺术上的真，倘必如实物之真，则人物只有二三寸，就不真了，而没有和地球一样大小的纸张，地球便无法绘画。

艾思奇先生说："若能够触到大众真正的切身问题，那恐怕愈是新的，才愈能流行。"这话也并不错。不过要商量的是怎样才能够触到，触到之法，"懂"是最要紧的，而且能懂的图画，也可以仍然是艺术。

一九三四年五月九日

儒　术

元遗山在金元之际，为文宗，为遗献，为愿修野史，保存旧章的有心人，明清以来，颇为一部分人士所爱重。然而他生平有一宗疑案，就是为叛将崔立颂德者，是否确实与他无涉，或竟是出于他的手笔的文章。

金天兴元年（一二三二），蒙古兵围洛阳；次年，安平都尉京城西面元帅崔立杀二丞相，自立为郑王，降于元。惧或加以恶名，群小承旨，议立碑颂功德，于是在文臣间，遂发生了极大的惶恐，因为这与一生的名节相关，在个人是十分重要的。

当时的情状，《金史》《王若虚传》这样说——

> 天兴元年，哀宗走归德。明年春，崔立变，群小附和，请为立建功德碑。翟奕以尚书省命，召若虚为文。时奕辈恃势作威，人或少许，则谗立见屠灭。若虚自分必死，私谓左右司员外郎元好问曰，"今召我作碑，不从则死，作之则名节扫地，不若死之为愈。虽然，我姑以理谕之。"……奕辈不能夺，乃召太学生刘祁麻革辈赴省，好问张信之喻以立碑事曰，"众议属二君，且已白郑王矣！二君其无让。"祁等固辞而别。数日，促迫不已，祁即为草定，以付好问。好问意未惬，乃自为之，既成，以示若

虚，乃共删定数字，然止直叙其事而已。后兵入城，不果立也。

碑虽然"不果立"，但当时却已经发生了"名节"的问题，或谓元好问作，或谓刘祁作，文证具在清凌廷堪所辑的《元遗山先生年谱》中，兹不多录。经其推勘，已知前出的《王若虚传》文，上半据元好问《内翰王公墓表》，后半却全取刘祁自作的《归潜志》，被诬攀之说所蒙蔽了。凌氏辩之云，"夫当时立碑撰文，不过畏崔立之祸，非必取文辞之工，有京叔属草，已足塞立之请，何取更为之耶？"然则刘祁之未尝决死如王若虚，固为一生大玷，但不能更有所推诿，以致成为"塞责"之具，却也可以说是十分晦气的。

然而，元遗山生平还有一宗大事，见于《元史》《张德辉传》——

> 世祖在潜邸，……访中国人材。德辉举魏璠，元裕，李冶等二十余人。……壬子，德辉与元裕北觐，请世祖为儒教大宗师，世祖悦而受之。因启：累朝有旨蠲儒户兵赋，乞令有司遵行。从之。

以拓跋魏的后人，与德辉请蒙古小酋长为"汉儿"的"儒教大宗师"，在现在看来，未免有些滑稽，但当时却似乎并无訾议。盖蠲除兵赋，"儒户"均沾利益，清议操之于士，利益既沾，虽已将"儒教"呈献，也不想再来开口了。

由此士大夫便渐渐的进身，然终因不切实用，又渐渐的见弃。但仕路日塞，而南北之士的相争却也日甚了。余阙的《青阳先生文集》卷四《杨君显民诗集序》云——

我国初有金宋，天下之人，惟才是用之，无所专主，然用儒者为居多也。自至元以下，始浸用吏，虽执政大臣，亦以吏为之，……而中州之士，见用者遂浸寡。况南方之地远，士多不能自至于京师，其抱才缊者，又往往不屑为吏，故其见用者尤寡也。及其久也，则南北之士亦自町畦以相訾，甚若晋之与秦，不可与同中国，故夫南方之士微矣。

然在南方，士人其实亦并不冷落。同书《送范立中赴襄阳诗序》云——

宋高宗南迁，合淝遂为边地，守臣多以武臣为之。……故民之豪杰者，皆去而为将校，累功多至节制。郡中衣冠之族，惟范氏，商氏，葛氏三家而已。……皇元受命，包裹兵革，……诸武臣之子弟，无所用其能，多伏匿而不出。春秋月朔，郡太守有事于学，衣深衣，戴乌角巾，执笾豆罍爵，唱赞道引者，皆三家之子孙也，故其材皆有所成就，至学校官，累累有焉。……虽天道忌满恶盈，而儒者之泽深且远，从古然也。

这是"中国人才"们献教，卖经以来，"儒户"所食的佳果。虽不能为王者师，且次于吏者数等，而究亦胜于将门和平民者一等，"唱赞道引"，非"伏匿"者所敢望了。

中华民国二十三年五月二十日及次日，上海无线电播音由冯明权先生讲给我们一种奇书：《抱经堂勉学家训》（据《大美晚报》）。

这是从未前闻的书，但看见下署"颜子推"，便可以悟出是颜之推《家训》中的《勉学篇》了。曰"抱经堂"者，当是因为曾被卢文印入《抱经堂丛书》中的缘故。所讲有这样的一段——

> 有学艺者，触地而安。自荒乱已来，诸见俘虏，虽百世小人，知读《论语》《孝经》者，尚为人师；虽千载冠冕，不晓书记者，莫不耕田养马。以此观之，汝可不自勉耶？若能常保数百卷书，千载终不为小人也。……谚曰，"积财千万，不如薄伎在身。"伎之易习而可贵者，无过读书也。

这说得很透彻：易习之伎，莫如读书，但知读《论语》《孝经》，则虽被俘虏，犹能为人师，居一切别的俘虏之上。这种教训，是从当时的事实推断出来的，但施之于金元而准，按之于明清之际而亦准。现在忽由播音，以"训"听众，莫非选讲者已大有感于方来，遂绸缪于未雨么？

"儒者之泽深且远"，即小见大，我们由此可以明白"儒术"，知道"儒效"了。

一九三四年五月二十七日

拿来主义

中国一向是所谓"闭关主义"，自己不去，别人也不许来。自从给枪炮打破了大门之后，又碰了一串钉子，到现在，成了什么都是"送去主义"了。别的且不说罢，单是学艺上的东西，近来就先送一批古董到巴黎去展览，但终"不知后事如何"；还有几位"大师"们捧着几张古画和新画，在欧洲各国一路的挂过去，叫作"发扬国光"。听说不远还要送梅兰芳博士到苏联去，以催进"象征主义"，此后是顺便到欧洲传道。我在这里不想讨论梅博士演艺和象征主义的关系，总之，活人替代了古董，我敢说，也可以算得显出一点进步了。

但我们没有人根据了"礼尚往来"的仪节，说道：拿来!

当然，能够只是送出去，也不算坏事情，一者见得丰富，二者见得大度。尼采就自诩过他是太阳，光热无穷，只是给与，不想取得。然而尼采究竟不是太阳，他发了疯。中国也不是，虽然有人说，掘起地下的煤来，就足够全世界几百年之用。但是，几百年之后呢？几百年之后，我们当然是化为魂灵，或上天堂，或落了地狱，但我们的子孙是在的，所以还应该给他们留下一点礼品。要不然，则当佳节大典之际，他们拿不出东西来，只好磕头贺喜，讨一点残羹冷炙做奖赏。

这种奖赏，不要误解为"抛来"的东西，这是"抛给"的，说

1038

得冠冕些，可以称之为"送来"，我在这里不想举出实例。

我在这里也并不想对于"送去"再说什么，否则太不"摩登"了。我只想鼓吹我们再吝啬一点，"送去"之外，还得"拿来"，是为"拿来主义"。

但我们被"送来"的东西吓怕了。先有英国的鸦片，德国的废枪炮，后有法国的香粉，美国的电影，日本的印着"完全国货"的各种小东西。于是连清醒的青年们，也对于洋货发生了恐怖。其实，这正是因为那是"送来"的，而不是"拿来"的缘故。

所以我们要运用脑髓，放出眼光，自己来拿!

譬如罢，我们之中的一个穷青年，因为祖上的阴功（姑且让我这么说说罢），得了一所大宅子，且不问他是骗来的，抢来的，或合法继承的，或是做了女婿换来的。那么，怎么办呢? 我想，首先是不管三七二十一，"拿来"! 但是，如果反对这宅子的旧主人，怕给他的东西染污了，徘徊不敢走进门，是孱头; 勃然大怒，放一把火烧光，算是保存自己的清白，则是昏蛋。不过因为原是羡慕这宅子的旧主人的，而这回接受一切，欣欣然的蹩进卧室，大吸剩下的鸦片，那当然更是废物。"拿来主义"者是全不这样的。

他占有，挑选。看见鱼翅，并不就抛在路上以显其"平民化"，只要有养料，也和朋友们像萝卜白菜一样的吃掉，只不用它来宴大宾; 看见鸦片，也不当众摔在毛厕里，以见其彻底革命，只送到药房里去，以供治病之用，却不弄"出售存膏，售完即止"的玄虚。只有烟枪和烟灯，虽然形式和印度，波斯，阿剌伯的烟具都不同，确可以算是一种国粹，倘使背着周游世界，一定会有人看，但我想，除了送一点进博物馆之外，其余的是大可以毁掉的了。还有一群姨太太，也大以请她们各自走散为是，要不然，"拿来主义"怕未免有些危机。

总之，我们要拿来。我们要或使用，或存放，或毁灭。那么，主人是新主人，宅子也就会成为新宅子。然而首先要这人沉着，勇猛，有辨别，不自私。没有拿来的，人不能自成为新人，没有拿来的，文艺不能自成为新文艺。

一九三四年六月四日

隔　膜

　　清朝初年的文字之狱，到清朝末年才被从新提起。最起劲的是"南社"里的有几个人，为被害者辑印遗集；还有些留学生，也争从日本搬回文证来。待到孟森的《心史丛刊》出，我们这才明白了较详细的状况，大家向来的意见，总以为文字之祸，是起于笑骂了清朝。然而，其实是不尽然的。

　　这一两年来，故宫博物院的故事似乎不大能够令人敬服，但它却印给了我们一种好书，曰《清代文字狱档》，去年已经出到八辑。其中的案件，真是五花八门，而最有趣的，则莫如乾隆四十八年二月"冯起炎注解易诗二经欲行投呈案"。

　　冯起炎是山西临汾县的生员，闻乾隆将谒泰陵，便身怀著作，在路上徘徊，意图呈进，不料先以"形迹可疑"被捕了。那著作，是以《易》解《诗》，实则信口开河，在这里犯不上抄录，惟结尾有"自传"似的文章一大段，却是十分特别的——

　　　　又，臣之来也，不愿如何如何，亦别无愿求之事，惟有一事未决，请对陛下一叙其缘由。臣……名曰冯起炎，字是南州，尝到臣张三姨母家，见一女，可娶，而恨不足以办此。此女名曰小女，年十七岁，方当待字之年，而正在未字之时，乃原籍东关春牛厂长兴号张守忭之次女

1041

也。又到臣杜五姨母家，见一女，可娶，而恨力不足以办此。此女名小凤，年十三岁，虽非必字之年，而已在可字之时，乃本京东城闹市口瑞生号杜月之次女也。若以陛下之力，差干员一人，选快马一匹，克日长驱到临邑，问彼临邑之地方官："其东关春牛厂长兴号中果有张守忭一人否？"诚如是也，则此事谐矣。再问："东城闹市口瑞生号中果有杜月一人否？"诚如是也，则此事谐矣。二事谐，则臣之愿毕矣。然臣之来也，方不知陛下纳臣之言耶否耶，而必以此等事相强乎？特进言之际，一叙及之。

这何尝有丝毫恶意？不过着了当时通行的才子佳人小说的迷，想一举成名，天子做媒，表妹入抱而已。不料事实的结局却不大好，署直隶总督袁守侗拟奏的罪名是"阅其呈首，胆敢于圣主之前，混讲经书，而呈尾措词，尤属狂妄。核其情罪，较冲突仪仗为更重。冯起炎一犯，应从重发往黑龙江等处，给披甲人为奴。俟部复到日，照例解部刺字发遣。"这位才子，后来大约终于单身出关做西崽去了。

此外的案情，虽然没有这么风雅，但并非反动的还不少。有的是卤莽；有的是发疯；有的是乡曲迂儒，真的不识讳忌；有的则是草野愚民，实在关心皇家。而运命大概很悲惨，不是凌迟，灭族，便是立刻杀头，或者"斩监候"，也仍然活不出。

凡这等事，粗略的一看，先使我们觉得清朝的凶虐，其次，是死者的可怜。但再来一想，事情是并不这么简单的。这些惨案的来由，都只为了"隔膜"。

满洲人自己，就严分着主奴，大臣奏事，必称"奴才"，而汉人却称"臣"就好。这并非因为是"炎黄之胄"，特地优待，锡以嘉名的，其实是所以别于满人的"奴才"，其地位还下于"奴才"数等。奴隶只能奉行，不许言议；评论固然不可，妄自颂扬也不可，这就是"思不出其位"。譬如说：主子，您这袍角有些儿破了，拖下去怕更要破烂，还是补一补好。进言者方自以为在尽忠，而其实却犯了罪，因为另有准其讲这样的话的人在，不是谁都可说的。一乱说，便是"越俎代谋"，当然"罪有应得"。倘自以为是"忠而获咎"，那不过是自己的胡涂。

但是，清朝的开国之君是十分聪明的，他们虽然打定了这样的主意，嘴里却并不照样说，用的是中国的古训："爱民如子"，"一视同仁"。一部分的大臣，士大夫，是明白这奥妙的，并不敢相信。但有一些简单愚蠢的人们却上了当，真以为"陛下"是自己的老子，亲亲热热的撒娇讨好去了。他那里要这被征服者做儿子呢？于是乎杀掉。不久，儿子们吓得不再开口了，计划居然成功；直到光绪时康有为们的上书，才又冲破了"祖宗的成法"。然而这奥妙，好像至今还没有人来说明。

施蛰存先生在《文艺风景》创刊号里，很为"忠而获咎"者不平，就因为还不免有些"隔膜"的缘故。这是《颜氏家训》或《庄子》《文选》里所没有的。

一九三四年六月十日

难行和不信

　　中国的"愚民"——没有学问的下等人，向来就怕人注意他。如果你无端的问他多少年纪，什么意见，兄弟几个，家景如何，他总是支吾一通之后，躲了开去。有学识的大人物，很不高兴他们这样的脾气。然而这脾气总不容易改，因为他们也实在从经验而来的。

　　假如你被谁注意了，一不小心，至少就不免上一点小当，譬如罢，中国是改革过的了，孩子们当然早已从"孟宗哭竹""王祥卧冰"的教训里蜕出，然而不料又来了一个崭新的"儿童年"，爱国之士，因此又想起了"小朋友"，或者用笔，或者用舌，不怕劳苦的来给他们教训。一个说要用功，古时候曾有"囊萤照读""凿壁偷光"的志士；一个说要爱国，古时候曾有十几岁突围请援，十四岁上阵杀敌的奇童。这些故事，作为闲谈来听听是不算很坏的，但万一有谁相信了，照办了，那就会成为乳臭未干的吉诃德。你想，每天要捉一袋照得见四号铅字的萤火虫，那岂是一件容易事？但这还只是不容易罢了，倘去凿壁，事情就更糟，无论在那里，至少是挨一顿骂之后，立刻由爸爸妈妈赔礼，雇人去修好。

　　请援，杀敌，更加是大事情，在外国，都是三四十岁的人们所做的。他们那里的儿童，着重的是吃，玩，认字，听些极普通，极紧要的常识。中国的儿童给大家特别看得起，那当然也很好，然而出来的题目就因此常常是难题，仍如飞剑一样，非上武当山寻师学道之后，决计没法办。到了二十世纪，古人空想中的潜水艇，飞行机，是实地上成功了，但《龙文鞭影》或《幼学琼林》里的模范故事，却还有些难学。我想，便是说教的人，恐怕自己也未必相信罢。

所以听的人也不相信。我们听了千多年的剑仙侠客，去年到武当山去的只有三个人，只占全人口的五百兆分之一，就可见。古时候也许还要多，现在是有了经验，不大相信了，于是照办的人也少了。——但这是我个人的推测。

不负责任的，不能照办的教训多，则相信的人少；利己损人的教训多，则相信的人更其少。"不相信"就是"愚民"的远害的堑壕，也是使他们成为散沙的毒素。然而有这脾气的也不但是"愚民"，虽是说教的士大夫，相信自己和别人的，现在也未必有多少。例如既尊孔子，又拜活佛者，也就是恰如将他的钱试买各种股票，分存许多银行一样，其实是那一面都不相信的。

一九三四年七月一日

门外文谈

一　开头

听说今年上海的热，是六十年来所未有的。白天出去混饭，晚上低头回家，屋子里还是热，并且加上蚊子。这时候，只有门外是天堂。因为海边的缘故罢，总有些风，用不着挥扇。虽然彼此有些认识，却不常见面的寓在四近的亭子间或搁楼里的邻人也都坐出来了，他们有的是店员，有的是书局里的校对员，有的是制图工人的好手。大家都已经做得筋疲力尽，叹着苦，但这时总还算有闲的，所以也谈闲天。

闲天的范围也并不小：谈旱灾，谈求雨，谈吊膀子，谈三寸怪人干，谈洋米，谈裸腿，也谈古文，谈白话，谈大众语。因为我写过几篇白话文，所以关于古文之类他们特别要听我的话，我也只好特别说的多。这样的过了两三夜，才给别的话岔开，也总算谈完了。不料过了几天之后，有几个还要我写出来。

他们里面，有的是因为我看过几本古书，所以相信我的，有的是因为我看过一点洋书，有的又因为我看古书也看洋书；但有几位却因此反不相信我，说我是蝙蝠。我说到古文，他就笑道，你不是唐宋八大家，能信么？我谈到大众语，他又笑道：你又不是劳苦大众，讲什么海话呢？

这也是真的。我们讲旱灾的时候，就讲到一位老爷下乡查灾，说有些地方是本可以不成灾的，现在成灾，是因为农民懒，不戽水。但一种报上，却记着一个六十老翁，因儿子戽水乏力而死，灾象如故，无路可走，自杀了。老爷和乡下人，意见是真有这么的不同的。那么，我的夜谈，恐怕也终不过是一个门外闲人的空话罢了。

飓风过后，天气也凉爽了一些，但我终于照着希望我写的几个人的希望，写出来了，比口语简单得多，大致却无异，算是抄给我们一流人看的。当时只凭记忆，乱引古书，说话是耳边风，错点不打紧，写在纸上，却使我很踌躇，但自己又苦于没有原书可对，这只好请读者随时指正了。

一九三四年，八月十六夜，写完并记

二　字是什么人造的?

字是什么人造的?

我们听惯了一件东西，总是古时候一位圣贤所造的故事，对于文字，也当然要有这质问。但立刻就有忘记了来源的答话：字是仓颉造的。

这是一般的学者的主张，他自然有他的出典。我还见过一幅这位仓颉的画像，是生着四只眼睛的老头陀。可见要造文字，相貌先得出奇，我们这种只有两只眼睛的人，是不但本领不够，连相貌也不配的。

然而做《易经》的人（我不知道是谁），却比较的聪明，他说："上古结绳而治，后世圣人易之以书契。"他不说仓颉，只说"后世圣人"，不说创造，只说掉换，真是谨慎得很；也许他无意中就不相信古代会有一个独自造出许多文字来的人的了，所以就只是这么含含胡胡的来一句。

但是，用书契来代结绳的人，又是什么脚色呢？文学家？不错，从现在的所谓文学家的最要卖弄文字，夺掉笔杆便一无所能的事实看起来，的确首先就要想到他；他也的确应该给自己的吃饭家伙出点力。然而并不是的。有史以前的人们，虽然劳动也唱歌，求爱也唱歌，他却并不起草，或者留稿子，因为他做梦也想不到卖诗稿，编全集，而且那时的社会里，也没有报馆和书铺子，文字毫无用处。据有些学者告诉我们的话来看，这在文字上用了一番工夫的，想来该是史官了。

原始社会里，大约先前只有巫，待到渐次进化，事情繁复了，有些事情，如祭祀，狩猎，战争……之类，渐有记住的必要，巫就只好在他那本职的"降神"之外，一面也想法子来记事，这就是"史"的开头。况且"升中于天"，他在本职上，也得将记载酋长和他的治下的大事的册子，烧给上帝看，因此一样的要做文章——虽然这大约是后起的事。再后来，职掌分得更清楚了，于是就有专门记事的史官。文字就是史官必要的工具，古人说："仓颉，黄帝史。"第一句未可信，但指出了史和文字的关系，却是很有意思的。至于后来的"文学家"用它来写"阿呀呀，我的爱哟，我要死了！"那些佳句，那不过是享享现成的罢了，"何足道哉"！

三　字是怎么来的？

照《易经》说，书契之前明明是结绳；我们那里的乡下人，碰到明天要做一件紧要事，怕得忘记时，也常常说："裤带上打一个结！"那么，我们的古圣人，是否也用一条长绳，有一件事就打一个结呢？恐怕是不行的。只有几个结还记得，一多可就糟了。或者那正是伏羲皇上的"八卦"之流，三条绳一组，都不打结是"乾"，中间各打一结是"坤"罢？恐怕也不对。八组尚可，六十四组就难记，何况还会有五百十二组呢。只有在秘鲁还有存留的"打结字"（Quippus），用一条横绳，挂上许多直绳，拉来拉去的结起来，网不像网，倒似乎还可以表现较多的意思。我们上古的结绳，恐怕也是如此的罢。但它既然被书契掉换，又不是书契的祖宗，我们也不妨暂且不去管它了。

夏禹的"岣嵝碑"是道士们假造的；现在我们能在实物上看见的最古的文字，只有商朝的甲骨和钟鼎文。但这些，都已经很进步了，几乎找不出一个原始形态。只在铜器上，有时还可以看见一点写实的图形，如鹿，如象，而从这图形上，又能发见和文字相关的线索：中国文字的基础是"象形"。

画在西班牙的亚勒泰米拉（Altamira）洞里的野牛，是有名的原始人的遗迹，许多艺术史家说，这正是"为艺术的艺术"，原始人画着玩玩的。但这解释未免过于"摩登"，因为原始人没有十九世纪的文艺家那么有闲，他的画一只牛，是有缘故的，为的是关于野牛，或者是猎取野牛，禁咒野牛的事。现在上海墙壁上的香烟和电影的广告画，尚且常有人张着嘴巴看，在少见多怪的原始社会里，有了这么一个奇迹，那轰动一时，就可想而知了。他们一面看，知道了野牛这东西，原来可以用线条移在别的平面上，同时仿佛也认识了一个"牛"字，一面也佩服这作者的才能，但没有人请他作自传赚钱，所以姓氏也就湮没了。但在社会里，仓颉也不止一个，有的在刀柄上刻一点图，有的在门户上画一些画，心心相印，口口相传，文字就多起来，史官一采集，便可以敷衍记事了。中国文字的由来，恐怕也逃不出这例子的。

自然，后来还该有不断的增补，这是史官自己可以办到的，新字夹在熟字中，又是象形，别人也容易推测到那字的意义。直到现在，中国还在生出新字来。但是，硬做新仓颉，却要失败的，吴的朱育，唐的武则天，都曾经造过古怪字，也都白费力。现在最会造字的是中国化学家，许多原质和化合物的名目，很不容易认得，连音也难以读出来了。老实说，我是一看见就头痛的，觉得远不如就用万国通用的拉丁名来得爽快，如果二十来个字母都认不得，请恕我直说：那么，化学也大抵学不好的。

四　写字就是画画

《周礼》和《说文解字》上都说文字的构成法有六种，这里且不谈罢，只说些和"象形"有关的东西。

象形，"近取诸身，远取诸物"，就是画一只眼睛是"目"，画一个圆圈，放几条毫光是"日"，那自然很明白，便当的。但有时要碰壁，譬如要画刀口，怎么办呢？不画刀背，也显不出刀口来，这时就只好别出心裁，在刀口上加一条短棍，算是指明"这个地方"的意思，造了"刃"。这已经颇有些办事棘手的模样了，何况还有无形可象的事件，于是只得来"象意"，也叫作"会意"。一只手放在树上是"采"，一颗心放在屋子和饭碗之间是""，有吃有住，安了。但要写"可"的，却又得在碗下面放一条线，表明这不过是用了""的声音的意思。"会意"比"象形"更麻烦，它至少要画两样。如""字，则要画一个屋顶，一串玉，一个缶，一个，计四样；我看"缶"字还是杵臼两形合成的，那么一共有五样。单单为了画这一个字，就很要破费些工夫。

1050

不过还是走不通，因为有些事物是画不出，有些事物是画不来，譬如松柏，叶样不同，原是可以分出来的，但写字究竟是写字，不能像绘画那样精工，到底还是硬挺不下去。来打开这僵局的是"谐声"，意义和形象离开了关系。这已经是"记音"了，所以有人说，这是中国文字的进步。不错，也可以说是进步，然而那基础也还是画画儿。例如"菜，从草，采声"，画一窠草，一个爪，一株树：三样；"海，从水，每声"，画一条河，一位戴帽（？）的太太，也三样。总之：你如果要写字，就非永远画画不成。

但古人是并不愚蠢的，他们早就将形象改得简单，远离了写实。篆字圆折，还有图画的余痕，从隶书到现在的楷书，和形象就天差地远。不过那基础并未改变，天差地远之后，就成为不象形的象形字，写起来虽然比较的简单，认起来却非常困难了，要凭空一个一个的记住。而且有些字，也至今并不简单，例如""或""，去叫孩子写，非练习半年六月，是很难写在半寸见方的格子里面的。

还有一层，是"谐声"字也因为古今字音的变迁，很有些和"声"不大"谐"的了。现在还有谁读"滑"为"骨"，读"海"为"每"呢？

古人传文字给我们，原是一份重大的遗产，应该感谢的。但在成了不象形的象形字，不十分谐声的谐声字的现在，这感谢却只好踌躇一下了。

五 古时候言文一致么？

到这里，我想来猜一下古时候言文是否一致的问题。

对于这问题，现在的学者们虽然并没有分明的结论，但听他口气，好像大概是以为一致的；越古，就越一致。不过我却很有些怀疑，因为文字愈容易写，就愈容易写得和口语一致，但中国却是那么难画的象形字，也许我们的古人，向来就将不关重要的词摘去了的。

《书经》有那么难读，似乎正可作照写口语的证据，但商周人的的确确的口语，现在还没有研究出，还要繁也说不定的。至于周秦古书，虽然作者也用一点他本地的方言，而文字大致相类，即使和口语还相近罢，用的也是周秦白话，并非周秦大众语。汉朝更不必说了，虽是肯将《书经》里难懂的字眼，翻成今字的司马迁，也不过在特别情况之下，采用一点俗语，例如陈涉的老朋友看见他为王，惊异道："夥颐，涉之为王沉沉者"，而其中的"涉之为王"四个字，我还疑心太史公加过修剪的。

那么，古书里采录的童谣，谚语，民歌，该是那时的老牌俗语罢。我看也很难说。中国的文学家，是颇有爱改别人文章的脾气的。最明显的例子是汉民间的《淮南王歌》，同一地方的同一首歌，《汉书》和《前汉纪》记的就两样。

一面是——

一尺布，尚可缝；

一斗粟，尚可舂。

兄弟二人，不能相容。

一面却是——

一尺布，暖童童；

一斗粟，饱蓬蓬。

兄弟二人不相容。

比较起来，好像后者是本来面目，但已经删掉了一些也说不定的：只是一个提要。后来宋人的语录，话本，元人的杂剧和传奇里的科白，也都是提要，只是它用字较为平常，删去的文字较少，就令人觉得"明白如话"了。

我的臆测，是以为中国的言文，一向就并不一致的，大原因便是字难写，只好节省些。当时的口语的摘要，是古人的文；古代的口语的摘要，是后人的古文。所以我们的做古文，是在用了已经并不象形的象形字，未必一定谐声的谐声字，在纸上描出今人谁也不说，懂的也不多的，古人的口语的摘要来。你想，这难不难呢？

六　于是文章成为奇货了

文字在人民间萌芽，后来却一定为特权者所收揽。据《易经》的作者所推测，"上古结绳而治"，则连结绳就已是治人者的东西。待到落在巫史的手里的时候，更不必说了，他们都是酋长之下，万民之上的人。社会改变下去，学习文字的人们的范围也扩大起来，但大抵限于特权者。至于平民，那是不识字的，并非缺少学费，只因为限于资格，他不配。而且连书籍也看不见。中国在刻版还未发达的时候，有一部好书，往往是"藏之秘阁，副在三馆"，连做了士子，也还是不知道写着什么的。

因为文字是特权者的东西，所以它就有了尊严性，并且有了神秘性。中国的字，到现在还很尊严，我们在墙壁上，就常常看见挂着写上"敬惜字纸"的篓子；至于符的驱邪治病，那就靠了它的神秘性的。文字既然含着尊严性，那么，知道文字，这人也就连带的尊严起来了。新的尊严者日出不穷，对于旧的尊严者就不利，而且知道文字的人们一多，也会损伤神秘性的。符的威力，就因为这好像是字的东西，除道士以外，谁也不认识的缘故。所以，对于文字，他们一定要把持。

欧洲中世，文章学问，都在道院里；克罗蒂亚（Kroatia），是到了十九世纪，识字的还只有教士的，人民的口语，退步到对于旧生活刚够用。他们革新的时候，就只好从外国借进许多新语来。

我们中国的文字，对于大众，除了身分，经济这些限制之外，却还要加上一条高门槛：难。单是这条门槛，倘不费他十来年工夫，就不容易跨过。跨过了的，就是士大夫，而这些士大夫，又竭力的要使文字更加难起来，因为这可以使他特别的尊严，超出别的一切平常的士大夫之上。汉朝的杨雄的喜欢奇字，就有这毛病的，刘歆想借他的《方言》稿子，他几乎要跳黄浦。唐朝呢，樊宗师的文章做到别人点不断，李贺的诗做到别人看不懂，也都为了这缘故。还有一种方法是将字写得别人不认识，下焉者，是从《康熙字典》上查出几个古字来，夹进文章里面去；上焉者是钱坫的用篆字来写刘熙的《释名》，最近还有钱玄同先生的照《说文》字样给太炎先生抄《小学答问》。

文字难，文章难，这还都是原来的；这些上面，又加以士大夫故意特制的难，却还想它和大众有缘，怎么办得到。但士大夫们也正愿其如此，如果文字易识，大家都会，文字就不尊严，他也跟着不尊严了。说白话不如文言的人，就从这里出发的；现在论大众语，说大众只要教给"千字课"就够的人，那意思的根柢也还是在这里。

七 不识字的作家

用那么艰难的文字写出来的古语摘要，我们先前也叫"文"，现在新派一点的叫"文学"，这不是从"文学子游子夏"上割下来的，是从日本输入，他们的对于英文 Literature 的译名。会写写这样的"文"的，现在是写白话也可以了，就叫作"文学家"，或者叫"作家"。

文学的存在条件首先要会写字，那么，不识字的文盲群里，当然不会有文学家了。然而作家却有的。你们不要太早的笑我，我还有话说。我想，人类是在未有文字之前，就有了创作的，可惜没有人记下，也没有法子记下。我们的祖先的原始人，原是连话也不会说的，为了共同劳作，必需发表意见，才渐渐的练出复杂的声音来，假如那时大家抬木头，都觉得吃力了，却想不到发表，其中有一个叫道"杭育杭育"，那么，这就是创作；大家也要佩服，应用的，这就等于出版；倘若用什么记号留存了下来，这就是文学；他当然就是作家，也是文学家，是"杭育杭育派"。不要笑，这作品确也幼稚得很，但古人不及今人的地方是很多的，这正是其一。就是周朝的什么"关关雎鸠，在河之洲，窈窕淑女，君子好逑"罢，它是《诗经》里的头一篇，所以吓得我们只好磕头佩服，假如先前未曾有过这样的一篇诗，现在的新诗人用这意思做一首白话诗，到无论什么副刊上去投稿试试罢，我看十分之九是要被编辑者塞进字纸篓去的。"漂亮的好小姐呀，是少爷的好一对儿！"什么话呢？

就是《诗经》的《国风》里的东西，好许多也是不识字的无名氏作品，因为比较的优秀，大家口口相传的。王官们检出它可作行政上参考的记录了下来，此外消灭的正不知有多少。希腊人荷马——我们姑且当作有这样一个人——的两大史诗，也原是口吟，现存的是别人的记录。东晋到齐陈的《子夜歌》和《读曲歌》之类，唐朝的《竹枝词》和《柳枝词》之类，原都是无名氏的创作，经文人的采录和润色之后，留传下来的。这一润色，留传固然留传了，但可惜的是一定失去了许多本来面目。到现在，到处还有民谣，山歌，渔歌等，这就是不识字的诗人的作品；也传述着童话和故事，这就是不识字的小说家的作品；他们，就都是不识字的作家。

但是，因为没有记录作品的东西，又很容易消灭，流布的范围也不能很广大，知道的人们也就很少了。偶有一点为文人所见，往往倒吃惊，吸入自己的作品中，作为新的养料。旧文学衰颓时，因为摄取民间文学或外国文学而起一个新的转变，这例子是常见于文学史上的。不识字的作家虽然不及文人的细腻，但他却刚健，清新。

要这样的作品为大家所共有，首先也就是要这作家能写字，同时也还要读者们能识字以至能写字，一句话：将文字交给一切人。

八　怎么交代？

将文字交给大众的事实，从清朝末年就已经有了的。

"莫打鼓，莫打锣，听我唱个太平歌……"是钦颁的教育大众的俗歌；此外，士大夫也办过一些白话报，但那主意，是只要大家听得懂，不必一定写得出。《平民千字课》就带了一点写得出的可能，但也只够记账，写信。倘要写出心里所想的东西，它那限定的字数是不够的。譬如牢监，的确是给了人一块地，不过它有限制，只能在这圈子里行立坐卧，断不能跑出设定了的铁栅外面去。

劳乃宣和王照他两位都有简字，进步得很，可以照音写字了。民国初年，教育部要制字母，他们俩都是会员，劳先生派了一位代表，王先生是亲到的，为了入声存废问题，曾和吴稚晖先生大战，战得吴先生肚子一凹，棉裤也落了下来。但结果总算几经斟酌，制成了一种东西，叫作"注音字母"。那时很有些人，以为可以替代汉字了，但实际上还是不行，因为它究竟不过简单的方块字，恰如日本的"假名"一样，夹上几个，或者注在汉字的旁边还可以，要它拜帅，能力就不够了。写起来会混杂，看起来要眼花。那时的会员们称它为"注音字母"，是深知道它的能力范围的。再看日本，他们有主张减少汉字的，有主张拉丁拼音的，但主张只用"假名"的却没有。

再好一点的是用罗马字拼法，研究得最精的是赵元任先生罢，我不大明白。用世界通用的罗马字拼起来——现在是连土耳其也采用了——一词一串，非常清晰，是好的。但教我似的门外汉来说，好像那拼法还太繁。要精密，当然不得不繁，但繁得很，就又变了"难"，有些妨碍普及了。最好是另有一种简而不陋的东西。

这里我们可以研究一下新的"拉丁化"法，《每日国际文选》里有一小本《中国语书法之拉丁化》，《世界》第二年第六七号合刊附录的一份《言语科学》，就都是介绍这东西的。价钱便宜，有心的人可以买来看。它只有二十八个字母，拼法也容易学。"人"就是 Rhen，"房子"就是 Fangz，"我吃果子"是 Wo ch goz，"他是工人"是 Ta shgungrhen。现在在华侨里实验，见了成绩的，还只是北方话。但我想，中国究竟还是讲北方话——不是北京话——的人们多，将来如果真有一种到处通行的大众语，那主力也恐怕还是北方话罢。为今之计，只要酌量增减一点，使它合于各该地方所特有的音，也就可以用到无论什么穷乡僻壤去了。

那么，只要认识二十八个字母，学一点拼法和写法，除懒虫和低能外，就谁都能够写得出，看得懂了。况且它还有一个好处，是写得快。美国人说，时间就是金钱；但我想：时间就是性命。无端的空耗别人的时间，其实是无异于谋财害命的。不过像我们这样坐着乘风凉，谈闲天的人们，可又是例外。

九　专化呢，普遍化呢？

到了这里，就又碰着了一个大问题：中国的言语，各处很不同，单给一个粗枝大叶的区别，就有北方话，江浙话，两湖川贵话，福建话，广东话这五种，而这五种中，还有小区别。现在用拉丁字来写，写普通话，还是写土话呢？要写普通话，人们不会；倘写土话，别处的人们就看不懂，反而隔阂起来，不及全国通行的汉字了。这是一个大弊病！

我的意思是：在开首的启蒙时期，各地方各写它的土话，用不着顾到和别地方意思不相通。当未用拉丁写法之前，我们的不识字的人们，原没有用汉字互通着声气，所以新添的坏处是一点也没有的，倒有新的益处，至少是在同一语言的区域里，可以彼此交换意见，吸收智识了——那当然，一面也得有人写些有益的书。问题倒在这各处的大众语文，将来究竟要它专化呢，还是普通化？

方言土语里，很有些意味深长的话，我们那里叫"炼话"，用起来是很有意思的，恰如文言的用古典，听者也觉得趣味津津。各就各处的方言，将语法和词汇，更加提炼，使他发达上去的，就是专化。这于文学，是很有益处的，它可以做得比仅用泛泛的话头的文章更加有意思。但专化又有专化的危险。言语学我不知道，看生物，是一到专化，往往要灭亡的。未有人类以前的许多动植物，就因为太专化了，失其可变性，环境一改，无法应付，只好灭亡。——幸而我们人类还不算专化的动物，请你们不要愁。大众

1058

是有文学，要文学的，但决不该为文学做牺牲，要不然，他的荒谬和为了保存汉字，要十分之八的中国人做文盲来殉难的活圣贤就并不两样。所以，我想，启蒙时候用方言，但一面又要渐渐的加入普通的语法和词汇去。先用固有的，是一地方的语文的大众化，加入新的去，是全国的语文的大众化。

几个读书人在书房里商量出来的方案，固然大抵行不通，但一切都听其自然，却也不是好办法。现在在码头上，公共机关中，大学校里，确已有着一种好像普通话模样的东西，大家说话，既非"国语"，又不是京话，各各带着乡音，乡调，却又不是方言，即使说的吃力，听的也吃力，然而总归说得出，听得懂。如果加以整理，帮它发达，也是大众语中的一支，说不定将来还简直是主力。我说要在方言里"加入新的去"，那"新的"的来源就在这地方。待到这一种出于自然，又加人工的话一普遍，我们的大众语文就算大致统一了。

此后当然还要做。年深月久之后，语文更加一致，和"炼话"一样好，比"古典"还要活的东西，也渐渐的形成，文学就更加精采了。马上是办不到的。你们想，国粹家当作宝贝的汉字，不是化了三四千年工夫，这才有这么一堆古怪成绩么？

至于开手要谁来做的问题，那不消说：是觉悟的读书人。有人说："大众的事情，要大众自己来做！"那当然不错的，不过得看看说的是什么脚色。如果说的是大众，那有一点是对的，对的是要自己来，错的是推开了帮手。倘使说的是读书人呢，那可全不同了：他在用漂亮话把持文字，保护自己的尊荣。

十　不必恐慌

但是，这还不必实做，只要一说，就又使另一些人发生恐慌了。

首先，是说提倡大众语文的，乃是"文艺的政治宣传员如宋阳之流"，本意在于造反。给带上一顶有色帽，是极简单的反对法。不过一面也就是说，为了自己的太平，宁可中国有百分之八十的文盲。那么，倘使口头宣传呢，就应该使中国有百分之八十的聋子了。但这不属于"谈文"的范围，这里也无须多说。

专为着文学发愁的，我现在看见有两种。一种是怕大众如果都会读，写，就大家都变成文学家了。这真是怕天掉下来的好人。上次说过，在不识字的大众里，是一向就有作家的。我久不到乡下去了，先前是，农民们还有一点余闲，譬如乘凉，就有人讲故事。不过这讲手，大抵是特定的人，他比较的见识多，说话巧，能够使人听下去，懂明白，并且觉得有趣。这就是作家，抄出他的话来，也就是作品。倘有语言无味，偏爱多嘴的人，大家是不要听的，还要送给他许多冷话——讥刺。我们弄了几千年文言，十来年白话，凡是能写的人，何尝个个是文学家呢？即使都变成文学家，又不是军阀或土匪，于大众也并无害处的，不过彼此互看作品而已。

还有一种是怕文学的低落。大众并无旧文学的修养，比起士大夫文学的细致来，或者会显得所谓"低落"的，但也未染旧文学的痼疾，所以它又刚健，清新。无名氏文学如《子夜歌》之流，会给旧文学一种新力量，我先前已经说过了；现在也有人绍介了许多民歌和故事。还有戏剧，例如《朝花夕拾》所引《目连救母》里的无常鬼的自传，说是因为同情一个鬼魂，暂放还阳半日，不料被阎罗责罚，从此不再宽纵了——

　　那怕你铜墙铁壁！
　　那怕你皇亲国戚！……

何等有人情，又何等知过，何等守法，又何等果决，我们的文学家做得出来么？

这是真的农民和手业工人的作品，由他们闲中扮演。借目连的巡行来贯串许多故事，除《小尼姑下山》外，和刻本的《目连救母记》是完全不同的。其中有一段《武松打虎》，是甲乙两人，一强一弱，扮着戏玩。先是甲扮武松，乙扮老虎，被甲打得要命，乙埋怨他了，甲道："你是老虎，不打，不是给你咬死了？"乙只得要求互换，却又被甲咬得要命，一说怨话，甲便道："你是武松，不咬，不是给你打死了？"我想：比起希腊的伊索，俄国的梭罗古勃的寓言来，这是毫无逊色的。

如果到全国的各处去收集，这一类的作品恐怕还很多。但自然，缺点是有的。是一向受着难文字，难文章的封锁，和现代思潮隔绝。所以，倘要中国的文化一同向上，就必须提倡大众语，大众文，而且书法更必须拉丁化。

十一　大众并不如读书人所想像的愚蠢

但是，这一回，大众语文刚一提出，就有些猛将趁势出现了，来路是并不一样的，可是都向白话，翻译，欧化语法，新字眼进攻。他们都打着"大众"的旗，说这些东西，都为大众所不懂，所以要不得。其中有的是原是文言余孽，借此先来打击当面的白话和翻译的，就是祖传的"远交近攻"的老法术；有的是本是懒惰分子，未尝用功，要大众语未成，白话先倒，让他在这空场上夸海口的，其实也还是文言文的好朋友，我都不想在这里多谈。现在要说的只是那些好意的，然而错误的人，因为他们不是看轻了大众，就是看轻了自己，仍旧犯着古之读书人的老毛病。

读书人常常看轻别人，以为较新，较难的字句，自己能懂，大众却不能懂，所以为大众计，是必须彻底扫荡的；说话作文，越俗，就越好。这意见发展开来，他就要不自觉的成为新国粹派。或则希图大众语文在大众中推行得快，主张什么都要配大众的胃口，甚至于说要"迎合大众"，故意多骂几句，以博大众的欢心。这当然自有他的苦心孤诣，但这样下去，可要成为大众的新帮闲的。

说起大众来，界限宽泛得很，其中包括着各式各样的人，但即使"目不识丁"的文盲，由我看来，其实也并不如读书人所推想的那么愚蠢。他们是要智识，要新的智识，要学习，能摄取的。当然，如果满口新语法，新名词，他们是什么也不懂；但逐渐的检必要的灌输进去，他们却会接受；那消化的力量，也许还赛过成见更多的读书人。初生的孩子，都是文盲，但到两岁，就懂许多话，能说许多话了，这在他，全部是新名词，新语法。他那里是从《马氏文通》或《辞源》里查来的呢，也没有教师给他解释，他是听过几回之后，从比较而明白了意义的。大众的会摄取新词汇和语法，也就是这样子，他们会这样的前进。所以，新国粹派的主张，虽然好像为大众设想，实际上倒尽了拖住的任务。不过也不能听大众的自然，因为有些见识，他们究竟还在觉悟的读书人之下，如果不给他们随时拣选，也许会误拿了无益的，甚而至于有害的东西。所以，"迎合大众"的新帮闲，是绝对的要不得的。

由历史所指示，凡有改革，最初，总是觉悟的智识者的任务。但这些智识者，却必须有研究，能思索，有决断，而且有毅力。他也用权，却不是骗人，他利导，却并非迎合。他不看轻自己，以为是大家的戏子，也不看轻别人，当作自己的喽罗。他只是大众中的一个人，我想，这才可以做大众的事业。

十二　煞尾

话已经说得不少了。总之，单是话不行，要紧的是做。要许多人做：大众和先驱；要各式的人做：教育家，文学家，言语学家……。这已经迫于必要了，即使目下还有点逆水行舟，也只好拉纤；顺水固然好得很，然而还是少不得把舵的。

这拉纤或把舵的好方法，虽然也可以口谈，但大抵得益于实验，无论怎么看风看水，目的只是一个：向前。

各人大概都有些自己的意见，现在还是给我听听你们诸位的高论罢。

一九三四年

不知肉味和不知水味

今年的尊孔，是民国以来第二次的盛典，凡是可以施展出来的，几乎全都施展出来了。上海的华界虽然接近夷（亦作彝）场，也听到了当年孔子听得"三月不知肉味"的"韶乐"。八月三十日的《申报》报告我们说——

> 廿七日本市各界在文庙举行孔诞纪念会，到党政机关，及各界代表一千余人。有大同乐会演奏中和韶乐二章，所用乐器因欲扩大音量起见，不分古今，凡属国乐器，一律配入，共四十种。其谱一仍旧贯，并未变动。聆其节奏，庄严肃穆，不同凡响，令人悠然起敬，如亲三代以上之承平雅颂，亦即我国民族性酷爱和平之表示也。……

乐器不分古今，一律配入，盖和周朝的韶乐，该已很有不同。但为"扩大音量起见"，也只能这么办，而且和现在的尊孔的精神，也似乎十分合拍的。"孔子，圣之时者也"，"亦即圣之摩登者也"，要三月不知鱼翅燕窝味，乐器大约决非"共四十种"不可；况且那时候，中国虽然已有外患，却还没有夷场。

不过因此也可见时势究竟有些不同了，纵使"扩大音量"，终于还扩不到乡间，同日的《中华日报》上，就记着一则颇伤"承平雅颂，亦即我国民族性酷爱和平之表示"的体面的新闻，最不凑巧的是事情也出在二十七——

> （宁波通讯）余姚入夏以来，因天时亢旱，河水干涸，住民饮料，大半均在河畔开凿土井，借以汲取，故往往因争先后，而起冲突。廿七日上午，距姚城四十里之朗霞镇后方屋地方，居民杨厚坤与姚士莲，又因争井水，发生冲突，互相加殴。姚士莲以烟筒头猛击杨头部，杨当即昏倒在地。继姚又以木棍石块击杨中要害，竟遭殴毙。迨邻近闻声施救，杨早已气绝。而姚士莲见已闯祸，知必不能免，即乘机逃避……

闻韶，是一个世界，口渴，是一个世界。食肉而不知味，是一个世界，口渴而争水，又是一个世界。自然，这中间大有君子小人之分，但"非小人无以养君子"，到底还不可任凭他们互相打死，渴死的。

听说在阿拉伯，有些地方，水已经是宝贝，为了喝水，要用血去换。"我国民族性"是"酷爱和平"的，想必不至于如此。但余姚的实例却未免有点怕人，所以我们除食肉者听了而不知肉味的"韶乐"之外，还要不知水味者听了而不想水喝的"韶乐"。

一九三四年八月二十九日

中国语文的新生

中国现在的所谓中国字和中国文，已经不是中国大家的东西了。

古时候，无论那一国，能用文字的原是只有少数的人的，但到现在，教育普及起来，凡是称为文明国者，文字已为大家所公有。但我们中国，识字的却大概只占全人口的十分之二，能作文的当然还要少。这还能说文字和我们大家有关系么？

也许有人要说，这十分之二的特别国民，是怀抱着中国文化，代表着中国大众的。我觉得这话并不对。这样的少数，并不足以代表中国人。正如中国人中，有吃燕窝鱼翅的人，有卖红丸的人，有拿回扣的人，但不能因此就说一切中国人，都在吃燕窝鱼翅，卖红丸，拿回扣一样。要不然，一个郑孝胥，真可以把全副"王道"挑到满洲去。

我们倒应该以最大多数为根据，说中国现在等于并没有文字。

这样的一个连文字也没有的国度，是在一天一天的坏下去了。我想，这可以无须我举例。

单在没有文字这一点上，智识者是早就感到模胡的不安的。清末的办白话报，五四时候的叫"文学革命"，就为此。但还只知道了文章难，没有悟出中国等于并没有文字。今年的提倡复兴文言文，也为此，他明知道现在的机关枪是利器，却因历来偷懒，未曾振作，临危又想侥幸，就只好梦想大刀队成事了。

大刀队的失败已经显然，只有两年，已没有谁来打九十九把钢刀去送给军队。但文言队的显出不中用来，是很慢，很隐的，它还有寿命。

和提倡文言文的开倒车相反，是目前的大众语文的提倡，但也还没有碰到根本的问题：中国等于并没有文字。待到拉丁化的提议出现，这才抓住了解决问题的紧要关键。

反对，当然大大的要有的，特殊人物的成规，动他不得。格理莱倡地动说，达尔文说进化论，摇动了宗教，道德的基础，被攻击原是毫不足怪的；但哈飞发见了血液在人身中环流，这和一切社会制度有什么关系呢，却也被攻击了一世。然而结果怎样？结果是：血液在人身中环流！

中国人要在这世界上生存，那些识得《十三经》的名目的学者，"灯红"会对"酒绿"的文人，并无用处，却全靠大家的切实的智力，是明明白白的。那么，倘要生存，首先就必须除去阻碍传布智力的结核：非语文和方块字。如果不想大家来给旧文字做牺牲，就得牺牲掉旧文字。走那一面呢，这并非如冷笑家所指摘，只是拉丁化提倡者的成败，乃是关于中国大众的存亡的。要得实证，我看也不必等候怎么久。

至于拉丁化的较详的意见，我是大体和《自由谈》连载的华圉作《门外文谈》相近的，这里不多说。我也同意于一切冷笑家所冷嘲的大众语的前途的艰难；但以为即使艰难，也还要做；愈艰难，就愈要做。改革，是向来没有一帆风顺的，冷笑家的赞成，是在见了成效之后，如果不信，可看提倡白话文的当时。

一九三四年九月二十四日

中国人失掉自信力了吗

从公开的文字上看起来：两年以前，我们总自夸着"地大物博"，是事实；不久就不再自夸了，只希望着国联，也是事实；现在是既不夸自己，也不信国联，改为一味求神拜佛，怀古伤今了——却也是事实。

于是有人慨叹曰：中国人失掉自信力了。

如果单据这一点现象而论，自信其实是早就失掉了的。先前信"地"，信"物"，后来信"国联"，都没有相信过"自己"。假使这也算一种"信"，那也只能说中国人曾经有过"他信力"，自从对国联失望之后，便把这他信力都失掉了。

失掉了他信力，就会疑，一个转身，也许能够只相信了自己，倒是一条新生路，但不幸的是逐渐玄虚起来了。信"地"和"物"，还是切实的东西，国联就渺茫，不过这还可以令人不久就省悟到依赖它的不可靠。一到求神拜佛，可就玄虚之至了，有益或是有害，一时就找不出分明的结果来，它可以令人更长久的麻醉着自己。

中国人现在是在发展着"自欺力"。

"自欺"也并非现在的新东西，现在只不过日见其明显，笼罩了一切罢了。然而，在这笼罩之下，我们有并不失掉自信力的中国人在。

我们从古以来，就有埋头苦干的人，有拚命硬干的人，有为民请命的人，有舍身求法的人，……虽是等于为帝王将相作家谱的所谓"正史"，也往往掩不住他们的光耀，这就是中国的脊梁。

这一类的人们，就是现在也何尝少呢？他们有确信，不自欺；他们在前仆后继的战斗，不过一面总在被摧残，被抹杀，消灭于黑暗中，不能为大家所知道罢了。说中国人失掉了自信力，用以指一部分人则可，倘若加于全体，那简直是诬蔑。

要论中国人，必须不被搽在表面的自欺欺人的脂粉所诓骗，却看看他的筋骨和脊梁。自信力的有无，状元宰相的文章是不足为据的，要自己去看地底下。

一九三四年九月二十五日

"以眼还眼"

　　杜衡先生在"最近，出于'与其看一部新的书，还不如看一部旧的书'的心情"，重读了莎士比亚的《凯撒传》。这一读是颇有关系的，结果使我们能够拜读他从读旧书而来的新文章：《莎剧凯撒传里所表现的群众》（见《文艺风景》创刊号）。

　　这个剧本，杜衡先生是"曾经用两个月的时间把它翻译出来过"的，就可见读得非常子细。他告诉我们："在这个剧里，莎氏描写了两个英雄——凯撒，和……勃鲁都斯。……还进一步创造了两位政治家（煽动家）——阴险而卑鄙的卡西乌斯，和表面上显得那么麻木而糊涂的安东尼。"但最后的胜利却属于安东尼，而"很明显地，安东尼底胜利是凭借了群众底力量"，于是更明显地，即使"甚至说，群众是这个剧底无形的主脑，也不嫌太过"了。

　　然而这"无形的主脑"是怎样的东西呢？杜衡先生在叙事和引文之后，加以结束——决不是结论，这是作者所不愿意说的——道——

　　　　在这许多地方，莎氏是永不忘记把群众表现为一个力量的；不过，这力量只是一种盲目的暴力。他们没有理性，他们没有明确的利害观念；他们底感情是完全被几个煽动家所控制着，所操纵着。……自然，我们不能贸然地肯定这是群众底本质，但是我们倘若说，这位伟大的剧作者是把群众这样看法的，大概不会有什么错误吧。这看法，我知道将使作者大大地开罪于许多把群众底理性和感情用另一种方式来估计的朋友们。至于我，说实话，我以为对这些问题的判断，是至今还超乎我底能力之上，我不敢妄置一词。……

杜衡先生是文学家，所以这文章做得极好，很谦虚。假如说，"妈的群众是瞎了眼睛的！"即使根据的是"理性"，也容易因了表现的粗暴而招致反感；现在是"这位伟大的剧作者"莎士比亚老前辈"把群众这样看法的"，您以为怎么样呢？"巽语之言，能无说乎"，至少也得客客气气的搔一搔头皮，如果你没有翻译或细读过莎剧《凯撒传》的话——只得说，这判断，更是"超乎我底能力之上"了。

于是我们都不负责任，单是讲莎剧。莎剧的确是伟大的，仅就杜衡先生所介绍的几点来看，它实在已经打破了文艺和政治无关的高论了。群众是一个力量，但"这力量只是一种盲目的暴力。他们没有理性，他们没有明确的利害观念"，据莎氏的表现，至少，他们就将"民治"的金字招牌踏得粉碎，何况其他？即在目前，也使杜衡先生对于这些问题不能判断了。一本《凯撒传》，就是作政论看，也是极有力量的。

然而杜衡先生却又因此替作者捏了一把汗，怕"将使作者大大地开罪于许多把群众底理性和感情用另一种方式来估计的朋友们"。自然，在杜衡先生，这是一定要想到的，他应该爱惜这一位以《凯撒传》给他智慧的作者。然而肯定的判断了那一种"朋友们"，却未免太不顾事实了。现在不但施蛰存先生已经看见了苏联将要排演莎剧的"丑态"（见《现代》九月号），便是《资本论》里，不也常常引用莎氏的名言，未尝说他有罪么？将来呢，恐怕也如未必有人引《哈孟雷特》来证明有鬼，更未必有人因《哈孟雷特》而责莎士比亚的迷信一样，会特地"吊民伐罪"，和杜衡先生一般见识的。

况且杜衡先生的文章，是写给心情和他两样的人们来读的，因为会看见《文艺风景》这一本新书的，当然决不是怀着"与其看一部新的书，还不如看一部旧的书"的心情的朋友。但是，一看新书，可也就不至于只看一本《文艺风景》了，讲莎剧的书又很多，涉猎一点，心情就不会这么抖抖索索，怕被"政治家"（煽动家）所煽动。那些"朋友们"除注意作者的时代和环境而外，还会知道《凯撒传》的材料是从布鲁特奇的《英雄传》里取来的，而且是莎士比亚从作喜剧转入悲剧的第一部；作者这时是失意了。为什么事呢，还不大明白。但总之，当判断的时候，是都要想到的，又未必有杜衡先生所豫言的痛快，简单。

单是对于"莎剧凯撒传里所表现的群众"的看法，和杜衡先生的眼睛两样的就有的是。现在只抄一位痛恨十月革命，逃入法国的显斯妥夫（Lev Shestov）先生的见解，而且是结论在这里罢——

　　在《攸里乌斯·凯撒》中活动的人，以上之外，还有一个。那是复合底人物。那便是人民，或说"群众"。莎士比亚之被称为写实家，并不是无意义的。无论在那一点，他决不阿谀群众，做出凡俗的性格来。他们轻薄，胡乱，残酷。今天跟在彭贝的战车之后，明天喊着凯撒之名，但过了几天，却被他的叛徒勃鲁都斯的辩才所惑，其次又赞成安东尼的攻击，要求着刚才的红人勃鲁都斯的头了。人往往愤慨着群众之不可靠。但其实，岂不是正有适用着"以眼还眼，以牙还牙"的古来的正义的法则的事在这里吗？劈开底来看，群众原是轻蔑着彭贝，凯撒，安东尼，辛那之辈的，他们那一面，也轻蔑着群众。今天凯撒握着权力，凯撒万岁。明天轮到安东尼了，那就跟在他后面罢。只要他们给饭吃，给戏看，就好。他们的功绩之类，是用不着想到的。他们那一面也很明白，施与些像个王者的宽容，借此给自己收得报答。在拥挤着这些满是虚荣心的人们的连串里，间或夹杂着勃鲁都斯那样的廉直之士，是事实。然而谁有从山积的沙中，找出一粒珠子来的闲工夫呢？群众，是英雄的大炮的食料，而英雄，从群众看来，不过是余兴。在其间，正义就占了胜利，而幕也垂下来了。（《莎士比亚〔剧〕中的伦理的问题》）

这当然也未必是正确的见解，显斯妥夫就不很有人说他是哲学家或文学家。不过便是这一点点，就很可以看见虽然同是从《凯撒传》来看它所表现的群众，结果却已经和杜衡先生有这么的差别。而且也很可以推见，正不会如杜衡先生所豫料，"将使作者大大地开罪于许多把群众底理性和感情用另一方式来估计的朋友们"了。

所以，杜衡先生大可以不必替莎士比亚发愁。彼此其实都很明白："阴险而卑鄙的卡西乌斯，和表面上显得那么麻木而糊涂的安东尼"，就是在那时候的群众，也"不过是余兴"而已。

一九三四年九月三十日

1073

说"面子"

"面子"，是我们在谈话里常常听到的，因为好像一听就懂，所以细想的人大约不很多。

但近来从外国人的嘴里，有时也听到这两个音，他们似乎在研究。他们以为这一件事情，很不容易懂，然而是中国精神的纲领，只要抓住这个，就像二十四年前的拔住了辫子一样，全身都跟着走动了。相传前清时候，洋人到总理衙门去要求利益，一通威吓，吓得大官们满口答应，但临走时，却被从边门送出去。不给他走正门，就是他没有面子；他既然没有了面子，自然就是中国有了面子，也就是占了上风了。这是不是事实，我断不定，但这故事，"中外人士"中是颇有些人知道的。

因此，我颇疑心他们想专将"面子"给我们。

但"面子"究竟是怎么一回事呢？不想还好，一想可就觉得胡涂。它像是很有好几种的，每一种身份，就有一种"面子"，也就是所谓"脸"。这"脸"有一条界线，如果落到这线的下面去了，即失了面子，也叫作"丢脸"。不怕"丢脸"，便是"不要脸"。但倘使做了超出这线以上的事，就"有面子"，或曰"露脸"。而"丢脸"之道，则因人而不同，例如车夫坐在路边赤膊捉虱子，并不算什么，富家姑爷坐在路边赤膊捉虱子，才成为"丢脸"。但车夫也并非没有"脸"，不过这时不算"丢"，要给老婆踢了一脚，就躺倒哭起来，这才成为他的"丢脸"。这一条"丢脸"律，是也适用于上等人的。这样看来，"丢脸"的机会，似乎上等人比较的多，但也不一定，例如车夫偷一个钱袋，被人发见，是失了面子的，而上等人大捞一批金珠珍玩，却仿佛也不见得怎样"丢脸"，况且还有"出洋考察"，是改头换面的良方。

谁都要"面子"，当然也可以说是好事情，但"面子"这东西，却实在有些怪。九月三十日的《申报》就告诉我们一条新闻：沪西有业木匠大包作头之罗立鸿，为其母出殡，邀开"贳器店之王树宝夫妇帮忙，因来宾众多，所备白衣，不敷分配，其时适有名王道才，绰号三喜子，亦到来送殡，争穿白衣不遂，以为有失体面，心中怀恨，……邀集徒党数十人，各执铁棍，据说尚有持手枪者多人，将王树宝家人乱打，一时双方有剧烈之战争，头破血流，多人受有重伤。……"白衣是亲族有服者所穿的，现在必须"争穿"而又"不遂"，足见并非亲族，但竟以为"有失体面"，演成这样的大战了。这时候，好像只要和普通有些不同便是"有面子"，而自己成了什么，却可以完全不管。这类脾气，是"绅商"也不免发露的：袁世凯将要称帝的时候，有人以列名于劝进表中为"有面子"；有一国从青岛撤兵的时候，有人以列名于万民伞上为"有面子"。

所以，要"面子"也可以说并不一定是好事情——但我并非说，人应该"不要脸"。现在说话难，如果主张"非孝"，就有人会说你在煽动打父母，主张男女平等，就有人会说你在提倡乱交——这声明是万不可少的。

况且，"要面子"和"不要脸"实在也可以有很难分辨的时候。不是有一个笑话么？一个绅士有钱有势，我假定他叫四大人罢，人们都以能够和他扳谈为荣。有一个专爱夸耀的小瘪三，一天高兴的告诉别人道："四大人和我讲过话了！"人问他"说什么呢？"答道："我站在他门口，四大人出来了，对我说：滚开去！"当然，这是笑话，是形容这人的"不要脸"，但在他本人，是以为"有面子"的，如此的人一多，也就真成为"有面子"了。别的许多人，不是四大人连"滚开去"也不对他说么？

在上海，"吃外国火腿"虽然还不是"有面子"，却也不算怎么"丢脸"了，然而比起被一个本国的下等人所踢来，又仿佛近于"有面子"。

中国人要"面子"，是好的，可惜的是这"面子"是"圆机活法"，善于变化，于是就和"不要脸"混起来了。长谷川如是闲说"盗泉"云："古之君子，恶其名而不饮，今之君子，改其名而饮之。"也说穿了"今之君子"的"面子"的秘密。

一九三四年十月四日

脸谱臆测

对于戏剧，我完全是外行。但遇到研究中国戏剧的文章，有时也看一看。近来的中国戏是否象征主义，或中国戏里有无象征手法的问题，我是觉得很有趣味的。

伯鸿先生在《戏》周刊十一期（《中华日报》副刊）上，说起脸谱，承认了中国戏有时用象征的手法，"比如白表'奸诈'，红表'忠勇'，黑表'威猛'，蓝表'妖异'，金表'神灵'之类，实与西洋的白表'纯洁清净'，黑表'悲哀'，红表'热烈'，黄金色表'光荣'和'努力'"并无不同，这就是"色的象征"，虽然比较的单纯，低级。

这似乎也很不错，但再一想，却又生了疑问，因为白表奸诈，红表忠勇之类，是只以在脸上为限，一到别的地方，白就并不象征奸诈，红也不表示忠勇了。

对于中国戏剧史，我又是完全的外行。我只知道古时候（南北朝）的扮演故事，是带假面的，这假面上，大约一定得表示出这角色的特征，一面也是这角色的脸相的规定。古代的假面和现在的打脸的关系，好像还没有人研究过，假使有些关系，那么，"白表奸诈"之类，就恐怕只是人物的分类，却并非象征手法了。

中国古来就喜欢讲"相人术"，但自然和现在的"相面"不同，并非从气色上看出祸福来，而是所谓"诚于中，必形于外"，要从脸相上辨别这人的好坏的方法。一般的人们，也有这一种意见的，我们在现在，还常听到"看他样子就不是好人"这一类话。这"样子"的具体的表现，就是戏剧上的"脸谱"。富贵人全无心肝，只知道自私自利，吃得白白胖胖，什么都做得出，于是白就表了奸诈。红表忠勇，是从关云长的"面如重枣"来的。"重枣"是怎样的枣子，我不知道，要之，总是红色的罢。在实际上，忠勇的人思想较为简单，不会神经衰弱，面皮也容易发红，倘使他要永远中立，自称"第三种人"，精神上就不免时时痛苦，脸上一块青，一块白，终于显出白鼻子来了。黑表威猛，更是极平常的事，整年在战场上驰驱，脸孔怎会不黑，擦着雪花膏的公子，是一定不肯自己出面去战斗的。

士君子常在一门一门的将人们分类，平民也在分类，我想，这"脸谱"，便是优伶和看客公同逐渐议定的分类图。不过平民的辨别，感受的力量，是没有士君子那么细腻的。况且我们古时候戏台的搭法，又和罗马不同，使看客非常散漫，表现倘不加重，他们就觉不到，看不清。这么一来，各类人物的脸谱，就不能不夸大化，漫画化，甚而至于到得后来，弄得希奇古怪，和实际离得很远，好像象征手法了。

脸谱，当然自有它本身的意义的，但我总觉得并非象征手法，而且在舞台的构造和看客的程度和古代不同的时候，它更不过是一种赘疣，无须扶持它的存在了。然而用在别一种有意义的玩艺上，在现在，我却以为还是很有兴趣的。

一九三四年十月三十一日

随便翻翻

　　我想讲一点我的当作消闲的读书——随便翻翻。但如果弄得不好，会受害也说不定的。

　　我最初去读书的地方是私塾，第一本读的是《鉴略》，桌上除了这一本书和习字的描红格，对字（这是做诗的准备）的课本之外，不许有别的书。但后来竟也慢慢的认识字了，一认识字，对于书就发生了兴趣，家里原有两三箱破烂书，于是翻来翻去，大目的是找图画看，后来也看看文字。这样就成了习惯，书在手头，不管它是什么，总要拿来翻一下，或者看一遍序目，或者读几叶内容，到得现在，还是如此，不用心，不费力，往往在作文或看非看不可的书籍之后，觉得疲劳的时候，也拿这玩意来作消遣了，而且它也的确能够恢复疲劳。

　　倘要骗人，这方法很可以冒充博雅。现在有一些老实人，和我闲谈之后，常说我书是看得很多的，略谈一下，我也的确好像书看得很多，殊不知就为了常常随手翻翻的缘故，却并没有本本细看。还有一种很容易到手的秘本，是《四库书目提要》，倘还怕繁，那么，《简明目录》也可以，这可要细看，它能做成你好像看过许多书。不过我也曾用过正经工夫，如什么"国学"之类，请过先生指教，留心过学者所开的参考书目。结果都不满意。有些书目开得太多，要十来年才能看完，我还疑心他自己就没有看；只开几部的较好，可是这须看这位开书目的先生了，如果他是一位胡涂虫，那么，开出来的几部一定也是极顶胡涂书，不看还好，一看就胡涂。

我并不是说，天下没有指导后学看书的先生，有是有的，不过很难得。

这里只说我消闲的看书——有些正经人是反对的，以为这么一来，就"杂"！"杂"，现在又算是很坏的形容词。但我以为也有好处。譬如我们看一家的陈年账簿，每天写着"豆付三文，青菜十文，鱼五十文，酱油一文"，就知先前这几个钱就可买一天的小菜，吃够一家；看一本旧历本，写着"不宜出行，不宜沐浴，不宜上梁"，就知道先前是有这么多的禁忌。看见了宋人笔记里的"食菜事魔"，明人笔记里的"十彪五虎"，就知道"哦呵，原来'古已有之'。"但看完一部书，都是些那时的名人轶事，某将军每餐要吃三十八碗饭，某先生体重一百七十五斤半；或是奇闻怪事，某村雷劈蜈蚣精，某妇产生人面蛇，毫无益处的也有。这时可得自己有主意了，知道这是帮闲文士所做的书。凡帮闲，他能令人消闲消得最坏，他用的是最坏的方法。倘不小心，被他诱过去，那就坠入陷阱，后来满脑子是某将军的饭量，某先生的体重，蜈蚣精和人面蛇了。

讲扶乩的书，讲婊子的书，倘有机会遇见，不要皱起眉头，显示憎厌之状，也可以翻一翻；明知道和自己意见相反的书，已经过时的书，也用一样的办法。例如杨光先的《不得已》是清初的著作，但看起来，他的思想是活着的，现在意见和他相近的人们正多得很。这也有一点危险，也就是怕被它诱过去。治法是多翻，翻来翻去，一多翻，就有比较，比较是医治受骗的好方子。乡下人常常误认一种硫化铜为金矿，空口是和他说不明白的，或者他还会赶紧藏起来，疑心你要白骗他的宝贝。但如果遇到一点真的金矿，只要用手掂一掂轻重，他就死心塌地：明白了。

"随便翻翻"是用各种别的矿石来比的方法，很费事，没有用真的金矿来比的明白，简单。我看现在青年的常在问人该读什么书，就是要看一看真金，免得受硫化铜的欺骗。而且一识得真金，一面也就真的识得了硫化铜，一举两得了。

但这样的好东西，在中国现有的书里，却不容易得到。我回忆自己的得到一点知识，真是苦得可怜。幼小时候，我知道中国在"盘古氏开辟天地"之后，有三皇五帝，……宋朝，元朝，明朝，"我大清"。到二十岁，又听说"我们"的成吉思汗征服欧洲，是"我们"最阔气的时代。到二十五岁，才知道所谓这"我们"最阔气的时代，其实是蒙古人征服了中国，我们做了奴才。直到今年八月里，因为要查一点故事，翻了三部蒙古史，这才明白蒙古人的征服"斡罗思"，侵入匈奥，还在征服全中国之前，那时的成吉思还不是我们的汗，倒是俄人被奴的资格比我们老，应该他们说"我们的成吉思汗征服中国，是我们最阔气的时代"的。

我久不看现行的历史教科书了，不知道里面怎么说；但在报章杂志上，却有时还看见以成吉思汗自豪的文章。事情早已过去了，原没有什么大关系，但也许正有着大关系，而且无论如何，总是说些真实的好。所以我想，无论是学文学的，学科学的，他应该先看一部关于历史的简明而可靠的书。但如果他专讲天王星，或海王星，虾蟆的神经细胞，或只咏梅花，叫妹妹，不发关于社会的议论，那么，自然，不看也可以的。

我自己，是因为懂一点日本文，在用日译本《世界史教程》和新出的《中国社会史》应应急的，都比我历来所见的历史书类说得明确。前一种中国曾有译本，但只有一本，后五本不译了，译得怎样，因为没有见过，不知道。后一种中国倒先有译本，叫作《中国社会发展史》，不过据日译者说，是多错误，有删节，靠不住的。

我还在希望中国有这两部书。又希望不要一哄而来，一哄而散，要译，就译他完；也不要删节，要删节，就得声明，但最好还是译得小心，完全，替作者和读者想一想。

一九三四年十一月二日

论俗人应避雅人

这是看了些杂志，偶然想到的——

浊世少见"雅人"，少有"韵事"。但是，没有浊到彻底的时候，雅人却也并非全没有，不过因为"伤雅"的人们多，也累得他们"雅"不彻底了。

道学先生是躬行"仁恕"的，但遇见不仁不恕的人们，他就也不能仁恕。所以朱子是大贤，而做官的时候，不能不给无告的官妓吃板子。新月社的作家们是最憎恶骂人的，但遇见骂人的人，就害得他们不能不骂。林语堂先生是佩服"费厄泼赖"的，但在杭州赏菊，遇见"口里含一枝苏俄香烟，手里夹一本什么斯基的译本"的青年，他就不能不"假作无精打彩，愁眉不展，忧国忧家"（详见《论语》五十五期）的样子，面目全非了。

优良的人物，有时候是要靠别种人来比较，衬托的，例如上等与下等，好与坏，雅与俗，小器与大度之类。没有别人，即无以显出这一面之优，所谓"相反而实相成"者，就是这。但又须别人凑趣，至少是知趣，即使不能帮闲，也至少不可说破，逼得好人们再也好不下去。例如曹孟德是"尚通"的，但祢正平天天上门来骂他，他也只好生起气来，送给黄祖去"借刀杀人"了。祢正平真是"咎由自取"。

所谓"雅人"，原不是一天雅到晚的，即使睡的是珠罗帐，吃的是香稻米，但那根本的睡觉和吃饭，和俗人究竟也没有什么大不同；就是肚子里盘算些挣钱固位之法，自然也不能绝无其事。但他的出众之处，是在有时又忽然能够"雅"。倘使揭穿了这谜底，便是所谓"杀风景"，也就是俗人，而且带累了雅人，使他雅不下去，"未能免俗"了。若无此辈，何至于此呢？所以错处总归在俗人这方面。

譬如罢，有两位知县在这里，他们自然都是整天的办公事，审案子的，但如果其中之一，能够偶然的去看梅花，那就要算是一位雅官，应该加以恭维，天地之间这才会有雅人，会有韵事。如果你不恭维，还可以；一皱眉，就俗；敢开玩笑，那就把好事情都搅坏了。然而世间也偏有狂夫俗子；记得在一部中国的什么古"幽默"书里，有一首"轻薄子"咏知县老爷公余探梅的七绝——

　　红帽哼兮黑帽呵，风流太守看梅花。
　　梅花低首开言道：小底梅花接老爷。

这真是恶作剧，将韵事闹得一塌胡涂。而且他替梅花所说的话，也不合式，它这时应该一声不响的，一说，就"伤雅"，会累得"老爷"不便再雅，只好立刻还俗，赏吃板子，至少是给一种什么罪案的。为什么呢？就因为你俗，再不能以雅道相处了。

小心谨慎的人，偶然遇见仁人君子或雅人学者时，倘不会帮闲凑趣，就须远远避开，愈远愈妙。假如不然，即不免要碰着和他们口头大不相同的脸孔和手段。晦气的时候，还会弄到卢布学说的老套，大吃其亏。只给你"口里含一枝苏俄香烟，手里夹一本什么斯基的译本"，倒还不打紧，——然而险矣。

大家都知道"贤者避世"，我以为现在的俗人却要避雅，这也是一种"明哲保身"。

一九三四年十二月二十六日

且介亭杂文二集

序　言

昨天编完了去年的文字，取发表于日报的短论以外者，谓之《且介亭杂文》；今天再来编今年的，因为除做了几篇《文学论坛》，没有多写短文，便都收录在这里面，算是《二集》。

过年本来没有什么深意义，随便那天都好，明年的元旦，决不会和今年的除夕就不同，不过给人事借此时时算有一个段落，结束一点事情，倒也便利的。倘不是想到了已经年终，我的两年以来的杂文，也许还不会集成这一本。

编完以后，也没有什么大感想。要感的感过了，要写的也写过了，例如"以华制华"之说罢，我在前年的《自由谈》上发表时，曾大受傅公红蓼之流的攻击，今年才又有人提出来，却是风平浪静。一定要到得"不幸而吾言中"，这才大家默默无言，然而为时已晚，是彼此都大可悲哀的。我宁可如邵洵美辈的《人言》之所说："意气多于议论，捏造多于实证。"

我有时决不想在言论界求得胜利，因为我的言论有时是枭鸣，报告着大不吉利事，我的言中，是大家会有不幸的。在今年，为了内心的冷静和外力的迫压，我几乎不谈国事了，偶尔触着的几篇，如《什么是讽刺》，如《从帮忙到扯淡》，也无一不被禁止。别的作者的遭遇，大约也是如此的罢，而天下太平，直到华北自治，才见有新闻记者恳求保护正当的舆论。我的不正当的舆论，却如国土一样，仍在日即于沦亡，但是我不想求保护，因为这代价，实在是太大了。

　　单将这些文字，过而存之，聊作今年笔墨的记念罢。

　　　　　　一九三五年十二月三十一日，鲁迅记于上海之且介亭

"招贴即扯"

　　工愁的人物，真是层出不穷。开年正月，就有人怕骂倒了一切古今人，只留下自己的没意思。要是古今中外真的有过这等事，这才叫作希奇，但实际上并没有，将来大约也不会有。岂但一切古今人，连一个人也没有骂倒过。凡是倒掉的，决不是因为骂，却只为揭穿了假面。揭穿假面，就是指出了实际来，这不能混谓之骂。

　　然而世间往往混为一谈。就以现在最流行的袁中郎为例罢，既然肩出来当作招牌，看客就不免议论这招牌，怎样撕破了衣裳，怎样画歪了脸孔。这其实和中郎本身是无关的，所指的是他的自以为徒子徒孙们的手笔。然而徒子徒孙们就以为骂了他的中郎爷，愤慨和狼狈之状可掬，觉得现在的世界是比五四时代更狂妄了。但是，现在的袁中郎脸孔究竟画得怎样呢？时代很近，文证具存，除了变成一个小品文的老师，"方巾气"的死敌而外，还有些什么？

　　和袁中郎同时活在中国的，无锡有一个顾宪成，他的著作，开口"圣人"，闭口"吾儒"，真是满纸"方巾气"。而且疾恶如仇，对小人决不假借。他说："吾闻之：凡论人，当观其趋向之大体。趋向苟正，即小节出入，不失为君子；趋向苟差，即小节可观，终归于小人。又闻：为国家者，莫要于扶阳抑阴，君子即不幸有诖误，当保护爱惜成就之；小人即小过乎，当早排绝，无令为后患。……"（《自反录》）推而广之，也就是倘要论袁中郎，当看他趋向之大体，趋向苟正，不妨恕其偶讲空话，作小品文，因为他还有更重要的一方面在。正如李白会做诗，就可以不责其喝酒，如果只会喝酒，便以半个李白，或李白的徒子徒孙自命，那可是应该赶紧将他"排绝"的。

中郎还有更重要的一方面么？有的。万历三十七年，顾宪成辞官，时中郎"主陕西乡试，发策，有'过劣巢由'之语。监临者问'意云何？'袁曰：'今吴中大贤亦不出，将令世道何所倚赖，故发此感尔。'"（《顾端文公年谱》下）中郎正是一个关心世道，佩服"方巾气"人物的人，赞《金瓶梅》，作小品文，并不是他的全部。

中郎之不能被骂倒，正如他之不能被画歪。但因此也就不能作他的蛆虫们的永久的巢穴了。

一九三五年一月二十六日

漫谈“漫画”

　　孩子们吵架，有一个用木炭——上海是大抵用铅笔了——在墙壁上写道：“小三子可乎之及及也，同同三千三百刀！”这和政治之类是毫不相干的，然而不能算小品文。画也一样，住家的根路人到对门来小解，就在墙上画一个乌龟，题几句话，也不能叫它作“漫画”。为什么呢？就因为这和被画者的形体或精神，是绝无关系的。

　　漫画的第一件紧要事是诚实，要确切的显示了事件或人物的姿态，也就是精神。

　　漫画是 Karikatur 的译名，那“漫”，并不是中国旧日的文人学士之所谓“漫题”“漫书”的“漫”。当然也可以不假思索，一挥而就的，但因为发芽于诚实的心，所以那结果也不会仅是嬉皮笑脸。这一种画，在中国的过去的绘画里很少见，《百丑图》或《三十六声粉铎图》庶几近之，可惜的是不过戏文里的丑脚的摹写；罗两峰的《鬼趣图》，当不得已时，或者也就算进去罢，但它又太离开了人间。

　　漫画要使人一目了然，所以那最普通的方法是“夸张”，但又不是胡闹。无缘无故的将所攻击或暴露的对象画作一头驴，恰如拍马家将所拍的对象做成一个神一样，是毫没有效果的，假如那对象其实并无驴气息或神气息。然而如果真有些驴气息，那就糟了，从此之后，越看越像，比读一本做得很厚的传记还明白。关于事件的漫画，也一样的。所以漫画虽然有夸张，却还是要诚实。"燕山雪花大如席"，是夸张，但燕山究竟有雪花，就含着一点诚实在里面，使我们立刻知道燕山原来有这么冷。如果说"广州雪花大如席"，那可就变成笑话了。

"夸张"这两个字也许有些语病，那么，说是"廓大"也可以的。廓大一个事件或人物的特点固然使漫画容易显出效果来，但廓大了并非特点之处却更容易显出效果。矮而胖的，瘦而长的，他本身就有漫画相了，再给他秃头，近视眼，画得再矮而胖些，瘦而长些，总可以使读者发笑。但一位白净苗条的美人，就很不容易设法，有些漫画家画作一个髑髅或狐狸之类，却不过是在报告自己的低能。有些漫画家却不用这呆法子，他用廓大镜照了她露出的搽粉的臂膊，看出她皮肤的褶皱，看见了这些褶皱中间的粉和泥的黑白画。这么一来，漫画稿子就成功了，然而这是真实，倘不信，大家或自己也用廓大镜去照照去。于是她也只好承认这真实，倘要好，就用肥皂和毛刷去洗一通。

因为真实，所以也有力。但这种漫画，在中国是很难生存的。我记得去年就有一位文学家说过，他最讨厌论人用显微镜。

欧洲先前，也并不两样。漫画虽然是暴露，讥刺，甚而至于是攻击的，但因为读者多是上等的雅人，所以漫画家的笔锋的所向，往往只在那些无拳无勇的无告者，用他们的可笑，衬出雅人们的完全和高尚来，以分得一枝雪茄的生意。像西班牙的戈雅（Francisco de Goya）和法国的陀密埃（Honoré Daumier）那样的漫画家，到底还是不可多得的。

一九三五年二月二十八日

《中国新文学大系》小说二集序

一

凡是关心现代中国文学的人，谁都知道《新青年》是提倡"文学改良"，后来更进一步而号召"文学革命"的发难者。但当一九一五年九月中在上海开始出版的时候，却全部是文言的。苏曼殊的创作小说，陈嘏和刘半农的翻译小说，都是文言。到第二年，胡适的《文学改良刍议》发表了，作品也只有胡适的诗文和小说是白话。后来白话作者逐渐多了起来，但又因为《新青年》其实是一个论议的刊物，所以创作并不怎样著重，比较旺盛的只有白话诗；至于戏曲和小说，也依然大抵是翻译。

在这里发表了创作的短篇小说的，是鲁迅。从一九一八年五月起，《狂人日记》，《孔乙己》，《药》等，陆续的出现了，算是显示了"文学革命"的实绩，又因那时的认为"表现的深切和格式的特别"，颇激动了一部分青年读者的心。然而这激动，却是向来怠慢了绍介欧洲大陆文学的缘故。一八三四年顷，俄国的果戈理（N. Gogol）就已经写了《狂人日记》；一八八三年顷，尼采（Fr. Nietzsche）也早借了苏鲁支（Zarathustra）的嘴，说过"你们已经走了从虫豸到人的路，在你们里面还有许多份是虫豸。你们做过猴子，到了现在，人还尤其猴子，无论比那一个猴子"的。而且

《药》的收束，也分明的留着安特莱夫（L. Andreev）式的阴冷。但后起的《狂人日记》意在暴露家族制度和礼教的弊害，却比果戈理的忧愤深广，也不如尼采的超人的渺茫。此后虽然脱离了外国作家的影响，技巧稍为圆熟，刻划也稍加深切，如《肥皂》，《离婚》等，但一面也减少了热情，不为读者们所注意了。

从《新青年》上，此外也没有养成什么小说的作家。

较多的倒是在《新潮》上。从一九一九年一月创刊，到次年主干者们出洋留学而消灭的两个年中，小说作者就有汪敬熙，罗家伦，杨振声，俞平伯，欧阳予倩和叶绍钧。自然，技术是幼稚的，往往留存着旧小说上的写法和语调；而且平铺直叙，一泻无余；或者过于巧合，在一刹时中，在一个人上，会聚集了一切难堪的不幸。然而又有一种共同前进的趋向，是这时的作者们，没有一个以为小说是脱俗的文学，除了为艺术之外，一无所为的。他们每作一篇，都是"有所为"而发，是在用改革社会的器械，——虽然也没有设定终极的目标。

俞平伯的《花匠》以为人们应该屏绝矫揉造作，任其自然，罗家伦之作则在诉说婚姻不自由的苦痛，虽然稍嫌浅露，但正是当时许多智识青年们的公意；输入易卜生（H. Ibsen）的《娜拉》和《群鬼》的机运，这时候也恰恰成熟了，不过还没有想到《人民之敌》和《社会柱石》。杨振声是极要描写民间疾苦的；汪敬熙并且装着笑容，揭露了好学生的秘密和苦人的灾难。但究竟因为是上层的智识者，所以笔墨总不免伸缩于描写身边琐事和小民生活之间。后来，欧阳予倩致力于剧本去了；叶绍钧却有更远大的发展。汪敬熙又在《现代评论》上发表创作，至一九二五年，自选了一本《雪夜》，但他好像终于没有自觉，或者忘却了先前的奋斗，以为他自己的作品，是并无"什么批评人生的意义的"了。序中有云——

我写这些篇小说的时候，是力求着去忠实的描写我所见的几种人生经验。我只求描写的忠实，不搀入丝毫批评的态度。虽然一个人叙述一件事实之时，他的描写是免不了受他的人生观之影响，但我总是在可能的范围之内，竭力保持一种客观的态度。

因为持了这种客观态度的缘故，我这些短篇小说是不会有什么批评人生的意义。我只写出我所见的几种经验给读者看罢了。读者看了这些小说，心中对于这些种经验有什么评论，是我所不问的。

杨振声的文笔，却比《渔家》更加生发起来，但恰与先前的战友汪敬熙站成对蹠：他"要忠实于主观"，要用人工来制造理想的人物。而且凭自己的理想还怕不够，又请教过几个朋友，删改了几回，这才完成一本中篇小说《玉君》，那自序道——

若有人问玉君是真的，我的回答是没有一个小说家说实话的。说实话的是历史家，说假话的才是小说家。

历史家用的是记忆力，小说家用的是想像力。历史家取的是科学态度，要忠实于客观；小说家取的是艺术态度，要忠实于主观。一言以蔽之，小说家也如艺术家，想把天然艺术化，就是要以他的理想与意志去补天然之缺陷。

他先决定了"想把天然艺术化"，唯一的方法是"说假话"，"说假话的才是小说家"。于是依照了这定律，并且博采众议，将《玉君》创造出来了，然而这是一定的：不过一个傀儡，她的降生也就是死亡。我们此后也不再见这位作家的创作。

二

"五四"事件一起，这运动的大营的北京大学负了盛名，但同时也遭了艰险。终于，《新青年》的编辑中枢不得不复归上海，《新潮》群中的健将，则大抵远远的到欧美留学去了，《新潮》这杂志，也以虽有大吹大播的豫告，却至今还未出版的"名著绍介"收场；留给国内的社员的，是一万部《孑民先生言行录》和七千部《点滴》。创作衰歇了，为人生的文学自然也衰歇了。

但上海却还有着为人生的文学的一群，不过也崛起了为文学的文学的一群。这里应该提起的，是弥洒社。它在一九二三年三月出版的《弥洒》(Musai)上，由胡山源作的《宣言》(《弥洒临凡曲》)告诉我们说——

> 我们乃是艺文之神；
> 我们不知自己何自而生，
> 也不知何为而生：
> …………
> 我们一切作为只知顺着我们的 Inspiration！

到四月出版的第二期，第一页上便分明的标出了这是"无目的无艺术观不讨论不批评而只发表顺灵感所创造的文艺作品的月刊"，即是一个脱俗的文艺团体的刊物。但其实，是无意中有着假想敌的。陈德征的《编辑余谈》说："近来文学作品，也有商品化的，所谓文学研究者，所谓文人，都不免带有几分贩卖者底色彩！

这是我们所深恶而且深以为痛心疾首的一件事。……"就正是和讨伐"垄断文坛"者的大军一鼻孔出气的檄文。这时候，凡是要独树一帜的，总打着憎恶"庸俗"的幌子。

一切作品，诚然大抵很致力于优美，要舞得"翩跹回翔"，唱得"宛转抑扬"，然而所感觉的范围却颇为狭窄，不免咀嚼着身边的小小的悲欢，而且就看这小悲欢为全世界。在这刊物上，作为小说作者而出现的，是胡山源、唐鸣时、赵景沄、方企留、曹贵新；钱江春和方时旭，却只能数作速写的作者。从中最特出的是胡山源，他的一篇《睡》，是实践宣言，笼罩全群的佳作，但在《樱桃花下》（第一期），却正如这面的过度的睡觉一样，显出那面的病的神经过敏来了。"灵感"也究竟要露出目的的。赵景沄的《阿美》，虽然简单，虽然好像不能"无所为"，却强有力的写出了连敏感的作者们也忘却了的"丫头"的悲惨短促的一世。

一九二四年中发祥于上海的浅草社，其实也是"为艺术而艺术"的作家团体，但他们的季刊，每一期都显示着努力：向外，在摄取异域的营养，向内，在挖掘自己的魂灵，要发见心里的眼睛和喉舌，来凝视这世界，将真和美歌唱给寂寞的人们。韩君格、孔襄我、胡絮若、高世华、林如稷、徐丹歌、顾、莎子、亚士、陈翔鹤、陈炜谟、竹影女士，都是小说方面的工作者；连后来是中国最为杰出的抒情诗人冯至，也曾发表他幽婉的名篇。次年，中枢移入北京，社员好像走散了一些，《浅草》季刊改为篇叶较少的《沉钟》周刊了，但锐气并不稍衰，第一期的眉端就引着吉辛（G. Gissing）的坚决的句子——

　　而且我要你们一齐都证实……
　　我要工作啊，一直到我死之一日。

但那时觉醒起来的智识青年的心情，是大抵热烈，然而悲凉的。即使寻到一点光明，"径一周三"，却更分明的看见了周围的无涯际的黑暗。摄取来的异域的营养又是"世纪末"的果汁：王尔德（Oscar Wilde），尼采（Fr. Nietzsche），波特莱尔（Ch. Baudelaire），安特莱夫（L. Andreev）们所安排的。"沉自己的船"还要在绝处求生，此外的许多作品，就往往"春非我春，秋非我秋"，玄发朱颜，却唱着饱经忧患的不欲明言的断肠之曲。虽是冯至的饰以诗情，莎子的托辞小草，还是不能掩饰的。凡这些，似乎多出于蜀中的作者，蜀中的受难之早，也即此可以想见了。

不过这群中的作者们也未尝自馁。陈炜谟在他的小说集《炉边》的"Proem"里说——

> 但我不要这样；生活在我还在刚开头，有许多命运的猛兽正在那边张牙舞爪等着我在。可是这也不用怕。人虽不必去崇拜太阳，但何至于懦怯得连暗夜也要躲避呢？怎的，秃笔不会写在破纸上么？若干年之后，回想此时的我，即不管别人，在自己或也可值眷念罢，如果值得忆念的地方便应该忆念。……

自然，这仍是无可奈何的自慰的伤心之言，但在事实上，沉钟社却确是中国的最坚韧，最诚实，挣扎得最久的团体。它好像真要如吉辛的话，工作到死掉之一日；如"沉钟"的铸造者，死也得在水底里用自己的脚敲出洪大的钟声。然而他们并不能做到，他们是活着的，时移世易，百事俱非；他们是要歌唱的，而听者却有的睡眠，有的槁死，有的流散，眼前只剩下一片茫茫白地，于是也只好在风尘洞中，悲哀孤寂地放下了他们的箜篌了。

后来以"废名"出名的冯文炳，也是在《浅草》中略见一斑的作者，但并未显出他的特长来。在一九二五年出版的《竹林的故事》里，才见以冲淡为衣，而如著者所说，仍能"从他们当中理出我的哀愁"的作品。可惜的是大约作者过于珍惜他有限的"哀愁"，不久就更加不欲像先前一般的闪露，于是从率直的读者看来，就只见其有意低徊，顾影自怜之态了。

冯沅君有一本短篇小说集《卷葹》——是"拔心不死"的草名，也是一九二三年起，身在北京，而以"淦女士"的笔名，发表于上海创造社的刊物上的作品。其中的《旅行》是提炼了《隔绝》和《隔绝之后》（并在《卷葹》内）的精粹的名文，虽嫌过于说理，却还未伤其自然；那"我很想拉他的手，但是我不敢，我只敢在间或车上的电灯被震动而失去它的光的时候，因为我害怕那些搭客们的注意。可是我们又自己觉得很骄傲的，我们不客气的以全车中最尊贵的人自命。"这一段，实在是五四运动直后，将毅然和传统战斗，而又怕敢毅然和传统战斗，遂不得不复活其"缠绵悱恻之情"的青年们的真实的写照。和"为艺术而艺术"的作品中的主角，或夸耀其颓唐，或衒鬻其才绪，是截然两样的。然而也可以复归于平安。陆侃如在《卷葹》再版后记里说："'淦'训'沈'，取《庄子》'陆沈'之义。现在作者思想变迁，故再版时改署沅君。……只因作者秉性疏懒，故托我代说。"诚然，三年后的《春痕》，就只剩了散文的断片了，更后便是关于文学史的研究。这使我又记起匈牙利的诗人彼兑菲（Petöfi Sándor）题 B. Sz. 夫人照像的诗来——

听说你使你的男人很幸福，我希望不至于此，因为他
是苦恼的夜莺，而今沉默在幸福里了。苛待他罢，使他因

此常常唱出甜美的歌来。

我并不是说：苦恼是艺术的渊源，为了艺术，应该使作家们永久陷在苦恼里。不过在彼兑菲的时候，这话是有些真实的；在十年前的中国，这话也有些真实的。

三

在北京这地方，——北京虽然是"五四运动"的策源地，但自从支持着《新青年》和《新潮》的人们，风流云散以来，一九二〇至二二年这三年间，倒显着寂寞荒凉的古战场的情景。《晨报副刊》，后来是《京报副刊》露出头角来了，然而都不是怎么注重文艺创作的刊物，它们在小说一方面，只绍介了有限的作家：蹇先艾，许钦文，王鲁彦，黎锦明，黄鹏基，尚钺，向培良。

蹇先艾的作品是简朴的，如他在小说集《朝雾》里说——

……我已经是满过二十岁的人了，从老远的贵州跑到北京来，灰沙之中彷徨了也快七年，时间不能说不长，怎样混过的，并自身都茫然不知。是这样匆匆地一天一天的去了，童年的影子越发模糊消淡起来，像朝雾似的，袅袅的飘失，我所感到的只有空虚与寂寞。这几个岁月，除近两年信笔涂鸦的几篇新诗和似是而非的小说之外，还做了什么呢？每一回忆，终不免有点凄寥撞击心头。所以现在决然把这个小说集付印了，……借以纪念从此阔别的可爱的童年。……若果不失赤子之心的人们肯毅然光顾，或者从中间也寻得出一点幼稚的风味来罢？……

诚然，虽然简朴，或者如作者所自谦的"幼稚"，但很少文饰，也足够写出他心曲的哀愁。他所描写的范围是狭小的，几个平常人，一些琐屑事，但如《水葬》，却对我们展示了"老远的贵州"的乡间习俗的冷酷，和出于这冷酷中的母性之爱的伟大，——贵州很远，但大家的情境是一样的。

这时——一九二四年——偶然发表作品的还有裴文中和李健吾。前者大约并不是向来留心创作的人，那《戎马声中》，却拉杂的记下了游学的青年，为了炮火下的故乡和父母而惊魂不定的实感。后者的《终条山的传说》是绚烂了，虽在十年以后的今日，还可以看见那藏在用口碑织就的华服里面的身体和灵魂。

蹇先艾叙述过贵州，裴文中关心着榆关，凡在北京用笔写出他的胸臆来的人们，无论他自称为用主观或客观，其实往往是乡土文学，从北京这方面说，则是侨寓文学的作者。但这又非如勃兰兑斯（G. Brandes）所说的"侨民文学"，侨寓的只是作者自己，却不是这作者所写的文章，因此也只见隐现着乡愁，很难有异域情调来开拓读者的心胸，或者眩耀他的眼界。许钦文自名他的第一本短篇小说集为《故乡》，也就是在不知不觉中，自招为乡土文学的作者，不过在还未开手来写乡土文学之前，他却已被故乡所放逐，生活驱逐他到异地去了，他只好回忆"父亲的花园"，而且是已不存在的花园，因为回忆故乡的已不存在的事物，是比明明存在，而只有自己不能接近的事物较为舒适，也更能自慰的——

父亲的花园最盛的几年距今已有几时，已难确切的计算。当时的盛况虽曾照下一像，如今挂在父亲的房里，无奈为时已久，那时乡间的摄影又很幼稚，现已模胡莫辨

1101

了。挂在它旁边的芳姊的遗像也已不大清楚，惟有父亲题在像上的字句却很明白："性既执拗，遇复可怜，一朝痛割，我独何堪！"

…………

我想父亲的花园就是能够重行种起种种的花来，那时的盛况总是不能恢复的了，因为已经没有了芳姊。

无可奈何的悲愤，是令人不得不舍弃的，然而作者仍不能舍弃，没有法，就再寻得冷静和诙谐来做悲愤的衣裳；裹起来了，聊且当作"看破"。并且将这手段用到描写种种人物，尤其是青年人物去。因为故意的冷静，所以也刻深，而终不免带着令人疑虑的嬉笑。"虽有忮心，不怨飘瓦"，冷静要死静；包着愤激的冷静和诙谐，是被观察和被描写者所不乐受的，他们不承认他是一面无生命，无意见的镜子。于是他也往往被排进讽刺文学作家里面去，尤其是使女士们皱起了眉头。

这一种冷静和诙谐，如果滋长起来，对于作者本身其实倒是危险的。他也能活泼的写出民间生活来，如《石宕》，但可惜不多见。

看王鲁彦的一部分的作品的题材和笔致，似乎也是乡土文学的作家，但那心情，和许钦文是极其两样的。许钦文所苦恼的是失去了地上的"父亲的花园"，他所烦冤的却是离开了天上的自由的乐土。他听得"秋雨的诉苦"说——

地太小了，地太脏了，到处都黑暗，到处都讨厌。

人人只知道爱金钱，不知道爱自由，也不知道爱美。你们人类的中间没有一点亲爱，只有仇恨。你们人类，夜间像猪一般的甜甜蜜蜜的睡着，白天像狗一般的争斗着，撕打着……

　　这样的世界，我看得惯吗？我为什么不应该哭呢？在
野蛮的世界上，让野兽们去生活着罢，但是我不，我们
不……唔，我现在要离开这世界，到地底去了……

　　这和爱罗先珂（V. Eroshenko）的悲哀又仿佛相像的，然而又
极其两样。那是地下的土拨鼠，欲爱人类而不得，这是太空的秋
雨，要逃避人间而不能。他只好将心还给母亲，才来做"人"，骗
得母亲的微笑。秋天的雨，无心的"人"，和人间社会是不会有情
愫的。要说冷静，这才真是冷静；这才能够和"托尔斯小"的无抵
抗主义一同抹杀"牛克斯"的斗争说；和"达我文"的进化说一并
嘲弄"克鲁屁特金"的互助论；对专制不平，但又向自由冷笑。作
者是往往想以诙谐之笔出之的，但也因为太冷静了，就又往往化为
冷话，失掉了人间的诙谐。

　　然而"人"的心是究竟还不尽的，《柚子》一篇，虽然为湘中
的作者所不满，但在玩世的衣裳下，还闪露着地上的愤懑，在王鲁
彦的作品里，我以为倒是最为热烈的的了。

　　我所说的这湘中的作家是黎锦明，他大约是自小就离开了故乡
的。在作品里，很少乡土气息，但蓬勃着楚人的敏感和热情。他一
早就在《社交问题》里，对易卜生一流的解放论者掷了斯戈林培
黎（A. Strindberg）式的投枪；但也能精致而明丽的说述儿时的"轻
微的印象"。待到一九二六年，他布告不满于自己了，他在《烈火》
再版的自序上说——

　　在北京生活的人们，如其有灵魂，他们的灵魂恐怕未
有不染遍了灰色罢，自然，《烈火》即在这情形中写成，

当我去年春时来到上海，我的心境完全变了，对于它，只
有遗弃的一念。……

他判过去的生活为灰色，以早期的作品为童了。果然，在此后
的《破垒集》中，的确很换了些披挂，有含讥的轻妙的小品，但尤
其显出好的故事作者的特色来：有时如中国的"磊砢山房"主人的
瑰奇；有时如波兰的显克微支（H. Sienkiewicz）的警拔，却又不以
失望收场，有声有色，总能使读者欣然终卷。但其失，则又即在主
旨居陆离光怪的装饰之中，时或永被沉埋，倘一显现，便又见得鹘
突了。

《现代评论》比起日报的副刊来，比较的着重于文艺，但那些
作者，也还是新潮社和创造社的老手居多。凌叔华的小说，却发祥
于这一种期刊的，她恰和冯沅君的大胆，敢言不同，大抵很谨慎
的，适可而止的描写了旧家庭中的婉顺的女性。即使间有出轨之
作，那是为了偶受着文酒之风的吹拂，终于也回复了她的故道了。
这是好的，——使我们看见和冯沅君，黎锦明，川岛，汪静之所描
写的绝不相同的人物，也就是世态的一角，高门巨族的精魂。

四

一九二五年十月间，北京突然有莽原社出现，这其实不过是不
满于《京报副刊》编辑者的一群，另设《莽原》周刊，却仍附《京
报》发行，聊以快意的团体。奔走最力者为高长虹，中坚的小说作
者也还是黄鹏基，尚钺，向培良三个；而鲁迅是被推为编辑的。但
声援的很不少，在小说方面，有文炳，沅君，霁野，静农，小酩，
青雨等。到十一月，《京报》要停止副刊以外的小幅了，便改为半

月刊，由未名社出版，其时所绍介的新作品，是描写着乡下的沉滞的氛围气的魏金枝之作：《留下镇上的黄昏》。

但不久这莽原社内部冲突了，长虹一流，便在上海设立了狂飙社。所谓"狂飙运动"，那草案其实是早藏在长虹的衣袋里面的，常要乘机而出，先就印过几期周刊；那《宣言》，又曾在一九二五年三月间的《京报副刊》上发表，但尚未以"超人"自命，还带着并不自满的声音——

> 黑沉沉的暗夜，一切都熟睡了，死一般的，没有一点声音，一件动作，阒寂无聊的长夜呵！
>
> 这样的，几百年几百年的时期过去了，而晨光没有来，黑夜没有止息。
>
> 死一般的，一切的人们，都沉沉的睡着了。
>
> 于是有几个人，从黑暗中醒来，便互相呼唤着：
>
> ——时候到了，期待已经够了。
>
> ——是呵，我们要起来了。我们呼唤着，使一切不安于期待的人们也起来罢。
>
> ——若是晨光终于不来，那么，也起来罢。我们将点起灯来，照耀我们幽暗的前途。
>
> ——软弱是不行的，睡着希望是不行的。我们要作强者，打倒障碍或者被障碍压倒。我们并不惧怯，也不躲避。
>
> 这样呼唤着，虽然是微弱的罢，听呵，从东方，从西方，从南方，从北方，隐隐的来了强大的应声，比我们更要强大的应声。
>
> 一滴水泉可以作江河之始流，一片树叶之飘动可以兆暴风之将来，微小的起源可以生出伟大的结果。因为这个

缘故，我们的周刊便叫作《狂飙》。

不过后来却日见其自以为"超越"了。然而拟尼采样的彼此都不能解的格言式的文章，终于使周刊难以存在，可记的也仍然只是小说方面的黄鹏基，尚钺，——其实是向培良一个作者而已。

黄鹏基将他的短篇小说印成一本，称为《荆棘》，而第二次和读者相见的时候，已经改名"朋其"了。他是首先明白晓畅的主张文学不必如奶油，应该如刺，文学家不得颓丧，应该刚健的人；他在《刺的文学》（《莽原》周刊二十八期）里，说明了"文学绝不是无聊的东西"，"文学家并不一定就是得天独厚的特等民族"，"也不是成天哭泣的鲛人"。他说——

> 我以为中国现代的作品，应该是像一丛荆棘。因为在一片沙漠里，憧憬的花都会慢慢地消灭的，社会生出荆棘来，他的叶是有刺的，他的茎是有刺的，以至于他的根也是有刺的。——请不要拿植物生理来反驳我——一篇作品的思想，的结构，的练句，的用字，都应该把我们常感觉到的刺的意味儿表现出来。真的文学家……应该先站起来，使我们不得不站起来。他应该充实自己的力，让人们怎样充实他自己的力，知道他自己的力，表现他自己的力。一篇作品的成功至少要使读者一直读下去，无暇辨文字的美恶，——恶劣的感觉，固然不好，就是美妙的感觉，也算失败。——而要想因循，苟且而不得。怎样抓着他的病的深处，就很利害地刺他一下。一般整饬的结构，平凡的字句，会使他跑到旁处去的，我们应该反对。
>
> "沙漠里遍生了荆棘，中国人就会过人的生活了！"

这是我相信的。

朋其的作品的确和他的主张并不怎么背驰，他用流利而诙谐的言语，暴露，描画，讽刺着各式人物，尤其是智识者层。他或者装着傻子，说出青年的思想来，或者化为渝腿，跑进阔佬们的家里去。但也许因为力求生动，流利的缘故罢，抉剔就不能深，而且结末的特地装置的滑稽，也往往毁损掉全篇的力量。讽刺文学是能死于自身的故意的戏笑的。不久他又"自招"（《荆棘》卷首）道："写出'刺的文学'四字，也不过因了每天对于霸王鞭的欣赏，和自己的'生也不辰'，未能十分领略花的意味儿，"那可大有徘徊之状了。此后也没有再看见他"刺的文学"。

尚钺的创作，也是意在讥刺，而且暴露，搏击的，小说集《斧背》之名，便是自提的纲要。他创作的态度，比朋其严肃，取材也较为广泛，时时描写着风气未开之处——河南信阳——的人民。可惜的是为才能所限，那斧背就太轻小了，使他为公和为私的打击的效力，大抵失在由于器械不良，手段生涩的不中里。

向培良当发表他第一本小说集《飘渺的梦》时，一开首就说——

> 时间走过去的时候，我的心灵听见轻微的足音，我把这个很拙笨地移到纸上去了，这就是我这本小册子的来源罢！

的确，作者向我们叙述着他的心灵所听到的时间的足音，有些是借了儿童时代的天真的爱和憎，有些是借着羁旅时候的寂寞的闻和见，然而他并不"拙笨"，却也不矫揉造作，只如熟人相对，娓娓而谈，使我们在不甚操心的倾听中，感到一种生活的色相。但是，作者的内心是热烈的，倘不热烈，也就不能这么平静的娓娓而谈了，所以他虽然间或休息于过去的"已经失去的童心"中，却终于爱了现在的"在强有力的憎恶后面，发现更强有力的爱"的"虚无的反抗者"，向我们介绍了强有力的《我离开十字街头》。下面这一段就是那不知名的反抗者所自述的憎恶——

> 为什么我要跑出北京？这个我也说不出很多的道理。总而言之：我已经讨厌了这古老的虚伪的大城。在这里面游离了四年之后，我已经刻骨地讨厌了这古老的虚伪的大城。在这里面，我只看见请安，打拱，要皇帝，恭维执政——卑怯的奴才！卑劣，怯懦，狡猾，以及敏捷的逃躲，这都是奴才们的绝技！厌恶的深感在我口中，好似生的腥鱼在我口中一般；我需要呕吐，于是提着我的棍走了。

在这里听到了尼采声，正是狂飙社的进军的鼓角。尼采教人们准备着"超人"的出现，倘不出现，那准备便是空虚。但尼采却自有其下场之法的：发狂和死。否则，就不免安于空虚，或者反抗这空虚，即使在孤独中毫无"末人"的希求温暖之心，也不过蔑视一切权威，收缩而为虚无主义者（Nihilist）。巴札罗夫（Bazarov）是相信科学的；他为医术而死，一到所蔑视的并非科学的权威而是科学本身，那就成为沙宁（Sanin）之徒，只好以一无所信为名，无所不为为实了。但狂飙社却似乎仅止于"虚无的反抗"，不久就散了队，现在所遗留的，就只有向培良的这响亮的战叫，说明着半绥惠略夫（Sheveriov）式的"憎恶"的前途。

未名社却相反，主持者韦素园，是宁愿作为无名的泥土，来栽植奇花和乔木的人，事业的中心，也多在外国文学的译述。待到接办《莽原》后，在小说方面，魏金枝之外，又有李霁野，以锐敏的感觉创作，有时深而细，真如数着每一片叶的叶脉，但因此就往往不能广，这也是孤寂的发掘者所难以两全的。台静农是先不想到写小说，后不愿意写小说的人，但为了韦素园的奖劝，为了《莽原》的索稿，他挨到一九二六年，也只得动手了。《地之子》的后记里自己说——

> 那时我开始写了两三篇，预备第二年用。素园看了，他很满意我从民间取材；他遂劝我专在这一方面努力，并且举了许多作家的例子。其实在我倒不大乐于走这一条路。人间的酸辛和凄楚，我耳边所听到的，目中所看见的，已经是不堪了；现在又将它用我的心血细细地写出，能说这不是不幸的事么？同时我又没有生花的笔，能够献给我同时代的少男少女以伟大的欢欣。

此后还有《建塔者》。要在他的作品里吸取"伟大的欢欣"，诚然是不容易的，但他却贡献了文艺；而且在争写着恋爱的悲欢，都会的明暗的那时候，能将乡间的死生，泥土的气息，移在纸上的，也没有更多，更勤于这作者的了。

五

临末，是关于选辑的几句话——

一，文学团体不是豆荚，包含在里面的，始终都是豆。大约集成时本已各个不同，后来更各有种种的变化。在这里，一九二六年后之作即不录，此后的作者的作风和思想等，也不论。

二，有些作者，是有自编的集子的，曾在期刊上发表过的初期的文章，集子里有时却不见，恐怕是自己不满，删去了。但我间或仍收在这里面，因为我以为就是圣贤豪杰，也不必自惭他的童年；自惭，倒是一个错误。

三，自编的集子里的有些文章，和先前在期刊上发表的，字句往往有些不同，这当然是作者自己添削的。但这里却有时采了初稿，因为我觉得加了修饰之后，也未必一定比质朴的初稿好。

以上两点，是要请作者原谅的。

四，十年中所出的各种期刊，真不知有多少，小说集当然也不少，但见闻有限，自不免有遗珠之憾。至于明明见了集子，却取舍失当，那就即使并非偏心，也一定是缺少眼力，不想来勉强辩解了。

一九三五年三月二日写讫

非有复译不可

好像有人说过，去年是"翻译年"；其实何尝有什么了不起的翻译，不过又给翻译暂时洗去了恶名却是真的。

可怜得很，还只译了几个短篇小说到中国来，创作家就出现了，说它是媒婆，而创作是处女。在男女交际自由的时候，谁还喜欢和媒婆周旋呢，当然没落。后来是译了一点文学理论到中国来，但"批评家"幽默家之流又出现了，说是"硬译"，"死译"，"好像看地图"，幽默家还从他自己的脑子里，造出可笑的例子来，使读者们"开心"，学者和大师们的话是不会错的，"开心"也总比正经省力，于是乎翻译的脸上就被他们画上了一条粉。

但怎么又来了"翻译年"呢，在并无什么了不起的翻译的时候？不是夸大和开心，它本身就太轻飘飘，禁不起风吹雨打的缘故么？

于是有些人又记起了翻译，试来译几篇。但这就又是"批评家"的材料了，其实，正名定分，他是应该叫作"唠叨家"的，是创作家和批评家以外的一种，要说得好听，也可以谓之"第三种"。他像后街的老虔婆一样，并不大声，却在那里唠叨，说是莫非世界上的名著都译完了吗，你们只在译别人已经译过的，有的还译过了七八次。

记得中国先前，有过一种风气，遇见外国——大抵是日本——

有一部书出版，想来当为中国人所要看的，便往往有人在报上登出广告来，说"已在开译，请万勿重译为幸"。他看得译书好像订婚，自己首先套上约婚戒指了，别人便莫作非分之想。自然，译本是未必一定出版的，倒是暗中解约的居多；不过别人却也因此不敢译，新妇就在闺中老掉。这种广告，现在是久不看见了，但我们今年的唠叨家，却正继承着这一派的正统。他看得翻译好像结婚，有人译过了，第二个便不该再来碰一下，否则，就仿佛引诱了有夫之妇似的，他要来唠叨，当然罗，是维持风化。但在这唠叨里，他不也活活的画出了自己的猥琐的嘴脸了么？

前几年，翻译的失了一般读者的信用，学者和大师们的曲说固然是原因之一，但在翻译本身也有一个原因，就是常有胡乱动笔的译本。不过要击退这些乱译，诬赖，开心，唠叨，都没有用处，唯一的好方法是又来一回复译，还不行，就再来一回。譬如赛跑，至少总得有两个人，如果不许有第二人入场，则先在的一个永远是第一名，无论他怎样蹩脚。所以讥笑复译的，虽然表面上好像关心翻译界，其实是在毒害翻译界，比诬赖，开心的更有害，因为他更阴柔。

而且复译还不止是击退乱译而已，即使已有好译本，复译也还是必要的。曾有文言译本的，现在当改译白话，不必说了。即使先出的白话译本已很可观，但倘使后来的译者自己觉得可以译得更好，就不妨再来译一遍，无须客气，更不必管那些无聊的唠叨。取旧译的长处，再加上自己的新心得，这才会成功一种近于完全的定本。但因言语跟着时代的变化，将来还可以有新的复译本的，七八次何足为奇，何况中国其实也并没有译过七八次的作品。如果已经有，中国的新文艺倒也许不至于现在似的沉滞了。

一九三五年三月十六日

论讽刺

我们常不免有一种先入之见，看见讽刺作品，就觉得这不是文学上的正路，因为我们先就以为讽刺并不是美德。但我们走到交际场中去，就往往可以看见这样的事实，是两位胖胖的先生，彼此弯腰拱手，满面油晃晃的正在开始他们的扳谈——

> 贵姓？……
>
> 敝姓钱。
>
> 哦，久仰久仰！还没有请教台甫……
>
> 草字阔亭。
>
> 高雅高雅。贵处是……？
>
> 就是上海……
>
> 哦哦，那好极了，这真是……

谁觉得奇怪呢？但若写在小说里，人们可就会另眼相看了，恐怕大概要被算作讽刺。有好些直写事实的作者，就这样的被蒙上了"讽刺家"——很难说是好是坏——的头衔。例如在中国，则《金瓶梅》写蔡御史的自谦和恭维西门庆道："恐我不如安石之才，而君有王右军之高致矣！"还有《儒林外史》写范举人因为守孝，连象牙筷也不肯用，但吃饭时，他却"在燕窝碗里拣了一个大虾圆子送在嘴里"，和这相似的情形是现在还可以遇见的；在外国，则如

1113

近来已被中国读者所注意了的果戈理的作品，他那《外套》（韦素园译，在《未名丛刊》中）里的大小官吏，《鼻子》（许遐译，在《译文》中）里的绅士，医生，闲人们之类的典型，是虽在中国的现在，也还可以遇见的。这分明是事实，而且是很广泛的事实，但我们皆谓之讽刺。

人大抵愿意有名，活的时候做自传，死了想有人分讣文，做行实，甚而至于还"宣付国史馆立传"。人也并不全不自知其丑，然而他不愿意改正，只希望随时消掉，不留痕迹，剩下的单是美点，如曾经施粥赈饥之类，却不是全般。"高雅高雅"，他其实何尝不知道有些肉麻，不过他又知道说过就完，"本传"里决不会有，于是也就放心的"高雅"下去。如果有人记了下来，不给它消灭，他可要不高兴了。于是乎挖空心思的来一个反攻，说这些乃是"讽刺"，向作者抹一脸泥，来掩藏自己的真相。但我们也每不免来不及思索，跟着说，"这些乃是讽刺呀！"上当真可是不浅得很。

同一例子的还有所谓"骂人"。假如你到四马路去，看见雉妓在拖住人，倘大声说："野鸡在拉客"，那就会被她骂你是"骂人"。骂人是恶德，于是你先就被判定在坏的一方面了；你坏，对方可就好。但事实呢，却的确是"野鸡在拉客"，不过只可心里知道，说不得，在万不得已时，也只能说"姑娘勒浪做生意"，恰如对于那些弯腰拱手之辈，做起文章来，是要改作"谦以待人，虚以接物"的。——这才不是骂人，这才不是讽刺。

其实，现在的所谓讽刺作品，大抵倒是写实。非写实决不能成为所谓"讽刺"；非写实的讽刺，即使能有这样的东西，也不过是造谣和诬蔑而已。

一九三五年三月十六日

从"别字"说开去

　　自从议论写别字以至现在的提倡手头字，其间的经过，恐怕也有一年多了，我记得自己并没有说什么话。这些事情，我是不反对的，但也不热心，因为我以为方块字本身就是一个死症，吃点人参，或者想一点什么方法，固然也许可以拖延一下，然而到底是无可挽救的，所以一向就不大注意这回事。

　　前几天在《自由谈》上看见陈友琴先生的《活字与死字》，才又记起了旧事来。他在那里提到北大招考，投考生写了误字，"刘半农教授作打油诗去嘲弄他，固然不应该"，但我"曲为之辩，亦可不必"。那投考生的误字，是以"倡明"为"昌明"，刘教授的打油诗，是解"倡"为"娼妓"，我的杂感，是说"倡"不必一定作"娼妓"解，自信还未必是"曲"说；至于"大可不必"之评，那是极有意思的，一个人的言行，从别人看来，"大可不必"之点多得很，要不然，全国的人们就好像是一个了。

　　我还没有明目张胆的提倡过写别字，假如我在做国文教员，学生写了错字，我是要给他改正的，但一面也知道这不过是治标之法。至于去年的指摘刘教授，却和保护别字微有不同。（一）我以为既是学者或教授，年龄至少和学生差十年，不但饭菜多吃了万来碗了，就是每天认一个字，也就要比学生多识三千六百个，比较的高明，是应该的，在考卷里发见几个错字，"大可不必"飘飘然生

1115

优越之感，好像得了什么宝贝一样。况且（二）现在的学校，科目繁多，和先前专攻八股的私塾，大不相同了，纵使文字不及从前，正也毫不足怪，先前的不写错字的书生，他知道五洲的所在，原质的名目吗？自然，如果精通科学，又擅文章，那也很不坏，但这不能含含胡胡，责之一般的学生，假使他要学的是工程，那么，他只要能筑堤造路，治河导淮就尽够了，写"昌明"为"倡明"，误"留学"为"流学"，堤防决不会因此就倒塌的。如果说，别国的学生对于本国的文字，决不致闹出这样的大笑话，那自然可以归罪于中国学生的偏偏不肯学，但也可以归咎于先生的不善教，要不然，那就只能如我所说：方块字本身就是一个死症。

改白话以至提倡手头字，其实也不过一点樟脑针，不能起死回生的，但这就又受着缠不清的障害，至今没有完。还记得提倡白话的时候，保守者对于改革者的第一弹，是说改革者不识字，不通文，所以主张用白话。对于这些打着古文旗子的敌军，是就用古书作"法宝"，这才打退的，以毒攻毒，反而证明了反对白话者自己的不识字，不通文。要不然，这古文旗子恐怕至今还不倒下。去年曹聚仁先生为别字辩护，战法也是搬古书，弄得文人学士之自以为识得"正字"者，哭笑不得，因为那所谓"正字"就有许多是别字。这确是轰毁旧营垒的利器。现在已经不大有人来辩文的白不白——但"寻开心"者除外——字的别不别了，因为这会引到今文《尚书》，骨甲文字去，麻烦得很。这就是改革者的胜利——至于这改革的损益，自然又作别论。

陈友琴先生的《死字和活字》，便是在这决战之后，重整阵容的最稳的方法，他已经不想从根本上斤斤计较字的错不错，即别不别了。他只问字的活不活；不活，就算错。他引了一段何仲英先生的《中国文字学大纲》来做自己的代表——

……古人用通借，也是写别字，也是不该。不过积古相沿，一向通行，到如今没有法子强人改正。假使个个字都能够改正，是《易经》里所说的'幹父之蛊'。纵使不能，岂可在古人写的别字以外再加许多别字呢？古人写的别字，通行到如今，全国相同，所以还可解得。今人若添写许多别字，各处用各处的方音去写，别省别县的人，就不能懂得了，后来全国的文字，必定彼此不同，这不是一种大障碍么？……

这头几句，恕我老实的说罢，是有些可笑的。假如我们先不问有没有法子强人改正，自己先来改正一部古书试试罢，第一个问题是拿什么做"正字"，《说文》，金文，骨甲文，还是简直用陈先生的所谓"活字"呢？纵使大家愿意依，主张者自己先就没法改，不能"幹父之蛊"。所以陈先生的代表的接着的主张是已经错定了的，就一任他错下去，但是错不得添，以免将来破坏文字的统一。是非不谈，专论利害，也并不算坏，但直白的说起来，却只是维持现状说而已。

维持现状说是任何时候都有的，赞成者也不会少，然而在任何时候都没有效，因为在实际上决定做不到。假使古时候用此法，就没有今之现状，今用此法，也就没有将来的现状，直至辽远的将来，一切都和太古无异。以文字论，则未有文字之时，就不会象形以造"文"，更不会孳乳而成"字"，篆决不解散而为隶，隶更不简单化为现在之所谓"真书"。文化的改革如长江大河的流行，无法遏止，假使能够遏止，那就成为死水，纵不干涸，也必腐败的。当然，在流行时，倘无弊害，岂不更是非常之好？然而在实际上，却

1117

断没有这样的事。回复故道的事是没有的，一定有迁移；维持现状的事也是没有的，一定有改变。有百利而无一害的事也是没有的，只可权大小。况且我们的方块字，古人写了别字，今人也写别字，可见要写别字的病根，是在方块字本身的，别字病将与方块字本身并存，除了改革这方块字之外，实在并没有救济的十全好方法。

复古是难了，何先生也承认。不过现状却也维持不下去，因为我们现在一般读书人之所谓"正字"，其实不过是前清取士的规定，一切指示，都在薄薄的三本所谓"翰苑分书"的《字学举隅》中，但二十年来，在不声不响中又有了一点改变。从古迄今，什么都在改变，但必须在不声不响中，倘一道破，就一定有窒碍，维持现状说来了，复古说也来了。这些说头自然也无效。但一时不失其为一种窒碍却也是真的，它能够使一部分的有志于改革者迟疑一下子，从招潮者变为乘潮者。

我在这里，要说的只是维持现状说听去好像很稳健，但实际上却是行不通的，史实在不断的证明着它只是一种"并无其事"：仅在这一些。

一九三五年三月二十一日

田军作《八月的乡村》序

　　爱伦堡（Ilia Ehrenburg）论法国的上流社会文学家之后，他说，此外也还有一些不同的人们："教授们无声无息地在他们的书房里工作着，实验 X 光线疗法的医生死在他们的职务上，奋身去救自己的伙伴的渔夫悄然沉没在大洋里面。……一方面是庄严的工作，另一方面却是荒淫与无耻。"

　　这末两句，真也好像说着现在的中国。然而中国是还有更其甚的呢。手头没有书，说不清见于那里的了，也许是已经汉译了的日本箭内亘氏的著作罢，他曾经——记述了宋代的人民怎样为蒙古人所淫杀，俘获，践踏和奴使。然而南宋的小朝廷却仍旧向残山剩水间的黎民施威，在残山剩水间行乐；逃到那里，气焰和奢华就跟到那里，颓靡和贪婪也跟到那里。"若要官，杀人放火受招安；若要富，跟着行在卖酒醋。"这是当时的百姓提取了朝政的精华的结语。

　　人民在欺骗和压制之下，失了力量，哑了声音，至多也不过有几句民谣。"天下有道，则庶人不议。"就是秦始皇隋炀帝，他会自承无道么？百姓就只好永远箝口结舌，相率被杀，被奴。这情形一直继续下来，谁也忘记了开口，但也许不能开口。即以前清末年而论，大事件不可谓不多了：雅片战争，中法战争，中日战争，戊戌政变，义和拳变，八国联军，以至民元革命。然而我们没有一部像样的历史的著作，更不必说文学作品了。"莫谈国事"，是我们做小民的本分。

我们的学者也曾说过：要征服中国，必须征服中国民族的心。其实，中国民族的心，有些是早给我们的圣君贤相武将帮闲之辈征服了的。近如东三省被占之后，听说北平富户，就不愿意关外的难民来租房子，因为怕他们付不出房租。在南方呢，恐怕义军的消息，未必能及鞭毙土匪，蒸骨验尸，阮玲玉自杀，姚锦屏化男的能够耸动大家的耳目罢？"一方面是庄严的工作，另一方面却是荒淫与无耻。"

但是，不知道是人民进步了，还是时代太近，还未湮没的缘故，我却见过几种说述关于东三省被占的事情的小说。这《八月的乡村》，即是很好的一部，虽然有些近乎短篇的连续，结构和描写人物的手段，也不能比法捷耶夫的《毁灭》，然而严肃，紧张，作者的心血和失去的天空，土地，受难的人民，以至失去的茂草，高粱，蝈蝈，蚊子，搅成一团，鲜红的在读者眼前展开，显示着中国的一份和全部，现在和未来，死路与活路。凡有人心的读者，是看得完的，而且有所得的。

"要征服中国民族，必须征服中国民族的心！"但这书却于"心的征服"有碍。心的征服，先要中国人自己代办。宋曾以道学替金元治心，明曾以党狱替满清箝口。这书当然不容于满洲帝国，但我看也因此当然不容于中华民国。这事情很快的就会得到实证。如果事实证明了我的推测并没有错，那也就证明了这是一部很好的书。

好书为什么倒会不容于中华民国呢？那当然，上面已经说过几回了——"一方面是庄严的工作，另一方面却是荒淫与无耻！"

这不像序。但我知道，作者和读者是决不和我计较这些的。

一九三五年三月二十八日之夜，鲁迅读毕记

徐懋庸作《打杂集》序

我觉得中国有时是极爱平等的国度。有什么稍稍显得特出，就有人拿了长刀来削平它。以人而论，孙桂云是赛跑的好手，一过上海，不知怎的就萎靡不振，待到到得日本，不能跑了；阮玲玉算是比较的有成绩的明星，但"人言可畏"，到底非一口气吃下三瓶安眠药片不可。自然，也有例外，是捧了起来。但这捧了起来，却不过为了接着摔得粉碎。大约还有人记得"美人鱼"罢，简直捧得令观者发生肉麻之感，连看见姓名也会觉得有些滑稽。契诃夫说过："被昏蛋所称赞，不如战死在他手里。"真是伤心而且悟道之言。但中国又是极爱中庸的国度，所以极端的昏蛋是没有的，他不和你来战，所以决不会爽爽快快的战死，如果受不住，只好自己吃安眠药片。

在所谓文坛上当然也不会有什么两样：翻译较多的时候，就有人来削翻译，说它害了创作；近一两年，作短文的较多了，就又有人来削"杂文"，说这是作者的堕落的表现，因为既非诗歌小说，又非戏剧，所以不入文艺之林，他还一片婆心，劝人学学托尔斯泰，做《战争与和平》似的伟大的创作去。这一流论客，在礼仪上，别人当然不该说他是"昏蛋"的。批评家吗？他谦虚得很，自己不承认。攻击杂文的文字虽然也只能说是杂文，但他又决不是杂文作家，因为他不相信自己也相率而堕落。如果恭维他为诗歌小说

1121

戏剧之类的伟大的创作者，那么，恭维者之为"昏蛋"也无疑了。归根结底，不是东西而已。不是东西之谈也要算是"人言"，这就使弱者觉得倒是安眠药片较为可爱的缘故。不过这并非战死。问是有人要问的：给谁害死的呢？种种议论的结果，凶手有三位：曰，万恶的社会；曰，本人自己；曰，安眠药片。完了。

我们试去查一通美国的"文学概论"或中国什么大学的讲义，的确，总不能发见一种叫作 Tsa-wen 的东西。这真要使有志于成为伟大的文学家的青年，见杂文而心灰意懒：原来这并不是爬进高尚的文学楼台去的梯子。托尔斯泰将要动笔时，是否查了美国的"文学概论"或中国什么大学的讲义之后，明白了小说是文学的正宗，这才决心来做《战争与和平》似的伟大的创作的呢？我不知道。但我知道中国的这几年的杂文作者，他的作文，却没有一个想到"文学概论"的规定，或者希图文学史上的位置的，他以为非这样写不可，他就这样写，因为他只知道这样的写起来，于大家有益。农夫耕田，泥匠打墙，他只为了米麦可吃，房屋可住，自己也因此有益之事，得一点不亏心的糊口之资，历史上有没有"乡下人列传"或"泥水匠列传"，他向来就并没有想到。如果他只想着成什么所谓气候，他就先进大学，再出外洋，三做教授或大官，四变居士或隐逸去了。历史上很尊隐逸，《居士传》不是还有专书吗，多少上算呀，噫！

但是，杂文这东西，我却恐怕要侵入高尚的文学楼台去的。小说和戏曲，中国向来是看作邪宗的，但一经西洋的"文学概论"列为正宗，我们也就奉之为宝贝，《红楼梦》《西厢记》之类，在文学史上竟和《诗经》《离骚》并列了。杂文中之一体的随笔，因为有人说它近于英国的 Essay①，有些人也就顿首再拜，不敢轻薄。寓言

---

① 英语：随笔、小品文、短论等。

和演说，好像是卑微的东西，但伊索和契开罗，不是坐在希腊罗马文学史上吗？杂文发展起来，倘不赶紧削，大约也未必没有扰乱文苑的危险。以古例今，很可能的，真不是一个好消息。但这一段话，我是和不是东西之流开开玩笑的，要使他爬耳搔腮，热刺刺的觉得他的世界有些灰色。前进的杂文作者，倒决不计算着这些。

其实，近一两年来，杂文集的出版，数量并不及诗歌，更其赶不上小说，慨叹于杂文的泛滥，还是一种胡说八道。只是作杂文的人比先前多几个，却是真的，虽然多几个，在四万万人口里面，算得什么，却就要谁来疾首蹙额？中国也真有一班人在恐怕中国有一点生气；用比喻说：此之谓"虎伥"。

这本集子的作者先前有一本《不惊人集》，我只见过一篇自序；书呢，不知道那里去了。这一回我希望一定能够出版，也给中国的著作界丰富一点。我不管这本书能否入于文艺之林，但我要背出一首诗来比一比："夫子何为者？栖栖一代中。地犹鄹氏邑，宅接鲁王宫。叹凤嗟身否，伤麟怨道穷。今看两楹奠：犹与梦时同。"这是《唐诗三百首》里的第一首，是"文学概论"诗歌门里的所谓"诗"。但和我们不相干，那里能够及得这些杂文的和现在切贴，而且生动，泼剌，有益，而且也能移人情。能移人情，对不起得很，就不免要搅乱你们的文苑，至少，是将不是东西之流的唾向杂文的许多唾沫，一脚就踏得无踪无影了，只剩下一张满是油汗兼雪花膏的嘴脸。

这嘴脸当然还可以唠叨，说那一首"夫子何为者"并非好诗，并且时代也过去了。但是，文学正宗的招牌呢？"文艺的永久性"呢？

我是爱读杂文的一个人，而且知道爱读杂文还不只我一个，因为它"言之有物"。我还更乐观于杂文的开展，日见其斑斓。第一是使中国的著作界热闹，活泼；第二是使不是东西之流缩头；第三是使所谓"为艺术而艺术"的作品，在相形之下，立刻显出不死不活相。我所以极高兴为这本集子作序，并且借此发表意见，愿我们的杂文作家，勿为虎伥所迷，以为"人言可畏"，用最末的稿费买安眠药片去。

一九三五年三月三十一日，鲁迅记于上海之卓面书斋

"文人相轻"

　　老是说着同样的一句话是要厌的。在所谓文坛上，前年嚷过一回"文人无行"，去年是闹了一通"京派和海派"，今年又出了新口号，叫作"文人相轻"。

　　对于这风气，口号家很愤恨，他的"真理哭了"，于是大声疾呼，投一切"文人"以轻蔑。"轻蔑"，他是最憎恶的，但因为他们"相轻"，损伤了他理想中的一道同风的天下，害得他自己也只好施行轻蔑术了。自然，这是"即以其人之道，还治其人之身"，是古圣人的良法，但"相轻"的恶弊，可真也不容易除根。

　　我们如果到《文选》里去找词汇的时候，大概是可以遇着"文人相轻"这四个字的，拾来用用，似乎也还有些漂亮。然而，曹聚仁先生已经在《自由谈》（四月九日至十一日）上指明，曹丕之所谓"文人相轻"者，是"文非一体，鲜能备善，是以各以所长，相轻所短"，凡所指摘，仅限于制作的范围。一切别的攻击形体，籍贯，诬赖，造谣，以至施蛰存先生式的"他自己也是这样的呀"，或魏金枝先生式的"他的亲戚也和我一样了呀"之类，都不在内。倘把这些都作为曹丕所说的"文人相轻"，是混淆黑白，真理虽然大哭，倒增加了文坛的黑暗的。

　　我们如果到《庄子》里去找词汇，大概又可以遇着两句宝贝的教训："彼亦一是非，此亦一是非"，记住了来作危急之际的护身符，似乎也不失为漂亮。然而这是只可暂时口说，难以永远实行的。喜欢引用这种格言的人，那精神的相距之远，更甚于叭儿之与老聃，这里不必说它了。就是庄生自己，不也在《天下篇》里，历举了别人的缺失，以他的"无是非"轻了一切"有所是非"的言行吗？要不然，一部《庄子》，只要"今天天气哈哈哈……"七个字就写完了。

但我们现在所处的并非汉魏之际，也不必恰如那时的文人，一定要"各以所长，相轻所短"。凡批评家的对于文人，或文人们的互相评论，各各"指其所短，扬其所长"固可，即"掩其所短，称其所长"亦无不可。然而那一面一定得有"所长"，这一面一定得有明确的是非，有热烈的好恶。假使被今年新出的"文人相轻"这一个模模胡胡的恶名所吓昏，对于充风流的富儿，装古雅的恶少，销淫书的瘪三，无不"彼亦一是非，此亦一是非"，一律拱手低眉，不敢说或不屑说，那么，这是怎样的批评家或文人呢？——他先就非被"轻"不可的!

一九三五年四月十四日

"京派"和"海派"

去年春天，京派大师曾经大大的奚落了一顿海派小丑，海派小丑也曾经小小的回敬了几手，但不多久，就完了。文滩上的风波，总是容易起，容易完，倘使不容易完，也真的不便当。我也曾经略略的赶了一下热闹，在许多唇枪舌剑中，以为那时我发表的所说，倒也不算怎么分析错了的。其中有这样的一段——

> ……北京是明清的帝都，上海乃各国之租界，帝都多官，租界多商，所以文人之在京者近官，没海者近商，近官者在使官得名，近商者在使商获利，而自己亦赖以糊口。要而言之：不过"京派"是官的帮闲，"海派"则是商的帮忙而已。……而官之鄙商，固亦中国旧习，就更使"海派"在"京派"眼中跌落了。……

但到得今年春末，不过一整年带点零，就使我省悟了先前所说的并不圆满。目前的事实，是证明着京派已经自己贬损，或是把海派在自己眼睛里抬高，不但现身说法，演述了派别并不专与地域相关，而且实践了"因为爱他，所以恨他"的妙语。当初的京海之争，看作"龙虎斗"固然是错误，就是认为有一条官商之界也不免欠明白。因为现在已经清清楚楚，到底搬出一碗不过黄鳝田鸡，炒

1127

在一起的苏式菜——"京海杂烩"来了。

实例，自然是琐屑的，而且自然也不会有重大的例子。举一点罢。一，是选印明人小品的大权，分给海派来了；以前上海固然也有选印明人小品的人，但也可以说是冒牌的，这回却有了真正老京派的题签，所以的确是正统的衣钵。二，是有些新出的刊物，真正老京派打头，真正小海派煞尾了；以前固然也有京派开路的期刊，但那是半京半海派所主持的东西，和纯粹海派自说是自掏腰包来办的出产品颇有区别的。要而言之：今儿和前儿已不一样，京海两派中的一路，做成一碗了。

到这里要附带一点声明：我是故意不举出那新出刊物的名目来的。先前，曾经有人用过"某"字，什么缘故我不知道。但后来该刊的一个作者在该刊上说，他有一位"熟悉商情"的朋友，以为这是因为不替它来作广告。这真是聪明的好朋友，不愧为"熟悉商情"。由此启发，子细一想，他的话实在千真万确：被称赞固然可以代广告，被骂也可以代广告，张扬了荣是广告，张扬了辱又何尝非广告。例如罢，甲乙决斗，甲赢，乙死了，人们固然要看杀人的凶手，但也一样的要看那不中用的死尸，如果用芦席围起来，两个铜板看一下，准可以发一点小财的。我这回的不说出这刊物的名目来，主意却正在不替它作广告，我有时很不讲阴德，简直要妨碍别人的借死尸敛钱。然而，请老实的看官不要立刻责备我刻薄。他们那里肯放过这机会，他们自己会敲了锣来承认的。

声明太长了一点了。言归正传。我要说的是直到现在，由事实证明，我才明白了去年京派的奚落海派，原来根柢上并不是奚落，倒是路远迢迢的送来的秋波。

文豪，究竟是有真实本领的，法朗士做过一本《泰绮思》，中国已有两种译本了，其中就透露着这样的消息。他说有一个高僧在沙漠中修行，忽然想到亚历山大府的名妓泰绮思，是一个贻害世道人心的人物，他要感化她出家，救她本身，救被惑的青年们，也给自己积无量功德。事情还算顺手，泰绮思竟出家了，他恨恨的毁坏了她在俗时候的衣饰。但是，奇怪得很，这位高僧回到自己的独房里继续修行时，却再也静不下来了，见妖怪，见裸体的女人。他急遁，远行，然而仍然没有效。他自己是知道因为其实爱上了泰绮思，所以神魂颠倒了的，但一群愚民，却还是硬要当他圣僧，到处跟着他祈求，礼拜，拜得他"哑子吃黄连"——有苦说不出。他终于决计自白，跑回泰绮思那里去，叫道"我爱你！"然而泰绮思这时已经离死期不远，自说看见了天国，不久就断气了。

不过京海之争的目前的结局，却和这一本书的不同，上海的泰绮思并没有死，她也张开两条臂膊，叫道"来！"于是——团圆了。

《泰绮思》的构想，很多是应用弗洛伊特的精神分析学说的，倘有严正的批评家，以为算不得"究竟是有真实本领"，我也不想来争辩。但我觉得自己却真如那本书里所写的愚民一样，在没有听到"我爱你"和"来"之前，总以为奚落单是奚落，鄙薄单是鄙薄，连现在已经出了气的弗洛伊特学说也想不到。

到这里又要附带一点声明：我举出《泰绮思》来，不过取其事迹，并非处心积虑，要用妓女来比海派的文人。这种小说中的人物，是不妨随意改换的，即改作隐士，侠客，高人，公主，大少，小老板之类，都无不可。况且泰绮思其实也何可厚非。她在俗时是泼剌的活，出家后就刻苦的修，比起我们的有些所谓"文人"，刚到中年，就自叹道"我是心灰意懒了"的死样活气来，实在更其像人样。我也可以自白一句：我宁可向泼剌的妓女立正，却不愿意和死样活气的文人打棚。

至于为什么去年北京送秋波，今年上海叫"来"了呢？说起来，可又是事前的推测，对不对很难定了。我想：也许是因为帮闲帮忙，近来都有些"不景气"，所以只好两界合办，把断砖，旧袜，皮袍，洋服，巧克力，梅什儿……之类，凑在一处，重行开张，算是新公司，想借此来新一下主顾们的耳目罢。

一九三五年四月十四日

弄堂生意古今谈

"薏米杏仁莲心粥！"

"玫瑰白糖伦教糕！"

"虾肉馄饨面！"

"五香茶叶蛋！"

这是四五年前，闸北一带弄堂内外叫卖零食的声音，假使当时记录了下来，从早到夜，恐怕总可以有二三十样。居民似乎也真会化零钱，吃零食，时时给他们一点生意，因为叫声也时时中止，可见是在招呼主顾了。而且那些口号也真漂亮，不知道他是从《昭明文选》或《晚明小品》里找过词汇的呢，还是怎么的，实在使我似的初到上海的乡下人，一听到就有馋涎欲滴之概，"薏米杏仁"而又"莲心粥"，这是新鲜到连先前的梦里也没有想到的。但对于靠笔墨为生的人们，却有一点害处，假使你还没有练到"心如古井"，就可以被闹得整天整夜写不出什么东西来。

现在是大不相同了。马路边上的小饭店，正午傍晚，先前为长衫朋友所占领的，近来已经大抵是"寄沉痛于幽闲"；老主顾呢，坐到黄包车夫的老巢的粗点心店里面去了。至于车夫，那自然只好退到马路边沿饿肚子，或者幸而还能够咬侉饼。弄堂里的叫卖声，说也奇怪，竟也和古代判若天渊，卖零食的当然还有，但不过是橄榄或馄饨，却很少遇见那些"香艳肉感"的"艺术"的玩意了。嚷嚷呢，自然仍旧是嚷嚷的，只要上海市民存在一日，嚷嚷是大约决不会停止的。然而现在却切实了不少：麻油，豆腐，润发的刨花，晒衣的竹竿；方法也有改进，或者一个人卖袜，独自作歌赞叹着袜的牢靠。或者两个人共同卖布，交互唱歌颂扬着布的便宜。但大概是一直唱着进来，直达弄底，又一直唱着回去，走出弄外，停下来做交易的时候，是很少的。

偶然也有高雅的货色：果物和花。不过这是并不打算卖给中国人的，所以他用洋话：

"Ringo，Banana，Appulu-u，Appulu-u-u！" [①]

"Hana[②] 呀 Hana-a-a！ Ha-a-na-a-a！"

也不大有洋人买。

间或有算命的瞎子，化缘的和尚进弄来，几乎是专攻娘姨们的，倒还是他们比较的有生意，有时算一命，有时卖掉一张黄纸的鬼画符。但到今年，好像生意也清淡了，于是前天竟出现了大布置的化缘。先只听得一片鼓钹和铁索声，我正想做"超现实主义"的语录体诗，这么一来，诗思被闹跑了，寻声看去，原来是一个和尚用铁钩钩在前胸的皮上，钩柄系有一丈多长的铁索，在地上拖着走进弄里来，别的两个和尚打着鼓和钹。但是，那些娘姨们，却都把门一关，躲得一个也不见了。这位苦行的高僧，竟连一个铜子也拖不去。

事后，我探了探她们的意见，那回答是："看这样子，两角钱是打发不走的。"

独唱，对唱，大布置，苦肉计，在上海都已经赚不到大钱，一

---

① Ringo 日语"林檎"（苹果）的语音。Banana，日语"香蕉"的语音。Appulu，日语外来词"苹果"的语音。

② 日语"花"的意思。

面固然足征洋场上的"人心浇薄"，但一面也可见只好去"复兴农村"了，唔。

一九三五年四月二十三日

什么是"讽刺"?
——答文学社问

我想：一个作者，用了精炼的，或者简直有些夸张的笔墨——但自然也必须是艺术的地——写出或一群人的或一面的真实来，这被写的一群人，就称这作品为"讽刺"。

"讽刺"的生命是真实；不必是曾有的实事，但必须是会有的实情。所以它不是"捏造"，也不是"诬蔑"；既不是"揭发阴私"，又不是专记骇人听闻的所谓"奇闻"或"怪现状"。它所写的事情是公然的，也是常见的，平时是谁都不以为奇的，而且自然是谁都毫不注意的。不过这事情在那时却已经是不合理，可笑，可鄙，甚而至于可恶。但这么行下来了，习惯了，虽在大庭广众之间，谁也不觉得奇怪；现在给它特别一提，就动人。譬如罢，洋服青年拜佛，现在是平常事，道学先生发怒，更是平常事，只消几分钟，这事迹就过去，消灭了。但"讽刺"却是正在这时候照下来的一张相，一个撅着屁股，一个皱着眉心，不但自己和别人看起来有些不很雅观，连自己看见也觉得不很雅观；而且流传开去，对于后日的大讲科学和高谈养性，也不免有些妨害。倘说，所照的并非真实，是不行的，因为这时有目共睹，谁也会觉得确有这等事；但又不好意思承认这是真实，失了自己的尊严。于是挖空心思，给起了一个名目，叫作"讽刺"。其意若曰：它偏要提出这等事，可见也不是好货。

有意的偏要提出这等事，而且加以精炼，甚至于夸张，却确是"讽刺"的本领。同一事件，在拉杂的非艺术的记录中，是不成为讽刺，谁也不大会受感动的。例如新闻记事，就记忆所及，今年就见过两件事。其一，是一个青年，冒充了军官，向各处招摇撞骗，后来破获了，他就写忏悔书，说是不过借此谋生，并无他意。其二，是一个窃贼招引学生，教授偷窃之法，家长知道，把自己的子弟禁在家里了，他还上门来逞凶。较可注意的事件，报上是往往有些特别的批评文字的，但对于这两件，却至今没有说过什么话，可见是看得很平常，以为不足介意的了。然而这材料，假如到了斯惠夫德（J. Swift）或果戈理（N. Gogol）的手里，我看是准可以成为出色的讽刺作品的。在或一时代的社会里，事情越平常，就越普遍，也就愈合于作讽刺。

讽刺作者虽然大抵为被讽刺者所憎恨，但他却常常是善意的，他的讽刺，在希望他们改善，并非要捺这一群到水底里。然而待到同群中有讽刺作者出现的时候，这一群却已是不可收拾，更非笔墨所能救了，所以这努力大抵是徒劳的，而且还适得其反，实际上不过表现了这一群的缺点以至恶德，而对于敌对的别一群，倒反成为有益。我想：从别一群看来，感受是和被讽刺的那一群不同的，他们会觉得"暴露"更多于"讽刺"。

如果貌似讽刺的作品，而毫无善意，也毫无热情，只使读者觉得一切世事，一无足取，也一无可为，那就并非讽刺了，这便是所谓"冷嘲"。

一九三五年五月三日

论"人言可畏"

"人言可畏"是电影明星阮玲玉自杀之后，发见于她的遗书中的话。这哄动一时的事件，经过了一通空论，已经渐渐冷落了，只要《玲玉香消记》一停演，就如去年的艾霞自杀事件一样，完全烟消火灭。她们的死，不过像在无边的人海里添了几粒盐，虽然使扯淡的嘴巴们觉得有些味道，但不久也还是淡，淡，淡。

这句话，开初是也曾惹起一点小风波的。有评论者，说是使她自杀之咎，可见也在日报记事对于她的诉讼事件的张扬；不久就有一位记者公开的反驳，以为现在的报纸的地位，舆论的威信，可怜极了，那里还有丝毫主宰谁的运命的力量，况且那些记载，大抵采自经官的事实，绝非捏造的谣言，旧报具在，可以复按。所以阮玲玉的死，和新闻记者是毫无关系的。

这都可以算是真实话。然而——也不尽然。

现在的报章之不能像个报章，是真的；评论的不能逞心而谈，失了威力，也是真的，明眼人决不会过分的责备新闻记者。但是，新闻的威力其实是并未全盘坠地的，它对甲无损，对乙却会有伤；对强者它是弱者，但对更弱者它却还是强者，所以有时虽然吞声忍气，有时仍可以耀武扬威。于是阮玲玉之流，就成了发扬余威的好材料了，因为她颇有名，却无力。小市民总爱听人们的丑闻，尤其是有些熟识的人的丑闻。上海的街头巷尾的老虔婆，一知道近邻的阿二嫂家有野男人出入，津津乐道，但如果对她讲甘肃的谁在偷汉，新疆的谁在再嫁，她就不要听了。阮玲玉正在现身银幕，是一个大家认识的人，因此她更是给报章凑热闹的好材料，至少也可以增加一点销场。读者看了这些，有的想："我虽然没有阮玲玉那么漂亮，却比她正经"；有的想："我虽然不及阮玲玉的有本领，却比她出身高"；连自杀了之后，也还可以给人想："我虽然没有阮玲玉的技艺，却比她有勇气，因为我没有自杀"。化几个铜元就发见了自己的优胜，那当然是很上算的。但靠演艺为生的人，一遇到公众发生了上述的前两种的感想，她就够走到末路了。所以我们且不要高谈什么连自己也并不了然的社会组织或意志强弱的滥调，先来设身处地的想一想罢，那么，大概就会知道阮玲玉的以为"人言可畏"，是真的，或人的以为她的自杀，和新闻记事有关，也是真的。

但新闻记者的辩解，以为记载大抵采自经官的事实，却也是真的。上海的有些介乎大报和小报之间的报章，那社会新闻，几乎大半是官司已经吃到公安局或工部局去了的案件。但有一点坏习气，是偏要加上些描写，对于女性，尤喜欢加上些描写；这种案件，是不会有名公巨卿在内的，因此也更不妨加上些描写。案中的男人的年纪和相貌，是大抵写得老实的，一遇到女人，可就要发挥才藻了，不是"徐娘半老，风韵犹存"，就是"豆蔻年华，玲珑可爱"。一个女孩儿跑掉了，自奔或被诱还不可知，才子就断定道，"小姑独宿，不惯无郎"，你怎么知道？一个村妇再醮了两回，原是穷乡僻壤的常事，一到才子的笔下，就又赐以大字的题目道，"奇淫不减武则天"，这程度你又怎么知道？这些轻薄句子，加之村姑，大约是并无什么影响的，她不识字，她的关系人也未必看报。但对于一个智识者，尤其是对于一个出到社会上了的女性，却足够使她受伤，更不必说故意张扬，特别渲染的文字了。然而中国的习惯，这

1137

些句子是摇笔即来，不假思索的，这时不但不会想到这也是玩弄着女性，并且也不会想到自己乃是人民的喉舌。但是，无论你怎么描写，在强者是毫不要紧的，只消一封信，就会有正误或道歉接着登出来，不过无拳无勇如阮玲玉，可就正做了吃苦的材料了，她被额外的画上一脸花，没法洗刷。叫她奋斗吗？她没有机关报，怎么奋斗；有冤无头，有怨无主，和谁奋斗呢？我们又可以设身处地的想一想，那么，大概就又知她的以为"人言可畏"，是真的，或人的以为她的自杀，和新闻记事有关，也是真的。

然而，先前已经说过，现在的报章的失了力量，却也是真的，不过我以为还没有到达如记者先生所自谦，竟至一钱不值，毫无责任的时候。因为它对于更弱者如阮玲玉一流人，也还有左右她命运的若干力量的，这也就是说，它还能为恶，自然也还能为善。"有闻必录"或"并无能力"的话，都不是向上的负责的记者所该采用的口头禅，因为在实际上，并不如此，——它是有选择的，有作用的。

至于阮玲玉的自杀，我并不想为她辩护。我是不赞成自杀，自己也不豫备自杀的。但我的不豫备自杀，不是不屑，却因为不能。凡有谁自杀了，现在是总要受一通强毅的评论家的呵斥，阮玲玉当然也不在例外。然而我想，自杀其实是不很容易，决没有我们不豫备自杀的人们所渺视的那么轻而易举的。倘有谁以为容易么，那么，你倒试试看！

自然，能试的勇者恐怕也多得很，不过他不屑，因为他有对于社会的伟大的任务。那不消说，更加是好极了，但我希望大家都有一本笔记簿，写下所尽的伟大的任务来，到得有了曾孙的时候，拿出来算一算，看看怎么样。

一九三五年五月五日

1138

文坛三户

二十年来，中国已经有了一些作家，多少作品，而且至今还没有完结，所以有个"文坛"，是毫无可疑的。不过搬出去开博览会，却还得顾虑一下。

因为文字的难，学校的少，我们的作家里面，恐怕未必有村姑变成的才女，牧童化出的文豪。古时候听说有过一面看牛牧羊，一面读经，终于成了学者的人的，但现在恐怕未必有。——我说了两回"恐怕未必"，倘真有例外的天才，尚希鉴原为幸。要之，凡有弄弄笔墨的人们，他先前总有一点凭借：不是祖遗的正在少下去的钱，就是父积的还在多起来的钱。要不然，他就无缘读书识字。现在虽然有了识字运动，我也不相信能够由此运出作家来。所以这文坛，从阴暗这方面看起来，暂时大约还要被两大类子弟，就是"破落户"和"暴发户"所占据。

已非暴发，又未破落的，自然也颇有出些著作的人，但这并非第三种，不近于甲，即近于乙的，至于掏腰包印书，仗爷资出版者，那是文坛上的捐班，更不在本论范围之内。所以要说专仗笔墨的作者，首先还得求之于破落户中。他先世也许暴发过，但现在是文雅胜于算盘，家景大不如意了，然而又因此看见世态的炎凉，人生的苦乐，于是真的有些抚今追昔，"缠绵悱恻"起来。一叹天时不良，二叹地理可恶，三叹自己无能。但这无能又并非真无能，乃是自己不屑有能，所以这无能的高尚，倒远在有能之上。你们剑拔弩张，汗流浃背，到底做成了些什么呢？惟我的颓唐相，是“十年一觉扬州梦”，惟我的破衣上，是“襟上杭州旧酒痕”，连懒态和污渍，也都有历史的甚深意义的。可惜俗人不懂得，于是他们的杰作上，就大抵放射着一种特别的神彩，是："顾影自怜"。

暴发户作家的作品，表面上和破落户的并无不同。因为他意在用墨水洗去铜臭，这才爬上一向为破落户所主宰的文坛来，以自附于“风雅之林”，又并不想另树一帜，因此也决不标新立异。但仔细一看，却是属于别一本户口册上的；他究竟显得浅薄，而且装腔，学样。房里会有断句的诸子，看不懂；案头也会有石印的骈文，读不断。也会嚷“襟上杭州旧酒痕”呀，但一面又怕别人疑心他穿破衣，总得设法表示他所穿的乃是笔挺的洋服或簇新的绸衫；也会说“十年一觉扬州梦”的，但其实倒是并不挥霍的好品行，因为暴发户之于金钱，觉得比懒态和污渍更有历史的甚深的意义。破落户的颓唐，是掉下来的悲声，暴发户的做作的颓唐，却是“爬上去”的手段。所以那些作品，即使摹拟到和破落户的杰作几乎相同，但一定还差一尘：他其实并不“顾影自怜”，倒在“沾沾自喜”。

这“沾沾自喜”的神情，从破落户的眼睛看来，就是所谓“小家子相”，也就是所谓“俗”。风雅的定律，一个人离开“本色”，是就要“俗”的。不识字人不算俗，他要掉文，又掉不对，就俗；富家儿郎也不算俗，他要做诗，又做不好，就俗了。这在文坛上，向来为破落户所鄙弃。

然而破落户到了破落不堪的时候，这两户却有时可以交融起来的。如果谁有在找“词汇”的《文选》，大可以查一查，我记得里面就有一篇弹文，所弹的乃是一个败落的世家，把女儿嫁给了暴发

1140

而冒充世家的满家子：这就足见两户的怎样反拨，也怎样的联合了。文坛上自然也有这现象；但在作品上的影响，却不过使暴发户增添一些得意之色，破落户则对于"俗"变为谦和，向别方面大谈其风雅而已：并不怎么大。

暴发户爬上文坛，固然未能免俗，历时既久，一面持筹握算，一面诵诗读书，数代以后，就雅起来，待到藏书日多，藏钱日少的时候，便有做真的破落户文学的资格了。然而时势的飞速的变化，有时能不给他这许多修养的工夫，于是暴发不久，破落随之，既"沾沾自喜"，也"顾影自怜"，但却又失去了"沾沾自喜"的确信，可又还没有配得"顾影自怜"的风姿，仅存无聊，连古之所谓雅俗也说不上了。向来无定名，我姑且名之为"破落暴发户"罢。这一户，此后是恐怕要多起来的。但还要有变化：向积极方面走，是恶少；向消极方面走，是瘪三。

使中国的文学有起色的人，在这三户之外。

一九三五年六月六日

从帮忙到扯淡

"帮闲文学"曾经算是一个恶毒的贬辞，——但其实是误解的。

《诗经》是后来的一部经，但春秋时代，其中的有几篇就用之于侑酒；屈原是"楚辞"的开山老祖，而他的《离骚》，却只是不得帮忙的不平。到得宋玉，就现有的作品看起来，他已经毫无不平，是一位纯粹的清客了。然而《诗经》是经，也是伟大的文学作品；屈原宋玉，在文学史上还是重要的作家。为什么呢？——就因为他究竟有文采。

中国的开国的雄主，是把"帮忙"和"帮闲"分开来的，前者参与国家大事，作为重臣，后者却不过叫他献诗作赋，"俳优蓄之"，只在弄臣之例。不满于后者的待遇的是司马相如，他常常称病，不到武帝面前去献殷勤，却暗暗的作了关于封禅的文章，藏在家里，以见他也有计画大典——帮忙的本领，可惜等到大家知道的时候，他已经"寿终正寝"了。然而虽然并未实际上参与封禅的大典，司马相如在文学史上也还是很重要的作家。为什么呢？就因为他究竟有文采。

但到文雅的庸主时，"帮忙"和"帮闲"的可就混起来了，所谓国家的柱石，也常是柔媚的词臣，我们在南朝的几个末代时，可以找出这实例。然而主虽然"庸"，却不"陋"，所以那些帮闲者，文采却究竟还有的，他们的作品，有些也至今不灭。

谁说"帮闲文学"是一个恶毒的贬辞呢？

就是权门的清客，他也得会下几盘棋，写一笔字，画画儿，识古董，懂得些猜拳行令，打趣插科，这才能不失其为清客。也就是说，清客，还要有清客的本领的，虽然是有骨气者所不屑为，却又非搭空架者所能企及。例如李渔的《一家言》，袁枚的《随园诗话》，就不是每个帮闲都做得出来的。必须有帮闲之志，又有帮闲之才，这才是真正的帮闲。如果有其志而无其才，乱点古书，重抄笑话，吹拍名士，拉扯趣闻，而居然不顾脸皮，大摆架子，反自以为得意，——自然也还有人以为有趣，——但按其实，却不过"扯淡"而已。

帮闲的盛世是帮忙，到末代就只剩了这扯淡。

一九三五年六月六日

"题未定"草 (一至三)

一

极平常的豫想，也往往会给实验打破。我向来总以为翻译比创作容易，因为至少是无须构想。但到真的一译，就会遇着难关，譬如一个名词或动词，写不出，创作时候可以回避，翻译上却不成，也还得想，一直弄到头昏眼花，好像在脑子里面摸一个急于要开箱子的钥匙，却没有。严又陵说，"一名之立，旬月踟蹰"，是他的经验之谈，的的确确的。

新近就因为豫想的不对，自己找了一个苦吃。《世界文库》的编者要我译果戈理的《死魂灵》，没有细想，一口答应了。这书我不过曾经草草的看过一遍，觉得写法平直，没有现代作品的希奇古怪，那时的人们还在蜡烛光下跳舞，可见也不会有什么摩登名词，为中国所未有，非译者来闭门生造不可的。我最怕新花样的名词，譬如电灯，其实也不算新花样了，一个电灯的另件，我叫得出六样：花线，灯泡，灯罩，沙袋，扑落，开关。但这是上海话，那后三个，在别处怕就行不通。《一天的工作》里有一篇短篇，讲到铁厂，后来有一位在北方铁厂里的读者给我一封信，说其中的机件名目，没有一个能够使他知道实物是什么的。呜呼，——这里只好呜呼了——其实这些名目，大半乃是十九世纪末我在江南学习挖矿

1144

时，得之老师的传授。不知是古今异时，还是南北异地之故呢，隔膜了。在青年文学家靠它修养的《庄子》和《文选》或者明人小品里，也找不出那些名目来。没有法子。"三十六着，走为上着"，最没有弊病的是莫如不沾手。

可恨我还太自大，竟又小觑了《死魂灵》，以为这倒不算什么，担当回来，真的又要翻译了。于是"苦"字上头。仔细一读，不错，写法的确不过平铺直叙，但到处是刺，有的明白，有的却隐藏，要感得到；虽然重译，也得竭力保存它的锋头。里面确没有电灯和汽车，然而十九世纪上半期的菜单、赌具、服装，也都是陌生家伙。这就势必至于字典不离手，冷汗不离身，一面也自然只好怪自己语学程度的不够格。但这一杯偶然自大了一下的罚酒是应该喝干的：硬着头皮译下去。到得烦厌，疲倦了的时候，就随便拉本新出的杂志来翻翻，算是休息。这是我的老脾气，休息之中，也略含幸灾乐祸之意，其意若曰：这回是轮到我舒舒服服的来看你们在闹什么花样了。

好像华盖运还没有交完，仍旧不得舒服。拉到手的是《文学》四卷六号，一翻开来，卷头就有一幅红印的大广告，其中说是下一号里，要有我的散文了，题目叫作"未定"。往回一想，编辑先生的确曾经给我一封信，叫我寄一点文章，但我最怕的正是所谓做文章，不答。文章而至于要做，其苦可知。不答者，即答曰不做之意。不料一面又登出广告来了，情同绑票，令我为难。但同时又想到这也许还是自己错，我曾经发表过，我的文章，不是涌出，乃是挤出来的。他大约正抓住了这弱点，在用挤出法；而且我遇见编辑先生们时，也间或觉得他们有想挤之状，令人寒心。先前如果说："我的文章，是挤也挤不出来的"，那恐怕要安全得多了，我佩服陀思妥也夫斯基的少谈自己，以及有些文豪们的专讲别人。

但是，积习还未尽除，稿费又究竟可以换米，写一点也还不算什么"冤沉海底"。笔，是有点古怪的，它有编辑先生一样的"挤"的本领。袖手坐着，想打盹，笔一在手，面前放一张稿子纸，就往往会莫名其妙的写出些什么来。自然，要好，可不见得。

二

还是翻译《死魂灵》的事情。躲在书房里，是只有这类事情的。动笔之前，就先得解决一个问题：竭力使它归化，还是尽量保存洋气呢？日本文的译者上田进君，是主张用前一法的。他以为讽刺传品的翻译，第一当求其易懂，愈易懂，效力也愈广大。所以他的译文，有时就化一句为数句，很近于解释。我的意见却两样的。只求易懂，不如创作，或者改作，将事改为中国事，人也化为中国人。如果还是翻译，那么，首先的目的，就在博览外国的作品，不但移情，也要益智，至少是知道何地何时，有这等事，和旅行外国，是很相像的：它必须有异国情调，就是所谓洋气。其实世界上也不会有完全归化的译文，倘有，就是貌合神离，从严辨别起来，它算不得翻译。凡是翻译，必须兼顾着两面，一当然力求其易解，一则保存着原作的丰姿，但这保存，却又常常和易懂相矛盾：看不惯了。不过它原是洋鬼子，当然谁也看不惯，为比较的顺眼起见，只能改换他的衣裳，却不该削低他的鼻子，剜掉他的眼睛。我是不主张削鼻剜眼的，所以有些地方，仍然宁可译得不顺口。只是文句的组织，无须科学理论似的精密了，就随随便便，但副词的"地"字，却还是使用的，因为我觉得现在看惯了这字的读者已经很不少。

然而"幸乎不幸乎"，我竟因此发见我的新职业了：做西崽。

还是当作休息的翻杂志，这回是在《人间世》二十八期上遇见了林语堂先生的大文，摘录会损精神，还是抄一段——

> ……今人一味仿效西洋，自称摩登，甚至不问中国文法，必欲仿效英文，分"历史地"为形容词，"历史地的"为状词，以模仿英文之 historic-al-ly，拖一西洋辫子，然则"快来"何不因"快"字是状词而改为"快地的来"？此类把戏，只是洋场孽少怪相，谈文学虽不足，当西崽颇有才。此种流风，其弊在奴，救之之道，在于思。(《今文八弊》中)

其实是"地"字之类的采用，并非一定从高等华人所擅长的英文而来的。"英文""英文"，一笑一笑。况且看上文的反问语气，似乎"一味仿效西洋"的"今人"，实际上也并不将"快来"改为"快地的来"，这仅是作者的虚构，所以助成其名文，殆即所谓"保得自身为主，则圆通自在，大畅无比"之例了。不过不切实，倘是"自称摩登"的"今人"所说，就是"其弊在浮"。

倘使我至今还住在故乡，看了这一段文章，是懂得，相信的。我们那里只有几个洋教堂，里面想必各有几位西崽，然而很难得遇见。要研究西崽，只能用自己做标本，虽不过"颇"，也够合用了。又是"幸乎不幸乎"，后来竟到了上海，上海住着许多洋人，因此有着许多西崽，因此也给了我许多相见的机会；不但相见，我还得了和他们中的几位谈天的光荣。不错，他们懂洋话，所懂的大抵是"英文"，"英文"，然而这是他们的吃饭家伙，专用于服事洋东家的，他们决不将洋辫子拖进中国话里来，自然更没有捣乱中国文法的意思，有时也用几个音译字，如"那摩温"，"土司"之类，但这也是向来用惯的话，并非标新立异，来表示自己的摩登的。他们倒是国粹家，一有余闲，拉皮胡，唱《探母》；上工穿制服，下工换华装，间或请假出游，有钱的就是缎鞋绸衫子。不过要戴草帽，眼镜也不用玳瑁边的老样式，倘用华洋的"门户之见"看起来，这两样却不免是缺点。

又倘使我要另找职业，能说英文，我可真的肯去做西崽的，因为我以为用工作换钱，西崽和华仆在人格上也并无高下，正如用劳力在外资工厂或华资工厂换得工资，或用学费在外国大学或中国大学取得资格，都没有卑贱和清高之分一样。西崽之可厌不在他的职业，而在他的"西崽相"。这里之所谓"相"，非说相貌，乃是"诚于中而形于外"的，包括着"形式"和"内容"而言。这"相"，是觉得洋人势力，高于群华人，自己懂洋话，近洋人，所以也高于群华人；但自己又系出黄帝，有古文明，深通华情，胜洋鬼子，所以也胜于势力高于群华人的洋人，因此也更胜于还在洋人之下的群华人。租界上的中国巡捕，也常常有这一种"相"。

倚徙华洋之间，往来主奴之界，这就是现在洋场上的"西崽相"。但又并不是骑墙，因为他是流动的，较为"圆通自在"，所以也自得其乐，除非你扫了他的兴头。

三

由前所说，"西崽相"就该和他的职业有关了，但又不全和职业相关，一部份却来自未有西崽以前的传统。所以这一种相，有时是连清高的士大夫也不能免的。"事大"，历史上有过的，"自大"，事实上也常有的；"事大"和"自大"，虽然不相容，但因"事大"而"自大"，却又为实际上所常见——他足以傲视一切连"事大"

也不配的人们。有人佩服得五体投地的《野叟曝言》中，那"居一人之下，在众人之上"的文素臣，就是这标本。他是崇华，抑夷，其实却是"满崽"；古之"满崽"，正犹今之"西崽"也。

所以虽是我们读书人，自以为胜西崽远甚，而洗伐未净，说话一多，也常常会露出尾巴来的。再抄一段名文在这里——

> ……其在文学，今日绍介波兰诗人，明日绍介捷克文豪，而对于已经闻名之英美法德文人，反厌为陈腐，不欲深察，求一究竟。此与妇女新装求入时一样，总是媚字一字不是，自叹女儿身，事人以颜色，其苦不堪言。此种流风，其弊在浮，救之之道，在于学。(《今文八弊》中)

但是，这种"新装"的开始，想起来却长久了，"绍介波兰诗人"，还在三十年前，始于我的《摩罗诗力说》。那时满清宰华，汉民受制，中国境遇，颇类波兰，读其诗歌，即易于心心相印，不但无事大之意，也不存献媚之心。后来上海的《小说月报》，还曾为弱小民族作品出过专号，这种风气，现在是衰歇了，即偶有存者，也不过一脉的余波。但生长于民国的幸福的青年，是不知道的，至于附势奴才，拜金崽子，当然更不会知道。但即使现在绍介波兰诗人，捷克文豪，怎么便是"媚"呢？他们就没有"已经闻名"的文人吗？况且"已经闻名"，是谁闻其"名"，又何从而"闻"的呢？诚然，"英美法德"，在中国有宣教师，在中国现有或曾有租界，几处有驻军，几处有军舰，商人多，用西崽也多，至于使一般人仅知有"大英"，"花旗"，"法兰西"和"茄门"，而不知世界上还有波兰和捷克。但世界文学史，是用了文学的眼睛看，而不用势利眼睛看的，所以文学无须用金钱和枪炮作掩护，波兰捷克，虽然未曾加入八国联军来打过北京，那文学却在，不过有一些人，并未"已经闻名"而已。外国的文人，要在中国闻名，靠作品似乎是不够的，他反要得到轻薄。

所以一样的没有打过中国的国度的文学，如希腊的史诗，印度的寓言，亚剌伯的《天方夜谈》，西班牙的《堂·吉诃德》，纵使在别国"已经闻名"，不下于"英美法德文人"的作品，在中国却被忘记了，他们或则国度已灭，或则无能，再也用不着"媚"字。

对于这情形，我看可以先把上章所引的林语堂先生的训词移到这里来的——

"此种流风，其弊在奴，救之之道，在于思。"

不过后两句不合用，既然"奴"了，"思"亦何益，思来思去，不过"奴"得巧妙一点而已。中国宁可有未"思"的西崽，将来的文学倒较为有望。

但"已经闻名的英美法德文人"，在中国却确是不遇的。中国的立学校来学这四国语，为时已久，开初虽不过意在养成使馆的译员，但后来却展开，盛大了。学德语盛于清末的改革军操，学法语盛于民国的"勤工俭学"。学英语最早，一为了商务，二为了海军，而学英语的人数也最多，为学英语而作的教科书和参考书也最多，由英语起家的学士文人也不少。然而海军不过将军舰送人，绍介"已经闻名"的司各德，迭更斯，狄福，斯惠夫德……的，竟是只知汉文的林纾，连绍介最大的"已经闻名"的莎士比亚的几篇剧本的，也有待于并不专攻英文的田汉。这缘故，可真是非"在于思"则不可了。

然而现在又到了"今日绍介波兰诗人，明日绍介捷克文豪"的危机，弱国文人，将闻名于中国，英美法德的文风，竟还不能和他们的财力武力，深入现在的文林，"狗逐尾巴"者既没有恒心，志在高山的又不屑动手，但见山林映以电灯，语录夹些洋话，"对于已经闻名之英美法德文人"，真不知要待何人，至何时，这才来"求一究竟"。那些文人的作品，当然也是好极了的，然甲则曰不佞望洋而兴叹，乙则曰汝辈何不潜心而探求。旧笑话云：昔有孝子，遇其父病，闻股肉可疗，而自怕痛，执刀出门，执途人臂，悍然割之，途人惊拒，孝子谓曰，割股疗父，乃是大孝，汝竟惊拒，岂是人哉！是好比方；林先生云："说法虽乖，功效实同"，是好辩解。

一九三五年六月十日

四论"文人相轻"

前一回没有提到，魏金枝先生的大文《分明的是非和热烈的好恶》里，还有一点很有意思的文章。他以为现在"往往有些具着两张面孔的人"，重甲而轻乙；他自然不至于主张文人应该对谁都打拱作揖，连称久仰久仰的，只因为乙君原是大可钦敬的作者。所以甲乙两位，"此时此际，要谈是非，就得易地而处"，甲说你的甲话，乙呢，就觉得"非中之是，……正胜过于似是之非，因为其犹讲交友之道，而无门阀之分"，把"门阀"留给甲君，自去另找讲交道的"朋友"，即使没有，竟"与麻疯病菌为伍，……也比被实际上也做着骗子屠夫的所诱杀脔割，较为心愿"了。

这拥护"文人相轻"的情境，是悲壮的，但也正证明了现在一般之所谓"文人相轻"，至少，是魏先生所拥护的"文人相轻"，并不是因为"文"，倒是为了"交道"。朋友乃五常之一名，交道是人间的美德，当然也好得很。不过骗子有屏风，屠夫有帮手，在他们自己之间，却也叫作"朋友"的。

"必也正名乎"，好名目当然也好得很。只可惜美名未必一定包着美德。"翻手为云覆手雨，纷纷轻薄何须数，君不见管鲍贫时交，此道今人弃如土！"这是李太白先生罢，就早已"感慨系之矣"，更何况现在这洋场——古名"夷场"——的上海。最近的《大晚报》的副刊上就有一篇文章在通知我们要在上海交朋友，说话先须

1152

漂亮,这才不至于吃亏,见面第一句,是"格位(或'迪个')朋友贵姓?"此时此际,这"朋友"两字中还未含有任何利害,但说下去,就要一步紧一步的显出爱憎和取舍,即决定共同玩花样,还是用作"阿木林"之分来了。"朋友,以义合者也。"古人确曾说过的,然而又有古人说:"义,利也。"呜呼!

如果在冷路上走走,有时会遇见几个人蹲在地上赌钱,庄家只是输,押的只是赢,然而他们其实是庄家的一伙,就是所谓"屏风"——也就是他们自己之所谓"朋友"——目的是在引得蠢才眼热,也来出手,然后掏空他的腰包。如果你站下来,他们又觉得你并非蠢才,只因为好奇,未必来上当,就会说:"朋友,管自己走,没有什么好看。"这是一种朋友,不妨害骗局的朋友。荒场上又有变戏法的,石块变白鸽,坛子装小孩,本领大抵不很高强,明眼人本极容易看破,于是他们就时时拱手大叫道:"在家靠父母,出家靠朋友!"这并非在要求撒钱,是请托你不要说破。这又是一种朋友,是不戳穿戏法的朋友。把这些识时务的朋友稳住了,他才可以掏呆朋友的腰包;或者手执花枪,来赶走不知趣的走近去窥探底细的傻子,恶狠狠的啐一口道:"……瞎你的眼睛!"

孩子的遭遇可是还要危险。现在有许多文章里,不是常在很亲热的叫着"小朋友,小朋友"吗?这是因为要请他做未来的主人公,把一切担子都搁在他肩上了;至少,也得去买儿童画报,杂志,文库之类,据说否则就要落伍。

已成年的作家们所占领的文坛上,当然不至于有这么彰明较著的可笑事,但地方究竟是上海,一面大叫朋友,一面却要他悄悄的纳钱五块,买得"自己的园地",才有发表作品的权利的"交道",可也不见得就不会出现的。

一九三五年八月十三日

五论"文人相轻"——明术

"文人相轻"是局外人或假充局外人的话。如果自己是这局面中人之一，那就是非被轻则是轻人，他决不用这对等的"相"字。但到无可奈何的时候，却也可以拿这四个字来遮掩一下。这遮掩是逃路，然而也仍然是战术，所以这口诀还被有一些人所宝爱。

不过这是后来的话。在先，当然是"轻"。

"轻"之术很不少。粗糙的说：大略有三种。一种是自卑，自己先躺在垃圾里，然后来拖敌人，就是"我是畜生，但是我叫你爹爹，你既是畜生的爹爹，可见你也是畜生了"的法子。这形容自然未免过火一点，然而较文雅的现象，文坛上却并不怎么少见的。埋伏之法，是甲乙两人的作品，思想和技术，分明不同，甚而至于相反的，某乙却偏要设法表明，说惟独自己的作品乃是某甲的嫡派；补救之法，是某乙的缺点倘被某甲所指摘，他就说这些事情正是某甲所具备，而且自己也正从某甲那里学了来的。此外，已经把别人评得一钱不值了，临末却又很谦虚的声明自己并非批评家，凡有所说，也许全等于放屁之类，也属于这一派。

一种是最正式的，就是自高，一面把不利于自己的批评，统统谓之"漫骂"，一面又竭力宣扬自己的好处，准备跨过别人。但这方法比较的麻烦，因为除"辟谣"之外，自吹自擂是究竟不很雅观的，所以做这些文章时，自己得另用一个笔名，或者邀一些

"讲交道"的"朋友"来互助。不过弄得不好，那些"朋友"就会变成保驾的打手或抬驾的轿夫，而使那"朋友"会变成这一类人物的，则这御驾一定不过是有些手势的花花公子，抬来抬去，终于脱了不原形，一年半载之后，花花之上也再添不上什么花头去，而且打手轿夫，要而言之，也究竟要工食，倘非腰包饱满，是没法维持的。如果能用死轿夫，如袁中郎或"晚明二十家"之流来抬，再请一位活名人喝道，自然较为轻而易举，但看过去的成绩和效验，可也并不见佳。

还有一种是自己连名字也并不抛头露面，只用匿名或由"朋友"给敌人以"批评"——要时髦些，就可以说是"批判"。尤其要紧的是给与一个名称，像一般的"诨名"一样。因为读者大众的对于某一作者，是未必和"批评"或"批判"者同仇敌忾的，一篇文章，纵使题目用头号字印成，他们也不大起劲，现在制出一个简括的诨名，就可以比较的不容易忘记了。在近十年来的中国文坛上，这法术，用是也常用的，但效果却很小。

法术原是极利害，极致命的法术。果戈理夸俄国人之善于给别人起名号——或者也是自夸——说是名号一出，就是你跑到天涯海角，它也要跟着你走，怎么摆也摆不脱。这正如传神的写意画，并不细画须眉，并不写上名字，不过寥寥几笔，而神情毕肖，只要见过被画者的人，一看就知道这是谁；夸张了这人的特长——不论优点或弱点，却更知道这是谁。可惜我们中国人并不怎样擅长这本领。起源，是古的。从汉末到六朝之所谓"品题"，如"关东觥觥郭子横"，"五经纷纶井大春"，就是这法术，但说的是优点居多。梁山泊上一百另八条好汉都有诨名，也是这一类，不过着眼多在形体，如"花和尚鲁智深"和"青面兽杨志"，或者才能，如"浪里白跳张顺"和"鼓上蚤时迁"等，并不能提挈这人的全般。直到后来的讼师，写状之际，还常常给被告加上一个诨名，以见他原是流氓地痞一类，然而不久也就拆穿西洋镜，即使毫无才能的师爷，也知道这是不足注意的了。现在的所谓文人，除了改用几个新名词之外，也并无进步，所以那些"批判"，结果还大抵是徒劳。

这失败之处，是在不切帖。批评一个人，得到结论，加以简括的名称，虽只寥寥数字，却很要明确的判断力和表现的才能的。必须切帖，这才和被批判者不相离，这才会跟了他跑到天涯海角。现在却大抵只是漫然的抓了一时之所谓恶名，摔了过去：或"封建余孽"，或"布尔乔亚"，或"破锣"，或"无政府主义者"，或"利己主义者"……等等；而且怕一个不够致命，又连用些什么"无政府主义封建余孽"或"布尔乔亚破锣利己主义者"；怕一人说没有力，约朋友各给他一个；怕说一回太少，一年内连给他几个：时时改换，个个不同。这举棋不定，就因为观察不精，因而品题也不确，所以即使用尽死劲，流完大汗，写了出去，也还是和对方不相干，就是用浆糊粘在他身上，不久也就脱落了。汽车夫发怒，便骂洋车夫阿四一声"猪猡"，顽皮孩子高兴，也会在卖炒白果阿五的背上画一个乌龟，虽然也许博得市侩们的一笑，但他们是决不因此就得"猪猡阿四"或"乌龟阿五"的诨名的。此理易明：因为不切帖。

五四时代的所谓"桐城谬种"和"选学妖孽"，是指做"载飞载鸣"的文章和抱住《文选》寻字汇的人们的，而某一种人确也是这一流，形容惬当，所以这名目的流传也较为永久。除此之外，恐怕也没有什么还留在大家的记忆里了。到现在，和这八个字可以匹敌的，或者只好推"洋场恶少"和"革命小贩"了罢。前一联出于古之"京"，后一联出于今之"海"。

创作难，就是给人起一个称号或诨名也不易。假使有谁能起颠扑不破的诨名的罢，那么，他如作评论，一定也是严肃正确的批评家，倘弄创作，一定也是深刻博大的作者。

　　所以，连称号或诨名起得不得法，也还是因为这班"朋友"的不"文"。——"再亮些!"

一九三五年八月十四日

"题未定"草（五）

五

　　M君寄给我一封剪下来的报章。这是近十来年常有的事情，有时是杂志。闲暇时翻检一下，其中大概有一点和我相关的文章，甚至于还有"生脑膜炎"之类的恶消息。这时候，我就得预备大约一块多钱的邮票，来寄信回答陆续函问的人们。至于寄报的人呢，大约有两类：一是朋友，意思不过说，这刊物上的东西，有些和你相关；二，可就难说了，猜想起来，也许正是作者或编者，"你看，咱们在骂你了！"用的是《三国志演义》上的"三气周瑜"或"骂死王朗"的法子。不过后一种近来少一些了，因为我的战术是暂时搁起，并不给以反应，使他们诸公的刊物很少有因我而蓬蓬勃勃之望，到后来却也许会去拨一拨谁的下巴：这于他们诸公是很不利的。

　　M君是属于第一类的；剪报是天津《益世报》的《文学副刊》。其中有一篇张露薇先生做的《略论中国文坛》，下有一行小注道："偷懒，奴性，而忘掉了艺术"。只要看这题目，就知道作者是一位勇敢而记住艺术的批评家了。看起文章来，真的，痛快得很。我以为介绍别人的作品，删节实在是极可惜的，倘有妙文，大家都应该设法流传，万不可听其泯灭。不过纸墨也须顾及，所以只摘录了第二段，就是"永远是日本人的追随者的作家"在这里，也万不能再少，因为我实在舍不得了——

奴隶性是最"意识正确"的东西，于是便有许多人跟着别人学口号。特别是对于苏联，在目前的中国，一般所谓作家也者，都怀着好感。可是，我们是人，我们应该有自己的人性，对于苏联的文学，尤其是对于那些由日本的浅薄的知识贩卖者所得来的一知半解的苏联的文学理论家与批评家的话，我们所取的态度决不该是应声虫式的；我们所需要的介绍的和模仿的（其实是只有抄袭和盲目的应声）方式也决不该是完全出于热情的。主观是对于事物的选择，客观才是对于事物的方法。我们有了一般奴隶性极深的作家，于是我们便有无数的空虚的标语和口号。

然而我们没有几个懂得苏联的文学的人，只有一堆盲目的赞美者和零碎的翻译者，而赞美者往往是牛头不对马嘴的胡说，翻译者又不配合于他们的工作，不得不草率，不得不"硬译"，不得不说文不对题的话，一言以蔽之，他们的能力永远是对不起他们的思想；他们的"意识"虽然正确了，可是他们的工作却永远是不正确的。

从苏联到中国是很近的，可是为什么就非经过日本人的手不可？我们在日本人的群中并没有发现几个真正了解苏联文学的新精神的人，为什么偏从浅薄的日本知识阶级中去寻我们的食粮？这真是一件可耻的事实。我们为什么不直接的了解？为什么不取一种纯粹客观的工作的态度？为什么人家唱"新写实主义"，我们跟着喊，人家换了"社会主义的写实主义"，我们又跟着喊；人家介绍纪德，我们才叫；人家介绍巴尔扎克，我们也号；然而我敢预言，在一千年以内：绝不会见到那些介绍纪德，巴尔扎克的人们会给中国的读者译出一两本纪德，巴尔扎克的重要著作来，全集更不必说。

我们再退一步，对于那些所谓"文学遗产"，我们并不要求那些跟着人家对喊"文学遗产"的人们担负把那些"文学遗产"送给中国的"大众"的责任。可是我们却要求那些人们有承受那些"遗产"的义务，这自然又是谈不起来的。我们还记得在庆祝高尔基的四十年的创作生活的时候，中国也有鲁迅，丁玲一般人发了庆祝的电文；这自然是冠冕堂皇的事情。然而那一群签名者中有几个读过高尔基的十分之一的作品？有几个是知道高尔基的伟大在那儿的？……中国的知识阶级就是如此浅薄，做应声虫有余，做一个忠实的，不苟且的，有理性的文学创作者和研究者便不成了。

五月廿九日天津《益世报》

我并不想因此来研究"奴隶性是最'意识正确'的东西"，"主观是对于事物的选择，客观才是对于事物的方法"这些难问题；我只要说，诚如张露薇先生所言，就是在文艺上，我们中国也的确太落后。法国有纪德和巴尔扎克，苏联有高尔基，我们没有；日本叫喊起来了，我们才跟着叫喊，这也许真是"追随"而且"永远"，也就是"奴隶性"，而且是"最'意识正确'的东西"。但是，并不"追随"的叫喊其实是也有一些的，林语堂先生说过："……其在文学，今日绍介波兰诗人，明日绍介捷克文豪，而对于已经闻名之英美法德文人，反厌为陈腐，不欲深察，求一究竟。……此种流风，其弊在浮，救之之道，在于学。"(《人间世》二十八期《今文八弊》中）南北两公，眼睛都有些斜视，只看了一面，各骂了一面，独跳犹可，并排跳舞起来，那"勇敢"就未免化为有趣了。

不过林先生主张"求一究竟"，张先生要求"直接了解"，这"实事求是"之心，两位是大抵一致的，不过张先生比较的悲观，因为他是"豫言"家，断定了"在一千年以内，绝不会见到那些绍介纪德，巴尔扎克的人们会给中国的读者译出一两本纪德，巴尔扎克的重要著作来，全集更不必说"的缘故。照这"豫言"看起来，"直接了解"的张露薇先生自己，当然是一定不译的了；别人呢，我还想存疑，但可惜我活不到一千年，决没有目睹的希望。

豫言颇有点难。说得近一些，容易露破绽。还记得我们的批评家成仿吾先生手抡双斧，从《创造》的大旗下，一跃而出的时候，曾经说，他不屑看流行的作品，要从冷落堆里提出作家来。这是好的，虽然勃兰兑斯曾从冷落中提出过伊孛生和尼采，但我们似乎也难以斥他为追随或奴性。不大好的是他的这一张支票，到十多年后的现在还没有兑现。说得远一些罢，又容易成笑柄。江浙人相信风水，富翁往往豫先寻葬地；乡下人知道一个故事：有风水先生给人寻好了坟穴，起誓道："您百年之后，安葬下去，如果到第三代不发，请打我的嘴巴！"然而他的期限，比张露薇先生的期限还要少到约十分之九的样子。

然而讲已往的琐事也不易。张露薇先生说庆祝高尔基四十年创作的时候，"中国也有鲁迅，丁玲一般人发了庆祝的电文，……然而那一群签名者中有几个读过高尔基的十分之一的作品？"这质问是极不错的。我只得招供：读得很少，而且连高尔基十分之一的作品究竟是几本也不知道。不过高尔基的全集，却连他本国也还未出全，所以其实也无从计算。至于祝电，我以为打一个是应该的，似乎也并非中国人的耻辱，或者便失了人性，然而我实在却并没有发，也没有在任何电报底稿上签名。这也并非怕有"奴性"，只因没有人来邀，自己也想不到，过去了。发不妨，不发也不要紧，我想：发，高尔基大约不至于说我是"日本人的追随者的作家"，不发，也未必说我是"张露薇的追随者的作家"的。但对于绥拉菲摩维支的祝贺日，我却发过一个祝电，因为我校印过中译的《铁流》。这是在情理之中的，但也较难于想到，还不如测定为对于高尔基发电的容易。当然，随便说说也不要紧，然而，"中国的知识阶级就是如此浅薄，做应声虫有余，做一个忠实的，不苟且的，有理性的文学创作者和研究者便不成了"的话，对于有一些人却大概是真的了。

张露薇先生自然也是知识阶级，他在同阶级中发见了这许多奴隶，拿鞭子来抽，我是了解他的心情的。但他和他所谓的奴隶们，也只隔了一张纸。如果有谁看过菲洲的黑奴工头，傲然的拿鞭子乱抽着做苦工的黑奴的电影的，拿来和这《略论中国文坛》的大文一比较，便会禁不住会心之笑。那一个和一群，有这么相近，却又有这么不同，这一张纸真隔得利害：分清了奴隶和奴才。

我在这里，自以为总算又钩下了一种新的伟大人物——一九三五年度文艺"豫言"家——的嘴脸的轮廓了。

一九三五年八月十六日

论毛笔之类

国货也提倡得长久了，虽然上海的国货公司并不发达，"国货城"也早已关了城门，接着就将城墙撤去，日报上却还常见关于国货的专刊。那上面，受劝和挨骂的主角，照例也还是学生，儿童和妇女。

前几天看见一篇关于笔墨的文章，中学生之流，很受了一顿训斥，说他们十分之九，是用钢笔和墨水的，这就使中国的笔墨没有出路。自然，倒并不说这一类人就是什么奸，但至少，恰如摩登妇女的爱用外国脂粉和香水似的，应负"入超"的若干的责任。

这话也并不错的。不过我想，洋笔墨的用不用，要看我们的闲不闲。我自己是先在私塾里用毛笔，后在学校里用钢笔，后来回到乡下又用毛笔的人，却以为假如我们能够悠悠然，洋洋焉，拂砚伸纸，磨墨挥毫的话，那么，羊毫和松烟当然也很不坏。不过事情要做得快，字要写得多，可就不成功了，这就是说，它敌不过钢笔和墨水。譬如在学校里抄讲义罢，即使改用墨盒，省去临时磨墨之烦，但不久，墨汁也会把毛笔胶住，写不开了，你还得带洗笔的水池，终于弄到在小小的桌子上，摆开"文房四宝"。况且毛笔尖触纸的多少，就是字的粗细，是全靠手腕作主的，因此也容易疲劳，越写越慢。闲人不要紧，一忙，就觉得无论如何，总是墨水和钢笔便当了。

青年里面，当然也不免有洋服上挂一枝万年笔，做做装饰的人，但这究竟是少数，使用者的多，原因还是在便当。便于使用的器具的力量，是决非劝谕，讥刺，痛骂之类的空言所能制止的。假如不信，你倒去劝那些坐汽车的人，在北方改用骡车，在南方改用绿呢大轿试试看。如果说这提议是笑话，那么，劝学生改用毛笔呢？现在的青年，已经成了"庙头鼓"，谁都不妨敲打了。一面有繁重的学科，古书的提倡，一面却又有教育家喟然兴叹，说他们成绩坏，不看报纸，昧于世界的大势。

　　但是，连笔墨也乞灵于外国，那当然是不行的。这一点，却要推前清的官僚聪明，他们在上海立过制造局，想造比笔墨更紧要的器械——虽然为了"积重难返"，终于也造不出什么东西来。欧洲人也聪明，金鸡那原是斐洲的植物，因为去偷种子，还死了几个人，但竟偷到手，在自己这里种起来了，使我们现在如果发了疟疾，可以很便当的大吃金鸡那霜丸，而且还有"糖衣"，连不爱服药的娇小姐们也吃得甜蜜蜜。制造墨水和钢笔的法子，弄弄到手，是没有偷金鸡那子那么危险的。所以与其劝人莫用墨水和钢笔，倒不如自己来造墨水和钢笔；但必须造得好，切莫"挂羊头卖狗肉"。要不然，这一番工夫就又是一个白费。

　　但我相信，凡有毛笔拥护论者大约也不免以我的提议为空谈：因为这事情不容易。这也是事实；所以典当业只好呈请禁止奇装异服，以免时价早晚不同，笔墨业也只好主张吮墨舐毫，以免国粹渐就沦丧。改造自己，总比禁止别人来得难。然而这办法却是没有好结果的，不是无效，就是使一部份青年又变成旧式的斯文人。

一九三五年八月二十三日

逃　名

就在这几天的上海报纸上，有一条广告，题目是四个一寸见方的大字——

"看救命去！"

如果只看题目，恐怕会猜想到这是展览着外科医生对重病人施行大手术，或对淹死的人用人工呼吸，救助触礁船上的人员，挖掘崩坏的矿穴里面的工人的。但其实并不是。还是照例的"筹赈水灾游艺大会"，看陈皮梅沈一呆的独脚戏，月光歌舞团的歌舞之类。诚如广告所说，"化洋五角，救人一命，……一举两得，何乐不为"，钱是要拿去救命的，不过所"看"的却其实还是游艺，并不是"救命"。

有人说中国是"文字国"，有些像，却还不充足，中国倒该说是最不看重文字的"文字游戏国"，一切总爱玩些实际以上花样，把字和词的界说，闹得一团糟，弄到暂时非把"解放"解作"孥戮"，"跳舞"解作"救命"不可。捣一场小乱子，就是伟人，编一本教科书，就是学者，造几条文坛消息，就是作家。于是比较自爱的人，一听到这些冠冕堂皇的名目就骇怕了，竭力逃避。逃名，其实是爱名的，逃的是这一团糟的名，不愿意酱在那里面。

天津《大公报》的副刊《小公园》，近来是标榜了重文不重名的。这见识很确当。不过也偶有"老作家"的作品，那当然为了作品好，不是为了名。然而八月十六日那一张上，却发表了很有意思的"许多前辈作家附在来稿后面的叮嘱"：

"把我这文章放在平日，我愿意那样，我骄傲那样。我和熟人的名字并列得厌倦了，我愿着挤在虎生生的新人群里，因为许多时候他们的东西来得还更新鲜。"

这些"前辈作家"们好像都撒了一点谎。"熟"，是不至于招致"厌倦"的。我们一离乳就吃饭或面，直到现在，可谓熟极了，却还没有厌倦。这一点叮嘱，如果不是编辑先生玩的双簧的花样，也不是前辈作家玩的借此"返老还童"的花样，那么，这所证明的是：所谓"前辈作家"也者，有一批是盗名的，因此使别一批羞与为伍，觉得和"熟人的名字并列得厌倦"，决计逃走了。

从此以后，他们只要"挤在虎生生的新人群里"就舒舒服服，还是作品也就"来得还更新鲜"了呢，现在很难测定。逃名，固然也不能说是豁达，但有去就，有爱憎，究竟总不失为洁身自好之士。《小公园》里，已经有人在现身说法了，而上海滩上，却依然有人在"掏腰包"，造消息，或自称"言行一致"，或大呼"冤哉枉也"，或拖明朝死尸搭台，或请现存古人喝道，或自收自己的大名入辞典中，定为"中国作家"，或自编自己的作品入画集里，名曰"现代杰作"——忙忙碌碌，鬼鬼祟祟，煞是好看。

作家一排一排的坐着，将来使人笑，使人怕，还是使人"厌倦"呢？——现在也很难测定。但若据"前车之鉴"，则"后之视今，亦犹今之视昔"，大约也还不免于"悲夫"的了！

一九三五年八月二十三日

六论“文人相轻”——二卖

今年文坛上的战术，有几手是恢复了五六年前的太阳社式，年纪大又成为一种罪状了，叫作“倚老卖老”。

其实呢，罪是并不在“老”，而在于“卖”的，假使他在叉麻酱，念弥陀，一字不写，就决不会惹青年作家的口诛笔伐。如果这推测并不错，文坛上可又要增添各样的罪人了，因为现在的作家，有几位总不免在他的“作品”之外，附送一点特产的赠品。有的卖富，说卖稿的文人的作品，都是要不得的；有人指出了他的诗思不过在太太的奁资中，就有帮闲的来说这人是因为得不到这样的太太，恰如狐狸的吃不到葡萄，所以只好说葡萄酸。有的卖穷，或卖病，说他的作品是挨饿三天，吐血十口，这才做出来的，所以与众不同。有的卖穷和富，说这刊物是因为受了文阀文僚的排挤，自掏腰包，忍痛印出来的，所以又与众不同。有的卖孝，说自己做这样的文章，是因为怕父亲将来吃苦的缘故，那可更了不得，价值简直和李密的《陈情表》不相上下了。有的就是衔烟斗，穿洋服，唉声叹气，顾影自怜，老是记着自己的韶年玉貌的少年哥儿，这里和“卖老”相对，姑且叫他“卖俏”罢。

不过中国的社会上，“卖老”的真也特别多。女人会穿针，有什么希奇呢，一到一百多岁，就可以开大会，穿给大家看，顺便还捐钱了。说中国人“起码要学狗”，倘是小学生的作文，是会遭先生的板子的，但大了几十年，新闻上就大登特登，还用方体字标题道："幡然一老莅故都，吴稚晖语妙天下"；劝人解囊赈灾的文章，并不少见，而文中自述年纪曰："余年九十六岁矣"者，却只有马相伯先生。但普通都不谓之"卖"，另有极好的称呼，叫作"有价值"。

"老作家"的"老"字，就是一宗罪案，这法律在文坛上已经好几年了，不过或者指为落伍，或者说是把持，……总没有指出明白的坏处。这回才由上海的青年作家揭发了要点，是在"卖"他的"老"。

那就不足虑了，很容易扫荡。中国各业，多老牌子，文坛却并不然，创作了几年，就或者做官，或者改业，或者教书，或者卷逃，或者经商，或者造反，或者送命……不见了。"老"在那里的原已寥寥无几，真有些像耆英会里的一百多岁的老太婆，居然会活到现在，连"民之父母"也觉得希奇古怪。而且她还会穿针，就尤其希奇古怪，使街头巷尾弄得闹嚷嚷。然而呀了，这其实是为了奉旨旌表的缘故，如果一个十六七岁的漂亮姑娘登台穿起针来，看的人也决不会少的。

谁有"卖老"的吗？一遇到少的俏的就倒。

不过中国的文坛虽然幼稚，昏暗，却还没有这么简单；读者虽说被"养成一种'看热闹'的情趣"，但有辨别力的也不少，而且还在多起来。所以专门"卖老"，是不行的，因为文坛究竟不是养老堂，又所以专门"卖俏"，也不行的，因为文坛究竟也不是妓院。

二卖俱非，由非见是，混沌之辈，以为两伤。

一九三五年九月十二日

1168

七论"文人相轻"——两伤

　　所谓文人，轻个不完，弄得别一些作者摇头叹气了，以为作践了文苑。这自然也说得通。陶渊明先生"采菊东篱下"，心境必须清幽闲适，他这才能够"悠然见南山"，如果篱中篱外，有人大嚷大跳，大骂大打，南山是在的，他却"悠然"不得，只好"愕然见南山"了。现在和晋宋之交有些不同，连"象牙之塔"也已经搬到街头来，似乎颇有"不隔"之意，然而也还得有幽闲，要不然，即无以寄其沉痛，文坛减色，嚷嚷之罪大矣。于是相轻的文人们的处境，就也更加艰难起来，连街头也不再是扰攘的地方了，真是途穷道尽。

　　然而如果还要相轻又怎么样呢？前清有成例，知县老爷出巡，路遇两人相打，不问青红皂白，谁是谁非，各打屁股五百完事。不相轻的文人们纵有"肃静""回避"牌，却无小板子，打是自然不至于的，他还是用"笔伐"，说两面都不是好东西。这里有一段炯之先生的《谈谈上海的刊物》为例——

　　　　说到这种争斗，使我们记起《太白》，《文学》，《论语》，《人间世》几年来的争斗成绩。这成绩就是凡骂人的与被骂的一古脑儿变成丑角，等于木偶戏的互相揪打或以头互碰，除了读者养成一种"看热闹"的情趣以外，别无所有。把读者养成欢喜看"戏"不欢喜看"书"的习气，"文坛消息"的多少，成为刊物销路多少的主要原因。争斗的延长，无结果的延长，实在可说是中国读者的大不幸。我们是不是还有什么方法可以使这种"私骂"占篇幅少一些？一个时代的代表作，结起账来若只是这些精巧的对骂，这文坛，未免太可怜了。（天津《大公报》的《小公园》，八月十八日。）

"这种斗争"，炯之先生还自有一个界说："即是向异己者用一种琐碎方法，加以无怜悯，不节制的辱骂。（一个术语，便是'斗争'。）"云。

于是乎这位炯之先生便以怜悯之心，节制之笔，定两造为丑角，觉文坛之可怜了，虽然"我们记起《太白》，《文学》，《论语》，《人间世》几年来"，似乎不但并不以"'文坛消息'的多少，成为刊物销路多少的主要原因"，而且简直不登什么"文坛消息"。不过"骂"是有的；只"看热闹"的读者，大约一定也有的。试看路上两人相打，他们何尝没有是非曲直之分，但旁观者往往只觉得有趣；就是绑出法场去，也是不问罪状，单看热闹的居多。由这情形，推而广之以至于文坛，真令人有不如逆来顺受，唾面自干之感。到这里来一个"然而"罢，转过来是旁观者或读者，其实又并不全如炯之先生所拟定的混沌，有些是自有各人自己的判断的。所以昔者古典主义者和罗曼主义者相骂，甚而至于相打，他们并不都成为丑角；左拉遭了剧烈的文字和图画的嘲骂，终于不成为丑角；连生前身败名裂的王尔德，现在也不算是丑角。

自然，他们有作品。但中国也有的。中国的作品"可怜"得很，诚然，但这不只是文坛可怜，也是时代可怜，而且这可怜中，连"看热闹"的读者和论客都在内。凡有可怜的作品，正是代表了可怜的时代。昔之名人说"恕"字诀——但他们说，对于不知恕道的人，是不恕的；——今之名人说"忍"字诀，春天的论客以"文人相轻"混淆黑白，秋天的论客以"凡骂人的与被骂的一古脑儿变成丑角"抹杀是非。冷冰冰阴森森的平安的古冢中，怎么会有生人气？

"我们是不是还有什么方法可以使这种'私骂'占篇幅少一些？"——烱之先生问。有是有的。纵使名之曰"私骂"，但大约决不会件件都是一面等于二加二，一面等于一加三，在"私"之中，有的较近于"公"，在"骂"之中，有的较合于"理"的，居然来加评论的人，就该放弃了"看热闹的情趣"，加以分析，明白的说出你究以为那一面较"是"，那一面较"非"来。

至于文人，则不但要以热烈的憎，向"异己"者进攻，还得以热烈的憎，向"死的说教者"抗战。在现在这"可怜"的时代，能杀才能生，能憎才能爱，能生与爱，才能文。彼兑飞说得好：

我的爱并不是欢欣安静的人家，
花园似的，将平和一门关住，
其中有"幸福"慈爱地往来，
而抚养那"欢欣"，那娇小的仙女。
我的爱，就如荒凉的沙漠一般——
一个大盗似的有嫉妒在那里霸着；
他的剑是绝望的疯狂，
而每一刺是各样的谋杀！

一九三五年九月十二日

杂谈小品文

自从"小品文"这一个名目流行以来，看看书店广告，连信札，论文，都排在小品文里了，这自然只是生意经，不足为据。一般的意见，第一是在篇幅短。

但篇幅短并不是小品文的特征。一条几何定理不过数十字，一部《老子》只有五千言，都不能说是小品。这该像佛经的小乘似的，先看内容，然后讲篇幅。讲小道理，或没道理，而又不是长篇的，才可谓之小品。至于有骨力的文章，恐不如谓之"短文"，短当然不及长，寥寥几句，也说不尽森罗万象，然而它并不"小"。

《史记》里的《伯夷列传》和《屈原贾谊列传》除去了引用的骚赋，其实也不过是小品，只因为他是"太史公"之作，又常见，所以没有人来选出，翻印。由晋至唐，也很有几个作家；宋文我不知道，但"江湖派"诗，却确是我所谓的小品。现在大家所提倡的，是明清，据说"抒写性灵"是它的特色。那时有一些人，确也只能够抒写性灵的，风气和环境，加上作者的出身和生活，也只能有这样的意思，写这样的文章。虽说抒写性灵，其实后来仍落了窠臼，不过是"赋得性灵"，照例写出那么一套来。当然也有人豫感到危难，后来是身历了危难的，所以小品文中，有时也夹着感愤，但在文字狱时，都被销毁，劈板了，于是我们所见，就只剩了"天马行空"似的超然的性灵。

这经过清朝检选的"性灵"，到得现在，却刚刚相宜，有明末的洒脱，无清初的所谓"悖谬"，有国时是高人，没国时还不失为逸士。逸士也得有资格，首先即在"超然"，"士"所以超庸奴，"逸"所以超责任：现在的特重明清小品，其实是大有理由，毫不足怪的。

不过"高人兼逸士梦"恐怕也不长久。近一年来，就露了大破绽，自以为高一点的，已经满纸空言，甚而至于胡说八道，下流的却成为打诨，和猥鄙丑角，并无不同，主意只在挖公子哥儿们的跳舞之资，和舞女们争生意，可怜之状，已经下于五四运动前后的鸳鸯蝴蝶派数等了。

为了这小品文的盛行，今年就又有翻印所谓"珍本"的事。有些论者，也以为可虑。我却觉得这是并非无用的。原本价贵，大抵无力购买，现在只用了一元或数角，就可以看见现代名人的祖师，以及先前的性灵，怎样叠床架屋，现在的性灵，怎样看人学样，啃过一堆牛骨头，即使是牛骨头，不也有了识见，可以不再被生炒牛角尖骗去了吗？

不过"珍本"并不就是"善本"，有些是正因为它无聊，没有人要看，这才日就灭亡，少下去；因为少，所以"珍"起来。就是旧书店里必讨大价的所谓"禁书"，也并非都是慷慨激昂，令人奋起的作品，清初，单为了作者也会禁，往往和内容简直不相干。这一层，却要读者有选择的眼光，也希望识者给相当的指点的。

一九三五年十二月二日

"题未定"草（六至九）

六

记得 T 君曾经对我谈起过：我的《集外集》出版之后，施蛰存先生曾在什么刊物上有过批评，以为这本书不值得付印，最好是选一下。我至今没有看到那刊物；但从施先生的推崇《文选》和手定《晚明二十家小品》的功业，以及自标"言行一致"的美德推测起来，这也正像他的话。好在我现在并不要研究他的言行，用不着多管这些事。

《集外集》的不值得付印，无论谁说，都是对的。其实岂只这一本书，将来重开四库馆时，恐怕我的一切译作，全在排除之列；虽是现在，天津图书馆的目录上，在《呐喊》和《彷徨》之下，就注着一个"销"字，"销"者，销毁之谓也；梁实秋教授充当什么图书馆主任时，听说也曾将我的许多译作驱逐出境。但从一般的情形而论，目前的出版界，却实在并不十分谨严，所以印了我的一本《集外集》，似乎也算不得怎么特别糟蹋了纸墨。至于选本，我倒以为是弊多利少的，记得前年就写过一篇《选本》，说明着自己的意见，后来就收在《集外集》中。

自然，如果随便玩玩，那是什么选本都可以的，《文选》好，《古文观止》也可以。不过倘要研究文学或某一作家，所谓"知人论世"，那么，足以应用的选本就很难得。选本所显示的，往往并非作者的特色，倒是选者的眼光。眼光愈锐利，见识愈深广，选本固然愈准确，但可惜的是大抵眼光如豆，抹杀了作者真相的居多，这才是一个"文人浩劫"。例如蔡邕，选家大抵只取他的碑文，使读者仅觉得他是典重文章的作手，必须看见《蔡中郎集》里的《述行赋》（也见于《续古文苑》），那些"穷工巧于台榭兮，民露处而寝湿，委嘉谷于禽兽兮，下糠秕而无粒"（手头无书，也许记错，容后订正）的句子，才明白他并非单单的老学究，也是一个有血性的人，明白那时的情形，明白他确有取死之道。又如被选家录取了《归去来辞》和《桃花源记》，被论客赞赏着"采菊东篱下，悠然见南山"的陶潜先生，在后人的心目中，实在飘逸得太久了，但在全集里，他却有时很摩登，"愿在丝而为履，附素足以周旋，悲行止之有节，空委弃于床前"，竟想摇身一变，化为"阿呀呀，我的爱人呀"的鞋子，虽然后来自说因为"止于礼义"，未能进攻到底，但那些胡思乱想的自白，究竟是大胆的。就是诗，除论客所佩服的"悠然见南山"之外，也还有"精卫衔微木，将以填沧海，形天舞干戚，猛志固常在"之类的"金刚怒目"式，在证明着他并非整天整夜的飘飘然。这"猛志固常在"和"悠然见南山"的是一个人，倘有取舍，即非全人，再加抑扬，更离真实。譬如勇士，也战斗，也休息，也饮食，自然也性交，如果只取他末一点，画起像来，挂在妓院里，尊为性交大师，那当然也不能说是毫无根据的，然而，岂不冤哉！我每见近人的称引陶渊明，往往不禁为古人惋惜。

　　这也是关于取用文学遗产的问题，潦倒而至于昏聩的人，凡是好的，他总归得不到。前几天，看见《时事新报》的《青光》上，引过林语堂先生的话，原文抛掉了，大意是说：老庄是上流，泼妇骂街之类是下流，他都要看，只有中流，剩上窃下，最无足观。如果我所记忆的并不错，那么，这真不但宣告了宋人语录，明人小品，下至《论语》，《人间世》，《宇宙风》这些"中流"作品的死刑，也透彻的表白了其人的毫无自信。不过这还是空腹高心之谈，因为虽是"中流"，也并不一概，即使同是剽窃，有取了好处的，有取了无用之处的，有取了坏处的，到得"中流"的下流，他就连剽窃也不会，"老庄"不必说了，虽是明清的文章，又何尝真的看得懂。

标点古文，不但使应试的学生为难，也往往害得有名的学者出丑，乱点词曲，拆散骈文的美谈，已经成为陈迹，也不必回顾了；今年出了许多廉价的所谓珍本书，都有名家标点，关心世道者愁然忧之，以为足煽复古之焰。我却没有这么悲观，化国币一元数角，买了几本，既读古之中流的文章，又看今之中流的标点；今之中流，未必能懂古之中流的文章的结论，就从这里得来的。

例如罢，——这种举例，是很危险的，从古到今，文人的送命，往往并非他的什么"意德沃罗基"的悖谬，倒是为了个人的私仇居多。然而这里仍得举，因为写到这里，必须有例，所谓"箭在弦上，不得不发"者是也。但经再三忖度，决定"姑隐其名"，或者得免于难欤，这是我在利用中国人只顾空面子的缺点。

例如罢，我买的"珍本"之中，有一本是张岱的《琅嬛文集》，"特印本实价四角"；据"乙亥十月，卢前冀野父"跋，是"化峭僻之途为康庄"的，但照标点看下去，却并不十分"康庄"。标点，对于五言或七言诗最容易，不必文学家，只要数学家就行，乐府就不大"康庄"了，所以卷三的《景清刺》里，有了难懂的句子：

……佩铅刀。藏滕履。太史奏。机谋破。不称王向前。坐对御衣含血唾。……

琅琅可诵，韵也押的，不过"不称王向前"这一句总有些费解。看看原序，有云："清知事不成。跃而上。大怒曰。毋谓我王。即王敢尔耶。清曰。今日之号。尚称王哉。命抉其齿。王且。则含血前。淹御衣。上益怒。剥其肤。……"（标点悉遵原本）那么，诗该是"不称王，向前坐"了，"不称王"者，"尚称王哉"也；"向前坐"者，"则含血前"也。而序文的"跃而上。大怒曰"，恐怕也该是"跃而。上大怒曰"才合式，据作文之初阶，观下文之"上益怒"，可知也矣。

纵使明人小品如何"本色"，如何"性灵"，拿它乱玩究竟还是不行的，自误事小，误人可似乎不大好。例如卷六的《琴操》《脊令操》序里，有这样的句子：

秦府僚属。劝秦王世民。行周公之事。伏兵玄武门。射杀建成元吉魏征。伤亡作。

文章也很通，不过一翻《唐书》，就不免觉得魏征实在射杀得冤枉，他其实是秦王世民做了皇帝十七年之后，这才病死的。所以我们没有法，这里只好点作"射杀建成元吉，魏征伤亡作"。明明是张岱作的《琴操》，怎么会是魏征作呢，索性也将他射杀干净，固然不能说没有道理，不过"中流"文人，是常有拟作的，例如韩愈先生，就替周文王说过"臣罪当诛兮天王圣明"，所以在这里，也还是以"魏征伤亡作"为稳当。

我在这里也犯了"文人相轻"罪，其罪状曰"吹毛求疵"。但我想"将功折罪"的，是证明了有些名人，连文章也看不懂，点不断，如果选起文章来，说这篇好，那篇坏，实在不免令人有些毛骨悚然，所以认真读书的人，一不可倚仗选本，二不可凭信标点。

七

　　还有一样最能引读者入于迷途的，是"摘句"。它往往是衣裳上撕下来的一块绣花，经摘取者一吹嘘或附会，说是怎样超然物外，与尘浊无干，读者没有见过全体，便也被他弄得迷离惝恍。最显著的便是上文说过的"悠然见南山"的例子，忘记了陶潜的《述酒》和《读山海经》等诗，捏成他单是一个飘飘然，就是这摘句作怪。新近在《中学生》的十二月号上，看见了朱光潜先生的《说'曲终人不见，江上数峰青'》的文章，推这两句为诗美的极致，我觉得也未免有以割裂为美的小疵。他说的好处是：

　　　　我爱这两句诗，多少是因为它对于我启示了一种哲学的意蕴。"曲终人不见"所表现的是消逝，"江上数峰青"所表现的是永恒。可爱的乐声和奏乐者虽然消逝了，而青山却巍然如旧，永远可以让我们把心情寄托在它上面。人到底是怕凄凉的，要求伴侣的。曲终了，人去了，我们一霎时以前所游目骋怀的世界猛然间好像从脚底倒塌去了。这是人生最难堪的一件事，但是一转眼间我们看到江上青峰，好像又找到另一个可亲的伴侣，另一个可托足的世界，而且它永远是在那里的。"山穷水尽疑无路，柳暗花明又一村"，此种风味似之。不仅如此，人和曲果真消逝了么；这一曲缠绵悱恻的音乐没有惊动山灵？它没有传出江上青峰的妩媚和严肃？它没有深深地印在这妩媚和严肃里面？反正青山和湘灵的瑟声已发生这么一回的因缘，青山永在，瑟声和鼓瑟的人也就永在了。

这确已说明了他的所以激赏的原因。但也没有尽。读者是种种不同的，有的爱读《江赋》和《海赋》，有的欣赏《小园》或《枯树》。后者是徘徊于有无生灭之间的文人，对于人生，既惮扰攘，又怕离去，懒于求生，又不乐死，实有太板，寂绝又太空，疲倦得要休息，而休息又太凄凉，所以又必须有一种抚慰。于是"曲终人不见"之外，如"只在此山中，云深不知处"或"笙歌归院落，灯火下楼台"之类，就往往为人所称道。因为眼前不见，而远处却在，如果不在，便悲哀了，这就是道士之所以说"至心归命礼，玉皇大天尊！"也。

抚慰劳人的圣药，在诗，用朱先生的话来说，是"静穆"：

> 艺术的最高境界都不在热烈。就诗人之所以为人而论，他所感到的欢喜和愁苦也许比常人所感到的更加热烈。就诗人之所以为诗人而论，热烈的欢喜或热烈的愁苦经过诗表现出来以后，都好比黄酒经过长久年代的储藏，失去它的辣性，只剩一味醇朴。我在别的文章里曾经说过这一段话："懂得这个道理，我们可以明白古希腊人何以把和平静穆看作诗的极境，把诗神亚波罗摆在蔚蓝的山巅，俯瞰众生扰攘，而眉宇间却常如作甜蜜梦，不露一丝被扰动的神色？"这里所谓"静穆"（Serenity）自然只是一种最高理想，不是在一般诗里所能找得到的。古希腊——尤其是古希腊的造形艺术——常使我们觉到这种"静穆"的风味。"静穆"是一种豁然大悟，得到归依的心情。它好比低眉默想的观音大士，超一切忧喜，同时你也可说它泯化一切忧喜。这种境界在中国诗里不多见。屈原

1179

阮籍李白杜甫都不免有些像金刚怒目，愤愤不平的样子。

陶潜浑身是"静穆"，所以他伟大。

古希腊人，也许把和平静穆看作诗的极境的罢，这一点我毫无知识。但以现存的希腊诗歌而论，荷马的史诗，是雄大而活泼的，沙孚的恋歌，是明白而热烈的，都不静穆。我想，立"静穆"为诗的极境，而此境不见于诗，也许和立蛋形为人体的最高形式，而此形终不见于人一样。至于亚波罗之在山巅，那可因为他是"神"的缘故，无论古今，凡神像，总是放在较高之处的。这像，我曾见过照相，睁着眼睛，神清气爽，并不像"常如作甜蜜梦"。不过看见实物，是否"使我们觉到这种'静穆'的风味"，在我可就很难断定了，但是，倘使真的觉得，我以为也许有些因为他"古"的缘故。

我也是常常徘徊于雅俗之间的人，此刻的话，很近于大煞风景，但有时却自以为颇"雅"的：间或喜欢看看古董。记得十多年前，在北京认识了一个土财主，不知怎么一来，他也忽然"雅"起来了，买了一个鼎，据说是周鼎，真是土花斑驳，古色古香。而不料过不几天，他竟叫铜匠把它的土花和铜绿擦得一干二净，这才摆在客厅里，闪闪的发着铜光。这样的擦得精光的古铜器，我一生中还没有见过第二个。一切"雅士"，听到的无不大笑，我在当时，也不禁由吃惊而失笑了，但接着就变成肃然，好像得了一种启示。这启示并非"哲学的意蕴"，是觉得这才看见了近于真相的周鼎。鼎在周朝，恰如碗之在现代，我们的碗，无整年不洗之理，所以鼎在当时，一定是干干净净，金光灿烂的，换了术语来说，就是它并不"静穆"，倒有些"热烈"。这一种俗气至今未脱，变化了我衡量古美术的眼光，例如希腊雕刻罢，我总以为它现在之见得"只剩一味醇朴"者，原因之一，是在曾埋土中，或久经风雨，失去了锋棱和光泽的缘故，雕造的当时，一定是崭新，雪白，而且发闪的，所以我们现在所见的希腊之美，其实并不准是当时希腊人之所谓美，我们应该悬想它是一件新东西。

凡论文艺，虚悬了一个"极境"，是要陷入"绝境"的，在艺术，会迷惘于土花，在文学，则被拘迫而"摘句"。但"摘句"又大足以困人，所以朱先生就只能取钱起的两句，而踢开他的全篇，又用这两句来概括作者的全人，又用这两句来打杀了屈原，阮籍，李白，杜甫等辈，以为"都不免有些像金刚怒目，愤愤不平的样子"。其实是他们四位，都因为垫高朱先生的美学说，做了冤屈的牺牲的。

我们现在先来看一看钱起的全篇罢：

省试湘灵鼓瑟

善鼓云和瑟，常闻帝子灵。冯夷空自舞，楚客不堪听。苦调凄金石，清音入杳冥。苍梧来怨慕，白芷动芳馨。流水传湘浦，悲风过洞庭。曲终人不见，江上数峰青。

要证成"醇朴"或"静穆"，这全篇实在是不宜称引的，因为中间的四联，颇近于所谓"哀飒"。但没有上文，末两句便显得含胡，不过这含胡，却也许又是称引者之所谓超妙。现在一看题目，便明白"曲终"者结"鼓瑟"，"人不见"者点"灵"字，"江上数峰青"者做"湘"字，全篇虽不失为唐人的好试帖，但末两句也并不怎么神奇了。况且题上明说是"省试"，当然不会有"愤愤不平的样子"，假使屈原不和椒兰吵架，却上京求取功名，我想，他大约也不至于在考卷上大发牢骚的，他首先要防落第。

1181

我们于是应该再来看看这《湘灵鼓瑟》的作者的另外的诗了。但我手头也没有他的诗集，只有一部《大历诗略》，也是迂夫子的选本，不过篇数却不少，其中有一首是：

下第题长安客舍

不遂青云望，愁看黄鸟飞。梨花寒食夜，客子未春衣。
世事随时变，交情与我违。空余主人柳，相见却依依。

一落第，在客栈的墙壁上题起诗来，他就不免有些愤愤了，可见那一首《湘灵鼓瑟》，实在是因为题目，又因为省试，所以只好如此圆转活脱。他和屈原，阮籍，李白，杜甫四位，有时都不免是怒目金刚，但就全体而论，他长不到丈六。

世间有所谓"就事论事"的办法，现在就诗论诗，或者也可以说是无碍的罢。不过我总以为倘要论文，最好是顾及全篇，并且顾及作者的全人，以及他所处的社会状态，这才较为确凿。要不然，是很容易近乎说梦的。但我也并非反对说梦，我只主张听者心里明白所听的是说梦，这和我劝那些认真的读者不要专凭选本和标点本为法宝来研究文学的意思，大致并无不同。自己放出眼光看过较多的作品，就知道历来的伟大的作者，是没有一个"浑身是'静穆'"的。陶潜正因为并非"浑身是'静穆'，所以他伟大"。现在之所以往往被尊为"静穆"，是因为他被选文家和摘句家所缩小，凌迟了。

八

现在还在流传的古人文集，汉人的已经没有略存原状的了，魏

1182

的嵇康，所存的集子里还有别人的赠答和论难，晋的阮籍，集里也有伏义的来信，大约都是很古的残本，由后人重编的。《谢宣城集》虽然只剩了前半部，但有他的同僚一同赋咏的诗。我以为这样的集子最好，因为一面看作者的文章，一面又可以见他和别人的关系，他的作品，比之同咏者，高下如何，他为什么要说那些话……现在采取这样的编法的，据我所知道，则《独秀文存》，也附有和所存的"文"相关的别人的文字。

那些了不得的作家，谨严入骨，惜墨如金，要把一生的作品，只删存一个或者三四个字，刻之泰山顶上，"传之其人"，那当然听他自己的便，还有鬼蜮似的"作家"，明明有天兵天将保佑，姓名大可公开，他却偏要躲躲闪闪，生怕他的"作品"和自己的原形发生关系，随作随删，删到只剩下一张白纸，到底什么也没有，那当然也听他自己的便。如果多少和社会有些关系的文字，我以为是都应该集印的，其中当然夹杂着许多废料，所谓"榛楛弗剪"，然而这才是深山大泽。现在已经不像古代，要手抄，要木刻，只要用铅字一排就够。虽说排印，糟蹋纸墨自然也还是糟蹋纸墨的，不过只要一想连杨邨人之流的东西也还在排印，那就无论什么都可以闭着眼睛发出去了。中国人常说"有一利必有一弊"，也就是"有一弊必有一利"：揭起小无耻之旗，固然要引出无耻群，但使谦让者泼刺起来，却是一利。

收回了谦让的人，在实际上也并不少，但又是所谓"爱惜自己"的居多。"爱惜自己"当然并不是坏事情，至少，他不至于无耻，然而有些人往往误认"装点"和"遮掩"为"爱惜"。集子里面，有兼收"少作"的，然而偏去修改一下，在孩子的脸上，种上一撮白胡须；也有兼收别人之作的，然而又大加拣选，决不取谩骂诬蔑的文章，以为无价值。其实是这些东西，一样的和本文都有价值的，即使那力量还不够引出无耻群，但倘和有价值的本文有关，这就是它在当时的价值。中国的史家是早已明白了这一点的，所以历史里大抵有循吏传，隐逸传，却也有酷吏传和佞幸传，有忠臣传，也有奸臣传。因为不如此，便无从知道全般。

而且一任鬼蜮的技俩随时消灭，也不能洞晓反鬼蜮者的人和文章。山林隐逸之作不必论，倘使这作者是身在人间，带些战斗性的，那么，他在社会上一定有敌对。只是这些敌对决不肯自承，时时撒娇道："冤乎枉哉，这是他把我当作假想敌了呀！"可是留心一看，他的确在放暗箭，一经指出，这才改为明枪，但又说这是因为被诬为"假想敌"的报复。所用的技俩，也是决不肯任其流传的，不但事后要它消灭，就是临时也在躲闪；而编集子的人又不屑收录。于是到得后来，就只剩了一面的文章了，无可对比，当时的抗战之作，就都好像无的放矢，独个人在向着空中发疯。我尝见人评古人的文章，说谁是"锋棱太露"，谁又是"剑拔弩张"，就因为对面的文章，完全消灭了的缘故，倘在，是也许可以减去评论家几分懵懂的。所以我以为此后该有博采种种所谓无价值的别人的文章，作为附录的集子。以前虽无成例，却是留给后来的宝贝，其功用与铸了魑魅罔两的形状的禹鼎相同。

就是近来的有些期刊，那无聊，无耻与下流，也是世界上不可多得的物事，然而这又确是现代中国的或一群人的"文学"，现在可以知今，将来可以知古，较大的图书馆，都必须保存的。但记得C君曾经告诉我，不但这些，连认真切实的期刊，也保存的很少，大抵只在把外国的杂志，一大本一大本的装起来：还是生着"贵古而贱今，忽近而图远"的老毛病。

九

仍是上文说过的所谓《珍本丛书》之一的张岱《琅嬛文集》，那卷三的书牍类里，有《又与毅儒八弟》的信，开首说：

> 前见吾弟选《明诗存》，有一字不似钟谭者，必弃置不取；今几社诸君子盛称王李，痛骂钟谭，而吾弟选法又与前一变，有一字似钟谭者，必弃置不取。钟谭之诗集，仍此诗集，吾弟手眼，仍此手眼，而乃转若飞蓬，捷如影响，何胸无定识，目无定见，口无定评，乃至斯极耶？盖吾弟喜钟谭时，有钟谭之好处，尽有钟谭之不好处，彼盖玉常带璞，原不该尽视为连城；吾弟恨钟谭时，有钟谭之不好处，仍有钟谭之好处，彼盖瑕不掩瑜，更不可尽弃为瓦砾。吾弟勿以几社君子之言，横据胸中，虚心平气，细细论之，则其妍丑自见，奈何以他人好尚为好尚哉！……

这是分明的画出随风转舵的选家的面目，也指证了选本的难以凭信。张岱自己，则以为选文造史，须无自己的意见，他在《与李砚翁》的信里说："弟《石匮》一书，泚笔四十余载，心如止水秦铜，并不自立意见，故下笔描绘，妍媸自见，敢言刻划，亦就物肖形而已。……"然而心究非镜，也不能虚，所以立"虚心平气"为选诗的极境，"并不自立意见"为作史的极境者，也像立"静穆"为诗的极境一样，在事实上不可得。数年前的文坛上所谓"第三种人"杜衡辈，标榜超然，实为群丑，不久即本相毕露，知耻者皆羞称之，无待这里多说了；就令自觉不怀他意，屹然中立如张岱者，其实也还是偏倚的。他在同一信中，论东林云：

> ……夫东林自顾泾阳讲学以来，以此名目，祸我国家
> 者八九十年，以其党升沉，用占世数兴败，其党盛则为终
> 南之捷径，其党败则为元祐之党碑。……盖东林首事者实
> 多君子，窜入者不无小人，拥戴者皆为小人，招徕者亦有
> 君子，此其间线索甚清，门户甚迥。……东林之中，其庸
> 庸碌碌者不必置论，如贪婪强横之王图，奸险凶暴之李三
> 才，闯贼首辅之项煜，上笺劝进之周钟，以致窜入东林，
> 乃欲俱奉之以君子，则吾臂可断，决不敢徇情也。东林之
> 尤可丑者，时敏之降闯贼曰，"吾东林时敏也"，以冀大
> 用。鲁王监国，蕞尔小朝廷，科道任孔当辈犹曰，"非东
> 林不可进用"。则是东林二字，直与蕞尔鲁国及汝偕亡者。
> 手刃此辈，置之汤镬，出薪真不可不猛也。……

这真可谓"词严义正"。所举的群小，也都确实的，尤其是时
敏，虽在三百年后，也何尝无此等人，真令人惊心动魄。然而他的
严责东林，是因为东林党中也有小人，古今来无纯一不杂的君子
群，于是凡有党社，必为自谓中立者所不满，就大体而言，是好人
多还是坏人多，他就置之不论了。或者还更加一转云：东林虽多君
子，然亦有小人，反东林者虽多小人，然亦有正士，于是好像两面
都有好有坏，并无不同，但因东林世称君子，故有小人即可丑，反
东林者本为小人，故有正士则可嘉，苛求君子，宽纵小人，自以为
明察秋毫，而实则反助小人张目。倘说：东林中虽亦有小人，然多
数为君子，反东林者虽亦有正士，而大抵是小人。那么，斤量就大
不相同了。

谢国桢先生作《明清之际党社运动考》，钩索文籍，用力甚勤，叙魏忠贤两次虐杀东林党人毕，说道："那时候，亲戚朋友，全远远的躲避，无耻的士大夫，早投降到魏党的旗帜底下了。说一两句公道话，想替诸君子帮忙的，只有几个书呆子，还有几个老百姓。"

这说的是魏忠贤使缇骑捕周顺昌，被苏州人民击散的事。诚然，老百姓虽然不读诗书，不明史法，不解在瑜中求瑕，屎里觅道，但能从大概上看，明黑白，辨是非，往往有决非清高通达的士大夫所可几及之处的。刚刚接到本日的《大美晚报》，有"北平特约通讯"，记学生游行，被警察水龙喷射，棍击刀砍，一部分则被闭于城外，使受冻馁，"此时燕冀中学师大附中及附近居民纷纷组织慰劳队，送水烧饼馒头等食物，学生略解饥肠……"谁说中国的老百姓是庸愚的呢，被愚弄诬骗压迫到现在，还明白如此。张岱又说："忠臣义士多见于国破家亡之际，如敲石出火，一闪即灭，人主不急起收之，则火种绝矣。"（《越绝诗小序》）他所指的"人主"是明太祖，和现在的情景不相符。

石在，火种是不会绝的。但我要重申九年前的主张：不要再请愿！

十二月十八——十九夜
一九三五年

1187

论新文字

　　汉字拉丁化的方法一出世，方块字系的简笔字和注音字母，都赛下去了，还在竞争的只有罗马字拼音。这拼法的保守者用来打击拉丁化字的最大的理由，是说它方法太简单，有许多字很不容易分别。

　　这确是一个缺点。凡文字，倘若容易学，容易写，常常是未必精密的。烦难的文字，固然不见得一定就精密，但要精密，却总不免比较的烦难。罗马字拼音能显四声，拉丁化字不能显，所以没有"东""董"之分，然而方块字能显"东""　"之分，罗马字拼音却也不能显。单拿能否细别一两个字来定新文字的优劣，是并不确当的。况且文字一用于组成文章，那意义就会明显。虽是方块字，倘若单取一两个字，也往往难以确切的定出它的意义来。例如"日者"这两个字，如果只是这两个字，我们可以作"太阳这东西"解，可以作"近几天"解，也可以作"占卜吉凶的人"解；又如"果然"，大抵是"竟是"的意思，然而又是一种动物的名目，也可以作隆起的形容；就是一个"一"字，在孤立的时候，也不能决定它是数字"一二三"之"一"呢，还是动词"四海一"之"一"。不过组织在句子里，这疑难就消失了。所以取拉丁化的一两个字，说它含胡，并不是正当的指摘。

　　主张罗马字拼音和拉丁化者两派的争执，其实并不在精密和粗疏，却在那由来，也就是目的。罗马字拼音者是以古来的方块字为主，翻成罗马字，使大家都来照这规矩写，拉丁化者却以现在的方言为主，翻成拉丁字，这就是规矩。假使翻一部《诗韵》来作比赛，后者是赛不过的，然而要写出活人的口语来，倒轻而易举。这一点，就可以补它的不精密的缺点而有余了，何况后来还可以凭着实验，逐渐补正呢。

易举和难行是改革者的两大派。同是不满于现状，但打破现状的手段却大不同：一是革新，一是复古。同是革新，那手段也大不同：一是难行，一是易举。这两者有斗争。难行者的好幌子，一定是完全和精密，借此来阻碍易举者的进行，然而它本身，却因为是虚悬的计划，结果总并无成就：就是不行。

这不行，可又正是难行的改革者的慰藉，因为它虽无改革之实，却有改革之名。有些改革者，是极爱谈改革的，但真的改革到了身边，却使他恐惧。惟有大谈难行的改革，这才可以阻止易举的改革的到来，就是竭力维持着现状，一面大谈其改革，算是在做他那完全的改革的事业。这和主张在床上学会了浮水，然后再去游泳的方法，其实是一样的。

拉丁化却没有这空谈的弊病，说得出，就写得来，它和民众是有联系的，不是研究室或书斋里的清玩，是街头巷尾的东西；它和旧文字的关系轻，但和人民的联系密，倘要大家能够发表自己的意见，收获切要的知识，除它以外，确没有更简易的文字了。

而且由只识拉丁化字的人们写起创作来，才是中国文学的新生，才是现代中国的新文学，因为他们是没有中一点什么《庄子》和《文选》之类的毒的。

一九三五年十二月二十三日

且介亭杂文末编

《译文》复刊词

先来引几句古书，——也许记的不真确，——庄子曰："涸辙之鲋，相濡以沫，相煦以湿，——不若相忘于江湖。"

《译文》就在一九三四年九月中，在这样的状态之下出世的。那时候，鸿篇巨制如《世界文学》和《世界文库》之类，还没有诞生，所以在这青黄不接之际，大约可以说是仿佛戈壁中的绿洲，几个人偷点余暇，译些短文，彼此看看，倘有读者，也大家看看，自寻一点乐趣，也希望或者有一点益处，——但自然，这决不是江湖之大。

不过这与世无争的小小的期刊，终于不能不在去年九月，以"终刊号"和大家告别了。虽然不过野花小草，但曾经费过不少移栽灌溉之力，当然不免私心以为可惜的。然而竟也得了勇气和慰安：这是许多读者用了笔和舌，对于《译文》的凭吊。

我们知道感谢，我们知道自勉。

我们也不断的希望复刊。但那时风传的关于终刊的原因：是折本。出版家虽然大抵是"传播文化"的，而"折本"却是"传播文化"的致命伤，所以在苒苒半年，简直死得无药可救。直到今年，折本说这才起了动摇，得到再造的运会，再和大家相见了。

内容仍如创刊时候的《前记》里所说一样：原料没有限制；门类也没有固定；文字之外多加图画，也有和文字有关系的，意在助趣，也有和文字没有关系的，那就算是我们贡献给读者的一点小意思。

这一回，将来的运命如何呢？我们不知道。但今年文坛的情形突变，已在宣扬宽容和大度了，我们真希望在这宽容和大度的文坛里，《译文》也能够托庇比较的长生。

一九三六年三月八日

写于深夜里

一　珂勒惠支教授的版画之入中国

野地上有一堆烧过的纸灰，旧墙上有几个划出的图画，经过的人是大抵未必注意的，然而这些里面，各各藏着一些意义，是爱，是悲哀，是愤怒，……而且往往比叫了出来的更猛烈。也有几个人懂得这意义。

一九三一年——我忘了月份了——创刊不久便被禁止的杂志《北斗》第一本上，有一幅木刻画，是一个母亲，悲哀的闭了眼睛，交出她的孩子去。这是珂勒惠支教授（Prof. Kaethe Kollwitz）的木刻连续画《战争》的第一幅，题目叫作《牺牲》；也是她的版画绍介进中国来的第一幅。

这幅木刻是我寄去的，算是柔石遇害的纪念。他是我的学生和朋友，一同绍介外国文艺的人，尤喜欢木刻，曾经编印过三本欧美作家的作品，虽然印得不大好。然而不知道为了什么，突然被捕了，不久就在龙华和别的五个青年作家同时枪毙。当时的报章上毫无记载，大约是不敢，也不能记载，然而许多人都明白他不在人间了，因为这是常有的事。只有他那双目失明的母亲，我知道她一定还以为她的爱子仍在上海翻译和校对。偶然看到德国书店的目录上有这幅《牺牲》，便将它投寄《北斗》了，算是我的无言的纪念。

然而，后来知道，很有一些人是觉得所含的意义的，不过他们大抵以为纪念的是被害的全群。

这时珂勒惠支教授的版画集正在由欧洲走向中国的路上，但到得上海，勤恳的绍介者却早已睡在土里了，我们连地点也不知道。好的，我一个人来看。这里面是穷困，疾病，饥饿，死亡……自然也有挣扎和争斗，但比较的少；这正如作者的自画像，脸上虽有憎恶和愤怒，而更多的是慈爱和悲悯的相同。这是一切"被侮辱和被损害的"的母亲的心的图像。这类母亲，在中国的指甲还未染红的乡下，也常有的，然而人往往嗤笑她，说做母亲的只爱不中用的儿子。但我想，她是也爱中用的儿子的，只因为既然强壮而有能力，她便放了心，去注意"被侮辱的和被损害的"孩子去了。

现在就有她的作品的复印二十一幅，来作证明；并且对于中国的青年艺术学徒，又有这样的益处的——

一，近五年来，木刻已颇流行了，虽然时时受着迫害。但别的版画，较成片段的，却只有一本关于卓伦（Anders Zorn）的书。现在所绍介的全是铜刻和石刻，使读者知道版画之中，又有这样的作品，也可以比油画之类更加普遍，而且看见和卓伦截然不同的技法和内容。

二，没有到过外国的人，往往以为白种人都是对人来讲耶稣道理或开洋行的，鲜衣美食，一不高兴就用皮鞋向人乱踢。有了这画集，就明白世界上其实许多地方都还存在着"被侮辱和被损害的"人，是和我们一气的朋友，而且还有为这些人们悲哀，叫喊和战斗的艺术家。

三，现在中国的报纸上多喜欢登载张口大叫着的希特拉像，当时是暂时的，照相上却永久是这姿势，多看就令人觉得疲劳。现在由德国艺术家的画集，却看见了别一种人，虽然并非英雄，却可以亲近，同情，而且愈看，也愈觉得美，愈觉得有动人之力。

四，今年是柔石被害后的满五年，也是作者的木刻第一次在中国出现后的第五年；而作者，用中国式计算起来，她是七十岁了，这也可以算作一个纪念。作者虽然现在也只能守着沉默，但她的作品，却更多的在远东的天下出现了。是的，为人类的艺术，别的力量是阻挡不住的。

二　略论暗暗的死

这几天才悟到，暗暗的死，在一个人是极其惨苦的事。

中国在革命以前，死囚临刑，先在大街上通过，于是他或呼冤，或骂官，或自述英雄行为，或说不怕死。到壮美时，随着观看的人们，便喝一声采，后来还传述开去。在我年青的时候，常听到这种事，我总以为这情形是野蛮的，这办法是残酷的。

新近在林语堂博士编辑的《宇宙风》里，看到一篇铢堂先生的文章，却是别一种见解。他认为这种对死囚喝采，是崇拜失败的英雄，是扶弱，"理想是不能不算崇高。然而在人群的组织上实在要不得。抑强扶弱，便是永远不愿意有强。崇拜失败英雄，便是不承认成功的英雄。"所以使"凡是古来成功的帝王，欲维持几百年的威力，不定得残害几万几十万无辜的人，方才能博得一时的慴服"。

残害了几万几十万人，还只"能博得一时的慴服"，为"成功的帝王"设想，实在是大可悲哀的：没有好法子。不过我并不想替他们划策，我所由此悟到的，乃是给死囚在临刑前可以当众说话，倒是"成功的帝王"的恩惠，也是他自信还有力量的证据，所以他有胆放死囚开口，给他在临死之前，得到一个自夸的陶醉，大家也明白他的收场。我先前只以为"残酷"，还不是确切的判断，其中是含有一点恩惠的。我每当朋友或学生的死，倘不知时日，不知地点，不知死法，总比知道的更悲哀和不安；由此推想那一边，在暗室中毕命于几个屠夫的手里，也一定比当众而死的更寂寞。

然而"成功的帝王"是不秘密杀人的，他只秘密一件事：和他那些妻妾的调笑。到得就要失败了，才又增加一件秘密：他的财产的数目和安放的处所；再下去，这才加到第三件：秘密的杀人。这时他也如铢堂先生一样，觉得民众自有好恶，不论成败的可怕了。

所以第三种秘密法，是即使没有策士的献议，也总有一时要采用的，也许有些地方还已经采用。这时街道文明了，民众安静了，但我们试一推测死者的心，却一定比明明白白而死的更加惨苦。我先前读但丁的《神曲》，到《地狱》篇，就惊异于这作者设想的残酷，但到现在，阅历加多，才知道他还是仁厚的了：他还没有想出一个现在已极平常的惨苦到谁也看不见的地狱来。

三　一个童话

看到二月十七日的《DZZ》[①]，有为纪念海涅（H. Heine）死后八十年，勃莱兑勒（Willi Bredel）所作的《一个童话》，很爱这个题目，也来写一篇。

有一个时候，有一个这样的国度。权力者压服了人民，但觉得他们倒都是强敌了，拼音字好像机关枪，木刻好像坦克车；取得了土地，但规定的车站上不能下车。地面上也不能走了，总得在空中飞来飞去；而且皮肤的抵抗力也衰弱起来，一有紧要的事情，就伤风，同时还传染给大臣们，一齐生病。

---

① 德文《德意志中央新闻》（Deutsche Zentral Zeitung）的缩写，是一份当时在苏联印行的德文日报。

出版有大部的字典，还不止一部，然而是都不合于实用的，倘要明白真情，必须查考向来没有印过的字典。这里面很有新奇的解释，例如："解放"就是"枪毙"；"托尔斯泰主义"就是"逃走"；"官"字下注云："大官的亲戚朋友和奴才"；"城"字下注云："为防学生出入而造的高而坚固的砖墙"；"道德"条下注云："不准女人露出臂膊"；"革命"条下注云："放大水入田地里，用飞机载炸弹向'匪贼'头上掷之也。"

出版有大部的法律，是派遣学者，往各国采访了现行律，摘取精华，编纂而成的，所以没有一国，能有这部法律的完全和精密。但卷头有一页白纸，只有见过没有印出的字典的人，才能够看出字来，首先计三条：一，或从宽办理；二，或从严办理；三，或有时全不适用之。

自然有法院，但曾在白纸上看出字来的犯人，在开庭时候是决不抗辩的，因为坏人才爱抗辩，一辩即不免"从严办理"；自然也有高等法院，但曾在白纸上看出字来的人，是决不上诉的，因为坏人才爱上诉，一上诉即不免"从严办理"。

有一天的早晨，许多军警围住了一个美术学校。校里有几个中装和西装的人在跳着，翻着，寻找着，跟随他们的也是警察，一律拿着手枪。不多久，一位西装朋友就在寄宿舍里抓住了一个十八岁的学生的肩头。

"现在政府派我们到你们这里来检查，请你……"

"你查罢！"那青年立刻从床底下拖出自己的柳条箱来。

这里的青年是积多年的经验，已颇聪明了的，什么也不敢有。但那学生究竟只有十八岁，终于被在抽屉里，搜出几封信来了，也许是因为那些信里面说到他的母亲的困苦而死，一时不忍烧掉罢。西装朋友便子子细细的一字一字的读着，当读到"……世界是一台

1199

吃人的筵席，你的母亲被吃去了，天下无数无数的母亲也会被吃去的……"的时候，就把眉头一扬，摸出一枝铅笔来，在那些字上打着曲线，问道：

"这是怎么讲的？"

"…………"

"谁吃你的母亲？世上有人吃人的事情吗？我们吃你的母亲？好！"他凸出眼珠，好像要化为枪弹，打了过去的样子。

"那里！……这……那里！……这……"青年发急了。

但他并不把眼珠射出去，只将信一折，塞在衣袋里；又把那学生的木版，木刻刀和拓片，《铁流》，《静静的顿河》，剪贴的报，都放在一处，对一个警察说：

"我把这些交给你！"

"这些东西里有什么呢，你拿去？"青年知道这并不是好事情。

但西装朋友只向他瞥了一眼，立刻顺手一指，对别一个警察命令道：

"我把这个交给你！"

警察的一跳好像老虎，一把抓住了这青年的背脊上的衣服，提出寄宿舍的大门口去了。门外还有两个年纪相仿的学生，背脊上都有一只勇壮巨大的手在抓着。旁边围着一大层教员和学生。

四　又是一个童话

有一天的早晨的二十一天之后，拘留所里开审了。一间阴暗的小屋子里，上面坐着两位老爷，一东一西。东边的一个是马褂，西边的一个是西装，不相信世上有人吃人的事情的乐天派，录口供的。警察吆喝着连抓带拖的弄进一个十八岁的学生来，苍白脸，脏衣服，站在下面。马褂问过他的姓名，年龄，籍贯之后，就又问道：

"你是木刻研究会的会员么？"

"是的。"

"谁是会长呢？"

"Ch……正的，H……副的。"

"他们现在在那里？"

"他们都被学校开除了，我不晓得。"

"你为什么要鼓动风潮呢，在学校里？"

"阿！……"青年只惊叫了一声。

"哼。"马褂随手拿出一张木刻的肖像来给他看，"这是你刻的吗？"

"是的。"

"刻的是谁呢？"

"是一个文学家。"

"他叫什么名字？"

"他叫卢那却尔斯基。"

"他是文学家？——他是那一国人？"

"我不知道！"这青年想逃命，说谎了。

"不知道？你不要骗我！这不是露西亚人吗？这不是明明白白的露西亚红军军官吗？我在露西亚的革命史上亲眼看见他的照片的呀！你还想赖？"

"那里！"青年好像头上受到了铁椎的一击，绝望的叫了一声。

"这是应该的，你是普罗艺术家，刻起来自然要刻红军军官呀！"

"那里……这完全不是……"

"不要强辩了，你总是'执迷不悟'！我们很知道你在拘留所里的生活很苦。但你得从实说来，好使我们早些把你送给法院判决。——监狱里的生活比这里好得多。"

青年不说话——他十分明白了说和不说一样。

"你说，"马褂又冷笑了一声，"你是CP，还是CY？"

"都不是的。这些我什么也不懂！"

"红军军官会刻，CP，CY就不懂了？人这么小，却这样的刁顽！去！"于是一只手顺势向前一摆，一个警察很聪明而熟练的提着那青年就走了。

我抱歉得很，写到这里，似乎有些不像童话了。但如果不称它为童话，我将称它为什么呢？特别的只在我说得出这事的年代，是一九三二年。

五　一封真实的信

"敬爱的先生：

你问我出了拘留所以后的事情么，我现在大略叙述在下面——

在当年的最后一月的最后一天，我们三个被××省政府解到了高等法院。一到就开检查庭。这检察官的审问很特别，只问了三句：

'你叫什么名字？'——第一句；

'今年你几岁？'——第二句；

'你是那里人？'——第三句。

开完了这样特别的庭，我们又被法院解到了军人监狱。有谁要看统治者的统治艺术的全般的么？那只要到军人监狱里去。他的虐杀异己，屠戮人民，不惨酷是不快意的。时局一紧张，就拉出一批所谓重要的政治犯来枪毙，无所谓刑期不刑期的。例如南昌陷于危急的时候，曾在三刻钟之内，打死了二十二个；福建人民政府成立时，也枪毙了不少。刑场就是狱里的五亩大的菜园，囚犯的尸体，就靠泥埋在菜园里，上面栽起菜来，当作肥料用。

约莫隔了两个半月的样子，起诉书来了。法官只问我们三句话，怎么可以做起诉书的呢？可以的！原文虽然不在手头，但是我背得出，可惜的是法律的条目已经忘记了——

>……Ch……H……所组织之木刻研究会，系受共党指挥，研究普罗艺术之团体也。被告等皆为该会会员，……核其所刻，皆为红军军官及劳动饥饿者之景象，借以鼓动阶级斗争而示无产阶级必有专政之一日。……

之后，没有多久，就开审判庭。庭上一字儿坐着老爷五位，威严得很。然而我倒并不怎样的手足无措，因为这时我的脑子里浮出了一幅图画，那是陀密埃（Honoré Daumier）的《法官》，真使我赞叹！

审判庭开后的第八日，开最后的判决庭，宣判了。判决书上所开的罪状，也还是起诉书上的那么几句，只在它的后半段里，有——

>核其所为，当依危害民国紧急治罪法第×条，刑法第×百×十×条第×款，各处有期徒刑五年。……然被告等皆年幼无知，误入歧途，不无可悯，特依××法第×千×百×十×条第×款之规定，减处有期徒刑二年六个月。于判决书送到后十日以内，不服上诉……云云。

我还用得到'上诉'么？'服'得很！反正这是他们的法律！

总结起来，我从被捕到放出，竟游历了三处残杀人民的屠场。现在，我除了感激他们不砍我的头之外，更感激的是增加了我不知几多的知识。单在刑罚一方面，我才晓得现在的中国有：一，抽藤条，二，老虎凳，都还是轻的；三，踏杠，是叫犯人跪下，把铁杠放在他的腿弯上，两头站上彪形大汉去，起先两个，逐渐加到八人；四，跪火链，是把烧红的铁链盘在地上，使犯人跪上去；五，还有一种叫'吃'的，是从鼻孔里灌辣椒水，火油，醋，烧酒……；六，还有反绑着犯人的手，另用细麻绳缚住他的两个大拇指，高悬起来，吊着打，我叫不出这刑罚的名目。

我认为最惨的还是在拘留所里和我同枷的一个年青的农民。老爷硬说他是红军军长，但他死不承认。呵，来了，他们用缝衣针插在他的指甲缝里，用榔头敲进去。敲进去了一只，不承认，敲第二只，仍不承认，又敲第三只……第四只……终于十只指头都敲满了。直到现在，那青年的惨白的脸，凹下的眼睛，两只满是鲜血的手，还时常浮在我的眼前，使我难于忘却！使我苦痛！……

然而，入狱的原因，直到我出来之后才查明白。祸根是在我们学生对于学校有不满之处，尤其是对于训育主任，而他却是省党部的政治情报员。他为了要镇压全体学生的不满，就把仅存的三个木刻研究会会员，抓了去做示威的牺牲了。而那个硬派卢那却尔斯基为红军军官的马褂老爷，又是他的姐夫，多么便利呵！

写完了大略，抬头看看窗外，一地惨白的月色，心里不禁渐渐地冰凉了起来。然而我自信自己还并不怎样的怯弱，然而，我的心冰凉起来了……

愿你的身体康健！

人凡。四月四日，后半夜。"

（附记：从《一个童话》后半起至篇末止，均据人凡君信及《坐牢略记》。四月七日。）

三月的租界

今年一月，田军发表了一篇小品，题目是《大连丸上》，记着一年多以前，他们夫妇俩怎样幸而走出了对于他们是荆天棘地的大连——

"第二天当我们第一眼看到青岛青青的山角时，我们的心才又从冻结里蠕活过来。

"'啊！祖国！'

"我们梦一般这样叫了！"

他们的回"祖国"，如果是做随员，当然没有人会说话，如果是剿匪，那当然更没有人会说话，但他们竟不过来出版了《八月的乡村》。这就和文坛发生了关系。那么，且慢"从冻结里蠕活过来"罢。三月里，就"有人"在上海的租界上冷冷的说道——

"田军不该早早地从东北回来！"

谁说的呢？就是"有人"。为什么呢？因为这部《八月的乡村》"里面有些还不真实"。然而我的传话是"真实"的。有《大晚报》副刊《火炬》的奇怪毫光之一，《星期文坛》上的狄克先生的文章为证——

《八月的乡村》整个地说，他是一首史诗，可是里面有些还不真实，像人民革命军进攻了一个乡村以后的情况

1205

就不够真实。有人这样对我说："田军不该早早地从东北回来"，就是由于他感觉到田军还需要长时间的学习，如果再丰富了自己以后，这部作品当更好。技巧上，内容上，都有许多问题在，为什么没有人指出呢？

这些话自然不能说是不对的。假如"有人"说，高尔基不该早早不做码头脚夫，否则，他的作品当更好；吉须不该早早逃亡外国，如果坐在希忒拉的集中营里，他将来的报告文学当更有希望。倘使有谁去争论，那么，这人一定是低能儿。然而在三月的租界上，却还有说几句话的必要，因为我们还不到十分"丰富了自己"，免于来做低能儿的幸福的时期。

这样的时候，人是很容易性急的。例如罢，田军早早的来做小说了，却"不够真实"，狄克先生一听到"有人"的话，立刻同意，责别人不来指出"许多问题"了，也等不及"丰富了自己以后"，再来做"正确的批评"。但我以为这是不错的，我们有投枪就用投枪，正不必等候刚在制造或将要制造的坦克车和烧夷弹。可惜的是这么一来，田军也就没有什么"不该早早地从东北回来"的错处了。立论要稳当真也不容易。

况且从狄克先生的文章上看起来，要知道"真实"似乎也无须久留在东北似的，这位"有人"先生和狄克先生大约就留在租界上，并未比田军回来得晚，在东北学习，但他们却知道够不够真实。而且要作家进步，也无须靠"正确"的批评，因为在没有人指出《八月的乡村》的技巧上，内容上的"许多问题"以前，狄克先生也已经断定了："我相信现在有人在写，或豫备写比《八月的乡村》更好的作品，因为读者需要！"

到这里，就是坦克车正要来，或将要来了，不妨先折断了投枪。

到这里，我又应该补叙狄克先生的文章的题目，是：《我们要执行自我批判》。

题目很有劲。作者虽然不说这就是"自我批判"，但却实行着抹杀《八月的乡村》的"自我批判"的任务的，要到他所希望的正式的"自我批判"发表时，这才解除它的任务，而《八月的乡村》也许再有些生机。因为这种模模胡胡的摇头，比列举十大罪状更有害于对手，列举还有条款，含胡的指摘，是可以令人揣测到坏到茫无界限的。

自然，狄克先生的"要执行自我批判"是好心，因为"那些作家是我们底"的缘故。但我以为同时可也万万忘记不得"我们"之外的"他们"，也不可专对"我们"之中的"他们"。要批判，就得彼此都给批判，美恶一并指出。如果在还有"我们"和"他们"的文坛上，一味自责以显其"正确"或公平，那其实是在向"他们"献媚或替"他们"缴械。

一九三六年四月十六日

《出关》的“关”

　　我的一篇历史的速写《出关》在《海燕》上一发表，就有了不少的批评，但大抵自谦为“读后感”。于是有人说：“这是因为作者的名声的缘故”。话是不错的。现在许多新作家的努力之作，都没有这么的受批评家注意，偶或为读者所发现，销上一二千部，便什么“名利双收”呀，“不该回来”呀，“叽哩咕噜”呀，群起而打之，惟恐他还有活气，一定要弄到此后一声不响，这才算天下太平，文坛万岁。然而别一方面，慷慨激昂之士也露脸了，他戟指大叫道：“我们中国有半个托尔斯泰没有？有半个歌德没有？”惭愧得很，实在没有。不过其实也不必这么激昂，因为从地壳凝结，渐有生物以至现在，在俄国和德国，托尔斯泰和歌德也只有各一个。

　　我并没有遭着这种打击和恫吓，是万分幸福的，不过这回却想破了向来对于批评都守缄默的老例，来说几句话，这也并无他意，只以为批评者有从作品来批判作者的权利，作者也有从批评来批判批评者的权利，咱们也不妨谈一谈而已。

　　看所有的批评，其中有两种，是把我原是小小的作品，缩得更小，或者简直封闭了。

　　一种，是以为《出关》在攻击某一个人。这些话，在朋友闲谈，随意说笑的时候，自然是无所不可的，但若形诸笔墨，昭示读者，自以为得了这作品的魂灵，却未免像后街阿狗的妈妈。她是只知道，也只爱听别人的阴私的。不幸我那《出关》并不合于这一流人的胃口，于是一种小报上批评道："这好像是在讽刺傅东华，然而又不是。"既然"然而又不是"，就可见并不"是在讽刺傅东华"了，这不是该从别处着眼了么？然而他因此又觉得毫无意味，一定要实在"是在讽刺傅东华"，这才尝出意味来。

这种看法的人们，是并不很少的，还记得作《阿Q正传》时，就曾有小政客和小官僚惶怒，硬说是在讽刺他，殊不知阿Q的模特儿，却在别的小城市中，而他也实在正在给人家捣米。但小说里面，并无实在的某甲或某乙的么？并不是的。倘使没有，就不成为小说。纵使写的是妖怪，孙悟空一个筋斗十万八千里，猪八戒高老庄招亲，在人类中也未必没有谁和他们精神上相像。有谁相像，就是无意中取谁来做了模特儿，不过因为是无意中，所以也可以说是谁竟和书中的谁相像。我们的古人，是早觉得做小说要用模特儿的，记得有一部笔记，说施耐庵——我们也姑且认为真有这作者罢——请画家画了一百零八条梁山泊上的好汉，贴在墙上，揣摩着各人的神情，写成了《水浒》。但这作者大约是文人，所以明白文人的技俩，而不知道画家的能力，以为他倒能凭空创造，用不着模特儿来作标本了。

作家的取人为模特儿，有两法。一是专用一个人，言谈举动，不必说了，连微细的癖性，衣服的式样，也不加改变。这比较的易于描写，但若在书中是一个可恶或可笑的角色，在现在的中国恐怕大抵要认为作者在报个人的私仇——叫作"个人主义"，有破坏"联合战线"之罪，从此很不容易做人。二是杂取种种人，合成一个，从和作者相关的人们里去找，是不能发现切合的了。但因为"杂取种种人"，一部分相像的人也就更其多数，更能招致广大的惶怒。我是一向取后一法的，当初以为可以不触犯某一个人，后来才

1209

知道倒触犯了一个以上，真是"悔之无及"，既然"无及"，也就不悔了。况且这方法也和中国人的习惯相合，例如画家的画人物，也是静观默察，烂熟于心，然后凝神结想，一挥而就，向来不用一个单独的模特儿的。

不过我在这里，并不说傅东华先生就做不得模特儿，他一进小说，是有代表一种人物的资格的；我对于这资格，也毫无轻视之意，因为世间进不了小说的人们倒多得很。然而纵使谁整个的进了小说，如果作者手腕高妙，作品久传的话，读者所见的就只是书中人，和这曾经实有的人倒不相干了。例如《红楼梦》里贾宝玉的模特儿是作者自己曹霑，《儒林外史》里马二先生的模特儿是冯执中，现在我们所觉得的却只是贾宝玉和马二先生，只有特种学者如胡适之先生之流，这才把曹霑和冯执中念念不忘的记在心儿里：这就是所谓人生有限，而艺术却较为永久的话罢。

还有一种，是以为《出关》乃是作者的自况，自况总得占点上风，所以我就是其中的老子。说得最凄惨的是邱韵铎先生——

  ……至于读了之后，留在脑海里的影子，就只是一个全身心都浸淫着孤独感的老人的身影。我真切地感觉着读者是会坠入孤独和悲哀去，跟着我们的作者。要是这样，那么，这篇小说的意义，就要无形地削弱了，我相信，鲁迅先生以及像鲁迅先生一样的作家们的本意是不在这里的。……（《每周文学》的《海燕读后记》）

这一来真是非同小可，许多人都"坠入孤独和悲哀去"，前面一个老子，青牛屁股后面一个作者，还有"以及像鲁迅先生一样的作家们"，还有许多读者们连邱韵铎先生在内，竟一窠蜂似的涌

"出关"去了。但是，倘使如此，老子就又不"只是一个全身心都浸淫着孤独感的老人的身影"，我想他是会不再出关，回上海请我们吃饭，出题目征集文章，做道德五百万言的了。

所以我现在想站在关口，从老子的青牛屁股后面，挽留住"像鲁迅先生一样的作家们"以及许多读者们连邱韵铎先生在内。首先是请不要"坠入孤独和悲哀去"，因为"本意是不在这里"，邱先生是早知道的，但是没说出在那里，也许看不出在那里。倘是前者，真是"这篇小说的意义，就要无形地削弱了"；倘因后者，那么，却是我的文字坏，不够分明的传出"本意"的缘故。现在略说一点，算是敬扫一回两月以前"留在脑海里的影子"罢——

老子的西出函谷，为了孔子的几句话，并非我的发见或创造，是三十年前，在东京从太炎先生口头听来的，后来他写在《诸子学略说》中，但我也并不信为一定的事实。至于孔老相争，孔胜老败，却是我的意见：老，是尚柔的；"儒者，柔也"，孔也尚柔，但孔以柔进取，而老却以柔退走。这关键，即在孔子为"知其不可为而为之"的事无大小，均不放松的实行者，老则是"无为而无不为"的一事不做，徒作大言的空谈家。要无所不为，就只好一无所为，因为一有所为，就有了界限，不能算是"无不为"了。我同意于关尹子的嘲笑：他是连老婆也娶不成的。于是加以漫画化，送他出了关，毫无爱惜，不料竟惹起邱先生的这样的凄惨，我想，这大约一定因为我的漫画化还不足够的缘故了，然而如果更将他的鼻子涂白，是不只"这篇小说的意义，就要无形地削弱"而已的，所以也只好这样子。

再引一段邱韵铎先生的独白——

……我更相信，他们是一定会继续地运用他们的心力

1211

和笔力，倾注到更有利于社会变革方面，使凡是有利的力量都集中起来，加强起来，同时使凡是可能有利的力量都转为有利的力量，以联结成一个巨大无比的力量。

一为而"成一个巨大无比的力量"，仅次于"无为而无不为"一等，我"们"是没有这种玄妙的本领的，然而我"们"和邱先生不同之处却就在这里，我"们"并不"坠入孤独和悲哀去"，而邱先生却会"真切地感觉着读者是会坠入孤独和悲哀去"的关键也在这里。他起了有利于老子的心思，于是不禁写了"巨大无比"的抽象的封条，将我的无利于老子的具象的作品封闭了。但我疑心：邱韵铎先生以及像邱韵铎先生一样的作家们的本意，也许倒只在这里的。

一九三六年四月三十日

且介亭杂文附集

文人比较学

齐物论

《国闻周报》十二卷四十三期上，有一篇文章指出了《国学珍本丛书》的误用引号，错点句子；到得四十六期，"主编"的施蛰存先生来答复了，承认是为了"养生主"，并非"修儿孙福"，而且该承认就承认，该辨解的也辨解，态度非常磊落。末了，还有一段总辨解云："但是虽然失败，虽然出丑，幸而并不能算是造了什么大罪过。因为充其量还不过是印出了一些草率的书来，到底并没有出卖了别人的灵魂与血肉来为自己的'养生主'，如别的一些文人们也。"

中国的文人们有两"些"，一些，是"充其量还不过印出了一些草率的书来"的，"别的一些文人们"，却是"出卖了别人的灵魂与血肉来为自己的'养生主'"的，我们只要想一想"别的一些文人们"，就知道施先生不但"并不能算是造了什么大罪过"，其实还能够算是修了什么"儿孙福"。

但一面也活活的画出了"洋场恶少"的嘴脸——不过这也并不是"什么大罪过"，"如别的一些文人们也"。

一九三六年

难答的问题

何干

大约是因为经过了"儿童年"的缘故罢，这几年来，向儿童们说话的刊物多得很，教训呀，指导呀，鼓励呀，劝谕呀，七嘴八舌，如果精力的旺盛不及儿童的人，是看了要头昏的。

最近，二月九日《申报》的《儿童专刊》上，有一篇文章在对儿童讲《武训先生》。它说他是一个乞丐，自己吃臭饭，喝脏水，给人家做苦工，"做得了钱，却把它储起来。只要有人给他钱，甚至他可以跪下来的"。

这并不算什么特别。特别的是他得了钱，却一文也不化，终至于开办了一个学校。

于是这篇《武训先生》的作者提出一个问题来道：

"小朋友！你念了上面的故事，有什么感想？"

我真也极愿意知道小朋友将有怎样的感想。假如念了上面的故事的人，是一个乞丐，或者比乞丐景况还要好，那么，他大约要自愧弗如，或者愤慨于中国少有这样的乞丐。然而小朋友会怎样感想呢，他们恐怕只好圆睁了眼睛，回问作者道：

"大朋友！你讲了上面的故事，是什么意思？"

一九三六年

登错的文章

印给少年们看的刊物上，现在往往见有描写岳飞呀，文天祥呀的故事文章。自然，这两位，是给中国人挣面子的，但来做现在的少年们的模范，却似乎迂远一点。

他们俩，一位是文官，一位是武将，倘使少年们受了感动，要来模仿他，他就先得在普通学校卒业之后，或进大学，再应文官考试，或进陆军学校，做到将官，于是武的呢，准备被十二金牌召还，死在牢狱里；文的呢，起兵失败，死在蒙古人的手中。

宋朝怎么样呢？有历史在，恕不多谈。

不过这两位，却确可以励现任的文官武将，愧前任的降将逃官，我疑心那些故事，原是为办给大人老爷们看的刊物而作的文字，不知怎么一来，却错登在少年读物上面了，要不然，作者是决不至于如此低能的。

一九三六年

"立此存照"（二）

晓角

《申报》（八月九日）载本地人盛阿大，有一养女，名杏珍，年十六岁，于六日忽然失踪，盛在家检点衣物，从杏珍之箱箧中发现他人寄与之情书一封，原文云："光阴如飞般的过去了，倏忽已六个月半矣，在此过程中，很是觉得闷闷的，然而细想真有无穷快乐在眼前矣，细算时日，不久快到我们的时候矣，请万事多多秘密为要，如有东西，有机会拿来，请你爱惜金钱，不久我们需要金钱应用，幸勿浪费，是幸，你的身体爱惜，我睡在床上思想你，早晨等在洋台上，看你开门，我多看见你芳影，很是快活，请你勿要想念，再会吧，日健，爱书，"

盛遂将信呈交捕房，不久果获诱拐者云云。

案这种事件，是不足为训的。但那一封信，却是十足道地的语录体情书，置之《宇宙风》中，也堪称佳作，可惜林语堂博士竟自赴美国讲学，不再顾念中国文风了。

现在录之于此，以备他日作《中国语录体文学史》者之采择，其作者，据《申报》云，乃法租界蒲石路四七九号协盛水果店伙无锡项三宝也。

一九三六年

1218

"立此存照"（三）

晓角

饱暖了的白人要搔痒的娱乐，但菲洲食人蛮俗和野兽影片已经看厌，我们黄脸低鼻的中国人就被搬上银幕来了。于是有所谓"辱华影片"事件，我们的爱国者，往往勃发了义愤。

五六年前罢，因为《月宫盗宝》这片子，和范朋克大闹了一通，弄得不欢而散。但好像彼此到底都没有想到那片子上其实是蒙古王子，和我们不相干；而故事是出于《天方夜谈》的，也怪不得只是演员非导演的范朋克。

不过我在这里，也并无替范朋克叫屈的意思。

今年所提起的《上海快车》事件，却比《盗宝》案切实得多了。我情愿做一回"文剪公"，因为事情和文章都有意思，太删节了怕会索然无味。首先，是九月二十日上海《大公报》内《大公俱乐部》上所载的，萧运先生的《冯史丹堡过沪再志》：

> 这几天，上海的电影界，忙于招待一位从美国来的贵宾，那便是派拉蒙公司的名导演约瑟夫·冯史丹堡（Josef von Sternberg），当一些人在热烈地欢迎他的时候，同时有许多人在向他攻击，因为他是辱华片《上海快车》（Shanghai Express）的导演人，他对于我国曾有过重大的

侮蔑。这是令人难忘的一回事！

　　说起《上海快车》，那是五年前的事了，上海正当一二八战事之后，一般人的敌忾心理还很敏锐，所以当这部歪曲了事实的好莱坞出品在上海出现时，大家不由都一致发出愤慨的呼声，像昙花一现地，这部影片只映了两天，便永远在我国人眼前消灭了。到了五年后的今日，这部片子的导演人还不能避免舆论的谴责。说不定经过了这回教训之后，冯史丹堡会明白，无理侮蔑他人是不值得的。

　　拍《上海快车》的时候，冯史丹堡对于中国，可以说一点印象没有，中国是怎样的，他从来不晓得，所以他可以替自己辩护，这回侮辱中国，并非有意如此。但是现在，他到过中国了，他看过中国了，如果回好莱坞之后，他再会制出《上海快车》那样作品，那才不可恕呢。他在上海时对人说他对中国的印象很好，希望他这是真话。（下略。）

但是，究竟如何？不幸的是也是这天的《大公报》，而在《戏剧与电影》上，登有弃扬先生的《艺人访问记》，云：

　　以《上海快车》一片引起了中国人注意的导演人约瑟夫·冯史登堡氏，无疑，从这次的旅华后，一定会获得他的第二部所谓辱华的题材的。

　　"中国人没有自知，《上海快车》所描写的，从此次的来华，益给了我不少证实……"不像一般来华的访问者，一到中国就改变了他原有的论调；冯史登堡氏确有着这样一种隽然的艺术家风度，这是很值得我们的敬佩的。

（中略。）

没有极正面去抗议《上海快车》这作品，只把他在美时和已来华后，对中日的感想来问了。

不立刻置答，继而莞然地说：

"在美时和已来华后，并没有什么不同，东方风味确然两样，日本的风景很好，中国的北平亦好，上海似乎太繁华了，苏州太旧，神秘的情调，确实是有的。许多访问者都以《上海快车》事来质问我，实际上，不必掩饰是确有其事的。现在是更留得了一个真切的印象。……我不带摄影机，但我的眼睛，是不会叫我忘记这一些的。"使我想起了数年前南京中山路，为了招待外宾而把茅棚拆除的故事。……

原来他不但并不改悔，倒更加坚决了，怎样想着，便怎么说出，真有日耳曼人的好的一面的蛮风，我同意记者之所说："值得我们的敬佩"。

我们应该有"自知"之明，也该有知人之明：我们要知道他并不把中国的"舆论的谴责"放在心里，我们要知道中国的舆论究有多大的权威。

"但是现在，他到过中国了，看过中国了"，"他在上海时对人说他对中国的印象很好"，据《访问记》，也确是"真话"。不过他说"好"的是北平，是地方，不是中国人，中国的地方，从他们看来，和人们已经几乎并无关系了。

况且我们其实也并无什么好的人事给他看。我看过关于冯史丹堡的文章，就去翻阅前一天的，十九日的报纸，也没有什么体面事，现在就剪两条电报在这里：

（北平十八日中央社电）平九一八纪念日，警宪戒备极严，晨六时起，保安侦缉两队全体出动，在各学校公共场所冲要街巷等处配置一切，严加监视，所有军警，并停止休息一日。全市空气颇呈紧张，但在平安中渡过。

（天津十八日下午十一时专电）本日傍晚，丰台日军突将二十九军驻防该处之冯治安部包围，勒令缴械，入夜尚在相持中。日军已自北平增兵赴丰台，详况不明。查月来日方迭请宋哲元部将冯部撤退，宋迄未允。

跳下一天，二十日的报上的电报：

（丰台十九日同盟社电）十八日之丰台事件，于十九日上午九时半圆满解决，同时日本军解除包围形势，集合于车站前大坪，中国军亦同样整列该处，互释误会。

再下一天，二十一日报上的电报：

（北平二十日中央社电）丰台中日军误会解决后，双方当局为避免今后再发生同样事件，经详细研商，决将两军调至较远之地方，故我军原驻丰台之二营五连，已调驻丰台迤南之赵家村，驻丰日军附近，已无我军踪迹矣。

我不知道现在冯史丹堡在那里，倘还在中国，也许要错认今年为"误会年"，十八日为"学生造反日"的罢。

其实，中国人是并非"没有自知"之明的，缺点只在有些人安于"自欺"，由此并想"欺人"。譬如病人，患着浮肿，而讳疾忌医，但愿别人胡涂，误认他为肥胖。妄想既久，时而自己也觉得好像肥胖，并非浮肿；即使还是浮肿，也是一种特别的好浮肿，与众不同。如果有人，当面指明：这非肥胖，而是浮肿，且并不"好"，病而已矣。那么，他就失望，含羞，于是成怒，骂指明者，以为昏妄。然而还想吓他，骗他，又希望他畏惧主人的愤怒和骂詈，惴惴的再看一遍，细寻佳处，改口说这的确是肥胖。于是他得到安慰，高高兴兴，放心的浮肿着了。

不看"辱华影片"，于自己是并无益处的，不过自己不看见，闭了眼睛浮肿着而已。但看了而不反省，却也并无益处。我至今还在希望有人翻出斯密斯的《支那人气质》来。看了这些，而自省，分析，明白那几点说的对，变革，挣扎，自做工夫，却不求别人的原谅和称赞，来证明究竟怎样的是中国人。

一九三六年

"立此存照"（五）

晓角

《社会日报》久不载《艺人腻事》了，上海《大公报》的《本埠增刊》上，却载起《文人腻事》来。"文""腻"两音差多，事也并不全"腻"，这真叫作"一代不如一代"。但也常有意外的有趣文章，例如九月十五日的《张资平在女学生心中》条下，有记的是：

> 他虽然是一个恋爱小说作家，而他却是一个颇为精明方正的人物。并没有文学家那一种浪漫热情不负责任的习气，他之精明强干，恐怕在作家中找不出第二个来吧。胖胖的身材，矮矮的个子，穿着一身不合身材的西装，衬着他一付团团的黝黑的面孔，一手里经常的夹着一个大皮包，大有洋行大板公司经理的派头，可是，他的大皮包内没有支票账册，只有恋爱小说的原稿与大学里讲义。

原意大约是要写他的"颇为精明方正的"，但恰恰画出了开乐群书店赚钱时代的张资平老板面孔。最妙的是"一手里经常夹着一个大皮包"，但其中"只有恋爱小说的原稿与大学里讲义"：都是可以赚钱的货色，至于"没有支票账册"，就活画了他用不着记账，

1224

和开支票付钱。所以当书店关门时，老板依然"一付团团的黝黑的面孔"，而有些卖稿或抽板税的作者，却成了一付尖尖的晦气色的面孔了。

一九三六年

"立此存照"（七）

晓角

近来的日报上作兴附"专刊"，有讲医药的，有讲文艺的，有谈跳舞的；还有"大学生专刊"，"中学生专刊"，自然也有"小学生"和"儿童专刊"；只有"幼稚园生专刊"和"婴儿专刊"，我还没有看见过。

九月二十七日，偶然看《申报》，遇到了《儿童专刊》，其中有一篇叫作《救救孩子！》，还有一篇"儿童作品"，教小朋友不要看无用的书籍，如果有工夫，"可以看些有用的儿童刊物，或则看看星期日《申报》出版的《儿童专刊》，那是可以增进我们儿童知识的"。

在手里的就是这《儿童专刊》，立刻去看第一篇。果然，发见了不忍删节的应时的名文：

小学生们应有的认识

梦苏

最近一个月中，四川的成都，广东的北海，湖北的汉口，以及上海公共租界上，连续出了不幸的案件，便是日本侨民及水兵的被人杀害，国交显出分外严重的不安。

小朋友对于这种不幸的案件，作何感想？于我们民族前途的关系是极大的。

国际的交涉，在非常时期，做国民的不可没有抗敌御侮的精神；但国交尚在常态的时期，却绝对不可有伤害外侨的越轨行动。倘若以个人的私怨，而杀害外侨，这比较杀害自国人民，罪加一等。因为被杀害的虽然是绝少数人，但会引起别国的误会，加重本国外交上的困难；甚至发生意外的纠纷，把整个民族复兴运动的步骤乱了。这种少数人无意识的轨外行动，实是国法的罪人，民族的败类。我们当引为大戒。要知道这种举动，和战士在战争时的杀敌致果，功罪是绝对相反的。

小朋友们！试想我们住在国外的侨民，倘使被别国人非法杀害，虽然我们没有兵舰派去登陆保侨，小题大做：我们政府不会提出严厉的要求，得不到丝毫公道的保障；但总禁不住我们同情的愤慨。

我们希望别国人民敬视我们的华侨，我们也当敬视任何的外侨；使伤害外侨的非法行为以后不再发生。这才是大国民的风度。

这"大国民的风度"非常之好，虽然那"总禁不住""同情的愤慨"，还嫌过激一点，但就大体而言，是极有益于敦睦邦交的。不过我们站在中国人的立场上，却还"希望"我们对于自己，也有这"大国民的风度"，不要把自国的人民的生命价值，估计得只值外侨的一半，以至于"罪加一等"。主杀奴无罪，奴杀主重办的刑律，自从民国以来（呜呼，二十五年了！）不是早经废止了么？

真的要"救救孩子"。这"于我们民族前途的关系是极大的"!

　　而这也是关于我们的子孙。大朋友,我们既然生着人头,努力来讲人话罢!

一九三六年九月二十七日

集外集

序 言

　　听说：中国的好作家是大抵"悔其少作"的，他在自定集子的时候，就将少年时代的作品尽力删除，或者简直全部烧掉。我想，这大约和现在的老成的少年，看见他婴儿时代的出屁股，衔手指的照相一样，自愧其幼稚，因而觉得有损于他现在的尊严，——于是以为倘使可以隐蔽，总还是隐蔽的好。但我对于自己的"少作"，愧则有之，悔却从来没有过。出屁股，衔手指的照相，当然是惹人发笑的，但自有婴年的天真，决非少年以至老年所能有。况且如果少时不作，到老恐怕也未必就能作，又怎么还知道悔呢？

　　先前自己编了一本《坟》，还留存着许多文言文，就是这意思；这意思和方法，也一直至今没有变。但是，也有漏落的：是因为没有留存着底子，忘记了。也有故意删掉的：是或者因为看去好像抄译，却又年远失记，连自己也怀疑；或者因为不过对于一人，一时的事，和大局无关，情随事迁，无须再录；或者因为本不过开些玩笑，或是出于暂时的误解，几天之后，便无意义，不必留存了。

　　但使我吃惊的是霁云先生竟抄下了这么一大堆，连三十多年前的时文，十多年前的新诗，也全在那里面。这真好像将我五十多年前的出屁股，衔手指的照相，装潢起来，并且给我自己和别人来赏鉴。连我自己也诧异那时的我的幼稚，而且近乎不识羞。但是，有什么法子呢？这的确是我的影像，——由它去罢。

不过看起来也引起我一点回忆。例如最先的两篇，就是我故意删掉的。一篇是"雷锭"的最初的介绍，一篇是斯巴达的尚武精神的描写，但我记得自己那时的化学和历史的程度并没有这样高，所以大概总是从什么地方偷来的，不过后来无论怎么记，也再也记不起它们的老家；而且我那时初学日文，文法并未了然，就急于看书，看书并不很懂，就急于翻译，所以那内容也就可疑得很。而且文章又多么古怪，尤其是那一篇《斯巴达之魂》，现在看起来，自己也不免耳朵发热。但这是当时的风气，要激昂慷慨，顿挫抑扬，才能被称为好文章，我还记得"被发大叫，抱书独行，无泪可挥，大风灭烛"是大家传诵的警句。但我的文章里，也有受着严又陵的影响的，例如"涅伏"，就是"神经"的腊丁语的音译，这是现在恐怕只有我自己懂得的了。以后又受了章太炎先生的影响，古了起来，但这集子里却一篇也没有。

以后回到中国来，还给日报之类做了些古文，自己不记得究竟是什么了，霁云先生也找不出，我真觉得侥幸得很。

以后是抄古碑。再做就是白话；也做了几首新诗。我其实是不喜欢做新诗的——但也不喜欢做古诗——只因为那时诗坛寂寞，所以打打边鼓，凑些热闹；待到称为诗人的一出现，就洗手不作了。我更不喜欢徐志摩那样的诗，而他偏爱到各处投稿，《语丝》一出版，他也就来了，有人赞成他，登了出来，我就做了一篇杂感，和他开一通玩笑，使他不能来，他也果然不来了。这是我和后来的"新月派"积仇的第一步；《语丝》社同人中有几位也因此很不高兴我。不过不知道为什么没有收在《热风》里，漏落，还是故意删掉的呢，已经记不清，幸而这集子里有，那就是了。

只有几篇讲演，是现在故意删去的。我曾经能讲书，却不善于讲演，这已经是大可不必保存的了。而记录的人，或者为了方音的不同，听不很懂，于是漏落，错误；或者为了意见的不同，取舍因而不确，我以为要紧的，他并不记录，遇到空话，却详详细细记了一大通；有些则简直好像是恶意的捏造，意思和我所说的正是相反的。凡这些，我只好当作记录者自己的创作，都将它由我这里删掉。

我惭愧我的少年之作，却并不后悔，甚而至于还有些爱，这真好像是"乳犊不怕虎"，乱攻一通，虽然无谋，但自有天真存在。现在是比较的精细了，然而我又别有其不满于自己之处。我佩服会用拖刀计的老将黄汉升，但我爱莽撞的不顾利害而终于被部下偷了头去的张翼德；我却又憎恶张翼德型的不问青红皂白，抡板斧"排头砍去"的李逵，我因此喜欢张顺的将他诱进水里去，淹得他两眼翻白。

一九三四年十二月二十日夜，鲁迅记于上海之卓面书斋

"说不出"

看客在戏台下喝倒采，食客在膳堂里发标，伶人厨子，无嘴可开，只能怪自己没本领。但若看客开口一唱戏，食客动手一做菜，可就难说了。

所以，我以为批评家最平稳的是不要兼做创作。假如提起一支屠城的笔，扫荡了文坛上一切野草，那自然是快意的。但扫荡之后，倘以为天下已没有诗，就动手来创作，便每不免做出这样的东西来：

> 宇宙之广大呀，我说不出；
> 父母之恩呀，我说不出；
> 爱人的爱呀，我说不出。
> 阿呀阿呀，我说不出！

这样的诗，当然是好的，——倘就批评家的创作而言。太上老君的《道德》五千言，开头就说"道可道非常道"，其实也就是一个"说不出"，所以这三个字，也就替得五千言。

呜呼，"王者之迹熄，而《诗》亡；《诗》亡，然后《春秋》作。""予岂好辩哉？予不得已也！"

一九二四年

1234

烽话五则

父子们冲突着。但倘用神通将他们的年纪变成约略相同，便立刻可以像一对志同道合的好朋友。

伶俐人叹"人心不古"时，大抵是他的巧计失败了；但老太爷叹"人心不古"时，则无非因为受了儿子或姨太太的气。

电报曰：天祸中国。天曰：委实冤枉！

精神文明人作飞机论曰：较之灵魂之自在游行，一钱不值矣。写完，遂率家眷移入东交民巷使馆界。

倘诗人睡在烽火旁边，听得烘烘地响时，则烽火就是听觉。但此说近于味觉，因为太无味。然而无为即无不为，则无味自然就是至味了。对不对？

一九二四年

"音乐"？

夜里睡不着，又计画着明天吃辣子鸡，又怕和前回吃过的那一碟做得不一样，愈加睡不着了。坐起来点灯看《语丝》，不幸就看见了徐志摩先生的神秘谈，——不，"都是音乐"，是听到了音乐先生的音乐：

> ……我不仅会听有音的乐，我也会听无音的乐（其实也有音就是你听不见）。我直认我是一个甘脆的 Mystic[①]。我深信……

此后还有什么什么"都是音乐"云云，云云云云。总之："你听不着就该怨你自己的耳轮太笨或是皮粗"！

我这时立即疑心自己皮粗，用左手一摸右胳膊，的确并不滑；再一摸耳轮，却摸不出笨也与否。然而皮是粗定了；不幸而"拊不留手"的竟不是我的皮，还能听到什么庄周先生所指教的天籁地籁和人籁。但是，我的心还不死，再听罢，仍然没有，——阿，仿佛有了，像是电影广告的军乐。呸！错了。这是"绝妙的音乐"么？再听罢，没……唔，音乐，似乎有了：

---

① 英语：神秘主义者。

……慈悲而残忍的金苍蝇，展开馥郁的安琪儿的黄翅，唵，颉利，弥缚谛弥谛，从荆芥萝卜玎琤潎洋的彤海里起来。Br-rrr tatata tahi tal 无终始的金刚石天堂的娇袅鬼茱萸，蘸着半分之一的北斗的蓝血，将翠绿的忏悔写在腐烂的鹦哥伯伯的狗肺上！你不懂么？咄！吁，我将死矣！婀娜涟漪的天狼的香而秽恶的光明的利镞，射中了塌鼻阿牛的妖艳光滑蓬松而冰冷的秃头，一匹黯黮欢愉的瘦螳螂飞去了。哈，我不死矣！无终……

危险，我又疑心我发热了，发昏了，立刻自省，即知道又不然。这不过是一面想吃辣子鸡，一面自己胡说八道；如果是发热发昏而听到的音乐，一定还要神妙些。并且其实连电影广告的军乐也没有听到，倘说是幻觉，大概也不过自欺之谈，还要给粗皮来粉饰的妄想。我不幸终于难免成为一个苦韧的非 Mystic 了，怨谁呢。只能恭颂志摩先生的福气大，能听到这许多"绝妙的音乐"而已。但倘有不知道自怨自艾的人，想将这位先生"送进疯人院"去，我可要拚命反对，尽力呼冤的，——虽然将音乐送进音乐里去，从甘脆的 Mystic 看来并不算什么一回事。

然而音乐又何等好听呵，音乐呀！再来听一听罢，可惜而且可恨，在檐下已有麻雀儿叫起来了。

咦，玲珑零星邦滂砰砰的小雀儿呵，你总依然是不管甚么地方都飞到，而且照例来唧唧啾啾地叫，轻飘飘地跳么？然而这也是音乐呀，只能怨自己的皮粗。

只要一叫而人们大抵震悚的怪鸱的真的恶声在那里！？

一九二四年

我来说"持中"的真相

风闻有我的老同学玄同其人者，往往背地里褒贬我，褒固无妨，而又有贬，则岂不可气呢？今天寻出漏洞，虽然与我无干，但也就来回敬一箭罢：报仇雪恨，《春秋》之义也。

他在《语丝》第二期上说，有某人挖苦叶名琛的对联"不战，不和，不守；不死，不降，不走。"大概可以作为中国人"持中"的真相之说明。我以为这是不对的。

夫近乎"持中"的态度大概有二：一者"非彼即此"，二者"可彼可此"也。前者是无主意，不盲从，不附势，或者别有独特的见解；但境遇是很危险的，所以叶名琛终至于败亡，虽然他不过是无主意。后者则是"骑墙"，或是极巧妙的"随风倒"了，然而在中国最得法，所以中国人的"持中"大概是这个。倘改篡了旧对联来说明，就该是：

"似战，似和，似守；

似死，似降，似走。"

于是玄同即应据精神文明法律第九万三千八百九十四条，治以"误解真相，惑世诬民"之罪了。但因为文中用有"大概"二字，可以酌给末减：这两个字是我也很喜欢用的。

一九二四年

杂　语

称为神的和称为魔的战斗了，并非争夺天国，而在要得地狱的统治权。所以无论谁胜，地狱至今也还是照样的地狱。

两大古文明国的艺术家握手了，因为可图两国的文明的沟通。沟通是也许要沟通的，可惜"诗哲"又到意大利去了。

"文士"和老名士战斗，因为……，——我不知道要怎样。但先前只许"之乎者也"的名公捧角，现在却也准 ABCD 的"文士"入场了。这时戏子便化为艺术家，对他们点点头。

新的批评家要站出来么？您最好少说话，少作文，不得已时，也要做得短。但总须弄几个人交口说您是批评家。那么，您的少说话就是高深，您的少作文就是名贵，永远不会失败了。

新的创作家要站出来么？您最好是在发表过一篇作品之后，另造一个名字，写点文章去恭维；倘有人攻击了，就去辩护。而且这名字要造得艳丽一些，使人们容易疑心是女性。倘若真能有这样的一个，就更佳；倘若这一个又是爱人，就更更佳。"爱人呀！"这三个字就多么旖旎而饶于诗趣呢？正不必再有第四字，才可望得到奋斗的成功。

一九二五年

俄文译本《阿Q正传》序及著者自叙传略

《阿Q正传》序

这在我是很应该感谢，也是很觉得欣幸的事，就是：我的一篇短小的作品，仗着深通中国文学的王希礼（B. A. Vassiliev）先生的翻译，竟得展开在俄国读者的面前了。

我虽然已经试做，但终于自己还不能很有把握，我是否真能够写出一个现代的我们国人的魂灵来。别人我不得而知，在我自己，总仿佛觉得我们人人之间各有一道高墙，将各个分离，使大家的心无从相印。这就是我们古代的聪明人，即所谓圣贤，将人们分为十等，说是高下各不相同。其名目现在虽然不用了，但那鬼魂却依然存在，并且，变本加厉，连一个人的身体也有了等差，使手对于足也不免视为下等的异类。造化生人，已经非常巧妙，使一个人不会感到别人的肉体上的痛苦了，我们的圣人和圣人之徒却又补了造化之缺，并且使人们不再会感到别人的精神上的痛苦。

我们的古人又造出了一种难到可怕的一块一块的文字；但我还并不十分怨恨，因为我觉得他们倒并不是故意的。然而，许多人却不能借此说话了，加以古训所筑成的高墙，更使他们连想也不敢想。现在我们所能听到的，不过是几个圣人之徒的意见和道理，为了他们自己；至于百姓，却就默默的生长，萎黄，枯死了，像压在

1240

大石底下的草一样，已经有四千年！

要画出这样沉默的国民的魂灵来，在中国实在算一件难事，因为，已经说过，我们究竟还是未经革新的古国的人民，所以也还是各不相通，并且连自己的手也几乎不懂自己的足。我虽然竭力想摸索人们的魂灵，但时时总自憾有些隔膜。在将来，围在高墙里面的一切人众，该会自己觉醒，走出，都来开口的罢，而现在还少见，所以我也只得依了自己的觉察，孤寂地姑且将这些写出，作为在我的眼里所经过的中国的人生。

我的小说出版之后，首先收到的是一个青年批评家的谴责；后来，也有以为是病的，也有以为滑稽的，也有以为讽刺的；或者还以为冷嘲，至于使我自己也要疑心自己的心里真藏着可怕的冰块。然而我又想，看人生是因作者而不同，看作品又因读者而不同，那么，这一篇在毫无"我们的传统思想"的俄国读者的眼中，也许又会照见别样的情景的罢，这实在是使我觉得很有意味的。

一九二五年五月二十六日，于北京。鲁迅

著者自叙传略

我于一八八一年生在浙江省绍兴府城里的一家姓周的家里。父亲是读书的；母亲姓鲁，乡下人，她以自修得到能够看书的学力。听人说，在我幼小时候，家里还有四五十亩水田，并不很愁生计。但到我十三岁时，我家忽而遭了一场很大的变故，几乎什么也没有了；我寄住在一个亲戚家，有时还被称为乞食者。我于是决心回家，而我的父亲又生了重病，约有三年多，死去了。我渐至于连极少的学费也无法可想；我底母亲便给我筹办了一点旅费，教我去寻

1241

无需学费的学校去，因为我总不肯学做幕友或商人，——这是我乡衰落了的读书人家子弟所常走的两条路。

其时我是十八岁，便旅行到南京，考入水师学堂了，分在机关科。大约过了半年，我又走出，改进矿路学堂去学开矿，毕业之后，即被派往日本去留学。但待到东京的豫备学校毕业，我已经决意要学医了，原因之一是因为我确知道了新的医学对于日本的维新有很大的助力。我于是进了仙台（Sendai）医学专门学校，学了两年。这时正值俄日战争，我偶然在电影上看见一个中国人因做侦探而将被斩，因此又觉得在中国还应该先提倡新文艺。我便弃了学籍，再到东京，和几个朋友立了些小计画，但都陆续失败了。我又想往德国去，也失败了。终于，因为我底母亲和几个别的人很希望我有经济上的帮助，我便回到中国来；这时我是二十九岁。

我一回国，就在浙江杭州的两级师范学堂做化学和生理学教员，第二年就走出，到绍兴中学堂去做教务长，第三年又走出，没有地方可去，想在一个书店去做编译员，到底被拒绝了。但革命也就发生，绍兴光复后，我做了师范学校的校长。革命政府在南京成立，教育部长招我去做部员，移入北京，一直到现在。近几年，我还兼做北京大学，师范大学，女子师范大学的国文系讲师。

我在留学时候，只在杂志上登过几篇不好的文章。初做小说是一九一八年，因了我的朋友钱玄同的劝告，做来登在《新青年》上的。这时才用"鲁迅"的笔名（Penname）；也常用别的名字做一点短论。现在汇印成书的只有一本短篇小说集《呐喊》，其余还散在几种杂志上。别的，除翻译不计外，印成的又有一本《中国小说史略》。

一九二五年

流言和谎话

这一回编辑《莽原》时，看见论及北京女子师范大学风潮的投稿里，还有用"某校"字样和几个方匡子的，颇使我觉得中国实在还很有存心忠厚的君子，国事大有可为。但其实，报章上早已明明白白地登载过许多次了。

今年五月，为了"同系学生同时登两个相反的启事已经发现了……"那些事，已经使"喜欢怀疑"的西滢先生有"好像一个臭毛厕"之叹（见《现代评论》二十五期《闲话》），现在如果西滢先生已回北京，或者要更觉得"世风日下"了罢，因为三个相反，或相成的启事已经发现了：一是"女师大学生自治会"；二是"杨荫榆"；三是单叫作"女师大"。

报载对于学生"停止饮食茶水"，学生亦云"既感饥荒之苦，复虑生命之危"，而"女师大"云"全属子虚"，是相反的。而杨荫榆云"本校原望该生等及早觉悟自动出校并不愿其在校受生活上种种之不便也"，则似乎饮食确已停止，和"女师大"说相反，与报章及学生说相成。

学生云"杨荫榆突以武装入校，勒令同学全体即刻离校，嗣复命令军警肆意毒打侮辱……"，而杨荫榆云"荫榆于八月一日到校……暴劣学生肆行滋扰……故不能不请求警署拨派巡警保护……"，是因为"滋扰"才请派警，与学生说相反的。而"女师大"云"不料该生等非特不肯遵命竟敢任情谩骂极端侮辱……幸先经内右二区派拨警士在校防护……",是派警在先,"滋扰"在后,和杨荫榆说相反的。至于京师警察厅行政处公布,则云"查本厅于上月三十一日准国立北京女子师范大学函……请准予八月一日照派保安警察三四十名来校……",乃又与学生及"女师大"说相成了。杨荫榆确是先期准备了"武装入校",而自己竟不知道,以为临时叫来,真是离奇。

杨先生大约真如自己的启事所言,"始终以培植人才恪尽职守为素志……服务情形为国人所共鉴"的罢。"素志"我不得而知,至于"服务情形",则不必再说别的,只要一看本月一日至四日的"女师大"和她自己的两个启事之离奇闪烁就尽够了!撒谎造谣,即在局外者也觉得。如果是严厉的观察者和批评者,即可以执此而推论其他。

但杨先生却道:"所以勉力维持至于今日者非贪恋个人之地位为彻底整饬学风计也",窃以为学风是决非造谣撒谎所能整饬的;——地位自然不在此例。

且住,我又来说话了,或者西滢先生们又许要听到许多"流言"。然而请放心罢,我虽然确是"某籍",也做过国文系的一两点钟的教员,但我并不想谋校长,或仍做教员以至增加钟点;也并不为子孙计,防她们会在女师大被诬被革,挨打挨饿。我借一句Lermontov①的愤激的话告诉你们:"我幸而没有女儿!"

一九二五年八月五日

---

① 莱蒙托夫(1814—1841),俄国作家。

《穷人》小引

千八百八十年，是陀思妥夫斯基完成了他的巨制之一《卡拉玛卓夫兄弟》这一年；他在手记上说："以完全的写实主义在人中间发见人。这是彻头彻尾俄国底特质。在这意义上，我自然是民族底的。……人称我为心理学家（Psychologist）。这不得当。我但是在高的意义上的写实主义者，即我是将人的灵魂的深，显示于人的。"第二年，他就死了。

显示灵魂的深者，每要被人看作心理学家；尤其是陀思妥夫斯基那样的作者。他写人物，几乎无须描写外貌，只要以语气，声音，就不独将他们的思想和感情，便是面目和身体也表示着。又因为显示着灵魂的深，所以一读那作品，便令人发生精神底变化。灵魂的深处并不平安，敢于正视的本来就不多，更何况写出？因此有些柔软无力的读者，便往往将他只看作"残酷的天才"。

陀思妥夫斯基将自己作品中的人物们，有时也委实太置之万难忍受的，没有活路的，不堪设想的境地，使他们什么事都做不出来。用了精神底苦刑，送他们到那犯罪，痴呆，酗酒，发狂，自杀的路上去。有时候，竟至于似乎并无目的，只为了手造的牺牲者的苦恼，而使他受苦，在骇人的卑污的状态上，表示出人们的心来。这确凿是一个"残酷的天才"，人的灵魂的伟大的审问者。

然而，在这"在高的意义上的写实主义者"的实验室里，所处

1245

理的乃是人的全灵魂。他又从精神底苦刑，送他们到那反省，矫正，忏悔，苏生的路上去；甚至于又是自杀的路。到这样，他的"残酷"与否，一时也就难于断定，但对于爱好温暖或微凉的人们，却还是没有什么慈悲的气息的。

相传陀思妥夫斯基不喜欢对人述说自己，尤不喜欢述说自己的困苦；但和他一生相纠结的却正是困难和贫穷。便是作品，也至于只有一回是并没有豫支稿费的著作。但他掩藏着这些事。他知道金钱的重要，而他最不善于使用的又正是金钱；直到病得寄养在一个医生的家里了，还想将一切来诊的病人当作佳客。他所爱，所同情的是这些，——贫病的人们，——所记得的是这些，所描写的是这些；而他所毫无顾忌地解剖，详检，甚而至于鉴赏的也是这些。不但这些，其实，他早将自己也加以精神底苦刑了，从年青时候起，一直拷问到死灭。

凡是人的灵魂的伟大的审问者，同时也一定是伟大的犯人。审问者在堂上举劾着他的恶，犯人在阶下陈述他自己的善；审问者在灵魂中揭发污秽，犯人在所揭发的污秽中阐明那埋藏的光耀。这样，就显示出灵魂的深。

在甚深的灵魂中，无所谓"残酷"，更无所谓慈悲；但将这灵魂显示于人的，是"在高的意义上的写实主义者"。

陀思妥夫斯基的著作生涯一共有三十五年，虽那最后的十年很偏重于正教的宣传了，但其为人，却不妨说是始终一律。即作品，也没有大两样。从他最初的《穷人》起，最后的《卡拉玛卓夫兄弟》止，所说的都是同一的事，即所谓"捉住了心中所实验的事实，使读者追求着自己思想的径路，从这心的法则中，自然显示出伦理的观念来。"

这也可以说：穿掘着灵魂的深处，使人受了精神底苦刑而得到创伤，又即从这得伤和养伤和愈合中，得到苦的涤除，而上了苏生的路。

《穷人》是作于千八百四十五年，到第二年发表的；是第一部，也是使他即刻成为大家的作品；格里戈洛维奇和涅克拉梭夫为之狂喜，培林斯基曾给他公正的褒辞。自然，这也可以说，是显示着"谦逊之力"的。然而，世界竟是这么广大，而又这么狭窄；穷人是这么相爱，而又不得相爱；暮年是这么孤寂，而又不安于孤寂。他晚年的手记说："富是使个人加强的，是器械底和精神底满足。因此也将个人从全体分开。"富终于使少女从穷人分离了，可怜的老人便发了不成声的绝叫。爱是何等地纯洁，而又何其有搅扰咒诅之心呵！

而作者其时只有二十四岁，却尤是惊人的事。天才的心诚然是博大的。

中国的知道陀思妥夫斯基将近十年了，他的姓已经听得耳熟，但作品的译本却未见。这也无怪，虽是他的短篇，也没有很简短，便于急就的。这回丛芜才将他的最初的作品，最初绍介到中国来，我觉得似乎很弥补了些缺憾。这是用 Constance Garnett[①] 的英译本为主，参考了 Modern Library[②] 的英译本译出的，歧异之处，便由我比较了原白光的日文译本以定从违，又经素园用原文加以校定。在陀思妥夫斯基全集十二巨册中，这虽然不过是一小分，但在我们这样只有微力的人，却很用去许多工作了。藏稿经年，才得印出，便借了这短引，将我所想到的写出，如上文。陀思妥夫斯基的人和他的作品，本是一时研究不尽的，统论全般，决非我的能力所及，

---

① 康斯坦斯·迦内特（1862—1946），英国女翻译家。曾翻译俄国作家列夫·托尔斯泰、陀思妥耶夫斯基、契诃夫等人的作品。

② 《现代丛书》，美国现代丛书社出版。

所以这只好算作管窥之说；也仅仅略翻了三本书：Dostoievsky's Literarsche Schriften[1]，Mereschkovsky's Dostoievskyund Tolstoy[2]，痛曙梦的《露西亚文学研究》。

俄国人姓名之长，常使中国的读者觉得烦难，现在就在此略加解释。那姓名全写起来，是总有三个字的：首先是名，其次是父名，第三是姓。例如这书中的解屋斯金，是姓；人却称他马加尔亚列舍维奇，意思就是亚列舍的儿子马加尔，是客气的称呼；·亲昵的人就只称名，声音还有变化。倘是女的，便叫她"某之女某"。例如瓦尔瓦拉亚列舍夫那，意思就是亚列舍的女儿瓦尔瓦拉；有时叫她瓦兰加，则是瓦尔瓦拉的音变，也就是亲昵的称呼。

一九二六年六月二日之夜，鲁迅记于东壁下

---

① 德语：《陀思妥耶夫斯基文学著作集》。

② 德语：梅列日科夫斯基的《陀思妥耶夫斯基与托尔斯泰》。

文艺与政治的歧途

——在暨南大学讲演

我是不大出来讲演的；今天到此地来，不过因为说过了好几次，来讲一回也算了却一件事。我所以不出来讲演，一则没有什么意见可讲，二则刚才这位先生说过，在座的很多读过我的书，我更不能讲什么。书上的人大概比实物好一点，《红楼梦》里面的人物，像贾宝玉林黛玉这些人物，都使我有异样的同情；后来，考究一些当时的事实，到北京后，看看梅兰芳姜妙香扮的贾宝玉林黛玉，觉得并不怎样高明。

我没有整篇的鸿论，也没有高明的见解，只能讲讲我近来所想到的。我每每觉到文艺和政治时时在冲突之中；文艺和革命原不是相反的，两者之间，倒有不安于现状的同一。惟政治是要维持现状，自然和不安于现状的文艺处在不同的方向。不过不满意现状的文艺，直到十九世纪以后才兴起来，只有一段短短历史。政治家最不喜欢人家反抗他的意见，最不喜欢人家要想，要开口。而从前的社会也的确没有人想过什么，又没有人开过口。且看动物中的猴子，它们自有它们的首领；首领要它们怎样，它们就怎样。在部落里，他们有一个酋长，他们跟着酋长走，酋长的吩咐，就是他们的标准。酋长要他们死，也只好去死。那时没有什么文艺，即使有，也不过赞美上帝（还没有后人所谓 God 那么玄妙）罢了！那里会有自由思想？后来，一个部落一个部落你吃我吞，渐渐扩大起来，所谓大国，就是吞吃那多多少少的小部落；一到了大国，内部情形就复杂得多，夹着许多不同的思想，许多不同的问题。这时，文艺也起来了，和政治不断地冲突；政治想维系现状使它统一，文艺催促社会进化使它渐渐分离；文艺虽使社会分裂，但是社会这样才进步起来。文艺既然是政治家的眼中钉，那就不免被挤出去。外国许多文学家，在本国站不住脚，相率亡命到别个国度去；这个方法，就是"逃"。要是逃不掉，那就被杀掉，割掉他的头；割掉头那是最好的方法，既不会开口，又不会想了。俄国许多文学家，受到这个结果，还有许多充军到冰雪的西伯利亚去。

有一派讲文艺的，主张离开人生，讲些月呀花呀鸟呀的话（在中国又不同，有国粹的道德，连花呀月呀都不许讲，当作别论），或者专讲"梦"，专讲些将来的社会，不要讲得太近。这种文学家，他们都躲在象牙之塔里面；但是"象牙之塔"毕竟不能住得很长久的呀！象牙之塔总是要安放在人间，就免不掉还要受政治的压迫。打起仗来，就不能不逃开去。北京有一班文人，顶看不起描写社会的文学家，他们想，小说里面连车夫的生活都可以写进去，岂不把小说应该写才子佳人一首诗生爱情的定律都打破了吗？现在呢，他们也不能做高尚的文学家了，还是要逃到南边来；"象牙之塔"的窗子里，到底没有一块一块面包递进来的呀！

等到这些文学家也逃出来了，其他文学家早已死的死，逃的逃了。别的文学家，对于现状早感到不满意，又不能不反对，不能不开口，"反对""开口"就是有他们的下场。我以为文艺大概由于现在生活的感受，亲身所感到的，便影印到文艺中去。挪威有一文学家，他描写肚子饿，写了一本书，这是依他所经验的写的。对于人生的经验，别的且不说，"肚子饿"这件事，要是欢喜，便可以试试看，只要两天不吃饭，饭的香味便会是一个特别的诱惑；要是走过街上饭铺子门口，更会觉得这个香味一阵阵冲到鼻子来。我们有钱的时候，用几个钱不算什么；直到没有钱，一个钱都有它的意味。那本描写肚子饿的书里，它说起那人饿得久了，看见路人个个是仇人，即是穿一件单裤子的，在他眼里也见得那是骄傲。我记起我自己曾经写过这样一个人，他身边什么都光了，时常抽开抽屉看看，看角上边上可以找到什么；路上一处一处去找，看有什么可以找得到；这个情形，我自己是体验过来的。

从生活窘迫过来的人，一到了有钱，容易变成两种情形：一种是理想世界，替处同一境遇的人着想，便成为人道主义；一种是什么都是自己挣起来，从前的遭遇，使他觉得什么都是冷酷，便流为个人主义。我们中国大概是变成个人主义者多。主张人道主义的，要想替穷人想想法子，改变改变现状，在政治家眼里，倒还不如个人主义的好；所以人道主义者和政治家就有冲突。俄国文学家托尔斯泰讲人道主义，反对战争，写过三册很厚的小说——那部《战争与和平》，他自己是个贵族，却是经过战场的生活，他感到战争是怎么一个惨痛。尤其是他一临到长官的铁板前（战场上重要军官都有铁板挡住枪弹），更有刺心的痛楚。而他又眼见他的朋友们，很多在战场上牺牲掉。战争的结果，也可以变成两种态度：一种是英雄，他见别人死的死伤的伤，只有他健存，自己就觉得怎样了不得，这么那么夸耀战场上的威雄。一种是变成反对战争的，希望世界上不要再打仗了。托尔斯泰便是后一种，主张用无抵抗主义来消灭战争。他这么主张，政府自然讨厌他；反对战争，和俄皇的侵掠欲望冲突；主张无抵抗主义，叫兵士不替皇帝打仗，警察不替皇帝执法，审判官不替皇帝裁判，大家都不去捧皇帝；皇帝是全要人捧的，没有人捧，还成什么皇帝，更和政治相冲突。这种文学家出来，对于社会现状不满意，这样批评，那样批评，弄得社会上个个都自己觉到，都不安起来，自然非杀头不可。

但是，文艺家的话其实还是社会的话，他不过感觉灵敏，早感到早说出来（有时，他说得太早，连社会也反对他，也排轧他）。譬如我们学兵式体操，行举枪礼，照规矩口令是"举……枪"这般叫，一定要等"枪"字令下，才可以举起。有些人却是一听到"举"字便举起来，叫口令的要罚他，说他做错。文艺家在社会上正是这样；他说得早一点，大家都讨厌他。政治家认定文学家是社会扰乱的煽动者，心想杀掉他，社会就可平安。殊不知杀了文学家，社会还是要革命；俄国的文学家被杀掉的充军的不在少数，革命的火焰不是到处燃着吗？文学家生前大概不能得到社会的同情，潦倒地过了一生，直到死后四五十年，才为社会所认识，大家大闹起来。政治家因此更厌恶文学家，以为文学家早就种下大祸根；政治家想不准大家思想，而那野蛮时代早已过去了。在座诸位的见解，我虽然不知道；据我推测，一定和政治家是不相同；政治家既永远怪文艺家破坏他们的统一，偏见如此，所以我从来不肯和政治家去说。

到了后来，社会终于变动了；文艺家先时讲的话，渐渐大家都记起来了，大家都赞成他，恭维他是先知先觉。虽是他活的时候，怎样受过社会的奚落。刚才我来讲演，大家一阵子拍手，这拍手就见得我并不怎样伟大；那拍手是很危险的东西，拍了手或者使我自以为伟大不再向前了，所以还是不拍手的好。上面我讲过，文学家是感觉灵敏了一点，许多观念，文学家早感到了，社会还没感到。譬如今天衣萍先生穿了皮袍，我还只穿棉袍；衣萍先生对于天寒的感觉比我灵。再过一月，也许我也感到非穿皮袍不可，在天气上的感觉，相差到一个月，在思想上的感觉就得相差到三四十年。这个话，我这么讲，也有许多文学家在反对。我在广东，曾经批评一个革命文学家——现在的广东，是非革命文学不能算做文学的，是非"打打打，杀杀杀，革革革，命命命"，不能算做革命文学的——我以为革命并不能和文学连在一块儿，虽然文学中也有文学革命。但做文学的人总得闲定一点，正在革命中，那有功夫做文学。我们且想想：在生活困乏中，一面拉车，一面"之乎者也"，到底不大便当。古人虽有种田做诗的，那一定不是自己在种田；雇了几个人替他种田，他才能吟他的诗；真要种田，就没有功夫做诗。革命时候也是一样；正在革命，那有功夫做诗？我有几个学生，在打陈炯明时候，他们都在战场；我读了他们的来信，只见他们的字与词一封一封生疏下去。俄国革命以后，拿了面包票排了队一排一排去领面包；这时，国家既不管你什么文学家艺术家雕刻家；大家连想面包都来不及，那有功夫去想文学？等到有了文学，革命早成功了。革命成功以后，闲空了一点；有人恭维革命，有人颂扬革命，这已不是革命文学。他们恭维革命颂扬革命，就是颂扬有权力者，和革命有什么关系？

这时，也许有感觉灵敏的文学家，又感到现状的不满意，又要出来开口。从前文艺家的话，政治革命家原是赞同过；直到革命成功，政治家把从前所反对那些人用过的老法子重新采用起来，在文艺家仍不免于不满意，又非被排轧出去不可，或是割掉他的头。割掉他的头，前面我讲过，那是顶好的法子咾，——从十九世纪到现在，世界文艺的趋势，大都如此。

十九世纪以后的文艺，和十八世纪以前的文艺大不相同。十八世纪的英国小说，它的目的就在供给太太小姐们的消遣，所讲的都是愉快风趣的话。十九世纪的后半世纪，完全变成和人生问题发生密切关系。我们看了，总觉得十二分的不舒服，可是我们还得气也不透地看下去。这因为以前的文艺，好像写别一个社会，我们只要鉴赏；现在的文艺，就在写我们自己的社会，连我们自己也写进去；在小说里可以发见社会，也可以发见我们自己；以前的文艺，如隔岸观火，没有什么切身关系；现在的文艺，连自己也烧在这里面，自己一定深深感觉到；一到自己感觉到，一定要参加到社会去！

　　十九世纪，可以说是一个革命的时代；所谓革命，那不安于现在，不满意于现状的都是。文艺催促旧的渐渐消灭的也是革命（旧的消灭，新的才能产生），而文学家的命运并不因自己参加过革命而有一样改变，还是处处碰钉子。现在革命的势力已经到了徐州，在徐州以北文学家原站不住脚；在徐州以南，文学家还是站不住脚，即共了产，文学家还是站不住脚。革命文学家和革命家竟可说完全两件事。诋斥军阀怎样怎样不合理，是革命文学家；打倒军阀是革命家；孙传芳所以赶走，是革命家用炮轰掉的，决不是革命文艺家做了几句"孙传芳呀，我们要赶掉你呀"的文章赶掉的。在革命的时候，文学家都在做一个梦，以为革命成功将有怎样怎样一个世界；革命以后，他看看现实全不是那么一回事，于是他又要吃苦了。照他们这样叫，啼，哭都不成功；向前不成功，向后也不成功，理想和现实不一致，这是注定的运命；正如你们从《呐喊》上看出的鲁迅和讲坛上的鲁迅并不一致；或许大家以为我穿洋服头发分开，我却没有穿洋服，头发也这样短短的。所以以革命文学自命的，一定不是革命文学，世间那有满意现状的革命文学？除了吃麻醉药！苏俄革命以前，有两个文学家，叶遂宁和梭波里，他们都讴歌过革命，直到后来，他们还是碰死在自己所讴歌希望的现实碑上，那时，苏维埃是成立了！

　　不过，社会太寂寞了，有这样的人，才觉得有趣些。人类是欢喜看看戏的，文学家自己来做戏给人家看，或是绑出去砍头，或是在最近墙脚下枪毙，都可以热闹一下子。且如上海巡捕用棒打人，大家围着去看，他们自己虽然不愿意挨打，但看见人家挨打，倒觉得颇有趣的。文学家便是用自己的皮肉在挨打的啦！

今天所讲的，就是这么一点点，给它一个题目，叫做……《文艺与政治的歧途》。

一九二七年

选　本

　　今年秋天，在上海的日报上有一点可以算是关于文学的小小的辩论，就是为了一般的青年，应否去看《庄子》与《文选》以作文学上的修养之助。不过这类的辩论，照例是不会有结果的，往复几回之后，有一面一定拉出"动机论"来，不是说反对者"别有用心"，便是"哗众取宠"；客气一点，也就"彼亦一是非，此亦一是非"，而问题于是鸣呼哀哉了。

　　但我因此又想到"选本"的势力。孔子究竟删过《诗》没有，我不能确说，但看它先"风"后"雅"而末"颂"，排得这么整齐，恐怕至少总也费过乐师的手脚，是中国现存的最古的诗选。由周至汉，社会情形太不同了，中间又受了《楚辞》的打击，晋宋文人如二陆束皙陶潜之流，虽然也做四言诗以支持场面，其实都不过是每句省去一字的五言诗，"王者之迹熄而《诗》亡"了。不过选者总是层出不穷的，至今尚存，影响也最广大者，我以为一部是《世说新语》，一部就是《文选》。

　　《世说新语》并没有说明是选的，好像刘义庆或他的门客所搜集，但检唐宋类书中所存裴启《语林》的遗文，往往和《世说新语》相同，可见它也是一部抄撮故书之作，正和《幽明录》一样。它的被清代学者所宝重，自然因为注中多有现今的逸书，但在一般读者，却还是为了本文，自唐迄今，拟作者不绝，甚至于自己兼加注解。袁宏道在野时要做官，做了官又大叫苦，便是中了这书的毒，误明为晋的缘故。有些清朝人却较为聪明，虽然辫发胡服，厚禄高官，他也一声不响，只在情人写照的时候，在纸上改作斜领方巾，或芒鞋竹笠，聊过"世说"式瘾罢了。

《文选》的影响却更大。从曹宪至李善加五臣，音训注释书类之多，远非拟《世说新语》可比。那些烦难字面，如草头诸字，水旁山旁诸字，不断的被摘进历代的文章里面去，五四运动时虽受奚落，得"妖孽"之称，现在却又很有复辟的趋势了。而《古文观止》也一同渐渐的露了脸。

以《古文观止》和《文选》并称，初看好像是可笑的，但是，在文学上的影响，两者却一样的不可轻视。凡选本，往往能比所选各家的全集或选家自己的文集更流行，更有作用。册数不多，而包罗诸作，固然也是一种原因，但还在近则由选者的名位，远则凭古人之威灵，读者想从一个有名的选家，窥见许多有名作家的作品。所以自汉至梁的作家的文集，并残本也仅存十余家，《昭明太子集》只剩一点辑本了，而《文选》却在的。读《古文辞类纂》者多，读《惜抱轩全集》的却少。凡是对于文术，自有主张的作家，他所赖以发表和流布自己的主张的手段，倒并不在作文心，文则，诗品，诗话，而在出选本。

选本可以借古人的文章，寓自己的意见。博览群籍，采其合于自己意见的为一集，一法也，如《文选》是。择取一书，删其不合于自己意见的为一新书，又一法也，如《唐人万首绝句选》是。如此，则读者虽读古人书，却得了选者之意，意见也就逐渐和选者接近，终于"就范"了。

读者的读选本，自以为是由此得了古人文笔的精华的，殊不知却被选者缩小了眼界。即以《文选》为例罢，没有嵇康《家诫》，使读者只觉得他是一个愤世嫉俗，好像无端活得不快活的怪人；不收陶潜《闲情赋》，掩去了他也是一个既取民间《子夜歌》意，而又拒以圣道的迂士。选本既经选者所滤过，就总只能吃他所给与的糟或醨。况且有时还加以批评，提醒了他之以为然，而默杀了他之以为不然处。纵使选者非常胡涂，如《儒林外史》所写的马二先生，游西湖漫无准备，须问路人，吃点心又不知选择，要每样都买一点，由此可见其衡文之毫无把握罢，然而他是处州人，一定要吃"处片"，又可见虽是马二先生，也自有其"处片"式的标准了。

评选的本子，影响于后来的文章的力量是不小的，恐怕还远在名家的专集之上。我想，这许是研究中国文学史的人们也该留意的罢。

一九三三年十一月二十四日记

集外集拾遗

对于《新潮》一部分的意见

孟真先生：

　　来信收到了。现在对于《新潮》没有别的意见：倘以后想到什么，极愿意随时通知。

　　《新潮》每本里面有一二篇纯粹科学文，也是好的。但我的意见，以为不要太多；而且最好是无论如何总要对于中国的老病刺他几针，譬如说天文忽然骂阴历，讲生理终于打医生之类。现在的老先生听人说"地球椭圆""元素七十七种"，是不反对的了。《新潮》里装满了这些文章，他们或者还暗地里高兴。（他们有许多很鼓吹少年专讲科学，不要议论，《新潮》三期通信内有史志元先生的信，似乎也上了他们的当。）现在偏要发议论，而且讲科学，讲科学而仍发议论，庶几乎他们依然不得安稳，我们也可告无罪于天下了。总而言之，从三皇五帝时代的眼光看来，讲科学和发议论都是蛇，无非前者是青梢蛇，后者是蝮蛇罢了；一朝有了棍子，就都要打死的。既然如此，自然还是毒重的好。——但蛇自己不肯被打，也自然不消说得。

　　《新潮》里的诗写景叙事的多，抒情的少，所以有点单调。此后能多有几样作风很不同的诗就好了。翻译外国的诗歌也是一种要事，可惜这事很不容易。

　　《狂人日记》很幼稚，而且太逼促，照艺术上说，是不应该的。

来信说好，大约是夜间飞禽都归巢睡觉，所以单见蝙蝠能干了。我自己知道实在不是作家，现在的乱嚷，是想闹出几个新的创作家来，——我想中国总该有天才，被社会挤倒在底下，——破破中国的寂寞。

《新潮》里的《雪夜》《这也是一个人》《是爱情还是苦痛》（起首有点小毛病），都是好的。上海的小说家梦里也没有想到过。这样下去，创作很有点希望。《扇误》译的很好。《推霞》实在不敢恭维。

鲁迅　四月十六日
一九一九年

又是"古已有之"

太炎先生忽然在教育改进社年会的讲坛上"劝治史学"以"保存国性",真是慨乎言之。但他漏举了一条益处,就是一治史学,就可以知道许多"古已有之"的事。

衣萍先生大概是不甚治史学的,所以将多用惊叹符号应该治罪的话,当作一个"幽默"。其意盖若曰,如此责罚,当为世间之所无有者也。而不知"古已有之"矣。

我是毫不治史学的,所以于史学很生疏。但记得宋朝大闹党人的时候,也许是禁止元祐学术的时候罢,因为党人中很有几个是有名的诗人,便迁怒到诗上面去,政府出了一条命令,不准大家做诗,违者笞二百!

而且我们应该注意,这是连内容的悲观和乐观都不问的,即使乐观,也仍然笞一百!

那时大约确乎因为胡适之先生还没有出世的缘故罢,所以诗上都没有用惊叹符号,如果用上,那可就怕要笞一千了,如果用上而又在"唉""呵呀"的下面,那一定就要笞一万了,加上"缩小像细菌放大像炮弹"的罪名,至少也得笞十万。衣萍先生所拟的区区打几百关几年,未免过于从轻发落,有姑容之嫌,但我知道他如果去做官,一定是一个很宽大的"民之父母",只是想学心理学是不很相宜的。

然而做诗又怎么开了禁呢？听说是因为皇帝先做了一首，于是大家便又动手做起来了。

可惜中国已没有皇帝了，只有并不缩小的炮弹在天空里飞，那有谁来用这还未放大的炮弹呢？

呵呀！还有皇帝的诸大帝国皇帝陛下呀，你做几首诗，用些惊叹符号，使敝国的诗人不至于受罪罢！唉！！！

这是奴隶的声音，我防爱国者要这样说。

诚然，这是对的，我在十三年之前，确乎是一个他族的奴隶，国性还保存着，所以"今尚有之"，而且因为我是不甚相信历史的进化的，所以还怕未免"后仍有之"。旧性是总要流露的，现在有几位上海的青年批评家，不是已经在那里主张"取缔文人"，不许用"花呀""吾爱呀"了么？但还没有定出"笞令"来。

倘说这不定"笞令"，比宋朝就进化；那么，我也就可以算从他族的奴隶进化到同族的奴隶，臣不胜屏营欣忭之至！

一九二四年

诗歌之敌

　　大大前天第一次会见"诗孩"，谈话之间，说到我可以对于《文学周刊》投一点什么稿子。我暗想倘不是在文艺上有伟大的尊号如诗歌小说评论等，多少总得装一些门面，使与尊号相当，而是随随便便近于杂感一类的东西，那总该容易的罢，于是即刻答应了。此后玩了两天，食粟而已，到今晚才向书桌坐下来豫备写字，不料连题目也想不出，提笔四顾，右边一个书架，左边一口衣箱，前面是墙壁，后面也是墙壁，都没有给我少许灵感之意。我这才知道：大难已经临头了。

　　幸而因"诗孩"而联想到诗，但不幸而我于诗又偏是外行，倘讲些什么"义法"之流，岂非"鲁般门前掉大斧"。记得先前见过一位留学生，听说是大有学问的。他对我们喜欢说洋话，使我不知所云，然而看见洋人却常说中国话。这记忆忽然给我一种启示，我就想在《文学周刊》上论打拳；至于诗呢？留待将来遇见拳师的时候再讲。但正在略略踌躇之际，却又联想到较为妥当的，曾在《学灯》——不是上海出版的《学灯》——上见过的一篇春日一郎的文章来了，于是就将他的题目直抄下来：《诗歌之敌》。

　　那篇文章的开首说，无论什么时候，总有"反诗歌党"的。编成这一党派的分子：一、是凡要感得专诉于想像力的或种艺术的魅力，最要紧的是精神的炽烈的扩大，而他们却已完全不能扩大了的

1265

固执的智力主义者；二、是他们自己曾以媚态奉献于艺术神女，但终于不成功，于是一变而攻击诗人，以图报复的著作者；三、是以为诗歌的热烈的感情的奔进，足以危害社会的道德与平和的那些怀着宗教精神的人们。但这自然是专就西洋而论。

诗歌不能凭仗了哲学和智力来认识，所以感情已经冰结的思想家，即对于诗人往往有谬误的判断和隔膜的揶揄。最显著的例是洛克，他观作诗，就和踢球相同。在科学方面发扬了伟大的天才的巴士凯尔，于诗美也一点不懂，曾以几何学者的口吻断结说："诗者，非有少许稳定者也。"凡是科学底的人们，这样的很不少，因为他们精细地研钻着一点有限的视野，便决不能和博大的诗人的感得全人间世，而同时又领会天国之极乐和地狱之大苦恼的精神相通。近来的科学者虽然对于文艺稍稍加以重视了，但如意大利的伦勃罗梭一流总想在大艺术中发见疯狂，奥国的佛罗特一流专一用解剖刀来分割文艺，冷静到入了迷，至于不觉得自己的过度的穿凿附会者，也还是属于这一类。中国的有些学者，我不能妄测他们于科学究竟到了怎样高深，但看他们或者至于诧异现在的青年何以要介绍被压迫民族文学，或者至于用算盘来算定新诗的乐观或悲观，即以决定中国将来的运命，则颇使人疑是对于巴士凯尔的冷嘲。因为这时可以改篡他的话："学者，非有少许稳定者也。"

但反诗歌党的大将总要算柏拉图。他是艺术否定论者，对于悲剧喜剧，都加攻击，以为足以灭亡我们灵魂中崇高的理性，鼓舞劣等的情绪，凡有艺术，都是模仿的模仿，和"实在"尚隔三层；又以同一理由，排斥荷马。在他的《理想国》中，因为诗歌有能鼓动民心的倾向，所以诗人是看作社会的危险人物的，所许可者，只有足供教育资料的作品，即对于神明及英雄的颂歌。这一端，和我们中国古今的道学先生的意见，相差似乎无几。然而柏拉图自己却是一个诗人，著作之中，以诗人的感情来叙述的就常有；即《理想国》，也还是一部诗人的梦书。他在青年时，又曾委身于艺圃的开拓，待到自己知道胜不过无敌的荷马，却一转而开始攻击，仇视诗歌了。但自私的偏见，仿佛也不容易支持长久似的，他的高足弟子亚里士多德做了一部《诗学》，就将为奴的文艺从先生的手里一把抢来，放在自由独立的世界里了。

第三种是中外古今触目皆是的东西。如果我们能够看见罗马法皇宫中的禁书目录，或者知道旧俄国教会里所诅咒的人名，大概可以发见许多意料不到的事的罢，然而我现在所知道的却都是耳食之谈，所以竟没有写在纸上的勇气。总之，在普通的社会上，历来就骂杀了不少的诗人，则都有文艺史实来作证的了。中国的大惊小怪，也不下于过去的西洋，绰号似的造出许多恶名，都给文人负担，尤其是抒情诗人。而中国诗人也每未免感得太浅太偏，走过宫人斜就做一首"无题"，看见树桠叉就赋一篇"有感"。和这相应，道学先生也就神经过敏之极了：一见"无题"就心跳，遇"有感"则立刻满脸发烧，甚至于必以学者自居，生怕将来的国史将他附入文苑传。

说文学革命之后而文学已有转机，我至今还未明白这话是否真实。但戏曲尚未萌芽，诗歌却已奄奄一息了，即有几个人偶然呻吟，也如冬花在严风中颤抖。听说前辈老先生，还有后辈而少年老成的小先生，近来尤厌恶恋爱诗；可是说也奇怪，咏叹恋爱的诗歌果然少见了。从我似的外行人看起来，诗歌是本以发抒自己的热情的，发讫即罢；但也愿意有共鸣的心弦，则不论多少，有了也即罢；对于老先生的一颦蹙，殊无所用其惭惶。纵使稍稍带些杂念，即所谓意在撩拨爱人或是"出风头"之类，也并非大

1267

悖人情，所以正是毫不足怪，而且对于老先生的一颦蹙，即更无所用其惭惶。因为意在爱人，便和前辈老先生尤如风马牛之不相及，倘因他们一摇头而慌忙辍笔，使他高兴，那倒像撩拨老先生，反而失敬了。

倘我们赏识美的事物，而以伦理学的眼光来论动机，必求其"无所为"，则第一先得与生物离绝。柳阴下听黄鹂鸣，我们感得天地间春气横溢，见流萤明灭于丛草里，使人顿怀秋心。然而鹏歌萤照是"为"什么呢？毫不客气，那都是所谓"不道德"的，都正在大"出风头"，希图觅得配偶。至于一切花，则简直是植物的生殖机关了。虽然有许多披着美丽的外衣，而目的则专在受精，比人们的讲神圣恋爱尤其露骨。即使清高如梅菊，也逃不出例外——而可怜的陶潜林逋，却都不明白那些动机。

一不小心，话又说得不甚驯良了，倘不急行检点，怕难免真要拉到打拳。但离题一远，也就很不容易勒转，只好再举一种近似的事，就此收场罢。

豢养文士仿佛是赞助文艺似的，而其实也是敌。宋玉司马相如之流，就受着这样的待遇，和后来的权门的"清客"略同，都是位在声色狗马之间的玩物。查理九世的言动，更将这事十分透彻地证明了的。他是爱好诗歌的，常给诗人一点酬报，使他们肯做一些好诗，而且时常说："诗人就像赛跑的马，所以应该给吃一点好东西。但不可使他们太肥；太肥，他们就不中用了。"这虽然对于胖子而想兼做诗人的，不算一个好消息，但也确有几分真实在内。匈牙利最大的抒情诗人彼象飞（A.Petöfi）有题 B.Sz. 夫人 [①] 照像的诗，大旨说"听说你使你的丈夫很幸福，我希望不至于此，因为他是苦恼

---

① B.Sz. 夫人，原名乔鲍·马丽亚（Csapo Maria，1830—1896），匈牙利作家，著有长篇小说《晴天与阴天》等。

的夜莺，而今沉默在幸福里了。苛待他罢，使他因此常常唱出甜美的歌来。"也正是一样的意思。但不要误解，以为我是在提倡青年要做好诗，必须在幸福的家庭里和令夫人天天打架。事情也不尽如此的。相反的例并不少，最显著的是勃朗宁和他的夫人。

一九二五年一月一日

聊答"……"

柯先生：

我对我对于你们一流人物，退让得够了。我那时的答话，就先不写在"必读书"栏内，还要一则曰"若干"，再则曰"参考"，三则曰"或"，以见我并无指导一切青年之意。我自问还不至于如此之昏，会不知道青年有各式各样。那时的聊说几句话，乃是但以寄几个曾见和未见的或一种改革者，愿他们知道自己并不孤独而已。如先生者，倘不是"喂"的指名叫了我，我就毫没有和你扳谈的必要的。

照你大作的上文看来，你的所谓"……"，该是"卖国"。到我死掉为止，中国被卖与否未可知，即使被卖，卖的是否是我也未可知，这是未来的事，我无须对你说废话。但有一节要请你明鉴：宋末，明末，送掉了国家的时候；清朝割台湾，旅顺等地的时候，我都不在场；在场的也不如你所"尝听说"似的，"都是留学外国的博士硕士"；达尔文的书还未介绍，罗素也还未来华，而"老子，孔子，孟子，荀子辈"的著作却早经行世了。钱能训扶乩则有之，却并没有要废中国文字，你虽然自以为"哈哈！我知道了"，其实是连近时近地的事都很不了了的。

你临末，又说对于我的经验，"真的百思不得其解"。那么，你不是又将自己的判决取消了么？判决一取消，你的大作就只剩了几个"啊""哈""唉""喂"了。这些声音，可以吓洋车夫，但是无力保存国粹的，或者倒反更丢国粹的脸。

鲁迅

[备考]

偏见的经验

柯柏森

我自读书以来，就很信"开卷有益"这句话是实在话，因为不论什么书，都有它的道理，有它的事实，看它总可以增广些智识，所以《京副》上发表"青年必读书"的征求时，我就发生"为什么要分青年必读的书"的疑问，到后来细思几次，才得一个"假定"的回答，就是说：青年时代，"血气未定，经验未深"，分别是非能力，还没有充足，随随便便买书来看，恐怕引导入于迷途；有许多青年最爱看情书，结果坠入情网的不知多少，现在把青年应该读的书选出来，岂不很好吗？

因此，看见胡适之先生选出"青年必读书"后，每天都要先看"青年必读书"，才看"时事新闻"，不料二月二十一日看到鲁迅先生选的，吓得我大跳。鲁迅先生说他"从来没有留心过，所以现在说不出"，这也难怪。但是，他附注中却说"要趁这机会，略说自己的经验，以供若干读者的参考"云云，他的经验怎样呢？他说：

我看中国书时，总觉得就沉静下去，与实人生离开；读外国书时（但除了印度），往往就与人生接触，想做点事。

中国书中虽有劝人入世的话，也多是僵尸的乐观，外国书即使是颓唐和厌世的，但却是活人的颓唐和厌世。

我以为要少——或者竟不——看中国书，多看外国书。

少看中国书，其结果不过不能作文而已，但现在的青年最要紧的是"行"，不是"言"，只要是活的，不能作文算什么大不了的事呢。

啊！的确，他的经验真巧妙，"看中国书就沉静下去，与实人生离开；读外国书，就与人生接触，想做点事。中国书虽有劝人入世的话，也多是僵尸的乐观，外国书即使是颓唐和厌世的，但却是活人的颓唐和厌世。"这种经验，虽然钱能训要废中国文字不得专美于前，却是"万绿丛中一点红"的经验了。

唉！是的！"看中国书就沉静下去，与实人生离开，读外国书，就与人生接触，想做点事"，所谓"人生"，究竟是什么的人生呢？"欧化"的人生哩？抑"美化"的人生呢？尝听说：卖国贼们，都是留学外国的博士硕士。大概鲁迅先生看了活人的颓唐和厌世的外国书，就与人生接触，想做点……事吗？

哈哈！我知道了，鲁迅先生是看了达尔文罗素等外国书，即忘了梁启超胡适之等的中国书了。不然，为什么要说中国书是僵死的？假使中国书僵死的，为什么老子，孔子，孟子，荀子辈，尚有他的著作遗传到现在呢？

喂！鲁迅先生！你的经验……你自己的经验，我真的百思不得其解，无以名之，名之曰："偏见的经验"。

十四，二，二十三。（自警官高等学校寄）

一九二五年

报《奇哉所谓……》

有所谓熊先生者，以似论似信的口吻，惊怪我的"浅薄无知识"和佩服我的胆量。我可是大佩服他的文章之长。现在只能略答几句。

一，中国书都是好的，说不好即不懂；这话是老得生了锈的老兵器。讲《易经》的就多用这方法："易"，是玄妙的，你以为非者，就因为你不懂。我当然无凭来证明我能懂得任何中国书，和熊先生比赛；也没有读过什么特别的奇书。但于你所举的几种，也曾略略一翻，只是似乎本子有些两样，例如我所见的《抱朴子》外篇，就不专论神仙的。杨朱的著作我未见；《列子》就有假托的嫌疑，而况他所称引。我自愧浅薄，不敢据此来衡量杨朱先生的精神。

二，"行要学来辅助"，我知道的。但我说：要学，须多读外国书。"只要行，不要读书"，是你的改本，你虽然就此又发了一大段牢骚，我可是没有再说废话的必要了。但我不解青年何以就不准做代表，当主席，否则就是"出锋头"。莫非必须老头子如赵尔巽者，才可以做代表当主席么？

三，我说，"多看外国书"，你却推演为将来都说外国话，变成外国人了。你是熟精古书的，现在说话的时候就都用古文，并且变了古人，不是中华民国国民了么？你也自己想想去。我希望你一想就通，这是只要有常识就行的。

四，你所谓"五胡中国化……满人读汉文，现在都读成汉人了"这些话，大约就是因为懂得古书而来的。我偶翻几本中国书时，也常觉得其中含有类似的精神，——或者就是足下之所谓"积极"。我或者"把根本忘了"也难说，但我还只愿意和外国以宾主关系相通，不忍见再如五胡乱华以至满洲入关那样，先以主奴关系而后有所谓"同化"！假使我们还要依据"根本"的老例，那么，大日本进来，被汉人同化，不中用了，大美国进来，被汉人同化，又不中用了……以至黑种红种进来，都被汉人同化，都不中用了。此后没有人再进来，欧美非澳和亚洲的一部都成空地，只有一大堆读汉文的杂种挤在中国了。这是怎样的美谈！

五，即如大作所说，读外国书就都讲外国话罢，但讲外国话却也不即变成外国人。汉人总是汉人，独立的时候是国民，覆亡之后就是"亡国奴"，无论说的是那一种话。因为国的存亡是在政权，不在语言文字的。美国用英文，并非英国的隶属；瑞士用德法文，也不被两国所瓜分；比国用法文，没有请法国人做皇帝。满洲人是"读汉文"的，但革命以前，是我们的征服者，以后，即五族共和，和我们共存同在，何尝变了汉人。但正因为"读汉文"，传染上了"僵尸的乐观"，所以不能如蒙古人那样，来蹂躏一通之后就跑回去，只好和汉人一同恭候别族的进来，使他同化了。但假如进来的又像蒙古人那样，岂不又折了很大的资本么？

大作又说我"大声急呼"之后，不过几年，青年就只能说外国话。我以为是不省人事之谈。国语的统一鼓吹了这些年了，不必说一切青年，便是在学校的学生，可曾都忘却了家乡话？即使只能说外国话了，何以就"只能爱外国的国"？蔡松坡反对袁世凯，因为他们国语不同之故么？满人入关，因为汉人都能说满洲话，爱了他们之故么？清末革命，因为满人都忽而不读汉文了，所以我们就不爱他们了之故么？浅显的人事尚且不省，谈什么光荣，估什么价值。

六，你也同别的一两个反对论者一样，很替我本身打算利害，照例是应该感谢的。我虽不学无术，而于相传"处于才与不才之间"的不死不活或入世妙法，也还不无所知，但我不愿意照办。所谓"素负学者声名"，"站在中国青年前面"这些荣名，都是你随意给我加上的，现在既然觉得"浅薄无知识"了，当然就可以仍由你随意革去。我自愧不能说些讨人喜欢的话，尤其是合于你先生一流人的尊意的话。但你所推测的我的私意，是不对的，我还活着，不像杨朱墨翟们的死无对证，可以确定为只有你一个懂得。我也没有做什么《阿鼠传》，只做过一篇《阿Q正传》。

到这里，就答你篇末的诘问了："既说'从来没有留心过'"者，指"青年必读书"，写在本栏内；"何以果决地说这种话"者，以供若干读者的参考，写在"附记"内。虽然自歉句子不如古书之易懂，但也就可以不理你最后的要求。而且，也不待你们论定。纵使论定，不过空言，决不会就此通行天下，何况照例是永远论不定，至多不过是"中虽有坏的，而亦有好的；西虽有好的，而亦有坏的"之类的微温说而已。我即至愚，亦何至呈书目于如先生者之前乎？

临末，我还要"果决地"说几句：我以为如果外国人来灭中国，是只教你略能说几句外国话，却不至于劝你多读外国书，因为那书是来灭的人们所读的。但是还要奖励你多读中国书，孔子也还要更加崇奉，像元朝和清朝一样。

奇哉！所谓鲁迅先生的话

熊以谦

奇怪！真的奇怪！奇怪素负学者声名，引起青年瞻仰的鲁迅先生说出这样浅薄无知识的话来了！鲁先生在《京报副刊》征求青年必读书里面说：

我看中国书时，总觉得就沉静下去，与实人生离开；读外国书——但除了印度——书时，往往就与人生接触，想做点事。

鲁先生！这不是中国书贻误了你，是你糟踏了中国书。我不知道先生平日读的中国书是些甚么书？或者先生所读的中国书——使先生沉静下去，与实人生离开的书——是我们一班人所未读到的书。以我现在所读到的中国书，实实在在没有一本书是和鲁先生所说的那样。鲁先生！无论古今中外，凡是能够著书立说的，都有他一种积极的精神；他所说的话，都是现世人生的话。他如若没有积极的精神，他决不会作千言万语的书，决不会立万古不磨的说。后来的人读他的书，不懂他的文辞，不解他的理论则有之，若说他一定使你沉静，一定使你与人生离开，这恐怕太冤枉中国书了，这恐怕是明白说不懂中国书，不解中国书。不懂就不懂，不解就不解，何以要说这种冤枉话，浅薄话呢？古人的书，贻留到现在的，无论是经，是史，是子，是集，都是说的实人生的话。舍了实人生，再没有话可说了。不过各人对于人生的观察点有不同。因为不同，说他对不对（？）是可以的，说他离开了实人生是不可以的。鲁先生！请问你，你是爱做小说的人，不管你做的是写实的也好，是浪漫的也好，是《狂人日记》也好，是《阿鼠传》也好，你离开了实人生做根据，你能说出一句话来吗？所以我读中国书，——外国书也一样，适与鲁先生相反。我以为鲁先生只管自己不读中国书，不应教青年都不读；只能说自己不懂中国书，不能说中国书都不好。

鲁迅先生又说：

中国书中虽有劝人入世的话，也多是僵尸的乐观；外国书即使是颓唐和厌世的，但却是活人的颓唐和厌世。

我承认外国书即是颓唐和厌世的，也是活人的颓唐和厌世。但是，鲁先生，你独不知道中国书也是即是颓唐和厌世的，也是活人的颓唐和厌世吗？不有活人，那里会有书？既有书，书中的颓唐和厌世，当然是活人的颓唐和厌世。难道外国的书，是活人的书，中国的书，是死人的书吗？死人能著书吗？鲁先生！说得通吗？况且中国除了几种谈神谈仙的书之外，没有那种有价值的书不是入世的。不过各人入世的道路不同，所以各人说的话不同。我不知鲁先生平日读的甚么书，使他感觉虽有劝人入世的话，也多是僵尸的乐观。我想除了葛洪的《抱朴子》这类的书，像关于儒家的书，没有一本书，每本书里没有一句话不是入世的。墨家不用说，积极入世的精神更显而易见。道家的学说以老子《道德经》及《庄子》为主，而这两部书更有它们积极的精神，入世的精神，可惜后人学他们学错了，学得像鲁先生所说的颓唐和厌世了。然而即就学错了的人说，也怕不是死人的颓唐和厌世吧！杨朱的学说似乎是鲁先生所说的"虽有劝人入世的话，也多是僵尸的乐观"。但是果真领略到杨朱的精神，也会知道杨朱的精神是积极的，是入世的，不过他积极的方向不同，入世的道路不同就是了。我不便多引证了，更不便在这篇短文里实举书的例。我只要请教鲁先生！先生所读的是那类中国书，这些书都是僵尸的乐观，都是死人的颓唐和厌世。

我佩服鲁先生的胆量！我佩服鲁先生的武断！鲁先生公然有胆子武断这样说：

我以为要少——或者竟不——看中国书，多看外国书。

鲁先生所以有这胆量武断的理由是：

少看中国书，其结果不过不能作文而已。但现在的青年最要紧的是"行"，不是"言"。……

鲁先生：你知道青年最要紧的是行，但你也知道行也要学来辅助么？古人已有"不学无术"的讥言。但古人做事，——即使做国家大事，——有一种家庭和社会的传统思想做指导，纵不从书本子上学，误事的地方还少。时至今日，世界大变，人事大改，漫说家庭社会里的传统思想多成了过去的，即圣经贤传上的嘉言懿行，我们也要从新估定他的价值，然后才可以拿来做我们的指导。夫有古人的嘉言懿行做指导，犹恐行有不当，要从新估定，今鲁先生一口抹煞了中国书，只要行，不要读书，那种行，明白点说，怕不是糊闹，就是横闯吧！鲁先生也看见现在不爱读书专爱出锋头的青年么？这种青年，做代表，当主席是有余，要他拿出见解，揭明理由就见鬼了。倡破坏，倡捣乱就有余，想他有什么建设，有什么成功就失望了。青年出了这种流弊，鲁先生乃青年前面的人，不加以挽救，还要推波助澜的说要少或竟不读中国书，因为要紧的是行，不是言。这种贻误青年的话，请鲁先生再少说吧！鲁先生尤其说得不通的是"少看中国书，其结果不过不能作文而已"。难道中国古今所有的书都是教人作文，没有教人做事的吗？鲁先生！我不必多说，请你自己想，你的说话通不通？

好的鲁先生虽教青年不看中国书，还教青年看外国书。以鲁先生最推尊的外国书，当然也就是人们行为的模范。读了外国书，再来做事，当然不是胸无点墨，不是不学无术。不过鲁先生要知道，一国有一国的国情，一国有一国的历史。你既是中国人，你既想替中国做事，那么，关于中国的书，还是请你要读吧！你是要做文学家的人，那么，请你还是要做中国的文学家吧！即使先生之志不在中国，欲做世界的文学家，那么，也请你做个中国的世界文学家吧！莫从大处希望，就把根本忘了吧！从前的五胡人不读他们五胡的书，要读中国书，五胡的人都中国化了。回纥人不读他们回纥的书，要读中国书，回纥人也都中国化了。满洲人不读他们的满文，要入关来读汉文，现在把满人也都读成汉人了。日本要灭朝鲜，首先就要朝鲜人读日文。英国要灭印度，首先就要印度人读英文。好了，现在外国人都要灭中国，外国人方挟其文字作他们灭中国的利器，惟恐一时生不出急效，现在站在中国青年前面的鲁迅先生来大声急呼，中国青年不要读中国书，只多读外国书，不过几年，所有青年，字只能认外国的字，书只能读外国的书，文只能作外国的文，话只能说外国的话，推到极点，事也只能做外国的事，国也只能爱外国的国，古先圣贤都只知尊崇外国的，学理主义都只知道信仰外国的，换句话说，就是外国的人不费丝毫的力，你自自然然会变成一个外国人，你不称我们大日本，就会称我们大美国，否则就大英国，大德国，大意国的大起来，这还不光荣吗，不做弱国的百姓，做强国的百姓！？

我最后要请教鲁先生一句：鲁先生既说"从来没有留心过"，何以有这样果决说这种话？既说了这种话，可不可以把先生平日看的中国书明白指示出来，公诸大家评论，看到底是中国书误害了先生呢？还是先生冤枉了中国书？

十四，二，二十一，北京
一九二五年

这是这么一个意思

从赵雪阳先生的通信（三月三十一日本刊）里，知道对于我那篇"青年必读书"的答案曾有一位学者向学生发议论，以为我"读得中国书非常的多。……如今偏不让人家读，……这是什么意思呢！"

我读确是读过一点中国书，但没有"非常的多"；也并不"偏不让人家读"。有谁要读，当然随便。只是倘若问我的意见，就是：要少——或者竟不——看中国书，多看外国书。

这是这么一个意思——

我向来是不喝酒的，数年之前，带些自暴自弃的气味地喝起酒来了，当时倒也觉得有点舒服。先是小喝，继而大喝，可是酒量愈增，食量就减下去了，我知道酒精已经害了肠胃。现在有时戒除，有时也还喝，正如还要翻翻中国书一样。但是和青年谈起饮食来，我总说：你不要喝酒。听的人虽然知道我曾经纵酒，而都明白我的意思。

我即使自己出的是天然痘，决不因此反对牛痘；即使开了棺材铺，也不来讴歌瘟疫的。

就是这么一个意思。

还有一种顺便而不相干的声明。一个朋友告诉我，《晨报副刊》上有评玉君的文章，其中提起我在《民众文艺》上所载的《战士和苍蝇》的话。其实我做那篇短文的本意，并不是说现在的文坛。所谓战士者，是指中山先生和民国元年前后殉国而反受奴才们讥笑糟蹋的先烈；苍蝇则当然是指奴才们。至于文坛上，我觉得现在似乎还没有战士，那些批评家虽然其中也难免有有名无实之辈，但还不至于可厌到像苍蝇。现在一并写出，庶几乎免于误会。

[备考]

青年必读书

赵雪阳

伏园先生：

青年必读十部书的征求，先生费尽苦心为青年求一指导。各家所答，依各人之主观，原是当然的结果；富于传统思想的，贻误青年匪浅。鲁迅先生缴白卷，在我看起来，实比选十部书得的教训多，不想竟惹起非议。发表过的除掉副刊上熊以谦先生那篇文章，我还听说一位学者关于这件事向学生发过议论，则熊先生那篇文章实在不敢过责为浅薄，不知现在青年多少韫藏那种思想而未发呢！兹将那位学者的话录后，多么令人可惊呵！

他们弟兄（自然连周二先生也在内了）读得中国书非常的多。他家中藏的书很多，家中又便易，凡想着看而没有的书，总要买到。中国书好的很多，如今他们偏不让人家读，而自家读得那么多，这是什么意思呢！

这真是什么意思呢！试过的此路不通行，宣告了还有罪么？鲁迅先生那一点革命精神，不彀他这几句话扑灭，这是多么可悲呵！

　　这几年以来，各种反动的思想，影响于青年，实在不堪设想；其腐败较在《新青年》杂志上思想革命以前还甚；腐朽之上，还加以麻木的外套，这比较的要难于改革了。偏僻之地还不晓得"新"是什么，譬如弹簧之一伸，他们永远看那静的故态吧。请不要动气，不要自饰，不要闭户空想，实地去观察，看看得的结果惊人不惊？

　　（下略）

三月二十七日

一九二五年三月三十一日《京报副刊》

一个"罪犯"的自述

《民众文艺》虽说是民众文艺，但到现在印行的为止，却没有真的民众的作品，执笔的都还是所谓"读书人"。民众不识字的多，怎会有作品，一生的喜怒哀乐，都带到黄泉里去了。

但我竟有了介绍这一类难得的文艺的光荣。这是一个被获的"抢犯"做的；我无庸说出他的姓名，也不想借此发什么议论。总之，那篇的开首是说不识字之苦，但怕未必是真话，因为那文章是说给教他识字的先生看的；其次，是说社会如何欺侮他，使他生计如何失败；其次，似乎说他的儿子也未必能比他更有多大的希望。但关于抢劫的事，却一字不提。

原文本有圈点，今都仍旧；错字也不少，则将猜测出来的本字用括弧注在下面。

四月七日，附记于没有雅号的屋子里

我们不认识字的。吃了好多苦。光绪二十九年。八月十二日。我进京来。卖猪。走平字们（则门）外。我说大庙堂们口（门口）。多坐一下。大家都见我笑。人家说我事（是）个王八但（蛋）。我就不之到（知道）。人上头写折（着）。清真里白四（礼拜寺）。我就不之到（知道）。人打骂。后来我就打猪。白（把）猪都打。不吃东西了。西城郭九猪店。家里。人家给。一百八十大洋元。不卖。我说进京来卖。后来卖了。一百四十元钱。家里都说我不好。后来我的。曰（岳）母。他只有一个女。他没有学生（案谓儿子）。他就给我钱。给我一百五十大洋元。他的女。就说买地。买了十一母（亩）地。（原注：一个六母一个五母洪县元年十。三月二十四日）白（把）六个母地文曰（又白？）丢了。后来他又给钱。给了二百大洋。我万（同？）他说。做个小买卖。（原注：他说好我也说好。你就给钱。）他就（案脱一字）了一百大洋元。我上集买卖（麦）子。买了十石（担）。我就卖白面（麭）。长新店。有个小买卖。他吃白面。吃来吃去吃了。一千四百三十七斤。（原注：中华民国六年卖白面）算一算。五十二元七毛。到了年下。一个钱也没有。长新店。人家后来。白都给了。露娇。张十石头。他吃的。白面钱。他没有给钱。三十六元五毛。他的女说。你白（把）钱都丢了。你一个字也不认的。他说我没有处（？）后来。我们家里的。他说等到。他的儿子大了。你看一看。我的学生大了。九岁。上学。他就万（同？）我一个样的。

一九二五年

老调子已经唱完

——二月十九日在香港青年会讲演

今天我所讲的题目是"老调子已经唱完"：初看似乎有些离奇，其实是并不奇怪的。

凡老的，旧的，都已经完了！这也应该如此。虽然这一句话实在对不起一般老前辈，可是我也没有别的法子。

中国人有一种矛盾思想，即是：要子孙生存，而自己也想活得很长久，永远不死；及至知道没法可想，非死不可了，却希望自己的尸身永远不腐烂。但是，想一想罢，如果从有人类以来的人们都不死，地面上早已挤得密密的，现在的我们早已无地可容了；如果从有人类以来的人们的尸身都不烂，岂不是地面上的死尸早已堆得比鱼店里的鱼还要多，连掘井，造房子的空地都没有了么？所以，我想，凡是老的，旧的，实在倒不如高高兴兴的死去的好。

在文学上，也一样，凡是老的和旧的，都已经唱完，或将要唱完。举一个最近的例来说，就是俄国。他们当俄皇专制的时代，有许多作家很同情于民众，叫出许多惨痛的声音，后来他们又看见民众有缺点，便失望起来，不很能怎样歌唱，待到革命以后，文学上便没有什么大作品了。只有几个旧文学家跑到外国去，作了几篇作品，但也不见得出色，因为他们已经失掉了先前的环境了，不再能照先前似的开口。

在这时候，他们的本国是应该有新的声音出现的，但是我们还没有很听到。我想，他们将来是一定要有声音的。因为俄国是活的，虽然暂时没有声音，但他究竟有改造环境的能力，所以将来一定也会有新的声音出现。

再说欧美的几个国度罢。他们的文艺是早有些老旧了，待到世界大战时候，才发生了一种战争文学。战争一完结，环境也改变了，老调子无从再唱，所以现在文学上也有些寂寞。将来的情形如何，我们实在不能预测。但我相信，他们是一定也会有新的声音的。

现在来想一想我们中国是怎样。中国的文章是最没有变化的，调子是最老的，里面的思想是最旧的。但是，很奇怪，却和别国不一样。那些老调子，还是没有唱完。

这是什么缘故呢？有人说，我们中国是有一种"特别国情"。——中国人是否真是这样"特别"，我是不知道，不过我听得有人说，中国人是这样。——倘使这话是真的，那么，据我看来，这所以特别的原因，大概有两样。

第一，是因为中国人没记性，因为没记性，所以昨天听过的话，今天忘记了，明天再听到，还是觉得很新鲜。做事也是如此，昨天做坏了的事，今天忘记了，明天做起来，也还是"仍旧贯"的老调子。

第二，是个人的老调子还未唱完，国家却已经灭亡了好几次了。何以呢？我想，凡有老旧的调子，一到有一个时候，是都应该唱完的，凡是有良心，有觉悟的人，到一个时候，自然知道老调子不该再唱，将它抛弃。但是，一般以自己为中心的人们，却决不肯以民众为主体，而专图自己的便利，总是三翻四复的唱不完。于是，自己的老调子固然唱不完，而国家却已被唱完了。

宋朝的读书人讲道学，讲理学，尊孔子，千篇一律。虽然有几个革新的人们，如王安石等等，行过新法，但不得大家的赞同，失败了。从此大家又唱老调子，和社会没有关系的老调子，一直到宋朝的灭亡。

　　宋朝唱完了，进来做皇帝的是蒙古人——元朝。那么，宋朝的老调子也该随着宋朝完结了罢，不，元朝人起初虽然看不起中国人，后来却觉得我们的老调子，倒也新奇，渐渐生了羡慕，因此元人也跟着唱起我们的调子来了，一直到灭亡。

　　这个时候，起来的是明太祖。元朝的老调子，到此应该唱完了罢，可是也还没有唱完。明太祖又觉得还有些意趣，就又教大家接着唱下去。什么八股咧，道学咧，和社会，百姓都不相干，就只向着那条过去的旧路走，一直到明亡。

　　清朝又是外国人。中国的老调子，在新来的外国主人的眼里又见得新鲜了，于是又唱下去。还是八股，考试，做古文，看古书。但是清朝完结，已经有十六年了，这是大家都知道的。他们到后来，倒也略略有些觉悟，曾经想从外国学一点新法来补救，然而已经太迟，来不及了。

　　老调子将中国唱完，完了好几次，而它却仍然可以唱下去。因此就发生一点小议论。有人说："可见中国的老调子实在好，正不妨唱下去。试看元朝的蒙古人，清朝的满洲人，不是都被我们同化了么？照此看来，则将来无论何国，中国都会这样地将他们同化的。"原来我们中国就如生着传染病的病人一般，自己生了病，还会将病传到别人身上去，这倒是一种特别的本领。

　　殊不知这种意见，在现在是非常错误的。我们为甚么能够同化蒙古人和满洲人呢？是因为他们的文化比我们的低得多。倘使别人的文化和我们的相敌或更进步，那结果便要大不相同了。他们倘比我们更聪明，这时候，我们不但不能同化他们，反要被他们利用了我们的腐败文化，来治理我们这腐败民族。他们对于中国人，是毫不爱惜的，当然任凭你腐败下去。现在听说又很有别国人在尊重中国的旧文化了，那里是真在尊重呢，不过是利用！

从前西洋有一个国度，国名忘记了，要在非洲造一条铁路。顽固的非洲土人很反对，他们便利用了他们的神话来哄骗他们道："你们古代有一个神仙，曾从地面造一道桥到天上。

现在我们所造的铁路，简直就和你们的古圣人的用意一样。"非洲人不胜佩服，高兴，铁路就造起来。——中国人是向来排斥外人的，然而现在却渐渐有人跑到他那里去唱老调子了，还说道："孔夫子也说过，'道不行，乘桴浮于海。'所以外人倒是好的。"外国人也说道："你家圣人的话实在不错。"

倘照这样下去，中国的前途怎样呢？别的地方我不知道，只好用上海来类推。上海是：最有权势的是一群外国人，接近他们的是一圈中国的商人和所谓读书的人，圈子外面是许多中国的苦人，就是下等奴才。将来呢，倘使还要唱着老调子，那么，上海的情状会扩大到全国，苦人会多起来。因为现在是不像元朝清朝时候，我们可以靠着老调子将他们唱完，只好反而唱完自己了。这就因为，现在的外国人，不比蒙古人和满洲人一样，他们的文化并不在我们之下。

那么，怎么好呢？我想，唯一的方法，首先是抛弃了老调子。旧文章，旧思想，都已经和现社会毫无关系了，从前孔子周游列国的时代，所坐的是牛车。现在我们还坐牛车么？从前尧舜的时候，吃东西用泥碗，现在我们所用的是甚么？所以，生在现今的时代，捧着古书是完全没有用处的了。

但是，有些读书人说，我们看这些古东西，倒并不觉得于中国怎样有害，又何必这样决绝地抛弃呢？是的。然而古老东西的可怕就正在这里。倘使我们觉得有害，我们便能警戒了，正因为并不觉得怎样有害，我们这才总是觉不出这致死的毛病来。因为这是"软刀子"。这"软刀子"的名目，也不是我发明的，明朝有一个读书人，叫做贾凫西的，鼓词里曾经说起纣王，道："几年家软刀子割头不觉死，只等得太白旗悬才知道命有差。"我们的老调子，也就是一把软刀子。

中国人倘被别人用钢刀来割，是觉得痛的，还有法子想；倘是软刀子，那可真是"割头不觉死"，一定要完。

我们中国被别人用兵器来打，早有过好多次了。例如，蒙古人满洲人用弓箭，还有别国人用枪炮。用枪炮来打的后几次，我已经出了世了，但是年纪青。我仿佛记得那时大家倒还觉得一点苦痛的，也曾经想有些抵抗，有些改革。用枪炮来打我们的时候，听说是因为我们野蛮；现在，倒不大遇见有枪炮来打我们了，大约是因为我们文明了罢。现在也的确常常有人说，中国的文化好得很，应该保存。那证据，是外国人也常在赞美。这就是软刀子。用钢刀，我们也许还会觉得的，于是就改用软刀子。我想：叫我们用自己的老调子唱完我们自己的时候，是已经要到了。

中国的文化，我可是实在不知道在那里。所谓文化之类，和现在的民众有甚么关系，甚么益处呢？近来外国人也时常说，中国人礼仪好，中国人肴馔好。中国人也附和着。但这些事和民众有甚么关系？车夫先就没有钱来做礼服，南北的大多数的农民最好的食物是杂粮。有什么关系？

中国的文化，都是侍奉主子的文化，是用很多的人的痛苦换来的。无论中国人，外国人，凡是称赞中国文化的，都只是以主子自居的一部份。

以前，外国人所作的书籍，多是嘲骂中国的腐败；到了现在，不大嘲骂了，或者反而称赞中国的文化了。常听到他们说："我在中国住得很舒服呵！"这就是中国人已经渐渐把自己的幸福送给外国人享受的证据。所以他们愈赞美，我们中国将来的苦痛要愈深的！

　　这就是说：保存旧文化，是要中国人永远做侍奉主子的材料，苦下去，苦下去。虽是现在的阔人富翁，他们的子孙也不能逃。我曾经做过一篇杂感，大意是说："凡称赞中国旧文化的，多是住在租界或安稳地方的富人，因为他们有钱，没有受到国内战争的痛苦，所以发出这样的赞赏来。殊不知将来他们的子孙，营业要比现在的苦人更其贱，去开的矿洞，也要比现在的苦人更其深。"这就是说，将来还是要穷的，不过迟一点。但是先穷的苦人，开了较浅的矿，他们的后人，却须开更深的矿了。我的话并没有人注意。他们还是唱着老调子，唱到租界去，唱到外国去。但从此以后，不能像元朝清朝一样，唱完别人了，他们是要唱完自己。

　　这怎么办呢？我想，第一，是先请他们从洋楼，卧室，书房里踱出来，看一看身边怎么样，再看一看社会怎么样，世界怎么样。然后自己想一想，想得了方法，就做一点。"跨出房门，是危险的。"自然，唱老调子的先生们又要说。然而，做人是总有些危险的，如果躲在房里，就一定长寿，白胡子的老先生应该非常多；但是我们所见的有多少呢？他们也还是常常早死，虽然不危险，他们也胡涂了。

　　要不危险，我倒曾经发现了一个很合式的地方。这地方，就是：牢狱。人坐在监牢里，便不至于再捣乱，犯罪了；救火机关也完全，不怕失火；也不怕盗劫，到牢狱里去抢东西的强盗是从来没有的。坐监是实在最安稳。

但是，坐监却独独缺少一件事，这就是：自由。所以，贪安稳就没有自由，要自由就总要历些危险。只有这两条路。那一条好，是明明白白的，不必待我来说了。

　　现在我还要谢诸位今天到来的盛意。

一九二七年

文艺的大众化

文艺本应该并非只有少数的优秀者才能够鉴赏，而是只有少数的先天的低能者所不能鉴赏的东西。

倘若说，作品愈高，知音愈少。那么，推论起来，谁也不懂的东西，就是世界上的绝作了。

但读者也应该有相当的程度。首先是识字，其次是有普通的大体的知识，而思想和情感，也须大抵达到相当的水平线。否则，和文艺即不能发生关系。若文艺设法俯就，就很容易流为迎合大众，媚悦大众。迎合和媚悦，是不会于大众有益的。——什么谓之"有益"，非在本问题范围之内，这里且不论。

所以在现下的教育不平等的社会里，仍当有种种难易不同的文艺，以应各种程度的读者之需。不过应该多有为大众设想的作家，竭力来作浅显易解的作品，使大家能懂，爱看，以挤掉一些陈腐的劳什子。但那文字的程度，恐怕也只能到唱本那样。

因为现在是使大众能鉴赏文艺的时代的准备，所以我想，只能如此。

倘若此刻就要全部大众化，只是空谈。大多数人不识字，目下通行的白话文，也非大家能懂的文章；言语又不统一，若用方言，许多字是写不出的，即使用别字代出，也只为一处地方人所懂，阅读的范围反而收小了。

总之，多作或一程度的大众化的文艺，也固然是现今的急务。若是大规模的设施，就必须政治之力的帮助，一条腿是走不成路的，许多动听的话，不过文人的聊以自慰罢了。

一九三〇年

帮忙文学与帮闲文学

　　我四五年来未到这边，对于这边情形，不甚熟悉；我在上海的情形，也非诸君所知。所以今天还是讲帮闲文学与帮忙文学。

　　这当怎么讲？从五四运动后，新文学家很提倡小说；其故由当时提倡新文学的人看见西洋文学中小说地位甚高，和诗歌相仿佛；所以弄得像不看小说就不是人似的。但依我们中国的老眼睛看起来，小说是给人消闲的，是为酒余茶后之用。因为饭吃得饱饱的，茶喝得饱饱的，闲起来也实在是苦极的事，那时候又没有跳舞场：明末清初的时候，一份人家必有帮闲的东西存在的。那些会念书会下棋会画画的人，陪主人念念书，下下棋，画几笔画，这叫做帮闲，也就是篾片！所以帮闲文学又名篾片文学。小说就做着篾片的职务。汉武帝时候，只有司马相如不高兴这样，常常装病不出去。至于究竟为什么装病，我可不知道。倘说他反对皇帝是为了卢布，我想大概是不会的，因为那个时候还没有卢布。大凡要亡国的时候，皇帝无事，臣子谈谈女人，谈谈酒，像六朝的南朝，开国的时候，这些人便做诏令，做敕，做宣言，做电报，——做所谓皇皇大文。主人一到第二代就不忙了，于是臣子就帮闲。所以帮闲文学实在就是帮忙文学。

　　中国文学从我看起来，可以分为两大类：（一）廊庙文学，这就是已经走进主人家中，非帮主人的忙，就得帮主人的闲；与这相对的是（二）山林文学。唐诗即有此二种。如果用现代话讲起来，是"在朝"和"下野"。后面这一种虽然暂时无忙可帮，无闲可帮，但身在山林，而"心存魏阙"。如果既不能帮忙，又不能帮闲，那么，心里就甚是悲哀了。

中国是隐士和官僚最接近的。那时很有被聘的希望，一被聘，即谓之征君；开当铺，卖糖葫芦是不会被征的。我曾经听说有人做世界文学史，称中国文学为官僚文学。看起来实在也不错。一方面固然由于文字难，一般人受教育少，不能做文章，但在另一方面看起来，中国文学和官僚也实在接近。

现在大概也如此。惟方法巧妙得多了，竟至于看不出来。今日文学最巧妙的有所谓为艺术而艺术派。这一派在五四运动时代，确是革命的，因为当时是向"文以载道"说进攻的，但是现在却连反抗性都没有了。不但没有反抗性，而且压制新文学的发生。对社会不敢批评，也不能反抗，若反抗，便说对不起艺术。故也变成帮忙柏勒思（plus）帮闲。为艺术而艺术派对俗事是不问的，但对于俗事如主张为人生而艺术的人是反对的，则如现代评论派，他们反对骂人，但有人骂他们，他们也是要骂的。他们骂骂人的人，正如杀杀人的一样——他们是刽子手。

这种帮忙和帮闲的情形是长久的。我并不劝人立刻把中国的文物都抛弃了，因为不看这些，就没有东西看；不帮忙也不帮闲的文学真也太不多。现在做文章的人们几乎都是帮闲帮忙的人物。有人说文学家是很高尚的，我却不相信与吃饭问题无关，不过我又以为文学与吃饭问题有关也不打紧，只要能比较的不帮忙不帮闲就好。

一九三二年

英译本《短篇小说选集》自序

中国的诗歌中，有时也说些下层社会的苦痛。但绘画和小说却相反，大抵将他们写得十分幸福，说是"不识不知，顺帝之则"，平和得像花鸟一样。是的，中国的劳苦大众，从知识阶级看来，是和花鸟为一类的。

我生长于都市的大家庭里，从小就受着古书和师傅的教训，所以也看得劳苦大众和花鸟一样。有时感到所谓上流社会的虚伪和腐败时，我还羡慕他们的安乐。但我母亲的母家是农村，使我能够间或和许多农民相亲近，逐渐知道他们是毕生受着压迫，很多苦痛，和花鸟并不一样了。不过我还没法使大家知道。

后来我看到一些外国的小说，尤其是俄国，波兰和巴尔干诸小国的，才明白了世界上也有这许多和我们的劳苦大众同一运命的人，而有些作家正在为此而呼号，而战斗。而历来所见的农村之类的景况，也更加分明地再现于我的眼前。偶然得到一个可写文章的机会，我便将所谓上流社会的堕落和下层社会的不幸，陆续用短篇小说的形式发表出来了。原意其实只不过想将这示给读者，提出一些问题而已，并不是为了当时的文学家之所谓艺术。

但这些东西，竟得了一部分读者的注意，虽然很被有些批评家所排斥，而至今终于没有消灭，还会译成英文，和新大陆的读者相见，这是我先前所梦想不到的。

但我也久没有做短篇小说了。现在的人民更加困苦，我的意思也和以前有些不同，又看见了新的文学的潮流，在这景况中，写新的不能，写旧的又不愿。中国的古书里有一个比喻，说：邯郸的步法是天下闻名的，有人去学，竟没有学好，但又已经忘却了自己原先的步法，于是只好爬回去了。我正爬着。但我想再学下去，站起来。

　　　　　　　　　　一九三三年三月二十二日，鲁迅记于上海

集外集拾遗补篇

随感录

近日看到几篇某国志士做的说被异族虐待的文章，突然记起了自己从前的事情。

那时候不知道因为境遇和时势或年龄的关系呢，还是别的原因，总最愿听世上爱国者的声音，以及探究他们国里的情状。波兰印度，文籍较多；中国人说起他的也最多；我也留心最早，却很替他们抱着希望。其时中国才征新军，在路上时常遇着几个军士，一面走，一面唱道："印度波兰马牛奴隶性，……"我便觉得脸上和耳轮同时发热，背上渗出了许多汗。

那时候又有一种偏见，只要皮肤黄色的，便又特别关心：现在的某国，当时还没有亡；所以我最注意的是芬阑斐律宾越南的事，以及匈牙利的旧事。匈牙利和芬阑文人最多，声音也最大；斐律宾只得了一本烈赛尔的小说；越南搜不到文学上的作品，单见过一种他们自己做的亡国史。

听这几国人的声音，自然都是真挚壮烈悲凉的；但又有一些区别：一种是希望着光明的将来，讴歌那簇新的复活，真如时雨灌在新苗上一般，可以兴起人无限清新的生意。一种是絮絮叨叨叙述些过去的荣华，皇帝百官如何安富尊贵，小民如何不识不知；末后便痛斥那征服者不行仁政。譬如两个病人，一个是热望那将来的健康，一个是梦想着从前的耽乐，而这些耽乐又大抵便是他致病的原因。

我因此以为世上固多爱国者，但也屡着些爱亡国者。爱国者虽偶然怀旧，却专重在现世以及将来。爱亡国者便只是悲叹那过去，而且称赞着所以亡的病根。其实被征服的苦痛，何止在征服者的不行仁政，和旧制度的不能保存呢？倘以为这是大苦，便未必是真心领得；不能真心领得苦痛，也便难有新生的希望。

一九一八年

寸　铁

　　有一个什么思孟做了一本什么息邪，尽他说，也只是革新派的人，从前没有本领罢了。没本领与邪，似乎相差还远，所以思孟虽然写出一个 maks①，也只是没本领，算不得邪。虽然做些鬼祟的事，也只是小邪，算不得大邪。

　　造谣说谎诬陷中伤也都是中国的大宗国粹，这一类事实，古来很多，鬼祟著作却都消灭了。不肖子孙没有悟，还是层出不穷的做。不知他们做了以后，自己可也觉得无价值么。如果觉得，实在劣得可怜。如果不觉，又实在昏得可怕。

　　刘喜奎的臣子的大学讲师刘少少，说白话是马太福音体，大约已经收起了太极图，在那里翻翻福音了。马太福音是好书，很应该看。犹太人钉杀耶稣的事，更应该细看。倘若不懂，可以想想福音是什么体。

　　先觉的人，历来总被阴险的小人昏庸的群众迫压排挤倾陷放逐杀戮。中国又格外凶。然而酋长终于改了君主。君主终于预备立宪，预备立宪又终于变了共和了。喜欢暗夜的妖怪多，虽然能教暂时黯淡一点，光明却总要来。有如天亮，遮掩不住。想遮掩白费气力的。

一九一九年

---

①　孟思文中误写的外文，当为 Marx：马克思。

"生降死不降"

大约十五六年以前，我竟受了革命党的骗了。

他们说：非革命不可！你看，汉族怎样的不愿意做奴隶，怎样的日夜想光复，这志愿，便到现在也铭心刻骨的。试举一例罢，——他们说——汉人死了入殓的时候，都将辫子盘在顶上，像明朝制度，这叫做"生降死不降"！

生降死不降，多少悲惨而且值得同情呵。

然而近几年来，我的迷信却破裂起来了。我看见许多讣文上的人，大抵是既未殉难，也非遗民，和清朝毫不相干的；或者倒反食过民国的"禄"。而他们一死，不是"清封朝议大夫"，便是"清封恭人"，都到阴间三跪九叩的上朝去了。

我于是不再信革命党的话。我想：别的都是诳，只是汉人有一种"生降死不降"的怪脾气，却是真的。

一九二一年五月五日

文学救国法

我似乎实在愚陋，直到现在，才知道中国之弱，是新诗人叹弱的。为救国的热忱所驱策，于是连夜揣摩，作文学救国策。可惜终于愚陋，缺略之处很多，尚希博士学者，进而教之，幸甚。

一，取所有印刷局的感叹符号的铅粒和铜模，全数销毁；并禁再行制造。案此实为长吁短叹的发源地，一经正本清源，即虽欲"缩小为细菌放大为炮弹"而不可得矣。

二，禁止扬雄《方言》，并将《春秋公羊传》《谷梁传》订正。案扬雄作《方言》而王莽篡汉，公谷解《春秋》间杂土话而嬴秦亡周，方言之有害于国，明验彰彰哉。扬雄叛臣，著作应即禁止，公谷传拟仍准通行，但当用雅言，代去其中胡说八道之土话。

三，应仿元朝前例，禁用衰飒字样三十字，仍请学者用心理测验及统计法，加添应禁之字，如"哩""哪"等等；连用之字，亦须明定禁例，如"糟"字准与"粕"字连用，不准与"糕"字连用；"阿"字可用于"房"字之上或"东"字之下，而不准用于"呀"字之上等等；至于"糟鱼糟蟹"，则在雅俗之间，用否听便，但用者仍不得称为上等强国诗人。案言为心声，岂可衰飒而俗气乎？

四，凡太长，太矮，太肥，太瘦，废疾，老弱者均不准做诗。案健全之精神，宿于健全之身体，身体不强，诗文必弱，诗文既弱，国运随之，故即使善于欢呼，为防微杜渐计，亦应禁止妄作。

但如头痛发热，伤风咳嗽等，则只须暂时禁止之。

　　五，有多用感叹符号之诗文，虽不出版，亦以巧避检疫或私藏军火论。案即防其缩小而传病，或放大而打仗也。

一九二四年

《绛洞花主》小引

《红楼梦》是中国许多人所知道，至少，是知道这名目的书。谁是作者和续者姑且勿论，单是命意，就因读者的眼光而有种种：经学家看见《易》，道学家看见淫，才子看见缠绵，革命家看见排满，流言家看见宫闱秘事……。在我的眼下的宝玉，却看见他看见许多死亡；证成多所爱者，当大苦恼，因为世上，不幸人多。惟憎人者，幸灾乐祸，于一生中，得小欢喜，少有偏碍。然而憎人却不过是爱人者的败亡的逃路，与宝玉之终于出家，同一小器。但在作《红楼梦》时的思想，大约也止能如此；即使出于续作，想来未必与作者本意大相悬殊。惟被了大红猩猩毡斗篷来拜他的父亲，却令人觉得诧异。

现在，陈君梦韶以此书作社会家庭问题剧，自然也无所不可的。先前虽有几篇剧本，却都是为了演者而作，并非为了剧本而作。又都是片段，不足统观全局。《红楼梦散套》具有首尾，然而陈旧了。此本最后出，销熔一切，铸入十四幕中，百余回的一部大书，一览可尽，而神情依然具在；如果排演，当然会更可观。我不知道剧本的作法，但深佩服作者的熟于情节，妙于剪裁。灯下读完，僭为短引云尔。

一九二七年一月十四日，鲁迅记于厦门

新的世故

一　"普通的批评看去像广告"

"批评工作的开始。所批评的作品，现在也大概举出几种如下：——

《女神》《呐喊》《超人》《彷徨》《沉沦》《故乡》《三个叛逆的女性》《飘渺的梦》《落叶》《荆棘》《咖啡店之一夜》《野草》《雨天的书》《心的探险》

此项文字都只在《狂飙周刊》上发表，现在也说不定几期可发表几篇，一切都决于我的时间的分配。"

二　"这里的广告却是批评"？

党同："《心的探险》。实价六角。长虹的散文及诗集。将他的以虚无为实有，而又反抗这实有的精悍苦痛的战叫，尽量地吐露着。鲁迅选并画封面。"

伐异："我早看过译出的一部分《察拉图斯德拉如是说》和一本《工人绥惠略夫》。"

三 "幽默与批评的冲突"

批评：你学学亚拉借夫！你学学哥哥尔！你学学罗曼·罗兰！……

幽默：前清的世故老人纪晓岚的笔记里有一段故事，一个人想自杀，各种鬼便闻风而至，求作替代。缢鬼劝他上吊，溺鬼劝他投池，刀伤鬼劝他自刎。四面拖曳，又互相争持，闹得不可开交。那人先是左不是，右不是，后来晨鸡一叫，鬼们都一哄而散，他到底没有死成，仔细一想，索性不自杀了。

批评：唉，唉，我真不能不叹人心之死尽矣。

四 新时代的月令

八月，鲁迅化为"思想界先驱者"。

十一月，"思想界先驱者"化为"绊脚石"。

传曰：先驱云者，鞭之使冲锋，所谓"他是受了人的帮助"也。不受"帮助"，于是"绊"矣。脚者，所谓"我们"之脚，非他们之脚也。其化在十二月，而云十一月者何，倒填年月也。

五 世故与绊脚石

世故：不要再写，中了计，反而给他们做广告。

石：不管。被做广告，由来久矣。

世故：那么，又做了背广告的"先驱者"了。

石：不，有时也"绊脚"的。

六　新旧时代和新时代间的冲突

新时代：我是青年，所以公理在我这里。

旧时代：我是前辈，所以公理在我这里。

新时代：须知年龄尊卑，是乃父乃祖们的因袭思想，在新的时代是最大的阻碍物。

七　希望与科学的冲突

希望：勿蝎子撩尾以中伤青年作者的毫兴也。

科学："生存竞争，天演公例"，是彪门书局出版的一本课本上就有的。

八　给……

见面时一谈，

不见面时一战。

在厦门的鲁迅，

说在湖北的郭沫若骄傲，

还说了好几回，在北京。

倘不信，有科学的耳朵为证。

但到上海才记起来了，

真不能不早叹人心之死尽矣!

幸而新发见了近地的蔡孑民先生之雅量

和周建人先生为科学作战。

九　自由批评家走不到的出版界

光华书局。

十　忽而“认清界限”

以上也许近乎“蝎子撩尾”。倘是蝎子，要它不撩尾，“希望”是不行的，正如希望我之到所谓“我们的新时代”去一样，惟一的战略是打杀。

不过打的时候，须有说它要螫我，它是异类的小勇气。倘若它要螫“公理”和“正义”，所以打，那就是还未组织成功的科学家的话，在旧时代尚且要觉得有些支离。

知其故而言其理，极简单的：争夺一个《莽原》；或者，《狂飙》代了《莽原》。仍旧是天无二日，惟我独尊的酋长思想。不过“新时代的青年作者”却又似乎深恶痛疾这思想，而偏从别人的“心”里面看出来。我做了一篇《论他妈的》是真的，“论”而已矣，并不说这话是我所发明，现在却又在力争这发明的荣誉了。

因为稿件的纠葛，先前我曾主张将《莽原》半月刊停止或改名；现在却不这样了，还是办下去，内容也像第一年一样。也并没有作什么“运动”的豪兴，不过是有人做，有人译，便印出来，给要看的人看，不要看的自然会不看它，以前的印《乌合丛书》也是这意思。

创作翻译和批评，我没有研究过等次，但我都给以相当的尊重。对于常被奚落的翻译和介绍，也不轻视，反以为力量是非同小可的。我译了几种书，就会有一个中国的绥惠略夫出现，倘译一部世界史，不就会有许多拟中外古今的大人物猬集一堂么。但我想不干这件事。否则，拿破仑要我帮同打仗，秦始皇要我帮同烧书，科

1311

仑布拉去旅行，梅特涅加以压制，一个人撕得粉碎了。跟了一面，其余的英雄们又要造谣。

创作难，翻译也不易。批评，我不知道怎样，自己是不会做，却也不"希望"别人不做。大叫科学，斥人不懂科学，不就是科学；翻印几张外国画片，不就是新艺术，这是显而易见的。称为批评，不知道可能就是批评，做点杂感尚且支离，则伟大的工作也不难推见。"听见他怎么说"，"他'希望'怎样"，"他'想'怎样"，"他脸色怎样"，……还不如做自由新闻罢。

不过这也近乎蝎子撩尾，不多谈；但也不要紧。尼采先生说过，大毒使人死，小毒是使人舒服的。最无聊的倒是缠不清。我不想螫死谁，也不想绊某一只脚，如果躺在大路上，阻了谁的路了，情愿力疾爬开，而且从速。但倘若我并不躺在大路上，而偏有人绕到我背后，忽然用作前驱，忽然斥为绊脚，那可真是"闭门家里坐，祸从天上来"，有些知其故而不欲言其理了。

本来隐姓埋名的躲着，未曾登报招贤，也没有奔走求友，而终于被人查出，并且来访了。据"世故"所训示：青年们说，不见，是摆架子。于是乎见。有的是一见而去了；有的是提出各种要求，见我无能为力而去了；有的是不过谈谈闲天；有的是播弄一点是非；有的是不过要一点物质上的补助；有的却这样那样，纠缠不清，知有己而不知有人，硬要将我造成合于他的胃口的人物。从此我就添了一门新功课，除陪客之外，投稿，看稿，绍介，写回信，催稿费，编辑，校对。但我毫无不平，有时简直一面吃药，一面做事，就是长虹所笑为"身心交病"的时候。我自甘这样用去若干生命，不但不以生命来放阎王债，想收得重大的利息，而且毫不希望一点报偿。有人要我做一回踏脚而升到什么地方去，也可以的，只希望不要踏不完，又不许别人踏。

然而人究竟不是一块踏脚石或绊脚石，要动转，要睡觉的；又有个性，不能适合各个访问者的胃口。因此，凡有人要我代说他所要说的话，攻击他所敌视的人的时候，我常说，我不会批评，我只能说自己的话，我是党同伐异的。的确，我还没有寻到公理或正义。就是去年的和章士钊闹，我何尝说是自己放出批评的眼光，环顾中国，比量是非，断定他是阻碍新文化的罪魁祸首，于是啸聚义师，厉兵秣马，天戈直指，将以澄清天下也哉？不过意见和利害，彼此不同，又适值在狭路上遇见，挥了几拳而已。所以，我就不挂什么"公理正义"，什么"批评"的金字招牌。那时，以我为是者我辈，以章为是者章辈；即自称公正的中立的批评之流，在我看来，也是以我为是者我辈，以章为是者章辈。其余一切等等，照此类推。再说一遍：我乃党同而伐异，"济私"而不"假公"，零卖气力而不全做牺牲，敢卖自己而不卖朋友，以为这样也好者不妨往来，以为不行者无须劳驾；也不收策略的同情，更不要人布施什么忠诚的友谊，简简单单，如此而已。

　　至于被利用呢，倒也无妨。有些人看见这字面，就面红耳赤，觉得扫了豪兴了，我却并不以为有这样坏。说得好看一点，就是"帮助"。文字上这样的玩艺儿是颇多的。"互相利用"也可以说"互助"；"妥协"，"调和"，都不好看，说"让步"就冠冕。但现在姑且称为帮助罢。叫我个人帮一点忙，是可以的，就是利用，也毫无反感；只是不要间接涉及别的人。八月底我到上海，看见狂飙社广告，连《未名丛刊》和《乌合丛书》都算作"狂飙运动"的工作了。我颇诧异，说：这广告大约是长虹登的罢，连《未名》和《乌合》都拉扯上，未免太会利用别个了，不应当的。因为这两种书，是只因由我编印，要用相似的形式，所以立了一个名目，书的著者译者，是不但并不互相认识，有几个我也只见过两三回。我不能骗取了他们的稿子，合成丛书，私自贩卖给别一个团体。

接着，在北京的《莽原》的投稿的纠葛发生了，在上海的长虹便发表一封公开信，要在厦门的我说一句话。这是只要有一点常识，就知道无从说起的，我并非千里眼，怎能见得这么远。我沉默着。但我也想将《莽原》停刊或别出。然而青年作家的豪兴是喷泉一般的，不久，在长虹的笔下，经我译过他那作品的厨川白村便先变了灰色，我是从"思想深刻"一直掉到只有"世故"，而且说是去年已经看出，不说坦白的话了。原来我至少已被播弄了一年！

这且由他去罢。生病也算是笑柄了，年龄也成了大错处了，然而也由他。连别人所登的广告，也是我的罪状了；但是自己呢，也在广告上给我加上一个头衔。这样的双岔舌头，是要螯一下的，我就登一个《所谓"思想界先驱者"鲁迅启事》。

这一下螯出"新时代富于人类同情"的幽默来了，有公理和正义的谈话——

> 不再吃人的老人或者还有？
> 救救老人！！！

还有希望——

> 至少亦希望彼等勿挟其历史的势力，而倒卧在青年的脚下以行其绊脚石式的开倒车的狡计，亦勿一面介绍外国作品，一面则蝎子撩尾以中伤青年作者的毫兴也！

这两段只要将"介绍外国作品"改作"挂着批评招牌"，就可以由未名社赠给他自己。

其实，先驱者本是容易变成绊脚石的。然而我幸不至此，因为我确是一个平凡的人；加以对于青年，自以为总是常常避道，即躺倒，跨过也很容易的，就因为很平凡。倘有人觉得横亘在前，乃是因为他自己绕到背后，而又眼小腿短，于是别的就看不见，走不开，从此开口鲁迅，闭口鲁迅，做梦也是鲁迅；文字里点几点虚线，也会给别人从中看出"鲁迅"两字来。连在泰东书局看见老先生问鲁迅的书，自己也要嘟哝着《小说史略》之类我是不要看。这样下去，怕真要成"鲁迅狂"了。病根盖在肝，"以其好喝醋也"。

只要能达目的，无论什么手段都敢用，倒也还不失为一个有些豪兴的青年。然而也要有敢于坦白地说出来的勇气，至少，也要有自己心里明白的勇气，费笔费墨，费纸费寿，归根结蒂，总逃不出争夺一个《莽原》的地盘，要说得冠冕一点，就是阵地。中国现在道路少，虽有，也很狭，"生存竞争，天演公例"，须在同界中排斥异己，无论其为老人，或同是青年，"取而代之"，本也无足怪的，是时代和环境所给与的运命。

但若满身挂着什么并不懂得的科学，空壳的人类同情，广告式的自由批评，新闻式的记载，复制铜版的新艺术，则小范围的"党同伐异"的真相，虽然似乎遮住，而走向新时代的脚，却绊得跨不开了。

这过误，在内是因为太要虚饰，在外是因为太依附或利用了先驱。但也都不要紧。只要唾弃了那些旧时代的好招牌，不要忽而不敢坦白地说话，则即使真有绊脚石，也就成为踏脚石的。

我并非出卖什么"友谊"或"同情"，无论对于识者或不识者都就是这样说。

一九二六年十二月二十四日

庆祝沪宁克复的那一边

在广州，我觉得纪念和庆祝的盛典似乎特别多。这是当革命的进行和胜利中，一定要有的现象。沪宁的克复，在看见电报的那天，我已经一个人私自高兴过两回了。这"别人出力我高兴"的报应之一，是搜索枯肠，硬做文章的苦差使。其实，我于做这等事，是不大合宜的，因为动起笔来，总是离题有千里之远。即如现在，何尝不想写得切题一些呢，然而还是胡思乱想，像样点的好意思总像断线风筝似的收不回来。忽然想到昨天在黄埔看见的几个来投学生军的青年，才知道在前线上拚命的原来是这样的人；自己在讲堂上胡说了几句便骗得听众拍手，真是应该羞愧。忽而想到十六年前也曾克复过南京，还给捐躯的战士立了一块碑，民国二年后，便被张勋毁掉了，今年顷又可以重立。忽而又想到香港《循环日报》上所载李守常在北京被捕的消息，他的圆圆的脸和中国式的下垂的黑胡子便浮在眼前，不知道他现在怎么样。

黑暗的区域里，反革命者的工作也正在默默地进行，虽然留在后方的是呻吟，但也有一部分人们高兴。后方的呻吟与高兴固然大不相同，然而无裨于事是一样的。最后的胜利，不在高兴的人们的多少，而在永远进击的人们的多少。记得一种期刊上，曾经引有列宁的话：

第一要事是，不要因胜利而使脑筋昏乱，自高自满；第二要事是，要巩固我们的胜利，使他长久是属于我们的；第三要事是，准备消灭敌人，因为现在敌人只是被征服了，而距消灭的程度还远得很。

俄国究竟是革命的世家，列宁究竟是革命的老手，不是深知道历来革命成败的原因，自己又积有许多经验，是说不出来的。先前，中国革命者的屡屡挫折，我以为就因为忽略了这一点。小有胜利，便陶醉在凯歌中，肌肉松懈，忘却进击了，于是敌人便又乘隙而起。

前年，我作了一篇短文，主张"落水狗"还是非打不可，就有老实人以为苛酷，太欠大度和宽容；况且我以此施之人，人又以报诸我，报施将永无了结的时候。但是，外国我不知，在中国，历来的胜利者，有谁不苛酷的呢。取近例，则如清初的几个皇帝，民国二年后的袁世凯，对于异己者何尝不赶尽杀绝。只是他嘴上却说着什么大度和宽容，还有什么慈悲和仁厚；也并不像列宁似的简单明了，列宁究竟是俄国人，怎么想便怎么说，比我们中国人直爽得多了。但便是中国，在事实上，到现在为止，凡有大度，宽容，慈悲，仁厚等等美名，也大抵是名实并用者失败，只用其名者成功的。然而竟瞒过了一群大傻子，还会相信他。

庆祝和革命没有什么相干，至多不过是一种点缀。庆祝，讴歌，陶醉着革命的人们多，好自然是好的，但有时也会使革命精神转成浮滑。革命的势力一扩大，革命的人们一定会多起来。统一以后，我恐怕研究系也要讲革命。去年年底，《现代评论》，不就变了论调了么？和"三一八惨案"时候的议论一比照，我真疑心他们都得了一种仙丹，忽然脱胎换骨。我对于佛教先有一种偏见，以为坚苦的小乘教倒是佛教，待到饮酒食肉的阔人富翁，只要吃一餐素，便可以称为居士，算作信徒，虽然美其名曰大乘，流播也更广远，然而这教却因为容易信奉，因而变为浮滑，或者竟等于零了。革命也如此的，坚苦的进击者向前进行，遗下广大的已经革命的地方，使我们可以放心歌呼，也显出革命者的色彩，其实是和革命毫不相干。这样的人们一多，革命的精神反而会从浮滑，稀薄，以至于消亡，再下去是复旧。

广东是革命的策源地，因此也先成为革命的后方，因此也先有上面所说的危机。

当盛大的庆典的这一天，我敢以这些杂乱无章的话献给在广州的革命民众，我深望不至于因这几句出轨的话而扫兴，因为将来可以补救的日子还很多。倘使因此扫兴了，那就是革命精神已经浮滑的证据。

一九二七年四月十日

关于知识阶级

——十月二十五日在上海劳动大学讲演

我到上海约二十多天，这回来上海并无什么意义，只是跑来跑去偶然到上海就是了。

我没有什么学问和思想，可以贡献给诸君。但这次易先生要我来讲几句话；因为我去年亲见易先生在北京和军阀官僚怎样奋斗，而且我也参与其间，所以他要我来，我是不得不来的。

我不会讲演，也想不出什么可讲的，讲演近于做八股，是极难的，要有讲演的天才才好，在我是不会的。终于想不出什么，只能随便一谈。刚才谈起中国情形，说到"知识阶级"四字，我想对于知识阶级发表一点个人的意见，只是我并不是站在引导者的地位，要诸君都相信我的话。我自己走路都走不清楚，如何能引导诸君？

"知识阶级"一辞，是爱罗先珂（V.Eroshenko）七八年前讲演"知识阶级及其使命"时提出的，他骂俄国的知识阶级，也骂中国的知识阶级，中国人于是也骂起知识阶级来了；后来便要打倒知识阶级，再利害一点，甚至于要杀知识阶级了。知识就仿佛是罪恶，但是一方面虽有人骂知识阶级，一方面却又有人以此自豪：这种情形是中国所特有的。所谓俄国的知识阶级，其实与中国的不同，俄国当革命以前，社会上还欢迎知识阶级。为什么要欢迎呢？因为他确能替平民抱不平，把平民的苦痛告诉大众。他为什么能把平民的

1319

苦痛说出来？因为他与平民接近，或自身就是平民。几年前有一位中国大学教授，他很奇怪，为什么有人要描写一个车夫的事情，这就因为大学教授一向住在高大的洋房里，不明白平民的生活。欧洲的著作家往往是平民出身，（欧洲人虽出身穷苦，而也做文章；这因为他们的文字容易写，中国的文字却不容易写了。）所以也同样的感受到平民的苦痛，当然能痛痛快快写出来为平民说话。因此平民以为知识阶级对于自身是有益的，于是赞成他，到处都欢迎他。但是他们既受此荣誉，地位就增高了，而同时却把平民忘记了，变成一种特别的阶级。那时他们自以为了不得，到阔人家里去宴会，钱也多了，房子东西都要好的，终于与平民远远的离开了。他享受了高贵的生活，就记不起从前一切的贫苦生活了。——所以请诸位不要拍手，拍了手把我的地位一提高，我就要忘记了说话的。他不但不同情于平民或许还要压迫平民，以致变成了平民的敌人。现在贵族阶级不能存在，贵族的知识阶级当然也不能站住了。这是知识阶级缺点之一。

还有知识阶级不可免避的运命，在革命时代是注重实行的、动的；思想还在其次，直白地说：或者倒有害。至少我个人的意见如此的。唐朝奸臣李林甫有一次看兵操练很勇敢，就有人对着他称赞。他说："兵好是好，可是无思想。"这话很不差。因为兵之所以勇敢，就在没有思想，要是有了思想，就会没有勇气了。现在倘叫我去当兵，要我去革命，我一定不去，因为明白了利害是非，就难于实行了。有知识的人，讲讲柏拉图（Plato），讲讲苏格拉底（Socrates），是不会有危险的。讲柏拉图可以讲一年，讲苏格拉底可以讲三年，他很可以安安稳稳地活下去，但要他去干危险的事情，那就很费踌躇。譬如中国人，凡是做文章，总说"有利然而又有弊"，这最足以代表知识阶级的思想。其实无论什么都是有弊的，

1320

就是吃饭也是有弊的，它能滋养我们这方面是有利的；但是一方面使我们消化器官疲乏，那就不好而有弊了。假使做事要面面顾到，那就什么事都不能做了。

还有，知识阶级对于别人的行动，往往以为这样也不好，那样也不好。先前俄国皇帝杀革命党，他们反对皇帝；后来革命党杀皇族，他们也起来反对。问他怎么才好呢？他们也没办法。所以在皇帝时代他们吃苦，在革命时代他们也吃苦，这实在是他们本身的缺点。

所以我想，知识阶级能否存在还是个问题。知识和强有力是冲突的，不能并立的；强有力不许人民有自由思想，因为这能使能力分散。在动物界有很明显的例子：猴子的社会是最专制的，猴王说一声走，猴子都走了。在原始时代，酋长的命令是不能反对的，无怀疑的；在那时，酋长带领着群众，并吞衰小的部落。于是部落渐渐的大了，团体也大了，一个人就不能支配了。因为各个人思想发达了，各人的思想不一，民族的思想就不能统一，于是命令不行，团体的力量减小，而渐趋灭亡。在古时，野蛮民族常侵略文明很发达的民族，在历史上是常见的。现在，知识阶级在国内的弊病，正与古时一样。

英国罗素（Russel）法国罗曼·罗兰（R.Rolland）反对欧战，大家以为他们了不起。其实，幸而他们的话没有实行，否则，德国早已打进英国和法国了；因为德国如不能同时实行非战，是没有办法的。俄国托尔斯泰（Tolstoi）的无抵抗主义之所以不能实行，也是这个原因。他不主张以恶报恶的，他的意思是：皇帝叫我们去当兵，我们不去当兵。叫警察去捉，他不去；叫刽子手去杀，他不去杀。大家都不听皇帝的命令，他也没有兴趣；那末做皇帝也无聊起来，天下也就太平了。然而，如果一部分的人偏听皇帝的话，那就不行。

我从前也很想做皇帝，后来在北京去看到宫殿的房子都是一个刻板的格式，觉得无聊极了。所以我皇帝也不想做了。做人的趣味在和许多朋友有趣的谈天，热烈的讨论。做了皇帝，口出一声，臣民都下跪，只有不绝声的 Yes，Yes，那有什么趣味？但是还有人做皇帝，因为他和外界隔绝，不知外面还有世界！

总之，思想一自由，能力要减少，民族就站不住，他的自身也站不住！现在思想自由和生存还有冲突，这是知识阶级本身的缺点。

然而知识阶级将怎么样呢？还是在指挥刀下听令行动，还是发表倾向民众的思想呢？要是发表意见，就要想到什么就说什么。真的知识阶级是不顾利害的，如想到种种利害，就是假的，冒充的知识阶级；只是假知识阶级的寿命倒比较长一点。像今天发表这个主张，明天发表那个意见的人，思想似乎天天在进步；只是真的知识阶级的进步，决不能如此快的。不过他们对于社会永不会满意的，所感受的永远是痛苦，所看到的永远是缺点，他们预备着将来的牺牲，社会也因为有了他们而热闹，不过他的本身——心身方面总是苦痛的；因为这也是旧式社会传下来的遗物。至于诸君，是与旧的不同，是二十世纪初叶青年，如在劳动大学一方读书，一方做工，这是新的境遇；或许可以造成新的局面，但是环境是老样子，着着逼人堕落，倘不与这老社会奋斗，还是要回到老路上去的。

譬如从前我在学生时代不吸烟，不吃酒，不打牌，没有一点嗜好；后来当了教员，有人发传单说我抽鸦片。我很气，但并不辩明，为要报复他们，前年我在陕西就真的抽一回鸦片，看他们怎样？此次来上海有人在报纸上说我来开书店；又有人说我每年版税有一万多元。但是我也并不辩明；但曾经自己想，与其负空名，倒不如真的去赚这许多进款。

还有一层，最可怕的情形，就是比较新的思想运动起来时，如与社会无关，作为空谈，那是不要紧的，这也是专制时代所以能容知识阶级存在的原故。因为痛哭流泪与实际是没有关系的，只是思想运动变成实际的社会运动时，那就危险了。往往反为旧势力所扑灭。中国现在也是如此，这现象，革新的人称之为"反动"。我在文艺史上，却找到一个好名辞，就是 Renaissance，在意大利文艺复兴的意义，是把古时好的东西复活，将现存的坏的东西压倒，因为那时候思想太专制腐败了，在古时代确实有些比较好的；因此后来得到了社会上的信仰。现在中国顽固派的复古，把孔子礼教都拉出来了，但是他们拉出来的是好的么？如果是不好的，就是反动，倒退，以后恐怕是倒退的时代了。

还有，中国人现在胆子格外小了，这是受了共产党的影响。人一听到俄罗斯，一看见红色，就吓得一跳；一听到新思想，一看到俄国的小说，更其害怕，对于较特别的思想，较新思想尤其丧心发抖，总要仔仔细细底想，这有没有变成共产党思想的可能性？！这样的害怕，一动也不敢动，怎样能够有进步呢？这实在是没有力量的表示，比如我们吃东西，吃就吃，若是左思右想，吃牛肉怕不消化，喝茶时又要怀疑，那就不行了，——老年人才是如此；有力量，有自信力的人是不至于此的。虽是西洋文明罢，我们能吸收时，就是西洋文明也变成我们自己的了。好像吃牛肉一样，决不会吃了牛肉自己也即变成牛肉的，要是如此胆小，那真是衰弱的知识阶级了，不衰弱的知识阶级，尚且对于将来的存在不能确定；而衰弱的知识阶级是必定要灭亡的。从前或许有，将来一定不能存在的。

现在比较安全一点的，还有一条路，是不做时评而做艺术家。要为艺术而艺术。住在"象牙之塔"里，目下自然要比别处平安。就我自己来说罢，——有人说我只会讲自己，这是真的。我先前独自住在厦门大学的一所静寂的大洋房里；到了晚上，我总是孤思默想，想到一切，想到世界怎样，人类怎样，我静静地思想时，自己以为很了不得的样子；但是给蚊子一咬，跳了一跳，把世界人类的大问题全然忘了，离不开的还是我本身。

就我自己说起来，是早就有人劝我不要发议论，不要做杂感，你还是创作去吧！因为做了创作在世界史上有名字，做杂感是没有名字的。其实就是我不做杂感，世界史上，还是没有名字的，这得声明一句，是：这些劝我做创作，不要写杂感的人们之中，有几个是别有用意，是被我骂过的。所以要我不再做杂感。但是我不听他，因此在北京终于站不住了，不得不躲到厦门的图书馆上去了。

艺术家住在象牙塔中，固然比较地安全，但可惜还是安全不到底。秦始皇，汉武帝想成仙，终于没有成功而死了。危险的临头虽然可怕，但别的运命说不定，"人生必死"的运命却无法逃避，所以危险也仿佛用不着害怕似的。但我并不想劝青年得到危险，也不劝他人去做牺牲，说为社会死了名望好，高巍巍的镌起铜像来。自己活着的人没有劝别人去死的权利，假使你自己以为死是好的，那末请你自己先去死吧。诸君中恐有钱人不多罢。那末，我们穷人唯一的资本就是生命。以生命来投资，为社会做一点事，总得多赚一点利才好；以生命来做利息小的牺牲，是不值得的。所以我从来不叫人去牺牲，但也不要再爬进象牙之塔和知识阶级里去了，我以为是最稳当的一条路。

至于有一班从外国留学回来，自称知识阶级，以为中国没有他们就要灭亡的，却不在我所论之内，像这样的知识阶级，我还不知道是些什么东西？！

今天的说话很没今天的说话很没有伦次，望诸君原谅！

一九二七年

辩"文人无行"

看今年的文字，已将文人的喜欢舐自己的嘴唇以至造谣卖友的行为，都包括在"文人无行"这一句成语里了。但向来的习惯，函义是没有这么广泛的，搔发舐唇（但自然须是自己的唇），还不至于算在"文人无行"之中，造谣卖友，却已出于"文人无行"之外，因为这已经是卑劣阴险，近于古人之所谓"人头畜鸣"了。但这句成语，现在是不合用的，科学早经证明，人类以外的动物，倒并不这样子。

轻薄、浮躁、酗酒、嫖妓而至于闹事，偷香而至于害人，这是古来之所谓"文人无行"。然而那无行的文人，是自己要负责任的，所食的果子，是"一生潦倒"。他不会说自己的嫖妓，是因为爱国心切，借此消遣些被人所压的雄心；引诱女人之后，闹出乱子来了，也不说这是女人先来诱他的，因为她本来是婊子。他们的最了不得的辩解，不过要求对于文人，应该特别宽恕罢了。

现在的所谓文人，却没有这么没出息。时代前进，人们也聪明起来了。倘使他做过编辑，则一受别人指摘，他就会说这指摘者先前曾来投稿，不给登载，现在在报私仇；其甚者还至于明明暗暗，指示出这人是什么党派，什么帮口，要他的性命。

这种卑劣阴险的来源，其实却并不在"文人无行"，而还在于"文人无文"。近十年来，文学家的头衔，已成为名利双收的支票了，好名渔利之徒，就也有些要从这里下手。而且确也很有几个成功：开店铺者有之，造洋房者有之。不过手淫小说易于痨伤，"管他娘"词也难以发达，那就只好运用策略，施行诡计，陷害了敌人或者连并无干系的人，来提高他自己的"文学上的价值"。连年的水灾又给与了他们教训，他们以为只要决堤淹灭了五谷，草根树皮的价值就会飞涨起来了。

现在的市场上，实在也已经出现着这样的东西。

将这样的"作家"，归入"文人无行"一类里，是受了骗的。他们不过是在"文人"这一面旗子的掩护之下，建立着害人肥己的事业的一群"商人与贼"的混血儿而已。

一九三三年

娘儿们也不行

林语堂先生只佩服《论语》，不崇拜孟子，所以他要让娘儿们来干一下。其实，孟夫子说过的："养生者不足以当大事，唯送死可以当大事"。娘儿们只会"养生"，不会"送死"，如何可以叫她们来治天下！

"养生"得太多了，就有人满之患，于是你抢我夺，天下大乱。非得有人来实行送死政策，叫大家一批批去送死，只剩下他们自己不可。这只有男子汉干得出来。所以文官武将都由男子包办，是并非无功受禄的。自然不是男子全体，例如林语堂先生举出的罗曼·罗兰等等就不在内。

懂得这层道理，才明白军缩会议，世界经济会议，废止内战同盟等等，都只是一些男子汉骗骗娘儿们的玩意儿；他们自己心里是雪亮的：只有"送死"可以治国而平天下，——送死者，送别人去为着自己死之谓也。

就说大多数"别人"不愿意去死，因而请慈母性的娘儿们来治理罢，那也是不行的。林黛玉说："不是东风压倒西风，就是西风压倒东风"，这就是女界的"内战"也是永远不息的意思。虽说娘儿们打起仗来不用机关枪，然而动不动就抓破脸皮也就不得了。何况"东风"和"西风"之间，还有另一种女人，她们专门在挑拨，教唆，搬弄是非。总之，争吵和打架也是女治主义国家的国粹，而且还要剧烈些。所以假定娘儿们来统治了，天下固然仍旧不得太平，而且我们的耳根更是一刻儿不得安静了。

人们以为天下的乱是由于男子爱打仗，其实不然的。这原因还在于打仗打得不彻底和打仗没有认清真正的冤家。如果认清了冤家，又不像娘儿们似的空嚷嚷，而能够扎实的打硬仗，那也许真把爱打仗的男女们的种都给灭了。而娘儿们都大半是第三种：东风吹来往西倒，西风吹来往东倒，弄得循环报复，没有个结账的日子。同时，每一次打仗，一因为她们倒得快，就总不会彻底，又因为她们大都特别认不清冤家，就永久只有纠缠，没有清账。统治着的男子汉，其实要感谢她们的。

所以现在世界的糟，不在于统治者是男子，而在这男子在女人的地统治。以姜妇之道治天下，天下那得不糟！

举半个例罢：明朝的魏忠贤是太监——半个女人，他治天下的时候，弄得民不聊生，到处"养生"了许多干儿孙，把人的血肉廉耻当馒头似的吞噬，而他的狐群狗党还拥戴他配享孔庙，继承道统。半个女人的统治尚且如此可怕，何况还是整个的女人呢！

一九三三年

做 "杂文" 也不易

"中国为什么没有伟大的文学产生"这问题，还是半年前提出的，大家说了一通，没有结果。这问题自然还是存在，秋凉了，好像也真是到了"灯火倍可亲"的时节，头脑一冷静，有几位作家便又记起这一个大问题来了。

八月三十日的《自由谈》上，浑人先生告诉我们道："伟大的作品在废纸篓里！"

为什么呢？浑人先生解释说："各刊物的编辑先生们，他们都是抱着'门罗主义'的，……他们发现稿上是署着一个与他们没有关系的人底姓名时，看也没有工夫一看便塞下废纸篓了。"

伟大的作品是产生的，然而不能发表，这罪孽全在编辑先生。不过废纸篓如果难以检查，也就成了"事出有因，查无实据"的疑案。较有意思，较有作用的还是《现代》九月号卷头"文艺独白"里的林希隽先生的大作《杂文和杂文家》。他并不归咎于编辑先生，只以为中国的没有大著作产生，是因为最近——虽然"早便生存着的"——流行着一种"容易下笔"，容易成名的"杂文"，所以倘不是"作家之甘自菲薄而放弃其任务，即便是作家毁掉了自己以投机取巧的手腕来替代一个文艺作者的严肃的工作"了。

不错，比起高大的天文台来，"杂文"有时确很像一种小小的显微镜的工作，也照秽水，也看脓汁，有时研究淋菌，有时解剖苍蝇。从高超的学者看来，是渺小，污秽，甚而至于可恶的，但在劳作者自己，却也是一种"严肃的工作"，和人生有关，并且也不十分容易做。现在就用林先生自己的文章来做例子罢，那开头是——

> 最近以来，有些杂志报章副刊上很时行的争相刊载着一种散文非散文，小品非小品的随感式的短文，形式既绝对无定型，不受任何文学制作之体裁的束缚，内容则无所不谈，范围更少有限制。为其如此，故很难加以某种文学作品的称呼；在这里，就暂且名之为杂文吧。

"沉默，金也。"有一些人，是往往会"开口见喉咙"的，林先生也逃不出这例子。他的"散文"的定义，是并非中国旧日的所谓"骈散""整散"的"散"，也不是现在文学上和"韵文"相对的不拘韵律的"散文"（Prose）的意思：胡里胡涂。但他的所谓"严肃的工作"是说得明明白白的：形式要有"定型"，要受"文学制作之体裁的束缚"；内容要有所不谈；范围要有限制。这"严肃的工作"是什么呢？就是"制艺"，普通叫"八股"。

做这样的文章，抱这样的"文学观"的林希隽先生反对着"杂文"，已经可以不必多说，明白"杂文"的不容易做，而且那任务的重要了；杂志报章上的缺不了它，"杂文家"的放不掉它，也可见正非"投机取巧"，"客观上"是大有必要的。

况且《现代》九月号卷头的三篇大作，虽然自名为"文艺独白"，但照林先生的看法来判断，"散文非散文，小品非小品"，其实也正是"杂文"。但这并不是矛盾。用"杂文"攻击"杂文"，就等于"以杀止杀"。先前新月社宣言里说，他们主张宽容，但对于不宽容者，却不宽容，也正是这意思。那时曾有一个"杂文家"批评他们说，那就是刽子手，他是不杀人的，他的偶然杀人，是因为世上有杀人者。但这未免"无所不谈"，太不"严肃"了。

林先生临末还问中国的作家："俄国为什么能够有《和平与战争》这类伟大的作品产生？……而我们的作家呢，岂就永远写写杂文而引为莫大的满足么？"我们为这暂时的"杂文家"发愁的也只在这一点：现在竟也累得来做"在材料的捃摭上尤是俯拾皆是，用不着挖空心思去搜集采取"的"杂文"，不至于忘记研究"俄国为什么能够有《和平与战争》这类伟大的作品产生"么？

但愿这只是我们的"杞忧"，他的"杂文"也许独不会"非特丝毫无需要之处，反且是一种恶劣的倾向"。

一九三四年

1331

势所必至，理有固然

有时发表一些顾影自怜的吞吞吐吐文章的废名先生，这回在《人间世》上宣传他的文学观了：文学不是宣传。

这是我们已经听得耳膜起茧了的议论。谁用文字说"文学不是宣传"的，也就是宣传——这也是我们已经听得耳膜起茧了的议论。

写文章自以为对于社会毫无影响，正如称"废名"而自以为真的废了名字一样。"废名"就是名。要于社会毫无影响，必须连任何文字也不立，要真的废名，必须连"废名"这笔名也不署。

假如文字真的毫无什么力，那文人真是废物一枚，寄生虫一条了。他的文学观，就是废物或寄生虫的文学观。

但文人又不愿意做这样的文人，于是他只好说现在已经下掉了文人的招牌。然而，招牌一下，文学观也就没有了根据，失去了靠山。

但文人又不愿意没有靠山，于是他只好说要"弃文就武"了。这可分明的显出了主张"为文学而文学"者后来一定要走的道路来——事实如此，前例也如此。正确的文学观是不骗人的，凡所指摘，自有他们自己来证明。

一九三五年

"骗月亮"

杜衡先生在二月十四的《火炬》上教给我们，中国人的遇"月蚀放鞭炮决非出于迷信"，乃是"出于欺骗；一方面骗自己，但更主要的是骗月亮"，"借此敷衍敷衍面子，免得将来再碰到月亮的时候大家下不去"。

这也可见民众之不可信，正如莎士比亚的《凯撒传》所揭破了，他们不但骗自己，还要骗月亮，——但不知道是否也骗别人？

况且还有未经杜衡先生指出的一点：是愚。他们只想到将来会碰到月亮，放鞭炮去声援，却没有想到也会碰到天狗。并且不知道即使现在并不声援，将来万一碰到月亮时，也可以随机说出一番道理来敷衍过去的。

我想：如果他们知道这两点，那态度就一定可以"超然"，很难看见骗的痕迹了。

一九三五年

“某”字的第四义

某刊物的某作家说《太白》不指出某刊物的名目来，有三义。他几乎要以为是第三义：意在顾全读者对于某刊物的信任而用“某”字的了。但“写到这里，有一位熟悉商情的朋友来了”。他说不然，如果在文章中写明了名目，岂不就等于替你登广告？

不过某作家自己又说不相信，因为“一个作者在写自己的文章的时候，居然肯替书店老板打算到商业竞争的利害上去，也未免太‘那个’了”。

看这作者的厚道，就越显得他那位“熟悉商情的朋友”的思想之醒醐，但仍然不失为“朋友”，也越显得这位作者之厚道。只是在无意中，却替这位“朋友”发表了“商情”之外，又剥了他的脸皮。《太白》上的“某”字于是有第四义：暴露了一个人的思想之醒醐。

一九三五年

死　所

日本有一则笑话，是一位公子和渔夫的问答——

"你的父亲死在那里的？"公子问。

"死在海里的。"

"你还不怕，仍旧到海里去吗？"

"你的父亲死在那里的？"渔夫问。

"死在家里的。"

"你还不怕，仍旧坐在家里吗？"

今年，北平的马廉教授正在教书，骤然中风，在教室里逝去了，疑古玄同教授便从此不上课，怕步马廉教授的后尘。

但死在教室里的教授，其实比死在家里的着实少。

"你还不怕，仍旧坐在家里吗？"

一九三五年

"有不为斋"

孔子曰："不得中行而与之，必也狂狷乎，狂者进取，狷者有所不为也。"

于是很有一些人便争以"有不为"名斋，以孔子之徒自居，以"狷者"自命。

但敢问——

"有所不为"的，是卑鄙龌龊的事乎，抑非卑鄙龌龊的事乎？

"狂者"的界说没有"狷者"的含糊，所以，以"进取"名斋者，至今还没有。

一九三五年

两种"黄帝子孙"

　　林语堂先生以为"现代中国人尊其所不当尊，弃其所不当弃，……其实物质文明吃穿居住享用还是咱们黄帝子孙内行"。

　　但"咱们黄帝子孙"好像有两种：一种是"天生蛮性"的；一种是天生没有蛮性，或者已经消灭。

　　而"物质文明"也至少有两种：一种是吃肥甘，穿轻暖，住洋房的；一种却是吃树皮，穿破布，住草棚，——吃其所不当吃，穿其所不当穿，而且住其所不当住。

　　"咱们黄帝子孙"正如"蛮性"的难以都有一样，"其实物质文明吃穿居住享用"也并不全"内行"。

　　哈哈，"玩笑玩笑"。

一九三五年

轻经典

出品人：许　永
责任编辑：许宗华
特邀编辑：林园林
装帧设计：海　云
责任印制：梁建国
　　　　　朱丽珍
发行总监：田峰峥
投稿信箱：cmsdbj@163.com
发　　行：北京创美汇品图书有限公司
发行热线：010-53017389　59799930

创美工厂
微信公众平台

创美工厂
官方微博